新 日本古典文学大系 65

日本詩史　五山堂詩話

清水　茂
揖斐　高
大谷雅夫　校注

岩波書店刊行

目次

原文

付録

解説

凡例

一　底本は、『読詩要領』は天理大学附属天理図書館蔵伊藤善韶（東所）編定本を主とし伊藤長胤（東涯）自筆本を参照した。また『日本詩史』は佐野正巳氏蔵本を、『五山堂詩話』は中野三敏氏蔵本を、『孜孜斎詩話』は東北大学狩野文庫蔵著者自筆稿本を、『夜航余話』は校注者所蔵本を、『漁村文話』は嘉永五年刊伝経廬蔵版本を、それぞれ使用した。

二　漢文作品のうち『日本詩史』『五山堂詩話』については影印を、『孜孜斎詩話』については原文翻字を巻末に掲げた。

三　漢文作品は漢字仮名まじりに読み下したが、引用詩文等で読み下してしまうと文意が取りづらくなる箇所については、漢文の形を残した場合がある。（『日本詩史』『孜孜斎詩話』は、引用詩はすべて漢文の形を残した。）

四　和文作品は、それぞれ底本のままに、『読詩要領』は漢字平仮名まじり文で、『夜航余話』は上巻を漢字片仮名まじり文、下巻を漢字平仮名まじり文で、『漁村文話』は漢字片仮名まじり文で翻刻した。

五　漢文作品あるいは本文中の漢文部分の読み下しは、底本の返り点・送り仮名を尊重したが、不適切・不十分と思われる箇所については校注者が改定・補足した。なお、仮名遣いが現行と違うとき、まれに（ママ）と記したのは、底本の送り仮名をそのまま使用したことを示す。また『読詩要領』と『漁村文話』序跋は読み下し文を先に、『漁村文話』本文では漢文原文を先にしたが、これは『漁村文話』では時に漢文の語法に関する記述があり、読み下し文を先にしては文意がわかりにくくなることがあるためである。

六　底本の誤記・誤刻は校注者の判断で校訂し、適宜その旨を脚注でことわった。(ただし、『孜孜斎詩話』の原文はすべて底本のままに翻字し、誤字誤写と判断される文字には＊印を付した。また読み下し文において施した校訂は、原文の＊印を参照することにより確認できるので、一部脚注にことわらないことがある。)

七　翻刻に際しては、読解の便宜のために次のような措置をとった。

1　底本に従って項目毎に改行した。『五山堂詩話』『孜孜斎詩話』『夜航余話』は各項目の冒頭に作品毎の通し番号を振った。『孜孜斎詩話』は原文にも対応する番号を振った。

2　本文には校注者の判断で句読点を施した。底本の句読点はこれを尊重しつつ適宜改訂・補正した。なお、漢文とその読み下し文の句読点は必ずしも一致しない。

3　漢字は原則として通行の字体に改めた。ただし、餘—余、弁—辨—辯、芸—藝など弁別の必要なものは正字体を使用した。

4　振り仮名は、歴史的仮名遣いによることを原則としたが、『読詩要領』『漁村文話』については、音読の振り仮名は新仮名遣いとした。そこで「様」は、和文脈の「様に」は「やうに」、漢語のときは「よう」と振ることになり、統一されていない。なお和文作品で底本にある振り仮名(引用漢詩文の送り仮名をのぞく)には〈　〉を付して区別した。

5　仮名の清濁は校注者において補正したが、特に問題となる底本の清濁を保存した場合は、その旨を脚注にことわった。
6　仮名の合字は、𪜈→トモ(ドモ)、𪜌→トキ、ヿ→コト、〆→シテ、などのように開いた。
7　反復符「ゝ」「ヽ」「〻」「〱」は原則として底本のままとし、これらを仮名に改めた場合は振り仮名の位置に〔　〕に囲んで底本の形を示した。
8　底本の二行割書は小字一行組みとした。
9　底本にある空格・平出・欠筆、また刑死した人物の姓名の字下げ等は、翻刻に際しては無視したので、影印・原文翻字を参照されたい。なお『夜航余話』については影印・原文翻字を付さないので、適宜その旨を脚注に示した。
八　脚注は見開き二頁の範囲内に収めることを原則としたため、簡潔を旨とした。
1　出典の表示は、多くは略称を用いた。なお『日本詩史』脚注で「一首」とあるのは『本朝一人一首』、「千家詩」は『搏桑千家詩』のことである。
2　引用文中、小字注などは〈　〉に囲んで示した。
3　引用詩で、他書に収載されているものとの詩句の異同は適宜掲げたが、たとえば左のように表示した。

一首・八「雨晴山河清」。日―月。

これは本文所引の詩が『本朝一人一首』巻八に「雨晴山河清」の題で収められ、本文は「松江日落漁舟去」であるが、『本朝一人一首』には「松江月落漁舟去」とあることを示す。
4　『読詩要領』『漁村文話』において、『論語』『孟子』の引用については、岩波文庫本(文庫と略す)の頁数をあげることで訳注に代えた。

九　巻末に、『孜孜斎詩話』が嘉永二年に『弊帚詩話』として改めて編纂されたときに付された「弊帚詩話附録・跋文」を収載した。

読《どく》詩《し》要《よう》領《りょう》

清水茂 校注

「読詩要領」の「詩」とは、『詩経』のことである。したがって、この書は、詩一般の評論でなくて、『詩経』を読むための大切な点を説くものである。

著者伊藤東涯は、古義堂第二代の主として、父仁斎の学説を普及するのに努めた。仁斎は、『語孟字義』・『童子問』などの著書で、儒学について自己の独創的見解を主張したが、それらは、漢文で書かれ、和文の著書をほとんど遺さない。東涯は、仁斎『語孟字義』に対する『訓幼字義』のように、達意の和文で父の主張を世に広めた。本書には、堀川学派の『詩経』についての考え方が要約されているとともに、『詩経』を越えて詩一般の本質にもしばしば説き及んでいる。

江戸時代の儒学の主流であった朱子学は、『詩経』を勧善懲悪の書と考えたが、堀川学派は、それに反対して、「詩といふものは、人の心におもふことをありやうに言ひあらはしたるもの也」と定義し、また「詩は以て人情を道ふ」ことを重視し、「諷誦・吟詠して、人情・物態を考へ、温厚・和平の趣を得べき」ものであるとした。仁斎の「仁」とは「愛」であるという思想の流れに沿うものである。

また、この書では、詩ができあがると、作者の意図や製作背景にかかわらず、ひとり歩きをすることを指摘する。「断章取義」の説がそれである。『論語』の孔子と子貢・子夏の問答のように、詩句の使い方が、本来の意味と異なっていようとも、その場その場に適当した理解で使用すればよいと主張し、それこそが詩の妙用であるとする。

そこで、いわゆる「詩の六義」でも、いわば、作者側の立場に立つ「風・雅・頌」をジャンル、「賦・比・興」を表現法とする解釈を排して、読者側に立って、本来の意味から転用する方法であるとした。そういう意味でも、本書は、単なる「『詩経』の要領」でなくて、「『詩経』を読むための要領」である。

本書は、東涯が未定稿のままにしていたのを、子の東所が整理したけれども、出版にまでは至らなかった。『日本儒林叢書』で始めて印刷となったが、補訂が完全であるとはいえない。このたび、天理大学附属図書館所蔵の東涯自筆本と東所編定本により、引用などに補訂を加えて形を整え、世に問うことにした。

読詩要領

男《だん》[一] 善韶《ぜんしょう》 編定

○『漢書《かんじょ》[二]・藝文志《げいもんし》』云《にいはく》、「古《いにしへ》[三]に采詩《さいし》の官有り。王者の風俗を観《み》、得失《とくしつ》を知り、自《みづか》ら考《かんが》へ正《ただ》す所以《ゆゑん》なり(古有采詩之官。王者所以観風俗、知得失、自考正也)」と。詩の原始《げんし》は、むかし天子[四]、諸侯の国々の詩をとり集めて、その風俗を考ふといふこと、何によりていふことをしらず。しかれども、そのかみの様子《やうす》かくあるべきことなり。秦《しん》[五]の始皇《しこう》、六経《りつけい》を焼亡《しょうぼう》せし時、餘経《よけい》は焚亡《やきほろぼし》たれども、詩[六]ばかりは、人々諷誦《ふうしょう》せるゆへに、三百五篇の詩、全くのこりて、今に伝《つたは》れり。漢《かん》の代におよびて、斉詩《せいし》[七]・魯詩《ろし》・韓詩《かんし》と三家《さんか》の詩あり。いづれも[八]学官《がっかん》に列《つらな》れり。是《これ》は同《おなじ》き三百篇の詩、家々[九]の伝《つたふ》る本《ほん》、義理・文字、異同あるによりて、三家の名あり。そのかみ、儒学《じゅがく》を伝る人々、或[一〇]は子孫相伝《しそんそうでん》、或は師弟授受《していじゅじゅ》して、家々の竪義《たつるぎ》あり。此《これ》を専門の学と云《いふ》。魯・斉・韓の三家、そのわけなり。その後、漢の時、又毛萇《もうちょう》[一一]と云《いふ》

一 著者伊藤東涯の嗣子、号、東所の本名。男は、男の子の意。
二 班固(三二―九二)の書いた前漢の歴史。藝文志はその巻三十、書籍に関する特殊文化史。中国で最も古い書籍の目録と解説。引用は「六藝・詩(詩経)」の解説部分。
三 「古代には詩を採集する官があった。王たる者が、国民の風俗を観察し、政治のよしあしを知り、自分でそれを考え正すためであった」。詩経・大序に「得失を正す」、又「風俗を移す」とある(→五頁注一五)。
四 天子が諸侯の国々の詩を採集する。これは詩経・大序などには見えない。
五 秦始皇二十四年(前二二三)、李斯の「博士の官の職とする所に非ずんば、天下敢へて詩・書・百家の語を有する者は、悉く守・尉に詣(いた)つて之れを雑へ焼かしめん」の建議によって行なわれたいわゆる「焚書」(史記・秦始皇本紀)。
六 詩は口誦されたので伝わったの意。藝文志に、「秦に遭ひて全き者は、其の諷誦して、独り竹帛に在るのみならざるを以ての故なり」。 七 詩経解釈の三つの学派。斉・魯は地名、韓は人名にもとづく。史記、漢書の儒林伝にくわしい。
八 国家公認の学派として、五経博士に任ぜられ、その学派の説が教えられた。
九 三家の説は、まとまった本としては伝わらないが、清、陳寿祺の三家詩遺説考などに集められている。 一〇 三家と別れているのは、子孫相伝、師弟授受により、その学派独特の説があるからである。
一一 毛萇の名は、後漢書・儒林伝に出る。漢書では、ただ「毛公」とだけいう。

儒者ありて、『詩経』を伝ふ。自《みづから》子夏《しか》[一]の所伝《しよでん》といへり。その注を『毛氏故訓伝《もうしこくんでん》』といふ。時に河間献王《かかんけんおう》[二]と云宗室《いふそうしつ》これをすきたまへども、未学《いまだがく》には不被立《たてられず》と、『漢書』[三]にのするところ、かくのごとし。『藝文志』の序云《じよにいはく》、「詩分れて四と為《な》る[四](詩分為四)」と。注に韋昭曰《いしようはく》[五]、「毛氏《もうし》・斉《せい》・魯《ろ》・韓《かん》を謂《い》ふ(謂毛氏・斉・魯・韓)」と。是《これ》なり。後漢《ごかん》にいたりて、鄭玄《じようげん》[六]又注を作りて箋《せん》と名づく。本文は毛萇と同《おなじ》きことなり。ゆへにその詩を『毛詩』といふ。唐《とう》[七]の太宗《たいそう》の時にいたりて、孔穎達《くようだつ》[八]等諸儒に勅して、毛伝《もうでん》・鄭箋《ていせん》をあわせて、その疏《そ》[九]をつくり、『正義《せいぎ》[一〇]』と名づく。いわゆる古注《こちゆう》[一一]是なり。それよりの後、注解あらわれず。宋《そう》にいたりて、蘇東坡《そとうば》[一二]・呂東萊《りよとうらい》[一三]など注あり。朱子《しゆし》[一四]におよびて、毛・鄭の伝に拠《より》、東坡・東萊などの注にまじへ、折衷《せつちゆう》[一五]して一家《いつか》の注を作り、『詩集伝《ししゆうでん》[一六]』と名づく。漢よりこのかたの詩は、いづれも『毛詩』の本《ほん》に拠りて異同なし。

○司馬遷《しばせん》云、「古者《いにしへ》[一七]は詩三千餘篇。夫子《ふうし》、其の礼義に施すべき者三百篇を取る(古者詩三千餘篇。夫子取其可施於礼義者三百篇)」。孔穎達《くようだつ》曰、「按《あん》[一八]ずるに書伝引く所の詩、見《げん》に在る者多く、亡《うし》なひ逸《いつ》する者少なければ、則ち夫子の録する所、十分に九を去るべからず(按書伝所引之詩、見在者多、亡逸者少、則夫子所録、不容

一 子夏は、孔子の弟子(前五〇七―?)、卜商の字。孔子から「ともに詩を言ふべきのみ」といわれ、「文学」にすぐれるとされた。 二 劉徳(?―前一三〇)。河間は国名、献は謚。漢の景帝の子。学問を好んで多くの書籍を集めた。 三 以上、「秦の始皇」からここまでは、前引漢書・藝文志のつづきを説明を加えて書き改めたもの。 四 藝文志のはじめの部分。 五 三国呉の人(二〇四―二七三)、国語(→注二一二)など多くの注を書いた。三国志・六十五では、晋朝の諱を避けて「韋曜」という。この注は、漢書の顔師古注に引く。 六 後漢の訓詁学の集大成者(一二七―二〇〇)。「箋」は、メモの意。 七 唐、第二代の皇帝、李世民(五九九―六四九)。 八 唐初の学者(五七四―六四八)。貞観十六年(六四二)に勅を奉じて他の学者と共同で五経正義を作った。 九 経書の注釈である伝又は注の再注釈。 一〇 毛詩正義。五経正義の一つ。今、十三経注疏に収められる。 一一 朱熹ら宋代の注釈を「新注」というのに対する。 一二 蘇軾(一〇三七―一一〇一)の号。北宋の文学者。ただし、詩経の注釈、詩集伝二十巻は、弟蘇轍(一〇三九―一一一二)の著で、蘇軾ではない。東涯の記憶のあやまりであろう。 一三 呂祖謙(一一三七―八一)の尊称。南宋の学者、朱熹の友人。呂氏家塾読詩記三十二巻がある。 一四 朱熹(一一三〇―一二〇〇)の尊称。南宋の学者、宋学の大成者。 一五 中正のところを取る。「折中」と同じ。史記・孔子世家に、「中国に六芸を言ふ者は、孔子に折中す」。 一六 二十巻。詩経の新注。

十分去九)」。鄭樵《ていしょう》[一九]『通志《つうし》』引之而《これをひいて》論曰、「删詩の説と、『春秋』隠に始まり獲麟に終はるの事と、皆漢儒之れを倡《とな》ふるなり(删詩之説、与春秋始隠終獲麟之事、皆漢儒倡之也)」。删詩《さんし》の説、古《こ》今言伝《こんいひつたふ》ることとなり。然《しかれ》ども『論語』にも、「楽正[二〇]し、雅頌各《おのおの》其の所を得たり(楽正、雅頌各得其所)」とありて、删詩のことみへず。孔穎達の論のごとく、いにしへ三千篇あるならば、『左氏[二一]』・『国語[二二]』等、夫《ふう》子《し》以前の人の引用《ひきもちゆる》詩《し》にあまた逸詩あるべきはずなり。しかるに『左伝』等にのする詩は、大体今の『詩経』にある詩なり。しかれば、三千首をけづりて三百篇になしたまふといふこと、その妄《もう》しるべし。又夫子のことばにも、毎度「詩三[二三]百」と云《いふ》。大抵詩といふものは、むかしより三百篇ほどありとみへたり。又夫子[二四]の手定したまふ員数《いんずう》によりて「詩三百」とはあるまじきことなり。

○『詩大序《しだいじょ》[二五]』曰《にいはく》、「得失を正し、天地を動かし、鬼神を感ずるは、詩より近きは莫《な》し。先王《せんのう》、是《こ》れを以て夫婦を経《けい》し、孝敬を成し、人倫を厚《あつ》うし、教化を美《び》し、風俗を移す。故に詩に六義《りくぎ》有り。一に曰はく風《ふう》、二に曰はく賦《ふ》、三に曰はく比《ひ》、四に曰はく興《きょう》、五に曰はく雅《が》、六に曰はく頌《しょう》(正得失、動天地、感鬼神、莫近於詩。先王以是経夫婦、成孝敬、厚人倫、美教化、移風俗。故詩有六義焉。一曰風、二

一七 史記・孔子世家。ただし、この引用は省略変更がある。「むかしは詩が三千篇あまりあったが、孔子が礼や倫理に使用できるもの三百篇を選んだ」。
一八 毛詩正義・詩譜序の疏。「書籍や注釈に引用されている詩を調べてみると、現存するものが多く、逸失したものは少ないから、孔子の記録保存したものは、十中九まで削ったはずがない」。三千篇から三百篇をのこしたとすれば、十分の一にしたわけだから、「十中九を去った」という。
一九 鄭樵(一一〇三―六〇)は、宋の学者。通志は、その歴史書。古代以来、その時代までの歴史を紀伝体で書き、特殊文化史を「略」と呼んだ。ただし、この引用はどこか未詳。
二〇 論語・子罕の語(文庫一一三頁)。
二一 春秋左氏伝三十巻。孔子が編集した魯の歴史春秋に対し、左丘明が作ったといわれる解説。歴史の詳細を多く述べるのが特長。
二二 二十一巻。春秋と同時代の国別の歴史。左丘明が作ったといわれ、時に春秋外伝といわれる。
二三 論語・為政「詩三百、一言以て之れを蔽(おほ)へば」(文庫二七頁)、又、同・子路「詩三百を誦し」(文庫一七五頁)。
二四 自分が「三百」に删っておきながら、「三百」という数をいうのは考えられないことである。
二五 毛詩詁訓伝の「関雎」の序のうち、詩の概論を述べた部分を「大序」という。「成功・失敗をはっきりさせ、天地を動かし、神神を感じさせるのは、詩より手近なものはない。古代の王は、それで夫婦をととのえ、孝養と尊敬とを作りあげ、道徳を厚くし、教化をうまく行ない、風俗を変化させた。

曰賦、三曰比、四曰興、五曰雅、六曰頌)」と。六義《りくぎ》の名、これにあらわる。漢[一]儒の説に、三経三緯《さんけいさんい》といふ説あり。風・雅・頌の三つを経とす。今の十五国[二]風《こくふう》・二雅・三頌なり。その内に賦・比・興の三つあり。是《これ》を三緯とす。た[三]てぬきにたとふるなり。その説、古[四]注疏《こちゅうそ》の内に詳《つまびらか》なり。鄭[五]樵『通志』云、「風・雅・頌は、詩の体なり。賦・比・興は、詩の言なり(風・雅・頌、詩之体也。賦・比・興、詩之言也)」と。是《これ》も同《おなじ》きことなり。今、朱子[六]『集伝』も、この説に依用《よりもちい》らる。後世、是《これ》によりて、風[七]・雅・頌・賦・比・興と次第《しだい》を立つ。然《しかれ》ども『周[八]礼《しゅらい》』大司《だいし》楽《がく》にも、又風・賦・比・興・雅・頌と叙す。『大序』のごとくに次第するが宜《よろし》きなり。

○風・雅・頌は、今の風・雅・頌、定《さだま》りたる詩の体なり。賦・比・興も、一首一首の上にて、某は賦の体、某は比、或は興と、各《おのおの》その分《わか》ちあり。その内、賦といふは、す[九]ぐにその事を述《のべ》たることばなり。比といふは、物に比《ひ》してあとにその物をいわざるを比と云《いふ》。「他[一〇]山の石、以て玉を攻《をさ》むべし(他山之石、可以攻玉)」とばかり云《いひ》て、おのづから他人の切磋《せっさ》にたとへ、「北[一一]風其れ涼《りょう》、雪を雨《ふ》らすこと其れ雱《ほう》(北風其涼、雨雪其雱)」といゝて、自《おのづから》乱世のことになるがごとし。経書《けいしょ》にて

そこで詩には六義がある。…」。

一 漢儒は、漢代の儒者。だれをさすか未詳。「三経・三緯」の語は、朱熹の朱子語類・八十に、朱熹の説明が載せられ、当時の経学で常用されていたものと思われる。
二 詩経の部分。国風は諸国の民謡。周南・召南・邶・鄘・衛・王・鄭・齊・魏・唐・秦・陳・鄶・曹・豳の十五。雅は朝廷の式楽。大雅・小雅の二つ。頌は、宗廟祭祀の歌。周頌・魯頌・商頌の三つ。
三 織物のたて糸(経)とよこ糸(緯)。
四 毛詩正義には、「風・雅・頌は、詩文の異体、賦・比・興は、詩文の異辞のみ。…賦・比・興は、詩の用ふる所、風・雅・頌は、詩の形を成すもの」と見えるが、「経緯」の語は見えない。 五 →五頁注一九。これも通志のどの箇所か未詳。
六 朱熹も、風・雅・頌を詩の分類に、賦・比・興を詩の表現法と解したこと。
七 この順序にするのが何か、未詳。
八 周礼は、礼の経書の三つの一つ。周の官制を記したものといわれる。「大司楽」はその春官宗伯のなかの一官。ただし、これは東涯の記憶のあやまりで、「風・賦・比・興・雅・頌」は、「大司楽」でなく、同じ春官の「大師」に見える。 九 直接に。
一〇 詩経(以下詩経は略す)・小雅・鴻雁之什「鶴鳴」の句。「ほかの山の石で、玉を磨くことができる」。 一一 邶風「北風」の句。「北風は何と冷たく、雪の降りようは何とひどいことか」。鄭玄の箋に、「君の政教、酷暴にして、民をして散乱せしむるに喩ふ」。
一二 論語・子罕「歳寒うして、然して後、松

も、[一二]「歳寒《さいかん》の松柏《しょうはく》」・[一三]「驥《き》は其の徳を称す(称其徳)」の類、松柏・驥の事ばかり云《いひ》て、おのづから人にたとふるがごとし。興といふは、[一四]「関々《かんかん》たる雎鳩《しょきゅう》」を以て、「窈窕《ようちょう》たる淑女《しゅくじょ》」を興《きょう》し、[一五]「猗々《いい》たる緑竹《りょくちく》」を以て、「有斐《ゆうひ》の君子《くんし》」を興するの類なり。これ[一六]『集伝』の凡例《はんれい》にて、[一七]古注の取《とり》やう、賦・比・興の分《ぶん》、すこしはかはれども、三経緯《さんけいい》とたて、一首々々の上にて、六義のそれ〴〵に定《さだめ》たることはかはることなし。

○[一八]先子《せんし》おもへらく、「六義は、三百篇の中に通じて詩を用ゆる上に在り。作者《さくしゃ》の意に非《あら》ず。風・賦・比・興・雅・頌と叙《つい》づるには、風・賦一類、比・興一類、雅・頌一類と、同《おなじ》き類を二《ふた》つゞよせ合《あはせ》て叙づるものなり」と。そのことはり、[一九]『語孟字義』に詳《つまびらか》にす。一類を並挙《ならべあぐ》るといふは、風は、世上《せじょう》のはやり歌なり。かぜの野山一同《いちどう》に吹《ふき》わたりたるがごとく、一国一郷《いっきょう》、貴賤上下、[二〇]世上一同に通用して、うたひはやらかす詩を、風といふ。賦といふは、詩をうたふ事也。『左氏伝』に、[二一]「彤弓《とうきゅう》を賦す(賦彤弓)」・「湛露《たんろ》を賦す(賦湛露)」・[二二]「野有蔓草《やゆうまんそう》を賦す(賦野有蔓草)」の類、あまた見へたり。今時の俗、吉席・酒宴の上にて、似合《にあは》しき小謡《こうたひ》をうたひて、互《たがひ》の礼をなし、興《きょう》をもよほすがごとし。これを賦すといふ。[二三]六国《りっこく》の時

柏の彫むに後(お)るることを知る」(文庫一二八頁)。人も苦労にあって真価がわかるのにたとえる。

一三 論語・憲問(文庫二〇二頁)。

一四 周南「関雎」に、はじめに「かんかんと鳴きかわすミサゴ」を出して、それで下句に出て来る「ものしずかなよい娘」にたとえる。

一五 衛風「淇奥(きいく)」で、さきに「いきいきとした緑の竹」を出して、そのあとの句の「教養ある紳士」にたとえる。

一六 詩集伝の中の定義を述べたところ。「興とは、先づ他物を言って、以て詠ずる所の詞を引き起こすなり」(「関雎」伝)、「賦とは、其の事を敷陳して、直ちに之れを言ふ者なり」(「葛覃」伝)、「比とは、彼の物を以て此の物に比するなり」(「螽斯」伝)。

一七 たとえば、周南「葛覃」は、古注は「興」、集伝は「賦」と取る。

一八 「先子」は自分の父仁斎をいう。以下「先人」「先君子」というのも同じ。

一九 語孟字義・下「詩」の第二条。

二〇 世の中一般に。

二一 左伝・文公四年に、「公、為に湛露及び彤弓を賦す」。又、襄公八年に、「(季)武子、彤弓を賦す」。「湛露」も「彤弓」も、小雅・鹿鳴之什の詩。天子が諸侯に宴会や征伐の権利を認める赤い弓を賜わるときの詩。

二二 左伝・襄公二十七年に、「子大叔、野有蔓草を賦す」。又、昭公十六年に、「子齹(し)」、野有蔓草を賦す」。「野有蔓草」は、鄭風の詩。「めぐりあえたのがうれしい」ことをうたう。どちらも鄭の大夫が賦した。

二三 中国の戦国時代(前五世紀—前三世紀)をいう。史記に「六国年表」がある。

分より、文に賦[一]といふ体《たい》あり。後世[二]には、詩を作ることを、賦すと云《いふ》。いにしへはしからず。賦は、風とはすこし[三]わけたがいたれども、いづれも人の口づさみうたふことなれば、これを一類によせて、風・賦と次第《しだい》するなり。さて比・興を一類にするは、比は、ものにたくらぶることなり。興は、詩をよみて、げにもとこゝろにおもしろく、感情のもよほすこと也。たとへば、[四]斉宣王《せいのせんのう》、孟子《もうし》に出会《であひ》て、「他人心有り、予之れを忖度《そんたく》す(他人有心、予忖度之)」と称美《しょうび》せられ、又は後世のことなれども、[五]晋之《しんの》王裒《おうほう》が「哀々たる父母、予を生んで劬労《くろう》す(哀々父母、生予劬労)」といふ詩をよみて、父の非命《ひめい》をなげくがごとし。この外《ほか》、如此《かくのごとき》の例、あまたあることなり。比《ひ》も、又興の類なり。たとへば、「[六]綿蛮《めんばん》たる黄鳥《こうちょう》、丘の隅《すみ》に止《とど》まる(綿蛮黄鳥、止于丘隅)」といふ詩をよみて、鳥さへその止《とど》まり所をしるに、人としておのがとゞまりをしらでは、鳥にもおとりたりと、夫子の情をもよほしたまふ。これも興なれども、鳥を人に比するは、比なり。よりて、この二つを一類にして、比・興を次第するなり。雅とは、朝廷の雅楽《ががく》にほどこす事、雅とは、声の正しきをいふ。頌とは、宗廟《そうびょう》に奏《そう》するの楽《がく》、先祖の功徳《こうとく》を頌美《しょうび》して祭《まつり》にすゝむる故なり。これも、わけかはれども、いづれも[七]舞《ぶ》楽《がく》に用《もちゆ》るゆへによりて、この

一 朗誦される韻文。楚辞を起源にし、荀子に賦篇があり、漢代以後、盛行した。
二 たとえば、蘇軾「欧陽叔弼に訪はれ…〈叔弼既に去り、感慨已まずして、此の詩を賦す〉」(蘇軾詩集・三十四)。
三 意味が違っているけれども。
四 孟子・梁恵王上(文庫上、五二頁)に見える。引用の詩は、小雅・節南山之什「巧言」。「他人が持っている心を、わたしははかり知る」。
五 晋書・八十八・孝友伝に見える。父の王儀は、晋の文帝(司馬昭の追尊帝号、二一一―二六五)に直言して斬られたので、「父の非命」という。引用の詩は、小雅・谷風之什「蓼莪」。「あわれなあわれな父母は、わたしを生んで苦労をなさった」。
六 大学に、この詩を引いて、「(孔)子曰はく、「止に於いて、其の止まる所を知る。以て人にして鳥に如(し)かざるべけんや」」とあるのによる。詩は、小雅・魚藻之什「綿蛮」。「ちょこちょこしたウグイスは、丘の片隅に止まる」。
七 「舞楽に用る」ということ、根拠は未詳。雅と頌とが朝廷と宗廟で奏せられることからいったものであろうか。
八 詩を一篇一篇が、国風は風、小雅・大雅は雅というように、定まった六義の分類にあてはめて、ほかには属させないというこ

二つを一類にして、雅・頌と次第するなり。六義のわけ、大略《たいりやく》かくのごとし。

○六義、三百篇に通ずるといふことは、三経三緯の説は、[八]六義の体は詩に定《さだま》りありと云へり。左《さ》にあらず。この方《ほう》の用ゆるわけによりて、或は風にも成り、或は雅にも頌にも成り、賦・比・興、もとよりその通りなり。たとへば、豳《ひん》[九]の詩は、もと風の詩なり。然《しかれ》ども、『周礼《しゆらい》』籥章《やくしよう》[一〇]に、「迎寒《げいかん》[一一]……に豳雅《ひんが》・豳頌《ひんしよう》を吹《ふく》」といふことあり。しかれば、豳風の詩を、時によりては、雅とも頌ともいふなり。その他、これに準《じゆん》じてしるべし。賦・比・興は、前に挙《あぐ》る通《とほり》にてしるべし。今の風・雅・頌の詩を、いづれをうたひても、「賦某詩」[一二]といへば、風・雅・頌、みな賦といふべし。しかれども、一首におの〳〵六義を含《ふくん》で、三百篇こと〴〵く六義あらず。通用するも、通用せざるもあるべし。もし、先儒の説のごとくなれば、六義[一三]は、詩の体といふものにて、詩の義にあらず。義といふは、詩を取用《とりもち》[一四]ゆるわけをいへり。その別《べつ》、この六あるによりて、是《これ》を六義と云《いふ》。程子《ていし》の説を下《しも》に挙《あぐ》。

○程子《ていし》[一五]曰、「詩に六体有り、須《すべか》[一六]らく篇篇に之れを求むべし。或いは[一七]兼ね備はる者有り、或いは偏《ひと》へに一、二を得る者有り。今の詩を解する者は、風《ふう》は則ち国風に分[一八]付し与ふ。雅は則ち大・小雅に分付し与ふ。頌は即ち頌に分付し与ふ。詩中[一九]に且

と。

九 豳風は、国風の第十五。今の陝西省西北部、周王朝発祥の地の民謡。

一〇 周礼・春官の一官。

一一 この引用は省略したもので、誤解を生じ易い。「迎寒」の下は、自筆本・東所校定本とも数字闕。「迎寒」は、原文では、上文につづき、下文につづかない。必要なところは、つぎのとおり。「凡そ国、年(みのり)を田祖に祈るに、豳雅を龡(吹)き…国、蜡(さ)を祭るときは、則ち豳頌を龡き」。すべて国が豊作を神農に祈るには、豳雅の笛を吹き、年末の祭りには、豳頌の笛を吹く。

一二 七頁注二一・二二の左伝の例を参照。

一三 六義は、詩のスタイルで固定してしまい、詩の理論でなくなる。

一四 詩の利用法。

一五 東涯自筆本・東所編定本、ともに「程子曰」とだけあり、程子のどのことばを引くかは不明。日本儒林叢書本が、この引用をさすか、と指摘。語孟字義の「三経三緯之説、最可疑焉」の標註に、東涯が二程全書から下文を引用しているので、それにもとづいて補なった(日本思想大系33、一五五頁を参照)。程子遺書・二上、程顥・程頤のいずれの説か不明。

一六 一篇一篇について六義を求むべきである。

一七 全部備わっているものもあるし、一つか二つだけ部分的にあるものもある。

一八 全部渡してしまう。

一九 詩経の中で、まずこの風・雅・頌の三種の義をなくしてしまえば、どうして詩経が理解できようか。

つ這《こ》の三般《さんぱん》の体を没却《ぼつきやく》すれば、如何にして詩を看得《みえ》ん。風の言たる、便《すなは》ち風動の意有り。興[一]は便ち一たび喩《たとへ》を興《おこ》すの意有り。比は則ち直ちに之れに比するのみ。「蛾眉《がび》」[二]「瓠犀《こさい》」、是れなり。賦は則ち其[三]の事を賦陳《ふちん》す。「[四]斉侯の子、衛侯の妻」の如き、是れなり。雅は則ち正しく其の事を言ふ。頌は則ち称美《しようび》[五]の言なり。「于[六]《あ》嗟《あ》、騶虞《すうぐ》」の類の如き、是れなり(詩有六体、須篇篇求之。或有兼備者、或有偏得一二者。今之解詩者、風則分付与国風矣。雅則分付与大小雅矣。頌即分付与頌矣。詩中且没却這三般体、如何看得詩。風之為言、便有風動之意。興便有一興喩之意。比則直比之而已。「蛾眉瓠犀」、是也。賦則賦陳其事。如「斉侯之子、衛侯之妻」、是也。雅則正言其事。頌則称美之言也。如「于嗟乎騶虞」之類、是也)」。

風雅[七]のわけは、古人の説と少《すこし》ことなり。六義[八]のとり廻《まはし》のわけ、もつとも分明《ぶんめい》なり。先人も、程子の説よろしきよしいへり。『字義[九]』にのぶるところの説、是《これ》によりてあらはす事なり。

○『周礼《しゆらい》[一〇]』大司楽(以下闕)

○子《し》曰《のたまはく》、「詩三百[一一]、一言以て之れを蔽《おほ》へば、曰はく、「思ひ邪《よこしま》無し」(詩三百、一言以蔽之、曰、「思無邪」)」と。夫子、詩の大旨を説く、この章、もとも[一二]明《あきらか》なり。

一 興は、つまりちょっと比喩して見ようという意味がある。
二 「蛾のような眉」、「ヒョウタンの中の種」。衛風「碩人」に、「歯は瓠犀の如く、螓の首に蛾の眉」とあるのに拠る。
三 事実を書き並べる。
四 前掲「碩人」の句。
五 褒め讃える。
六 召南「騶虞」の句。騶虞は、天下が治まれば現われるという神話的獣。黒い模様の白虎で、生きものを食べない。
七 程子の風・雅の意味は、古人の説とすこし違う。
八 六義の取扱いの理由は、一番はっきりしている。
九 語孟字義の「詩」に述べた説。
一〇 東涯自筆本・東所編定本、ともにこれだけ。案ずるに、六頁注八にあるように、周礼で六義を述べた春官「大師」を「大司楽」と東涯が記憶ちがいし、東所も補いようがなかったのであろう。「大師」に、「六詩を教ふ。曰はく風、曰はく賦、曰はく比、曰はく興、曰はく雅、曰はく頌」とある。
一一 論語・為政(文庫二七頁)。「思ひ邪無し」は、魯頌「駉」の一句。
一二 最も。

詩をいふものは、人の心におもふことをありやう[一三]に言《いひ》あらはしたるもの也《なり》。三百篇の詞をみるに、賢人《けんじん》をよみしては、「[一四]緇衣《しい》の宜《よろ》しきを与《あたへ》ん」とおもひ、悪人《あくにん》をにくみては、「[一五]豺虎《さいこ》に投畀《なげあたへ》ん」とおもひ、あるひは聖人《せいじん》[一六]の功徳《こうとく》を称賛《しょうさん》し、或は乱[一七]世の風俗を歎息し、或は父子《ふし》[一八]兄弟《けいてい》の恩義をおもひ、或は男女夫婦《だんじょふうふ》[一九]の情《じょう》をよする、そのこと、さま〴〵なりといへども、いづれも、こゝろにおもふことを、ありやうに詞《ことば》に述《のべ》たるゆへに、「一言以て之れを蔽へば、曰はく、「思ひ邪無し」」(一言以蔽之、曰、「思無邪」)」とのたまふなり。蔽《へい》とは、蔽蓋《へいがい》、器物の蓋《ふた》をするがごとし。この一句にて、三百篇の詩をおほひつくすとなり。人たるものは、たゞ物ごとすなほに有様《ありやう》にあれといふことなり。夫子、常に[二〇]「忠信を主とす(主忠信)」とのたまひ、又曰《いはく》、「斯《こ》[二一]の民や、三代の道を直《なほ》うして行なふ所以なり(斯民也、三代之所以直道而行也)」と。『孟子[二二]』にも、「誠を思ふ者は、天の道なり(思誠者、天之道也)」と。いづれも同《おなじ》きわけなり。

○夫子[二三]、伯魚に謂つて曰はく、「詩を学ばずんば、以て言ふ無きなり」(夫子謂伯魚曰、「不学詩、無以言也」)。又曰、「人[二四]にして周南《しゅうなん》・召南《しょうなん》を為《まな》ばずんば、其れ猶正《ただ》しく牆《かき》に面《めん》して立てるがごときか(人而不為周南・召南、其猶正牆面而立也与)」

一三 あるがままに。
一四 鄭風「緇衣」に、「緇衣の宜しき…還つて子の粲(さん)を授けん」。作られた事情を述べる小序に、「緇衣は、武公を美(ほ)むるなり」。
一五 小雅・節南山之什「巷伯」に、「彼の譖人(しんじん)を取つて、豺虎に投げ畀へん」。譖人は、讒言する人。豺は、山犬。
一六 たとえば、大雅・文王之什「皇矣」の小序に、「皇矣は、周を美(ほ)むるなり」。
一七 たとえば、鄭風「溱洧」の小序に、「溱洧は、乱を刺(そし)るなり。兵革息(や)まず、男女相棄て、淫風大いに行なはれ、之れを能く救ふ莫し」。
一八 たとえば、魏風「陟岵(ちょっこ)」の小序に、「陟岵は、孝子行役し、父母を思念するなり」。
一九 たとえば、周南「汝墳」の小序に、「汝墳は、道化行なはるるなり。…婦人能く其の君子を閔(あは)れみ、猶之れを勉むるに正を以てするなり」。
二〇 論語では、学而・子罕・顔淵の各篇に見えるので、「常に」という。「忠」は心の誠実、「信」は言語の誠実、それを主体的に持つ。
二一 論語・衛霊公の語(文庫二一八頁)。「道を直くして行なふ」というのが、「すなほに有様にあれ」に相当する。
二二 離婁上(文庫下、三三頁)。原文は、「誠なる者は天の道なり。誠を思ふ者は人の道なり」。しかし、「すなほに有様にあれ」という点では同じ。
二三 論語・季氏の語(文庫二三三頁)。伯魚は、孔子の子、孔鯉。
二四 論語・陽貨の語(文庫二四二頁)。

と。人の詩を学《まなば》ざれば、さし当《あた》りて物いふこともならず、不自由成《なる》ことをのたまへり。又曰、「詩[一]三百を誦《しよう》して、之れに授くるに政を以てすれども達せず、四方に使ひして、専《ひと》り対《こた》ふる能はずんば、多しと雖も亦奚《なに》を以て為《な》さん(誦詩三百、授之以政不達、使於四方、不能専対、雖多亦奚以為)」とのたまへり。詩を学ぶの甚《はなはだ》利益《えき》あることをのたまへり。今日に在りては、それほどの利益あるやうにみへず。畢竟《ひつきよう》詩といふものは、人情を写したるものなり。人情に通ぜざれば、世間にいでて人付合《〔ゝ〕ひとづきあひ》することもならず、政事《せいじ》も取行《とりおこなは》れざるによりて、かくのたまふ也。後世は、『論語』[二]・『孟子』のごとき、あきらかに道理を説き、善悪の方《ほう》をあらはしたる書有《あり》。又『左氏』・『国語』以来、さま〴〵歴代の事実をしるす書物多し。後世のこゝろを以てみるによりて、うたがふことなり。夫子の時代には、これ等の書物なし。商・周以来の事変・風俗を載《のせ》、上下の是非・得失を詳《つまびらか》にあらはしたるは、『詩経』よりくわしきはなし。ゆへに夫子も、平生『書経』に取《とり》あわせて、雅言《がげん》[三]にのたまふ也《なり》。且《かつ》後世には、詩の注解・訓詁《くんこ》、諸儒の説、詳《つまびらか》なりといへども、年代久遠《きゆうえん》なるゆへに、畢竟[四]すまざること多し。そのかみは、事実の来歴もよくしれ、章句の訓詁もよくきこへて、人は誦得《しようしえ》てさとりやすきなるべし。

一 論語・子路の語(文庫一七五頁)。
二 語孟字義・下「総論四経」の第二条に、「論語・孟子は、義理を説く者なり。詩・書・易・春秋は、義理を説かずして、義理おのづから有る者なり」。「義理」は、ここでは「道理」というのにほぼ等しい。
三 論語・述而の「子の雅(ね)に言ふ所は詩・書。礼を執るをも皆雅に言ふなり」にもとづく。論語古義は、「雅」を「常」と注する(文庫九七頁、句読・解釈は古義と異なる)。
四 解決できないこと。

しかれば、これを読《よん》で利益のある事、はかりしるべし。

○子[五]曰、「小子《しようし》、何ぞ夫《か》の詩を学ぶこと莫きや(小子、何莫学夫詩也)」一章、夫子、詩道《しどう》を述《のべ》たまふこと、もとも詳明《しようめい》なり。「之れを邇《ちか》くしては父に事《つかふまつ》り、之れを遠くしては君に事る(邇之事父、遠之事君)」といふは、君父《くんぷ》は人倫《じんりん》の中にて大すじめなり。君父をあぐるときは、すべて吾《われ》より上《かみ》つかたの人、みな同じ。中《なか》にして、わが[六]郷党朋友《きようとうほうゆう》、下《しも》にして、わが妻子臣妾《さいししんしよう》、みなこの中にあり。詩を能読得《よくよみえ》て、世間《せけん》の人情に通ずれば、おのづから温厚和平《おんこうわへい》の気を生《しよう》じ、人に交《まじは》りて無理なることを言《いひ》かけられ、不届《ふとどき》をしかけられても、ふかくとがめざるなり。しかるときは、君父につかふまつりて、不忠不孝のことはあるまじ。故に「之れを邇くしては父に事り、之れを遠くしては君に事る(邇之事父、遠之事君)」と宣《のたま》ふなり。「以て興《おこ》すべし(可以興)」といふは、「詩[七]に興る(興於詩)」といふの興のごとく、詩をよみて感のもよほすこと、[八]さきに詳に論ずる通《とほり》なり。「以て観つべし(可以観)」といふは、観は、大観《たいかん》・壮観《そうかん》の観のごとく、ものを見物することなり。詩は人情をつくしたるものゆへ、[九]山水風烟《さんすいふうえん》を観覧するがごとく、世間の人の有《あり》さま、さま〴〵あることをしるなり。「以て群《ぐん》すべし(可以群)」といふは、群は、「群[一〇]して党

[五] 論語・陽貨。全文は、「子の曰はく、「小子、何ぞ夫(か)の詩を学ぶこと莫き。詩は以て興るべく、以て観つべく、以て群すべく、以て怨むべし。之れを邇(ちか)くしては父に事(つかふまつ)り、之れを遠くしては君に事(つかふまつ)る。多く鳥獣草木の名を識る」(文庫二四二頁)。

[六] 郷里の人と友人。

[七] 論語・泰伯の語。「詩に興り、礼に立ち、楽に成る」とある(文庫一〇九頁)。

[八] 八頁「興は、詩をよみて、げにもとこゝろにおもしろく、感情のもよほすこと也」をさす。

[九] 風と靄。景色。

[一〇] 論語・衛霊公の語(文庫二一七頁)。論語古義「和して以て衆に処(を)るを群と曰ふ」。

せず(群而不党)」の群のごとく、あまたの人に付合《つきあ》ふことなり。かたくなな〔ゝ〕るもの、又は世間にまじはらざるものは、大勢《おほぜい》の人に出合《であひ》ては、すこしのことにて人をとがめ、中《なか》をあしくすること多し。人情に通ずれば、あまたの人に付合《つきあひ》て、あらそひせめぐこともなく、交《まじはり》を全《まった》くするなり。「以て怨むべし(可以怨)」とは、[一]怨慕《えんぼ》の怨のごとく、[二]人を念比《ねんごろ》におもふて、怨《うらむ》ることとなり。交《まじはり》うときものは、わが門《かど》をすぎて立《たち》よらざれども、うらむることなし。親《したし》きものなれば、など立《たち》よらぬとうらむ。『孟子』所謂《いはゆる》[三]「親の過《あやま》ち大にして怨まずんば、愈《いよいよ》疎《そ》なり(親之過大而不怨、愈疎也)」といふ類なり。詩をよめば、人を大切におもふによりて、よくうらむといふことなり。興・観・群の外《ほか》、又一《いつ》の怨といふことを、詩の利益とし、そのたまふこと、尤《もっとも》味《あぢ》あり。後世の人の会得《えとく》しがたきことなり。さて、その餘波《よは》には、おほく鳥獣草木《ちようじゆうそうもく》の名を覚《おぼ》へしるとなり。是《これ》は、世のことわざに、[四]「歌よみはゐながら名所をしる」といふがごとく、世俗[五]一等の人は、[六]『庭訓往来《ていきんおうらい》』をよみて、国々の物産《ぶっさん》・名物《めいぶつ》をしるも、又学問なり。そのかみにありては、詩をよみて、多く鳥獣草木の名をしるも、同《おなじ》きことなり。右之通《みぎのとほり》にて[七]詩のおしへつきたり。

○[八]『書経』は、聖帝《せいてい》・明王《めいおう》の政事《せいじ》をしるし、治国《ちこく》・平天下《へいてんか》の道をあらはせり。『論

一　怨んで慕う。孟子・万章上「万章問うて曰はく、「舜、田に往きて、旻天(びん/てん)に号泣すと。何すれぞそれ号泣するや」。孟子曰はく、「怨慕するなり」」(文庫下、一一五頁)。孟子古義に、「夫子、詩を論じて曰はく、「以て怨むべし」と。…蓋し怨むとは、人情の免れざる所にして親愛の未だ絶えざる者なり」。
二　人を親しく思って、怨むことである。
三　告子下の句(文庫下、二七八頁)。孟子古義に、「大過にして怨まざるは、此れ其の親を路人にするなり」。
四　「歌人は(旅行をせず)じっとしたままで名所を知る」。物集高見『広文庫』にも見えることわざであるが、出典未詳。
五　一同。一般。
六　室町時代から江戸時代にかけて行なわれた書簡体の初等教科書。当時の社会生活に必要な語彙を含んでいた。
七　詩の教は全部である。
八　童子問・下・五章に、「書は以て政事を道ふ」。「治国・平天下」は、大学の用語。
九　→一二頁注二。正不正の区別をはっきりさせて、自分を修養し他人を統治する方法を示される。
一〇　→一二頁注三。
一一　礼記の第二十六篇。経書につき一つ一つ取り上げて説明した部分を含む。
一二　「おだやかでなごやかでていねいなのは、詩の教えである」。経解原文は、「詩之教」の「之」字なし。

語』・『孟子』は、[九]是非《ぜひ》・邪正《じやせい》の分《ぶん》をあらはして、修己治人《しゆうこちじん》の方《ほう》を示したまふ。『書経』は君道《くんどう》なり。『論語』・『孟子』は師道也《しどうなり》。『詩経』は、この二《ふたつ》の義にあらず。たゞ風俗・人情をあらはして、是非・善悪のおしへを示すの書にあらず。これをよむものは、諷誦《ふうしよう》・吟詠《ぎんえい》して、人情・物態《ぶつたい》を考へ、温厚和平の趣《おもむき》を得《う》べきなり。故に、いにしへより、これを尊《たふと》で経《けい》とし、『書経』と並称《ならびしよう》して「詩《し》・書《しよ》」と云《いふ》。夫子の[一〇]雅《つね》に言ふ、このゆへにあらずや。

○[一一]『礼記《らいき》・経解篇《けいかい》』に、五経の事を論じて云《いふ》、「[一二]温柔敦厚《おんじゆうとんこう》は詩の教へなり(温柔敦厚、詩之教也)」。又曰《いはく》、「[一三]詩の失《しつ》は、愚《ぐ》(詩之失、愚)」。又曰、「[一四]温柔敦厚にして愚ならずんば、則ち詩に深き者なり(温柔敦厚而不愚、則深於詩者也)」。[一五]方慤《ほうかく》注云、「[一六]温柔敦厚にして其の志を溺《おぼ》らせば、則ち自《みづか》ら用ゆるに失す。故に詩の失は、愚なり。(温柔敦厚而溺其志、則失於自用矣。故詩之失、愚)」。この言、もともあきらかなり。詩をよむときは、人情に通ずるゆへに、万事《ばんじ》柔和《にゆうわ》にして[一七]麁暴《そぼう》なる事はなし。しかれども、何事にても、たゞ一方になずみては、かならずその弊《へい》あり。詩をよみて、[一八]ひたもの温柔なるがよしとおもひて、何事もたゞ宥恕《ゆうじよ》を加へ、いましめたゞすべきことも、なだめおくやうになりては、必《かならずぐ》愚に成《なる》ことなり。「[一九]仁を好め

一三 「詩の教えがうまくコントロールできないと、バカとなる」。
一四 下文に説明が見える。
一五 北宋末年の学者。政和八年(一一一八)の進士。官は礼部侍郎に至った。礼記解二十巻があったという。
一六 元の陳澔の礼記集説・一四・儒行篇の注に引用。「温柔敦厚で意志をなくしてしまうと、自分が乗り出すという点で過失が起こる。だから、「詩の失は愚」である」。
一七 「粗暴」と同じ。
一八 ひたすら。専ら。
一九 論語・陽貨の語(文庫二四一頁)。

一 親バカに相当するであろう。
二 前頁注一四の引用句の説明。
三 この儒行の語は、古代からいい伝えられて来た名言であろう。孔子のことばとして伝えられて来ているが、もっと以前から伝わって来たことばを孔子がいったという意。
四 荘子の篇名は、自筆本・東所編定本ともに空欄。「詩以て人情を道ふ」の語が荘子に見えないからであろう。童子問・下・第五章に、この語が出、そこの「易以て陰陽を道ふ」の東涯の標註(日本古典文学大系九七、一五四頁参照)に、荘子・天下の「詩以て志を道ひ…易以て陰陽を道ふ」を引く。天下の語の記憶ちがいであろうか。
五 「寡見」は、自筆本・東所編定本ともに空欄。下文の「志を言ふ者…」の句は、揚子法言・寡見に見えるので、日本儒林叢書本が「寡見」を補ない、これに従う。
六 「志を言ふ者では、詩よりもはっきりしているものはない」。

ども学を好まざれば、其の蔽や愚なり(好仁不好学、其蔽也愚)」とのたまふがごとし。たとへば、子弟などの逸楽《いつらく》をこのむを、わかきものは一度《ひとたび》はさもあるべしと、ゆるし置《おい》て制《せい》せざれば、後《のち》には無頼《ぶらい》の少年となりて、身を滅《ほろぼ》し家をやぶりて、世上《せじよう》のあざけりを取《とる》。[一]愚といふものにあらずや。しかるによりて、[二]詩をよみて温柔敦厚の気象《きしよう》を得て、その上に愚に流るゝの弊なければ、詩《し》道《どう》にふかきものといふべしとなり。よく詩道を言《いひ》あらはしたるものなり。[三]古の遺《い》言《げん》なるべし。

○[四]『荘子《そうじ》』……篇に、五経の事を説《とい》て、「詩以て人情を道《い》ふ(詩以道人情)」とあり。[五]『揚子法言・寡見篇』に、又云《いふ》、「[六]志を言ふ者は、詩よりも弁なるは莫《な》し(言志者、莫弁《(ママ)》於詩)」とあり。いづれも同《おなじ》きわけにて、詩と云《いふ》ものは、面々の志をのべ、人情をつくしたる書といふことなり。『荘子』は[七]異端の書なれども、このことば、よく詩の道をことはりたるゆへに、[八]先儒以来、常に引用せらる。詩のことばはさま〴〵なれども、「人情を道ふ(道人情)」といふの一句にてつゞまることとなり。世上の事に、表向《おもてむき》へ出して法律・義理を以てせむれば、いなの言《いひ》わけならざることあり。よく[九]内証《ないしよう》を察すれば、やむことなき事にて法を犯《をか》し罪を得《え》、世間の誚《そしり》を得《う》ることあり。このわけを心得ざれば、世間に交《まじは》りて人に付合《つきあひ》、政《せい》に従《したがう》て[一〇]しおき

七　儒家以外の書。論語・為政に、「異端を攻(をさ)むるは、斯れ害のみ」(文庫三三頁)。論語古義に、「異端は、古の方語、其の端相異にして一ならざるを謂ふなり」と釈し、広義に解している。
八　「先儒」がだれを意味するか未詳。
九　内部事情。
一〇　処置する。実務を執行する。
一一　まっすぐで融通のきかぬこと。
一二　→一二頁注一。
一三　後漢書・六十四・呉祐伝に見える。呉祐の部下の収税人の孫性が、個人的に銭を徴収して、その銭で衣服を買い、父に贈ったら、父が叱ったので、孫性は呉祐に自首して事情を話したところ、呉祐は「過ちを観て斯に仁を知る」といって、その父に礼をいい、衣服は改めて父に贈った。「過ちを観て…」は、論語・里仁の句(文庫五四頁)。
一四　後漢書・二十五・卓茂伝に見える。「刑法は基本的な法則をきめているので、礼儀は人情にそうて行なう」。
一五　自分の議論の証明に、詩経・書経の句を引用する。ハーバード・燕京研究所編『孟子引得』によれば、詩経は三十一回、書経は十回引用。
一六　詩経を議論する章は、あまり多くない。
一七　離婁下(文庫下、八四頁)。下文に説明がある。
一八　万章下(文庫下、二一四頁)。孟子原文には、「誦」は「頌」、「可乎哉」の「哉」なし。
一九　告子下(文庫下、二七七頁)。「高叟」は人名。
二〇　注一七の「王者」の説明。周の平王東遷(前七七〇)は、西周から東周への時代の切れ

をするにも、物ごと木[11]おりにして、人心《じんしん》を得《う》ることなし。夫子のいわゆる「詩[12]三百を誦し(誦詩三百)云々」とのたまふ、誠にことわりなり。後漢《ごかん》[13]の呉祐《ごゆう》が掾吏《えんり》、物をかすめて父におくるに、「過《あやま》ちを観《み》て仁を知る(観過知仁)」といゝて、これを釈《ゆる》し、卓茂《たくも》[14]が「律は大法を設け、礼は人情に順《したが》ふ(律設大法、礼順人情)」といへる、暗《ひそか》にこの意にかなへるにや。

○『孟子』、多く詩[15]・書を引《ひい》て証《しょう》とす。然《しかれ》ども、詩[16]を説《とく》の章《しょう》、多《おほく》あらわれず。「王者[17]の迹熄《あとや》んで詩亡ぶ(王者之迹熄而詩亡)」・「其[18]の詩を誦《しょう》し、其の書を読み、其の人を知らざるは、可ならんや(誦其詩、読其書、不知其人、可乎哉)」・「固《こ》[19]なるかな、高叟《こうそう》の詩を為《をさ》むるや(固哉、高叟之為詩也)」と云《いふ》二、三章にすぎず。王者[20]といふは、殷・周以来、周の平王東遷《へいおうとうせん》の比《ころ》までのことをいふ。そのかみ、風俗淳厚《じゅんこう》にして、上下の事を有様《ありやう》に諷詠《ふうえい》して、いみさくることなし。『論語』にいわゆる「斯[21]の民や、三代の道を直うして行なふ所以なり(斯民也、三代之所以直道而行也)」と。すなわちその事なり。そのかみにありては、前代《ぜんだい》の事をしるし、諸国の風物《ふうぶつ》を載するは、『詩経』ほど詳《つまびらか》なるものはなし。東遷以後の詩も交《まじ》りたれども、三代聖王盛時《せいじ》の風俗・人情、これにてみるべし。故に「王者の迹熄んで詩亡ぶ(王

めになって、平王の四十九年(前七二二)が、春秋の始まり、魯の隠公元年になる。孟子では、下文に、「詩亡んで然る後に春秋作(おこ)る」とあるから、「王者」は春秋時代以前の「王者」ということになる。

三 → 一一頁注二二。

一 論語集注(朱熹)の為政「詩三百…」の章の注。「善いものは、人の善い心を感動発揮させ、悪いものは人の放逸な気持ちを懲らし戒めることができる」。 二 朱熹の詩集伝・序。「よいものはそれを先生とし、わるいものは改める」。詩集伝・序は、その他のところでも「勧懲」を盛んに主張する。

三 鄭風・衛風(邶・鄘も含めて)の詩に、正常でない男女関係の詩が多い。下文二五頁一一行以下引用の詩経集伝・鄭風の注参照。

四 男女の相手を誘うことば。たとえば、鄭風「溱洧」の「女曰はく観(み)んか。士曰はく既にす」など。 五 民間。

六 春秋時代にしばしばあった。「君を弑した」例は、魯の桓公が、兄の隠公を弑するなど、非常に多い。「父を弑した」例は、ちょっと思い浮かばないが、春秋公羊伝・宣公十一年に、「天下の諸侯、無道を為す者有り、臣は君を弑し、子は父を弑す」。伯父、叔父を弑した例は多い。

七 たとえば、左伝・桓公二年「宋の(華父)督、孔父(こうほ)を殺して其の妻を取る」。孔父は、孔子の六世の祖。

八 周の幽王(前七八一―七七一在位)は、西周最後の王、褒姒を愛して政治を混乱させ、犬戎に殺されて、その子平王は、今の陝西省の鎬京(こうけい)から、今の河南省の洛邑に東遷し

者之迹熄而詩亡)」といふなり。

○先儒、詩を説《とく》に、勧善懲悪《かんぜんちょうあく》の説あり。『集注』に云《いふ》、「[一]善なる者は人の善心を感発すべく、悪なる者は人の逸志《いつし》を懲創《ちょうそう》すべし(善者可感発人之善心、悪者可懲創人之逸志)」と。又『集伝』序にも、「[二]善なる者は之れを師として、悪なる者は改む(善者師之、而悪者改焉)」と。この意は、人の心の感ずること、邪正《じゃせい》のたがひあり。ゆへに言《げん》にあらわるるもの、又是非おなじからず。故に詩のことばには、よきこともあり、あしきこともあり。よきことをみては、我《われ》も善を行《おこなは》んとおもひてすゝみ、あしきをみては、あしきことをすれば、かく名を後世までものこして人に嘲《あざけら》るゝとおもひていましむるなり。然《しかれ》ども、『論』・『孟』にのする四、五章のことばを考《かんがふ》るに、かつて勧懲《かんちょう》の説なし。『礼記《らいき》』等の書にも又その説なし。大抵《たいてい》、詩三百篇に通じて、その性情を思取《おもひと》るにありて、あしきこゝろをもちて、あしきことばをいゝあらわすにあらず。

○[三]鄭《てい》・衛《えい》の詩に、淫奔《いんぽん》の詩多し。先儒のいわゆる「懲悪」といふは、もはらこれ等《ら》の詩をさしていふ。然《しかれ》ども、あしきことをなしても、明《あきら》かにその時代・名・所をもしるしおくこと、春秋などのごとくならば、後世の戒《いましめ》にもなるべし。たゞ何と

た。小雅・節南山之什「節南山」の小序に、「節南山は、家父、幽王を刺(そし)るなり」とあり、以下の小雅諸篇も、幽王を刺った詩とされるものが多く、又、大雅・蕩之什「瞻卬」・「召旻」は、幽王を刺った詩とされる。

九 周の厲王(前八七九―八二八在位)は、幽王の二代前の王。貪欲できびしい政治を行なったので、放逐され、二人の大臣の「共和」政治が行なわれた。大雅・生民之什「民労」の小序に、「民労は、召穆公、厲王を刺るなり」など、「民労」以下の大雅に、厲王を刺ったとされる詩が多い。

一〇 斉の襄公(前六九七―六八六在位)は、実妹の魯の桓公夫人と近親相姦し、桓公が夫人を責めると、桓公を殺してしまった。小序によれば、斉風「南山」・「甫田」・「盧令」・「載駆」は、襄公を刺った詩とされる。

一一 衛の宣公(前七一八―七〇〇在位)は、自分の太子の嫁としようとした女性が気に入って自分のものとし、のち太子を外国に使者に出し、途中で殺そうとしたが、それを知った弟が身代わりとなって殺され、太子も自分から名乗って殺された。小序によれば邶風「凱風」・「匏有苦葉」・「新台」・「二子乗舟」、衛風「氓」は、宣公を刺った詩とされる。

一二 注八・九上引の家父・召穆公、あるいは、大夫というふうに作者は知識階級とされる。

一三 王守仁・伝習録・上「孔子定むる所の三百篇は、皆所謂雅楽、皆之れを郊廟に奏し、之れを郷党に奏すべし。…此れ(鄭・衛の詩)必ず秦火の後、世儒附会して、以て三百篇の数に足す」。 一四 王守仁(一四七二―一五二八)の号。哲学者。陽明学を主張した。

一五 明初の政治家(一三七九―一四六二)。その説は、

なく悪事を言《いひ》あらはして、何の世に何といふ人のわざもたしかならざれば、後人の戒にも成《なり》がたし。鄭・衛の詩は、[四]男女相誘《だんじよあひさそふ》のことば、[五]閭閻草野《りよえんそうや》の間《かん》にもいつもあるべきこと也。深戒《しんかい》とするほどの悪ともいゝがたし。[六]父と君とを弑《しい》し、[七]夫を殺して妻を奪ふ等《など》の甚《はなはだ》ふ不仁不義《じんふぎ》成《なる》ことは見へず。又周の[八]幽《ゆう》・[九]厲《れい》、[一〇]斉襄公《せいのじようこう》・[一一]衛宣公《えいのせんこう》などの悪逆淫行《あくぎやくいんこう》を作《つくり》たる詩は、[一二]当代有識《とうだいゆうしき》の人のそしりたる詩にて、あしき人の自《みづから》いふにあらず。彼是《かれこれ》あわせ考《かんがふ》るに、懲悪の説は、詩の旨《むね》にかなわず。

○又一説に、聖人、詩をけづりて、万世のおしへをのこしたまふ。鄭・衛淫奔の詩は取たまふ事はあるまじ。秦火《しんか》の後、三百篇の詩欠亡《けつぼう》して全《まった》からず。[一三]後の儒者、孔子刪餘《さんよ》の詩を取合《とりあはせ》て、三百篇の数にあわせて補《おぎなひ》たるものなるべし。かくのごとき詩を、何等《なんら》の鬼神《きじん》にすすめ、何等の宗廟《そうびよう》に薦《すす》めんやと。明《みん》の[一四]王陽明《おうようめい》・[一五]王直《おうちよく》等の論、いづれもこの通りなり。その説、まことにことはりなり。然《しかれ》ども、「詩は人情を道《い》ふ(詩道人情)」は、古今の通論なり。情《じよう》はさま〴〵なれども、[一六]室家の情をおもしとするゆへに、情欲《じようよく》・[一七]情竇《じようとう》などいふ。然《しから》ば鄭・衛淫奔の詩の載《のせ》たるは、『詩経』の眼目《がんもく》なり。いわゆる「[一八]以て観《み》つべし(可以観)」といふも、またこの事ならずや。先儒、必《かならず》『論』・『孟』・『書経』などの[一九]道徳仁義の旨《むね》をあらはして法則《ほうそく》

何に見えるか未詳。なお、下に引く史綱疑辯・二に王直「夷斉十辨」のあとに、程敏政(明の学者)「詩考」を載せ、「漢儒、徒(いたづら)に三百五篇の目を見、散軼存せざれば、則ち以て孔子刪る所放つ所の余を取り、一切湊合して、以て其の数に足す」という語がある。あるいは、これを王直の文と誤ったものであろうか。一六 家庭内の愛情、特に夫婦間のそれ。周南「桃夭」に「之(こ)の子于(ゆ)き帰(とつ)ぐ、其の室家に宜し」。

一七 情欲に通ずる穴。情欲の芽ばえ。

一八 →一三頁注五。

一九 一二頁注二及び一四頁一五行以下参照。

一 大体全部そろっていた。五頁九行参照。

二 論語・学而「子貢曰はく、「貧しうして諂(へつら)ふこと無く、富みて驕ること無くんば、何如」。子曰はく、「可なり。未だ貧しうして楽しみ、富みて礼を好む者には若(し)かざるなり」。子貢曰はく、「詩に云ふ、切するが如く磋するが如く、琢するが如く磨するが如しとは、其れ斯の謂か」。子曰はく、「賜(子貢の名)や、始めて与(とも)に詩を言ふべきのみ」」(文庫二五頁、テキストは論語古義に拠り、異同あり)。又八佾に、「子夏問うて曰はく、「巧笑倩(せん)たり、美目盼(へん)たり、素(そ)以て絢(あや)を為す」とは、何の謂ぞや」。子曰はく、「絵の事は素(しろ)きを後にす」。曰はく、「礼は後か」。子曰はく、「予を起こす者は商(子夏の名)なり。始めて与に詩を言ふべきのみ」」(文庫四二頁)。子貢(前五二〇–四五六)は、端木賜の字。

三 「政事」にすぐれている孔子の弟子。

詩の一部分を引いて作者本来の意味に関

を示すの書とみられたるゆへに、かく疑《うたがひ》あることとなり。その上、詩三百篇とゞく楽《がく》に用《もちゆ》るにもあらず。その餘《よ》はすでに前にこれを詳《つまびらか》にす。すべてこれ等《ら》のことは、何の証拠といふこともなく、三百篇の詩は、夫子より以前、[一]大要都合《つごう》してあり。さして夫子の删正《さんせい》ともみへず。又、後人の補入《ほにゆう》ありともおもわれず。

○後世、詩を読者《よむもの》は、先儒の注解によりて、その義理を究置《きはめおく》ばかりなり。古詩をとくは、本義にかゝはらず、さまゞに変通《へんつう》して是《これ》を用ゆる。それゆへ、才識《さいしき》学問なき人は、にわかには其訣《そのわけ》を会得《えとく》しがたし。子貢《しこう》[二]・子夏《しか》ほどの人にあらざれば、夫子も「与《とも》に詩を言ふべし(可与言詩)」とは、のたまわざるなり。『左伝』に「断章取義《だんしようしゆぎ》[三]」といふこと有《あり》。一句、二句のことば、一章の内にありては、義理かくのごとく、その一、二句を取《とり》はなして用ゆるときは、各別《かくべつ》のことに成《なる》をいふ。「戦々兢々《せんせんきようきよう》」の詞、小旻《しようびん》[四]の篇にありては、時の乱《みだれ》をうれふること也。曾子《そうし》[五]、これを引《ひい》て、小子《しようし》に告《つげ》たまふとき、平生謹身《へいぜいきんしん》の事に成る。随宜《ずいぎ》[六]転用、いづれもかくのごとし。

○此《この》事、古来より言来《いひきた》る事なれども、先儒、さのみ表章《ひようしよう》せられず。さるによつて、学者、そのことをしることまれなり。明《みん》、丘瓊山《きゆうけいざん》[七]『大学衍義補《だいがくえんぎほ》[八]』七十四巻に此論《このろん》

係なく、その句だけの意味で使用する。左伝・襄公二十八年「詩を賦して章を断つ、余、求むる所を取る」。妻をめとるのに、出自を選ばず、欲しい人を取る比喩に使用。

四「小旻」二字、自筆本・東所編定本闕。引用の句から、日本儒林叢書本が補なう。今これに従う。

五 論語・泰伯、曾子が病気のとき、弟子に手足を調べさせて、「戦戦兢兢、深き淵に臨むが如く、薄き氷を履むが如し」の詩を引いて、一生、怪我をせぬよう、慎重に生活して来た比喩としたのをさす(文庫一〇七頁)。「戦戦兢兢…」は、小雅・節南山之什「小旻」の句。小序によれば、大夫が幽王を刺った詩で、国家が危険な状態の比喩。「小子」は、門人たちに呼びかけることばとして、論語原文に見える。

六 適宜に使いかたを変える。

七 丘濬(一四二〇―九五)のこと。明初の政治家。瓊山は、その出身地で呼んだ敬称。

八 丘濬が大学の「治国、平天下」に関係ある資料を集めた書物。百六十巻、首一巻。巻七十四は「経術に本づいて以て教へと為す」上之中、詩経を説く。この文は、東涯輯の鼎鍥経学文衡・二にも収める。「詩を読む」以下は、丘濬が呂祖謙の語につけた議論。

九 →四頁注一三。呂祖謙のことばは、「詩は事に因る。事を遷して以て詩に就かず。…」。出所未詳。

一〇 鍾惺(一五七四―一六二四)の字。明末の文学者、竟陵派のリーダー。「詩論」は、やはり経学文衡・二に収め、出所は、古今議論参とある。鍾惺の隠秀軒文・列集・論一に収める。

一一 子游・子夏。子游(前五〇六―?)も孔子の弟

有《あり》。東萊呂氏《とうらいりよし》[九]の言《げん》を引《ひい》て曰《いはく》、「詩を読むの法は、文に随つて以て意を尋ぬるに在り。詩を用ゆるの妙は、又章を断つて義を取るに在るなり（読詩之法、在随文以尋意。用詩之妙、又在断章而取義也）」と。又、鍾伯敬《しようはくけい》[一〇]が「詩論」にも、この説あり。曰、「詩は、活物なり。游[一一]・夏以後、漢より宋に至るまで、詩を説かざる者無し。必ずしも皆は詩に当る有らずして、皆以て詩を説くべし。其[一二]の皆以て詩を説くべき者は、即ち必ずしも皆は詩の中《ちゆう》に当る有らざるに在り。詩を説く者の能く是《か》くの如くなるに非ずして、詩[一三]の物たる、是くの如くならざる能はざるなり（詩、活物也。游・夏以後、自漢至宋、無不説詩者。不必皆有当于詩、而皆可以説詩。其皆可以説詩者、即在不必皆有当于詩之中。非説詩者之能如是、而詩之為物、不能不如是也）」と。何《いづれ》も文《ぶん》しげきことなれば、こと〴〵くしるさず。むかし、先君子《せんくんし》倡学《しようがく》の日、詩論[一四]を作る、もはらこの旨を発明せり。[一五]そのかみ、この二論を謄写《とうしや》して、末に自論《じろん》を附録して一冊とす。論は家集《かしゆう》の内に刊在《かんざい》するゆへ、具《つぶさ》には挙げず。その大旨《たいし》に曰《いはく》、「詩、[一六]活物……」と。『論語古義』[一七]の内にも、この意を所々言《いひ》あらはせり。「詩、活物也」と云《いふ》一句は、鍾伯敬がことを取用《とりもちゆ》るなるべし。

子。子夏とともに「文学」にすぐれる。
一二 だれでも詩経を説くことができるのは、詩経の本旨にぴったりと当てはまるとは限らないという点にある。 一三 詩経の本質が、そうならざるを得ないのである。
一四 古学先生文集・三の「詩説」と題するものであろう。 一五 経学文衡・二、大学衍義補（丘濬）の「詩論」を録したあとの東涯の按語に、「先子、嘗つて丘氏説及び鍾氏「詩論」を併せ書し、末に自著の「詩論」を附して一冊と為す。予、識するに及ばず、其の本散逸す。今因つて彙め書す」とある。
一六 東涯自筆本・東所編定本、ともに「詩、活物」の下は闕。仁斎「詩説」には、「詩、活物」の句は見えない。ただ、「其の言本定義無く、其の義も亦定準無く、流通変動、千彙万態…各人の見趣に従ふ」とあり、大旨は「詩は活物」というのに合致する。
一七 学而（→注二）の子貢と孔子の問答のあとの「論」に、「詩は活物なり。其の言初めより定義無く、其義初めより定準無し」とあるのなど。

一 林有望の号。史綱疑辯の編者。史綱疑辯によって、桐城の人、四川按察司僉事であるぐらいしかわからない。
二 新刊未軒林先生類纂古今名家史綱疑辯が全部の題。四巻。中国史の問題点を論じた古来からの文を集めたもの。事件の年代順に排列してある。現在、古義堂文庫に東涯自身校訂の写本が伝わる。
三 明中期の文学者。玉陽は、その号であろう。「詩序」は、史綱疑辯・二に見え、東涯が経学文衡・二に収める。

○右の説、又林未軒《りんびけん》[一]が『史[二]綱疑弁(ママ)』の内に、玉陽[三]田汝成「詩序」をのす。これも上の説と同《おなじ》きことなり。其文《そのぶん》に云《いふ》、「大抵古人《たいていこじん》[四]の詩を学ぶは、意を言外《げんがい》に得、其[五]の詞を脱略《だつりやく》して、要妙《ようみよう》を超悟《ちようご》す。初めより柄旨《へいし》[六]の存する所に問ひ泥《なづ》まざるなり。故に「錦《にしき》[七]を衣《き》て絅衣《けいい》す」は、本《もと》以て荘姜《そうきよう》の態を美《ほ》むるのみ。而れども因つて以て己[八]れの為《ため》に独《ひと》りを謹《つつし》むの学を発す。「深[九]ければ厲《れい》し浅ければ掲《けい》す」は、本《もと》以て淫奔《いんぽん》を刺《そし》るのみ。而れども因つて以て時[一〇]を相《み》て行止するの義を譏《そし》る。「綿[一一]蛮たる黄鳥は、丘《をか》の隅《すみ》に止《とど》まる」は、行く者の慨歎《がいたん》のみ。而れども因つて以て各《おのおの》所を得たるの象《しよう》を推《お》す。「高山《こうざん》[一二]は仰ぎ、景行《けいこう》は行く」は、旅人の覧興《らんきよう》のみ。而れども因つて以て賢[一三]を見て斉《ひと》しきを思ふの感を諷《ふう》す。斯《こ》れ皆曲暢旁通《きよくちようぼうつう》[一四]、断章取義、初めより柄旨の存する所に拘《かかは》らざるなり(大抵古人学詩、得意於言外、脱略其詞、而超悟要妙。初不問泥於柄旨之所存也。故「衣錦絅衣」、本以美荘姜之態爾。而因以発為己謹独之学。「深厲浅掲」、本以刺淫奔爾。而因以譏相時行止之義。「綿蛮黄鳥、止於丘隅」、行者之慨歎爾。而因以推各得所之象。「高山仰止、景行行止」、旅人之覧興爾。而因以諷見賢思斉之感。斯皆曲暢旁通、断章取義、初不拘柄旨之所存也)」と。この説もまたあきらかなり。

四 東涯自筆本は、「大抵…所存也」、東所編定本は「大抵古人学詩…所存也」とする。日本儒林叢書本が中間を補い、今、これに拠り、史綱疑辯原文で校した。
五 その表現にとらわれず、肝腎なところをことばを越えて悟った。 六 本来の意味。
七 「錦を衣て絅衣す」は、衛風「碩人」篇と鄭風「丰」篇にある句であるが、ここは、「碩人」として説く。「錦を着てその上に単衣をはおる」。小序に、「碩人は、荘姜を閔(あはれ)むなり」。荘姜は、斉侯のむすめで、衛の荘公(前七五七―七三五在位)の夫人。美しかったが子どもがなかった。
八 中庸に、この句を「錦を衣て絅を尚(くはふ)」に作り、「其の文の著はるるを悪むなり」(模様が目立つのをきらったのである)という。更に下文に、「君子の及ぶべからざる所の者は、其れ唯だ人の見ざる所か」とあり、朱熹の中庸章句に、「此れ君子独りを謹むの事なり」と注す。
九 「深ければ則ち厲し、浅ければ則ち掲す」は、邶風「匏有苦葉」の句。詩集伝に、「此れ、淫乱を刺るの詩」という。「深いときは着たまま、浅いところは裙をまくる」。
一〇 論語・憲問で、この詩を引いて「己れを知ること莫くんば、斯こに已(や)まんのみ」(自分を知ってくれる人がなければやめるだけ)と、ある人が時代を見て進退を考えるように孔子を譏った(文庫二〇五頁)。
一一 →八頁注六。この句のあとに、「道の云(ここ)に遠き、我が労は如何」とあり、旅行者の嘆きをうたう。
一二 小雅・甫田之什「車舝(しやかつ)」。「高い山は仰ぎ、大きな道は通る」。これだけでは、

○衛風「切磋《せっさ》」の詩、古注以来[一五]、学問研究のことに説《とき》なせり。『大学』[一六]もその通りなり。予おもふに、詩の本旨、もとよりかくのごとくならば、そのかみ、婦人・小子《しょうし》[一七]も、皆よくその義をさとるべし。夫子、なんぞひとり子貢を称美して、「与《とも》[一八]に詩を言ふべきのみ(可与言詩也已矣)」といわん。此《これ》はもと衛武公《えいのぶこう》[一九]の徳容威儀《とくようい ぎ》おさまりいさぎよきをほめて、かく作りたるものにて、学問研究のことには、すこしもあづからず。それを、子夏の、学問の事に取《とり》なして、夫子のおしへを対揚《たいよう》[二〇]せられたるゆへ、かく称美したまふとしるべし。その証拠には、第二章云《にいふ》、「充耳《じゅうじ》[二一]は琇瑩《しゅうえい》、会弁は星の如し(充耳琇瑩、会弁如星)」とあり。第三章には、「金《きん》[二二]の如く錫《すず》の如く、圭《けい》の如く璧《へき》の如し(如金如錫、如圭如璧)」とあり。いづれも威儀服《ふく》章《しょう》のことをほめて、さしてふかきわけもみへず。「素《そ》[二三]以て絢《あや》と為す(素以為絢)」といふは、衣服文采の美をいふ。礼の事にはあづからず。子夏、その義をきゝて、礼は後なるの義をさとる。夫子、また子貢と同じく称美したまふ。ともに引詩《いんし》の妙用《みょうよう》なり。『大学』に「切《せつ》するが如く磋《さ》するが如し(如切如磋)」の義を述《のぶ》るも、『論語』によりてのことなるべし。

○先人、嘗《かつ》ていへるは、後世の書にても、詩を引《ひい》て「断章取義」の旨にかなふこと

旅行者の見物の興味。もとの詩は、行列を作って妻を迎えに行く人の途中の風景。

一三 礼記・表記に、この詩を引用して、孔子が「詩の仁を好むこと此くの如し。…俛焉(べんえん)として日に孳孳たる有り、斃(たふ)れて后已(や)む」という。「賢を見て斉しきを思ふ」は、論語・里仁の語(文庫五八頁)。

一四 遠まわりして筋を通す。朱熹の中庸章句の序の語。

一五 衛風「淇奥」の「切するが如く磋するが如く、琢するが如く磨するが如し」の句は、古注毛伝に、「其の学んで成るを道(い)ふなり。其の規諫を聴いて以て自ら脩むること、玉石の琢磨せらるるが如きなり」。

一六 大学も、「切するが如く磋するが如しとは、学を道ふなり。琢するが如く磨するが如しとは、自ら脩むるなり」。

一七 子ども。二〇頁注五とすこし異なる。

一八 二〇頁注二一に引く論語・学而の孔子と子貢の対話。

一九 「淇奥」の小序に、「(衛の)武公の徳を美むるなり」。

二〇 答えて称讃する。多くは、帝王についていう。大雅・蕩之什「江漢」に、「王の休(よ)きを対揚す」。

二一 第二章の「如切如磋…」に相当する場所の句。自筆本は、「第二章云」だけで下は闕、東所編定本が補う。「耳かざりに美しい石、冠の縫いめに玉が星のようだ」。

二二 第三章の「如切如瑳…」に当る句。自筆本は闕、東所編定本が補う。「黄金のようであり錫のようであり、角ばった玉のようであり円い玉のようである」。

二三 二〇頁注二一に引く論語・八佾の孔子・子夏の対話に出て来る。

有《あり》。『[一]晋書《しんじょ》・后妃伝《こうひでん》』序に、『魏風』の「[二]糾々たる葛屨《かつく》も、以て霜を履《ふ》むべし(糾々葛屨、可以履霜)」といふを引《ひい》て、そのかみの后妃、いづれも微賤《びせん》より生立《おひたつ》て、よく艱難《かんなん》にたへたまふことを称《しよう》せり。又、宋の[三]張文潜《ちようぶんせん》が「[四]秦少章の臨安の簿に赴くを送る序(送秦少章赴臨安簿序)」、『秦風《しんぷう》』の「[五]蒹葭《けんか》蒼々、白露《はくろ》霜と為《な》る(蒹葭蒼々、白露為霜)」と云《いふ》詩を冒頭《ぼうとう》に引《ひい》て、人といふものは、辛苦《しんく》を経《へ》ざれば、物の役《やく》に立たずといふことを、くわしく論ぜり。いづれも、詩の本義にはみへざること、[六]各別《かくべつ》に引成《ひきなし》たるものなり。又、本朝《ほんちよう》、和歌《わか》の上にて、おのづからその義にかなふことあり。[七]三条聴雪軒《さんじようちようせつけん》の『[八]令女教訓《れいじよきようくん》』の帖《じよう》にも、「[九]逢坂《あふさか》の嵐のかぜは寒けれど行《ゆく》ゑしらねば侘《わび》つゝぞぬる」と。奉公人《ほうこうにん》など、主人のからきをいとひても、いとまを取《とら》んとおもへども、また行先《ゆくさき》の主人をしらざれば、堪忍《かんにん》してつとむとなり。又、「[一〇]よしのなる夏箕《なつみ》の川のかわ淀《よど》にかもぞなくなる山陰《やまかげ》にして」と。人の上《うへ》たる人、あまり吟味《ぎんみ》すぎれば、下《しも》にたちがたしと。「[一一]淵中の魚を察するは、不祥なり(察淵中魚、不祥)」などいふ意なり。いづれも歌の本義には見へず。この二事《にじ》、折ふし講書《こうしよ》の次《つい》でに引合《ひきあはせ》て、古人説詩《せつし》の旨もかくのごとしといへり。

○又、「[一二]滄浪《そうろう》の歌」は、本里《もとり》[一三]巷歌謡《こうのかよう》、いわゆる[一四]樵歌漁唱《しようかぎよしよう》の類《るい》なり。[一五]夫子、これを

一 現在の晋書・后妃伝には見えない。未詳。ここは仁斎のことばであって、東涯は欄外に「三国志カ、重可考(重ネテ考フベシ)」と書きこむ。なお、三国志も后妃伝などには見えない。
二 魏風「葛屨」の句。「すけすけの葛の屨(くつ)でも、冷い霜の上を履んで歩ける」。小序では、「葛屨は、褊(こころせま)きを刺(そし)るなり」。
三 張耒(一〇五四―一一一四)の字。北宋の文学者、蘇軾の門弟。
四 張耒の文集、張右史文集・五十一に収める。自筆本は「送秦少章序」、東所編定本は「送秦少章(一字闕)臨安序」に作る。今、張右史文集で補う。「秦少章(秦覿(てき)、秦観の弟)が臨安(今の杭州市)の主簿に赴任するのを送別することば」。
五 秦風「蒹葭」篇。「アシがあおあおと茂り、白い露が霜となる」。詩集伝は、賦、即ち実景と解釈。張耒の文章は、このあと、「夫れ物は変を受けずんば、則ち才成らず、人は難を渉らずんば、則ち智明らかならず」といい、比喩に使用。
六 格別と同じ。特別に。
七 三条西実隆(一四五五―一五三七)の雅号。室町時代の公卿、和学者。
八 実隆が息女に与えた教訓の手紙。三条西殿息女教訓(『国書総目録』の標目)などの題名で伝わる。
九 もとは、古今集・十八・雑歌下、九八八、よみ人しらずの歌。本来は旅をうたう。この部分は、令女教訓の東大史料編纂所本・神宮文庫本に見えず。未詳。
一〇 もとは、万葉集・三・雑歌、三七五、湯原王、芳野にて作る歌。又、新古今集・六・冬歌、六五四。本来は叙景歌。令女教訓には、この

小子《しょうし》に告《つげ》たまふときは、人たるもの、人によくあしらわるゝも、あしくあしらわるゝも、みな面々の身よりいづると、反求《はんきゅう》の道を説《とき》たまふ。[一六]漁父《ぎょほ》、是《これ》を以て屈原《くつげん》に対《こた》ふるときは、人の世に交《まじは》るは、[一七]この方より是非をつげず、何事も浮世の浪《なみ》にまかせ、人次《ひとし》第《だい》になりて世をわたるべしとなり。「[一八]和光同塵」の道をいへり。この詩は、もと里巷の謡風《ようふう》といふべし。転用の上にては、比とも興ともいふべし。「[一九]一詩各《おのおの》六義を具《そな》ふ(一詩各具六義)」といふこと、是《これ》にてなずらへしるべく、又随宜転用のわけも、一首にて明《あきら》かにしるゝことなり。

○「[二〇]鄭声は淫なり(鄭声淫)」と。『[二一]集注』に云《いふ》、「鄭声は、鄭国の音(鄭声、鄭国之音)」。又曰《いはく》、「[二二]鄭声を悪《にく》むは、其の雅楽を乱《みだ》るを恐るるなり(悪鄭声、恐其乱雅楽也)」。『集注』に云《いふ》、「[二三]鄭声は、淫楽《いんがく》なり。雅は、正楽なり(鄭声、淫楽也。雅、正楽也)」と。この注、もとも明白《めいはく》なり。『詩経集伝』、「鄭風」の注に云《いふ》、「[二四]鄭・衛の楽は、皆淫声《いんせい》たり。然れども詩を以て之れを考ふるに、衛詩[二五]三十有九《さんじゅうゆうく》にして、淫奔《いんぽん》の詩、才《わづ》かに[二六]四の一。鄭詩二十有一にして、淫奔の詩、已《すで》に翅《ただ》に[二七]七の五のみならず。衛は猶《なほ》[二八]男の女を悦ぶの詞たり。而れども鄭は皆[二九]女の男を惑はすの語たり。衛人《えいひと》は猶[三〇]刺譏《しき》懲創《ちょうそう》の意多くして、鄭人《ていひと》は蕩然《とうぜん》として復《ま》た[三一]羞愧悔悟《しゅうきかいご》の萌《ほう》無きに幾《ちか》し。

歌のあとに、「心は芳野河の川はやく候。鴨は水の上に住ものなれども、余りはやき所には叶はずと也。水少(すこし)よどむところに遊ぶ也。況(いはんや)人間峻所(けはしきところ)にはながらへがたく候」とある。

一一 韓非子・説林・上「古者(いにしへ)諺有って曰はく、『淵中の魚を知る者は不祥』」。列子・説符にも「周の諺に言ふ有り、『淵魚を察見する者は不祥』」とあり、中国の古諺。「水中深くの魚を知ろうとするのは不吉である」。

一二 「滄浪の水清(す)まば、以て我が纓(えい)を濯ふべし。滄浪の水濁らば、以て我が足を濯ふべし」という歌。下注一五参照。

一三 民間のはやり唄。詩集伝・序に「風なる者は、多く里巷歌謡の作より出づ」とある。

一四 木こりの歌や漁師の歌。

一五 孟子・離婁上に、「孺子(じゅし)有って歌って曰はく」として「滄浪の歌」を引き、「孔子曰はく、『小子、之れを聴け。清まば斯こに纓を濯ひ、濁らば斯こに足を濯ふは、自ら取るなり。…』」(文庫下、二五頁)とある。「反求の道」は、自分自身を反省して原因を求める方法。孟子・梁恵王上「反って之れを求む」(文庫上、五二頁)から出る。

一六 楚辞・漁父(文選・三十三にも収める)の放浪している屈原に漁師が問いかける話による。 一七 こちらから。

一八 老子(上四章・下五十六章に再出)「其の光を和らげ、其の塵を同じうす」に出ることば。「特に目立つこともなく、特に汚れることもしない」。

一九 九頁の六義の説明を参照。

二〇 論語・衛霊公(文庫二一四頁)。

二一 朱熹の論語集注。

是れ則ち鄭声の淫、衛より甚だしき有り。故に[一]夫子邦を為《をさ》むるを論ずるに、独り鄭声を以て戒めと為して、衛に及ばず。蓋《けだ》し重きを挙《あ》げて言ふ。固《もと》より自《おのづ》から次第有るなり。「[二]詩は以て観つべし」は、豈信《あにまこと》ならずや（鄭・衛之楽、皆為淫声。然以詩考之、衛詩三十有九、而淫奔之詩、才四之一。鄭詩二十有一、而淫奔之詩、已不翅七之五。衛猶為男悦女之詞、而鄭皆為女惑男之語。衛人猶多刺譏懲創之意、而鄭人幾於蕩然無復羞愧悔悟之萌。是則鄭声之淫、有甚於衛矣。故夫子論為邦、独以鄭声為戒、而不及衛。蓋挙重而言、固自有次第也。「詩可以観」、豈不信哉）」。

是《これ》によれば、詩のことばにて淫奔の事を賦《ふし》たるを、鄭声といふなり。『論語』の「鄭声」といふ、これにてしるべし。然《しかれ》ども、[三]鄭声といふは、もはら音声《おんせい》の上に付《つい》ていふ。ことばの淫正《いんせい》にあらず。[四]商声《しようせい》と云《いひ》、[五]秦声《しんせい》と云《いふ》、その国の音調《おんちよう》なり。[六]呉《ご》歌《か》・[七]巴歈《はゆ》・[八]越吟《えつぎん》・[九]郢曲《えいきよく》の類、いづれもみな国々のふしなり。鄭国の音声、淫靡《いんび》にして、人々おもしろくおもひておぼれやすきによりて、「鄭声は淫なり（鄭声淫）」と云《いひ》、「[一〇]鄭声を遠ざく（遠鄭声）」と云《いふ》。淫とは、必《かならず》しも色《いろ》に溺《おぼ》るの淫にあらず。音声の和柔に流《ながれ》て、水のあふるがごとくなるをいふ。「[一一]関雎《かんしよ》楽しみて淫せず（関雎楽而不淫）」といふにてしるべし。音声は、和楽《わらく》にすぐれば、必《かならず》淫《いん》に流る。もし、

二二 論語・陽貨（文庫二四五頁）。
二三 朱熹の論語集注には、「雅は、正なり」としかない。孟子・尽心下の「鄭声を悪むは、其の楽を乱るを恐るるなり」の朱熹集注に、「鄭声は、淫楽なり。楽は、正楽なり」とあるのとまぎれたもの。
二四 この部分、東涯自筆本は「六行なり」というだけ。東所編定本が本文を補う。
二五 邶風十九篇、鄘風十篇、衛風十篇は、すべて衛国の詩なので合わせて三十九篇。
二六 四分の一。
二七 七分の五どころではない。
二八 たとえば、邶風「静女」篇、「女の美を説(悦)び懌(よろこ)ぶ」。
二九 たとえば、「褰裳」篇、「子、我れを思はずんば、豈(あに)他人無からんや」。
三〇 そしったり懲らしめたりする意。↓一八頁注一。 三一 ほとんどまるっきり羞じたり後悔したりする芽生えさえない。

一 前頁注二〇「鄭声は淫」の章の始めは、「顔淵、邦を為(をさ)めんことを問ふ」であることをいう。 二 →一三頁注五。
三 鄭声は音楽のメロディについていうので、歌詞の内容ではない。
四 商は、中国の五音階の下から二番め、レに相当。その音で、国名ではない。
五 秦、即ち今の陝西地方の音楽。たとえば、史記・八十一・藺相如列伝に「秦王善く秦声を為す」とある。
六 呉（今の江蘇省南部）地方の民謡。楽府に呉声歌曲あり、晋書・楽志下に、「呉歌雑曲は並びに江南より出づ」。
七 巴（今の四川省東部）の民謡。劉禹錫の

詞《ことば》をもっていふときは、「清廟《せいびよう》」[一二]・「生民《せいみん》」[一三]のごとき正《ただし》き詩の詞《ことば》は、なにほどたのしみたりとも、変じて淫に成《なる》べきや。『礼記・楽記篇《がくき》』に云《いふ》、「[一四]鄭・衛の音は、亡国の音なり。其の音慢に比す(鄭・衛之音、亡国之音也。其音比於慢矣)」と。是《これ》にてます／＼明白なり。夫子も、鄭詩とのたまわずして、鄭声とのたまふ。『礼記』にも、「鄭・衛之音」と云《いひ》、「其の音慢に比す(其音比於慢)」といふ。鄭声は、もはら声につきていふこと、彼是《かれこれ》証拠あきらかなり。

○『孟子』曰、「[一五]似て非なる者を悪《にく》む。鄭声を悪むは、其の楽を乱るを恐るるなり(悪似而非者。悪鄭声、恐其乱楽也)」と。乱といふは、混雑してまぎるゝことなり。何事にても、水火《すいか》黒白《こくびやく》のごとく各別《かくべつ》わかれたるものなれば、人の取《とり》まがふことなし。紫は朱に似たるものなり。ゆへに朱にまがふ。郷原《きようげん》[一六]はよき人に似たるものなり。ゆへに徳にまがふ。鄭声を此等《これら》と一《いつ》にして似而非者《にてひなるもの》の中に入《いれ》てにくみたまふ。是《これ》にてしるべし。「[一七]天蒸民を生じ、物有れば則有り(天生蒸民、有物有則)」と云《いひ》、或は「[一八]惟《こ》れ天の命《めい》、於穆《ああぼく》として已《や》まず(惟天之命、於穆不已)」などいふかたく正しきことを、「[一九]維《こ》れ士と女と、伊《こ》れ其れ相謔《あひたはむ》れ、之れに贈るに芍薬《しやくやく》を以てす(維士与女、伊其相謔、贈之以芍薬)」、「[二〇]大路に遵《したが》ひ、子《し》の袪《そで》を摻《と》り執《とら》ふ(遵大

「竹枝詞序」(劉夢得文集・九)に「後の巴歈を聆(き)くもの、変風の自(よ)るを知らん」。

八 越(今の浙江省)地方の調子。王粲「登楼の賦」(文選・十一)に、「荘舃(そうせき)(越の人)顕にして越吟す」。

九 楚(今の湖北・湖南両省一帯)の歌曲。鮑照「月を城西門の解中に翫ぶ」詩(文選・三十)に、「郢曲、陽春を発す」(陽春は、和する者が少ないといわれる高度な曲)。

一〇 論語・衛霊公「鄭声を放ち、佞人を遠ざく」(文庫二一四頁)の「鄭声を放つ」が下の句と混同されたものであろう。

一一 論語・八佾(文庫四七頁)。論語古義に、「淫とは、楽の過ぎて其の正を失ふなり」。

一二 周頌・清廟之什。小序「清廟は、文王を祀るなり」。廟で祭るさまを述べる。

一三 大雅・生民之什。小序「生民は、祖を尊ぶなり」。周の祖先后稷の神話を述べる。

一四 楽記は「鄭・衛の音は、乱世の音なり」に作る。下文に、「桑間濮上の音は、亡国の音なり」とあるのとまぎれたもの。「慢に比す」の「比」は、「同のような意味」(鄭玄注)。「慢」は、楽記の上文に、「五者(五音階)皆乱れ、迭(たが)ひに相陵(あひをか)す、之れを慢と謂ふ」とある。

一五 孟子・尽心下(文庫下、四三三頁)。

一六 孟子上引の文章の下文に、「紫を悪むは、其の朱を乱すを恐るればなり。郷原を悪むは、其の徳を乱すを恐るればなり」に拠る。「郷原」は、俗世間の紳士。論語・陽貨「郷原は徳の賊なり」(文庫二四三頁)。

一七 大雅・蕩之汁「烝民」。「天は多くの民を生じ、事物があれば法則がある」。小序「烝民は、尹吉甫、宣王を美(ほ)むるなり」。孟

路兮、摻執子之袪兮)」など云《いひ》たまひたる詩と、ひとつにしてまがふことあるべきや。鄭・衛の声は、北鄙《ほくひ》[一]殺伐《さつばつ》の声などと〔ゝ〕はかわりて、和楽《わらく》にながれておもしろくおとなしくきこゆるによりて、よき楽《がく》の様《やう》にきゝあやまることあり。ゆへにいふ、「鄭声[二]を悪むは、其の雅楽を乱るを恐るるなり(悪鄭声、恐其乱雅楽也)」と宣《のたま》ふなり。

○『礼記』に「鄭・衛」と並称《ならびしよう》して、『論語』には、たゞ「鄭声」とばかりのたまふ。先儒の論、前に詳《つまびらか》なり。しかれば、鄭・衛の二国、すこしのおとりまさりはあれども、みな聖人の放遠《はなちとほざ》けたまふ詩なり。然《しかれ》ども、鄭の「緇衣《しい》[三]」・「羔裘《こうきゆう》[四]」、衛の「淇澳《きいく》[五]」・「考槃《こうはん》[六]」、いづれも正しき詩なり。さのみ放遠《はなちとほざ》くべきにもあらず。又、衛の「切磋琢磨[七]」、鄭の「錦[八]を衣《き》て褧衣《けいい》す(衣錦褧衣)」の詞《ことば》は、『論語』・『中庸《ちゆうよう》』にのりて、学を勤《つと》め徳をおさむるの工夫《くふう》に引《ひき》たまふ。聖賢もさけ遠《とほざ》[九]けられずとみへたり。たゞ音声といふものは、国所《くにどころ》の風気《ふうき》にて、秦は秦の声、楚《そ》[一〇]は楚の声にて、事のよしあしにはかまはず、音に雅淫《がいん》の差別あることと〔ゝ〕しるべし。先儒にも此説《このせつ》あり。玉陽田汝成《ぎよくようでんじよせい》[一一]が「鄭声を放つ[一二](放鄭声)」、『史綱疑弁[一三](ママ)』に在《あり》。其《その》略に曰《いはく》、「鄭声[一四]は、鄭詩に非ざるなり。声《せい》[一五]は、楽《がく》の主《しゆ》なり、邪正の由《よ》る所なり。故に楽に

子・告子上(文庫下、二三一頁)に引用。「烝」を「蒸」に作るは、孟子の引用に拠る。
一八 周頌・清廟之什「維天之命」。「惟」は「維」と通ずる。「天命は、どこまでも深遠である」。中庸に引用。
一九 鄭風「溱洧」。「男と女は、戯れあい、芍薬の花を贈る」。二〇 鄭風「遵大路」。「大通りで、あなたのたもとをひっぱる」。

一 「横吹曲」など北方騎馬民族の軍楽などをさすのであろう。史記・楽書「紂は朝歌北鄙の音を為して、身死し国亡ぶ」。
二 →二五頁注二二。
三 鄭風「緇衣」、小序に「緇衣は、武公を美むるなり」。四 同「羔裘」、小序に「羔裘は…古の君子を言ひて、以て其の朝を風す」。
五 →二三頁注一九。六 衛風「考槃」、詩集伝に「詩人、賢者の澗谷の間に隠処して、碩大寛広、戚戚の意無きを美(ほ)む」。
七 →二三頁注一五。
八 →二二頁注七。ここでは、鄭風「丰(ほう)」の引用とする。「褧」は、「絅」と同じ。
九 「遠け」は、東涯自筆本による。東所修定本は「すて」。「遠」の草体と「す」の変体仮名がまぎれたものであろうか。ここだけが、東涯自筆本と異なる。
一〇 楚は、今の湖北・湖南・安徽にまたがる地域。漢書・礼楽志「高祖、楚声を楽しむ」。
一一 →二二頁注三。
一二 史綱疑辯・二に収める。題は論語・衛霊公の語(→二六頁注一〇)による。
一三 →二二頁注二。一四 以下、東涯自筆本は六行闕、東所編定本で補う。
一五 メロディは音楽の主体である。

五[一六]音有り、音に六[一七]律有り、六律の外、変じて淫声《いんせい》と為《な》る。是こに於いてか繁手雑《はんしゅざつ》[一八]弄《ろう》の、縈嘔嫚引《えいおつまんいん》[一九]、律呂に依《よ》り窃《ぬす》み、巧みを窮《きは》め妙を極《きは》め、務《つと》めて以て人を悦《よろこ》ばす者有つて、惟《た》[二〇]だ難きを最《さい》と為《な》す。故に孔子曰はく、「吾[二一]れ是《ぜ》に似て非《ひ》なる者を悪《にく》む」(鄭声、非鄭詩也。声者、楽之主也、邪正之所由也。故楽有五音、々有六律、々々之外、変為淫声。於是乎有繁手雑弄、縈嘔嫚引、依窃律呂、窮巧極妙、務以悦人者、惟難為最。故孔子曰、「吾悪似是而非者」)」。その意、またあきらかなり。

○詩と楽と同《おなじ》からず。詩は、今の三百五篇の『詩経』、是《これ》なり。いづれも諷誦して歌ふべし。詩の内にて、南《なん》[二二]・雅《が》・頌《しょう》は、音楽に用《もちい》られて、その餘《よ》は、ことぐく楽《がく》に用《もちい》らるゝにあらず。又、楽《がく》にて、韶《しょう》[二三]・武《ぶ》のごとき、春秋の時代までのこりてあれども、その詞《ことば》、『詩』の中にみへず。六経を『詩』・『書』・『易』・『春秋』・『礼経《れいけい》[二四]』とたてて、〔丶〕又、『楽経《がくけい》[二五]』といふものあり。夫子、又、「詩[二六]に興り、礼に立ち、楽に成る(興於詩、立於礼、成於楽)」とのたまふ。彼是引合《かれこれひきあはせ》てみれば、詩《し》と楽《がく》とは同《おなじ》からず。

一六 宮・商・角・徴・羽の五音階。ド・レ・ミ・ソ・ラに相当。 一七 黄鐘・太蔟など六つの調子。ハ調・ニ調などに相当。本来十二律あるうち、陰陽に分けて、その半分を律といい、のこりを呂という。書経・益稷「予、六律・五声・八音を聞かんと欲す」。

一八 複雑な演奏。弄も音楽の演奏。

一九 まつわったり、むせんだり、ゆっくりしたり、引っぱったり。

二〇 むずかしい曲を一番とする。

二一 →二七頁注一五。

二二 「南」は、国風の周南・召南。小雅・谷風之什「鼓鍾」に「以て雅し以て南す」とあり、詩集伝は、雅は二雅(大雅・小雅)、南は二南(周南・召南)と解する。儀礼で演奏される音楽も、周南・召南と小雅である。「頌」は、宗廟で演奏される音楽とされるので、「南・雅・頌は、音楽に用いられる」という。

二三 韶は、中国古代の舜帝の音楽。武は、周の武王の音楽。論語・八佾「子、韶を謂ふ、「美を尽くせり。又善を尽くせり」。武を謂ふ、「美を尽くせり。未だ善を尽くさざるなり」」(文庫五〇頁)。孔子の時代には、その音楽がのこっていた。

二四 儀礼をいう。

二五 楽経の名は、荘子・天運に、孔子が老聃に「丘(孔子の自称)、詩・書・礼・楽・易・春秋を治むること、自ら以為(おも)へらく久し」といったと見えるが、楽経の存在は、儒家の書に見えず、疑わしい。「六経」の数にあわせて存在するようにいったものであろうか。

二六 論語・泰伯(文庫一〇九頁)。「詩にはじまり、楽におわる」としているので、「詩と楽とは同じからず」の証拠とする。

日《に》本《ほん》詩《し》史《し》

大谷雅夫　校注

詩はもとより中国の文学であり、中国語の文学表現である。「詩は志の之《ゆ》く所なり。心に在るを志と為し、言に発するを詩と為す」(詩経・大序)と言う。心に思う「志」が「言」に表れて「詩」となるのだが、「詩」を作る日本人には、その「言」は母国語ではなく、中国語であった。仰ぎ尊ぶべき中国の文華に学ばざるを得なかった日本の知識人には、詩作はほとんど避けえぬ課業であり、外国語をもって自らの「志」を表出することがわが国では古くから当然の営為として行われていたのである。詩を作るもののみならず、その詩を読むものにとっても、難しい問題が存すると言わざるを得ない。

江村北海の『日本詩史』は、主として中古の堂上貴族、中世の五山僧、そして近世半ばまでの多くは庶人の詩を評論する文学史の書である。日本の詩人には中国の詩こそが標準であり、ゆえに日本の詩は中国詩の変遷を遠く跡追いする。中古の詩は初め六朝末の詩、初唐詩、ついで白居易の詩風をそれぞれ学び、中世は宋元の、そして近世は明清の諸詩派の影響を次々と受ける。わが中古の詩から中世の詩の萌芽が現われ、中世詩との相剋のなかから近世詩が生まれるようなことはなかったと言ってよい。その事情を、『日本詩史』は、すべて日本の詩は二百年前の中国の詩の気運を継ぐものだと道破する。約二百年の時差のもとに、外来の影響を遠く蒙りつつ詩は変遷する。それも日本の詩を顧みる際の難しい問題となりうるだろう。

中国、ことに唐代では科挙の試験に詩賦が課せられて作詩は立身のために不可欠、それゆえに唐代に詩は隆盛を極めたのに対し、わが国では詩は功利に関わらず詩人はただ詩人としての名声のためだけに詩作に励んだのだと、柚木太玄の「日本詩史序」は言う。ところが、常に外からの影響で生まれる新しい詩風の前に、旧時代の詩人はたちまちに軽んじられ、あるいは風靡する新詩風に敢えて従わぬ詩人の名は埋没する。日本の詩人の名声はとりわけて朽ちやすいのである。

江村北海の『日本詩史』は、偏りがちな詩壇の褒貶を正し、軽視、忘却されやすい詩人の名誉を顕彰し、日本人の詩の歴史を公平な目で見渡そうとする労作である。日本人の詩の唯一の通史として、日本の詩を味わい、そのさまざまな問題を考えるものにとっての必読の書であること言うまでもない。

日本詩史序

北海先生『日本詩史』を著はして成る。将《まさ》にこれを[一]梓《し》に上《のぼ》せんとし、則ち予《われ》に命じてこれに序せしむ。予受けて[二]業を卒《を》ふ。[三]中古よりして今世、数百千載の邈《はる》かなる、王公よりして士庶、曁《およ》び[四]緇流紅粉《しりうこうふん》の雑なる、[五]残篇賸語《しようご》人口に膾炙《くわいしや》してその名堙晦《いんくわい》聞こゆる無きものまで、広く蒐《あつ》め博く采《と》る。人ごとにその略を伝し、旁《かたは》ら[六]瞰名《たんめい》の俗子、[七]好事の估客《こかく》に及ぶ。苟《いやし》くもその詩観《み》るべきものは並びに録して遺《のこ》すこと無し。[八]蓋《けだ》し人を以て才を廃せざるなり。詞家の苦心、藝苑の盛挙と謂《い》ふべきかな。然《しか》りしかしてこの史や、近世に逮《およ》ぶときは則ち[九]布韋《ふゐ》に詳《つまび》らかにして、[一〇]冠冕《くわんべん》に略なるは独《ひと》り何《なん》ぞや。先生、博聞広識、心をここに潜《ひそ》むること数年。豈《あ》にそれ遺漏《ゐろう》有らんや。然るときは則ち[一一]予の平日懐《くわい》に慨然たる、無乃《むしろ》それ徴有らんか。蓋し、[一二]吾が邦《くに》先王の神道を奉じて以てその教へを設くるも、亦《ま》た聘舶《へいはく》相ひ通ずるに迨《およ》んでや、則ち礼楽政刑、一《いつ》としてこれを漢唐に資《と》り、以て損益《そんえき》を為《な》さざるもの無し。しかして、その[一三]明経文章の選も亦たただに一として金馬玉堂《きんばぎよくだう》の則《そく》に非ざるなし。故に公卿大夫、[一四]翕然《きふぜん》として皆心を詩賦論頌に用ひて、和歌の若《ごと》きは則ちその緒餘《しよよ》なるのみ。延喜中、勅して『古今和歌集』を編みてその選を掌《つかさど》るものは、未だ必ずしも[一五]閥閲《ばつえつ》の冑《ちう》にあらず。

一 出版しようとして。
二 読みおわった。
三 中古(開化以前の上古に対して、詩文の制作の始まる七、八世紀以後を指す)から現代までの数百年千年の長い間の。
四 僧侶や女性。
五 詩句の断片やたわいない戯れ言が人々によく知られ口ずさまれていながら、作者の名前のほうは忘れ去られているものまで。
六 名声をむさぼる俗人。例えば、岡千里(一〇七頁参照)。
七 学問好きの商人。例えば益田伯隣、木村世粛(一二〇頁参照)。
八 人の身分の賤しいことや徳の少ないことで、その詩の才能を否定してしまわない。
九 官位のない庶人。
一〇 貴人。朝廷の公卿、殿上人。凡例第六項(四一頁)に「尊貴」の詩作を評論するのは「不敬」だから論じないと述べる。
一一 私がかねてよりいだいている嘆かわしい思いが、ここにはっきりとしたかたちで示されているのかも知れない。
一二 わが国では古の天皇は神の道によって人を教え導いたが、一方で遣隋使や遣唐使などの交流が始まるとともに、文化、法制などで中国を手本にしないで作り上げられたものは一つもない。
一三 明経生や文章生の試験は、いずれも学者や文人にとっての生活の目標であった。
一四 皆が皆そろって詩文の上達に苦心して、和歌などはその余暇に作るものだった。
一五 名門貴族の家柄。紀貫之ら四人の選者は高貴な家柄の出身ではなかった。

則ち知るべし、和歌を以てその家に名づくるものは、蓋し当時縉紳《しんしん》名族の未《いま》だ必ずしも[一]屑《いさぎよ》しとせざる所なるのみ。嗟《ああ》、それ[二]皇綱解紐《かいちう》してより、学政振《ふる》はず、文事頽敗殆《ほとん》ど泯没《びんぼつ》に幾《ちか》し。ここに於てか、[三]和歌者流始めて藝柄《げいへい》を擅《ほしいまま》にし、夸張《こちやう》相ひ尚《たつと》ぶ。卒《つひ》に乃ち世の[四]歌仙と称する所のもの、推尊するの甚だしきこと、[五]これを神聖に比し、[六]その遺《ゐ》什《じふ》を視《み》ること猶ほ典謨《てんぼ》のごとし。古言或いは暁《さと》り難きときは則ち附するに[七]神秘の訣《けつ》を以てし、斎戒伝授、礼最も崇重す。[八]輒《すなは》ち和歌の教への道の、王公の学の礼のと曰ひて、穆穆《ぼくぼく》たる宮禁、奉じて以て盛典と為す。[九]吾儕《わがともがら》小人、豈に敢へて一辞を置かんや。然りと雖も[一〇]三代の聖人の道、何等の秘訣有らんや。しかして、吾が邦の中古も亦た未だこの儀あるを聞かず。[一一]これより降《くだ》りて曲藝末技の師、亦た皆この機を藉《か》りて以て干進《かんしん》するときは、則ち種種の衒飾《げんしよく》、届《いた》らざる所なし。しかして王公大人、或いはこれが為に[一二]甘心《かんしん》し、乃ち[一三]吉を涓《えら》び神に誓ひ、恭《うやうや》しく弟子の礼を執《と》り、秘を伝へ密を探り、ただ日も給《た》らざるに至る。尚ほ[一四]何の暇《いとま》ありてか属辞苦心の業をこれ為さん。宜《むべ》なるかな、近世[一五]廊廟の上、文学寥寥《れうれう》、世に聞こゆるもの亡《な》きこと。しかして[一六]ただに衡門《かうもん》の寒、納衣《なふい》の陋、独《ひと》り美を艸萊《さうらい》の下《もと》に擅にするは、それ嘆くに勝《た》ふべけんや。抑《そもそ》も世変の然らしむるところと雖も、[一七]亦た未だ必ずしもその責に任ずるもの無くんばあらず。予嘗《かつ》てこの説を持し将《まさ》に以て微《ひそ》かにこれを諷《ふう》せんとす。しかして[一八]青雲と泥塗と、それ相ひ隔たること天壌もただならず。将《まさ》にこれを先覚に

一 快く思わないことだった。
二 天皇の政治の大権が失われてから学事の行政がなおざりにされ、詩文は全く廃されるに近い状態にまで衰えた。四六頁参照。
三 和歌を作るものが文芸界の権力を握り、大いばりで互いに重んじ合うようになった。
四 歌道における優れた先達として数えられる柿本人麻呂と山部赤人。またいわゆる六歌仙、三十六歌仙。
五 歌聖柿本人麻呂の絵姿を祭る人丸影供が行われた。
六 歌仙の遺した歌を聖人の訓戒を記録した書経の尭典・舜典や大禹謨などのように有難がる。例えば柿本人麻呂の「ほのぼのとあかしのうらのあさぎりにしまがくれゆくふねをしぞおもふ」の歌詠は神聖視された。
七 秘伝。例えば古今集の三木三鳥に関する秘密の口伝など。古今伝授。
八 和歌の教えだとか和歌の道だとか、また天子や貴族の学問だの儀礼だのと言って、厳粛な朝廷の中で和歌の伝授を恭しくとり行う。近世堂上における古今伝授の盛行。
九 私どものような卑賤の者の批判できることではない。
一〇 夏・殷・周の三代の聖人の教え。人倫の道。
一一 古今伝授の成立以来、つまらぬ芸能の士がこれに乗じて栄達を求めたので、ありとあらゆる露骨な飾りたてが作りなされた。連歌師の宗祇らが古今伝授に従事したこと。
一二 満足し。
一三 吉日を選んで。
一四 詩文の製作に心を砕く暇が有ろうか。
一五 堂上。朝廷。
一六 田舎の貧しい隠者や賤しい僧侶だけが詩人としての名声をほしいままにするのは、なんと嘆かわしいことだろう。
一七 その事態に責任のあるものが無くはあ

質《ただ》さんとするときは、則ち吾が[一九]景山先生を喪ひてよりして、離群独学日《ひび》に孤陋に就《つ》く。故に憤りを抑へ疑ひを蓄《たくは》へ、隠忍することこれを久しうす。幸ひなるかな、この史の作《おこ》るや。予多年の所懐《しょくわい》、今にして以て徴するに足ること、また喜ばしからずや。北海先生は、[二〇]奕世《えきせい》の名儒、学識瞻博《せんばく》、以て大いに為すこと有るべきものにして、この[二一]区区《くく》たる文士の挙を作《な》すは、[二二]蓋しその意の在る所豈《あ》に徒《いたづ》らならんや。[二三]故を以て詩論の及ぶ所、諸子百家有らざる所無くして、褒《はう》を貶《へん》に寓《ぐう》するに非ずんば、則ち戒《かい》を寵《ちょう》に視《しめ》す。皮裡《ひり》の陽秋《やうしう》測《はか》るべからず。[二四]知らず、先生これに托して以てその志を言ふものにして、予が所懐の如きも亦たその中に在らんか。庶幾《こひねが》はくは王公大人一《ひと》たびこの史を閲《えつ》し、或いは憤発する所有りて、小《すこ》しく心を文学に用ひんことを。[二五]天既《てんきう》の種、穀食《こくしょく》の養、一日千里、豈に敢へて凡骨駑材《どざい》の企《つまだ》ち及ぶ所ならんや。[二六]時は方《まさ》に昇平、地はこれ土中《どちゆう》。王室肅雝《しゆくよう》、公卿委蛇《ゐい》、寧処《ねいしよ》の遑《いとま》有りて、鞅掌《あうしやう》の労無し。餘力文を学べば、何を求めてか成ること無からん。[二七]況《いはん》や乃ち文明の運に乗じて泰平の美を鳴らすをや。[二八]豈にただに鴻業《こうげふ》の潤飾、皇猷《くわういう》の黼芾《ふふつ》のみならんや。[二九]吾が日出づる処の国光、赫赫乎《かくかくこ》として以て万邦に輝くに足れりと謂ふべきかな。[三〇]艸莽《さうまう》の微臣順の如きも亦たその末光を被《かうむ》ることを得ば、その喜び豈に窮まり已《や》むこと有らんや。然るときは則ち詩史の作るや、その関係するところ亦た大なるかな。因りて自ら揣《はか》らず、敢へて鄙見を書し、以てこれが序と為し、并《あは》せてこれを先生に質《ただ》すとしか云ふ。

るまい。一八 青雲、高貴な方々と、泥塗、卑賤の私とは、天地の差もただならず大きく隔たって、諷諫することもかなわない。一九 堀景山。宝暦七年(一七五七)没。九九頁参照。二〇 代々続く有名な学者。二一 小さな文人の仕事。経世済民の道義を説く儒者の仕事の大なるに比して言う。二二 思うに、この日本詩史の著作は単に詩を論ずることだけが目的であるはずはない。二三 だから、多くの詩人を漏らさずに論じながら、賞賛の心をけなす言葉に隠したり、また教戒の意をほめる言葉のなかに示したりする。その心中深くになされる褒め誹りの機微は知り難い。二四 北海先生はこの褒め誹りのなかに経世の志を表現するのであり、あるいは私が心に懐く思いもそこに含まれるかも知れない。二五 尊い生まれつきに学問の養育が加われば、たちまちに身分賤しい愚才にはとうてい追い及べないほどの長足の進歩を遂げることだろう。二六 時はまさに太平の世、しかも所は都。皇室はゆったりと、貴紳は落ちついている。やすらかな暇の多い生活があって、多忙の内に苦労することはない。本務の他に余力を以て詩文を学べば、何をしたとて成就しないことがあろうか。二七 まして文運隆盛の勢いに乗じて天下の太平を賛美するなど、いともたやすい。二八 それは天子の徳有る政治を文飾するだけのものではない。二九 日本の国の文明の栄光がそれにより明らかに万国の上に輝くことであろう。三〇 在野の身分卑しき臣の私。順は、この序文の作者(武川幸順)の名。

明和庚寅冬十月[一]

平安　医員法眼武川幸順[二]撰

一 明和七年(一七七〇)。
二 号南山。京都の小児科医。法眼に任ず。解説参照。
三 若い頃。
四 杜預。鎮南将軍として呉を滅ぼすことに功績が有ったので「征南」と呼ばれる。
五 計略を立てて呉を平定した勲功がある上に、更に春秋左氏伝の訓詁(春秋左氏経伝集解、春秋釈例)に情熱を注いだ。
六 杜預は後世の名声を願い、自らの勲績を二枚の石碑に刻し山上と谷底に遺した(晋書)。
七 名声は求めないではおれないものだ。
八 身を犠牲にして名声を得て、それを手づ

日本詩史序

余《われ》蚤歳《さうさい》[三]、北海先生に従ひて学びて、異邦の書を読み、異邦の詩を談じ、異邦の世を論ずるを得たり。先生の言に曰ふ、「晋の杜征南[四]、既に[五]策《さく》を建《た》て呉を平《たひら》げ、又心を春秋の伝を訓詁するに潜《ひそ》む。その業勤《つと》めたりと謂ふべし。しかして猶ほ足らずと為し、その成業[六]を碑に刊《かん》し、後世の名を為す。その志深しと謂ふべし。夫れ名は以て已《や》む[七]べからざるものなり。しかれども狥名《じゆんめい》[八]して利の囮《をとり》と為すこと、君子は論ぜざるなり」と。余因りて窃《ひそ》かに謂《おも》へらく、狥名して利の囮と為すこと、異邦の人士[九]滔《たう》滔《たう》として皆これなり。蓋《けだ》し異邦古《いにしへ》者より聖明の主、能を挙《あ》げ賢を求むるを以て先務と為《な》さざるは莫《な》し。しかして周[一〇]の時士を取るは教官これを掌《つかさど》り、漢[一一]以後は選挙の法を設け、後世[一二]に至りて科目益《ますます》広く、乃ち童子[一三]に科目《くわもく》有り、耆《き》老《らう》[一四]に礼徴《れいちよう》有り。ここを以て巌穴《がんけつ》[一五]の下《もと》にも、能く王侯の尊を屈せしむるときは、則ち終南[一六]仕《し》進《しん》の捷逕《せふけい》と為《な》るも、亦た何ぞ怪しむに足らんや。唐[一七]の時詩を以て士を試む。一時躁競《さうきやう》して、ただ詩をこれ務む。後人[一八]詩は唐に盛んなりと称するは、抑《そもそ》も亦た時政のせしむる所なり。吾が邦[一九]穹壌《きゆうじやう》剖《わか》れ判《わか》れてより、万世に亘《わた》りて一帝統《とう》を系《つ》ぎ、政教概《おほむ》ね異邦と同じからず。況《いはん》や復《ま》た昇平《しようへい》日久しく、海内無為の化を仰ぎ、封建の制、上下分定まり、士

るにして利益を手に入れようとすることは、君子たるものの為すべきことではない。

九 異国の中国では人々は川の水が滔々と一方に流れて反らぬように皆が皆そのありさまだ。

一〇 「以ㇾ賢制ㇾ爵」(周礼・地官・大司徒)。民の教育に当たる司徒は人の賢れた行いによって爵位を定める。

一一 前漢に賢良方正、直言極諫の二つの科目を設け、初めて人材の選挙抜擢が行われた。いわゆる科挙の試験法の始まり。

一二 科挙の制度は唐代に整えられ、科目も秀才、進士、明経、明法などに細分された。

一三 唐代、一経及び孝経、論語に通じる十歳以下の子供を試みる童子科が設けられた。

一四 後漢の孝廉方正科の選挙は、四十歳以上に年齢を限って高徳の人物を募った。

一五 山中の隠者の棲まいにも、高貴な人物がへりくだって招聘に赴くことがあった。

一六 終南は都長安の南方にある深山。隠者が好んで棲んだ。時の皇帝が終南に隠れた賢者を招いて登用したので、後にはそこに隠棲することがかえって高位高官となるための近道となった(唐書・盧蔵用伝)。

一七 唐代、科挙の進士科の試験は初め雑文が、のち詩賦が課せられた。「唐以ㇾ詩取ㇾ士、故多㆓専門之学㆒」(南宋厳羽・滄浪詩話)。

一八 「甚矣、詩之盛㆓於唐㆒也」(明胡応麟・詩藪外編・三)。

一九 天地の開闢以来、天照大神に続く血筋により帝位の受け継がれた日本は、革命によって王朝の交替と下剋上の行われた中国と政治、教育が異なる。

民業に安んじ、覬覦《きゆ》[一]の心有ること靡《な》し。躁競[二]の習有ること靡し。即《も》[三]し務めて名高を為すもの有るも、要するにこれ科第《くわだい》の為《ため》ならざるときは、則ち材学《さいがく》称すべく、詩篇伝ふべきもの有らんも、しかれども後輩往往忽近《こつきん》[四]し、必ずしも伝へざるもの少なからず。豈に惜しまざるべけんや。吾が先生嘗《かつ》てここに感有り。近ごろ『日本詩史』を撰《せん》し、并《あは》せてその世とその人とを考へ、以てその詩を論ず。嗚呼《ああ》先生の業勤《つと》めたりと謂ふべし。先生の志深しと謂ふべし。宜しく刊してこれを伝ふべし。則ち後世それ徴する所有らん。伝[五]に曰ふ、「[六]その詩を頌《しよう》し、その書を読む、その人を知らずして可ならんや。ここを以てその世を論ず。これ尚友《しやういう》なり」と。[七]先生のこの挙それこれを得たるかな。

[八]明和庚寅仲冬　　　[九]柚木太玄謹撰

一 分不相応な野心。
二 出世競争の風習。
三 詩人としての名声を得ようとするものも、名声により利を得て出世する事が目的なのではない。純粋に詩人の名を願った。
四 軽んじて。
五 経書の注釈。論語、孟子を含んで言う。
六 詩を誦し、書物を読んで、その作者を知らないでいて良いものか。だからその人の生きた時代を考える。それが古人を友とすることなのだ。孟子・万章下篇の語。
七 この詩史の著作は孟子の言葉をそのままに実現しているのだ。
八 明和七年十一月。
九 字仲素、号綿山。北海の門人。京都の医者。法眼に任ず。一四四頁参照。
一〇 詩史という書名の意味は、人よりも詩を論じることを重んじるということの点にある。
一一 明和三年（一七六六）。
一二 明和五年。

日本詩史凡例

一、この編、詩を論じて以て人に及ぶ。人を伝へて以て詩に及ぶに非ず。即ち巨儒宿学も、苟《いやし》くも篇章存在するもの無くんば、亦た論載せず。[10]これ名づくるに詩史を以てする所以《ゆゑん》の義なり。

一、この編、本《もと》十巻為《た》り。稿を[11]丙戌《へいじゆつ》の秋に起し、[12]戊子《ぼし》に業就《な》る。乃ち[13]男惊秉に命じて挍ぜしむ。ただ[14]余《われ》仕を罷《や》めてここに八年、[15]嚢橐《なうたく》既に竭《つ》き、[16]剞劂《きけつ》殊《こと》に艱《かた》し。因りて[17]愛《を》しきを割《さ》き先づその半部を梓《し》にせんと擬《ほつ》す。[18]今茲《こんじ》庚寅《かういん》二月、惊秉[19]疾に罹《かか》りて没す。[20]鍾情《しようじやう》の極み、戸を閉ざして客を謝す。長夏無事、殆ど日を銷《け》し難し。乃ち旧業を修し、且つ以て憂ひを遣《や》る。[21]会《たまたま》弟君錦、関東より還る。乃ちそれをして重挍せしめ、以て[22]剞劂に附す。初め十巻為る、尚ほ未だ[23]詞壇の陽秋《やうしう》と称するに足らず。況《いはん》やその半ばを刪《けづ》るをや。ただこれ藝園の[24]芻狗《すうく》、即ち[25]弊箒《へいさう》哂《わら》ひを伝ふ。抑《そもそ》も亦た[26]後輩に婆心《ばしん》すと云ふ。

一、五巻の中、初巻は中古近古の朝廷の文学、[27]簪纓《しんえい》の辞藻を商搉《しやうかく》す。[28]白鳳《はくほう》の時より始めて、慶長《けいちやう》の末に訖《いた》る。二巻は[29]初巻の緒餘《しよよ》、その論載する所、[30]武弁と為《な》し、医と為し、[31]隠と為し、[32]釈氏と為し、[33]閨閤《けいかふ》と為す。年代上《かみ》に同じ。ただ閨閤多く得べ

一三　息子の江村惊秉(号愚亭)。
一四　北海が主家の青山家を致仕した宝暦十三年(一七六三)より凡例を執筆する明和七年(一七七〇)までちょうど八年。
一五　金銀の蓄えが底を尽き。
一六　出版が困難になった。
一七　半分を割愛して、残りの半分の五巻を刊行することにした。
一八　今年明和七年。
一九　病気になって。「罹」は底本「羅」。
二〇　子を亡くした悲しみの募る余りに。
二一　ちょうど弟清田儋叟が江戸から帰京した。
二二　出版する。
二三　詩壇における是非を正す書とするには不足する。陽秋は春秋に同じ。経書の春秋は魯国の歴史を述べるに、大義に照らして、そのいちいちの事件の善悪是非を明らかにする書。
二四　祭りに使う藁の犬。祭りが終れば無用。
二五　自家の破れたほうきを大層値打のあるものと考える愚かさは、人々に嘲笑されるだろう。
二六　後に詩を学ぶものへの老婆心、親切心だ。
二七　高貴な人々の詩章を検討する。
二八　七世紀の白鳳時代から江戸時代初めの慶長年間末までに及ぶ。
二九　初巻に載せられなかった余り。つまり同じ時代の貴族以外の作者の詩を扱う。
三〇　武士。
三一　隠者。
三二　僧侶。
三三　女性。

からず。則ち近時も亦た附す。第三巻は[一]元和以後の京師の藝文を論述し、兼ねて他州に及ぶ。第四巻は[二]東都、兼ねて他州に及ぶ。第五巻は、第三第四両巻の緒餘、諸州に論及す。

一、この編の作、全く元和以後の藝文を[三]揄《ゆ》揚《やう》するに在り。しかれども[四]名づくるに詩史を以てすれば、則ちその始めを原《たづ》ねざることを得ず。ここを以て古昔に遡洄《さくくわい》するもの、必ずしも広蒐《くわうしう》せず。蓋し古昔の詩、[五]今に徴すべきもの、[六]『懐風藻《くわいふうさう》』より先なるは莫《な》し。『懐風藻』の作者六十餘人、詩凡《およ》そ百二十首。[七]『経国集《けいこくしふ》』残欠《ざんけつ》すと雖《いへど》も、今存《そん》するもの二百餘首。[八]『麗藻集《れいさうしふ》』凡そ百首、[九]『無題詩集《むだいししふ》』七百七十首。その餘、中古近古の諸集諸選尚《な》ほ多し。もし人人にしてこれを評し、篇篇にしてこれを論ぜんことは、[一〇]蕞爾《さいじ》の一書の能《よ》く辨ずる所に非ず。故に断じて言及せず。今初巻に録する所は、林学士の撰する所の[一一]『一人一首《いちにんいつしゆ》』を以て[一二]標準と為し、[一三]略《ほぼ》瑜瑕《ゆか》を陳《の》べて以て巻を成すものなり。これを要するに[一四]省筆減簡、然らざること能《あた》はず。

一、『懐風藻』に載する所の朝紳、[一五]大納言中臣朝臣大島より始めて、中宮少輔葛井連広成に訖《いた》る、人ごとに必ず[一六]官銜《くわんがん》を具《そな》ふるものは、義に於て当《まさ》に然るべし。この編本《もと》亦たその例に拠《よ》らんと擬《ほつ》す。刪《さん》して五巻と為すに至りて、都《すべ》て官称を除き、単に姓名を録す。亦たただ省筆減簡、然らざること能はず。

一、この編初巻に論列する所、並びにこれ朝紳。絶えて[一七]韋布《ゐふ》の士無し。古選収むる

一　元和元年は西暦一六一五年、大坂夏の陣で豊臣氏が滅亡し、天下太平が実現した年。
二　江戸。
三　とりあげて称揚する事を目的とする。
四　詩史を標榜する以上、その歴史の始まるところを尋ねなければならない。
五　いま現に見ることの出来るもの。
六　現存最古の漢詩集。天平勝宝三年(七五一)成立。編者未詳。
七　淳和天皇の勅を奉じて良岑安世の編纂した三番目の勅撰漢詩集。天長四年(八二七)成立。全二十巻のうち六巻分のみ残る。
八　本朝麗藻。高階積善編。一条天皇の時代の詩篇を集める。寛弘七年(一〇一〇)の成立か。上巻の一部と下巻とが今に残るが、諸本の多くは下巻のみ。百首は下巻所収の詩数に当たる。
九　本朝無題詩。平安時代末期の成立。編者未詳。
一〇　小さな一書物。
一一　林鵞峰の編纂した本朝一人一首。解説参照。
一二　手本。
一三　優れた詩とそうでないのとをあらまし示しつつ書いたものだ。
一四　記述を簡略にし紙数を減らしたのであり、そうしない訳にいかなかった。
一五　皇族僧侶を除く人臣としては、大島が懐風藻の作者の最初、広成が最後。
一六　官位を書き加える。
一七　無位無官の庶人。

所然るに由《よ》るなり。[一八]蓋し、一時の藝文、ただ青雲の上に在りて、草莽《さうまう》の士の指を染むるもの無きか。然らずんば則ち『懐風』『凌雲』『経国』『無題』等の諸選、率《おほむ》ね朝紳の纂輯《さんしふ》する所、ここを以て採択民間に及ばざるか。この編第三巻より以下論載する所、[一九]布素《ふそ》にあらざるは靡《な》し。[二〇]元和《げんな》以後、朝野の文武、靡然《びぜん》として学に嚮《むか》ふ。青雲の上定めて[二一]佳撰に乏《とぼ》しからざらん。しかれども余《わ》が意に窃《ひそ》かに謂《おも》ふ、草莽の士を以て叨《みだ》りに尊貴の著撰を評論せんは不敬の甚だしきと。故を以て全く論次せず。

一、この編刪して五巻と為す。[二二]闕略《けつりやく》固《もと》より論ぜざる所なり。しかして[二三]その中に就きてこれを言へば、蓋し亦た差等無きに非ず。京師《けいし》は東都より詳《つまび》らかに、東都は諸州より詳らかなり。これ[二四]私《わたくし》する所有りて厚薄するに非ず。余《われ》京師に住すること数十年、京師の文学に於ては[二五]頗《すこぶ》る要領を得《う》。東都は隔遠、[二六]物色《ぶつしよく》既に難し。況《いはん》や他州をや。余近ごろ『[二七]本朝詩纂《ほんてうしさん》』を覧《み》、私《ひそ》かにその盛挙を欽敬《きんけい》す。ただその中《うち》京師近時の作者を録次すること大いに[二八]憒憒《くわいくわい》為り。その[二九]薫蕕雑陳《くんいうざつちん》は、論亡《な》きのみ。[三〇]余が伯氏を載する若《ごと》き、已に伯氏《はくし》の姓名を録し、又別に伯氏の[三一]旧名旧表号を挙《あ》ぐ。これ伯氏一人を以て二人と為す。[三三]餘は準知すべし。噫《ああ》、[三二]宗藩《そうはん》の勢を以て何を求めてか得ざらん。これに加ふるに[三四]文学の職、賓客の盛んなる、その美を承順しその業を賛成する、至らざる所無くして、猶ほ且つかくの如し。況や余《わ》が一人の心力に

一八 思うにその当時の文学はもっぱら高貴な人々の間にあって、民間の庶人には手をつけるものがなかったのか。
一九 庶人。
二〇 天下太平となった元和以後は、朝廷でも民間でも草木が風に靡くように人々は学問に進んだ。
二一 優れた詩作。
二二 記述に不充分な点のあるのはむろん言うまでもない。
二三 記述の繁簡の程度について言えば、違いが無いわけではない。
二四 依怙贔屓があって差別するのではない。
二五 大事なところをまずは心得ている。
二六 (詩人を)捜すこと。
二七 正しくは歴朝詩纂。守山藩主徳川頼寛が編纂した日本人の漢詩の総集。一四〇頁参照。
二八 混乱している。解説参照。
二九 芳香の草と悪臭の草、つまり名詩人と下手な詩人とをごっちゃに並べて見境なしなのは言うまでもない。
三〇 兄の伊藤錦里。
三一 未詳。
三二 他は推して知るべし。
三三 徳川の血筋を承けた藩主を戴く藩。
三四 守山藩には荻生徂徠門下の平野金華が藩儒として仕え、同門の服部南郭も藩主の著述に序を寄せている。

して海内[一]を管蠡《くわんれい》す、その[二]謬誤《びうご》、なんぞただに千万のみならん。

一、この編に論次する所の近時の作者、必ず蓋棺《がいくわん》[三]論定まりて后《のち》敢《あ》へて論ず。若《も》し夫《そ》れ声名当今《たうこん》に顕著し、帷《ゐ》[四]を下《おろ》し徒を延《ひ》くは、余[五]が知ると知らざるとを論ずる亡く、並びに瑜瑕[六]を挙げず。蓋し、これを誉むれば党[七]するに似、これを毀《そし》れば奪[八]ふに似る。嫌疑[九]を避けざること能はず。ただ講説を以て業と為さず、及び湮晦《いんくわい》[一〇]名に遠ざかり或いは羽翼未だ成らざるものはこの例に拘《かかは》らず。

一、我が邦複姓《ふくせい》[一一]多し。操觚《さうこ》[一二]の士、或いは以て雅馴ならずと為す。ここに於て往往減[一三]じて単姓と為すこと、ただに代北《だいほく》[一四]の九十九姓のみならず。その[一五]義の得失は姑《しばら》くこれを置く。この編多く姓氏を完録す。要するに後人をして撿索し易《やす》からしむ。しかして亦た、尽《ことごと》く然《しか》せざるものは説有り。余已《すで》にこれを『授業編』[一六]に載す。因りて復た贅《ぜい》[一七]せず。地名も亦た然り。遠江州を袁州と称し、美濃州を襄陽と称し、金沢を金陵と為し、広島を広陵と為すの類、義に於て害有り。ここを以て一概に書せず。

一、古《いにし》へに曰ふ、「詩[一八]を作ることこれ難し。詩を論ずること更に難し」と。論の難きに非ず。論じて中正を得ることこれ難きなり。夫[一九]れ詩は体裁《たいさい》時に随ひ、好尚人に従ふ。必ず天下の作者をして己が好む所に帰せしめんと欲し、一非一是[二〇]、枉《わう》を矯《た》め正に過ぎ、その極《きよく》温柔敦厚の教へを変じて、傾危争競の端を開く。悲しいか

一　狭い見聞で天下を見渡そうとする。
二　誤りは無数にあるに違いない。
三　その人が亡くなり評価が定まって。「蓋棺事定まりて」と言うのが普通。誤刻か。
四　塾を開いて生徒を教えるのは。
五　知人とそうでないとに拘りなく。
六　善悪の評価をしない。
七　仲間褒めするようであり。
八　その人の面目を潰すようである。
九　私心があっての論評という疑いを避けなければならない。
一〇　うずもれて全く無名であったり、まだ年若いものはその限りではない。
一一　「複」は底本「復」。二字以上の姓。中国には一字の姓、単姓が多く、日本には複姓が多い。
一二　文筆家。
一三　「宇野氏ノ上一字ヲ摘テ宇氏ト」(授業編・十)する類。姓を修すと言う。
一四　代国の北方に出た胡人托跋氏は、北魏を建国したあと次第に胡俗を捨てて漢化し、托跋氏を元氏とするのをはじめとして、九十九の胡人の姓を中国風に改めた(魏書・官氏志)。
一五　姓を修することの是非は今は論じないでおく。北海自身の意見は、「要スルニ祖先ヨリ承ルトコロノ姓氏ヲ、自分ノ意ニ任セ、アチコチトナブルハ、理義ニ於テ害アル事ナリ」(授業編・十)。
一六　天明三年に刊行された江村北海著の漢学入門書。「但シ三字姓ハ、文事ニ用ルニハ、実ニ雅ナラザレバ、朝比奈ヲ朝、長谷川ヲ長トカ、谷トカセンハ、時ニヨリテユルス方モアルベキカ」(授業編・十)。

な。孟子曰ふ、「物[二一]の斉《ひと》しからざるは物の情なり」と。五色各《おのおの》その色を色とし、未だ嘗てその明為《た》るを失はず。夫の玄《か》[二二]と黄と、孰《いづ》れを是《ぜ》として取り、孰れを非《ひ》として捨てん。余詭《き》言異《げんい》説《せつ》を為《な》して以て門戸[二三]を建《た》つることを好まず。この編論ずる所、中古[二四]は即ち中古を以てし、近時は即ち近時を以てし、京師は即ち京師を以てし、東都は即ち東都を以てす。人人各その体を逐《お》ひて評論す。冀《こひねが》はくは寸木岑楼《すんぼくしんろう》[二五]の差無からん。

一、この編に論載する所の詩、大率《おほむね》近体、絶えて古詩に及ばざるものは、中古の朝紳の詠言、近体には間《まま》録すべきもの有るも、古詩に至りては殊《こと》にその旨《むね》を失ふ。元和以後、作者輩出し、近体の詩実に中土[二六]の作者に追歩せんと欲す。ただ五言古詩は未だその面目を得ず。蘐園《けんゑん》[二七]諸子の文集、その首《はじめ》必ず多く楽府擬古の諸篇を載す。然れども余を以てこれを論ずれば、尚ほ議すべきもの有り。その詳らかなること、これを『授業編』[二八]に載すと云ふ。

明和庚寅[二九]冬十月、北海江村綬賜杖堂[三〇]に題す

一七 重ねては言わない。

一八 典拠未詳。南宋の碧渓詩話の陳俊卿序に「作レ詩固難、評レ詩亦未レ易」の語がある。

一九 詩というものは時代の変遷によって形式が変わり、人それぞれに好みの違うものだ。「詩之体、以レ世変也」(詩藪内編・一)。

二〇 これは悪い、これは良いとやかましく論じ、欠点を正すのに行き過ぎもあり、詩は「温柔敦厚」を教えるもの(礼記・経解)なのに、結局のところ人々が傷つけ争いあうきっかけとなってしまう。

二一 様々にものの異なるのはその自然のあり方である。孟子・滕文公上。

二二 あの天の色の黒色と地の色の黄色について、どちらが正しくどちらが誤りと正邪を決めて、どれか一つを選択することができようか。

二三 ひとつの学派をつくる。

二四 詩作をそれぞれの時代の風、土地柄に即して評価して、特定の文学論を基準にして裁断しない。

二五 基準点の違いを無視して、一寸の木切れを楼閣より高いとする誤りは無いようにしたい。孟子・告子下。

二六 中国。 二七 荻生徂徠とその門下生。

二八 「吾邦ノ作者ノ中ニモ、近体ノ詩ハ、漢土人ニモ、サノミオトルマジト思ハルル詩モ、多ク見エワタレドモ、五言古詩ハ、無下ニオトリテ、似ルベクモアラズ、是ヲ以テ、其難キヲ知ルベシ」(授業編・七)。

二九 明和七年(一七七〇)。

三〇 江村家の詩堂の名。曾祖の江村専斎が百歳にして後水尾上皇より鳩杖を賜ったことに由来する。

日本詩史巻之一

平安　江村綬君錫著
弟　清　絢君錦
男　　悰秉孔均　同校

史を按ずるに、[一]応神天皇十五年、百済《くだら》国の博士阿直岐《あちき》来朝す。周易・論語・孝経等の書を献ず。上《かみ》悦ぶ。[二]阿直岐をして経を諸皇子に授《さづ》けしむ。我が邦《くに》の経学《けいがく》、蓋《けだ》しここに肇《はじ》まると云《い》ふ。後《のち》阿直岐王仁《わに》を薦《すす》む。上乃《すなは》ち百済王に詔《みことのり》し王仁を徴す。王仁至る。阿直岐と同じく諸皇子に侍講《じかう》せしむ。[三]上崩《ほう》ず。仁徳天皇即位、浪速《なには》に遷都《せんと》す。王仁[四]梅花の頌《しよう》を献ず。所謂《いはゆる》三十一言の和歌なるものなり。或《ある》いは曰ふ、「異域の人、何を以《もつ》てか和歌を作らん。献ずる所或いはこれ詩章。当時の史臣、訳《やく》してその義を通ずるのみ」と。或いは曰ふ、「王仁帰化既《すで》に久しく、我が邦の語言に熟《じゆく》し、学びて和歌を作る」と。[五]未《いま》だ孰《いづ》れか是《ぜ》なるを知らず。これを要するに今を距《さ》ること[六]千有《いう》四百年、[七]載籍罕伝《さいせきかんでん》、その詳《つまび》らかなること得《え》て知るべからず。仁徳の[八]升遐《しようか》より、[九]世を歴《ふ》ること三十、[一〇]年を経《ふ》ること四百五十、天智天皇[一一]登極《とうきよく》し、しかして後[一二]鸞鳳《らんぼう》音を揚げ、圭璧彩《けいへきいろどり》を発す。藝文始めて商確《しやうかく》に足《た》ると云ふ。

史に称す、「[一三]詩賦《しふ》の興《おこ》る、大津王より始まる」と。紀淑望も亦た曰ふ、「[一四]皇子大津

一 日本書紀は、阿直岐の推挙によって来朝した博士王仁が翌十六年に「論語千字文」をもたらしたと伝える。本書の記述は、応神天皇十五年百済の阿直岐が「易経、孝経、論語、山海経」などを貢上したと言う本朝通紀や和漢年代記などの俗伝による。
二 「太子菟道稚郎子」が阿直岐に経典を学んだ(日本書紀、本朝通紀)。
三 四十一年、応神天皇崩御。
四 「なにはづにさくやこのはなふゆごもりいまははるべとさくやこのはな」(古今集・仮名序)。古今集の古注(両度聞書他)は「このはな」を梅花と理解し、梅が春になって開花するように、大鷦鷯尊は今は皇位に就かれるべきだと勧める歌と解釈する。
五 いずれの説が正しいか今のところ分からない。
六 仁徳天皇が浪速宮に遷都したのは皇紀でいえば九七三年、本書刊行の年明和八年は皇紀二四三一年。約千四百年の後に当たる。
七 伝来する書物が少ない。 八 崩御。
九 仁徳天皇は第十六代、天智天皇は第三十八代。概数を挙げるならここは「二十」とするべきところ。
一〇 仁徳天皇の崩御は皇紀一〇六〇年、天智天皇の即位は同一三二二年。これも計算が違う。 一一 即位。 一二 才能ある人物が秀れた詩を作ることを譬える。
一三 日本書紀・三十・朱鳥元年条。
一四 古今集・真名序。
一五 懐風藻冒頭に「淡海朝大友皇子」の作として「侍宴」「述懐」の二首を載せる。
一六 天智天皇第一子。 一七 天武天皇長子。
一八 一首・一「述懐」。道徳は天の教えを受け、

始めて詩賦を作る」と。しかしてその実は[15]大友皇子を始めと為す。[16]河島王・[17]大津王これに次ぐ。大友の詩五言四句、「[18]道徳承《ケ》二天訓《ヲ》一、塩梅寄《ス》二真宰《ニ》一、羞《ツラクハ》無《キコトヲ》二監撫《ノ》術一、安《ゾ》能臨《マン》二四海《ニ》一」。典重渾朴《てんちようこんぼく》、詞壇の[19]鼻祖《びそ》と為《な》して愧《はぢ》無きものなり。大友は天智の太子。[20]太叔と関原に龍戦《りゆうせん》し、天命遂《と》げず。「[21]安能臨二四海一」の語、讖《しん》と為る。河島王五言八句の詩有り。[22]大津王は兼《か》ねて七言を作る。才皆《みな》大友に及ばず。

葛野王は大友の長子。龍門山に遊ぶ詩に、「[23]命《ジテ》レ駕《ヲ》遊《ブ》二山水《ニ》一、長忘《クル》二冠冕《ノ》情《ヲ》一」。[24]風骨《ふうこつ》蒼老《さうらう》、皇考《くわうかう》に減ぜず。詩意を詳《つまび》らかにするに、壬申《じんしん》の乱後、[25]形跡を潜晦《せんくわい》し、情を泉石《せんせき》に縦《ほしい》ままにするか。葛野王、河辺王を生む。河辺王、淡海三船を生む。世に才名有り。

至尊の叡藻《えいさう》の古選に見ゆるもの、文武天皇を始めと為す。月を詠ずる五言八句、『懐風藻』に見ゆ。又雪を詠ずるに曰ふ、「[26]林辺疑《フ》二柳絮《ヲ》一、梁上似《タリ》二歌塵《ニ》一」。[27]斉梁《せいりやう》の佳句《かく》なり。

平城天皇、桜花を詠ずる詩有り。

嵯峨天皇、天資好文、叡才神敏、[28]宸藻《しんさう》最も[29]富贍《ふうせん》と称《しよう》す。その七言近体中、[30]警聯《けいれん》殊《こと》に多し。ただ未だ[31]駢麗《べんれい》[32]合掌《がつしやう》を免《まぬか》れず。亦《ま》た時風爾《しか》るのみ。「[33]家郷杳杳多《ク》二帰志一、客路悠悠少《シ》二故人一」、「[34]雲気湿《シテ》レ衣《ヲ》知《リ》レ近《キヲ》レ嶽《ニ》、泉声驚《シテ》レ枕《ヲ》覚《ル》レ隣《ルヲ》レ渓《ニ》」と曰ふが如き、[35]沖澹清《ちゆうたんせい》曠《くわう》なり。

治世の差配の妙は天の主宰に頼る。わが身に天子の補佐をなす智術の無きを恥じる。どうして天下に臨むことが出来ようか。
一九 創始者。始祖。 二〇 叔父大海人皇子(のちの天武天皇)と美濃の関ヶ原で戦い、敗れて自殺した(壬申の乱)。
二一 「述懐」の「どうして天下に臨むことが出来ようか」の句が自らの不幸な運命の予言となった。
二二 一首・一に「大津七言之祖也」と云う。
二三 一首・一。乗り物を出して吉野の竜門山に遊んでみれば、役人の気苦労などすっかり忘れてしまう。 二四 詩の情意も表現も老成していて、亡き父大友皇子にも劣らない。
二五 才徳を秘めて俗世を逃れ、山水の景色の中で思いのままに暮らしたのか。
二六 降る雪を、柳の綿毛が飛び梁の上に塵が舞うのに見立てる句。魯の人虞公は雅歌を善くし、その歌声は梁の上の塵を動かしたという(劉向別録)。なお「林辺」は懐風藻には「林中」に作る。 二七 六朝の斉・梁の時代の詩体を得た秀れた句。
二八 天子の詩文。 二九 文才豊か。
三〇 秀れた対句。 三一 六朝時代の四六体。
三二 対句に於て、例えば「朝」に「曙」、「遠」に「遥」という同意の語を配するような表現の重複。「作レ詩最忌二合掌一、近体尤忌、斉梁往往犯レ之」(詩藪内編・三)。
三三 凌雲集「餞右親衛少将軍朝嘉通」云々。但し、凌雲集の本文は「郷心杳杳切二帰想一、客路悠悠稀二故人一」。 三四 文華秀麗集「江頭春暁」。これもその本文は「雲気湿レ衣知レ近レ岫、泉声驚レ寝覚レ隣レ渓」。
三五 あっさりとして清らか。

[一]弘仁御宇《ぎよう》の日、平城譲皇西内《せいだい》に在り、淳和、皇太弟を以て東宮に在り。[二]三宮融睦《ゆうぼく》、孝友天至。花晨月夕《くわしんげつせき》、讌楽《えんらく》相ひ接《まじ》はり、宸章《しんしやう》往復すること幾《ほとん》ど虚日靡《な》し。ただ右文《いうぶん》の美徳のみならず、実にこれ曠代《くわうだい》の盛事なり。ただ、平城・淳和の二帝の叡藻、伝ふるもの多からず。

宇多天皇、残菊を翫《もてあそ》ぶ七絶有り。醍醐天皇、菅氏三代集を読む七律有り。二帝の御製ただこれのみ。

村上天皇も亦た好文と称す。伝ふる所の[三]宮鶯暁囀《げうてん》の七絶、自《みづか》ら以て警絶と為す。史に称す、[四]「上親《みづか》ら詩題を製し、詞臣を召して同じく賦し、以て娯楽と為す」と。しかるに餘《よ》は概[五]見せず。惜しいかな。

[六]永延帝、書を披《ひら》きて往事を見る七律、語重累《ちようるい》すと雖《いへど》も叡思の正大を見るに足る。[七]長暦・永承・延久の三帝の御製、諸書に散見するもの、皆隻句《せきく》断章。完《まつた》きもの有ること無し。延久帝聡明善断[八]、大いに為すこと有る君。しかるに在位僅《わづ》[九]か五年にして崩じ、宸章も亦た淪亡《りんばう》す。殊《こと》に概嘆すべし。この時上《かみ》[一〇]天智の即位を距《さ》ること四百三十年。帝崩じて後、[一一]文教漸《やうや》く振はず。世方《まさ》に和歌を尚《たつと》ぶ。陵夷《りようい》して保元・平治に迄《いた》り、朝廷多故《たこ》、経学文藝併《あは》せて復た講ぜざること百年に幾《ちか》し。尚《な》ほ幸ひに[一二]嘉応帝[一三]内宴の御製一首有り。『[一四]著聞集《ちよもんじふ》』に見ゆ。当時応[一五]制の作者十餘人、その詩伝ふる無し。嘉応帝崩後、十七帝百七十年を歴《へ》、[一六]康永帝即位。元年の春宴、山家春興を以て

一 嵯峨天皇の在位の頃。「宇」は底本「寓」。
二 平城上皇、嵯峨天皇、及び後に淳和天皇となる皇太子の三人は、ともに桓武天皇の皇子として兄弟仲睦まじかった。
三 一首・四。曰く「帝亦自二負此詩一」。
四 一首に「嘗見二村上紀略一、出二詩題一召二作者一甚多」と述べる。
五 あらましさえ残らない。
六 一条天皇。
七 後朱雀、後冷泉、後三条の三天皇。
八 藤原氏の専横を抑えて政治を親裁されたことを云う。
九 後三条天皇は治暦四年(一〇六八)即位、延久四年(一〇七二)譲位、翌年崩御。
一〇 天智天皇即位は西暦六六二年。
一一 文の教えはだんだんと衰えて、保元・平治と乱の引き続く時代になると、朝廷には閑暇なく学問芸術ともに顧みられなくなり、その状態が百年近く続いた。
一二 高倉天皇。養和元年(一一八一)崩。
一三 一首・七。治承二年六月。
一四 古今著聞集。
一五 詔に応えて作る詩。
一六 北朝の光明天皇。延元元年(一三三六)即位。
一七 一首・七。土―世。間―閑。桃の花の咲く春の川に近い洞中の別天地。この絶景の中にいつから棲むのか記憶も定かならず。見渡す景色に俗世の穢れはない。ふと出会うものとては仙人のみ。

題に命ず。御製の詩に曰ふ、「[一七]桃花流水洞中ノ天、不レ記セ煙霞多少ノ年、満目ノ風光塵土ノ外、等間ニ逢着スレ是レ神仙」。[一八]意境間雅《かんが》、語も亦た円暢《ゑんちやう》なり。当時応制の詞臣二十二人、詩今《いま》存するもの僅かに九首。その中、僧貞乗「[一九]微風時ニ送リ二幽香ヲ一至ル、似タリレ報ズルニ二前山花已ニ開クヲ一」と曰ひ、藤国俊「[二〇]遊糸百尺飄ルハ二天上ニ一、不レ及バ二山翁心緒ノ閑ナルニ一」と曰ふが如きは、韻格高からずと雖も頗《すこぶ》る巧致《かうち》を見る。この時南北[二一]戦争し、四郊塁《るい》多くして、しかして帝能《よ》く文雅を以て臣僚を帥《ひき》ゐる。亦た偉《ゐ》ならずや。康永[二二]より天正に至る、又二百年。その間叡藻の史冊《しさつ》に見ゆるもの無し。文禄[二三]改元の後に至り、天子[二四]源通勝に賜ふ御製詩有り。蓋し、否《ひ》[二五]極まりて泰《たい》、元和[二六]文明の運、已にここに兆《きざ》せるものか。

皇子諸王の詩、大友・大津・葛野の外、大石王、山前王、仲雄王、犬上王、境部王、大伴王等の令藻、古選に見ゆるもの数首に過ぎず。独《ひと》り長屋王は則ち数十首有り。これを要《えう》するに魯衛《ろゑい》[二七]の政《せい》なり。若《も》しその才俊を論ずれば、兼明親王に出づるもの無し。次は則ち具平・輔仁のみ。兼明は醍醐の皇子、二品中務卿。世に前《さき》の中書王と称する、これなり。幼《えう》より学を好み、才識絶倫《ぜつりん》。帝[二八]これを愛重《あいちよう》し、立てて太子と為さんと欲して、執政《しつせい》その賢明を憚《はばか》る。帝已《や》むを得ず、承平帝[二九]を以て東宮と為す。兼明右大臣[三〇]と為《な》り、姓源氏を賜ふ。復た執政の為《ため》に忌《い》まれ、久しく台司《たいし》[三一]に居《を》ること能《あた》はず。嵯峨《さが》に退隠し、菟裘《ときう》の賦を作り、以てその志を見《あら》はす。賦中に曰ふ有り、「[三二]扶桑豈《あ》ニ無カランレ影乎、浮雲掩《おほ》ヒテ而乍チ昏シ、叢蘭豈ニ不ランレ芳シカラ乎、秋風吹イテ而先ツ敗ル」。抑鬱《よくうつ》の

一八 静かな俗気のない境地で、表現も円熟して伸びやか。
一九 一首・七。送―載。至―過。そよ風が時おり微かな香りを運んで吹いて来て、向こうの山に花が咲いたことを知らせるようだ。
二〇 一首・七。上―外。かげろうの長々と翻る春空さえ、長閑なことでは山住みの翁の心中には及ばない。
二一 光明天皇の即位により、朝廷は南北に分裂し、後醍醐天皇の南朝方と光明天皇の北朝方とが戦争を繰り返すことになる。
二二 康永元年は西暦一三四二年。天正元年は同一五七三年。
二三 文禄元年は西暦一五九二年。
二四 慶長五年(一六〇〇)、後陽成天皇が、十九年の出奔の後に帰京した中院通勝に与えた詩。一首・七「示二源通勝一」。
二五 どん底まで墜ちたら、回復の兆しが現われる。
二六 元和元年(一六一五)に豊臣氏が滅亡して天下泰平となった後の文運隆盛。
二七 兄弟のように特に優劣なく相い似る。
二八 一首・四に「兼明博聞多才、器量絶倫、若使下延喜帝立二此人一為中儲君上」云々と論ずる仮定を、醍醐天皇に実際その希望があったことと理解してこう言うか。
二九 朱雀天皇。
三〇 正しくは「左大臣」。
三一 三宮、大臣の高位。
三二 本朝文粋・一。扶桑の木に出る太陽は浮雲に蔽われて光を失い、群生する蘭草は秋風に吹かれて芳香を傷なわれる(諂臣の為に天子の明が蔽われ、才能有る臣下が遠ざけられることを風刺する)。

懐《くわい》想ふべし。嘗《かつ》て禁中の竹を詠ず。「[1]迸筍纔ニ抽《ぬき》ンヅ　鳴鳳ノ管、蟠根猶ホ点ズ臥龍ノ文」。称して警抜《けいばつ》と為す。又養生の方を詠ずる[2]三言、[3]亀山を憶ふ雑言《ざつげん》、真情暢達《ちやうたつ》。その餘の詩賦の古選に見ゆるもの、往往吟哦《ぎんが》すべし。

具平親王は、村上の皇子。二品中務卿。世に後《のち》の中書王と称す。橘郎中の遺稿に題する七律、悲惋悽惻《ひあんせいそく》、一時伝称す。その結句に曰ふ、「[4]未ダレ会セ茫茫タル　天道ノ理、満朝ノ朱紫彼何人ゾ」。蓋し亦た[5]藤原氏の為に発するなり。又[6]遥山暮煙の七律、精詣《せいけい》一時に賞せらる。

輔仁親王は、[7]延久帝の子。売炭婦を詠ずる七律、用意《ようい》懇惻《こんそく》、語も亦た平整。親王の尊貴を以て、ここに注情《ちゆうじやう》す。豈に賢ならずや。[8]保平より以降《このかた》、帝子の徽音《きいん》、寥《れう》として聞こゆる無し。ただ貞常・貞敦両親王の遺篇有るのみ。貞常親王は、[9]貞和帝の曾孫。落葉の七絶、『[10]康富日記《やすとみにつき》』に見ゆ。「[11]枯梢寂寂帯ブ二夕陽ヲ一、満砌ノ飄塵擁ス二蘚蒼ヲ一、莫カレレ道《い》フコト　晩風吹キレ葉ヲ尽スト、老紅却テ恐ル暁来ノ霜」。[12]語差《やや》晦しと雖も、用意自《おのづか》ら工《たくみ》なり。貞敦親王は、貞常の曾孫。江山春意の七絶、「[13]江山雨過ギテ　翠微平ラカナリ、樵唱漁歌弄ス二春晴ヲ一、風ハ動カス　水南酒旗ノ影、杏村既ニ聴ク売ルレ花ヲ声」。[14]興象宛然《あんぜん》、意致《いち》も亦た婉《あん》なり。

公卿朝紳《こうけいてうしん》、詞林に著称《ちよしよう》するは、世その人に乏《とぼ》しからず。しかして[15]蘭玉芳を競《きそ》ひ、鳳毛《ほうまう》美を紹《つ》ぐものは、藤原氏、菅原氏、大江氏。次は則ち紀氏、橘氏、源氏、三善氏、小野氏、巨勢氏、滋野氏等、十数家に過ぎず。

一　一首・四。勢いよく出た筍はやっと鳳凰の声を響かせる笛ほどの太さの竹を伸ばし、それでも根の蟠るさまはすでに竜の臥す文様を描いている。
二　本朝文粋・一。
三　右に同じ。
四　一首・五。天道の理は明らかならず、理解に苦しむ。堂上の朱紫の衣の貴人たち、彼らはいったい何の徳有って高位にあるのか。文才空しく卑官に低迷した橘正通の薄命を憤る。
五　藤原氏の専横を諷するために作った詩である。
六　本朝麗藻・下。
七　後三条天皇。
八　保元・平治の御代。兵乱があいついだ。
九　北朝の崇光天皇。
一〇　中原康富の康富記・文安四年十月八日条。
一一　一首・七。夕―斜。莫―無。末枯れた梢は寂しく夕陽に染まり、石畳いっぱいの落葉が緑の苔を覆う。散り残る紅葉にとっては、夜の風が吹くのよりも、むしろ暁の霜の方が恐ろしいのだ。
一二　表現は少しわかりにくいが、趣向は巧みである。
一三　一首・七。弄―喜。影―外。山川の通り雨に山の霞は収まり、春の上天気にきこりも漁師も鼻唄気分。南の川岸に風に翻る酒屋の旗。杏の花咲く村にはもう花売りの声が聞こえてきた(杏の花の咲く頃に春酒が熟成する)。
一四　情景が目に見えるようであり、情趣も美しい。
一五　蘭玉、鳳毛、ともに優れた子孫。

藤原氏は、[一六]淡海文忠公史《ふひと》を以て首《はじめ》と為す。公、盛徳大業、位人臣《じんしん》を極む。[一七]宅揆《たくき》の餘暇、意を翰墨《かんぼく》に留め、辞藻も亦た一時に冠絶《くわんぜつ》す。[一八]元日朝会の詩五言十二句、『懐風藻』に見ゆ。[一九]華瞻《くわせん》にして典則《てんそく》なり。公四子を生む。並びに才学有り。長子左大臣武智、[二〇]位を台鼎《たいてい》に継ぐ。その詩は伝を失ふ。次子参議房前、七夕内宴の詩、「[二一]瓊筵振ヒ二雅藻ヲ一、金閣啓ク二良遊ヲ一、鳳駕飛ビ二雲路ニ一、龍車度ル二漢流ヲ一」。[二二]王《わう》・楊《やう》・盧《ろ》・駱《らく》に[二三]駸駸《しんしん》たり。その次は参議宇合。史に称す、「[二四]宇合文武《ぶんぶ》の才有り」と。嘗て聘唐使《へいたうし》と為る。風采《ふうさい》想ふべし。四子兵部卿万里、簪裾《しんきよ》に少長《せうちやう》して邱壑《きうがく》を忘れず。[二五]常に曰ふ、「当今上《たうこんかみ》に聖主有り、下《しも》に賢臣有り、我が曹《ともがら》何をか為さん」と。琴酒に放浪し、自ら聖代の狂士と称す。『懐風藻』に暮春讌会《えんくわい》の詩を載するに曰ふ、「[二六]城市元非ズレ好ミニ、山園賞有リレ餘リ」。その実を記《き》するなり。

武智・房前二公の子孫、[二七]南北宗《そう》を分ち、世《よよ》宰輔に官たり。[二八]椒聊蕃衍《せうれうはんえん》し、衣冠朝《てう》に満ちて、篇章世《よ》に伝ふるものは、武智の曾孫三成、[二九]漁家の雑言有り。房前の曾孫左大臣冬嗣、[三〇]聖製、旧宮に宿するを奉和する七律有り。左京大夫衛、[三一]聖製、春日の感懐を奉和する応制《おうせい》の七絶有り。参議道雄、[三二]雪を詠ずる七絶有り。玄孫弾正少忠令緒、[三三]早春遊望の七律有り。その餘多きこと無し。

中納言葛野は、亦た房前の曾孫、辞才有り。延暦中、聘唐使と為る。惜しむらくは著作伝ふる無し。葛野の子刑部卿常嗣、博学強識、少《わか》くして名を知らる。承和《じようわ》中

一六 藤原不比等。謚淡海公。右大臣。
一七 「揆」は底本「睽」。官職に就いていること。
一八 一首・一「元日応詔」。
一九 表現に華があり豊かで、規則にかなっている。
二〇 三公宰相の地位を受け継ぐ。
二一 一首・一。度—越。織女は「鳳駕」や「竜車」に乗って天の川を渡る。
二二 初唐の四傑、王勃、楊炯、盧照鄰、駱賓王。
二三 すみやかにある傾向に進むさま。文学論において古体に一致することを形容する語として用いられる。「(唐代)三百年之詩、遂駸駸上埒二漢魏一」(詩藪雑編・三)。→九八頁注八。
二四 尊卑分脈「藤氏大祖伝」。但し、ここは本朝遯史・上の記述によるか。
二五 右に同じ。
二六 一首・一「暮春園池置酒」。山—林。町の暮らしはもともと好きじゃないが、山中の庭園はいつまでも見飽きない。
二七 南家と北家に分かれる。
二八 子孫が繁栄し、藤原氏の殿上人が朝廷に溢れて。
二九 一首・三「漁歌」。
三〇 一首・一。
三一 一首・三「奉二和春日作一」。
三二 一首・二「雪」。
三三 一首・三「早春途中」。

に聘唐使と為る。父子妙選《めうせん》、世以て栄と為す。常嗣の詩、古選に見ゆ。秋日叡山に登る五言近体中に曰ふ、「[一]仙梵窓中曙ケ、疎鐘枕上ニ清シ」。清迥《せいけい》にして凡ならず。

左大臣時平、[二]秋日城南水石亭に会し蔵大師の七十を寿する詩有り。水石亭は公の別業《べつげふ》。蔵大師は、大外記大蔵善行。公少《わか》くして業を善行に受く。因りてこの挙《きよ》有り。公、[三]菅公《くわんこう》を陥《おとしい》るるを以て、罪を名教《めいけう》に獲《え》たり。その人固《もと》より道《い》ふに足らず。しかれども師を崇《たつと》ぶや、業を重んずるや、[四]輓近《ばんきん》末だその比《ひ》を得ず。当時[五]右文《いうぶん》の好尚想ふべし。史に称す、「[六]この会、一時の名士畢《ことごと》く集まる」と。藤氏の[七]勢焰《せいえん》、固《もと》より当《まさ》にしかるべし。亦た善行が栄幸なり。詩今《いま》存するもの二十餘首。[八]紀発昭、三善清行も亦たその中に在り。清行が七律、[九]驪《り》珠《しゆ》を得たり。その餘は[一〇]鱗甲《りんかふ》、把翫《はぐわん》するに足るもの無し。

参議菅根、才子の誉有り。[一一]嘗て菅公の薦引《せんいん》を被《かうむ》り、後《のち》左相に阿附《あふ》して菅公を傾く。その人は固より卑《ひ》なり。[一二]秋を惜しみて残菊を翫ぶ七律、殊に雅馴ならず。これ寛平中の内宴の応制の詩。同時の作者二十餘人、今十三首を存す。しかして藤原氏七人。大納言定国も亦た作詩有り。皆録するに足らず。

藤原氏の権勢、太政大臣道長に至り、窮極満盛。所謂[一三]男公女后、富《とみ》帝室に逾《こ》ゆるものなり。その侈《し》麗《れい》豪華、一時に震耀《しんえう》して、その人は詩を好み書を善くす。亦た嘉尚すべし。公嘗て法成寺を創す。世に御堂《みだう》公と称す。又、別業を宇治に営む。高閣

一　一首・三。仙―軽。「仙梵」は読経の声。
二　一首・四。延喜元年(九〇一)の秋。
三　右大臣の菅原道真公を陰謀により太宰権帥への左遷に追い込んだことで、人の道にもとる罪を犯した。その人柄はむろん取り上げるに価しない。
四　近ごろはそれに並ぶものが見られない。
五　学問を好み重んじるその時代の風潮が思いやられる。
六　一首に「聚㆓一時俊秀㆒、賀㆓善行七秩㆒」と言う。
七　さかんな権勢。　八　紀長谷雄。
九　竜の顎の下の玉。貴重なるもの。一首にも水石亭詩のうち八句(律詩)においては三善清行がいちばん優れると論じる。
一〇　竜のうろこと爪。驪珠に対して質の劣るものを譬える。
一一　一首・四に「菅根曾被㆓菅丞相薦挙㆒、則公有㆑所㆑取㆓彼才㆒乎、然彼附㆓時平㆒傾㆑公」と言う。
一二　一首・四「惜㆑秋翫㆓菊花㆒応㆑製探㆓得燈字㆒」。
一三　一首・五に「男為㆓丞相㆒、女為㆓后妃㆒」。
一四　山川の景勝。
一五　一首・五「暮秋宇治別業」。営―号。茅―旅。漁艇―二字分欠字(但し群書類従本の本朝麗藻には「漢文」)。捲―巻。人難老―猶雖尽。かねて宇治と呼ばれる地にある別荘は、夕べの雲が都を隔てる道の末。粗末な家に月明りは静かに差して霜の色の中で眠り、風は冷たく吹いて川波の音を耳にしつつ宿る。扉を開いてはるかに漁に赴く船を見て、簾を巻いて雁が横さまに橋の形に飛ぶのを眺める。この地に遊覧すれば人の

層軒、[14]流峙《りうじ》の勝を擅《ほしいまま》にす。公数《しばしば》往遊す。詩有りて云ふ、「[15]別業嘗テ伝フ宇治ノ名、暮雲路僻ニシテ隔ツ二華京ヲ一、柴門月静ニシテ眠リ二霜色ニ一、茅店風寒クシテ宿ス二浪声ニ一、排シテレ戸ヲ遥カニ看ル漁艇ノ去ルヲ、捲キテレ簾ヲ斜ニ望ム雁橋ノ横タハルヲ、勝遊ノ此ノ地人難シレ老イ、秋興将ニレ移サント潘令ガ情」。[16]意境蕭散《せうさん》、絶《た》えて権貴の相無し。公の姪《をひ》内大臣伊周、中納言隆家、並びに文詞を好んで、[17]淫兇《いんきよう》取ること無し。詩も亦た韻ならず。

大納言公任、世にその多才を称す。[18]大江匡衡嘗《かつ》て一時の詩人を評す。公任を以て斉信に敵《てき》す。余その遺篇を索《もと》むるに、寥寥として伝ふること罕《まれ》なり。若《も》し夫《そ》れ[19]山川の晴景に題する七律、稚拙《ちせつ》にして章を成さず。匡衡が言[20]溢美《いつび》のみ。

参議有国、[21]重陽陪宴の七言長篇、[22]用事錯綜《さくそう》、才思を見るに足る。ただ章法句法、[23]未だ透《とほ》らず、選に入り難きのみ。有国は参議真夏の後。その[24]高祖、[25]大刹《たいさつ》を洛南日野に創建し、自ら以て大功徳と為す。これによつて日野氏を称す。その父輔道、対策高第す。有国に至りて、家声益《ますます》振ふ。子孫世《よよ》儒林に名あり。

五品為時、玉井の別荘に題する七律、「[26]玉井ノ佳名世ニ所ルレ称セ、松楹半バ按ズ碧岩ノ稜、山雲繞リテレ屋ヲ応ニシレ褰《かか》グレ幔ヲ、潤月臨ミテレ窓ニ欲スレ代ラントレ燈ニ、梅吐テ二寒花ヲ一朝ニ見ルレ雪ヲ、水収メテ二幽響ヲ一夜ニ知ルレ氷ヲ、池辺何物カ相ヒ尋デル到、雁ハ作リ二来賓ト一鶴ハ作ルレ朋ト」。[27]声格に乏しと雖も、[28]首尾匀称《いんしよう》、[29]合作《がつさく》と称するに足る。為時が女《むすめ》紫式部、[30]源語《げんご》を著はすを以て世に称せらる。

木工頭輔尹、[31]酔時の心は醒時の心に勝《まさ》るを賦す。鄙俚《ひりわら》咲ふべし。[32]大江匡衡数《しばしば》そ

命さえも延びる。晋の潘岳は「秋興賦」(文選)に二毛(白髪)の生じる嘆きを記したが、その秋のもの思いすら、別のものに変えてしまうことだろう。
一六 さっぱりとした心境を歌っており、高貴な権勢家の詩句という雰囲気はない。
一七 邪悪な人間で取柄はない。花山法皇に無礼をはたらき、皇太后東三条院を呪詛した。一首は二人を「淫暴無礼」と評す。
一八 一首・八に「伊周の曰く、公任・斉信、詩敵と謂ふべし」とある「伊周」を「匡衡」に誤るか。「斉信」は藤原斉信。
一九 一首・五。 二〇 ほめすぎ。
二一 一首・五。
二二 故事の用い方が込み入っている。
二三 十分に理に叶わない。
二四 祖父の祖父、藤原家宗。 二五 法界寺。
二六 一首・五。世所—被世。屋—舎。吐—発。一句「玉井」は和泉国の地名。二句、松の柱は岩の角を抑えるようにして立つ。三句、山の雲が家の廻りにたれこめているありさまは、垂れ幕としてそれをかかげたくなる。四句、谷川の上に懸かる月が窓から差す光は灯がわりになる。五六句、朝には梅の花が開いて雪かと見、夜には水音絶えてせせらぎが凍ったことに気付く。七八句、池の辺りを次々に訪れるものは何か、雁は客人、鶴は朋友としてやって来るのだ。「季秋之月、鴻雁来賓」(礼記・月令)。鶴は隠者の友。
二七 格調において貧弱。 二八 初句から結句までそれぞれうまく照応している。
二九 詩律にかなった作品。 三〇 源氏物語。
三一 一首・五。 三二 一首・五に「凡位に越ゆるものなり」という匡衡の評言を引く。

の才を称す。時論の憑《よ》るに足らざる、古今同じく憒憒《くわいくわい》[一]。

大納言仲実、徳天地に配するを賦す、右京大夫公章、廻文体《くわいぶんたい》[二]、及び正時、日月光華を賦す、長頼[三]、海水波を揚《あ》げざるを賦す、公明・敦隆、倶《とも》に[四]走脚《そうきやく》体を賦す、憲光・尹経、倶《とも》に万玉を班《わか》つを賦す、皆試場の詩、殊に佳なるもの無し。正時以下六人、未だ官銜《くわんがん》を詳らかにせず。

[五]三品実綱の新成大極殿を賀す、右大辨有信の三月尽、中納言実光の傀儡《くわいらい》を咏ず、左大辨宗光の尚歯会の詩、少納言敦光の夏夜の吟、四品実範の遍照寺の作、五品季綱の東光寺の作、茂明の勧学院の作、知房の秋日の即事、並びに七言律、古選に見ゆ。その中、半聯隻句《せきく》の佳なるもの無くんばあらず。しかれども[六]瑕纇《からい》相ひ半《なか》ばし、全く佳なるもの絶えて無し。ただ知房の「[七]郊扉暮ニ掩ヒテ 茶煙細ニ、岫幌晴ニ褰《かか》ゲテ 桂月幽ナリ」、意匠問澹《かんたん》、全章も亦た甚だ拙《せつ》ならず。

左衛門尉周光の冬日山家の即事、小疵《せうし》有りと雖も、自らこれ[八]胸臆中の語。故に平《へい》澹《たん》の中《うち》反りて味有るを覚ゆ。史に称す、「[九]周光宦仕達《たつ》せず。[一〇]北門の嘆有り、[一一]輦轂《れんこく》に居ると雖も、常に山林を睠《かへりみ》る」と。余《われ》、『無題詩集』を閲《えつ》するに、周光が詩を載する、多きこと百首に至る。大抵山居の題詠。則ち史に言ふこと誠に是《ぜ》なり。

左大辨顕業、三月長楽寺に遊ぶ七律に「[一二]寺ハ比ス五台形勝ノ地、時ハ当ル三月艶陽ノ天、山楼鐘尽ク孤雲ノ外、林戸花飛ブ落日ノ前」。字句工麗、[一三]金石鏗鏘《かうさう》。ただ[一四]起結諧《ととの》はず。殊に惜し

一　混乱したさま。
二　一首・五。「回文トハ倒ニ読メバ、又一首ニナル也」(詩轍)。
三　一首・五。作者名は正しくは「長穎」。
四　一首・五。走脚体は同じ扁、旁の字を並べて作る詩。
五　以下の詩はすべて一首・六。
六　欠点と美点がまじりあい。「瑕纇」(欠点)は正しくは「瑕瑜」(欠点と美点)とあるべきところ。
七　山家では、日暮れには扉を閉ざして茶を煮る煙を細く立て、星空には戸口の幕をかかげて静かな月を眺める。
八　心の内をそのままに語った言葉。
九　一首・六に「雖レ有ニ文才一、不レ能レ任ニ博士一、不レ被ニ登庸一、其官僅大監物」云々。
一〇　志を得ない忠臣の嘆き。
一一　天子のいる都。
一二　一首・六。比―写。寺は中国太原の五台山の風光明眉の地に等しく、時あたかも晩春三月の美しい一日。入相の鐘もはぐれ雲の向こうの山の鐘楼に響きを収め、夕日のあたる林の中の扉には花片が散り懸かる。
一三　金石の楽器のような美しい響きがある。
一四　起聯は「一辞ニ華洛一暫留連、長楽仁祠感ニ自然一」、結聯は「韶景闌来相惜苦、青春暮処礼ニ金仙一」。

むべし。余、前古の選集を覧《み》るに、騒人文士、長楽寺[一五]に留題するもの甚[一六]だ多し。藤原氏には則ち敦宗、季綱、実兼、並びに七律有り。その詩に拠《よ》れば、殿堂の美、林泉の勝、巍然《ぎぜん》たる一大刹《いちだいさつ》。今[一七]は則ち然らず。桑滄《さうさう》[一八]の変、物外《ぶつぐわい》も亦た然り。

東宮学士明衡の花下[一九]の唫《ぎん》、造語合はずと雖も、意義は自ら全し。明衡は宇合の裔《えい》。『本朝文粋』を編む。藝苑に功有ること眇《ちひ》さからず。その子刑部卿敦基、夙《つと》に詩名有り。「風[二〇]生ジテ二林樾ニ一時ニ疑ヒレ雨カト、浪洗ヒテ二石稜ヲ一夏見ルレ花ヲ」。一時、伝称す。

少納言通憲は、文章博士実兼の子。保[二一]元帝の乳母の夫なり。博学多通、辨給にして才略有り。少時不遇、嘗て詩を作りて曰ふ、「顧[二二]テレ身ヲ深ク識ル二栄枯ノ理ヲ一、在テレ世ニ偏ニ慵シ二遊宦ノ一心ヲ」。遂に薙髪《ていはつ》して、名を信西と更《あらた》む。保[二三]元帝即位し、登庸せられて機密を掌《つかさど》る。才を恃《たの》みて用に果《くわ》す。志弊政《へいせい》を革《あらた》むるに在りて苛刻少恩《かこくせうおん》。終《つひ》[二四]にこれを以て敗《やぶ》る。『無題詩集』に多くその詩を載す。その子俊[二五]憲も亦た詞才有り。官参議に至《のち》[二六]る。

太政大臣忠通は、相国忠実の長子。相国懸車《けんしや》、代りて宰輔と為る。後相国、少子左大臣頼長を溺愛し、公[二七]を廃し政柄《せいへい》を移さんことを謀《はか》る。しかるに公奉承《ほうしよう》依依、恭順虧《か》くること無し。惟孝《ゐかう》の徳頌するに足りて、加ふるに好文の美有り。豈に偉ならずや。『無題詩集』に公の詩九十首を載す。間諧合《まま》なるもの有り。

左相は公の異母弟。少時穎敏、学を好み詩を能くす。往《さき》[二八]に相国をして教ふるに義方を以てせしめば、当《まさ》に棟梁《とうりやう》の偉材為《た》るべし。しかして趨庭《すうてい》[二九]訓を失ひ、鬩牆《げきしやう》[三〇]姦を畜《たくは》

一五 東山の祇園の東、もと天台宗、のち時宗の寺。京洛を一望する景勝の地にあった。
一六 本朝無題詩に六十首あまり。
一七 坊舎は一宇のみ、鞠や碁などの雑遊の地であった(雍州府志、貞享三年刊)。
一八 桑田変じて滄海となる著しい世の変転は、世俗の外の仏寺にもまた同様であった。
一九 一首・六「紅桜花下作」。
二〇 一首・六「河辺避レ暑」。林—松。疑—聞。木蔭の風が葉を鳴らすのを折々雨の音かと訝り、岩に砕ける波頭を夏咲く花かと見る。
二一 後白河天皇。
二二 一首・六。深—遂。理—分。偏—猶。遇不遇の人意にかなわぬ定めはわが身に切に思い知る。故郷を離れ世に立ちまじっての宮仕えはただものういばかり。
二三 一首に「及二帝即一レ位、信西被二親近一、専預二朝政一、保元之乱、厳二刑罰一以招二人之怨一」云々と言う。
二四 平治の乱で敗死。
二五 官を退くこと。
二六 一首・六に「其父忠実致仕之後、老而猶存、愛二少子頼長一、欲レ代二忠通一者数矣、忠通敦厚無二不順之意一」と言う。
二七 親孝行。
二八 もしも父の相国忠実が正しい道理を教えていれば、きっと一国を支える大人物となっただろう。
二九 父親の教育が正しく行われず。
三〇 兄弟の争いに邪悪を重ね。

へ、[一]保元の禍乱、実にここに階《かい》す。[二]その著作の如きは今猶ほ世に伝ふ。

[三]元久中の内宴、水郷の春望を題とす。応制の作者、今徴すべきもの十九人。太政大臣良経、左大臣良輔以下、藤原氏十五人。中納言資実、中納言親経、式部大輔宗親、左大辨盛経、東宮学士頼範、文章博士宗業、大内記行長等、大率《おほむね》録するに足るもの無し。

[四]建保内宴の作者の古選に見ゆるもの、藤原氏九人。詩殊に覧《み》るべきもの無し。蓋し保平より以降《このかた》、[五]朝綱紐《ちう》を解き、文学衰廃。ここに於て和歌特に盛んに、内宴の詠言、和歌を主と為し、詩は[六]餼《き》羊《やう》を存するのみ。その精工ならざる、亦た宜《むべ》ならずや。中納言基俊、中納言定家、並びに和歌の巨匠と称す。詩の世に伝ふる有り。固よりその所長に非ず。

左大臣兼良、乱を江州水口《みなくち》駅に避け雨に遇ふ作有り。「[七]憶《ヒ》得《タリ》三生石上《ノ》縁、一庵風雨夜無《シ》レ眠《ルコト》、今日更《ニ》下《レバ》二山前《ノ》路《ヲ》一、老樹雲深《クシテ》哭《ス》二杜鵑《ニ》一」。史を按ずるに、公、才学和漢に該通し、著作殊に多し。『四書童子訓《ししよどうじくん》』、その一なり。当時[八]天歩艱難《かんなん》、公宰輔《さいほ》に位すと雖も、[九]南北播越《はあつ》、憂虞《いうぐ》日を度《わた》りて、しかも聖経を講明し操觚《さうこ》廃すること無きは、これ以て紀有るに足るなり。

[一〇]文明十五年、足利相公の第の讌会《えんくわい》の詩、伝ふるもの十九首。太政大臣政家、左大臣実遠、内大臣実淳、[一一]内大臣通秀、左近衛大将冬良以下、藤原氏十人。[一二]文明、上《かみ》建

一　皇室と摂関家それぞれに対立が起こり、崇徳上皇・頼長側と後白河天皇・忠通側がともに武家の力を借りて戦い、上皇方が敗れ、上皇は配流、頼長は戦傷死した。朝廷の政治的文化的権威の漸々に衰退する契機として一般に考えられていた事件。
二　その日記の台記、台記別記が写本で流布。
三　元久二年(一二〇五)、元久詩歌合。一首・七。
四　建保元年(一二一三)、内裏詩歌合。一首・七。
五　朝廷が政治の大権を失い。
六　形骸を残すだけであった。
七　一首・七。日―朝。一句、李源と僧円観とは親交を結んでいたが、ある時円観は転生して十二年の後に杭州天竺寺に再会することを李源に約して没す。果して十二年後、円観は牧童に生まれかわって旧友に逢い、「三生石上旧精魂」「身前身後事茫茫」と歌った(甘沢謡)。都落ちしての流浪をまるで別人に転生したかのように感じ、前世、現世、来世を示す三生石の因縁の説話をしみじみと思い起こすと歌う。四句、「不如帰」と啼く杜鵑に託して帰思を述べる。
八　国家に苦難が多い。
九　あちこちとさすらい、憂いのうちに日々を過ごして、しかも経書を解きあかし、詩文の製作をも止めなかったのは、根底ある人間と言うに足りる。
一〇　一首・七に八首を引用。文明十五年将軍足利義尚の宴における「雪中鶯」「江畔柳」「山家梯」の三題による六十番の詩歌合が伝わる。「伝ふるもの十九首」の拠りどころ未詳。
一一　中院通秀。源氏であり、藤原氏ではない。また当時は権大納言。

保を距《さ》ること二百六十年。その詩これを建保に較《かく》するに、反りて観るべきもの有り。蓋し、この時朝廷の文教益《ますます》廃替《はいたい》すと雖も、五山禅林の詩学盛んに興《おこ》る。朝紳或いはその鼓鼗《こたう》[一三]に因りてしかるか。

内大臣実隆、逍遥院と号す。致仕《ちし》の後の詩に云ふ、「[一四]三十年来朝市《ノ》塵、扁舟帰《リ》去《ル》五湖《ノ》春、平生慚愧《ス》無《キヲ》二功業一、合《まさニ》《ベシ》下対《シテ》二白鷗《ニ》一終《フ》中此《ノ》身《ヲ》上」。毎《つね》[一五]に子弟を誡《いまし》めて曰ふ、「吾少年努力せず。老来悲傷及ぶこと無し。汝曹《なんぢら》宜しく尤《とが》に傚《なら》ふこと勿《な》かるべし」と。因りて子弟に課し、六経及び史記・漢書等を謄写《とうしや》せしむ。世、公の和歌の巨擘《きよはく》[一六]為るを知りて、文学有るを知らず。故に掲してこれを出だす。

右に録する所の外、藤原氏の諸集に見ゆるもの、猶ほ数十人有り。繁を以てこれを刪《さん》すと云ふ。その餘の一聯一句古今伝称して全章闕亡《けつばう》するもの、五品篤[一七]の砧を詠ずるに「[一八]擣《ツ》処暁《ニ》愁《ヘ》二閨月《ノ》冷《カナルヲ》一、裁《チテ》将《もつテ》秋《ニ》寄《ス》二塞雲《ノ》深《キニ》一」。右馬頭季方の三月尽に「[一九]林間縦《ヒ》有《リトモ》二残花《ノ》在《ル》一、留《リテ》到《ラバ》二明朝《ニ》一不二是《レ》春《ナラ》一」。右少辨雅材の晴景に「[二〇]松江日落《チテ》漁舟去《リ》、蘿洞雲開《ケテ》隠逕深《シ》」。左中辨維成の江上の作に「[二一]客帆有《リ》レ月風千里、仙洞無《シ》レ人鶴一双」。大納言斉信の妓を詠ずるに「[二二]秋月夜間《ニシテ》聞《キ》レ按《ズルヲ》レ曲《ヲ》、金風吹《キ》落《ス》玉簫《ノ》声」等、枚挙すべからず。斉[二三]信、名価一時に重くして、その詩多く見えず。人をして嘆惋《たんわん》せしむ。

菅原氏、本姓は土師。聖武天皇天平元年、侍読土師古人に姓菅原を賜ふ。古人の子清公、夙《つと》に文名有り。延暦中聘唐使と為る。汴州《べんしう》上源駅に雪に値《あ》ふの詩有りて云

一二 文明元年は西暦一四六九年、建保元年は一二一三年。

一三 動かし刺激すること。

一四 一首・七「解レ印後書レ懐」。扁—片。二句、越王勾践に仕えて呉を滅ぼすのに功績のあった范蠡が五湖に舟を浮かべて隠棲した故事(蒙求)を用いる。

一五 以下の挿話の典拠未詳。

一六 抜きんでた名人。

一七 正しくは「篤茂」。

一八 一首・八「風疎砧杵鳴」。深—寒。寝室に差す冷やかな月明りに北方の戦地にある夫の寒さを思って砧を打ち、冬衣を作って深い雲の彼方の砦に送ろうとする。

一九 一首・八「三月晦」。林の中に散り残る花がたとえあっても、このまま明日になってしまえばもう春ではない。翌四月一日から暦の上では夏になる。

二〇 一首・八「雨晴山河清」。日—月。呉の淞江に日は暮れ釣りする舟は帰り、雲の切れ目より蔦の絡まる洞窟に続く小道(漁舟を下りて洞へ帰る隠者が通る道)が見える。

二一 一首・八「江山此地深」。月の夜、風を承けて千里の船路を来れば、仙洞に仙人の姿はなく、つがいの鶴のみが遺されている。

二二 一首・八「管弦」。間—閑。妓女の奏でる簫笛の音が秋風に吹かれて私の耳に届く。

二三 一首に「斉信文才、与二公任一斉レ名」云々。

ふ、「[一]雲霞未ダレ辞セレ旧ヲ、梅柳忽チ逢フレ春ニ、不分ス瓊瑶屑ノ、飛ンデ霑《うるほス》二旅客巾ノヲ一」。歴官して左中辨に至る。清公の子是善、幼より聡敏。才名顕著、官参議に至る。

菅原善主、菅原清岡、[二]諸家系譜二人を載せず。官職攷を失ふ。『[三]江家次第』に善主を以て清岡の侄《をひ》と為す。[四]春斎林子以て清公の子と為す。未だ孰《いづ》れか是《ぜ》なるを知らず。[五]並びに塵《ちり》を詠ずる応制の五言排律有り。中良舟、中良楫、藤原関雄、皆この題詠有り。必ず一時の作。その優劣を較するに、二菅最も超絶す。二菅の詩精工整密、力量相ひ等し。[六]兄弟《けいてい》を為《な》し難《がた》し。今並びに全首を録し、以て具眼《ぐがん》のものに質《ただ》す。善主は云ふ、「[七]大噫《たいあい》籠ムルニ二群物ヲ一、惟《ただ》塵ハ最モ細微、遇ヒテレ霖ニ時ニ聚斂シ、承ケテレ吹《かぜ》ヲ乍チ雰霏ス、洛浦生ジ二神韈ニ一、都城染ム二客衣ヲ一、朝ニ随ヒテ二行蓋ニ一起チ、暮ニ逐ヒテ二去軒ヲ一帰ル、動息常ニ無シレ定マル、徘徊何レノ処カ非ナル、冀《こひねがは》クハ持シ二老聃ガ旨ヲ一、長ク守ラン二世間ノ機ヲ一」。清岡は云ふ、「[八]微塵浮ミ二大道ニ一、靄靄隠ル二垂楊ニ一、色暗ハシ龍媒ノ埒、形飛ブ鳳輦ノ場、徘徊寧ンゾ有ンヤレ定マルコト、動息固ニ無シレ常、逐ヒテレ舞ヲ生ジ二羅襪ニ一、驚キテレ歌ニ繞ル二画梁ヲ一、因テレ風ニ流シ二細影ヲ一、伴ヒテレ雪ニ散ズ二軽光ヲ一、無シレ由逢フニ二漢主ニ一、空シク此《ここ》ニ転ズ二康荘ニ一」。

右大臣道真は、是善の子。古《いにし》へより儒臣の官台司《たいし》に至るもの、[九]吉備公の後、公有るのみ。公の徳業、ただに東方の人士これを欽戴《きんたい》するのみに非ず。遐方《かはう》異域に至り、その風を聞くもの、景仰せざる靡《な》し。[一〇]元の薩天錫《さつてんしゃく》、明の宋濂《そうれん》が輩の歌詩、歴歴徴《ちょう》すべし。ただ世の口碑《こうひ》、往往実を失ふ。[一一]羅山林子これを辨駁《べんばく》し、更に公の伝を作る。[一二]文集十三巻、儼然《げんぜん》と具存《ぐそん》す。穆如《ぼくじょ》の美、得《え》て見るべし。又、重陽侍宴《ちょうやうじえん》、同じく菊は

一　一首・二。飛—来。空の気色はまだ冬のままなのに、たちまちのうちに梅の花散り柳絮飛ぶ春となる。が、飛び来ってわが旅の頭巾を濡らす玉の屑の如きもののあるのは何としたことか。梅花柳絮と見たのは、残念ながら雪なのであった。
二　未詳。
三　江談抄の誤り。
四　一首・三。菅原家系図によれば、清公と清岡は兄弟であり、善主は清公の子。江家次第と一首に矛盾はない。
五　一首・三。
六　どちらが優れ、劣るかの判定は困難。
七　最—在。大いなる息(風)に包まれるものの中で塵こそ最も小さなもの。長雨降れば折々に収まるが、風に乗ってたちまちに乱れ飛ぶ。塵は洛水のほとりで神女の足袋のもとに生じ(洛神賦)、都では旅人の衣を黒く染めてしまう(陸機「為二顧彦先一贈レ婦」)。朝には出かける車について舞い上がり、暮れには戻る車を追って帰って来る。静まり動くことに定まりなく、何処といってさまよわぬ所はない。老子の「和二其光一同二其塵一」(わが智の明らかなるを秘めて俗塵と交われ)という教えに学んで、その処世の術を守って行きたいものだ。
八　繞—起。伴—似。細かな塵が大通りに浮かび、柳の糸もそのもやの中に隠れてしまう。塵は俊馬の馬場の柵に濛々と立ちこめ、天子の輿のゆく道に飛ぶ。さまようことにそもそも決まりとてなく、静まり動くことにむろん定めはない。神女の舞に従ってうす絹の足袋に起こり、妙なる歌の響きに塵は彩り鮮やかな梁の上を舞いめぐる(魯の虞公の故事)。風に吹かれてその小さな形

散ず一叢の金を賦する応制に「[一三]徴臣採リ得テ籯中ニ満ツ、豈ニ若しカンヤ一経遺《のこ》リテ在ルニレ家ニ」と云ふ如き、その雅尚豈《あ》にただに尋常文士の儔《ともがら》ならんや。宜《むべ》なるかな廟祀《べうし》千載、威霊顕赫《けんかく》、子孫縄縄《じようじよう》、文献家に世《よよ》すること。

文章博士淳茂は、右相の次子。文才秀発、[一四]箕裘《ききう》に愧《は》づること無し。月影秋池に満つるを賦して云ふ、「[一五]碧浪金波三五ノ初、秋風計会似タリ二空虚ニ一、自ラ疑フ荷葉凝スコトレ霜ヲ早キカト、人ハ道《い》フ蘆花過スレ雨ヲ餘リト、岸白クシテ還テ迷フ松上ノ鶴、潭澄ンデ可シレ数フ藻中ノ魚、瑶池ハ便チ是レ尋常ノ号、此ノ夜清明玉モ不レ如カ」。蓋《けだ》し、その少時の作。やや工密を見る。惜しむらくは起句[一六]逗漏《とうろう》す。

大学頭文時は、右相の孫、大学頭高規の子。世に称する所の菅三品、これなり。辞才富逸《ふういつ》、名価大江朝綱と相ひ拮抗《きつかう》す。山中の仙室に題して云ふ、「[一七]桃李不レ言《ものい》ハ春幾タビカ暮ル、煙霞無シレ跡昔誰カ棲ミシ」。優柔平暢《いうじうへいちやう》、[一八]元白が遺響。又、天暦中、制に応じて宮鶯暁囀を賦するに云ふ、「[一九]西楼月落ツ花間ノ曲、中殿燈残ル竹裡ノ音」。帝[二〇]嘆嗟《たんさ》して以て及ぶべからずと為す。兄左少辨雅規、弟大学助庶幾、子大学頭輔昭、右衛門尉惟熙、[二一]従子右中辨資忠、皆詩名有り。謂《い》ふべし、一門の蘭玉、[二二]謝家《しやか》に追蹤《ついしよう》すと。

寛弘二年十一月、皇子始めて孝経を読む。礼畢《をは》りて、帝詞臣に詔《みことのり》し詩を献ぜしむ。侍読輔正、侍読宣義、[二三]並びに応制の作有り。輔正は右相の曾孫。宣義は文時の孫。見るべし、菅氏世《よよ》その業を能《よ》くするを。

『朝野群載《てうやぐんさい》』に菅才子の[二四]沈春引の一首を載す。菅才子はその名を失す。或いは曰

は流れ、雪と一緒に降ってちらちら光る。幼なじみと塵を集めて遊んだという後漢の光武帝に会えず、聖徳を頌える歌（康衢謡）の歌われる康荘（賑やかな町）を空しく飛ぶばかりだ。 九 吉備真備。

一〇 本朝神社考（林羅山著）に薩天錫の夢観集の「題ニ天満宮一詩」などを引く。宋濂（字景濂）の「日東曲十首」（活所備忘録所引）には道真に触れる語はない。未詳。

一一 本朝神社考および「菅丞相伝」（林羅山文集）。

一二 菅家文草、正しくは「十二巻」。

一三 一首・四。採—把。「籯」は底本「籯」。籯の中の黄金のような菊花も、わが儒の家に伝存する聖経には及ばない。「鄒魯諺曰、遺ニ子黄金満籯一、不レ如ニ一経一」（漢書・韋賢伝）。

一四 父祖の業を継ぐこと。

一五 一首・四。澄—融。数—算。十五夜の満月に計り合わせたごとく秋風が吹き、緑の波に金色の波、月を映す池面はまるで大空の様子だ。蓮の葉に早くも霜が置くかと思い、雨後に白い蘆の花が咲くと人の言う月明り。白い光の中では岸の松に棲む鶴の姿は判然とせず、水澄んで藻中の魚は数を数えられる。瑶池（たまのいけ）と並々の名で呼ぶのは不充分、玉の光など今宵の池の清らかさには及ぶべくもないのだ。

一六 言葉が羅列されて緊密なつながりの無いことを言うか。

一七 一首・四。誰かが山中の景を愛した隠棲の暮しの跡は残らず、その後いくたびの春が過ぎたか、桃李の花は教えてくれない。

一八 元稹と白居易の遺した詩風。

ふ、「永久中の人なり」と。詩観《み》るに足るもの無し。

大学頭是綱、文章博士在良、大学頭時登、皆民部少輔定義の子。右相七世の孫為《た》り。[一]塤篪《けんち》相ひ和《わ》し、才名並びに著《あら》はる。その力量を較《かく》するに、亦た相ひ伯仲《はくちゆう》す。中に就《つ》きて是綱、長楽寺の頸聯《けいれん》に「[二]楼閣高低随ヒ㆓地勢ニ㆒、林泉ノ奇絶任ス㆓天然ニ㆒」。[三]景象湊合《そうがふ》、気骨兼ねて完《まつた》し。

文章博士為長、大学頭在高、並びに水郷春望の七絶有り。倶《とも》に佳境に非ず。

文章博士在躬、刑部少輔忠貞、大学允永頼、五品斯宗、五品義明、皆詩を善くすと称す。遺篇寥寥、造詣《ざうけい》を論じ難し。

大江氏、平城天皇に出づ。参議音人に至り、始めて藝業を以て顕著す。世に江相《がうしやう》公《こう》と称する、これなり。音人の遺篇散亡し、[四]『江談抄《がうだんせう》』に僅かに[五]花落の一絶を載す。尤も佳作に非ずして、『談抄』反りて以て得意の詩と為《す》るは何ぞや。音人の子式部大輔千古、千古の子中納言維時、相ひ紹《つ》いで業を能くして、維時最も名を知らる。世に江納言と称す。二人の詞藻も亦た復た散逸す。録するに足るもの無し。

参議朝綱は、音人の孫。天暦中声名藉甚《せきじん》、世に後の相公と称し、以て音人に別つ。その王昭君を詠ずる七律の頷聯《がんれん》に云ふ、「[六]辺風吹キ断ツ秋ノ心緒、隴水流レ添フ夜ノ涙行」。巧思を平易に寓《ぐう》す。頸聯《けい》に云ふ、「[七]胡角一声霜後ノ夢、漢宮万里月前ノ腸」。悲壮を幽渺《いうべう》に寄す。誠に佳聯為《た》り。惜しむらくは[八]起句率易《そつい》、已に冠冕《くわんべん》の体を失ひ、[九]結句卑陋《ひろう》、又玉

一九 月落ち灯薄らぐ暁に、花叢竹林の中から鶯の声が聞こえて来る。
二〇 村上天皇。江談抄などに見える挿話。
二一 甥。兄雅規の子。
二二 晋の謝安の子弟に文学者の輩出したことにつづく。
二三 一首・五「冬日於㆓飛香舎㆒聴㆔第一皇子始読㆓御註孝経㆒、応㆑教」。
二四 一首・五。

一 土笛と竹笛の調和することから、兄弟仲のよいことを言う。
二 一首・六「秋日長楽寺即事」。随—因。土地の高低に従って数々の寺楼は高く低く、境内の美しい景色は自然のまま。
三 景色をあわせ描写し、情意、表現ともに完璧だ。
四 大江匡房の言談を筆録した書。
五 一首・三「花落鳳台春」。「林子曰、此詩江談抄載㆑之、為㆓江相公作㆒、且曰、相公常称㆓此句之美㆒」。
六 一首・四「王昭君」。匈奴の単于に嫁した王昭君の心を辺境の秋風は吹きちぎり、彼女の夜の涙の筋を含んで隴水は流れる。
七 夷人の角笛の一声に暁の夢は破れ、月明りを見て心は万里かなたの都を思う。
八 「起句」は「起聯」とすべきか。「翠黛紅顔錦繡粧、泣尋㆓沙塞㆒出㆓家郷㆒」の起聯はおざなりで身分高い人の堂々たる風骨を欠き。
九 「結句」は「結聯」とすべきか。「昭君若贈㆓黄金賂㆒、定是終身奉㆓帝王㆒」の結聯は露骨で卑しく、玉の美しい響きが無い。古えの楽は磬玉の響きで曲を収めた。

振の響きを絶《た》つ。[一〇]世伝ふ、朝綱夢に唐の白楽天と詩を論じ、爾後《じご》才思《さいし》益《ますます》進むと。蓋し、当時詩を言ふもの、[一一]元白を尸祝《ししゆく》せざる莫《な》きこと、猶ほ近時軽俊の徒、口を開けば輒《すなは》ち[一二]王元美《わうげんび》・李于鱗《りうりん》を称するがごとし。朝綱の名《な》藝苑に重し。この説を附会《ふくわい》する所以《ゆゑん》なり。

文章博士以言は、千古の曾孫。夙《つと》に声誉有り。嘗て晴後の山川を賦す。[一三]源為憲節《せつ》を撃《う》ちて嘆賞す。今これを誦《しよう》するに、大いに協《かな》はざるもの有り。又、[一四]暮煙の七律、具平親王に及ばず。ただ間中日月長しの一律、他作に勝《まさ》るに似て、[一五]頷聯牽強《けんきやう》句を成さず。『江談鈔』に曰ふ、「[一六]橘在列は源順に如《し》かず。順は慶保胤に如かず。胤は江以言に如かず」と。豈にそれ然《しか》らんや。『談鈔』は[一七]江師の門人の編録する所。故に当《まさ》にしか云ふべし。噫《ああ》、[一八]虚名溢美《いつび》、何《いつ》の代か有らざらん。

式部大輔匡衡は、維時の孫。博学強記、文辞宏富、世《よ》大手筆を推す。[一九]両朝に侍読し、[二〇]清要《せいえう》に歴任し、これに加ふるに累世《るいせい》の儒業なるを以て、高く自ら矜伐《きようばつ》す。[二一]五言古詩一百韻を作り、[二二]詳らかに遭遇《さうぐう》を述ぶ。他の章も亦た多く官閥を称す。[二三]文集三巻世に行はる。その作類ね《おほむ》粗豪《そがう》に失す。且つ[二四]俗習を免れず。篇什《へんじふ》に饒《と》むと雖も、[二五]疵瑕《しか》無きもの幾《いくばく》も無し。

時棟、政時、二人の譜第詳らかならず。職位考ふる無し。[二六]詩各《おのおの》一首、『朝野群載』に見ゆ。

一〇 一首に「曾聞朝綱甚慕㆓白楽天詩㆒、一夕夢与㆓楽天㆒逢而相話、従㆑此文筆進㆑歩」と言う。もと古今著聞集・四に見える説話。
一一 元稹と白居易とを崇拝しない者はなかった。
一二 古文辞派の主導者、明の王世貞と李攀竜。
一三 一首・五の記事に因る。拍子を合わせて詩韻を誉め称えた。
一四 本朝麗藻・下に「遥山斂㆓暮煙㆒」の題の具平親王と以言の詩が並ぶ。
一五 一首・五。頷聯は「幽室浮沈無㆓短晷㆒、陰居隣里有㆓余光㆒」。静かな部屋には短い日影なく、いつまでも光が残って隣り近所まで照らすというのは強引で、詩句の体をなさない。
一六 一首・五の記事に因る。
一七 江談抄は藤原実兼の筆録による。但し、実兼が大江匡房の門人であるか否かは未詳。
一八 実質のない過大な名声はどんな時代にもあるものだ。
一九 一条天皇、三条天皇の二つの朝廷。
二〇 立派な官職。
二一 「述懐古調詩、一百韻」(江吏部集・中)。
二二 栄達のありさまを詳しく述べる。
二三 江吏部集。
二四 詩の規則、語の選択を誤るいわゆる和習。「俗習とは世にいふ倭習の事ぞ。倭習とはいふべからず」(清田儋叟・芸苑談)。
二五 欠点のない詩はほとんどない。
二六 時棟の詩は「擬㆓文章生詩瑕瑾㆒」(朝野群載・十三)に引用、政時の詩は「走脚詩」(同書・一)。

掃部頭佐国は、朝綱の曾孫。性花卉《くわき》を愛す。野史《やし》[一]に云ふ、「佐国死後蝶に化す」と。亦た花の癖《へき》有るを証すべし。『無題詩集』に多くその詩を収む。大抵芳《はな》を憐れみ香《か》を惜しむの作。その中に云ふ、「[二]六十餘春看《レドモ》不レ足《ラ》、他生《モ》亦《タ》作《ラン》ニ愛《スル》レ花《ヲ》人《ト》一」。温《うん》[三]藉脱落《しやだつらく》、余《われ》最もこれを嘉《よみ》す。又、宋国の商人鸚鵡《あうむ》を献ずるを観る四韻有りて云ふ、「[四]巧語能言同《ジク》ニ辨士《ニ》一、緑衣紅嘴異《ナリ》ニ衆禽《ニ》一、可レ憐《シム》舶上経《ル》ニ遼海《ヲ》一、誰《カ》識《ラン》羈中憶《フヲ》ニ鄧林《ヲ》一」。着実明暢《めいちやう》、語に次第《しだい》有り。当時の詠物、この右に出づるもの無し。惜しむらくは起[五]結称《かな》はざるのみ。余《われ》大江氏を論ずるに、[六]朝綱は上襄《じやうじやう》す。佐国は雁行《がんかう》す。その他は往往名その実に浮《す》ぐ。

中納言匡房は、匡衡の曾孫。博く群籍に渉《わた》り、学古今に通ず。最も意を国家の典章に留む。八葉の儒家、三朝[七]の侍読なるを以て、名朝野《てうや》に重し。嘗て太宰帥と為り、世江帥《がうそつ》と称す。その宰府《さいふ》に在る、菅公の廟に詣《いた》り、二百韻詩[八]を作り、一時に盛伝す。その他大篇巨什《きよじふ》、諸書に経見《けいけん》[九]す。しかれども造語浅率卑近《せんそつひきん》、採《と》るに足るもの無し。ただ著はす所の『江次第』[一〇]、今に至りて世に行はる。これを要するに才[一一]綜覈《そうかく》に敏にして、自運はその所長《しよちやう》に非ず。子式部大輔隆兼、詩才出藍《しゆつらん》[一二]す。不幸にして早世す。

紀氏は、武内[一三]の後。武内十三世の孫大納言紀麻呂、春日応制の詩有り。麻呂の子式部大輔古麻呂、詠雪の詩有り。倶《とも》に『懐風藻』に載す。麻呂父子の詩、大津・葛野の二王[一四]に接武《せつぶ》し、公卿の先鞭《せんべん》為り。諸氏の詠言、皆その餘勇《よゆう》[一五]を賈《か》ふ。

一　発心集に「佐国華を愛し、蝶となる事」の章がある。
二　一首・六。春—回。足—飽。亦—定。六十余りの春を経ても花を見ることはまだまだ足りない。生まれ変わっては再び花を愛でる人と成ろう。本朝無題詩中の詩句と言うのは誤り。新撰朗詠集・上に「逐レ年未レ飽レ花」の題を詠む句として見える。
三　気持が広く、とらわれるところがない。
四　一首・六。憶—思。七言律詩の頷聯頸聯。巧みにものを言うことは遊説の士(「辨士」は正しくは「辯士」)に等しく、赤や緑の羽嘴は大抵の鳥に異なる。船に載せられ遼東の海をやってきたとはまことに気の毒、籠に繋がれておおかた故郷の鄧林のことを思っているのだろう。鄧林は山海経に見える広大な林の名。
五　起聯は「隴西翅入ニ漢宮深一、采采麗容馴ニ徳音一」、結聯は「商客献来鸚鵡鳥、禁闈委レ命勿ニ長吟一」。
六　朝綱が最もすぐれ、佐国がそれに次ぐ。
七　後三条、白河、堀河の三天皇。
八　「参ニ安養寺一詩」(本朝続文粋)。
九　たくさん掲載される。
一〇　有職故実の書、江家次第。
一一　学問研究には優れるが、創作は苦手。
一二　詩の才能は父より優れていた。
一三　武内宿禰。
一四　二人の皇子のすぐ後に引き続いて進み、公卿のなかでは先駆者となった。
一五　麻呂父子の勇気に鼓舞される。

太宰大弐男人の[一六]芳野に遊ぶ、越前守末茂の[一七]観魚、民部少輔末守の[一八]送別、三詩古朴、体格未だ具《そな》はらず。[一九]加ふるに三尺《さんせき》を以てすべからず。

御依や、虎継や、紀氏の系譜に収めず。官職考ふる無し。御依に、[二〇]応制、落花を賦する七言歌行有り。蓋し、[二一]弘仁帝河陽の離宮に幸し、落花の御製有り。従幸《じゅうかう》の詞臣、応制奉和す。しかれども諸詩散逸《さんいつ》し、今存するもの、御依を除《のぞ》く外《ほか》、坂田永河が長篇一首有るのみ。永河の詩、綵縟《さいじよく》観《み》るべし。御依及ばざること遠きこと甚だし。

虎継、省試、荊璞を賦する五言排律の中聯に云ふ、「[二二]潜《ひそ》ムレ光ヲ深谷ノ裏、韜《つつ》ムレ彩ヲ古巌ノ辺、価ハ逐ヒテ二千金ヲ一重ク、形ハ将《とも》ニ二満月ト一円ナリ、氷霜還テ謝シレ潔ヲ、金石モ豈ニ斉《ひとし》クセンヤレ堅ヲ」。精工純至、佳絶と称すべし。

式部丞長江は、麻呂の玄孫。紅梅の詩有り。

中納言発昭、字は寛。寛平・延喜の際《あひだ》、名声藉甚《せきじん》、時人菅右相と並べ称するに至る。余《われ》その遺篇を閲《み》るに、殊に聞く所に及ばず。諸選に収むる所の[二三]貧女の吟、真《しん》に児童の語のみ。ただ[二四]山家の雑詠の八首、やや瀟洒《せうしや》の致有り。その子参議叔光も亦た詩名有り。延喜中[二五]藤左相の水石亭の賀宴に、発昭父子並びにその席に列す。叔光が後、紀氏顕はるるもの無し。康永中に至り、紀行親なるもの有り。山家の春興に云ふ、「[二六]不レ識ラ黄鸝ノ棲ムヲ二樹底ニ一、一声啼破ヌ満山ノ霞」。やや幽況有り。惜しむらくは霞の字未だ[二七]俗を免れず。

一六 一首・一「遊二吉野川一」。
一七 一首・一「臨レ水観レ魚」。
一八 一首・二「早春別二阿州伴掾赴一レ任」。
一九 詩の声律を当てはめることは出来ない。三尺は法則。
二〇 一首・二「奉レ和二聖製江上落花詞一」。
二一 嵯峨天皇が淀川の北、山崎の離宮に行幸して。
二二 一首・三「奉レ試得レ治二荊璞一」。裏—内。古—参。戦国時代、楚の汴和が荊山で発見した璞を詠む。深い谷の古い岩のなかに光彩を隠していたあらたま。価値の重きことは千金と競い、形の円きことは満月に同じ。氷や霜もその色の白さには一歩を譲るし、金石さえもその硬さには果して肩を並べられようか。
二三 本朝文粋・一。
二四 同上「山家秋歌」。
二五 藤原時平。五〇頁参照。
二六 一首・七。木の葉の奥に鶯の巣のあるのに気が付かなかったが、一声、山いっぱいの霞を破って鳴いた。
二七 俗習(いわゆる和習)がある。但し、北海の授業編(巻九・和習)は、「霞ハ雲ヤケナリ、朝霞ハ朝ヤケ、暮霞ハ夕ヤケナルヲ、吾邦古昔ヨリカスミト訓ジ、煙靄ノ事トスルハ非ナルヨシヲ云」としたあと、しかし「漢土ノ書ニモ、霞ハ山気ナリ」と、「霞」の字を「かすみ」の意に用いることを和習と断じるのは必ずしも当たらないと論じる。

紀在昌の「[一]岸竹枝低《ル》応《ニ》《ベシ》二鳥宿《ル》一、潭荷葉動《ク》是《レ》魚《ノ》遊」、紀斉名の「[二]仙臼風生《ジテ》空《シク》簸《ヒル》レ雪《ヲ》、野炉火暖《ニシテ》未《ダ》レ揚《ゲ》レ煙《ヲ》」、二聯『朗詠集』に見ゆ。並びに首尾を逸《いつ》す。斉名重名《ちゆうめい》有り。江師嘗《かつ》て当時の詩人を評して曰ふ、「[三]斉名が詩は、雪朝瑶台《えうだい》に上《のぼ》り玉箏《ぎよくさう》を弾ずるが如し」と。惜しむらくは遺稿伝はらず。[四]瑶台の雪色、髣髴《はうふつ》すべき無し。

橘氏、常重に至り、始めて藝林に見ゆ。世次官銜《くわんがん》、並びに攷《かんが》ふる所無し。『経国集』に[五]秋虹の一律を載す。

橘在列、詩名世に高し。亦た系譜を闕《か》く。源順嘗て師事す。在列後《のち》に僧と為り、名を尊敬と更む。亡後《ばうご》順為《ため》に遺稿を輯《あつ》め、『敬公集』と名づく。今存するものは小作数篇のみ。

宮内少輔正通、或いは曰ふ、「在列が子」と。俊才有りて官達せず。[六]居恒《つね》に悒悒《いふいふ》、浮海の嘆有り。[七]後《のち》家を挈《ひつさ》げ高麗に奔《はし》り、彼の国の大臣と為る。その[八]藤在衡に贈るに云ふ、「[九]吏部侍郎職侍中、着《テ》レ緋《ヲ》初《メテ》出《ヅ》紫微《ノ》宮、銀魚腰底辞《シ》二春浪《ヲ》一、綾鶴衣間舞《フ》二暁風《ニ》一、花月一窓交《リ》昔密《ナリ》、雲泥万里眼今窮《ル》、省《テ》レ躬《ヲ》還《テツ》耻二相知《ルコト》久《キヲ》一、君是《ハレ》当年竹馬《ノ》童」。その在衡が超遷《てうせん》を欽羨《きんせん》し、[一〇]自己の坎壈《かんらん》を悽惻《せいそく》するもの、楮墨《ちよぼく》の間に淋漓《りんり》たり。その[一一]組《そ》を棄て遐《か》に投ずる、理或いはこれ有らん。

東宮学士直幹、才思抜群にして遺藻泯闕《びんけつ》。殊に惜しむべし。その[一二]断篇隻聯《せきれん》、諸書に散見するもの、皆《みな》称賞すべし。隣家に贈るに云ふ、「[一三]春煙遞《たがヒニ》譲《ル》簾前《ノ》色、暁浪

一 一首・八「池亭晩眺」。岸辺の竹枝がしなっているのはきっと鳥がそこで夜を過ごしているのだろう、淵の蓮の葉が揺れているのは魚がそこに遊んでいるのだ。
二 一首・八「紅白梅花」。揚―揭。白梅の落花を天の臼にひかれて散り落ちて来る雪に、紅梅を煙の出ない炉の火に譬える。
三 江談抄。一首に引用。ただし、慶滋保胤の語。江師(大江匡房)ではない。
四 斉名の詩の玉のうてなの雪景色のような雰囲気は、ほのかにも見ることはできない。
五 一首・二「重陽節応レ制賦二秋虹一」。
六 いつも心に満ちたりず、海に船を浮かべて夷国に赴きたいと嘆いた。「子曰、道不レ行、乗レ桴浮二于海一」(論語・公冶長)。
七 もと十訓抄・第九に見える説話。
八 正通の友人。醍醐天皇の延長六年正月に式部権少輔(唐名吏部侍郎)に任じ、同年七月に五位の蔵人(唐名侍中)に補す。
九 一首・四。密―睦。年―初。式部少輔として蔵人の職についた君は緋色の衣(四位五位に許される)を着て天子のそばに初めて出仕した。春の浪を躍りでた魚は四位五位の官人の腰に佩せられる銀製の魚符となり、衣には綾織りの鶴が暁の風に舞っている(宮中での在衡の姿)。昔は一緒に花月の風流に親しく遊んだものだが、今ははるか私の目の届かない高みに登った君。卑賤のわが身を振り返ればこの久しい交友にはむしろ恥じる気持がある。君はかつて共に竹馬で遊んだ友なのだ。
一〇 己れの不遇を悲しむ気持が詩句に溢れる。 一一 官を罷めて遠国に亡命する。
一二 以下の三聯は和漢朗詠集所見の詩句だ

潜《ひそカニ》　分《ツ》枕上《ノ》声」。山寺に宿するに云ふ、「触[一四]《ル》レ石《ニ》春雲生《ジ》二枕上《ニ》一、含《ム》レ峰《ヲ》暁月出《ヅ》二窓中《ニ》一」。又石山寺に遊ぶに云ふ、「蒼[一五]波路遠《シ》雲千里、白霧山深《シ》鳥一声」。僧[一六]奝然宋国に在り、「雲」を「霞」と為し、「鳥」を「虫」と為し、以て己が作と為し人に示す。彼の中の人曰ふ、「若し雲鳥と作《な》さば乃ち佳ならん」と。

左大辨広相、幼[一七]にして詩を能くす。九歳にして召見せらる。春暮に属す。詔に応じて云ふ、「荒[一八]村《ノ》桃李猶《ホ》可《シ》レ愛《ス》、何《ゾ》況《ヤ》瓊林華苑《ノ》春」。又項羽に題して云ふ、「燈[一九]暗《ク》数行虞氏《ガ》涙、夜深《ク》四面楚歌《ノ》声」。皆全篇に非ず。又、神護寺鐘序を作る。菅是善の銘、藤敏行の書、世以て三絶と為す。

源氏、宗統一《いつ》に非ず。右大臣常、大納言弘、参議明、皆弘仁帝の子、源姓を賜ふものなり。『経[二〇]国集』にその詩を載す。且《か》つ年紀を録す。常は十六、弘は十五、明は十三。その夙慧《しゆくけい》知るべし。三首の外、復《ま》た隻字《せきじ》無し。『経国集』残欠《ざんけつ》、十[二一]にその七を亡ず。考索《かうさく》に由《よし》無きのみ。

大納言湛は、弘仁帝の孫。詩[二二]有り、『経国集』に見ゆ。

能登守順は、弘仁帝の玄孫。学和漢を該《か》ぬ。著はす所の『和[二三]名鈔《わみやうせう》』、世に行はる。詩篇伝ふるもの多からず。白[二四]を詠ずる七言律、当時これを称す。起句に云ふ、「銀[二五]河澄朗素秋《ノ》天、又見《ル》林園玉露《ノ》円《ナルヲ》」。誠に佳なり。三四に云ふ、「毛[二六]宝《ガ》亀《ハ》帰《ル》寒浪《ノ》底、王弘《ガ》使《ハ》立《ツ》晩花《ノ》前」。已に佳境に非ず。五に云ふ、「蘆[二七]《ノ》洲《ノ》月色《ハ》随《テ》レ潮《ニ》満《チ》」、大いに精彩有

が、ここは一首・八による。

一三 簾ごしに見える煙のように芽ぶく柳の色も、枕辺に聞こえる池浪の音も、互いに譲り合い分かち合う。南斉の陸慧暁が張融と二本の柳の立つ池をはさんで住んだという佳話(南史・陸慧暁伝)による。

一四 含—銜。山の気が石に触れて春の雲が枕近くに起こり、稜線を出て峰を銜える姿で暁の月は窓の中に現われる。

一五 千里の雲の彼方へ水路は遠く続き、一声啼く鳥に霧に包まれた山は深い。→夜航余話三三九頁。

一六 もと江談抄等に見える説話。

一七 以下は全て一首・八による。

一八 可—応。「瓊林華苑」は内裏の庭苑。内裏の桃李はなおのこと素晴らしい。

一九 美人の虞氏は涙を幾筋も流し、包囲する漢軍に楚歌の声あるを聞いて項羽は孤立を悟る。

二〇 一首・三。　二一 十分の七が失われている。二十巻のうち現存するのは六巻のみ。

二二 一首・四。

二三 辞書の倭名類聚抄。　二四 一首・四「白」。白いものを各句に列挙する。

二五 玉—白。素秋の素は白に同じ。季節に五色を配当すると秋は白に当たる。銀河(天の川)も露も白いもの。

二六 毛宝の白亀(晋書)は白い波の下に帰り、重陽の日、王弘の使いは白い服を着て日暮れの菊の前に現われて陶淵明に酒を届けた(芸文類聚)。

二七 白い蘆の穂の生えた洲の上にかかる白い月は、潮が満ちる(十五日の大潮)につれて円く満ちてくる。

りて、対するに「[一]葱嶺ノ雲ノ膚ハ与㆑雲連ナル」を以てす。痴重《ちちょう》殊に甚だし。ただ一聯の偏枯《へんこ》のみならず、全章為《ため》に廃す。惜しむべし。

左近衛中将英明、系[二]寛平帝に属す。菅右相の外孫なり。[三]二《に》毛《まう》を嘆ずる五言古風、自ら履歴を叙す。これを読めば[四]潸然《さんぜん》。語も亦た拙ならず。

大納言俊賢、越前守則忠、皆[五]延喜帝の後。篇什《へんじふ》僅かに存す。俊賢博洽、重望有り。『[六]西宮記《せいきゆうき》』を著はす。世に行はる。

大納言経信、才藝多方。廟議《べうぎ》廷論《ていろん》も亦た一時に卓越す。詩[七]警抜《けいばつ》無しと雖も、音響頗る平なり。

伊賀守為憲、近体数首、諸書に散見す。その才経信に及ばず。

孝道や、道済や、時綱や、未だその譜系官階を詳らかにせず。詩は則ち並びに伝ふ。中に就きて時綱最も世に名あり。宮中の薔薇を賦して云ふ、「[八]薔薇一種当リテ㆑階ニ発ク、不㆓啻《ただ》ニ色ノ濃㆒ノミニアラ　気モ亦タ薫シ、紅蕚風軽クシテ　揺シ㆓錦傘㆒ヲ、翠条露重クシテ　嫋カナリ㆓羅裙㆒、飽マデ看ル新艶ノ嬌ルヲ㆓宮月ニ㆒、殊ニ勝ル陳根ノ託スルニ㆓潤雲ニ㆒、石竹金銭雖モ㆓信ニ美ナリト㆒、嘗テ論ズレバ㆓優劣ヲ㆒更ニ非ズ㆑群ニ」。「薔薇澗」は[九]白楽天の詩に見ゆ。末[一〇]句も亦た楽天が「石竹金銭何ゾ瑣細ナル」の義を用ふ。

平氏、延暦以前已にこれ有り。『文華秀麗集』に[一一]平五月の詩を載す。五月の孫有相も亦た詩名有り。[一二]夫《か》の保平《ほうへい》の間、宗族滋蔓《じまん》、貂蟬《てうせん》朝《てう》に満つるものの若《ごと》きは、則ち皆桓武の裔《えい》なり。文雅を以て称するもの幾《いくばく》も無し。後《のち》参議経高、勘解由次官棟基等

一　与雲―与雪。葱嶺(パミール高原)の雲のような白い肌はそのまま白い雲に連なるの意か。確かに「痴重」(鈍く変化に乏しい)である。しかし、一首の本文「雲膚与雪連」であれば、白雲が山に積もった白い雪に続き連なることになり問題はない。
二　宇多天皇。
三　一首・四。
四　涙の流れるさま。
五　醍醐天皇。
六　有職故実の書西宮記は俊賢の父高明の著。
七　秀れた句。
八　一首・六。発―綻。啻―只。気―香。亦―也。飽―倩。殊―猶。一句、普通「一種」は、同様の(に)の意味で用いるが、ここは一株の意か。薔薇が一株きざはしのそばに開いた。美しい色もさることながら、香気もまた素晴らしい。そよ風に吹かれる紅い花びらは美女の錦の傘、露に撓む緑の枝は嫋やかな裳裙。宮中の月に照らされるういういしい薔薇の花は眺めて見飽きない。谷間の雲の中に相変わらず根を下ろしているものより色優るだろう。石竹(からなでしこ)や金銭花も好いには好いが、薔薇の花には所詮比べものにならないのだ。
九　「和㆓王十八薔薇澗花㆒時有㆑懐ニ㆓蕭侍御兼見㆑贈㆒」(白居易集・十三)。
一〇　一首に指摘する。新楽府「牡丹芳」(白居易集・四)の句。
一一　一首・二「訪㆓幽人遺跡㆒」。
一二　あの保元・平治の頃に、一族が繁栄し、侍臣として出仕するものが朝廷に溢れたというのは、この桓武天皇の末裔である平氏であった。

の詩有り。皆採択するに足らず。

小野氏、弘仁中、参議岑守、文章[一三]の司命《しめい》を以て自ら居る。選ぶ所の『凌雲集』、多[一四]く己が作を載す。今これを閲《み》るに、合作《がっさく》絶《た》えて無し。

小野永見、田家[一五]の詩有り。小野年永、新燕[一六]の詩有り。永見征夷副帥と為り、陸奥に開府す。旄《ばう》[一七]を擁《よう》し節《せつ》を杖《つゑ》つき、しかも桑麻《さうま》[一八]に眷恋《けんれん》す、その意嘉《よみ》すべし。詩も亦た拙《せつ》ならず。年永は履歴を詳らかにせず。

参議篁、博学文を能くし、名声世に震ふ。今に至りて閭閻《りよえん》[一九]の児女、その名を知らざるもの莫《な》し。『経国集』にその詩数首を載す。隴頭《ろうとう》[二〇]秋月明の六韻の如きは、骨気韻格、直《ただ》ちに盛唐に逼《せま》る。しかれども造語[二一]間《まま》疎鹵《そろ》に失す。惜しむべし。

春卿、滋陰、官職並びに考ふる無し。春卿、省試[二二]、照胆鏡の長律、上半[二三]頗る能く舗《ほ》陳《ちん》す。下半[二四]猥劣《わいれつ》殊に甚だし。然れども題已《すで》に険艱《けんかん》、近時の作家と雖も、恐らくは遽《には》かに辞を措《お》き難《がた》からん。滋陰、残菊の応制、「金葩[二五]留《リ》二北闕《ニ》一、玉蕊少《シ》二東籬《ニ》一」。題意に親切なり。以下録する所の詩人、系譜官職、考ふべからざるもの多し。姑《しばら》くその姓名を記し、以て重攷に附す。復た一一識別せず。

大伴氏、出づること道臣命よりす。大納言旅人、春日[二六]の応制の四韻、『懐風藻』に見ゆ。典実[二七]、体《たい》を得《う》。旅人の子中納言家持、上巳[二八]遊宴の詩、『万葉集』に見ゆ。家持、節鉞《せつゑつ》[二九]を奥羽に領し、文武並び称せらる。

一三 詩文の取捨選択にあたる文壇の権力者の地位に自ら当った。
一四 岑守作十三首。
一五 一首・二一。
一六 一首・二一「奉レ和レ観二新燕一」。
一七 旄も節も大将が天子から授けられるはたじるし。
一八 田園の生活に心を惹かれる。
一九 村の子供。
二〇 一首・三一。
二一 表現がおりおり軽率に流れる。
二二 一首・三二。七言排律、十六句。
二三 前半部はうまく句を連ねて叙述している。
二四 後半部は表現の拙劣さがひどい。
二五 一首・四。葩—花。黄金のような花は内裏の庭に残り、玉のような花は隠者の東の垣根に乏しくなった。
二六 一首・一「初春応レ詔」。
二七 典雅で実のある表現の格を得ている。
二八 一首・二二「晩春三日遊覧」。
二九 節は将軍が印として賜わるはたじるし、鉞はまさかり。その晩年、陸奥按察使鎮守将軍に任じられて多賀城に赴いたことを言う。一首に「家持任二中納言一、管二領奥羽一」。

大伴池主、上巳の詩有り。『万葉集』に見ゆ。大伴の氏上、渤海《ぼつかい》[1]の貢使《こうし》の入朝を観る七言律有り。『凌雲集』に見ゆ。渤海朝貢の始末、具《つぶさ》[2]に旧史に見ゆ。後遼[3]の太祖渤海を滅ぼす。改めて東丹国と為す。長子倍を以て東丹王と為す。その地北海に瀕《ひん》す。明の時哈《は》密《み》[4]と名づくるものなり。

都氏、本《もと》桑原氏。相ひ伝ふ、「後漢の霊帝の後」と。宮造が伏枕[5]の吟、賦体を用ふ。語凄惻《せいそく》多し。広田が水中[6]の影を詠ずる五言律、頗る工なりと雖も、語雅馴ならず。腹赤に至りて、姓を都氏に更む。その子文章博士良香、詩名最も著はる。「気[7]霽レテ風梳ハル二新柳髪ヲ一、氷消エテ波洗フ二旧苔鬚ヲ一」、「三[8]千世界眼中ニ尽キ、十二因縁心裡ニ空シ」等の如き、世[9]に膾炙《くわいしや》す。皆《みな》全章に非ず。集若干巻、今《いま》文三巻を存す。後来《こうらい》都在中が擣衣[10]の篇、やや諷詠すべし。

三善氏、或いは曰ふ、「百済国王の後」と。参議清行、字は耀。博学洽聞《かふぶん》、器識高遠、文名一時に烜赫《けんかく》たり。世[11]対するに紀発昭を以てす。又大蔵善行と並び称す。皆篤論《とくろん》にあらず。藤[12]左相が賀宴の詩、今存するもの十九首。清行が七律、その中に在り。ただ[13]に野鶴《やかく》の鶏群《けいぐん》のみならず。「紫[14]芝未ダレ変ゼ南山ノ想、丹露猶ホ凝ス北闕ノ心」の如き、直ちにこれ銭劉《せんりう》[15]が堂奥《だうあう》。発昭、善行豈[16]にその影塵《えいぢん》を望むことを得んや。延喜十四年、封[17]事を上《たてまつ》り十二条を論列し、又星変[18]に因りて菅公に致仕《ちし》を勧む。公左遷の後、諸菅を禁錮《きんこ》し、門生故吏に及ぶ。人その冤《あん》なるを知れども、敢へて言ふもの無し。清行

一 一首・二「渤海入朝」。
二 続日本紀・聖武天皇神亀四年条を始めとして国史に記録がある。
三 五代の遼の太祖の天顕元年、遼は渤海を滅ぼし東丹国と改め、皇太子倍をその人皇王として任じた（遼史・太祖紀下）。
四 哈達（だは）の誤り。今の吉林省付近。「哈密」は今の新疆地方で方角が違う。
五 一首・二「伏レ枕吟」。
六 一首・二「冷然院応レ制賦二水中影一」。
七 一首・三。爽やかな空に春風は新しく伸びた柳の糸の髪の毛をくしけずり、氷が融けて波は冬に変わらない苔の髭をすすぐ。
八 一首・三。中—前。竹生島を詠む。天地世界は眼界から消え失せ、生死因縁は心中に忘れ去られる。 九 人々の口にのぼり親しまれる。 一〇 一首・三「擣衣」。
一一 一首・四に清行について「当時長谷雄才、為レ人被レ重、然猶軽二侮之一、況於二其他一乎」と言う。長谷雄を「無学博士」と罵った話（江談抄）によるか。
一二 左大臣藤原時平。五〇頁参照。
一三 鶏の群れに混じる鶴という形容では足りないくらい、他を圧して擢んでている。
一四 一首・四。（古稀の大蔵善行は）南山に隠棲せんとする思いも相変わらず、天子への忠誠の丹心も衰えてはいない。
一五 中唐の銭起と劉長卿の詩風を深く体得している。→二七二頁注一九。
一六 先を行く清行の姿を望めないほどに二人は遥かに遅れていることを言うか。
一七 「意見十二箇条」（本朝文粋・二）。
一八 「奉二菅右相府一書」（本朝文粋・七）。「意見十二箇条」より十五年前の昌泰三年の作。

[一九]上疏して論救す。その忠憤義烈、前後の儒臣、未だその儔《ともがら》を覩《み》ず。豈にただに文辞の時輩《じはい》に超絶するのみならんや。ただ怪しむ、その子孫藝苑に聞こゆる無きことを。果してその人無きか、抑《そもそ》もその伝を失ふか。後来、三善為康、古風の一篇有り。その中に云ふ、「[二〇]逕蓬滋《しげ》クシテ　兮蓁蓁《しんしん》、泉石清クシテ　兮磷磷《りんりん》、労シ二丹心ヲ於虎館ニ一、曝ス二紅鱗ヲ於龍津ニ一、驚キ二衰鬢ヲ於霜雪ニ一、灑《そそ》グ二老涙ヲ於衣巾ニ一」。寓旨《ぐうし》悲しむべし。語も亦た淳雅。為康、『[二一]朝野群載』を著はし、世に行はる。

惟良氏も亦た百済王の後。弘仁中、惟山人春道なるもの有り。山寺の作に云ふ、「[二二]紗燈点点千岑ノ夕、月磬寥寥五夜ノ心」。又惟良高尚が宮中の残菊に云ふ、「[二三]莫レ問フコト孤叢留ルヲ二野外ニ一、唯知ル一種在ルヲ二宮闈ニ一、襲フレ人ヲ香気寧ンゾ因ランヤレ火ニ、学ブレ錦ヲ文章不レ用ヒレ機ヲ」。

安倍氏、首名が詩、『懐風藻』に見ゆ。広庭が詩、『凌雲集』に見ゆ。吉人が詩、『秀麗集』に見ゆ。皆採るに足らず。ただ文継が晩秋に、「[二四]朝煙有リレ色看ル二深浅ヲ一、夕鳥無心闇ニ往来ス」。謂ふべし、澹調《たんてう》を以て巧思を駕《が》すと。

大神高市、大神安麻呂、中臣大島、中臣人足の詩、並びに『懐風藻』に見ゆ。高市は、持統の朝に在りて、[二五]忠諫骨鯁《こつかう》を以て称せらる。大島の詩、「[二六]葉落チテ　山逾静ナリ」、味有り。

坂上今継が信濃道中に云ふ、「[二七]奇石千重峻ク、畏途九折分ル、人ハ迷フ二辺地ノ雪ニ一、馬ハ躡《ふむ》二半天ノ雲ヲ一、崖冷ニシテ　花難シレ発キ、渓深クシテ　景易シレ曛《く》レ、郷関何レノ処ニカ在ル、客思日《ひび》ニ　紛紛」。整斉縝密《しんみつ》、

一九 「奉二左丞相一書」（同右）。

二〇 一首・五「宗才子作二沈春引一」云々。清—浅。心—意。驚—歎。一二句、庭の小道の蓬はうっそうと茂り、池の石はつややかに美しい。三句、虎館は国士監、学校の異称。誠心を尽くして学問した。四句、竜門を上って竜となりえず、魚鱗をいたずらに日に曝す、卑官に沈淪するわが身。五六句、衰えた白髪を霜か雪かと疑い、老いの涙で衣やハンカチを濡らす。

二一 各種の詩文を分類別に編集した総集。三十巻。十二世紀前半成立。

二二 一首・三「応レ制賦二深山寺一」。絹張りの灯が点々とともる山深い峰の夕べ。月に磬の音が寂しく響く五更の思い。

二三 一首・四「惜レ秋翫二菊花一応レ制」云々。野原に取り残されている菊叢はともあれ、今は菊花一株移されて宮中にある（→六四頁注八）。火もないのに香を焚くような香りで人を驚かし、織機を使わないで錦の綾模様を織りなす。

二四 一首・三「夜亭晩秋」云々。朝もやは色づいて濃く薄く、巣に帰る夕方の鳥は何心もなく往来する。

二五 「鯁」は底本「鮫」。忠誠をもって君主の意向を憚らずに意見し、硬骨漢だという評判であった。

二六 一首・一「山斎」。

二七 一首・二「渉二信濃坂一」。奇—積。畏—奇。崖—巌。発—笑。日—転。奇巌が幾重にもうずたかく重なり、恐るべき険峻の道はつづら折りに分かれる。人は僻地の雪に道を見失い、馬は中空に漂う雲を踏んで進む。崖の下は寒く花の開くのも遅く、谷間は深く日の暮れも早い。故郷はいずれの方角か知り難く、旅の憂いは日々に尽きない。

合作と謂ふべし。当時称すること無きは何ぞや。坂上今雄が渤海使を送るに云ふ、[一]「大海元難《シ》㆑渉《わたり》、孤舟未《ダ》㆑易《カラ》㆑廻《ラシ》、不㆑如《カ》関塞《ノ》雁《ノ》、春去《リテ》復《タ》秋来《タルニ》」。婉《ゑん》にして致有り。中科善雄が[二]「有《リ》㆑月三更静《カニ》、無《シ》㆑人四壁幽《ナリ》」、大いにこれ佳境。良岑安世は、桓武の皇子の姓を賜ふもの。著作甚だ富めども[三]大率《おほむね》碌碌《ろくろく》たり。慶滋保胤や、賀陽豊年や、朝野鹿取や、当時甚だ声誉有りて、遺詩皆《みな》人意に満たず。菅野真道、『続日本紀』を撰《せん》す。文才想ふべくして詩殊に諧《かな》はず。

善為政が東光寺に遊ぶ、中原康富が寒山、多治比清貞が衰柳、錦部彦公が僧院に題す、勇山[四]文雄が宴遊、高邱[五]茅越が神泉苑応制、上毛野穎人が田家、田口達音が秋日等、古選の載する所、やや観るべきに足る。その他林[六]婆娑が懐古、淡海福良が田家、王孝廉が侍宴、宮部村継が古関を過ぐ、三原春上が梵釈寺、朝原道永、揚春師、巧諸勝、大枝永野、並びに雪を詠ず、笠仲守が冬日、高村田使が梅花、和気広世が落梅花、布瑠高庭が小池、常光守が歳除、治文雄が建除体等、古選に入ると雖も、皆録するに足らず。

南淵永河、南淵弘貞が梁を賦す、浄野夏嗣が屛を詠ず、石川広主が鬼を詠ず、大枝直臣が燕を詠ず、路永名が三数を賦す、清原真友が字訓の詩、伴成益が東平樹、鳥高名が宝鶏祠、春澄善縄が挑燈杖、大枝磯麻呂が爨桐《さんどう》等、皆弘仁中の制題。[七]惜しむらくは時に良工無く、陶冶《たうや》未だ尽くさざるを。ここを以て[八]荊璞《けいはく》纔《わづ》かに剖《わか》れて、碔《ぶ》

一　一首・二「秋朝聴㆑雁、寄㆓渤海入朝高判官㆒」。元―途。易―得。塞―隴。解説参照。
二　一首・二「秋夜臥㆑病」。有―照。
三　おおむね凡庸である。
四　正しくは「文継」。
五　正しくは「弟越」。
六　正しくは「娑婆」。
七　その時代に技巧のある詩人がいず、詩作に十分な錬成が為されなかったのが残念だ。
八　「荊璞」は楚の卞和が発見したあらたま。「碔砆」は玉に似た石。あらたまの中から玉がほんの少し顔を出してはいるが、箱一杯にあるのは似て非なる玉石ばかり。優れた作品の少ないことを言う。

砆箱《ふ》に盈《み》つ。鐘鼓[九]畢《ことごと》く陳《の》べて簫韶《せうせう》響きを遠ざく。諸臣の詠物、往往拙累《せつるい》[一〇]。ただ夏嗣・永河の二詩、能く題義に協《かな》ふ。語も亦た清爽。

古昔の詩人の諸書に見ゆるもの、右に録する所の外、巨勢多益[一一]、美努浄麻呂、調老人、荊助仁、吉知音、刀利康嗣、田辺百枝、石川石足、道公首名、山田三方、息長臣足、黄文連備、越智広江、春日蔵老、背名行文、調古麻呂、刀利宣令、田中浄足、守部大隅、丹墀広成、高向諸足、麻田陽春、葛井広成、高階積善、文室尚相、大和宗雄、島田惟上、島田惟宗、伊与部馬養、釆女比良夫、下毛野虫麻呂、百済和麻呂、箭集虫麻呂、伊伎古麻呂、石上乙麻呂等有り。繁を以て録せず。

日本詩史巻之一

九　鐘や鼓の楽器は並べられているが、舜帝の作った簫韶の楽曲は奏でられることが無い。形だけは備わるが、美しい詩の響きは聞こえてこない。
一〇　拙劣で欠点がある。
一一　正しくは「多益須」。

日本詩史巻之二

平安　江村綬君錫著
弟　清　絢君錦
男　悰秉孔均　同挍

これを漢土に考ふるに、古者《いにしへ》は文武甚だしくは相ひ岐《わか》れず。列国の卿大夫《けいたいふ》、入りて庶政を理《り》し、出でて三軍を帥《ひき》ゐる。秦漢より以還《このかた》、文武始めて岐《わか》る。所謂随陸《ずいりく》[一]は武無く、絳灌《かうくわん》は文無し。唐の中葉に迄《いた》りて、千斛《せんこく》[二]の弓一丁《いってい》の字、更《こもごも》相ひ詬訾《こうし》す。ここに於て、槊《ほこ》[三]を横たへ詩を賦し、鞍《くら》に拠りて檄《げき》を草《さう》する、世に幾《いくばく》も無しと称す。[四]況《いはん》や我が東土、瓊矛《けいぼう》海を探《さぐ》り、宝剣邦《くに》を鎮《ちん》ず、その極を建《た》つる、素《もと》より同じからざること有るをや。ここを以て韜鈐《たうけん》[五]の詠言、古選に見ゆること無し。後来《こうらい》戦争の世、反りて数人を得《う》と云ふ。

武蔵守細川頼之、海南の偶作に云ふ、「[六]人生五十愧ツレ無キヲレ功、花木春過ギテ夏已空ニシ、満室ノ蒼蠅掃《ヘドモ》不レ去、独リ尋ネテ二禅室ヲ一挹ス二清風ヲ一」。[七]頼之の行事、『太平記《たいへいき》』に見ゆ。足利義詮既に薨《こう》じ、義満嗣立《しりつ》す。頼之執政《しっせい》して、内幼主を輔《ほ》し、外猛将を御《ぎょ》す。[八]上下倚頼《いらい》し、遠近偃服《えんぷく》す。功豈《あ》に偉《ゐ》然《ぜん》ならずや。後《のち》近臣その剛正を忌《い》み、これを義満に譏《ざん》す。義満漸く信ず。[九]ここに於て職を辞し、海南に退隠す。この詩必ずその時の作ならん。

一 漢の随何と陸賈には学問あって武功なく、絳侯周勃と灌嬰には武功あって学問がなかった。文武は両立し難いことを言う（晋書・劉元海載記）。
二 唐の長慶年間に盧竜の節度使となった張弘靖が「太平の世には両石の弓をひくのは一丁の字を知るにしかず」と放言して軍士の怨みを買った故事（唐書・張弘靖伝）による表現。「千斛」は「千鈞」とあるべきか。「斛」は容量の単位であり、ふさわしくない。
三 軍中にあって詩を作り檄文を書くものはほとんど無いと言われる。
四 まして、わが国ではイザナギ・イザナミ両尊の国造り以来、神器の草薙剣を伝えることにより皇統は安泰であり、王朝の興廃と戦乱がひき続いた中国とは国柄が異なるのだから、なおさら武人の詩作は少ない。
五 兵法。ここは武人の意味で用いる。
六 一首・七。空―中。不去―難尽。独―去。室―榻。挹―挂。生まれて五十年（頼之は時に五十一歳）、功績の無いことを恥じる。花咲く春は過ぎて夏ももう終ってしまった。部屋中のあお蠅は払っても払っても尽きない。ただ独り座禅の室を探して清らかな風を汲みたいものだ。「蒼蠅」は作者を讒言した小人ばらを譬える。
七 但し太平記は頼之の三十八歳の管領就任を祝言して終り、後半生は描かない。
八 将軍も家臣も頼之を頼りにし、遠くの者も近くの者も慕い服した。
九 康暦元年（一三七九）閏四月、管領職を剝奪された頼之は出家して四国に下向した。
一〇 甲陽軍鑑・九上、十九歳の信玄の「無行義」のうちに詩作の事があり、「板垣」が諫大膳大夫武田晴信、後名を信玄と更《あらた》む。初年頗る禅に参じ詩を好む。その将某諫《ぼういさ》めて曰ふ、「[一〇]主将禅に参じ詩を好むは、猶ほ[一一]足利僧の還俗するがごとし。文弱為すこと有るに足らず」と。この時[一二]足利の学校廃して寺と為り、僧徒多く詩偈《しげ》を事とす。故にしか云ふ。[一三]信玄の諸作、載せて『甲陽軍鑑《かふやうぐんかん》』に在り。今復た録せず。信玄の弟左馬頭信繁、嘗《かつ》て家訓を著はす。その中に云ふ、「[一四]貪《リ》㆓他《ノ》一杯《ノ》酒《ヲ》㆒、失却《ス》満船《ノ》魚」。こに知る、信繁も亦た書を読み詩を作るを。惜しむらくは世伝ふること無し。信繁は孝友、その人称すべし。しかして信玄これを忌む。国祚《こくそ》長からざる所以《ゆゑん》なり。

弾正大弼上杉輝虎、後名を謙信と更む。[一五]天正二年、能登州を征し、遊佐弾正を七尾《ななを》の城に囲む。たまたま九月十三夜、海月清朗なり。軍中置酒《ち》讌会《しゆえんくわい》す。謙信因りて詩を賦して云ふ、「[一六]露下《リテ》軍営秋気清《シ》、数行《ノ》過雁月三更、越山并《セ》同《ウス》能州《ノ》景、遮莫《さもあらばあレ》家郷念《フ》㆓遠征《ヲ》㆒」。将士の詩及び和歌を作ることを解するもの、各《おのおの》詠言あり。歓を極めて罷《や》む。余謂《われおも》ふ、世の兵を談ずるもの、必ず信玄・謙信を称す。二公は誠に敵手《てきしゆ》なり。ただ信玄の智計人に絶す。その軍を御するや、紀律森厳《しんげん》、所謂[一七]敵を量《はか》りて後《のち》進み、勝を慮《おもんぱか》りて後会す。これを要するにその人と為《な》りや精細なり。これに由りて書を読み詩を善くすと雖も異《あや》しまず。謙信[一八]喑嗚《いんを》叱咤《しつた》、性烈火《れつくわ》の如くにして、書を読み詩を作り、且《か》つ軍中この雅会を作《な》す。謂ふべし、真の英雄、真の風流なりと。

大将軍足利義昭、乱を江州に避くる舟中の詩に云ふ、「[一九]落魄江湖暗《ニ》結《ブ》ㇾ愁《ヲ》、孤舟一

言したことが述べられる。但し、「足利僧」云々の記事は見えない。

一一 下野国の足利学校にいた僧侶。足利学校は日本最古の学校。教師も学生も多く僧侶であったが、仏典以外の漢籍を教授した。

一二 足利学校は戦国時代にも存続した。廃されて寺院になったと述べる根拠未詳。

一三 甲陽軍鑑・九上。信玄十九歳の詩二十首を引く。

一四 甲陽軍鑑「信玄公舎弟典厩、子息江異見九十九条之事」の第九十条、「縦ひ知音の人たりと雖も、用所を頼む儀、思慮すべき事」と言うのに続いて「古語」として引かれる語。活所備忘録・二十四にもこれを引き、「信玄之不ㇾ知ㇾ人、且無㆓友愛之心㆒、可ㇾ惜哉」と言う。

一五 史実の上では正しくは「五年」。但し、「二年」とする伝承が当時あった。

一六 露降って陣営には秋の気配清らかに、真夜中の月明りの中を雁は何列もの雁行をなして飛びゆく。越州の山河に能登の景色をあわせてわがものにしえたのだ。在所では遠征の我らを気遣っていようが、ままよ、今は歓を尽くそう。

一七 敵の力を見きわめて進撃し、勝利を得ることを計算して合戦する。孟子・公孫丑上篇の語。

一八 激しく怒り、叱る。

一九 一首・七「避ㇾ乱泛㆓舟江州湖上㆒」。翁―公。愴―慨。都落ちして江湖の辺を漂泊すれば人知れず心はふさぎ、解き難い憂愁のうちに舟中に一夜を明かす。天の神もこの身を憐れみ給うのか。秋、水辺の蘆の花(穂)の白きを月は白く照らすことだ。

夜思《ヒ》悠悠、天翁亦《モ》慍《ムヤ》二吾《ガ》生《ヲ》一否《ヤ》、月白《ハシ》蘆花浅水《ノ》秋」。詩は誠に悽婉《せいゑん》なり。公初め僧と為《な》り、南都[一]一乗院の主為《た》り。宜《むべ》なり、その詩を能くすること。噫《ああ》、足利氏の盛んなる、位は帝王に亜《つ》ぎ、富は海内を有《たも》ちて、[二]季《き》世瑣尾《せいさび》、江湖《かうこ》に扁舟《へんしう》して去住《きよぢゆう》に地無し。豈に憫《いたま》しからずや。

少将[三]豊臣勝俊、豊臣氏の時に封《ほう》を若狭に受く。後京畿《けいき》に退隠し、名を長嘯《ちやうせう》と更む。和歌を以て称せらる。著はす所『[四]挙白集《きよはく》』有り。その中に詩数首を載す。

兵部大輔細川藤孝、幽斎と号す。後名を玄旨と更む。[五]今の肥後侯の祖為り。世その武略及び和歌を善《よ》くするを知りて、春斎林子の選する所の『一人一首』に幽斎の[六]鞍馬山に花を看るの絶句を載す。則ち知る、実に文藝においても意を注《そそ》げるものなるを。

中納言伊達政宗、[七]今の仙台侯の祖。世その勇武を称して、『一人一首』に[八]又その詩を載す。余因りて謂《おも》ふ、頼之以下の諸人、[九]干戈擾冗《かんくわぜうじよう》の時に生長し、南戦北争、羽《う》檄旁午《げきばうご》、何ぞ曾《かつ》て寧日《ねいじつ》有ることを得ん。知らず、何《なん》の暇《いとま》ありてか書を読み詩を学ばん。これ尤《もつと》も易《たやす》からず。[一〇]元和《げんな》清平以来、諸藩無事、何を為してか成らざらん。しかして或いは[一一]優游恬嬉《いうゆうてんき》、宴安《えんあん》日を度《わた》り、ただ文学講ぜざるのみならず、武備も亦た将《まさ》に併《あは》せ廃せんとするものは何ぞや。

隠者の詩、伝ふること罕《まれ》なり。蓋《けだ》し隠者無きには非ず、隠者にして詩を能くする

一 奈良の興福寺一乗院の門跡であった。
二 末の世に都を離れて流浪し、去るにしても留まるにしても、そうする自分の土地を持たなかったのは、何とも気の毒なことであった。
三 木下長嘯子。文禄三年(一五九四)、若狭小浜城主となった。
四 和歌和文の集。慶安二年(一六四九)刊。
五 熊本細川家第六代重賢。
六 一首・七。
七 仙台伊達家第七代重村。
八 一首・七。
九 盾や矛が入り乱れる争いの世に成長して、南も北も戦争のさなか、檄文が戦場を飛び交って、無事平穏な日はほんの少しもなかったはずだ。いったい何時のまに読書し、作詩を勉強したのか、実に困難なことであっただろう。
一〇 元和偃武以来、諸藩では平和のなか何事をしたとしても出来ないことはなかっただろう。
一一 ゆったりのんきに、気楽に日を過ごして、単に学問しないというだけではなく、軍備の心得の方も一緒に忘れ去ろうとしているのはなんたることか。

もの無きなり。『本朝遯史《ほんてうとんし》』[一二]に、首《はじめ》に維喬親王を載す。親王は文徳帝の長子。藤原[一三]氏の故を以て、立ちて皇太子と為《な》ることを得ず。水無瀬《みなせ》宮に居る。後京北《けいほく》小野《をの》山中に遷居《せんきよ》す。詩を吟じ和歌を詠じ、以て娯楽と為す。亦たただその悒悒《いふいふ》[一四]を遣《や》るのみ。その詩今《いま》伝ふるもの無し。ただ琴を聞くの詩、『朗詠集』に載す。しかれども完篇に非ず。

延喜中、嵯峨[一五]の隠君子と称するもの有り。その姓名を失す。或いは曰ふ、「姓を源にし名を清にす。博学にして文有り。菅右相[一六]、橘参議、ともに相ひ友とし善し、疑事有るに遇《あ》へば、即ち二公就きて質問す」と。その人想《おも》ふべし。或いは曰ふ、「弘仁帝の子」と。或いは曰ふ、「延喜帝の子」と。その詩を併せて伝を失ふ。惜しいかな。

『懐風藻』に民黒人が詩を載す。称して隠士と曰ふ。亦たその氏族を失ふ。或いは曰ふ、「野見氏」と。その「泉石行行異ニ[一七]、風煙処処同ジ、欲セバレ知ラント二山中ノ楽ヲ一、林下有リ二清風一」と云ふ、清迴沖遠《せいけいちゆうゑん》[一八]、大いにこれ隠者の本色《ほんしよく》[一九]。

『遯史』に、藤原万里、高光、周光、為時、橘正通、惟良春道等を載す。余《われ》既に前に録す。且《か》つ右の数人、[二〇]思ひを煙霞《えんか》に耽《ふけ》ると雖も身を紳紱《しんふつ》に纏《まと》はれ、或いは激《げき》[二一]する所有りて爵禄《しやくろく》を遐棄《かき》するもの、真の隠者に非ず。故にここに収録せずと云ふ。

余古籍を考ふるに、医の詩を以て称せらるるもの絶えて無し。今を以て[二二]これを思

一二 林読耕斎著。寛文四年(一六六四)刊。日本の隠遁者五十一名の略伝を集める。
一三 右大臣藤原良房の女明子の生んだ惟仁親王(後の清和天皇)がその外戚の力によって皇太子となった。
一四 心の憂さを晴らす。
一五 本朝遯史・上。
一六 右大臣菅原道真。但し本朝遯史の伝える説話は、道真が初めて策(意見書)を奉ったときに、道真の父是善と橘広相とがその文章を点検し、疑問のある点を広相が馬を馳せて隠君子に質問に赴いたという。
一七 本朝遯史・上。一首・一「幽棲」。中―人。林―松。歩みを運べば山川の景色は移ろうが、風と霞とはいずこも同じ。山の中の楽しみとは何か、林の中の清らかな風に吹かれることだ。
一八 清らかで俗気がない。
一九 本領。
二〇 俗塵を離れた山水の景を深く愛しながらも、大帯や印綬を身につける高官であり。
二一 一旦の憤激から爵位俸禄を棄て去ったもので。
二二 医者が好んで詩文を作る現代の常識から考えると、理解できない現象に思える。

へば、解すべからざるに似たり。他邦の如きは姑《しばら》くこれを置く。今京城の中《うち》に講説を業とするもの、無慮《むりよ》数十人、謁《えつ》をその門に執《と》るは、医家の子弟にあらざるもの靡《な》し。これを除いて復た生徒無し。しかして医生の学を為す、亦ただ句読を習ひ、詩を作ることを学び、以[一]て自家の術業を潤飾《じゆんしよく》するに過ぎず。故に間《まま》才敏の子弟有りと雖も、未[二]だ小成に至らず、既に已にその学を弁髦《べんばう》にす。蓋[三]し儒術文藝、身を立て口を糊《のり》すべからずして、方伎《はうぎ》は往往家を興し財を殖すればなり。ここを以て近時医を為すもの、詩を作らざるは無し。しかして詩を善くするものは至りて罕《まれ》なり。余謂《おも》ふに古昔の医を為すもの、近時の衆にして且つ濫《らん》なるが如きには非じ。宜[四]《むべ》なり、その概見せざること。足利氏の時に迄りて、独り阪士仏が伊勢紀行の詩有りと云ふ。

阪士仏、名は慧勇、健叟と号す。京師の人。数[五]世の官医。足[六]利相公《しやうこう》に給仕す。明《めい》徳《とく》中に民部卿法印に除す。世に上池院と称する、これなり。相[七]公嘗てこれに戯れて曰ふ、「卿《けい》が祖九仏《きゆうぶつ》と名づけ、父は十仏《じふぶつ》と名づく。卿宜《よろ》しく十一仏《じふいちぶつ》と名づくべし」と。遂に十一仏を以てこれを呼ぶ。後《のち》十一を修《しう》して士と為《な》す。蓋し、俳[八]優《はいいう》をもつて遇せらる。士仏和歌及び聯歌《れんが》を善くす。『勢[九]州紀行』有り。国字を以てこれを録す。その中に詩有り。その一に曰ふ、「渡[一〇]口無《ク》レ舟憩《フ》二樹陰《ニ》一、漁村煙暗《クシテ》日沈沈、寒潮帰《リ》去《テ》前程遠《シ》、又有《リ》三松濤《ノ》驚《カス》二客心《ヲ》一」。優柔平暢《いうじうへいちやう》、頗る誦詠するに足る。

僧の詩の古選に見ゆるもの、釈智蔵を始めと為す。智蔵、天智帝の勅を奉じ唐国

一　おのれの医術を飾るものとするに過ぎない。医術は小技として軽んじられることがあるので、文学を学ぶことでうわべを飾る。
二　少々学問が出来るようになる前に、早くも学問を無用の長物としている。
三　思うに、儒学文学は生活の手段となりえず、医術はしばしば自家を隆盛にし財産を増やすからである。
四　そのあらましさえ分からないのも当然である。
五　祖父、父と何世代か続いて天子の侍医。
六　足利義詮・義満・義持の三代の将軍に仕えた。
七　足利義満。
八　芸人。伽衆。
九　伊勢太神宮参詣記。従来、作者士仏が信じられてきたが、実は士仏の父十仏の著作と考証されている(度会常彰・参詣記纂註)。
一〇　伊勢太神宮参詣記。舟―船。日―望。前―途。遠―近。渡し場に舟は見えず、木蔭にやすむ。漁村に靄深く、ひっそりとした昼間。冷たい水は引潮となって帰ってゆくが、旅の前途は遥かに遠い。その上松風が波音のように響いて旅人の心を驚かすのだ。解説参照。
一一　唐詩鼓吹・一。
一二　玉の山に入って手ぶらで戻って来るようなものだ。
一三　本朝無題詩に五十九首。
一四　一首・七に、「玄恵者、儒家而帰二台宗一、而後還俗」と言う。
一五　康永五十四番歌合の誤り。「山家春興」。

に赴く。蓋し高宗の武徳年間なり。その詩伝ふるもの数首、並びに采《と》るべき無し。劉禹錫《りうしやく》、日本の[一一]僧智蔵に贈る詩有り。偶《たまたま》同名なるのみ。これと同じからず。

僧辨正、姓は秦氏。亦た西《にし》して唐国に遊び、玄宗眷遇《けんぐう》甚だ篤《あつ》し。数《しばしば》召して談論し、時に囲棋《ゐき》に対すと云ふ。然るときは則ち、或いは盛唐の諸子と締交《ていかう》し、その潤色を被《かうむ》るものなり。しかして今その詩を閲するに、絶《た》えて佳なるもの無し。謂ふべ[一二]し、空手《くうしゆ》玉山より還ると。

僧蓮禅、当時に詩名あり。『無題詩集』[一三]にその詩数十首を載す。鄙野《ひや》殊に甚だし。

僧玄恵、氏族を詳らかにせず。或[一四]ひと曰ふ、「その初め儒を業とす。中ごろ僧と為り、後復た還俗す」と。『太平記《たいへいき》』を著はすを以ての故に、世に博文と称す。その詩の若《ごと》きは、延元[一五]中の内宴の応制一首の外、絶えて他の篇を観《み》ず。その餘《よ》古昔中世の緇流《しりう》[一六]の詩偈《しげ》[一七]、諸選に見ゆるもの尠《すく》なからず。空海の若《ごと》き、最も傑出と称す。しかれども率《おほむ》ね讃[一八]仏喩法の言、詩家の本色に非ず。故に収録せず。

五山禅林の詩、固《もと》より論じ易からず。蓋し、古昔の文学、弘仁《こうにん》[一九]・天暦《てんりやく》に盛んに、延久《えんきう》・寛治《くわんち》に陵夷《りようい》し、保元《ほうげん》・平治《へいぢ》に泯没《びんぼつ》す。ここに於て世に所謂五山禅林の文学、代りて興《おこ》る。亦た気[二〇]運盛衰の大限《たいげん》なり。北条氏の関東に覇《は》たるや、その[二一]族禅学を崇《すう》尚《しやう》し、大刹《たいさつ》を鎌倉に創《さう》す。今の建長寺の属《たぐひ》これなり。流[二二]風の煽《あふ》ぐ所、延《ひ》きて上国《じやうこく》に逮《およ》び、京師の五山相ひ尋《つ》いで営構《えいこう》す。足利氏の盛んなりし時、海[二三]内の膏血《かうけつ》を竭《つく》し、

一六 僧侶。
一七 詩の形をした偈頌。
一八 仏を賛美し仏法を教え諭す言葉であり、詩人の本領を発揮したものではない。
一九 嵯峨天皇の弘仁、村上天皇の天暦の時代に隆盛期を迎え、十一世紀後半の延久・寛治にかけて衰退し、十二世紀半ばの保元・平治の頃にすっかり滅んでしまった。
二〇 文学が衰退し高揚する大いなる分水嶺であった。「晋宋之交、古今詩道升降之大限乎」(詩藪外編・二)。
二一 鎌倉幕府の第五代執権北条時頼は禅を重んじ、宋僧道隆のために建長寺を建立し、その子時宗は円覚寺を創った。
二二 関東の北条氏の遺風が風に扇がれるように都に近い国に伝わって。
二三 国中の人民の労力と富とを使い尽くして。

一 建物が宏大で華美なこと。
二 皇族や貴族の子弟子孫。
三 部屋の中では敷物を重ね、外出すれば立派な輿に乗る。
四 護衛が厳重に守っている。
五 詩文が書かれるたびに争って書写され、そのために紙の値段が高騰する。
六 当時、五山僧の詩名が全国に鳴り響いたのもそのためである。
七 あげがみの子供。
八 味方に背いて敵に力を合わせる。
九 例えば入宋したものに雪村友梅、入元には中巌円月、入明に絶海中津。
一〇 公平に考える。 一一 すぐれたもの。
一二 絶海中津の集。 一三 義堂周信の集。

土木の工を窮極す。[一]宏廓輪奐《くわうくわくりんくわん》の美は、必ずしも論ぜざる所。その僧徒、[二]大率《おほむね》玉牒《ぎよくてふ》の籍《せき》、朱門《しゆもん》の冑《ちう》。錦衣玉食、[三]入りては則ち重裀《ちようゐん》、出でては則ち高輿《かうよ》。声名崇重、[四]儀《ぎ》衛《あい》森厳、名はこれ沙門《しやもん》にして、富貴は公侯に過ぐ。禁宴公会、花月に優游《いういう》し、翰墨を把弄《はろう》す。[五]一篇一章、紙価為《ため》に貴《たか》し。ここに於て凡《およ》そ海内の詩を談ずるもの、ただ五山をこれ仰《あふ》ぐ。[六]これその一時に顕赫《けんかく》し、四方に震盪《しんたう》する所以《ゆゑん》なり。元和より以来、文運日《ひび》に隆《さか》んに、近時学者昂昂《かうかう》として前古を蔑視《べつし》す。[七]丱角《くわんかく》の童も尚ほ能く五山の詩を詆排《ていはい》す。即ちその徒も亦た或いは[八]戈《ほこ》を倒《さかさま》にして内を攻む。要するに篤論に非ず。

余謂ふ、五山の詩、佳篇尠《すく》なからず。中世叢林《そうりん》の傑出と称するもの、往往海に航し西遊す。宋の季世《きせい》より明の中葉に至り、[九]相ひ尋《つ》いで絶えず。参学の暇《いとま》、藝苑に従事し、師承各《おのおの》異に、体裁《たいさい》も亦た岐《わか》る。その詩今《いま》存するもの数百千首。その中を[一〇]夷考《いかう》すれば、玉石相ひ混ぜざること能《あた》はず。若《も》し夫《そ》れ辞艱《かん》に意滞《とどこほ》り、議論に渉《わた》り詼謔《くわいぎやく》を雑《まじ》ふるものと、詩を藉《か》りて以て禅を説き法を演《の》ぶるものと、皆余《わ》が采《と》らざる所なり。その他平整流暢、清雅縝工《しんこう》なるものも亦た多し。則ち概《がい》してこれを擯《ひん》すべからず。

五山の作者、その名今に徴すべきもの、百人に下らず。しかして絶海、義堂、その[一一]選なり。次は則ち太白、仲芳、惟忠、謙岩、惟肖、鄴隠、西胤、玉畹、瑞岩、瑞渓、九鼎、九淵、東沼、南江、心田、村庵の徒、枚挙に堪《た》へず。

一四　甲を脱いでこっそり夜逃げするだろう。一五　欠点だらけ。一六　大きな相違がある。「逕蹊」は小道の意であるから、ここは「逕庭」とあるべきか。一七　以下、絶海の詩については蕉堅稿との文字の異同を記す。一八　「呈二真寂竹庵和尚一」。渓流ぞいの寒山への道を行けば、深い雲の中から古寺の鐘が聞こえる。一九　「送三良上人帰二雲間一」。「中峰寺」は入明した絶海が滞在していた杭州西湖畔の中天竺寺。「三泖」は松江県(旧名雲間)にある三つの湖沼。二〇　「送三良上人帰二雲間一」。帰郷の途上、振り返って緑の山を眺めやるとき、白い鳥が進みゆく帆の前を飛ぶだろう。二一　「期二友人一不レ至」。「楼虚」は友人が来ないので楼が寂しいこと。二二　「寄二宝石寺簡上人一」。「金縄」は黄金の縄で区切られた浄らかな土地、寺域。二三　「来上人帰二姑蘇一観省」。「皇畿」は来上人の帰省する姑蘇が呉の国の都であったことを、「覇国」は呉が春秋時代に覇権を唱えた国であったことを言う。二四　「送三俊侍者帰二呉興一」。山々に降り続いた雨は止み、万物みな春の日に輝くだろう。二五　「早発」。漁火は渚近くに燃え残り、僧の叩く磬の音は冬の荒れ地に鳴り響く。二六　「早発」。寒々とした朝もやのなか家々の朝食の支度の煙はまだ立たないが、木々の野鳥はもう鳴き交わしている。二七　「出塞図」。凄—西。「黄沙」は砂漠。「白草」は砂漠に生える白い草。二八　「送二光侍者一」。「孤館」は光侍者が旅の途中宿る一軒家。折しもいたるところで戦塵がまき揚がっている中である。

絶海、義堂、世多く並称し、以て敵手と為す。余嘗て『[一二]蕉堅藁《せうけんかう》』を読み、又『[一三]空《くう》華《げ》集《しふ》』を読む。二禅の壁塁《へきるい》を審《つまびら》かにす。学殖を論ずれば、則ち義堂、絶海に勝《まさ》るに似たり。詩才の如きは、則ち義堂、絶海の敵に非ず。絶海の詩、ただ古昔中世敵手無きのみに非ず。近時の諸名家と雖も、[一四]恐らくは甲《よろひ》を棄てて宵《よひ》に遁《のが》れん。何となれば則ち、古昔朝紳の詠言、佳句警聯無きには非ず。然れども[一五]疵《し》病《へい》雑陳《ざつちん》、全篇佳なるもの甚だ稀《まれ》なり。偶《たまたま》佳作有るも亦たただ我が邦《くに》の詩のみ。これを華人《くわじん》の詩に較《くら》ぶれば、[一六]殊に逕蹊《けいけい》を隔《へだ》つ。近時の諸名家と雖も、余《われ》を以てこれを観《み》れば、亦たただ我が邦の詩なり。往往俗習を免れ難し。絶海の如きは則ち然らず。[一七]今《いま》集中の佳句若《じやく》干《かん》を録す。五言には「[一八]流水寒山ノ路、深雲古寺ノ鐘」「[一九]夜宿ス中峰ノ寺、朝ニ尋ヌ三泖ノ船」「[二〇]青山回首ノ処、白鳥去帆ノ前」「[二一]山暮レテ秋声早ク、楼虚シウシテ水気深シ」「[二二]鳥下ル金縄ノ雪、童焼ク石室ノ香」「[二三]風物皇畿ノ内、江山覇国ノ餘」「[二四]千峰収メ二宿雨ヲ一、万象弄ス二春暉ヲ一」「[二五]漁篝残シ二近渚ニ一、僧磬徹ス二寒蕪ニ一」「[二六]寒煙人未ダレ爨《かし》ガ、野樹鳥相呼ブ」「[二七]寒雨黄沙ノ暮、凄風白草ノ秋」「[二八]孤館啼猿ノ樹、四郊戎馬ノ塵」。七言には「[二九]古殿重ネテ尋ヌレバ芳草合シ、諸陵何ニカ在ル断雲孤ナリ」「[三〇]父老何ノ心ゾ悲シム二往事ヲ一、英雄有リレ怨満ツ二平湖ニ一」「[三一]一径松花山雨ノ後、数声渓鳥石堂ノ前」「[三二]絶域林泉淹メ二杖屨ヲ一、大江ノ風雨起ス二魚龍ヲ一」「[三三]百万已ニ収ム燕北ノ馬、頻繁休メヨレ督スルコトヲ海南ノ兵」「[三四]久雨南山荒レ二紫豆一、」「[三五]渓獺祭ルレ魚ヲ青翁ノ裡、杉鶏引クレ子ヲ白雲ノ中」「[三六]霜後年年収メ二芋栗ヲ一、春前日日斷《き》ル二参苓ヲ一」「[三七]聴クレ経ヲ龍去リテ雲帰リレ洞ニ、観ルレ瀑ヲ僧回リテ雪満ツレ瓶ニ」「[三八]瑶草似テレ雲ニ舗キテ満チレ地ニ、

二九「銭唐懐古次レ韻」その一。銭塘は、元に滅ぼされた南宋の都臨安のあった杭州地方を指す。草むして宮殿の遺跡は覆い隠され、諸帝の墳墓はちぎれ雲の下のどのあたりかと目を迷わせる。

三〇「銭唐懐古次レ韻」その二。怨—恨。村の老人はどんな思いで過ぎし日を悲しむのか。英雄の遺恨は西湖の水面に広がる。

三一「拝二永安塔一」。鳥—鳥。雨あがり、山の小道いっぱいに松の花が散りしき、石造りの堂の前、しきりに啼く川鳥の声。

三二「祚天元京師書至、喜而有レ寄」。風—雲。あなたは遠い山林に足をとどめて隠棲なされた。貴方の読経を聴いて、そこ長江では魚竜が水面より姿を現わし風雨生じていることでしょう。

三三「歳暮感懐寄二寧成甫一」。燕北の元の都を陥落させ、明の百万の軍勢は馬を引いた。倭寇は鎮まったから、海南の兵をしばしば出兵させるのは止めよう。絶海中津が渡明したのは、朱元璋が元を滅ぼし、明を建国した洪武元年(一三六八)であった。

三四「新秋書レ懐」。上句、秋の長雨にうたれて豆の紫色の花が萎れている。

三五「山居十五首、次二禅月韻一」その五。翁—蒻。かわうそは捕らえた魚を並べる。獺祭。翁はくまざさ。杉鶏は鳥名。

三六 同右、その六の頷聯。参苓は人参と茯苓(きのこ)。三七 同右、その六の頸聯。観—看。僧侶の講経を聴き終えた竜が去り、竜に伴う雲も山の岫に帰った。瀑布を眺めた僧侶も戻り、雪のように清らかな滝の水が僧の壺に満たされた。三八 同右、その十二。「瑶」も「琪」も玉。美称。

琪花如《ク》レ雪《ノ》照《ス》二幽崖《ヲ》一」「[一]緑蘿窓外三竿《ノ》日、黄鳥声中一覚《ノ》眠」「[二]忠臣甘《ンジテ》受《ク》属鏤《ノ》剣、諸将愁《ヒ》看《ル》姑蔑《ノ》旗」等、工絶なるもの有り。秀朗なるもの有り。[三]優柔静遠、瑰奇贍麗《くわいきせんれい》、有らざる所靡《な》し。義堂、絶海に視《くら》ぶれば、骨力加ふる有りて、才藻及ばず。且《か》つ禅語多く、又議論に渉《わた》る。温雅流麗なるものは、集中幾《いくばく》も無し。絶句の如きは、則ち佳なるもの有り。懐旧の作に云ふ、「[四]紛紛《タル》世事乱《レテ》如《シ》レ麻《ノ》、旧恨新愁只《ただ》自嗟《ラス》、春夢醒《メ》来《リテ》人不レ見《エ》、暮簷雨洒《そそグ》紫荊《ノ》花」。人の京に帰るを送るに曰ふ、「[五]輦下《ノ》招提西又東、因《テ》二君《ガ》帰《リ》去《ルニ》一思《ヒ》重重、孤雲海国三年《ノ》夢、落月長安幾夜《ノ》鐘」。

二僧の外、太白の春水に曰ふ、「[六]春水纔《ニ》深《キコト》数尺強、煙波渺渺接《ス》二天光《ニ》一、落花漲《リ》尽《ス》江南《ノ》雨、一夜《ノ》閑鷗夢也《モまた》香《シ》」。仲芳の范蠡《はんれい》に題するに曰ふ、「[七]五湖《ノ》煙水緑涵《ひたス》レ天《ヲ》、月照《シテ》二蘆花《ヲ》一秋満《ツ》レ船《ニ》、呉越《ノ》興亡双鬢《ノ》雪、功名不三敢《テ》至《ラ》二鷗辺《ニ》一」。南江が僧の廬山に遊ぶを送るに曰ふ、「[八]廬山何《レノ》処《カ》不レ勝《ヘ》レ情《ニ》、蓮社人空《シウシテ》芳草生《ズ》、君去《リテ》能《ク》聴《ケ》虎渓《ノ》水、潺湲尚《ホ》有《ラン》二晋時《ノ》声一」。大愚、水竹佳処に題して曰ふ、「[九]野水侵《シテ》レ門《ヲ》脩竹清《シ》、君居《ガ》想《フニ》合《まさニ》《シ》レ似《タル》二佳名《ニ》一、山扉半湿《バフ》斜陽《ノ》雨、翡翠時《ニ》来《リテ》二衣桁《ニ》一啼《ク》」。村庵が雪夜客を留むるに曰ふ、「[一〇]茅屋休《ヤメヨ》レ辞《スルコトヲ》一夕稽《とどマルコトヲ》、君家《ガ》帰路《ノ》恐《クハ》相迷《ヒハン》、園林雪白《シ》黄昏《ノ》後、難《カラン》レ認《メ》梅花籬落《ノ》西」。正宗が神泉苑の応制に曰ふ、「[一一]上林《ノ》風物草連《ナル》レ空《ニ》、尚《ホ》有《リ》三龍池《ノ》記《スル》二古宮《ヲ》一、何《レノ》日《カ》宸遊留《メ》二玉輦《ヲ》一、神泉純《ラ》浸《サン》二五雲紅《ヲ》一」。僉《みな》晩唐を師法し、深く巧妙に造《いた》る。

宋山、同山、並びに水辺の楊柳の詩有り。宋山曰ふ、「[一二]漁橋《ハ》不レ似官橋《ノ》暮、不レ繫《ガ》二

一 同右、その十四。蔦の絡まる窓の外に日が高く上った頃、鶯の声に目を覚ます。

二 「姑蘇台」。「忠臣」は呉の国の功臣伍子胥。王の夫差に疑われ、賜わった属鏤の剣で自殺した。その結果、呉の将軍たちは包囲する敵の姑蔑(越国)の軍旗を悲しい思いで眺めることになった。

三 穏やかで幽玄なるあり、新奇で美麗なるありと、表現に足りないものがない。

四 空華集・二「対レ花懐レ昔」。洒—瀉。世の有様は絡まった麻のように乱れに乱れ、ひきもきらぬ悲しみにただ嘆くばかり。春の夢から醒めれば夢に見た懐かしい人はいない。暮れ方の軒先に雨がすおうの花にそそいでいる。「紫荊花」は兄弟の愛を象徴する。夢の人は作者の兄弟か。

五 空華集・一「次レ韻送三僧帰二京一」。都の寺院は東西あちこちに。君がそこに帰るにつけて思いは尽きない。海国(土佐)にはぐれ雲のように三年過ごした夢に、都の寺々の暁鐘を幾夜聴いたことであろうか。

六 花上集「春漲」。深—高。也—亦。数尺余り深さを増したばかりに、はるばると広がる春水は靄の彼方で天と一色にまじわる。江南に降る雨に水面の落花はいっぱいに漲り、水辺の鷗の見る夢も花に香る。

七 花上集「范蠡泛レ湖図」。照—白。至—到。范蠡は→五五頁注一四。五湖の緑の水は大空の色を映し、月は蘆の白い穂を照らして秋の気配が舟にみちる。両鬢の雪のような髪が語るように、呉越の興亡は遠く過ぎた昔。いま俗心を忘れて鷗と遊ぶ人(范蠡)には功名の念も近づきようがない。

八 花上集「送三僧遊二廬山一」。実は中恕の作。

金絨ヲ二只繋グレ船ヲ」。同山は曰ふ、「染メテ[一三]不レ成サレ乾ヲ煙雨ノ裏、半バハ如ク二鴨緑ノ一半ハ鵝黄」。二詩、体裁頗る肖《に》たり。並びに工縟《こうじよく》なり。

曹学佺が『明詩選』[一四]に、日本の僧天祥が詩十一首、機先が詩五首を載す。二僧中土《ちゆうど》に賞せられて、我が邦に湮晦《いんくわい》す。甚だ嘆惜すべし。天祥が西湖を憶ふに曰ふ、「[一五]杭城一別已ニ多年、夢裡ノ湖山尚ホ宛然、三竺ノ楼台晴レテ似タリレ画ニ、六橋ノ楊柳晩ニ如シレ煙ノ、青雲窪《つる》下ル梅辺ノ暮、白髪僧談ズ石上ノ縁、午睡醒メ来リテ倍《ますます》惆悵ス、堪ヘンヤレ看ルニ身世老ユルヲ二南滇ニ一」。又楡《ゆ》城に角を聴くに曰ふ、「[一六]十年遊子在リ二天涯ニ一、一夜秋風又憶フレ家ヲ、恨殺ス黄楡城上ノ角、暁来吹キ入ル小梅花」。声格清亮《せいりやう》、唐人《たうひと》の典刑。その他《ほか》我が邦の詠言、華人《くわじん》の為に称せらるるもの甚だ衆《おほ》し。春斎林子の『一人一首』、論載詳悉。今復た贅《ぜい》せず。

朝鮮の徐剛中が著はす所の『東人詩話《とうじんしわ》』[一七]、「清磬月高[一八]クシテ知リ二遠寺ヲ一、長林雲尽キテ辨ズ二遥山ヲ一」を以て、日本の僧梵岭が詩と為す。余《われ》未だ梵岭何人なるを考へず。

余《われ》按ずるに、古昔の宮娥閨媛《きゆうがけいゑん》、彤管《とうくわん》[一九]を国字に揮《ふる》ひ、藻思《さうし》を和歌に抽《ぬ》きて、芳《はう》を一時に揚《あ》げ、美《び》を千載に播《は》するもの、比比《ひひ》として有り。詩章の如きは幾《いくばく》も無くして、孝謙帝を始めと為す。帝坤徳《こんとく》[二〇]を以て九五《きうご》に位す。中冓《ちゆうこう》[二一]の言、これを言へば長し。帝酷《はなは》だ釈氏を崇ぶ。伝ふる所の帝の詩も、亦ただ讃仏の偈《げ》のみ。然れども「恵日[二二]照シ二千界ヲ一、慈雲覆フ二万生ヲ一」と曰ふは、実に俊語なり。史を按ずるに、これより先、吉備公[二三]聘唐使と為る。遂に留まりて唐国に学ぶこと二十年を経《へ》、ここに至りて帰朝

花上集中の作者名を読み落して前の作者の南江に誤った。人空―無人。尚―定。廬山には晋の時代、慧遠法師が念仏修行の道場白蓮社を結んだ東林寺があった。廬山で痛ましい思いを懐くのはどこか、それは慧遠法師の姿なくただ草むすばかりの白蓮社の跡だ。前を流れる虎渓の水音にはよく耳を澄まして来たまえ。晋の時代の音が変わらずに聞こえるだろう。九 横川和尚一人一首「水竹佳処」。山―幽。啼―鳴。一二句、「水竹佳処」という斎号にふさわしい川と竹の美しいお宅であろう。「翡翠」はかわせみ。

一〇 花上集「雪斎留レ客」。茅―雪。雪―皆。粗末な家だが遠慮せず一夜お泊まり下さい。夕方帰り道にはきっと迷われるでしょう。夕方の雪景色に、お宅の目印の垣根の白梅も見つけにくいでしょうから。

一一 横川和尚一人一首「応制神泉苑」。古―故。葦―葦。浸―漫。天子の苑の景色は、天にまで広がる一面の草原。唐の玄宗が若い頃を過ごした降慶坊の宮どころはいまなお竜池が記し留める。いつの日か再び天子の行幸あって、神泉の水が五色の雲を映すことがあるだろうか。

一二 一首・七。一首は同山の詩とする。不―何。暮―暁。絨―絨。

一三 一首・七。一首は宗山の詩とする。「鴨緑」「鵝黄」は柳の新芽の色。

一四 歴代詩選・八十六・国初高僧。

一五 「三竺」は西湖に臨む杭州の天竺山を上中下に分かって言う。「六橋」は西湖の蘇堤に懸かる六つの橋。五句、西湖畔の梅の名所孤山に隠棲した宋代の詩人林逋の飼っていた二羽の鶴が、籠から放たれて雲辺に遊

す。帝これを師とし、詩を学び書を学ぶと云云《うんぬん》。然れば則ち宸藻豈《あ》にここに止まらんや。今考ふる所無きのみ。

大伴氏、その人を詳らかにせず。『文華秀麗集』にその秋日の述懐の七律一首を載す。佳作に非ずと雖も、亦た甚だしくは拙ならず。

内親王有智子は、弘仁帝の第三女。幽貞の質、錦繡の才、古今儔罕《たぐひまれ》なり。年十七、賀茂の斎院と為る。帝嘗[一]て斎院に幸し、群臣と春日山荘の詩を賦す。各《おのおの》[二]韻を探勒《たんろく》す。公主《こうしゆ》も亦た与《あづか》る。公主、塘・光・行・蒼を得、即ち賦して曰ふ、「[三]寂寂《タル》幽荘深樹《ノ》裏、仙輿一《タビ》降《ル》一池塘、棲《ム》レ林孤鳥識《リ》二春沢《ヲ》一、隠《ル》レ澗寒花見《ル》二日光《ヲ》一、泉声近《ク》報《ジテ》初雷響《キ》、山色高《ク》晴《レテ》暮雨行《すグ》、[四]従《より》レ此更知《ル》二恩顧《ノ》厚《キヲ》一、生涯何《ヲ》以《テカ》答《ヘン》二穹蒼《ニ》一」。又嘗て巫山高《ふざんかう》を賦す。その結句に曰ふ、「別《ニ》有《リ》二暁猿《ノ》断《ナル》一、寒声古木《ノ》間」。殊に初唐の遺響あり。その餘《よ》伝ふるもの数首。公主薨《こう》ずる年四十一。[五]遺令して薄葬《はくさう》せしめ、且つ護葬使を辞す。その賢明、[六]ただに藻絵《さうくわい》の美のみならず。

惟氏は蓋し弘仁の時の宮女。『経国集《けいこくしふ》』に擣衣《たうい》の篇一首を載す。長短章を成す。その中に云ふ、「[七]芙蓉杵《ノ》、錦石砧《ノ》、出《ヅ》レ自《リ》三華陰《ト》与《と》二鳳林一、擣《うチ》二斉紈《ノヲ》一搗《つク》二楚練《ノヲ》一」等の数語、最も婉約為《た》り。ここに知る、弘仁右文《いうぶん》の教化《けうくわ》至れりと為《す》るを。諸皇子詩を能くせざるは無くして、皇女には有智公主の如き有り。外廷の諸臣、才華紛競して、内庭又惟氏の如き有り。千歳の下をして嘆称已《や》まざらしむ。

び、再び籠の中に帰ったという故事による。六句、僧の円観が死後十二年、転生して「杭州天竺寺外」で友人李源と再会したという説話(→五四頁注七)を白髪の僧が語る。八句、「南濵」は雲南省の古名。作者はここで晩年を過ごしたか。

一六「楡城」は中国北方の辺塞。「角」は角笛。「小梅花」は唐代の大角の曲名。

一七 主に新羅より李朝までの朝鮮の詩を論評する詩話。和刻本が出版され流布した。

一八 東人詩話・下。　一九 赤い女物の筆で仮名文字をしるし、文才を和歌に現わして。

二〇 女性でありながら天皇の位にあった。「坤」「九五」は易の用語。

二一 閨中の秘事は詳しく言うと話が長くなる。僧道鏡との醜聞をほのめかす。

二二 一首・二。「恵日」は仏の智恵の光を、「慈雲」はその慈愛を譬える。

二三 吉備真備。霊亀二年入唐、十九年を経て天平七年帰朝。皇太子の孝謙に礼記、漢書を授けた(続日本紀・薨伝)。

一 弘仁十四年(八二三)春二月、嵯峨天皇、斎院に行幸(一首所引仁明天皇実録)。

二 韻字を籤で引き当て、その韻をその順序通り用いて作詩すること。

三 一首・三。荘―牀。深―水。厚―渥。三四句、「孤鳥」「寒花」は公主自らを譬え、「春沢」「日光」は父天皇の恩愛を言う。五句、川音がまぢかにまるで初雷のように響く。春は増水の季節。八句、生あるかぎり穹蒼の天(父天皇)にいかに報謝し奉らん。

四 一首・三。間―条。更に明け方悲しげに叫ぶ猿がおり、古木の間から声が寒々と響尼和氏、氏族を詳らかにせず。或いは曰ふ「和気清磨呂の姉なり」と。『経国集』に古風一篇を載す。その中に云ふ、「棲[八]隠多《シ》二帰趣一、従来重《ンズ》二練耶《ヲ》一、駕《シテ》言《ここニ》尋《ネ》二此《ノ》処《ヲ》一、処処幾《タビカ》経過《スル》」等の語、心地の清浄を証するに足る。

十市采女、江侍郎に和する七言四句、その半ばを截《さい》して『朗詠集』に載するに曰ふ、「寒[九]閨独夜無《シ》二夫婿一、不レ妨《ゲ》蕭郎枉《グルヲ》二馬蹄《ヲ》一」。世[一〇]桑濮《さうぼく》を以て鄙《いや》しむ。或ひと曰ふ、「和歌の教へを設《まう》くるや、亦たこれを性情の正に本づく。固《もと》より淫《いん》を誨《をし》ふる具に非ず。中古風教陵夷《りようい》し、人人これを仮りて花鳥の使ひと為し、紅箋《こうせん》[一一]往復、半ばはこれ芍薬《しゃくやく》の贈言。前史の録する所、和歌選集の載する所、歴歴証すべし。靦《てん》[一二]たる面目有りて、当時慣れて以て常と為す。采女は特に詩を以て和歌に代ふるのみ。如《も》しその淫風を懲《こ》らさば、宜しく咎《とが》に任ずるもの有るべし。何ぞ必ずしも一女子を尤《とが》めん」と。采女が後、悠悠幾百年、閨閤《けいかふ》の詩、寥《れう》として聞くこと無し。元和文明の後、又数人を得。因りて左に附録すと云ふ。

曇華院宮黙堂、蓋し皇女の釈に帰するものと云ふ。『八居題詠』[一三]にその冬日の書懐を附載するに曰ふ、「寒[一四]林蕭索帯《ビ》二風霜《ヲ》一、幽竹窓前已《ニ》夕陽、翫《もてあそビテ》レ月《ヲ》秋宵猶《ホ》恨《ミ》レ短《キヲ》、尋《ネテ》レ花《ヲ》春日尚《ホ》思《フ》レ長《キヲ》、栄枯過《グ》レ眼《ヲ》百年《ノ》事、憂喜傷《ム》レ心《ヲ》一夢場、静《カニ》対《シテ》二炉香《ニ》一禅坐久《シ》、細煙裊裊繞《ル》二孤床《ヲ》一」。理趣超凡、ただに[一五]紅粉の習ひを脱するのみならず、兼ねて煙火の気に遠ざかる。

いて来る。
五 仁明天皇実録・承和十四年十月条。
六 詩歌が美しかっただけではない。
七 一首・二。美しい杵と臼。臼の錦の石は華山の山陰、杵の桐の木は鳳林から採られた。斉と楚の国の練り絹をきぬた擣つ。
八 一首・三「禅居」。身を隠すこの住まいには本来の場所に帰り得た感が深い。かねてより寺院を心に重んじていたのだ。出遊してここを尋ね、あちこちと行き来する。
九 一首・八。夜―臥。夫―天。夫とてない独り寝の身ですから、貴方がお立ち寄り下さるのに障りはございません。「蕭郎」は男性を親しんで呼ぶ語。
一〇 卑猥な語。桑田、濮上の地の音楽が淫らであったことから言う。
一一 歌を書きつけた色紙のやりとりの半ばは、男女の恋の仲立ちとして贈る言葉であった。
一二 恥じる気色もなく、常の事と慣れていた。
一三 享保六年(一七二一)刊。清人魏惟度の「八居」の詩に和韻する新井白石ら十六人の詩を編み、また別に当時の学者の詩を集めて附録する。
一四 附録。三四句、月を翫賞しては秋の夜長もなお短かしと飽きたらず、花に遊んでは春の長日も更に長かれと望む。五六句、栄枯盛衰の目前に過ぎゆく僅か百年の人生、喜び悲しみに心を砕くのもはかなき一夜の夢。八句、「裊裊」は煙がたゆたい流れるさま。
一五 女らしい艶態がないうえに、抹香臭さからも免れている。

京師の女子の名留なるもの、年十三、人を送る詩に云ふ、「[一]蜀魄声声更《ニ》断腸、離筵今日涙成《ス》レ行《ヲ》、江山迢遞幾千里、不レ若《カ》愁人別恨《ノ》長《キニ》」。[二]又春山花を尋ぬる七律有り。亦た頗る章を成す。二詩『[三]本朝千家詩《ほんてうせんかし》』に見ゆ。女子の氏族を録せず。今考ふべからず。『千家詩』は元禄中、京師の書林編輯す。今を距《さ》ること已に八十年。

讃州丸亀の士人井上氏の女、名は通、東都より丸亀に還る道中、国字を以て行を紀す。『帰家日記《きかにっき》』と名づく。その中に詩十二首を載す。天龍河の作に云ふ、「[四]天龍河上天龍遊《ブ》、龍去《リ》河留《リテ》二水流《ル》、二水中分《シテ》為《ル》二大小一《ト》、小《ハ》斯《こレ》厲掲《シ》大《ハ》斯《レ》舟」。

筑後柳川の立花氏の女、山居に題して云ふ、「[五]応《シ》二是《レ》武陵《ノ》洞《ナル》一、渓流送《ル》二落花《ヲ》一、杳然聞《ク》二犬《ノ》吠《ユルヲ》一、何《レノ》路《カ》向《フ》二仙家《ニ》一」。江楼賞月に云ふ、「[六]江天明月照《ス》二登楼《ヲ》一、十里金波《ノ》浸《シテ》レ檻《ヲ》流《ル》、黄鶴仙人誰《カ》得《ン》レ見《ルヲ》、玉簫吹《キ》落《ス》桂花《ノ》秋」。詩集有り。『[七]中山詩稿《ちゅうざんしかう》』と名づく。

伊勢山田の祠官《しくわん》某の婦、[八]荒木田氏、読書を好み、和歌連歌を善くす。近ごろ詩を作ることを学ぶ。間《まま》佳篇有り。婉順にして閨閤《けいかふ》の本色を失はず。画に題して云ふ、「[九]楊柳青《キ》辺澗水流《レ》、春風倚《ル》レ棹《ニ》木蘭舟、人家隔《タリテ》在《リ》二峰巒《ノ》裏《ニ》一、想像《ス》長《ク》伴《ヒテ》二麋鹿《ニ》一遊《ブヲ》」。又浪華客中の作に云ふ、「[一〇]江湖一望緑連《ナル》レ天《ニ》、日出《デテ》煙波帆影懸《ル》、帰雁幾声春夢破《ル》、故園《ノ》消息落花《ノ》辺」。

日本詩史巻之二終

一 千家詩(搏桑千家詩)・上「送二損軒先生帰一レ郷」。蜀魄(ほととぎす)の「不如帰(帰るに如かず)」と聞こえる啼き声に旅人は腸ちぎれんばかりの帰心に促され、今日、送別の宴に涙を流すこととなった。貴方が帰る山川の千里の道のりさえも、別れを傷む私の情の長きには及ばない。いついつまでも名残の尽きぬことだ。 二 千家詩・下「遊二春山一」。

三 正しくは搏桑千家詩。日本人名家の七言絶句(上巻)、七言律詩(下巻)を集める。元禄十五年(一七〇二)京都の上原半兵衛刊。

四 遊―去。為―成。李白の「鳳凰台上鳳凰遊、鳳去台空江自流」(登二金陵鳳凰台一)の句を模倣する。解説参照。

五 中山詩稿「渓居図」。ここはきっと陶淵明の「桃花源記」に描かれた武陵の洞穴に違いない。渓流に桃の落花が流れ来るのだから。遥かに鳴きかわす犬の声も聞こえる。どの道を行けば(画中に描かれる)この仙人の家に到ることが出来るのだろう。

六 中山詩稿「和二田子懌江楼賞一レ月」。江―海。十―万。落―出。川の上の明月は楼に登る私を照らし、月光に輝くはるかな川波は欄を浸すように流れる。黄鶴に乗って去ったあの仙人は今はない。簫の響きが天に徹り、秋、月中の桂の花を吹き落しているだろう。

七 明和元年(一七六四)刊。服部南郭序。

八 読本作者として名の知られる荒木田麗女。北海に詩を学んだ。 九 絵は、近景に岸の柳、川水、舟(木蘭舟は舟の美称)、遠景に山中の小さな家が描かれている。その家にはいつも鹿と共に遊ぶ山人が住んでいるだろうと想像する。 一〇 江水の緑が天辺にまで連なるのを遥かに見渡す。日は昇り水面

日本詩史巻之三

平安　江村綬君錫著
弟　清　絢君錦
男　悰秉孔均　同挍

古《いにし》へに曰ふ、「[一一]文学の盛衰、世《せ》道《だう》の汚隆《をりゆう》に関《かか》はること有り」と。信なるかな。これを[一二]我が邦に徴するに、夫れ誰《たれ》か然《しか》らずと曰はん。神武天皇東征してその士女を綏《やす》んず。帝の功ここに於て盛んなりと為す。然れども時[一三]草昧《さうまい》に属し、遐荒《かくわう》猶ほ王化を阻《へだ》つ。応神天皇登極《とうきよく》し、しかして[一四]後三韓稽顙《けいさう》し、蝦夷《えぞ》琛《ちん》を献じ、巍巍《ぎぎ》桓桓《くわんくわん》以て尚《くは》ふること莫《な》し。ここに於て我が邦始めて[一五]六経《りくけい》有りと云ふ。[一六]仁徳天皇の皇子為《た》る時、経を百済の博士に受け、[一七]唐虞《たうぐ》の治を講明す。即位の後、[一八]施為《しゐ》由《よ》らざること靡《な》し。ここを以て[一九]海内乂安《がいあん》、衆庶これを仰《あふ》ぐこと日月の如く、これを戴《いただ》くこと父母の如し。仁慈恭倹の化、民心に入るもの、至りて深く且《か》つ固し。千百世を歴《へ》て、[二〇]携弐《けいじ》有ること無し。胡《なん》ぞそれ盛んなるや。これよりその後、列聖相ひ承《う》け、文教日《ひび》に闡《ひら》く。餘波翰墨に及ぶもの、[二一]弘仁・天暦の間に汪洋《わうやう》す。謂ひつべし、帝業、文学と偕《とも》に盛んなりと。[二二]延久より已降《このかた》、朝綱紐《てうかうちう》を解《と》き、文事日《ひび》に廃す。保元に一壊し、承久に再壊し、元弘・建武の後に糜爛《びらん》す。足利氏[二三]その鹿《ろく》を失ふに迄《いた》り、邦国分裂、戦争已《や》む無し。

は靄に煙って帆を挂けた船が見える。しきりに鳴いて春の夢を覚ました北帰の雁は、花散るここに届く故郷からの便り(雁信)だ。
一一 学問芸術は政治の良し悪しにつれて盛んにもなり衰えもする。「文章関₂世運₁」(詩藪内編・一)。
一二 わが国の歴史の上で例証してみれば。
一三 未開の時、僻遠の地ゆえに、中華の聖人の教えから隔てられていた。
一四 弁韓・辰韓・馬韓が臣従して敬礼し、蝦夷が玉を献上し、わが国は富貴にして武勇なること最も盛んであった。日本書紀によれば、応神天皇の三年に「東蝦夷」が朝貢し、七年に「高麗百済任那新羅人」が来朝した。
一五 詩、書、礼、楽、易、春秋の六つの経典。応神天皇の十五年に百済の阿直岐が易経や孝経をもたらしたという伝承があった。四四頁参照。
一六 仁徳天皇に皇位を譲って自殺した菟道稚郎子が阿直岐と王仁に学んだ事は日本書紀に見える。仁徳天皇自身の事ではない。
一七 聖人尭舜の政治の道を学んだ。
一八 政治は全て尭舜の道に則って行った。
一九 天下は太平、人々は仁徳天皇を日月のように、また父母のように仰ぎ敬った。
二〇 臣下が天子に背き争うことはなかった。
二一 嵯峨天皇、村上天皇の治下に江海の水のように際限なく広がる。
二二 後三条天皇の延久年間より後、学問文事は朝廷の政治の混乱とともに次第に顧みられなくなり、保元、承久と二度の政変に壊滅し、朝廷が南北に分立した元弘・建武年間よりはすっかり退廃した。
二三 天下の権力を失う。

[一]生民の塗《と》炭《たん》ここに到りて極まる。藝苑の事業復《ま》た孑遺《けつゐ》無し。既にして天喪乱《さうらん》を厭《いと》ひ、織田氏豊臣氏迭《かた》みに興《おこ》り、中州やや削平《さくへい》[二]す。然れども並びに無学無術、馬上にこれを得、馬上にこれを治めんと欲す。ここを以て天人与《くみ》せず、或いは[三]業垂成《すいせい》に壊《やぶ》れ、或いは祚《そ》一世に止まる。これを要するに撥乱反正《はつらんはんせい》[四]、天必ず待つこと有りて、奎壁《けいへき》彩《いろどり》を久暗の後に発す。固《もと》より偶然に非ず。若《も》し夫《そ》れ神祖、聖文神武、上《かみ》は帝室を翊戴《よくたい》し、下《しも》は億兆を煦育《くいく》し、干戈擾攘《かんくわじやうぜう》の中、[五]謐《すみや》かに耆老《きらう》を訪《と》ひ、以て治道を橐籥《たくやく》し、広く遺書を募《つの》りて、以て鴻業《こうげふ》を潤色し、又[六]惺窩《せいくわ》先生に命じ、経史の義を講析《かうせき》せしむ。ここに於て羅山先生、聘《へい》に東都に応ず。夫れ然る後猛将勇士、やや学に嚮《むか》ふことを知りて、[七]邦国の泮宮《はんきゆう》尋《つ》いで興り、士の業日《ひび》に広く、今に至りて百六十年。[八]玉燭《ぎよくしよく》光を継ぎ、金甌虧《きんおうか》くる無し。風化の美、彜倫《いりん》の正、古へに亘《わた》りて無き所。近時、文華の鬱《うつ》たる、漢土に譲ること無し。今その一二を論列す。未だ縷挙《るきよ》に遑《いとま》あらずと云ふ。

惺窩、名は粛、字は斂夫、姓は藤原氏。その出処言行、並びに『本朝儒宗伝』[九]に見ゆ。今復た贅《ぜい》せず。初め僧と為《な》り、名は椿首座[一〇]。この時五山詩学尚ほ盛んなり。その中に才鋒《さいほう》を以て称せらるるもの有り。しかれども惺窩に遇[一一]へば、則ち折北《せつほく》して支へず。故を以て、名、釈氏に重し。儒に帰する後と雖も、[一二]妻妾《さいせふ》を畜《たくは》へず。酒肉を御《ぎよ》せず。人或いはこれを詰《なじ》れば、則ち曰ふ、「我、儒に帰するや、その道を崇《たつと》ぶのみ。我を知らざるものは食色《しよくしよく》の為《ため》と謂《い》はん。吾が徳、人を服《ふく》するに足らず。嫌《けん》を避

一 民衆の苦しみは最もひどくなり、文芸の活動などは全く皆無となった。
二 平和になった。
三 天下一統が殆んど完成せんとするところで失敗し(織田氏)、成功しても一代しか続かなかった(豊臣氏)。
四 乱世を正しい世に戻すことについて、天はそれを実現するにふさわしい人の出現を待っていたのであり、長い闇のあとにこそ宝玉は光を放つ。神祖徳川家康の天下統一。
五 天正十六年(一五八八)、長篠の戦勝の後、儒者、兵法家、僧侶を招いてそれぞれの道を諮問して政治の方法を振興し、慶長年間には天下の秘籍を集めて刊行し(伏見版・駿河版)、文化事業によって天下一統の功業を美しく装った。
六 文禄二年(一五九三)、家康は藤原惺窩に命じて貞観政要を講義させ、慶長十二年(一六〇七)には林羅山を招聘した。
七 わが国の諸侯の学校。各藩の藩学。
八 世の中の安寧和合が長く続き、国家の完全な独立が保たれた。
九 巨勢正純・正徳編、元禄三年(一六九〇)刊。
一〇 底本の「椿」は「蕣」の誤りか。
一一 惺窩の叔父相国寺の寿泉は、当時博学強記を称せられた人だが、「しゅん首座に逢ては物が云れぬ」と惺窩を絶賛した(江村専斎の老人雑話)。「折北」は敗走すること。
一二 誤伝。惺窩には一男一女あり、また「性嗜レ酒」(惺窩先生行状)と伝えられる。夜航詩話・五参照。
一三 宋の程明道・程伊川兄弟と朱熹の学問。

けざること能《あた》はざるのみ」と。これより先、京師に程朱《ていしゆ》[一三]の説を唱《とな》ふるもの有りて、猶ほ未だ四方に普《あま》ねからず。惺窩一たび出でてこれを麾《さしまね》けば、海内靡然《びぜん》としてこれを宗《そう》とす。弟子の礼を執《と》るもの、無慮《むりよ》数百人。羅山、活所、堀正意、松永昌三、最も重名《ちようめい》有り。惺窩已《すで》に斯《こ》の文を以て自ら任ず。人その端厳を憚《はばか》る。しかれども亦た能く風雅、文字の業を廃せず。嘗て花時大原に遊び、豊臣長嘯《ちやうせう》を訪《と》ふ。席上賦して云ふ、「[一四]君《ハ》是護《シ》レ花《ヲ》花《ハ》護《ス》レ君《ヲ》、有《リテ》レ花此地《ノ》久《シク》留《ム》レ君《ヲ》、入《リテ》レ門《ニ》先問《フ》花無《キヤト》レ恙《つつが》、莫《レ》レ道《いフコト》先《ニシテ》レ花《ヲ》更《ニ》後《ニスト》レ君《ヲ》」。一時遊戯の言、[一五]体格《たいかく》は論亡《な》きのみ。然れども[一六]意致《いち》曲折《きよくせつ》、温藉《うんしや》を証するに足る。

活所、名は方、字は道円、姓は那波氏。後姓を祐生、名を觚と更《あらた》む。播州の人。[一七]年十八、京師《けいし》に遊び、始めて惺窩に謁す。[一八]惺窩その杜鵑《とけん》を詠《えい》ずる詩を覧て歎称す。これに由りて名価頓《とみ》に発す。遂に惺窩に従ひて[一九]濂洛《れんらく》の心法を聞き、即ちその旨帰《しき》を得《う》。元和元年、大駕《たいが》京に駐《とど》まり、名儒を召見す。活所年少と雖も亦たその列に在り。後、肥後に筮仕《ぜいし》す。[二〇]肥後国除《ちよ》し、更に紀藩に事《つか》ふ。又方正端厳《たんげん》を以て、惺窩に継いで京師諸儒の冠冕《くわんべん》為《た》り。その弟子《ていし》室《しつ》に入ると号するもの、最も多し。しかして我が[二一]先太父《せんたいふ》を首《はじめ》と為す。[二二]正保戊子《しやうほうぼし》京師に卒《しゆつ》す。『活所遺稿《くわつしよゐかう》』十巻有り。詩凡《およ》そ五百首。その中、雅馴なるもの有り。[二三]東求堂に遊ぶに云ふ、「[二四]寂寞《タリ》将軍《ノ》廟、無辺草木肥《ユ》、苔深《クシテ》過客少《まれニ》、松臥《シテ》古人非《ナリ》、流水幾時《カ》尽《キン》、行雲何《ノ》処《ニカ》帰《ル》、長嗟《クス》山路《ノ》暮、幽鳥傍《ヒテ》レ吾《ニ》飛《ブ》」。

宋学。惺窩は「道伯」という人の論語の講談に出ており(老人雑話)、また文之玄昌は新注を禁裏や東福寺に講じた。

一四 惺窩先生文集・四「長嘯子霊山亭看レ花戯賦」。また千家詩・上「訪二長嘯子一看レ花」。霊山は東山丸山の地名。上に「大原」と言うのは誤り。三四句、花は散っていないかと門に入るなり真っ先に尋ねたのを、失礼と咎めないで下さい、花のある限り君はご在宅のはずとわきまえたのです。

一五 詩の格調の整わぬことは言うまでもない。

一六 情を尽くした歌いぶりに、その暖かい人柄が思いやられる。

一七 慶長十五年(一六一〇)のこと(祐先生行状)。

一八 活所がほととぎすを詠んだ「相喚不レ成レ群」の句は疑議するものが多かったが、惺窩はこれを認めた(祐先生行状)。

一九 周濂渓や程明道・程伊川らの新しい宋代の儒学。心を治めることを重視する。

二〇 肥後加藤家の改易。寛永九年(一六三二)のこと。但し、祐先生行状には寛永七年に「不遇」により致仕したと言う。

二一 亡くなった祖父伊藤坦庵。

二二 正保五年(一六四八)正月。

二三 足利義政が創った銀閣寺内の持仏堂。

二四 活所遺稿・一。足利将軍のみたまや(東求堂)は寂しく、一面に草は茂る。苔は厚く敷いて訪れる人も少なく、地を這うような松の木は昔のままだが古人は今はない。せせらぎは何時か尽きることがあるだろうか、また空行く雲は何処に還ってゆくのか。山道で長く吐息をつく日暮れがた、私のそばを鳥が静かに飛んでゆく。

長子木庵克《よ》くその業を紹《つ》ぎ、一時の儒宗と為る。

木庵、名は守之、字は元成。職を嗣ぎて紀藩の文学為《た》り。後《のち》老病を以て致仕《ちし》し、家に在りて教授す。惺窩より木庵に至り、文学相ひ承け、木庵最も毅直《きちよく》を以て称せらる。その詩円暢なるもの多し。金閣寺に遊ぶに云ふ、「[一]相国遺蹤在リ、荒蹊松竹幽ナリ、青山千古ノ色、金閣幾人カ遊ブ、山影浮ビ二寒水ニ一、林声報ズ二素秋ヲ一、遥ニ憐ム応永ノ日、臨眺令ム二吾ヲシテ愁ヘ一」。又禅林寺に花を看るに云ふ、「[二]過ルレ眼ヲ山花片片飛ブ、如クレ雲ノ如クレ雪ノ映ズ二斜暉ニ一、共ニ憑ル百尺楼台ノ上、自ラ使ム三遊人ヲシテ忘レ二暮帰ヲ一」。遺稿若干巻、『老圃堂集《らうほだうしふ》』と名づく。我が[三]義祖全庵先生、同学の故を以て、唱和殊に多し。今に至りて余が家、木庵の詩数紙を蔵す。筆力遒勁《しうけい》、字字飛動す。木庵の一子、名は元真、俗称釆女、多病にして業せず。[四]木庵に先だちて死す。二孫有り。余髫年《てうねん》先考に従ひてその家に過《よぎ》る。この時木庵の配某氏猶ほ恙《つつが》無し。二孫をして出でて先考に見《まみ》えしめて曰ふ、「吾が家詩書を業とし、世《よよ》顕名有り。吾が児不幸にして短折《たんせつ》す。今二孫を以て先生を累《わづら》はす」と。ここに於て二孫業を先考に受く。何《いくばく》も亡く祖母氏卒す。二孫後《のち》遂に並びに医と為る。那波氏は世《よよ》播州に住し、家資鉅万《きよまん》。活所の紀藩に事《つか》ふるに迄《いた》りて、歳禄五百石。家道益《ますます》饒《ゆた》かなり。ここを以て力を極めて書を[五]典《おぎの》り数万巻に至る。余が友師[六]曾、[七]活所と別家にして同宗。才名夙《はや》く著《あら》はる。今に至りて緊苦《きんく》書を読む。その志小ならず。所謂《いはゆる》かれに廃し、ここに興るものか。

一 老圃堂集・上「登二鹿苑寺金閣一」。相国―源相。山―雲。声―梢。報―接。令吾愁―我心憂。「相国」は足利義満。義満は応永四年(一三九七)、北山の別業に金閣を造営した。五六句、池の水に山の姿が寒々と映り、梢を鳴らす風に秋の訪れを知る。

二 老圃堂集・上「禅林寺看レ花」。過―照。山―桜。一二句、目前をよぎって山の花がひらひらと散り飛ぶ。咲く花は雲のように、散る花は雪のように夕陽に照らされている。

三 北海の義理の祖父江村剛斎。老圃堂集・中に「哭二全庵畏友一」の詩が有り、「吾友全庵子、交遊四十年」と言う。

四 誤伝。元真は木庵の没後に老圃堂集を刊行した(伊藤坦庵の序)。

五 購入する。「典」もその訓「おぎのる」も本義はツケで買うこと。

六 那波魯堂。

七 木庵の弟那波草庵の孫にあたる。

堀敬夫、名は正意、杏庵と号す。惺窩の門人。初め[八]張藩に仕ふ。安藝侯素《もと》よりその名を聞き、礼を厚くしてこれを張藩に請《こ》ふ。張藩命じてその聘《へい》に応ぜしむ。ここに於て更に安藝侯に仕ふ。子孫職を嗣《つ》ぎ、世《よよ》藝州の文学為り。その詩[九]『扶《ふ》桑千家《さうせんか》詩《し》』暨《およ》び『扶桑名勝詩集』に見ゆ。

松永昌三、名は遐年、惺窩の門人。声名[一〇]一時に籍甚なり。[一一]正保中、[一二]勅して布衣《ふい》を以て召して春秋経を講ぜしむ。因りてその居を名づけて春秋館と曰ふ。館は西洞院《にしのとうゐん》に在り。この時[一三]板倉侯京尹《けいゐん》為《た》り。学を好む。素《もと》より昌三を重んず。春秋館の狭小なるを聞き、為《ため》に宅地を堀川に卜《ぼく》す。名づけて講習堂と曰ふ。昌三、二子あり。長は昌易、次は永三。昌三卒す。昌易春秋館に居る。嗣絶す。永三講習堂に居る。子孫能くその[一四]緒業《しよげふ》を守ると云ふ。昌三の著述、余《われ》多く覩《み》ず。[一五]『名勝詩集』に市原山の題咏八首并小序を載す。

三宅亡羊、寄斎と号す。活所と同時の人。或いは曰ふ、「亦た惺窩の弟子」と。講説を業と為す。その子子燕、名は道乙、始めて備前に仕ふ。『名勝詩集』に三宅可三、備前八景の詩を載す。疑ふらくはこれその人若《も》しくは子孫ならん。

惺窩の門人に、菅原玄同、字得庵有り。鵜飼信之、字子直有り。羅山の門人に、人見友元、永田道慶有り。活所の門人に奥田舒雲、昌三の門人に野間三竹等、当時並びに声誉有り。[一六]爾時《じし》詩論未だ透《とほ》らず。雅音振ふこと罕《まれ》なり。今諸人の遺稿を閲《み》る

八 誤伝。安芸広島藩の浅野幸長に仕えていたが、尾張名古屋藩主徳川義直に請われて尾張藩儒者となった。

九 千家詩・上「試筆」。扶桑名勝詩集・下「武州州学十二景」。

一〇 その当時、名声が非常に高かった。

一一 「正」は底本「承」。

一二 勅命により庶人の身で天子に春秋を講義した。先哲叢談は誤伝かと疑う。のち寛永十年(一六三三)に後水尾院に召されて一切経の抜粋を献上したことと混同するか。

一三 板倉周防守重宗が京都所司代であった。

一四 先祖の始めた事業。

一五 扶桑名勝詩集・上「城北市原山八景并序」。

一六 その頃は詩の理論も透徹せず、美しい表現は殆ど聞かれなかった。

に、各[一]低昂《ていかう》有りと雖も、大較《おほむね》魯衛の政なり。

山崎闇斎、[二]専ら性理を講じ、詩章の如きはその本色に非ず。これを要するに、そ[三]の不朽なる所以《ゆゑん》はかれに在りて、ここに在らず。『名賢詩集』に闇斎の詩百首を載す。謂ふべし、[四]傖父《さうふ》好悪《かうを》を知らずと。中村惕斎、藤井蘭斎[五]、米川操軒、亦た詩有り。『千家詩』に見ゆ。

寛文中、詩豪と称するもの、石川丈山、僧元政に過ぐるは無し。丈山の出処、世の[六]口碑《こうひ》に在り。[七]已に武に且《か》つ文。[八]隠操も亦た卓然。年九十にして卒す。偉人と謂ふべし。今に至りて京師の東北、一乗寺邑《いちじようじむら》に、[九]詩仙堂曁《およ》びその遺留の琴硯等、依然として尚《な》ほ存する有り。当時その中に嘯咏《せうえい》し、[一〇]誓ひて城市に入らず。諸名士経過する毎《ごと》に、談論唱和、以て娯楽と為す。著はす所『[一一]覆醤集《ふしやうしふ》』有り。[一二]韓人権侙なるものこれが序を為《つく》り、称して「日東の李杜」と曰ふ。余《われ》その集を覧《み》るに、句拙累《せつるい》多く、往往俗習を免れず。[一三]権侙が溢美《いつび》、辯論を俟《ま》たず。然れども当時諸儒の詠言、[一四]率《おほむ》ね性理の緒餘《しよよ》に出でて、温柔の旨《むね》に乏し。丈山独《ひと》り山林に夢寐《むび》す。襟懐瀟洒《せうしや》なり。「[一五]窓間残月ノ影、枕上遠鐘ノ声」「[一六]風柳起シ二鶯懶ヲ一、山花留ム二馬蹄ヲ一」「[一七]半壁残灯ノ影、孤牀落葉ノ声」等の如き、意象間雅、殊に諷詠すべし。

僧元政、法華を修持し、戒律堅固にして、雅尚風雅。著はす所『[一八]艸山文集《さうざんぶんしふ》』有り。嘗て茅《かや》を京南の深草里に結ぶ。[一九]香火《かうくわ》今に到りて断えず。その詩韻格高からずと雖も、

一　それぞれ優れたものの劣ったものの差はあっても、おおむね似たりよったりである。
二　性と理を重んじる朱子学を講義して、詩を作ることは彼の本領ではなかった。
三　後世に長く記憶されるのは儒者としてであり、その詩ゆえではない。
四　田舎者はものの良しあしを理解しない。
五　正しくは「懶斎」。
六　言いつたえ。
七　もと徳川氏の旗本の武士であり、その上に文学に志が深かった。
八　隠遁の志操もすぐれて堅かった。
九　詩仙堂志(寛政九年刊)に、当時伝存する丈山の遺品を図示する。　一〇「わたらじな瀬見の小河の浅くとも老の波そふ影もはづかし」(詩仙堂志)と京に入る意志のないことを歌った。
一一　寛文十一年(一六七一)刊、一二巻。→孜孜斎詩話二三四頁。
一二　寛永十三年に来日した朝鮮信使の一員の学士権侙(号菊潭)。松永尺五、野間三竹撰の覆醤集序文に権侙の「日東の李杜」の評を引用するが、権侙自身は序を書いていない。もとは権侙が丈山との筆談の中に記した語。　一三　権侙の褒めすぎであることは論ずるまでもない。
一四　性や理を追究する道の学問をする余暇に作られるもので、穏和な趣が足りない。
一五　巻上「秋暁」。枕上—風際。窓には光薄らいだ月が差し、枕辺には遠くから暁の鐘の音が届く。
一六　巻下「過二一原一」。風に靡く柳の枝はいつまでも怠けて鳴き始めない鶯を起こして鳴かせ、山の花は馬の歩みを滞らせる。
一七　巻下「夢醒」。

意義平実なり。元政本[二〇]江州《がうしう》の士族。郷に老母有り。後庵側《あんそく》に迎養《げいやう》す。孝敬純至。客中の絶句に曰ふ、[二一]「逐ヒレ月ヲ乗ジテレ風ニ出ヅ二竹扉ヲ一、故山ニ有リレ母涙沾ホスレ衣ヲ、松間ノ一路明ニシテ如シレ昼ノ、遥カニ識ル倚リテレ門ニ望ムヲ二我ガ帰ルヲ一」。その実を記するなり。これより先、明人陳元贇《みんひとちんげんぴん》、[二二]乱を避けて化《くわ》に投ず。[二三]後山人を以て張藩《ちやうはん》の聘《へい》に応ず。時時京師に来遊し、元政に会晤《くわいご》す。[二四]心機契合《けいがふ》、方外《はうぐわい》の盟を締《むす》ぶ。[二五]『元元唱和集《げんげんしやうわしふ》』有り。元政詩中に云ふ有り、[二六]「人ハ無クシテ二世事一交リ常ニ淡ク、客ハ慣《なら》ウテ二方言一譚ニ毎ニ諧《かな》フ」と。亦たその実を記するなり。或ひと曰ふ、「元政、袁中郎《ゑんちゆうらう》が集を得てこれを悦び、以て[二七]帳秘《ちやうひ》と為す」と。余謂《われおも》ふ、[二八]中郎が詩白香山《はくかうざん》を祖述《そじゆつ》す。七子の套熟《たうじゆく》を矯《た》めんと欲し、勧めて陳腐《ちんぷ》を去りて、その弊《へい》これを率易浅俗に失ふ。元政が元贇に贈るに曰ふ、[二九]「公ハ本大唐ノ賓、七十六ノ老人、吾少《わかキコト》レ公ヨリ卅六、才調況ンヤ非ズレ倫ニ、不レ知ラ何ノ夙世ゾ、合シテ如シ二車ノ双輪ノ一」等、正にこれ[三〇]公安《こうあん》の委流《ゐりう》。或ひとの説、恐らくは然らん。

明人乱を避けて投化するもの、元贇が外に朱之瑜《しゆしゆ》有り。又林栄、何倩《かせん》、顧卿、僧独立が輩有り。元贇、字は義都。既白山人と号す。崇禎《すうてい》の進士の下第するものと云ふ。[三一]朱之瑜、字は楚璵《そよ》、舜水と号す。嘗て[三二]魯王の賓客と為る。明亡《ほろ》び商舶に附して長崎に来る。人[三三]、文儒為るを知る無し。窮困備《つぶさ》に至る。独り筑後の[三四]安藤省庵有り。謁を執《と》りて弟子と為る。省庵世《よよ》柳川侯に事ふ。歳禄二百石。ここに於てその半ばを分ちて舜水に供し、[三五]以て薪水《しんすい》を助く。[三六]常藩之瑜《しゆ》が名を聞き、聘召し、禄五百石を賜

一八 艸山集。延宝二年(一六七四)刊、三十一巻。
一九 草庵跡が瑞光寺となった。
二〇 誤伝。元政は京都の人。姉が藩主の側室であった関係で彦根に出仕した。
二一 艸山集・十九「対レ月思レ帰」。明月と好風に誘われて家を出て旅立ったが、ふと故郷の母を思って涙を流す。月明りで松林の中の道は昼のように明るい。母はこの月の下、門に寄りかかって私の帰りを待っているに違いない。
二二 中国の内乱から逃れて日本に帰化した。但し、元贇が長崎に来航したのは明末の乱の起こる半世紀近く以前。元贇の来日の事情については諸説がある。
二三 寛永年間に尾張藩主徳川義直の召しに応じた。食禄六十石。「以二山人一」の語、意味未詳。職掌なく賓客として仕えたの意か。
二四 うまが合い、俗事を離れた交際をした。
二五 寛文三年刊、二巻。
二六 元元唱和集・元政詩巻「謝三元贇翁来訪一」。「人」は元政、「客」は元贇。元贇は「方言」(日本語)で会話できた。
二七 帳(とばり)の中に隠した虎の巻の意。後漢の蔡邕が、当時人に知られていなかった王充の論衡を手に入れ、帳中に秘して話の種にした故事(世説新語)による表現。但し、元政が袁中郎の集を得て熟読し、それを愛したことは自ら公言するところ(「与二元贇一書」艸山集・三)。
二八 袁中郎は白居易の詩を学んだ。明の嘉靖年間に詩の結社を作って古文辞を提唱した李攀竜や王世貞をはじめ謝榛、宗臣、梁有誉、徐中行、呉国倫ら七子の盛唐詩の模擬を正し、千篇一律のきまりきった表現を

ひ、眷遇《けんぐう》甚だ篤《あつ》し。年八十餘にして終る。私[一]に謚《し》して文恭と曰ふ。林、何、顧の三人、その巓末《てんまつ》を詳らかにせず。大高季明が『芝《し》山稿《ざんかう》』[二]中に三人を明儒と称し、推奨特《こと》に至る。意《おも》ふに三人長崎に止まりて京に入らざるか。或いは後再び西帰するものか。又『芝山稿』中に元贇、子瑜の事を説く。他説と異なり。その言に曰ふ[三]、「陳は杭州の販夫《はんぷ》。朱は南京の漆工《しつこう》。並びに学を知るものに非ず」と。余未だその孰《いづ》れか是《ぜ》なるを知らず。若し詩は則ち元贇を勝ると為す。元贇が詩間《まま》佳なるもの有り。その気韻蕭索なるものは、亦ただ邦亡び家破れ、孤身海に航す、理固《もと》より然らん。何、林、顧、三人の詩、『芝山吟稿』曁《およ》び『名勝詩集』に見ゆるもの、鄙俚《ひり》最も甚だし。僧独立、善書に名あり。詩は論亡きのみ。之瑜が詩、余未だ見ず。或いは曰ふ、「[四]之瑜が文集三十巻あり」と。

省庵が之瑜に於ける、学を好み義に勇む。これを古人に求むるに、多く得べからず。省庵、名は守約。少時京に遊び、昌三[五]に従学す。善く文を属《しよく》するに名あり。詩も亦た多く伝ふ。間《まま》佳《か》句《く》有り。

高季明、本姓は大高坂氏。自ら修《しう》[六]して高と為す。字は清助。芝山と号す。土佐州の人。その履歴、男義明が撰する所の『高氏家譜』[七]に詳らかなり。少時両都[八]の間に遊学す。博覧にして大志有り。最も理義を研《けん》す。又著述を好む。作る所有れば、則ち必ずこれを長崎に致《いた》し、正を林、何、顧三人に請ふ。三人口を極めて褒賞《はうしやう》す。そ

無くそうとしたが、その反面、その詩は深みに欠けて薄っぺらという弊害に陥った。

二九 元元唱和集・元政詩巻。元贇の七十六歳の年は寛文二年、元政は四十歳。五六句、いったい如何なる前世の宿縁があって、二人は車の両輪のように心を合わせているのだろうか。 三〇 公安派(袁中郎らの性霊を重んじる詩派)の末流である。

三一 以下の記述は嵆響録・二による。

三二 明の太宗の十世の孫にあたる魯王朱以海。清に抵抗し明の恢復を図る浙江の亡命政権の主に奉じられた。舜水先生文集・二に「監国魯王勅」が見える。

三三 舜水が学者であることを知るものは誰もなかった。 三四 正しくは「安東」。

三五 生活費を援助した。 三六 寛文五年(一六六五)、常陸水戸藩の徳川光圀侯が招聘した。

一 後印本に「賜謚」と改める。解説参照。「舜水先生行実」(安積覚撰)に、徳川光圀が臣下と協議して謚号を定めたと言う。

二 芝山会稿。元禄十年(一六九七)刊。

三 芝山会稿・三「答鵜真昌書」に引く僧独立の語。

四 舜水先生文集、二十八巻(正徳五年刊)など。舜水は作詩を好まず、詩は殆ど遺さない。

五 松永尺五。八七頁参照。

六 姓を中国人風に、多くの場合一字の姓に改め飾ること。

七 未詳。

八 京と江戸。

の季明に答ふる書に曰ふ、「[九]我輩貴国に来り、数家の文章を視《み》る。各所長有りと雖も、然れども或いは未だ章法句法を諳《そら》んぜず。ただ足下《そくか》の作る所、尽《ことごと》く規矩《きく》に合ふ」と。又曰ふ、「[一〇]足下の文章、意深く語簡に、韓、柳、欧、蘇も過ぐること無し」と。又曰ふ、「[一一]足下の詩、格調兼ねて高し。宜《よろ》しく貴国の紙を貴《たか》くすべし」と。[一二]孟浪《まうらう》の諛言《ゆげん》。固より論ずるに足らず。季明これを信じ、妄《みだ》りに自ら[一三]夸毗《こひ》し、遂に精細の工夫を欠く。『芝山会稿』十二巻、篇章多からずと為さず。しかれども採るべきもの幾《いくばく》も無し。余酷《はなは》だ季明が慷慨《かうがい》、気節有るを愛す。因りて深く三人の為に誤らるるを惜しむ。

延宝中、吉田元俊『[一四]扶桑名勝詩集』を纂す。元和《げんな》以来の作者百人に下らず。[一五]涇渭《けいゐ》混淆《こんかう》す。その中短長有りと雖も、概してこれを論ずれば、採録に足るもの無し。平岩仙桂、熊谷立閑、山本洞雲、咏題殊に多し。余未だその人を詳らかにせず。ただ[一六]餘元徴が西岡の八咏有り。体裁《たいさい》頗る整ふ。元澄、名は澄、東庵と号す。『[一七]竹雨斎《ちくうさい》詩集』有り。

宇都宮由的、名は三近、[一八]遁庵と号す。周防の人。昌三の門人。京師に講学す。『[一九]遯庵《とんあん》詩集』有り。弟子恕方なるもの輯録す。その序に云ふ、「先生の著述災に罹《かか》る。今存する所ただに晩年の作のみ」と云云。余その集を閲《えつ》するに、詩猶ほ千餘首。七絶最も多し。七百首に至る。その中に云ふ、「[二〇]海色茫茫山色長《シ》、孤舟風雨転《うたタ》凄涼、

九 芝山会稿・首巻。「明遺臣顧氏長卿」の評として引く。

一〇 芝山会稿「明何氏倩」の評。唐宋八大家の韓愈、柳宗元、欧陽脩、蘇東坡も貴方の文章にはかなわない。

一一 芝山会稿「明林氏珍」の評。貴方の詩は洛陽の紙の値段を高騰させるほど争い写され読まれるだろう。

一二 口から出放題のおべっか。

一三 「夸毗」は人にへつらい従うことだが、ここは鼻高々に威張るの意で用いるか。

一四 延宝八年(一六八〇)刊、三巻。

一五 濁った涇水と澄んだ渭水が混じりあう。詩の上手下手の分別の無いことを言う。

一六 姓は青木とも。字は元徴あるいは元澄。扶桑名勝詩集・中「西岡十景」。

一七 寛保三年(一七四三)刊。

一八 正しくは「遯庵」。

一九 正徳三年(一七一三)刊。野々宮恕方編。序文は遯庵嫡子宇都宮圭斎。

二〇 遯庵詩集・一「客中書懐」。雨―阻。一夜愁人夢―日夜騒人意。故郷の岩国より京都へ向かう旅の途中の吟。海はひろびろと山は長く横たわる、舟から見る景色。舟ひとつに風雨吹いて心細さは募る。空の果てに愁いに沈む一夜の夢は、半ばは都を夢み、半ばは故郷を夢みるのだ。

天涯一夜愁人ノ夢、半ハ在リ二京城ニ一半ハ故郷」。凄愴婉約、佳作と称すべし。その他は則ち蕪《ぶ》陋《ろう》浅俗、笑ふべきもの鮮《すく》なからず。[一]十にその九を刪《けづ》れば、則ち不朽なるべし。又五言に「[二]好花三月ノ錦、啼鳥幾絃ノ琴」「[三]千竿遮リ二畏日ヲ一、一榻納ル二微涼ヲ一」。亦た佳なり。

松原一清、字は孫七、霍峰《かくほう》と号す。安藝の人。[四]本藩に仕ふ。職行人《かうじん》為り。幼にして読書を好む。[五]九歳にて詩を作り、長じて益《ますます》勤む。詩集一巻、[六]『出思稿《しゆつしかう》』と名づく。[七]語胸臆《きようおく》多し。踏襲を喜ばず。その西条駅に宿するに云ふ、「[八]西風駆リテレ暑ヲ送ル二新涼ヲ一、不レ厭ハ前程雲水ノ長キコトヲ、行李更ニ無シ二官事ノ累一、悉ク収メテ二秋色ヲ一満タシメン二詩嚢ニ一」。意度悠遠、誦詠すべきに足る。

貝原益軒、名は篤信、字は子誠。筑前の人。[九]後《のち》京師に隠居す。元和以来、著述饒《おほ》しと称するもの、東涯、徂徠の外、蓋し益軒に如《し》くもの無し。その撰する所、名高《めいかう》の為にせず、勤めて後人に益す。乃ち家範、郷訓、樹藝、製造に至るまで、[一〇]亹亹《びび》懇《こん》懇《こん》。余少年の時事《こと》を解せず、意その学術を軽んず。今にしてこれを思へば、殊に懺《ざん》悔《げ》を為《な》す。その詩も亦た朴実なり。益軒が姪《をひ》[一一]損軒、名は好古。志尚[一二]舅氏《きうし》に如同《じよどう》す。著述数種。詩も亦た[一三]頗る地歩を占む。又[一四]貝原存斎なるもの有り。余未だその人を詳らかにせず。『千家詩』にその三月尽の作を載するに云ふ、「[一五]今年ノ花事今宵尽ク、衰老難シレ期シ来歳ノ春、風光別ルレ我ニ我何ゾ恨ミン、留二与ス後人ニ一千万ノ春」。知道の言と謂ふべし。

村上冬嶺、名は友佺、字は漫甫。活所の門人。余が[一六]先太父《せんたいふ》と同学、相ひ友《とも》とし善《よ》

一 詩数の九割を捨てれば、詩集として後世に長く遺るものとなるだろう。
二 遯庵詩集・五「赦後遊二洛邑一」。美しい花は三月の錦、啼く鳥は弦をたくさん張った琴の音のようだ。 三 遯庵詩集・五「竹院盛夏」。千本の竹は強い日差しを遮り、一つの長椅子はほのかな涼風を受ける。
四 生地の藩(安芸藩)に出仕した。出思稿の序文には著者松原一清を「芸陽之武臣」と言う。 五 出思稿・上の「夏日即事」の左注に「此一首正保甲申先生九歳始所レ賦」と言う。
六 元禄九年(一六九六)刊、二巻。
七 思いのままを歌うものが多く、先人の詩の表現を借り用いることを好まなかった。
八 出思稿・上「寛文庚戌七月十二日出二広陵一晩宿二西条一」。駆—吹。西条は山陽道の宿場、広島より東へ約八里。西風が暑気を吹き払って爽やかな涼気を運んで来た。旅路の遠いことはもう苦にならない。荷物の中にはややこしいお役目の書類など無いのだ。秋の景色をみな詩に詠んで詩稿入れの袋をいっぱいにしてやろう。
九 この事実はない。 一〇 熱心に勤めるさま。
一一 損軒は益軒が終生用いた号。好古の号は恥軒。→孜孜斎詩話二三九頁。
一二 叔父。好古は益軒の三兄楽軒の子。益軒の養子となった。著述に日本歳時記など。
一三 やや独自なものがあった。
一四 益軒の次兄。
一五 千家詩・上。年—茲。事—信。人—生。三月晦日の今夜で春は終わり、老いた自分には来年の春は頼みがたい。しかし千年万年までの春を後の世の人に遺すことを思えば、この別れに何の悲哀もない。北海は日

し。余少年の時、先考[一七]数《しばしば》その人を称するを聞く。蓋し、好学天性、その先達を推奨し、後学を揄《ゆ》揚《やう》する、ただにその口より出だす[一八]が如くするのみならず、一《いっ》に以て己《おの》が任と為す。当時の諸儒、二十一史を会読す。会月《つき》[一九]ごとに数次。又詩社を結ぶ。並びに会主を輪《りん》す。必ず酒食《しゅし》有り。期に臨みて会主或いは他故《たこ》有れば、冬嶺必ず代りて主と為る。故を以て社会綿綿《めんめん》たること二十有餘年。後進の作る所、時に佳句有れば、則ち撃節《げきせつ》嘆称し、吟誦数回す。一時藝苑これに頼《よ》りて気を吐く。その自運も亦た一[二〇]時に矯矯《けうけう》たり。今冬嶺の詩を読むに、精深工整、前輩に超出す。元和以後の七言律、ここに到りて始めてその体《たい》を得。梅花に云ふ、「名園《ノ》[二一]桃李競《ヒ》二嬋娟《ヲ》一、独自《ひとり》清寒倚《ル》二竹辺《ニ》一、東閣題《シテ》レ詩《ヲ》人動《カシ》レ興《ヲ》、西湖載《セテ》レ酒《ヲ》鶴迎《フ》レ船《ヲ》、点《ジテ》レ苔《ニ》欲《ス》レ効《ならハント》霏霏《ノ》雪、傍《ヒテ》レ柳《ニ》偏《ニ》含《ム》淡淡《ノ》煙、何《ノ》処《ノ》金笳《ソ》明月《ノ》下、暁風咽断《シテ》更《ニ》悽然」。秋夜伏見の某《ぼう》の楼に宴するに云ふ、「秋[二二]入《テ》二水郷《ニ》一鳴《ル》二荻葦一、壮遊不レ用《ヒ》賦《スルヲ》二悲哉《ヲ》一、豊城《ノ》剣気衝《キテ》レ星《ヲ》起《チ》、北海《ノ》樽酒乗《ジテ》レ月《ニ》開《ク》、万頃《ノ》鷗沙呑《ミ》二楚沢《ヲ》一、千帆《ノ》賈舶泝《さかのぼル》二蓬萊《ニ》一、此《ノ》翁矍鑠人争《ヒ》説《ク》、物色行看《ミン》到《ルヲ》二釣台《ニ》一」。又、小集席上の作に云ふ、「青[二三]樽歳晩《レテ》思難《シ》レ禁《ジ》、共《ニ》見《ル》頭顱霜色《ノ》深《キヲ》、慷慨堪《ヘンヤ》レ収《ムルニ》灯下《ノ》涙、低垂姑《しばらク》任《ス》世間《ノ》心、愁辺《ノ》一笑比《シ》二双璧《ニ》一、老後《ノ》分陰重《シ》二寸金《ヨリ》一、薄宦身閒《ナルモ》亦天幸、清時莫《レ》レ作《スコト》独醒《ノ》吟」。又、田家の絶句に云ふ、「[二四]羈思官情両《ふたツナガラ》不レ知《ラ》、春耕夏耨鬢成《ル》レ糸《ト》、門前《ノ》垂柳長《ク》払《フ》レ地《ヲ》、不下為《ニ》二別離《ノ》一折《ラ》中一枝《ヲ》上」。

伊藤仁斎、首《はじ》めて程朱《ていしゅ》を斥《しりぞ》け、一家の学を創《さう》す。その説の是非は、余《われ》[二五]に別論有り。

本詩選・続編の自序にこの詩を引用する。→夜航余話三三八頁。
[一六] 亡くなった祖父伊藤坦庵と同門で仲がよかった。 [一七] 亡くなった父伊藤竜洲。
[一八] 口先でほめるだけでない。「人之彦聖、其心好レ之、不下啻若中自二其口一出上、是能容レ之」(尚書・秦誓)による表現。
[一九] 伊藤東涯の先遊伝によれば、北村篤所、堀蘭皐らと月毎に六度の会読をした。
[二〇] 当時ひときわ抜きんでていた。
[二一] 搏桑名賢詩集・補遺。独自―惟此。一二句、立派な庭園には桃や李の花があでやかさを競っているが、清楚な梅はここにひとり竹に寄り添い立っている。三句、梁の何遜が東閣を開いて文人を招き梅花を賞した故事により、杜甫に「東閣官梅動二詩興一」の句があるのを用いる。四句、梅を愛した宋の詩人林逋が西湖に舟遊びをしている時、客人があると家の者は飼っていた鶴を空に放って帰りを促す合図としたと言う故事を用いる。五六句、梅の花びらははらはらと降る雪のように苔の上に点々と落ち、柳のそばではことに淡い靄を帯びる。七八句、何処からか暁の風に運ばれて、かねぶえの音が絶え絶えに悲しくも聞こえる。その曲は「梅花落」。 [二二] 熙朝文苑・二「八月十四夜伏陽水楼看レ月与二山口丈人一話」。水郷―江村。荻―萩。二句、意気さかんな宴席には「悲哉秋之為レ気也」(楚辞)のような嘆きの言葉は用いるまい。三句、予章の豊城の地に埋もれていた名剣が紫気を放ち、その光は天にまで届いたという故事(晋書)を用いる。伏見は豊臣氏の城下町であったことから、豊城を連想する。四句、後漢の北海の

東涯の『盍簪録《かふしんろく》』に曰ふ、「先人《せんじん》、生徒を教授すること四十餘《よ》年。諸州の人、国として至らざる無し。ただ飛驒、佐渡、壱岐、三州の人門に及ばず。謁を執《と》る士、千を以て数ふ」と。これを要するに亦た豪傑の士なり。その人と為《な》りを概するに、[一]宜しく声律を屑《いさぎよ》しとせざるべし。しかして詩、間《まま》旨趣有るもの有り。殊に嘉称すべし。

東涯は仁斎の長子。名は長胤、字は[二]元蔵。その経義文章の如きは、姑《しばら》くこれを舎《お》く。詩も亦た一時の鉅匠《きよしやう》なり。近人動《やや》もすれば輒《すなは》ち曰ふ、「東涯の詩冗《じよう》にして法無し。率《そつ》にして格無し」と。噫《ああ》、談何ぞ容易なる。東涯、篇章最も饒《おほ》し。余その集を閲するに、潤麗なるもの有り、素朴なるものあり、精厳工整なるもの有り、平易浅近なるもの有り。[三]体段斉《ひと》しくし難し。余《われ》、生時《とき》に後《おく》ると雖も、猶ほ東涯を識るに及ぶ。その人温厚謙抑。口訥訥《とつとつ》として言ふこと能はざるものに似たり。今時の学者、[四]自ら龍門に託し、倨傲《きよがう》名を養ひ、懶惰《らんだ》礼を失ふものと同じからず。人詩を乞ふ有れば、則ち貴賤長少を論ずる無く、黽勉《びんべん》これに応ず。大名《たいめい》の下《もと》、乞ふもの日日《ひび》に衆《おほ》し。[五]所謂《いはゆる》巻軸の積《つ》むこと、束筍《そくじゆん》の如きものなり。ここを以てその作る所、鍛錬を歴《ふ》る有り。率意に出づる有り。畢竟《ひつきやう》大家為《た》るを害すること無し。東涯兄弟五人。[六]その季《すゑ》は即ち今の蘭嵎これなり。

北村可昌、字は伊平、篤所と号す。江州の人。仁斎の門人。京師に在りて、生徒に教授す。[七]負笈《ふきふ》のもの四方より雲集す。朝紳これが弟子為《た》るもの亦た衆《おほ》し。[八]元禄中、

相であった孔融が客と宴飲して「樽中酒不レ空」と言った故事を用いる。五六句、「楚沢」はここでは巨椋池を、「蓬萊」は伏見の京橋と中書島との間に架かっていた蓬萊橋を指す。七句、「翁」は宴の主人の山口勝隆(大内義隆七世の孫)を指す。八句、後漢の厳陵は幼なじみの光武帝が位につくや身を隠して聘を逃れようとしたが、帝はその賢を惜しみ、顔かたちを手がかりに捜索(物色)させ、遂に釣台で釣りする厳陵を見いだしたという故事を用いる。山口翁はまだまだ元気、きっと厳陵のように召されて禄仕されるだろうと専らの評判。

二三 熙朝文苑・二「小集坦庵席上作」。堪収―不収。年の暮れに青い酒樽を前に感慨を止め難い。互いに見れば髪はともに真っ白なのだ。悲嘆して灯火のもとに流す涙はどうしてとどめえようか。しばらく頭を垂れて世俗の思惑のままに任せるのだ。憂いの中の一度の笑いは二つの宝玉に等しく、老いての後の一分の時間は一寸の金よりも重い。官職陋しく暇多きこと、それも天の恵み。治まれる世に我独り醒めたりという悲憤など歌うまい。

二四 熙朝文苑・二「農夫」。折―攀。三四句、門のそばの柳の枝がいつも地面を払って垂れているのは、官仕に旅立つ人に贈るために柳枝を折ることがないからだ。

二五 未詳。伝存しない日本経学考か。

一 およそ作詩に心を砕くような人柄ではない。徳行を重んじる儒者の気質であった。

二 正しくは「源蔵」。

三 詩の作り方は一様でない。

上皇その篤学老いて倦《う》まざるを聞き、特に宣して古硯を賜ふ。享保三年卒す。寿七十二。碑銘[九]及び書、並びに貴介の手に成る。『名賢詩集』にその詩四十餘首を載す。和州道中の作に云ふ、「飛雪[一〇]寒風天漠漠、長途短晷意忽忽、間雲本是無情物《ノ》、底事《なにごとゾ》営営《トシテ》西復東」。余近ごろ『熙朝文苑《きてうぶんゑん》』を閲《み》るに、可昌[一一]が賜硯を謝する表有り。その大意深くその伝家の宝為るを欽慶すと云ふ。然れども可昌一男一女、男は不肖且つ廃疾あり。可昌没後、知らず賜硯何《いづ》れの処に流落するを。

小川成章、字は伯達、立所と号す。仁斎の門人。按ずるに東涯の『盍簪録』に曰ふ、「先人生徒を教授する、殆ど千を以て数ふ。小川成章、北村可昌、相ひ従ふこと最も久し。衆推して上足《じやうそく》と為す」と。又曰ふ、「小川吉亭は京師の人。壮歳家産を事とせず。晩年北野に卜居し、稼圃《かほ》を楽しみと為す。閑暇には手づから自ら異書を謄写《とうしや》す。二子有り。成章、成材と曰ふ。共に先人に従ひて学を受く。成章長じて学行有り。後《のち》常藩に仕ふ」と云云。これに拠れば則ち成章も亦た一時の翹楚《げうそ》。その詩『名賢詩集』及び『千家詩』に見ゆ。

松下見櫟、字は子節。京師の人。学を先太父に受く。篤志博綜《はくそう》、尤《もつと》も著述を好む。余が家その詩若干《じやくかん》を蔵す。気骨[一二]沈雄、一時に翹翹《げうげう》たり。書法も亦た蒼勁《さうけい》にして潤美なり。その鷹を詠ずるに云ふ、「斉野《ノ》[一三]玄霜楚沢《ノ》氷、十分《ノ》猛気正《ニ》騰騰、目中今已《ニ》無《シ》㆓凡鳥㆒、天外常《ニ》思《フ》制《セント》㆓大鵬《ヲ》㆒、利爪幾《タビカ》経《ル》紅血戦、奇毛深《ク》入《ル》白雲層、誰《カ》言《フ》一飽即《チ》颺《リ》去《ルト》、左

四 立身の糸口をつけてくれるような先生の門弟となり。
五 詩巻はまるで束ねた筍のように多い。韓愈の「贈㆓崔立之評事㆒」に葛籠の中の巻物を「戢戢已多如㆓束筍㆒」と言う。
六 仁斎第五子の蘭嵎は安永七年(一七七八)没。詩史執筆当時在世。
七 書物を担って遊学するもの。
八 盍簪録・二に「宝永中」とするのが正しい。
九 盍簪録・二には朴所藤中納言(勘解由小路韶光)が碑銘を撰し、烏丸光栄がそれを書したと言う。
一〇 搏桑名賢詩集・五「和州途中吟」。冷たい風に雪は飛び空は薄暗く、行く手ながく日は短く、心は急く。のどかな雲はもとより人の情など持たないのに、どうして忙しく西に東に流れるのか。
一一 熙朝文苑・六「天恩賜硯綿記」。「伝㆓諸子孫㆒、不㆓亦不朽之栄㆒乎」と言う。
一二 風気骨格ともに優れて強く、その時代に抜きんでた詩人であった。
一三 斉の野の深い霜と楚の沢の氷のような白鷹。勇猛の気合いはあふれる。燕雀など眼中になく、おおとりをこそ平らげんと志す。鋭い爪は血みどろの戦いを幾たびも重ね、美しい白い羽毛は深く白雲の中に入る。腹みてば飛びしさってむさぼることはないと誰が言ったか、まことそうであった。お前を指さし喝采をおくる声があちこちから起こる。

指右呼憐《ム》二爾《ガ》能《ヲ》一」。又秀野亭に題する五律十五首、甚だ曲致有り。語繁なれば録せず。

緒方維文、字は宗哲。亦た業を先太父に受く。学成りて[一]土佐侯に仕ふ。男某業せず。家遂に絶す。『熙朝文苑』にその詩を載す。しかれども詩は所長に非ず。又曰ふ、[二]『千家詩』に緒方元真が詩を載す。余その人を詳らかにせず。疑ふらくはこれ[三]宗哲の族ならん。その有馬道中の作に云ふ、「[四]木綿花発《キテ》稲青青、処処《ノ》水田龍骨鳴《ル》、百里《ノ》長堤日《ニ》将レ午《ナラント》、鑑輿且《ク》傍《ヒテ》二樹陰《ニ》一行《ク》」。

大町敦素、名は質。正淳と称す。京師の人。学を先太父に受く。詩、『熙朝文苑』に見ゆ。当時梁蛻巌、[五]徐文長が詠雪を和する七言八十韻、尖新にして精巧、遠近に膾炙《くわいしや》す。敦素和作有りて、その体に倣《なら》ふ。余少年の時、一再これを観《み》る。今復た記せず。惜しむべし。

笠原雲渓、名は龍鱗。玄蕃と称す。京師の人。詩名一時に顕著す。[六]今に到りて遐《か》陬僻境《すうへききやう》の士、尚ほ嘖嘖《さくさく》として称す。蓋し惺窩先生京師に講学せしより、ここに百有餘年。その間詩賦文章を以て称せらるるもの有りと雖も、[七]風俗未だ灕《り》せず、学必ず経史に本づき、翰墨を以て緒餘《しよよ》と為す。雲渓独《ひと》り詩を以て行ふ。この時、仁斎の門人[八]中島正佐なるもの、専ら講説を業とす。講ずる所四書に出でず。終始循環、一日数席。諸州の生徒、その門に[九]輻湊《ふくそう》す。雲渓が居止《きよし》、正佐に接近す。乃ち詩を以て人

一 土佐山内家第四代山内豊昌。
二 千家詩に元真の詩はない。八居題詠の誤り。
三 宗哲の従兄(当世詩林)。
四 八居題詠・附録。綿花が開くのは初夏。「竜骨」は水車。
五 蛻巌集・三「詠雪并序」。
六 今も(雲渓没後約半世紀)なお、都を離れた田舎の人間は雲渓を口々に褒めそやす。
七 世間の気風は淳朴さを失わず、学問は経学史学を根本として、詩歌はその余力あっての業とされた。
八 名義方。「教二授生徒一、三十余年、著録幾千人、享保十二年卒、年七十」(先游伝)。
九 集まる。
一〇 享保二十年(一七三五)刊。三巻、付録一巻。
一一 柔らかに美しい詩風はそれなりに好ましい。
一二 桐葉編・上「雨後晩涼得二収字一」。雷鳴が残雲を追い払い、雨は夕陽が差すとともに止んだ。涼を求める沢山の人々が、柳の堤にいつまでも佇んでいる。
一三 桐葉編・中「雪意」。暁—夜。貧しい家では破れた皮ごろもに寒さは厳しく、吹き続けた北風が暁になってもすっかりは衰えない。下男はそろそろ雪になりそうだと承知して、谷川の水を汲みに行く。

に授く。生徒以て便と為す。ここに於て雲渓が詩名、四方に伝播す。亦た京師学風一変の機会なり。雲渓没し、門人竹渓なるもの、その遺稿を鈔《せう》し、梓《し》してこれを行ふ。『桐葉編《とうえふへん》』[10]と名づく。[11]その詩嫵媚《ぶび》自ら喜ぶに足る。しかして気骨繊弱、律詩の如きは全篇佳なるは幾《いくば》くも無し。絶句は則ち間《まま》録するに堪《た》ふるもの有り。五言には「白屋寒深《シ》[13]古敝裘、朔風徹《シテ》レ暁《ニ》未《ダ》二全《ク》休《マ》一、家童預《メ》識《ル》雪将《ニ》《ルヲ》レ至《ラント》、行《キテ》汲《ム》前渓一曲《ノ》流」。又曰ふ、雲渓が詩、瑕纇《かるい》[14]最も多し。梅花の七律に「疎[15]影上《リテ》レ窓《ニ》月《モ》亦香《シ》」といふ句有り。佳句と称するに足る。しかれども対太《たいはなは》だ協《かな》はず。又失鶴[16]の七律、当時喧伝《けんでん》して以て絶唱と為す。その頷聯に曰ふ、「松[17]巣影動《キテ》 猶《ホ》疑《ヒ》レ在《ルカト》、蕙帳眠驚《キテ》 誤《リテ》 欲《ス》レ呼《バント》」。誠に佳なり。頸聯殊《こと》に協《かな》はず。雲渓又絶句有りて曰ふ、「楼[18]蘭介子剣《ガ》、南越終軍纓《ガ》、清世成《サン》二何事《ヲ》一、壮心誤《ル》二此《ノ》生《ヲ》一」。人伝ふ、「雲渓卓犖《たくらく》[19]、兼ねて武術を好む」と。それ或いは然らん。しかして序無し。「雷[12]駆《リテ》二残雲《ヲ》一去《リ》、雨随《ヒテ》二返照《ニ》一収《ル》、逐《フ》レ涼《ヲ》多少客《ノ》、立《チ》尽《ス》柳塘頭」。七言には

右『桐葉編』の巻末に竹渓が詩数十首を附載す。跋《ばつ》[20]も亦た竹渓が作。しかして序無し。朝紳の和歌一首を以てこれに代ふ。竹渓は余《われ》未だその人を詳らかにせず。先師の遺稿を以て翫弄《ぐわんろう》の具《ぐ》と為し、且つ己[21]が名を售《う》る奇貨《きくわ》と為す。軽薄亦た甚だし。

柳川順剛、字は用中、震沢と号す。又雪渓と号す。京師の人。『千家詩』に元日の七律一首を載す。その中に云ふ、「乾[22]坤於《テ》レ我《ニ》知《ル》二鶏肋《ヲ》一、邱壑何《ノ》心《ソ》負《ク》二鷃冠《かつくわん》一」。頗る[23]錚錚《さうさう》たり。

一四　欠点。
一五　桐葉編・中、七律「寒梅」の第四句。梅の枝のまばらな影が障子に映り、月光も梅の香に匂うようだ。対となる第三句は「数枝照レ水波初白」。白梅の枝が水面に映って波が白くなる。対句として不調和な理由は未詳。
一六　桐葉編の跋に「雲渓翁失鶴之詩、世以称焉」と言う。日本名家詩選・五。
一七　桐葉編・中。「蕙帳」は香草を着けたとばり。頸聯は「千里搏レ風凌二碧落一、九皐唳レ月向二仙都一」。
一八　桐葉編・上「偶成」。漢帝にまつろわぬ楼蘭王の首を斬った傅介子、故郷の山東を出て都に入る関を通過する際に再び通関するための手形の「繻」を棄ててしまった漢の終軍(のち南越王を説き従えた)。彼らの立てた大勲功など、平和なこの時代に可能だろうか。わが大志は生まれでる世を誤ったのだ。「纓」は「繻」の誤り。
一九　人並はずれた才能を持つこと。
二〇　跋は「失鶴」の詩の和韻、「石識稿」。序は武者小路実陰撰。桐葉編は編者竹渓の没後の出版。竹渓の詩は書肆の栂井秀信が「竹渓遺稿」として編纂付録したもの。竹渓への批判は誤解に基づく。→孜孜斎詩話二四七頁。
二一　自分の名前を売りこむ絶好の手段とした。
二二　千家詩・下。天地の中、自分など無用の存在と承知している。山の中、どうして隠者の生き方に背くものか。「鶏肋」は価値の少ないもの。「鷃冠」は隠者のつける冠。
二三　やや秀れた響きがある。

柳川滄洲、名は三省、字は魯甫、本姓は向井氏。出でて順剛の後を継ぐ。姓柳川を冒《をか》す。木下順庵に従ひて学ぶ。学成りて仕へず。徒に授け学を講ず。或ひと曰ふ、「元和以来、翰墨に従事するもの、師承去取[一]一《いつ》ならずと雖も、大抵唐に於ては杜少陵[二]、韓昌黎を祖とし、宋に于《おい》ては蘇[三]、黄、二陳、陸務観等を宗とす。雲渓に至りて始めて唐[四]を右とし宋を左として、猶ほ未だ初盛中晩の目に及ばず。滄洲出でて、しかして後始めて盛[五]唐を以て正鵠《せいこく》と為す」と。余謂《われおも》ふ、この時物[六]徂徠古文辞を関東に唱へ、明の李[七]于鱗、王元美を称揚す。軽俊の子弟靡《び》然《ぜん》として争ひ従ふ。然れども京師には未だその説を為すもの有らず。今滄洲の詩を誦すれば、駸駸乎《しんしんこ》[八]として明人《みんひと》の声口《せいこう》なり。蓋[九]し、気運の鼓《こ》する所、作者も亦たその然るを知ること莫《な》くして然るなり。滄洲、人の美濃に之《ゆ》くを送るに曰ふ、「[一〇]西風万里動《ク》二関河《ニ》一、揺落何《ソ》堪《ヘン》送《ルニ》二玉珂《ヲ》一、遅暮誰《カ》憐《ム》平子《ガ》賦、清時猶《ホ》唱《フ》伯鸞《ガ》歌、路連《リテ》二山嶽《ニ》一愁雲合《シ》、天入《リテ》二江湖《ニ》一旅雁多《シ》、聞道《きくナラク》濃陽秋水濶《ひろシト》、莫《カレ》下将《テ》二蓑笠《ヲ》一老《ユルコト》中煙波《ニ》上」。又暁鶯《げうあう》を詠ずる七絶に曰ふ、「[一一]香霧冥冥夜色深《シ》、黄鶯啼《ク》処月初《メテ》沈《ム》、無《ク》レ端喚起《ス》梅花《ノ》夢、能《ク》使《ム》三春心《ヲシテ》満《タ》二上林《ニ》一」。又五絶、関山の月に曰ふ、「[一二]青海孤雲尽《キ》、天山片月寒《シ》、高楼人不レ寐《ネ》、半夜望《ム》二長安《ヲ》一」。滄洲、教授すること方有り。その門人多く材《さい》を成す。その最も顕はるるものは石川伯卿、上柳公通、及び長野方義、渡辺士乾、大橋叔輔の徒。滄洲卒して後、皆能く旧学を守り、文会渝《ゆ》[一三]すること無し。伯卿、方義已《すで》に没す。公通、士乾、叔輔、今恙《つつが》無しと云ふ。

一 それぞれ先生を異にし、好みも違うが。
二 杜甫、韓愈。
三 蘇軾(東坡)、黄庭堅(山谷)、陳師道(后山)と陳与義(簡斎)、陸游(放翁)。
四 唐詩を宋詩より重んじたが、まだ初唐・盛唐・中唐・晩唐の時代区分はしなかった(盛唐詩を殊に尊重することはなかった)。
五 盛唐の詩を目標とした。
六 江戸の儒者荻生徂徠。秦漢以前の文、漢魏盛唐の詩を規範とし、自らそれを模擬して詩文を作す古文辞の論を提唱した。
七 明代の嘉靖の頃、古文辞の文学運動を主導した後七子の李攀竜と王世貞。徂徠はこの二人の著述により古文辞に導かれた。
八 いちはやく明の詩人の表現の調子そのままとなっている。→四九頁注一二。「宋人声口」(詩藪外編・五)。
九 思うに、時代の風潮に動かされて、作者のほうにその自覚のないまま明詩風になってしまうのだ。解説参照。
一〇 八居題詠・附録「送三人之二濃陽一」。送玉珂—別荊軻。道—説。秋風が遠く旅先の道に吹き始める頃、落葉の中で玉珂を帯びた馬に乗る君を送るのは辛いことだ。後漢の張衡(字平子)は泰平の安逸を諷諫する「二京賦」を十年かけて作ったが、人生の黄昏を迎えてそんな賦を作ろうとする私を君以外の誰が憐れんでくれようか。後漢の隠者梁鴻(字伯鸞)は都を過ぎるとき「五噫歌」を作って政治を批判したが、治まれる世の君も京師を出立せんとしてそのような歌を歌う。山に続く道を愁いの雲が閉ざし、湖上の空には旅ゆく雁が多いだろう。美濃の南には広がる川水があると聞くが、そこで釣石川伯卿、名は正恒。麟洲と号す。京師の人。滄洲の門人。学成りて小倉侯に仕ふ。人と為り謹恪《きんかく》にして、[一四]藻思も亦た蔚然《ゐぜん》たり。嘗て『[一五]辨道解蔽《べんだうかいへい》』を著はし、徂徠の説を駁《ばく》す。嗣子今《いま》職を嗣《つ》いで、小倉の文学為り。

長野方義、字は之宜。往《さき》に余《われ》友人の壁上に於てその詩数首を睹《み》る。今偶《たまたま》一首を記す。秋閨怨に云ふ、「[一六]揺落寒碪秋晩催《ニス》、黄花《ノ》戍客幾時回《カラン》、傷心《ハ》最《モ》是《レ》南帰《ノ》雁、万里飛《ビテ》従《リ》二君《ガ》処一来《タル》」。

松岡玄達、[一七]名は成章。恕庵と号す。又怡顔斎と称す。京師の人。博学強記、該通《がいつう》せざる無し。最も本草家の学を研確《けんかく》す。諸国の生徒、その席に上《のぼ》るもの、毎《つね》に百を以て数ふ。少時頗《すこぶ》る操觚《さうこ》を事とす。後講学《かうがく》を以て、遂に吟哦《ぎんが》を廃す。故に伝ふる所の詩篇至りて罕《まれ》なり。余《わ》が家その[一八]少作数紙を蔵す。亦た自ら平実なり。

堀景山、名は正超、字は君燕。南湖の従弟。南湖と同じく[一九]杏庵の玄孫為《た》り。蓋し、杏庵の後分れて二家と為り、並びに藝藩の文学為り。景山篤学精通にして、和厚人に近し。[二〇]循循として後学を奨掖《しやうえき》す。ここを以て従遊の士多く[二一]彬雅《ひんが》に嚮《むか》ふ。その詩結構整斉、亦た一時の作家。[二二]某の年京師に卒す。[二三]藝侯親《みづか》ら碑文を製し、これを嗣子に賜ふと云ふ。

堀南湖、名は正修、字は身之、別号は習斎。その学広捜博採、強記人に絶す。最も易理に精《くは》し。嘗て[二四]蘇氏が易説を演《えん》し、書数万言を著はす。景山と同じく藝藩の文

りを垂れるに老いて帰京することを忘れ給うな、君。

一二 玉壺詩稿・附録「暁鶯」。黄―流。能―故。三四句、鶯の声がふと梅花を見た夢を破ると、天子の苑は春らしい気分に満ち溢れる。

一三 同右「関山月」。「青海」「天山」は辺塞の地の湖山。とりでの楼台の兵士が、眠れないまま真夜中に都の長安の方を望む。

一三 変わりなく続いている。

一四 文才も豊かである。

一五 荻生徂徠の弁道を逐条批判したもの。宝暦五年(一七五五)刊。

一六 木の葉が落ちるのに急かされ、秋の夜、夫の冬越しの衣に砧うつ。黄花の砦(中国山西省の大同付近)を守備する人は何時になったら戻ってくるのか。北より帰る雁を見るにつけて心は殊に傷む。あなたの処から万里も飛んで来るのだから。

一七 正しくは「名玄達、字成章」(儒林姓名録)。

一八 若い頃の詩作。

一九 堀杏庵。八七頁参照。

二〇 順序だてて学生を励まし導いた。

二一 儒学。

二二 宝暦七年。

二三 安芸広島藩主浅野宗恒。

二四 宋の蘇軾の易の注釈東坡易伝を再注釈して蘇易伝翼十巻を書いた。

学為り。その京師に在る時、准三宮豫楽藤公《じゆさんぐうよらくとうこう》[一]、数《しばしば》召して清問に対す。礼遇甚だ優《いう》なり。その卒するや、藤公、親製[二]の碑銘を賜ふ。南湖夙《つと》に吟哦を好み、暇日には多く五山の諸刹《しよさつ》に遊び、僧徒と相ひ唱酬す。この時に当《あた》りて、海内方《まさ》に唐及び明詩を宗として、南湖独《ひと》り宋を祖とし、最も子瞻《しせん》[三]を尚《たつと》ぶ。故にこれを誉むるものは一時無《む》[四]二《に》と曰ひ、これを毀《そし》るものは詩は解する所無しと曰ふ。これを要するに、南湖才識出群なり。「一[五]逕年年《ノ》蘚、四時日日《ノ》花」「梅《ハ》[六]毎《ニ》二枝枝一好《ク》、雪《ハ》教《ム》二樹樹《ヲシテ》妍《ナラ》一」「曲渚舟[七]横《タハリ》レ草《ニ》、深山鐘度《ル》レ花《ヲ》」と曰ふが如き、大雅中正の音に非ずと雖も、天造奇逸、自ら妙処有り。且つ古へに曰ふ、「寧《むし》[八]ろ鶏口と為るも、牛後と為ること莫《な》かれ」と。その言の如くんば、則ち南湖も亦た藝苑[九]の夜郎王《やらうわう》なるかな。長子[一〇]、名は某。余より長ずること数歳。少時才子の称有り。已に没す。今職を嗣ぐものは南湖の孫為り。

僧百拙、泉渓[一一]に卓錫《たくしやく》し、宝蔵寺の開士と為る。詩を能《よ》くし書を善《よ》くす。南湖[一二]と詩盟法契、往来唱和す。余嘗て元和以後の釈門の詩を論じ、百拙を以て万庵[一三]に対す。人信ずるもの無し。蓋し、その信ずるもの無きは、詩体[一四]玄黄《げんくわう》相ひ判《わか》るるを以てなり。その資才の如きは、二僧[一五]の斤両《きんりやう》大抵相ひ称《かな》ふ。軽重有ること無し。ただ[一六]その志尚相ひ反し、軌轍《きてつ》途を異にするのみ。蓋し、万庵禅を以て詩を害すること莫《な》からんと欲し、百拙詩を以て禅を害すること莫からんと欲す。故に万庵は詩詩詩人の語を必とし、百拙は詩詩道人の語を必とす。ここを以て万庵の詩は高華雄麗《かうくわゆうれい》、百拙の詩

一 近衛家熙。近衛家お抱えの儒者であった南湖の名前は家熙の侍医山科道安の随筆槐記に見える。
二 内大臣藤原(九条)尚実が自ら書いた墓誌銘(京都名家墳墓録)。「藤公」は近衛家熙ではない。
三 蘇軾(東坡)の字。
四 同時代にならび立つものがいない。
五 小道いっぱいに年々変わらぬ苔が敷き、四季を通じて日ごとに花が開く。
六 梅が枝ごとに美しいと見たら、雪が木ごとに見事な花を咲かせているのだった。
七 渚の隈に舟は草の上に横たわり、山深く寺の鐘は花咲く中を渡って聞こえてくる。
八 大国に従属するよりも小国の主である方がよいという意味で用いられる諺(史記・蘇秦伝)。盛唐の杜甫の詩に服従しそれを模擬する態度に対し、「牛後鶏口」の標語を唱えて反対することがあった(詩叢続編・一)。
九 文壇において、他国の大なるを知らずに自慢する僻遠の小国の王のような存在。
一〇 堀南雲、名正珪か。明和三年(一七六六)没、五十八歳(京都名家墳墓録)。北海より四歳の年長。但し南湖の二子。
一一 洛西の泉谷に留まり、海雲山宝蔵寺の開基となった。
一二 堀南湖とはともに近衛家熙のもとに出入りした仲(槐記)。
一三 万庵原資、号芙蓉。荻生徂徠、服部南郭に師事した。一三一頁参照。
一四 二人の詩風が玄(天)と黄(地)ほど懸け離れているためだ。
一五 二人の僧はだいたい同じ程度だ。
一六 目指す方向と、方法が異なるだけだ。

は深艱枯勁《しんかんこけい》。並びにこれ仮相有意《かさういうい》[17]、その本相《ほんさう》に非ず。時有りてその無意に出づるものは、万庵未だ必ずしも道人の語無くんばあらず。百拙間《まま》詩人の語有り。百拙嘗て春雨の書懐の七絶七首を作る。その一に曰ふ、「梅花落尽チテ[18] 李花開ク、禊事将レ来ラント 細雨来ル、半幅ノ疎簾人寂莫、前村ノ野水洗フ二蒼苔ヲ一」。又湖上採蓮の歌に曰ふ、「西湖十里玻璃緑[19]、隔テテレ岸ヲ仄カニ聞ク採蓮ノ曲、蕙帯茜裙風自ラ香シ、荷花如クレ錦ノ人如シレ玉ノ、荷柄断ユル 時須ラクシレ断ツレ腸ヲ、藕糸繊繊知ルレ難キヲレ続キ、画橈帰リ去リテ 歌声遥カニ、夕陽波上湖山縟《まだ》ラナリ」。

僧西巌、南禅の天授庵[20]に住持す。博覧宏識、禅餘詩を好む。その名叢林に重し。亦た能く一時の文士と往来唱酬す。温粋《をんすい》[21]人に近くして僧規も亦た粛なり。世人その学徳を欽す。

享保中、坊間刻する所の『八居題詠集』[22]中、伊藤祐之、服部寛斎、梅園正珉、五井純禎、今西春芳の和作有り。祐之、字は順卿。莘野と号す。斎宮と称す。寛斎、藤九郎と称す。その名字《めいじ》を失す。正珉、字は某。文石と号す。純禎、字は恵迪。蘭洲と号す。春芳、字は陽甫。白野と号す。正立と称す。又橘洲先生、桃渓先生有り。余その人を詳らかにせず。その詩[23]少しく妍媸《けんし》無きこと能はずと雖も、要するに亦た娣姒《ていじ》のみ。

入江兼通、字は子徹。若水と号す。摂州富田邑《とんだむら》の人。醸酒を業と為す。家千金を累《かさ》ぬ。人と為《な》り不羈《ふき》。少時好んで狭邪《けふしや》[24]に遊び、資産蕩尽《たうじん》す。ここに於て憤激して書

一七 意識的に作られた仮の姿。
一八 「禊事」は三月三日のみそぎ。「人」は作者自身を指す。春雨に降り籠められた私は、簾を下ろしたまま、岸辺の苔を洗いながら向こうの村を流れる微かな川音に耳を澄ます。
一九 杭州の西湖で蓮の花を採る娘たちの歌声を岸のこちら側で聞く。蓮はその音「レン」から「憐」の語を連想させるので、蓮実あるいは蓮花を採ることを歌う詩は、女性の恋心を暗に表現することが多い。水晶の緑の色に西湖の水は広がり、むこうの岸から蓮の花を採る娘たちの歌声が微かに聞こえる。香り草を差した帯、あかね色の裳裙をなびかせて風は香り、蓮の花は錦のように、また娘は玉のように。蓮の茎が断たれる時にはきっと堪え難く辛い思いがするだろう、蓮の糸は細く引いたとしてもいつまでも続きはしないのだ(はかなく終るだろう娘の恋を暗示する)。舟は帰ってゆき歌声は遠ざかる。夕陽に輝く山、日の陰る山を映し、湖水はまだらの紅に染まっている。
二〇 南禅寺の開山塔。
二一 洒脱で暖かな親しみやすい人柄だが、一方で僧侶としての戒律もきびしく守る。
二二 清人の魏惟度の「八居詩」に和韻する新井白石ら十七名の詩を集め、更に各家の有名な詩を編纂し付録する。享保六年(一七二一)刊。
二三 それぞれの詩に美しいもの醜いものはあっても、それも姉と妹の容貌が違うほどの小さな差だ。
二四 遊廓。

を読み、詩を学ぶ。後《のち》山人の服を着、詩嚢《しなう》を携へ、諸州に遊放す。[一]到る処聞人《もんじん》有るを聞けば、則ち必ず詩を以て贄《にへ》と為し、造詣会晤す。ここを以て江山人の詩名、四方に顕著す。最後廬《いほり》を京師の西山に結び、櫟谷山人《れきこくさんじん》と称し、日《ひび》に天龍寺の僧徒と往来唱和す。その詩輯《あつ》めて二巻と為し、[二]『西山樵唱《せいざんせうしやう》』と名づく。序するもの四人。徂徠、服子遷、富春叟、韓人申維翰、[三]並びにその詩を論じて晩唐と為す。余を以てこれを観れば、[四]その詩頗る宋の陸放翁に肖《に》たり。ただ剪裁工《せんさいこう》を欠き、容易に筆を下す。故に動《やや》もすればこれを麤率《そそつ》に失ふ。惜しむべきのみ。然れども詩詩肺腑《はいふ》より出で、句句流動す。これを近時の諸人、[五]口を盛唐に藉《か》り、嘉靖七子《かせいしちし》の糟粕《さうはく》を勦窃《さうせつ》し、飣餖《ていとう》陳腐《ちんぷ》なるものに較《くら》ぶれば、反りて観るべき有り。五言には水竹園に題して曰ふ、[六]「幽居宜《シク》二懶性《ニ》一、水竹伴《フ》二閑吟《ニ》一、洗《フ》レ硯《ヲ》釣魚《ノ》瀬、題《ス》レ詩《ヲ》棲鳳《ノ》林、清流声漱《ギ》レ玉《ニ》、明月影篩《ふるフ》レ金《ヲ》、唯見《ル》七賢《ノ》侶、過《ギテ》レ橋《ヲ》日《ニ》訪尋《スルヲ》」。又春日詩仙堂を訪ふに曰ふ、[七]「草堂依《リ》二嶽麓《ニ》一、花竹足《ル》二風煙《ニ》一、梁《ニハ》引《ク》双双《ノ》燕、壁《ニハ》描《ク》六六《ノ》仙、書残《リテ》多《ク》二蝕字一、琴古《リテ》自《ラ》無絃、欲《シテ》レ弔《ント》二徴君《ノ》墓《ヲ》一、捫《とリテ》レ蘿《ヲ》陟《のぼル》二翠巓《ニ》一」。七言に西山に居をトするに曰ふ、[八]「城西十里避《ク》二塵縁《ヲ》一、ト築渓辺第数椽《ニ》、門外誰《カ》曾《テ》栽《ウ》二翠柳《ヲ》一、竹間本自《ラ》引《ク》二清泉《ヲ》一、群峰競《ヒ》秀《デテ》連《ナリ》二崖寺《ニ》一、一水中分入《ル》二野田《ニ》一、日日行吟詩是《レ》業、煙霞《ノ》痼疾未《ダ》二全痊《クイエ》一」。

瀬尾維賢、字は俊夫、用拙斎と号す。京師の書林なり。少時仁斎に従ひて学ぶ。後若水と歓し、遂に詩を以て称せらる。その詩若水に追歩して、更に浅率なり。江

一　行く先ざきで名のある詩人がいると聞いては、自分の詩を手土産にして訪問して面談した。

二　享保十九年(一七三四)刊、上下二巻。

三　富春叟(桐江)の序に「調ただ晩唐なるはその好む所に従へばなり」と言う。他の三人の序には言及なし。

四　↓孜孜斎詩話二四二頁。

五　盛唐詩を学ぶという名目のもとに、実は明の嘉靖期の古文辞派七子の使い古した表現をかすめとり、変わりばえしない語句ばかり並べるのに比べたら、むしろ評価できるものがある。

六　西山樵唱・上「水竹園」。静かな住まいはものうい心にぴったり合い、のんびり詩を口ずさむそばに川と竹とがある。釣りする川の瀬には硯を洗い、鳳を住まわせる竹林には詩を書き付ける。川は水中の玉を揺がすように清らかに鳴り、明るい月は金の粉をふるいに掛けたような細かい光を竹の葉末より降り注ぐ。かの竹林の七賢のような友人たちが橋を渡って毎日尋ねて来るばかり、俗客はない。

七　西山樵唱・上「春日訪二六六山人遺跡一」。詩仙堂は石川丈山の隠棲の跡。壁には狩野探幽筆の三十六人の中国の詩人たちの肖像が懸かり、その画には丈山がそれぞれの詩を隷書で記していた(↓孜孜斎詩話二三四頁)。六句、丈山愛用の琴が遺されていた(詩仙堂志)が、その絃は切れて無くなっており、図らずも、音楽を解さぬ陶淵明が絃を張らないままにかき撫でていたという「無絃琴」のようだ。七句、「徴君」は朝廷からの召しに応じないで官職に就かない者。

山人を訪ふに云ふ、「[九]一路断橋外《ノ》、孤村杳靄中《ノ》、柳垂《ハル》前夜雨《ノ》、花落《ハッ》暮春風《ノ》、白屋経《テ》レ年漏《ヲリ》、青山与レ昔同《ジ》、浮生須《ラク》《シ》二痛飲《ス》一、浅水月朦朧」。これより先、林義端、字は九成なるもの、頗る翰墨を事とす。その詩『千家詩』[一〇]及び『八居題詠』の附録に見ゆ。亦た京師の書林、文会堂と称するものなり。

鳥山碩夫、名は輔賢[一一]。芝軒と号す。亦た摂の人。或いは云ふ、「伏見の人」と。余少年の時、已に江若水が詩名を聞く。以て摂の巨擘《きよはく》と為す。未だ碩夫有るを知らず。邸職[一二]と為るに迄《いた》りて、吏事を以て数《しばしば》浪華に往来す。一日葛子琴[一三]を訪ふ。架上に『芝軒吟稿《しけんぎんかう》』[一四]有るを見、迺《すなは》ち碩夫が遺稿なるを知る。携へて逆旅《げきりよ》[一五]に帰り、これを読むこと一宵、始めてその作家なるを歎ず。その才大率《おほむね》若水と頡頏《けつかう》[一六]す。細かにこれを論ずれば、歩驟《ほしう》[一七]若水に及ばずして、韻度これに勝る。咀嚼《そしやく》して餘味有るを覚ゆ。上巳《じやうし》の七絶に云ふ、「[一八]不下向《おいテ》二江辺《ニ》一泛《ベ》中羽觴《ヲ》上、雨中閉《シテ》レ戸《ヲ》興偏《ヘニ》長《シ》、松煤細《カニ》研《ル》桃花露《ノ》、臨《シ》得《タリ》蘭亭字《ノ》幾行」。又帰田の詩に云ふ、「[一九]諳《そらンジ》二得《テ》農耕《ヲ》一鬢着《ク》レ華《ヲ》、桑田数畝即《チ》生涯、荷《ヒテ》レ鋤《ヲ》未《ダ》レ減《ゼ》初年《ノ》力、擬《ほつス》下向《テ》二東菑《ニ》一更《ニ》芸《うヱント》上麻《ヲ》」。

鳥山輔門、字は某。碩夫の子なり。『名賢詩集』に少時の作数首を載す。淀河舟中に云ふ、「[二〇]舟行三五里、帆影受《ケテ》レ風《ヲ》斜《ナリ》、緑漲《ハル》鴨頭浪《ノ》、白分《ハル》燕尾沙《ノ》、山光籠《メ》二野色《ヲ》一、蓼葉雑《ル》二蘆花《ニ》一、落日孤城外《ノ》、炊煙和《ス》二暮霞《ニ》一」。体裁明媚《めいび》、合作《がつさく》と称すべし。如《も》しその才局を論ぜば、乃翁《だいをう》[二一]に勝るに似たり。ただ怪しむ、爾後《じご》寥として聞くこと無きを。

↓二三四頁注四。
八 西山樵唱・下「卜居」。辺―浜。第―茅。峰―巒。全―能。三四句、門前の柳はかつて誰かが植えたものらしく、竹林に清流が流れているのも以前のままだ(自分が隠者めかしく巧んだわけではない)。八句、美しい景色に心を奪われる病気は充分には治っていないのだ。 九 煕朝文苑・三「訪二櫟谷高人山居一」。落―媚。一二句、朽ち落ちた橋の向こうの一筋の道を行くと、深い靄の中にぽつんとした村が現われた。五六句、粗末な家は長年のうちに雨漏りするようになっているが、緑の山は昔に変わらない。
一〇 千家詩には該当する詩なし。
一一 正しくは「輔寛」。 一二 丹後宮津藩の京邸留守居役。「三十歳ニテ、京都ノ屋鋪ノ留守居役ニ命ゼラレ、遂ニ兼テ国用銭穀ノ事ニ任ジ、京大坂ノ間ヲ往来シ、コレヲ勤ル事二十四年」(江村北海・授業編)。
一三 →一五二頁注一五。
一四 享保四年(一七一九)刊。
一五 旅館。 一六 匹敵する。
一七 芝軒は詩の技量の程度では若水に及ばず、詩人としての風韻については勝る。
一八 芝軒吟稿・一「禊日口占」。泛―汎。興―日。細研―磨出。三月上巳の日、雨に降られて曲水の遊びは出来ないが、家に閉じこもっていてもこの日の興趣は尽きることがない。桃花の露で松煤の墨を細かにすり、王羲之の「蘭亭脩禊序」の何行かを臨摸してみるのだ。
一九 芝軒吟稿・三「老農」。一句、鬢の華とは白髪。四句、「菑」は新たに開墾した田。
二〇 搏桑名賢詩集・補遺「淀川即事」。落日―

苗《なへ》[一]にして秀でざるか、韞櫝《うんとく》にして出ださざるか。今浪華に[二]鳥山雛岳なるもの有るは、蓋し別家と云ふ。

大井守静、字は篤甫。蟻亭と号す。亦た摂の人。[三]家《か》世賈《せいこ》を業とす。篤甫少《わか》くして学に志し、群籍に博綜なり。最も蔵書を好む。凡そ奇書珍篇、必ず重貲《ちようし》[四]を捐《す》ててこれを典《おぎの》る。殆ど数千巻を致《いた》す。後《のち》京師に来りて講説す。著はす所『[五]蟻《ぎ》亭摭言《ていせきげん》』有り。詩集は手《て》づから選定する所、『[六]覆窠編』と名づく。時風を襲はず、自《みづか》ら一家を為す。春を送る絶句に云ふ、「[七]煙林布《ク》レ緑《ヲ》葛原《ノ》東、遅日芳非不レ負《カ》レ公《ニ》、春去《リテ》 春神呼《ベドモ》 不レ返《ラ》、烏紗巾上《ノ》落花風」。蕭散にして趣有り。ただ集中 数《しばしば》奇字僻語を用ふ。「[八]柳巷昼弾渾《ズ》不似、杏村夕《ニ》酌《ム》酔如泥」の如き、又護花時《ごくわじ》を以て共惜春《きようせきしゆん》に対する有り。殊に風雅に遠ざかる。蓋し、渾不似《こんふじ》は楽器の名、酔如泥《すいじよでい》は杯の名。護花時、共惜春、並びに禽《きん》名《めい》。

富春叟、或いは桐江山人と曰ふ。享保中、摂の池田邑に住す。爾時《じし》海内方《まさ》に物氏《ぶつし》[九]の学に嚮《むか》ひて、徂徠及び門人、春叟を褒称《はうしよう》し、詩筒往復、歳時断えず。ここを以て富山人の詩名、京摂の間に震ふ。邑中《いふちゆう》の子弟、争ひて春叟に従ひて遊ぶ。好事の徒、歳首毎に春叟及び社中の詩を輯《あつ》め、小冊子と為し、『呉《ご》江水韻《かうすいゐん》』と名づけ、四方に刊行す。邑人檜垣宗沢[一〇]なるもの、嘗て学を義兄青郊先生に受く。故を以て年年寄示す。その詩陳去非《ちんきよひ》[一一]を学ぶものに似たり。或ひと曰ふ、「春叟[一二]は奥州の人。嘗て儒業

日落。三四句、波は鴨の頭毛のような緑の色に漲り、砂は燕の腹尾のようなくっきりとした白さ。五六句、山の景色はぐるりと平野を取り囲んでおり、水辺には秋になって黄葉したタデの葉がアシの白い花(穂)に混じって見える。

一二 父親すなわち鳥山碩夫。

一 才能が実らなかったのか、あるいは才を秘めて外に現わさなかったのか。論語・子罕篇の二文による修辞。実は輔門は享保十四年(一七二九)に四十三歳で亡くなった。

二 大阪の儒者鳥山雛岳(別号崧岳)は越前府中の出身。同姓別家。

三 代々つづいての商家であった。

四 大金を費やして購入した。

五 主に経学にかかわる記事を載せる随筆集。延享二年(一七四五)刊。

六 未見。

七 京都東山の真葛原の東、靄に煙る林は緑の色をひろげる。永き日に、花は天道の定めに負かず三月晦日、春が尽きるこの日に落花は盛ん。春は去りゆき、春の神は呼び返しても再び戻らない。黒い薄絹の帽子に風に飛ぶ花びらが落ちかかる。

八 柳の植わる町かどで昼間から渾不似(琵琶)をかき鳴らし、杏の花咲く村で夕べに酔如泥(杯)を酌み交わす。

九 荻生徂徠。本姓の物部氏を修して言う。

一〇 古今墨蹟鑒定便覧・近世儒家之部に江村青郊(悰実)の門下生として「檜垣宗沢」の名が挙がる。

一一 宋の陳与義(字去非、号簡斎)。

一二 富春叟こと田中省吾はもと柳沢保明に

を以て柳沢侯に仕ふ。『徂徠集』中に田省吾と称するもの」と。

森億、字は昌齢。弱齢にして藝苑に翱翔《かうしやう》す。大篇巨什、手に信《まか》せて揮成《きせい》す。世人往往才子を以てこれを称す。この時京師に郭西翁[一三]なるもの有り。相術を以て称せらる。昌齢善《よ》く病む。乃ち西翁に従ひて相す。翁曰ふ、「君実に奇才。惜しむらくは寿無し」と。昌齢これより意を縦《ほしい》ままにして遊蕩し、操觚《さうこ》[一四]も亦た廃す。数年ならずして果して死す。余謂《われおも》ふ、昌齢[一五]撿束して業を修するとも、尚ほ或いは他《た》無きことを保せん。即《も》し不幸にして短折するとも、名声益《ますます》馨《かんば》しからん。余今これを録して、以て少年才あるものを戒むと云ふ。

安田超、字は文達、本姓は鳥井小路。医安田立睦[一六]、撫《ぶ》して子と為す。年甫《はじ》めて十歳、学を義兄青郊先生に受け、才敏学を研す。人と為《な》り[一七]白皙《はくせき》、眉《び》目《もく》画の如し。詩を以て諸文士に挑《いど》む。詞鋒穎甚《しほうえいじん》。後刀圭《たうけい》[一八]に奔走する故を以て、学業遂に廃す。才も亦た落つ。

僧恵実、雪鼎と号す。又玉幹と号す。円徳寺[一九]に住す。寺は宣風坊《せんぷうばう》[二〇]に在り。本願寺に隷《れい》す。余と相ひ識ること最も熟す。雪鼎天資清雅、学を好み詩を能くす。兼ねて絵事を学ぶ。多く古今の載籍を畜《たくは》ふ。又古画古法帖及び文房の古銅器を愛す。資を竭《つく》してこれを典《おぎの》る。又性山水を好む。流峙《りうじ》[二一]の奇有るを聞けば、険遠と雖も造《いた》らざる靡《な》し。嘗て本願寺主の命を以て土佐州に如《ゆ》き、寺務を撿挍《けんかう》す。帰るに迄《いた》りて一木箱

兵学者儒者として仕え、荻生徂徠の同僚であり、またその門人であった。

一三 未詳。平安人物志(明和五年版)に、「相者」として東寺住の「郭玄石」の名が見える。

一四 詩文を作ることもやめてしまった。

一五 昌齢が身を謹んで学問したとしても、恐らくは何の変事もなかっただろう。また仮に運つたなく天折した場合には、更に名声が挙がっただろう。

一六 「余弱齢ノコロ、安田立睦(ヤスダリウホク)トイヘル医家ニテ、堀南湖ニ会ス」(授業編・十)。

一七 その人は色白で、まるで絵に描いたような美貌であった。

一八 医者としての仕事に追われて。

一九 京都下京の五条通りの南の上錫屋町にある真宗大谷派の寺。

二〇 宣風坊は五条通りより北の区域。円徳寺のある上錫屋町は淳風坊に属す。不審。

二一 川や山のめずらしい景色。

を齎《もたら》す。甚だ重し。封緘《ふうかん》も亦た密なり。人疑ひて以て宝貨と為す。後箱を開けば、則ち海浜の沙石なり。又嘗て美濃に赴き、養老の瀑布《ばくふ》に遊ぶ。傍《かたは》ら紫青石多し。意《お》謂《も》ふ、硯と作《な》さば則ち佳ならんと。数片を駄《だ》して帰り、頗る[一]銭鏹《せんきやう》を費す。既にして石質過堅、硯材に適《かな》はず。乃ちこれを庭際に置き、[二]愛玩日を竟《を》ふ。その雅尚大率《おほむね》この類なり。惜しむらくは寿《じゆ》五十を得ず。詩も亦た清雅、その人に類すと云ふ。

宇士新、名は鼎。京師の人。家世《よよ》[三]子銭家為《た》り。[四]貰貸《せいたい》を以て衆諸侯に寵《ちよう》せらる。士新耿介《かうかい》、商賈の業を喜ばず。弟士朗と族を辟《さ》けて別処す。妻妾を畜《たくは》へず。日夜戸を閉ざして勤学す。これより先、物徂徠古文辞を東都に唱へ、士新その説を説《よろこ》びて、多病にして東遊する能はず、乃ち弟士朗を遣はして従学せしむ。京師に徂徠の学を講ずるは、士新より始まる。後来意見漸《やうや》く異に、[五]事事徂徠に反戈《はんくわ》す。士新著作頗る饒《おほ》し。その文集『[六]明霞遺稿《めいかゐかう》』と名づく。その詩紀律精詳、[七]一字苟《いやし》くも下さず。遂に能くこれを以て[八]旗鼓を一方に建《た》つ。蓋し亦た詞壇の雄なり。これに加ふるに緊苦力学、志節凜凜《りんりん》。その風を聞くもの、庶《こひねが》はくは小《すこ》しく興起すべし。惜しむらくは資性編窄《へんさく》、規模甚だ隘《せま》し。その詩も亦たこれを苦思力索に得。ここを以て[九]規度《きど》合して、変化足らず。声調匀《ととの》ひて神気離る。弟士朗、名は鑒。人と為《な》り和厚、衆の為に愛慕せらる。士新に先だちて没す。詩集世に行はる。『蘐園録稿《けんゑんろくかう》』に[一〇]北子彝が膳所《ぜぜ》に侍医たるを送るの詩を載す。頗る合作なり。

一 相当の金銭を費やした。銭鏹は銭。
二 ひねもす眺めて楽しんだ。
三 金貸し。両替商を営み富裕であった。
四 金の貸し借りによって諸大名の贔屓にあずかった。
五 例えば論語考を著し、徂徠の論語徴の解釈の誤りを指摘した。
六 寛延元年(一七四八)刊、八巻。
七 一字の選択もいい加減にしなかった。
八 詩壇の指導者の一人となった。
九 声律は完全に整っているが、自在な変化、あるいは風韻に欠ける。
一〇 蘐園録稿・上。

陶山冕、字は廷美。尚善と称す。土佐州の人。東涯の門人。その[一一]学稗官《はいくわん》小説《せうせつ》を兼《けん》該《がい》す。又夏音に通ず。医と為り儒と為り、並びに不遇を以て終る。遺文も亦た散亡す。詩は素《もと》より本色《ほんしよく》に非ず。

岡千里、名は白駒。播磨の人。初め摂の西宮邑に在り、医を以て業と為す。[一二]一旦刀圭《たうけい》を投じて京師に来り、専ら儒を以て行ふ。この時京師已《すで》に伝奇小説を悦ぶもの有り。千里兼ねてその説を唱ふ。都下群然としてこれを伝ふ。その名一時に躁す。千里ここに於て復た詩を作らず。人或いは詩を乞へば、則ち辞するに不能を以てす。ここに於て人人謂《い》ふ、千里は文にして詩ならずと。その実は非なり。余千里が播摂《ばんせつ》に在りし時の作を覧《み》るに、亦た[一三]自ら当行《たうかう》なり。[一四]爾《し》か云ふ所以《ゆゑん》のものは、説有り。千里名に急に、又人に勝つことを好む。この時[一五]東都に服子遷有り、赤石《あかし》に梁景鸞有り、南紀に祇伯玉有り。詩名海内《かいだい》に聞こゆ。千里自ら量《はか》るに、この数子と並び駆《は》せ難し。しかして世方《まさ》に復古の業を勤む。[一六]左国史漢、人人これを誦す。[一七]その訓詁に託するも亦た不朽に足る、と。故に詩を廃し、専意[一八]諸觿《しよけい》を作りて、以てその名を網羅す。既にして後人の文士を以て己れを観るを恐るるときは、則ち[一九]詩書論孟を伝註して以てその名を崇《たか》うす。然れども[二〇]已《すで》に名に急に、又人に勝つことを好む、故にその論説する所、引証精《くは》しからず。且《か》つ臆見を以て疑義を勇断し、或いは他人の説を[二一]勦襲《さうしふ》して、以てその著作と為す。快《くわい》を一時に取ると雖も、識者の指摘を免れ難し。余千里の為

一一 経学以外に白話による小説類を併せて学び、中国語も話せた。忠義水滸伝解などの著述がある。
一二 にわかに薬を盛るさじを捨てて医者を廃業し、上京して儒者として身を立てた。
一三 相応に上出来である。
一四 こんなことを言うのにも訳があり、次のことを言いたいのである。
一五 江戸に服部南郭、明石に梁田蛻巌、南紀和歌山に祇園南海がいて、それぞれ詩人としての名声が全国に聞こえていた。
一六 「歴史は左伝・国語・史記・前漢書」(徂徠先生答問書)。
一七 左伝・国語・史記・前漢書などの注釈に従事すれば、その権威によって自分の名前を後世に伝えることができる。
一八 觿は注釈書の意。春秋左史伝觿、史記觿など多数の注釈書に自らの名前を残りなく記した。
一九 詩経毛伝補義、書経二典解、論語徴批、孟子解等の注釈書を書くことによって経学者として名前に箔をつけた。
二〇 名前を売ることに熱心な上に、人の解釈を否定していいところを見せようとするので。
二一 盗むこと。

一 北海に「梅竜遺稿序」(北海先生文鈔)の作がある。　二 妙法院真仁法親王に仕えた。
三 明和三年(一七六六)。
四 「磈磊」「磊砢」がともに多くの石の積み重なる様を言う語であることから考えて、「磈砢」はここでは優美ならざるごつごつした表現の多いことを言うか。

に深くこれを惜しむと云ふ。

篠士明、名は亮。後姓を武、名を欽繇、字を聖謨と更む。梅龍道人と称す。[一]余と相識最も旧し。初め謁を東涯に執《と》り、又士新に従遊す。後《のち》王門の賓客を以て妙法院[二]に給仕す。人と為《な》り俊爽にして気節有り。博覧強志、又能く談論す。日を彌《わた》り夜を徹して倦《う》まず。性多病、数《しばしば》危篤に至る。然れども未だ嘗て業を廃せず。[三]明和丙戌《へいじゅつ》の年遂に卒す。その詩縦横を尚《たつと》ぶ。累篇畳章《るいへんでふしやう》、[四]磈砢《くわいら》紙に満つ。要するにその才[五]校閲に長じて、著述は当行に非ず。

樋口卜斎、[六]余と親厚なり。[七]今の河越《かはごえ》侯に仕へて、京邸の留守《りうしゆ》為り。方正廉謹《れんきん》、近時儔罕《たぐひまれ》なり。[八]明和乙酉《おついう》の年病みて卒す。その邸職に在ること三十五年。人に対してただ未だ学びずと曰ふ。著作有りと雖も、未だ嘗て人に視《しめ》さず。嘗て楊太真《やうたいしん》に題して曰ふ、「[九]当時君寵超《ユ》二三千一、驚破《ス》霓裳花落天《ノ》、縹緲《タル》仙山何《レノ》処《カ》是《ナル》、人間空《ク》自《ラ》見《ル》二金鈿《ヲ》一」。殊に婉致《ゑんち》有り。卜斎少時詩を鈴木堯弼に学ぶ。堯弼、字は俊良。嘗て某藩に仕ふ。後禄を辞し、京畿に放浪す。卜斎、余が為にその詩若干首を誦す。頗る巧思有り。しかして世絶えて知らず。これに由りてこれを思ふに、[一〇]遺珠棄璧《ゐしゆきへき》何ぞただに千百のみならんや。

僧翠巌、三秀院《さんしうゐん》に住す。院は天龍寺中西南の隅に在り。[一一]嵐山近く軒窓《けんさう》に俯《ふ》し、最も勝境為り。翠巌[一二]詩を以てし書を以てし、その餘の雅尚韻事、[一三]都下膏粱《かうりやう》の子弟、嘖《さく》

五 滄溟尺牘解や明詩選などの編著がある。
六 北海の次男の道卿(名敬義)がその嗣子となって樋口氏を嗣いだ。
七 明和四年に上野厩橋より武蔵川越藩に転封した松平朝矩か。翌五年には代が替わり松平直恒が藩主となっている。
八 明和二年(一七六五)。
九 楊貴妃の画像に題する詩。一句、白居易の「長恨歌」の「後宮佳麗三千人、三千寵愛在二一身一」に由る表現。かつて玄宗皇帝の寵愛は後宮の三千の麗人に優って貴妃に向けられた。二句、玄宗が作った霓裳羽衣曲の音楽は安禄山の乱に驚かされて跡切れ、梨花一枝にたとえられた貴妃の花のかんばせは空に散った。「長恨歌」の「驚破霓裳羽衣曲」の表現を襲う。三四句、貴妃の死後、玄宗の勅を承けた道士が仙山に貴妃の霊を尋ね、対面した証拠の品として金釵鈿合を与えられたという「長恨歌」の詩句による。貴妃のいる仙山ははるばるとした空の彼方いずれにあるのか、人の世には道士の持ち帰った金鈿が空しく遺されるだけだ。
一〇 棄て忘れられた珠玉のような詩篇は無数にあるだろう。
一一 嵐山が軒と窓のすぐ上に迫っている。
一二 平安人物誌(明和五年版)に「学者」「書家」に重ねて名が見える。
一三 京都の裕福な家の若者が口々にほめる。
一四 細かい楷書の字が美しく、書札や帙も上品に作ってあった。
一五 明和五年。 一六 運命。
一七 唐の李賀(字長吉)に恨みを抱いていたその従兄が、李賀の死後、新しく集められた詩集と旧稿とを厠中に棄てたので、李賀

嘖《さく》としてこれを称す。余嘗て一たびその房に過《よぎ》る。翠巌生平《せいへい》の詩稿を出だし余に示さる。[一四]小楷端正《せうかいたんせい》、籤帙華整《せんちつくわせい》なり。[一五]明和戊子《ぼし》某の月日、厨下火《ちゆうか》を遺《ゐ》し、房舎悉《ことごと》く燬《き》す。爾時《じし》倉皇《さうくわう》、庫蔵閉ざさず。図書諸器玩、都《すべ》て劫灰《ごふくわい》に帰す。翠巌も亦た尋《つ》いで帰寂す。これに由りてこれを観れば、詩文の存亡も亦た自ら数《すう》[一六]有り。[一七]必ずしも深く長吉《ちやうきつ》が故人を罪《つみ》せず。

服伯和、名は天游。嘯翁と号す。又蘇門居士と称す。京師の人。家織造《しよくざう》を業とす。伯和多病を以ての故に、その業に服せず。講説を以て徒に授く。その学を為すや、専ら博洽《はくかふ》を務む。兼ねて仏典を窺《うかが》ふ。性論駁《ろんばく》を好み、撰著頗る多し。[一八]年半百《はんぴやく》に垂《なんなん》として、疾《しつ》の故を以て、褊急《へんきふ》日に甚だし。遂にこれを以て没す。[一九]門人永俊平、その遺稿を携《たづさ》へ、余に就きて撿校を請ふ。その詩精細の工夫《くふう》を欠くと雖も、気格並びに合《がつ》す。五言、愛宕山《あたごやま》に登るに云ふ、「[二〇]平安西北鎮《ノ》、石磴幾千盤、峰《ハ》挿《さしはさミテ》二層霄《ヲ》一起《リ》、雨《ハ》分《チテ》二衆壑《ヲ》一看《ル》、鶴帰《リテ》華表古《リ》、僧住《とどマリテ》白雲寒《シ》、時《ニ》有《リ》二仙輧《ノ》度《ル》一、依稀《トシテ》聴《ク》二玉鑾《ヲ》一」。七言、山寺に宿するに云ふ、「[二一]徴吟曳《キテ》レ杖《ヲ》此《ニ》相尋《ヒヌ》、纔《カニ》到《レバ》二上方《ニ》一落照深《シ》、倚《レバ》レ檻《ニ》寒雲帰《リ》二洞口《ニ》一、遶《めぐル》レ階《ヲ》暗水咽《ブ》二苔陰《ニ》一、山房寧《ロ》有《ランヤ》二人間《ノ》夢一、渓月偏《ニ》間《ナリ》物外《ノ》心、只為《ダニ》三社中容《ルルガ》二酒客《ヲ》一、淵明一夜在《リ》二東林《ニ》一」。

日本詩史巻之三終

の詩篇は遺ること多くない(幽間鼓吹)。一般に詩文の遺る遺らぬには運命があるのだから、李賀の幼なじみの行いも深く咎めるに足りない。

一八 五十歳になろうとする頃、病身が不安で焦って仕事をしすぎ、結局そのせいで死んでしまった。

一九 蘇門の門人永田忠原、号東皋、観鷲。蘇門の没後、江村北海に師事した。

二〇 京師の西北を鎮護する愛宕山。石畳の道は幾曲がりにも迂曲する。峰は高空を挟みつけるようにして屹立し、見れば雨の降る谷もあれば降らぬ谷もある(山並みは広く大きい)。古びた鳥居のところに鶴は戻ってき、白雲の寒々としたところに僧は住んでいる(愛宕神社には神官は居ず、朝日山白雲寺の僧侶が社事を掌っていた)。時あたかも天狗の乗る覆い付きの車が通りかかるらしい、ほのかに車の鈴の音が聞こえて来る(俗説では、愛宕山には太郎坊と呼ばれる天狗が住んでいた)。

二一 詩を口ずさみながら杖を曳いてここを尋ねてきた。やっと山上の寺に着いた時には夕陽が深々と差していた。楼の手すりに依りかかり眺めると寒々とした雲は山の洞窟に帰ってゆき、闇の中、きざはしを繞る流れは苔の下に咽ぶように鳴る。山の部屋に人の世の夢想などはない。谷川の月の下、俗を離れた心はひたすら平静である。社盟に酒飲みを加えてもらったおかげで、陶淵明はこうして東林に一夜を過ごすことができたのだ(晋の慧遠法師が廬山東林寺の白蓮社に陶淵明を招き、特に飲酒を許した故事を用い、自らを淵明に比す)。

日本詩史巻之四

平安　江村綬君錫著
弟　清　絢君錦
男　　悰秉孔均　同挍

関東古《いにし》へ武を用ふる地と称す。猛将勇士、史に書するを絶《た》たず。しかして文雅の士は少しく概見せず。神祖[一]東都を営建するに迄《いた》り、弘文院[二]を置き、学士の職を設く。文教と武徳と並びに隆《さか》んに、終《つひ》に人文[三]の淵藪《えんそう》と成る。羅山林先生風雲に際会《さいくわい》し、首《はじ》めて斯《こ》[四]の文を東土に唱《とな》ふ。芝《し》蘭奕葉《らんえきえふ》[五]、長く海内の儒宗と為《な》る。曹邱生《さうきうせい》[六]を俟《ま》つこと無し。

木下錦里、名は貞幹、字は直夫。又順庵と称す。京師の人。昌三の門人。学成りて出でて加賀侯[七]に仕へ、その文学と為る。憲廟[八]その名を聞き、徴して侍講と為す。ここに於て従学の士日《ひび》に盛んに、才俊多くその門に出づ。卒す。私に靖恭と謚《おくりな》す。『名賢詩集』に靖恭の詩三十餘首を載す。その中、楠子の墓に題して云ふ、「一[九]心存《シ》二北闕一《ヲ》、三世護《ス》二南朝一《ヲ》」。又百日紅《ひやくじつこう》を咏じて云ふ、「老[一〇]樹千年緑《ニ》、名花百日紅《ナリ》」。二聯巧警《かうけい》と謂ふべし。嗣子《しし》寅亮、名は汝弼、菊潭と号す。寅[一一]亮の子寅道・寅考の詩、並びに『熙朝文苑《きてうぶんゑん》』に見ゆ。

一　徳川家康。
二　正確には三代将軍徳川家光の時代に、林羅山が下賜された上野忍岡の地に学問所を興し、後にそれが弘文館と称された。羅山の子林鵞峰が弘文院学士の号を賜った。
三　文華の集まるところとなった。
四　儒学。　五　秀才が代々続いて。
六　曹邱生が季布の名を天下に称揚した(史記・季布伝)ようなことは必要ない。林家の詩作を取り上げないことを断わる。
七　加賀藩主前田綱紀。　八　五代将軍徳川綱吉が錦里の評判を聞いて、彼を幕府の儒員に加えた。天和二年(一六八二)のこと。
九　搏桑名賢詩集・一「楠公」。心変わらずに皇宮を守り、三代に亘って南朝を護った。楠木正成、その子正行、正時、孫正勝、正元と、父子孫の三世が南朝のために戦った。
一〇　搏桑名賢詩集・一「即興」。緑—古。
一一　熙朝文苑・一および四。
一二　六代将軍徳川家宣。
一三　経学と詩文と共に優れるのは伊藤東涯と室滄浪だけである。滄浪の朱子学、東涯の古義学と、経書の訓みは異なるが、その相違はこの点には関係しない。　一四　陶淵明。「淵明之詩質而自然耳」(滄浪詩話)。
一五　杜甫(号少陵)を手本にするが、なおその垣根の中には入れず、遠く及ばない。
一六　盛唐の詩人たちを模倣するが、盛唐詩を模擬することを主張した明の古文辞派の詩風と同じになることが多い。
一七　力強く飛躍し、最も成功している。
一八　熙朝文苑・一「遥寿二白石新君五十初度一」の頌聯。宝永三年(一七〇六)、甲府藩主の徳川綱豊の侍講であった新井白石の五十歳の誕室滄浪、名は直清、字は師礼、一の字は汝玉、別号鳩巣。東都の人。幼にして穎《えい》悟《ご》。西して京師に学び、木靖恭に師事す。衆推《お》して木門の高第《かうだい》と為す。初め賀藩に仕ふ。文廟[一二]の時、徴擢《ちようてき》して東都の学職と為す。嘗て『大学新疏』『義人録』『駿台《しゆんだい》雑話《ざつわ》』等の書を著はす。経義を提起し、名教を維持するに非ざるもの莫《な》きなり。余《われ》嘗て謂《い》ふ、「経儒は文藝に習《なら》はず、文士或いは経義を遺《ゐ》す。能く[一三]二つのものを兼ぬるは、ただ東涯・滄浪の二儒のみ。その訓詁の異同は必ずしも論ぜず」と。滄浪の詩、五言古体、陶《たう》[一四]を学びて未だその自然を得ず。七言古風、五言近体、少陵[一五]を師法し、尚ほ垣牆《ゑんしやう》を隔つ。七言近体、盛唐[一六]の諸家を祖襲《そしふ》して、往往明人の逕蹊《けいけい》に出づ。若《も》し夫《そ》れ五言排律は、学力と才気と相ひ駕《が》し、豪健騰踔《がうけんとうたく》[一七]、最も当行《たうかう》と為す。今七言の雄抜《ゆうばつ》なるもの数聯を摘す。「関[一八]中《ノ》豪傑推《シ》二王猛《ヲ》一、江左《ノ》風流起《ス》二謝安《ヲ》一」「天[一九]上双《ビ》懸《ル》新日月、人間相《ヒ》看《ル》旧衣冠」[二〇]「天《ハ》連《リテ》二滄海《ニ》一長雲絶《シ》、月《ハ》満《チテ》二大江《ニ》一灝気浮《ブ》」「輦[二一]下《ノ》衣冠尊《ビ》二五品《ヲ》一、日辺《ノ》花萼共《ニス》二三春《ヲ》一」「蘭[二二]省春伝《フ》紅葉《ノ》賦、鳳池波動《ク》紫霞《ノ》袍」「薦[二三]《メテ》レ賦《ヲ》何人《カ》逢《フ》二狗監《ニ》一、求《メテ》レ才《ヲ》幾処《カ》出《ス》二龍媒《ヲ》一」。

新井白石、名は君美、字は在中。東都の人。亦た木門の高第なり。文廟[二四]潜邸《せんてい》の時、眷注《けんちゆう》已に渥《あつ》し。継統[二五]の後、遂に以て遷喬《せんけう》す。爵五品《ごほん》を賜ひ、筑後守と号す。白石才《さい》経済を兼ね、数《しばしば》大議に参ず。その著撰、往往国家[二六]の典刑と云ふ。若し夫れ詩章は、則ち『白石詩草《はくせきしさう》[二七]』『白石餘稿《はくせきよかう》[二八]』有り。余按ずるに白石天受[二九]敏妙、藝苑に独歩す。

生日を祝う詩。「王猛」と「謝安」は共に晋の人。晋の武将の桓温が関中に入ったとき、華山に隠棲していた王猛は温に目下の政治の急務を説き、また東山に隠居していた謝安は、温の聘召を受けて政界に出て「江左風流宰相」と称せられた。

一九 同右、頸聯。看—見。五十歳の後の新しい日々が始まり、貴方は元通りの役職に励まれるの意。

二〇 熙朝文苑・一「辛丑仲秋」。滄—蒼。長—纖。たなびく雲が消えて大空と海原とは一つに連なり、秋空に清らかな気が浮かんで、川面に月は円く満ちる。

二一 熙朝文苑・一「奉レ寿二藤太守四秩初度一、二首」の第二。「輦下」「日辺」は天子の居る京都を指す。

二二 同右、第一。「蘭省」は尚書省。藤太守(未詳)は太政官の五位の弁官で「紅葉賦」を作ったらしい。

二三 熙朝文苑・一「和下韻田鶴楼中秋待二梁蛻一不上レ至」。才—材。「狗監」は天子の近侍。漢の武帝の世、狗監の楊得意は自分の故郷の文人司馬相如の賦を天子に推薦した。その狗監の楊氏のような人物に出会える才子は幾人いようか。また才能ある士を求められて駿馬を推挙する土地はどれほど有ろうか。梁田蛻巌の不遇に同情する。

二四 徳川家宣は将軍世子として西の丸にいたころから白石に対する恩顧が深かった。

二五 家宣が将軍職を継いだ後、身分が高くなった。

二六 国家の法度となることが多かった。

二七 正徳二年(一七一二)刊、一冊。

二八 正徳五年序跋、三巻。

二九 天授。生まれついての才能。

[一]所謂錦心繡腸《いはゆるきんしんしうちやう》、咳唾《がいだ》も珠と成り、囈語《げいご》も韻に諧《かな》ふもの、これを異邦の古詩人の中に索《もと》むるとも、未だ多く得べからざるものにして、今人耳[二]を貴《たつと》び目を賤《いや》しむ。甚だしくは余が言を信ぜず。雨芳洲著はす所の『橘窓茶話《きつさうさわ》』に曰ふ、「韓人[三]『白石詩草』を索むるもの、陸続して已《や》まず」と。見るべし、異邦の人猶ほ且つこれを玉とするを。白石嘗《かつ》て清人[四]魏惟度が「八居」の七律八首を和す。渓・西・鶏・斉・啼を以て韻と為すもの。滄浪に請ひて響を嗣《つ》がしむ。遂に京師に伝播《でんぱ》す。京師の文士、倣《なら》ひて和するもの数十人。[五]坊間梓《ばうかんし》して行ふ。白石これを覧《み》るに、[六]前作、諸人の和詩と相ひ類するもの有り。因りて再び八首を作る。語牽強《けんきやう》無く、押韻益《ますます》穏《をん》なり。又冬日某の家に過《よぎ》る。主人詩を請ふ。白石題を求む。主人「容奇」の二字を書してこれに示す。白石その意を解し、輒《すなは》ち七律一首を作る。蓋《けだ》し[七]容奇は雪の訓読。主人これを書して以て白石を試む。白石已にその意を解す。故に句句我が邦の雪を徴す。一座その敏警に服す。詩に云ふ、[八]「曾テ下シテ二瓊鉾ヲ一初テ試ムレ雪ヲ、紛紛タル五節舞容閑ナリ、一痕ノ明月茅渟ノ里、幾片ノ落花滋賀ノ山、提ゲテレ剣ヲ膳臣尋ネ二虎跡ヲ一、捲キテレ簾ヲ清氏対ス二龍顔ニ一、盆梅剪リ尽シテ能ク留ムレ客ヲ、済ヒ得タリ隆冬無キレ限艱」。これ一時の遊戯、[九]全豹《ぜんぺう》を論ずるに足らずと雖も、亦たその天受の一斑を窺《うかが》ふべし。或ひと余に問うて曰ふ、「子、極めて白石を称す。詩、白石に至りて以て加ふること蔑《な》きか」と。曰ふ、「非なり。天受の如きは誠に以て加ふること蔑し。若し夫れ揣摩《しま》鍛錬《たんれん》は、尚ほ論ずべきもの有り。これを要するに天

一 詩心麗しく、つばきも珠玉となり、寝言も声律に叶うと言うもの。
二 遠くのものを有難がって、身近なものを軽んじる。
三 橘窓茶話・下。但し、同書の刊本(天明六年刊)にはこの条を欠く。写本による。
四 魏憲。福建の人。
五 刊行されて世間に流布した。↓一〇一頁注二二。
六 白石先生余稿・三。白石自注には「既而比二之諸作一、体裁似レ異、故再賦レ此」、他の詩と異なっていたから作り直したと述べる。
七 「容奇之辰(ユキノアシタ)」(真字寂寞草・下)。
八 八居題詠・附録。閑―間。一句、イザナギ、イザナミの二尊が天浮橋の上から天之瓊矛を指し下ろして国を生んだが、雪もその時に初めて作られた。二句、「抑々五節ト申スハ、…天武天皇芳野河ニ御幸シテ御心ヲ澄シ琴ヲ弾ジ給ヒシニ、神女空ヨリ降下リ、浄見原ノ庭ニテ廻雪ノ袖ヲ翻ケレドモ」(源平盛衰記・一)。三句、「茅渟」は「ちぬ」、ここは吉野。「茅渟、吉野古称」(北海詩鈔三編三)。群書類従本・懐風藻は紀男人「遊二吉野川一」の「美稲」に「美稲一作二茅渟一」と注する。「あさぼらけ有明の月と見るまでによしのの里にふれる白雪」(古今集・坂上是則)。四句、「しらゆきのところも分かずふりしけば巌にもさく花とこそ見れ」(「滋賀の山越にてよめる」古今集・紀秋岑)。五句、百済へ使した膳臣巴提便は行方知れずになった子供を捜し、大雪の暁に刀を帯びて虎の足跡を辿った(日本書紀・欽明天皇六年条)。六句、「少納言よ香炉峰の雪いかならんと仰らるれば、御格子あげさせて御

受の富、言を吐けば章を成す。往往思繹《しえき》に遑《いとま》あらず。ここを以て疵瑕《しか》も亦た復た鮮《すく》なからず。白石、人の長安に之《ゆ》くを送る絶句に云ふ、「[一〇]紅亭《ノ》緑酒画橋《ノ》西、柳色青青送《ル》㆓馬蹄《ヲ》㆒、君到《ラバ》㆓長安《ニ》㆒花自《ラ》老《イン》、春山一路杜鵑啼《カン》」。四句の中、[一一]二句全く唐詩を用ふ。夫れ剽窃《へうせつ》は詩律の戒むる所。しかれども[一二]丹を練《ね》りて金と成さば猶ほ言ふべし。[一三]鉛刀を以て鏌鋣《ばくや》に代《か》ふ、将《は》たこれ何をか謂はんや。「草色青青送㆓馬蹄㆒」、本臨岐《もとりんき》[一四]の妙語。[一五]草色馬蹄《ばてい》を送るとは、春草の馬蹄を承《う》くるを言ふ。柳を以て草に代ふれば、蹄の字着落無し。殊に価を減ずと為す。これその一のみ。餘は準知すべし」と。

祇園伯玉、名は正卿。後に名を瑜と更《あらた》む。南海と号す。紀藩に仕へ、職に文学に任ず。伯玉[一六]髫年《てうねん》、業を木門に受け、夙慧《しゆくけい》の称有り。一日宴集に、人或いは唱へて曰ふ、「[一七]鳶飛《ビ》魚躍《リ》活潑潑」。坐客をして対を為さしむ。伯玉童子を以て席末に在り、[一八]声に応じて曰ふ、「[一九]光風霽月常惺惺」。衆その穎敏《えいびん》を歎ず。[二〇]元禄壬申《じんしん》、伯玉年十七、春分の日に会し、自らその才を試む。[二一]午より子に至り、五言律詩一百首を賦し得たり。人或いはその[二二]宿搆《しゆくこう》を疑ふ。この歳秋分、大いに賓客を会し、[二三]午漏《ごろう》初めて下《くだ》るとき、進みて諸賓に請ひ、各《おのおの》詩題を命ぜしめ、対坐談笑、[二四]筆に信《まか》せて揮霍《きくわく》す。夜未だ半ばならず、百首完成す。前後を通計して、凡そ二百首。[二五]藻絵爛漫《さうくわいらんまん》にして、一句の雷《らい》同《どう》するもの無し。満座驚愕して歎服す。ここに於てその名遠邇《ゑんじ》に播揚《はやう》す。伯玉初め木門に在りて、[二六]松禎卿と同甲子《どうかふし》なり。衆、木門の二妙《にめう》と称す。後来《こうらい》伯玉名価益《ますます》重

簾を高くあげたれば、わらはせ給ふ」(枕草子)。「竜顔」は天子の顔。枕草子春曙抄は「少納言よ」の言葉について言う、「此詞、一条院の勅言とあり」。七八句、大雪の日、貧しい佐野常世が秘蔵する鉢の梅の木を焚いて旅の僧(実は北条時宗)をもてなした説話(謡曲「鉢木」)による。

九 白石の詩の全体を批評する材料とするには不十分だが、その生得の詩才の一端を窺い見ることは出来る。

一〇 白石詩草「送㆓入㆑京人㆒」。色―葉。

一一 「草色青青送㆓馬蹄㆒」(劉長卿「送㆔李判官之㆓潤州行営㆒」)と「春山一路鳥空啼」(李華「春行寄興」)。いずれも唐詩選・七。

一二 丹砂から金をつくりだす錬金術のようにすれば、まだしも取りあげるに足る。

一三 切れない鉛の刀を呉の国の名剣鏌鋣にかえて作るような始末では、なんとも批評のしようがない。 一四 分かれ道に立って人を見送ることを絶妙に表現した句。

一五 →孜孜斎詩話二六七頁。

一六 幼い頃、木下順庵の門下に学び、早熟の評判があった。 一七 鳶は空を飛び、魚は淵にはね、万物は天理に従って生き生きと生きている。中庸・第十二章による。

一八 間髪をいれずに。

一九 雨上がりのそよ風と月明りの中、本心は理に明らかにして曇りない。

二〇 元禄五年(一六九二)。以下、停雲集・上の記事による。

二一 真昼から真夜中に至る半日。

二二 前もって作っていた詩かと疑った。

二三 正午となると同時に。

し。世これを梁蛻岩に匹《ひつ》す。余按ずるに、『停雲集《ていうんしふ》』に伯玉の詩三十首を載す、詩《し》采富《さいふ》麗《れい》、蓋し少時の作。晩歳漸《やうや》く[一]鉛華《えんくわ》を刷《けづ》りて、神気融和、殊《こと》に伝ふべきものなり。しかして伯玉の墓木[二]已《すで》に拱《きよう》して、遺稿未だ出でず。余未だ何の故かを審《つまび》らかにせず。近時学風軽薄、僅《わづ》かに詩を作ることを学べば、則ち已に[三]梓《し》に災《さい》す。所謂[四]黄鐘毀《くわうしようき》棄《き》せられ、瓦釜雷鳴《ぐわふらいめい》するもの。亦た[五]潰潰《くわいくわい》たるのみ。伯玉の嗣子師援、[六]余嘗て一再応酬す。詩や書や、並びに[七]乃翁《だいをう》に似たり。

雨森芳洲、名は東、字は伯陽。京師の人。[八]その幼時句読を習ふ師、靖恭の門人為り。故を以て芳洲年十七八、遂に東して謁を靖恭に執《と》る。靖恭甚だその才を称す。この時対馬侯将《まさ》に一書記を聘《へい》せんとす。木門に[九]才髦《さいばう》多きを聞き、就きて求む。靖恭因りて芳洲を薦《すす》む。遂に対馬の学職と為る。余按ずるに、徂徠嘗て復古を唱へ、一時の人士を傲睨《がうげい》す。[一〇]ひとり芳洲に於て称揚すること嘖嘖《さくさく》、殆ど解すべからず。何となれば則ち、芳洲の経を説く、[一一]程朱を崇信し、老に至りて変ずること無し。しかして徂徠は勤めて[一二]程朱を排す。芳洲は文[一三]韓欧《かんおう》を宗とし、[一四]徂徠は必ず東漢以上と曰ふ。[一五]芳洲は明詩を好まず。『橘窓茶話』に曰ふ、[一六]「吾が案上に置く所の詩集、陶淵明を以て首《はじめ》と為し、李杜を第二と為し、韓白東坡を三と為す」と。徂徠の詩を論ずると誠に[一七]氷炭《ひようたん》なり。余久しくこれを疑ふ。近ごろその説を得、已に[一八]別論有り。『橘窓茶話』に又曰ふ、[一九]「京師の風俗、[二〇]各土地神、祠祭の日、遠親故旧《こきう》互ひに相ひ延請《えんせい》す。吾少

二四 筆まかせにすばやく書き付けた。
二五 鮮やかで華やかな表現に満ち、互いに似かようものは一句もない。
二六 後の対馬藩儒の松浦禎卿と南海はともに延宝四年(一六七六)の同い年生まれであった。停雲集・上の記事による。「禎」は底本「楨」。

一 装飾過剰な表現を削って。
二 死後月日がたって墓に植えた木が抱えるほどの大木になっても。
三 版木にするあずさの木を傷つけて出版する。
四 立派な人物が棄てられて、小人のはびこる譬え。楚辞(卜居)に見える語。
五 でたらめな様子。
六 北海詩抄・下に贈答の詩が見える。
七 父親。
八 以下、停雲集・上の記事による。
九 秀才。
一〇 例えば「贈二対書記雨伯陽一叙」(徂徠集・十)にその学才を称する。「嘖嘖」は声の大きなさま。
一一 宋の程明道・程伊川兄弟と朱熹の学問。宋学、朱子学。橘窓茶話・上にそれを迂腐とする明儒の批判を退け、宋儒の学こそ「実聖人之意」と論じる。
一二 程子と朱子の宋学の解釈を介することなく、古代の言語を学ぶことにより五経を直接に理解することを主張した。
一三 韓愈と欧陽脩。
一四 「文は必ず秦漢」と言う李夢陽の説を承けて後漢より以前、つまり漢書までの文章を読むべきだと主張する。
一五 橘窓茶話・下に「若夫明人之詩、…非二我

年の時、揚言して曰ふ、「殊にその煩《はん》を覚ゆ」と。柳[二一]滄洲坐に在り、正色して曰ふ、「一年一次、団欒《だんらん》[二二]して濶《くわつ》を叙《の》ぶ。人[二三]情ここに於てか萃《あつ》まる。何ぞ煩はしと謂はんや」と。吾これが為に面赬《めんてい》[二四]す」と。余謂ふ、滄洲は誠に長者の言なり。しかして芳洲これを称し、且つ自ら失言を戒《いまし》む。亦た長者なるかな。近時学風軽薄、藝苑絶えてこれ等の人無し。歎ずべきのみ。芳洲文に長じて、詩に長ぜず。晩年常に人に対して曰ふ、「吾詩才無し。生平作る所、無慮《むりよ》[二五]数百千首。しかして人に視《しめ》すべきものは、数十首に過ぎず」と。長子乾[二六]、蚤《はや》く没す。孫連、謹厳を以て称せらる。亦た已に没す。次子賛治、出でて松浦氏を継ぐ。その子、小字は文平。弱齢にして京摂に来遊す。数《しばしば》余が家に過《よぎ》る。殊に才穎《さいえい》を見る。今亦た学職為りと云ふ。

松浦禎卿、名は儀。霞沼と号す。『停雲集』に曰ふ、「禎[二七]卿は播州の人。年甫《はじ》めて十三、対馬侯見て以て奇才と為す。靖恭に請ひて業を授けしむ。学成りて対州の書記と為る」と。『橘窓茶話』に曰ふ、「禎[二八]卿十四歳の時、詩草を案上に置く。南[二九]草寿、取りてこれを覧《み》、吟誦已《や》まず。既にしてその自作と聞き、大いに驚きて曰ふ、「吾唐詩を抄写すと謂《おも》へり」と。対馬侯これを聞き、乃ちそれをして業を木門に受けしむ」と。二書を併《あは》せ考ふるに、殊に疑ふべきもの有り。十三四の童子、何を以てか播州より海を踰《こ》えて遠く対州に抵《いた》り、侯の眷称《けんしよう》を被《かうむ》る。或いは父兄に従ひ東都に在り、朱邸《しゆてい》[三〇]に出入するものか。然れども草[三一]寿は長崎の人なれば、則ち亦た胡《なん》ぞ以てそ

所レ好也」と言う。
一六 橘窓茶話・下。但し「韓白為二第三一、蘇東坡為二二之下三之上一」とある。「李杜」は李白と杜甫。「韓白」は韓愈と白居易。
一七 正反対。
一八 未刊に終った日本経学考か。
一九 橘窓茶話・下。
二〇 各町内で行われる地蔵盆。七月(現在は八月)二十二日から二十四日まで。
二一 柳川滄洲。九八頁参照。
二二 久しぶりに挨拶をして親しみあう。
二三 それによって人の情愛が濃やかになる。
二四 赤面した。
二五 およそ数百あるいは千首。
二六 父芳洲の命により荻生徂徠に入門し、わずか三月で退塾した「雨顕允」(「送二雨顕允一序」徂徠集・十)か。

二七 停雲集・上の記事による。

二八 橘窓茶話・下。但し文章は改められ、「対馬侯」以下は見えない。
二九 南部草寿(字子寿、号陸沈軒)。京都の人。木下順庵門。元禄元年(一六八八)没。

三〇 富貴の人の丹塗りの邸宅。大名の邸など。
三一 これは誤解。のち草寿の養子となった南部思聡は長崎の人であったが、草寿は山城の人。木門の草寿が禎卿の詩草を見たのは、江戸の対馬藩邸に於てのことか。

の案上に就《つ》きて詩草を覧る。これ必ずその説有らん。これを要するに夙慧《しゆくけい》は知るべし。惜しむらくは『停雲集』にその詩を載すること僅かに四首。餘《よ》絶えて覩《み》ること無し。禎卿没して子無し。芳洲の次子を以て嗣《し》と為すと云ふ。

[一]留健甫、名は順泰。対州の人。本姓は阿比留氏。後姓を西山と更む。[二]本藩の学職と為る。亦た木門の弟子。勤苦して書を読み、才思敏贍《びんせん》。[三]元禄戊辰《ぼしん》、年二十九にして、病みて将《まさ》に死せんとするに悉《ことごと》く詩稿を焚《や》きて曰ふ、「我が輩《ともがら》の詩文、[四]何ぞ用《もつ》て遺《のこ》すことを為さん」と。靖恭哀惜し、為《ため》に[五]碑銘を製すと云ふ。その詩、「[六]竹外無《クシテ》レ家群鳥下《リ》、松陰有《リテ》レ寺一僧還《ル》」の如き、殊に佳なり。『橘窓茶話』に曰ふ、「[七]対州の平田茂、朝鮮に在りて詩有り。曰ふ、「[八]江風送《ル》二人語《ヲ》一、隔《テテ》レ岸有《ヲリ》二帰舟一」。[九]金泰敬なるもの、終身吟賞す」と。平田茂、他に考ふる所無し。因りてここに附載す。

南部思聡、名は景衡。南山と号す。長崎の人。本姓は小野氏。少にして孤。南部草寿が為に子とし畜《やしな》はれ、因りて[一〇]その姓を冒す。草寿、名字を詳らかにせず。草寿は蓋しその称号。[一一]後京師に来り講説す。自ら陸沈先生と称す。天和中、富山侯の文学と為る。[一二]元禄戊辰《ぼしん》の年、卒す。思聡職を嗣《つ》ぐ。思聡初め長崎に在り、詩を[一三]閩人《びんひと》黄公溥、杭人謝叔且に学ぶ。後義父に従ひ越中に在り。遂に東都に遊学し、業を木門に受く。『停雲集』に曰ふ、「[一四]子聡、人と為《な》り温恭篤謹。経史に精通し、文才富贍《ふせん》。身既に多病。自ら詩文若干首《じやくかんしゆ》を選し、名づけて『喚起漫草《くわんきまんさう》』と曰ふ。[一五]正徳壬辰《じんしん》、越

一　以下、停雲集・上の記事による。
二　郷里の藩。ここは対馬藩。
三　元禄元年(一六八八)。
四　なんで遺すことがあろうか。
五　「西山健甫碑陰」(錦里文集・十八)。ここには万治元年(一六五八)生まれ、享年三十一とする。
六　停雲集・上「郊行」。竹藪の外には人家なく鳥たちが地に降りたち、松の木の下に寺があり僧侶がひとり帰ってゆく。
七　橘窓茶話・下。「平田茂左衛門」とある。
八　川風が吹き運んで人の声が聞こえてき、向こうの岸には戻ってゆく舟が見える。
九　未詳。
一〇　養子となり南部の姓を称した。
一一　北海は草寿を長崎の人と誤認している。草寿はもともと山城の人。
一二　元禄元年(一六八八)。
一三　両名未詳。
一四　以下、停雲集・上の記事による。
一五　正徳二年(一七一二)。
一六　橘窓茶話・下には義父の南部草寿の詩として引く。但し、停雲集には子聡の「憶二環翠園一十首」第八首の頷聯として見える。未詳。春になり雁は北のかたへ帰ってゆくのに、自分はいつまでも旅の空。梅の開く江戸の地にあって越中の人を秘かに思う。南朝宋の陸凱が長安の友人范曄に「江南無レ所レ有、聊贈二一枝春一」という詩句と共に梅花一枝を贈った故事(荊州記)による。
一七　停雲集・上「憶二環翠園一十首」の第一首頷

中に卒す。年五十五」と。又『橘窓茶話』に曰ふ、「韓人呉南老、嘗て子聡が環翠園を懐《おも》ふの詩の「[一六]雁帰リテ㆓塞北㆒ニ長クリ為㆑客ト、梅発キテ㆓江南㆒ニ暗ニ憶フ㆑人ヲ」の句を覧《み》て、口を極めて称賛す」と云云。按ずるに、環翠園は越の富山に在り、即ち子聡が所居なり。子聡東都に在りてこれを懐ひ、七律十首を作る。その中、佳句実に多し。「[一七]窓ハ容レテ㆓西嶺ヲ㆒多ク看㆑雪ヲ、圃ハ学ビテ㆓東陵ヲ㆒半ハ種ウ㆑瓜ヲ」「[一八]生前不㆑負カ十千ノ酒、死後何ゾ須ヒン八百ノ桑」「[一九]細雨紅桃応ニ㆑委ス㆑径ニ、軽煙緑竹定メテ過ギン㆑牆ヲ」「[二〇]銜ム㆑花ヲ鳥ハ近ツキテ㆓書窓ニ㆒語リ、煮ル㆑茗ヲ泉ハ環リテ㆓竹隝ヲ㆒過グ」「[二一]欲シテ㆑見ント㆓春山ヲ㆒常ニ洗ヒ㆑竹ヲ、因テ㆑憐ムニ㆓夜雨ヲ㆒亦栽ウ㆑蕉ヲ」。思聡三子あり。長は即ち国華なり。

南部国華、名は景春。権蔵と称す。思聡の長子。聡慧絶倫《そうけいぜつりん》。年甫《はじ》めて[二二]十三、父に従ひて東都に赴き、[二三]東叡山に遊び、五言古風一百韻を作り、世の為に称せらる。年十八にして父を喪ひ、哀毀《あいき》礼を過ぐ。母に奉ずること至孝、二弟を友愛し、己れを行ふに道を以てす。その学を為す、経史に博通して、又[二四]慨然として大志有り。何《いく》も[二五]亡《な》くして母氏を喪ひ、次弟も亦た亡《ばう》ず。国華悲感に堪へず、遂に享保丁酉《ていいう》四月二十一日を以て病みて卒す。年僅かに二十三。[二六]季弟も亦た夭《えう》し、南氏祀《し》を絶す。『停雲集』に国華が[二七]除夜白石に呈する排律一百韻を載す。[二八]気象軒昂《けんかう》、珠璣璀璨《しゆきさいさん》。又[二九]妙見山の寄題の七律八首、亦た復た雋抜《しゆんばつ》なり。[三〇]それをして天これに仮《か》すに年紀を以てし、蜺岩、南海と藝苑に馳逐《ちちく》せしめば、未だ知らず、鹿《ろく》誰が手に死するかを。天の才を忌《い》む、それ将《は》た何と謂はん。且つ徳あるもの未だ必ずしも才有らず。しかして才子

聯。下句、秦の滅んだ後、その故臣の東陵侯が貧乏になって長安城の東に瓜を種えた故事(史記・蕭相国世家)を用いる。

一八 同右第二首頷聯。生きている間に万銭の美酒を飲むのを憚るまい。死後に八百株の桑の木を遺すことなどあるものか。諸葛孔明は子弟の生活の資に成都に八百株の桑と十五頃の薄田を所有していたという(蜀書・諸葛亮伝)。

一九 同右第三首頸聯。春雨にうたれて桃の花は小道に落ちているだろう。靄の中で若竹がきっと垣根の高さを過ぎていることだろう(環翠園の有様を思いやる)。

二〇 同右第七首頸聯。銜—啄。環翠園での思い出。竹隝は竹の生えた土手。

二一 同右第十首頸聯。因憐—愛聴。春の山を眺めたく思って竹の枝葉を払いすかし、夜の雨が好きなので雨音が聞けるようにと芭蕉を植えた(これも環翠園での思い出)。

二二 以下、停雲集・下の記事による。

二三 東叡山寛永寺。

二四 世情を嘆いて、経世済民の大志を持っていた。

二五 享保二年(一七一七)。

二六 下の弟も早死にして、南部の家系は断絶した。

二七 「除夜百韻」。

二八 意気が盛んで、丸や四角の宝玉がきらきら輝くようだ。

二九 「妙見山八景」。

三〇 もしも、天が国華に寿命を与え、梁田蜺巌や祇園南海らと詩壇で腕を競い合わせていたら、果して誰が天下を取ることになっただろうか。鹿は覇権の譬え。

往往行無し。国華絶世の才有りて孝悌恭謹。全人と謂ふべし。[一]二弟童髦《どうばう》と雖も、亦た已に難弟《なんてい》と称す。[二]乃翁又篤恭著称《ちよしよう》、ただに著撰のみならず。何を以てか死喪《しさう》相ひ尋《つ》ぎ、遂に祀絶《しぜつ》に至る。古へに曰ふ、[三]「天、善人に与《くみ》す」と。噫《ああ》。

[四]原希翊、田信威の二人、並びに靖恭の門人。靖恭これを紀藩に薦《すす》む。希翊、本姓は下山。故有りて[五]外父の姓榊原氏を冒す。[六]名は玄輔。篁洲と号す。紀藩に在りて[七]『大明律訳解』を著はす。信威、名は文。その先は朝鮮の人。[八]壬辰の乱、年尚ほ幼なり。我が邦の兵士、岡田某なるものこれを得たり。遂に姓岡田を冒《をか》す。信威は則ちその孫と云ふ。『停雲集』に二人の詩数首を載す。

[九]山順之、[一〇]岳仲通、[一一]田子彝、[一二]石貫卿、亦た並びに靖恭の門人。その才藻、大抵相ひ若《し》く。その郷貫履歴《きやうくわんりれき》、詳らかに[一三]『停雲集』に見ゆ。その順之を称するに曰ふ、[一四]「年二十餘、始めて木門に学び、刻苦して書を読み、行義甚だ脩《をさ》まる。家貧にして日を并《あは》せて食す。晏如《あんじよ》なり」と。然れば則ち、その人最も称すべし。[一五]九月十三夜月に対する排律、亦た自ら俗ならず。

[一六]深見子新、名は玄岱。天漪《てんい》と号す。長崎の人。文学善書を以て称せらる。初め医術を以て、[一七]糈《しよ》を薩国に食す。[一八]文廟の初め、その[一九]有文《いうぶん》を聞き録用す。その詳らかなること『停雲集』に見ゆ。余《われ》謂《おも》ふに、天漪、文学を以て栄達す。今その詩を閲《み》るに、甚だしく佳なるもの無きは何ぞや。天漪の二子、松年・亀齢、並びに材学有りと云

一 二人の弟も、子供ながら、その兄に優るとも劣らないとの評判があった。
二 父親も人柄のよさで知られ、著述だけの人ではなかった。また徳行すぐれた人であった。
三 「天道無レ親、常与二善人一」(史記・伯夷伝)。
四 停雲集・上の記事による。
五 母方の伯叔父。
六 停雲集・下の記事による。
七 大明律例諺解、三十巻。
八 文禄の役。
九 姓堀山。江戸の人。
一〇 姓岡島、号石梁。加賀の人。
一一 姓円田。江戸の人。
一二 姓石原、号鼎庵。長崎の人。
一三 停雲集・上。
一四 一日分の食料を二日に引き延ばして食べていたが、平気であった。
一五 「九月十三夜小集」。
一六 本姓は高。以下、停雲集・下の記事による。
一七 薩摩藩に禄仕した。
一八 六代将軍徳川家宣。以下、停雲集・下の記事による。
一九 学問があるという評判を聞いて登用した。
二〇 常陸水戸藩の徳川光圀が招聘して、大日本史編纂の彰考館に迎え、のち総裁となった。後印本に「一時人称為儒宗」と改める。解説参照。
二一 停雲集・下「和二京師人所一レ寄鴨河韻一」。絃歌―歌絃。「杜父魚」は鴨川名物のゴリ

ふ。

三宅用晦、名は緝明。観瀾と号す。京師の人。文章を以て聞こゆ。[二〇]常藩聘《へい》してその史局に置く。文廟の時、取りて東都の学職に補す。『停雲集』に載する所の、京師の人に寄する詩中の聯に曰ふ、「[二一]三更《ノ》灯火波心《ノ》市、十里《ノ》絃歌岸上《ノ》楼、杜父魚肥《エテ》杯可《シ》レ挙《グ》、牛王廟古《リテ》葉将《ニ》レ秋《ナラント》」。その[二二]俳偶《はいぐう》世耳に入り易きを以て、一時に膾炙《くわいしや》す。余謂ふ、[二三]三四、摂の安治川《あぢがは》の作と為さば、則ち佳なり。[二四]鴨水涓涓《あふすいけんけん》、曾《かつ》て刀《ふね》を容れず。[二五]「波心」の二字、殊に謂《い》はれ無しと為す。第六句、[二六]徒《いたづ》らに対偶《たいぐう》を事とし、景を粘《ねん》するに切ならず。[二七]牛廟六月、羅縠《らこく》相ひ摩《ま》し、香風鼻を撲《う》つ。何ぞ曾てこの凄涼《せいりやう》有らん。観瀾又[二八]倭刀《わたう》を詠ずる詩有りて、亦た『停雲集』に見ゆ。我が邦の人、我が邦の刀を詠ずるは、題して「刀を詠ず」と曰ひて可なり。詎《なん》ぞ倭と曰ふことを用ひん。[二九]宋明これ等の詩多し。倣《なら》ひてこれを作《な》さば、則ち「[三〇]日本刀を詠ずるに擬《ぎ》す」と曰ひて、猶ほ可なり。観瀾重名有りてこの破綻《はたん》有るは何ぞや。或ひと曰ふ、「観瀾も亦た木門の人」と。

服部寛斎、[三一]前巻已《すで》にその人を録す。今『停雲集』を閲るに、「[三二]寛斎、名は保庸、字は紹卿。東都の人。強記力学、且つ孝友を以て聞こゆ。[三三]文廟藩に在る日、徴して侍読と為す」と云云。『停雲集』にその詩三首を載す。頗る清暢なり。寛斎の弟維恭、名は愿。橘洲と号す。伯氏と同じく録用せらる。『停雲集』に[三四]九月十三夜の作

(別名かじか、いしもち)。「牛王廟」は祇園社、牛王天王を祭神とする故に言う。
二二 対句がすっきりしているので、当時人々に好んで誦詠された。
二三 三四句(三更、十里の頷聯)は摂津の安治川のような大川であるならば、すぐれた表現である。
二四 鴨川は水の流れがごく僅かで、舟なども浮かべられない。「刀」は舟。詩経(衛風・河広)の「誰謂二河広一、曾不レ容レ刀」(鄭玄曰、小船曰レ刀)による表現。
二五 波心(波の中心、河の真ん中)の二字が鴨川にはふさわしくない。北海は「三更灯火波心市」の句を、屋形船の明るい灯がまるで河の真ん中に市が立つかのように見えるの意に理解したらしい。恐らくは誤解。対岸の宮川筋の、真夜中まで絃歌に興じている茶屋の明かりが河の真ん中に映って、それが市の灯火のように見えると言うのである。船が出ているのではない。
二六 語の対偶に力を用いるばかりで、第五句に付ける景の選択がいい加減である。
二七 六月は祇園会の祭事がひき続いてあり、美人のうすぎぬと袖ふれあい、その余香を嗅ぐ華やかな季節。木の葉が秋の色に染まり始めるという寂しい雰囲気はない。
二八 停雲集・下「倭刀」。
二九 例えば、宋の欧陽脩の「日本刀歌」。
三〇 中国の詩人の「日本刀歌」をまねて作る。
三一 一〇一頁参照。
三二 停雲集・下。
三三 のちの六代将軍家宣が甲府藩主(徳川綱豊)であった頃。
三四 停雲集・下「九月十三夜」。

を載す。首尾匀称《いんしょう》、録すべし。

土[一]肥允仲、名は元成。霞洲と号す。東都の人。生まれながらにして聡悟《そうご》。その能く言《ものい》ふに及び、書を授くれば即ち誦を成す。六歳にして詩を作る。文廟潜邸《せんてい》[二]の日、召見し、試みに論語・中庸を講ぜしむ。論辯甚だ明なり。且つ命じてその賦する所の詩を書せしむ。書法も亦た観《み》るべし。時に元[三]禄癸未《きび》秋八月、允仲年十一と云ふ。所[四]謂神童もただならず。余『停雲集』に允仲の事を記することかくの如し。所謂神童もただならず。

『停雲集』に載する所を覧《み》るに、詩も亦た当行[五]なり。その中、京師の故人に贈る小絶に曰ふ、「[六]一別音書断《エ》、相思秦地《ノ》秋、欲《シテ》下将《テ》二双涙《ヲ》一寄《セント》上、墨水不二西流《レ》一」。最も古意を存す。

真[七]子明、都[八]孟明の二人の始末、その詩を併せて『停[九]雲集』に見ゆ。子明、名は璋。殊に才思有りと云ふ。載する所の詩一首、頗る佳なり。

田伯隣、姓は益田、名は助。寉楼と号す。東都の賈人《こじん》。世《よよ》売薬を業とす。伯隣少《わか》くして学に志し、白石に師事す。遂に詩を以て聞こゆ。又客を喜ぶを以て、その名益《ますます》著はる。余その詩を閲《み》るに、甚だしく佳なるもの無し。要[一〇]するに諸名士に縁《よ》りて不朽なるのみ。梁景鸞に寉楼に贈る書[一一]、及び『寉楼集』[一二]の跋《ばつ》有り。服子遷に寉楼[一三]が伝有り。今これを併せ考ふるに、その人は則ち実に伝ふべきものなり。京摂雅《もと》より大賈多し。しかれども一人の比擬《ひぎ》すべきもの無し。近時摂[一四]に木世粛有り。或ひと曰ふ、「寉楼に当るべし」と。余《われ》世粛が人と為《な》りを悉《つく》す。寉楼に同じからず。寉楼

一 以下、停雲集・下の記事による。
二 将軍世子として西の丸にいた頃。
三 元禄十六年(一七〇三)。
四 神童と言うだけでは足りないぐらいだ。
五 よく出来ている。
六 「贈二京洛故人一」。書―塵。断―絶。墨江。「秦地」は都長安のある地。ここでは京都を指す。一別以来便りなく、そちら秦の地の秋を思いやる。両の目の涙を貴方のもとに届けたいが、涙を託すべき墨田川は西の方向には流れないのだ。
七 姓真部を修す。
八 姓都築を修す。
九 停雲集・下。
一〇 所詮、有名人たちと交際があったということで詩人としての名が滅びずにいるに過ぎない。孜孜斎詩話・上(二四七頁)に反論がある。
一一 蛻巌集・六「答二田伯隣一」。
一二 蛻巌集・五「鶴楼集後序」。
一三 南郭集三編・七「寉楼伝」。寉楼集巻末に附す。
一四 摂津に木村巽斎(蒹葭堂)がいる。その広い交遊の様子は蒹葭堂日記に詳らか。江村北海とも親交があった。
一五 ほんの少しの酒も勧められない下戸。
一六 趣味は少し多方面に渉る。篆刻や絵画や博物標本の蒐集などの多くの趣味があっ

は豪《がう》を以てし、世粛は雅《が》を以てす。窪楼は率《そつ》を用ふるに、世粛は博《はく》を勤む。窪楼は一飲数斗、世粛は[一五]勺飲《しやくいん》も勧めず。窪楼はただ好んで詩を作る。世粛はやや[一六]多岐《たき》なり。窪楼は客を喜ぶ。客無ければ楽しまず。最も文学の士を重んず。客は必ず文士を得んとす。得ざれば則ち雑賓俗客も至るに随ひて歓《くわん》す。世粛も亦た客を喜ぶ。客無けれども亦た楽しむ。文学の士を重んぜざるには非ざれども、しかれども兼ねて諸好事の徒を喜ぶ。

[一七]僧法霖、蘭谷と号す。本《もと》小野氏。東都の賈人。性世利に恬《てん》に、ただ詩をこれ耽《ふけ》る。児有りて尚ほ幼なるに、妻を出だして独処し、後遂《つひ》に僧と為る。『停雲集』に多くその詩を載す。結構精密、佳篇尠《すく》なからず。一聯隻句《せきく》、殊に[一八]響亮《きやうりやう》多し。今その[一九]数聯を録す。「[二〇]舟中夢破レテ湖天白ク、馬上望迷ヒテ駅樹青シ」「[二一]一水人遥ニシテ梅耐ヘレ折ルニ、三更夢断エテ月相親シム」「[二二]鸞鳳長ク想フ高人ノ嘯、鸜鵒徒ラニ憐ム処士ノ狂」「[二三]花裡ノ書窓三月ノ雨、松間ノ禅榻五更ノ風」「[二四]只今天下剣ニ無クレ気、依リテレ旧ニ世間銭ニ有リレ神」。

僧若霖、字は桃渓。相州の人。数《しばしば》京摂に往来す。東涯の『盍簪録』に曰ふ、「[二五]霖、詩を善くし、兼ねて書画を能くす。[二六]海内文儒の家、参謁すること殆ど遍《あま》ねし」と云云。今その詩を覧るに、実に法霖の下に出づ。某の池亭に題する詩の後聯に「[二七]釣罷テ孤舟蘋渚ニ繫ギ、魚稀ニシテ隻鷺蓼汀ニ眠ル」と曰ふ如き、[二八]前句已に魚の事に係《かか》れば、亦たただ一意。餘は以て推すべし。

た。

一七 以下、停雲集・下の記事による。

一八 鮮やかな響きある表現。

一九 すべて七言律詩中の対句。

二〇 「行遊」の頸聯。舟旅の夢が覚めると湖上の空が白々と明けていたり、馬上より目をやって行く手の緑の中に宿場の印の樹を探したりする。

二一 七首連作の「春興」の第二首の頷聯。三更―半宵。「春興」の連作は京都の友人を思う心を詠む。上の句、川のかなた遠くの友人の為には梅花をた折って一枝の春を贈ることが出来る。南朝宋の陸凱が江南より長安の友人范曄に梅花一枝を贈った故事(→一一七頁注一六)による。下句、夜中に夢から覚めては、月を友とし親しみ眺めるばかり。

二二 「春興」の第六首の頸聯。鳳―凰。優れた人が詩を吟じる鳳凰のような声をいつまでも思い返し、鸚鵡賦(文選)を作った後漢の禰衡のような官位のない処士の空いばりを我ながら憐れむばかり。

二三 「春興」の第七首の頸聯。三月の雨に降りこめられて花蔭に読書し、明け方の風に吹かれて松の木の下で座禅する。

二四 「春興」の第二首の頸聯。太平の世の今や剣に殺気なく、世間は相変わらず銭こそ神様という始末。

二五 盍簪録・二。

二六 全国の学者文人の家の殆どを訪れた。

二七 停雲集・下。

二八 前句の「釣罷」は魚のことに関わるので、後句の「魚稀」の表現に重複する。「合掌」の詩病(→四五頁注三二)。

梁景鸞、名は邦美。蜺岩と号す。総州の人。少《わか》くして東都に遊学し、一天才巧妙、前に古人無く、後に継ぐもの無し。二少時才を負ひ、小節を閑《なら》はず。故に筮仕《ぜいし》数跌《しばしばてつ》す。屢《しばしば》困阨《こんやく》に遇《あ》ひ、三家ただ四壁。しかして意気少しく撓《たわ》まず。嘗て書を買ふこと能はざるを以て題と為す。その末句に曰ふ、「四恵車鄴架満ツ二天地一、誰カ信ゼン空拳猶ホ突クヲレ囲ミヲ」。知らざるものは以て妄《まう》且つ傲《がう》と為さん。しかれどもその咏雪の詩の序中にも亦た曰ふ、「五余頻年窮甚だし。書簏《しよろく》中、四子《しし》を除く外、詩韻《しゐん》一冊、徐文長《じよぶんちやう》の集半部有るのみ」と。かの「空拳囲《かこ》みを突《つ》く」は、果《はた》して虚語に非ず。余謂ふ、爾時《じし》東都人才《じんさい》林の如しと雖も、白石・南海を除くの外、諸子の長鎗大戟《ちやうさうたいげき》、恐らくは景鸞の空拳に敵《てき》し難からん。景鸞、後六加納侯《かなふこう》に仕ふ。加納侯とは七今の松本侯即ちこれなり。何《いくばく》も亡《な》くして亦た辞し去る。最後に赤石《あかし》の儒学と為る。赤石、海嶽の勝有り。これに加ふるに、摂に隣り、京師に近し。その八業漸《やうや》く以て広被《くわうひ》す。遂に九終焉《しゆうえん》の意有り。ここに於て湖海《こかい》の気日《ひ》に銷《せう》し、温潤の徳月《つき》に進む。一〇余弱齢赤石に在り、始めてその人に謁す。既に已に一一皤皤然《ははぜん》なり。しかして一二薫然和煦《くんぜんわく》、毫《がう》も辺幅《へんぷく》を修せず。且つ天性才《さい》を愛し、循循誘奨《いうしやう》、一三所長《しよちやう》を以て人に加へず。長子、小字万虎。才気乃翁《だいをう》に似たり。疾《しつ》を以て廃す。一四次子は即ち今職を嗣《つ》ぐもの。余按ずるに、蜺岩の詩体、屢《しばしば》変ず。唐と為《な》り、宋元と為り、初明と為り、一五七子と為り、徐文長と為り、一六袁中郎《ゑんちゆうらう》と為り、一七鍾譚《しようたん》と為る。余が弟に贈る詩に「一八我初メ御シテレ風ニ翔ル、晩ニシテ而履ム二平地ヲ一」の句有り。しか

一 空前絶後の詩の天才であった。
二 若い頃、才能を恃んで細かな礼節に従わなかったので、仕官にたびたび失敗した。
三 家財道具をすべて失った貧窮のさま。
四 蜺巌集・三「不レ能レ買レ書」。「正徳中在二東都一作」の詩題注がある。荘子の友人恵施は五台の車に沢山の書物を載せ、唐の鄴県侯李泌は家に蔵書が多かった。恵車、鄴架とも蔵書の多いことを言う。天下に蔵書家は溢れているが、それらの包囲を突き破るべく、私が書物なしの空手で戦っていると誰が信じてくれようか。
五 蜺巌集・三「詠雪」。大学、中庸、論語、孟子の四書以外は、韻毎に文字を配列した韻書一冊、明の徐渭(字文長)の集の半分が有るだけだ。
六 戸田光永。その世子光熙の儒師となった。
七 美濃加納藩の戸田家は山城淀、志摩鳥羽を経て、享保十年(一七二五)に信濃松本に移封。但し当主の代替りはあった。
八 彼の儒者、詩人としての業績が広く知られるようになった。
九 かくて明石を身の落ち着きどころと思いきわめて、日に日に豪胆な気性が薄れ、温厚さが増した。 一〇 解説参照。
一一 髪の毛が真っ白であった。
一二 人柄が穏やかで温かく、うわべを飾って気取ることが少しもない。
一三 能力のあることを人に誇ろうとしない。
一四 梁田邦鼎、号象水。
一五 古文辞派の李攀竜・王世貞らの嘉靖年間の七子。 一六 公安派の袁宏道(字中郎)。
一七 明の鍾惺と譚元春、竟陵派と呼ばれる。
一八 蜺巌集・一「題二滕元琰(姓伊藤、字元琰。北海の弟。のちの清田君錦、号儋叟)水尋

れども亦ただ畢竟《ひつきやう》一蛻翁の詩為りと云ふ。余謂ふに、凡そ作者の患ひは、才あるものは敲推《かうすい》[一九]を勤めず、勤むるものは未だ必ずしも才有らざるに在り。蛻岩、天縦の才有りて、力を極めて鍛錬す。何を以てかその然るを知る。蛻岩、余《わ》が兄弟と交忘《ばう》[二〇]年《ねん》と称し、贈答殊に多し。これ皆蛻岩赤石[二一]税駕《ぜいが》の後、その年紀を考ふるに、蓋し[二二]六十以後なり。その後『蛻岩集《ぜいがんしふ》』出づ。就いてこれを閲《み》れば、則ち往往[二三]二三字を改む。しかして改むるもの更に理致有り。乃ち知る、八十の老翁、孜孜《しし》兀兀《こつこつ》[二四]として、思ひを字句に潜《ひそ》むることを。宜なり[二五]、その能く精微に造詣《ざうけい》すること。今その集を読むに、譬へば猶ほ崑崙《こんろん》[二六]の邱《をか》に上り、歩歩これ玉、栴檀《せんだん》の林に入り、枝枝これ香なるがごとし。詩のここに至る、宜しく遺論無かるべし。しかれども猶ほ未だ善を尽くさざる[二七]こと有るものは、何ぞや。蛻岩才を用ふること太《はなは》だ過ぐるのみ。張茂先[二八]、陸士衡に謂ひて曰ふ、「人常に才の少なきを恨む。しかして子は更にその多きを患ふ」と。余《われ》蛻翁に於て復た云ふ。

桂山彩岩、名は義樹、字は君華。東都の秘書監《ひしよかん》[二九]と云ふ。余赤石に在るとき、梁景鸞、数《しばしば》彩岩の詩律の精工を称す。因りてその作家なるを知る。後来信州の湖玄岱[三〇]も、亦た盛んに彩岩を称す。乃ち益《ますます》その作家なるを知る。ここに於て歴《あま》ねく諸選を閲するに、『玉壺詩稿』[三一]に八島の懐古の七律二首を載す。『崑玉集』[三二]に金陵懐古に擬する七律一首を載す。『熙朝文苑』[三三]に人に贈る七絶二首を載す。諸選載する所を通

艸後二」。我初―吾昔。履―践。自らの詩風の変遷を語る句。初年は己を離れた模擬の詩を作ったが、晩年には自己の性霊に基づく平淡な詩風となったの意。
一九 推敲に同じ。詩文の添削。 二〇 年の差を忘れてしまう親しい付き合いだと言って。
二一 明石に落ち着いての後。蛻巌が明石藩に仕官したのは四十八歳の享保四年(一七一九)。
二二 北海の弟清田儋叟が初めて蛻巌に書簡を呈したのは蛻巌六十七歳の元文三年(一七三八)のこと(「答二滕元琰一」蛻巌集・六)。
二三 「蛻岩先生自書ノ寒月ノ詩、伯氏ノ方ニアリ。細竹馴尨臥、喬林羈鳥驚ノ句アリ、数年後ニ集版ナル、喬林ヲ喬柯ニ作ル。意義倶ニ勝ル。七十ノ老翁ナヲ芸文ニ心ヲ潜メ、一字モ苟モセラレザルコト、コレニテモ推テ知ベシ。真ノ風流トモ、雅人トモイフベシ」(孔雀楼筆記・一)。蛻巌七十一歳の寛保二年(一七四二)に刊行された蛻巌集・二の「寒月」に「深竹馴尨伏、喬柯羈鳥驚」。→二七八頁注一六。 二四 熱心に勤めるさま。
二五 その詩が精密微妙な表現に至り得たのも当然である。 二六 珠玉を多く産する崑崙山に登れば、一歩一歩足に踏むのは玉ばかりである。 二七 武力で殷の紂王を征誅した周の武王の音楽を孔子が「尽レ美矣、未レ尽レ善」(論語・八佾)と評したことによる表現。美の実質に欠ける点がある。
二八 晋の張華が陸機に言った語(晋書・陸機伝)。王世貞の芸苑卮言に引用される。
二九 御書物奉行。 三〇 一四一頁参照。
三一 尾張の木下実聞の「蘭皐先生玉壺詩稿」に諸家の詩などを付した詩集。木村蓬莱編、元文四年刊。 三二 崑玉集後篇、尾張林方成

じて、僅かに五首。その他は見る無し。京摂の年少、往往桂秘監の何人《なんびと》為るを知らず。蓋し、数十年来、東都の藝文、京摂に播伝するものは、ただに[一]蘐園《けんゑん》の諸子のみ。その他は[二]鸞鳳《らんぽう》音を吐くと雖も、寥《れう》として聞こゆる無し。亦た一時風気の偏を見るべくして、彩岩重厚[三]名に近づかざることも、亦た徴すべきのみ。

物徂徠、傑出《けつしゆつ》の才を以て、宏博《くわうはく》の学に駕《が》す。[四]旧業《きうげふ》を守ること能はず、遂に復古《ふくこ》を以て門戸を創立す。その初め一二の軽俊、従ひてこれを鼓吹《こすい》す。終《つひ》に能く海内翕然《きふぜん》として風靡《ふうび》雲集《うんしふ》し、我が邦の藝文これが為に一新して、才俊亦た多くその門に出づ。今に至りて講説の徒、[五]口を徂徠に藉《か》り、皐比《かうひ》に坐して生徒に驕《おご》るもの、比比として尠《すく》なからず。若し夫れ経義文章は、余《われ》に[六]別論有り。徂徠嘗て『[七]唐後詩』『[八]絶句解』を著はす。海内これに由りて[九]嘉靖《かせい》七子を宗とす。これを喜ぶものは、徂徠を以て藝苑の功人と為し、これを非《そし》るものは、或いは以て[一〇]軽薄を長ずと為す。要するに未だこれを深く考へざるのみ。余謂ふに、明詩の近時に行はるる、[一一]気運これを使《せし》むるなり。請《こ》ふ詳らかにこれを論ぜん。夫れ詩は漢土の声音なり。我が邦の人、[一二]詩を学ばざれば則ち已《や》まん。苟《いやし》くもこれを学ぶや、漢土に承順《しようじゆん》せざること能はず。しかして詩体は毎《つね》に気運に随ひて遁遷《ていせん》す。所謂[一三]三百篇、漢魏六朝、唐宋元明、今よりしてこれを観れば、[一四]秩然《ちつぜん》として相ひ別る。しかれども[一五]当時の作者は、則ちその然るを知らずして然るものは、気運これを使《せし》むるもの、非なるや。我が邦と漢土と、相ひ距《さ》る

編。三 熙朝文苑・二「賦二得何処明月夜一」「和二贈江日子一」。

一 荻生徂徠の門人たち。「蘐園」は徂徠の私塾の名。
二 たとえ秀れた詩人がいても、その名声は聞こえてこない。
三 名声を得ようとしなかったことも、そのことから分かる。
四 もともと学んだ朱子学を守りえず、復古の学を唱えて一学派を創り出した。
五 権威を徂徠に借り、講筵に坐して大威張りで生徒に教えるものが少なくない。
六 日本経学考か。
七 明代の詩の選集。享保五年(一七二〇)刊。
八 明代の古文辞派の詩人の絶句を集め簡潔な注を付したもの。五言は諸子、七言はすべて李攀竜の作。
九 明の嘉靖年間(一五二二―六六)に詩盟を結んで活躍した古文辞派の文人。李攀竜・王世貞・謝榛・宗臣・梁有誉・徐中行・呉国倫。
一〇 「我党、攘臂、扼腕、側目、睥睨など明七子輩の詩文に多く用るとて、吾国の人もこれを用るは軽薄ぞ」(清田儋叟・芸苑談)。
一一 解説参照。
一二 詩を学ばないのなら話は別だが、仮にも詩を学ぶとすれば中国の詩体に従わないわけにいかない。
一三 詩経。
一四 時代の順に詩体ははっきりと変遷する。
一五 それぞれの時代の詩が、詩人に自覚のないままに時代の詩体詩風となってしまうのは、時の流れが詩をそのように変遷させるからである。そうではあるまいか。

こと万里、劃《くわく》するに大海を以てす。ここを以て、気運毎《つね》に彼《かれ》に衰へて、しかして後此《これ》に盛んなるものは、亦た勢ひの免れざる所。その彼より後《おく》るること、大抵二百年。胡《なん》ぞその然るを知る。『懐風』『凌雲』二集に収むる所の五言四韻、世以て律詩と為《す》るは、非なり。その詩[一六]対偶備はると雖も、声律未だ諧《かな》はず。[一七]これ古詩の漸く変じて近体と為る、斉、梁、陳、隋に漸くその作多し。我が邦その気運を承くるものなり。その年代を稽《かんが》ふるに、文武天皇の大宝《たいほう》元年は、唐の中宗の嗣聖《しせい》[一八]十四年為《た》り。上《かみ》梁の武帝の天監《てんかん》元年を距《さ》ること、凡そ二百年。[一九]弘仁《こうにん》・天長《てんちやう》、初唐に髣髴《はうふつ》し、天暦《てんりやく》・応和《おうわ》、元白《げんぱく》を崇尚す。並びに[二〇]二百年の後に黽勉《びんべん》す。五山詩学の盛んなるは、明の中世に当る。[二一]彼《かれ》に在りては則ち李何王李《りかわうり》、復古を前後に唱へ、此《これ》に在りては則ち南宋北元、伝播を一時に専らにす。その宋元の際を距ること、亦た二百年なり。[二二]我が元禄、明の嘉靖を距ること、亦た復た二百年なるときは、則ち七子の詩、当《まさ》に我が邦に行はるべし。気運已に符《ふ》す。故に徂徠に先だつて已に七子を称揚するもの有り。『[二三]活所《くわつしよ》備忘録《びばうろく》』に曰ふ、「李滄溟『唐詩選』を著はす。甚だ余が意に契《かな》ふ。詩を学ぶものこれを舎《す》てて何《いつ》くに適《ゆ》かん」と。又曰ふ、「[二四]謝茂秦が「洞庭湖」、[二五]徐子与、[二六]呉明卿が「岳陽楼の作」、気象雄壮、絶景と相ひ敵《てき》す。[二七]殆ど少陵、浩然の二氏を追歩すべし」と。永田善斎の『[二八]膾餘雑録《くわいよざつろく》』にも亦た七子に論及す。しかれども爾時《じし》気運未だ熟《じゆく》せず。故にこれを唱へて、和するもの無し。徂徠の時に迄《いた》りて、その機已に熟す。白

一六 近体詩の律詩のように、八句のうちの第三句と第四句、また第五句と第六句とが整った対句になっているが、近体詩であるためのもう一つの条件である平仄の規則に叶わない。
一七 古詩から近体詩が出来る過渡期の詩作品で、六朝時代の後期に多く見える。
一八 正しくは「十八年」。日本の大宝元年は中国の嗣聖十八年(七〇一)に当り、梁の天監元年(五〇二)から二百年。
一九 嵯峨天皇の弘仁(八一〇―八二四)・天長(八二四―八三三)年間の詩は初唐(六一八―七一二)の詩に近く、村上天皇の天暦(九四七―九五七)・応和(九六一―九六四)年間には元稹・白居易を尊重した。どちらも二百年の後に努力して作ったものである。
二〇 「二百年」は底本「百年」。
二一 中国では李夢陽と何景明ら前七子、王世貞と李攀竜ら後七子が古文辞を提唱し、日本の五山では南宋および元詩風が風靡した。
二二 元禄元年は一六八八年。嘉靖元年は一五二二年。
二三 那波活所著。写本で伝わる。二つの引用は巻二と巻五、いずれも寛永七年(一六三〇)における記事。
二四 謝榛「送㆑客遊㆓洞庭湖㆒」、四溟山人全集・十五。
二五 徐中行「登㆓岳陽楼㆒」、徐天目先生集・九。
二六 呉国倫「登㆓岳陽楼㆒」、甔甀洞稿・二十四。
二七 杜甫と孟浩然を追いかけることができる。杜甫に「登㆓岳陽楼㆒」、孟浩然に「臨㆓洞庭㆒」の名詩が有る(唐詩選)。
二八 承応二年(一六五三)刊。巻一と巻二に七子への言及が見える。

石、滄浪、蛻岩、南海、大抵徂徠と同時、並びに[一]蘐園の餘勇《よゆう》を買ふものに非ず。しかしてその詩、唐を宗とすと曰ふと雖も、亦ただ明詩の声格なり。故に云ふ、気運これを使《せし》むと。これによつてこれを論ずれば、[二]則ちそれ或いは今に継ぐもの、数百年と雖も知るべし。或ひと余に謂ひて曰ふ、「子が[三]既《き》往《わう》を論ずるは似《に》たり。それ今を継ぐもの何如《いかん》」と。曰ふ、「余《われ》聞く、[四]明詩四変すと。[五]李何に一変し、[六]王李に二変し、[七]二袁に三変し、[八]鍾譚に四変し、逾《いよいよ》変じて逾《いよいよ》卑卑なり。最後に[九]陳臥子《ちんぐわし》の出づる有り。『明詩選《みんしせん》』を著はし、[一〇]王李が餘燼《よじん》を吹く。しかれども気運既に替《たい》し、復た振ふこと能はず。清人《しんひと》、議論一《いつ》ならず。[一一]櫟下《れきか》が『書影《しよえい》』、王李を訶斥《かせき》して小児の語と為す。[一二]帰愚《きぐ》が『別載《べつさい》』、臥子を紹述《せうじゆつ》し、少しく機軸《きぢく》を別にす。[一三]又専ら晩唐を宗とする有り。参趨途《さんすうみち》を異にすと雖も、余を以てこれを観れば、清人の篇詠、大抵諸家相ひ似たり。その[一四]縝整《しんせい》雅柔、頗る元季明初の作家に似たり。これを[一五]近時の所謂明詩なるものに較《くら》ぶれば、剽窃雷同《へうせつらいどう》の病ひ無くして、その気格は則ちやや淡弱なり。当今京摂の[一六]才髦《さいばう》の作る所、往往この途《みち》に出づ。亦た気運の鼓《こ》する所、然らざることを得ずして、[一七]遐《か》州遠境《しうゑんきやう》、今に至りて猶ほ七子を尸祝《ししゆく》するものは、気運の推移、本末有り、遅速有り、[一八]猶ほ我が邦の漢土に於けるがごとし」と。或ひと曰ふ、「嚮《さき》に徂徠微《なか》りせば、則ち明詩の行はるる、漸《ぜん》を以てすべし。徂徠才大に気豪に、言に過激多し。故にその行はるるや、驟《すみや》かにして、その弊《へい》も亦た速《すみや》かなり」と。余按ずるに、

一　蘐園派に鼓舞されてその尻馬に乗るような人物ではない。
二　「其或継レ周者、雖二百世一可レ知也」（論語・八佾）による表現。
三　従来の詩風の変遷についての論は的中しているようだ。将来についてはどうだろうか。
四　「張綦居曰、明詩四変」（書影）。
五　李夢陽、何景明。　六　王世貞、李攀竜。
七　正しくは「三袁」か。袁宗道、袁宏道、袁中道の三兄弟。性霊派の主導者。
八　鍾惺と譚元春。竟陵派の主導者。
九　明の陳子竜。その明詩選は享保十八年（一七三三）に和刻本が刊行されている。
一〇　王世貞、李攀竜の古文辞の運動の残り火を吹き起こした。
一一　清初の周亮工、号櫟園（櫟下先生）の著わした書影。巻六の一文に王世貞、李攀竜らを「譬則児童也」と、その剽窃踏襲の文章を「十歳豎子」の為すところと罵倒する。
一二　沈徳潜（号帰愚）の明詩別裁集は自序に「陳黄門臥子皇明詩選、正徳以前殊能持択、嘉靖以下形体徒存」、後七子以来の詩の選択が形骸のみに惹かれていると批判する。
一三　例えば清の葉燮は「原詩」で晩唐詩を再評価した。
一四　緻密に整い、俗なところなく穏和。
一五　近ごろ古文辞派の尊重する明詩に比べると、盛唐の詩の表現を借り用いてどれもこれも千篇一律になってしまうような弊害はないが、反面、気韻格調は淡く弱い。
一六　才能すぐれた人。
一七　都会から遠く離れた地方では今でも嘉靖七子の古文辞を崇拝する。

徂徠の詩に二体有り。初年の作は、[一九]痩勁雄深《そうけいゆうしん》、後来李王に影響し、勤めて[二〇]高華《かうくわ》の言を作《な》す。これを要するに、詩はその所長に非ず。

徂徠門下、才俊多しと称す。その顕はるるもの、春台、南郭の外、猶ほ数十人。盛んなりと謂ふべし。然るに細かにこれを考ふれば、則ちその中、大いに[二一]軒輊《けんち》有り。蓋し、大名の下《もと》、名を成し易きのみ。[二三]況《いはん》や赫赫《かくかく》たる東都、他邦の比に非ず。或いは[二二]攀龍附鳳《はんりようふほう》、欻《たちま》ち禁臠《きんれん》に託し、或いは[二四]曳裾授簡《えいきよじゆかん》、長く侯鯖《こうせい》に沾《うる》ほふ。虎威《こゐ》を仮《か》るもの、驥尾《きび》に附くもの、[二五]青雲致《いた》し難きに非ず。これに加ふるに[二六]邦国の士人、各その君に従ひて往来し、結交同盟、諸藩に遍満し、[二七]同を褒《ほ》め異を伐《う》ち、鼓《こ》盪扇揚《たうせんやう》、遐《か》僻《へき》として届《いた》らざる靡《な》し。これその一時に顕赫する所以《ゆゑん》なり。[二八]退《しりぞ》きてその私を察すれば、則ち羊質にして虎文、名その実に過ぐるもの亦た鮮《すく》なからず。[二九]これを簸《は》しこれを淘《たう》し、後世自ら公論有らんのみ。

[三〇]滕東壁、名は煥図。諸子に先だちて、謁を徂徠に執《と》る。著はす所、『[三一]東野遺稿《とうやゐかう》』有り。その詩、蘐園諸子の中に在りては、[三二]華藻競はずと雖も、渾朴《こんぼく》称すべし。

[三三]県次公、名は孝孺。周南と号す。周防の人。徂徠に師事す。初め次公の父良斎、長藩の文学為り。次公その職を嗣ぐ。長門の泮宮《はんきゆう》を[三四]明倫館と曰ふ。次公その[三五]館事を司る。今に至りて長門に才学の士多しと云ふ。余謂ふに、近時、文士の志を行ふことを得るは、次公に若《し》くは莫《な》し。その著作、『[三六]周南文集《しうなんぶんしふ》』有り。

一八 日本の詩壇が中国の詩風の変遷を後れて追うようなものだ。 一九 華やかさがなく骨太。 二〇 気韻が高くて文彩はなやかな表現。詩藪では漢魏初唐、李白・杜甫、また李攀竜らの詩を「高華」と評することが多い。 二一 高低の差。 二二 まして江戸の繁栄ぶりは他の国と比較にならない。 二三 優れた人物の側に付きしたがうお蔭でいちはやくご馳走にありつき。 二四 高貴な家に文人として出入りしていつも種々の肉の珍味を戴く。 二五 青雲(高い地位)をきわめることも難しくはない。 二六 わが国の武士は参勤交代する主君の供をして江戸と藩国とを往復し、互いに交友を結び詩盟を共にし、仲間が諸藩にたくさんいて。 二七 仲間褒めをしては他の学派を誹り、互いに励まし煽り立てる風潮は、どんな田舎にも及ばない所はない。 二八 徂徠門流の人としてでなく、一個の詩人として見たのなら、羊の肉に虎の皮をかぶせたようなもので、名声ほどの中身がないことが少なくない。 二九 淘汰して。 三〇 姓安藤を修す。東壁は字。号は東野。 三一 寛延二年(一七四九)刊、三巻。 三二 華やかな表現には欠けるが、雄渾質実なところは評価できる。 三三 姓山県を修す。 三四 享保四年(一七一九)、長門の藩校として創設された。 三五 第二代の学頭を務めた。 三六 周南先生文集、十巻。宝暦十年(一七六〇)刊。

太宰徳夫、名は純。春台と号す。信州の人。初め東壁と同じく中野撝謙に従学す。撝謙、名は継善、字は完翁。長崎の人。嘗て[一]関宿侯に仕ふと云ふ。後東壁、徂徠に従遊し、数《しばしば》書をもつて徳夫を招く。遂に物門に帰す。その学業行事、詳らかに服[二]子遷が撰する所の墓碑、[三]松君修が録する所の行状《ぎやうじやう》に見ゆ。ただこの[四]褊心《へんしん》、往往人の為《ため》に訶《か》斥《せき》せらる。しかれども余を以てこれを論ずれば、則ち春台褊窄《へんさく》なりと雖も、自ら信ずること甚だ確。ここを以て議論透徹、痛快の語多し。自ら人に過ぐること有るものなり。その人[五]名教を以て自ら任ず。しかして詩も亦た観るべし。嘗て『[六]文論』『詩論』を著はす。余初めこれを読みて、殊にその持論の平正を歎ず。後『春台文集』を読む。[七]二論と牴牾《ていご》するものこれ有り。所謂[八]局に当るものは惑ふか。然らずんば、則ち初年の作のみ。その集を纂輯《さんしふ》するもの、刪《けづ》らざるは何ぞや。その詳らかなることは、余に[九]別論有り。

[一〇]服子遷、名は元喬。南郭と号す。著はす所、『[一一]南郭文集』。初編より四編に至る。経義は春台並びに世に行はる。蓋し、徂徠没して後、物門の学、分れて二と為る。経義は春台を推し、詩文は南郭を推す。余按ずるに、我が邦の詩、元和以前はただ[一二]僧絶海有るのみ。[一三]元和以後は漸《やうや》くその人有り。しかして白石、蛻岩、南海はその選なり。今南郭を以てかの三子に較《かく》するに、南郭、[一四]天授、白石に及ばず。[一五]工警、蛻岩に及ばず。[一六]富麗、南海に及ばず。しかれども竟《つひ》に三子の下《しも》為り難きは何ぞや。[一七]操觚《さうこ》の年少、こ

一 天和四年(一六八四)から下総国関宿藩主の牧野成貞に仕えた。
二 服部南郭撰「春台先生墓碑」(春台先生紫芝園稿・附録)。
三 松崎惟時(号観海)撰「春台先生行状」(同右)。
四 その狭量さの故に人の非難を受けた。
五 仁義などの道徳上の教えを明らかにすることを務めとした。
六 ともに寛延元年(一七四八)刊。
七 文論・詩論での主張通りでない作品がある。両論で春台は古文辞の模擬の厭うべきことを痛論しているが、自身の紫芝園稿にはかえって模擬の作が目だつ。
八 実際に行うと、なかなか思い通りにならぬと言うことか。
九 授業編にも述べるが詳細ではない。未刊に終った著書、日本文選あるいは日本経学考か。
一〇 姓服部を修す。子遷は字。
一一 初編は享保十二年(一七二七)、二編は元文二年(一七三七)、三編は延享二年(一七四五)、四編は宝暦八年(一七五八)の刊行。
一二 五山の僧。七七頁参照。
一三 元和より後には立派な詩人が徐々に出てきた。新井白石、梁田蛻巌、祇園南海はなかでも傑出した者だ。
一四 生まれついての才能。
一五 冴えた技巧。
一六 多彩で華やかな表現。
一七 詩文を作る若者が、その機微を悟り得たなら、それこそ共に詩を語る資格のあるものだ。「子曰、賜也、始可二与言一詩已矣」(論語・学而)による表現。

の関を悟入《ごにふ》せば、始めてともに詩を言ふべきのみ。蓋し、白石は天授超凡、辞藻絶塵、誠に及ぶべからず。若しその全集に就きてこれを論ぜば、[一八]清雅秀婉、絢彩《けんさい》目に溢《あふ》れて、悲壮沈鬱、渾雄蒼老なるものは、集中幾《いくばく》も無し。南海はただこれ[一九]一味に綺麗《きれい》。後勤めて超脱し、却《かへ》りて繊巧に屑屑《せつせつ》たり。蛻岩は天縦の才、[二〇]奇正互ひに用ひ、変幻百出、神工鬼警、古今の間に孤高独立す。惜しむらくは、才を用ふること太《はなは》だ過ぐ。[二一]前論するものの如し。蓋し、才を用ふること太《はなは》だ過ぐれば風雅を傷《やぶ》ること有り。これを譬ふるに士庶、侯家の讌席《えんせき》に陪《ばい》するに、時有りて笑謔歌唱するは亦た害無し。太だ過ぐれば、則ち[二二]俳優に類する有り。南郭能く地歩を守る。勝つことを一句一章に求めずして、功を一巻一集に全うす。[二四]今その集を閲《み》るに、初編は[二三]瑕纇《からい》頗る多し。二編は十に二三を存す。三編四編、最も粋然《すいぜん》たり。乃ち知る、この老の[二五]剪裁《せんさい》、老いて益《ますます》精到するを。因りて謂ふ、[二六]作者才無きは則ち已《や》む。小才有りてこれを大用せんと欲すれば、醜態畢《ことごと》く露《あら》はる。最も戒むべし。大才大用、誠に[二七]快絶を為す。しかれども僅かに快絶を欲すれば、[二八]三尺《さんせき》を侵《をか》し易し。十分の才、毎《つね》に六七分を用ふるは、正にこれ詩家極至の工夫。南郭能くこの義を解し、[二九]百尺竿頭《ひやくせきかんとう》、歩を進むることを肯《あ》へてせず。反りてこれ至り難き地位なり。南郭の次子、名は恭、字は愿卿。幼くして才穎と称す。年僅かに[三〇]十九にして没す。遺稿有り。『[三一]鍾情集《しようじやうしふ》』と名づく。その中に[三二]荘子謙が[三三]芙蓉《ふよう》に登るを聞きて以て寄する詩の中聯に曰ふ、「[三四]不ニ啻《ただ》ニ登

一八 端正で柔らか、彩り鮮やかな表現は多いが、深い憂いや憤りに満ちた男性的で老成した詩句は殆ど無い。
一九 華麗な詩句ばかりで、後年そこから抜けでようとして、反って細かい表現の技巧に終始している。
二〇 正攻法奇襲法取り混ぜ、多彩な表現を自在に繰りだし、目を奪うその神技のほどは空前絶後である。
二一 一二三頁参照。
二二 伽衆。道化役者。
二三 欠点がかなり多く見られる。
二四 まじりけがない。欠点がない。
二五 詩句の推敲。
二六 詩人に詩の才が無ければそれまで。ささやかな才能を大いに発揮して立派な詩句を作ろうとすると、全くぶざまなものになる。
二七 素晴らしい詩。
二八 詩のきまり。声律。
二九 ぎりぎりまでの徹底した完璧さを求めることを無理にしなかった。
三〇 「識愿卿墓誌」(南郭撰)によれば「年十七」。
三一 寛保元年(一七四一)刊。
三二 荘田豊城(字子謙)、南郭の門人。一三二頁参照。
三三 富士山。
三四 逼—通。山上では魯の国が小さく見えるだけでなく(孟子・尽心上の「孔子登二東山一而小レ魯」による表現)、吸う息吐く息が天に迫るほどにも感じられる。下界ではいつも三つの峰(富士山上は三つの峰が向い合うように見える)の雪をふり仰ぎ、海からは九つの火口から上がる煙を顧みる。

臨《シテ》堪《フルノミナラ》ビ小《トスルニ》レ魯《ヲ》、更知《ニル》呼吸近《ノ》逼《クル》レ天《ヲニ》、人間長仰《クグ》三峰雪《ノ》、海上回看《リル》九点煙《ノ》」。謂ふべし、[一]翩翩逸気《へんぺんいつき》有りと。又客を送る絶句に曰ふ、「[二]秋風颯颯雨紛紛、匹馬孤舟両岸《ニ》分《ル》、万里江山如《シ》二黛色《ノ》一、相望《ヒ》 能不《ンデ ク》レ歎《ランヤ》二離群《ゼ ヲ》一」。亦た佳なり。南郭晩年、[三]西仲英を撫《ぶ》して子と為す。亦た已に没す。その著作、余未だこれを覧《み》ず。

[四]平子和、名は玄中。金華と号す。嘗て詩の服子遷に贈るもの有りて曰ふ、「[五]白髪如《ク》レ糸《ノ》混《ズ》二弟兄一、中原二子 奈《いかんセン》二虚名《ヲ》一」。子和が自ら[六]量《はか》らざるは誠に論亡《な》きのみ。世人も亦た多く子遷と並び称す。子和の幸ひと謂ふべし。子和が詩、太だ佳なるもの有り。太だ佳ならざるもの有り。太だ佳なるものは、[七]体格雄華、金石鏗鏘《かうさう》。太だ佳ならざるものは、[八]浅陋支離《せんろうしり》、剽窃陳腐《へうせつちんぷ》。[九]二手《にしゅ》に出づるが如し。亦たただ才を負ひて精思すること能はざるのみ。

[一〇]高子式、名は維馨。蘭亭と号す。年十七にして[一一]明を喪ひ、志を詩詞に専らにす。生平作る所は殆ど万首。貴介公子、争ひ延《ひ》いて詩を講ぜしむ。名声一時に藉甚《せきじん》なり。その詩剪裁整密、音韻清暢。白石、蜺岩、南郭等の大家名家に及ばずと雖も、[一二]小家《せうか》数《すう》に在りては則ち上首と称すべきものなり。

[一三]島錦江、名は鳳卿、字は帰徳。東都の秘書監。[一四]越雲夢、名は正珪、字は君瑞。並びに名《な》物門に重し。『蘐園録稿』にその詩を載す。錦江が呉宮の詞、遊猟の歌、並びに合調なり。

一 抜きんでた才気がある。
二 「江雨送レ客」。風吹き雨そそぐなか、馬で見送る私と舟で向う岸に渡る旅人とは別れ別れになった。彼方の山々は眉のような淡い青色に連なる。河をはさんで目を交わしつつ別離を嘆かないでおれようか。
三 本姓中西氏、服部白賁(字仲英)。明和四年(一七六七)没。→孜孜斎詩話二七三頁。
四 姓平野を修す。子和は字。
五 蘐園録稿・下「答二子遷見レ懐一二首」その一。上句、金華は南郭に比べて五歳の年少であるが、白髪が多くてむしろ年上に見えたことを言う。下句、天下に並び立つ二人は、功業のないまま、いたずらに詩人としての虚名のあがるのを如何ともしがたい。
六 身のほどを知らぬことは実に言うまでもない。 七 詩句の骨組みがしっかりとして華やか、響きもよい。
八 俗悪でまとまりなく、ありきたりな借りものの表現。
九 まるで別人が作った詩のようだ。
一〇 姓高野を修す。子式は字。
一一 盲目になり。 一二 群小詩人の中では最高の地位に居るものと言ってよい。
一三 姓成嶋を修す。錦江は号。
一四 姓越智を修す。雲夢は号。
一五 姓菅原を修す。麟嶼は号。
一六 八代将軍徳川吉宗。
一七 ことに伊藤東涯の門下に学んだ。
一八 北海の亡くなった父、伊藤竜洲。
一九 姓石川を修す。叔潭は字。
二〇 幕府の旗本。
二一 姓土屋を修す。伯曄は字。号藍洲。
二二 姓守屋を修す。秀緯は字。号峨眉。

[一五]菅麟嶼、本姓は山田、名は弘嗣、字は大佐。幼にして神童の称有り。年十三、徳[一六]廟召し見《まみ》えしめ、尋《つ》いで博士と為す。童時京師に遊び、諸[一七]儒に参謁す。爾時《じし》余尚《な》ほ幼なり。先[一八]人の膝下に侍してこれを一見す。今甚だしくは記せず。『録稿』にその詩二首を載す。

[一九]石叔潭、名は之清。東[二〇]都侍衛《じえい》の臣と云ふ。亦た物門の人。

[二一]土伯曄、名は昌英。[二二]守秀緯、名は煥明。二人も亦た重名有り。並びに医を業とす。伯曄は小倉侯に仕ふ。秀緯は大垣侯に仕ふ。『録稿』に載する所、秀緯が「[二三]窓《ハ》対《シテ》二芙蓉《ニ》一含《ミ》二雪色《ヲ》一、檻《ハ》当《リテ》二滄海《ニ》一抱《ク》二潮声《ヲ》一、万家《ノ》楡柳伝《ヘ》二新火《ヲ》一、千里《ノ》鶯花背《ク》二旧程《ニ》一」。太だ佳なり。呉宮怨の小絶も亦た佳なり。

芙蓉万庵、魯寮大潮、二僧殊に物門の諸子と相ひ歓す。詩名一世に高し。我が邦釈門の詩、元和《げんな》以前は絶海、義堂を推し、元和以後は万庵、大潮を推す。余『[二四]江《かう》陵《りよう》集』を読み、又『[二五]松浦《しようほ》集』を読む。二僧の工力大抵相ひ当る。しかして才華の如きは、則ち万庵[二六]一籌《いつちう》を進《すす》むるに似たり。

[二七]源京国、名は義治。華岳と号す。物門の諸子、数《しばしば》その人を称す。謂《おも》ふに当《まさ》に作家なるべし。しかして諸選に載する所、余未だその佳なるものを覩《み》ず。かの[二八]板美仲が若《ごと》きは、名価高からず。しかれども『録稿』に選する所、「[二九]臥閣青山遠《ク》、弾琴白日長《シ》」「[三〇]山《ハ》対《シテ》二柴門《ニ》一静《カニ》、海《ハ》連《リテ》二曠野《ニ》一平《カナリ》」「[三一]故園春欲《シ》レ尽《キント》、絶域草初《テ》肥《ユ》」「[三二]残夜伝《ヘ》二刁斗《てうとヲ》一、

二三 護園録稿・上「三丫江留二別滕君美一」の頷聯と頸聯。三丫江は両国橋付近の隅田川を言う。送別の宴の窓は富士山を望んで雪の色を収め、手すりは海に向かいあい潮の響きを抱きとめる。時あたかも煮炊きの火を禁じる寒食が終り、家々では新しく熾した火を楡柳の枝でうつし伝えている。これから自分は千里の鶯花の中を、前日の旅程を背後に捨てて旅ゆくのだ。

二四 万庵の詩集。延享二年(一七四五)刊。

二五 大潮の詩集。松浦詩集。元文五年(一七四〇)刊。　二六 万庵が負けているようだ。

二七 姓久津見。京国は字。

二八 姓板倉を修す。美仲は字。

二九 上巻「寄二秩父令田君一」の頸聯。「田君」が無為と礼楽により秩父の領地を治めていることを讃える。下句「子之二武城一、聞二弦歌之声一」(論語・陽貨)による。

三〇 「題二賢堂禅室一」の頷聯。門―扉。静―起。

三一 「従軍行」の頷聯。故郷で春が終ろうとする頃、遥か北方のこの地では草が柔らかく萌えはじめる。

三二 「従軍行」の頸聯。夜のあけんとするに警戒のドラの音が次々と響き、毎年毎年鎧のままで寝る生活が続く。

一 「寄二秩父令田君一」の頷聯。仁愛の教化は後漢の県令であった卓茂や魯恭に同じく、治績の程は漢の太守龔遂や黄覇に肩を並べんとする。

二 「寄二石叔潭一」の頸聯。野にあって変わらぬ友情を語り合っては涙を流し、草深い田舎に病に沈んで思いはくじけ易い。

「頻年臥《ス》二鉄衣《ニ》一」「[一]風裁同《ジク》二卓魯《ニ》一、治行擬《ス》二龔黄《ニ》一」、又「[二]湖海論《ジテ》レ交《ヲ》添《へ》二涕涙《ヲ》一、蓬蒿臥《シテ》レ病《ニ》易《シ》二蹉跎《シ》一」、却りてこれ諧合《かいがふ》す。

荘子謙、姓は村田[三]、名は允益。豊後臼杵《うすき》の人。本藩に仕へ、東都に祗役《しえき》す。業を南郭に受く。才を負ひ、奇を好む。嘗て富嶽に登り、芙蓉[四]の記を作る。凡そ民庶嶽《がく》に上《のぼ》るもの、必ず斎戒[五]素《そ》を喫《きつ》し、しかして後敢《あ》へて上る。且つ相ひ戒めて山中の事跡を語ることを許さず。子謙記を作り、始めて造化《ざうくわ》の秘《ひ》を漏《も》らす。[六]何《いくばく》も亡《な》くして子謙暴卒《ばうそつ》す。俗輩以て罪を嶽神に得ると為す。余殊に愛する子謙が秋懐の二聯に曰ふ、「[七]青山入《ル》レ夢《ニ》松蘿《ノ》月、秋雨関《ル》レ心《ニ》水竹《ノ》居、却《テ》恨《ム》西都題《シテ》レ柱《ニ》過《ギシヲ》、且《ツ》思《フ》南畝帯《ビテ》レ経《ヲ》鋤《ンコトヲ》」。深婉情至。恨むらくは他篇を見ず。

石子游、姓は石島、初名[八]は正猗、字は仲緑。後《のち》名を藝、字を子游と更む。自ら筑波山人と称す。尾張[九]の人。東都に遷住す。亦た南郭の門人。放蕩酒を好み、家を為《をさ》むること能はず。詩才雄豪を以て一時に称せらる。嘗て京師に遊び詩を作りて曰ふ、「[一〇]敝裘杖《つゑツキ》レ剣《ニ》入《ル》二西京《ニ》一、自《ラ》比《ス》能文《ノ》陸士衡、誰《カ》見《テ》二篇章《ヲ》一焚《カン》二筆硯《ヲ》一、豈《ニ》将《テ》二詩賦《ヲ》一譲《ランヤ》二簪纓《ニ》一、一時《ノ》羊酪無《ク》二人《ノ》問《フ》一、千里《ノ》蓴羹動《カス》二客情《ヲ》一、洛下《ノ》書生誇《レドモ》二博物《ニ》一、寥寥《トシテ》未《ダ》レ聞《カ》茂先《ガ》名」。その[一一]狂誕《きやうたん》、大率《おほむね》これに類す。『玉壺詩稿』に子游が詩を録すること殊に多し。往往[一二]神気軒翥《けんしよ》、筆端活動す。若《も》し済《すく》ふに精細を以てせば、則ち詞壇の旌門《せいもん》と為《な》るべし。惜しむらくは、その人軽躁、筆を下すこと亦た復た疎率なるのみ。

三 正しくは「荘田」。
四 芙蓉之図(寛保三年刊)。
五 身を清め、精進の食事を食して。
六 事実は、子謙の亡くなったのは宝暦四年(一七五四)、芙蓉之図の刊行より十年以上も後のこと(先哲叢談後編参照)。
七 崑玉集後編・人「秋懐」。三四句、漢の司馬相如が故郷から都へ上るとて橋を渡り、高車駟馬に乗らずんば再びこの橋を渡るまいと橋柱に記した、そんな立身の大志が今となっては恨めしく、漢の児寛が貧しいなか書経を懐に入れて畑仕事をしたような、そんな生活を帰郷して送ろうかと思う。
八 誤り。初名は芸、後に正猗に改めた。
九 誤り。遠江の人。一時尾張に滞在。
一〇 崑玉集後編・天「西京客中題二旅舎壁一」。聞—聴。破れ外套に剣を杖つき西の都に入った私は、自らを呉の田舎から長安の都へ出た晋代の文人陸機(字士衡)になぞらえる。陸機の弟陸雲は兄の文章を見ると筆と硯を焼き捨ててしまいたくなると嘆いたが、私の文章を見てそんなふうに嘆く具眼の士は果して居るものか。詩賦についてはお公家さまがたにも一歩も引くまい。呉の国にも羊の乳に匹敵するものはあるかと問うた侍中の王済に、陸機は「千里の蓴羹(じゅんさいのスープ)未だ塩鼓を下さず」と見事に答えたが(世説新語)、往時のように問う人もないままに、私は蓴羹を思って故郷を懐かしむ。都の学者はむやみに博覧を誇っているが、かつて陸機を推奨した張華(字茂先)ほどの人物の名は聞こえてこないのだ(張華は博物の学で著名であった)。
一一 でたらめな大言壮語。 一二 精神が高揚

『蘐園録稿』に載する所の五絶、[一三]松子錦が春意に「[一四]臘雪二三尺、門前不レ可《カラ》レ掃《フ》、纔《わづカニ》被《れ》二春風吹《カ》一、江上尽《ク》青草」。又古別離に「[一五]送《ル》レ君《ヲ》黄河湄《ノ》、黄河幾千里、我思《ガ》長《シ》二於河《ヨリ》一、思《フコト》レ人《ヲ》終《ニ》不レ已《マ》」。七絶には[一六]平子彬が長興山に登るに云ふ、「[一七]長興山色秀《ヅ》二清秋《ニ》一、日《ひびニ》抱《キテ》二摩尼宝塔《ヲ》一浮《ブ》、湘水如《ク》レ環《ノ》帰《ル》二大海《ニ》一、連《ル》レ天《ニ》帆影不二曾《テ》流《レ》一」。[一八]僧了玄が春日墨水に遊ぶに云ふ、「[一九]風花処処送《ル》二江春《ヲ》一、古渡蕭条芳草新《ナリ》、為《ニ》二是《レ》王孫昔遊地《ノ》一、縦《ヒ》無《キモ》二白鳥一亦愁《ヘシム》レ人《ヲ》」。[二〇]江子園が秋宮怨に云ふ、「[二一]琪樹西風白雁過《ギ》、夜寒如《ク》レ水《ノ》渺《ナリ》二天河一、自《ラ》将《テ》二紈扇《ヲ》一憐《ム》二秋色《ヲ》一、不レ問《ハ》昭陽月影《ノ》多《キヲ》」。並びにこれ警絶。自ら不朽《ふきう》なるべし。その餘の作者、当《まさ》に重考して遺《ゐ》を補《ほ》すべし。因りて具録せずと云ふ。

日本詩史巻之四終

して表現が生き生きしている。

一三 姓松本を修す。名尚絅、号北冥。

一四 下巻「絶句」。「臘雪」は旧暦十二月の雪。春風が雪の上を吹きはじめるやいなや、忽ち川辺は緑の草に覆われた。

一五 下巻「送別」。旅ゆく君を黄河の岸に送る。黄河の流れは何千里と長い。しかし君を思う私の心はそれよりも更に長い。なごり惜しさはいついつまでも尽きないのだ。

一六 姓三浦、字子彬、名義質、号竹渓。

一七 「長興山」は相模国の小田原の南にある禅宗黄檗派長興山浄泰寺か。「此地より遥に見わたせば、江之島鎌倉鮮にして、風色斜ならず」(東海道名所図会・五)。長興山の山容は清らかな秋に高く秀で、日々に如意輪塔を山腹に抱くようにして空に浮かぶ。湘水(相模川)は山を繞って流れて海に帰り、川面から天にまで連なり到る舟の帆は、はるかに遠く動かない。

一八 名園乗、号天門。

一九 下巻「春日遊二隅水一得二春字一」。「王孫」は平城天皇の孫に当たる在原業平を指す。東下りの業平が都鳥を見て京の人を思った(伊勢物語・九段)場所なので、今はその「白き鳥」はいないが、人の愁いを誘う。

二〇 姓入江を修す。名忠囿、号南溟。

二一 下巻「西宮秋怨」。白—寒。寒—雲。二句、夜の空は水の色に冴々と、天の川は果てしない。三句、天子の寵愛を趙飛燕に奪われた班婕妤が、秋に棄てられる紈扇(白い団扇)に自らを譬える「怨歌行」(文選)を下敷にする表現。四句、今しも寵愛を蒙る女性の住む昭陽殿には月の光さえ豊かに差すようなと、今は怨みごとを言うまい。

日本詩史巻之五

平安　江村綬君錫著
弟　清　絢君錦
男　　悰秉孔均　同校

[一]品藻の難きや、衒売《げんばい》するものは、その声遠く播《は》して、その実未だ副《そ》はず。韜晦《たうくわい》するものは、その文徴するに足りて、その名毎《つね》に湮《いん》す。その土《ど》に生まれてその土の藝文を商搉《しやうかく》する、猶ほ且つその要領を得難しと称す。何ぞ況《いはん》や他邦の人士をや。[二]所謂靴を隔てて癢《かゆ》きを搔《か》くもただならず。余《われ》、[三]浅舜臣が輯する所の『崑玉集』、[四]木実聞が著はす所の『玉壺詩稿』を読む。張藩の藝文、[五]一斑を管見す。ただ二集、撰次倫無く、且つ作者の[六]郷貫を詳らかにせず。張人《ちやうひと》と他邦の人と、混淆《こんかう》して分別すべからず。則ち余が論列する所、[七]訛謬《くわびう》固《もと》より当《まさ》に多きに居るべきのみ。

余少年の時、友人の案上に就きて『[八]防邸《ばうきう》詩選』を閲す。張藩諸家の詩を収録す。今茫として記《き》せず。これを書肆に募《つの》るに、往往にしてその名を知らず。[九]殊に悵悵《ちやうちやう》為《た》り。『扶桑千家詩』に[一〇]清水春流が詩を載す。亦たその人を詳らかにせず。

[一一]木公達、名は実聞。余張藩の人士に於て、通識する所無し。今『崑玉』『玉壺』二集に拠りてこれを[一二]蠡測《れいそく》するに、公達張藩に在りて、或いはこれ[一三]詞壇に南面し、諸

一　詩人の品評は難しいもので、自分を売り込むものは、名声は広がり易いがその割に詩才なく、才能を隠すものは、詩文は遺されていても名前は忘れ去られるものだ。
二　もどかしい思いを言う「隔靴搔癢」どころの話ではない。
三　崑玉集には前後編があり、前編は千村夢沢門人の浅野舜臣編、延享二年(一七四五)刊。後編は同門の林方成編、寛延四年(一七五一)刊。
四　→一二三頁注三一。　五　一部分を僅かに窺った。　六　出身地を詳しく書いていない。
七　間違いの多かろうことは言うまでもない。
八　千村夢沢編、享保六年(一七二一)刊。
九　実に残念だ。　一〇　千家詩・上「洛陽春」。春流、名は仁、号釣虚散人。
一一　木下蘭皐。荻生徂徠の門人、尾張藩儒。
一二　わずかな知見で全体を推測する。
一三　詩文壇の指導者として、詩を作るものたちを偉そうに見下していたのだろう。
一四　盛唐の、玄宗皇帝治下の開元・天宝時代の詩の源を尋ね、古文辞派の活躍した明の嘉靖・万暦の高い格調に乗じ、更に博学によって辞藻を加え、自在の文才によって表現すれば、心のままに筆がそれをなぞる。
一五　服部南郭や梁田蛻巌もなかなか出来ずに苦しんだ。「尭舜其猶病諸」(論語・雍也)。
一六　才能もないのに無理に天地の森羅万象のすべてを表現し尽くそうとしている。その故に詩はごつごつして艶がなく、茫々とした草のように暗く理屈が通らない。
一七　玉壺詩稿の第四冊に夢沢の詩六十二首を集めて「伏陽客中稿」と内題する。
一八　「贈二木蘭皐一」。憑―馮。孟嘗君の食客の馮(底本の「憑」は誤り)驩は礼遇薄きゆえ

子に傲睨《がうげい》するものならん。その詩体を詳らかにするに、公達必ず謂はん、「[一四]吾能く開天の正源を探り、嘉万の逸格に駕し、これを殖するに広博の学を以てし、これを出だすに縦横の才を以てし、意の欲する所、筆必ずこれに従ふ」と。噫《ああ》、かくの如くなるは、則ち南郭[一五]、蛻岩もそれ猶ほ病む。公達、天受[一六]の妙無くして、強《し》ひて万象を籠蓋《ろうがい》せんと欲す。ここを以てその詩磊砢《らいら》にして光沢無く、莽蒼《まうさう》にして倫理無し。

井鼎臣、本姓は千村氏。夢沢と号す。『玉壺詩稿[一七]』にその詩六十余首を載す。大抵公達と伯仲す。「[一八]憑驪弾ジテレ鋏ヲ泣キ、宋玉至リテレ秋ニ悲シム」と曰ふが如き、直ちにこれ『蒙求[一九]』の標題なり。且つ驪[二〇]は鋏《けふ》を弾じて歌ふ。泣きしには非ず。これ等の詩、宜しく録する無かるべし。若し夫れ『崑玉集』に載する所、今井生[二一]が過訪を喜ぶ五律、歳杪の書懐の七律は、頗る匀称《いんしよう》為り。これを要するに名に急にして、自ら択《えら》ぶに遑《いとま》あらざるのみ。

千村力之、名は諸成。莪湖と号す。又笠沢と号す。井鼎臣が長子なり。『崑玉集』に載する所は、当《まさ》に少時の作なるべし。然れどもその天授才敏、大いに乃翁《だいをう》に逾《こ》ゆ。五言には「[二二]生白憐ミ二吾ガ室ヲ一、草玄避ク二世人ヲ一」「[二三]雀羅将ルニレ設ケント処、鳳字孰カ題センレ門ニ」「[二四]溝水通ジ二舟ヲ一」「[二五]未ダレ値ハ二西帰ノ日ニ一、空シク為ス二東武ノ吟ヲ一」「[二六]客心驚キ二短髪ニ一、官況恋フ二扁舟ヲ一」「[二七]本識ル二地ノ難キヲレ縮メ、逾ミ増ス郷国ノ愁」。七言には、「[二八]西風払ヒテレ檻ヲ秋如クレ水ノ、中夜懐ヒテレ人ヲ月在リレ霄ニ」「[二九]病来空シク憑ル烏皮几、夢裡重ネテ鳴ル白玉珂」「[三〇]世上ノ虚名任スレ呼ブニレ馬ト、塵中ノ浪跡総テ亡

に鋏(つるぎ)を弾じて泣き(史記・孟嘗君列伝)、楚の大夫の宋玉は屈原の不遇ゆえに秋になって悲しむ(楚辞・九弁)。

一九 古人の逸話を集めて、その内容を四字の韻語の標題で現わした書物(五代後晋の李瀚編)。まるで蒙求の標題のように味気ない句だの意。

二〇 史記には「弾ニ其剣ニ而歌」とある。

二一 後編・天「今井生過訪喜賦」、「歳杪諸君至喜賦」。

二二 後編・天「堂成四首」その二。虚しきがゆえに光明の白く差す(荘子・人間世)我が部屋を愛し、太玄経を書いた漢の揚雄のように著述して世の俗人を避ける。

二三 同右その三。訪れる人なく門前に雀を捉える網を張ろうか(史記・汲鄭列伝)と言うほどのところ、神交を結ぶ誰かが門に鳳の字を書き付けるだろうか。晋の呂安は嵆康を訪れたが、凡庸なその兄しか居なかったので凡なる鳥という意を諷した鳳の字を門に書して帰った(世説新語)。

二四 後編・天「飲ニ田家ニ二首」その二。溝—愷。

二五 前編「得ニ関西諸弟詩ニ却寄」。未だに西の故郷に帰る日は来ず、空しく江戸での詩を歌うばかり。

二六 前編「月夜懐ニ関西諸弟ニ有ニ此寄ニ二首」その二の頸聯。驚—憐。旅にあって髪の薄くなったことに驚き、宮仕えの身は舟を浮かべて暮らす隠棲を思う。

二七 同右の結聯。逾—愈。土地を縮めて近づける術の無いのは承知しているが、望郷の思いはますます募るのだ。

二八 前編「中元前一夜偶坐作」。懐—思。西風が欄干を吹いて秋空は水のように涼しく、夜中に人を思って空の月を望む。

二九 後編・人「秋懐十首」その六。憑—隠。病

羊」「[一]頻年風雨徒《ニ》搔《ク》レ首《ヲ》、何《ノ》地《ノ》鶯花《カ》更《ニ》解《カン》レ顔《ヲ》」等、字を下すこと法有り。語も亦た清麗なり。その餘、絶句には殊に佳なるもの有り。

井出識明、名は知亮。鳳山と号す。力之が次弟なり。その「[二]酔後振《ヘバ》レ衣《ヲ》花乱《レ》落《チ》、庭陰倚《レバ》レ杖《ニ》石崔嵬」「[三]移《セバ》レ歩《ヲ》山光生《ジ》二杖履《ニ》一、倚《レバ》レ楼《ニ》海色映《ズ》二衣襟《ニ》一」「[四]病来耽《リテ》レ句《ニ》痩逾《ミ》甚《シク》、酔後発《シテ》レ狂《ヲ》意却《テ》寛《シ》」と曰ふは、[五]才調伯氏に雁行す。『崑玉集』に季弟居卿が幼時の詩を載す。[六]鼎臣この三子有り。自ら藝苑に烜赫《けんかく》するに足る。

木君恕、名は[七]貞寛。蓬萊と号す。尾張の人。嘗て京師に客遊し、後東都に赴き、講説を業と為す。その詩、これを公達・鼎臣に較《くら》ぶれば、[八]頗る地歩を占む。しかれども雋句警聯《しゅんくけいれん》も亦た復た多からず。若し夫れ『崑玉集』に載する所の中秋無月に云ふ、「[九]金茎雲黒《クシテ》光猶動《ホキ》、紫陌灯明《ニシテ》夜未《ダ》レ深《カラ》」。声華挹《いふ》すべし。ただ[一〇]金茎は漢武の設くる所、我が邦にこれ無し。或ひと曰ふ、「唐明の詩中、多く金茎を用ふ。これを用ふるには何の害あらん」と。殊に知らず、[一一]唐の玄宗、[一二]明の世宗、酷《はなは》だ神仙を好む。詩人仮借して、以て時事を詠ずるものなるを。これ等の事、余『[一三]授業篇』に於て已に詳らかにこれを論ず。

沖野孝寛、南溟と号す。田中尚章、名は釆蕙。雁宕と号す。[一四]晁涵徳、名は文淵。玄洲と号す。[一五]清水彦八、名は虎。[一六]賀安長、精斎と号す。五人並びに張藩の人。その詩、『熙朝文苑』に見ゆるもの、一二首に過ぎず。姑《しばら》くその姓名を録し、以て重考

気以来黒皮の脇息により懸かってばかりいる。夢のなかでは何度も白玉の馬の鞍の飾りを鳴らして故郷に帰った。
三〇 同右その二。世—身。虚—浮。身に過ぎた評判があるのはさもあらばあれ、俗世の生活はまったく虻蜂取らずに終ってしまった。「呼馬」は人が牛と呼べば自ら牛と、馬と呼べば馬と思うばかりだと老子が説いたこと(荘子・天道)による。「亡羊」は枝道が多くて逃げた羊を見失った話(列子・説符)による。

一 前編「奉レ憶二家大人一〈在二東武一作〉」。頻—十。年来の風雨にただ失意の頭を搔くばかり、何処へ行ったら鶯や花に晴れ晴れと笑うことが出来るのだろうか。
二 後編・人「同二諸君一游二鈴公南荘一二首」その一。 三 同右その二。歩みを運べば杖と靴の下から山の景色が始まり、高楼に倚りかかり立てば海面の輝きが襟元に映る。
四 前編「春日臥病」。 五 才気ある詩の調子は兄の千村力之にやや後れて続く。
六 崑玉集後編には更に「千春友、字金弥、時年十一、鼎臣男」の名が見える。
七 正しくは「貞貫」。
八 かなり独自なものを持つ。
九 後編・人「中秋無月」。未—不。厚い雲の下だが金茎はそれでもきらりと光り、都大路には灯火明るく夜はまだ更けない。
一〇 漢の武帝は仙人の掌の形をした承露盤を作って、そこに溜った露を飲んで長命を図った。金茎はその承露盤を支える銅柱。
一一 旧唐書・玄宗本紀に「釈老之流」の勧めに依って玄宗が「清浄」を務めたと言う。

に備ふ。

松秀雲[一七]、亦た張藩の人。『熙朝文苑』にその詩七首を載す。頃日《けいじつ》大江稚圭『玄圃《げんぽ》[一八]集』を刻し、余に一部を贈る。秀雲の序有り。ここに知る、その人恙《つつが》無く、老いて益《ますます》翰墨を把弄するを。

『崑玉』『玉壺』二集、撰次倫無きは、余已に前論す。その張人と他邦の人と相ひ混じて分別すべからざるときは、則ち姑《しばら》く二集の録する所に従ひ、以て一二に論及す。若し夫れ[一九]張人と張人ならざると、姑《しばら》くこれを置くのみ。伊長卿、名は章。崆峒と号す。『玉壺詩稿』にその詩二首[二〇]を載す。歳晩井良重に寄する七律[二一]、嘉靖七子を勦窃《さうせつ》すと雖も、しかれども漸く自然に近し。ただ第五句の「芳樽万里河山邈」は、[二二]日は上る文王の誹《そし》りを免れず。若し「芳樽一夕」と作《な》さば則ち佳ならん。又人に贈る小詩に「東海多《シ》ニ秋思[二三]一、況《シャ》逢《フヲヤ》ニ夜色新《ノナルニ》一、遥《カニ》知《ル》奠水月《ノノ》、不レ照《ルヲサ》ニ去年人《ノヲ》一」。奇警無しと雖も、亦た自ら誦すべし。徳良弼[二四]が春城の寓目[二五]、華贍《くわせん》観るべし。沢元喜[二六]が蘭皐[二七]・夢沢二子に寄する七律、頗る能く結構す。又諸子に留別する絶句に云ふ、「落[二八]魄無《シ》ニ人《トシテ》 不《ルハ》レ可《カラ》レ憐《ム》」の一句、太《はなは》だこれ悲愴。惜しむらくは結[二九]、語を成さず。岡長祐が咏雪に云ふ、「一[三〇]庭地白《シ》非《ズ》レ関《よルニ》レ月《ニ》、万樹花明《カニシテ》 不レ待《タ》レ春《ヲ》」。興象甚だ肖《に》たり。惜しむらくは、首尾称《かな》はず。福昌言[三一]が九日の作[三二]、中南来[三三]が池亭の五律[三四]、尾有孚[三五]が七絶二首[三六]、並びに地歩を占め得たり。その餘、天信景[三七]、磯長博、鈴子都、嶺文谿、出

一二 明史・世宗本紀賛に「崇ニ尚道教一」と言う。

一三 授業編・八「詩学第十二則」に「サレバ詩中ニ用ルトコロノ、物ナリ、事ナリ、吾邦ニ無キモノ、無キ事ハ、大抵ハ作ラヌガヨシ」と述べる。

一四 姓朝比名を修す。

一五 号は鳳州。

一六 姓須賀を修す。

一七 姓松平を修す。別号竜吟。

一八 明和六年(一七六九)刊。

一九 尾張の人か否かはここでは問題にしないで、ひとまずは尾張の続きに論じる。

二〇 正しくは「三首」。

二一 玉壺詩稿・附録「歳晩得ニ井良重書一却寄」。

二二 意味未詳。対となる第六句「敝褐十年風雨寒」は「敝褐十年」「風雨寒」と四字三字で切れるが、この句は意味の上で「芳樽」と「万里河山邈」の二字五字に分かれる。対句の調子としては、唐彦謙の「蒲津河亭」の「日上文王避レ雨陵」の名句を「日は上る」で切らないでうっかり「日は上る文王」と誤り読むようにしないと整わないということか。

二三 崑玉集前編「壬戌中秋在レ武」云々。今日江戸にいる作者が、昨年の中秋、伏見を出て八幡山に登り、その帰途淀の堤に名月を眺めたことを思う詩。「奠水」はよどみ流れない水、淀川を言う。三四句、淀の月は、昨年はそこにいた人(私)を照らしていないのだ。

二四 徳力藤八。

二五 玉壺詩稿・附録「春日城中寓目」。

二六 大沢助蔵。

二七 玉壺詩稿・附録「奉レ寄ニ蘭皐先生一兼贈ニ夢沢井君一」。

二八 玉壺詩稿・附録「歳晩留ニ別諸子一」。落ちぶれた様は憐憫を催さぬ者のないほど。

二九 転結は「別後相思屋梁夢、多飛詩酒祖筵前」。送別の宴での詩酒のやり取りをしば

敬迓、野俊明、関徳亮、元文邦、藤本弘、江子永、林文清、喬惟寧、葉日洞、山泰信、山芝岩、池子圭、仲文輔、井天目、倉立大、関範良、須玉潤、谷秀実、丁忠利、竹山東、馬意信、村馬六、筒恒徳、森東発、蒲梧窓、陸知規、吉大壑、田仲文、源基長、源長英、平蘭渓等、その中玉石[一]の辨無くんばあらず。しかれども余未だその人を詳らかにせず。且つ二集に載する所、人ごとに一二篇に過ぎず。則ち亦た重考を俟《ま》つと云ふ。

『崑玉』『玉壺』二集に載する所の僧の詩亦た夥《おびただ》し。今その一二を論ず。僧宝性が夢沢に寄するに云ふ、「[二]伏枕青春日《ノ》、聞《ク》君《ガ》解《キテ》レ綬《ヲ》帰《ルヲ》、鳥《ハ》窺《フ》移《ス》レ柳《ヲ》地、童《ハ》待《ツ》映《ズル》レ花《ニ》扉、探《ル》レ勝《ヲ》支公《ノ》馬、舞雩曾点《ノ》衣、昨宵芳草《ノ》夢、相《ヒ》引《キテ》到《ル》二漁磯《ニ》一」。頗る華暢なり。[三]興善寺分韻の作も亦た佳なり。二詩に拠れば、則ち方外の作家と称するに足る。

僧宜牧が詩、嘉靖七子の末響、意を極めて勦襲す。然れどもその中自ら佳なるもの有り。円通寺に宿するに云ふ、「[四]古《ノ》寺鐘声度《ル》二翠微《ヲ》一、階庭《ノ》柏葉乱《ル》二斜暉《ニ》一、巌中《ニ》説《ケバ》レ偈《ヲ》花為《リ》レ雨《ト》、定裡《ニ》忘《レテ》レ機《ヲ》月照《ス》レ衣《ヲ》、巣鳥閑《カニ》窺《ヒテ》二双樹《ヲ》一入《リ》、香煙細《カニ》結《ビテ》二五雲《ヲ》一飛《ブ》、上方遥《カニ》出《ヅ》藤蘿《ノ》外、杖錫探《リテ》レ奇《ヲ》信宿《シテ》帰《ル》」。首尾匀称《いんしょう》、合作と称するに足る。

僧恵仁が詩、『崑玉集』にこれを載すること殊に多し。その京館の雑詩の中に云ふ、「[五]晩来比屋絃歌起《ル》、疑《フラクハ》是諸天賛《スル》レ我声《ヲ》」。狂妄と謂ふべし。又曰ふ、「[六]此《ノ》中無《シ》レ不《ル》レ有《ラ》、唯少《カク》二天女《ノ》侍《スルヲ》一」。[七]維摩の事を用ふと雖も、亦た復た甚だし。近時の学者、

しば夢にみることだろうの意。
三〇 玉壺詩稿・附録「雪晴」。庭中の地面が白いのは月明りが差すからではない。春を待たずとも木々は花に輝く。地面と枝に積もった雪。 三一 号雀渚。
三二 玉壺詩稿・附録「和二蘭皐木君九日之作一」。
三三 中村清兵衛。
三四 玉壺詩稿・附録「飲二某氏池亭一」。
三五 尾見与兵衛、号東山。
三六 玉壺詩稿・附録「遊二三山即興一」「袁州藤志水見レ過賦贈」。
三七 以下玉壺詩稿に詩を採られる作者。

一 詩人としての優劣の弁別をしなくてはならぬ。
二 崑玉集前編「寄二呈夢沢井君一」。一二句、病臥していた春のある日、君が職を辞して帰郷したことを聞いた。三句は陶淵明の「五柳先生伝」の「宅辺有二五柳樹一」を、四句は「帰去来辞」の「稚子候レ門」を面影にする。五句、晋の高僧の支遁がその神駿を愛して数匹の馬を飼っていた故事(世説新語)、六句、孔子に志を問われた曾点が政治むきのことを言わずに舞雩(土壇)に涼んで歌を詠じて帰りたいと述べた故事(論語・先進)を用いる。七八句、香ぐわしい草繁る茅屋に眠る昨夜の夢が、いつのまにか君に誘われ、隠者の釣り糸を垂れる磯辺に至ったことだ。
三 玉壺詩稿・附録「十六夜同二木井二君子一集二興善寺一分得二一東一」。
四 崑玉集後編・天「宿二円通精舎一」。度—渡。巌—岩。頷聯、岩の中で偈頌を唱えると花が雨のように散りかかり、座禅を組んで心の計らいを忘れると月が衣を照らす。頸聯、

動《やや》もすれば曰ふ、「僧の詩[八]香火《かうくわ》の気有るべからず」と。余は則ち[九]曰ふ、「僧の詩香火の気有るべからず。又無くんばあるべからず」と。蓋し、香火の気有れば、法を以て詩を害す。香火の気無ければ、詩を以て徳を累《わづら》はす。僧家の詩を学ぶもの、宜しくこの義を了得すべし。

尾張は東、参河に隣る。参河に在りては、則ち『扶桑千家詩』[一〇]に村田通信が詩を載す。余未だその人を詳らかにせず。近時源京国、刈谷侯に仕ふ。既に已に[一一]前録す。岡崎侯の儒学、秋子帥[一二]、名は以正。著はす所『澹園《たんゑん》初稿』[一三]有り。余未だこれを見ず。又田原侯[一四]の大夫、雍子方、『爽鳩《さうきう》詩稿』[一五]有り。子方、姓は鷹見。見を省きて鷹と為し、又鷹の字の不雅なるを悪《にく》み、更に雍姓と為すもの。名は正長。爽鳩はその号。嘗て蘐園の諸子と歓す。ここを以て詩名著聞す。余謂《われおも》ふに、蘐園の諸子、服子遷を除く外、孰《た》れか七子を勦窃せざるものあらん。しかれども子方より甚だしきは莫《な》し。[一六]「薄官天涯耽リ二濁酒ニ一、故人江上感ズ二綈袍ヲ一」と曰ふが如き、比比これなり。これを要するに、藩国の大夫を以てこの文雅有るは称すべきのみ。

参河より以東の五州、遠[一七]と為し、駿と為し、豆と為し、相と為す。文人才子、意《お》謂《も》ふに当《まさ》に衆《おほ》かるべし。余や孤陋、聞見する所無きときは、則ち史の[一八]文を闕《か》くに倣《なら》はざることを得ず。上野、下野、上総、下総、安房、五州は猶《な》ほかの五州のごとし。安房の東を常陸と為す。常藩、中納言[一九]義公の時に当り、儒術文藝の盛んなる、今

巣を営む鳥が沙羅双樹を覗いて入り、香を焚く煙が五色の雲となって立ちのぼる。七句、「上方」は山の上の寺、八句「信宿」は二泊すること。
五 後編・地「京館雑詩十二首」その一の転結句。軒を並べる茶屋の歌や三味線の騒ぎを、天上界の神が私を頌える声かと思うと戯れる。
六 後編「館定」の転結句「此中百爾無レ不レ有、唯少天女侍ニ床上一」を五字句に改めて引く。
七 維摩詰の部屋に天女が現われて華を降らせた故事(維摩経・観衆生品)を用いるのだが、あまりにも放言がすぎる。
八 「それ僧に香火の気なき者はこれを称して散聖と曰ふ」(金竜敬雄・艸庵稿・序)。
九 授業編・九「和習」。
一〇 巻上「杜鵑」。 一一 一三一頁参照。
一二 姓秋本を修す。号澹園。徂徠門人。
一三 享保十一年(一七二六)刊。
一四 田原一万二千石の領主三宅氏。「大夫」は底本「太夫」。
一五 宝暦五年(一七五五)刊。序文は服部南郭撰。
一六 爽鳩詩稿「答ニ岸竜見一寄」。うだつの上がらぬ宮仕えの身は辺境に濁り酒に溺れ、江のほとりの友人から衣服を贈られて心動かされる。魏の須賈が范雎の寒苦を憐れんで綈袍を贈った故事(史記・范雎伝)を用いる。
一七 遠江、駿河、伊豆、相模。但し「甲」(甲斐)が書き落とされている。
一八 古の史官は疑わしいことが有ればその文字を空白にして後考を俟った(論語・衛霊公)が、その態度をまねるしかない。
一九 徳川光圀。

に至りて人一東平《とうへい》の賢を称す。余が言に俟《ま》つこと無し。当時諸子の詠言、必ず観るべく伝ふべきもの有らん。ただ常藩は京師と相ひ距《き》ること隔遠、二所謂風馬牛《ふうばぎう》相ひ及ばざるもの、茫として考索すべからず。若し夫れ朱子瑜は、三余已に前録す。四『扶桑千家詩』に安積覚、内藤貞顕、大串元善、青野叔元、一松拙忠、石井収、内藤延春、安藤為明、名越正通、人見野伝、清水三世、相田信也、白井信胤等十三人、同じく菊を詠ずる詩各一首を載す。蓋し五陪宴授簡の作ならん。一時の文雅想ふべし。安積覚、字は子先。夙《つと》にその名を聞く。著はす所六『澹泊《たんぱく》文集』有り。余未だこれを見ず。その餘は未だその人を詳らかにせず。又七鵜飼金平、八栗山伯立、九森尚謙、三人も亦た常藩の学職。金平、名は信勝。一〇石斎の長子と云ふ。

常陸の東北を陸奥と為す。陸奥は大国なり。大小の藩府、一一無慮二十にして、仙台を大なりと為す。余聞く、藩中儒業を以て禄を世《よよ》するもの十数人有りと。しかれどもその文藻は聞見する所無し。会津も亦た大藩なり。往時、一二山崎黯斎、その地に講学す。今に至りて人経業を重んず。その詩章の如きは、亦た聞見する所無し。一三森山は常藩の支封。一四夙《つと》に好学を以て聞こゆ。藩中或いは作家多からん。若し夫れ一五『本朝詩纂』は盛挙と謂ふべし。余嘗て書肆に過《よぎ》りて、暫時目を寓《ぐう》す。その収載する所の京摂の作者、殊に笑ふべき有り。一六所謂鸞鳳伏竄《らんぽうふくざん》し、鴟梟翺翔《しけうかうしやう》するもただならず。亦たただ京摂を距《き》ること絶遠、一七物色に由無きのみ。今余が関東に論及するも、胡《なん》ぞ以

一 善を為すことを楽しむと言った後漢の明帝の弟の東平憲王蒼(蒙求・東平為善)のような賢人だと人々は賞賛している。
二 意味については諸説あるが、互いに遠すぎて関係しようのない譬え。春秋左氏伝に見える語。
三 八九頁参照。
四 巻下に安積より名越までの七言律詩「秋菊」、巻上に人見より白井までの同題の七言絶句。 五 宴席に従って、貴人に命じられて作った詩であろう。
六 澹泊斎文集。写本で伝わる。
七 号練斎、名真昌また信勝、字子欽。下に「石斎の長子」とあるが、実は次子。
八 号潜鋒、名成信。
九 号儼塾、名尚謙、字利渉。
一〇 京都の儒者、鵜飼石斎。
一一 およそ。
一二 山崎闇斎(八八頁参照)。「黯」の字は宛字。寛文五年(一六六五)より八年間会津侯保科正之の賓師となり、同十二年会津へ赴いた。
一三 守山藩。
一四 藩主徳川頼寛は平野金華を師とし、論語徴集覧、歴朝詩纂を編集出版した。
一五 正しくは歴朝詩纂。上代より当代までの日本人の詩を前編後編に分けて編纂したもの。宝暦六年(一七五六)撰の服部南郭の序を付し刊行された。
一六 神鳥が姿を隠し、ふくろうの類の悪鳥が我が物顔で飛び回ると言うが、それどころの話ではない。凡庸な詩人ばかりであることを言う。解説参照。
一七 すぐれた詩人を見つけ出すすべがないのだ。 一八 大笑いすることがあるだろう。

てこれに異ならんや。これが為に[一八]大噱《たいきやく》を発すべし。松前、僻に海外に在り、蝦夷《えぞ》と壌《くに》を接す。或ひと曰ふ、「[一九]陋《いや》しきことこれを如何せん」と。知らず、その地富庶、政寛に俗朴に、一楽土為《た》るを。往者《さき》に[二〇]富仲達、松前侯の命を伝へ、詩を余に請ふ。又松前の医生、京師に来学し、[二一]指を藝苑に染むるもの、前後断えざるときは、則ちその地頗る文雅に嚮《むか》ふこと、知るべし。陸奥より北海に傍《そ》ひて西すれば、則ち出羽有り、越後有り。二州も亦た広大にして、[二二]その藝業は未だ徴する所有らず。佐渡は固《もと》より論亡きのみ。

信濃、越後の南に在り。[二三]諏訪侯の文藝を好むは、服子遷が集を読みてこれを知る。謂ふに[二四]下《しも》甚だしきもの有らん。亦た異日の考索を俟《ま》つ。信の地、山を以て称す。ただ松本は[二五]廓然《くわくぜん》たり。乃ち湖松江の在る有り。松江、姓は多湖、字は[二六]玄岱。少時[二七]桂義樹に従学す。詩を能くし文を能くし、兼ねて[二八]臨池の伎に工《たくみ》なり。松江が父、字は元泰。[二九]蜕岩・[三〇]万庵の集中に湖栢山と称するはこれなり。栢山が父、玄甫と称す。松江に至りて三世、医を以て松本侯に仕へて、専ら儒術文藝を以て著称す。松江気節を尚《たつと》び、[三一]糈《しよ》を方伎に食《は》むことを慚《は》づ。侯その意を察し、今春松江の嗣子[三二]玄室をして松江に代りて侍医為らしめ、更に松江に命じて儒学教授と為す。蓋し、特恩と云ふ。

飛騨、信の西北に在り。万山の中に在り。地、良材を出だす。高山府の如きは、号して殷富と為す。[三三]俗頗る伎藝を事とす。しかして学事は聞くこと無し。東涯の

一九 風俗の卑俗なのはどうしようもないだろう。「子欲レ居二九夷一、或曰、陋、如レ之何」(論語・子罕)による。

二〇 富士谷成章。「富義胤、字仲達」(平安人物志、明和五年版、学者の部)。北海先生詩鈔二編・三に「富仲達、伝二松前公子命一、索二余詩一、賦レ此為贈」の詩あり、結聯に「更知公子崇二儒術一、海国絃歌到処聞」と言う。

二一 医学以外に詩文にまで欲張って手をのばすもの。

二二 出羽越後の文芸を論じる為には資料とすべき詩文が欠ける。佐渡はなおさら言うまでもない。

二三 高島藩主諏訪忠林。南郭集三編、四編に所収の詩の題、および書簡宛名に「諏訪侯」「鷲湖侯」の名が見られる。

二四 藩主の教化のもと、文芸を大層好むものがいるだろう。それは将来の調査に譲る。

二五 平地が広々と開けている。

二六 正しくは「玄室」。父親栢山の字「玄岱」または「玄泰」に混同する。

二七 桂山彩岩。一二三頁参照。蜕巌集に「和二湖玄室見一レ寄」の詩があり、その注に「玄室、桂彩岩門人」と言う。

二八 書道。

二九 梁田蜕巌と栢山とは美濃郡上藩に同僚として仕官して以来の付き合い。

三〇 万庵原資(号芙蓉)の「江陵集」に「寄二湖栢山一」の詩などが見える。

三一 医者をして生活するのを恥じた。「方伎」は、医術、まじない、仙術の類の総称。

三二 松江の字が「玄室」だから、ここにも混乱があるか。 三三 いろんな芸能を熱心にする土地柄である。

『盍簪録』に曰ふ、「先人[一]講学の時、弟子、国として至らざる無し。ただ飛騨、佐渡、壱岐、三州の人のみ至らず」と。その土風知るべし。然れども客歳[二]余越中に遊ぶ。高山の人某、富山の渡辺公庸[三]に因りて、詩を余に請ふ。ここに知る、その土人近ごろ稍《やや》文学に嚮《むか》ふを。飛騨の北は、即ち越中と云ふ。

越中の都会、高岡有り、富山有り。富山は賀藩の支封。閭閻《りよえん》[四]の富、学に志すもの有り。往《さき》に芳野[五]于鵠、京師に遊学し、時[六]に字を余が弟に問ふ。その後西野士明[七]、于鵠に因りて亦た余が弟に謁す。客歳の春、佐伯季[八]麓、京に遊び、数《しばしば》余が家に過《よぎ》る。余[九]が山水を好むを聞き、盛んに立山の奇絶を説く。遂に秋九月を以て余富山に遊ぶ。留まること五十日。季麓、名は樸。詩才人に絶す。惜しむらくは、甚だしくは学を好まず、書を読まず。余季麓に謂ひて曰ふ、「子如《も》し書を読むこと三年せば、北陸道第一の才子と為るべし」と。季麓が曰ふ、「小子[一〇]、心海内《かいだい》を期す。何ぞ北陸を論ぜん」と。彼や少年逸気、漫《みだり》に大言を為す。恐らくは終《つひ》に書を読まざらん。季麓が詩、山居に云ふ、「結[一二]レ廬白雲裡、白日亦堪レ眠、啼鳥時驚レ夢、山花落二枕辺一」。又岡[一一]子龍が旧居に過《よぎ》りて感有るに云ふ、「春[一三]林鳥返　夕陽斜、終日空　関叔夜家、唯有三隣人吹二玉笛一、荒園満地落梅花」。季麓が伯父、佐伯子桂、名は望。往《さき》に富山侯の文学為り。已に没すと云ふ。士明、天授は季麓に及ばず。しかれども黽勉《びんべん》[一四]と書を読み、思ひを敲推《かうすい》に潜《ひそ》む。懈《おこた》らずんば成ること有らん。

一　盍簪録・二一。九四頁参照。
二　去年。明和六年(一七六九)のこと。
三　「渡辺登、字公庸、渡辺氏、称二安左衛門一、富山人」(日本詩選)。
四　封民の富豪には学問に進むものがいる。
五　「芳野播、字于穀、称二杏仙一、富山人」(日本詩選)。
六　折々私の弟清田儋叟の講義を受講した。
七　「高浚、字士明、俗称西野文右衛門、越中富山人、江邨綬門人、篤志勤レ業、辞才亦贍矣」(日本詩選)。のち北海先生詩鈔二編の校正を担当した(「西野士明墓碣」北海先生文鈔)。
八　「佐伯樸、字季麓、越中富山人、俗称八兵衛、江邨綬門人、詩才絶レ人」(日本詩選)。
九　「性好二山水一」(「探勝艸序」北海先生文抄・上)。
一〇　私は天下第一等の詩人を目指しています。北陸など問題ではありません。
一一　白雲の中に庵を結んで住めば、真昼中にも眠ることが出来る。鳥の声にふと夢を覚まされると、山の花が枕近くに落ちていた(花に戯れる鳥の声だったという含意)。
一二　「岡橋為光、字子竜、吹田」(浪華郷友録、寛政二年)か。
一三　夕方日の傾く頃に鳥は春の林の巣に帰るが、晋の文人の嵇康(字叔夜)のようなかの人の家は一日空しく閉ざされたまま。ただ「落梅花」の曲を奏でる隣人の笛の声につれて、荒れた庭いっぱいに梅の花が散るのみ。
一四　読書に励み、詩文の推敲に心を砕く。
一五　金竜敬雄、字韶鳳、号金竜道人。江村北海とともに賜杖堂詩社を結んだ。

能登は越中の西北に在り。近時僧[15]金龍の徒弟為り。師に従ひて京師に在り。弱齢にして吟哦を好む。頗る詩才有り。[16]一朝短折す。遺稿の在る有り。

加賀は越中の西に在り。余が越中に遊ぶ、路《みち》金沢に出づ。[17]泱泱《あうあう》として大都会なるかな。物として有らざる無し。その藝文の如きは、ただ未だ考ふるに遑《いとま》あらず。往時[18]木靖恭、室滄浪、並びに賀藩の文学為り。已に前録す。『扶桑千家詩』に[19]平岩仙桂が詩を載す。余未だその人を詳らかにせず。

越前、加賀の西南に在り。余が[20]先太父より、以て兄弟に及び、越藩の文学を辱《かたじけな》くす。余、事の不敬に渉《わた》らんことを恐る。因りて論列せず。しかれども余が弟数《しばしば》[21]清円寺の瑩上人の信義粋然、且つ詩を好むを称す。越前の南を美濃州と為す。

美濃に在りては、則ち岐阜を最も富庶と称す。三十年前、詩を余に学ぶもの、十数人有り。余が吏職と為るに迨《およ》びて、[22]都《すべ》て音耗《おんかう》を絶す。ただ[23]山田大蔵一人、通問今に至る。その人、詩に於て頗る見解有り。時に合調を見る。大垣も亦た一都会。[24]守秀緯の如きは、已に前録す。又[25]谷大齢、[26]田吉記、二人の詩、『崑玉集』に見ゆ。[27]嶺三折、[28]鈴木藤助、二人の詩、『熙朝文苑』に見ゆ。並びに美濃の人と云ふ。美濃の西南を近江と為す。

近江の文雅、必ず彦藩を推す。[29]龍草廬、[30]野公台、二人の在る有り。又往《さき》に[31]沢村伯

一六 突然若くして亡くなった。
一七 大きくて立派なさま。
一八 木下順庵、室鳩巣。一一〇頁・一一一頁参照。
一九 名桂、号仙山。石川丈山の門人。加賀藩儒。千家詩・上「遊二豊国一」「春日待レ花」。→孜孜斎詩話二五八頁。
二〇 北海の亡くなった祖父伊藤坦庵、父竜洲および兄錦里、弟清田儋叟が越前福井藩の藩儒を勤めた。
二一 未詳。
二二 みな音信不通になった。
二三 「字子成、号鼎石、山田氏、称二大蔵一、濃州岐阜人、少小好レ詩、耽思二十余年、可レ謂レ勤矣、江邨綬門人」(日本詩選)。
二四 守屋煥明。一三一頁参照。
二五 崑玉集後編・人に「谷年、字大齢、濃州岐阜人」の「同二諸君一遊二長久寺一」がある。
二六 崑玉集前編に「田吉記、西濃人」の「送二人之東都一」ほか六首が見える。
二七 「嶺三折、字道叔、号文渓、濃州加治田人」(熙朝文苑・附録)。
二八 「鈴氏、姓鈴木、字藤助」(熙朝文苑・三)。
二九 名公美、字君玉。明和頃は彦根藩に出仕。のち帰京して詩社幽蘭社を結ぶ。時の著名詩人。ここで名前だけを挙げてその詩を云々しないのは、当時生徒に学を授けているものは論じないという方針(凡例第八項)に従う(四二頁参照)。
三〇 字子賤、号東皐、通称野村新左衛門。「彦藩ノ儒臣、初ハ沢琴所ニ学ブ、後ニ物徂徠ノ学ヲ私淑シテ修辞ヲヨクス」(続諸家人物志、天保三年版)。
三一 →孜孜斎詩話二五九頁。

揚有り。その人没すと雖も、遺稿世に行はる。伯揚、名は維顕。宮内と称し、琴所と号す。享保中の人。その詩、藻絵[一]《さうくわい》の美、鏗鏘《かうさう》の音に乏しと雖も、しかれども清澹雅整、作家と称するに足る。五言律最も当行なり。早行の中聯に云ふ、「林[二]聒《シテ》 棲禽散《ジ》、江平《ニシテ》 宿霧流《ル》、鐘《ハ》残《ル》黄葉《ノ》寺、露《ハ》満《ツ》白蘆州」。江[三]の森山に、宇[四]彦章有り。時時京師に往来し、名声顕著なり。日野邑には、則ち建[五]達夫有り。少時頗る才穎《さいえい》と称す。しかれども数[六]奇《すうき》轗軻《かんか》、口を方伎に糊《のり》す。遂に吟哦を廃す。惜しむべし。下[七]迫村には、則ち柚[八]木伯華有り。仲[九]素が兄為り。好んで書を読み、少時義兄青郊先生に従学す。辯博且つ詩を能くす。

若狭、近江の西北に在り。『千家詩』に[一〇]宮腰歴斎が詩を載す。余その人を詳らかにせず。その後、小栗隺皐有り。小浜に在りて一郷の文雅を橐籥《たくやく》[一一]す。余嘗て『崑玉』『玉壺』二集に載する所の佐[一二]元凱なるものの詩を覧るに、甚だ佳なり。因りてその人を詳らかにす。乃ちその隺皐為るを知る。蓋し、隺皐少時故有りて張に客寓す。爾時《じし》[一三]姓名を変じ、佐々木才八と称すと云ふ。その詩、嘉靖《かせい》七子を踏襲すと雖も、しかれども天授自ら富み、鑪[一四]錘《ろすい》法有り。ここを以て往往合調有り。後[一五]瀬山に登るに云ふ、「峰[一六]回《リ》径仄《かたむキテ》 石梯懸《ル》、杖屨飄飄度《ル》二碧天《ヲ》一、万頃《ノ》海波涵《シテ》レ越《ヲ》迴《カニ》、両行《ノ》駅樹入《リテ》レ江《ニ》連《ナル》、孤城鐘動《ク》寒雲《ノ》外、極浦鳥還《ル》落日《ノ》辺、臨眺自《ラ》堪《ヘタリ》レ銷《スルニ》二世慮《ヲ》一、何《ゾ》労《セン》焼煉学《ブコトヲ》二 登仙《ヲ》一」。小浜、隺皐を以ての故に、今に至りて詩を言ふもの衆《おほ》し。土の豪、組屋と称

一 美しい表現、輝かしい響き。
二 琴所稿刪・上「早行」の頷聯頸聯。蘆—蘋。州—洲。林に鳴き声騒がしく鳥たちは塒から飛び立ってゆき、平らかな川面に籠っていた霧も流れ始めた。紅葉の寺に暁鐘の余韻残り、川の洲の白い蘆花に露はしとど。
三 近江の守山。
四 姓宇野、名成憲、号醴泉。
五 名孝銑、字沢夫、俗称小亀寛吾。「達夫」は誤りか。
六 出仕の運に恵まれず、医者をして生活をした。
七 蒲生郡の南比都佐村。
八 字伯華、称清兵衛。
九 詩史の序文の筆者、柚木太玄。→三八頁注九。
一〇 千家詩・上「牡丹」。
一一 ふいごで火を熾すように盛んにする。
一二 玉壺詩稿の「為二左元凱一、遥寿二其家大人七十一」の注に「左生、若耶(若狭)人」とあり、その附録十表「奉二謝木井二君見一レ訪」の作者名「左元凱」の注に「名凱、号鶴皐、佐々木才八」と言う。
一三 その時。
一四 鑪錘は万物を練りなす炉、造物主を譬える。言葉の創造が確かな理に叶っている。
一五 若狭(福井県)の小浜の南の小山。歌枕。
一六 崑玉集前編「登二後瀬山一」。万—千。峰は迂曲し小道は急坂、空から懸かるような石の階段。杖を手にして登ればふわふわと青空を歩むよう。広々とした海の波は遠く越の国を浸し、宿場から延びる並木の道は近江の国に到る。小浜城の鐘声は雲の彼方に響きわたり、遥かな海辺の鳥は日の落ち

するもの、数百年の家なり。今、戸に当るもの、名[一七]は翰、字は子鳳。群籍に博渉し、詩才殊に雄なり。その人も亦た奇なり。又吹[一八]田定孝、詩を余に学ぶ。歳時懈《おこた》らず。漸く佳境に入る。若狭の西南を丹波と為す。

丹波には則ち『扶桑千家詩』に人[一九]見卜幽が詩を載す。未だその人を詳らかにせず。近[二〇]時亀山侯の大夫、多く文雅を好む。若し夫れ松[二一]崎白圭は服子遷が文に詳らかなり。今職を嗣ぐものは君[二二]修。文辞益《ますます》蔚《うつ》として、名声煥発《くわんぱつ》。篠山には儒学関[二三]士済有り。

丹後には則ち宮津の水[二四]上士遜、最も伝ふべきものなり。士遜、名は謙。幼きより読書を好み、詩を能くし書を能くす。その人篤恭、季[二五]世倫《たぐひ》無し。今既に八十餘歳。余、子遜が操行の終《つひ》に泯没《びんぼつ》するを恐れ、近[二六]ごろ為《ため》に伝略を著はす。又三上宗純有り。士遜が詩友為り。亦た七十餘と云ふ。

丹後より以西、但[二七]、因、伯、雲、石、隠、六州の藝文、未だ考ふる所有らず。雲州の桃[二八]井源蔵、『世説考』を著はす。引証精当、嘉《よみ》すべし。近ごろその絶句数首を覧る。詩[二九]或いは長技に非ず。

山陰・山陽の二道、長門に到りて尽く。長門は南北西の三面海に浜《そ》ふ。県[三〇]次公より以来《このかた》、文学を以て聞こゆ。次公は已に前録す。服子遷の撰する所の「周[三一]南墓碑」中に、門人を列叙して曰ふ、「山子濯、田望之、津士雅、倉彦平、滕子蕚、田子恭、仲子路、魯子泉、林義卿、滝弥八、県魯彦、秦貞父が若《ごと》き、彬彬《ひんぴん》輩出す」と。義[三二]卿

るあたりに帰ってゆく。下界を望めば世俗の思いは消えてゆく。丹薬を練って仙人になろうとするまでもない。

一七 組屋の当主。号は鯤溟。「博渉多通、為レ人磊砢、詞才亦豪」(日本詩選)。

一八 字継志、号千巌。

一九 千家詩・上「待レ花」。林羅山門人の人見卜幽斎、名壱、字道生か。京都生まれであるが、祖父は丹波の出身。

二〇 北海詩鈔に「亀山松平大夫」の名がしばしば見える。「大」は底本「太」。

二一 名尭臣、字子允、号観瀾、白圭(「白圭松崎君墓碑」南郭集四編・八)。

二二 名惟時、字君修、号観海。白圭の子。

二三 名世美、字士済、号南頼。

二四 号図南。「性行純正、好学不レ倦、郷里欽二其為一レ人」(日本詩選)。

二五 下れる世には肩を並べるものがない。

二六 未詳。北海先生文鈔に見えない。

二七 但馬、因幡、伯耆、出雲、石見、隠岐。

二八 字子深、号白鹿。

二九 詩作は得意ではないようだ。

三〇 山県周南。一二七頁参照。

三一 「周南先生墓碑」(南郭集四編・八)。

三二 姓林、字周父、号東溟。「今居二京師一、開二講帷一」(古今諸家人物志、明和六年版)。

は夙《つと》に学を京師に講ず。[一]弥八は今東都に在り、[二]声名烜赫。[三]士雅、子萼は前巻に已に論及す。子濯、姓は山根、名は清。華陽と号す。[四]子遷が集中に、褒称すること特に至る。[五]『蘐園録稿』にその詩を載す。崔台の春望の七律の如きは殊に雋爽《しゅんさう》なり。その男泰徳、客歳京師に遊び、[六]武南山に因りて余に見《まみ》ゆ。頗る能く詩を論ず。自運も亦た観るべし。爾時、乃翁の集を刻することを謀る。望之、彦平、子恭、子路、子泉、魯彦、[七]貞父、未だその人を詳らかにせず。又[八]左沕真、[九]晁世美の二人、『儒林姓名録』に見ゆ。又[一〇]『扶桑千家詩』に山田原欽が詩を載す。

長門より海を逾《こ》え、豊前州に抵《いた》る。[一一]土伯曄、[一二]石麟洲、前録す。豊後には[一三]荘子謙、亦た前録す。豊後よりして筑前、筑後。『扶桑千家詩』に二州の人士を収録すること殊に多し。竹田春庵、黒田一貫、柴田風山、崔原君玉、荻野隆亮、林恒徳、林重一、並びに前州の人。伊藤慎庵、伊福勝之、村井定庵、松下雪堂、並びに後州の人。若し夫れ[一四]貝原氏の前州に於ける、[一五]安藤氏の後州に於けるは、亦た已に前録す。又前州の[一六]神屋亨、『帰鞍吟草《きあんぎんさう》』を著はす。その詩[一七]蕪累《ぶるい》多しと雖も、しかれども議論昂昂《かうかう》、定めて碌碌の士に非ず。

長崎、肥前州に隷《れい》す。往《さき》に林道栄、劉宣義、僧玄光、僧独立、僧道本、僧玄海等有り。詩有りて諸選に見ゆ。道本、清人《しんひと》。随縁ここに到る。著はす所『蕭鳴草《せうめいさう》』有り。[一八]『扶桑名勝詩集』に南部昌明が長崎八景の詩を載す。余その人を詳らかにせず。

一 姓滝、名長愷、号鶴台。「為二長門侯侍講一、寓二居東都三十間湟一」(古今諸家人物志、明和六年版)。
二 名声が知れわたっている。
三 士雅(津田東陽)も子萼(和智東郊)も他巻に見えない。未詳。
四 「報二山子濯一」(南郭集三編・十)。
五 巻上、十首。
六 武川幸順。詩史の序文の筆者。三六頁注二および解説参照。
七 「父」は底本「夫」。
八 「左沕真、本姓佐々木、名重潜、字魚父、号沕真、称平太夫、長州萩府臣」(熙朝儒林姓名録、明和六年版)。
九 「晁世美、本姓朝枝、名世美、字徳済、号玖珂、称源二郎、東涯門人、長門吉川氏臣、通二華音一、善二小説一」(熙朝儒林姓名録)。
一〇 千家詩・上「元日」、下「孟夏謁二聖廟一」。
一一 土屋藍洲。一三一頁参照。
一二 石川麟洲。九九頁参照。
一三 荘田豊城。一三二頁参照。
一四 貝原益軒。九二頁参照。
一五 正しくは「安東」。号省庵。八九頁参照。
一六 字原明、号立軒。益軒門人。福岡藩儒。
一七 卑俗でお粗末な語。
一八 扶桑名勝詩集・上「肥州嶋原八景」。「長崎八景」は誤り。
一九 高階忠蔵。長崎の通事。明和三年(一七六六)没、四十八歳。
二〇 秋山玉山。熊本藩儒。林鳳岡門人。服部南郭らと交わる。玉山先生詩集あり。→孜孜斎詩話二七二頁。

或いはこれ草寿が兄弟。近時[一九]高君秉、詞鋒頗る鋭し。嘗て東して京師に遊び、諸文士に締交す。西帰の後、七言律八首を作り、書を併せて余《われ》に寄す。余心に和答を許して、未だ果たさず。何《いくばく》も亡くして君秉没す。君秉、本姓は渡辺、名は彝。暘谷と号す。

肥後、近時藝文の称有り。[二〇]秋玉山、名声煥発、詩才嘉《よみ》すべし。又[二一]藪震庵、[二二]墨君徽、[二三]水屏山、[二四]水博泉の四人は『儒林姓名録』に見ゆ。余未だその人を詳らかにせず。

薩摩州、及び[二五]隅、日の二州考ふる無し。対馬の学事は、[二六]前巻に論及す。

海西の九州より南海に沿ひて東し、長門、周防を歴《へ》て、安藝に到る。藝の都会を広島と曰ふ。大藩なり。その文学、[二七]二屈氏、及び[二八]松原一清、並びに已に前録す。又[二九]味允明、『姓名録』に見ゆ。その人、名は虎。立軒と号す。著はす所『問槎録《もんさろく》』有りと云ふ。近時竹原邑に[三〇]頼惟寛有り。才子の称有り。今浪華に住む。[三一]本庄邑に平賀中南有り。京師に在りて講説す。[三二]本庄邑の北に[三三]仏通寺有り。奇巌、寺を環る。地極めて幽邃。往《さき》に[三四]僧寰海有り。詩偈を好み、已《すで》に寂す。遺稿二巻有り。これを閲《えつ》するに[三五]疵謬《しびゅう》殊に多し。蓋し、資才有りと雖も、師承正しからず、[三六]この鹵莽《ろまう》を致す。惜しむべし。

三原、備後に在りと雖も、藝侯の封内に入る。[三七]山海環抱、殊に形勝を覚ゆ。頗る詩を好むもの有り。[三八]芥彦章、往《さき》にその地に遊ぶ。尋《つ》いで[三九]余巌島に遊ぶ。彦章、書を

二一 「名弘篤、字震庵、称久左衛門、肥後隈本侯臣」(熙朝儒林姓名録)。
二二 「本姓墨江、名昭猷、字君徽、号滄浪、肥後隈本侯臣」(同右)。
二三 「本姓水足、名斯立、号屏山、称平之進、肥後隈本儒臣」(同右)。
二四 「名業元、字安方、号博泉、称平之允、屏山之子、幼而聡悟、以二神童一聞、年十六時、寄二書徂徠一、質二問所見一」(同右)。
二五 大隅、日向。
二六 一一四頁参照。
二七 堀景山と堀南湖。九九頁参照。
二八 九二頁参照。
二九 「本姓味木、名虎、字允明、号立軒、林氏門人、芸藩儒臣、所著有二広陵問槎録一」(熙朝儒林姓名録)。
三〇 頼春水。字伯栗また千秋、称弥太郎。明和三年、大阪に来て片山北海に師事し混沌社に入った。頼山陽はその子。
三一 「平賀晋人、字中南、安芸人、講二説京師一」(日本詩選)。
三二 正しくは「本郷村」。
三三 臨済宗仏通寺派の寺院。
三四 「僧周契、号二寰海一、嘗住二持仏通寺一云」(日本詩選)。
三五 欠点。
三六 お粗末な詩句を作るという結果を招いた。
三七 山と海に囲まれてたいへん景色のよいところだ。
三八 芥川丹邱、名煥、字彦章。その居を薔薇館と云う。江村北海と親交があった。
三九 明和二年(一七六五)に三原、巌島を旅行した。

三原の諸子に貽《おく》り、余が西道の主人と為らしむ。宇士龍[一]、安子桓[二]、川則之、敬待最も至る。三子詩を好む。士龍最も錚錚《さうさう》[三]たり。三原の東に尾道有り。一名は珠浦。地、海陸の衝に当り、人煙稠密、素封《そほう》の家多し。しかして文雅は聞こゆる無し。近ごろ松本達夫なるもの有り。子桓が烟娅《いんあ》[四]なり。賀島[五]の記を余に請ふ。その人少時、学を東涯に受く。文辞は則ち余知らず。

備中の文藝、余未だこれを考へず。近ごろ惣社邑の人、藤野如水、京師に遊び、数《しばしば》余が家に過《よぎ》る。人と為《な》り短小黒痩、口訥訥《とつとつ》。これを見るに才無きものの如し。会晤再三、漸くその所濫《しょうん》[六]を測るに、殊に該博為《た》り。その詩、華藻に乏しと雖も、意義自ら全《まった》し。ただ怪しむ、西帰の後寥《れう》として音問無きを。

備前は、往時、熊沢了芥[七]、政をその国に為す。世を挙げて知る所なり。余嘗て松原一清が『出思稿《しゅつしかう》』を閲《み》るに、その牛窓泊舟の詩に、「漁家ノ児女モ亦知ル レ字ヲ、笑ヒテ将《もつテ》二孝経ヲ一教フ二老翁ニ一」[八]の句有り。一時の教化想ふべし。今[九]に至りて泮宮《はんきゆう》の設、尚ほ典刑有りと云ふ。若し夫れ三宅氏[一〇]は已に前録す。『崑玉集』[一一]に近藤士業が詩を載すること殊に多し。士業、名は篤。備前の学職と云ふ。又湯之祥[一二]、井子叔[一三]の二人、並びに文学を以てその国に仕ふ。之祥は名元禎。子叔、名は通熙。備前の北に美作州有り。文雅聞こゆる無し。東は則ち播磨と為す。

播州の藩府、西のかた備前に近きものを赤穂と曰ふ。赤松良平[一四]、詩を以てその郷

一　姓宇都宮、名潭、字士竜。
二　姓安井、名武、字子桓。
三　秀れている。
四　姻戚関係にあるもの。縁者。
五　未詳。
六　学識。
七　芥は正しくは「介」。熊沢蕃山。中江藤樹の良知の説を学び、のち岡山藩主池田光政に仕え、藩政に経綸を揮った。
八　出思稿・上「次二牛窓一、邑人語曰、国主好学、儒風大振、近頃毎レ邑営二学館一、令二児輩講レ学」云々の尾聯。将―把。教―訓。漁師の子どもも四角な文字を知り、笑いながらおじいさんに孝経を教えている。
九　池田光政侯が創設した藩の学校閑谷黌が当初からのきまり通りに運営されていたことを言う。
一〇　三宅道乙。八七頁参照。
一一　後編に「夏月臥レ病」ほか三十七首。
一二　湯浅常山。服部南郭門人。文会雑記等の著述がある。
一三　井上蘭台。古注疏を校刊した。
一四　赤松滄洲。名鴻、字国鸞、通称大川良平。
一五　字子誠、号静観窩。林羅山門人。
一六　「河口子深、名光遠、号静斎、称三八、

に雄視す。赤穂の東北に龍野有り。和田宗允[一五]その儒学為り。文辞は聞こゆる無し。『儒林姓名録』に川口子深[一六]を以て姫路侯の文学と為す。名は光遠。著はす所『斯文《しぶん》[一七]源流《げんりう》』有りと云ふ。姫路の東に麑川邑《かこがはむら》[一八]有り。邑に清田君履有り。名は綏。藍卿と号す。余[一九]が族なり。既に学殖有り、又文辞有り。恬《てん》にして名に近づかず。人、長者を以て称す。若し夫れ赤石[二〇]は梁蜺岩、詩賦を以て海内に雄なり。前巻[二一]に既に詳論す。

赤石、海を隔てて近く淡州に対すと云ふ。

淡州[二二]より海に航して阿州[二三]に達す。阿州の学職数人有り。柴野彦助[二四]、文辞有り。去年余が弟東都に祇役《しえき》す。屢《しばしば》相ひ往来すと云ふ。由岐浦に井河玄益有り。謹篤の士なり。詩文も亦たその人の如し。余[二五]が弟詳らかに『孔雀楼筆記《くじやくろうひつき》』に録す。平島に島[二六]津琴王有り。時に詩筒余に寄する有り。阿州よりして讃州[二七]。『扶桑千家詩』に岡部[二八]拙斎が詩を載す。近時高松侯の文学岡仲錫[二九]、文辞有り。『玉壺詩稿』にその詩を載するに云ふ、「渺[三〇]渺《タル》春波夕照微《ナリ》、白蘋風起《リテ》鳥双飛《ブ》、曽《テ》攀《ヨヅ》二楊柳《ヲ》一江橋《ノ》上、楊柳掛《ケテ》レ糸《ヲ》人未《ダ》レ帰《ラ》」。婉順にして誦すべし。丸亀も亦た讃の都会。僧羽山[三一]、往《さき》にその地に遊ぶ。藩の大夫某これを聞き、羽山を途《みち》に要《えう》し、邀《むか》へて山荘に遊ぶ。爾後今に至りて詩筒断ゆること無し。その風雅称すべし。羽山は余が方外[三二]の友。屢《しばしば》その事を称す。余老いて善忘、その大夫の名氏を記せず。讃州よりして豫州[三三]。松山侯の文学、前田[三四]子績が詩、諸選に見ゆ。子績、名は時棟。著はす所『二酉洞吟譜《にいうどうぎんぷ》』有りと云ふ。豫

鳩巣門人、姫路侯儒臣、所著斯文源流」(熙朝儒林姓名録)。
一七 儒者の道統、学説を略述したもの。寛延三年(一七五〇)刊。
一八 加古川。
一九 伊藤竜洲の甥。
二〇 明石。
二一 一二二頁参照。
二二 淡路。
二三 阿波。
二四 柴野栗山、名邦彦。当時徳島藩の藩儒。のち幕府に招かれ昌平黌の教官となる。
二五 清田儋叟の孔雀楼筆記・一に「井川玄益ハ、阿波ノ東油岐浦ニ住ス…実ニ質行ノ君子トイフベシ」。
二六 名義張、号華山。北海詩鈔にその名前が見える。
二七 讃岐。
二八 千家詩・上「苦熱」。
二九 姓岡井、名孝先、字仲錫、号嵰州、称郡太夫。荻生徂徠の門人。
三〇 玉壺詩稿・附録「春江曲」。広々とした春の川面に夕陽がほのかに照りはえ、白い浮草に風が起こってつがいの鳥が飛び立つ。あの時、柳の枝を手繰り折って旅ゆく人に贈った橋のたもとでは、春めぐって柳は新しい枝を垂れたのに、あの人は帰ってこない。
三一 釈維明、名周圭、号羽山、相国寺光源院住。
三二 世俗の関係を離れた友人。
三三 伊予。
三四 初め一色氏、のち前田氏に改める。号東渓また菊叢。

州よりして土州[一]。大高季明、前録す[二]。土州海を隔てて東のかた紀州に対すと云ふ。

紀藩、学職多しと称す。若し夫れ活所[三]、南海[四]、玄輔[五]は已に前巻に見ゆ。永田善斎、名は道慶。羅山の門人。『膾餘雑録《くわいよざつろく》』[六]を著はす。その詩『千家詩』[七]に見ゆ。荒川敬元[八]、名は秀。東涯の門人。『八居題咏』[九]に和作有り。又他作三首を附録す。頗る巧整なり。陰山淳夫[一〇]、名は元質。強記[一一]倫《たぐひ》無し。今に至りて藝苑の話柄と為る。著作は所長に非ず。又山君彝[一二]、名は鼎。根伯修[一三]、名は遜志。並びに徂徠の門人。紀藩に在りて『七経孟子考文』[一四]を著はすもの。詩、並びに『蘐園録稿』に見ゆ。又木村源進[一五]有り。名は之漸。東涯の門人。享保中、蘭嵎[一六]、聘に紀藩に応ず。尋《つ》いで源進を勧む。源進没して子無し。今職を嗣ぐものは任甫、名は景尹。業を蘭嵎に受く。本姓は岩橋氏。藩府の命に因りて、源進の嗣と為り、遂に姓木村を冒す。

伊勢は、宗廟の在る所。山田宇治の間、大小の祠官、無慮《むりよ》数百。奉職多暇、往往伎藝の途に馳《は》す。しかして文辞を以て称せらるるものは幾《いくばく》もなし。『八居題咏』に度会清在[一七]、福島末茂[一八]、二人の詩を附録す。又曰田陽山なるもの有り。山田に在りて講説す。詩文は解する所無し。丁亥[一九]の歳、祠官荒木田興正[二〇]、京師に遊学し屢《しばしば》余が家に過《よぎ》る。戊子《ぼし》[二一]の秋、余《わ》が父子勢州に遊び、山田に留まること凡そ三十日、興正が家に館す。興正、乃翁の遺稿を以て余に示す。翁、名は正富、字は君忠。その詩間《まま》伝ふべきもの有り。今その一を録す。能州[二二]の菊南山に答ふるに云ふ、「孤鴻[二三]伝ヘテレ信ヲ

一　土佐。
二　九〇頁参照。
三　那波活所。八五頁参照。
四　祇園南海。一一三頁参照。
五　榊原玄輔。一一八頁参照。
六　→一二五頁注二八。
七　千家詩に見えない。未詳。
八　荒川景元。東涯ではなく、その父伊藤仁斎の門人。
九　八居題詠に和韻の作はない。附録には「賦二得春山一」など三首が見える。
一〇　号東門。伊藤仁斎の門人。
一一　そのたぐい稀な記憶力のよさは未だに文芸界の話題となっている。
一二　姓山井、名鼎、字君彝、号崑崙。
一三　姓根本、名遜志、字伯修、号武夷。
一四　日本に伝存する古本などを資料として易経、書経、詩経、礼記、春秋左氏伝の五経と論語、孝経および孟子に厳密な校勘を施した著述。
一五　号鳳梧。
一六　伊藤仁斎の五男。
一七　号雀渓。伊勢山田の祠官。
一八　号立軒。伊勢の祠官。
一九　明和四年(一七六七)。
二〇　字董卿、号鼎湖。伊勢山田の祠官。北海の門人。伯父正富の嗣となる。
二一　明和五年。　二二　能登。
二三　貴方からの手紙を運んで一羽の雁がこと隠者のいる水辺に降り立った。能登も伊勢も露下り秋風吹く季節。北海で酒を酌み交わして別れて以来、南の空の明月は徒に貴方を思い出させて私を悲しませる。「北海清樽」は漢の北海の相孔融が賓客と宴飲

落《ツ》二滄洲《ニ》一、玉露金風両地秋《ノ》、北海清樽《ノ》分《チ》レ手《ヲ》後、南天明月使《ム》二人《ヲシテ》愁《ヘ》一」。当今、山田に詩を能くするもの数人。度会雅楽を[二四]翹楚《げうそ》と為すと云ふ。津《つ》城は勢州の大藩。[二五]闤《くわん》闠《くわい》の富、山田に浮《す》ぐ。文学[二六]奥田士亨、嘗て業を東涯に受く。世に三角先生と称す。近時[二七]山田東仙、[二八]片岡順伯の二人京師に来り、[二九]黄岐《くわうき》の術を攻《をさ》め、兼ねて詩を余に学ぶ。頗る才思有り。懈らずんば成ること有らん。[三〇]恐らくは刀圭《たうけい》を以ての故に廃せんのみ。又大冢公黍有り。字は稷卿。正蔵と称す。志を秉《と》ること堅固。将《まさ》に以て成ること有らんとす。しかして[三一]溘《かふ》として夭折す。[三二]頃日、一詩を篋底《きやうてい》に得《う》。これを覧て惨然、因りて為に附録す。鶯を聞くに云ふ、「[三三]翠柳参差弄《ス》二晩晴《ヲ》一、為《ニ》レ聞《クガ》二黄鳥《ヲ》一不レ堪《ヘ》レ情《ニ》、一身已作《リ》二他郷客《ノト》一、辜負《ス》春風喚《ブ》レ友声《ヲ》」。津城の支封に久居《ひさゐ》有り。『熙朝文苑』に多くその土の人士を載す。[三四]平玄龍、[三五]押正胤、[三六]佐柳意、[三七]服彦進、[三八]西正意、[三九]平一興等、余その人を知らず。観《み》る所の一篇一章、[四〇]殿最《でんさい》を別ち難し。桑名も亦た勢の一都会。『崑玉集』に[四一]平義憲、水応春、二人の詩を載す。又[四二]南川文伯有り。詩を以て著称す。嘗て京師に来り、僧金龍に因りて余に見ゆ。又[四三]南宮喬卿、往《さき》に帷を桑名に下す。後津《つ》城に遷《うつ》る。余山田より還る、路《みち》津城に出づ。留止すること数日、喬卿に邂逅《かいこう》す。喬卿、余が父子を邀《むか》へ、その家楼に讌《えん》す。喬卿、今東都に在り。又[四四]石大乙、[四五]滕文二、業を喬卿に受くるもの。文二は喬卿に従ひて東都に在り。大乙は蚤《はや》く京師に来り、講説を業と為す。

するのを好んで「樽中酒不レ空」と言った故事(後漢書)を用い、能登の南山の家で設けられた送別の宴会を指す。

二四 他に抜きんでた人。

二五 町並の豊かさ。

二六 字喜甫、号蘭汀、三角と称す。伊勢櫛田の人。

二七 名敬之、字東仙。

二八 名承行、字子順、称順伯。奥田三角門人。

二九 医学の祖である黄帝と岐伯の道、医術。

三〇 医者の仕事に忙しく詩作を止めてしまうだろう。

三一 突然若くして亡くなった。 三二 先頃。

三三 柳の緑の枝が長く短く夕方の日差しの中に揺れている。鶯の声を耳にするにつけて心は傷む。故郷の友を離れてただ独り異郷にとどまり、春風の中で友を呼んで鳴き交わす鶯の心に負いているのだ。「嚶其鳴矣、求二其友一声」(詩経・伐木)による。

三四 姓平井。久居儒官。

三五 姓押川。久居武臣。

三六 姓佐脇。医者。

三七 姓服部。武臣。

三八 姓西野。武臣。

三九 姓平井。

四〇 優劣を分かち難い、五十歩百歩だ。

四一 姓平賀、字文成、号鳳台。

四二 名維遷、字士長、文璞と称す。後その墓碑を北海が撰す。

四三 「南宮、名岳、字喬卿、号大湫、信州人、居二東武一」(古今諸家人物志、明和六年版)。

四四 姓石川、名貞、字大乙、号金谷。

四五 姓須藤、名元昺、字仲虎、号水晶山人。

志摩や、伊賀や、二国の文雅は考ふる無し。大和には則ち南都[一]の松元規[二]が詩、『熙朝文苑』に見ゆ。当今、今井邑に足高文碩[三]なるもの有り。その人奇なり。その詩も亦た伝ふべし。業を余が弟に受くるものなり。河内には則ち生駒山人[四]なるもの有り。詩集世に行はる。和泉には則ち唐金興隆[五]が詩、『八居題咏』に見ゆ。

摂の顕《あら》はるるもの、若水[六]、春叟[七]、守静[八]等、既に已に前録す。今諸書を追考するに、菅子旭[九]、阮東郭[一〇]以下、脱漏尠《すく》なからず。異日重考、遺を補はん。今復た喋喋《てふてふ》[一一]せず。若し夫れ当今帷[一二]を下し徒に授くる、鳥山[一三]、片山[一四]の輩、名声顕著、余が言を俟《ま》つこと無し。亦た復た論亡きのみ。余が男悰秉、在時《ざいじ》、詩を論ずるに一世の人を可とせず。その唱和する所、ただ摂の葛子琴[一五]のみ。子琴は実に詩に工《たくみ》なるものなり。子琴が社中、子琴[一六]に雁行するもの数人有りと聞く。

京師の藝文、第三巻にこれを詳らかにす。今これを追考するに、遺逸殊に多し。亦た異日の重考を俟つ。若し夫れ当今藉甚の声、余が揄揚を俟《ま》つこと無きは論亡きのみ。湮晦して聞こゆること無くして、その実詩を好み詩を善くするもの、亦た復た尠《すく》なからず。松尾の祠官田雨龍[一七]が如きは、詩を好むものと為す。端文仲[一八]が如きは詩を善くするものと為す。文仲は東都の人。失意郷を去りて西遊す。窮困益《ますます》甚だし。前日播磨の堀生、文仲が秋日巨椋湖に遊ぶ詩三首を口占[一九]す。一首を記得す。[二〇]「欲シテレ得ントニ新詩ヲ一漫ニ独リ遊ブ、斜陽半晌又為スレ留ルコトヲ、菰蒲経テレ雨ヲ沙初メテ冷エ、雁鷺畏レテレ人ヲ禾未ダレ収メ、

一　奈良。
二　姓松井、名元泰(「元規」は誤りか)。古梅園主人。
三　一名恭、字君礼。医者。
四　本姓森、孔と修す、名文雄、字世傑。河内の豪農。生駒山人集あり。
五　堺の商人。梅所と号す。「垂裕主人次韻」として見える。
六　入江若水。一〇一頁参照。
七　富春叟。一〇四頁参照。
八　大井守静。一〇四頁参照。
九　姓菅谷、名晨耀、字子旭、号甘谷。「徂徠ノ門人、ハジメ屈南喬ト号ス、徠学ヲ浪華ニ唱フ此人ヲハジメトス」(諸家人物志、寛政四年版)。
一〇　姓菅沼、号東郭。「江戸ノ人、物徂徠ノ学ヲ私淑シテ浪華ニ講業ス」(続諸家人物志、天保三年版)。
一一　これ以上くどくど述べるまい。
一二　塾を開いて生徒に詩文を教えている。凡例第八項(四二頁)参照。
一三　鳥山嵩岳。一〇四頁参照。
一四　片山北海。混沌社の主催者。
一五　姓橋本、本姓の葛城を葛と修す。名張、通称貞元、号蠧庵。混沌社に属す。
一六　詩作の実力の上で子琴にやや後れて続くもの。
一七　天竜寺の近くに住む。北海の知人。
一八　端隆、字文仲、号春荘。「近江人、京師ニ移住ス」(鑒定便覧)。
一九　口ずさむ。
二〇　新しく詩を作ろうとそぞろに湖畔を歩む。日傾くひとときの間、更に留まる。まこもやがまは雨に濡れて砂は冷え冷えとし

山色猶ホ明ナリ危塔ノ外、水煙徐《やうや》ク起ル去帆頭ノ、終宵弄セレ月ヲ知ル何ノ処ソ、万頃汪汪風露ノ秋」。

日本詩史巻之五終

て、かりやあひるは人に恐れて稲はまだ収穫にならない。そばだつ寺塔のむこうに山はなお夕陽を受けて明るく、帰りゆく舟の帆柱のあたりに靄がそろそろとたち上る。夜を徹して月を眺める場所は何処がよいだろうか。風ふき露おちる秋、水面はどこまでも広がっている。

日本詩史跋

詩[一]史就《な》る。予及び姪孔均をして挍せしむ。予、会《たまたま》藩職を関東に奉じ、孔均勤む。未だ畢《をは》らず、孔均没す。予 適《たまたま》帰る。乃ち始めて事に従ふと云ふ。論[二]詩、選詩、倶《とも》に容易に非ず。主[三]張を期するものは、率《おほむ》ね頗僻《はへき》に入る。調停を主《つかさど》るものは、或いは軟弱に流る。[四]加之《しかのみならず》勢威の嚇《かく》する所、得失の眩《げん》ずる所、愛憎是非、自ら誣《し》ひ人を誣ふ。楚[五]王の弟と方城外の尹と、証験必ずしも真なるに非ず。鶩[六]延項《がえんかう》と鼈縮頭《べつしゆくとう》と、冷熱必ずしも実なるに非ず。魏[七]蛺蝶《ぎけふてふ》史才無きに非ず。史は穢《わい》を以て称せらる。胡[八]釘鉸《こていかう》豈に詩学有らんや。詩は妖《えう》に藉《よ》りて顕はる。政[九]理道術、皆この諸弊有るも、近日、詩家、これより甚だしきこと莫《な》し。必ずこの書の論ずる所の如くにして、しかして後、公にして且つ正なりと謂ふべし。若[一〇]し夫れ名を命ずるの義は、読むもの自ら当にこれを得べしと云ふ。

明[一一]和辛卯之春

弟[一二]清絢拝撰

一 校勘に際しての以下の事情は凡例第二項(三九頁)参照。 二 詩を評論することと、詩を取捨選択すること。
三 自らの文学理論を主張しようとすると偏りがちになり、対立する文学観の間に立って調停しようとすると八方美人に陥る。
四 更に、詩人の権勢の前に怖気づいたり、利害に目が眩んだりして、詩に対する好みや、良し悪しの判断をゆがめてしまい、我をも人をも欺くことがある。
五 典拠および意味未詳。
六 富貴に対しては媚び、貧賤の者は軽視しがちなので、史家の下す評価の懇ろさや冷淡さは、必ずしも実状にそぐわない。「豪門送レ物鵝伸レ頸、好客臨レ門鼈縮レ頭」(「許洞嘲二林君復一詩」通俗編・十六)。
七 北斉の魏収。碩学大才ではあったが、軽薄の行いがあり「驚蛺蝶」と呼ばれた。魏書の編纂に当って記述に手心を加え、その依怙贔屓ゆえに「穢史」と非難された(北斉書)。
八 唐の胡令能。学問好きの釘鉸(かなもの師)であったが、人が自分の腹を裂いて一巻の書物を中に入れるのを夢にみ、それ以来詩を詠むことが出来るようになった(唐詩紀事・二十八)。詩の才能はないが霊異譚によって有名になった例。
九 世間の評価とその人の実力とがくいちがい一致しない弊害は政治や学術の世界にもあるが、近頃の詩人の間におけるほどひどいところはない。
一〇 「日本詩史」という書名は、公平にして偏頗のない内容を見た読者がその意味を理解するだろう。 一一 明和八年(一七七一)。
一二 清田儋叟。北海の弟。越前福井藩儒。

五《ご》山《ざん》堂《どう》詩《し》話《わ》

揖斐 高 校注

「詩は五山、画は文晁に、書は三亥、芸者お勝に、料理八百善」は、蜀山人大田南畝の狂歌である。同じころ江戸の巷では次のような戯れ言も広まっていたという。「五山とかけて婆ととく」。「その心は皺(詩話)ばかり」。讃岐生まれの菊池五山は、文化・文政期の江戸の流行者《はやりもの》として、日々江戸っ子たちの口の端に上るスターであった。

このように詩の時評家として五山の名が世間に知られるようになったのは、本篇『五山堂詩話』の刊行によってである。『五山堂詩話』は巻一を五山三十九歳の文化四年(一八〇七)に出版し、おそらく天保三年(一八三二)に、補遺巻五を出版して終刊した。足掛け二十六年の間に通計十五巻、概数にして六百余人・二千百余首に及ぶ同時代の詩人の詩を紹介・批評する一大時評誌であった。

ここに校注するのは、その冒頭の巻一・巻二の二巻である。不惑の年を目前にして、「揚州小杜」(揚州の遊里で浮名を流した杜牧)を気取った放蕩流落の生活からの脱却を秘かに期していた五山にとって、清の袁枚の『随園詩話』にならった『五山堂詩話』の発刊は、五山の生涯における、いわば背水の陣をしいた起死回生の試みでもあった。かつて師の市河寛斎と一緒に読んだという長崎新渡の『随園詩話』は、かの地で四十年ほどの間に二十六巻を出版したロングランの時評誌であった。五山も『五山堂詩話』の発刊に当って『随園詩話』同様長期の続刊を期し、その著者として批評家として、江戸詩壇での地位を築いていこうと目論んだに違いないが、しかし、それが可能であるという保証はどこにもなかった。続刊できるかどうか、それはひとえに巻一が読者に受け入れられるかどうかにかかっていた。

ここに収める『五山堂詩話』巻一・巻二の背後には、そうした新たな出発に際しての不安と緊張をかかえた五山の全力投球の姿がある。そしてまた、変貌しつつある江戸漢詩の現状をどう捉え、なにを批評の戦略目標にしようとしたのかという、五山の批評家としてのアクチュアルな問題意識が鋭く提出されていることにも、注目していただきたい。

五山堂詩話序

[一]桑麻を話するは農夫の楽事なり。[二]利市を話するは商賈の楽事なり。[三]詩賦を話するは詩人の楽事なり。話とは[四]論に非ず、[五]議に非ず、[六]辨に非ず、[七]弾に非ざるなり。平常の説話なり。この話有りて、人これを聞きて、これを喜び、これを快とし、これを笑ひ、これを記し、これを忘る。[八]一に[九]旁人の取る所に任《まか》す。これ話者の心なり。この話有りて、人これを聞きて、これを悪《にく》み、これを忌み、これを厭ひ、これを[一〇]嗛《うら》み、これを[一一]咈《いか》る。只だ旁人の懐ふ所に触る。話者の心に非ざるなり。農商の話は皆なこの心なり。いはんや[一二]温厚詩人の心に於《お》いてをや。口を開き話を説くの時に当つて、暫くこの話有り。口を閉ぢ説き完《をは》るの後に、[一三]曾《かつ》てこの話無し。話の話たる、かくの如きのみ。今、話にしてこれを筆す、これ果して何の心ぞ。農商は文字を識《し》らず。故にその話、口頭に止《とど》まり、一場に終り、僅かに対面の数人に及ぶ。詩人は則《すなは》ち文字を識る。故に口頭の話を把《と》つて、化して[一四]筆端の話と作《な》し、一場の話を把つて、化

一 養蚕と紡績の料である桑と麻の出来について話をする。「把レ酒話ニ桑麻一」（孟浩然・過ニ故人荘一）。 二 利益。もうけ。 三 詩と賦。賦は韻文の一体で、対句を多く用い、句末に韻を踏む。 四 自家の意見を述べ主張すること。また、その文体。「論也者、弥ニ綸群言一、而研ニ精一理一者也」（文心雕竜・論説）。 五 相諮って事の宜しきを定めること。また、その文体。「周爰諮謀、是謂為レ議、議之言宜、審ニ事宜一也」（文心雕竜・議対）。 六 言行の是非真偽を判別すること。「辯」に通じ、また、その文体をいう。 七 弾劾。糾問。 八 「一任」は、すべて任せる。 九 他人。 一〇 「恨」に同じ。 一一 「艴」に同じ。憤怒する。 一二 「温柔敦厚、詩教也」（礼記・経解）。 一三 「チヨットデモトヤクス。曾者紀ニ其有レ所ニ一終了一之辞」（助語審象）。 一四 筆さき。

一 神変不可思議の力。 二 ちょっとした間に合わせ。 三 無絃は菊池五山の字。池は姓の菊池を修したもの。 四 葛西因是（一七六四—一八二三）の名。号、因是。字、休文。通称、健蔵。大坂に生まれ、江戸に出て林家に入門し儒を学んだ。文章家として知られる。 五 言動に角があって調和的でないこと。 六 四季が移り変わってゆくように、話題が変化してゆく趣き。 七 埋めかくす。覆い消す。 八 柔和なさま。 九 厳粛なさま。

して千万場の話と作し、対面の数人を把つて、化して不対面の千万人と作す。唯だこれを聞き、これを喜び、これを快とし、これを笑ひ、これを記し、これを忘るる者の多からざることを恐る。これ詩人の心にして、詩人の[一]神通力なり。詩人の心既にかくの如し。詩話の作、あに[二]苟且《かりそめ》ならんや。吾が友[三]池無絃《ちむげん》、五山堂詩話を作る。[四]質受けてこれを読む。既に悪むべく、忌むべく、厭ふべく、嗛むべく、咈るべきの話無し。又た喜ぶべく、快とすべく、笑ふべく、記すべきの筆有り。論議辨弾の[五]圭角無しと雖《いへど》も、自《おのづか》ら[六]春夏秋冬の気象を具す。自己の才識を以て他人の才藝を圧倒することを欲せず。又た他人の才藝を以て自己の才識を[七]漫滅せず。[八]温温乎《をんをんこ》としてその説話を聞き、[九]凜凜乎《りんりんこ》としてその才識を見る。自《みづか》ら云ふ、「これ[一〇]客歳の業なり。今[一一]刻梓して以てこれを世に伝ふ。[一二]今茲《ことし》の業はしばらく来年を待ちてこれを伝へ、来年の業はしばらくその又た来年を待ちてこれを伝ふ。年年かくの如く、しばらく積年の久しきを待ちて一部若干巻の詩話を成さん。唯だ子《し》我が為にこれに序せよ」と。質因つて謂《おも》へらく、この一巻はこれ[一三]開宗の[一四]首撰、窃かに[一五]易を読むの法を以てこれを読む。この一巻はそれ[一六]乾坤の[一七]二卦《にくわ》か。今より以往、年年続成し、変ずる者は年年変じ

一〇 去年。 一一 板木に彫る。出版する。 一二 今年、此年に同じ。 一三 一経の宗旨を開帳すること。孝経の第一章は「開宗明義」と題する。 一四 一番はじめの述作。 一五 五経の一である易経。 一六 易における二つの卦の名。易は陰陽八卦を基本とした六十四卦で構成されるが、乾の卦の説明から始まり、坤の卦の説明が続く。 一七 易における算木の組み合わせの象(かたち)。陰⚋と陽⚊の爻があり、これを三つ組み合わせて乾☰、坤☷など八卦ができ、さらにこれを二組ずつ組み合わせて乾䷀、坤䷁など六十四卦ができる。 一八 一たび求める。索は、易において他の性の爻を求めること。 一九 八卦の一で、震は☳。八卦を家族にあてると乾☰は父で、坤☷は母。母なる坤から父なる乾に一索した卦は震☳になり、長男を表わす。巽は☴。乾から坤に一索した卦は☴になり、長女を表わす。「震、一索而得レ男、故謂㆓之長男㆒。巽、一索而得レ女、故謂㆓之長女㆒」(易・説卦)。 二〇 易の第二位の地点において、他の性の爻を求めること。 二一 八卦の一で、坎は☵。中男を表わす。離は☲。中女を表わす。「坎、再索而得レ男、故謂㆓之中男㆒。離、再索而得レ女、故謂㆓之中女㆒」(易・説卦)。 二二 易の第三位の地点において、他の性の爻を求めること。 二三 八卦の一で、艮は☶。少男を表わす。兌は☱。少女を表わす。「艮、三索而得レ男、故謂㆓之少男㆒。兌、三索而得レ女、故謂㆓之少女㆒」(易・説卦)。 二四 乾・坤・震・巽・坎・離・艮・兌の八卦を交互に二組ずつに配すると、六十四の卦ができる。 二五 剛いさま。 二六 柔順なさま。「夫乾確然示㆓人易㆒矣、夫

て、変ぜざる者は竟《つひ》に存す。まさにそれ一索[一八]して震巽《しんそん》[一九]を得、再索[二〇]して坎離《かんり》[二一]を得、三索[二二]して艮兌《こんだ》[二三]を得、三男三女、交互相配し、六十四卦[二四]、之《ゆ》くとして変ぜざること無きを見《あら》はさんとす。而《しか》るに吾れ、乾坤二体の確然[二五]隤然《たいぜん》[二六]として、未だ嘗《かつ》てその本領を失はざるを知る。吾れ又た水[二七]を観るの法を以てこれを読む。この一巻はそれ黄河足[二八]を発するの崑崙[二九]か。混混[三〇]として已《や》まず。千里一曲[三一]、或いは右、或いは左、その高きは龍門[三二]に在りて懸瀉[三三]千仭[三四]、その播《わか》れては九河[三五]となり、その同《あつま》りては逆河[三六]となるは、皆な料想[三七]すべし。而るに吾れ、平準[三八]物を格する[三九]の性、未だ嘗てその本領を失はざるを知る。吾れ又た花信[四〇]を候するの法を以てこれを読む。この一巻はそれ梅花[四一]初めて綻ぶるの時か。嗣後[四二]陸続として風信[四三]差《たが》はず。その高きは杏・桃・梨・李・海棠・木蘭、その低きは水仙・蘭菜・棠棣[四四]・牡丹、白は縞素[四五]の如く、紅は臙脂[四六]の如く、小は棊子[四七]の如く、大は盂盆[四八]の如し。百般[四九]の精神[五〇]、百般の姿態[五一]、皆な料想すべし。而るに吾れ、陽[五二]に向かひ陰に背くの性、未だ嘗てその本領を失はざるを知る。吾れ五山堂詩話を読みてこの境に至る、亦た一楽事ならずや。作者、読者のかくの如きに至るを得る、亦た一楽事ならずや。これを話し、これを筆する者は、吾が友池無絃に在り。これ

坤隤然示二人簡一矣」(易・繫辞下)。二七 水の様子を観察する。「観レ水有レ術、必観二其瀾一」(孟子・尽心上)。二八 出発する。流れ始める。二九 山の名。中国の西方にあり、黄河の源とされた。「河出二崑崙虚一」(爾雅・釈水)。三〇 水の奔流して絶えないさま。三一 千里流れて一曲りする。「釈水云、河千里一曲一直」(書経・禹貢「至二于竜門西河一」の疏)。三二 禹が黄河の水を鑿って通じさせた所。急流のため魚が上ることができず、一たび上れば竜になるとされた。山西省河津県と陝西省韓城県の間。三三 高い所からなだれ落ちるように注ぐこと。三四 はなはだ高いことの形容。古代中国では一仭は八尺。三五 禹の時代の黄河の九つの支流の総称。「北播為二九河一」(書経・禹貢)。三六 九河が合流して渤海に入る部分の河の名。海水が河に逆流するからともいう。「同為二逆河一」(書経・禹貢)。三七 推しはかって想う。三八 凹凸なく平らになること。三九 物を窮める。あらゆる物に至り届く。四〇 開花のしらせを待つ。小寒から穀雨に至る八気二十四候(一候は五日)の間、一候ごとに新たな風が吹き、その風に応じて種々の花が開くことを、(二十四番)花信風という。四一 花信風の一番は梅花。四二 後をついで次々と。四三 風が季節に応じて吹くこと。「風信報二梅開一」(陸游・遊二前山一)。四四 棣棠に同じ。やまぶき。四五 白い絹。四六 化粧用にする紅色の顔料。四七 碁石(ごいし)。四八 おわんと盆。四九 いろいろ。さまざま。五〇 生気あふれる美しさ。五一 「百般姿態因レ風生」(李咸用・遠公亭牡丹)。五二 「背レ陰向レ陽」(爾雅翼)。

を読み、これに序する者は、その友葛休文に在り。亦た一楽事ならずや。今刻してこれを千千万万の人に伝ふ。その楽事たる、竟《つひ》に窮尽すること無し。

文化四年二月十五日

一 葛西因是。→一五八頁注四。 二 きわめ尽くす。

三 菊池五山の号の一。居士は処士の意。 四 唐の玄宗皇帝の夢に現われた神鬼。帝にとりついた小鬼を退治した。 五 詩轍・一によれば七言の詩をいうが、ここは長編の古詩の意か。 六 唐代に確立した律詩と絶句。 七 「蔣主孝、字務本、儀真人、徙㆓句容㆒、有㆓樵林摘稾㆒」(明詩綜・二十一)。 八 虎のような口と巻いた鬚(あごひげ)。 九 人の化け物。楊貴妃を指す。 一〇 「開元中、明皇病㆑痁居㆓小殿㆒、夢㆓一鬼㆒…窃㆓太真紫香嚢㆒、及拈㆓玉笛㆒吹㆑之」(事物紀原・八・鍾馗)。 一一 どうでもよい事柄。 一二 玄宗皇帝の幼名。安禄山の乱を避けて成都に落ちのびた玄宗は、この橋に至った時、「吾常自知㆓行㆑地万里則帰㆒」と喜んだという(国史補)。 一三 備後国神辺(かんなべ)の詩人菅茶山(一七四八―一八二七)。礼卿は字。以下は茶山の詩集黄葉夕陽村舎詩・三に「鍾馗」と題して収める。 一四 大きく張ったあごと飛び出た目。 一五 なまぐさい風。 一六 妖怪。楊貴妃を指

五山堂詩話巻一

娯《ご》[三]庵居士《あんこじ》著

〔一〕古今《ここん》、鍾馗《しようき》[四]に題する詩、率《おほむ》ね皆《み》な長句[五]にして、近体[六]は絶《た》えて少し。惟《た》だ明《みん》の蔣主孝《しやうしゆかう》[七]云ふ、「虎口蚪鬚《ここうきうしゆ》[八]、真に怪しむべし。如何《いかん》ぞ人妖《じんえう》[九]を縛《ばく》することを解《かい》せざる。花[一〇]を偸《ぬす》み笛を窃《ぬす》むは渾《すべ》て間事《かんじ》[一一]。看るに忍びんや三郎《さんらう》[一二]の万里橋《ばんりけう》」と。嘗《かつ》て備後[一三]の詩人菅礼卿《くわんれいけい》の図に題するを見るに、云ふ、「于腮睅目《うさいかんもく》[一四]突たるその冠《かんむり》。相ひ見て腥風筆端《せいふうひつたん》[一五]に送る。別に虁魖《ききよ》[一六]有り君識《し》るや否《いな》や。沈香亭北闌干《ちんかうていほくらんかん》[一七]に倚《よ》る」と。意趣極《きは》めて蔣と相ひ似て、結《けつ》[一八]は全く李句を用ふ。殊《こと》に警抜《けいばつ》たるを覚ゆ。ただ第二[一九]の落筆頗《らくひつすこぶ》る粗《そ》にして、その不類《ふるい》[二〇]を疑ふ。後に礼卿に逢ひて、話たまたまこれに及ぶ。乃《すなは》ち云ふ、「これ原《も》と七古《しちこ》[二一]、一時截《き》り書《しよ》して以て人の需《もとめ》に応ずるのみ」と。余、自《みづか》ら見《けん》の誤らざりしを喜ぶ。

す。一七 長安の宮中の建物。玄宗は楊貴妃とともにこの建物の前に植えた木芍薬を賞し、李白を召して「清平調詞」三首を作らせた(楊太真外伝)。一八 結句。茶山の詩の結句は、李白の「清平調詞」第三首の結句を借用したもの。一九 第二句(承句)の表現。二〇 宜しくないこと。五年後に刊行された黄葉夕陽村舎詩の中では、この第二句を「想見腥風迸㆓指端㆒」と改める。二一 七言古詩。

一 律詩と絶句。「近体則律詩也」(滄浪詩話)。律詩を半分に截ったものが絶句。「人動軽㆓近体㆒而重㆓古風㆒」(随園詩話・五)。二 韻を重ねて踏んである長編の古詩。三 宴席などに張りめぐらす幕や帳。四 うまく捌く。五 楽器の絃が奏でる音以外の音と、通常の味覚が感じとる味以外の味。ここは詩の余韻や含蓄。「東坡近体詩、…絶無㆓絃外之音、味外之味㆒」(随園詩話・三)。「絃外の音」には陶淵明の無絃の琴の故事が、「味外の味」には唐の司空図の「与㆓李生㆒論㆑詩書」の詩論が意識されている。六 七言絶句。七 竜王の脳中にあるという清浄な珠玉。八 極めて数が多いこと。「長句累韻」の比喩。九 佩文韻府所引、唐の黄損の詩。一〇 囲碁。一一 碁石。一二 真理を悟った言葉。一三 三河国吉田(現、豊橋市)の人で、薬種商。姓は高須、名は暹、後に正立。号を膚堂、通称を久太夫(佐藤又八・東参故人百家詩存)。一四 宋の詩人蘇軾は、元豊五年(一〇八二)の七月と十月、長江流域にある三国時代の古戦場赤壁に遊んだ。その十月の遊を記したものが「後赤壁賦」。その遊を主題にした画。

〔二〕 人動《やや》もすれば近体截句《きんたいせつく》[一]を軽んじて、長句累韻《ちやうくるいゐん》[二]を重んず。知らず、雄作大篇は只だ学力を須《もち》ひ、満腔《まんかう》の書巻、口に矢《あた》つて発露するを。譬へば富貴の家の供張《きようちやう》[三]餘り有りて、然《しか》る後に数十百客も措《そ》辨《べん》[四]し難からざるが如し。詩の妙処を求むるは、全くこれに在らず。絃外[五]に音有り、味外に味有り。会《くわい》してこの境に到れば、二十八字[六]は即ち摩《ま》尼《に》宝珠《ほうじゆ》[七]なり。何ぞ必ずしも八万四千[八]の塔を造りて、方《まさ》に始めて至れりとなさんや。故に詩を作る者は、博《ひろ》きを売つて以て唬嚇《かうかく》すべからず。詩を看る者は、多きに眩《くら》みて以て誇奨《こしやう》すべからざるなり。唐人の句に云ふ、「薬[九]の霊《れい》なるは丸《ぐわん》大ならず。棋《き》[一〇]の妙《たへ》なるは子《し》[一一]多きこと無し」と。真に上乗《じやうじよう》[一二]の言《げん》なり。

〔三〕 詩《し》弟子《でし》高邅《かうせん》[一三]、後赤壁《こうせきへき》[一四]の図を持して題[一五]を索《もと》む。余、坡《は》公《こう》[一六]の「帰《き》去来集字《きよらいしふじ》[一七]」の体に倣《なら》ひて、二律[一八]を題して云ふ、「良夜如何《いかん》かし得ん。復《ま》た赤壁の舟に登る。細鱗魚《さいりんうを》[一九]已に有り、斗《と》酒《しゆ》[二〇]婦と相ひ謀る。月影巉巌《ざんがん》[二一]起り、水声断岸[二二]幽《かす》かなり。江山幾日《かうざんいくにち》[二三]無し。我が昔遊を識《し》るやいなや」、「四顧《しこ》[二四]すれば舟中寂《しづ》かに、江に横たはりて一鶴孤なり。流《ながれ》[二五]に放ちて将《まさ》に半夜[二六]ならんとす。睡《ねむり》に就《つ》くこと亦《ま》た須臾《しゆゆ》[二七]。夢に来《きた》り過ぐる者有り。笑ひて言ふ、遊び楽しきかと。玄裳《げんしやう》[二八]我は子《し》を知る。戸[二九]を開いて起《た》ちて相ひ呼ぶ」と。

一五 画の余白に書きつける詩。題詩。 一六 蘇軾(号を東坡)のこと。 一七 蘇軾が陶淵明の「帰去来辞」によって作った五言律詩「帰去来集字十首并引」。集字とは、先人の作中に使われている文字のみを用いて詩を詠むこと。 一八 二首の律詩。以下の律詩中の文字はすべて蘇軾「後赤壁賦」にある。 一九 巨口細鱗は松江(江蘇省松江)の名産である鱸の特徴。 二〇 一斗の酒。十分の酒をいう。 二一 けわしい岩。 二二 きりたった岸。 二三 川と山。 二四 あたりを見回す。 二五 川の流れにまかせる。 二六 真夜中。 二七 しばらくの間。 二八 黒い色の裳。「後赤壁賦」には「玄裳縞衣」とあって、鶴の姿を形容し、また夢の中に登場した道士の姿をも表わす。 二九 「後赤壁賦」に「道士顧笑、予亦驚悟、開レ戸視レ之、不レ見二其処一」。 三〇 一七五二―一八二三。古文辞派の擬古主義を排撃し、宋詩の平明清新を庶幾する性霊説の詩論を主張した。 三一 りっぱな言葉を発する。 三二 唐詩の字句や格調などの表面だけを模倣した詩。北山は作詩志彀の中で同趣旨の発言を繰り返している。偽唐詩という言葉は、孝経楼詩話・下(文化六年刊)にも見える。 三三 洗い清める。 三四 文学青年。 三五 一斉に。 三六 滅ぼさねばならないもう一つの敵を作り出す。「秦末レ亡而誅二武臣等家一、此又生二一秦一也」(史記・張耳陳余列伝)。 三七 清の医者銭潢の号。字は天来。以下の虞山の言葉は、その著傷寒論溯源集に拠る。 三八 病気をおこす悪い気。 三九 結ぼれ塞がる。 四〇 腹部膨満に用いる下剤。 四一 傷寒論溯源集・六に調合法と用法が示される。 四二 すっかり出し尽くすこと。 四三 通

〔四〕[三〇]山本北山《ほくざん》先生、[三一]昌言《しやうげん》して世の[三二]偽唐詩《ぎたうし》を排撃す。雲霧《うんむ》一掃し、[三三]蕩滌《たうてき》してほとんど尽く。都鄙の[三四]才子、[三五]翕然《きふぜん》として宋詩に嚮《むか》ふことを知る。その功、偉《ゐ》なり。余、先生に謂《い》ひて曰《い》はく、「偽唐詩は已に鏖《みなごろし》にす。更に偽宋詩有り。又た[三六]一秦《いつしん》を生ずと謂ふべし。何如《いかん》」と。先生、莞然《くわんぜん》たり。けだし今日の詩は、[三七]虞山《ぐさん》のいはゆる[三八]邪気《じやき》[三九]結《けつ》轖《しよく》し、[四〇]大承気《だいしようき》これを下せば、[四一]輸写《しゆしや》大いに[四二]利し、[四三]元気傷を受け、則《すなは》ち別症生ずるの時なり。誰《た》そや、これを瘳《いや》す者、必ずまさに[四四]任ずるもの有るべし。

〔五〕[四五]乙丑《きのとうし》、余再び江戸に帰る。[四六]河寛斎《かくわんさい》先生贈らるるに云ふ、「[四七]寥落《れうらく》たり[四八]江湖《かうこ》の旧社盟。相ひ逢ひて重ねて[四九]不平の鳴《めい》を作《な》す。世人久しく[五〇]法華《ほつけ》に転ぜ被《ら》る。後輩誰《たれ》か[五一]俗骨をして清からしめん。[五二]薄倖《はくかう》の杜郎《とらう》、年未《いま》だ老いず。[五三]衰残《すいざん》の白傅《はくふ》、目幾《ほと》んど盲《めし》ふ。[五四]張軍《ちやうぐん》今已《すで》に君の手に属す。肯《あへ》て許さんや、他の[五五]豎子《じゆし》の名を成すを」と。[五六]敢《あへ》て当らずと雖《いへど》も、私心《ししん》窃《ひそ》かにこれに向かふ。

〔六〕余、[五七]名節《めいせつ》検せず。嘗《かつ》て伊勢に在り。一酒楼に題して云ふ、「百壺の[五八]醽醁《れいりよく》油より碧《みどり》に、月は[五九]楼心に逗《とどま》りて興尚《な》ほ遒《つよ》し。[六〇]粉黛《ふんたい》、縁《えにし》の[六一]一笑を通ずる有り。[六二]襟懐《きんくわい》、地の些《さ》愁《しう》を貯ふる無し。[六三]紅絃珠唱《こうげんしゆしやう》、偏《ひと》へに夜に宜《よろ》し。[六四]風檻露《ふうかんろ》簾《れん》、秋を[六五]平浸《へいしん》す。薄倖《はくかう》自《みづか》ら

る。滞りがない。 四三 精気。活力のもと。 四四 その任務に当るもの。偽唐詩が駆逐されたあと、偽宋詩がはびこる現状を改善する任務に当る者の意。 四五 文化二年（一八〇五）。 四六 市河寛斎（一七四九—一八二〇）。江湖詩社の盟主。五山の詩の師匠。以下の詩は、寛斎先生遺稿・四に「無絃至レ自二五瀬一談レ詩数日慨然有レ贈」の題で収める。 四七 落ちぶれて寂しいさま。 四八 江湖詩社の昔の仲間たち。 四九 不平不満の意を漏らす。「大凡物不レ得二其平一則鳴」（韓愈・送二孟東野一序）。 五〇 真理を悟らず外面的なものに惑わされる。「心迷法華転、心悟転二法華一」（楞厳経）。 五一 世間の人の卑俗な気質や考え方。 五二 浮気な杜家の男子。「贏し得たり青楼薄倖の名」（杜牧・遣懐）により、揚州の遊里で浮名を流した杜牧をさすが、ここでは四日市に流落した五山をいう。 五三 老い衰えた白居易。傅は居易が太子少傅に任ぜられたことによる。ここは寛斎自身をさす。 五四 軍陣を張る。「我張二吾三軍一」（左氏伝・桓公六年）。 五五 青二才。小僧っ子。「時無二英雄一、使二豎子成一レ名」（晋書・阮籍伝）。 五六 「余雖レ不レ能レ当二此言一、而私心窃向二往之一」（随園詩話・五）。 五七 名誉と節操を考えない。 五八 美酒。 五九 高殿の中。「幾回明月到二楼心一」（薩都剌・和二馬昂夫賞心亭懐古一）。 六〇 おしろいと眉墨。化粧をした美女。 六一 「回レ眸一笑生二百媚一、六宮粉黛無二顔色一」（白居易・長恨歌）。 六二 胸のうち。 六三 あでやかな三味線の絃と美しい歌声。「紅絃高緊声声急、珠唱鋪円裹裹長」（杜牧・羊欄浦夜陪二宴会一）。 六四 風の吹く欄干と露のおりた簾。 六五 均等に浸す。

知る、小杜《せうと》[一]の如きを。直《ただ》ちにこの際を将《もつ》て楊州《やうしう》[二]と做《な》さん」と。滕粲堂《とうさんだう》[三]、遂に楊州小杜の印を鐫《ゑ》りて貽《おく》る。先生の詩中、仍《よつ》てこの語を用ふるなり。後《のち》に海蠖斎《かいくわくさい》[四]、余が為に言を尽す。これより断然として、復《ま》た小杜を以て自ら期せず。印も亦《ま》た捐《す》てて用ひず。

〔七〕蠖斎、瑗、字は君玉、余、知を受くること最も深し。二十年ほとんど一日の如し。これが裘牧[五]たるに任《た》へずと雖も、而《しか》も窃《ひそ》かに推して吾《わ》が党の献子《けんし》[六]となす。蠖斎は当路[七]にして間なし。猶《な》ほ且《か》つ詩画を以て自ら娯む。数年の諸作ほとんど紙嚢《しなう》に満ち、嚢腹彭亨然《はうかうぜん》[八]たり。中に就いて数十首を抜き、余をして加墨せしむ。因つてその腴《ゆ》[九]を窺《うかが》ふことを得たり。「立秋」に云ふ、「大火[一〇]西に流れて、雲、容《かたち》を改む。向来《きやうらい》[一一]の炎気、蹤《あと》なからんと欲す。西風[一二]能《よ》く山[一三]を抜く力有りて、忽地《たちまち》に吹き崩す千万峰[一四]」と。「夜泛《やはん》[一五]」に云ふ、「舟は柳港[一六]を過ぎて蘆坪《ろへい》[一七]に入る。両岸の鳴虫、月明に和す。北[一八]岸は悲しむが如く、南岸は楽しむ。細かに聴けば南北一家の声」と。「村夜」に云ふ、「榾柮炉頭《こつとつろとう》[一九]、夜煙煖《あたたか》し。団欒《だんらん》酒を酌みて豊年を話す。今秋閏《うるふ》有りて租[二〇]を輸《ゆ》することと早し。似ず、去秋は猶ほ田に在りしに」と。

一 杜牧のこと。二 揚州に同じ。揚子江北岸の大都市。三 中田粲堂(一七七一―一八三三)。滕は修姓。詩文と篆刻をよくした。四 海野蠖斎(一七四八―一八三三)。備中庭瀬藩の江戸留守居役。江湖詩社中の年長者。五 楽正裘と牧仲。春秋時代、魯の人。魯の大夫孟献子は、楽正裘や牧仲など五人の身分の低い賢人と対等に交わった(孟子・万章下)。六 孟献子。すなわち春秋時代の魯の大夫仲孫蔑。七 重要な地位についていること。八 ふくれているさま。九 善美のもの。一〇 大火心星。七月になると西に移る。「大火復西流」(杜甫・立秋雨院中有レ作)。一一 これまでの。一二 秋風。「八月西風起」(李白・長干行)。一三「力抜レ山気蓋レ世兮」(史記・項羽本紀)。一四 雲が形作る多くの峰々。一五 夜に舟を浮べること。一六 柳の生えている舟着き場。一七 葦の一面に生えている所。「坪」は「凡ソ地ノ曠寛夷坦ナル者ヲ坪ト云」(葛原詩話・二)。一八 以下の二句は晋書・阮咸伝の南阮・北阮の故事を意識するか。一九 木のきれはし。ほだ。「榾柮炉前擁二布衾一」(韋荘・宜君県比卜居不レ遂留二題王秀才別墅一二首)。二〇 租税を納める。二一 他より一きわ目立つこと。二二 繊細で巧みなこと。「李笠翁詞曲尖巧、人多軽レ之」(随園詩話・九)。二三 水辺の村。二四 水辺の宿駅。「紅蓼花前水駅秋」(季郢・晩泊二松江駅一)。二五 眠っている鷺や鷗。「鷺眠茭葉折、魚静蓼花垂」(温庭筠・東帰有レ懐)、また「狂歌紅蓼岸、驚起白鷗眠」(李中・江南重会二友人一感レ旧二首)。二六 冷やかなもや。二七 蘆の綿毛状の花。二八 生彩に乏しい。二九 女のなまめかしい粧い。三〇 芭蕉の葉。

〔八〕粲堂《さんだう》、名は博《はく》、余と交り好し。その詩、務めて出色[二二]を要す。或いはその尖巧《せんかう》[二三]に過ぐるを嫌《いと》ふ。然《しか》れども亦《ま》た極めて佳なる者有り。「蓼花《れうくわ》」に云ふ、「沙《さ》村水駅《そんすいえき》[二四]自《おのづか》ら叢《くさむら》を成す。満目《まんもく》の秋容処処同じ。半老垂《た》れ来《きた》りて猶ほ未だ老いず。小紅《せうこう》蔟《むらが》り得て乍《たちま》ち多紅。香は牽《ひ》く宿鷺眠鷗《しゆくろみんおう》[二五]の外。影は動く冷煙斜日《しやじつ》[二六]の中。蘆絮《ろじよ》[二七]まさに嫌《いと》ふべし、顔色《がんしよく》[二八]の少きを。嬌妝《けうしやう》[二九]も輸《ま》く、汝《なんぢ》が一家の風に」と。又た「秋夜」に云ふ、「蕉[三〇]敗《やぶ》れて、月窓[三一]、秋に影有り。虫寒くして、草砌《さうせい》[三二]、夜に音無し」と。「村荘」に云ふ、「旨蓄一株《しちくいつしゆ》[三三]、橘子《きつし》を留《とど》む。遠謀満塢《ゑんぼうまんう》[三四]、松苗《しようべう》を種《う》う」と。皆な伝ふべし。

〔九〕清の程羽文《ていうぶん》[三五]、詩本事《しほんじ》[三六]を作り、詩に因つて事典[三七]を摘出す。大窪詩仏《おほくぼしぶつ》[三八]、続詩本事[三九]を作り、輯《あつ》めて二百余条に至る。博《はく》と謂《い》ふべし。たまたま島田達音[四〇]の集を閲するに、云ふ、「昔在《むかし》[四一]昌齢《しやうれい》[四二]帝号を成し、言はず詩の玉屏風《ぎよくびやうぶ》に上るを」と。自注に「玄宗《げんそう》[四三]、王昌齢を立てて詩帝と為す」と。この典、二家[四四]の未だ載せざる所なり。書して以て逸を補ふ。按ずるに、唐才子伝《たうさいしでん》[四五]に「王昌齢[四六]、詩家天子と称す」と。これと小異す。

〔一〇〕詩仏は七律に長じ、七絶に短なり。余は七絶に長じ、七律に短なり。これ世人の口にする所と雖も、その実は詩仏の七絶未だ必ずしも短ならずして、余何ぞ

三一 「月窓竹影連二棲鵲一」（陸游・題二斎壁一）。 三二 草の茂る庭の階のあたり。 三三 貯蔵して冬の備えにする食物。「我有二旨蓄一、亦以御レ冬」（詩経・邶風・谷風）。 三四 遠い将来のために土手いっぱいに松の苗木を植える。土手の補強のためか、松の実を食料とするためか。 三五 名、開豊。字、羽文。即用訓導・誥封朝議大夫などに任ぜられた（誥封朝議大夫即用訓導芑堂程君墓誌銘）。詩本事などの著述は、檀几叢書余集に収める。 三六 詩によって故事となった語を輯録した書。 三七 故事・典故。 三八 一七六七―一八三七。江湖詩社の詩人で、五山の盟友。文化三年（一八〇六）以来、神田お玉が池に詩聖堂を開き、流行詩人となった。 三九 伝存未詳。 四〇 島田忠臣（八二八―八九二）。菅原道真の父是善に学び、田氏家集がある。 四一 田氏家集の「元慶五年冬、大相国…」と題する詩。群書類従本田氏家集には「曾在昌齢…」とあるが、市河寛斎編の日本詩紀・十四には「昔在」。日本詩紀に拠ったか。 四二 唐の詩人王昌齢。玄宗皇帝の開元十五年の進士。秘書郎に進んだが、晩年、放縦な行いによって竜標尉に貶せられ、閭丘暁に殺された。 四三 唐の第六代皇帝。 四四 程羽文と大窪詩仏。但し市河寛斎はすでに「此事開天遺事・唐詩紀事所レ未二経見一、可レ称二詩家一大故事一也、按二性霊集一、釈空海所二齎来一有二王昌齢集・王昌齢詩格一、則田氏所レ拠蓋非二偶然一、聊記為二談柄一」（詩燼）と記す。 四五 元の辛文房撰。唐代詩人の伝記逸事集。 四六 通行の唐才子伝には「昌齢工レ詩、稹密而思清、時称二詩家夫子王江寧一」のように「詩家夫子」とある。但し中国文学家大辞典など「詩家天子」。

肯《あへ》てその長有らんや。今、詩《し》聖堂集《せいだうしふ》[一]中の尤《いう》なる者を摘みて、二体を騈《なら》べ出だして、以て軒軽《けんち》[二]すべからざるを示す。律は則ち「病起」[三]に云ふ、「病起して茅斎《ばうさい》[四]、晩晴[五]に坐す。竹梢《ちくせう》微《かす》かに動きて風の行くを見る。試みに筆を操る処[六]、意の如くならず。新たに衣を換ふる時、聊《いささ》か情に愜《かな》ふ。酒は沈痾《ちんあ》[七]を作《な》して後患を餘し、詩は往事を思へば前生[八]を隔つ。猶ほ知る、神気[九]の未だ全くは復せざるを。架書を整へんと欲して擎《ささ》ぐるに力無し」と。「愁を詠ず」[一〇]に云ふ、「鬢辺抽《びんぺんぬ》き出だす数茎の苗《なへ》[一一]。牢《らう》[一二]は長城に似、来《らい》[一三]は潮《うしほ》に似たり。三日の苦吟、句の穏やかなる無く、半宵《はんせう》[一四]の残夢、魂の消ゆるを覚ゆ。簾《すだれ》は深院[一五]に垂れて幽独[一六]に伴ひ、雨は空階[一七]に滴りて寂寥を送る。争《いかで》か望仙台上《ばうせんだいじやう》[一八]の酒を得て、心中の万斛一時《ばんこくいつとき》[一九]に澆《そそ》がん」と。「漁蓑《ぎよさ》[二〇]」に云ふ、「誰か嫩莎《どんさ》[二一]を采《と》りて衣様に製す。短篷《たんぼう》[二二]相ひ伴ひて滄浪《さうらう》に釣る。蘆《ろ》辺《へん》露重くして蒙茸《もうじよう》[二三]として湿《うるほ》ひ、蘋末《ひんまつ》[二四]風生じて独速《どくそく》[二五]として涼し。酒に当りて又た愁ふ明日の雨。花に眠りて猶ほ帯ぶ昨宵の香。憐むべし、渭上《いじやう》[二六]封侯《ほうこう》[二七]の日、初めて渠儂《かれ》[二八]を把《と》りて冕裳《べんしやう》[二九]に博《か》へしを」と。絶は則ち「春夜」[三〇]に云ふ、「残雪消えず、伴を待つが如し。紬衾《ちうきん》[三一]、冷は透《とほ》る睡《ねむ》りの醒むる初《はじめ》。夜深くして知る、これ寒威の重きを。月に滴る簷声《えんせい》[三二]、聴いて漸く疎なり」と。「春寒」[三三]

一 詩仏の詩集。初編・二編・三編(遺稿)とあるが、この時点ではいずれも未刊。 二 優劣・長短を判定すること。 三 病気から回復すること。詩聖堂詩集初編・五に収。 四 茅ぶきの部屋。 五 夕晴れ。 六 「時」と同じ意。平仄の都合で平声の「時」が使えないため、去声の「処」を用いた。 七 長わずらい。 八 すっかり変わったことをいう。 九 精神。気力。 一〇 初編・一「愁」。詩句の異同は、苦吟―苦心、空階―空堦。 一一 生え始めたばかりの短い毛。ここは白毛。 一二 万里の長城のように堅牢。 一三 潮が満ちるように、せき止めようもない。 一四 夜半にうとうととして見る夢。 一五 奥深い中庭に面した部屋。 一六 独り静かに居ること。「雷雨飛来伴㆓幽独㆒」(范成大・天柱峰)。 一七 「空階雨滴」(和漢朗詠集・落葉)。 一八 初編・一の自注に「孔氏六帖、唐武宗起㆓望仙台㆒、薦㆓無憂酒㆒」。孔氏六帖は白孔六帖のこと。 一九 多くの分量。「万斛間愁何日尽」(蘇軾・過㆓濰州駅㆒、見㆔蔡君謨題㆓詩壁上㆒…㆒)。 二〇 漁師のつける蓑。初編・六。製―織、生―来。 二一 軟らかなはますげ。「其草可㆑為㆓笠及雨衣㆒、疏而不㆑沾」(本草綱目・莎草・香附子)。 二二 小さなとま。あるいは小さなとま舟。「とま」は竹などを編んで舟などを覆うもの。 二三 草などの乱れ生えているさま。 二四 浮草の上。 二五 蓑が風に吹かれて立てる音。自注に、清の江浩然の詩話叢残小語を引用して、「孟郊詩、独速舞㆓短蓑㆒、独速状㆓其声㆒也」と解説する。但し六如は「独速舞㆓短簑㆒モ、簑ノ形ヲイフナルベシ。因テ転ジテ簑ノ異名トナルナラン」(葛原詩話・一)。 二六 渭水のほとりで釣をしていて文王に見に云ふ、「[三四]寒食《かんしよく》今より幾日も無し。[三五]梅花零落して杏花開く。春寒、[三六]雪を醸《かも》して力足らず。却《かへ》つて黄昏《くわうこん》に向《お》いて[三七]雨と作《な》り来《きた》る」と。「[三八]晩歩」に云ふ、「[三九]園底筇《つゑ》に扶《たす》けられて[四〇]晩霞に歩む。春風軽軟、[四一]巾紗《きんさ》を弄ぶ。蜘蛛《くも》は何事ぞ[四二]太早計《たいさうけい》。[四三]密網先《ま》づ[四四]緘《かん》す、発《ひら》かんと欲する花」と。「[四五]偶作」に云ふ、「世間限り無く事紛紛たり。[四六]耳冷《ひや》やかにして[四七]如《じよ》今《こん》[四八]百《およ》そ聞くことを厭ふ。自《みづか》ら笑ふ、[四九]懶慵《らんよう》の[五〇]蘇学士《そがくし》、総《すべ》て家政を将《も》つて[五一]朝雲《てううん》に付するを」と。嘗て寛斎先生と言ふ、「詩仏は能《よ》く[五二]淡処においても力を着《つ》く。これそれ[五三]一幟《いつし》を樹《た》つる所以《ゆゑん》なり」と。

〔一一〕今年[五四]丙寅《ひのえとら》、余、三十八歳なり。頭は未だ[五五]二毛を見ずと雖も、鬚《ひげ》は已に白を生じ、詩仏の揶揄《やゆ》する所となる。故に余に贈るに、「七載江湖漫遊の客。相ひ逢ひて今日白鬚《はくしゆ》生ず」の句有り。たまたま[五六]剣南集《けんなんしふ》を閲するに、云ふ、「[五七]紹興壬午《せうこうみづのえうま》、予、年三十八、[五八]査元章《さげんしやう》・[五九]王嘉叟《わうかそう》と同じく[六〇]端拱殿門《たんきようでんもん》を出づ。二君、予を指して問うて曰はく、「子もまた白髪有るか」と。相ひ与《とも》に[六一]太息《たいそく》す」と。事極めて相ひ類す。因つて戯れに示して云ふ、「[六二]嗤《わら》ふことを休《や》めよ、今日白鬚の生ずるを。[六三]老陸《らうりく》当初蚤《はや》く已《すで》に驚く。八十五齢、君試みに算せよ。[六四]乗《じよう》じ来《きた》るも猶ほ九年の贏《あまり》を得たり」と。放翁《はうをう》は

出された太公望呂尚の故事(史記・斉世家)。二七 諸侯に封ぜられること。二八「彼」に同じ。漁蓑をさす。二九 大夫以上の身分の者がつける冠と礼服。三〇 初編・一。猶―如。三一 紬で製した上掛けの夜具。三二 軒端から垂れる雨だれの音。「疎疎密密滴二簷声一」(范成大)。三三 春になってもまだ寒いこと。初編・一。自今―従今。三四 節句の名。冬至から数えて一〇五日目、陽暦の四月上旬。三五 花信風(→一五九頁注四〇)の梅花は一番、杏花は十一番。三六 雪模様になる。「醸レ雪経旬竟不レ成」(陸游・累日濃雲作レ雪不レ成遂有二春意一)。三七「於」と同じ。三九 庭の中。園中。三八 初編・三。底―裏。四〇 夕焼け。夕映え。四一 紗巾に同じ。薄絹の頭巾。四二 早合点。「女亦大早計」(荘子・斉物論)。四三 目のこまかい網。四四 封じこめる。四五 たまたま出来た作という意の詩題。初編・二「世間」。百―為、自―莫。四六 耳が冷淡で聞こうとしない。仕官を求める唐の孟弘微を宣宗が黜けたという故事(朝野僉載)による。四七 ただ今。四八 およそ。「凡」に同じ。四九 ものぐさなこと。五〇 蘇軾。翰林学士、竜図閣学士、端明殿学士兼翰林侍読学士などを歴任したことからいう。五一 二十三年の間蘇軾に従った妾の名。五二 平淡な表現の箇所。詩仏自身も「詩貴二平淡一、平淡詩之上乗也…詩到二平淡一而詩之能事畢矣」(詩聖堂詩話)という。五三 詩人として明確な立場を主張する。五四 文化三年(一八〇六)。五五 白髪まじりになること。「潘岳秋来見二二毛一」(元好問・寄二劉光甫一)。

（注五六以下、→二二九頁）

八十五にして卒《しゆつ》せしを以てなり。詩仏、詩を看《み》て大いに笑ふ。

〔一二〕谷麓谷《たにろくこく》[一]、名は本脩《ほんしう》、年八十に垂《なんな》んとし、詩を作りて靡靡《びび》[二]として絶えず。当《たう》[三]今《こん》の小放翁と謂ふべし。唯《た》だ放翁初年[四]の詩は太《はなは》だ精細にして、晩年は稍《やうや》く頽唐《たいたう》[五]に流る。麓谷は初年には首首疎率《しゆしゆそそつ》[六]にして、晩年の後に至りて、まま簡揀《かんかん》[七]の者有り。これ放翁と異《こと》なり。今その似たる者を録す。「雑詠」[八]に云ふ、「百事相ひ忘れて意久しく休す。楽しむべきなし[九]と雖も又た憂《うれひ》なし。小園の梨栗《りりつ》[一〇]、今皆な熟す。孫稚《そんち》[一一]能《よ》く採拾《さいしふ》の謀《はかりごと》をなす」と。「初夏」に云ふ、「我已に衰ふ[一二]と雖も猶ほ麦に及ぶ[一三]。年は還《めぐ》り閏《うるふ》[一四]有りて未だ梅を迎へず[一五]」と。「晩秋」に云ふ、「水冷やか[一六]にして已に釣伴《てうはん》[一七]に随ひ難く、夜長くして棋讐《きしう》[一八]に対するを厭はず」と。

〔一三〕剣南《けんなん》[一九]の詩、動《やや》もすれば窮薄を説き、傷心の語多し。然れどもその中に笑ふべき者有り。「処処[二〇]に漿《しやう》[二一]を乞ひて倶《とも》[二二]に酒を得たり。杖頭《ぢやうとう》[二三]何ぞ恨みん一銭の無きを」と。大いに乞児《きつじ》[二四]の詩に似たり。

〔一四〕余貧にして書を貯ふること能はず。たまたま購《あがな》ひ得ること有るも、早已《すで》に羽化《うか》[二五]し去る。篋中《けふちゆう》[二六]、集《しふ》[二七]五部を留む。一は白香山《はくかうざん》[二八]、一は李義山《りぎさん》[二九]、一は王半山《わうはんざん》[三〇]、一は曾《そう》[三一]

一 一七三九―一八〇九。田安家の臣で江戸住。詩をよくし、麓谷初集、麓谷二集がある。画家谷文晁の父。 二 次々と続くさま。 三 現代における小陸游。陸游は生涯二万首の詩を作った。 四 陸游は「我初学レ詩日、但欲レ工二藻絵一、中年始少悟、漸若レ窺二宏大一」(剣南詩稿・七十八・示二子遹一)とみずからの詩風の変化を回顧する。また甌北詩話・六も、陸游の詩が生涯に三変したと指摘する。 五 気力が衰えて乱れる。 六 細かなことにかまわないこと。 七 よく選ばれ吟味されていること。 八 特定のテーマではなく、折にふれて詠んだ作という意の詩題。麓谷二集では「秋日閑詠」という題。 九 「無レ楽無レ憂者、長短任二生涯一」(白居易・食後)。 一〇 「通子垂二九齢一、但覓二梨与一レ栗」(陶淵明・責レ子)。 一一 幼い孫。 一二 麓谷二集に収める同題の七律の頷聯。猶―応、還―猶。 一三 麦の収穫期に及ぶ。「鄭饑而未レ及レ麦」(左氏伝・襄公二十九年)。 一四 閏の月がある。寛政十二年(一八〇〇)は初夏四月が閏月。 一五 初夏、雨が降り続く候。「江南三月雨、謂二之迎梅一、五月雨、謂二送梅一」(周処・風土記)。 一六 麓谷二集に収める同題の七律の頷聯。伴―侶、不厭対棋讐―唯不厭棋讐。 一七 釣り仲間。 一八 碁敵。 一九 陸游の号の一。 二〇 剣南詩稿・二十四「春晩村居雑賦絶句」六首の其二の転句と結句。 二一 粟米を醸して造る早造りの酒。こんず。 二二 漿だけでなく酒までふるまわれた。豊年を意味する。「求レ漿得レ酒」(朝野僉載)。 二三 杖の頭。晋の阮脩が外出の時は常に杖頭に百銭を掛け、酒店に至ると独りで楽しく飲んだという故事(晋書・阮脩伝)から、「杖頭銭」

茶山《さざん》、一は[三二]元遺山《げんゐざん》なり。これを外《ほか》にして有ることなし。因って[三三]五山を以て堂に名づく。句有りて云ふ、「家は徒《ただ》に[三四]四壁立ち、書は僅かに五山存す」と。

〔一五〕[三五]客途の凄酸《せいさん》、一たび[三六]説破《せつぱ》を経て、異時これを読めば情景に堪へず。余、「早《つと》に[三七]遠州を発す」に云ふ、「[三八]行李《かうり》蕭然《せうぜん》として早《つと》に[三九]程《てい》に上《のぼ》る。客途、[四〇]悪極《あくきは》まる、若《い》為《か》なる情ぞ。数村行き尽して天猶ほ夜なり。[四一]梟《ふくろふ》は松梢《しようせう》に語る[四二]三五《さんど》声《せい》」と。「[四三]岐《き》嶒《そ》道中」に云ふ、「老樹、雲埋《うづ》めて天未だ晨《あした》ならず。[四四]竹輿《ちくよ》、夢を揺《ゆら》して[四五]嶙峋《りんしゆん》を認む。耳《じ》辺《へん》乍《たちま》ち[四六]扛夫《かうふ》の語るを聞く。昨夜前村に狼の人を食《くら》ふ」と。この中の[四七]消息は、[四八]旅況を嘗《な》むる者に非《あら》ざれば、恐らくは知るに及ばざらん。

〔一六〕寛斎先生の「[四九]塔沢《たふのさは》温泉に浴す」の絶句に云ふ、「[五〇]迅湍危《じんたんき》石《せき》、響《ひびき》、雷の如し。徹夜の孤燈、夢未だ催さず。怪しむべし、東窓[五一]紅《くれなゐ》已に抹《まつ》するに、聴かず[五二]鴉子《あし》の晨《あした》を報じ来るを」と。自注に「山中の鴉、皆な声無し」と。余嘗て九月を以て山中に宿す。暁窓《げうさう》[五三]夢回《めぐ》りて忽《たちま》ち[五四]唖唖《ああ》を聴く。因って作有りて云ふ、「夢清くして[五五]山駅起き来ること遅し。しばしば寒鴉に暁を報じ知らさる。[五六]怪得《くわいとく》す、渠儂《かれ》の舌尚ほ在るを。一生只《た》だ信ず、半江《はんかう》の詩」と。半江は先生の別号なり。

は酒を買う銭。二四 乞食。二五 羽が生えて飛び去る。二六 本箱の中。二七 詩文を輯録した書物。二八 唐の詩人白居易。二九 唐の詩人李商隠。三〇 宋の詩人王安石。三一 宋の詩人曾幾。三二 金の詩人元好問。三三 相類する話柄として随園詩話・九に「楼村先生教二人作詩一、以二三山一為レ師、一香山〈白居易〉、一義山〈李商隠〉、一遺山〈元好問〉也」。三四 家の四囲の壁。家具のない貧家。「文君夜亡奔二相如一、相如乃与馳帰、家居徒四壁立」(史記・司馬相如伝)。三五 旅路の苦しく辛いさま。三六 説きつくす。三七 遠江国の異称。現在の静岡県西部。三八 旅行の荷物の乏しいこと。貧乏な旅のさま。三九 旅立つ。四〇 悪い条件が揃う。四一「燐飛乗二月暗一、梟語似二人呼一」(陸游・夏夜)。また「梟鳴二松桂枝一、狐蔵二蘭菊叢一」(白居易・凶宅)。四二 まばらに聞えてくる声。四三「木曾」の宛字。「岐《キ》嶒《ソ》」(東藻会彙)。四四 竹の駕籠。四五 山道の起伏のあるさま。四六 駕籠かき人足。四七 様子。四八 旅のありさまを経験する。四九 寛斎先生遺稿・一「浴二塔沢温泉一数日小詩紀レ事」六首の其三。塔沢温泉は箱根七湯の一つ。五〇 急流とけわしくそそり立つ石。五一 紅色を一刷毛はいたような夕焼け。五二 からす。「子」は接尾字。五三 夢から醒める。五四 からすの鳴き声。「黄雲城辺烏欲レ棲。帰飛唖唖枝上啼」(李白・烏夜啼)。五五 山中の宿場。五六 驚き疑う。

一 寛斎先生遺稿・一「雨夜上尾道中」。上尾は現在の埼玉県上尾市。天明八年の作。二 泥のぬかるんだ道。三 雨の降り続くさま。四 うねうねと折れ曲がる。五 不思議

〔一七〕先生の「上尾道中《あげを》[一]」に云ふ、「泥塗《でいと》[二]、夜瞑《くら》くして雨悠悠[三]。林間を斗折《とせつ》[四]して水の流るるを聴く。怪底[五]す、月光偏《あまね》く地に布《し》くかと。蕎花爛熳《けうくわらんまん》[六]たり野田の秋」と。近ごろ李松圃《りしようほ》[七]の「暁行《げうかう》」を読むに、云ふ、「朦朧《もうろう》たる曙色《しよしよく》、啼鴉《ていあ》[八]噪《さわ》ぐ。風は疎林を撼《ゆるが》して一径斜《ななめ》[九]なり。満地の白雲、吹けども起たず。野田の蕎麦《けうばく》、乱開の花」と。両詩、謀らずして相ひ同じ。工力《こうりよく》[一〇]も亦た敵《ま》す。皆な誠斎《せいさい》[一一]の「雪は白し[一二]一川蕎麦の花[一三]」を以て藍本《らんぽん》[一四]となす。

〔一八〕蜀成王《しよくせいわう》[一五]の「宮詞《きゆうし》[一六]」に云ふ、「君王、翌日長春[一七]に宴す。霖雨迷漫《りんうめいまん》[一八]、土塵濘《どちんぬか》る。特《こと》に満宮[一九]をして来《まね》きて圧止《あつし》[二〇]せしめ、一時懸挂《けんけい》[二一]す掃晴人《さうせいじん》[二二]」と。王次回《わうじくわい》[二三]の「上元竹枝《じやうげんちくし》[二四]」に云ふ、「風雨元宵《げんせう》[二五]、意ますます傷《いた》む。画檐《ぐわえん》[二六]低く拝す掃晴娘《さうせいぢやう》。もし天辺《てんぺん》の雨を掃ひ得《え》しめば、為《ため》に掃へ離人《りじん》[二七]の涙両行《りやうかう》[二八]」と。二詩は列朝詩《れつてうし》[二九]に見ゆ。按ずるに、帝京景《ていけいけい》[三〇]物略《ぶつりやく》に云ふ、「凡《およ》そ雨久しければ、白紙を以て婦人の首《かしら》を作り、紅緑紙を剪《き》りてこれに衣《き》せ、苕帚苗《てうさうべう》[三一]を以て小帚《せうさう》を縛《ばく》してこれを携《たづさ》へしめ、竿《さを》にして檐際《えんさい》に懸くるを掃晴娘と曰ふ」と。この方の女児《ぢよじ》も亦た自《おのづか》らこの事有り。故に柏如亭《はくじよてい》[三二]の「吉原詞《よしはらし》[三三]」に掃晴娘を用ふ。亦たその実を紀《き》するなり。

に思う。「怪底江山起㆓煙霧㆒」(杜甫・奉先劉少府新画山水障歌)。六 蕎麦の花。秋に白い花が咲く。「蕎花漫漫連㆓山路㆒」(陸游・九月初郊行)。七 清の人。随園詩話・十に「松圃詩才清絶、不㆑慕㆓顕栄㆒、父子皆奇士也」とあり、この「暁行」の詩を紹介する。八 随園詩話・十では「噪㆓帰鴉㆒」。九 一本の小道がのぼり坂になっている。「一径入㆑雲斜」(温庭筠・題㆓盧処士山居㆒)。一〇 工夫と力量。「二詩工力悉敵」(唐詩紀事・上官昭容)。一一 南宋の詩人楊万里の号。一二 七絶「秋暁出㆑郊二絶句」二首の其一の結句。一三「謂㆓平田広衍之境㆒也」(夜航詩話・二)。一四 典拠。「独出㆓門前㆒望㆓野田㆒、月明蕎麦花如㆑雪」(白居易・村夜)という類想の詩句もある。一五 朱譲栩。明の太祖の第十一子で蜀王に封ぜられた献王の五世の孫。長春競辰集がある。一六 宮廷生活の瑣事を述べた詩。列朝詩集・乾集・下に収める。一七 北京の西便門外にあった長春宮。一八 とりとめもなく雨が降り続く。一九 宮殿中。二〇 足止めするの意か。列朝詩集では「魘止」。二一 つり下げる。二二 掃晴娘。てるてる坊主。雨がやむよう、紙で人形を作り、箒を持たせて軒端などにつるすまじない。二三 明末の詩人。艶体の詩に長じた。二四 陰暦正月十五日を上元といい、家毎に飾りつけをし、夜は灯籠をともして祝った。その上元の日の風俗を素材にした歌謡風の詩。列朝詩集・丁集・十六に収める「雑談上元竹枝詞三首」の其二。二五 上元の日の夜。二六 美しく飾った軒。二七 夫や恋人と別離した女性。二八 二筋の涙。「心燃一寸火、涙結両行氷」(方干・除夜)。二九 列朝詩集。

〔一九〕余嘗《かつ》て「続吉原詞」を作る。稿已《すで》に散失す。たまたま人の録する有り。乃《すなは》ち追つてこれを抄す。詩に云ふ、「[三四]孔尾《こうび》金を交へて[三五]緗帙《しやうちつ》堆《うづたか》し。[三六]銅缾《どうへい》満挿《まんさふ》して牡丹《ぼたん》開く。多情、柱に倚《よ》りて[三七]尋思《じんし》すること久し。忽ち報ず、[三八]僊郎《せんらう》[三九]院に入り来ると」、「憶《おも》ふ昔、[四〇]垂髫《すいてう》始めて[四一]収めらる。[四二]月明に花落ちて愁を知らず。如今《じよこん》専らにし得たり、[四三]蘭房《らんばう》の[四四]寵《ちよう》。羞《は》づらくは人に推されて[四五]上頭《じやうとう》に居《を》るを」、「[四六]歓喜心中《くわんきしんちゆう》、暗盟《あんめい》を訴ふ。今生《こんじやう》何ぞ必ずしも来生《らいしやう》を要せん。[四七]彩燈新たに献ず[四八]慈雲《じうん》の座。照らし出だす[四九]青楼《せいろう》第一名」、「[五〇]錦《きん》字《じ》裁し成りて[五一]漏《ろう》已に闌《たけなは》なり。起《た》ちて看れば炉《ろ》火《くわ》[五二]小星《せうせい》残す。[五三]端無《はしな》く[五四]阿妹《あまい》は[五五]衣に和して睡る。為に[五六]軽衾《けいきん》を覆《おほ》ひて夜寒《やかん》を護《まも》らしむ」、「[五七]十年識《し》らず[五八]巫山《ふざん》の村。却《かへ》つて帰期を算すれば魂を断たんと欲す。今暁[五九]嬢《はは》来りて苦《ねんごろ》に相ひ[六〇]囑《しよく》す。細心負《そむ》くことなかれ主家《しゆか》の恩」、「[六一]雨憖《しう》し風僝《せん》して春を損《そこな》ひ易《やす》し。両行の[六二]玉筯《ぎよくちよ》、独り[六三]神《しん》を愴《いた》ましむ。[六四]重楼《ちようろう》一夜[六五]僊《せん》梯《てい》絶ゆ。忍ぶべけんや[六六]蕭郎《せうらう》はこれ[六七]路人《ろじん》なるを」と。

〔二〇〕人生の聚散《しうさん》は亦た常にし難し。[六八]二十年間、江湖社は[六九]一離一合して、吟席ほとんど暖日《だんじつ》無し。[七〇]乙巳《きのとみ》、余、江戸に帰る。如亭贈らるるに云ふ、「[七一]葉水心《せふすいしん》初めて[七二]宦途を出づ。[七三]四《し》霊《れい》復た聚《あつま》る[七四]旧江湖」と。けだし余を以て水心に当つるなり。後、寛斎

清の銭謙益撰。八十一巻。明代の列朝の詩を詩人毎に小伝を付して収める。三〇 八巻。明の劉侗と于奕正の共撰。北京の名勝・風俗案内の書。三一 帚(ほうき)を作るのに用いる茗草の苗。三二 江湖詩社の詩人柏木如亭(一七六三―一八一九)。柏は修姓。三三 江戸の遊里吉原を素材にした竹枝で、もと三十首。うち一首に「霖天幾日僅留レ郎、占尽鴛鴦被底香、小玉不レ知人苦レ別、簾前故挂掃晴娘」(詩本草)。三四 雄の孔雀の美しい尾羽は、床の間や机上の飾りものとされた。三五 浅黄色の布で造った帙。高級な遊女は教養が必要とされたため、帙に入った源氏物語や百人一首などの古典を部屋に備えた。三六 銅の花瓶に花をいっぱい挿す。三七 考えをめぐらす。「倚レ柱尋思倍惆悵」(張佺・寄レ人)。三八 もと年の若い男の仙人の意。ここは恋愛関係にある美男子。三九 遊女の居る所。妓楼。四〇 おさげ髪。少女の髪型。四一 髪をあげる。大人の髪に結う。四二 「月明花落又黄昏」(杜牧・宮詞二首)。四三 女性の寝室。四四 寵愛。四五 上位。遊女の序列の高いことをいう。四六 約束に背くこと。四七 美しく飾られた灯火。四八 衆生に慈悲を及ぼす場所。四九 妓楼での最上位の名。「贏得青楼薄倖名」(杜牧・述懐)。また「本是平陽第一名」(市河寛斎・北里歌)。五〇 女が男を慕って書く手紙。竇滔の妻蘇氏が遠く離れ離れになった夫に、廻文詩を錦に織り込んで送った故事(晋書)による。五一 水時計の漏れ出る水。ここは深夜を表わす。五二 消え残った小さな炭火。「炉火照二天地一、紅星乱二紫烟一」(李白・秋浦歌十七首)。

(注五三以下、→二二九頁)

先生は越中[一]に祗役《しえき》し、如亭[二]は去りて信中に赴く。余もまた関[三]を出づ。独り詩仏は留まりて江戸に在り。如亭、詩を寄せて云ふ、「社を都門[四]に結びて相ひ唱《とな》へし者、半《はん》[五]江翁《かうをう》は北し五山は西す。竹[六]は深雪に埋《うづも》れて生意無し。只《た》だ梅[七]花の旧[八]渓を照らす有り」と。如亭は一に瘦竹《そうちく》と号し、詩仏は一に瘦梅《そうばい》と号するが故なり。余[九]再び帰れば、則ち如亭は猶ほ信中に在り。一たび聚首《しうしゅ》[一〇]する毎《ごと》に、未だ嘗て車公《しやこう》[一一]の歎《なげき》無くんばあらざるなり。

〔二一〕信中の詩学は如亭実に壇坫《だんてん》[一二]を開く。得る所の人才、数人に下らず。而《しかう》して木百年《ぼくひやくねん》[一三]・高聖誕《かうせいたん》[一四]の二子を以て翹楚《げうそ》[一五]となす。高《かう》は則ち余未だ識るに及ばず。木《ぼく》、名は寿《じゅ》、近日都に出でて、始めて詩仏の席間に相ひ遇ふ。風貌偉然《ゐぜん》として詩筆最も高し。佳句に云ふ、「心[一六]の冷やかなるは句中に水を説くに因り、脚の労《つか》れたるは夢裡《むり》に山に登るが為なり」、「一[一七]生の好事《かうず》、皆な児戯《じぎ》。数巻の吟詩、半《なかば》は酒媒《しゆばい》[一八]」、「尋常《じんじやう》[一九]鶯は囀《さへづ》る朝暾《てうとん》[二〇]の外。一半《いつぱん》花は開く夜雨の中」、「別[二一]後故人頻《しき》りに夢に入り、春来燕子《えんし》[二二]已に家に帰る」と。五言は「秋日」に云ふ、「雲[二三]気、危石《きせき》[二四]に生じ、風声、急滝《きふらう》[二五]に聚る」、「山中」に云ふ、「樹[二六]は冷やかなり新秋の雨。峰は高し太古の雲」の如き、皆な趣

一 寛斎が富山藩に出仕し、寛政三年(一七九一)以後隔年に富山に赴任したことをさす。二 寛政七年のこと。三 箱根の関を出る。寛政十一年のこと。四 都の門。転じて都。ここは江戸。五 市河寛斎の号。六 如亭を指す。七 詩仏を指す。八 昔の谷間。江戸を指す。九 伊勢から江戸に帰ったのは文化二年(一八〇五)。一〇 寄り合う。一一 盛大な宴会があっても車胤がその座に居ないと、人々が「車公無ければ楽しまず」と言った(晋書・車胤伝)ことから、いるべき人がいないという歎き。

一二 文人の集会する場所。一三 三枝寿。百年は号。姓を修して木。信州下水内郡蓮村の人。明和五年(一七六八)生れ。静窓詩がある。一四 高梨魯。字、聖誕。姓を修して高。信州中野の人。安永三年(一七七四)生れ。紅葉遺詩がある。一五 他よりぬきん出たもの。一六 静窓詩「山邨六首」其五の頷聯の対句。一七 この対句、静窓詩には見えず。一八 酒が仲立ちをして出来た詩、の意。一九 静窓詩「春遍」の頷聯の対句。二〇 朝日。二一 静窓詩「暁日」の頸聯の対句。帰―還。二二 つばめ。二三 静窓詩「送秋」の頸聯の対句。二四 高く切り立った石。二五 早瀬。二六 この対句、静窓詩には見えず。二七 如亭が信州中野に開いた詩社。二八 如亭の信州中野時代の詩稿。現存しないが、その内容は文化七年(一八一〇)刊の如亭山人藁初集に吸収されている。二九 残存す

あり。その社を[二七]晩晴吟社《ばんせいぎんしや》と号す。晩晴は如亭の信中に書を読む堂の名なり。

〔二二〕如亭の[二八]晩晴堂集《ばんせいだうしふ》の詩、精細を極む。美《び》、収むるに勝《た》へず。僅かにその[二九]吉光《きつくわう》片羽《へんう》の者を録す。七古「[三〇]蕎麦《そば》の歌」に云ふ、「[三一]荏城《じんじやう》は人世の[三二]極楽国。口腹《こうふく》何を求めてか得べからざらん。[三三]時新の魚菜、奢靡《しやび》を尚《たふと》び、燕席《えんせき》争ひ供して勅《ちよく》を奉ずるが如し。昇平の士女、愁を知らず。[三四]食前方丈《しよくぜんはうぢやう》、公侯に擬《なぞら》ふ。[三五]信山《しんざん》の蕎麦《そば》、物の敵する無し。[三六]相魚駿茄《さうぎよしゆんか》も[三七]百籌《ひやくちう》を遜《ゆづ》る」の如き、七律「[三八]新潟」に云ふ、「[三九]八千八水、新潟に帰し、[四〇]七十四橋、[四一]六街を成す。[四二]海口《かいこう》、波平らにして[四三]湊船《そうはく》を容《い》れ、[四四]沙頭《さとう》、路《みち》軟らかにして[四五]遊《いう》鞋《あい》を受く。[四六]花顔柳態《くわがんりうたい》、人をして艶《えん》せしめ、[四七]魚膾蟹螯《ぎよくわいかいがう》、[四八]酒懐《しゆくわい》を開く。道《い》ふことなかれ、[四九]三年一笑に留まると。この間何ぞ恨みん、骨長く埋《うづも》るるを」の如き、七絶「[五〇]春昼」に云ふ、「風微かに日暖かにして[五一]遊糸《いうし》嬾《ものう》し。初めて覚ゆ、午園晴景の奇なるを。花影重重《ちようちよう》として寸地《すんち》無し。昨夜月明の時よりも多し」、「[五二]夏日の雑題」に云ふ、「雲峰半日曾《かつ》て移らず。檐外《えんぐわい》風無くして[五三]柳線垂る。晩涼を[五四]閣住《かくぢゆう》して天更《さら》に熱す。[五五]一辺の斜《しや》照《せう》、[五六]疎籬《そり》に在り」、「斜陽光裡《しややうくわうり》、軽雷響く。[五七]潑墨《はつぼく》の油雲竟《いううんつひ》に開かず。地上の[五八]松筠《しようゐん》、陰忽《たちま》ち失す。急風、雨に和して一時に来る」、「[五九]廃園」に云ふ、「[六〇]草合《がつ》して幽蹊往還を

る芸術作品の珍品をいう。三〇 この詩、如亭山人藁初集、詩本草にも収める。三一 江戸。三二 「人生江南是極楽国」(陳継儒・太平清話)。三三 季節のはしりの品。三四 御馳走を座の前に一丈四方も並べること。「食前方丈、侍妾数百人、我得㆑志弗㆑為也」(孟子・尽心下)。三五 信州の山地。三六 相模の魚(鰹)と駿河の茄子。ともに名産。「道の記に今日は鰹に翌日(あす)茄子」(藐姑柳・十二)。三七 はるかに劣る。三八 この詩、如亭山人藁初集にも収め、異同は、沙—路、路—沙、魚膾蟹螯—火膾霜螯、開—着。また詩本草にも収める。三九 多くの川が大河信濃川に合流し、新潟に集まる。「信濃川合㆓八千八水㆒到㆔新潟㆓而入㆑海㆒」(新潟富史)。四〇 橋の多いことを表わす。詩本草では「七十二橋」。四一 越後土産初編(元治元年刊)には新潟の市街として、大川前通・本町通・片原通・古町通・寺町通の五街をあげる。四二 川が海に流れ込む所。四三 港に集まってきた船。四四 砂洲のほとり。四五 旅人の草鞋。四六 美人の形容。四七 魚のなますと蟹のはさみ。四八 酔心地。四九 美人の一笑に三年間この地に滞留した、の意。「越女一笑三年留」(韓愈・劉生詩)。五〇 如亭山人藁初集に所収。五一 かげろう。五二 如亭山人藁初集に所収、その三首のうちの其二・其三。五三 柳の枝が細長く垂れて線のようなさま。「風吹柳線垂」(孟郊・春日有感)。五四 押しとどめる。五五 あたり一面の夕日。五六 まばらな垣根。五七 画面に水墨を落して描いたように湧き起る雨雲。五八 松と竹。五九 如亭山人藁初集に所収。六〇 草が茂りあう。「草合行人疎」(梁簡文帝・怨歌行)。

絶つ。空しく看る、[一]花石《くわせき》の[二]孱顔《せんがん》を作《な》すを。千金費し尽す、人何《いづこ》にか在る。亦たこれ人間《じんかん》の[三]万歳山《ばんざいさん》」、「[四]金生《きんせい》を訪ふ」に云ふ、「遠く山家を訪うてたまたま独り来る。枯《こ》藤穿破《とうせんば》す暁雲《げううん》の堆《うづたか》きを。[五]怪来《くわいらい》す、童子の相ひ迎ふることの早きを。定めてこれ[六]燈花昨夜開きしならん」の如き、皆な絶塵《ぜつぢん》の作なり。その他、[七]警句に云ふ、「[八]蝸涎《くわせん》、[九]篆《てん》を現《あらは》す朝暾《てうとん》の壁。蛛網《ちゆまう》、珠《たま》を留む夜雨の墻《かきね》」、「[一〇]燕子《えんし》花《くわ》生じて猶ほ[一一]袱《ふく》を斂《をさ》む。[一二]蒲《ほ》公英《こうえい》老いて始めて毬《まり》を擎《かか》ぐ」、「[一三]嬾《らん》はこれ猫なるかな、長く睡《ねむり》を愛す。僧よりも拙し、居の貧しきに慣る」、「[一四]風有り雪有り夜還《ま》た夜。柳無く梅無く春豈《あ》に春ならんや」、「[一五]雲は老樹多き辺に於《お》いて宿《しゆく》し、人は清渓浅き処に向《お》いて行く」と。又た「[一六]得意の詩は失意より来る」の七字も亦た妙なり。

〔一二三〕余、[一七]東帰の後、伊勢の人、余の死を訛伝《くわでん》する者有り。書を差《つかは》して相ひ問ふに至る。因つて二絶を[一八]口号《こうがう》して云ふ、「[一九]浮名《ふめい》を抛却《はうきやく》して好《よ》しこれ間《かん》なり。只《た》だ盃酒を消《もち》ひて愁顔を洗ふ。人間《じんかん》今尚《な》ほ爾《しか》く遊戯す。未だ許さず、[二〇]端明《たんめい》の[二一]道山《だうざん》に帰るを」、「[二二]畏途《ゐと》を歴《へ》尽《つく》して心[二三]鑠磨《しやくま》す。人に対して説かず、窮を奈何《いかん》せんと。往きて[二四]陰吏《いんり》に逢ひて猶ほ早きを知る。[二五]三百瓮齏《をうせい》[二六]禄料《ろくれう》多し」と。

一 花と庭石。 二 いりくむさま。 三 北京神武門外の景山のこと。明代に万歳山と呼ばれ、長生を意味する珍しい樹木が多く植えられていたが、明の最後の皇帝毅宗はこの山の麓で自害した。 四 如亭山人藁初集「訪二金周平一」。金生は信州野沢の医者金子周平。 五 怪得・怪底に同じ。驚き怪しむ。 六 灯心の先にできる黒い花状の塊。丁子頭。吉事がある時、前夜に生じるという。 七 精練された詩句。 八 かたつむりの粘液。 九 篆書の模様。 一〇 かきつばた。この句は初集にはない。 一一 袱紗をたたみ込んださまをいう。 一二 たんぽぽ。 一三 如亭山人藁初集「丙辰歳暮」の頷聯。 一四 如亭山人藁初集「丁巳正月二十日作」の頷聯。「二月十九日」(菅家後集)に「無レ柳無レ花不レ聴レ鶯」。 一五 如亭山人藁初集「寄二信中諸子一」の頸聯。 一六 この句は初集にはない。 一七 五山が江戸に帰ったのは文化二年(一八〇五)。 一八 心に浮かぶまま詩を口ずさむ。 一九 虚名。 二〇 端明殿学士の略。蘇軾のこと。 二一 道家で死ぬこと。蘇軾が恵州に貶謫され、後に都に帰ってきた時、葉祖洽は蘇軾に「世伝二端明已帰二道山一、今尚爾游二戯人間一」と問うた(世説新語補・排調下)。 二二 おそるべき険しい道。「畏途巉巌不レ可レ攀」(李白・蜀道難)。 二三 とけてすりへる。 二四 冥土の役人。 二五 三百の甕に入った漬物。昔、貧士が死んで冥土の役人に会った時、冥土の役人はその士に、「当二再生一、汝有二三百甕齏消未レ尽一」と言ったという(娯書堂詩話)。「三百甕齏消未レ尽」(陸游・病愈)。 二六 食い扶持。 二七 南宋の人。景定の進士。

〔二四〕人或いは余に謂ひて曰はく、「陸秀夫《りくしうふ》[二七]は祥興乱離《しやうこうらんり》[二八][二九]の日に当りて、幼主を負ひて海浜に播越《はあつ》[三〇]し、猶ほ日《ひび》に大学章句《だいがくしやうく》[三一]を書して以て勧講[三二]す。迂《う》にして愚《ぐ》なるに近し。方今《はうこん》、明七子《みんしちし》[三三]の徒、甲[三四]を棄て角[三五]を崩し、餘喘《よぜんいく》[三六]幾ばくも無し。而《しか》るに老生宿儒[三七]、猶ほ済南詩選《さいなんしせん》[三八]・絶句解《ぜつくかい》[三九]を抱きて以て子弟に教ふる者有り。詩中の陸秀夫に非ざること無きを得んや」と。余曰はく、「然り。唯だ秀夫は迂と雖も、猶ほ正統[四〇]を奉ずることを知る。七子は儀僣《ぎせん》[四一]に非ずや。吾れ恐らくは、諸老先生の陸秀夫たること能はずして莽大夫《まうたいふ》[四二]たらんことを」と。その人、大《おほ》いに善《よ》しと称す。

〔二五〕世の唐明《たうみん》[四三]を称する者は、材を取ること限り有りて、規模已に定まる。譬へば棟梁《とうりやうじ》[四四]楣《び》[四五]畢《ことごと》く備はりて、然る後に宮室を営《えい》するが如し。拙工と雖も、結構原自《けつこうもとよ》[四六]り難からず。宋元《そうげん》[四七]に至りては則ち然らず。譬へば凌雲《りようううん》[四八]の台を造るが如し。空に架し虚に構《かま》へ、人の意表に出づ。精巧、輸般《しゆはん》[四九]に非ざるよりは、安《いづく》んぞ能く手を措《お》くことを得んや。宜《うべ》なるかな、偽唐詩《ぎたうし》[五〇]の多くして真宋詩《しんそうし》の少きことや。

〔二六〕均《ひと》しくこれ偽なり。唯だ偽唐詩《ぎたうし》を作る者は、鵠《こく》[五一]を刻みて鶩《ぼく》に類す。その言、笨《ほん》[五二]と雖も猶《な》ほ且《か》つ君子の体統[五三]を失はず。宋詩、真を失すれば則ち虎[五四]を画きて狗《いぬ》に類

元軍と匡山に戦い、敗走して南宋最後の衛王と共に自殺した。二八 衛王の年号(一二七八―七九)。二九 騒乱。祥興二年、匡山の戦に敗れて南宋が元に滅ぼされたことをいう。三〇 移り逃れる。三一 朱熹の撰。四書の一である大学の章句を整理し注釈したもの。三二 帝王に学問を講義する。三三 明の古文辞派の詩人。三四 よろいを捨てる。三五 首をうなだれる。三六 死に際のたえだえの息。三七 老いた書生と老いて名望のある学者。三八 唐詩選。編者とされていた李攀竜が山東済南府の人であることによる。三九 荻生徂徠による明の古文辞派の絶句の注釈書。四〇 皇帝の正しい血統。四一 非正統的な王朝に拠ること。四二 漢の帝位を簒奪した王莽に仕えて大夫になった揚雄を、朱子は通鑑綱目で莽大夫と書して、その節操を失ったことを譏った。四三 唐・明の詩を規範とする古文辞格調派の詩人。四四 むなぎとうつばり。家屋の構造の基本。四五 家屋の枡形と軒。四六 家屋の組み立て。四七 宋と元の詩。四八 魏の明帝が建てた高い台。「凌雲台楼観精巧」(世説新語・巧芸)。四九 春秋時代、魯の巧匠の名。五〇 唐詩の偽物。「此作二偽唐詩一者之所三以陥二入平庸一也」(随園詩話・七)。五一 白鳥を彫刻して下手でもあひるには見える。「刻レ鵠不レ成尚類レ鶩」(後漢書・馬援伝)。五二 粗雑。五三 体面。五四 虎を描こうとして失敗して犬に似てしまう。「所謂画レ虎不レ成、反類レ狗者也」(後漢書・馬援伝)。このあたり、随園詩話・四「大概杜・韓以二学力一勝、学レ之刻レ鵠不レ成、猶類レ鶩也、太白・東坡以二天分一勝、学レ之画レ虎不レ成反類レ狗也」を意識する。

す。その言、庸俗浅陋《ようぞくせんろう》にして誹歌《ひか》[一]諺謡《げんえう》と又た何ぞ択《えら》ばん。竟《つひ》に耳食《じしよく》[二]の者をして、宋元の諸詩は率《おほむ》ね皆なかくの如しと謂ひて、併せてこれを薄《かろ》んぜしむるなり。乃ち嘐《かう》[三]然《ぜん》として自ら宋詩と称す。妄《まう》も亦た甚しからずや。その病は不才無識に坐《ざ》するのみ。故に宋詩を学ぶは、必ず権衡《けんかう》[四]を須《もち》ひ、唯だ才識有りて以て揣度《したく》[五]すべし。然らずんば則ち鄙俚《ひり》[六]公行《こうかう》し、幾《ほと》んど大雅[七]を亡《ほろぼ》す。偽唐詩を作るの猶ほ愈《まさ》るとなすに如《し》かざるなり。

〔二七〕六如《りくによ》[八]禅師《ぜんじ》[九]、詩名一世を籠罩《ろうたう》[一〇]す。人、鉢盂中《はつうちゆう》[一一]の陸務観《りくむくわん》[一二]を以てこれを称す。余その詩を誦し、景仰《けいぎやう》すること一日に非ず。或いは伝ふ、師は人と為《な》り矜情作態《きようじやうさくたい》[一三]、見《まみ》ゆれば便《すなは》ち憎むべしと。余、面《かほ》を覿《み》ることを欲せざるは、慕悦の心を回《かへ》さんことを恐れてなり。庚申《かのえさる》[一四]、京に入る。皆川淇園《みながはきゑん》[一五]先生、余を勧めて往きて見《まみ》えしむ。時に師、疾を避けて一条[一六]の里宅に在り。因つて一たびこれに造《いた》る。門下、病を以て辞せらる。今に至り、見《まみ》えざりしを以て幸となす。

〔二八〕余、十年以前、詩を作るに、口を開けば便ち婉麗《ゑんれい》[一七]に落ち、絶えて硬語《かうご》[一八]を作《な》すこと能はず。嘗て「画簾《ぐわれん》[一九]半《なか》ば捲《ま》きて西廂《せいしやう》[二〇]を読む」の句有り。人の為に誦《しよう》せらる。

一 滑稽な歌や俗謡。 二 耳に聞いただけで物の味を判定すること。転じて、人から聞いただけで信ずること。 三 大声で言うさま。 四 比較。 五 おしはかる。 六 卑俗さが公然と横行する。 七 高尚雅正。 八「ろくにょ」とも。一七三四―一八〇一。天台宗の学僧。法名、慈周。江戸後期の詩風転換の先駆けとなった。六如庵詩鈔、葛原詩話がある。 九 禅定に達した高徳の僧に対する称。 一〇 包み覆う。「斟二酌時宜一、籠二罩当世一」(世説新語・品藻)。 一一 僧侶の用いる食器。 一二 南宋の詩人陸游。務観は字。六如と陸游との類似については、「初年猶作二時調一、中年変レ格、専出二入於香山・剣南之際一、其七言律有下逼二肖放翁一者上」(熙朝詩薈)。 一三 自ら高ぶって振舞うこと。 一四 寛政十二年(一八〇〇)。 一五 京都の漢学者。一七三四―一八〇七。開物学を提唱し、詩文をよくした。 一六 六如は寛政九年(一七九九)に嵯峨から洛中一条坊に居を移し、この年の暮にはそこで病臥していた(六如庵詩鈔・遺編)。この記事は、津阪東陽の夜航詩話・二にも収める。 一七 婉転として華麗なさま。 一八 手強い骨のある表現。 一九 美しく彩られたすだれ。 二〇 西廂記の略。元曲の篇名。才子の張君瑞と佳人の崔鶯鶯との恋物語。 二一 岡井赤城(?―一八〇三)。林家に学び、高松藩に仕えた。 二二 若い女の詩。「方知渠是女郎詩」(元好問・論詩絶句)。随園詩話・五も「女郎詩」を話題にする。 二三 唐の韓愈と宋の蘇軾。韓愈は「論二仏骨一表」によって遠謫され、蘇軾は王安石の新法を詩文で批判して獄に下された。両人とも「硬語」によって罪を得

[二一]岡伯和《をかはくわ》識《そし》りて女郎[二二]の詩となす。爾後《じご》、その弊《へい》を矯《た》めんと欲し、韓蘇《かんそ》[二三]に枕藉《ちんしや》[二四]すること方《ま》且《さ》に年有りて、始めて窠臼《くわきう》[二五]を脱するを得たり。余の今日有るは、実に伯和の激《げき》[二六]に因りてなり。伯和、余が竹枝《ちくし》[二七]を喜び、自《みづか》ら為に謄写《とうしや》し、且つ疵累《しるい》[二八]一二を摘みて以て寄せらる。亦た知音《ちいん》[二九]と謂ふべし。今、九原《きうげん》[三〇]に帰る。一たびこれを懐《おも》ふ毎《ごと》に、悽然《せいぜん》として涙下《くだ》る。

〔二九〕余が深川竹枝《ふかがはちくし》[三一]、実に一時の遊戯に出づ。初めよりこれを伝ふるに意無し。奈《い》かん《かん》せん流播《りうは》[三二]已に遠く、駟《し》[三三]も追ふべからず。近日、軽薄の子弟、余が作に傚顰《かうひん》[三四]し、動《やや》もすれば曰ふ、「某《なにがし》の竹枝、某の竹枝」と。猥褻鄙陋《わいせつひろう》、至らざる所無し。何ぞそれ靦《てん》[三五]たるや。亦た自らこれが商鞅《しやうあう》[三六]たることを悔《く》ゆ。

〔三〇〕独《ひと》り島梅外《たうばいぐわい》[三七]の両国竹枝《りやうごくちくし》を愛す。云ふ、「酒楼は高下《かうげ》し、艇《てい》は西東《せいとう》す。無数の涼棚《りやうほう》[三八]、水中に架す。清景最も宜《よろ》し、月の無き夜。楼として艇として燈籠《とうろう》ならざるは無し」、「千丈波《せんぢやう》[三九]を照らして煙火紅《えんくわ》[四〇]なり。宛《あたか》も仏力《ぶつりき》の神通《じんつう》[四一]を現ずるが如し。宝鈴《ほうれい》[四二]八万、光彩を放ち、塔影《たふえい》[四三]一時に水中に湧く」、「茶店の燈光五六点。酒楼の簾影《れんえい》[四四]二三人。納涼の舟尽きて漁舟《ぎよしう》在り。潮[四五]落ち月昏《くら》くして跳鱗《てうりん》[四六]を看る」と。

た詩人。二四 沈溺・埋没する。二五「学者ノ得タリトシテ、心ヲトシツクル場所ヲ指シテ窠臼ト云ナリ」(葛原詩話・四)。二六 率直な批判の言葉。二七 各地の風俗やそれを背景とする男女の艶情を詠んだ詩。二八 欠点。短所。二九 知己に同じ。伯牙断琴の故事による。三〇 墓場。あの世。

三一 水東竹枝詞とも。寛政九年(一七九七)成。岡場所深川の風俗を詠んだ三十首の連作詞。三二 伝播。伝わり広がること。三三 四頭だての馬車。速度のはやい乗物。「駟不ㇾ及ㇾ舌」(論語・顔淵)。三四 ひそみにならう。考えもなく人まねをする。美女西施の故事(荘子・天運)による。底本「靦」。三五 厚かましく恥じないさま。底本「靦」。三六 戦国時代、衛の人。刑法を厳しく適用したので、刑に処せられる者が多くなったという。ここは、自分が竹枝流行という悪弊の源になったことの喩え。底本「商鞅」。

三七 小島梅外(一七七二―一八四〇)。江戸の町人。江湖詩社に属し、のちに俳諧に転じた。三八 涼み台。納涼のため川の上に張り出して設けられた。三九 高さの高いことをいう。四〇 花火。両国の花火は享保十八年(一七三三)に始まり、五月二十八日から七月下旬まで行われた(江戸繁昌記・初篇)。四一 霊妙自在で超人的な不思議な力。四二 仏前に供える鈴。ここは花火の光の点々の比喩。「八万」は極めて多数をいう。四三 塔の姿。仕掛け花火で作られた光の塔が川面に映るさま。四四 すだれに映る人影。四五 潮が引く。四六 水面に跳びはねる魚。

〔三一〕余の伊勢に在りし時、忽《たちま》ち刺《し》[一]を投ずる者有りて曰はく、「江戸の詩人某《なにがし》」と。余窃《ひそ》かに意《おも》へらく、「海内《かいだい》広しと雖も、作者は指を屈するに数人に過ぎず。これ何等《なんら》の人にして、この衝撞《しようだう》[二]をなすか」と。既にして相見れば、乃ち旧識の辻崧《つじすう》[三]、字は山松《さんしよう》なる者なり。彼此《ひし》[四]囅然《てんぜん》たり。山松近ごろ宋詩鈔《そうしせう》[五]中に就きて、特に誠斎《せいさい》[六]を抜き、校してこれを梓《あづさ》[七]に付す。その作る所もまた稍《や》や誠斎に似たり。「夜帰」に云ふ、「村前の夜雨、烏煤《うばい》[八]を染む。踸踔《ちんたく》[九]、纔《わづ》かに能く路《みち》を取りて回《かへ》る。怪底す、傘檐《さんえん》[一〇]の声乍《たちま》ち断ゆるを。知らず、身は樹間に入り来るを」と。風趣かくの如し。真に詩人[一一]の目《もく》に愧《は》ぢず。

〔三二〕伊勢の中野《なかの》[一二]素堂《そだう》、近ごろ始めて江戸に邂逅《かいこう》す。戴石屛《たいせきへい》[一三]のいはゆる「一片[一四]の雲間相ひ識らず。三千里外却って君に逢ふ」といふ者なり。その近作を示さる。「虫を聞く」に云ふ、「幾種の草虫、素秋《そしう》[一五]に鳴く。満庭の明月、夜方《まさ》に脩《なが》し。露華《ろくわ》[一六]一滴、まさにすべからく足るべし。底事《なにごと》ぞ啾啾《しうしう》[一七]として訴へて休《や》まざる」と。「秋風」に云ふ、「一夕秋風、涼頓《とみ》に生ず。残暑を掃空《さうくう》[一八]して人情に称《かな》ふ。如何《いかん》ぞ吹きて清霜《せいさう》[一九]の夜に到り、許《こ》の無辺《むへん》[二〇]蕭瑟《せうしつ》[二一]の声を作す」と。皆な合作《がつさく》[二二]なり。素堂、名は正興。

一 名刺を差し出す。面会をもとめる。
二 つきあたる。 三 辻元崧庵(一七七一―一八五七)。多紀桂山に医を、山本北山に詩文を学んだ。後年、幕府の医官となった。 四 相手も自分も大笑いした。 五 清の呉之振撰の宋詩の総集。 六 南宋の詩人楊万里。 七 出版する。文化五年(一八〇八)に大窪天民・山田伯方・山本公行・辻元山松の同校として刊行された楊誠斎詩鈔を指す。 八 病菌がついて黒くなった麦の穂。黒穂。 九 難渋して歩くさま。 一〇 雨傘の外縁のひさしの部分。「風緊傘檐張不レ開」(張建・山村風雨図)。
一一 詩人という名目。
一二 一七六五―一八二九。山本北山に従学し、津藩の儒者になった。素堂集の名が知られるが伝存未詳。 一三 宋の人。名、復古。石屛は号。陸游に学んだ。 一四 七絶「遇二翁霊舒一」(聯珠詩格・二)の転句と結句。近くにいた時には会うことができず、遠くに移ってはじめて出逢ったのを喜んだ詩。 一五 秋。素は白。五行思想では秋の色は白。 一六 露の玉。
一七 虫の鳴声の形容。 一八 吹き払う。
一九 清らかな霜の降りる夜。秋の夜をいう。
二〇 広々として限りがない。 二一 ものさびしい秋風の音。 二二 詩の格式にかなっている作。
二三 在野・民間の意。江湖詩社をも意識する。
二四 新進の後輩。 二五 松浦篤所(一七八〇―一八一三)。上毛馬山の人。江戸に遊学して市河寛斎に学んだ。篤所小稿(文化九年刊)がある。小伝に「松浦乃侯墓表」(因是文稿)。 二六 篤所小稿に同題で収めるが、詩句に異同がある。

〔三三〕 江湖[二三]に晩進[二四]の才子極めて多し。その尤《いう》なる者、吾れ二人を録す。一は松則《しようそく》[二五]武《ぶ》、字は乃侯《だいこう》。「秋海棠《しうかいだう》[二六]」に云ふ、「翠羅《すいら》[二七]の衣袖《いしう》、淡紅[二八]の唇《くちびる》。自ら嬌妝《けうしやう》[二九]を試む八月春《はちげつしゆん》[三〇]。石竹[三一]は芳[三二]に後る、何ぞ比することを得ん。木蓮《もくれん》は艶《えん》と雖も恐らくは倫《とも》に非ず。煙中[三三]、腸[三四]は断ゆ秋寒《しうかん》の夕《ゆふべ》。露下、頭は垂る雨の冷き晨《あした》。幽姿生怕《せいはく》[三五]す西風[三六]の暴《あら》きを。墻陰《しやういん》相ひ倚《よ》りて貞身を護る」と。一は宮沢邦達《みやざははうたつ》[三七]、字は上侯《じやうこう》。「銚子の二絶」に云ふ、「満江の明月、満江の風。漁唱《ぎよしやう》[三八]商歌《しやうか》[三九]、西復《ま》た東。遊人の涼を趁《お》ひて去る有り。絃声は近く画船[四〇]の中に在り」、「危楼《きろう》[四一]は当面す、暁暾《げうとん》[四二]の紅《くれなゐ》。宿酒《しゆくしゆ》[四三]醒むる時、坐して風を受く。知るや否や、海天奇絶の処、征帆《せいはん》[四四]の影は落つ蘸金《さんきん》[四五]の中」と。

〔三四〕 上侯は余未だ面《かほ》を識らず。その総中[四六]に在りて「書懐《しよくわい》[四七]」に云ふ、「只だ風月を追ひて狂顚《きやうてん》せんと欲す。自ら笑ふ、詩僊[四八]又た酒僊[四九]。用ひず、相ひ逢ひて名姓《めいせい》を問ふことを。江湖《かうこ》[五〇]社裡《しやり》の小無絃《せうむげん》[五一]」と。河米庵《かべいあん》[五二]、たまたまこの詩を出だして示さる。これを読みて笑倒《せうたう》す。乃ち寄与して云ふ、「錦城《きんじやう》[五三]の歌吹《かすい》[五四]、何《いづ》れの辺《あたり》にか在る。夜雨[五五]聞き知ること已に七年。今日《こんにち》、風情《ふうじやう》[五六]、擬《ぎ》せらるることを休《や》めよ。江湖復《ま》た旧[五七]無絃に非ず」と。

二七 緑の薄絹。秋海棠の葉の形容。 二八 秋海棠の花の形容。「秋海棠、一名八月春、草本、花色粉紅、甚嬌艶、葉緑色」(群芳譜)。 二九 なまめかしい化粧。 三〇 秋海棠の異名。 三一 なでしこ。 三二 花の美しさにおいて劣る。 三三 もやの立ちこめている中。 三四 深い悲哀を感ずる。断腸花は秋海棠の異名。 三五 恐れる。 三六 秋風。 三七 宮沢雲山(一七八一—一八五二)。武蔵秩父の人。市河寛斎に従学した。細庵先生百絶などがある。 三八 漁師の歌う唄。 三九 牛飼いの歌う唄。春秋時代、斉の甯戚の故事(淮南子・道応訓)による。底本「商」。 四〇 美しく飾られた船。 四一 高くそばだった高殿。 四二 朝日。 四三 昨夜の酒。 四四 帆をあげて進んで行く船。 四五 黄金をひたす。海面に朝日が反射して、金色にきらめいているさま。

四六 上総・下総の地。 四七 思うところを詩に書きつけること。 四八 詩中の仙人。 四九 大酒を飲んで世俗にかまわぬ人。 五〇 江湖詩社の社中。 五一 無絃は菊池五山の字。「小」は跡を継ぐ者、亜流の意。 五二 市河米庵(一七七九—一八五八)。市河寛斎の嫡子。書家として知られ、詩も善くした。 五三 蜀の成都。錦官城とも。 五四 歌をうたい笛を吹くこと。また、遊興の巷を歌吹海という。 五五 遊興の巷から遠ざかり閑寂な生活をして七年に及ぶ。「憶在二錦城歌吹海一、七年夜雨不二曾知一」(陸游・「冬夜聴レ雨戯作」)。 五六 (五山の)ようす。生活のありさま。 五七 かつての五山。

〔三五〕米庵の書名、一時を傾動《けいどう》す。字を索《もと》むる者、雑然として麕至《きんし》[一]し、ほとんど虚日《きよじつ》無し。猶ほ能く忙を撥《はら》ひて詩を作る。詩は日《ひび》に清警[二]にして、駸駸《しんしん》[三]として驊騮《くわりう》[四]の前を度《わた》らんと欲す。その病中の二律を誦するに云ふ、「病[五]窓乱閃《らんせん》[六]す一孤燈。樹を振《ふる》ふ狂風、勢ひ崩るるに似たり。電矢《でんし》[七]檐《のき》を射て光䃸磹《せんてん》[八]。雷車屋《らいしややね》[九]に輾《まろ》びて響輷輘《くわうりよう》[一〇]。痛は頭脳を侵して神《しん》[一一]まさに死せんとし、羸《るい》[一二]は形骸に到りて気騰《あが》らず。過後只だ聞く、疎滴《そてき》[一三]の落つるを。清涼の夜色、五更[一四]澄む」、「病[一五]みて柴荊《さいけい》[一六]に臥して半月過ぐ。晴に逢ひて自ら覚ゆ、体の微《すこ》しく和《やはら》ぐを。鶯盟《あうめい》[一七]久しく廃するは花の尽くるに縁《よ》り、蛙市《あし》[一八]比《このご》ろ開きて水の多きを知る。強《し》ひて詩を書せんと欲すれば腕に鬼《き》[一九]を生じ、悶《もだ》え来りて帙《ちつ》を繙《ひもと》けば睡《ねむり》[二〇]は魔《ま》を成す。蒲觴艾粽《ほしやうがいそう》[二一]、未だ進むるを須《もち》ひず。明日端陽《みやうにちたんやう》[二二]まさに奈何《いかに》すべき」と。その崎嶴《きあう》[二三]に遊びて得る所の詩を西征小稾《せいせいせうかう》[二四]と曰ふ。未だ草《さう》を脱せず。

〔三六〕寛斎先生、壬戌《みづのえいぬ》[二五]の歳に重ねて越中に赴く。時に臂痛《ひつう》[二六]を患《わづら》ひ、暇《いとま》を乞ひて南[二七]山に浴す。南山紀遊一巻有り。その中の「窮婦歎《きゆうふたん》」[二八]の七古は、悲詞《ひし》[二九]痛語《つうご》、読む者をして色[三〇]を動かさしむ。叙に云ふ、「路《みち》に小羽村《こばむら》[三一]を過《よぎ》る。九月十二日、神通《じんつう》の岸崩ること数百歩[三二]、農民の家を壊す。婦人の泣いて訴ふる者有り。その言凄惋《せいわん》[三三]にして聴

一 一群がり来る。 二 清らかですぐれている。 三 馬が速かに走るさま。転じて、事が急速に進むさま。 四 駿馬の名。「駸駸恒欲ㇾ度二驊騮前一」(南斉書・王僧虔伝)。 五 米庵先生百律所収の「病中雷雨和二秋水韵一」。但し詩句に異同がある。 六 灯火が風に揺れて光がちらつく。 七 稲妻。 八 電光がはしること。 九 雷鳴のとどろきを車に擬えたもの。 一〇 雷鳴の響くさま。 一一 魂。心。 一二 病み疲れること。 一三 まばらにしたたる水滴。 一四 午前四時頃。 一五 米庵先生百律所収の「病中偶占四首節二」の其二。但し詩句に異同がある。 一六 あばら屋。わが家を謙遜したいい方。 一七 鶯を友とすること。 一八 蛙が群がって鳴くこと。 一九 思うようにならず、禍をもたらすもの。 二〇 眠気を催す。「秀師曰、此無二山林木怪一、睡翻作ㇾ魔也」(伝灯録)。 二一 菖蒲酒の杯と、よもぎのちまき。これらを飲食するのは端午の節句の行事。 二二 端午(五月五日)に同じ。 二三 長崎。米庵は享和三年(一八〇三)八月に江戸を発って長崎に向かい、翌年十一月、江戸に帰着した。 二四 伝存未詳。市河三陽「市河米庵伝(四)」に「この遊歴中に長短百首の詩を作って西征稿と名けた」とある。 二五 享和二年。この年四月、寛斎は五回目の富山勤務のため江戸を発った。 二六 ひじの痛み。 二七 富山の西南方の山間部、下之名村の室牧温泉への湯治。「窮婦歎」はその往路に、神通川沿いの小羽村での見聞を詩に詠んだもの。 二八 寛斎先生遺稿・二に所収。 二九 悲痛な表現。 三〇 顔色。表情。 三一 現在の富山県上新川郡大沢野町。 三二 「歩」は長さの単位。一歩は六尺、あるいは六尺四

くに忍びず。因ってその実を紀す」と。詩に云ふ、「神通川の頭《ほとり》、岸の崩るる辺。響は平地に及んで[三四]良田を陥《おと》す。[三五]坼勢《たくせい》横さまに入る民人の宅。屋傾き、壁壊れてほとんど顚《たふ》れんと欲す。[三六]門に農婦有りて子を抱いて哭《こく》す。自ら陳《ちん》ず、[三七]夫婿《ふせい》はもと薄福。山田《さんでん》の[三八]贏餘《えいよ》、菜《さい》と蔬《そ》と。父子六箇《ろくこ》の腹に満たず。前年の[三九]水旱《すいかん》に田は荒蕪《くわうぶ》し、歳終りて猶ほ[四〇]未だ輸《ゆ》せざるの租有り。計尽きて仮貸《かたい》して[四一]牛犢《ぎうとく》を買ひ、[四二]塩を鬻《ひさ》いで遠く度《わた》る[四三]飛山《ひざん》の途《みち》。飛山の石路[四四]二百里。大は刃《やいば》を踏むが如く、小は歯の如し。但だ人の疲るるのみならず、牛も亦た労す。[四五]官租未だ輸せざるに牛先《ま》づ死す。官租仮貸、一身に負ふ。怨訴《ゑんそ》天に号《さけ》べど陳《ちん》ずるに処無し。それ淵に投ぜんより寧《むし》ろ自ら売らんと、[四六]奴《やつこ》となり家を離れて已に幾春。妾《われ》は孤独となりて[四七]空室を守る。[四八]児子《じし》は背に在り、女《むすめ》は膝を遶《めぐ》る。昼は人の[四九]傭《よう》となり、夜は纑《ねりあさ》を辟《つむ》ぐ。光陰空しく度《わた》る一日日。何ぞ計らん、天変又た我に帰して、一夜この顚覆《てんぷく》の禍に覯《あ》はんとは。児《こ》は号《さけ》び女《むすめ》は泣きて妾《わ》が身に纏《まつは》る。嗟《ああ》、これ何の因ぞ、又た何の果ぞ。吾が婿《をつと》、平生悪を作《な》さず。妾《われ》も亦た艱《かん》苦《く》して[五〇]耕穫《かうくわく》を助く。身死するも何ぞ厭《いと》はん、[五一]女児《ぢよじ》を奈《いか》ん。語畢《をは》りて双涙《さうるい》は[五二]糸絡《しらく》の如し。一行の聴く者、皆な傷愁《しやうしう》す。為に[五三]喩辞《ゆじ》を作りて[五四]沈憂《ちんいう》を慰む。悠悠たる[五五]蒼天《さうてん》、爾《なんぢ》

寸、または八尺ともいう。三三 悲しみ歎くさま。三四 よく肥えた田畑。三五 引き裂く力が荒々しく侵入する。三六 「路有二飢婦人一、抱レ子棄二草間一」(王粲・七哀詞)。また「復有二貧婦人一、抱レ子在二其傍一」(白居易・観レ刈レ麦)。三七 夫。三八 余り。ここでは収穫の余り。三九 大水と日照り。四〇 未納の年貢がある。四一 子牛。四二 塩の行商をする。牛に塩を積んで山国飛騨に売りに行く。四三 飛騨の山道。四四 一里は三百歩、あるいは三百六十歩。二百里は一二〇キロほど。四五 藩に納める年貢。四六 下働きの男。下僕。四七 夫のいない部屋。四八 幼い男の子。四九 雇われ人。五〇 田畑を耕し、実りを収穫すること。五一 娘と幼い男の子。五二 糸筋。五三 教え諭す言葉。五四 深い憂い。五五 青空。人間の運命を司る天の神。ここでは暗に藩主を指す。「悠悠蒼天、此何人哉」(詩経・王風・黍離)。

一 明らかに見通している天の神。「明明上天、照二臨下土一」(詩経・小雅・小明)。二 「天高聴レ卑」(史記・宋徴子世家)。三 人の話し声。「空山不レ見レ人、但聞二人語響一」(王維・鹿柴)。四 天の神の役人。暗に藩の役人を指す。五 忠義で正直なこと。六 万物が生き生きとすること。七 天恩の比喩。「枯草曾沾二雨露恩一」(白居易・江南遇二天宝楽叟一)。八 乾燥した田畑。九 富山藩主前田利幹。この一件については市河三陽「市河寛斎先生(一五)」に詳しい。一〇 救済しあわれむ。一一 領地内。一二 貧窮者や老人や孤児など、自分の窮状を訴えることのできない者。一三 耕作に精励する者。一四 そ

が為ならず。明明[一]たる皇天《くわうてん》、爾尤《とが》むること勿《なか》れ。天[二]高くして人語[三]響き易からず。中に冥吏《めいり》[四]の忠儻《ちゆうたう》[五]ならざる有らん。恃《たの》む所は皇天生生《せいせい》[六]を好む。豈《あ》に雨露[七]の枯壌《こじやう》[八]を湿《うるほ》す無からんや」と。未だ幾《いく》ばくならずして、詩その君[九]に達す。官吏を詰問し、遽《にはか》にこれを周恤《しうじゆつ》[一〇]す。爾後《じご》、封内《ほうない》[一一]の無告《むこく》[一二]の民及び孝子力田《かうしりよくでん》[一三]、皆な聞ゆるを得て以て銭物《せんぶつ》を賜はる。実に先生の力に由るなり。詩の風教[一四]を裨《たす》[一五]くること、けだし乃《すなは》ちかくの如し。世の詩を以て弄具《ろうぐ》となす者は、これを読みて能く警《いまし》むること無からんや。

〔三七〕 周伯弜《しうはくきやう》[一六]の三体詩《さんたいし》[一七]は、唐詩の英《えい》を擷《つ》みて極めて粋然となす。これを済南《さいなん》[一八]の詩選に比すれば、更に万万《ばんばん》[一九]を覚ゆ。唯だ坊本《ばうほん》[二〇]は訛雑《くわざつ》[二一]にして、これに坐して廃せらる。江湖社[二二]の校本、現に在り。他日、まさに梓《し》[二三]して世に行はんとす。伯弜は宋の嘉定《かてい》[二四]の進士《しんし》[二五]にして、端平集《たんぺいしふ》[二六]十二巻有り。李龏《りきよう》[二七]又た選びてこれに序して、端平詩雋《たんぺいししゆん》[二八]と曰ふ。宋詩存《そうしぞん》[二九]も亦た已にこれを収む。儼然《げんぜん》として一名家たり。而るに徠翁《らいをう》[三〇]の子和《しわ》に与ふる書に云ふ、「周伯弜は一無名男子」と。何ぞそれ冤《えん》[三一]なるや。人は言ふ、「徠翁は鬼面《きめん》[三二]を仮りて以て人を嚇《おど》す」と。信《まこと》なるかな。余、近ごろ端平詩雋[三三]を梓して以て世に行ふ。まさにその冤を洗《すす》ぎ、且《か》つ世の嚇死《かくし》[三四]する者を醒《さま》さんとす。

れとなく民を教え導くこと。詩に風教の徳があるとするのは、儒教的文学観。一五 補佐する。一六 宋の人。名、弼。字、伯弜。一七 七言絶句・七言律詩・五言律詩の三体の詩の選集。室町時代には和刻本が出版され、江戸時代にも盛行したが、荻生徂徠ら格調派が唐詩選を珍重するに至って、影響力が減じた。一八 明の李済南(攀竜)の撰とされた唐詩選。享保九年(一七二四)服部南郭によって和刻本が出版されてより、格調派の詩の手本として盛行した。一九 はるかに勝ること。二〇 町の本屋から出版された書物。二一 誤りがあって粗雑なこと。二二 江湖詩社で校定した三体詩。伝存未詳。二三 上梓する。二四 宋の寧宗の年号(一二〇八―二四)。二五 科挙の進士の試験に合格した人。二六 「嘗手刊二端平集十二巻一行二於世一」(四庫提要・汶陽端平詩雋四巻)。二七 宋の人。翦綃集がある。二八 四巻。宝祐五年(一二五七)の編者李龏の序がある。二百余首を収める。二九 宋百家詩存二十巻。清の曹廷棟編。呉之振編の宋詩鈔の補遺として編まれた。三〇 徠翁は荻生徂徠。子和は平野金華。「数十年前、宿学老儒尊二信三体詩・古文真宝一、至下与二四子五経一並上矣。殊不レ知二周伯弜一無名男子一」(徂徠集・二十二・与二平子和一)。三一 ぬれぎぬ。三二 いかめしい態度で人をおどかす喩え。三三 近刊の予告で、結局刊行されなかったか。三四 おどしによって気絶する。三五 唐の人。会昌の進士。杜牧の友人。三六 男の帰りを待ちこがれる女の情。三七 香草の名。おんなかずら。川芎。三八 漢の淮南小山の詩「招隠士」に「王孫遊兮不レ帰、春草生兮萋萋」と詠まれて以来、春

〔三八〕[三五]孟遅《まうち》が「[三六]閨情《けいじやう》」の詩に、「[三七]蘼《び》蕪《ぶ》モ亦是[三八]王孫草《わうそんさう》、莫㆘送㆓春香ヲ㆒入㆗[三九]客衣ニ㆖」と。六如云ふ、「[四〇]蘼蕪はもと[四一]当帰《たうき》の名有り。今、王孫眼中の草となれば、亦た不帰の義有り」と。その香の衣に入ることを願はざる所以《ゆゑん》なり。これ、「[四二]莫」を解して禁止となすなり。余は則ち以為《おも》へらく、「莫」は猶ほ「[四三]豈無」のごとし。「[四四]莫ンヤ㆘将テ㆓孤月ヲ㆒対スルコト㆗猿愁ニ㆖」と同法なり。謂《おも》ふに蘼蕪もまたこれ王孫草中の一種なり。豈《あ》に香の郎の衣に入ること無からんや。宜《よろ》しく或いは我に替りて当帰の意を[四五]説知すべきのみ。これ[四六]憑仗《ひようぢやう》の詞にして、然《しか》る後に[四七]痴情《ちじやう》ますます見《あら》はる。果して師の説に依れば、則ち当帰の義軽くして、極めて味無しとなす。唯だ[四八]続詩話の作は師の寂後《じやくご》に在れば、則ち説は他の臆に出づるもまた未だ知るべからず。

〔三九〕[四九]銭珝《せんく》の「[五〇]江行《かうかう》」、[五一]花蘂《くわずい》の「[五二]宮詞《きゆうし》」は幸にして伝はる者なり。[五三]羅虬《らきう》の「比紅《ひこう》児《じ》」、[五四]胡曾《こそう》の「[五五]詠史」は[五六]不幸にして伝はる者なり。近人の詩集は不幸にして伝はる者亦た多し。

〔四〇〕[五七]島帰徳《たうきとく》、「[五八]秋興八首」を作る。[五九]服子遷《ふくしせん》、[六〇]書を与へてこれを[六一]規《き》す。載せて集中に在り。その論ずる所、[六二]宋林貞《そうりんてい》が[六三]鄭少谷《ていせうこく》を譏《そし》りて、「時は[六四]天宝《てんぽう》に非ず。官は[六五]拾遺《しふゐ》

草は別離の悲愁を催させる景物。とくに孟遅の詩は「招隠士」の詩を承けて、「点化而有㆓余味㆒」(四溟詩話・二)と評された。 三九 旅の装い。 四〇 葛原詩話続編・四。 四一 セリ科の多年草。「当帰」の名は、当(まさ)に帰るべしの意を寓して用いられる。 四二 なかれ。「莫ハ無也、勿也、不可也ト訓ズ」(詩家推敲)。 四三 あになからんや。反語。「莫㆘将㆓孤月㆒対㆗猿愁㆖、莫㆕是長安行楽処空令㆔歳月易㆓蹉跎㆒、豈無ノ意ナリ」(詩家推敲)。 四四 王昌齢「盧渓主〈一作別〉人」(全唐詩)の結句。 四五 知らせる。 四六 依頼の心。 四七 (男の帰りを待つ女の)おろかな言葉。 四八 葛原詩話続編のこと。六如没後の文化元年(一八〇四)の刊。 四九 唐の人。中書舎人に進んだが、後に撫州司馬に貶された。 五〇 全唐詩に「江行無題一百首」。祖父銭起の作ともされ、全唐詩にも重複して収めるが、全唐詩は、銭珝が左遷の旅の途中で詠んだものと注する。 五一 五代後蜀の王、孟昶の夫人。自ら経験した宮廷生活を「宮詞一百首」に詠じた。 五二 宮廷生活の瑣事を詠ずる詩の一体。唐の王建の宮詞百首に始まる。 五三 唐の人。詩文の才にすぐれ、一族の羅隠・羅鄴とともに三羅と称された。杜紅児という歌妓に思いを寄せたが拒絶され、怒って紅児を切って悔いた詩が「比紅児詩」百首だという。 五四 唐の人。進士に挙げられたが及第せず、漢南節度従事となった。 五五 「詠史」百首(全唐詩)。 五六 この二つの詩が不出来なことをいう。たとえば「羅虬比紅児詩、俚劣之甚」(石洲詩話・二)、「胡曾詠史絶句俗下、令㆓人不㆑耐㆑読㆒」(同)。

(注五七以下、→二二九頁)

に非ず。徒らに悲哀激越の音に托するは、病無くして呻《うめ》く者と謂ふべし」と曰《い》へると暗に吻合《ふんがふ》す。知るべし、この老《らう》[一]も亦た見解あるを。

〔四一〕老杜《らうと》[二]、文貞[三]と謚《おくりな》[四]さるること、張伯雨《ちやうはくう》[五]の跋語《ばつご》に見ゆ。人多く知らず。故にこれを表出す。

〔四二〕詩燼《しじん》[六]に曰はく、「古人の詩に地名を用ふるは、皆なその大にして且《か》つ顕《あら》はるる者なり。今、これを地志に考へて、歴歴《れきれき》として知るべし。この方の地名、多くは雅馴《がじゆん》ならず。近世の作家、漫《みだ》りに意を以てその字を変易《へんえき》す。使君灘[七]・承華渡[八]の如きは、当時猶ほ的《あきらか》にその所を知り難し。何ぞいはんや百年の後をや。人をして疑ひ且つ惑はしむること、啻《ただ》に禹貢《うこう》[九]の九河《きうか》[一〇]のみならず」と。余按ずるに、誠斎[一一]句あり、云ふ、「里名[一二]は只《た》だ道《い》ふ、新名好《よ》しと。道《い》はず、新名の後人を誤るを」と。

〔四三〕余、詩見しばしば変ず。少時、例して時好に趨《はし》り、李王《りわう》[一三]を奉崇《ほうすう》す。小《すこ》しく変じて謝茂秦《しやもしん》[一四]を為し、また皆な棄て去り、既にして温李冬郎《をんりとうらう》[一五]を学ぶ。年三十に垂《なんな》んとして始めて韓蘇《かんそ》[一六]の門戸を窺ひ、頗《すこぶ》る悟る所有りて、一切《いつさい》繊弱の者を謝す。後又た誠斎集《せいさいしふ》[一七]を獲て、深くその超脱を喜ぶ。然れども方皐《はうかう》[一八]の馬を相《さう》する、必ずしも相ひ似

一 服部南郭を指す。 二 杜甫の異称。小杜(杜牧)に対する。 三「公謚号事、嘗閲ニ続文献通考一曰、元至元二年追謚ニ文貞一…王弇州宛委余編曰、偶閲下張伯雨贈ニ紐憐大監一詩上跋云、曾疏請以ニ浣花草堂一列ニ祀典一、又請得レ賜レ謚曰ニ文貞一」(杜律集解・詩聖杜文貞公伝)。 四 生前の行跡によって死後におくる名。 五 元の人。名、雨。字、伯雨。 六 市河寛斎の詩話。 七「使君灘《ヨロヒノワタシ》〈共南郭訪子式七絶〉」(東藻会彙地名箋)。江戸橋下流の渡し。 八「承華渡《ヲンマヤガシ》〈南郭秋日七律〉」(同右)。御厩河岸(おんまやがし)のこと。 九 書経の篇名。 一〇 禹の時代の黄河の九つの支流。 一一 宋の詩人楊万里の号。 一二「三月三日上ニ忠襄墳一因レ之行散得ニ十絶句一」(江東集)の其九。 一三 李攀竜と王世貞。明の古文辞派、後七子を代表する詩人。 一四 明の人。嘉靖年間、李攀竜・王世貞らと詩社を結んだ。後七子の一人。 一五 晩唐の詩人、温庭筠と李商隠と韓偓(冬郎は小字)。艶麗繊細な詩を特色とした。「温李冬郎者、其弊失ニ于繊一」(随園詩話・四)。 一六 唐の韓愈と宋の蘇軾。世に阿らない硬骨の詩文の作者。 一七 宋の楊万里の詩文集。 一八 九方皐。春秋、秦の人。馬を善く見分けた(列子・説符)。 一九 明の人。名、其昌。字、玄宰。万暦の進士。官は南京礼部尚書に至った。書画をよくし、画禅室随筆・容台文集などがある。 二〇 清の人。名、枚。字、子才。号、簡斎。乾隆の進士。四十歳で致仕し、江寧(南京)に随園を築き、詩文に優遊した。性霊派の立場から詩を批評した随園詩話を出版した。 二一「余不レ喜ニ黄山谷一而喜ニ楊誠斎一」(随園詩話・八)。黄山谷は、宋の人。

ず。今日の主とする所は、諸家の精英を吸ひてこれを出だすに在り。未だ知らず、後来、意見の果して能く幾変するかを。董玄宰《とうげんさい》[一九]、自書に跋して云ふ、「自ら家を立てざるを以て、故にしばしば業を遷すこと、かくの如し。得《とく》もこれに在り、失《しつ》も亦たこれに在り」と。余が詩と正に相ひ同じ。

〔四四〕袁子才《ゑんしさい》[二〇]は黄山谷《くわうさんこく》[二一]を喜ばずして、楊誠斎《やうせいさい》を喜ぶ。余が天性と暗合有るが若《ごと》し。然れども特《ただ》に余のみならざるなり。黄を喜ぶ者は絶えて少く、楊を喜ぶ者は常に多し。けだし黄詩は奥峭《あうせう》[二二]にして、耳、艱渋《かんじふ》[二三]を苦しむ。楊詩は尖新《せんしん》[二四]にして、心脾《しんぴ》[二五]に入り易きが故なり。人は但だ黄を学ぶ者は魔障《ましやう》[二六]に堕《お》つることを知りて、楊を学ぶ者も亦た魔障に堕つることを知らず。善く学ばざるの禍、楊恐らくは黄に過ぎん。余、常に子弟を戒めて、軽《かるがる》しく誠斎集を読むことなからしむるは、これが為の故なり。孟子曰はく、「伊尹《いいん》[二七]の志有らば則ち可《か》なり」と。人多くはこの意を会せず。

〔四五〕「竹風秋九夏《ちくふうあききうか》[二八][二九]、渓月昼三更《けいげつひるさんかう》[三〇]」は、自らこれ倒語[三一]なり。奇巧に類すと雖も、字法は乃《すなは》ち爾《しか》り。六如、これに倣《なら》ひて云ふ、「歌吹暖熱冬三伏《かすいだんねつふゆさんぷく》[三二][三三]。雪月清妍昼二更《せつげつせいけんひるにかう》[三四]」と。一倒一順[三五]、余が未だ解せざる所なり。

名、庭堅。字、魯直。治平の進士。蘇軾に学び、杜甫を範とし、江西詩派の開祖とされた。山谷集などがある。二二 奥深くけわしいさま。二三 解し難いこと。「山谷則専以㆓拗峭避俗㆒、不㆑肯作㆓一尋常語㆒」(甌北詩話・十一)。二四 新奇。「誠斎専以㆓俚言俗語㆒、闌㆓入詩中㆒、以為㆓新奇㆒」(甌北詩話・六)。二五 心。胸中。二六 人の目をくらまして迷わすもの。「今人将㆑此学㆑杜、便入㆓魔障㆒」(随園詩話・七)。二七 孟子・尽心篇。殷の湯王に仕えた伊尹は湯王の崩後、無道な孫太甲を追放した。その伊尹の行為を肯定する言。詩の本道を見失わないならば誠斎集を読んでも良い、という意。二八 「楊万里ガ夏夜月下独酌ニ、誰カ道フ今年熱スト、今宵分外ニ清シ、竹風秋九夏、渓月昼三更、此景天与ルコトヲ慳ム、人無シテ酒自傾ク、明朝火繖上ラバ、別ニ一経営ヲ作ント。五月ノ秋、不夜城ノ陳腐ヲ脱シテ、造語極テ奇巧ナリ。予モコレニ傚テ、歌呼暖熱冬三伏、雪月清妍昼二更ノ句ヲ作ス」(葛原詩話・四)。二九 夏季のこと。三〇 一夜を五分した第三の時間帯。真夜中。三一 詞句の順序を顚倒して、語意を強調する修辞法。本来の語順は「竹風九夏秋、渓月三更昼」。三二 六如庵詩鈔初編・四「窮冬十九夜…」の頸聯。吹—呼。「歌呼」は、大声で歌う。「歌吹」は、歌を歌い笛を吹く。三三 一年中で最も暑い、夏の盛りの時期。三四 夜を五分した第二の時間帯。午後十時頃。三五 一句の語順は通常で、一句の語順が顚倒しているの意。ここでは「歌吹」の句は通常の語順だが、「雪月」の句は「雪月清妍二更昼」とあるところが顚倒している意。

〔四六〕随園詩話《ずいえんしわ》[一]に曰はく、「毛西河《もうせいが》[二]、東坡の「春江水暖かにして鴨先づ知る」[三]を詆《そし》りて云ふ、「春江水暖かなり。定めて鴨知りて鵞知らざる該《べ》きか」と。この言は則ち太だ鶻突《こつとつ》[四]なり」と。然れども詩話にまた曰はく、「東坡の[五]「凍《とう》[六]は玉楼に合《がっ》して寒は粟《ぞく》を起し、光は銀海に揺《ゆら》いで眩《げん》は花を生ず」は、銀海・玉楼は雪色の白きを言ふに過ぎず。蘇を注する者は、必ず以て道家《だうか》の肩目《けんもく》の称となす。則ち雪を下す時に当りて、専ら道士の家に飛んで、別人の家に到らざらんや」と。鶻突は更に西河の上に出づ。按ずるに、侯鯖録《こうせいろく》[七]に坡詩を載せて云云《うんぬん》。王荊公《わうけいこう》[八]曰はく、「道家は両肩を以て玉楼と為し、眼を銀海となす」と。坡曰はく、「惟《た》だ荊公これを知る」と。則ち坡公は実にこの典[九]を用ふ。子才亦た何ぞ深く考へざる。

〔四七〕「郭暉遠《かくきゑん》[一〇]、家信[一一]を寄するに誤りて白紙を封ず。妻答へて曰はく、「碧紗《へきさ》窓下、緘封《かんぷう》を啓《ひら》く。尺紙《せきし》[一二]、従頭徹尾《しようとうてつび》[一三]空し。まさにこれ僊郎《せんらう》[一四]の別恨《べつこん》を懐《いだ》くなるべし。人を憶ふは全く不言《ふげん》の中に在り」と」。これ呉仁叔《ごじんしゆく》[一五]の妻の詩なり。「江西[一六]の太守[一七]、まさに古樹を伐《き》らんとす。客有り、題して云ふ、「遥かに知る、ここを去りて棟梁《とうりやう》の才、復《ま》た清陰の緑苔《りよくたい》を護する無きを。只だ恐る、月明秋夜の冷やかなるに、他を誤りて千《せん》[一八]

一 清、袁枚撰。正編十六巻、補遺十巻。
二 「東坡近体詩、少㆓蘊醸亨煉之功㆒。故言尽而意亦止。絶無㆓絃外之音、味外之味㆒。玩亭以為㆘非㆓其所㆑長、後人不㆖㆑可㆑為㆑法。此言是也。然毛西河詆㆑之太過。或引㆓春江水暖鴨先知㆒、以為㆓是坡詩近体之佳者㆒。西河云、春江水暖、定該㆓鴨知、鵞不㆒㆑知耶」(随園詩話・三)。毛西河は、清の人。名、奇齢。号、西河。明末の諸生。清になって後、翰林院検討を授けられて明史を纂修した。
三 「恵崇春江晩景」二首の其一の承句。
四 事の真意を暁らないこと。
五 「東坡雪詩、用㆓銀海玉楼㆒、不㆑過㆑言㆓雪色之白㆒。以㆓銀玉字様㆒襯㆓託之㆒、亦詩家常事。註㆑蘇者、必以為㆓道家肩目之称㆒、則当㆘下㆑雪時㆖、専飛㆓道士家㆒、不㆑到㆓別人家㆒耶」(随園詩話・一)。
六 「雪後書㆓北台壁㆒」二首の其二の頷聯。
七 宋の趙令畤撰。八巻。先人の遺事や詩話・文評を集めた雑記。その巻一に「東坡…後移㆓汝海㆒、過㆓金陵㆒、見㆓王荊公㆒、論㆑詩及㆑此云、道家以㆓両肩㆒為㆓玉楼㆒、以㆑目為㆓銀海㆒、是使㆑此否、坡笑㆑之、退謂㆓葉致遠㆒曰、学㆓荊公㆒者、豈有㆓此博学㆒哉」。但し、「惟荊公知㆑之」という蘇軾の言葉は、侯鯖録にはない。
八 王安石。荊公は封号荊国公の略称。
九 典拠。
一〇 この一文、随園詩話・九にある。郭暉遠は伝未詳。
一一 家族への便り。
一二 一尺ほどの紙。転じて、手紙。
一三 始めから終りまで。
一四 年の若い夫や恋人などを呼ぶ称。
一五 名媛詩帰・二十四に元の呉仁叔の妻韓氏の詩として、「折㆑簡復㆑外」の題で同一の詩を収める。但し駢字類編所引の崖下放言には、「士人郭暉因、寄㆑妻問誤封㆓一白紙㆒去、歳《ざい》の鶴の帰り来らんを」と」。これ[一九]維琳禅師《ゐりんぜんじ》の詩なり。而るに子才皆な以て今話《こんわ》と為す。[二〇]三日の祭肉を食《くら》ふと謂ふべし。

〔四八〕[二一]董九如《とうきうじよ》君、[二二]名蹟風流、一時画名の為に掩はる。余始めて相ひ見て、特に[二三]推《すい》挹《いふ》を蒙る。幾ばくも無くして余は西遊し、君も亦た[二四]館舎を捐《す》つ。今に至つてその言に感ず。寛斎先生、嘗て君に贈るに[二五]四絶句を以てす。云ふ、「[二六]胸中の山嶽、天真を写す。筆を舐《な》めて春園、[二七]晩煙に坐す。一種の清香、茶鼎熟す。梅花落つる処、幽泉を汲む」、「[二八]高懐、世間の塵を逐《お》はず。閑に[二九]炉沈を炷《とも》して自ら真を写す。一葉《いちえふ》の扁舟、一甕《いちをう》の酒。蘆花洲裡《ろくわしうり》の一漁人」、「[三〇]老来、興味は総《すべ》て空濛《くうもう》。寄せて水煙山靄の中に在り。翠鳥紅花、錦の如き筆。他の年少に附して春風を弄ぶ」、「[三一]一巻の[三二]輞川図《まうせんづ》始めて成る。[三三]三春、客を謝するも亦た幽情。家に伝へて、好《よ》し児孫の宝と做《な》さん。比せず、他人の[三四]満籯《まんえい》を遺《のこ》すに」と。皆なその実を紀するなり。君の小伝と作《な》して読むべし。

〔四九〕[三五]牧澹斎《ぼくたんさい》君、諱《いみな》は成傑《しげたけ》。余、知遇を辱《かたじけな》くすること年有り。君、[三六]辛酉《かのととり》より出でて[三七]駿府《すんぷ》に尹《ゐん》たり。[三八]有脚陽春《いうきやくやうしゆん》の誉《ほまれ》有り。今歳[三九]丙寅《ひのえとら》、[四〇]京職《きやうしき》に[四一]超遷《てうせん》す。余、詩を献じて云ふ、「[四二]白社、君は収む[四三]丁卯集《ていばうしふ》。[四四]青雲、我は笑ふ[四五]甲辰雌《かふしんし》」と。余、君と[四六]同庚《どうかう》なる

細君得レ之乃寄二一絶一云」として、同じ詩を引用する。江西は、長江中流域南岸の地。 一六 この一文、随園詩話・一にある。 一七 宋以後、郡を府と改め、その長官をいう。 一八 千年ぶりに古巣に戻る鶴。漢の丁令威の故事（捜神後記）による。 一九 宋の詩僧。熙寧中、杭州通判であった蘇軾が、請うて径山に住まわせた。宋詩紀事・九十一には「題レ松」の題でこの詩を載せるが、詩句には異同がある。 二〇 古くなったお供えの肉。「祭肉不レ出二三日一、出二三日一不レ食レ之矣」（論語・郷党）。古い話題を今の話として持ち出したの意。 二一 一七四四―一八〇三。画家。本姓は井戸。修姓して董。西丸扈従をつとめた幕臣。宋紫石に画を学んだ。「君」は身分のある士に対する敬称。 二二 すぐれた行い。 二三 推薦し重んずること。 二四 貴人の死ぬこと。 二五 「贈二董九如先生一」（寛斎先生遺稿・二）。詩句に若干の異同がある。 二六 寛斎先生遺稿では、この詩の補注に「黄蘆園中有二流泉一、梅花墜二其上一、滙而汲レ之、以為二煎茶之料一、香味特異」。 二七 夕もや。 二八 同じく遺稿の補注に「先生自写二小像一為二漁人扮装一、以寓二其幽淡之意一」。 二九 香炉の沈香。 三〇 遺稿の補注に「先生少時多画二花卉翎毛一、倣二沈南蘋体一、晩厭二其艶麗一、一切辞二謝請乞一、専二意山水一門一、所レ作大幅、筆力蒼老、有二沈石田遺法一」。 三一 遺稿の補注に「近日、先生掩レ門謝レ客、制二輞川図一巻一、蓋倣二文休承筆意一。付二令子汝南君一、以為二伝家之宝一」。 三二 唐の王維が、その別荘である輞川荘の勝景を描いた図。ここはその想像図。 三三 春三カ月。孟春・仲春・季春をいう。 三四 かご一ぱいの

を以てなり。君は書において尤《もつと》も[一]遒《しう》なり。建つる所の[二]三保《みほ》の碑は、その[三]手迹《しゆせき》に出づ。詩は則ち嘗て余を以て顧問に備ふ。

〔五〇〕[四]竹所《ちくしよ》君、諱は成文《しげふみ》、澹斎君の同族なり。詩情[五]蘊藉《うんしや》、在公の暇《いとま》にしばしば[六]文《ぶん》讌《えん》を開く。その社に与《あづか》る者、[七]谷麓谷《たにろくこく》、[八]滕粲堂《とうさんだう》、[九]源波響《げんはきやう》、[一〇]野酔石《やすいせき》、[一一]山蕉窓《さんせうさう》の諸人の如きは、倶《とも》に一時の選《せん》たり。近ごろ粲堂に因つて[一二]意を致《いた》し、余を引いて相ひ見る。ほとんど[一三]平生の驩《くわん》の如し。その「夏日雑詠《かじつざつえい》三十首」を読むに、[一四]清脆《せいぜい》喜ぶべし。今、一首を録す。云ふ、「家は小橋深巷《せうけうしんかう》の東に在り。柴門《さいもん》常に閉ぢて幽叢《いうそう》を鎖《とざ》す。池頭、暁に過ぐ[一五]新荷《しんか》の雨。[一六]檐角《えんかく》、昼に生ず[一七]疎竹の風。蝶は瓶花《へいくわ》を認めて[一八]簟上《てんじやう》に来り、蜂は[一九]研水《けんすい》を窺ひて窓中に入る。端無《はしな》く睡起《すいき》して茶の熟するに逢ふ。[二〇]書課《しよくわ》重ねて収む半日の功」と。

〔五一〕波響、名は広年《ひろとし》、松前の公族なり。尤も画に工《たくみ》なり。詩は則ち六如に学び、殊に淵源《ゑんげん》有り。「画に題す」に云ふ、「山は清渓を抱き、渓は村を抱く。[二一]桑麻《さうま》鶏犬小《けいけんせう》桃源《たうげん》。[二二]滃雲《をううん》界断す人間《じんかん》の路《みち》。許さず、[二三]徴租《ちようそ》の来りて門を叩くを」と。「鵑《ほととぎす》を聞く」に云ふ、「繊月《せんげつ》、[二四]鎌を磨《と》ぎて[二五]夜四《よるし》更《かう》。乱雲堆裡《たいり》、影微《すこ》しく明るし。[二六]杜鵑《とけん》[二七]彷彿《はうふつ》として

金。多くの財産の意。「遺㆓子黄金満籯㆒、不㆑如㆓一経㆒」(漢書・韋賢伝)。底本「満贏」。三五 一七六九—一八三三。姓、牧野。名、成傑。号、澹斎。松平紀伊守信直の五男で、旗本牧野資成の跡を嗣いだ。三六 享和元年(一八〇一)。三七 駿府町奉行。「尹」は、長官。三八 到る処に恩恵を施す人。脚を持った陽春(万物を発生させ育む)の意。「宋璟為㆓太守㆒、愛㆑民恤㆑物、時人咸謂㆓有脚陽春㆒」(開元天宝遺事)。三九 文化三年(一八〇六)。四〇 京都町奉行。四一 順序をとびこえて上の官位に進む。四二 洛陽の東の地名。ここは京都をさす。四三 京都へ赴任の翌年丁卯には、早くも丁卯集という詩集ができることでしょう、の意か。唐の許渾の丁卯集は、潤州司馬として赴任した先でできた詩集。四四 隠逸の境涯。四五 同じ干支の生れでも、役に立たない者をいう。唐の裴度(晋公)は槐癭(えんじゅの木のこぶ)を人から貰い、枕にしようと思って、郎中の庾威を呼んで問うと、庾威は「此槐癭是雌樹生者、恐不㆑堪㆑用」と答えた。さらに裴度が庾威に歳を尋ねると、庾威は「某与㆓令公㆒同是甲辰生」と答えたので、裴度が笑って「郎中便是雌甲辰」と言った故事(駢字類編所引の諧噱録)に拠る。四六 干支が同じ。共に明和六年己丑の生れ。

一 力強い。 二 羽衣松の傍らに「駿府尹牧野靱負源成傑立石并書、中島漁拝撰、于時享和三年癸亥夏」と刻する石碑がある(駿河名所図会)。 三 手ずから書した筆跡。 四 姓、牧野。名、成文。字、夢筆。号、竹所。幕臣で、のち対馬守。天保八年(一八三七)、西城留守居の時、没(続徳川実紀)。 五 含蓄が

眠りを驚かして過ぐ。新声[二八]を認め得るは第二声」と。酔石、名は寧恒。才、最も高し。「春尽《しゆんじん》[二九]」に云ふ、「雨は残紅[三〇]を送りて砌苔《せいたい》[三一]に委《まか》す。樹頭樹底、緑、堆《たい》を成す。園《ゑん》[三二]丁巳《てい》に献ず、挙来《けんらい》[三三]の蕨《わらび》。稺子《ちし》[三四]能く収む、豆様《とうやう》の梅」と。「園中」に云ふ、「籬《り》角《かく》の薔《さう》薇《び》、香一叢。枝頭の花は褪《あ》す、雨前の紅。夏初の題目[三五]はかくの如きのみ。翠樹瀾《すいじゆなみ》を成す、日午《にちご》[三六]の風」と。蕉窓、名は寛。「舟行」に云ふ、「蘆荻《ろてき》は鍼《はり》[三七]を抽《ひ》き、蒲《がま》は錐《きり》を立つ。一斉の寸緑、退潮の時。水郷《すいきやう》、聞説《きくなら》く鯉魚美[三八]なりと。漁郎を訪ひて釣期《てうき》[三九]を訂せんと要す」と。「燕を詠ず」に云ふ、「社雨《しやう》[四〇]初めて晴れて春已に中《ちゆう》す。烏衣《うい》[四一]軽く颺《あが》る、一簾の風。海棠《かいだう》[四二]庭院《ていゐん》[四三]、花狼藉《らうぜき》たり。満口[四四]の新泥半《なかば》はこれ紅なり」と。

〔五二〕博く寿詩《じゆし》[四五]を求むる、この弊は今猶ほ已《や》まず。庸人俗子《ようじんぞくし》はこれを以て孝となす。知らず、糞《ふん》[四六]を累《かさ》ね瓦《かはら》を堆《うづたか》うすることを。原自《もとよ》[四七]り侑爵《いうしやく》[四八]に堪へず。たとひ佳作有るも、祝嘏《しゆくか》[四九]の浮辞《ふじ》[五〇]に過ぎざるのみ。余、一切これを却《しりぞ》く。然れども亦た不恭[五一]となす者有り。因つて一策を生じ、預《あらかじ》め題画の祝詞を作り、貴賤耆艾《きがい》[五二]に皆な応用すべし。止《や》むことを得ざれば、則ち人を倩《やと》ひて画を作らしめ、自ら題して以て貽《おく》る。庶《こひねが》はくは責を免《まぬか》るべし。近ごろ一老衲《らうなふ》[五三]有り。来りて己《おのれ》が寿を需《もと》む。余、覚えず絶倒す。それ

あり余情があること。 六 詩文を楽しむ宴。 七 → 一六八頁注一。 八 → 一六四頁注三。 九 一七六四―一八二六。姓、蠣崎。修姓して源。松前藩主松前道広の弟。画を宋紫石・円山応挙に学び、六如に詩を学んだ。 一〇 一七六一―一八四三。姓、野沢。修姓して野。昌平黌勤番。 一一 一七七一―一八四七。姓、山地。修姓して山。亀田鵬斎門下。天保三十六家絶句中の詩人。 一二 意志を伝える。 一三 平素よりの親しい交わり。「泄公労苦如生平驩」(史記・張耳陳余列伝)。 一四 清らかで軽やかなさま。 一五 開いたばかりの蓮の葉。 一六 軒端。 一七 まばらに生えている竹。 一八 竹で編んだ敷物の上。 一九 硯の水。 二〇 日課の読書。 二一 平和な田園生活の象徴。「有良田美池桑竹之属、阡陌交通、雞犬相聞」(陶淵明・桃花源記)。 二二 湧き起る雲気。 二三 年貢を取りたてる役人。 二四 三日月が輝いているさま。 二五 夜を五分したうちの四番目の時間帯。午前二時頃。 二六 ほととぎす。 二七 ぼんやりとしてかすかなさま。 二八 ほととぎすの初音。 二九 春の終り。 三〇 散り残りの赤い花。「樹頭樹底覓残紅」(王建・宮詞)。 三一 軒下の敷石を覆う苔。 三二 庭の手入れを仕事にする下僕。 三三 こぶしのような蕨。「来」は、ばかり、ほどの意。 三四 幼児。 三五 詩文の題になるようなもの。「後園初夏無題目、小樹微芳也得詩」(楊万里・紅錦帯花)。 三六 真昼のころ。 三七 「鍼」「錐」ともに先の尖った新芽をいう。 三八 美味。 三九 釣りに行く時期を相談して決める。 四〇 社日に降る雨。社日は、立春後・立秋後の第五の戊の日。土地の神を祭る日。燕は春の社日に来て、秋の社日に去

四大色身《しだいしきしん》[一]、視《み》て寄寓[二]となす。固《もと》より相ひ寿するの理《ことわり》無し。何ぞいはんや自らその寿を図《はか》るをや。味者《まいしや》[三]の事をなす、愚《ぐ》は乃ちここに至る。

〔五三〕寿詩は猶ほ恕《ゆる》すべきなり。又た哭詩《こくし》[四]を募る者有り。それ七情[五]の中、哀《あい》は喜《き》より重し。東坡[六]云ふ、「歌[七]へば則ち哭せずと言はず」と。両者の間有ること、以て見るべきのみ。今、その重き者を取りて、これを行[八]路の人に求む。不通の甚しき、豈《あ》に人人をして劉豫州《りうよしう》[九]たらしめんと欲するか。某の家の少年死す。その友相ひ会して哭詩を作る。その父泣きて曰はく、「賤[一〇]息短命、料《はか》らざりき、諸君の嘲具《てうぐ》とならんとは」と。この言沈痛、以て世を醒《さま》すべし。

〔五四〕毛聖民直道《もうせいみんなほみち》[一一]、夙《つと》に鉄筆[一二]を以て著《あら》はる。近ごろ今人《こんじん》の詩を選して集[一三]となす。人その越俎《ゑつそ》[一四]を誚《そし》る。余、所選を閲するに、正変[一五]具《とも》に録す。小《すこ》しく鑑[一六]裁に乏しと雖も、一読亦た以て各州の風[一七]尚を観るに足る。古[一八]人、歌謡を民間に採るの遺意《ゐい》有り。因《よ》つて名づけて採風集《さいふうしふ》[一九]と曰ふ。けだし詩を選する者、門戸はすべからく寛《くわん》なるべく、捃《くん》[二〇]摭《せき》はすべからく博《はく》なるべし。もし宮角《きゆうかく》[二一]をして相ひ容《い》れざらしめば、則ち公道は廃《すた》れん。余、詩話を作り、猶ほ自ら局の狭きを愧《は》づ。汎交《はんかう》[二二]、聖民が如きに非ざるよりは、

四一 燕の異名。 四二 花樹の名。春に紅色の五弁の優艶な花を咲かせる。 四三 垣墻をめぐらした家屋内の庭。中庭。 四四 口いっぱい。燕が巣をつくるための泥を口にくわえているさま。 四五 長寿を賀する詩。「寿詩盛二於宋一、漸施二於官府一、亦無下未二同而言一者上」(陔余叢考・二十四)。 四六 つまらないものを積み重ねることの喩え。 四七 本来。元来。 四八 歓興を助けること。喜びを添えること。 四九 宗廟を祭る時の祝詞。 五〇 虚飾のことば。 五一 人をないがしろにするさま。失礼。 五二 老人。「耆」は六十歳。「艾」は五十歳。「五十曰レ艾、服二官政一、六十曰レ耆、指使」(礼記・曲礼上)。 五三 老僧。

一 人間の体。仏教では地・水・火・風を四大といい、人間の身体を構成するもの。 二 仮の宿り。 三 暗愚な人。 四 人の死を悼み歎く詩。 五 喜・怒・哀・懼・愛・悪・欲。 六 宋の蘇軾の号。 七 「司馬温公薨、当二明堂大饗一、朝臣以二致斎一不レ及二奠肆一、救畢、蘇子瞻率二同輩一以往、而程正叔固争、引下論語「子於二是日一哭則不上レ歌」、子瞻曰、明堂乃吉礼、不レ可レ謂二歌則不一レ哭也」(古今事文類聚前集・五十四)。 八 何のゆかりもない人。 九 三国時代、蜀の劉備。魏の曹丕が後漢の献帝を廃して位を奪った時、献帝が殺害されたと聞いた劉備は、それを政治的に利用して後漢の正統を嗣ぐと称するために、「発レ喪制レ服追諡曰二孝愍皇帝一」(三国志・蜀書二)。 一〇 自分の息子の謙称。 一一 一七五五—一八三三。姓、稲毛。修姓して毛。号、屋山。讃岐高松の人。皆川淇園・高芙蓉に

いづくんぞ能くこの選を司ることを得んや。聖民の詩を作る、世多く知らず。その[二三]内に寄する一絶に云ふ、「幽竹、叢《そう》を留めて故山に在り。[二四]三秋、主《あるじ》無くして[二五]柴関《さいくわん》を護《まも》る。[二六]愁風苦雨、知る[二七]多少。慚愧《ざんき》す、清陰の我《わ》が還《かへ》るを待つを」と。殊《こと》に[二八]清婉《せいゑん》たり。

〔五五〕[二九]菅伯美清成《くわんはくびきよなり》、詩は[三〇]白太傅《はくたいふ》を慕ふ。[三一]野止《のびどめ》に[三二]宰と作ること十五年、頗《すこぶ》る[三三]風績を著《あら》はす。「禱雨《たうう》」「孝婦《かうふ》」の諸作は[三四]古藻淋漓《こさうりんり》たり。その事、その詩、倶《とも》に[三五]千古に足る。惜しむらくは篇太《はなは》だ長くして備録すること能はず。又た極めて[三六]風情《ふうじやう》なる者有り。「林下の[三七]春芳暫《しゆんばうしばら》くも駐《とどま》らず。一叢の[三八]紅薬独《こうやくひと》り情多し」、「[三九]紅芳《こうはう》未だ褪《あ》せずして香の洩るる無し。早已《すで》に今朝一枝を摧《くだ》く」の諸句の如き、[四〇]一往情深《いちわうじやうしん》の語にして、人をして[四一]白家《はくか》の故事を想ひ出ださしむ。「[四二]擬古」に云ふ、「桃花の[四三]衫子《さんし》、杏花の[四四]裙《くん》。[四五]歓《くわん》を送りて帰り来れば、[四六]襖《あう》は猶ほ温かなり。暁風に[四七]鬒髪《しんばつ》は乱れて雲の如し。乱れて雲の如きは猶ほ束《たば》ぬべし。枕上の涙は掬《きく》すべからず」と。

〔五六〕[四八]松濤女史《しようたうぢよし》、名は瑢瑢《ようよう》、字は玉声《ぎよくせい》、吾が友[四九]土《ど》井《ゐ》徳人《とくじん》の妻たり。性[五〇]嫺雅《かんが》にして吟咏を好む。徳人、為に数首を写して寄せらる。僅かに二首を録す。「菊を折る」に云ふ、「小園折取《せつしゆ》す、最繁《さいはん》の枝。瓶中《へいちゆう》に挿《さ》し得て看《かん》もまた宜《よろ》し。痴蝶《ちてふ》は定めて知

学び、江戸で篆刻家として活躍した。 二二 印刻に用いる小刀。転じて篆刻。 二三 文化五年(一八〇八)刊の采風集。 二四 己れの領分をこえて出しゃばること。「庖人雖レ不レ治レ庖、尸祝不下越二樽俎一而代上レ之矣」(荘子・逍遥遊)。 二五 正風と変風。 二六 詩の善悪の鑑定や取捨選択。 二七 風俗・好尚。人々のこのみ。 二八 中国の周代には、民間の風俗を知って政治に資するため、采詩の官を置いたという(漢書・芸文志)。 二九 刊本では、采風集。 三〇 採取すること。 二一 古代中国の楽音である五音のうちの宮声と角声。ここは様々な傾向の詩をいう。 三二 交友関係の広いこと。 三三 家内。妻のこと。 三四 秋三カ月。初秋・仲秋・晩秋。 三五 貧しい粗末な家。 三六 他郷で経験する辛い風雨。 三七 多い、の意。「花落知多少」(孟浩然・春暁)。 三八 清らかでやさしい。 三九 一七五七―一八三三。姓、菅谷。修姓して菅。号、帰雲。高崎藩士。江湖詩社の詩人。 三〇 白居易。→一六三頁注五三。 三一 現、埼玉県新座市野火止。平林寺があり、高崎藩の藩領。 三二 寛政二年(一七九〇)四月、藩公の怒りに触れた伯美は、江戸藩邸詰から野火止村の役人へ左遷された(帰雲山房絶句鈔・庚戌四月十九日将レ赴二貶所一発期在レ夕写レ懐)。 三三 領民教化の功績。 三四 古雅な表現がしたたるほどに満ち溢れている。 三五 遠い後世に伝えるに足る。 三六 諷諭の思いがこめられている、の意。 三七 春の草花。「春芳傷二客心一」(陸機・悲哉行)。 三八 芍薬の異名。「一欄紅薬是帰期」(陸游・贈二子聿一)。 三九 紅い花。「只愁風日損二紅芳一」(陸游・花時遍遊二諸家園一)。 四〇 人や物事に対して

る、着《つ》く処無きを。飛来、旧に依りて東籬《とうり》[一]を繞《めぐ》る」と。「冬景」に云ふ、「一径蕭条《せうでう》たり霜後の天。老筠《らうゐん》[二]、緑を護る小橋の辺。寒流、水は浅し二三尺。双鴨《さうあふ》は尚ほ枯荻《こてき》に依りて眠る」と。

〔五七〕余、嘗て紅葉仕女《こうえふしぢよ》[三]の図に題して云ふ、「掌書玉殿《しやうしよぎよくでん》[四][五]、これ前身[六]。香骨雲衣《かうこつうんい》[七][八]、塵を惹《ひ》かず。流水依然として紅葉在り。外家《ぐわいか》[九]の知己、恐らくは人無からん」と。夢に人有り、謂ひて曰はく、「知己の二字は膩《ぢ》[一〇]ならず。もし鸞匹《らんひつ》[一一]に作らば、則ち佳なり」と。余、大いに悦び、遂に改めてこれを用ふ。然れども亦た未だその確たるを見ず。後、流紅記《りうこうき》[一二]を閲するに、韓《かん》の佑《いう》に嫁する後に詩有り。云ふ、「今日却つて鸞《らん》[一三]鳳《ほう》の匹《ひつ》と成る。方《まさ》に知る、紅葉はこれ良媒《りやうばい》[一四]なるを」と。的《まこと》[一五]にこの来処有り。豈《あ》[一六]に冥[一七]冥中に来り通ずる者有るか。余、奇として以てしばしば人に語る。

〔五八〕燕《つばめ》[一八]に雲兜《うんとう》を用ふ。六如云ふ、「けだし雲棟《うんとう》[一九]・雲梁《うんりやう》の類ならん。蕉中《せうちゆう》[二〇]は以為《おも》へらく、まさにこれ燕巣《えんさう》なるべし。肩輿《けんよ》[二一]を兜子《とうし》と称するが如し」と。按ずるに、王《わう》[二二]謝《しや》、烏衣国《うゐこく》[二三]に抵《いた》り、帰るとき、王命じて双飛雲軒《さうひうんけん》[二四]を取らしむ。至れば乃ち烏氈《うせん》[二五]の兜子なりと。事は摭遺《せきゐ》[二六]に見ゆ。原《も》と僻典《へきてん》[二七]に非ず。二師[二八]はこれを目睫《もくせふ》[二九]に失す。

深い感情を抱くこと。「桓子野、毎聞㆓清歌㆒、輒喚㆓奈何㆒、謝公聞ㇾ之曰、子野可ㇾ謂㆓一往有㆓深情㆒㆒」(世説新語・任誕)。四一 白居易の故事。白居易は諫官に任ぜられていた時、「啓奏之外、有ㇾ可㆘以救㆓済人病㆒、裨㆓補時闕㆒而難㆗於指言㆖者、輒詠㆓歌之㆒」(与㆓元九㆒書)として、社会や政治を批判する諷諭詩をさかんに作った。四二 古楽府の作風に擬える意の詩題。四三 女性の衣服。衣と裳を相連ねた形のもの。四四 女性の腰から下につける衣。裳(も)。四五 恋愛の相手をいう。情人。多く女の方から男を称していう。四六 防寒用の上衣。ぬのこ。四七 黒髪。四八 日本閨媛吟藻・上には西沢松濤として「冬景」一首を収めるが、伝未詳。四九 伝未詳。五〇 みやびやか。しとやか。

一 東のかきね。「採ㇾ菊東籬下」(陶淵明・飲酒第五)。二 老いた竹。三 画中に描かれる上流・中流階級の美女をいう。四 唐の置いた官名。文書を掌る官。五 美しい宮殿。「長安娼女工㆓翰墨㆒為㆓関中第一㆒、時号㆓掌書僊㆒、任生寄ㇾ詩曰、玉皇殿上掌書僊、一染㆓塵心㆒下㆓九天㆒」(佩文韻府所引、麗情集)。六 前世での姿。七 美女の骨。八 雲のような衣。九 宮廷の外の世界。一〇 表現が滑らかでない。一一 仲のよい伴侶。鸞は鳳凰の一種で、夫婦仲がよいとされた。鸞匹は、つれあい、ともがら。一二 宋の張実撰の伝奇小説。唐の僖宗の時、御溝に流した詩を書いた紅葉が媒介となって、于祐と宮女韓夫人が結ばれるという話。一三 鳳凰のつれあい。魯迅輯の唐宋伝奇集・八に所収の形では「鸞鳳友」。一四 良い媒妁人。

〔五九〕五言《ごごん》の対仗《たいぢやう》[三〇]、極めて佳なる者有り。天機一到[三一]、固より椎鑿《ついさく》[三二]を待たずして定まる。僅僅《きんきん》たる十字、精神百出す[三三]。もし全首に通ずれば、却つて渾成《こんせい》[三四]を欠く。寛斎[三五]先生の「雲低《た》れて山は半《なかば》を失ひ、林尽きて水は全きを看る」、粲堂《さんだう》[三六]の「夜市《やし》[三七]、橋頭の月。帰漁《きれふ》、柳底の燈」、詩仏[三八]の「松声、一枕《いつちん》の雨。竹影、満窓の雲」、「晩色は先[三九]づ柳を侵し、夕陽は猶ほ花に在り」の諸句の如きは、これなり。ちかごろ中島潜夫《なかじませんぷ》[四〇]の湖中の詩を読むに、云ふ、「浦雲《ほうん》[四一]遥かに雨を斂《をさ》め、岸葦《がんゐ》[四二]忽《たちま》ち波を生ず」、「仏刹《ぶつさつ》[四三]は林を分ちて出で、市楼《しろう》は水に臨みて多し」、「島嶼《たうしよ》千帆の雨。漁人《ぎよじん》一笛の風」と。皆な警句[四四]と称すべし。又た「田家」に云ふ、「鳥は遺穂《ゐすい》[四五]を銜《ふく》んで去り、人は逸牛《いつぎう》[四六]を迹《たつ》ねて来《きた》る」は、詩書[四七]の語を用ひて対《つい》を成す。殊に老練なるを覚ゆ。惜しむらくは、亦《ま》復《た》全首の相ひ称《かな》はざるを。

一五 たしかに。まことに。「的、明也、実也。猶言定而重。訳二達失加備(たしかに)一」(夜航詩話・三)。一六 おそらく。推測の意。一七 知らないうちに。一八「燕ノ詩ニ、雲兜ノ字ヲ用ユ。…疑ラクハ棟梁ノ類、雲構・雲梁ノ比ナラン。蕉中師ノ曰、雲兜ハ燕巣ノ称ナルベシ。肩輿ヲ兜子ト云ガ如シ」(葛原詩話・一)。一九 雲にそびえる棟また梁。
二〇 一七二九―一八〇一。京都相国寺の禅僧。法名を顕常。号、蕉中・大典など。漢学・漢詩文を善くした。六如の友人。二一 駕籠。乗物。
二二 王樹とも。唐の人。金陵に住んでいたが、航海して烏衣国に至り、王女を娶ったという。二三 烏衣は黒い衣。燕の国をいう。
二四 一対の形をして空中を飛ぶ車。軒は、車や乗物。二五 黒い毛氈。二六 古今事文類聚後集所引、摭遺に「王命取二飛雲軒一、既至乃烏氈兜子耳」。二七 人に引用されることの稀な典故。二八 六如と蕉中。二九 身近なものを見失う。「目睫」は、目とまつげ。この条と同様の指摘は、津阪東陽の葛原詩話糾謬にも見える。三〇 詩文の対偶。対句。
三一 天の機密が一たび到る。三二 つちとのみ。ここは表現の彫琢。三三 生彩。三四 天然自然の生成。三五 市河寛斎。三六 中田粲堂。三七 夜店。三八 大窪詩仏。三九 夕方の景色。四〇 伝未詳。四一 岸の上空に浮かぶ雲。四二 岸辺に生える葦。四三 仏教寺院。
四四 奇抜な着想による鋭く巧みな詩句。
四五 落ち穂。「彼有二遺秉一、此有二滞穂一」(詩経・小雅・大田)。四六 逃げて行方のわからなくなった牛。「放二牛于桃林野一」(書経・武成)。四七 詩経と書経。

五山堂詩話巻二

娯庵居士著

〔六〇〕[一]白香山《はくかうざん》は詩を以て説[二]話と為し、[三]楊誠斎《やうせいさい》は詩を以て[四]諧謔《かいぎやく》と為す。二公の才力、故《もと》よりまさに[五]少陵《せうりよう》に減ぜざるべし。只だ新変して雄《ゆう》に代らんと欲す。故《ゆゑ》に別にこの[六]機杼《きちよ》を出して、以て勝《かち》を取るのみ。後人の二公を[七]軽詆《けいてい》する者は、固より二公の心を知らず。その二公を摸倣する者も亦た未だ[八]懵懵《ばうばう》を免れざるなり。[九]鄙語《ひご》に曰はく、[一〇]「人の[一一]屎橛《しけつ》を咬《か》むはこれ[一二]好狗《かうく》ならず」と。今の[一三]白《はく》を為し[一四]楊《やう》を為す者は、率《おほむ》ね皆なこの類なり。

〔六一〕「[一五]日長じて睡起《すいき》すれば情思無し。閑に看る、児童の柳花を捉《とら》ふるを」と。[一六]浩然斎雅談《かうぜんさいがだん》に載す、「誠斎《せいさい》自ら人に語りて曰はく、「工夫は只だ一の捉の字の上に在り」と」。按ずるに、[一七]白詩に云ふ、「[一八]誰か能く更に[一九]孩童《がいどう》の戯《たはむ》れを学び、春風を尋ね逐

一 唐の詩人白居易。 二 はなし。談話。白居易は平易な詩を作ろうとして、詩が出来るごとに門前の老媼に聞かせたという逸話が、冷斎夜話などに見える。 三 宋の詩人楊万里。 四 冗談。滑稽な言葉。「誠斎専以二俚言俗語一闌二入詩中一、以為二新奇一」(甌北詩話・六)。「此編題曰二詩話一、而論レ文之語乃多二於詩一、又頗及二諧謔雑事一、蓋宋人所レ著往往如レ斯、不三但万里一也」(四庫提要・誠斎詩話)。 五 唐の詩人杜甫の号。 六 本来は機(はた)の杼(ひ)の意、転じて詩文を作る上での工夫。「文章須下自出二機杼一、成中一家風骨上」(魏書・祖瑩伝)。 七 軽んじ、そしる。 八 心がぼんやりして愚かなさま。 九 俚諺。世俗のことわざ。 一〇 禅林句集所引、虚堂録の語。 一一 糞べら。 一二 よい犬。 一三 白居易。 一四 楊万里。 一五 楊万里の「閑居初夏午睡起二絶句」其一の転句と結句。 一六 宋の周密撰の随筆。三巻。上巻は経史の考証と文章の評論、中巻は詩話、下巻は詞話。当該項目を収める中巻のみ文化十一年(一八一四)に和刻されている。 一七 白居易の詩。 一八 「前有下別二柳枝一絶句上、夢得継和云、春尽絮飛留不レ得、随レ風好去落二誰家一、又復戯答」と題する七絶の転句と結句。 一九 幼児。幼童。 二〇 牧野竹所。→一八八頁注四。 二一 詩社

ひて柳花を捉ふ」と。誠斎の本づく所は、けだしこれならん。雅談の説く所は、却つて疑ふべきに似たり。

〔六二〕竹所牧君《ちくしょぼくくん》[二〇]、しばしば詩題を分ち、以て同社[二一]に課す。一時、十梅[二二]を咏ず。蠖《くわく》[二三]斎《さい》「未開梅」に云ふ、「香玉[二四]枝頭《しとう》未だ坼《さ》けざる時。蓬蒿叢裡《ほうかうそうり》[二五]、自《おのづか》ら仙姿。多情の杜《と》牧《ぼく》、吾れ相ひ似たり。等候《とうこう》[二六]す、湖州[二七]十歳の期」と。詩仏「梅実[二八]」に云ふ、「葉間的《てき》[二九]皪《れき》として満枝垂る。復た当時氷雪[三〇]の姿無し。一段[三一]の酸心《さんしん》、誰か会し得ん。多情の小[三二]杜重ねて来る時」と。同じく一典[三三]を用ひて、調度[三四]おのおの宜《よろ》しき有り。これ詩境の妙たる所以《ゆゑん》なり。

〔六三〕丙寅《ひのえとら》[三五]の災後、詩仏重ねて一楼[三六]を構《かま》へ、一聯《いちれん》[三七]を題して云ふ、「翠柳[三八]青天発揮《はっき》す西嶺千秋の雪。清風[三九]明月占断《せんだん》す南楼一夜の涼」と。上は杜句《とく》を用ひ、下は黄句《くわうく》を用ふ。真に妙対なり。

〔六四〕詩は陳腐を嫌ふと雖も、亦た妄《みだ》りに自《みづか》ら字面《じめん》[四〇]を捏造《ねつざう》するの理無し。韓文杜《かんぶんと》[四一]詩《し》、一字[四二]の来歴没《な》きは無し。古人の鄭重なる、乃ちかくの如し。後生は妄りに己《おの》が意を以て種種製作す。いはゆる愚[四三]にして自[四四]ら用ふることを好む者なり。たまたま人

の同人。詩社の同人たちが分担して詠み合ったもの。二二 梅について十の詩題を定め、詩社の同人たちが分担して詠み合ったもの。二三 海野蠖斎。→一六四頁注四。二四 よい香りのする梅花の白いつぼみ。二五 蓬の生い茂る草むらの中。二六 待つ。二七 杜牧は湖州(浙江省呉興県)に遊んで美少女を見染め、十年後に迎えに来ることを約束したが、後に迎えに来た時には十四年の歳月が過ぎており、すでに女は嫁して子を生んでいたという故事(唐摭言、唐才子伝など)による。二八 詩聖堂詩集初編・四にも収める。二九 (梅の実が)はっきりと見えるさま。三〇 清浄潔白な梅の花のさまをいう。三一 いっそうの傷心。ここは梅実の酸っぱさを掛ける。三二 杜牧のこと。三三 同一の典拠。三四 按排し配置すること。三五 文化三年(一八〇六)。三月に江戸で大火があり、詩仏の住居も罹災した。三六 神田お玉が池に築いた詩聖堂。三七 門や家の入口などの左右に、対句を一句ずつ板などに書いて掛けたもの。三八 杜甫の「絶句四首」の其三「両箇黄鸝鳴二翠柳一、一行白鷺上二青天一、牕含西嶺千秋雪、門泊東呉万里船」に拠る。三九 黄庭堅の「鄂州南楼書事四首」の其一「四顧山光接二水光一、凭レ欄十里芰荷香、清風明月無二人管一、併作二南楼一味涼一」に拠る。

四〇 詩文のうちの重要な文字。字眼。「古詩十九首、平平道出、且無レ用レ工二字面一」(四溟詩話・三)。四一 韓愈の文と杜甫の詩。四二 「老杜作レ詩、退之作レ文、無三一字無二来処一」(黄庭堅・答二洪駒父一書)。四三 「愚而好二自用一」(中庸・二十八章)。四四 自分の意見に固執すること。

の来処を問ふ有れば、亦た自らその非を知り、乃ち詭《いつは》りて曰はく、「某の集に出づ」と。[一]吾れ誰をか欺かん。天を欺かんや。且《か》ついはゆる[二]新変とは、意思を一換して極めて斬新ならしむるの謂《いひ》なり。それ人に勝る処は、必ずしも[三]生字《せいじ》を用ふるに在らざるなり。猶ほこれ善く[四]庖《はう》を治むる人は、その料、尋常の魚肉に過ぎずして、一たび[五]調剤を経《へ》て、便《すなは》ち[六]珍羞殊品《ちんしうしゆひん》と作《な》るがごとし。今の[七]詩流は、[八]蛇を烹《に》て客を[九]享《きやう》する者多し。

〔六五〕詩に生字を用ふるは六如《りくによ》の癖なり。その人、[一〇]淹博該通《えんばくがいつう》にして、[一一]鑿拠《さくきよ》無きにあらずと雖も、然れどももまた古人の無き所なり。古人は意を以て勝ちて、字を以て勝たず。六如は則ち字を挟《さしはさ》んで勝を闘はし、僅かに以て[一二]中人《ちゆうじん》を悦ばしむべくして、以て[一三]上智を[一四]牢籠《らうろう》すべからざるなり。けだし[一五]渠《かれ》一生詩を読みて、[一六]燈市《とうし》を閲して奇物を覓《もと》むるが如し。故にその[一七]著はす所の詩話は、只だ一部の[一八]骨董簿を算《かぞ》へ、殊《こと》に詩話の体を失ふなり。

〔六六〕[一九]東坡の[二〇]魯直《ろちよく》に与ふる書に云ふ、「凡そ人の文字は、まさに務めて[二一]平和ならしむべし。[二二]至足《しそく》の餘、溢れて[二三]怪奇と為る。けだし已《や》むことを得ざるに出づるなり」

一「吾誰欺、欺レ天乎」(論語・子罕)。二「摛属レ文好為二新変一」(南史・徐摛伝)。三 見慣れない字。四 料理する人。五 味をととのえる。「煎熬燔炙、調剤和レ之」(淮南子・本経訓)。六 おいしく、すばらしい料理。七 詩人たち。八 普通にはあまり使わない材料を用いること。九 もてなす。すすめる。

一〇 浅く広く物事に通じること。一一 無理にこじつけたような拠りどころ。一二 普通の人。「中人以上、可二以語一レ上也。中人以下、不レ可二以語一レ上也」(論語・雍也)。一三 すぐれた智恵を備えた人。「惟明君賢将、能以二上智一為レ間者、必成二大功一」(孫子・用間)。一四 籠絡する。一五 三人称の代名詞。六如をさす。一六 中国では唐や宋の時代より、正月十五日の夜(元宵)を中心に、家々では灯籠を飾り、見物の人出で賑った。これを灯市といい、人出を目当てにして種々の品物を並べる出店が出た。一七 葛原詩話とその後編。一八 骨董品の帳簿。

一九 蘇軾の号。二〇「答二黄魯直一五首」其二。魯直は黄庭堅の字。二一 平正で調和しているさま。二二 すべての条件が備わっていること。二三 あやしくめずらしいさま。「発二怪奇之文一」(論衡・道虚)。

と。余、謂《おも》へらく、詩も亦た然り。作者能く怪奇の已むことを得ざるに出づるを知らば、則ち[二四]始めて与《とも》に言ふべきのみと。

〔六七〕元の[二五]范徳機《はんとくき》の[二六]詩に、「[二七]蛮語《ばんご》、人に酬《むく》いて翻《ひるがへ》つて自《みづか》ら苦しむ。[二八]好山、敢《あへ》て何の州ぞと問はず」と。今歳[二九]丁卯《ひのとう》、余、[三〇]奥中《あうちゆう》に遊び、方《まさ》にこの語の妙を悟る。奥《あう》は[三一]僻《へき》壌《じやう》と雖も、山水秀麗にして花木《くわぼく》極めて多し。余、[三二]錯過《さくくわ》することを欲せず、筆を把《と》りて遊を紀《き》せんと擬《ぎ》す。一路上に山を問《と》ひ水を詰《と》ふ。奈《いか》んせん、[三三]舁夫渡丁《よふとてい》の答ふる所、言語[三四]訛雑《くわざつ》して、多く通ぜざることを[三五]致《いた》す。懊悩《あうなう》すること三四日、筆を投じて復た意を留めず。但だ衆花の発《ひら》くこと、復た[三六]節信《せつしん》無し。[三七]葛因是《かついんぜ》に句有り。云ふ、「梅桃杏梨、次第無し。[三八]二十四番、一時の風」と。信《まこと》に然り。余が行《かう》、たまたま三月の末に値《あた》る。人家の[三九]籬落《りらく》、桃李[四〇]繽紛《ひんぷん》として、人をして[四一]応接に暇《いとま》あらざらしむ。[四二]口号《こうがう》して云ふ、「高低、路は向ふ乱山の東。身は落つ、[四三]荒陬《くわうすう》蛮語の中。只だ[四四]不言桃李の妙有り。吹き薫《くん》ず、尽日《じんじつ》[四五]馬頭の風」と。[四六]松島、平泉の諸作は、[四七]另《べつ》に載せて集中に在り。

〔六八〕余、仙台において三詩人を得たり。一は[四八]松井《まつゐ》輔《ほ》、字は長民《ちやうみん》、梅屋《ばいをく》と号す。一は[四九]奥田《おくだ》美《び》、字は厚卿《こうけい》、橘園《きつゑん》と号す。一は[五〇]入江《いりえ》清《せい》、字は廉卿《れんけい》、櫟庵《れきあん》と号す。しばし

二四 「始可㆓与言㆒詩已矣」(論語・八佾)。
二五 名、椁(うほ)。字、亨甫・徳機。少くして孤貧であったが、推薦されて翰林院編修官となった。詩をよくし、范徳機詩集がある。
二六 「渡㆓端州峡㆒」(范徳機詩集・六)の転句と結句。
二七 野蛮な言葉。
二八 美しい山。
二九 文化四年(一八〇七)。
三〇 奥羽地方。
三一 僻地。片田舎。
三二 間違って過ぎる。
三三 駕籠かきと渡場人足。
三四 なまりのまじること。
三五 返事する。
三六 季節の進行に従って花が咲き変わってゆくのではなく、一斉に開花することをいう。
三七 葛西因是。→一五八頁注四。
三八 二十四番花信風。→一五九頁注四〇。
三九 まがき。かきね。
四〇 入り乱れて咲くさま。また花の乱れ散るさま。「落英繽紛」(陶淵明・桃花源記)。
四一 一々心を留めて見る暇がない。「山川自相映発、使㆓人応接不㆑暇」(世説新語・言語中)。
四二 口ずさみながら詩を作る。今四家絶句(文化十二年刊)中の五山百絶での詩題は「奥州道中」。転句は「只有㆓不言桃李在㆒」。
四三 荒れはてた辺鄙な土地。
四四 桃や李は花実があるので、自然に人がやってきて、小道が出来るということ。「桃李不㆑言下自成㆑蹊」(史記・李広伝賛)。
四五 馬上に吹く風。
四六 五山百絶の中には収められておらず、未詳。
四七 「別」に同じ。
四八 一七七九―一八二六。仙台藩医松井元絢の男。澄心堂遺稿がある(仙台風藻・三)。
四九 一七八三―一八一九。仙台藩士で勘定奉行に進んだ(仙台風藻・三)。
五〇 一七七一―一八二八。名は清高とも。字は梅臣とも。通称、長之進、のちに権太夫(仙台風藻・三)。

ばその家に会飲す。皆な詩を以て余に評定を属《しよく》す。梅屋「春寒」に云ふ、「[一]宝鴨《ほうあふ》煙無くして[二]香篆《かうてん》冷やかなり。門を閉ぢ坐睡《ざすい》して春を看《み》ず。軟寒は[三]雨を醸し、悪に[四]従渠《まか》すも、梅花を[五]留住して也《ま》た人に可なり」と。「首夏」に云ふ、「緑陰[六]匝地《さふち》、影[七]団欒《だんらん》。[八]絮《わた》を褪《ぬ》ぎて[九]袷衣《けふい》還《かへ》つて未だ安からず。[一〇]嗤殺《しさつ》す、[一一]山妻の[一二]太早計《たいさうけい》なるを。[一三]麦時、道《おも》はず、この寒有るを」と。「[一四]紙鳶」に云ふ、「日暮[一五]江頭、[一六]簾幕寂たり。[一七]霄間乍《せうかんたちま》ち[一八]歩虚《ほきよ》の声を作す」と。橘園「[一九]晒書《さいしよ》」に云ふ、「飽くまで[二〇]驕陽《けうやう》を受けて[二一]乱曝《らんばく》する時。中に就いて[二二]隻巻《せきくわん》最も相ひ知る。端無く憶ひ得たり、[二三]垂髫《すいばう》の日。風雪に[二四]経《けい》を懐きて塾師を叩《たた》きしことを」と。「[二五]雪意」に云ふ、「寒は肌膚《きふ》に逼《せま》りて粟の生ずるを覚ゆ。満園の雪意、清を如《いか》んともせず。凍雲黯澹《あんたん》として低きこと三尺。墜葉、風無くして[二六]戛《かつ》として声有り」と。櫟庵「秋日雑題」に云ふ、「風は[二七]簷馬《えんば》を揺《ゆるが》して虫鳴に伴ふ。攪《みだ》し得て、[二八]愁人、夢しばしば驚く。辨ぜず、[二九]無情還《かへ》つて[三〇]有意なるを。都《すべ》て耳底に来りて[三一]秋声と作る」と。「春暁」に云ふ、「枕上新晴なり。鶯声残夢なりや」と。「夏日」に云ふ、「[三二]登麦《とうばく》、[三三]香揺《ゆら》いで忽ち雨を過ごす。[三四]早秧《さうあう》、緑軟《やはら》かにして風に禁《た》へず」と。又た[三五]遠藤《ゑんどう》庸《よう》、字は伯謹《はくきん》なる者有り。「春深」に云ふ、「春は深し、疎雨淡煙の中。新たに桃花

一 りっぱな香炉。香炉は鴨の形をしたものが多かった。二 香の煙のたち昇るのが篆書模様に似ているのを言うことが多いが、ここは篆書模様の押型のおされた薫香をいうか。三 雨模様になる。四「俗語。詩語ニ用ユ。…俚語ノカマハヌナリ」(文語解・四)。五 ひきとどめる。六 地面いっぱいに広がっているさま。七 円い月。「団欒空繞百千廻」(林逋・文咏㆓小梅㆒)。八 綿入れを脱ぐ。九 袷。裏地のついている衣。一〇「笑殺」に同じ。一一 自分の妻をいう謙称。一二 判断の早急すぎること。一三 麦の実る時節。陰暦四月。一四 凧。一五 川のほとり。一六 すだれと幕。一七 大空。一八 道士が空中を歩行して経を誦する声。一九 書物の虫干し。二〇 夏のはげしく照りつける日光。二一 無秩序に本を広げて日にさらすこと。二二 一巻。二三 幼童の髪型。さげ髪。二四 聖人の述作した儒学の書物。「懐㆑経負㆑笈者雲㆓集京師㆒」(梁書・儒林伝序)。二五 雪模様。雪の降りそうな空のようす。二六 固いものがうち当たる音。二七 軒下の風鈴。二八 心に憂いをいだいている人。二九 心がないこと。「道是無情還有情」(劉禹錫・竹枝詞二首)。三〇 心があること。有情に同じ。三一「噫嘻悲哉。此秋声也。胡為乎来哉」(欧陽脩・秋声賦)。三二 初夏のまつりごとの一。登は進むの意。「農乃登㆑麦」(礼記・月令・孟夏之月)。ここは初夏の候をいう。三三 実った麦の香りが漂い動く。三四 稲の若苗。早苗。三五 一七七三—一八三〇。仙台藩の宿老(仙台風藻・二)。三六 二十四節気の一つ。陰暦三月。春分から十五日目で新暦の四月五日、六日頃にあ

を売る小市の東。最もこれ[三六]清明の好時節。[三七]青銭換へ得たり、数枝の紅」と。

〔六九〕 [三八]詩は窮して後に工《たくみ》なり。亦た即ち孟子のいはゆる、[三九]先づその心志を苦しましむる者なり。我が輩、平生、力を窮の一字に得ること少からず。世間[四〇]紈袴子《ぐわんこし》の詩を作るや、広く諸集を購《あがな》ひ、備はらざること有る無し。曽《すなは》ち半年ならずして、これを高閣に束ぬ。通習皆な然り。近日この[四一]窠《くわ》を脱する者は、特《ただ》に[四二]島梅外《たうばいぐわい》一人のみ。始終変ぜず、詩も亦たますます工なり。然れども、島の初作は都《すべ》て甚しくは佳ならず。[四三]一旦落魄《らくはく》して奥中に客遊す。都に帰りての後、方《まさ》に始めて凡ならず。ますます古人の言の果して我を欺かざるを信ずるなり。

〔七〇〕 梅外、著作甚だ富む。その「歳暮《さいぼ》[四四]縦筆《しようひつ》」の七古は、[四五]灑灑《さいさい》たる千言にして、語は[四六]譏刺《きし》に渉《わた》る。故に抄録せず。最も七絶に工なり。「春日」に云ふ、「雨餘の軽暖、欄《おばしま》に凭《よ》りて坐す。処処の柳梢《りうせう》、新緑回る。只だ恨む、梅花の風数尺、楼高うして[四七]落葩《らくは》を送り来らざるを」と。「夜景」に云ふ、「星は[四八]中流を照らして粲として光有り。[四九]暗潮未だ退かずして[五〇]前塘を蘸《ひた》す。漁舟去ること遠くして[五一]櫓痕《ろこん》定まる。又た現《あら》はす、[五二]垂楊の影一行」と。「村居の[五三]秋霖《しうりん》」に云ふ、「[五四]濁流汨汨《いついつ》として[五五]渓隈《けいわい》に漲《みなぎ》る。雲密《みつ》にし

たる。 三七 青銅の銭。
三八 「予聞、世謂詩人少達而多窮。…蓋愈窮則愈工。然則、非㆓詩之能窮㆒㆑人、殆窮者而後工也」(欧陽脩・梅聖兪詩集序)。 三九 「天将㆑降㆓大任於是人㆒也、必先苦㆓其心志㆒、労㆓其筋骨㆒、餓㆓其体膚㆒、空㆓乏其身行㆒、払㆓乱其所㆒㆑為」(孟子・告子下)。 四〇 高貴の家の子弟。お金持のお坊っちゃん。紈袴は白い練絹のはかま。 四一 おちくぼんだ処。おとし穴。 四二 小島梅外。→一七七頁注三七。 四三 落ちぶれること。小島梅外の家は父洪卿以来の蔵書家で、万巻楼と号していたが、家業が衰え、文化三年(一八〇六)には書画珍籍を売却した。
四四 ほしいままに筆をふるうこと。 四五 次々とそそぐように書きつらねられているさま。 四六 風刺。 四七 散り落ちた花びら。 四八 川の流れの中央部。 四九 水面にはっきりと現われない潮の流れ。「暗潮已到無人会、只有㆔篙師識㆓水痕㆒」(楊万里・過㆓沙頭㆒)。 五〇 前に見える土手。 五一 櫓によって出来た波紋が消える。 五二 しだれ柳。 五三 秋の長雨。 五四 水が滞ることなく流れるさま。 五五 谷川のくま。

て黄昏《くわうこん》猶ほ未だ開かず。人声、時に蘆花の裡《うち》よりす。知んぬ、これ罾船《そうせん》[一]の雨を趁《お》うて来るを」と。「夢後」に云ふ、「軽[二]寒脈脈[三]、春衣を襲《かさ》[四]ぬ。紙帳[五]、雪は清し、梅一囲《いちゐ》[六]。夢中に句を得て忘るるも還《ま》た好し。人間《じんかん》に是非を説かるることを免る」と。「燈を詠ず」に云ふ、「簾間《れんかん》に影[七]を分ちて三更[八]を過ぐ。相ひ伴ふ、書窓夜雨の情。半生[九]の文字、人の見る無し。只だ孤燈の照らし得て明らかなる有り」と。

〔七一〕如亭は去冬[一〇]を以て信中より帰り、都[一一]に留まること数月にして、まさに復た西[一二]のかた京畿《けいき》に赴かんとす。時に余も亦た遊奥《いうあう》[一三]の行《かう》有り。「別れらる[一四]」に云ふ、「東西両路、分れんと欲する時。共に訂す、後来相ひ会するの期。もし風霜多少の苦を較《くら》ぶれば、輸贏《ゆえい》[一五]は自《おのづか》ら一嚢《いちなう》[一六]の詩に在らん」と。余、都に帰りて後、如亭[一七]の伊勢に在るを聞き、寄示《きし》して云ふ、「風雪空しく添ふ、幾白鬚《いくはくしゆ》。奚嚢《けいなう》[一八]いかでか贏輸《えいゆ》[一九]を闘はすことを得ん。帰来、詩本《しほん》[二〇]は全然として尽く。君、肯《あへ》て多きを分ちて我に貸さんや否や」と。

〔七二〕如亭、木母寺《もくぼじ》[二一]に題して云ふ、「水を隔つる香羅《かうら》[二二]、雑沓《ざつたふ》として過ぐ。醒人《せいじん》は来り哭《こく》[二三]し、酔人《すいじん》は歌ふ。黄昏《くわうこん》[二四]一片《いつぺん》[二五]、蘼蕪《びぶ》[二六]の雨[二七]。偏《ひと》へに王孫墓上《わうそんぼじやう》[二八]に傍《そ》ひて多し」と。

一　四つ手網で漁をする船。　二　うすら寒いこと。うそ寒さ。　三　絶えることなく続くさま。　四　重ね着する。　五　寒気よけの紙のとばり。　六　梅の花を描いた梅花紙帳をめぐらしてあるので、梅の花で囲まれたようだ、の意。　七　灯の光を分ける。　八　午前零時頃。　九　半生の間に書きためた詩文の原稿。

一〇　文化三年(一八〇六)の冬。　一一　江戸をさす。　一二　文化四年二月のこと。　一三　奥州遊歴。この遊歴については〔六七〕に記事がある。　一四　今四家絶句の中の如亭先生百絶では「作㆓二絶句㆒送㆔池五山之㆓陸奥㆒余亦将㆑西」という題で収める其二。　一五　輸は負け。贏は勝ち。勝敗、勝負。　一六　嚢は出来た詩を入れておく袋。詩嚢。　一七　如亭が伊勢(主に四日市)に滞在したのは、文化四年冬から翌五年春にかけての頃。　一八　従者に持たせて、行吟した詩を入れる袋。「従㆓小奚奴㆒、背㆓古錦嚢㆒、遇㆑所㆑得、書投㆓嚢中㆒」(新唐書・李賀伝)。　一九　「輸贏」に同じ。　二〇　「詩本ト云コトアリ。常ノ語ニ詩ノ趣向ト云ガ如シ」(葛原詩話・四)。

二一　如亭山人藁初集には「木母寺」の題で収める。隔水―隔柳。隅田川畔にある天台宗の寺。謡曲「隅田川」で有名な梅若丸を祀る梅若塚がある。梅若丸の忌日の陰暦三月十絶《はなは》だ晩唐の名家に類す。

〔七三〕[二九]国府碧《こくふへき》、字は秋水《しうすい》、詩才高邁《かうまい》にして絶《はなは》だ誠斎[三〇]に近し。不幸にして早く亡ず。もし年を永うせしめば、即ち我が輩はまさに路を避けて、他に一頭地[三一]を出だすに放《いた》るべきなり。その遺稿[三二]は詩仏・梅外、已に為《ため》に刊刻せり。ここに再びその逸する者を録して、[三三]遺珠《ゐしゅ》の憾《うらみ》なからしむ。「歳暮」に云ふ、「光陰何ぞ倏忽《しゅくこつ》[三四]たる。恰《あたか》も箭《や》の弦《つる》を離るるに似たり。[三五]臘《らふ》は剰《あま》す両三日。齢《よはひ》は過ぐ十八年。親は衰へて涙を灑《そそ》ぐに堪へたり。弟は長じて肩を駢《なら》べんと欲す。歎ずべし、居の新《あら》たに換るに、又た窮鬼《きゅうき》に遷《うつ》らるるを」と。「冬暁」に云ふ、「[三六]重衾《ちょうきん》、猶ほ冷を怯《おび》ゆ。[三七]寒衣、暁にいよいよ加はる。窓破れて半《なかば》は紙無く、燈残りて纔《わづか》に花[三八]有り。門前に人は炭を売り、厨下《ちゅうか》に婢は茶を煎《に》る。日出でて方《まさ》に初めて起く。宛《あたか》も殻を脱する蝸の如し」と。「午熱」に云ふ、「[三九]一掬《いっきく》の微風、尋ぬるに処無し。暑困《しょこん》に堪へずして[四〇]槐陰《くわいいん》に臥す。蟬声《ぜんせい》は却つてこれ人意に殊なり。赤日炎天、得意に吟ず」と。「[四一]驟雨《しうう》」に云ふ、「残陽を掩《おほ》ひ尽して紅を漏らさず。濃雲は墨の如く青空に刷《さつ》[四二]す。蟬声は雨[四三]と地を為さず。黙して庭槐《ていくわい》[四四]一霎《いっせふ》の中に在り」と。「残暑」に云ふ、「残熱は[四五]三伏《さんぷく》の時より甚し。更に涼意の人と宜し

五日には大念仏が行われ、人々が群集した。二二 よい香りのする薄絹。女性の晴着をいう。二三 悲痛な思いのために涙を流す。一句の中での「哭」と「歌」の対比は、「子於二是日一也哭則不レ歌」(論語・述而)を意識する。二四 夕陽。二五 一面。辺りに広がるさま。二六 香草の名。王孫草とも呼ばれ、また楚辞の詩「招隠士」によって不帰の象徴ともされた。→〔三八〕。ここも王孫梅若丸の不帰を寓意する。二七 梅若忌には雨がよく降り、「梅若の涙雨」と言われた。二八 梅若塚の上。梅若丸は吉田少将惟房卿の子とされているので王孫という。

二九 江湖詩社の詩人だが、伝未詳。「寛斎先生嘗与二如亭一書云、秋水似二足下一。…今秋水逝矣」(五山堂詩話・三)。三〇 南宋の詩人楊万里。三一 他の者より頭一つほど抜け出す。「吾当下避二此人一出中一頭地上」(宋史・蘇軾伝)。三二 書名未詳。刊行が実現したかも不明。三三 素晴らしい作が忘れられること。三四 時が早く過ぎ去るさま。三五 年のくれ。十二月。三六 重ねて掛けてある夜着。三七 防寒のための衣服。三八 灯花。ちょうじがしら。三九 ひとすくい。わずかばかりの量をいう。四〇 えんじゅの木の陰。四一 にわか雨。四二 刷毛でさっと一ぬりする。四三 雨音のしている間は鳴かない。四四 しばらくの間。短い間。「楊万里、一霎滂沱一霎晴、簷間点滴尚残声ト。猶一トシキリ〳〵ト云ガ如シ。又片時ヲ云」(葛原詩話・一二)。四五 夏のもっとも暑い時期。初伏、中伏、末伏の総称。

き無し。火雲《くわうん》[一]は却つて秋色を嫌ふに似て、西風[二]を遮断して吹くことを許さず」と。「秋夜」に云ふ、「竹簟紗㡡《ちくてんさちゆう》[三]、涼に餘り有り。芭蕉は先づ報ず、雨の来《きた》る初《はじめ》。一燈分付す、両般[四]の事。妻は袂衣《けふい》[五]を製し、児は書を読む」と。佳句に云ふ、「露冷やかにして蛩声咽《きようせいむせ》[六]び、月清らかにして梧影癯《ごえいや》[七]す」、「煙横《よこ》[八]たはりて渡口[九]に迷ひ、燈細くして漁家を認む」、「卯時《ばうじ》[一〇]先づ酒を命じ、亥日《がいじつ》[一一]早く炉を開く」と。人或いは秋水の詩を斥《しりぞ》けて、怪と為し妄と為す。余謂《おも》へらく、これその人の胸中に書太《はなは》だ少し。宋元の諸集においては夢にだもこれを見ず。故にこの種の詩に逢ひて遽《にはか》に相ひ駭《おどろ》くのみ。駱駝《らくだ》を認めて馬の腫背《しゆはい》[一二]と謂ふ。寡見《くわけん》の人、往往にしてかくの如し。

〔七四〕津軽の書生工藤元龍《くどうげんりゆう》[一三]、名は猶八《いうはち》、遠く来りて昌平学《しやうへいがく》に入る。性孤介《こかい》[一四]にして、自ら禰衡《でいかう》[一五]に比す。詩は明《みん》七子の気魄《きはく》有り。寛斎先生、時に員長[一六]たり。その戇《こう》[一七]にして才有るを憐みて、独り善くこれを遇す。後に激変[一八]して事を生ず。その侯怒りて拘《とら》へ、これを獄に下す。時に先生、職を辞[一九]して矢倉《やのくら》に在り。事の不意に出づるを聞きて、為に書を有司に致[二〇]してその寃状《あんじやう》[二一]を訴へ、遂に免るることを得たり。生、獄を出でて口占《こうせん》[二二]して先生に贈る一律[二三]有り。云ふ、「縲紲《るいせつ》[二四]、寃《あん》を銜《う》くるも亦た一奇。人有り、我

一 夏の雲。 二 秋の風。 三 竹で編んだ敷物と薄絹のとばり。 四 妻の裁縫と児の読書という二つの事。 五 袷。裏地のついている着物。 六 こおろぎの声。 七 梧桐が落葉して木の影が痩せたように見える。 八 もや。霧。 九 渡し場。 一〇 卯の刻。午前五時から七時頃。この時刻に飲む朝酒を卯酒という。「未レ如卯時酒、神速功力倍」(白居易・卯時酒)。 一一 陰暦十月中の亥の日は炉開きといい、炉を使い始める日。 一二 背中の腫れもの。「諺云、少レ所レ見多レ所レ怪、覩ニ駱駝一言ニ馬腫背一」(駢字類編所引、牟子)。 一三 一七六三―?。津軽侯の支族津軽主水家の臣工藤勝左衛門の第二子。江戸に出て平沢旭山に、さらに大坂で中井竹山に従学し、その後天明二年(一七八二)に昌平黌に入った(市河三陽「市河寛斎先生(九)」)。 一四 孤独狷介。心が狭く世間と相容れないさま。 一五 後漢の人。若くして才弁があり、文筆に長じたが、狂傲と侮慢のため年二十六で殺された(後漢書・禰衡伝)。 一六 昌平黌の啓事役。学生たちの監督役。 一七 馬鹿正直なさま。 一八 元竜は協調性がなかったため誹謗中傷され、天明八年十一月に昌平黌退塾を命ぜられた。この処分を不当とした元竜は林家宛てに質問書を呈し、幕府に建言書を奉った。これに驚き怒った津軽侯は、元竜を江戸藩邸の獄に囚えた(「市河寛斎先生(九)」)。 一九 寛斎が啓事役を辞して両国矢の倉に転居したのは、天明七年十月。 二〇 寛斎は、寛政元年(一七八九)三月、津軽藩医樋口道泉に元竜の救済を訴える手紙を出し、藩の有司平井仙右衛門の尽力によって、元竜は四月に無事放免された。 二一 無実の

を済《すく》ふ、義何ぞ涯《かぎり》あらん。海潤《ひろ》くして[二五]呑舟《どんしう》初めて網に漏れ、林深くして[二六]枯木再び枝を生ず。旧に仍りて[二七]乾坤はすべからく独往すべく、依然として山嶽は誰《た》が為に欹《そばだ》つ。那《いかん》ともすること無し、男児の[二八]夙志《しゆくし》に睽《そむ》くを。[二九]瓦全《ぐわぜん》今日、君が知を愧《は》づ」と。後、[三〇]駒《こま》籠《ごめ》に居り、[三一]落拓《らくたく》して以て死す。嗚呼《ああ》、これ[三二]寛政己酉《つちのととり》の事なり。今に至りて二十年、人も亦た知る者罕《まれ》なり。追録して以て奇士を存す。

〔七五〕人に[三三]都鄙《とひ》の分有り。詩も亦た都鄙の分有り。聞見《ぶんけん》已に広く、[三四]琢磨《たくま》已に精《くは》しく、然る後に筆を下せば、[三五]綽《しやく》として餘裕有り。自然に時と背かざる者、これを都詩と謂ふ。[三六]管天蠡海《くわんてんれいかい》、[三七]矜矜自大《きようきようじだい》、[三八]剿窃敷衍《さうせつふえん》して[三九]旧套《きうたう》を死守する者、これを鄙詩と謂ふ。人鄙にして詩都ならば、以て都に登《あ》ぐべきなり。人都にして詩鄙ならば、以て都に[四〇]歯《し》すべからざるなり。然れども尚ほ[四一]当局《たうきよく》[四二]自ら効《いた》す者と為し、一種、傍観袖手《ばうくわんしうしゆ》して妄《みだ》りに人を[四三]詆訶《ていか》する者有り。亦た太《はなは》だ憎むべし。[四四]袁子才「[四五]王夢楼に答ふる書」に、[四六]山海経《せんがいきやう》を引いて曰はく、「[四七]山膏《さんかう》、豚の如く、その性、罵ることを好む。直《ただ》ちにこれ[四八]人禽の辨なり」と。然らば則ち、これらの輩の如きは、宜しくこれを[四九]四裔《しえい》に屛《しりぞ》けて、与《とも》に[五〇]中国を同じうせざるべき者なり。

罪の実状。[二二] 草稿を作らずに詩を口ずさむこと。[二三] 律詩一首。[二四] 罪人を縛る黒い縄。獄に繫がれること。[二五] 呑舟魚。舟を呑み込むほどの大きな魚。大人物の比喩。[二六] 窮地を脱して蘇生したことの比喩。[二七] 天と地。[二八] 早い時期から心に抱いている志。[二九] 瓦のようなつまらぬものになって無駄に生き延びること。「大丈夫寧可二玉砕一、不レ能二瓦全一」(北斉書・元景安伝)。[三〇] 現在の東京都文京区駒込。[三一] 落ちぶれること。[三二] 寛政元年(一七八九)。[三三] 都雅と鄙陋。「世以二文雅者一為レ都、樸陋者為レ鄙」(陔余叢考・都鄙)。[三四] 怠らずに努力すること。[三五] ゆったりとしたさま。[三六] 管で天をのぞき、ほら貝で海の水を測る。見識の狭いこと。「以レ管窺レ天、以レ蠡測レ海」(東方朔・答二客難一)。[三七] 自信満々に自らを誇り高ぶること。[三八] 人のものを掠め取り拡大して用いること。[三九] 古くさい形式。[四〇] 並ぶ。比肩する。[四一] 碁盤に向かって。[四二] 自分に実力がある。[四三] そしる。けなす。[四四] 清の袁枚。子才は字。[四五] 「一札中引二孔北海之言一曰、今之後生喜謗二前輩一。僕則引二山海経之言一曰、山膏如レ豚、厥性好レ罵、蓋不二特甘苦之分一、直是人禽弁。公聞レ之定発二大噱一」(小倉山房尺牘・答二王夢楼侍講一)。[四六] 十八巻。中国古代の神怪と地理の書。[四七] 豚に似た獣の名。「又東二十里曰二苦山一、有レ獣焉。名曰二山膏一。其状如レ逐、赤若二丹火一、善詈」(山海経)。[四八] 人と禽獣との区別。「使四人以有レ礼知三自別二於禽獣一」(礼記・曲礼上)。[四九] 四方の遠いはて。四海のはて。[五〇] 国の中央部。

〔七六〕「[一]沈香亭畔《ちんかうていはん》千[二]株の石。人家に散与して[三]仮山《かざん》と作《な》る」とは、[四]張芸叟《ちやううんそう》の句なり。「誰か憐まん[五]磊磊《らいらい》たる河中の石。曾《かつ》て上る君王の[六]万歳山《ばんざいさん》」とは[七]范石湖《はんせきこ》の句なり。二作極めて相ひ類す。皆な[八]黍離《しより》の[九]遺意《ゐい》有り。

〔七七〕[一〇]木芸亭《ぼくうんてい》、名は雄飛《ゆうひ》、[一一]黠鼠《かつそ》の詩を作り、尤も尖新《せんしん》たり。詞に曰はく、「群鼠何ぞ太だ悪なる。来り穿つ[一二]北墉《ほくよう》の中。[一三]稊米《ていまい》はまさに耗《へ》り尽きんとす。[一四]猖獗《しやうけつ》もと窮り無し。衆猫は鬚《ひげ》を怒《いか》らして起ち、逐捕《ちくぶ》互に雄《ゆう》を競ふ。鼠輩《そはい》忽ち跡を竄《かく》す。未だ[一五]奇功を策するを聞かず。言を寄す、[一六]老猫子。重責は汝の躬《み》に在り。平生[一七]氈《せん》と肉と、[一八]恩養豊ならざるに非ず。この時、力を竭《つく》さずんば、いかでか主人翁に報ぜん」と。余、時に[一九]南部に在り。この詩を[二〇]封寄《ふうき》す。寔《まこと》に某年某月某日なり。

〔七八〕[二一]明妃《めいひ》の詩、多くは仮托に出づ。「当時[二二]衛霍《ゑいかく》、兵猶ほ在り。未だ必ずしも君王は妾《わ》が身を棄てず」は、[二三]辺備の衰へを嘆ずるなり。「人生、花の如き貌《かほ》を用ひず。[二四]只だ黄金を把りて画師《ぐわし》を買ふ」は、[二五]苞苴《はうしよ》の盛《さか》んなるを刺《そし》るなり。「早く身の[二六]丹青《たんせい》に誤らるるを知らば、但だ尋常[二七]百姓《ひやくせい》の家に嫁せんに」は、[二八]躁進《さうしん》の悔《くわい》に喩《たと》ふるなり。

〔七九〕余十五六の時、[二九]范蠡《はんれい》の図に題して云ふ、「帰り去る[三〇]五湖[三一]煙水の春。[三二]扁舟独

一 長安の宮中の建物。→一六一頁注一七。 二 立っている石を数える助数詞。 三 築山。 四 宋の人。名、舜民。字、芸叟。監察御史・吏部侍郎を歴任したが、元祐党に坐して貶地で没した。上掲の句は、聯珠詩格・七「長安覧古」の転句と結句。 五 石の多いさま。 六 万歳は君王の長寿を慶賀する詞。万歳山は各地にあったが、ここは宋の徽宗の時、開封の禁城の東に築かれた艮嶽、一名万寿山のこと。 七 南宋の詩人范成大。石湖居士詩集・十二「金水河」の転句と結句。この詩題には「在₂旧封丘門外₁、河中多₂大石₁、皆艮嶽所ㇾ隤」という注がある。 八 詩経・王風の詩の篇名。旧都の宗廟宮室が荒廃して黍畑になったことを嘆いた詩。 九 先人の詠み残した心。 一〇 木は八木の修姓。伝未詳。 一一 ねずみ。 一二 北の牆。 一三 稗(ひえ)と米。 一四 激しくあばれて手のつけられないさま。 一五 すばらしい手柄をたてる。 一六 老いた猫。子は接尾字。 一七 毛織りの敷物。 一八 大切にして養うこと。 一九 奥州南部藩。また城下町盛岡。 二〇 封をして寄せる。この詩に風諫の寓意があるからであろう。 二一 前漢の元帝の後宮に仕えた王昭君。匈奴の呼韓邪単于(こかんやぜんう)に賜わってその皇后となり、匈奴の地で没した。悲劇の女性として多く詩文にとりあげられた。 二二 漢の衛青と霍去病。ともに匈奴を征して功のあった武将。 二三 辺境の防備。 二四 元帝の後宮には多くの女性がいたので、帝は肖像画によって女を選んで召したため、画工への賄賂が横行した。王昭君は賄賂を贈らなかったので、帝に召されず、匈奴に賜わった(西京雑記)。 二五 賄賂。 二六 赤と

り伴ふ花に像《に》たる人。呉を破る第一の功は世を掩《おほ》ふ。省《せい》せず、巫臣《ふしん》[三三]のこれ後身なるを」と。自ら唐突を覚え、出して人に示さず。後に東坡の詩を読むに、云ふ、「誰[三四]か射御《しやぎよ》[三五]を将《もつ》て呉児に教ふ。長く笑ふ、中公《しんこう》[三六]の夏姫《かき》[三七]の為にするを。却《かへ》つて姑蘇《こそ》[三八]をして麋鹿《びろく》[三九]有らしめ、更に憐む、夫子《ふうし》[四〇]の西施《せいし》を得るを」と。議論、更に一層を進む。これが為に爽然《さうぜん》[四一]として自失す。

［八〇］又た嘗《かつ》て訪戴《はうたい》[四二]の図に題して云ふ、「水は玻璃《はり》[四三]を浸《ひた》し、峰は銀を削る。扁舟凍殺《とうさつ》す、苦吟の身。原来《もとより》剡中《せんちゆう》[四四]の好《よ》きを愛するに縁《よ》り、興は渓山に在りて人に在らず」と。たまたま元人の詩を読むに、云ふ、「月は梅花を照らし、雪は春を点ず。小舟危坐す、酔中の身。一時《いつとき》渓山を愛するが為に去る。もとこれ故人を見るに心無し」と。立意用韻[四五]、皆な相ひ吻合《ふんがふ》す。いはゆる門[四六]を閉ぢて車を造り、門を出でて轍《わだち》を同じうする者なり。

［八一］譏刺《きし》の詩は、諷托の露《あらは》れざるを以て妙と為す。余、最も愛す、明の虞克用《ぐこくよう》[四七]が趙松雪《てうしようせつ》[四八]の画に題して云ふ、「王孫[四九]今代《こんだい》[五〇]玉堂の仙。自ら苕渓《てうけい》[五一]を画きて輞川《まうせん》[五二]に似たり。かくの如き青山紅樹の底。十畝《じつぽ》、瓜[五三]を種《う》うる田無かるべけんや」と。何ぞ言の優游《いういう》[五四]

青の絵具。あるいは絵画。 二七 庶民。
二八 出世に熱中したことへの後悔。
二九 春秋時代の人。越王の勾践につかえ、呉を滅ぼしたが、勾践の人となりを危ぶんで仕えを辞し、五湖に遊んだ(史記・貨殖列伝)。勾践のもとを去る時、扁舟に乗り美女西施をともなったという伝説がある。
三〇 太湖付近の五つの湖。 三一 霞にけむる水。「誰解乗レ舟尋二范蠡一、五湖煙水独忘レ機」(温庭筠・利州南渡)。 三二 小舟。「乃乗二扁舟一、浮二於江湖一」(史記・貨殖列伝)。
三三 春秋、楚の屈申。中公巫臣ともいう。楚の荘王が夏姫を納れて妾となそうとした時、巫臣は諫めたが、のちに自らが夏姫をつれ去り、晋に出奔した(左氏伝・成公二年)。 三四 蘇軾「戯書二呉江三賢画像一三首」の其一。 三五 弓を射ることと馬をあやつること。「巫臣請レ使二於呉一、晋侯許レ之…与二其射御一、教二呉乗車一、教二之戦陳一、教二之叛一レ楚」(左氏伝・成公七年)。 三六 巫臣に同じ。 三七 春秋、鄭の淫奔な美女。中公巫臣に従って晋に奔った。 三八 姑蘇山上にある台をいう。呉王夫差が美女西施を置くために築いた。 三九 大鹿と鹿。山野と化すこと。「臣今見三麋鹿游二姑蘇之台一也」(史記・淮南衡山伝)。 四〇 范蠡をさす。 四一 驚いてぼんやりする。「又爽然自失矣」(史記・屈原賈生伝賛)。 四二 晋の王徽之は山陰に住んでいた。雪の降りやんだ夜、月色の清朗なるを見て、剡渓に住む戴逵を憶い、小舟に乗って訪れたが、その門に至るや興が尽きたので会わずに帰ったという故事(晋書・王徽之伝)を描いた図。

(注四三以下、→二二九頁)

にして味有るや。

〔八二〕眼前に経《ふ》る所の景、一時拾収するに及ばず、偶然人に説き出さるれば歓喜に堪へず。余、南部山中に在りて炭煙[一]を望見し、誤りて雲の生ずると認む。後に原《げん》[二]清《せい》、字は公淵《こうゑん》なる者の山村の一絶を読むに、云ふ、「炭を焼く深林三両処。淡煙、月に和して渓隈《けいわい》を遶《めぐ》る。半生解せず、山中の事。只だ道《い》ふ、軽雲[三]、岫《しう》[四]を出で来《きた》る」と。真に実況なり。

〔八三〕又た山中嘗《かつ》て霧に逢ふ。たまたま米庵《べいあん》[五]の絶句を読むに、情景最も真にして、実に我が心を獲《え》たり。詩[六]に云ふ、「行き行きて山色漸く迷離《めいり》[七]。白霧は衝《つ》くが如く又た馳《は》するに似たり。暁星残月を収取し去り、忽ち混沌未分《こんとんみぶん》[八]の時と成る」、「細細として衣を霑《ぬら》して湿《うるほ》ふこと雨の如し。濛濛《もうもう》として面を遮りて煙よりも重し。同行《どうかう》咫《し》[九]尺《せき》、只だ人声を認めて後先を知る」、「渓山を齾尽《がつじん》[一〇]して撲地《ぼくち》[一一]に冥《くら》し。只だ看て還《ま》た失す。流水の響の冷冷たるを聞く、端無く乍《たちま》ち軽風に撥せられ、現出す、前峰半角の青」、「旋[一二]旋としてまさに収まらんとすること有り也《ま》た無し。山は還《かへ》つて滃淡《をうたん》[一三]、樹は模糊。真成《しんせい》に罨画《あんぐわ》[一四]、誰を将《もつ》て比《ひ》せん。好箇《かうこ》[一五]たるは虎児《こじ》[一六]清暁の図」、「心に知る、濃霧

一 炭焼きの煙。 二 伝未詳。市河寛斎六十賀に詩を寄せた人物中に名前が見える(「市河寛斎先生(一六)」)。 三 薄くたなびく雲。 四 山中の岩穴。雲が生ずる場所とされた。「雲無心以出レ岫」(陶淵明・帰去来辞)。

五 市河米庵。→一七九頁注五二。 六 以下の五首、米庵先生百絶(天保二年刊)中の「暁霧五首」。詩句に異同がある。 七 ぼんやりと見えること。 八 天地が開け始めた時の事物がはっきり分かれていないさま。「混沌未分天地乱」(西遊記・一)。 九 間近かなこと。 一〇 残すところなく食べ尽くす。ここは、霧がすっぽり覆い尽くす。 一一 にわかに。たちまち。 一二 ゆるゆると。少しずつ。「旋旋前山没、鬖鬖半臂塞」(楊万里・同二主簿叔一暮立)。 一三 霧がかかって薄ぼんやりしているさま。 一四 彩色した画。 一五 ちょうど相当する。匹敵する。 一六 宋の米友仁の小字。父の米芾とともに山水画をよくした。 一七 「世俗ノ語ニ、カタイ天気ト云コトアリ、天色ノ定リテ晴ノツヾクベキヲ云」(葛原詩話・三)。 一八 渡し場。 一九 銅鑼のことだが、ここは太陽の比喩。「樹頭初日挂二銅鉦一」(蘇軾・新城道中)。 二〇 主宰する。総括する。 二一 師の門。「夫子之牆数仞、不下得二其門一而入上、不レ見二宗廟之美、百官之富一」(論語・子張)。 二二 伝未詳だが、釆風集・一に「原脩、字長卿、武州崎玉人」とあり、七絶一首を収め

の[一七]牢晴《らうせい》を作《な》すを。恰《あたか》もこれ行人の酲《ゑひ》を解《と》くに似たり。[一八]津頭《しんとう》に到るに比《およ》んで天更に碧なり。前山早已《すで》に[一九]銅鉦《どうしやう》を掛く」と。

〔八四〕寛斎先生、風雅を主持[二〇]し、才を愛すること命の如し。その[二一]門墻《もんしやう》に在る者、[二二]原長卿《げんちやうけい》・[二三]田徳郎《でんとくらう》・[二四]勝善長《しようぜんちやう》の如きは皆な少年にして詩を能くす。徳郎は詩情最も佳なり。余も亦た深く[二五]後起《こうき》の人有るを喜ぶ。長卿「暁意」に云ふ、「復《ま》た人の来つて涼を[二六]消受する無し。独り清暁に乗じて池塘に歩す。[二七]星河《せいか》半《なかば》は落ちて風纔《わづか》に定まる。[二八]占《せん》断《だん》す、荷花《かくわ》[二九]自在の香」と。善長「苦熱」に云ふ、「午熱焚《た》くが如く、汗は漿《しやう》に似たり。[三〇]北窓に困睡《こんすい》して斜陽に到る。雷声、雨は渋る両三点。人間《じんかん》に一掬《いつきく》の涼を送らず」と。徳郎「春暁」に云ふ、「暁光漠漠として[三一]窓紗に暗し。[三二]料峭《れうせう》の軽寒一段加ふ。清愁、枕辺《ちんぺん》に付す。[三三]春痕《しゆんこん》いはんや又た[三四]啼鴂《ていけん》に到る。簾を下して忍びず、花の落つるを看るに。睡過《すいくわ》す、風風雨雨の天」と。先生嘗て詩[三五]有り、云ふ、「[三六]白首、吟咏に耽り、纔に旧習を脱することを知る。後輩に作者多し。皆な言ふ、未だ三十ならず」と。

る。 二三 一七九一—一八四〇。福田氏。修姓して田。名、宣。字、徳郎。号、浩斎。上野国沢渡の医者で、代々宗楨と称した。寛斎・米庵父子に詩書を学んだ。采風集・一に七絶二首を収める。 二四 伝未詳だが、采風集・一に「勝真、字善長、号棠庵、武州岩月人」とあり、七絶二首を収める。 二五 後輩。 二六 享受する。 二七 天の河。銀河。 二八 全部を占有する。 二九 「無レ蝶無レ蜂自在香」(佩文韻府所引、陸游詩)。 三〇 「夏月虚間、高二臥北窓之下一、清行颯至」(晋書・陶潜伝)。 三一 窓にかかる薄絹のカーテン。 三二 風が肌にふれて感じる薄ら寒さ。 三三 春のなごり。 三四 鳴いているほととぎす。夏の訪れを告げる景物。 三五 「漫成自嘲二首」(寛斎先生遺稿・二)の其二。詩句に異同がある。 三六 白髪頭。老人をいう。

一 宮沢雲山の字。→一七九頁注三七。 二 田園生活のさまざまな興趣を詠んだ詩。南宋の范成大の「四時田園雑興六十首」の影響により、当時好んで詠まれた詩題。 三 門に続く小道。 四 昼間の槐の木。 五 怠けもののにわとり。 六 伊勢四日市の人。 七 火が盛んに燃えるさま。 八 鳴蟬を指す。「飢噏二晨風一、渇飲二朝露一」(温嶠・蟬賦)とあるように、蟬は風を吸って飢えを満たすとされた。 九 両詩ともに范成大「四時田園雑興」の巧みな翻案であるの意。前者は「胡蝶双々入二菜花一、日長無三客到二田家一、鶏飛過レ籬犬吠レ竇、知有二行商来売一レ茶」(晩春田園雑興)、後者は「蜩螗千万沸二斜陽一、蛙黽無レ辺聒二夜長一、不下把二痴聾一相対活上、夢魂争得レ到二藜床一」(夏日田園雑興)の翻案。

〔八五〕上侯[一]「田園雑興」[二]に云ふ、「門逕《もんけい》[三]、跡稀《あとまれ》にして苔色加ふ。午槐陰《ごくわい》[四]は密なり、野人の家。嬾鶏《らんけい》[五]は寂寞《せきばく》、犬は睡《ねむり》を貪る。復た行商の来りて茶を売る無し」と。原生《げんせい》[六]「夏日雑題」に云ふ、「午熱熇熇《かくかく》[七]として甑《こしき》に坐するに如《に》たり。纔《わづか》に揮扇《きせん》を休《や》むれば、汗、珠《たま》を流す。微風、鳴蟬《めいぜん》を把《と》りて罪することなかれ。たとひ渠《かれ》[八]の餮せざるも本自《もとよ》り無し」と。両詩[九]、翻案極めて佳なり。原《げん》、名は静勝《せいしょう》、迪斎《てきさい》と号す。詩を余に学ぶ者なり。

〔八六〕僧藕益《ぐうえき》[一〇]の仏典を注するや、正文《せいぶん》[一一]の間に襯字《しんじ》[一二]を嵌塡《かんてん》[一三]し、意義をして煥発せしむ。徂徠《そらい》[一四]の明絶句《みんぜつく》を解し、蕉中《せうちゆう》[一五]の唐詩選《たうしせん》[一六]を注する、皆なこの法を襲《おそ》ふ。余謂《おも》へらく、この法は孟子已にこれ有り。その蒸民《じようみん》[一七]の詩を釈するに曰はく、「故に物有れば必ず[一八]則《のり》有り。民の秉彝《へいい》[一九]なり。故にこの懿徳《いとく》[二〇]を好む」と。即ちこれ先声[二一]なり。

〔八七〕詩文は二途にして、固より相ひ背馳《はいち》す。偏勝独得[二二]、兼ぬる者有ること罕《まれ》なり。柳子厚《りうしこう》[二三]、これを論ずること詳かなり[二四]。韓詩《かんし》[二五]の排奡《はいがう》、柳詩《りうし》[二六]の雋逸《しゆんいつ》は亦た倶《とも》に古詩の上に在りて、これを論ずるのみ。欧公《おうこう》[二七]の孱弱《せんじやく》、荊公《けいこう》[二八]の険幽《けんいう》は迥《はるか》にその文に及ばず。唯だ能く両《ふたつ》ながら得て相ひ衡《かう》するに足る者は、宋に在りては独り蘇東坡《そとうば》、明に在り

一〇 明末の僧智旭。藕益は号。西湖の霊峰寺に住み、儒仏一致を説いた。仏典の注釈が多い。一一 本文。一二 意味を説明するために挿入された文字。もと詞曲で韻律美のため付け加えられた規定の字数以外の文字。一三 はめ込む。一四 荻生徂徠撰の絶句解(享保十七年刊。拾遺は翌十八年刊)。明の古文辞派の絶句の注釈書。一五 大典とも。→一九二頁注二〇。一六 唐詩集註七巻(安永三年刊)を指す。凡例に「藕益大師註二仏教一、多挿二入一二語一以補二本文一、簡而易レ解、物氏作二絶句解一、一以二斯法一、今亦往往用レ之使レ易二領会一也」。一七 詩経・大雅の詩篇。「天生二蒸民一、有レ物有レ則、民之秉彝、好二是懿徳一」。一八 孟子・告子。孟子はここで、詩経にはない「故」「必」「故」の三字を補っている。これを襯字の先蹤として挙げた。一九 本性・常の道にしたがうこと。二〇 美徳。二一 前ぶれ。二二 ある面だけかたよって勝れること。二三 唐の人。名、宗元。字、子厚。二四「文有二二道一、辞令褒貶本二乎著述一者也、導揚諷諭本二乎比興一者也…偏勝独得而罕二有レ兼者一焉」(柳河東集・二十一・楊評事文集後序)。二五 韓愈の詩の力強さ。韓愈は「薦レ士」で孟郊の詩を評して「横レ空盤二硬語一、妥帖力排奡」というが、趙翼は甌北詩話・三において、それは韓愈の詩の特色でもあると述べる。二六 柳宗元の詩のぬきん出てすぐれていること。二七 宋の欧陽脩の詩の弱々しさ。「欧陽以二古文名家一、其詩遂不二大著一」(甌北詩話・十一)。二八 宋の王安石の詩の難解さ。二九 名、世貞。字、元美。嘉靖の進士で、官は刑部尚書に至った。李攀竜とともに古文辞を主張した後七子の

ては独り王弇州《わうえんしう》[二九]のみ。その他は則ち両《ふたつ》の者、軒輊《けんち》[三〇]無くんばあらず。この方の諸賢も亦復《またた》かくの如し。著述[三一]・比興《ひきよう》、兼并《けんぺい》[三二]の難き、古《いにしへ》よりして然り。

〔八八〕自来《じらい》、詩文に大家名家[三三]の別有り。余謂《おも》へらく、今日の大家の如き、多くはこれ粗才にして、名家にはまま精才有り。けだし大家は専ら展張[三四]を事とし、縝密《しんみつ》[三五]を屑《いさぎよ》しとせず、務めて一時を網羅するに在り。故に名を成すこと太《はなは》だ速《すみや》かなり。名家は則ち然らず。心を嘔《は》き[三六]骨を鏤《きざ》み、揉磨《じうま》[三七]太だ細かに、只だ自慊《じけん》[三八]することを要して、強ひて人を聒《さわが》すことを喜ばず。故に名は浪《みだ》りに伝はらず。昔人[三九]云ふ、「顕処[四〇]に月を視《み》、牖中《いうちゆう》[四一]に日を窺ふ」と。これ学を論ずるの語と雖も、以て大家名家の別に喩《たと》ふべきなり。

〔八九〕余、作文を論ずるに、独り因是《いんぜ》[四二]に心折《しんせつ》[四三]す。詩に至りては、則ち趨向《すうかう》小《すこ》しく異なり。因是[四四]は専ら唐詩を宗とす。大要は金聖歎《きんせいたん》[四五]の法に本づいて、まま出入する者有り。一日、酒間に詩を論じ、亹亹《びび》[四六]として風を生ず。余は始め尚ほ応ぜず。既にして相ひ迫りて曰はく、「果して首肯《しゆこう》するや否や」と。余徐《おもむ》ろに答へて曰はく、「第《しばら》く五里霧《ごりむ》[四七]の霽《は》るるを俟《ま》たん」と。大いに笑ひて止《や》む。因是、牧牛の図に題して云ふ、

一人。三〇 軽重・優劣のあること。三一 注二四の柳宗元の一文を典拠とする。ここでは文と詩を指す。三二 兼ねあわせること。三三 大作家と特長のある作家。「詩有㆓大家、有㆓名家㆒、大家不㆑嫌㆓麤雑㆒、名家必選㆑字酌㆑句」(随園詩話・二)。三四 大作・多作をめざすこと。三五 注意深く緻密であること。三六 思案を尽くし表現に腐心する。「李義山「詠柳」云、…皆是嘔㆑心鏤㆑骨而成」(随園詩話・一)。三七 表現を練り上げること。三八 自ら恥じる所がないとして満足する。三九 晋の僧、支遁。支遁は北人と南人の学問の相違について、「北人看㆑書、如㆓顕処視㆖月、南人学問、如㆓牖中窺㆖日」(世説新語・文学)と言った。四〇 明るい場所で月を見る。博学だが見識の劣ることの喩え。四一 窓の中から日をみる。学問は狭いが見識の明らかなことの喩え。四二 葛西因是。→一五八頁注四。四三 敬服する。因是の能文については「見㆓其所㆑作文㆒、有㆓一種風格㆒、世称㆓其筆態奇俊㆒」(続近世叢語・五)。四四 因是は自らの唐詩尊崇について「余好㆑読㆓唐詩㆒、識㆔其所㆓以佳㆒、無㆓以易㆖之」㆒(如亭山人藁初集序)という。四五 清の人。名、謂。聖歎は字。荘子、離騒、史記、杜甫の律詩、水滸伝、西廂記の六つを「天下才子之書」とし、批評を試みた。因是は通俗唐詩七律解の序(寛政十二年)に、「後得㆓金聖歎先生批唐詩㆒而読㆑之、其分㆓前後解㆒、真読㆓唐律詩㆒之妙訣也」と記して聖歎の唐詩読解法を特筆している。四六 継続してやまないさま。四七 人を迷わすもの。「張楷、字公超、性好㆓道術㆒、能作㆓五里霧㆒」(後漢書・張楷伝)。

「哥哥《かか》[一]は南畝《なんぼ》[二]に星を戴《いただ》いて帰り、姐姐《そそ》[三]は燈《ともしび》を燃《もや》して機《はた》を下《お》りず。爺娘《やぢやう》[四]は謾《みだ》りに道《い》ふ、児《こ》は無頼《ぶらい》[五]と。孤牛を養ひ得て、かくの如く肥えたるに」と。頗《すこぶ》る古楽府《こがふ》[六]の遺音《ゐいん》[七]有り。

〔九〇〕唐人、杜韓諸公《とかんしよこう》[八]の如きは、皆な文選《もんぜん》[九]に精熟す。東坡《とうば》[一〇]は昭明《せうめい》を喜ばず。然れども、その文字[一一]も亦たこれより出づる者有り。この方の昔賢《せきけん》も亦た極めてこの書を崇重《すうちよう》す。著聞集《ちよもんじふ》[一二]に載す。勧学院《くわんがくゐん》[一三]の学生会飲《がくしやうくわいいん》す。相ひ議して曰はく、「今日すべからく歯爵《ししやく》[一四]を論ぜず、才品《さいひん》[一五]を以て序[一六]と為すべし」と。藤原隆頼《ふぢはらたかより》[一七]なる者有り。直《ただ》ちに進みて上首《じやうしゆ》に居る。諸人紛争す。隆頼曰はく、「文選《もんぜん》三十巻、四声《しせい》[一八]の切韻《せつゐん》[一九]、坐中更に暗誦する者有りや否《ア》や」と。迂濶《うくわつ》[二〇]に類すと雖も、その精《くは》しきは得難《えがた》し。近日、諸人多く文選に熟せず。亦た何ぞ謬《あやま》れるや。

〔九一〕祇南海《ぎなんかい》[二一]の一夜百首《いちやひやくしゆ》[二二]は、人の為に俑《よう》[二三]を作《な》す。今時、白面[二四]の書生纔《わづか》に詩を綴《つづ》ることを知れば、乃ち曰はく、「我れ能く一夜に幾首を作る」と。これ最も醜《にく》むべし。それ南海は才敏にして、一時これを借りて以て神通《じんつう》[二五]を逞《たくま》しうするに過ぎざるのみ。猶ほこれ武人の射を試みるがごとし。伎倆《ぎりやう》已に熟して、然る後に一日千箭《せんせん》、一夜万《まん》箭《せん》、皆な不可なること無し。伎倆未だ熟せずして妄《みだ》りに多きを貪らば、弓反《かへ》り肘

一 父親を呼ぶ称。 二 南の畑。 三 母親を呼ぶ称。 四 父母。 五 あてにならない。 六 漢・魏・晋・南北朝の楽府詩をいう。 七 後世に伝わり遺された音調。 八 杜甫と韓愈。「杜子美喜用二文選語一、…唐朝有二文選学一」(韻語陽秋・二)。 九 原撰三十巻、のち六十巻。梁の蕭統(昭明太子)の撰。現存する中国最古の詩文選集。 一〇 蘇軾の号。「舟中読二文選一、恨二其編次無レ法、去取失レ当、斉・梁文章衰陋、而蕭統尤為二卑弱一、文選引、斯可レ見矣」(題二文選一)と昭明太子を批判した。 一一 たとえば「東坡「玉女窓明処処通」、出二文選霊光殿賦「玉女窺レ窓而下視」一」(艇斎詩話)。 一二 古今著聞集。二十巻。橘成季編。建長六年(一二五四)成立の説話集。以下は巻四(文学第五)「勧学院の学生集りて酒宴の時惟宗隆頼自ら首座に着く事」。 一三 藤原冬嗣が弘仁十二年(八二一)に建てた藤原氏一門の教育機関。 一四 年齢と官位。 一五 才能の等級。 一六 序列。 一七 正しくは惟宗隆頼。勧学院学頭。六位。 一八 漢字の四つの声調。平声・上声・去声・入声。 一九 韻書の書名。隋の陸法言を主編者として仁寿元年(六〇一)に成立。 二〇 回り遠くて実際の役に立たないこと。 二一 一六七六―一七五一。姓は祇園。紀州藩医の子。木下順庵門。新井白石・雨森芳洲らと交友した。紀州藩儒として仕え、詩名が高かった。南海先生集、詩学逢原などがある。 二二 元禄五年十七歳の春分の日と秋分の日の二度、一夜に五言律詩百首を作った。 二三 悪い先例をなす。俑は殉葬に用いた人形。後世、殉死のもとになった。 二四 若く

戦《をのの》き、醜態百出し、一も埰《だ》[二六]に上ること無し。これを要するに、精を費し神を損ず。徒《ただ》に益無きのみならず。もし聡明なる才子に在りては、則ち銅[二七]を敲《たた》き燭を刻み、何を為してか不可ならん。然れども才子は人の後に随ふことを嫌ふ。必ずこれ等の事を為すを屑《いさぎよ》しとせざるなり。

〔九二〕南海、戯《たはむ》れに一文[二八]を作る。略《あらまし》に云ふ。客の冥府《めいふ》に遊ぶ有り。大獄[二九]有るを見る。数鬼、一人を拿《とら》へて至る。青衿烏《せいきんう》帽《ぼう》[三〇]、一秀才[三一]に似たり。王[三二]問ふ、「何の囚《しう》ぞ」と。丞《じよう》[三三]対《こた》へて曰はく、「某の県の学生某なり。平生好んで他人の詩句を剽窃す。修《しう》[三四]文郎《ぶんらう》、その事を発《あば》きて台[三五]に送りて法究[三六]す」と。王怒りて曰はく、「窮措大《きゆうそだい》[三七]、真鈍賊《しんどんぞく》[三八]、何の処の鼎鑊《ていくわく》[三九]か能く汝を烹《に》るに堪へん」と。乃ち觚《こ》[四〇]を操り判[四一]を作る。その詞太《はなは》だ長し。詞中に云ふ所の、「全章[四二]負ひ去り、夜半力《つと》むること有りて、断句剽窃し、月に[四三]一鶏を攘《ぬす》み、潜《ひそ》かに曹劉《さうりう》[四四]の垣を踰《こ》え、擅《ほしいまま》に李杜[四五]の塁《るい》を鑿《うが》つ」、「驢上《ろじやう》[四六]の吟客《ぎんかく》は即ちこれ梁上《りやうじやう》[四七]の君子。社中[四八]の騒人は月中の仙娥《せんが》[四九]に異ならず。緑楊遂に緑林と成り、紅桃変じて紅巾と作る」の諸句の如き、その言は諧謔に渉《わた》ると雖も、その世を誚《そし》るも亦た深し。

経験の乏しい書生。二五 すぐれた能力。二六 弓の的をたてかけるための盛り土。二七 銅の鉢を叩くことと、蠟燭に目盛りを刻むこと。南史・王僧孺伝の故事から、ともに短時間で詩を作ること。二八 「戯録㆓詩盗判㆒」（南海先生集・五）。二九 重大な犯罪事件。三〇 青い衿の服と黒い帽子。書生の服装。三一 もと科挙の試験科目の一。ここはその受験資格のある者。三二 閻魔大王。三三 輔佐の役人。三四 冥土で文章を掌る官職。三五 役所。三六 法によって究明する。三七 貧書生を罵っていう語。三八 手際の悪い泥棒を罵っていう語。「詩有㆓三偸㆒、偸㆑語最為㆓鈍賊㆒」（詩苑類格）。三九 罪人を煮る釜。四〇 四角い木の札。文字を書きつけるもの。四一 判決。四二 この部分の表現、「夫蔵㆓舟於壑㆒、蔵㆓山於沢㆒、謂㆓之固㆒矣、然而夜半有㆑力者、負㆑之而走、昧者不㆑知也」（荘子・大宗師）に拠る。四三 悪事をずるずると行う喩え。月ごとに隣家の鶏を盗んでいた泥棒は人から責められると、「請損㆑之、月攘㆓一雞㆒、以待㆓来年㆒然後已」と答えた（孟子・滕文公上）。四四 魏の詩人曹植と劉楨。四五 唐の詩人李白と杜甫。四六 ろばの上の詩人。唐の詩人鄭綮が人から近作の詩を聞かれた時、「詩思在㆓灞橋風雪中驢子上㆒、此何以得㆑之」（全唐詩話・五）と答えた故事から、驢上は詩のよく出来る場。四七 盗人。後漢の陳寔が梁の上にひそむ盗人を悔悟させた故事（後漢書・陳寔伝）による。四八 詩社に集う詩人。四九 姮娥（嫦娥とも）。羿の妻。羿が西王母に貰った不死の薬を盗んで飲み、仙人となって月に奔り、月の精になったという。

〔九三〕竹枝《ちくし》[一]の盛んなるは、余が[二]三十首より昉《はじ》まる。南海、先に已に江南雑詠《かうなんざつえい》[三]有り。序に云ふ、「竹枝の体に倣《なら》ふ」と。但だ未《いま》だ超脱ならざるを覚ゆ。今その三を伝ふ。「十三[四]の女児、愁を解せず。夜、女伴《ぢよはん》[五]に随ひて女牛《ぢよぎう》[六]を拝す。針線《しんせん》[七]乞ひ得て、かくの如く巧《たくみ》なり。人の嫁衣《かい》を裁す、秋又た秋」、「孟婆《まうば》[八]、月を貫いて万丈長し。蜑《たん》[九]戸《こ》、風を占ふ、何ぞ渺茫《べうばう》たる。賈舶漁艇《こはくぎよてい》[一〇]争ひて浦に入る。市南の商旅《しやうりよ》[一一]、夜、糧《かて》[一二]を舂《うすづ》く」、「自《おのづか》らこれ江南は橘柚《きついう》[一三]の郷。耕漁[一四]、利を同じうす満山の霜。千筐《せんきやう》[一五]万筐、年年緑なり。笑殺す、蟠桃《ばんたう》[一六]千歳の香」と。末の一首は、却つてこれ橘枝《きつし》[一七]の詞《し》に似たり。

〔九四〕滕芝山《とうしざん》[一八]先生の宮詞一百首《きゆうしいつぴやくしゆ》[一九]は、已に刊を経《ふ》ると雖も、世に甚しくは伝はらず。識者、これを惜しむ。今その詩を検するに、吐属典雅《としよくてんが》[二〇]にして、幾《ほと》んど元《げん》[二一]の宮詞の下に在らず。特に数首を録し、再び以て世に問ふ。詞に云ふ、「夜来の積雪[二二]、深さ尺に盈《み》つ。重畳《ちようでふ》として殿前[二三]、玉《ぎよく》、峰を作《な》す。海日《かいじつ》初めて紅にして瑞煙[二四]麗《うるは》し。外頭《ぐわいとう》[二五]時に望む小芙蓉[二六]」、「諸方[二七]の花樹、貢《こう》し来りて新たなり。内苑[二八]の韶光《せうくわう》、分外《ぶんぐわい》[二九]の春。等候《とうこう》[三〇]す、皇家の遊一賞《いういつしやう》[三一]。朝朝灑埽《さいさう》す、緋《ひ》[三二]を着《き》るの人」、「羽林《うりん》[三三]の騎士は飛蹄を競ひ、紅緑両行、装し得て斉《ひと》し。赭白連銭《しやはくれんせん》[三四]、疾きこと電の如し。絶塵[三五]一去して嘶《いななき》を聞かず」、「軽羅《けいら》[三六]一

一 詩の一体。→一七七頁注二七。 二 五山作の水東竹枝詞(深川竹枝)三十首。 三「江南歌并序」十二首(南海先生集・四)。 四 この句、「洛陽女児名莫愁、莫愁十三能織レ綺」(梁武帝・歌中之水歌)に拠る。 五 女のつれ。 六 織女と牽牛。 七 針と糸。裁縫をいう。中国では七夕に女性が裁縫の上達を祈る(乞巧)という風習があり、その祭を乞巧奠と称した。 八 風の神。大風。南海先生集の補注に「孟婆颶母也、海上七八月必有レ颶、先之旬日、孟婆弥レ天、海蜑トレ之多不レ験、都人言港船入レ浦、風不レ鳴レ戸」。 九 漁師の家。 一〇 商船と漁船。 一一 旅の商人。 一二 食料の穀物を臼でつく。「適二百里一者宿舂レ糧」(荘子・逍遥遊)。 一三 蜜柑と柚子(ゆず)。 一四 耕作と漁業。 一五 橘柚を取り入れる四角な竹のかご。 一六 三千年に一度実を結ぶという桃の実。 一七 宋の葉適が柳枝詞の体に倣って作った歌曲。橘を詠じ、永嘉の風土を詠じた。 一八 一七三一―八二。姓は後藤、修して滕。讃岐高松の人。昌平黌に遊学し、のち藩校講道館の総裁。五山の師。 一九 安永六年(一七七七)刊。唐の王建以後の宮詞に倣い、日本の歴史に取材したもの。男の師周による注を付す。 二〇 表現。修辞。 二一 元代には楊維楨のような作者が登場し、艶麗典雅な宮詞が作られた。 二二 この一首、平安時代、宮中や貴族の邸宅の庭で雪の山を作って遊んだ行事を詠む。 二三 板本「階前」。 二四 めでたい霞。 二五 屋外。 二六 芙蓉は富士山。ここは雪の山を富士山に見たてた。 二七 この一首、宮中の庭掃除を詠む。「延喜主殿寮式曰、毎日早朝、頭以下率二僚下一

様の舞衣裳《まひいしやう》。[三七]少府《せうふ》均しく頒つ内教坊《ないけうばう》。[三八]伝宣不時の喚《よび》に準備して、[三九]薫籠《くんろう》常に爇《た》く[四〇]水沈《すいちん》香《かう》」、「錦衣の[四一]親衛、[四二]厳更《げんかう》を奏す。独り闌干に倚《よ》りて[四三]玉笙《ぎよくしやう》を按《あん》ず。深夜霜風、[四四]律呂《りつりよ》を飄《ひるがへ》す。人間《じんかん》聴き得たり、[四五]鳳凰《ほうわう》の鳴《めい》」、「[四六]残臘《ざんらふ》宮中、[四七]法筵《ほふえん》を排す。仏名唱《とな》へ遍《あまね》し[四八]万三千。[四九]内人簾下《ないじんれんか》、[五〇]宣賜を催し、雪の如き新綿、[五一]納肩《なふけん》に被《かつ》く」と。先生、名は世鈞《せいきん》、字は守中《しゆちゆう》、余が幼き時、字を学びし師なり。

〔九五〕[五二]狭貫《さぬき》の人物は、[五三]滕漆谷荀簡《とうしつこくこうかん》、[五四]張竹石徽《ちやうちくせきき》を以て最と為す。二人は種種相反して、交道は殊《こと》に厚し。滕の性は温藉《うんしや》、張の性は磊落《らいらく》。滕は書を以て勝り、張は画を以て勝る。滕は茶癖有り、張は酒癖有り。詩に至つては則ち滕は迥《はるか》に張の上に出づ。滕の詩、極めて富む。姑《しばら》く数首を録す。「冬初の偶作」に云ふ、「風霜は猶ほ未だ緊《きん》ならず。[五五]日色清晨麗《につしよくせいしんうらら》かなり。睡《ねむり》は蒲団と与《とも》に穏やかに、暖は[五六]火閤《くわかふ》に於《お》いて親し。衰《すい》蠅《よう》は窓紙に点し、残菓は[五七]苔茵《たいいん》に落つ。[五八]短晷《たんき》は走るが如しと雖も、[五九]晴暄自《せいけんおのづか》ら[六〇]小春《せうしゆん》なり」と。「秋熟」に云ふ、「秋熟して[六一]村場新たに泥を築く。家家の[六二]打稲《だたう》、日はまさに西せんとす。[六三]老饞《らうざん》、別に流涎《りうぜん》の処有り。蕎麦の花は開く[六四]雪[六五]一畦《いつけい》」と。「渓行」に云ふ、「行《ゆ》くゆく[六六]潺湲《せんくわん》を弄して賒《はるか》なるを道《い》はず。蒼苔白石、[六七]一渓斜なり。[六八]松篁《しようくわう》欠くる

掃二治御庭及宮掖所所一」(宮詞一百首・注)。宮中の庭には方々から献ぜられた花木が植えられていた。 二八 宮中の御苑の春の光。 二九 特別の春景色。 三〇 待ちうける。 三一 一たびの御成りと御覧。 三二 緋色は四位・五位の当色。内苑の掃除を担当する主殿頭は従五位下相当。「日中行事曰、朝清者、御殿、常御所、朝餉庭、主殿官人五位衣冠掃レ之」(宮詞一百首・注)。 三三 禁中を警衛し、行幸に供奉する近衛府の士。この一首、五月の節会の競馬(くらべうま)の行事を詠む。「西宮記曰、駒牽左右十列、左赤右青、又曰、競馬日王卿以下装束、又皆如二駒牽日一」(宮詞一百首・注)。 三四 馬の毛色。葦毛(青白色)に少し赤みがかった色のまじるものと、葦毛に銭を並べたような灰白色のまだら模様のあるもの。 三五 非常にはやく走るさま。 三六 軽い薄絹。この一首、妓女に女楽や踏歌などを教習させるため、宮中に設置された内教坊を詠む。「延喜内蔵寮式曰、踏歌人等装束料、内教坊歌頭四人、白絹二匹、絹八匹、帛一匹二丈、紗四丈、綿十六屯」(宮詞一百首・注)。 三七 内蔵寮の唐名である少府監のこと。 三八 命令を伝達する役人。この一句、板本「只怕二伝宣不時喚一」。 三九 衣類に香を焚きしめるためのかご。この一句、板本「薫籠不レ住水沈香」。 四〇 沈香の別名。沈香は水に沈むからいう。 四一 近衛府の唐名。 四二 夜間の警備にあたること。 四三 帝が(玉で飾った)美しい笙を演奏する。「建暦御記曰、笙、後三条院学給」(宮詞一百首・注)。 四四 雅楽の音律。 四五 聖王の出現を告げる鳳凰の鳴き声。ここは帝の奏でるすばらしい楽音。 四六 年末。

処、柴門出づ。杵臼《しよきう》[一]の声は幽なり、紙を製する家」と。六言[二]に云ふ、「幽砌《いうせい》[三]、千竿の緑竹。明窓、一巻の黄庭《くわうてい》[四]。客来りて談は茶と与《とも》に熟し、雨過ぎて眠りは酒と同じく醒む」、「盆池《ぼんち》水浅くして魚冷やかに、香碗《かうわん》[五]灰深くして火温《あたた》かなり。終日[六]、車馬を聞かず。半生、山村に住するに似たり」と。倶《とも》に作者に減ぜず。張の詩は抄存せず。僅かに「新秋」の一首を記す。云ふ、「秋浅くして桂花は猶ほ未だ香《かを》らず。碧梧《へきご》葉落ちて夜初めて長し。満庭の風露、吟懐《ぎんくわい》[七]爽かに、占め得たり、間窓一味の涼」と。張の亡《ばう》ずるや、滕は詩を以て哭して云ふ、「同社[八]、交を結ぶこと三十年。溘然《かふぜん》[九]何ぞ計らん黄泉《くわうせん》に向はんとは。知音《ちいん》[一〇]世を隔てて人琴失し、遺墨神《しん》[一一]を留めて姓字伝ふ。酒癖、知る、君が多く祟《たたり》を作すを。詩痴《しち》[一二]、愧《は》づ、我が尚ほ顚《てん》を成すを。恍然《くわうぜん》たる一夢、身覚《さ》むるが如し。また昨遊に来つて前に現ぜらる」と。

〔九六〕竹石は癸亥《みづのとゐ》[一三]を以て都に出づ。画名大いに起る。明年郷に帰り、未だ幾《いく》[一四]ばくならずして没す。その都に在るの日、最も知を詩仏に受く。詩仏、七古[一五]を贈りて云ふ、「竹石道人は酒中[一六]の仙。酔後に毫《ふで》を揮《ふる》ひて、妙、神《しん》に到る。人人相ひ見て唯だ驚愕す。知る者は纔《わづか》にこれ両三人。世人の見る所は形似《けいじ》[一七]を以てす。道人の貴ぶ所は

十二月の末。この一首、陰暦十二月十九日より三日間、宮中で行われた仏名会を詠む。四七 法会を開く。四八「江家次第曰…貞観十三年九月八日格、応㆑安㆓置一万三千画仏像七十二鋪㆒」(宮詞一百首・注)。四九 内侍簾下に同じ。すのこの北の方の内侍の座の前に御簾をかけ、その下から。「江家次第曰…五位蔵人就㆓内侍簾下㆒取㆓綿一笥㆒、被㆑導師肩㆒」(宮詞一百首・注)。五〇 勅宣によって賜わること。五一 僧侶の肩。五二 讃岐に同じ。五三 一七四九—一八三一。姓は後藤、修姓して滕。名、苟簡。号、漆谷。高松の豪商袋屋に生まれた。後藤芝山に学んだ。墓碑銘は五山の撰。五四 一七五七—一八〇六。姓は長町、修姓して張・長。名、徽。号、竹石。高松の薬屋に生まれた。池大雅や建部凌岱の画風を慕い、絵をよくした。五五 晴れ渡ってすがすがしい朝。五六「此方ノ火燵ナリ」(葛原詩話・三)。五七 苔のしとね。五八 日の短いこと。五九 晴れて暖かいこと。六〇 陰暦十月の別称。六一 村の穀物のとりいれ場。「新築場泥鏡面平、家々打㆑稲趁㆓霜晴㆒」(范成大・四時田園雑興)。六二 稲を刈り入れること。六三 年老いて食いしんぼうなこと。「老饞自覚筆力短」(陸游・戯詠㆓郷里食物㆒示㆓隣曲㆒)。六四 白い蕎麦の花の形容。六五 畦は田畑の一区画。六六 さらさらと流れる水の音。六七 一本の谷川がしだいに高い所から流れ下りてくる。「遠上㆓寒山㆒石径斜」(杜牧・山行)。六八 松と竹。

一 杵(きね)と臼(うす)。二 六言詩のこと。ここは六言絶句。三 静かな庭の石だたみ。四 黄庭経の略。道経の経典。五 香を焚く

[一八]神理に在り。世間復た[一九]九方皐《きうはうかう》無し。誰か識らん、[二〇]青驄《せいそう》と[二一]緑耳《りよくじ》と。[二二]千里来り遊ぶ関[二三]の東州。憐む、君が世と[二四]風馬牛なるを。磊磊落落《らいらいらくらく》たるは性の賦する所。風流の師、俗人の讐《あた》。愁ふることなかれ、海内《かいだい》に知者無きを。我は唯だ君を知り、君は我を知る。二人相ひ知りて已に餘り有り。相ひ得たり、人間《じんかん》の[二五]酔因果《すいいんぐわ》。酔郷に地有りて[二六]万頃寛《ばんけいひろ》し。亦た礼法無く亦た官無し。尽日[二七]陶陶《じんじつたうたう》として何の碍《さまたげ》か有らん。比せず、[二八]世間行路《かうろ》の難に。世間豈《あ》に能画の士無からんや。[二九]誰居《たそ》や相ひ忘る酔郷の裡《うち》。酔郷の裡相ひ忘るべし。[三〇]瀟灑《せうしや》誰か竹石子《ちくせきし》に如《し》かん」と。嗚呼《ああ》、詩中に言ふ所の二人相ひ知る者も亦た已に[三一]陰陽界判《かいはん》す。余、[三二]甲子《きのえね》の歳に尚《な》ほ伊勢に寓す。竹石、帰途に客居を訪はる。この一別より遂に永訣を成す。今日、詩仏と酒間に語らひ及ぶ毎《ごと》に、[三三]彼此《ひし》[三四]愴然《さうぜん》として、[三五]盃を銜《ふく》むも懽《よろこ》ぶこと無し。

〔九七〕[三六]庭瀬《にはせ》の[三七]森岡松蔭《もりをかしよういん》、名は璋《しやう》、字は伯珪《はくけい》、即ち[三八]蠖斎《くわくさい》の[三九]昆《こん》なり。[四〇]風調和雅にして、真に[四一]士衡《しかう》たるに愧《は》ぢず。余、相ひ見ざること殆んど十年餘なり。ちかごろ詩冊を読むに、重ねて[四二]眉宇《びう》に接するが如し。「早《つと》に[四三]松井田《まつゐだ》を発す」に云ふ、「駅を出でて[四四]滂沱《ばうだ》歇《や》む。乱雲多くは山に在り。渓《たに》は喧《かまびす》し松檜《しようくわい》の外。路は滑《なめら》かなり[四五]薜蘿《へいら》の間。[四六]嚢湿《なううるほ》ひ

碗。 六「終日無㆓車馬㆒」(王維・過㆓李揖宅㆒)。 七 詩を詠もうとする心もち。 八 同じ集まりに加わった仲間。 九 人が急に死ぬさま。 一〇 春秋の人伯牙は琴の名人であったが、鍾子期だけがその琴の音をよく理解したという故事から、転じて己の心をよく知る親友。子期が死ぬと伯牙は琴を破り絃を断ってしまったという。 一一 精神をとどめる。 一二 詩に耽って世間の常識からはずれること。 一三 享和二年(一八〇二)。 一四 竹石が没したのは文化三年(一八〇六)八月十五日。 一五 この七古は詩聖堂詩集に収めないが、竹石没後の作である七古「題㆓竹石道人画竹㆒」が巻二にある。 一六 酒を飲んで世事を忘れる人。「李白一斗詩百篇…自称臣是酒中仙」(杜甫・飲中八仙歌)。 一七 外観の似ること。 一八 人知を越えた霊妙不可思議な道理。 一九 春秋の人。善く馬を相した。人の才能を見あらわすことのできる人物をいう。 二〇 黒と白の毛のまだら馬。「安西都護胡青驄」(杜甫・高都護驄馬行)。 二一 周の穆王の八駿馬の一。 二二 一日に千里を走る名馬を千里馬ということから、千里は名馬の縁語。 二三 江戸。 二四 まったく無関係なこと。 二五 酒の上でのめぐりあわせ。 二六 地面などの非常に広いこと。頃は面積の単位、一頃は百畝。 二七 酔ってうっとりするさま。「穏臥酔陶陶」(白居易・不㆑如㆓来飲㆒㆑酒七首)。 二八 人の世を生きて行くことの困難さ。「行路難、行路難、多㆓岐路㆒、今安在」(李白・行路難三首)。 二九 誰であろうか。「居」は助辞。「誰居、後之人必有㆑任㆑是」(左氏伝・成公二年)。 三〇 さっぱりして清らかなさま。 三一 あの世とこの世と世界を別にする。

て[一]奚肩《けいけん》重く、輿《よ》寒くして客夢[二]慳《けん》なり。暁鶏《げうけい》時に一叫《いつけう》す。早已《すで》に前関[三]に近づく」と。「梅雨偶作」に云ふ、「梅実離離《りり》[四]として黄熟する時。朝と無く夕と無く雨は糸の如し。蒲団坐底、醒めて還《ま》た睡る。書帙《しよちつ》[五]牀頭《しやうとう》[六]、掩《おほ》ひて又た披《ひら》く。圃《ほ》を鋤《す》きて空しく過ぐ、竹を栽《う》うる日。池を鑿《うが》ちて恰《あたか》も及ぶ、魚を種《か》[七]ふ期《とき》。酒朋棋敵《しゆほうきてき》、来往を絶ち、間愁を銷遣《せうけん》[八]するは惟《た》だこれ詩」と。二子、長を足庵《そくあん》と為し、次を柯亭《かてい》と為す。兄弟倶《とも》に吟咏に耽り、また書画を善くす。一門の清雅かくの如きは、真に美事なり。蠖斎は子無し。柯亭を以て後を継ぐ。

〔九八〕足庵[九]、名は玠《かい》、字は介玉《かいぎよく》。「夜坐」に云ふ、「人を悩まして春色好し。夜坐、興いよいよ添ふ。柳を罩《こ》[一〇]めて煙[一一]は院を侵し、花[一二]を描いて月は簾《すだれ》に上る。書はいささか禊帖《けいてふ》[一三]を臨《りん》し、詩はたまたま香奩《かうれん》[一四]に傚《なら》ふ。睡らずして清課[一五]に耽る。軽寒又た底《なん》ぞ嫌《いと》はん」と。「春晩道中」に云ふ、「籃輿《らんよ》[一六]兀兀《ごつごつ》[一七]として眠りを成さず。最もこれ黯然《あんぜん》たり、暮れんと欲する天。野寺の鐘声は遥かに樹を出で、渓橋の人影は薄く煙を籠《こ》む。客[一八]程已に落つ[一九]、飛花の後。離恨偏《ひと》へに添ふ、芳草の前。春晩は秋の如く凄《せい》[二〇]更に甚し。又た荒駅[二一]に投じて啼鵑《ていけん》を聴く」と。「春夜」に云ふ、「淡月軽煙、夜色奇なり。梅辺

三三 文化元年(一八〇四)。 三三 彼(詩仏)も此(私)も。 三四 悲しみにうちひしがれるさま。すなわち酒を飲む。 三五 盃を口にくわえる。 三六 備中国庭瀬藩の城下町(現、岡山市庭瀬)。 三七 庭瀬藩家老。生没年未詳。 三八 海野蠖斎。→一六四頁注四。 三九 兄。 四〇 人柄の印象が穏やかで上品なこと。 四一 晋の陸機の字。文藻の豊かさで知られ、張華が人は文才の少いのを恨むが、君は文才の多いのを患うと言ったという故事(晋書・陸機伝)を踏まえる。 四二 眉、額のあたり。転じて顔容をいう。 四三 中山道の宿駅。現在の群馬県碓氷郡松井田町。 四四 大雨の降るさま。 四五 葛(かず)と蔦(たつ)。 四六 荷物を入れる袋。

一 下僕の肩。 二 旅中の夢がとどこおりがち。 三 道中の行くてにある関所。碓氷(横川)の関所。史記・孟嘗君伝の故事から、関と鶏鳴とは縁語。 四 果実のよく実っているさま。 五 書物を保護するための覆い。 六 寝台(ねだ)のそば。 七 魚を飼育する。 八 晴らす。 九 森岡足庵。名、廷介とも。通称、北右衛門。生没年未詳。 一〇 包みこむ。 一一 もやが建物に囲まれた中庭にまで入り込む。 一二 「月移₂花影₁上₂欄干₁」(王安石・夜直)。 一三 晋の王羲之の蘭亭帖。王羲之が自ら撰した蘭亭集序を蚕繭紙に鼠鬚筆で書いたもの。法帖として名高い。 一四 香奩体の詩。唐の韓偓が得意にした艶体の詩。 一五 俗事から離れた清らかな日課。 一六 竹で造った駕籠。 一七 揺れてあぶないさま。 一八 旅の

に句を覓《もと》めて立つこと多時《たじ》。籬《まがき》を隔つる小犬、驚き吠ゆることを休《や》めよ。これ吾儂《われ》は一枝を偸《ぬす》むにあらず」と。

〔九九〕[二二]柯亭、名は珊《さん》、字は貢父《こうほ》。「暮春」に云ふ、「[二三]遊糸《いうし》[二四]白日《はくじつ》、[二五]簾櫳《れんろう》静かなり。暖気は人を[二六]醺《くん》ず、[二七]嫋嫋《でうでう》の風。燕影《えんえい》飛び回《めぐ》る、新樹の外。鶯声《あうせい》啼《な》き老ゆ、落花の中。詩情は水に似て吟還《かへ》つて淡く、[二八]睡思は雲の如く夢乍《たちま》ち空し。[二九]節物《せつぶつ》、何の時か惜しむに堪へざらん。独り[三〇]春晩において悤悤《そうそう》たるを恨む」と。「睡起《すいき》」に云ふ、「夢を喚びて春鳩《しゆんきう》は[三一]谷谷《こくこく》として啼く。幾重の花影、[三二]幽栖を掩ふ。起来還《かへ》つて訝《いぶか》る、黄昏《くわうこん》の早きを。猶ほこれ門前に日は未だ西せず」と。「漁家竹枝」に云ふ、「家家は柳を隔てて[三三]回塘《くわいたう》に住す。[三四]軽縠《けいこく》の波紋、夕陽に映ず。女は自ら綸《いと》を垂れ、郎は槳《かい》を盪《うご》かす。相ひ見て笑つて指す[三五]両鴛鴦《りやうゑんあう》」と。

〔一〇〇〕[三六]戊午《つちのえうま》四月、蠖斎、某の家の[三七]小梅《こうめ》の[三八]別墅《べつしよ》を借りて、[三九]同社を[四〇]招邀《せうえう》す。一時遊ぶ者は、[四一]寛斎先生父子、[四二]梅外、及び余等数人たり。おのおの題詩有り。先生云ふ、「[四三]林池、碧浸《みどりひた》して暮天澄む。影暗くして欄干に客の凭《もた》る有り。岸に[四四]攏《ろう》する小舟、知る底事《なにごと》ぞ。黄昏《くわうこん》、点《つ》けんと欲す[四五]水心の燈」と。蠖斎は云ふ、「林荘、相ひ伴ひて

道のり。一九 経過する。二〇「春無㆓凄風㆒、秋無㆓苦雨㆒」(左氏伝・昭公四年)の杜預の注に「凄、寒也」。二一 荒廃した宿駅。

二二 海野柯亭。通称、藤蔵。生没年未詳。二三 陽炎(かげろう)。二四 ま昼。「落花遊糸白日静」(杜甫・題㆓省中院壁㆒)。二五 すだれの懸かったれんじ窓。二六 酔わせる。二七 風のしなやかに吹くさま。「東風嫋嫋泛㆓崇光㆒」(蘇軾・海棠)。二八 眠気。二九 四季おりおりの景物。三〇 春の末。晩春。三一 鳥の鳴声。「春在㆓鳴鳩谷中㆒」(周昂・春日即事)。三二 奥まった静かな住居。三三 ぐるっとめぐっている堤。三四 縮緬皺(ちりめんじわ)のようなさざ波の波紋。三五 つがいのおしどり。夫婦仲の良さの象徴。

三六 寛政十年(一七九八)。三七 隅田川の東岸、向島小梅村。江戸近郊の田園地帯で別荘や隠宅が多かった。三八 別荘。三九 同じ詩社の仲間。ここは江湖詩社の同人。四〇 招き迎える。四一 市河寛斎と米庵。四二 小島梅外。四三「君玉邀遊㆓某氏小梅別墅㆒同㆓無絃克従児亥㆒三首」(寛斎先生遺稿・一)の其二。四四 舟を岸につける。四五 水の中央にある灯火。ここは池の中の島にある灯籠に火をともすのであろう。

[一]春暉《しゆんき》を惜しむ。雨後、花無く緑四囲。[二]蛺蝶《けふてふ》情有りて我を勾引《こういん》し、香風籬外、薔薇に遇ふ」と。余は云ふ、「緑は林園を圧して紅を[三]断送す。[四]階頭一種、[五]芳叢を蔟《あつ》む。[六]紫雲朶朶《だだ》として、香《かう》、地に舗《し》く。[七]粉蝶低飛す、[八]三寸の風」と。皆な実況なり。梅外の詩はたまたま[九]省記せず。追つてその時の光景を憶ふに、宛然《あんぜん》として目に在り。園は今、[一〇]他姓に帰す。同社の者、恙《つつが》無しと曰ふと雖も、未だ必ずしも[一一]俯仰《ふぎやう》の歎《たん》無くんばあらざるなり。

〔一〇一〕 [一二]井敬義《せいけいぎ》、伯直《はくちよく》、書は[一三]董文敏《とうぶんびん》を宗とし、自ら董堂《とうだう》と号す。人は但《た》だ書法の[一四]妍妙《けんめう》なるを知りて、詩才故《も》と自《おのづか》ら[一五]清警なるを知らず。「中秋無月」に云ふ、「幾日か晴を祈る、賞月の期。如《い》かんともすること無し、風雨の[一六]許来《きよらい》に痴《ち》なるを。[一七]腹藁《ふくかう》今宵、用に中《あた》らず。又たこれ詩人失意の時」と。「苦吟」に云ふ、「佳句眈り来つて[一八]抵死《ていし》尋ぬ。涼窓睡らず、[一九]意沈沈。庭虫の声調、我よりも苦しく、風露多き辺《あたり》に徹夜吟ず」と。「暮秋」に云ふ、「炊煙縷縷《るる》たり、両三家。晩樹風寒くして宿鴉噪《さわが》し。寂寞たる園墻《あんしやう》、[二〇]枯蔓《こまん》の底。[二一]栝楼《くわつろう》自ら[二二]老紅を把《と》りて誇る」と。

〔一〇二〕 [二三]糸井翼《いとゐよく》、字は君鳳《くんぽう》、榕斎《ようさい》と号す。詩は元人《げんひと》の風味有り。「春を惜しむ」

一 春の陽光。 二 あげは蝶。 三 葬り送る。捨てさる。 四 庭の階(きざはし)のあたり。 五 花を咲かせている草むら。 六 紫色の藤の花房が垂れさがっているさま。 七 白い羽の蝶。もんしろ蝶。 八 そよ風。 九 はっきりとは憶えていない。 一〇 所有者が変わった。 一一 友との別離の歎き。漢の蘇武「詩四首」の其三に「念二子不一能レ帰、俯仰内傷レ心」。

一二 一七五八—一八二一。姓は中井、修姓して井。江戸金吹町の商家の通い番頭とも、本町二丁目の紙屋ともいう。山中天水に詩文を学び、書家として活躍した。狂詩や腹唐秋人(はらからのあきんど)の号で狂歌もよくした。 一三 明の人。名、其昌。万暦の進士で、官は南京礼部尚書に至った。書画をよくし、文徴明と併称された。 一四 美しく妙なること。 一五 清らかですぐれていること。 一六 このように。「遽如レ許トハ、チットノマニ、コノトヲリト言ンガ如シ…又許来ト用ヒタルモ義同ジ、楊万里ガ句ニ、芍薬晩花終是小、戎葵新蕾許来多」(葛原詩話・二)。 一七 あらかじめ考えておいた詩文の草案。 一八 あくまでも。 一九 気持の沈重なさま。 二〇 枯れた蔓草の中。 二一 からすうり。秋に実が赤く熟す。 二二 暗紅色。栝楼の実の色づいたさま。 二三 一七六一—一八四一。秋田の人。江戸に出て山本北山に学び、秋田藩に仕えた。 二四 晩春とに云ふ、「昨日は雨天、今日は風。無情の春色去りて怱怱《そうそう》。門を閉づるは元《も》とこれ病に因るに非ず。只《た》だ怕《おそ》る、人の来つて落紅を蹈まんことを」と。「卯花」に云ふ、「緑陰深き処、白、叢を成す。占《し》め得たり、[二四]春梢夏《しゆんせうか》首《しゆ》の風。一夜前村、月、水の如し。野人の家は渺茫《べうばう》の中に在り」と。「病中書懐」に云ふ、「識らず、この生、何の悪縁ぞ。十年、半《なかば》は病魔に纏《まつ》はる。秋風一夜、睡穏《ねむりおだ》やかなり難し。夢は断ゆ、[二五]雲山煙水の辺」と。

〔一〇三〕[二六]朝川鼎《あさかはてい》、字は五《ご》鼎《てい》、善庵《ぜんあん》と号す。その人、[二七]経《けい》を窮めて、詩は本色に非ず。然れども亦た佳なる者有り。「村居喜びを書す」に云ふ、「数間の[二八]茆屋《ばうをく》、林丘を占む。地僻にして山村心自《おのづか》ら幽《いう》なり。[二九]三口《さんこう》嘗《かつ》て[三〇]猿鶴と同じく住す。[三一]一経《いつけい》、誰か子孫の為に謀る。麦は秋にして已に[三二]終身の飽《はう》有り。蚕《かひこ》は[三三]熟して都《すべ》て[三四]卒歳《そつさい》の憂無し。[三五]消受す、[三六]清平《せいへい》の間富貴。生涯この外に復た何をか求めん」と。尤も淡雅と為す。

〔一〇四〕[三七]竹庵《ちくあん》、姓は福田《ふくだ》、名は務《む》廉《れん》。余、昔日、[三八]僦居《しうきよ》極めて近し。しばしば庇《ひ》蔭《いん》を蒙る。その人、平生の[三九]做《さ》作《さく》、[四〇]隊を追ふを喜ばず。毎《つね》に曰はく、「[四一]那箇《なこ》使《つかひ》して得ざれば、這箇《しやこ》亦た是ならず」と。始め詩を作り、今は遁《のが》れて国歌に帰す。特に[四二]平春海《たひらのはるみ》

初夏。　二五 雲のかかった山と霞のこめた水辺。
二六 一七八一―一八四九。折衷学者片山兼山の子だが、養父朝川黙翁の姓を名乗った。山本北山に従学し、のち江戸に塾を開いた。
二七 経学。儒学。　二八 茅屋に同じ。かやぶきの家。　二九 親子三人。　三〇 山中での生活の友。「蕙帳空兮夜鶴怨、山人去兮暁猿驚」(孔稚珪・北山移文)。　三一 一種類の経書。「有ニ七子一、五子各授ニ一経一、一子授ニ太史公一、一子授ニ漢書ニ」(晋書・劉殷伝)。
三二 一生食い足りること。「楽歳終身飽」(孟子・梁恵王)。　三三 成熟して体が透き通る。
三四 年越しの心配。「無レ衣無レ褐、何以卒レ歳」(詩経・豳風・七月)。　三五 享受する。
三六 世の中が太平で平穏無事であることの豊かさ。
三七 一七七四―一八二九。本姓は坂倉氏だが、幕府の賄頭をつとめる福田氏の養子となった。「初好為レ詩、与ニ詩仏・五山一結レ社唱酬、後遁ニ於国歌一、従ニ平春海翁一受レ業」(朝川善庵・竹庵居士墓表記)。　三八 家を借りて住むこと。借屋。　三九 行動。　四〇 「君性孤介、廉潔自守…不レ欲ニ随レ人悲咲一」(竹庵居士墓表記)。　四一 白話的な表現。あれもだめなら、これもだめ。　四二 村田春海(一七四六―一八一一)。賀茂真淵に歌文を学び、江戸派の歌人として活躍した。

一 書物や草稿などを入れておく古い箱。
二 ひっくり返して見直す。　三 軒端の竹。
四 一夜を五分した最後の時間帯。午前四時頃。　五 ぼうっとするさま。　六 厳しくけわしいさま。

翁に折服《せつぷく》す。近ごろ又た易《えき》を善庵に受く。余、旧簏《きうろく》[一]を翻閲《ほんえつ》[二]して「夢後《むご》」の一首を得たり。云ふ、「檐竹蕭蕭《えんちくせうせう》[三]として風也《ま》た生ず。残灯滅《き》えんと欲して乍《たちま》ち微明《びめい》。五更[四]、夢覚めて瞢騰《ぼうとう》[五]として坐す。時に聞く、杜鵑《とけん》の雨に和する声」と。冷峭《れいせう》[六]、却つて喜ぶべし。

〔一〇五〕桐生[七]の佐羽芳《さはほう》[八]、字は蘭卿《らんけい》、淡斎《たんさい》と号す。家道甚だ豊かにして、性吟咏を好む。余、再四相ひ逢ふも、未だその詩を知らず。ちかごろ詩仏、その一冊[九]を投ぜらる。因つてこれを擷読《けつどく》[一〇]するに、亦た能く宋元の風趣を得る者なり。「春日」に云ふ、「間中の情味、淡生涯。午睡醒め来つて日の斜なるに到る。春社《しゆんしや》[一一]清明《せいめい》[一二]、落梅の後。東風一半《いつぱん》[一三]、梨花[一四]に属《ぞく》す」と。「夜泛《やはん》[一五]」に云ふ、「潮は淡月の上る時に於《お》いて生じ、舟は碧蘆深き処に向《お》いて行く。戛戛《かつかつ》[一六]の睡禽《すいきん》[一七]は驚起し去る。これ鷗、これ鷺、分明《ぶんめい》ならず」と。「村夜[一八]」に云ふ、「連枷《れんか》[一九]声裡、夜方《まさ》に長し。秋老いて村村打稲《だたう》[二〇]に忙《いそが》し。月は平田《へいでん》に満ちて冷きこと水の如し。寒光結びて五更の霜と作《な》る」と。「晩秋の足尾山中[二一]」に云ふ、「羊腸の細路[二二]、幾横斜《いくわうしや》[二三]。松上の女蘿《ぢよら》[二四]、紅《あか》きこと花に似たり。一綫《いつせん》[二五]の炊煙渓《すいえんたに》を隔てて起る。知んぬ、山背《さんぱい》に於いて人家有るを」と。「熊谷道中[二六]」に云ふ、

七 上野国桐生(現、群馬県桐生市)。 八 一七二一―八五。絹買次を営む桐生きっての豪商。詩を善くし、淡斎百絶、淡斎百律、菁莪堂集などがある。 九 以下の詩はすべて淡斎百絶(文化六年刊)に収められるが、詩句に異同がある。 一〇 つまみ読み。 一一 春耕の前、土神を祀って豊作を祈ること、またその日。多く立春後五回目の戊の日。 一二 節気の一。春分から十五日目。 一三 二分の一。 一四 花信風(→一五九頁注四〇)でいえば春分の二候。梅花は一番、梨花は十七番。「洛陽城外清明節、百花寥落梨花発」(韓愈・梨花下贈二劉師命一)というように、清明節の頃の春の風物。 一五 夜、舟をうかべること。 一六 いりまじっているさま。 一七 淡斎百絶では「水禽」。 一八 淡斎百絶「田園月夜」。この詩、「新築二場泥一鏡面平、家家打稲趁二霜晴一、笑歌声裏軽雷動、一夜連枷響到レ明」(范成大・四時田園雑興)の影響が著しい。 一九 稲や麦を打ってもみを落す農具。 二〇 稲のとり入れ。 二一 淡斎百絶「秋晩足尾山中」六首の其五。 二二 淡斎百絶では「山路」。 二三 幾たびも傾斜するさま。「疎影横斜水清浅」(林逋・山園小梅)。 二四 松の樹上に生じ、糸状をなして下に垂れる植物。さるおがせ。 二五 一筋。 二六 熊谷は中山道の宿駅で、桐生への道が分岐していた。 二七 村の地酒。 二八 旅のうれい。 二九 何かと不思議に思う。「怪底江山起二煙霧一」(杜甫・奉先劉少府新画山水障歌)。 三〇 富士山。 三一 頂上付近が冠雪しているさま。 三二 伝未詳。秋は修姓、艇は名か。 三三 婦女の閨怨などを詠む艶体の詩。 三四 前借り

「急に[二七]村蒭《そんしう》を喚《よ》びて[二八]客愁に澆《そそ》ぐ。酒家楼上、雨初めて収まる。青山無数、長《とこし》へに老いず。[二九]怪底す、[三〇]芙蓉《ふよう》の独り[三一]白頭なるを」と。

〔一〇六〕[三二]秋艇《しうてい》、字は荷隠《かいん》、[三三]香匳体《かうれんたい》の詩一巻有り。「夜泛」に云ふ、「清秋を[三四]探借《たんしやく》して、月、空に満つ。扁舟占め尽す、[三五]芰荷《きか》の風。[三六]芳心一点、君知るや否や。伴はんと欲す、鴛鴦《ゑんあう》一夢の中」と。「別後」に云ふ、「別後の[三七]鸞衾《らんきん》、睡《ねむり》未だ成らず。子規忽《たちま》ち妾心《せふしん》をして驚かしむ。帰舟、水を下る、今何《なん》の処ぞ。啼《な》きて郎の辺に到るは第幾声ぞ」と。

〔一〇七〕[三八]宋詩紀事《そうしきじ》に載する[三九]楊后《やうこう》「宮詞《きゆうし》」に云ふ、「涼秋結束して清新を闘はしむ。宣して[四〇]毬場《きうぢやう》に入りて尚ほ未だ明けず。[四一]一朶《いちだ》の紅雲、[四二]黄蓋《くわうがい》の底。千官馬より下《お》る、起居の身」と。[四三]庚《かう》・真《しん》相ひ通ず。古詩にまま有り。唐宋諸家の[四四]近体出韻の者は、多くこれを首句に置く。この詩独り第二句に在り。罕《まれ》に見る所に係る。余謂《おも》へらく、[四五]明の字を晨に作らば、本自《もとよ》り[四六]妥貼《だてふ》なり。知らず、何を苦しんで乃ちかくの如くなるや。

〔一〇八〕[四七]少陵《せうりよう》云ふ、「[四八]李杜《りと》名を斉《ひと》しくす、真《まこと》に[四九]忝窃《てんせつ》なり」と。[五〇]李杜の並称するは、今に至りて炳《へい》として日月の如し。[五一]誠斎云ふ、「[五二]誰か[五三]尤楊《いうやう》を把りて同日に語る。李杜

をする。「近レ水簾櫳探ニ借秋一」（陸游・夏日湖上）。三五 菱と蓮。三六 美人の心。三七 男女共寝の夜具で、鸞の姿を刺繡してあるものをいうか。鸞は鳳凰の一種。夫婦仲のよい鳥。「鸞衾鳳褥、夜夜常孤宿」（李白・清平楽）。

三八 一百巻。清の厲鶚の撰。宋代三千八百十二家の詩を選録し、作者小伝、詩評を付す。三九 巻一に収める楊皇后作の宮詞十九首のうちの一首。四〇 打毬をする場所。

四一 一団の紅い雲。ここは打毬をする左右のチームが持つ小紅旗を指すか。「打毬、本軍中戯…衛士二人、持ニ小紅旗一」（宋史・礼志）。四二 黄色のかさ。夜明け直前、空が薄明るいのをいうか。四三 下平声八庚と上平声十一真は古詩では通押。この詩の韻字の位置は、「新」「明」「身」だが、「新」と「身」は上平声十一真、「明」は下平声八庚。

四四 絶句・律詩で韻を踏むべき所で踏み外すこと。四五 第二句の七文字めに「明」のかわりに同じ意味をもつ「晨」を使うこと。「晨」ならば上平声十一真だから、近体詩として韻を踏んだことになる。四六 穏当なこと。

四七 杜甫の号。四八 杜甫の七律「長沙送ニ李十一銜一」の第七句。この詩の李杜は、李銜と杜甫を指すが、作者の杜甫は後漢の李膺と杜密など、かつて世間に併称された李杜を意識している。四九 もったいない。自らを謙遜する辞。五〇 ここは唐の代表詩人として併称される李白と杜甫。五一 宋の楊万里の号。五二 尤袤（ゆうぼう）に寄せた七律「延之寄レ詩覓ニ道院集一、遣騎送呈、和レ韻謝レ之」の尾聯。五三 尤袤と楊万里。

をして独り名を斉しくせしめず」と。楊の詩は今孤行[一]す。而《しか》るに尤は則ち残欠して伝ふること無し。詩人に幸不幸有ること、かくの如し。豈《あ》[二]に天に非ずや。

［一〇九］たまたま書肆《しよし》を閲して、古今二鳴編《ここんにめいへん》[三]一本を見る。安永丙申《ひのえさる》[四]の年の刻に係る。惟忠《ゐちゆう》[五]・万庵《ばんあん》[六]二僧の詩を合集する者なり。忠《ちゆう》は義堂《ぎだう》[七]・絶海《ぜつかい》と時を同じうす。「鷗[八]を詠ず」に云ふ、「世上の風波は海よりも険なり。鵷鷺《ゑんろ》[九]に随ひて朝班《てうはん》[一〇]に到ること莫《なか》れ」と。宋人[一一]の絶句「寄語す、沙辺鷗鷺《おうろ》の群。也《ま》たすべからくこれより知聞を断つべし。諸公、鉤党《こうたう》[一二]を除くに意有り。甲乙推排《すいはい》[一三]して恐らくは君に到らん」と、用意相ひ近し。万が詩は世に江陵集《かうりようしふ》[一四]有り。全く明七子《みんしちし》[一五]を蹈襲す。この編の載する所は絶えて相ひ類せず。五言に云ふ、「細雨[一六]、蘭葉を抽《ぬ》き、微風、杏花を綻《ほころ》ばす」、「茶鼎《さてい》[一七]鳴りて還《ま》た息《や》み、竹窓晴れて忽《たちま》ち陰《くも》る」、「古廟[一八]馴狐《じゆんこ》[一九]出で、寒枝怪梟《くわいけう》[二〇]啼く」、七言に云ふ、「村煙[二一]は樹を籠《こ》めて市声遠く、野水は堤を拍《う》ちて山影寒し」、「巌罅《がんか》[二二]月明らかにして松鼠《しようそ》[二三]出で、墻陰《しやういん》[二四]風度《わた》りて木犀香《もくせいかんば》し」、「松影[二五]は雲を布《し》きて月の上るを知り、簟紋《てんもん》[二六]は水を凝《こ》らして涼の生ずるを覚ゆ」、「雁雲蛩雨《がんうんきようう》[二七]、秋まさに老いんとし、白髪青燈、意未だ平らかならず」、「枕上[二八]時有りて句律[二九]を排し、燈前事無くして医方[三〇]を検す」、

一 単独で流伝する。 二 天命ではあるまいか。「周子曰、孤始願不レ及レ此、雖レ及レ此、豈非レ天乎」(左氏伝・成公十八年)。 三 安永五年(一七七六)刊。一冊。 四 安永五年。 五 一三四九―一四二九。禅僧、惟忠通恕。建仁寺の無涯仁浩に参じ、義堂周信・中巌円月らに学んだ。詩文にすぐれ、雲壑猿吟がある。 六 一六六六―一七三九。禅僧、万庵原資。江戸芝の東禅寺の住持。荻生徂徠一門と交遊して詩をよくした。江陵集、解脱集がある。 七 義堂周信と絶海中津。ともに南北朝・室町時代の禅僧で、五山文学の双璧とされる。 八 板本の古今二鳴編では「白鷗」と題する七絶の転句・結句。 九 鵷雛(鳳凰の一種)と鷺。百官が朝廷に居並ぶさまに喩える。但し、板本「鴛鷺」。 一〇 朝廷の百官の席次。 一一 未詳。 一二 互いに引きあって結束した党人。 一三 排斥する。 一四 四巻四冊。延享二年(一七四五)刊。 一五 明の弘治・正徳年間に活躍した前七子(李夢陽・何景明ら)と、嘉靖・万暦年間に活躍した後七子(李于鱗・王世貞ら)がある。徂徠一門の詩人に影響を与えた。 一六 「酬二李夷文早春作一」の頸聯。 一七 「焼レ葉三首」其三の頸聯。鳴―漲。 一八 「定後吟五首」其四の頸聯。怪梟―怪鴿。 一九 人に馴れた狐。 二〇 怪しげなふくろう。「梟鳴二松桂枝一、狐蔵二蘭菊叢一」(白居易・凶宅)。 二一 「偶作四十首效二石屋和尚体一」其二十六の頷聯。 二二 同右其三十六の頷聯。「巌罅」は、岩の裂け目。 二三 りす。 二四 垣根の陰。 二五 「偶作四十首效二石屋和尚体一」其四の頸聯。 二六 竹で編んだ敷物の模様。「簟紋如レ水帳如レ烟」(蘇軾・南堂五首)。 二七 「即興」の頷聯。 二八 「偶作四十首效二石

「[三一]功名は強《し》ひて酔ふ[三二]猩猩《しやうじやう》の酒。[三三]禄位は争ひて営む[三四]燕燕《えんえん》の窠《くわ》」の如きは、皆な[三五]放翁の風味有り。けだし万《ばん》は晩年に宋詩に帰依し、自ら云ふ、「深く往見の謬《あやまり》を慙《は》づ」と。これ[三六]王弇州《わうえんしう》が終りに臨みて、猶ほ手に[三七]蘇子瞻《そしせん》の集を握りしと一般の見解にして、亦た[三八]朝《あした》に聞き夕《ゆふべ》に死すの意に幾《ちか》乎し。世に尚ほ[三九]宿儒の[四〇]皓首《かうしゆ》にして迷ひて復せざる者有るは、已《はなは》だ騃《おろ》かならずや。

〔一一〇〕近今《きんこん》関東の詩僧、[四一]天華《てんくわ》の名、最も著《あら》はる。余、その詩の鴻富《こうふ》を想見す。ちかごろ[四二]因是《いんぜ》に托して、その集を読まんことを索《もと》む。華《くわ》、辞するに稿を存せざるを以てす。因つて思ふ、比来《ひらい》[四三]緇流《しりう》、自らその詩を刊して以て售《う》らんことを求むる者亦た多し。而るに華は独り悠然としてこれを[四四]鏡花水月《きやうくわすいげつ》に付す。その高致、尚ぶべし。因是、余の為に僅かにその棋《き》を詠ずる一聯を誦す。云ふ、「[四五]西楚《せいそ》の[四六]重瞳《ちようどう》、猶ほ敗《ま》くること有り。[四七]湘東《しやうとう》の[四八]一目《いちもく》、竟《つひ》に成ること無し」と。かつ云ふ、「これその得意の句」と。余曰はく、「已にこの[四九]驪珠《りしゆ》を探れり。たとひ他作有るも亦た必ずしも須《もち》ひず」と。按ずるに、[五〇]銭虞山《せんぐさん》の棋の詩に、「[五一]重瞳尚ほ[五二]烏江《うかう》の敗有り。笑ふこと莫《なか》れ湘東一目の人」の句有り。方《まさ》に知る、聡明才思、自然にこの暗合有り。世或いは目するに、

屋和尚体一」其三の頸聯。 二九 詩句の格式と規律。 三〇 医術・治療の法。 三一 「偶作四十首效二石屋和尚体一」其十の頷聯。 三二 想像上の動物。姿は犬または猿のようで、人面人足、長髪で顔は端正、酒を好むという。 三三 俸禄と官位。 三四 燕の巣。雛が餌を奪いあうさまから、禄位を争い求める比喩。 三五 南宋の詩人陸游の号。 三六 明の後七子の一人、王世貞。弇州は号。 三七 「世貞顧漸造二平淡一、病亟時、劉鳳往視、見下其手二蘇子瞻集一、諷翫不上レ置也」(明史・王世貞伝)。蘇子瞻は蘇軾の字。 三八 「朝聞レ道、夕死可矣」(論語・里仁)。 三九 老いて名望のある儒者。 四〇 白髪頭。 四一 「僧照恭、字冷然、号天華、江戸人」(采風集)。浄土真宗西本願寺派の僧。「送二天華上人入京一序」(因是文稿・上)がある。 四二 葛西因是。→一五八頁注四。 四三 僧侶。 四四 鏡に映る花と水に映る月。跡をとどめないものの比喩。 四五 項羽は西楚覇王となって彭城に都した。 四六 項羽のこと。瞳が二つあったという。漢の高祖となる劉邦と覇権を争って敗れた。 四七 三国の呉の置いた郡名。湖南省衡陽県の東。 四八 片目。片方の目の見えないこと。南朝宋の明帝劉彧(湘東王)をさす。「項羽重瞳、尚有二烏江之敗一、湘東一目、寧為二四海所一レ帰」(南史・王偉伝)。 四九 驪竜(黒竜)の頷の下にあるという玉。得がたく貴重なもの。 五〇 清の人。名、謙益。明の万暦の進士。詩文の名声が高かったが、明の滅亡後、清朝に仕えたことを非難された。 五一 「観棋絶句六首為二汪幼青一作」(有学集・一)其三の転句と結句。 五二 安徽省にある川の名。項羽が自剄した所。

恵崇《ゑしゆう》[一]を以てするは謬《あやま》れり。

〔一一一〕又た玄暉《げんき》[二]なる者有り。山王成就院《さんわうじやうじゆゐん》[三]に住持す。初め業を源琴台《げんきんだい》[四]に受け、而して詩は特に出藍《しゆつらん》たり。「雨晴れて園中に至る」に云ふ、「村園十日、雨、風に和す。春は尽《つ》く陰陰漠漠《いんいんばくばく》[五]の中。筍挺《ぬきん》でて短長、綳《はう》[六]は錦《にしき》を脱し、梅肥えて濃淡、臉《かほ》[七]は紅を潮《さ》す。鶯声燕語《あうせいえんご》、新晴景。蝶意蜂情《てふいほうじやう》、嫩緑叢《どんりよくそう》[八]。詩思今朝尤《もつと》も快活なり。小吟[九]、間《しづか》に立つ竹籬《ちくり》[一〇]の東」と。「晩晴即事」に云ふ、「雨過ぎて水声、小塘に喧《かまびす》し。虹銷《き》えて雲罅《うんか》[一一]、斜陽を洩らす。苦心、句を尋ぬるは真に多事[一二]。兀坐《こつざ》、蓮を看て晩涼を占む」と。暉《き》、月毎に詩会を為す。余一たびこれに趨《おもむ》く。名流、坐に満つ。都《すべ》て省記《せいき》するに及ばず。只《た》だ田秀実《でんしうじつ》[一三]、字は世華《せいくわ》なる者を記す。年甫《はじ》めて十五六、自ら云ふ、「日比《ひび》[一四]東湖《とうこ》の門人たり」と。その「江村秋晩」の一絶を誦す。云ふ、「蕭疎《せうそ》たる残柳、餘霞を襯《しん》[一五]す。七八の漁家、酒家に雑《まじ》はる。浅水に船を繫ぎ、人去り尽す。一双の白鷺、蘆花《ろくわ》に立つ」と。

〔一一二〕余、閨秀《けいしう》[一六]の詩に逢ふ毎に、必ず抄存《せうぞん》して以て流伝《るでん》を広む。東湖に女弟子[一七]林氏文鳳《はやししぶんぽう》[一八]なる者有り。年末だ笄《けい》[一九]に及ばざるに、頗る吟咏を善くす。平生書を読み、

一 宋の僧。詩を善くし、小景画に巧みであった(韻語陽秋・十四)。ここは、天華が小品の叙景詩のみを得意にしたとするのは誤っている、の意。

二 「僧恵晁。字、玄暉。一字、野雀。号、白石孤禅。武州多麻人」(采風集・三)。 三 日吉山王神社(現、千代田区永田町の日枝神社)。成就院はその子院。 四 一七四四―一八〇〇。姓は佐々木。修して源。近江の人。宋学を修め、のち徂徠学に転じた。江戸に出て東叡山の随宜法王の師をつとめた。 五 暗くひっそりしたさま。 六 むつき。うぶぎ。ここは筍の皮をいう。 七 顔。ここは梅の実を比喩的にいう。 八 新緑の草むら。 九 ちょっと詩を口ずさむこと。 一〇 「采レ菊東籬下」(陶淵明・飲酒)。 一一 雲のきれ目。 一二 余計なこと。 一三 「田秋実。字、世華。号、蕉窓。明石人」(采風集・三)。 一四 ?―一八二三。江戸の儒者。「日比文。字、公武。号、東湖。別号、四狂主人。江戸人」(采風集・三)。 一五 ぴったりとつける。まとう。

一六 才学の優れた女性。「顧家婦、清心玉暎、自是閨房之秀」(世説新語・賢媛)。 一七 女性の門人。「沈学士有二女弟子徐英玉一」(随園詩話・一二)。 一八 一七九二―一八五七。采風集・三に「林氏。名、文鳳。号、柳州。女子。江戸人」とあり、七絶三首を収める。うち一首がこの「春晩」。のち高島氏を称した。漢学

[二〇]儒素《じゆそ》の風有り。又た書法を[二一]東洲《とうしう》老人に学び、殊《こと》に秀媚《しうび》たり。「春晩」に云ふ、「野杏《やきやう》山桃《さんたう》、晩風に乱る。一年の春事太《はなは》だ怱怱《そうそう》。痴心却つて愛す蜘蛛の巧。更に繊糸を吐きて墜紅《ついこう》を[二二]緘《かん》す」と。その最も喜ぶべき者は、人の扇を持して清の[二三]楊次也《やうじや》が「[二四]西湖《せいこ》竹枝《ちくし》」に題することを索《もと》むる者有り。文鳳、詩を以てこれを拒みて曰はく、「扇頭《せんとう》に字を求む、君が知を愧《は》づ。写さんと欲して還《ま》た嫌《いと》ふ、艶詞《えんし》の多きを。[二五]瓜李《くわり》は由来《ゆらい》人の慎む所。書するに嬾《ものう》し、次也が竹枝の詩」と。真に清操の女子なり。

〔一一三〕[二六]列朝詩《れつてうし》に載す。[二七]海陵生《かいりようせい》、[二八]滄溟《さうめい》の語を集めて、戯《たはむ》れに[二九]漫興《まんきよう》一律を作る。一先生有り。詩、尚ほ滄溟を株守《しゆしゆ》す。余も亦た海陵生の為す所に倣《なら》ひ、賦示《ふし》して云ふ、「[三〇]揺落《えうらく》、秋色高し。交遊好《よ》し更に論ぜん。江湖仍《な》ほ睥睨《へいげい》。風雨自《おのづか》ら乾坤《けんこん》。白雪文章在り。青雲意気存す。君が才は元《も》と矍鑠《くわくしやく》。万里、中原《ちゆうげん》を動かす」と。その人拝謝し、只だ道《い》ふ、「[三一]高調、高調」と。復《ま》たその戯れたることを辨ぜざるなり。

〔一一四〕[三二]元宝《げんぽう》以後、作者極めて多し。余、諸集を流覧して、特に世の[三三]吐棄《とき》する所の絶句若干首を拾収して、以て[三四]羊棗《やうさう》の嗜《たしなみ》を示す。その作者の姓名は[三五]概《がい》して録出せず、読者をしてこれ何人の作なるかを[三六]猜《さい》せしむ。その詩に云ふ、「[三七]昨日公門、債を償ひ

を竹村悔斎・佐藤一斎に、書を佐野東洲に、茶を宇佐美黙斎に学び、終身嫁さなかった。一九 女子の十五歳。初めて笄(こうがい)を加える年。二〇 儒者としての素質。二一 佐野東洲(?—一八〇四)。江戸の書家。采風集・二に七律一首を収める。二二 蜘蛛の糸で封じ込める。二三 名、守知。字、次也。康熙の進士で、官は平涼知府に進んだ。詩に巧みで、浙西四才子の一人に数えられた。二四 景勝地西湖の風景や風俗を背景にして男女の艶情を詠んだ七言絶句の連作詩。二五 瓜田と李下。疑いを招き易い場所をいう。「君子防二未然一、不レ処二嫌疑間一、瓜田不レ納レ履、李下不レ正レ冠」(古楽府・君子行)。二六 列朝詩集。清の銭謙益編。八十一巻。二七 丁集・五・李攀竜の項に「海陵生嘗借二其語一為二漫興一戯レ之曰、万里江湖迥、浮雲処処新、論レ詩悲二落日一、把レ酒歎二風塵一、秋色眼前満、中原望裏頻、乾坤吾輩在、白雪誤二斯人一、云云、大堪二絶倒一」。二八 明の李攀竜の号。李攀竜は古文辞の後七子の一人。二九 一時の興に乗じて作った詩。三〇 木の葉などが揺れおちる。以下の詩語は多く古文辞派の詩人の常套語。三一 格調が高いこと。古文辞派は格調派ともよばれ、盛唐詩の高い格調を庶幾した。三二 元禄(一六八八—一七〇四)・宝永(一七〇四—一七一一)以後。三三 吐きすててかえりみない。三四 父の時代の詩への好尚を示すの意。曾子は父曾皙の死を傷んで、父の好物の羊と棗(なつめ)を食べなかったという孟子・尽心下の故事によ る。三五 一様に。ひっくるめて。三六 疑わせる。三七 伊藤東涯の紹述先生文集・二十九「田園楽」。債—逋。

て帰る。菜花満眼、杏花稀なり。[一]陽坡《やうは》に背を曝《さら》して[二]軟莎《なんさ》穏やかなり。信ぜず、人間《じんかん》に錦衣《きんい》有るを」、「[三]古墓、人の姓名を識る無し。[四]玉魚《ぎよくぎよ》、何の処か[五]佳城を鎖《とざ》す。只だ一《いつ》片《ぺん》碑を看るの路《みち》を餘して、春草年年避けて生ぜず」、「[六]江辺に向《お》いて[七]羽觴《うしやう》を泛《うか》べず。雨中、戸《と》を閉ぢて日偏《ひとへ》に長し。[八]松煤《しようばい》磨《ま》し出だす、桃花の露。[九]臨《りん》し得たり、[一〇]蘭亭の字幾行」、「[一一]亭は荷花《かくわ》深き処の頭《ほとり》に在り。満襟の詩思、秋よりも爽やかなり。[一二]沙禽《さきん》畢《ひつ》竟《きやう》何の熱をか苦しむ。浴して[一三]波心に向《お》いて暫くも休まず」、「[一四]深宮軽く[一五]襲《おそ》ふ[一六]紫羅《しら》の裙《くん》。睡後浴前、春未だ分《わか》れず。自らこれ君王昼寝を貪る。[一七]緑鬟《りよくくわん》終日、[一八]雲と為らず」、「[一九]緑は[二〇]紗《さ》窓《さう》を圧して冷は衣に透る。[二一]黄鸝《くわうり》語無くして[二二]雨霏《ひ》微《び》たり。[二三]湿《しつ》紅《こう》也《ま》た解す、春を留《とど》めて住《とど》まることを。枝頭に粘着《ねんちやく》して未だ肯《あへ》て飛ばず」、「[二四]荳花籬《とうくわり》落《らく》、早涼生ず。柿葉園林、積雨晴る。[二五]衮衮《こんこん》として人は塵裡《ぢんり》より老い、[二六]沈沈《ちんちん》の詩は静中に向《お》いて成る」、「[二七]金粟《きんぞく》花開いて、月、枝に満つ。風来つて[二八]特地《とくち》に香を弄して吹く。夜深く人静かなり、欄干の上。独り[二九]涪翁《ふうをう》が鼻孔の知る有り」、「[三〇]竹浦《ちくほ》、暮寒くして[三一]鵁鶄《かうせい》飛ぶ。炊煙[三二]一綫《いつせん》、林を隔てて微《かす》かなり。[三三]龍王祠上、[三四]大星見ゆ。[三五]浣婦《くわんぷ》独り蘆荻《ろてき》を穿ちて帰る」、「[三六]高樹乱蟬《らんせん》、過雨の餘、帰雲独鳥、夕陽の初。山斎六月、暑さを知らず。[三七]脩竹《しうちく》陰濃《こま》

一 日のあたる暖かな土手。 二 軟かなはますげ。 三 紹述先生文集・二十九「道辺古墓」。一片―一線。 四 玉で刻んだ魚。死人を葬る時、いっしょに埋めるもの。 五 墓地。 六 鳥山芝軒の芝軒吟稿・一「禊日口占」。 七 酒杯。雀を形どり頭尾羽翼のあるもの。蘭亭の会では曲水に羽觴を泛べたという。 八 墨。 九 臨書する。 一〇 蘭亭帖は古来行書の手本として重んじられた。 一一 芝軒吟稿・四「水亭避レ暑」。 一二 砂浜に棲む水鳥。 一三 水の中央。 一四 服部南郭の南郭先生文集三編・四「戯題二明皇貴妃図一」。 一五 着る。 一六 紫色の薄絹でつくった裳。 一七 黒髪のまげ。 一八 美しく結われたまげの形容。「高髻雲鬟宮様妝」(劉禹錫・贈二李司空妓一詩)。 一九 芝軒吟稿・一「雨中送レ春」。霏微―霏々。 二〇 薄絹をはった窓。 二一 朝鮮うぐいす。黄鳥。 二二 雨などの細やかに降るさま。 二三 雨に濡れた紅い花。 二四 紹述先生文集・二十八「即事」。早涼生―秋初到、積雨晴―雨未晴。荳花籬落は、豆の花の咲いている垣根。 二五 次々と続いて絶えないさま。 二六 心事の沈重なさま。 二七 芝軒吟稿・三「月下聞レ桂」。人静―誰立。金粟は、桂の花の異名。 二八 ことさら。特に。地は助字。 二九 唐の詩人、陸亀蒙の号。陸亀蒙には桂を詠んだ五言古詩「小桂」や七言絶句「洞宮夕」などがある。 三〇 梁田蛻巌の蛻巌集・四「秋田江村」。一綫―一帯。竹浦は、竹の生えている水辺。 三一 鳥の名。鷺の一種。ごいさぎ。 三二 一線に同じ。ひとすじ。 三三 水の神である竜神を祀る祠。 三四 大きく明るく輝く星。 三五 衣服を洗濯する女。 三六 祇園南海の南海先生集・四「山斎即事」。

やかにして草書を学ぶ」、「[三八]涼意、人に宜しくして秋乍《たちま》ち回《めぐ》る。晩雲、雨を分ちて軽雷を帯ぶ。[三九]珊珊《さんさん》として灑《そそ》いで池庭の上に向《お》いて、[四〇]明珠[四一]数斛《すうこく》を傾出し来る」、「[四二]歳月何ぞ殊《こと》ならん、坂を下る丸に。一年、只だ一宵の残る有り。[四三]痴獃《ちがい》、我に於《お》いては全く用無きも、他人に売与するも亦た安からず」、「[四四]まさにこれ子規啼いて眠らざるべし。声声聴いて[四五]五更の天に到る。如今《じよこん》たとひ妾《わ》が腸《はらわた》を断ち尽すとも、良人《りやうじん》が[四六]帰夢の円《まど》かなるを破ること莫れ」、「[四七]景は[四八]朱明《しゆめい》に入る、積雨の餘。熟梅三五、[四九]階除《かいぢよ》に落つ。緑陰更に喜ぶ、薫風の転ずるを。南窓を開遍《かいへん》して架書を晒《さら》す」、「[五〇]河影微微として残月斜《なな》めなり。林梢《りんせう》処に随ひて栖鴉《せいあ》起《た》つ。夢回《めぐ》りて馬背、天初めて白む。村店の鶏鳴《けいめい》杏花を隔つ」、「[五一]東菑《とうし》、[五二]餉《しやう》を遺《おく》りて桑陰に坐す。梅子は弾の如く、秧《なへ》は針に似たり。双鷺は[五三]聯拳《れんけん》として水の浅きを窺ひ、[五四]孤牛は鼻を浮べて渓《たに》の深きを怯《おそ》る」、「[五五]豆隴《とうろう》、風を承《う》けて[五六]稠葉《ちうえふ》乱れ、[五七]茄畦《かけい》、雨を経て晩花開く。[五八]講帷《かうゐ》、人散じて南堂静かなり。坐して見る、秋蜂の竹を度《わた》りて来《きた》るを」、「[五九]雁声《がんせい》、夢を喚んで暁に楼を過ぐ。屏背の[六〇]残缸《ざんかう》、照らして未だ収まらず。露は中庭に満ちて人独立す。墻陰綻《しやういんほころ》び出す[六一]白牽牛《はくけんぎう》」、「[六二]鳥合原《てうがふげん》頭《とう》、[六三]黄鳥飛ぶ。荒山春老いて草初めて肥ゆ。[六四]穆公《ぼくこう》一たび去りて[六五]秦良《しんりやう》尽き、限り無き

三七 長く伸びた竹。 三八 芝軒吟稿・四「涼信池荷雨」。池庭―沈荷。 三九 雨の降りそそぐ音の形容。 四〇 光沢のある玉。ここは雨粒の比喩。 四一 斛は容量の単位。一斛は十斗。ここは多量なことをいう。 四二 芝軒吟稿・二「除夕」。 四三 愚鈍。愚かもの。また、小犬のまだ分別のないものをいい、范成大に「売㆓痴凱㆒」詞がある(通俗編・性情)。 四四 芝軒吟稿・三「閨怨聴㆑鵑」。 四五 一夜を五分した最後の時間帯。午前四時頃。 四六 故郷に帰る夢。 四七 芝軒吟稿・一「園中四時詞」のうち「夏詞」。 四八 夏の異称。 四九 きざはし。建物から庭に降りる階段。 五〇 芝軒吟稿・二「早行」。起栖鴉―帯棲鴉。河影は、銀河の影。 五一 紹述先生文集・二十八「田園四時雑興」四首の其二。坐―倚、孤牛―帰牛。東菑は、田畑の汎称。 五二 農作業のための弁当を届ける。 五三 長く曲ったさま。ここは鷺の首のさま。「沙頭宿鷺聯拳静」(杜甫・漫成一首)。 五四 「近㆑人積水無㆓鷗鷺㆒。時有㆓帰牛浮㆑鼻過㆒」(黄庭堅・病起荊江亭即事十首)。 五五 蜆巌集・四「即事」。豆隴は、豆畑。 五六 生い茂った葉。 五七 茄子畑。 五八 講義をする場所。 五九 芝軒吟稿・一「秋日早起」。残缸―残灯。 六〇 消えかかっている灯火。 六一 白い朝顔の花。 六二 南郭先生文集二編・五「相中覧古四首」の其三。鳥合原は、鎌倉の地名で、鳥合(とりあわせ)の原。「若宮のかまへより、頼朝屋敷へ出づる道の北を鳥合原といふ。…鳥合の原といふは、むかし相模入道、鳥をあはせ、犬をいどみあはせられし所なるゆゑといへり」(鎌倉物語・四)。底本「鳥合原頭」。 六三 朝鮮うぐいす。黄鸝。黄鶯。

[一]丘墳、知る者稀なり」、「[二]御香襲はんと欲す[三]翠雲裘《すいうんきう》。長く衣裳を捲いて[四]殿頭《でんとう》に侍す。例に随ひて朝朝[五]粉黛《ふんたい》を傅《つ》く。十年諳《そら》んじ尽す[六]漢宮の秋」、「[七]徹夜、船窓に雨声足る。一灯遥かに認む、これ[八]州城。[九]依稀《いき》として半ば記す還家の夢。夢覚めて時に聞く、[一〇]柵《さく》鎖《さ》の鳴るを」、「[一一]鉄檠《てつけい》紙帳、更《かう》の闌《たけなは》なるに坐す。雪意将《まさ》に成らんとして特地に寒し。聞き得たり、窓前声[一二]簌簌《そくそく》。童を喚びて急に問ふ、竹の平安」、「[一三]秋水菱花《りょうくわ》、[一四]前殿開く。[一五]昭陽の歌舞、夜闌《たけなは》にして回《めぐ》る。深宮浴し罷みて纔《わづか》に月を看る。[一六]阿監《あかん》は已に[一七]重閣《ちょうかく》を過ぎ来る」と。

六四 春秋、秦の君主。卒するに及んで殉死する者百七十七人。その中には奄息・仲行・鍼虎の三人の良臣が含まれていた。国人は三人の良臣の殉死を悼んで、「黄鳥」(詩経・秦風)の詩を作ったという。 六五 秦の良臣。右の三人。

一 墳墓。「丘墳満レ目衣冠尽、城闕連レ雲草樹荒」(韓愈・題二楚昭王廟一)。 二 南郭先生文集初編・五「宮詞三首」の其三。御香は、天子の用いる香。 三 みどり色の皮衣。天子の着用するもの。「尚衣方進翠雲裘」(王維・和三賈舎人早朝大明宮之作一)。 四 御殿のそば。 五 白粉や黛をつける。化粧をする。 六 漢の宮殿の秋。ここは宮中で美女が空しく年老いてゆくことをいう。 七 紹述先生文集・二十八「夜泊遇レ雨」。 八 州の役所のある町。 九 かすかでぼんやりしたさま。 一〇 柵を結びつける鎖。「夜濤鳴二柵鎖一」(周賀・送三耿山人帰二湖南一)。 一一 紹述先生文集・二十八「寒夜即事」。将—欲。問—報。鉄檠は、鉄でできた燭台。 一二 ざわざわという音の形容。 一三 南郭先生文集初編・五「秋宮曲」。夜闌—夜更。 一四 正殿の前にある御殿。 一五 漢の成帝の築いた宮殿の名。成帝の寵愛をうけて皇后になった趙飛燕の妹趙合徳の居た宮殿だが、詩においては趙飛燕の居所を指すことが多い。「是昭陽為二合徳居処一、但三輔黄図則云、趙皇后居二昭陽舎一、蓋飛燕未レ為レ后時、亦嘗居二昭陽一歟、詩人所レ指専帰二飛燕一、亦猶二高唐雲雨転訛而循用一也」(夜航詩話・一)。 一六 宮女の監督役。「椒房阿監青娥老」(白居易・長恨歌)。 一七 幾重にもかさなる高殿。

（一六七頁脚注つづき）

五六 陸游の剣南詩稿のこと。巻二十九の詩「感旧」の自注に以下の語が見える。五七 紹興三十二年(一一六二)。この年、陸游は進士出身の資格を授けられ、枢密院編修官兼編類聖政所検討官に任ぜられた。五八 査籥(宋詩紀事・五十)。五九 王秬(宋詩紀事・五十一)。六〇 剣南詩稿には「垂拱殿門」。「端拱殿門」は誤記か。垂拱殿は南宋の都臨安の宮殿の一。「垂拱殿、常朝、四参官起居。紹興十二年建」(咸淳臨安志)。六一 ため息をつく。「太息重太息。吾生誰与帰」(陸游・太息)。六二 「嗤 アザケリワロフナリ」(訳文筌蹄後編)。六三 陸游をさす。六四 五山の年齢三十八を二倍して陸游の寿命八十五歳から引いてもなお九歳余るの意。

（一七一頁脚注つづき）

五三 どういうわけか。五四 妹女郎。「儂家阿妹幾多年」(北里歌)。五五 衣を着たまま。「酔後和ㇾ衣倒」(張先・南歌子)。五六 軽い夜具。五七 遊女の年季は十年。苦界十年。五八 宋玉の「高唐賦」(文選)で、夢の中で楚の懐王と契った神仙の女が住む山。ここは遊女の故郷をいう。五九 母。「嬢、母称」(広韻)。六〇 頼みこむ。六一 「雨風僽僝」と同じ。「僽僝」は、にくみのしる。ここでは激しく吹きつける。六二 美人の涙。六三 心を傷つける。六四 幾重にもなっている高殿。六五 仙界への階段。ここは遊女のもとへの訪れが絶えたことをいう。「仙梯難ㇾ攀俗縁重」(韓愈・華山女)。六六 愛する男をいう称。唐の詩人崔郊は貧窮のために寵愛していた婢を高官に譲渡した。後に婢と出会った崔郊は「従ㇾ此蕭郎是路人」という詩を贈った(全唐詩話・四)。六七 道を行く人。転じて何の関係もない他人。六八 江湖詩社の成立した天明七年(一七八七)から本書巻一成稿の文化三年(一八〇六)まで。六九 離合集散して定まらないこと。七〇 天明五年(一七八五)。五山十六歳の年にあたるが、この年にはまだ如亭を知らず、江湖詩社も結成されていない。乙卯(寛政七年)あるいは丁巳(寛政九年)の誤りか。七一 南宋の詩人葉適。南宋の民間詩人として活躍した永嘉の四霊(趙師秀・翁巻・徐照・徐璣)の後立てとなった。七二 役人として仕えること。七三 永嘉の四霊を意識するが、暗に如亭・詩仏・五山・小島梅外の四人を指すか。七四 もとの民間。昔の江湖詩社の意をかける。

（一八三頁脚注つづき）

五七 成島錦江(一六八九—一七六〇)。荻生徂徠門下の儒者で、八代将軍吉宗に仕えた。五八 杜甫の「秋興八首」に模して成島錦江が詠んだもの。五九 服部南郭。同じ徂徠門下。六〇 「与㆓島帰徳㆒」(南郭先生文集初編・十)。帰徳の「秋興八首」に和韻するにあたって、南郭は「秋興八首」の題を用いず、「秋日」という題を用いた。その理由について、杜甫と違う状況に生きている者が、軽々しくその題を模すべきではないと述べている。六一 ただす。いさめる。六二 未詳。あるいは明の林貞恒の誤りか。明の王世懋の詩話である秇圃擷余(げいほけつよ)に、林貞恒が鄭少谷(善夫)に対して「時非㆓天宝㆒地靡㆓拾遺㆒、殆無ㇾ病而呻吟云」と言ったという。六三 明の少谷山人。弘治の進士。詩は杜甫を模し、少谷山人集がある。六四 唐の玄宗皇帝の年号(七一三—七五六)。六五 天子の過失を諫める官。杜甫は四十六歳の時、左拾遺となった。

（二〇五頁脚注つづき）

四三 水晶・天然ガラスなど。平静で澄んだ水面の比喩。四四 戴逵の住む剡渓のある地。四五 趣意の立て方と韻の用い方。二詩とも韻は上平声十一真。四六 自分で考えたことが、他人の考えと合致すること。「問如何是閉ㇾ門造ㇾ車、…曰如何是出ㇾ門合ㇾ轍」(伝灯録・十七)。四七 名、堪。字、克用・勝伯。元末の隠者。蔵書家で、詩と山水画をよくした。以下の詩は明詩綜・十四にも「題㆓趙松雪画㆒」として収。人口に膾炙した作という(南濠詩話)。四八 元の人。名、孟頫。字、子昂。号、松雪道人。もと宋の宗室だが、元に降り翰林学士承旨となった。書・山水画・詩文にすぐれた。四九 松雪が宋の宗室の出であることをいう。五〇 翰林院の異称。職務が閑散で優游自如できたことから、「玉堂仙」と称された。五一 川の名。苕水とも。松雪の故郷呉興を経て太湖に注ぐ。五二 川の名。風景が美しく、唐の詩人王維が別荘を営んだことで名高い。五三 「世乱避㆓難江東㆒、単身窮困、…倶以ㇾ種ㇾ瓜自給」(呉志・歩騭伝)を典拠とし、宋の滅亡後、隠遁せず、元に仕えた趙松雪を譏刺する。五四 ゆったりとしているさま。

（三五五頁脚注つづき）

二七 平安末期の歌人。鳥羽上皇の妃待賢門院璋子の女房。「兼てより思ひしことぞふし柴のこるばかりなる嘆きせんとは」（千載集・恋三）の歌で、ふし柴の加賀と呼ばれた。

二八 平安末期の歌人。石清水八幡宮別当紀清光の女。二条天皇などに仕えた。「待つ宵のふけゆく鐘の声きけばあかぬ別れの鳥はものかは」（新古今集・恋三）の歌で、待宵の小侍従と呼ばれた。

二九 鎌倉時代の歌人。右京権大夫源師光の女。後鳥羽院の女房。「うすくこき野辺のみどりの若草にあとまで見ゆる雪のむらぎえ」（新古今集・春上）の歌で、若草の宮内卿と呼ばれた。

三〇 鎌倉時代の歌人。藤原俊成の女。後鳥羽院の女房。「下もえに思ひきえなむけぶりだにあとなき雲のはてぞかなしき」（新古今集・恋二）の歌で、下もえの少将と呼ばれた。「下もえ」は「下燃」の方が適切。

三一 平安末・鎌倉初期の歌人。源頼行の女。九条兼実の女任子（宜秋門院）の女房。「忘れじな難波の秋の夜半の空こと浦にすむ月はみるとも」（新古今集・秋上）の歌で、こと浦の丹後と呼ばれた。

三二 後徳大寺左大将実定に伺候していた蔵人は、待宵の小侍従の歌に対して、「物かはと君がいひけん鳥のねの今朝しもなどか悲しかるらむ」という歌を返して、物かはの蔵人と呼ばれた（平家物語・五・月見）。新拾遺集・八によれば、蔵人は藤原経尹。

三三 平安期の歌人。永縁。花林院権僧正。源俊頼の歌を傀儡が歌ったのを羨み、琵琶法師に自分の歌「聞くたびにめづらしければ郭公いつも初音の心地こそすれ」（金葉集・夏）を歌わせた（無名抄）ことで、初音の僧正と呼ばれた。

三四 明石検校。名、城了。「夜の雨の窓をうつにも砕くれば心はもろきものにぞありける」の歌が天聴に達し、後小松帝から雨夜の号と紫衣を賜ったという（野史・二六一）。

三五 室町期の歌人。正徹の門人。「小すのとにひとりや月のすみぬらむ日頃の袖に涙もとめし」の歌で、日頃の正広と呼ばれた（安斎随筆・八）。

三六 元禄期の歌人。戸田茂睡。「ちりの世と思ふ心のつもりては身のかくれ家の山となりける」の歌が天聴に達し叡感あったことから、かくれ家の茂助と呼ばれた（鄰女晤言・二）。隠家の茂睡とも。

三七 元禄期頃の大和国の人。「かねごとも鳥のそらねにはかられてよそに明ゆく逢坂の関」の歌で、かねごとの与助と呼ばれた（鄰女晤言・二）。

三八 安土桃山期の人。木山紹宅。名、惟久。肥後木山の城主。紹巴の門人となって連歌を能くした。「心苦しき月をこそ待て」の前句に対し、「人知れずはだへに結ぶ岩田帯」と付けたことで、いはた帯の紹宅と呼ばれた（野史・二六一）。

三九 優雅さ。「世へだたりても、其人のやさしさ思ひやられて、なつかしくこそ侍れ」（鄰女晤言・二）。

四〇 中国戦国時代晋の人。初め范・中行氏に仕えたが、去って智伯に仕え、尊寵された。智伯が趙襄子に殺されるや復讐を誓い、身に漆を塗って癩病の姿となったり、炭を呑んで啞となったりして折をうかがったが、失敗して自殺した（史記・刺客列伝）。

四一 いにしえ。

四二 初め范氏と中行氏に仕えたが、認められなかったので、智伯に仕え直したことをいう。

四三 詐欺師がうまくはったりをしたという者。

四四 正しい道によらずに名声を得たという幸運。

四五 晋の国の六卿の一つ趙氏の当主。六卿の他の五つは、范氏・中行氏・智氏・韓氏・魏氏。

四六 史記・刺客列伝によるが、文は少し変えてある。

四七 正しくは智伯。晋の六卿の一つ智氏の当主。

四八 一身を主君に託する。仕官する。

四九 古文孝経・序。

五〇 伝未詳。

五一 津藩の初代藩主藤堂高虎。和泉守。底本「太祖」の前、空格。

五二 和泉守であった藤堂高虎をさす。底本「和泉様」の前、空格。

五三 旧主であった福島正則をさす。福島正則は天正十一年従五位下左衛門尉に任ぜられ、左衛門大夫と称した。

孜《し》孜《し》斎《さい》詩《し》話《わ》

大谷雅夫　校注

江戸時代の漢学の世界には時に著しい早熟の才能が現われる。『孜孜斎詩話』の作者西島蘭渓もその一人であった。後年書かれた識語に二十歳前後の作と言う『孜孜斎詩話』こそ、新日本古典文学大系に収められる多くの古典のうち、おそらく最もの年少の手になるものである。

しかし、この詩話を読む者は、若い作者には不似合いなほどに落ち着いた雰囲気に触れて驚くかも知れない。「少年進取、妄りに先達を議す。良《まこと》に愧づべし」(識語)と若書きが後に悔いられるように、青年の客気はさすがに隠せない。しかし、それも全体の老成の印象を損なうことはないだろう。文章は明晰を宗として淡泊。鮮烈な文学論が開陳されるわけでもない。ただ詩と詩人を論じるに当たり、若い作者が自らの好みを明確につかんで紛れることなくそれを語る、その深い自信は瞠目に価する。

わが近世の詩と詩人を専論する初めてのこの試みが石川丈山ついで僧元政に始められるのは、単に古い時代より起筆したということには留まらない。丈山については本文に「先生」と呼んで愛慕の情を隠さず、元政は「余幼くして好んで邦人の詩を読み、特に上人の高風を欽《うやま》ふ」(慎夏漫筆・二)と後に回顧される。ともに若い作者の特に敬愛した詩人であった。俗塵を離れて詩の閑雅に遊んだ二人の詩人への深い共感、それがそのまま『孜孜斎詩話』に一貫する心となる。雄渾よりは清雅。綺麗よりは平淡。奔放よりは篤実。作者の趣味志尚は、静かに、しかし揺るぎなく語られる。

寛政十二年(一八〇〇)春、二十一歳の蘭渓は数十日臥せった病床から辛うじて起きあがり、家塾の花宴に加わったという(「春日燕会詩序」柳谷集・一)。そのような病間の無聊に、かねて好む日本の詩人たちの詩を読みかえし、抄録し、評語を加え、やがてそれが『孜孜斎詩話』として編まれたものかと想像する。そして、文政八年(一八二五)、四十六歳の年の二月に識語を加え、さらに最晩年の嘉永二年(一八四九)、病中に旧稿を取り出し、主として「妄りに先達を議す」ると見られる条を削り、配列をやや改め、新たに附録十五条を加えて『弊帚詩話』と改題した。わが家の破れほうき、人に示す値打はないが、秘かに愛しむ宝である。

かつて日本詩話叢書に翻刻された『弊帚詩話』原本はいま見いだせない。地下の作者の殊に恥じるだろうことを顧みず、『孜孜斎詩話』稿本を世に示す所以である。

孜孜斎詩話　上

東都　西島長孫元齢　著

〔一〕丈山先生、名は凹、姓は石川。丈山はその字《あざな》なり。初名は重之。嘉右衛門と称す。三河[一]泉荘の人。年四歳にして能《よ》く六七里を[二]走る。父信定これを[三]奇として曰く、「この児必ず天下に名あらん」と。後[四]神祖の征伐に従ふ。丈山固《もと》より文雅の志有り。窃《ひそ》かに[五]清見寺の僧[六]説心に従学す。[七]大坂の役、会《たまたま》病む。その母書を貽《おく》りこれを戒め、責むるに勲《いさを》を立つるを以てす。丈山病を強《つと》め、起《た》ちて特《ひと》り[八]玉造《たまつくり》に至り、佐佐某『[九]東遷基業』佐佐十左衛門を獲《え》たり。曰く、「かくの如くんば以て母に報ずるに足らん」と。城陥《おちい》る。吏以為《おも》へらく、「重之[一〇]行人為《かうじんた》るに[一一]妄《みだ》りに先登を為《な》す」と。これを逐《お》はんことを請ふ。遂《つひ》に僧と為《な》り[一二]妙心寺に居る。林羅山これを惺窩先生に見《まみ》えしむ。[一三]先生為《ため》に聖人道を立つるの原を説く。ここに於て[一四]髪を蓄へ還俗す。然れども終身復《ま》た妻《めと》ること無し。人称して[一五]元魯山に似たりと為す。後[一六]家貧しく母老いたるが為に、出でて

一 碧海郡和泉村(現愛知県安城市和泉町)。
二 歩いた。 三 並み外れていると思って。
四 神祖徳川家康の近習として関が原、伏見などの軍役に従った。
五 臨済宗妙心寺派。静岡県清水市興津。
六 大梁禅師。丈山は駿河において禅師に禅を学び、慶長十四年(一六〇九)に印証・袈裟を授けられた(人見竹洞・石川丈山先生年譜)。
七 慶長二十年五月の大坂夏の陣。
八 大坂城南東の城門があった、玉造口。
九 家康の生涯を追って幕府創業の過程を撰述する書(佐久間高常撰、享保十七年(一七三二)成立)。巻二十九の記事。
一〇 近習の士。 一一「時有二軍令一、曰麾下近侍之士不レ可二先登一矣」(年譜)。
一二 京都花園の臨済宗妙心寺派の大本山。
一三 藤原惺窩先生が丈山に聖人の教えの根本たる人倫の道を説き諭した。
一四 禅宗の信仰を捨て、髪を伸ばして俗人にもどった。
一五 唐の元徳秀。母に孝行あり、終身結婚せず、清貧にして山水・琴酒を好んだ(唐書)。
一六「家貧親老、不レ択レ官而仕」(韓詩外伝)。

一 元和九年(一六二三)、安芸広島藩主の浅野但馬守長晟に仕えた(年譜)。「紀侯」は儒林伝の誤りを襲う。長晟が元和五年まで紀州和歌山藩主であったことによる混同。
二 比叡山の麓、現京都市左京区一乗寺。
三 承応元年(一六五二)、帰郷の希望を京兆尹板倉重宗に許されなかったおりに詠んだ歌(年譜)。「賀茂河をかぎりて都のかたへいづまじきとてよみ侍りける　わたらじな瀬

[一]紀侯に仕ふ。久しくして母死す。亡《に》げて叡山に帰り、[二]一乗寺村に匿《かく》る。自ら号して四明山人と曰ふ。或いは大拙と曰ふ。詩賦を以て自ら娯《たの》しむ。[三]蟬の小河の和《わ》什《じゅ》を詠じ、終身京師に入らず。[四]天子特徴《とくちょう》すれど至らず。[五]狩野探幽斎に請《こ》ひて、[六]唐土の詩人三十六員を画かしめ、これを壁上に掲ぐ。蓋《けだ》し本邦所謂《いはゆる》三十六歌仙に倣《なら》ふものなり。因りてその堂を名づけて詩仙と曰ふ。卒する年九十。実に寛文十二年なり。丈山の出処、[七]井太室の『儒林伝』、[八]三橋翁の『詩仙堂志』に詳らかに見ゆ。今ここに節録す。丈山幼くして鞍《あん》[九]馬《ば》の間に長じ、[一〇]嘲風《てうふう》吟月の念、心に往来す。大坂の役に従ふに至りて、猶《な》ほ尚《な》ほ吟《ぎん》哦《が》を廃せず。『鳩巣《きうさう》文集』に[一一]「横槊遺《わうさくゐ》物記《ぶつき》」有り。乃ち丈山帯ぶる所の墨斗《ぼくと》なり。

その干戈戦争の中に在りて、苟《いやし》くも得る所有れば、片言隻語《せきご》も又従ひてこれを記《しる》す。[一二]横槊の名、良《まこと》に誣《し》ひず。天正より以還《このかた》、文教否《ひ》塞《そく》し、詩道地に堕《お》つ。特《ひと》り[一三]武田信玄詩賦の名有り。その餘の一二の武将、或いは篇什有るも、要するに録するに足らず。[一四]丈山を翹楚《げうそ》と為す所以なり。昭代の詩運、先生これを闡《ひら》くと謂ふも、夫《そ》れ孰《た》れか信ならずと謂はんや。然れどもその詩往往にして和人の習気を免れず。亦た時運の使《せし》むる所なり。絶句は八句に勝り、五言は七言に勝る。今その佳なるものを摘す。五言、[一五]「窓間残月ノ影、風際遠鐘ノ声」[一六]「水減ジテ 灘声穏カニ、秋深クシテ 月色寒シ」[一七]「高樹秋容早ク、密林

見の小河の浅くとも老の波そふ影もはづかし」(詩仙堂志・転集)。　四 寛文八年(一六六八)、後水尾院の画賛の求めに応じなかった(年譜)ことを言うか。　五 幕府の御用絵師を務めた狩野派の画家。　六 左壁に蘇武から陳与義、右壁に陶潜から曾幾までの画像を掛ける。　七 佐倉藩儒渋井太室。　八 幕臣三橋子弘(名成烈)。　九 戦乱の中に成長して。　一〇 美しい景色のなかで詩を吟じる風流心が常に有った。　一一 後編鳩巣先生文集・十一。丈山が大坂の役に使用したと伝える矢立てを「横槊遺物」と名付け、そのいわれを説いた文章。　一二 三国魏の曹操が戦いの合間に鉾を横たえ詩を賦した(蘇軾「赤壁賦」)ことになぞらえる「横槊遺物」という名前に偽りはない。　一三 →詩史(日本詩史)七一頁。　一四 丈山を傑出した人物と考えるのはそれ故である。　一五「秋暁」。以下、丈山の詩句は覆醤集(寛文十一年刊)の配列の順に引用される。　一六「医官夕翁蒙庵…翫二九月十三夜月一」。　一七「渓辺紅葉」。高い梢から紅葉が始まるが、鬱蒼とした木立には霜気は届きにくい。　一八「隣曲叢祠」。　一九「偶為」。村塾で有り来たりの俗書を習っただけの身で、どうして漢の麒麟閣に描かれたような功臣たることを望もうか。　二〇「山中早行」。霧深く、遠山には雨降る如く、高い梢には枝がないように見える。　二一「冬暖野望」。ちぎれ雲は峰に影を分かち映し、傾く日差しは川面に輝く。　二二「渓行」。谷間が広くなり鶯の声ものどやかに、山道が終り馬の足どりは軽くなる。

霜気遅《シ》」「[一八]孤燈淡《ク》残夜《ニ》、群鳥聒《かまびすシ》空林《ニ》」「[一九]曾《テ》弄《ス》兎園《ノ》冊《ヲ》、寧《ソ》希《ねがハンヤ》麟閣《ノ》図《ヲ》」「[二〇]遠山如《ク》有《ルガ》雨、高樹似《タリ》無《キニ》枝」早行。「[二一]断雲嶺分《チ》影《ヲ》、返照水生《ズ》光《ヲ》」「[二二]渓空《シクシテ》鶯韻緩《ク》、山尽《キテ》馬蹄前《すすむ》」「[二三]春雨連《ナリ》三月《ニ》、風花空《シ》一年《ニ》」「[二四]半壁残燈影《ノ》、孤床落葉声《ノ》」「[二五]炙《あぶリテ》背《ヲ》臥《シ》壚火《ニ》、撐《ささヘテ》肱《ヲ》読《ム》道書《ヲ》」「[二六]帰鴉天有《リ》路《ニ》、遊蝶圃無《シ》風《ニ》」。七言、「[二七]謝家子弟《ノ》双蘭砌、杜叟乾坤《ノ》一草堂」「[二八]呉江秋尽《キテ》水空《シク》去《リ》、天姥霜遅《クシテ》葉初《メテ》翻《ル》」高雄に登る。「[二九]去年尋《ヌ》薬《ヲ》台渓《ノ》道、昨日寄《ス》梅《ヲ》江左《ノ》風」。絶句、「漫成」に云く、「[三〇]杖履相従《ヒフ》両侍童、酒瓢茗盌対《ス》残紅《ニ》、狂吟随意過《グ》村落《ヲ》、草色無辺楊柳《ノ》風」。「小園の口占」に云く、「[三一]冬愛似《テ》春《ニ》微暖《ノ》時、不知何《レノ》処《カ》有《ラン》梅《ノ》披《ひらク》、閑園雨過《ギテ》少《ナク》紅葉《ヲ》、秀色纔《カニ》残《ル》一両枝」。「雨に阻《とど》められて牧方《ひらかた》に宿す」に云く、「[三二]浩浩《タル》洪河流《レテ》自《より》東、朝《シテ》宗《ニ》西海《ニ》接《ス》長空《ニ》、水村山郭知《ンヌ》多少《ゾ》、春色濛朧《タリ》煙雨《ノ》中」。「[三四]豊国神廟の壁に題す」に云く、「[三五]零落《ス》東山《ノ》古廟廊、蒼苔蔓艸上《ル》頽垣《ニ》、英霊飛散《シテ》無《シ》巫祝、秋月春風作《なル》主張《ト》」。皆隠者の語なり。又戯《ぎ》謔《ぎやく》[三六]人の頤《おとがひ》を解くもの有り。「戯れに団扇に題す」に云く、「[三七]団団《タル》素質別移《ス》天《ヲ》、随《ヒテ》手《ニ》生《ジテ》涼《ヲ》更颯然《タリ》、昔日謫仙何不《ゾル》買《ハ》、清風明月両三銭」。「[三八]雄徳山前に赴きて牡丹を見んと欲して、淀城に到りて雨に阻《とど》めらる」に云く、「[三九]聞説《きくナラク》南山多《シト》牡丹《ニ》、吟輿出《デテ》郭《ヲ》惜《ム》春残《ルヲ》、花魂自似《ラテ》羞《ヅルニ》妖艶《ヲ》、為《リ》雨為《リテ》雲《ト》不許《サ》看《ルコトヲ》」。「寓意」に云く、「[四〇]胸統《すべテ》

[二三]「寓目」。春雨は三月まで降り続き、風に花散ってこの一年はもう花は見られない。

[二四]「夢醒」。[二五]「雪後」。囲炉裏の火に背中を炙って寝ころがり、肘をついて道教の書を読む。[二六]「即事」。

[二七]「九月七日同杏庵過講習堂」。上句、晋の謝安の甥の謝玄が「庭さきに芝蘭玉樹の生じるのを楽しみたい」と言った故事(晋書・謝玄伝)を用い、講習堂の主の松永昌三が秀れた二人の子弟(昌易と永三)に恵まれることを賞する。下句、杜甫の「身世双蓬鬢、乾坤一草亭」の句による。

[二八]「壬午十月三日与野静軒兄弟遊高雄山」。清滝川を呉江に、高雄山を天姥山になぞらえる。十月、秋は終って川の水は甲斐なく流れ去るが、霜の遅いここでは紅葉が散り始めたばかりだ。

[二九]「了的秀才、往歳自洛来過山荘、東行之後遠恵嘉藻」。昨年貴方は薬草を採ろうとここ天台山の渓流の道の辺(比叡山麓の一乗寺村の詩仙堂)を訪れ、昨日はまた江の東(江戸)の梅花一枝を贈られた。↓二四六頁注三二。

[三〇]杖と履物を持って随う二人のしもべ。酒と茶を飲みつつ散り残る花を眺める。そぞろに詩を吟じて思いの向くまま村を過ぎれば、柳を吹く風に一面の草が靡く。

[三一]冬の太陽は春を思わせるほのかな暖かさ。何処かで梅花も開いているだろうか。時雨が紅葉を散らして止んだ庭には、枝の一、二にだけ、鮮やかな秋の色が残る。

[三二]淀川南岸の村落。京大坂の半ばにある。

[三三]広い川が東より来たり、西の海に流れこんで遥かな空に連なる。水辺に山際にい

乾坤《ヲ》一似《タリ》レ葆《たもツニ》レ真《ヲ》、風花《ヲ》為《シ》レ友《ト》道《ヲ》為《ス》レ隣《ト》、読書看尽《クス》数千載、自《ラ》是《レ》神仙不死《ノ》人」。予《われ》丈山先生に袒《たん》[一]すること特《こと》に已甚《はなはだ》しと為す。故にその煩《はん》を厭《いと》はず、備《つぶさ》にここに挙ぐと云ふ。

〔二〕世に『四家絶句』[二]有り。藤惺窩・石川丈山・釈元政・釈元次[三]、これを四家と為す。蓋し元政その冠《くわん》為り。丈山これに次ぐ。元政、名は日政。彦藩[四]の仕族。薙髪《ていはつ》して日徒[五]と為る。実に法華律[六]の鼻祖《びそ》為りと云ふ。深草里[七]に居る。時人以て活仏[八]と為す。不可思議と称し、又霞谷山人妙子と号す。『艸山集《さうざんしふ》』[九]十五巻、世に行はる。父先づ歿し、独《ひと》り母に事《つか》ふ。篤孝天至、詩中母の事に及ぶもの、凡そ五十餘篇。「閑居」の詩の序に云ふ、「[一〇]余幽居を霞谷の側に得て、父母を色養《しよくやう》[一一]すること年有り。父喪して母尚ほ存す。奉事すること今に十年。母の居我が蘭若《らんにや》[一二]を距《さ》ること数十弓[一三]。竹籬茆舎《ばうしや》、恬然《てんぜん》として安んず。頃《このご》ろ微恙《びやう》を患《うれ》ふ。余湯薬[一四]に侍すること已《すで》に旬《じゆん》に度る」と。亦た至誠の一端を見るべきなり。当時明人陳元贇[一五]投化して、京摂の間に遊ぶ有り。元政これと定交し、互ひに相ひ師友為《た》り。『元元唱和集』二巻有り。然れども陳固《もと》よりその下に出づ。元政、元贇を送る詩、「[一六]君能言二和語一、郷音舌尚在、久狎十知レ九、傍人猶未レ解」。これに因りてこれを観れば、則ち知る、交接すること久しくして、陳頗[一七]る和語を解し、彼是[一八]の思

くつもの村落。煙る雨の中に霞む春景色。
三四 豊臣秀吉を祭る京都東山の豊国神社。豊臣氏滅亡の後、社殿を破壊された。
三五 三四句、祠祭する神官もいず、御魂は飛び去り散って、あるじ顔なる秋月が照り春風の吹くばかり。 三六 大笑いさせる。
三七 白い絹地はまん丸く空の月をここに移したよう。手の動くままにさっと涼風を吹き起こす。その昔、謫仙人の李白はどうしてこのうちわを買わなかったのか。清風と明月とあわせてたった二、三銭で手に入るものを。「清風朗月不レ用二一銭買一」(李白・襄陽歌)。李白は酔って水面に映った月を取ろうとして溺死したと伝える(唐才子伝)。
三八 石清水八幡宮のある男山(八幡山)。
三九 三四句、花の魂は自らの美しい容色を恥じらうかのように、雨となり雲となって姿を見せてくれない。巫山の神女の「旦為二朝雲一、暮為二行雨一」(高唐賦)による。
四〇 胸中に天地を収め天真を保つのか、風に散る花を友とし、道理を隣人として生きる。書中に数千年の歳月を読み尽くして、おのずと不死の仙人となる。

一 左袒する。仲間としてひいきする。
二 本朝四家絶句。元禄十五年(一七〇二)刊。
三 曹洞宗の僧独庵玄光。「元次」は誤記か。
四 彦根藩に仕える家。実は京都の人で、姉の縁で藩主井伊直孝に仕えた。
五 日蓮宗僧侶。 六 名利渡世などを禁じる戒律(草山律)の創始者であった。
七 現京都市伏見区深草。霞谷の瑞光寺に住。
八 「(元政)師徳ありて其時は生たる如来の如く人信ぜるとなん」(護園雑話)。

ひを展ぶるに足れるを。元政の詩、[19]袁宏道を宗とす。「燈に対す」の詩に云ふ、「[20]臥《シテ》　読《ム》㆓袁中郎《ヲ》㆒、欣然《トシテ》　摩《なヅ》㆓短髪《ヲ》㆒」。又「元贇老人を送る」の詩の序に云ふ、「[21]余嘗て暇《いとま》の日、元贇老人と共に近代の文士、[22]雷何思・[23]鍾伯敬・[24]徐文長等が集を閲《み》る。特《こと》に袁中郎が霊心巧発、古人に藉《よ》らず、自ら詩を為《つく》り文を為ることを愛す」と云云。その宏道を宗とすること、実に陳老これを発《ひら》けり。その詩命意深穏、格調頗る秀《ひい》づ。予嘗て論じて云く、「国初の詩、[25]石徴士・松都講・野子苞の如き、佳句無きに非《あら》ず。その弊《へい》、格調殊に卑《ひく》きと、和習を免れざるとに在り。独り元政のみ或いはこの二弊無し。勝れりと為す所以なり」と。七言律「[26]秋日清閑寺に遊ぶ」「[27]秋平等院に遊ぶ」の如き、尤《もっと》も匀調《いんてう》と為す。若し夫れ警句、「[28]残燈人不㆑見、深壁影相従《ヒフ》」「[29]艸深《クシテ》　迷《ヒ》㆓熟路《ニ》㆒、樹密《ニシテ》　失《フ》㆓帰程《ヲ》㆒」「[30]歳月枯藤老《イ》、風霜苦竹深《シ》」能因墓。「[31]落葉鳴《ル》㆓階前《ニ》㆒、夜清《クシテ》人未《ダ》㆑寝《いネ》」「[32]林間有《リテ》㆑影鳥争宿《ヒシ》、村路無《クシテ》㆑人牛自帰《ラル》」「[33]閑中《ノ》日月不㆑知《ラ》㆑歳《ヲ》、定裡《ノ》乾坤別《ニ》有《リ》㆑春」。予特に「山居」の詩を愛す。云く、「[34]細雨密雲盈《ツ》㆓碧虚《ニ》㆒、静《ニ》看《ル》林樹日《ひびニ》扶疎《タルコトヲ》、箇中《ノ》唯有《リ》㆓無窮意《ノ》㆒、坐《シテ》　対《シテ》㆓青山《ニ》㆒不㆑読《マ》㆑書《ヲ》」。良《まこと》に有道の言なり。

〔三一〕順庵先生、幼時僧[35]天海に見《まみ》ゆることを得たり。天海その人と為《な》りを奇とし、弟子と為さんと欲す。先生可《ゆる》さず。年甫《はじ》めて十三、「[36]太平賦」を作る。天覧に入る

一九 正しくは三十巻。
二〇 艸山集(以下同)巻二十四。
二一 笑顔でもって親の世話をすること。
二二 寺院。 一三 距離の単位。一弓は六尺。
一四 もう十日あまりも看病している。
一五 →詩史八九頁。底本欄外に「元政身延紀行名古屋ニテ元贇ニ逢コトノセタリ」の書き入れがある。
一六 巻二十「送㆓元贇老人㆒十首」(その三)。長い付き合いで唐語訛のある日本語にも慣れ、その九割がたは理解できる。
一七 ある程度は。
一八 互いの思いを語り合うことが出来た。
一九 明代の文人。字中郎。擬古主義に反対し、自己の性霊を写す清新な詩を提唱した。
二〇 巻十四。 二一 巻二十。
二二 未詳。 二三 明代竟陵派の文人、鍾惺。
二四 明代の文人、徐渭。袁宏道らに大きな影響を与えた。
二五 石川丈山・松永尺五・野間静軒。
二六 巻十七。 二七 巻二十一。
二八 巻十六「旅懐」。 二九 巻十六「晩歩」。
三〇 巻二十一「経㆓能因墓㆒」。
三一 巻二十三「病中作」。 三二 巻十七「暮景」。
三三 巻十七「艸山偶興」。心静かな悟りにある天地に歳は改まらず、暦とは別に常春。
三四 巻二十三。空にはこぬか雨と雲とが満ちて、樹木の日々に成長するのを心静かに眺める。窮まり尽きることのない生意はここにこそあるのだ。緑の山に向って座し、書物は読まない。
三五 天台宗の高僧。家康・秀忠・家光三代の将軍家に仕えた。 三六 錦里文集。寛永十年(一六三三)の作。明正天皇の叡覧を得た。

と云ふ。後賀《が》府《ふ》[一]に仕へ、既にして東都の学職と為る。国初已来、詩は宋元を宗とするに、先生に至りて断然として唐詩を唱ふ。英傑の士、四方より来り帰す。白石[二]・滄浪・芳洲・霞沼・南海・蜺巌の如き、皆その門より出づ。予曩《さき》にこれを聞く、先生の墳墓、郭西青山《あをやま》の里に在り。碑面ただ刻《こく》して「靖恭先生之墓」と題し、一字の碑志無し、と。豈《あ》に[三]盧承慶・李夷簡遺言してその墓に志《しる》さざる若《ごと》きの類ならんか、未だ知るべからざるなり。然れども一疑団有り。当時木門英傑雲集す。白石・滄浪の如きも又各《おのおの》集有り。しかるに[四]先生の著作の世に単行するもの、未だ嘗て見ず。門人為《た》るもの、その責を逃がるる所無し。予後人の先生の所作を見ることを得ざるを恐る。今『[五]扶桑名賢詩集』に就いてその佳句を摘せん。五言、「[六]霜散《ハズ》豊山《ノ》暁、花《ハ》飛《ブ》長楽《ノ》春」「[七]鳥啼《イテ》山色近《ク》、花落《チテ》水声高《シ》」「[八]一心存《シ》二北闕《ヲ》一、三世護《ス》二南朝《ヲ》一」楠公。七言、「[九]晩煙村落平林暗《ク》、夕日川原遠水明《ナリ》」「[一〇]鄴台人去《リテ》荊榛合《シ》、驪岫雲還《リテ》陵谷遷《ル》」豊国廟「[一一]故園《ノ》残夢藩城《ノ》月、秋日《ノ》高楼暮笛《ノ》風」。皆宛然《ゑんぜん》として唐人《たうひと》なり。宜《むべ》なるかな、翼[一二]に附し鱗に攀《よ》ぢ、白石・滄浪の諸士有ること。

〔四〕山崎闇斎、嘗て[一三]浴室に在りて、一門生をしてその背を洗はしむ。門生曰く、「某《それがし》日者《このごろ》梅花の詩を思ふ。願はくは、先生、古人作る所の梅に渉《わた》るものを誦し、

一 加賀藩。
二 新井白石・室鳩巣・雨森芳洲・松浦霞沼・祇園南海・梁田蛻巌。
三 それぞれ臨終に際して厚葬を禁じ、碑文を留めぬよう遺言した。盧承慶は旧唐書・八十一、李夷簡は唐書・一三一。
四 順庵の文集錦里文集は既に天明七年(一七八七)、寛政元年(一七八九)に刊行されている。
五 林文会堂編。宝永元年(一七〇四)刊。
六 搏桑名賢詩集・一(以下同)「風外鯨鐘」。豊山の鐘は降霜を感じて鳴る(山海経)。「長楽鐘声花外尽」(李嶠、和漢朗詠集・雨)。
七 「春晴」。桃花落ちる頃、春水は増す。
八 「楠公」。→一一〇頁注九。
九 「奉レ和下昌三先生遊二豊国一尊韻上」。下句、東山の豊国神社から西の方、南流する鴨川が夕陽に照りはえるさまを望む。
一〇 「依二滝川玄育丈人佳招一見二豊国花一」。三国魏の武帝は都の鄴に作った銅雀台の妓妾に未練を遺しつつ亡くなり、その跡は雑木が生い茂る。唐の玄宗が楊貴妃と遊んだ華清宮のある山の洞穴に雲は戻って(情事は尽きて)丘と谷との移り変わる世の変転があった。秀吉死後の豊臣氏の没落。
一一 搏桑名賢詩集および錦里文集に見えない。上句、故郷の夢が途切れて目覚めれば、辺境の城壁のうえに月が上る。
一二 鳳の翼や竜の鱗にしがみついて(秀れた人につき従い)。
一三 先達遺事(稲葉默斎著)の挿話による。
一四 理屈を述べるのに性急。
一五 思うままの心をあらわす。
一六 搏桑名賢詩集・三「登二愛宕山一三首〈丙申秋〉」(その一)。山城の愛宕山の朝日峰白雲

以て示せ」と。闇斎因りて詩五十許《ばかり》を誦す。その強記なることかくの如し。しかるにその詩[一四]理路勃窣《ぼっそつ》、殆んど読むべからず。好みて自ら[一五]性霊を吐く。「愛宕山《あたごやま》に登る」の詩に云く、「[一六]頽《ハクハ》　毀《チテ》二宮房《ヲ》一黥《いれずみシ》二地蔵《ニ》一、且《ツ》駆《リテ》二杉檜《ヲ》一劓《はなぎラン》二天狗《ヲ》一」。「朝熊《あさま》に遊ぶ」に云く、「[一七]人《ハ》言《フ》天狗住《ミテ》二朝熊《ニ》一、飛石雷奔《リテ》耳亦聾《スト》、借問今辰曷《なんゾ》無事《ナル》、我儂《われハ》不二是《レ》狄梁公《ニアラ》一」。「石仏に題す」に云く、「[一八]南山惟《これ》峋嶁《こうろう》、石仏立《ツ》二途右《ニ》一、我《モ》亦《タ》程門《ノ》人、放《タバ》レ光《ヲ》可《シ》レ斬《ル》レ首《ヲ》」。所謂《いはゆる》[一九]有韻の文なり。然れども「[二〇]庸軒」の詩、稍《やや》諷誦すべし。

〔五〕 貝原損軒先生、『[二一]詩史』に云く、「益軒の姪損軒、名好古」と。これ大いに誤る。益軒又損軒と号す。著述富贍《ふせん》、固より予が言を煩《わづら》はさず。その『[二二]大疑録』有るや、実に古学の[二三]嚆矢《かうし》為《た》り。所謂豪傑の士なり。若し夫れ篇什も亦た自ら見るべし。「思郷」に云く、「[二四]開《キテ》到《ル》二番花第　幾《いくばく》　員《ニカ》一、故園見《テ》レ月《ヲ》幾回《いくたびカ》円《ナル》、晩風吹断《キッ》帰家夢《ノ》、一段《ノ》客懐属《ス》二杜鵑《ニ》一」。先生固より意を文墨に置かざるものにして、猶ほ能くかくの如し。[二五]宋広平梅花を賦するの比《たぐひ》なり。按ずるに『扶桑千家詩』に「岐岨山中」の詩を載するに[二六]云く、「満目煙雨自氤氳、梅蕊杏花湿不レ分、連日東風吹二積雪一、半随二流水一半為レ雲」。これ全く[二七]王百穀の語。意者《おもふに》、先生の偶書、誤りて収録するものなり。

〔六〕 [二八]富春山人「[二九]鳥碩夫略伝」を作りて云く、「[三〇]洛陰伏江《ふしみ》の隠士鳥輔寛、字は碩夫。

寺の本地仏は勝軍地蔵。天狗は「杉」に姿を現わす。↓一〇九頁注二〇。
一七 同右「遊二朝熊一二首」(その二)。天狗が伊勢の朝熊嶽に住んで、石(天狗のつぶて)を飛ばす音は耳を聾する雷のようだと言う。なのに今日はどうして何事もないのか。我輩は呉楚の淫祠千七百を破壊したという狄仁傑(唐書)どのではないのに。
一八 同右「帰途題二石仏一」。「南山」は男山。男山の岩清水八幡宮は応神天皇を祀り、禹王の廟のある「峋嶁」(中国の湖南の衡山の主峰)に比せられる。宋学の先駆者の程明道は光を放つという石仏の首(あたま)を取り、その迷妄を破った(宋元学案)。僧行教は霊夢から覚め「男山鳩の嶺に光かゞや」くのを見て八幡山を開いたと伝える(京童)。
一九 韻律はあるが、詩となりえぬ散文。
二〇 同右「題二庸軒一」。 二一 →詩史九二頁。
二二 最晩年の益軒がそれまで信奉してきた朱子学への懐疑を述べた書。 二三 かぶら矢。最初のもの。「嚆」は底本は「蒿」。意改。
二四 搏桑千家詩・上。故郷を出てより、この春何番目の花が開き、月は幾たび満月になったか。家に帰る夢を夜風に吹き覚まされて、しばしの旅愁を「不如帰」と啼くほととぎすの声に託すことだ。
二五 鉄腸石心の宰相、唐の宋璟(字広平)が人柄に似合わぬ艶麗な「梅花賦」を作った(韻語陽秋・十六)のに似たことである。
二六 底本に「詩云々」。前に見せ消ちされる詩を「云」の部分に移して本文を作成した。
二七 明の王稚登(字百穀)の「湖山梅花歌」に「山煙山雨自氤氳、梅蕊梅花湿不レ分、渾似下高楼吹レ笛罷、半随二流水一半為上レ雲」(皇

鳴春と号するもの。[一]顔を抗《あ》げ人の師と為《な》るに非ずと雖も、その詩極めて精錬にして、四方に嚮慕《きやうぼ》せらる。且つその詩を見るに、世の[二]耳剽目掇《じへうもくてつ》の輩とその調を同じくせざることを感ず。これに加へて家屢《しばしば》空しくして禄の為に仕へず、白《さかづき》を挙げ琴を弾じ、高吟自得。[三]得喪《とくさう》の外に放浪《はうらう》たり。一子輔門、その母と枯澹《こたん》に安んじ、門庭瀟灑《せうしや》。[四]謝無逸・蘇養直に依稀《いき》たり。輔寛行年六十一歳にして家に没す。輔門その徒と相ひ謀《はか》りて遺稿を編み、名づけて[五]『芝軒吟稿』と曰ふ。輔門[六]箕裘《ききう》を墜《おと》さず、孜孜《しし》として教授すること若干年。一病、起たず。年僅《わづ》かに四十餘にして没す。於戯《ああ》、関以西の風雅、鳥氏父子を推して巨擘《きよはく》と為す。況や卓然として高尚の操有るもの、[七]石大拙の後それ誰ぞや」と。予按ずるに、碩夫、姓は鳥山。佐大夫と称す。[八]『詩史』に云く、「名は輔賢」と。誤れり。その詩、晩唐を宗尚し、清新味《あぢ》有り。[九]節操とその手と相ひ謀《はか》る。実に一時の碩匠《せきしやう》なり。韓客某[一〇]『日観要攷』を著はし、碩夫の詩を以て日東第一と為し、白石を以て軟弱と為す。謂《おも》ふに、碩夫の詩の格調の己れに合ふを以て、故にこの言を致す。碩夫の白石に於ける、固より[一一]同堂の論にあらず。要するに[一二]作家と為すに害なきのみ。「田園秋興」に云く、[一三]「雨餘《ノ》田水遶《めぐリテ》レ籬《ヲ》斜《ナリ》、引《キテ》満《シテ》二小池《ニ》一堪《ヘタリ》レ漚《ひたスニ》レ麻《ヲ》、昨夜西風月明裡《ノ》、嫩黄吹《キ》綻《ほころブ》木綿《ノ》花」。「人影」に云く、[一四]「進退未《ダ》三曾《テ》離《レ》二此《ノ》

明千家詩、続皇明詩選）。

二八 田中桐江。→二四二頁・詩史一〇四頁。

二九 樵漁余適・九。「略伝」は底本は「伝略」。樵漁余適の本文に従い改める。

三〇 洛水（鴨川）の南の伏見。

一 偉そうな顔をして。

二 なまかじりで徹底した学識の無い連中。

三 利害に心を用いず自由に生きた。

四 宋の謝逸（字無逸）と蘇庠（字養直）によく似ている。謝と蘇はともに仕官せず詩文に遊んだ。

五 享保四年（一七一九）刊。

六 父親の仕事をよく受け継いで。

七 石川丈山。「大拙」は丈山の別の号。

八 →詩史一〇三頁。

九 清廉な生き方と清新な詩の表現とが相い呼応して合致する。

一〇 朝鮮通信使に関わる記録。写本で伝わる。碩夫を「日本中不レ易レ得」、白石を「力弱」と評する。

一一 比較にならない。碩夫は白石に遠く及ばない。但し、「同日の論」とあるべきか。

一二 立派な詩人と評価するのに不足はない。

一三 芝軒吟稿（以下同）。麻は秋に水に浸して柔らかくする（「東門之池、可二以漚一レ麻」詩経・陳風）。木綿は秋に黄色の花を開く。

一四 どこへ行くにも影はこの身を離れず、もともと気のあった親しい仲のよう。真実のこの身が無ければ影が仮の姿として存在することもない。今や仮こそ真なりとはっきりと分かった。

一五 きっとほととぎすは眠らずに啼くのだろう。一声一声、とうとう明け方の五更ま

身ヲ一、由来同調似タリ二相親ムニ一、除キテレ真ヲ畢竟誰カ為スレ仮ト、認取ス二分明ニ仮ハ是レ真ナルヲ一」。「閨怨、鵑を聞く」に云く、「[一五]応シニ是レ子規啼キテ不ルレ眠ラ、声声聴キテ到ル二五更天ノニ一、如今縦《たとヒ》断チ二妾ガ腸ヲ一尽ストモ、莫レ破ルコト二良人帰夢ノ円ナルヲ一」。「居を移す」に云く、「[一六]欲シテレ寄セント二萍蹤ヲ一賃ス二一軒ヲ一、前ハ臨ミ二市巷ニ一後ハ田園、殷懃ニ多謝ス東家ノ竹、分チ二得テ清陰ヲ一便チ到ルコトヲ二レ門ニ」。

〔七〕碩夫に「張良」の詩有りて云く、「[一七]当時豈《ただニ》為メニレ韓ノ計ルノミナランヤ、畢竟暴秦ハ天下ノ仇」。留侯の胸臆に入るものと謂ふべきなり。

〔八〕又「紅梅」に云く、「[一八]一種孤山別様ノ春、横斜纔カニ認ム旧精神、由来皎潔ハ無シ二容レラルル処一、学ビ二得テ酔粧ヲ一還ツテ可ナリレ人ニ」。これ坡老の「[一九]酒暈無クレ端上ル二玉肌ニ一」を祖とし、転化入妙、殆んど痕跡無し。文墨に老するものに非ずんば、ここに至らず。[二〇]天龍の義堂の「紅梅」に云く、「[二一]誤ツテ被レテ二春風ニ吹キレ夢ヲ去ラ一、長安市上酒家ニ眠ル」。[二二]歩《ほ》驟《しう》頗る異なれり。[二三]碩夫の詩を以てこれに比するに、又第二流に落ちたり。

〔九〕[二四]順庵・徂徠二先生勃興《ぼっこう》し、海内の詩風一変、唐と為《な》り明と為る。独り堀南湖・江兼通・富春叟の[二五]自ら旂幟《きし》を張り、肯《あ》へて北面してその縛《ばく》を受けざる有り。その徒為《た》るものは以て詩家の正統と為し、その徒為らざるものは、以て僭偽《せんぎ》の国と為す。要するに未だ公論を得ず。夫《か》の三子は己れの好む所を以てして、彼の為す所に

で聴き続けた。鳥よ、いま私の心を引き裂くとも、旅の夫が見るだろう帰郷の嬉しい夢はどうぞ覚まさないで。

一六 詩題の自注に「東隣有レ竹、秀色可レ人」。浮草のようなこの身を託そうと家を借りる。前は賑やかな町、後ろは田圃。涼しい影を門のあたりまで分けてくれる東隣の竹には厚くお礼申し上げる。

一七 韓の宰相家の張良(のち留侯)は韓を滅ぼした始皇帝を狙撃して失敗し、のち軍師として漢の高祖を助けて秦を倒した。かつて「夫為二天下一除二残賊一」と語った(史記)。

一八 杭州西湖畔の孤山は、梅を愛した宋の林逋が「疎影横斜水清浅」の名句を遺した地。常ならぬ孤山の並々ならぬ春(普通の白梅に異なる紅梅)。斜めに伸びる枝に、辛うじてそれと見知るは梅の生気。えてして清廉潔白は好かれぬもの。酒酔いの赤ら顔をまねて人に賞美される。

一九 蘇東坡「紅梅三首」(その一)。玉のような白い肌が思わずも酒の火照りで紅くなる。

二〇 天竜寺の義堂周信。→詩史七七頁。

二一 中華若木詩抄・下。梅はうっかりと春風に夢魂を吹き飛ばされて、長安の町の酒場で眠りについたことだ(それで紅色)。「東風吹レ夢到二長安一」(李白・江夏贈二韋南陵冰一)、「李白一斗詩百篇、長安市上酒家眠」(杜甫・飲中八仙歌)による。

二二 (同じ換骨奪胎でありながら)転換の速度がかなり違う(義堂のほうが鮮やか)。

二三 碩夫の詩のほうは二流となってしまう。

二四 →詩史一一〇頁・一二四頁。

二五 自ら一派の長となり、順庵・徂徠の手下としてその支配を受けることがなかった。

阿《おもね》らず。耳[一]食雷同の徒と、固より逕庭《けいてい》有り。特操有りと謂ふべし。南湖、名は正脩、字は身之。従弟景山と同じく藝侯に仕ふ。実に杏庵先生堀正意の後なり。「閑[二]計孤藤杖、老身一紙衣」「曲[三]渚舟横タハリレ草ニ、深山鐘度ルレ花ヲ」「野[四]梅過《すご》シテレ雪ヲ吐キ、山鳥畏レテレ人ヲ飛ブ」。亦た奇態有り。しかるに『日[五]本名家詩選』、二堀に於て一詩を録せず。遺恨無くんばあらずと云ふ。

〔一〇〕江兼通の詩、晩唐を宗とし、或いは宋調に入る。南[六]郭諸子目して晩唐と為す。江君錫独《ひと》り陸放翁に肖《に》たりと謂ふ。兼通、詩才富春の上に出で、南湖の下に居る。才情洋洋、風度蕭散《せうさん》。「杜甫酔帰の図」に云く、「浣[七]華渓上酔フコト如クレ泥ノ、右倚ハリ二吟笻ニ一左小奚、歩歩玉頽レリ帰去ルコト晩シ、艸堂隔タリテ在リ二野橋ノ西ニ一」。「秋思」に云く、「秋[八]満チテ二深宮ニ一燈影寒シ、蛩声攪《みだ》シテレ睡ヲ到ル二更闌《たく》ルニ一、珊瑚枕上無窮ノ恨、分二付シテ桐糸ニ一向ツテレ月ニ弾ズ」。「長信秋詞」に云く、「団[九]扇抛《なげう》チ来リテ風正ニ秋ナリ、鬢雲慵《ものう》シレ整フルニ玉搔頭、独リ憐レム金井梧桐ノ葉、載セ二得テ人ノ愁ヲ一出ツルヲ二御溝ヲ一」。この数詩を観るに、放翁に肖たりと為すは未だ言を知らざるなり。

〔一一〕富春山人は、即ち『峡[一〇]中紀行』に田省吾と称するものこれなり。姓は田中、字は日休。摂の池田に巻跡《けんせき》[一一]して、江子徹 兼通・僧百拙と詩友と為る。『樵漁餘適《せうぎよよてき》』

一 聞きかじりで付和雷同する輩と、むろん大違いである。
二 日本詩選・三「海雲席上次二某叟韻一」の頸聯。隠棲の便りは藤の蔓の杖一本。紙子ひとつに老いた身をつつむ。
三 →一〇〇頁注七。
四 注二に同じ詩の頷聯。雪の後に野の梅は花開く。
五 首藤元昺（通称文三郎）編、安永四年（一七七五）刊。
六 →詩史一〇二頁。
七 煕朝文苑・二（以下同）。「浣華渓」は四川成都の百花潭。杜甫はその畔、万里橋の西に草堂を結んだ。「小奚」は子供の召使。「玉頽」は、晋の嵇康は酔うと玉の山の崩れるような風情があったこと（世説新語）による表現。
八 寵愛を奪われた女性の怨みを詠む。虫の音に夜半まで眠れぬ人は、尽きせぬ思いを琴の音に託して奏でる。
九 一句、秋になって捨てられる団扇（うちわ）に君王の寵愛を失った自らをなぞらえる班婕妤の「怨歌行」による表現。二句、「玉搔頭」はかんざし。三四句、秋の井戸のそばの桐の木の落葉が、私の憂いを載せ宮の溝を流れ出るのを寂しく見つめる。
一〇 荻生徂徠が主家柳沢家の領国の甲斐を視察した際の紀行。
一一 隠棲。
一二 樵漁余適（以下同）巻一「和二周禅伯途中吟一」。下句、牛が浅瀬を渡って水音が高くなる。
一三 巻一「早春感懐」。下句、雪が消えかかって梅の花に気がつく。
一四 巻二「秋日氷壺初至二書斎一有レ詩次レ韻」。万巻の書物を詠むのは、学者の名声を売り八巻を著はす。奇詭自放、間《まま》浅切の語多し。然れども亦た肺腑中より流出するものなり。「鳥飛[一二]ンデ揺レ二樹影一、牛過ギテ激ス二渓声一」「風起[一三]リテ乍チ鳴シレ竹ヲ、雪残リテ方ニ認ムレ梅ヲ」「万巻曾[一四]テ非ズ二沽ウルレ誉ヲ設ニ一、一竿実ニ為ニ二釣魚ノ謀ル一」「心托[一五]ハシテ二龍泉ニ一猶ホ慷慨、身扶ハラレテ二鳩杖ニ一自ラ婆娑」「杏村[一六]ノ春日催スレ花雨ヲ、松寺ノ秋宵落葉ノ風」「坐[一七]シテ釣ル二鷺辺ニ一風ノ和スル日、行キテ歌フ二犢外ニ一雪ノ消スル時」「柳[一八]ハ垂ル新ニ帯ブル二風煙ヲ一態、梅ハ痩ス曾テ経ル二霜雪ヲ一姿」の如きは、又伝ふべし。

〔一二〕余暇《か》日《じつ》に本邦の詩家を評し、白石・蜺巌・南海・南郭・南山 南部思聡 ・鳩巣・東涯を以て称首[一九]と為す。白石は典雅富麗、刻琢精妙。亦た人中の麟鳳《りんぽう》、藝苑の正朔《せいさく》[二〇]。三神山[二一]、海水縹渺《へうべう》の中に在りて、丹楼玉閣、参差《しんし》として影を交へ、見るべくして至るべからざるが如きなり。蜺巌は豪壮奇偉、変化百出、奇正互ひに用ひ、殆[二二]んど端睨《たんげい》すべからず。温藉《うんしゃ》[二三]少しく譲るも、縦横餘り有り。本邦の詩人、古に渉《わた》りて未だこれ有らず。李晋王[二四]の兵太原を発し、旌旗日を蔽《おほ》ひ、戈戟《くわげき》天を刺して、部下自ら胡人多きが如し。南海は概して明初の語有り。濃艶秀抜、趙皇后[二五]の掌上に舞蹈し、楊太真[二六]の華清に出浴し、秀色餐《さん》[二七]すべくして老蒼《らうさう》の態少なきが如し。南郭は紀律厳正にして頌容《ようよう》[二八]有り。輪扁《りんぺん》[二九]の輪を作り、手得て心応ずるが如し。又周公の負扆《ふい》[三〇]して諸侯を朝し、威厳畏《おそ》るべく、温和愛すべきが如し。南山は意思円熟。林[三一]処士の舟を西湖

物にするためではない。釣竿は魚を釣るために持つので、あの太公望のような栄達を期待してではない。
一五 巻二「酔後偶成」。「竜泉」は宝剣の名。「婆娑」はまごまごする様子。
一六 巻二「秋夜宿二光徳精舎一耿耿不レ寝因作」。「催花雨」は開花を促す春雨。
一七 巻二「甲寅早春」。「犢外」は牛のいる野。
一八 巻二「丙辰早春」。柳は芽ぶいた枝を垂れて今しも靄を纏わせる風情。梅の痩せた枝は霜と雪とを凌ぎ来たった姿。
一九 秀れたもの。 二〇 万人が奉じ従う基準。
二一 蓬莱・方丈・瀛洲の三山。渤海の海中にあり、金銀の宮殿そびえる神仙の山。
二二 全体を見通すことは殆んど不可能だ。
二三 穏やかさには若干欠けるが、すぐれて奔放自在だ。
二四 唐の高祖李淵。山西の晋陽(太原)に挙兵し、「胡人」の突厥と結んでその士馬を手に入れ、隋を滅ぼし唐を建国した。
二五 漢の成帝の寵愛を受けて、舞姫から皇后に上った趙飛燕。「飛燕体軽能為二掌上舞一」(趙飛燕外伝)。
二六 楊貴妃。華清池の温泉に入ったその湯上がりの様は、「温泉水滑洗二凝脂一、侍児扶起嬌無レ力」(白居易・長恨歌)と歌われた。
二七 食べられるかと思うほど美しい。
二八 ゆとり。
二九 春秋の斉の車輪造りの名人輪扁。手ごたえと勘だけで輪を作った(荘子・天道)。
三〇 南面。周公旦は甥の成王の摂政として南面して政治を行った。
三一 宋の林逋。杭州の孤山に隠棲し、近くの西湖に舟を浮かべて遊んだ。

に泛《うか》べ、優游自得、世間に又富貴有るを知らざるが如し。鳩巣は体裁《たいさい》頗る大。曹参《さうさん》[一]の国に当り、寧《むし》ろ質野に失するも、能く大任を負ふが如し。東涯は平淡率易。昭烈[二]皇帝の諸葛丞相《しよかつじようしやう》を遇するが如し。余一日友人の斎頭に在りて、『紹述集』[三]を閲し、日の昃《かたむ》くことを覚えず。戯れにその人に謂ひて云く、「[四]余春風中に坐了すること半日」と。

〔一三〕女子にして詩賦に渉《わた》るもの有り。京師[五]の古春・阿留、東都の桃仙。立花氏・井上氏の如きは諸選[六]已《すで》に録す。今具《つぶさ》に挙げず。桃仙[七]は年十三にして、自ら業とする所を書し、劂工《けつこう》[八]に付し、名づけて『桃仙詩稿』と曰ふ。「漁父」に云く、「破[九]笠短簑一釣船、生涯只《ただ》自任ラス二風煙ニ一、篷窓午夜夢回ツテ後、空シク対ス蘆花明月ノ前」。「祖墓に詣づ」に云く、「[一〇]推シレ根《もと》ヲ報ズルハレ徳ニ是レ人倫、皮骨誰カ分ツ大父ノ身、他日陪スレ君ニ文若ノ意、昔年撫スレ我ヲ祖劉ノ仁、抱キレ恩ヲ罔シレ極リ子還《また》子、遺シテレ愛ヲ豈ニ忘レンヤ親亦《また》親、到リテレ此ニ凄然風木ノ恨、荒墳空シク見ル緑苔新タナルコトヲ」。古春・阿留、共に『扶桑千家詩』に見ゆ。於戯《ああ》、彤管《とうくわん》[一一]の煒《あき》らかなること、一《いつ》に胡《なん》ぞここに至る。今日を以てこれに比するに、ただに寥寥たるのみならず。風俗の陵遅《りようち》[一二]すること、真に慨《なげ》くべきかな。

〔一四〕農估にして篇什に工なるもの有り。大井守静・唐金興隆・益田助 雀楼・入

一 漢の相国の曹参。自らは華々しい活躍は見せず、前任者の粛何の政治を踏襲して国政の任を全うした(史記)。 二 三国蜀の劉備(諡昭烈皇帝)。諸葛亮をその廬に三度訪れて招き、軍師として篤く遇した。
三 東涯の文詩集。紹述先生文集、三十巻。
四 宋の程明道に会った朱光庭がその和気溢れる印象を「光庭在ニ春風中一坐了一箇月」と述べた語(近思録・観聖賢)による。
五 「古春　安井真祐室」「阿留　京師之才女也」(搏桑千家詩・上)。
六 日本詩選。→詩史八二頁。
七 内田氏。桃仙詩稿の跋文には「十二歳」。
八 板木の彫り師に渡し、出版した。
九 破れ笠と丈短い簑と釣り舟一隻。たなびく水煙のまにまにこの生あるかぎりを委ねる。夜中に夢さめては舟の窓に、月明りの中に色定かならぬ蘆の白い花に向かう。
一〇 一二句、わが身体は他ならず祖父の身を分けたものだ。頷聯、後漢の荀淑は友を迎えて幼い孫の彧(字文若)を膝元に侍らせ(世説新語・徳行)、祖母劉氏に撫育された晋の李密は老病の祖母に侍養するために天子の徴聘を辞退した(文選「陳情事表」)故事による。頸聯、子のまたその子と、恩愛を受けること尽きず、親のさらにその親と、遺徳を忘れることがあろうか。七句、この墓処に来ると、報恩すべき祖父母の世に亡い恨みを痛切に感じる。「樹欲レ静而風不レ止、子欲レ養而親不レ待」(韓詩外伝)。
一一 女持ちの赤い軸の筆。「彤管有レ煒」(詩経・静女)。 一二 次第に衰退する。
一三 →二四七頁・二四二頁。 一四 →詩史一〇四頁。

江兼通若水・端隆。霍楼・若水の如きは已に録す[一三]。守静は『詩史』[一四]に出づ。興隆は泉南の人、陶猗《たうい》[一五]の名有り。堂を垂裕と曰ふ。垂裕堂八景を択び、歴《あま》ねく天下の名匠碩儒の題咏を請ふ。白石・鳩巣諸先生の集中、「垂裕堂八景」と称するものこれなり。端隆[一六]は東都の人。居を京師《けいし》に徙《うつ》す。夙《つと》に詩名有り。

〔一五〕村上友佺は京師の医官。坦庵[一七]伊藤宗恕・仁斎と友とし善し。その詩、清新渾成。古の作者の風有り。余これを南山・東涯に比ぶるに、実に勍敵《けいてき》為り。五言、「渓[一八]声寛クシ二酒渇ヲ一、秋色役ス二吟魂ヲ一」「竹[一九]風吹キ不レ休ヤマ、老境又逢フレ秋ニ」「処[二〇]シテレ世ニ無ク二長策一、搔ケバレ頭ヲ有リ二乱糸一」。七言、「何[二一]レノ処ノ青山カ竢《まツ》二吾ガ骨ヲ一、誰ガ家ノ白酒カ解セン二人ノ愁ヲ一」「一[二二]炷ノ香煙微雨ノ後、満簾ノ花影夕陽ノ前」。絶句、「閨情」に云く、「井[二三]梧霜重クシテ草虫悲シム、正ニ是レ孤床不ルレ睡ラ時、山月映ジレ窓ニ燈映ズレ戸ニ、良人今夜在リ二天涯ニ一」。「暮雨人を送る」に云く、「歌[二四]罷ンデ陽関涙湿《うるほス》レ衣ヲ、橋辺ノ楊柳緑依依タリ、離魂偏《ひとへ》ニ似テ二風前ノ絮ニ一、故《ことさらニ》に向二征人馬上一飛ブ」。余特にその「冬夜亡友を憶ふ」の詩を愛誦す。云く、「四[二五]更雨息ンデ月昇ルレ廊ニ、薄薄タル衣衾夢不レ長カラ、永夜ノ孤燈双眼ノ涙、老年ノ多病満頭ノ霜、新知那《なんゾ》似シカン旧知ノ好キニ、生別仍《なホ》添フ死別ノ傷、炉底灰寒クシテ残酔尽ク、此ノ宵誰カ是レ鉄肝腸」。凄愴、味有り。

〔一六〕仁斎、詩才友佺[二六]と雁行《がんかう》す。学術[二七]の為《ため》に蔽《おほ》はれて、往往にして人その詩を称

一五 春秋時代の陶朱公（范蠡）と猗頓のような金持ちという評判であった。
一六 端文中。→詩史一五二頁。
一七 福井藩儒。江村北海はその孫。
一八 搏桑名賢詩集・補遺「秋日郊行」。せせらぎの音は酒後の渇きをいやし、秋の景色は詩心をそそる。 一九 同右「秋日間懐」。
二〇 熙朝文苑・二「和二家児元日詩一」。世渡りに智恵もなく、いたずらに白髪乱れる頭を搔くのみ。 二一 搏桑名賢詩集・補遺「自遣」。わが骨を埋むべき緑の山はいずれにあろう。ともに濁酒を酌んで憂いを忘るべき友はどこにいようか。
二二 熙朝文苑・二「春日遊二那波氏亭一」。
二三 搏桑名賢詩集・補遺。一句の「草虫」は、不在の夫を思慕する詩経・召南「草虫」の「喓喓草虫」の句による。
二四 搏桑千家詩・上。「離魂」は底本は「離恨」だが平仄があわない。千家詩の本文に従い改める。「陽関」は王維の「送三元二使二安西一」の詩。結句の「西出二陽関一無二故人一」を繰り返し唱して送別の歌とする。三四句、別れを惜しむわが魂は身を離れ、あたかも馬のあたりを風に舞う柳絮のように、旅ゆく人を慕い飛ぶ。
二五 熙朝文苑・二。二句、薄いふとんの寒さに目覚めて夢は途絶えがち。頸聯、新しい知り合いは昔なじみの良さにどうして及ぼうか。生きながら離ればなれの辛さに今は死別の悲傷さえ加わった。八句、「鉄肝腸」は物に動かされない強い心。
二六 村上冬嶺に少し後れながら続く。
二七 その学問（古義学）が有名である蔭に隠れて、詩の方は賞賛されない。

せず。亦た一厄なり。「五月雨」に云く、「[一]梅雨街頭水漫《ニ》流《ル》、開《ケバ》レ門《ヲ》風気似《タリ》二深秋《ニ》一、南隣北舎人行絶《ス》、自《ラ》抜《キテ》二版橋《ヲ》一為《ス》二小舟《ト》一」。「北野の即事」に云く、「[二]北野祠前千樹《ノ》梅、残葩寂莫《トシテ》晩風《ニ》開《ク》、月明未《ダ》レ上《ラ》林塘《ノ》上、空《シク》逐《ヒテ》二暗香《ヲ》一過《グ》二野台《ヲ》一」。「梅花の図に題す」に云く、「[三]雪《ハ》深《シ》湖上独家村、招《キ》得《タリ》梅花枝上《ノ》魂、駅使近来音信絶《ユ》、一尊看《テ》到《ル》二月《ノ》黄昏《ニ》一」。

〔一七〕渡辺宗臨、字は道生。正庵と号す。父益西、日向延岡に家し、有馬侯直純の聘に応ず。正庵幼くして学を好む。[四]成童にして京師に遊び、儒医に兼通す。時に干戈戦争の餘に属し、文教地を掃《はら》ふ。況《いはん》や郷僻遠《へきゑん》に処して、人、文学を知らず。正庵日《ひび》に藝を講じ徒《と》に授《さづ》く。門徒数百人。侯の子康純に至り、正庵を以て嗣君《しくん》の侍読と為す。後、嗣君嬖臣《へいしん》[五]を寵昵《ちょうぢつ》す。正庵、その傅《ふ》[六]とこれを諌《いさ》め、故に以て禁錮《きんこ》せらる。居《を》ること二年、郷に帰るを得《う》。猶ほ他邦に往《ゆ》き士人に接《まじ》はることを得ず。正庵復た仕宦せず、薬を鬻《ひさ》ぐを業と為す。[七]元禄己卯の歳卒す。嘗て詩有りて云く、「[八]活計田三畝、羲皇千古《ノ》心、十年何《ノ》所《ゾ》レ得《ル》、松竹四隣深《シ》」。又曰く、「[九]半畝《ノ》邱園半畝《ノ》池、更《ニ》無《シ》三塵事《ノ》到《ル》二茅茨《ニ》一、山間明月清風《ノ》外、一二《ノ》病夫来《リテ》請《フ》レ医《ヲ》」。瀟洒《せうしや》愛すべし。具《つぶさ》に『紹述文集』[一〇]に見ゆ。

一 搏桑名賢詩集・四(以下同)。「五月雨」は和歌題。晩秋を思わせる梅雨ざむの中、人通りは途絶え、長雨に溢れる水は橋板を抜いて小舟のように浮かべている。
二 三四句、北野天満宮の梅林と堤(豊臣秀吉の築いた御土居)に月はまだ上らず、(花の色は見えず)ただ闇のなかの香りを追って野外のうてなのそばを通り過ぎる。
三 雪深い湖畔の孤村にも、花魂を招くことができて梅が開いた。雪のせいで駅場の便りは絶え果てて(宋の陸凱が都の友人に梅花一枝を贈って、「折レ梅逢二駅使一、寄二与隴頭人一」と詠んだ句による。→二三五頁注二九)、月上る黄昏時までただひとり花を眺めて樽の酒を酌んだ。
四 十五歳。
五 気に入りの家臣を近づけ寵愛した。
六 守り役。 七 元禄十二年(一六九九)。
八 三畝の田を耕して生活し、陶淵明の「北窓の下で高臥すれば伏羲の世の人となる」(晋書)という心をはるかに共にする。この十年の間に得たものは何か、それは松と竹の作る蔭が家のまわりに濃くなったことだ。
九 隠棲の狭い庭と池。茅葺きの陋屋に俗事はいっさい届かない。山あいの月と風のほかは、たまに病人が治療に訪れるだけだ。
一〇 巻十三「正庵先生渡辺君墓碑銘」。
一一 →詩史一二〇頁。
一二 鶴楼遺編(以下同)巻三。「水四囲」は底本「竹四囲」。鶴楼遺編の本文に従い改める。
「鸊鵜」は水鳥の一種、鳰。
一三 底本、鶴楼遺編ともに欠字。
一四 第八句の「白い浮草と赤い蓼(水辺に生える)とが貧しい家を取り巻く」は、第二句

〔一八〕『詩史』[一一]に云く、「寉楼の詩を閲《み》るに、殊に佳なるもの無し。要するに諸名士に縁《よ》りて不朽なるのみ」と。予云く、寉楼詩を好みて推敲《すいかう》に乏し。拙累《せつるい》多き所以なり。試みにその一を挙ぐ。「夏日の江村」に云く、「鸕鷀《ろじ》[一二]争ヒ浴シテ弄ス二斜暉ヲ一、竹裏ノ人家水四囲、片雨送リテレ雲山色浄ク、回風颭《そよギテ》レ岸ニ□[一三]煙微ナリ、孤舟渡口漁翁去リ、独樹渓辺浣女帰ル、林月未ダレ昇ラ江路黒《くらク》、白蘋紅蓼繞《めぐル》二柴扉ヲ一」。第[一四]八句、第二句を犯し、「渓辺」「江路」又相ひ干犯す。然れども佳句無くんばあらず。左に摘録す。五言、「草浅[一五]クシテ風吹キレ水ヲ、林疎ニシテ月到ルレ庭ニ」「水緑[一六]ニシテ氷依リレ岸ニ、山明ニシテ日映ズレ霞ニ」「霽雪[一七]生ジ二山気ヲ一、流澌弄ス二水光ヲ一」。七言、「竹打[一八]チテ二敗窓ヲ一霜気冷カニ、香飄ヒテ二深壁ニ一水沈寒シ」「細竹林中新[一九]ニ迸《ほとばしラセ》レ筍ヲ、斜枝葉底暗ニ蔵スレ梅ヲ」「楼前[二〇]ノ風雨中秋ノ色、笛裏ノ関山独夜ノ心」「翻[二一]セバレ経ヲ竹気漸ヤク侵シレ榻ヲ、洗ヘバレ鉢ヲ荷香欲スレ触ントレ衣ニ」「林端[二二]ノ夕日開キ二樵径ヲ一、竹外ノ寒煙繞《めぐル》二釣磯ヲ一」。寉楼、白石先生に親炙《しんしや》すること尤《もつと》も年有り。筆墨[二三]の逕蹊《けいけい》、先生実にこれを開けり。この数句の如きは、誰か佳ならずと謂はんや。豈に人に縁《よ》りて田伯隣を不朽にすること有らんや。

〔一九〕又[二四]云く、「『桐葉編』の巻末に竹渓が詩数十首を附載す。跋《ばつ》も亦た竹渓が作。しかして序無し。朝紳《てうしん》の和歌一首を以てこれに代ふ。竹渓は余未だその人を詳らかにせず。先師の遺稿を以て翫弄《ぐわんろう》の具と為し、己が名を售《う》るの奇貨と為す。軽薄亦た

の「竹林の中の家が川に囲まれている」に内容が重複し、表現効果を減殺する。
一五 巻二「海公山房七首」(その二)。川辺の草は短いので風は水面を吹き、木々の枝葉はまばらで月の光は庭上に届く。
一六 巻三「早春三首」(その一)。氷が岸辺に解け残り、山気が日に輝く。
一七 巻三「早春三首」(その二)。青空の下の雪からは山の蒸気がたちのぼり、水に浮かぶ氷は川面に光を動かす。
一八 巻二「次二韻僧□和鴛湖中秋一九首」(その三)。「水沈」は香木の沈香。
一九 巻三「雨中送レ春同二梁景鸞一三首」(その一)。竹林でたけのこは勢いよく伸び、葉蔭に人知れず梅の実がふくらみ始めた。
二〇 巻一「和二蠡湖一三首」(その三)。「関山」は横吹曲の「関山月」。離別を傷む。
二一 巻二「次二韻僧□和鴛湖中秋一九首」(その一)。「翻経」は晋の僧慧遠らが廬山東林寺で涅槃経を翻訳したことによる表現。「洗鉢」は托鉢に用いる鉢を洗うこと。
二二 巻一「同賦二野店山橋送二馬蹄一二首」(その一)。上句、林の梢の上から差す夕陽に樵の道が照らし出される。
二三 鶴楼を詩作の小道に導いたのは白石先生であった。 二四 →詩史九七頁。

一 出版の完成を待たないで亡くなった。
二 昔から富士山の詩を作る者はあったが、みなその真実の姿を描けなかった。
三 石川丈山の「富士山」(覆醬集・上)の結句「白扇倒懸東海天」。 四 平岩仙桂の「富士山」(忘筌窶襲桐集・三)の転結句「白芙蓉頭似レ厭レ寒、疑是四時覆二絮帽一」。避寒のた

甚だし」と。余これを読んで実に竹渓の人と為りを鄙《いや》しむ。後『桐葉編』を得て、君錫の言を徴《ちよう》するに、巻首には実に和歌一首及び竹渓の小文有り。然れども巻末に附する所の竹渓の詩なるものは、乃ち書估栂井《とがゐ》秀信の為す所。題して「竹渓遺稿」と曰ふ。蓋し竹渓嘗て『桐葉編』を選録し、[一]剞《き》劂《けつ》未だ成らずして没す。秀信因りてその師の集の後に附して、以て不朽を謀る。亦た自ら美意。竹渓固《もと》より毫《がう》も与《あづか》る無し。君錫これを尤《とが》む。真に冤《あん》なるかな。

〔二〇〕富嶽を望む詩、諸家の難《かた》しとする所。[二]前後の作者、共に真面目を得ず。或いは「[三]白扇倒《さかさま》ニ懸ル」と曰ひ、或いは「[四]四時覆フ二絮帽ヲ一」と曰ふ。皆な児童の言なり。[五]秋玉山に至り、旧套《きうたう》を一洗し、雄壮の語を為す。その詩に云く、「[六]帝掬シテ二崑崙ノ雪ヲ一、置ク二之ヲ扶桑ノ東ニ一、突兀タリ五千仞、芙蓉挿ム二碧空ニ一」。[七]起承、壮なることは則ち壮。然れども崑崙《こんろん》の特に大なるに似たり。若し崑崙を咏《よ》むに当りては、富嶽を以て崑崙一片の雪と為さば則ち可なり。落句の「挿」字摸写すること入妙。要するに傑作と為すに害無し。近時[八]柴学士も亦《ま》たこの作有り。云く、「[九]誰カ将《もつ》テ二東海ノ水ヲ一、洗ヒ出ス玉芙蓉、蟠リテレ地ニ三州尽キ、払ヒテレ天ヲ八葉重ナル、煙霞蒸シ二大麓ヲ一、日月照ス二中峰ヲ一、独立シテ元無シレ競フモノ、終ニ為ル二衆嶽ノ宗ト一」。一時伝播して、人の耳目に在り。亦た自ら秀抜。[一〇]妙法院法親王尭恕詩有りて云く、

め の真綿の帽子を年中付けているようだ。
五 秋山玉山。名儀、字子羽。熊本藩儒。
六 玉山先生詩集・五「望二芙蓉峰一」。天帝が崑崙山の雪を掬って、東海中の扶桑の木の東(日本)に置いた。五千仞の高さに屹立し、芙蓉(蓮の花)を青空に挿すかのようだ。
七 起句と承句は、確かに壮大には歌っている。しかしこれでは富士山ではなく、崑崙山の方の大きさが印象づけられるようだ。
八 柴野栗山。名邦彦。昌平黌教官。
九 栗山堂詩集・一「富士山」。頷聯、「三州」は富士山が伊豆・甲斐・駿河の三国に跨ることを、「八葉」は山頂が蓮花の花弁の八枚重なるように見えることを言う。頸聯、広い山麓に霧が沸き起こり、日も月もその中腹のあたりに照っている。
一〇 妙法院門跡、後水尾院皇子。
一一 搏桑名賢詩集・首巻「富士山」。起聯、富士は冷え冷えとした空に、朝焼けの赤い雲の中に聳え立つ。
一二 こんなに素晴らしい表現がなされると、他の詩人には手の施しようが無いだろう。
一三 本多忠統。伊勢神戸藩主。→二五三頁。
一四 猗蘭台集二稿・三。
一五 蜺巌集に該当する詩見えず。未詳。
一六 「行者謡曰、朝発二黄牛一、暮宿二黄牛一、三朝三暮、黄牛如レ故」(水経注・江水)。
一七 花嫁。　一八 荻生徂徠。
一九 徂徠集・四。小姑(夫の妹)は「阿姐(あねさま)」と、大姑(本来夫の姉、ここは夫の母の意に誤るか)は「阿娘(おかあさん)」と呼ぶ。けれど、嫁入り前には夫を呼ぶ言い方など口にしたことが無い。どう呼んだらいいのだろう。
二〇 大内子綽。荻生徂徠に私淑した。

「[11]士峰天色冷《エ》、屹立暁霞紅《ナリ》、飛《ビテ》出《デ》二青霄外《ノニ》一、倒《さかさまニ》沈《ム》二蒼海中《ノニ》一、浮雲来往変《ジ》、積雪古今同《ジ》、圧《シ》二尽《シテ》衆山頂《ノヲ》一、独《リ》能《ク》鎮《しづム》二日東《ヲ》一」。真に傑作と為す。起語少しく劣るも、頷聯《がんれん》は千古の絶唱。豪にして粗《そ》ならず、質にして俚《り》ならず。[12]言ひ得てかくの如くんば、恐らくは復た人の手を措《お》く処有ること無からん。[13]猗蘭侯の「嶽を望む」に云く、「[14]雲霞連二大海一、日月宿二中峰一」。栗山の頷聯に暗合す。

〔一一一〕蜺巌先生の[15]富嶽の詩、[16]黄牛峡の古語を襲《おそ》ふ。翁の技倆《ぎりやう》に於て、固より言ふに足らず。

〔一一二〕[17]新嫁娘《しんかちやう》を詠む詩、往往にして諸家の集中に見ゆ。[18]徠翁云く、「[19]小姑是《ハレ》阿姐、大姑是《ハレ》阿娘、但《ただ》愁《フ》未《ダ》レ嫁《セ》日、不《ルヲ》レ慣《レ》レ喚《ブニ》二吾《ガ》郎《ヲ》一」。[20]熊耳云く、「[21]三日媵婢去《リ》、書《シテ》レ字《ヲ》報《ズ》二阿爺《ニ》一、只言《フ》舅姑好《シト》、不レ言《ハ》二郎《ノ》如何《ヲ》一」。[22]仲英云く、「[23]夙《つとニ》先《チテ》二夫婿《ニ》一起《キ》、斂《メテ》レ鬟《ヲ》暗《ニ》含《ム》レ羞《ヲ》、未《ダ》レ慣《レ》二新婦《ノ》事《ニ》一、都《すべテ》就《テ》二阿姆《ニ》一謀《ル》」。[24]北海云く、「[25]随《ヒテ》レ姑《ニ》厨下《ニ》立《チ》、承《ケテ》レ命《ヲ》試《ミニ》調《ス》レ羹《ヲ》、未《ダ》レ熟《セ》家僮《ノ》面、時時誤《リ》二喚《ブ》名《ヲ》一」。徠翁の含蓄、冠と為す所以《ゆゑん》。熊耳の婉曲これに次ぐ。仲英・北海亦た[26]自ら陳套《ちんたう》、斤両《きんりやう》相ひ当る。又これに次ぐ。二子固《もと》より脂粉《しふん》の語に工《たくみ》なりと為すに、二翁に及ばず。所謂[27]尺《しやく》に短き所有るなり。

〔一一三〕秋玉山の「鸚鵡杯」に云く、「[28]綺席飛《シテ》レ杯《ヲ》酔《ヒ》、争《ヒ》伝《フ》鸚鵡《ノ》名、何《ゾ》須《もちヒン》更《ニ》作《ルコトヲ》

二一 熊耳先生文集正編・四。「三日」は新婚の三日目(過三朝)。新婦は衣装を改め台所仕事を始める。その日実家に戻る「媵婢」(嫁入りの付添い)に父さんへの便りを託す。ご両親は好くしてくださるとは告げても、旦那さんについては何とも書かない。
二二 服部白賁。→二七三頁。
二三 蹈海集・五。夫より早く起床して、恥じらいながら髪を結う。嫁御の仕事に慣れぬので、何でも夫の嫂さん(相嫁)に相談する。
二四 江村北海。二五 北海詩抄・下。姑について台所に立ち、言いつけられて味付けをしてみる。下男の顔がまだ分からず、いつも名前を呼び違える。
二六 各々ありきたりの表現で五十歩百歩。
二七 秀れた人物にも不得手があるという意の諺(楚辞・漁父)。
二八 玉山集・五、日本詠物詩・一「宇土侯席上賦二得鸚鵡杯一」。「禰生」は後漢の人。俗を憎んで自ら狂病を称し、鸚鵡を得た江夏太守黄祖の長子射に請われて「鸚鵡賦」(文選)を作った。嘉宴に杯をやり取りして酔い、みな鸚鵡の名を口々に賞する。しかし今更に鸚鵡杯を詩賦には詠むまい。狂病のほうは禰生よりいちまい上手なのだから。

一 高野蘭亭。荻生徂徠門。
二 蘭亭先生詩集・八、日本詠物詩・一「戯題二鸚鵡杯一」。第二句の「飛」は杯をやり取りする意と鳥の飛ぶ意とを兼ねる。三四句、もしも鸚鵡から言葉を話す能力が借りられるのなら、私(鸚鵡杯)は忘憂の酒に託された古人の尽きせぬ愁いを語ってみせよう。
三 玉山は蘭亭に天と地ほどの違いで劣る。

レ賦ヲ、狂ハ自ラ勝ル二爾生ニ一」。[一]高子式又この作有りて云く、「[二]有リレ杯呼ブ二鸚鵡ト一、飛ブ時春酒流ル、仮《かせバ》二我ニ能言語ヲ一、欲スレ吐カント二万古ノ愁ヲ一」。玉山尤《もつと》も五絶に工にして、これを子式に比するに、実に[三]天淵《てんゑん》為り。然れども亦た[四]一日の短長、終身優劣せず。玉山の五絶の伝ふべきもの、[五]ただに子式の及ばざるのみにあらず。

〔二四〕[六]鶉孟一士寧、為性《ひととなり》才を好む。服仲英羈旅《きりよ》して、自ら存すること能はず。孟一これを衣食せしむ。後遂に服翁の義子と為る。[七]安文仲も亦た孟一の顧眄《こべん》を得て、能くその業を成す。孟一に『桃花園集』有り。

〔二五〕孟一と時を並ぶるもの、安文仲・[八]菅習之・[九]菅道伯の諸人有り。大抵詩才相ひ敵す。千詩、一詩の如く、これを読めばただ臥《ふ》せんことを恐る。その名の不朽なるは、殆んど天幸なり。

〔二六〕[一〇]南宮喬卿・[一一]劉文翼・[一二]紀世馨の三子、時を同じくして一方に雄視す。亦た[一三]魯《ろ》衛《ゑい》の政なり。[一四]六如上人初め詩を文翼に学ぶ。文翼に『龍門集』有り。

〔二七〕[一五]藤文二の『名家詩選』、文翼の「楚宮詞」を載するに云く、「[一六]為《ために》レ有ルガ二細腰宮女ノ妬《ねたミ》一、瑶姫夢裏ニモ不二曾テ来ラ一」。これ[一七]高太史の「楚宮詞」の「[一八]細腰無限空シク相ヒ妬ム、不レ覚ラ瑶姫夢裡ニ逢フコトヲ一」を沿襲《えんしふ》して意義浅露。所謂[一九]屋下《をくか》に屋《をく》を架《か》するなり。採録するに足ら

四 ある時点の優劣は一生続くわけではない。
五 蘭亭だけでなく誰の詩も遠く及ばない。
六 姓鶉殿、字士寧、号本荘。南郭門。
七 安達清河。名修、字文仲。南郭門。
八 秋元習之。本姓菅原。南郭門。
九 前田道伯。玉山、南郭門。
一〇 南宮大湫。→詩史一五一頁。 一一 宮瀬竜門。江戸の儒者。 一二 細井平洲。→二七二頁。 一三 大差なくよく似る。
一四 天台宗の僧慈周。 一五 →二四二頁注五。
一六 巻七。「為有」は名家詩選には「応避」。楚王が細腰の女性を好んだという伝説と、楚の懐王・襄王が夢の中で神女と逢ったという故事(文選・高唐賦、神女賦)とによる。細腰の他の宮女に妬まれるので、かの美しい人は夢の中にもついぞ現われない。
一七 明の高啓。
一八 大全集・十七「十宮詞」のうち「楚宮」。細腰の宮女がどれほど嫉妬しても無駄なこと、美しい人と夢中に逢うとは気が付くまい。
一九 屋根の下に更に屋根を作る。模倣に終って新味のない譬え。詩人玉屑・八。
二〇 日本名家詩選・七。 二一 唐の銭起の「暮春帰ニ故山草堂一」(銭考功集・十)の結句。また詩藪内編・六。帰郷の私を、窓下の竹は涼しい蔭を変えずに待っていてくれた。
二二 北海詩鈔・下。唐の中宗の世、後の玄宗ら兄弟五人は梨園亭で吐蕃の使者と打毬の競技をし、玄宗は馬を馳せて活躍した(封氏聞見録)。楊貴妃は、命により白鸚鵡に多心経を暗誦させ、また玄宗の弟寧王の紫玉笛をこっそり吹いてお咎めを蒙ったことがある(楊太真外伝)。「落梅花」は笛曲の名。
二三 同右。李夫人を亡くした漢の武帝は、

ず。

〔二八〕又、江君錫の「磻渓上人の郷に還るを送る」を載するに云く、「遥《カニ》[二〇]知《ル》故国青蓮《ノ》色《ノ》、不レ改《メ》二清香《ヲ》一待《ツヲ》二汝帰《ガルヲ》一」。結句全く唐人の「不[二一]レ改《メ》二清陰《ヲ》一待《ツ》二我帰《ガルヲ》一」の語を襲ふ。文二これを収む。真に選録の難きなり。君錫自ら好詩有り。「太真窃笛の図に題す」に云く、「金[二二]鞍斉《シク》立《ツ》五王《ノ》馬、苑外《ノ》打毬楊柳遮《ル》、内殿無《クシテ》レ人鸚鵡静《ナリ》、倚《リテ》レ欄《ニ》潜《カニ》奏《ス》落梅花」。「落葉」に云く、「玉[二三]殿西風冷《ひややカニ》二碧羅一、琳池秋水晩来波《ダツ》、美人休《メヨ》レ奏《スルコトヲ》哀蟬《ノ》曲、落葉紛紛白露多《シ》」。「漢武帝李夫人を憶ふ」に云く、「漢[二四]宮《ノ》明月照《シ》二流黄《ヲ》一、錦帳偏《ニ》懐《フ》傾国《ノ》粧、玉露凋傷《ス》連理樹、金罏髣髴《ス》返魂香、秋風有《リ》レ恨横《タハリ》二汾水《ニ》一、良夜無《シ》レ心宴《スルニ》二柏梁《ニ》一、万里瑶池《ノ》猶《ホ》寄《ス》レ信《ヲ》、松楸咫尺断《ツ》二人腸《ヲ》一」。練辞整秀、大いにこれ佳処。その詩を細玩するに、謝山人[二五]を学ぶものに似たり。

〔二九〕緇《し》流《りう》[二六]の詩、法霖[二七]・百拙[二八]・万庵[二九]・大潮[三〇]を以て巨擘《きよはく》と為す。元政・月潭[三一]・無隠[三二]・若霖[三三]・文川[三四]・凍適[三五]これに次ぐ。万庵・大潮諸公の如きは、詩名箕斗《きと》[三六]、亦た言を煩はさず。月潭、名は道澄。『龍巌』『巌居』の二集有り。語語[三七]性霊、軌紀《きき》に拘拘《こうこう》せず。亦た道人の詩なるのみ。今その穏当なるもの数首を摘す。「秋夜即覚山房に宿す」に云く、「偶《たまたま》[三八]来《リテ》尋《ヌ》二逸士《ヲ》一、就《イテ》宿《ス》古梅峰、犬吠《ユルハ》風鳴《ラシ》レ竹《ヲ》、鳥驚《クハ》雨打《ツ》レ松《ヲ》、燈

昆明池に舟を浮かべ、女の楽人に自作の「落葉哀蟬曲」を歌わせ哀哭した(拾遺記)。

二四 同右。漢の宮殿の月は織りさしの絹地を照らし、帳の中で美しいかの人をひとえに思う。枝を合わせた二もとの木も露に損なわれ、金の炉に焚く反魂香は夫人の姿をほのかに浮かびあがらせる。秋風には汾水の水面に恨みの情が漂い(武帝は汾水に舟遊びして「歓楽極兮哀情多」と歌った。文選「秋風賦」)、帝の造った柏梁台の良き夜にも宴会する気になれない。西王母は万里かなたの崑崙山から使いの者をよこしたが(漢武帝内伝)、夫人の墓所への僅かの距離こそ到り難く、帝の心をちぢに悲傷させる。

二五 明の謝榛、号四溟山人。後七子の一人。

二六 僧侶。　二七 俗姓小野氏。字元沢。

二八 名元養、字百拙。→詩史一〇〇頁。

二九 名原資、号芙蓉。→詩史一三一頁。

三〇 名元皓。肥前松浦の人。→詩史一三一頁。　三一 嵯峨野の直指庵に住す。黄檗宗。

三二 名道費。金竜沙門。加賀の人。

三三 字桃渓。相模の人。

三四 釈師麟。字天祥、万亀。播磨網干の人。

三五 彦根江国寺住。　三六 輝かしいこと(箕と斗は星の名)。　三七 一語一語己れの心を表現して、詩のきまりなどには拘わらない。

三八 竜巌集・一。「逸士」は世俗を離れた人。「古梅峰」は京都北山の梅ヶ畑。「灯花」は灯心のさきに煤が花の形に固まったもの。

一 愛宕山の北西の山。太政大臣九条(藤原)兼実の創建と伝える月輪寺があり、兼実の肖像などが遺されていた。嵯峨野からは清滝川とその支流を遡って到る。

花開《イテ》又落《チ》、茶味淡《クシテまた》還濃《カナリ》、夜久《シクシテ》清譚罷《ム》、臥《シテ》聴《ク》草下《ノ》虫」。「[一]月輪山に登る」に云く、「[二]渓行数里聴《ク》二流泉《ヲ》一、又踏《ミテ》二嶮巇《ヲ》一上《ル》二碧巓《ニ》一、万簇《ノ》雲霞紅映《ジ》レ日《ニ》、千章《ノ》杉檜翠参《まじハル》レ天《ニ》、残僧有《リ》レ屋庭堆《うづたかクシ》レ葉《ヲ》、古像無《ク》レ龕炉断《ツ》レ煙《ヲ》、藤相《ノ》遺蹤荒寂甚《シ》、夜深《クシテ》誰《カ》対《セン》二月輪《ノ》円《ナルニ》一」。「雪中の作」に云く、「[三]四野寒凝《リテ》雲色彤《あかシ》、須臾《ニ》瓊屑満《ツ》二長空《ニ》一、庭前笑《ヒテ》対《ス》梅《ノ》妝臉、崖畔憐《ミ》看《ル》竹《ノ》曲躬、帰鳥迷《フ》レ棲《ニ》林《ノ》上下、猟人失《ス》レ径《ヲ》磵《ノ》西東、灞橋《ノ》騒興非《ズ》二吾《ガ》事《ニ》一、独《リ》憶《フ》鼇山晏坐《ノ》翁」。文川、詩を梁蛻巌に学び、『文川集』を著はす。凍滴、業を龍草廬に受け、頗る才思有り。『豹隠集』を著はし、世に行はる。

〔三〇〕[四]小倉尚斎、名は貞、字は実操。[五]県周南と共に長藩の儒学為り。『唐詩趣』を著はし、世に行はる。然れども諸選一詩を録せず。予嘗てその「秋郊」の七律一篇を得たるに云く、「[六]孤村接《ハリテ》レ野《ニ》草離披《タリ》、脩竹断橋懸《ル》二酒旗一、風散《ジテ》二乾紅《ヲ》一楓満《チ》レ径《ニ》、雨添《ヘテ》二寒碧《ヲ》一水侵《ス》レ陂《ヲ》、高田人帯《ビテ》二残陽《ヲ》一穫《レ》、隘巷家交《ヘテ》二疎靄《ニ》一炊《グ》、解印知《ルハ》レ帰《ルヲ》是《レ》何者《ゾ》、古来唯有《ルノミ》二老陶《ノ》辞一」。[七]剪裁頗る工なり。乃ちこれ宋[八]人の佳語。当時徠[九]学大いに行はるるを以て、詩風一変、童子も宋元の語を為《つく》ることを恥づ。故にその名湮晦《いんくわい》す。嘆くべきのみ。

〔三一〕[一〇]金華山人、[一一]倜儻《てきたう》使《し》気《き》、人称して狂生と為す。嘗て言有りて曰く、「去声に

二 巌居稿・二三。せせらぎの音を耳にしながら谷川ぞいに数里歩み、更に険しい道を登って山の頂上に到った。むら雲は夕陽の色に染まり、杉や檜の緑は天に交わらんばかりに聳え立つ。老いた僧には庫裏があり庭には落葉の山。古びた肖像には厨子もなく香炉に煙は断えている。藤原兼実公の遺跡は寂れ果てて、夜更けて月輪の円き(満月)を眺めるものとて誰があろうか。

三 竜巌集・二一。第五句の「林」字は底本には「詩」字を見せ消ちにする。竜巌集の本文に従い改める。四方の野の寒気が凝り固まって赤い雪雲となり、たちまち遥かな空一杯に玉の屑のような雪。庭先では梅の木が雪化粧し、崖下では竹がたわんでお辞儀しているのをほほえましく眺める。鳥は巣を、猟人は帰り道を見失ってうろうろする。唐の相国鄭綮が「詩思在二灞橋風雪中驢背上一」と言った(北夢瑣言)ような詩興は自分には関わらぬこと。雪に降りこめられた湖南の鼇山において大悟を得た唐の義存(雪峰真覚大師年譜)をただ慕わしく思う。

四 長門藩校明倫館初代学頭。林鳳岡門。

五 山県周南。→詩史一二七頁。

六 野原に続く離村に草は処々に枯れ萎み、伸びた竹、崩れた橋、酒屋の旗が懸かる。風が乾いた紅の色を吹き散らして楓葉は小道を埋め、雨は冷たい緑の色を加えて漲る水は堤を侵す。高い田に人は夕陽を背にして収穫し、狭い家並みでは薄らとした霞に炊事の煙を混えている。印綬を解き官を離れて帰郷できたのはいったい誰だ。昔より陶淵明の「帰去来の辞」があるのみだ(収穫する人を帰田した淵明かと見る)。

圏[12]発《けんぱつ》して、句読[13]一寸五分」。その作る所も亦たこの意有り。

〔三二〕物門[14]の諸彦《しょげん》月に乗じて詩を賦す。金華沈思すること、これを久しうす。蹶[15]然《けつぜん》として髀《ひ》を拍《う》ちて曰く、「吾これを得たり」。人問うて曰く、「得る所は何ぞや」。曰く、「只だ明月の二字を得たり」。

〔三三〕猗蘭侯、詩つくること能はず。「暁[16]天来《タリ》二急雨一、暑去《リテ》早涼新《ナリ》」「仲[17]秋空《シク》二月色一、夜雨草堂《ノ》中」「百[18]杯百杯復百杯」「黄[19]鳥一声酒百杯」の如き、その一を見るべし。「春日の村居」に云く、「青[20]雲何《ノ》所《ソ》レ楽《シム》、高枕是《レ》生涯、心静《カナレバ》看《ルコト》弥静《ナリ》、疎花日夕《ニ》佳《シ》」。瀟散味有り。

〔三四〕筑[21]波山人、南郭先生に師事して、夙《つと》に詩名を専らにす。才華も亦た自ら諸子の冠為り。「談[22]舌渋《ルコト》如《ク》レ駃《ノ》、酔顔笑《ヘバ》似《タリ》レ猿《ニ》」の如き、殆んど胡[23]盧《ころ》に堪へず。予その野史を詠ずる詩を愛す。中に「妓王」有り、落句に云く、「日[24]晩《レテ》嵯峨人不レ見《エ》、孤燈片月照《ス》二幽棲《ヲ》一」。趣味雋永《しゅんえい》、その師に恥ぢず。

〔三五〕予夙《つと》に浪華の葛[25]子琴の詩に工なるを聞く。後『野史咏』一巻を得てこれを誦し、愈《いよいよ》その才思の工妙に服す。「源義朝」に云く、「文[26]公《ノ》骿脅便《チ》逢《ヒ》レ害《ニ》、智伯《ノ》頭顱孰《たれカ》乞《ハン》レ憐《ミヲ》」。「紫式部」に云く、「澄[27]《ス》レ心《ヲ》風月秋三五、写《ス》レ思《ヲ》鴬花帖六十 十は平用」。「安

七 字句を整えること。
八 宋代の詩人の巧みな句。田園詩が多い。
九 荻生徂徠の学問。漢魏・初盛唐の詩の格調を尊んで、宋詩を評価しない。
一〇 平野玄中、字子和、号金華。→詩史一三〇頁。 一一 奔放で豪気。
一二 一つの文字が二つ以上の音と意味をもつ場合、小さな丸印を文字の四隅に施して四声を示し意味を明らかにすること。去声に圏発することが多い。
一三 句読の印を打ちつつ読書し、たちまち一寸五分の厚さを読んでしまう。
一四 荻生徂徠門下の人々。蘐園雑話の挿話。
一五 突然、股をたたいて。
一六 猗蘭台集二編・一「喜雨」。「来二急雨一」の語順、「早」と「新」の意味重複に難があるか。
一七 同二編・一「仲秋雨子遷不レ至賦贈」。「空月色」は読解に苦しむ。下句は雨が草堂に降り込んでいるような印象を与えるか。
一八 同三編・二「九日酔中歌」。「復」は底本「又」、猗蘭台集の本文に従い改める。李白の「一杯一杯復一杯」(「山中与二幽人一対酌」)の模倣が滑稽。
一九 同二編・三「春日漫成」。明の李攀竜の「黄鳥一声酒一杯」(「早夏示二殿卿一」)の模倣。
二〇 同二編・一「春日村居」。晴れた空の下、何を楽しみとするのか。枕を高くして眠ること、それが生ある限りの快楽だ。心静かなればいよいよ静かに見守る。傾く日差しの中で疎らに咲く美しい花を。
二一 石嶋正猗、字仲緑。→詩史一三二頁。
二二 玉壺詩稿・附録「写懐十首」(その二)。(筑波山下の村人が)方言でつっかえつっかえ話すさまは悪声の百舌のようで、酔っぱ

倍宗任」に云く、「獄[一]中春発《ク》梅花《ノ》色、幕下風高大《シ》樹《ノ》枝」。[二]用事穏帖、亦た人の難しとする所なり。

〔三六〕『野史咏』中、岡元鳳の楠正行を咏ずる有り。音調清暢、気格雅健、諸子を圧倒す。実に傑作為り。その詩に云く、「[三]南朝《ノ》興廃向《テ》レ誰《ニ》論《ゼン》、芳野雲深《クシテ》護《ス》ニ至尊《ヲ》一、臣節寧《ンゾ》忘《レンヤ》王紐《ノ》解《ルコトヲ》一、将門復見《ル》ニ父風《ノ》存《スルヲ》一、連枝《ノ》棣蕚伝《ヘ》ニ遺愛《ヲ》一、一樹《ノ》梗楠守《ル》ニ古根《ヲ》一、不レ負《カ》精忠能報《クズルヲ》レ主《ニ》、残陽淪没《ス》鶺鴒原」。

らって笑う顔は猿みたいだ。 三三 大笑いしてしまう。 三四 芰荷園文集・三「詠ニ野史一六首」(その三の「祇王祇女」)。「日晩」は芰荷園文集に「山晩」。平清盛の寵愛を失った祇王は妹の祇女と共に出家して嵯峨の奥の山里に住んだ(平家物語)。山の険しい様を言う「嵯峨」に地名を兼ねる。 三五 橋本貞元。混沌社の社員。→詩史一五二頁。 三六 「骿脅」(肋骨が一枚板)であった晋の「文公」が、それを入浴中に覗き見られた故事(国語・晋語)を用い、源義朝が平治の乱に敗れて逃走の途中欺かれて浴室で殺された(平治物語)ことを言う。また、「智伯」を殺し、その頭蓋骨を辱めた趙襄子の命を智伯に恩義のある予譲がつけ狙った故事(史記)を用い、義朝の頭蓋骨を文覚に見せられたその子頼朝が平家を仇として打倒する気持になったこと(平家物語)を述べる。 三七 紫式部は石山寺に参籠中の八月十五日の月夜に源氏物語を書き始めた。「六十」は五十四帖の概数。「十」字の音は入声であるがここは押韻の都合で平声のシンに読む。

一 前九年の役に敗れて捕えられた安倍宗任は、奥州夷の無知を嘲笑しようとした殿上人に梅の一枝を見せられて、和歌を詠んで酬いた(平家物語・剣巻)が、その時すでに父頼時は戦死していた。→二四四頁注一〇。 二 典拠の用い方が穏当である。 三 南朝の興廃の理をいまさら誰に対して論じようか。ただ吉野の雲深い山中に天子(後村上天皇)を守護する。忠臣として朝廷の衰敗をどうして忘れ得ようかと、武臣の家に再び父正成の風骨を現わす。枝分れし

孜孜斎詩話　下

〔三七〕伊東涯の「仲春の偶書」に「[四]午睡醒《メ》来《リテ》困《ジ》、又逢《フ》問《フ》レ字《ヲ》人」。又「平明」に「[五]問《フ》レ字《ヲ》人未《ダ》レ到《ラ》、隠《よりテ》レ几《ニ》読《ム》二毛詩《ヲ》一」。二句、[六]書生の態を写し出し、妙言ふべからず。その境に居るものに非ずんば、胡《なん》ぞ能くこの意を解することを得んや。

〔三八〕東涯好んで「半日」と「閑」の字を用ふ。予手抄する所の『東涯詩集』の二巻、その中凡《およ》そ三四十を用ふ。徂徠又好んで「[七]何物」の字を用ふ。「[八]何物《ノ》芙蓉落日寒《シ》」「[九]何物《ノ》梅前吹《キ》断《ッ》笛」「[一〇]何物《ノ》白雲晨《ニ》自《ラ》媚《ブ》」「[一一]何物《ノ》袈裟来《リ》映《ズルコト》好《キ》」の如き、厭《いと》ふべきこと甚だし。

〔三九〕[一二]藍田東亀年の「心の賦」に云く、「[一三]上国《ニ》有《リ》二聖人一、徳《ハ》踰《エ》二乎往号《ニ》一、沢《ハ》溢《あふル》二乎八荒《ニ》一、嘗《テ》製《シテ》二儷語《ヲ》一曰《ク》、[一四]日月《ハ》燈、江海《ハ》油、風雷《ハ》鼓版、天地《ハ》大《ナル》一番《ノ》戯場《ナリト》、臣窃《カニ》観《ルニ》レ之《ヲ》、至《レリ》矣、高《シ》矣、不レ可《カラ》二以《テ》尚《くはフ》一、儻《もし》生《レナバ》二其《ノ》世《ニ》一、幸《ヒニ》容《レン》二余《ガ》狂《ヲ》一」。ここに聖人と指すは、即ち清の[一五]康熙《かうき》主《しゅ》なり。康熙の語に更に「[一六]尭舜《ハ》旦、湯武《ハ》末」の言有り。備前の湯[一七]子祥嘗《かつ》て言有りて云く、「[一八]聖人を無みし鬼神を侮《あなど》る。実に胡人なる哉」と。過当《くわたう》の論と謂

たゆすら梅の花(兄弟の譬え。正行と弟正時)は父の人徳を引き継ぎ、ひともとの勁い楠はもとの根株を守り通した。忠義よく天子の恩に酬いる道に負かず、兄弟互いに難を救った鶺鴒原(「脊令在レ原、兄弟急難」詩経・小雅・常棣)に夕陽は沈む(四条畷の合戦に敗れて兄弟は刺し違えて死んだ)。

四 紹述先生文集・二十三。昼寝から醒めてけだるいところに、文字を問う門人がやって来た。　五 巻二十一「平明〈甲辰〉」。「隠几」は文机によりかかること。

六 学者の生活を描写してまことに絶妙。

七 「どのような」の意。　八 徂徠集(以下同)。巻三「望嶽」。寒々とした落日のあたりにはどのような蓮の花が開くのか(江戸より西の空に富士山を望む)。　九 巻三「冬月円」。冬の月明にどんな梅花が咲くと見られて、そばで花を吹き散らす「梅花落」の笛曲が奏でられようか。　一〇 巻三「峴希祜上舎懐レ詩来見二次韻一自述聊以奉示」。朝ごとに美しいのはどんな白雲だろう。

一一 巻六「次二韻大潮上人春日見レ寄三絶一」(その二)。あなたのどのような袈裟が(柳の緑に)美しく映えているだろうか。

一二 姓伊東、名および字は亀年、号藍田。荻生徂徠に私淑した。　一三 藍田先生文集二稿・一。「上国」は文明の国、中国。「往号」は古代の聖人の五帝三王。「八荒」は世界の果て、全世界。「儷語」は駢儷体の語。

一四 日と月は灯火、川と海は油。風と雷は拍子木。大きな天地は一つの劇場だ。

一五 清朝第四代の皇帝、聖祖康熙帝。

一六 聖人の尭と舜は芝居の女形、湯王と武王は立役。

ふべからざるなり。藍田の言、一時の激切の然《しか》らしむる所と雖も、その言大いに事に害あり。蜺巌翁の「古史和歌通の序」[一]に、和歌を以て侏儺《しゅり》[二]と為し、詩を以て鳳音《ほうおん》と為すものを譏《そし》る。況《いはん》や吾が土に生れ、昭代の沢を受け、筆[三]を以て耕し、心を以て織り、[四]四体勤めず、五穀分たず、しかして臣を異邦の主に称し、且つ謂ひて聖人と為す。[五]日出づる処の天を天とせずして、日没する処の天を天とするものと謂ふべし。先時物徂徠、勉めて高華の語を為して和習を撓《た》めんと欲す。唐土を崇尊することの甚だしき、[六]その人を愛して屋烏《をくう》に及ぼし、[七]孔像の賛を作りて「日本国夷人《いじん》物茂卿」と称するに至る。終《つひ》に識者の譏《そし》りを免れず。藍田も亦た徠門《らいもん》の徒。[八]一味《いちみ》に徠学を崇信し、老に至りて易《かは》らず。故にこれ等の蔽《へい》有るなり。予不佞《ふねい》、敢へて前人を指擿《してき》せず。聊《いささ》か以て鑑戒《かんかい》の意を寓《ぐう》すと云ふ。

〔四〇〕著作の富、[九]服子遷・伊東涯・室滄浪を以て第一と為すべし。[一〇]高子式これに次ぐ。近時蕉中[一一]師又《また》集五十巻有り。江君錫の『日本詩選』の評に云く、[一二]「屈南湖、平生作る所、殆んど且《まさ》に万首ならんとす」と。盛なりと謂ふべし。若《も》し夫《そ》れ万首の詩は、日に一首を課し、三十年を積みて始めてこれを得《う》。南湖の如きものは、これを異邦に求むれば、夫れ梅都官[一三]・陸[一四]放翁の流亜なり。

一七 湯浅常山。 一八 常山楼筆余・三。

一 蜺巌集後編・五。底本は「和歌古史通」。蜺巌集の本文に従い改める。
二 野蛮人の音楽。外国語を蔑む語。
三 農耕・紡績をせずに学術・文芸によって生活する。
四 肉体を労せず、穀物の種類も見分けられない。論語・微子篇の語。
五 日出づる国の日本を尊ばず、日没する国の中国を有難がる。「古史和歌通序」の語。
六 あるものへの愛をそれに関わる全てに及ぼすことを言う諺(尚書大伝)。
七 「題₂孔子真₁」(徂徠集・十四)。↓夜航余話三四四頁。
八 ひたすらに徂徠の学問を尊び信じて。
九 服部南郭・伊藤東涯・室鳩巣。
一〇 高野蘭亭。
一一 京都の相国寺の僧大典顕常。
一二 日本詩選・三。「屈」は「堀」を修す。
一三 北宋の梅尭臣。宛陵集六十巻。
一四 南宋の陸游。剣南詩稾八十五巻。

〔四一〕 室滄浪、前後文集三十巻。東都[一五]より賀府に赴く途中に作る所四十三首。その勤苦見るべし。大抵《たいてい》、人久役《きうえき》に在れば、罷倦《ひけん》して事を廃し、一日に一詩を得る能はず。況や彼道途《だうと》十日を出でずして四十三首を得るをや。予嘗てこれを松窓先生[一六]に聞けり。「平沢弟侯[一七]、足跡《そくせき》殆んど天下に遍《あま》ねし。到る所宿に投ずれば、必ず先づ一日見る所聞く所を取りて、筆して巾笥《きんし》に蔵し、後遂《つひ》に編を成す」と。前輩の意を用ふることかくの如きもの有り。

〔四二〕 物徂徠、意旧弊《きうへい》[一八]を輓回《ばんくわい》するに在りて、強《つと》めて高華峻抜の語を為す。然れども集中間《まま》平生作る所に類せざるもの有り。「韻を芳担子侯の冬暁の什に次《つ》ぐ」に云く、「園林簌簌《トシテ》[一九] 不レ知《ラ》冬《ヲ》、夜宴弾残《ルハ》 風入《ル》レ松《ニ》、竹火籠灰《トナリ》 侍児睡《ねむル》、忽聴《チク》城上五更《ノ》鐘」「櫳月瓦霜[二〇]寒弄《シ》レ冬《ヲ》、西園《ノ》仙籟満《ツ》二杉松《ニ》一、五更夢断《ユ》何《ノ》情況《ゾ》、一様花《サク》 時長楽《ノ》鐘」。又「田家即事」に「田家[二一]《ノ》女子厭《ヒ》二蚕桑《ヲ》一、多《ク》学《ブ》東都新様《ノ》粧、恰《あたかモ》 是《レ》年年官債重《シ》、売《リテ》レ身《ヲ》好《シ》与《ヘン》二冶遊郎《ニ》一」。これ戯言の中に又時事を諷《ふう》するものなり。「江上田家」に「門巷[二二]随《ヒ》二江曲《ニ》一、田家籬落稀《ナリ》、岸低《クシテ》 洗《ヒ》二耕具《ヲ》一、雨霽《はレテ》 曝《さらス》二漁衣《ヲ》一、小犢負《ヒテ》レ薪《ヲ》飲《ミ》、扁舟刈《リテ》レ麦《ヲ》帰《ル》、児童沙上《ニ》戯《レ》、鴎狎《レテ》不二高《ク》飛《バ》一」。田家の写照と謂ふべし。「関山月[二三]」「雲夢歌[二四]」「古城秋望[二五]」「閑居[二六]」の如き、合作と為すべし。又大拙大俗なるもの多し。「諸子紛[二七]

一五 江戸から加賀金沢への帰国の旅程に作った詩。鳩巣先生文集前編・三。
一六 昌平黌の教官関脩齢(号松窓)。著者西島蘭渓の師。
一七 平沢元愷(字弟侯、号旭山)。昌平黌に学び、紀行文集である漫遊文集を編んだ。
一八 五山文学以来の中晩唐・宋元時代の詩を模範とする詩風を改革し、平板でない格調の高い詩句を作ろうとした。
一九 以下、徂徠集。巻五、五首のうち第一。庭園は緑茂って冬枯れを知らず、風が松を鳴らして夜の宴会に続いて「風入松」の琴曲のように聞える。竹で編んだ足炙りの火も灰となり侍女は居眠りしているが、時に城楼の暁鐘の声響いて、耳を澄ます。
二〇 同右第二。れんじ窓の月、瓦の霜、寒気ほしいままなる冬。西の苑には杉と松の梢に風声が満ちる。ふと途切れた暁の夢のさまや如何に。一面に花開くなか長楽宮の鐘声の響く春景色だった。
二一 巻五「田家即興二首」(その一)。百姓娘は養蚕の仕事を嫌い、お江戸にはやる化粧の真似ばかり。ちょうど年貢も年々重くなる。進んで身を売り道楽者にくれてやる。
二二 巻二。七八句、無心に遊ぶ子供に、鷗も慣れてそばを飛ぶ(鷗は人の機心・邪心を見抜く。列子・黄帝の説話による)。
二三 巻一「関山月二首」。
二四 巻一「雲夢歌為二越君瑞一」。
二五 巻二「故城秋望」。
二六 巻二。
二七 巻四「雨集分韻廻字」。「紛紛」は客が大勢来る様子。また雨が乱れ降るさま。

紛与《とも》雨来」「還《また》[1]憐 熊府熊生聘、巧《よ》似 宗元在柳州」。「野撝謙[2]の役を三河に祗《つつし》み朝鮮聘使を護送するを餞す」に云く、「日本[3]三河侯伯国、朝鮮八道支那隣」。「野撝謙に寄別す」に「海駅[4]元通池鯉鮒《ちりふ》、別来尺素 数《しばしば》相聞」。「藤豫侯、草堂に枉《ま》げらる」に云く、「白馬[5]銀鞍金錯刀、使君騶従《すうじゆう》塞江皐」。この数句の如きは、将《まさ》に乃公[6]《だいこう》の為にこれを江中に沈め、その拙を蔵せんとするのみ。予常にその「界河を踰ゆ」の詩を愛す。云く、「土人[7]争看伝車間、麈尾《しゆび》遥 麾《さしまね》 落日閑、自《より》古峡陽応罕《まれ》見」、「風流使者問名山」。「塞上曲」[8]「湖中二子に贈る二絶」[9]、皆予の愛する所なり。

〔四三〕石[10]徴士の後に、隠者にして詩賦に渉《わた》るもの、予三人を得たり。曰く平岩仙桂、曰く鳥山碩夫、曰く沢村琴所。碩夫[11]は前録す。仙桂[12]初め母の為に質《し》[13]を加賀侯に執《と》り、後徴士[14]の嘉遁に倣《なら》ひ、病[15]を移して東山の泉涌《せんゆう》の旧業に帰り、詩賦を以て終焉《しゆうえん》す。徴士遺言して、六六山堂[16]を以て仙桂に附与す。仙桂固《もと》より名声に近づかず。簀《さく》[17]を易《か》ふるに臨んでその詩草を火《や》く。爾後《じご》加府の大沢猶興[18]、遺篇を輯録《しふろく》して『爨桐《さんとう》[19]集《しふ》』と名づく。往往佳句有り。「紅葉[20]一渓水、青苔半径霜」「渓中[21]薫《かをり》細菊、塘外倒《たふ》枯蓮」「梅[22]分疎影一簾月、松送清音孤洞風」「高原[23]静 睡耕牛晩、細雨斜 飛乳燕天」。

一 巻三「聞熊斯文赴肥後侯之辟却寄」。熊谷竹堂(字斯文)が熊本藩に招聘されたのは、柳宗元が柳州の刺史であったのと実によく似ていて面白い。
二 中野撝謙。三河国の吉田藩に仕えた。
三 巻三。二首のうち第二。「八道」は朝鮮の京畿道以下の八つの行政区画。
四 巻三「寄別野撝謙詞兄西上……」。東海道の宿駅のひとつ、三河国の「池鯉鮒(知立)」の宿に道は通じているのだから、鯉の腹に手紙を入れて送った(鯉魚尺素)古人のようにしばしば便りを下さい。
五 巻四。「使君」は州郡の長官の尊称。伊勢神戸藩主の伊予守藤原忠統(本多猗蘭侯)を指す。「江皐」は川辺。徂徠の私宅のあった日本橋茅場町を指す。
六 梁の徐陵が北斉に使いして北朝の名筆家魏収より文章を贈られたが、帰途それを江に沈め「魏公の為に拙を蔵するのみ」と言った故事(隋唐嘉話)による表現。「乃公」は人の父親の称。ここは徂徠を戯れに「おやじさん」という位の気持で称するか。
七 巻五。甲斐国を視察する旅の途中、相模より甲斐に入る国境にある川を越えた折の作。「麈尾」は六朝時代の文人が清談をする時に用いた払子。俗吏でなく「風流の使者」である印として獁籠の簾より風に靡かせて行ったという(峡中紀行・上)。
八 巻五「塞上曲分得南字」。 九 巻七。
一〇 石川丈山。 一一 →二三九頁。
一二 以下、大沢猶興「忘筌窠爨桐集叙」による。 一三 君主へ拝謁する時の礼物。
一四 師の石川丈山が安芸藩への禄仕を罷めて隠居した(→二三三頁)のをまねて。

〔四四〕琴所、名は維顕、字は伯揚。彦根の世臣為り。病を以て城南松寺《まつでら》村に退居し、松雨亭を築き、意を仕途に絶《た》つ。琴[二四]を左にし書を右にして、赤貧《せきひん》洗ふが如きも、晏然《あんぜん》[二五]として屑《かへり》みず。遂に能くその操《みさを》を終ふ。『琴所稿刪』二巻有り。詩体その人と為《な》りに類して温雅清新。尤《もつと》も愛すべしと為す。「即事」に云く、「幽斎[二六]読書罷ミ、静嘯岸《かたぶク》㆓烏紗ヲ㆒、遥カニ見ル前村ノ暮、帰牛渡ルヲ㆓稲花ヲ㆒」。「滋賀の懐古」[二七]に云く、「湖[二八]水悠悠トシテ王気空シ、禁城陳跡浦雲ノ中、山花不㆑解セ㆓前朝ノ恨ヲ㆒、依テ㆑旧ニ飛バス㆑香ヲ輦路ノ風」。「悼亡《たうばう》」[二九]に云く、「琴[三〇]屋無クシテ㆑人漏滴遅シ、空牀臥シテ誦ス断腸ノ詞、海棠枝上三更ノ月、却テ似タリ㆓昔年双ビ照サレシ時ニ㆒」。「秋夜琴を弾ず」に云く、「酔[三一]ヒテ把リ㆓焦琴ヲ㆒独自《ひとり》弾ズ、古松風定リテ夜方ニ闌ナリ、朱絃一曲千秋ノ涙、回セバ㆑首ヲ西山落月寒シ」。江君錫、その「病中の作」[三三]を収め、これを『詩選』に入る。実に肺腑《はいふ》中の語なり。伯揚の事跡は釈慧明[三二]の行状、野公台の墓誌銘に具《つぶ》さなり。因りて贅言せず。

〔四五〕晩学にして世に知らるるものは、江君錫・僧無隠。夙成《しゆくせい》にしてその問[三四]を隕《おと》さざるものは、祇南海・梁蛻巌・南国華。無隠三十にして始めて詩を学び、且つ道徳有りと云ふ。南海の夙成[三五]口碑《こうひ》に在ること久し。蛻巌年十二にして披髪《ひはつ》[三六]にして儒者と為る。国華[三七]年甫《はじ》めて十三にして父に従ひて東都に来り、「東天台に登る」の五言古風二百句を賦し、人口に膾炙《くわいしや》す。真に奇才なり。大地昌言夙《つと》に神童の称有り。年

一五 病気という理由を設けて辞職して。
一六 詩仙堂。
一七 臨終の際に詩稿を燃やしてしまった。
一八 加賀金沢の儒者。字は基甫。四水と号す。仙桂に私淑した。
一九 忘筌窠槼桐集。宝永三年(一七〇六)刊行。
二〇 巻一「秋日」。紅葉は谷川いっぱいに流れ、緑の苔の小道は日陰の半分に霜が置く。
二一 巻二「出㆑郭」。重陽の節の句。
二二 巻五「草堂遺興」。梅は疎らな枝の影を月明の簾に分かち映し、松は洞房(部屋)を吹く風に乗せて清らかな響きを伝える。
二三 巻一「登楼春望」。「乳燕」は雛を養う燕。
二四 「左㆑琴右㆑書、楽亦在㆓其中㆒」(蒙求・中「於陵辞聘」)。
二五 平気で気にもかけない。
二六 琴所稿刪・拾遺。読書をやめ、隠者の被る黒い絹の帽子を傾けて詩を吟じる。向こうの村の稲の花の中を、仕事を終えた牛が帰ってゆくのが見える。
二七 以下の二首は底本欄外書き入れ。
二八 琴所稿刪・上。天智天皇の近江朝を懐古する。「王気空」は王者の出現するきざしの気が尽きたこと。三四句、山の花は、壬申の乱に敗れた遺恨を知らぬ気に、御輿の通った道に昔に変わらず芳香を風に漂わす。
二九 妻の死を悼む詩。
三〇 同右。妻の部屋にその人はなく夜は長い。ただひとり寝床に横になり悲しい詩を口ずさむ。海棠の枝にかかる真夜中の月は、昔二人を照らしたあの月に変わらないのに。
三一 巻上。「焦琴」は後漢の蔡邕の用いた端の焦げた琴(焦尾琴)。三句、琴の調べは、千年の古人たちの愁いの涙を今に伝える。
三二 日本詩選・三。

十三にして「白石先生を寿《ことほ》ぐ」の七言律詩有り。土孝平も亦た十四にして白石を寿《ことほ》ぐ律詩有り。共に『熙朝文苑』附詩に見ゆ。土の詩に云く、「絳帳迎ヘテレ春ヲ淑景融《やはら》ギ、瑞煙籠メテレ日ヲ暁光紅ナリ、摳《かか》ゲテレ衣ヲ已ニ立ツ三年ノ雪、負ヒテレ笈ヲ新タニ承ク二月ノ風、晋代賜ルレ書ヲ皇甫謐、漢家議スレ礼ヲ叔孫通、群賢斉シク献ズ南山ノ寿、正使ニ三大名ヲシテ伝ヘ二不窮ニ一」。昌言の詩に云く、「武昌ニ柳ノ色映ジ二春台ニ一、坐上迎ヘテレ賓ヲ清興催ス、日暖カニシテ金桃臨ミテレ径ニ発キ、風微ニシテ青鳥近クレ筵ニ来ル、樽前長ク対ス千秋ノ嶺、花下頻リニ傾ク万寿ノ杯、独歩詩名人不レ及バ、高歌一曲見ス二豪才ヲ一」。昌言を以て土氏に比するに、固よりその敵に非ず。しかるに『文苑』姓字履歴を著はさず。土氏果して何人為るかを知らず。深く遺恨と為す。後『停雲集』四を閲《み》るに、云く、「土肥元成、字は允仲、その姓は平。霞洲と号す。東武の人。允仲生れながらにして聡悟。その能く言《ものい》ふに及びて、書を授くれば即ち誦を成す。六歳にして詩を賦す。常山義公五観《み》て以て奇と為す。文廟六潜邸の日、召対《せうたい》し、講ぜしむるに論語・中庸等の書を以てす。論辨甚だ明かなり。且《か》つその賦する所の詩を大書す。筆勢遒勁《しうけい》。時に年十一。元禄癸未七秋八月なり。乃ち命じて侍読と為す」と。これに由りてこれを観れば、孝平八は允仲の通称為ること、亦た未だ知るべからざるなり。嗚呼《ああ》九寸松嫩《わか》しと雖も已《すで》に凌雲《りようううん》の気有り。宜《むべ》なりその世に盛名有ること。昌言は賀府の人。室師礼の

三三　いずれも琴所稿刪の巻末に附録。
三四　評判を落とさないもの。↓詩史一一三頁。　三五　早熟の才能は昔から評判であった。↓詩史一一三頁。
三六　髪を結ばないで。普通十五歳で束髪する。　三七　↓詩史一一七頁。

一　熙朝文苑・二「寿二白石新君五十初度一」。「絳帳」は赤い垂れ幕を下ろした先生の講義の席。「摳レ衣」は衣のすそを掲げて慎む門弟子の態度。「二月」は白石の生まれ月。五句は、晋の学者の皇甫謐が武帝に車いっぱいの書を賜わった(晋書)ことに、白石が元禄八年(一六九五)甲府藩主徳川綱豊(のち六代将軍家宣)に六経を賜わったこと(折りたく柴の記・上)を重ね、六句は、漢の叔孫通が漢の朝礼を定めたことに、白石が幕府の諸礼を改革したことを重ねて言う。七句の「南山寿」は長寿を祈る言葉。
二　同右「寿二白石新君五十初度一」。「武昌」は江戸。三四句、「金桃」は日本に生育すると伝える黄色い桃、「青鳥」は崑崙山の仙女西王母の使い。ともに長寿のしるし。
三　大地昌言を土孝平に比較してみると、むろん孝平の足元にも及ばない。
四　新井白石が知友の詩を編纂した詩集。作者の略伝を付す。その巻下。
五　水戸藩主徳川光圀。
六　六代将軍徳川家宣がまだ将軍世子として江戸城西の丸にいた頃。
七　元禄十六年(一七〇三)。この年十一歳であれば、白石の五十賀のあった宝永三年(一七〇六)には十四歳。土孝平と一致する。
八　孝平は允仲の通称であったかも知れない。
九　小さく幼い松ではあるが、早くも雲を凌

甥と云ふ。

〔四六〕[一〇]柚木太玄の「北海詩鈔叙」に「先生、本姓は伊藤氏。龍洲先生の次子。その[一一]舅氏《きうし》播の赤石《あかし》に在るを以て、先生少時数《しばしば》その地に遊び、頗る武藝に習ふ。しかるに赤石の文学梁蛻巌一たび見てこれを奇とし、先生に諭して曰く、「伊藤氏は西《さい》京《きやう》の儒宗。子の才を以て何ぞその道に由ること莫《な》きや」と。先生大いにその言を然りとし、京に還り、心を典籍に潜《ひそ》め、精を[一二]鉛槧《えんざん》に属し、昼夜倦《う》むこと無し。四年にして学成る。令兄君夏先生・令弟君錦先生と声誉並びに高し。世これを伊藤氏の[一三]三珠樹と称す」と。[一四]長孫嘗て聞く、[一五]北海二十にして始めて書を読むと。亦た晩学と謂ふべし。故に太玄の序を採録してここに補入す。

〔四七〕世、[一六]菅麟嶼の十二にして博士と為るを知りて、土肥允仲の十一にして侍読と為るを知らず。蓋《けだ》し麟嶼は英妙の資、加ふるに物徂徠の揄揚《ゆやう》を以て、その徒の[一七]曹《さう》丘生《きうせい》と為るもの尠《すく》なからず。これに因りて声名一時に煥赫《くわんかく》たり。その学術の如きは、予未だ考有らず。若し夫れ著作は固より允仲・国華の[一八]一臂《いつぴ》の力に当ること能はず。『閑散餘録』[一九]に五言絶句四首を載するも亦た平平たるのみ。[二〇]『日本名家詩選』に麟嶼の[二一]五絶一首有り。甚だしくは佳ならず。

ぐような気配が見られる。
一〇 この段は底本欄外の書き入れ。
一一 母方の叔父(河村氏)が播州明石にいた。
一二 文字を消す胡粉の「鉛」と文字を書付ける木の札の「槧」とに(すなわち学問に)精進して。
一三 初唐の王勃らの兄弟三人が「三珠樹」と称された(唐書)のになぞらえる表現。
一四 著者西島蘭渓の名。
一五 享保十五年(一七三〇)、十八歳にして明石より京都に帰り「初テ読書ノ業ニツケリ」(授業編・序説)。
一六 →詩史一三一頁。
一七 称賛する者。→一一〇頁注六。
一八 片腕の力にもかなわない。
一九 巻下。
二〇 以下は底本欄外の書き入れ。
二一 巻六「山行」。

一 書物の凡例。
二 巻一。
三 編者の千村夢沢の粗雑なことと言ったら、全くどうしてここまでひどいのだろう。
四 熙朝文苑・四「雁宕宅集坐上卒賦」。「酒若レ河」は酒が黄河の水のように濁っていること。「濁醪如レ河」(左太仲「魏都賦」)。
五 同右。君の上着の穴だらけなのを気の毒

〔四八〕『熙朝文苑』、選次不倫、且つその著録する所の作者の名氏、或いは名、或いは字、或いは号、或いは某氏と称するの類、雑錯して義例《ぎれい》[一]無し。中に[二]雍丘と称するものは即ち土肥允仲なり。[三]夢沢氏の鹵莽《ろまう》、一《いつ》に何ぞここに至るや。

〔四九〕『文苑』巻末に、夢沢氏の詩若干を附載す。「雁宕宅の集」に云く、「主人[四]高臥意如何《いかん》、興満《チテ》尋常酒若《シ》レ河《ノ》」。「養甫に贈る」に云く、「[五]憐《ム》子《ガ》敝貂処処穿《うがテルコトヲ》、酔《ヒ》来《ツテ》用《ヒ》尽《ス》阮家《ノ》銭」。「入江若水道人に寄す」に云く、「[六]高臥若《キハ》レ君《ノ》堪《ヘタリ》レ養《フニ》レ痾《ヲ》、無《シ》レ心レ問《フニ》二世上如何《ヲ》一」。[七]自運已《すで》にかくの如し。その揀択《かんたく》する所、亦た知るべきのみ。

〔五〇〕千村諸成、字は伯就。夢沢の長子。『詩史』に云く、「[八]字は力之」と。蓋しその初字なり。『詩史』、『崑玉集』に載する所を摘《つ》み、以て「天授の才敏、大いに乃翁《だいをう》に踰《こ》ゆ」と為す。予更に『自適園集』中に就いて、その佳句を摘む。実に乃翁の及ばざる所なり。五言に云く、「[九]涼夜風篁《ノ》影、秋城月柝《ノ》声」、七言に云く、「[一〇]推《セバ》レ窓《ヲ》影落《ツ》疎桐《ノ》月、煮《レバ》レ茗《ヲ》声寒《シ》万竹《ノ》風」「[一一]疎松影動《ク》微風《ノ》夕、細草煙浮《ブ》宿雨《ノ》餘」。張[一二]三影の後、又この子有り。張は即ち張子野。

〔五一〕伯就の「林生を悼《いた》む」に云く、「[一三]且《ツ》憶《フ》茂陵秋雨《ノ》後、文君壚上《ニ》一燈孤《ナラン》」。自注に云く、「林生は酒家、結句因りて云ふ」と。予云く、壚《ろ》は酒[一四]区なり。[一五]相如《しやうじよ》の文君

に思う。酔っぱらって晋の阮孚のような貧しい銭嚢の中身を使い果たしたのだね。
六 同右。枕を高くして眠って貴方はご病気も快復なさるでしょう。世の中のあれこれを気になさりもしないで。
七 自ら詩を作るのがこんなに下手なら、詩の選択編纂の至らぬことは思いやられる。
八 ↓詩史一三五頁。
九 自適園集二編(以下同)。巻一「秋夜邸舎中同二仲村順長一賦、分韻得二傾字一」。涼しい夜に風に靡いて竹の影がゆれ、秋の城から警護の拍子木の響きの伝わる月夜。
一〇 巻一「竜華尊者時自二西京一来」。月明に窓を推し開くと葉疎らな桐の木の影が地面に落ち、茶をたてると風にゆれるむら竹が寒々と鳴る。
一一 巻二「夏日山居」。そよ風に吹かれて夕陽に映る疎らな松の影は揺れ、長雨があがって繁った草のあたりには靄がたちこめる。
一二 宋の張先(字子野)の詩句のうち「影」字を用いる三句は人口に膾炙して「張三影」と称せられた(詩人玉屑・十八)。
一三 巻一「得二桑南水谷小山書一、報三敬夫林生近作二異物一…裁二一律一以悼レ之」。さて思うに、茂陵に秋雨降って司馬相如(林生)が亡くなった後、妻の卓文君は酒瓶置きの前に座って寂しい灯に照らされているだろう。
一四 酒瓶を据え置くところ。
一五 漢の文人の司馬相如。相如は若い頃駈落ちをして卓文君と一緒になったが、貧窮に苦しみ、文君の実家のある臨邛に戻り酒屋を開業して文君に店番をさせた。それを恥じた文君の父親の卓王孫は二人を許し財産を分かち与えた(史記・司馬相如伝)。相

をして壚に臨邛《りんきよう》に当らしむることは、特に王孫の憐れみを招く一策なるのみ。豈《あ》に茂陵《もりよう》に臥《ふ》す時に於て、尚《な》ほこれをして壚に当らしめんや。牽強《けんきやう》と謂ふべし、と。

〔五二〕平戸《ひらど》の白石栄[一六]、字は子春。『桃花洞遺稿』二巻を著はす。子春江都に来りて、謁を江子園[一七]に執《と》る。頗る文辞を善くす。その学経済を主とし、経義に於ても亦た見解有り。実に一奇士なり。亀井道哉[一八]と友為り。「道哉に酬ゆ」に云く、「白頭吟[一九]就リテ人何レノ処ゾ、四壁依然タリ司馬ノ楼」。「楼[二〇]」の字韻の為《ため》に牽《ひ》かれ、故にこの孟浪《まうらう》を致《いた》す。これを要するに、詩は所長に非ざるに似たり。況やその七言律、亦た僅僅三四首なるをや。真に莞中《くわんちゆう》[二一]の一斑《いつぱん》、全豹《ぜんぺう》を尽くすに足らざるのみ。著はす所亦た『老子後伝』有りと云ふ。然れども人これを知るもの無し。知らず[二二]、遐陬《かすう》絶境の士、終身苦学して草木と同じく朽《く》つるを免れざるもの、殆んど鮮《すく》ないかな。噫《ああ》。

〔五三〕子春の絶句、間《まま》伝ふべきもの有り。「屈阜如の種菊の作に和贈す」に云く、「東籬春雨ノ後[二三]、種ウレ菊ヲ主人ノ家、我ハ本ヨリ転蓬ノ客、何ゾ期セン九月ノ花」。「薄香詞[二四]」に云く、「不レ欲セレ生ムコトヲ二男児ヲ一[二五]、生メバレ女ヲ愛スルコト如シレ璧ノ、男ハ長ジテ纔カニ打ツレ魚ヲ、女ハ長ジテ多ク留ムレ客ヲ」。「柳崛詞[二六]地は東肥の河下に在り」に云く、「朝ニ看ル長河ノ水[二七]、昏ニ看ル長河ノ水、河水朝昏緑ナリ、郎懐定メテ何似《いづれ》ゾ」。靄然《あいぜん》として古意有り。

如が茂陵で病死するのはずっと後のこと。
一六 姓白石、名栄、号桃花洞。平戸藩儒。入江南溟(字子園)に従学。
一七 底本は「子実」に作るが、誤り。
一八 筑前福岡藩の儒者。名魯、号南冥。
一九 桃花洞遺稿・一「酬ニ亀道哉見ヒ寄」。白髪頭で詩を作る人(子春自らを言う)はどんな処にいるのか、相変わらず四方の壁だけの家は司馬相如の楼のようだ。相如は文君とともに「家居徒四壁立」(史記)という貧しい家に隠れ住んだ。
二〇 押韻の為に無理に「楼」(高殿)の字を選び、でたらめな表現となってしまった。
二一 くだの穴から限られた部分だけを見る狭い知識しかなく、全体を把握できない。
二二 田舎では一生学問に励み苦しんでも、草木が腐るように、その名声は大抵は廃ってしまうのかも知れない。
二三 桃花洞遺稿・一(以下同)。三四句、私はもともと風に運ばれる蓬のような旅人、九月に咲く菊花をここに見ることはありますまい。
二四 「薄香」は肥前の国の平戸の西にある港。遊廓があったか。
二五 男子の誕生は歓迎せず、女ができると玉のように可愛がる(「不レ重レ生レ男重レ生レ女」白居易・長恨歌)。男は大きくなっても魚を取るだけ。女はたんと客を引き留める。
二六 肥後国、緑川河口の川尻の柳堀。遊廓があった(肥後川尻町史)。
二七 三四句、川の水は朝も夕も緑色だけれど(「緑川」の名に因む)、あの人の気持はそれに比べてどうだろう(すぐに心変わりするのだろう)。

〔五四〕服子遷[一]初め入江幸八と称す。江子園[二]も亦た入江幸八と称す。

〔五五〕玉山と称するもの、二人。一は肥後の秋儀[三]、字は子羽。『玉山集』[四]前後篇を著はす。一[五]は薩藩の人、梅と菊の各百咏を著はすもの。東涯[六]の文集に出づ。

〔五六〕『昨非稿』[七]なるものは、東涯なり。『昨非集』なるものは、僧梅荘[八]の詩鈔なり。松秀雲[九]・赤松勲[一〇]、二子の集、共に『敝帚集』と名づく。

〔五七〕江忠囿、南溟と号す。山根泰徳も亦た南溟と号す。共に集三巻有り[一一]。泰徳、字は有隣。子濯[一二]の次子。「病革《あらた》まる」の詩有りて云く、「病骨[一三]従来厭《フ》二世氛《ヲ》一、幽明一路忽《チ》将《ニ》レ分《レント》、自《リ》レ今欲《ス》下借《リテ》二仙禽《ノ》翼《ヲ》一、遠《ク》撃《ント》中蓬瀛万里《ノ》雲《ニ》上」。亦た自ら匀調《いんてう》。話柄《わへい》と為すに足るのみ。赤穂《あこう》の赤松鴻の「易簀」の詩に云く、「一《タビ》[一四]謫《セラレテ》二人間《ニ》一八十年、今朝数尽《キテ》再帰《ル》レ天《ニ》、夜来試《ミニ》向《ツテ》二雲端《ニ》一望《メバ》、猶《ホ》有《ラン》三光芒《ノ》映《ズル》二斗辺《ニ》一」。この老の豪気、死に至るまで除かず。人の難しとする所なり。予独り石仲車名は有。崔山と号す。鎮西の人。の「易簀」の詩を愛す。云く、「玉[一五]皇《ノ》使者自《ラ》風流、四十七年花月《ニ》遊《ブ》、今日朝《スルニ》レ天《ニ》余《ス》二一恨《ヲ》一、主恩海嶽未《ダ》二曾《テ》酬《イ》一」。風雅の意、忠厚の志、隠然として言外に形見す。これを前の二作に比するに、固より径庭[一六]《けいてい》有り。

〔五八〕横尾文介[一七]、紫洋と号す。「刑に臨む」の詩有り。云く、「誰《カ》[一八]憐《マン》五十一《ノ》春秋、

一「初メ柳沢侯ニ仕ヘシ頃ハ入江幸八トイヘリ」(閑散余録・下)。
二 底本は「子実」に作る。誤り。入江忠囿、号南溟、字子園、通称幸八。荻生徂徠門。
三 秋山玉山。→二四八頁・二七二頁。
四 玉山詩集、宝暦四年(一七五四)刊、および玉山遺稿、明和九年(一七七二)刊。
五 相良玉山。　六 紹述先生文集・四「菊花百詠序」に言う「予既序ニ玉山氏梅花百詠一、近又賦ニ菊百首一見レ求レ叙」。
七 貞享四年(一六八七)、十七歳の東涯が自ら編纂した文集。紹述先生文集・十五「題ニ昨非稿一」。　八 大典。→二五六頁注一一。
九 松平君山(字秀雲)。→詩史一三七頁。弊箒集(刊)。　一〇 赤松蘭室。敝箒筆記。
一一 入江に南溟詩集、安永四年(一七七五)刊、山根に南溟先生詩集、寛政九年(一七九七)刊。但し、山根の集は三巻、入江の集は四巻。
一二 山根華陽、字子濯。→詩史一四六頁。
一三 南溟先生詩集・三。病んだこの身はもともと俗世間を厭っていたが、いまや道はこの世からあの世へと分かれる境に到った。これからは鶴(仙人が乗る鳥なので仙禽という)の翼を借りて、遠く仙界の蓬萊と瀛洲のはるかな雲に翼を撃って飛ぼう。
一四 天界から人の世に流謫せられて八十年(謫仙人として過ごした)、今朝定められた年数尽きて天に戻る。今夜雲のはしを眺めてごらん。天駆ける私の魂がなお北斗星のあたりに光を放っていることだろう。
一五 天帝からの使者としてほしいままに生き、四十七年花と月に遊んだ。今日この世を去り天朝に参内するにつけて唯一つ心残りがある。海より深く山より高い主君の御

埋《ミル》去煙嵐深《キ》処《ノ》丘、不レ遂《ゲ》二青雲平日《ノ》志《ヲ》一、空《シク》餘《ス》二身後《ニ》一有《リ》二呉鉤一」。又「田代《たしろ》駅を過ぐ」[一九]の作有り。云く、「[二〇]西帰何《ノ》面目《ゾ》、千里檻車《ノ》中、忽《チ》過《ギ》二田代《ノ》駅《ヲ》一、懐《ヒテ》レ君《ヲ》啼涙紅《ナリ》」。駅に故人有り、故に末句これに及ぶ。文介は佐賀侯の臣。その国禁を犯すこと有り。因りて刑せらると云ふ。初め東都に来たるとき、城南[二一]の赤羽《あかばね》に居り、舌耕《ぜっかう》[二二]を以て業と為す。頗る従学の士有り。痛《いた》ましいかな、その[二三]死を得ざること然り。

〔五九〕細合半斎、名は離、字は麗王。斗南と号す。蕉中[二四]禅師の「麗王を懐ふ」の詩に云く、「憶《おもふ》[二五]昨周二旋《セシニ》鶏貴《ノ》客《ニ》一、称《ス》レ君《ヲ》北斗以南《ノ》人《ト》」。自ら注すらく「麗王、斗南と号す。朝鮮の成士執[二六]、嘗て余に向ひて「合生は北斗以南の一人」と称す」と。麗王の声価、一時に高し。然れどもその作る所、殊に誦すべきもの無し。予『京遊別[二七]志』の一巻を蔵す。一詩の佳なるもの無し。ただ『小草初筐[二八]』に載する所の回文律詩三首、稍《やや》声価を償《つぐな》ふに足る。

〔六〇〕祇[二九]南海の『一日百首』、実に[三〇]一句の雷同するもの無し。ただ「[三一]銀箭莫《カレ》二相《ヒ》催《スコト》一」「[三二]蚪箭無《カレ》二相《ヒ》催《スコト》一」の二句、相[三三]ひ干《をか》すのみ。見るべし、胸[三四]中に蘊《つつ》む所、ただに一百首のみならざることを。

〔六一〕南海再び『一日百首』を作る。時に原玄輔・場白玉の二人、題を択《えら》ぶ。白

恩に、なんのお酬いも出来なかったことだ。

一六 大きな差がある。大いに優れる。

一七 佐賀藩出身。京都に住し、関白九条家の侍講となって尊皇の大義を説いたが、のち藩命により帰国し、切腹を命ぜられた。天明四年(一七八四)没、五十一歳。

一八 五十一年の生涯を霧こめる丘に埋めてしまう私を、果して誰が憐れんでくれようか。かねての大志を叶えることもなく、ただ死後に呉鉤(そりの入った剣)を空しく遺すだけだ。

一九 京都から佐賀に護送される途中に経由する、長崎街道の田代の宿(佐賀県鳥栖市)。

二〇 西の故郷へ帰る旅も誰に合わせる顔があろうか。はるばると囚人車に乗せられて戻るのだ。いつのまにか田代の宿場にさしかかり、貴方を思って血の涙を流す。

二一 江戸城の南の芝赤羽町。

二二 経書の講義をして暮らしを立て、門人もかなりいた。

二三 このように非業の死を遂げたこと。

二四 釈大典。→二五六頁注一一。

二五 小雲楼稿・三。「鶏貴」は高麗国の異称。かつて朝鮮信使と応対した時、かれが貴方の事を「北斗星より南、すなわち天下第一等の人物」(唐の狄仁傑を評した語。唐書・狄仁傑伝)と褒めたことが思い出される。

二六 成大中、字士執。明和元年の朝鮮通信使に随行した。

二七 紀行。未刊。

二八 小草初筐に回文の詩は見えない。未詳。

二九 →詩史一一三頁。

三〇 一句たりとも互いに似るものはない。

三一 一夜百首・前題「置二酒高殿上一」。

玉、金山と号す。諸選、白玉の詩を載せず。事跡遂に考ふべからず。これを要するに、[一]木門諸才髦と藝苑に周旋《しゅうせん》するは、亦た碌碌たるものにあらず。

〔六二〕長篇は室滄浪を第一と為す。「[二]韓人に贈る二百二十韻」有り。[三]本邦権輿《けんよ》以来、未だ曾て有らざる所なり。その餘の長律、五十韻百韻の如き、往往にしてその集中に見ゆ。[四]南国華も亦た年十九にして「除夜白石先生に贈る一百韻」有り。或いは云く、「[五]柳川三省、嘗て二百韻律詩を以て韓人に贈る」と。未だ然るや否《いな》やを知らず。

〔六三〕『詩史』に云く、「[六]或ひと余に問うて曰く、「子、極めて白石を称す。詩、白石に至りて以て加ふること蔑《な》きか」と。曰ふ、「非なり。天受の如きは誠に以て加ふること蔑し。若し夫れ揣摩《しま》鍛錬《たんれん》は、尚ほ論ずべきもの有り。これを要するに天受の富、言を吐けば章を成す。往往思繹《しえき》に遑《いとま》あらず。ここを以て疵瑕《しか》も亦た復た鮮《すく》なからず」」と。[七]亡友島櫟斎、嘗て予に語りて云く、「白石先生、天才超凡。然れども猶ほ改竄《かいざん》を厭はず。某《それがし》その詩艸一巻を見ることを得たるに、[八]再四塗抹《とまつ》して、終《つひ》に初作無し」と。[九]君錫、伝聞の誤なり。

〔六四〕又云く、「[一〇]白石「人の長安に之《ゆ》くを送る」絶句に云ふ、「紅亭ノ緑酒画橋ノ西、

三二　同右・後題「上元観灯」。
三三　内容が重複する。「銀箭」も「蚪箭」も水時計の針。ともに楽しい宴会の尽きるのを惜しみ、時計の針よ急かすなかれと言う。
三四　うちに秘めたその詩才は、百首ぐらいで尽きてしまうものでないことが分かる。

一　木下順庵の門下の秀才たちと文雅の交遊をするのだから、これも凡庸の詩人ではなかったのだろう。
二　後編鳩巣先生文集・一「賦二三韓事蹟一奉レ寄二朝鮮礼聘諸使君一二百二十韻」。
三　わが国始まって以来なかった長大な詩。
四　→詩史一一七頁。
五　→詩史九八頁。二百韻の律詩は未詳。
六　→詩史一一二頁。
七　未詳。
八　繰り返し書き直して、最初の詩の表現は跡形も無くなっている。
九　江村北海の字。
一〇　→詩史一一三頁。
一一　「馬蹄」は文字通りの馬の蹄なのでなく、「馬行」(馬が進むこと)と言うようなものだ。例えば文徴明の「多情独有二斜陽色、一路殷勤送二馬蹄一」(明詩雋・三「送レ客」)。
一二　「柳色青青送二馬蹄一」は、馬が進むところすべて柳芽ぶく春景色だということを述べるのである。
一三　第三句を導くための伏線となるもの。
一四　白石詩草。美人の頬の紅と眉の緑が白い舟のうえに照り輝き、南の風に吹かれて蓮の花を採る歌声がわき起こる。
一五　明の王蒙の七言絶句「宮詞」の起句「南風

柳色青青送ル二馬蹄ヲ一、君到ラバ二長安ニ一花自ラ老イン、春山一路杜鵑啼カン」。四句の中、二句全く唐詩を用ふ。夫れ剽窃《へうせつ》は詩律の戒むる所。しかれども丹を錬《ね》りて金を成さば、猶ほ言ふべし。鉛刀を以て鏌鋣《ばくや》に代《か》ふ。将《は》たこれ何をか謂はんや。「草色青青送ル二馬蹄ヲ一」、本《もと》臨岐の妙語。草色馬蹄《ばてい》を送るとは、春草の馬蹄を承《う》くるを言ふ。柳を以て草に代ふれば、蹄の字着落無し。殊に価を減ずと為す」と云云。予曰く、「[一一]馬蹄」は猶ほ「馬行」と謂ふがごとし。[一二]到る処として春色ならざる無きを言ふなり。これ深春の景致、[一三]第三句の張本為《ちやうほんた》るもの。着落無しと謂ふべからず。若し夫れ「采蓮曲」に云く、「[一四]紅粉青娥照シ二素舸ヲ一、南風吹キ起ス采蓮ノ歌」。下句は実に[一五]明人の警抜《けいばつ》、往往にして人の耳目に在り。「断」に代ふるに「起」を以てす。劣弱を覚ゆるに似たり。然れども亦た千百中の一のみ。[一六]白璧《はくへき》の蠅矢《ようし》、固より応《まさ》にその価を損ずること無かるべし。

〔六五〕[一七]詩を偸《ぬす》むこと三有り。その語を偸むもの、これが下為り。白石の「[一八]老少年行」に云く、「[一九]君不レ見ヤ東家ノ阿嫗年七十、夜来向テレ市ニ買フ二燕脂ヲ一」。南海の「老矣行」に云く、「[二〇]東隣ノ妖嫗尚ホ効ヒレ顰ニ、夜買テ二燕脂ヲ一佩ブ二鶏舌ヲ一」。白石の「春を送る」に云く、「[二一]帰意蘼蕪緑ニ、離情芍薬紅ナリ」。北海の「春江花月歌」に云く、「[二二]離情寂莫蘼蕪緑ニ、愁心生憎ス芍薬紅ナリ」。[二三]二子の詩名、人の知る所にして、猶ほ且つかくの如し。況やその他を

吹断采蓮歌」(陳子竜編の明詩選・十三、列朝詩集・甲前八)。

一六 白い璧玉を汚す小さな蝿の糞。「蝿糞点レ玉」(埤雅)。

一七 偸語、偸意、偸勢の三偸。「偸レ語最為二鈍賊一」(釈皎然・詩式)。

一八 「老少年(はげいとう)の歌」。老少年は秋九月に葉が紅く染まる草。一名を雁来紅という。

一九 白石余稿・三。(葉を紅く染めた老少年を譬えて)ごらん、東となりの年七十の婆さんが、夜の間に町で頬紅を買ったんだよ。

二〇 南海先生集・一。「効レ顰」は若い女の真似をしての意。「鶏舌」は香木の名。

二一 白石余稿・一。「蘼蕪」は香草の名、別名を王孫草と言う。「王孫遊兮不レ帰、春草生兮萋萋」(楚辞・招隠士)。「芍薬」は春と夏のあわいに花を開く。別れに際して贈るので別名を離草と言う。春は王孫のようにひとたび去って帰らぬのか蘼蕪は緑に茂り、離別の情を示すように芍薬の花は紅に開く。

二二 北海詩鈔・上「武聖謨宅小集同賦二春江花月歌一」。別れを思って寂しく辛いのに、蘼蕪は緑に茂り、芍薬は紅に咲く。

二三 祇園南海と江村北海は詩人としての名声が高いが、それでもこのような語の剽窃をする。その他の詩人はなおのことだ。

一 蛻巌集・四。春風吹いてあたりは川霧立ちこめて暗く、あたかも楚の竹林か湘南の山かと思うこの景色。

二 孔雀楼文集・二「雪泊」。上句、夜中にとまを懸けた舟の窓を押しあけて眺めると。

三 他人の詩文をそっくり盗むことの譬え。唐詩紀事(李義府)の表現による。

や。

〔六六〕蛻巌の「春帆細雨来たるを賦し得たり」に云く、「東[一]風十里煙波黒《くらシ》、楚竹湘山不レ可《ラ》レ知《ル》」。清君錦の「雪夜舟に泊す」に云く、「[二]中宵聊《カ》試《ミニ》推《シテ》レ篷《ヲ》望《メバ》、楚竹湘山不レ可《ラ》レ知《ル》」。これも亦た郭正一《くわくせいいつ》[三]を生呑《せいどん》するなり。

〔六七〕室師礼の「春日親を思ふ」に云く、「憶《おもふ》[四]昨辞《シテ》レ家《ヲ》行役《ノ》時、春来秋去欲《シテ》レ帰《ルヲ》遅《シ》、朝朝陟《のぼリ》レ屺《ニ》児《ハ》悲《シミ》レ母《ヲ》、暮暮倚《よリ》レ閭《ニ》母《ハ》泣《ク》レ児《ニ》、豈《ニ》謂《おもハンヤ》彩衣為《ソトハ》二素服《ト》一、忽《チ》将《もつテ》二死別《ヲ》一変《ズ》二生離《ニ》一、泰山如《ク》レ礪《ノ》河如《シ》レ帯《ノ》、此《ノ》恨綿綿《トシテ》無《シ》二尽《クル》期一」。全首許魯斎[五]の「親を思ふ」の詩を剽窃《へうせつ》するもの。名家に於て尤も恥づべしと為す。許氏「七月望日に親を思ふ」に云く、「将《まさニ》[六]謂《ヘリ》百年供《セント》二色養《ヲ》一、豈《ニ》期《センヤ》一日変《ゼントハ》二生離《ヲ》一、泰山為《テ》レ礪《ト》終《ニ》磨《シ》尽《ストモ》、此《ノ》恨《ハ》綿綿《トシテ》未《ダ》レ易《カラ》レ衰《へ》」、又「九日に親を思ふ」に云く、「児[七]望《ム》レ母《ヲ》時児哭《ス》レ母《ヲ》、母尋《ヌル》レ児《ヲ》処母啼《ク》レ児《ニ》」。夫れ沿襲《えんしふ》[八]することは古人もこれ有り。老杜[九]・大蘇と雖も、猶ほ免るること能はず。或いは述者[一〇]の却つて作者に過ぐること有り。これを為すこと如何《いかん》に在るのみ。若し夫れ王元之《わうげんし》[一一]の杜語に暗合せるは、地位已に逼《せま》る。深く怪しむに足らず。師礼のこの作、歩歩摸写し、形迹露出す。亦た暗合と謂ふべからず。況や結語は全くこれ白傅《はくふ》[一二]の語。未だ師礼の意志如何を知らず。

四 鳩巣先生文集前編・四、十二首の第十二。第三句の「屺」は底本および鳩巣文集に「圯」に作る。意改。旅立ちの日の別れは忘れがたいが、春来たり秋すぎ帰宅を願いつつ遅れてしまった。朝ごとに草深い山に登り(「陟二彼屺一兮、瞻二望母一兮」詩経・魏風)子は母をしのんで悲しみ、暮ごとに村の門によりかかって(戦国策)母は子のために泣いた。子どもらしい派手な着物で親を喜ばそうとしたのが(老莱子の故事)図らずもそれが白い喪服となり、生きながらの離別が死別に変わってしまった。泰山が砥石のように平らかになり黄河が帯ほどの細さになることがあっても、この悲しみこそはいつまでも終る時がないだろう。

五 元の許衡、字仲平、謚文正。

六 魯斎全書・六。ご寿命の限り色養(→二三六頁注一一)しようと思いましたのに、図らずも生別は忽ち死別に変わってしまった。

七 同右。

八 先人の表現をなぞること。

九 詩人玉屑・八に杜甫(老杜)・蘇軾(大蘇)らの「沿襲」の例を紹介する。

一〇 先人の業績を学んで祖述したものが、かえってその先人に勝ることがある。「述而不レ作」(論語・述而)。

一一 宋の王禹偁、字元之。自分の詩句が杜甫に似ることを指摘されて「吾詩精詣遂能暗二合子美一耶」と誇った(詩人玉屑・八)。

一二 白居易(太子小傅)の長恨歌の結びの句。

一三 宋の人。底本は「趙師秀」に作るが、誤り。六一詩話の本文に従い改める。

一四 六一詩話。「麦天」は麦の熟する初夏。「槐(えんじゅ)」は道や川のほとりに好んで植えら

〔六八〕[一三]趙師民句有りて云く、「[一四]麦天晨気潤《ヒ》、槐夏午陰清《シ》」。室師礼の「首夏猶ほ清和なるを賦し得たり」に云く、「[一五]麦畦晨気潤《ヒ》、竹径野涼微《ナリ》」。已に咲《わら》ふべしと為す。晩近《ばんきん》[一六]田叔明の「田家の夏興」に云く、「[一七]麦秋晨雨潤《ヒ》、槐夏午風涼《シ》」。[一八]絶倒《ぜっとう》に堪《た》へず。真に[一九]鈍賊なり。

〔六九〕物徂徠の「暮雨人を送る」に云く、「[二〇]陌頭楊柳垂《レ》、相送《ヒ》雨昏《ルル》時、寂寂《トシテ》去人遠《ク》、濛濛《トシテ》匹馬遅《シ》、江声鐘易《ク》レ湿《ヒ》、浦色草応《ニ》《シ》レ滋《ナル》、寧《ンゾ》問《ハン》明朝《ノ》後《ヲ》、吾心已《ニ》乱糸《ナリ》」。韋蘇州の「暮雨を賦し得て李冑を送る」に云く、「[二一]楚江微雨裡《ノ》、建業暮鐘《ノ》時、漠漠帆来《ルコト》重《ク》、冥冥鳥去《ルコト》遅《シ》、海門深《クシテ》不レ見《エ》、浦樹遠《クシテ》含《ム》レ滋《ヲ》、相送《リテ》情無《シ》レ限《リ》、沾《うるほシテ》レ襟《ヲ》比《ス》二散糸《ニ》一」。二篇の語意、何ぞそれ相ひ似たるや。

〔七〇〕松霞沼の「青楼の曲」に云く、「[二二]歌罷《ンデ》不レ語《ラ》、還《また》不レ咲《わらハ》、千恨万恨在《リ》二翠娥《ニ》一」。南海評して云く、「結句は千古の絶唱。君は謂ふ「千恨万恨翠娥に在り」。[二三]瑜は謂ふ「千恨万恨両句に在り」」と。予云く、霞沼の結語、全く[二四]武元衡《ぶげんかう》の「[二五]万恨在《リ》二蛾眉《ニ》一」を用ひ、纔《わづ》かに二字を増して以て七言と為すのみ。南海遽《には》かに以て千古の絶唱と為すは、何ぞや。

〔七一〕霞沼の南海に寄する長篇の落句「[二六]出《デテ》レ門《ヲ》長《ク》咲《フ》海天碧《ナリ》」、亦た[二七]黄太史の「[二八]出《デテ》

れる木。夏繁茂して涼しい蔭を作る。
一五 鳩巣先生文集前編・六「首夏猶清和」。
一六 内田鶉洲、字叔明。江戸の人。
一七 酔客慢興集「田間夏興二首」(その一)。
一八 思わず笑いころげてしまう。
一九 間抜けな泥棒。→二六七頁注一七。
二〇 徂徠集・二。道の辺に柳は枝を垂れ、雨の日暮れに人を送る。遠ざかる後ろ姿は寂しく、足進まぬ馬影は靄の中に薄らぐ。水声に鐘の音も湿りがちに、川辺には草が濡れているだろう。明日の朝の寂しさは言うまでもない。すでに私の心はこの雨の糸のように千々に乱れているのだ。
二一 韋蘇州集・四。こぬか雨降る楚の長江、夕暮れの鐘響く建業の町。薄暮の中を舟の帆は重たげに近づき、暗い空の飛鳥は遅々として進まない。岸は門のように狭まって奥は見えず、川辺の樹木は遠目に潤いを含む。人を送る惜別の情は尽きることなく、襟元を濡らして乱れる糸筋のようだ。
二二 南海先生纂評鍾秀集。美人は白紵の歌を歌い終り、黙したまま笑みもしない。辛い人への千々の恨みが緑の眉を顰ませる。
二三 祇園南海の名。 二四 中唐の人。
二五 万首唐人絶句・五言・十四「春日偶作」。転結句に「美人歌二白紵一、万恨在二蛾眉一」。
二六 鍾秀集「次二韻伯玉詞兄寄レ懐却呈」。家を出て青い海と空とを見て、(いつか逢えるものと思って)しばし笑うのだ。
二七 宋の黄山谷。国史編集官に任じた。
二八 黄山谷詩集・十五「王充道送二水仙花五十枝一欣然会レ心為レ之作レ詠」。(水仙花に悩殺される)家を出て、長江の目前に横たわるのを見て我が妄念を笑う。

レ門ヲ一咲ス大江横タフ」を用ふ。

〔七二〕詩に意興相ひ得て語意全く同じきもの有り。亦た剽窃するに非ず。南郭の「[一]自ラ忘レ二双鬢ノ短キヲ一、復対ス二百花ノ新ナルニ一」。赤松滄洲の「春日偶題」に云く、「[二]遂ニ忘レ二双鬢ノ白キヲ一、更ニ対ス二百花ノ紅ナルニ一」。これなり。

〔七三〕往年予[三]秩山《ちつざん》に在るとき、月に乗じて散歩す。[四]樹声索索、犬吠《けんばい》寥寥。忽ち一聯を得《う》。云く、「[五]犬ハ吠ユ孤村ノ月、人ハ行ク深樹ノ風」。自ら以て得たりと為す。後『[六]松浦集』を読むに云く、「[七]犬ハ吠ユ孤村ノ月、燈明カナリ両岸ノ楼」。遂に前句を改めんと欲し、[八]思意未だ属せず。又『[九]爨桐集』を読むに云く、「[一〇]犬ハ吠ユ孤村ノ月、雁ハ過グ高漢ノ雲」。予因りて以為《おも》へらく、意境の同じきこと冥契暗合すと。置いて改めず。

〔七四〕[一一]安藤子立、予に語りて云く、「下総州の生実《おひみ》は、[一二]我侯国初已来《いらい》これを国とす。[一三]重俊院有り。実に[一四]先侯重俊公の創造せし所なり。閣上[一五]士峰《しほう》を望み、頗る佳境為り。一[一六]丐僧《かいそう》有り、来りて宿を請ふ。住持某その形状を悪《にく》み、肯《あ》へて許さず。一[一七]沙弥《しゃみ》これを閔《あはれ》み、窃《ひそ》かに閣上に宿す。[一八]詰旦《きったん》辞去し、小詩を壁上に題して言へる有り。云く、「[一九]海嶠山寺海嶠ノ隈、落日三竿鳥不レ回《かへ》ラ、看取ス芙蓉千仞ノ雪、恩光一夜自ラ崔嵬」。その之《ゆ》く所を知らず」と。

一 南郭先生文集三編・二。五首のうち第一。両鬢の髪の毛が薄くなったのも忘れ、今年もまた咲きそめた色々の花に向かい合う。
二 静思亭集正編・二。
三 「予先年宮君立ト共秩父ニ趣キタリ」(西島蘭渓・春窓閑話)。 四 木の葉はざわざわと鳴り、犬は寂しく鳴く。
五 蘭渓若年の詩稿は火災により失われた(西島蘭渓・慎夏漫筆・二)。
六 松浦詩集(肥前僧大潮著)。
七 巻上「淀河舟中作」。
八 じっくりと考えるに至らなかった。
九 平岩仙桂の詩集。→二五八頁注一九。
一〇 巻一「艸堂口号」。下句、はるかな天漢(天の川)の雲のそばを雁が飛んでゆく。
一一 生実藩家老。蘭渓の父柳谷の「刎頸之友」であった(柳谷集「遊二生実侯別墅一記」)。
一二 寛永四年(一六二七)、森川重俊が当国に移封された。
一三 「生実村に森川山重俊院といふ寺あり。寺領二十石」(金ケさく紀行)。
一四 森川出羽守重俊。
一五 富士山。 一六 托鉢の僧。
一七 若い僧。小僧。 一八 早朝。
一九 金ケさく紀行によれば寺の山号は「森川山」だが、ここは「海嶠山」を山号のように用いる。「三竿」は日が竿三本を継いだ高さであること。「竿」は朝日の高さを言うことが多いが、夕陽についても言う(坤斎日抄・上「落日両竿」)。三四句、冠雪して聳える富士山は、一夜の宿りを恵まれた恩恵の光に高々と見えることだ。
二〇 宋の邵伯温の著。二十巻。
二一 宋の学者の邵雍、字尭夫、諡康節。

〔七五〕『邵氏聞見録』[二〇]に「大学博士姜愚《きやうぐ》、字は子発。京師の人。康節《かうせつ》[二一]に学び、初め進士[二二]の第に登る。月ごとに半俸[二三]を分ち、康節に奉る」と云ふ。朱舜水《しゆしゆんすい》[二四]投化し、初め崎港《きかう》[二五]に居る。坎壈《かんらん》[二六]尤も甚だし。食夕[二七]を支へず。安東省庵[二八]は、柳川の人。食禄二百石。舜水の義を聞き、その禄の半ばを分ちて柴米《さいまい》の資《し》と為す。二事相ひ似たり。故にこに附載す。

〔七六〕田鶴楼[二九]、白石に師事し、白石の歿後、自ら矢《ちか》ひて復た他人に執謁せず。陳《ちん》[三〇]后山《こうざん》の「妾薄命」[三一]を賦して他師に見《まみ》えざると、亦た甚だ相ひ類す。省庵・鶴楼の如きは、義に勇なるものと謂ふべきなり。省庵の詩『扶桑名賢詩集』に見ゆ。「春に感あり」に云く、「往事悠悠トシテ[三二]心不レ平カナラ、春来春去テ両《ふた》ツナガラ傷マシムレ情ヲ、醸《かも》スレ愁ヲ嫩柳着《つ》ケテレ煙ヲ重ク、流スレ恨ヲ飛花逐ヒテレ水ヲ軽シ、梁上尋ネテレ巣ヲ忙シク二燕子一、池辺添ヘテレ雨ヲ噪シク二蛙声一、疎慵無シレ意尋ヌルニ二鉛槧ヲ一、多少ノ風光欠ク二品評ヲ一」。省庵に子有り。名は守直、字は元簡。詩才有り。『名賢詩集』及び『千家詩』等に見ゆ。「雪」に云く、「騁セテレ光ヲ透リ[三三]二簾幌ニ一、助ケテレ月ヲ映ズ二書車ニ一」。「早行」に云く、「野渡星初メテ落チ[三四]、断橋露未ダレ乾カ」。「好青公の孺人を悼み奉る」の落句に云く、「自ラ是レ湘江碧波潤シ[三五]、不レ知ラ何レノ処ニカ弄セン二琴絃ヲ一」。「池端《いけのはた》の晩眺」の絶句、「杖テレ藜ヲ行キ尽クス[三六]叡山ノ辺、処処ノ煙雲欲スルレ暮ント天、遊客試ミニ窮ム千里ノ眼、快風吹キ断ツ満池ノ蓮」。省庵、子有ること

二一 科挙の進士科に及第する。
二二 俸給の半分を分けて。
二三 →詩史八九頁。
二四 ひどい貧窮の有様であった。　二五 長崎。
二六 夕食も食べられないほどであった。
二七 →詩史八九頁。
二八 →詩史一二〇頁。
二九 宋の陳師道(号後山、后山居士)。
三〇 后山詩註・一。師の曾鞏(字子固、号南豊)を亡くした時の作品。未亡人の貞節に託して、他師に仕えぬ志を述べる。
三一 巻四(以下同)。「疎」は底本「悚」。搏桑名賢詩集の本文に従い改める。遠く過ぎ去った日々を思って心穏やかならず、春が来るにつけ去るにつけ、感傷を誘われる。愁いを醸すように柳の新枝は靄を帯びて重たげに垂れ、後悔の思いのように落花はひらひらと流水を追って飛ぶ。梁の上では故巣を求めて燕はせわしく行き交い、池のあたりは春雨に水かさ増して蛙の声は賑やか。筆を執って詩作する気になれぬ物憂さに、どれほど多くの春景色が詩句の品定めなしに過ぎてしまったことだろう。
三二 雪明りは簾ごしに、月明に光を添えて文車を照らす。雪の光で読書した晋の孫康の故事(蒙求)を用いる。
三三 野の渡し場に星はいま消えたばかり、落ちた橋に露のまだ消えぬ早朝。
三四 湘水には緑の波が広がっているが、どこかで琴をお奏でになるのだろうか。湘水に身を投げて死んだ舜の二妃は湘神となり、瑟を鼓した(楚辞・遠遊)。
三五 あかざの杖をついて散歩する。ここは江戸東叡山寛永寺の、蓮の名所不忍池の池

かくの如し。実に積善[一]の餘慶なり。

〔七七〕秋玉山に「春宵秘戯の図を観る歌行[二]」有り。一時の戯語なりと雖も、句[三]を逐《お》ひて事を用ひ、穏貼《をんでふ》自在。その安排闘湊《あんばいとうそう》の迹《あと》を見ること莫し。天下の奇才なり。言の醜[四]なるが為に、ここに附せず。

〔七八〕紀平洲[五]の「平氏西敗[六]の図を観る歌行」、十八才の作と云ふ。俊爽奇抜、近世その比を見ず。

〔七九〕『日本名家詩選』に載する所の土昌英の「品川楼[七]」の詩、尤も浅劣にして収録するに足らず。

〔八〇〕秋玉山、少時嘗て国学[八]に在り。豪放不羈《ふき》、日《ひび》に酒楼妓館に在りて、復た[九]文墨を事とせず。書籍衣具、并《あは》[一〇]せて烏有《うゆう》と為す。夏に当りて蚊幬《ぶんちう》[一一]無し。ただ衣籠《いろう》[一二]有るのみ。因りて一辺を穿《うが》ち、これに紗縠《さこく》[一三]を帖《でふ》し、常にその中に臥《ふ》す。隣舎生有りて班《はん》[一四]史《し》を読む。玉山、中に在りてこれを聞く。隣舎生その衣籠中に臥すことを知りて、一日これに戯れて曰く、「久しく子の読書の声を聞かず。知[一五]らず、夜来何の書をか読む」。答へて曰く、「班史を読むのみ」。その人云く、「已[一六]に班史を読む。某の伝を読みしか」。玉山遂に某の伝五六紙を誦す。即ち隣舎生昨夜読む所なり。その[一七]強識

之端。いずこも夕靄の暮れかかる空。歩む人（自分のこと）は千里かなたまでの眺望を窮めんとする。疾風が池いっぱいの蓮の葉を断ち切るごとくに吹き分けるのだ。

一 徳行（朱舜水を援助したことなど）を重ねたことが子孫の幸いとなって酬いた。
二 『東京新誌』第五十六号（明治十年）に誤って「珊瑚枕歌」として紹介される。
三 句ごとに典拠のある表現を無理なく自在に用い、句を並べるのに骨を折ったような様子が見られない。
四 猥褻である。
五 姓細井、名徳民、字世馨。尾張の人。
六 嚶鳴館詩集・二「阿弥陀寺観二平氏西敗図一」。十八歳の平洲が長崎に遊学するために西下した時の作。
七 巻五「遊二品川楼一」。
八 江戸の林家の塾（後に昌平黌）を言うか。
九 すっかり学問を廃した。
一〇 みな（放蕩ゆえに）無くしてしまった。
一一 蚊帳。
一二 葛籠。つづら。
一三 うすぎぬ。
一四 漢書。後漢の班固の著作。
一五 夜にはどんな書物を読んでいるんだい。
一六 漢書を読んでいるのなら、誰それの伝はもう読んだかね。
一七 その記憶力の良さは、葛籠の中で聞いた文章を暗記するという、そんな調子であった。
一八 南川金渓の随筆。その巻下に「西宮ノ西村仲英」。
一九 中唐の銭起と劉長卿。「詩至二銭劉一、遂

なること概《おほむ》ねかくの如し。
〔八一〕 服仲英、本姓は中西、『閑[一八]散餘録』に西村と云ふ。蓋し誤りなり。名は元雄。白賁と号す。南郭の義子なり。その詩平淡にして婉雅。銭[一九]劉の佳致有り。東都固より人文の淵藪《えんそう》と雖も、かくのごとき人、亦た多く得《う》べからず。「羽[二〇]林郎騎射歌」、江君錫これを『日本詩選』に収む。縦使《たと》ひ[二一]乃父《だいふ》これに代るも、恐らくは加ふべからず。五言律頗る合作多しと為す。君錫これを『詩選』中に収めず。殆んど欠事と為す。天[二二]これに年を仮《か》せば、関東の文柄孰《た》れか能くこれを執《と》らん。予嘗て云く、仲英の諸作、修飾を勤めずして、猶ほ天性艶華《えんくわ》、自然に形発《あら》はる。これ[二三]を毛嬙《まうしやう》・西子《せいし》の脂粉《しふん》を施さずして、光彩自ら人を射るに譬《たと》ふと。今その佳句を摘む。五言、「郊行して雨に値《あ》ふ」に「回[二四]二看スレバ蹈青ノ処ヲ一、煙ハ暗シ野橋ノ西」。「春に感あり」に「断[二五]鴻迷ヒ二暮雨ニ一、芳草遍ネシ二天涯ニ一」。「春日墨水に舟を泛《うか》ぶ」に「水[二六]色侵シ二楊柳ヲ一、晴光映ズ二酒壺ニ一」。「南浦の春汎」に「汀[二七]煙蒸シ二細草ヲ一、岸樹雑フ二垂楊ヲ一」。「家君新たに西荘を営む」に「雑[二八]菜荒レ二秋圃一、孤村冷カナリ二午煙一」。「十日松国鸞客舎の集」に「美[二九]酒盈樽ノ興、黄花昨日ノ秋」。「金井侯秋後山県城楼に登るの作に和し奉る」に「山[三〇]城催シ二短景ヲ一、雨雪入ル二残秋ニ一」。「金井侯を送る」に「前[三一]途風雪暗ク、古駅暁煙微ナリ」。七言、「酔美人」に「玉[三二]柱謾《みだり》ニ移ス朱瑟ノ

露ニ中唐面目一（詩藪内編・五）。
二〇 日本詩選・二。
二一 かりに父親の服部南郭が代わりに作っても、たぶんこれ以上のものは無理だ。
二二 もしも仲英がもう少し長生きできていたら（明和五年〔一七六八〕没、五十五歳）、江戸の文壇の主導者には彼以外の誰がなれただろうか。
二三 昔の美女の代表である毛嬙と西施が化粧もせず、その美貌によって人を惹きつけたのに譬えられる。
二四 蹈海集（以下同）・三「春日郊行値レ雨過ニ友人荘一」。「蹈青」は春に青草を踏んで郊外を散策すること。
二五 巻三。旅愁をうたう。群れからはぐれた鴻に自らを比す。
二六 巻三。川は増水して岸の柳の根元を洗い、晴れた日の光は酒壺に照り輝く。
二七 巻三。川辺の靄は細かな草を蒸すように立ちこめ、岸の木には枝を垂れる柳が混じる。
二八 巻三。畑は荒れ果て、昼餉の煙も細々としか上がらない。
二九 巻三。「樽」は蹈海集に「觴」。旨い酒が樽一杯ある楽しさ、黄菊は昨日九月九日の重陽の秋を経た。
三〇 巻三。山の城では短い一日はせき立てられるように早く暮れ、晩秋になって雪が降る（「雨」は降るの意）。
三一 巻三「歳晩金川駅送ニ米大夫帰ニ西肥一」。肥前に帰る人を東海道神奈川の宿まで送る。
三二 巻四。琴柱を動かす手もしどけなく朱色の琴糸を奏で、いまにも崩れようとする緑の雲髪を金の簪が守っている。

調、金釵猶護《ホス》緑雲斜《ナルヲ》」。「江允清に寄す」に「[1]塞北雲陰《かげリテ》仍《ホ》雨雪、江東風色已《ニ》芳菲」。「墨梅」に「[2]且《ツ》懸《ク》夜月朦朧色《ノ》、不レ辨《ゼ》春風南北枝《ノ》」。七言絶句、「人の湖南に帰隠するを送る」に「[3]一片征帆碧水間《ノ》、湖天何《レノ》処向《カフ》二郷関《ニ》一、到《ル》時応《ニ》レ識《ル》紅顔老《タルコトヲ》、暮景秋寒《シ》石鏡山」。「懐を日出侯に寄せ奉る」に「[4]紫海秋光望《ノ》欲《ス》レ迷《ハント》、月明千里夜凄凄、趨陪誰共《カニス》扁舟興《ノ》、苦《はなはダ》憶《フ》風流謝鎮西《ノ》」。

〔八二〕南国華・祇伯玉、共に[5]髫年《てうねん》より書画を善《よ》くす。[6]一社二妙と謂ふべし。郡山の[7]柳大夫、嘗て[8]後素《こうそ》を伯玉に問ふと云ふ。予、伯玉の「白石先生に贈る歌行」一篇を書するを観るに、筆勢雅捷《がせふ》。[9]謝康楽《しやかうらく》も美を古に専らにすることを得ず。

〔八三〕『周南集』に曰く、「[10]丁未の秋、物先生に従ひて、舟を[11]墨水に泛ぶ。群賢皆な会し、詩酒従容《しようよう》たり。時に余将《まさ》に帰養せんとす。乃ち「[12]一《タビ》為《ラバ》二参《ト》与《とニ》商、此遊夢《ノ》中《ニ》過《ギン》」の句有り。明年、先生簀《さく》を易《か》ふ。数語遂に[13]永訣《えいけつ》の讖《しん》と為る」と云云。終に徠翁の詩讖と為ると云ふ。

〔八四〕周南、資性謹実。物門の徒、その比《ひ》有ること希《まれ》なり。[14]故を以て遺沢斬《つ》きず、[15]多士の選、天下共に萩府《しうふ》を推すこと久し。その詩[16]跌宕《てつたう》の気無しと雖も、風流温雅、亦た君子の人為《た》るを見るべし。「[17]滕隆政の偶を喪ふを弔《とむら》ふ」及び「[18]朝鮮李東郭に呈

一 巻四「江允清帰二北越一別後無二音問一遥有二此寄一」。北の辺境はまだ雲に閉ざされ雪が降るが、江戸ではすでに芳しい春景色。
二 巻四。「色」は底本「月」。蹈海集の本文に従い改める。（梅の白い花に）また夜の月の朦朧たる白い光が差して（花のありかが紛れ）、春風に早く花の開く南枝と、花のない北枝の区別がつかなくなった。
三 巻五。緑色の水面を進む舟。目指す故郷は琵琶湖の空のどのあたりか。帰りつけば紅の頬の老いたことを君は知るだろう。秋の寒い日暮れ、石の鏡山（滋賀県南部の山、歌枕）に姿を映して。
四 巻五。筑紫の秋の海は眺望に目を迷わせ、遥かな月明りの下、寒々とした夜が広がる。その舟旅の思いを扈従する誰が共にするのだろうか。西国の鎮めの任にある君、「風流」を称せられた晋の謝安（征西将軍の司馬）のような君をしきりに思う。
五 幼年。 六 一つの仲間（木下順庵の門下）の中の二人の傑物。
七 大和郡山の柳沢家の家老の子、柳沢淇園（名里恭）。多芸の文人として知られた。
八 絵を描くこと。
九 南朝宋の謝霊運。詩文と書に卓絶して「二宝」と称せられた（蒙求・中）。
一〇 周南文集・三。「丁未」は享保十二年（一七二七）。その翌年に荻生徂徠没、六十三歳。
一一 隅田川。 一二 巻一「墨水泛舟作」。同時に空に出ることのない参星と商星の如くに別れ別れになれば、ここに遊んだことは夢の中に過ぎたことと思われるだろう。
一三 死に別れすることを予言する語となってしまった。

す」の七律の如き、尤《もつと》も伝ふべしと為す。「馬関に古《いにしへ》を弔ふ」に云く、「上皇非[一九]ズレ不ルニレ憫《あはれマ》ニ孫帝一ヲ、平氏自ラ為リニ天下ノ讐一」。一隻眼《いちせきがん》[二〇]を具《そな》ふと謂ふべし。

〔八五〕蜺巌先生「称呼辨正序略」[二一]に云く、「大抵文儒の癖《へき》、雅を尚《たつと》び俗を斥《しりぞ》く。甚だしきものは面目[二二]眉髪《びはつ》は倭《やまと》にして、その心腸は、乃ち斉魯にし、燕趙にし、沾沾《せんせん》として自ら喜ぶ。その勢ひ複[二三]を削りて単と為さざるを得ず。忠信愿慤《げんかく》、道学を以て自ら任ずる中村惕斎[二四]の如きも、亦た村を削りて中と為すことを免れず。況や餘子に於てをや。詩に地名を用ふるに、俗[二五]を雅に鋳《ちう》して、陳国[二六]を宛丘と称し、燕京[二七]を長安と称す。異方と雖も亦た然り。この方武蔵《むさし》を謂ひて武昌と為し、播磨《はりま》を播陽と為し、筥根《はこね》を函関と為す。かくの若《ごと》き類、斧鑿《ふさく》[二八]して痕《あと》無し。仮《か》り用ひて歌詩に入るるは可なり。目黒《めぐろ》[二九]を驪山と称し、染井《そめゐ》[三〇]を蘇迷と称し、芝門《しばもん》[三一]を司馬門と称し、天満《てんま》を天馬と称するは、則ち小大[三二]不倫《ふりん》。名実倶《とも》に亡ぶ。児戯と謂ふべきのみ。夫れ複姓を改むると地名を革《あらた》むると、二者亦たただ翰墨《かんぼく》[三三]の社のみこれ用ふ。殆んど俗士大夫と相ひ関せざるときは、則ち宜しく咎《とが》め無きが若《ごと》くなるべし。その実、祖先[三四]を蔑《な》みし、輿志《よし》を紊《みだ》す。罪これより大なるは莫《な》し」と。予按ずるに、貝原益軒先生も亦た嘗て「称[三五]呼辨」を著はす。実に先鞭《せんべん》と為す。二先生の言、痛く時弊を砭《いまし》む。後学に恵有るこ

一四 それ故に周南の遺風恩沢はなお残っており(「君子之沢、五世而斬」孟子・離婁下)。一五 秀れた人物を輩出することでは萩の城下(長門国)が一番だと昔から専らの評判(→詩史一二七頁)。一六 自由奔放な勢い。一七 周南文集・三。一八 同・三。周南文集の本文に従い改める。「隆」は底本に「舜」。一九 同・四「正徳元年、祗ニ役赤馬関一、感ニ秋風之起一、愀然作ニ弔古八首一」の第四。赤馬が関の沖の壇の浦に沈んだ安徳天皇は、平家追討を命じた後白河院の孫。二〇 ものごとを見抜く見識を備えている。二一 留守友信著の称呼弁正に寄せる序文。蜺巌集後編・五「称呼弁正叙」。二二 外見は日本人でありながら、心根は斉や魯、燕や趙などの中国人と同じようにして、軽薄にも喜んでいる。二三 二字以上からなる姓を中国人によくある一字の姓に改めないではおれない。二四 京都の朱子学者。経書の俗語解を数多く製作した。姓を「仲」と称した。二五 鋳型に入れて新しく鋳なおすように、俗な地名を典雅な地名に作りかえて。二六 都近くの岡、宛丘の名を称して陳国を代表させる(詩経・陳風・宛丘)。二七 明代の都燕京は唐都長安と遠く隔たっているが、例えば明の李于鱗の「初至レ京」の詩に「邢州計吏入ニ長安一」の句が見える。二八 技巧を凝らしているが、目立たない。二九 「驪山　メグロ　黒馬ヲ驪トイヘバ也」(永田俊平・大東詩家地名考)。三〇 「蘇迷　染井」(同右)。三一 「司馬門　芝口見付」(同右)。三二 驪山や蘇迷などの中国の土地は目黒・染

と、勝《あ》げて言ふべからず。然れども当時徠学大いに行はれ、勢焔万丈、二先生の時を救ふの心切《せつ》なりと雖も、亦《ま》た行はるること能はず。清田君錦の蜺巌先生に於ける、[一]ただに親炙するのみならず、又従ひてその咳唾《がいだ》を仰ぐ。[二]猶ほ且つ田を削りて清と為す。将《は》た時勢これを使《せし》むるか。甚だしきときは則ちその姓を改易して、[三]劉と曰ひ、孔と曰ひ、諸葛と曰ひ、司馬と曰ふ。[四]不諱の尤《とが》め、[五]先王の誅《ちゅう》に容《い》れられざるものなり。輓近稍《やうや》く[六]複姓小笠原・大久保の如き、肯《あ》へてこれを削りて大と為し原と為さざるもの有り。嗚呼《ああ》、二先生の言、当世行はれずと雖も、[七]今に至りて烈と為す。二先生にして霊有らば、亦た少しく[八]気を吐くべしと云ふ。

〔八六〕唐の[九]徐彦伯、龍門を虬戸《きうこ》と為し、金谷を銑渓と為す。これを[一〇]渋体と謂ふ。当今[一一]鶴岡《つるがをか》を寉陵《かくりよう》と為し、筥根《はこね》を函山と為し、品川《しながは》を級河と為す。亦た渋体の遺意なり。古より学者の、文を以て戯れと為すこと、この弊有り。

〔八七〕[一二]平維章云く、「[一三]徂徠翁、隅田川を墨水と為す。[一四]万葉集に墨多川に作るに依り、倏《しう》して墨水と為す。風雅にしてその実を失はずと謂ふべし」と。予云く、[一五]東涯、博多を覇家台と称す。[一六]異なることは則ち異なり。然れども援拠有り。申叔舟の『[一七]海東諸国記』に博多を一に覇家台と称す。猶ほこれ可なり。[一八]某侯の目黒原を驪黒原と称するが

井などと規模の大小において釣りあわない。
三三 文壇のなかま。
三四 姓を改め先祖を軽んじ、地名を改め地理書を混乱させる。これ以上の大罪はない。
三五 「本邦書二官地姓名一弁」(自娯集・三)。

一 親しんでその感化を受けるだけではなく、付き従ってその教えを直接に蒙った。
二 著書に「清絢」と署名する。
三 「劉安生」「諸葛琹台」「司馬可因」(江都諸名家墓所一覧)。「生駒山人、本姓ハ森、自ラ孔ト更ム」(諸家人物志、寛政四年版)。
四 平気で父祖の姓を改めて恐れを感じぬ罪。
五 先聖人により死罪に処せられても足りない位の重罪である。
六 例えば小笠原一甫、大久保格庵。
七 今では著しい功績と認められる。
八 志を得て、長い不遇のあとのうさを少しは晴らすことが出来るだろう。
九 初唐の詩人。唐詩紀事・九の記事による。
一〇 新奇な語を用い、意味が簡単にはわからぬように作った詩文の文体。
一一 「鶴陵(ツルカヲカ)」「函山(ハコネ)」「級河(シナカハ)」(東藻会彙)。服部南郭ら古文辞派文人の用いた語。
一二 篠崎東海。姓平、名維章。随筆・東海談に徂徠の「墨水」についての論が見える。
一三 徂徠集の詩には「墨水」の語は見えない。→夜航余話三三七頁。
一四 万葉集に見えない。一五 未詳。「覇台」(紹述先生文集・二十三)の例は確認できる。
一六 奇妙と言えば確かに奇妙な書き方だ。
一七 李氏朝鮮の成宗二年(一四七一)に成立した

如きは、殆んど咲《わら》ふべしと為す、と。

〔八八〕江村君錫一九云く、「服伯和二〇の人の加賀に之《ゆ》くを送る詩に、賀蘭州二一の字を用ふ。夫れ賀府は三都二二の亜《つぎ》にして、本邦第一の大藩為り。人文も亦た他邦の比にあらず。しかるに辺地の名を借り用ふ。その誤れること甚だし」と。君錫兄弟の学問厳精。知らざるものは以て深刻と為す。その実蒙士《もうし》を覚らしむるの意有り。亦た藝苑の老婆心二三なるかな。然れども賀府を以て賀蘭に比すること、特《ひと》り伯和のみならず。室滄浪の「秋興」に云く、「嵯峨二四《タル》白雪賀蘭山《ノ》、鳥道開《ク》レ天《ニ》咫尺《ノ》間」。これ賀府に在るときの作なり。

〔八九〕『孔雀楼筆記』二五に云く、「服子遷の「小督詞」二六に「御史中丞臣仲国」の語有り。御史中丞《ぎよしちゆうじよう》二七は執法の官。又御史台二八、大夫を置かず、中丞を以て長官と為す時有り。若しそれ異朝の人をしてこの詩を見しめば、大いに怪しみ笑ひて曰はん、「天子自ら執法の貴臣に勅して、匹馬夜行して、逋亡《ほばう》二九の妾を捜索せしむるか」と。仲国時に三〇弾正大弼《だんじやうだいひつ》為り。職掌三一は執法にして、御史中丞に相当す。服子務めてその言を雅にせんと欲して、意《おも》はずにこの謬誤《びうご》を致せるか。当時弾正大弼は散官《さんくわん》三二にして見職《げんしよく》に非ず。天子私《ひそ》かに命じて逋亡の妾を捜索せしむるは、亦た怪しむに足らず。ただ三三弾正

日本地誌。その坤巻に「州有二博多一、或称二覇家台一」という。なお、東涯はこの書を筆写校合している(天理図書館蔵)。一八 未詳。一九 江村北海の授業編・九「地名第三則」。二〇 北海の友人、服部蘇門。→詩史一〇九頁。二一 中国の西北辺境の地。甘粛と涼州との府境にあった。
二二 京・大坂・江戸の三都につづく都会。
二三 初学者を懇切丁寧に導く親切心。
二四 鳩巣先生文集前編・四「秋興八首」の第五。冠雪した険しい賀蘭山、鳥の飛ぶ道はすぐまぢかの空に通っている。
二五 清田儋叟が漢字カタカナまじりの文で著した随筆。以下はその巻四の一文を漢文に要約して示す。
二六 南郭先生文集三編・一。平清盛に憎まれ宮中を逃れた小督を求めて、高倉天皇が当直の「弾正少弼」源仲国を召し、馬を賜わり捜索させたという平家物語の一挿話に基づく詠史の詩。→夜航余話三四九頁。
二七 「中丞為二御史中執法一」(通典・二十四)。
二八 漢の元寿二年、御史大夫が大司空に転じた後、中丞が御史長史となった(漢書・百官公卿表)。
二九 逃亡。三〇 平家物語では仲国は「弾正少弼」。孔雀楼筆記の誤り。
三一 弾正尹の下位の弾正大弼は法秩序の維持を司る、中国の御史中丞に相当する官職。
三二 位階のみで職務のない官。当時、非違を正す実権は検非違使にあった。
三三 単に「弾正大弼」としておけば、かりに中国人がこの詩を見ても、彼らにはわが国の職官の制度は分からず、それゆえ不審に思うこともないに違いない。

大弼と言はば、縦使《たと》ひ異朝の人の見るとも、彼固《もと》より本邦の官職を諳《そら》んぜず、意と為さざること必せり。白石・南郭諸先生の集、[一]清估《しんと》携へ帰り、その国に鬻《ひさ》ぐ。[二]遠慮無くんばあるべからざるなり」と。この説一たび出でて、[三]万犬声に吠え、相ひ率《ひき》ゐてこれに和す。その本邦の事蹟を詠ずるもの、ただ小督局・仏御前と言ふ。[四]事実を失はざるはこれ可なり。その言の鄙俚《ひり》なる、将《は》たこれ何をか謂はん。先賢単に小督と称し、或いは脩して仏妓と為し、これを詩辞に用ふ。孰《いづく》んぞ知り難きことを憚《はばか》らん。[五]亦た異を人の耳に索《もと》むるのみ。日者《このごろ》[六]『皇都名勝集』を読むに、[七]猪飼彦博の「舟岡《ふなをか》」の詩有りて云く、「[八]摘ム㆑菜ヲ公卿設ク㆓春宴ヲ㆒」。若しこれを異邦の人に示せば、則ち必ず謂はん、「身已に重任に居りて、苟《いやし》くも菜蔬を摘《つ》むを以て遊戯と為す。何ぞそれ鄙《ひ》なるや」と。所謂[九]実に用ひて詩に害あるものなり。[一〇]靨子《えくぼ》、顙《ひたひ》に在れば則ち醜し、これなり。抑《そもそ》も本邦の典故を用ふることを好めば、宜しく[一一]国歌を詠ずるに如《し》くは無かるべし。白石の「[一二]容奇」の詩の如きは、一時の機警にして、称賛すべしと為す。〔九〇〕『筆記』又《また》云く、「[一三]予が[一四]伯氏、蜺巌先生の自書せる「月」の詩を蔵す。「[一五]細竹馴龍臥シ、喬林羈鳥驚ク」の句有り。後『蜺巌集』板行せらるるに、[一六]喬林を改めて喬柯に作る。意義共に勝れり。見るべし、[一七]七十の老翁の心を藝文に潜《ひそ》め、[一八]一字を苟《いやし》く

一 清朝の商人。
二 先々のことをよくよく考えて詩を作らなければならない。
三 一匹の犬の声にたくさんの犬が付和雷同して吠えるように、賛同するものが多い。
四 事実に合っているのはいい。しかし、詩語としての俗悪さは、何とも言いようがない。
五 人の耳に珍しく聞こえるように務めたに過ぎない。
六 皇都名勝詩集、源世昭編。寛政二年(一七九〇)刊。
七 京都の儒者。号敬所。「彦」は底本「元」。
八 巻下。京都紫野の船岡は平安時代貴族の遊宴の地となり、子の日の遊び、若菜摘みなどが行われた。
九 事実に叶うが詩を台無しにする表現。
一〇 えくぼもおでこに有れば醜悪だ。
一一 和歌。
一二 →詩史一一二頁。
一三 孔雀楼筆記・一。
一四 僊叟の長兄の伊藤錦里。
一五 「龍」は底本および孔雀楼筆記には「尨」、また蜺巌集には「厖」の字に作る。「尨」「厖」ともに「龍」の通用字と認めて改める。竹林のさま、竹根の盤据のさまを臥竜に譬える表現は詩によく見られる(→四八頁注一)。
一六 喬林(高い林)を喬柯(高い枝)に改めた。蜺巌集前編・二「寒月」に「深竹馴厖伏、喬柯羈鳥驚」。
一七 蜺巌集前編、詩集の部の刊行は寛保二年(一七四二)、時に蜺巌七十一歳。
一八 一字も疎かにしなかった。

もせざることを」と。

〔九一〕『筆記』又云く、「梁[一九]蛻巌・屈景山二先生、誉望の世に高きこと、予が言を待たず。二先生自ら万人に絶する徳有り。非《ひ》[二〇]を沢《うるほ》すこと無く、己《おの》[二一]れを遂《と》ぐること無く、才を妬《ねた》み己れに勝る人を排すること無く、富貴に阿《おもね》ること無く、後生末輩の詩文と雖も、心を潜《ひそ》めてこれを読むこと必ず両三過。これ等、固より儒[二二]者分上の事と雖も、能くこれを行ふもの甚だ少なし」と。ただこの二条、固より二先生を尽くすに足らざるも、亦たその徳量を見るべし。

西島長孫草

一九 巻一。
二〇 「マケヲシミトイフコト」(孔雀楼筆記)。
二一 「我ヲ立ルトイフコト」(同右)。
二二 儒者として当然かくあるべきこと。

（跋）

余幼くして詩を学び、好んで邦人の詩を読む。因りて論著する所有り、裒輯《ほうしふ》して編を作す。名づけて『孜孜斎詩話』と曰ふ。実に[1]弱冠左右に在り。[2]乙酉の[3]橘春、[4]従母の喪に居り。時に陰雨連日、愁寂に堪へず。[5]偶《たまたま》敗簏《はいろく》を翻《ひるがへ》してこの編を獲たり。披閲一過、巻を撫《ぶ》して嘆じて曰く、「[6]少作は古人もこれを戒む。[7]張耒《ちやうらい》の[8]四忌《しき》、已にこの戒有り。[9]少年進取、妄りに先達を議す。良《まこと》に愧《は》づべし」と。猶ほ且つ棄てざるは、亦た[10]吾が家の敝帚《へいさう》なるのみ。

長孫識す

一 二十歳前後のことであった。
二 文政八年(一八二五)。時に蘭渓は四十六歳。
三 二月。
四 母方のおば。
五 古い文箱をひっくり返していて、思いがけずにこの原稿を見つけた。
六 若くして著作をすること。
七 宋の人。字文潜。
八 未詳。宋の曾鞏の後耳目志(説郛)所載の「四忌銘」の第一に「著書忌早」とあるが、あるいはそれと混同するか。
九 若いものの過激さで、先輩の詩を勝手放題に論評している。
一〇 わが家の破れたほうき。値打のないつまらないものだが、持ち主には千金にあたるものとして重んじられる。

夜《や》航《こう》余《よ》話《わ》

揖斐　高　校注

『夜航余話』二巻二冊は『夜航詩話』六巻六冊と一緒に、天保七年(一八三六)に出版された。著者津阪東陽の没後十一年のことである。『詩話』が漢文体であるのに対し、『余話』は和文体で書かれている。『余話』の内容には『詩話』と重複するものも少なくないが、漢文体と和文体の違いにもよるのであろうか、おおむね『余話』のほうがよりくだけた内容と自由な記述になっているという印象がある。そして『余話』において、巻上が片仮名まじり文、巻下が平仮名まじり文と書き分けられているのは、巻上がほとんど漢詩固有の話題を取り上げるのに対し、巻下が漢詩と和歌・俳諧との関係に及ぶことが多いからであろう。内容に応じて文体が選ばれているのである。

　かつて東陽は「夜淀川を下る」(『東陽先生詩鈔』巻七)という七言絶句の転句に、「夜航、渭北湘東の話」と詠んだことがある。夜間、淀川を伏見から大坂に下る乗合船の中では、船中の徒然に乗客たちがさまざまな土地の話をするというのであるが、その夜間の乗合船を表わす「夜航」の語を書名に用いたのである。この書名の出所について、『夜航詩話』序において東陽は、「諸《これ》を明人呉思菴の言に取る。けだし破砕摘裂の説、ただ一場の間談に充つるに足る。猶ほ夜航の群坐、偶語紛紛たるごときのみ」と述べている。また明の随筆『輟耕録』は、「夜航」を解説して「太平の時、処としてこれ有る在り」とも記している。東陽は幾分の謙遜の意を込めて、太平の世のとりとめのない閑話というつもりで『夜航余話』の名を思いついたのであろう。

　『夜航詩話』の冒頭に「詩の学者におけるや特にそれ剰技のみ。行、余力有りて乃ち以て之を学ばば、君子必ずしも譏らざるなり」という記述がある。儒者たることを本領とした東陽にとって、業余にすぎない詩についての著作という意識が、書名に「夜航」の語を選ばせたのである。しかし、にもかかわらず詩への強い関心は東陽の「好事ノ旧癖」(『夜航余話』序)となっていた。とりわけ東陽が生涯のうち幾度か陥った失意の時において、詩は常にその憂愁の友であった。本書は東陽と詩とのそうした関係のなかから、自ずから生まれ出た著作であった。

往年、詩弟子ノ為ニ、[一]鄙著[二]稽古餘筆《けいこよひつ》ニ就《つい》テ、詩論ニ係《かか》ル類ヲ摘録シテ、[三]夜航詩話《やかうしわ》ト名ヅク。真ニ[四]楫枕《かぢまくら》ノ雑談ニゾアリケル。此頃、病餘ノ閑ヲナグサメ、[五]薈瓚録《わいさんろく》・[六]反《ほう》古《ぐ》抄《せう》ヲ校スルニ因《よつ》テ、又詩話ヲ[七]鈔撮《せうさつ》シテ、別ニ一編ノ冊子トス。凡《すべ》テ[八]百十二条ヲ得タリ。二書固《もと》ヨリ漫筆ノ雑記ニテ、詩話ハ特ニ其[九]土苴《どしよ》ノミ。サルニテモ[一〇]譾劣《せんれつ》ナガラ儒林ニ列《つら》ナレバ、詞賦ノ虚名ヲ以テ、本色ヲ掩《おほは》ンヲ恥恐《はぢおそ》ル。唯是好事《ただこれかうず》ノ旧癖已《やま》ズシテ、重《かさね》テ老ノスサビヲ致ス。小説家ノ諺ニ云《いへ》ル、[一一]一不レ做二不レ休ナリ。自《みづから》顧《かへりみ》テ笑《わらふ》ニ堪《たへ》タリ。誠ニ[一二]詹〻《せんせん》ノ瑣言《さげん》シドケナク、大方《おほかた》ノ家ニ示スニ足《たら》ザレドモ、初学ノ徒ニ於《おい》テハ、庶幾《こひねがは》クハ訛ヲ正シ弊ヲ救テ、技ニ進ムヲ資《たす》クル所アラン。遂ニ人ヲ倩《やとひ》テ[一三]繕写《ぜんしや》シ、童生ノ玩覧ニ備フ。序文ナド加《くはへ》ンハオコガマシク、聊《いささか》仮名ニテ其由《そのよし》ヲ誌《しる》ス。家塾ニ蔵《をさ》メ伝テ、遺留ノ[一四]敝箒《へいさう》ト為《なす》ベキノミ。

[一五]稽古精舎主人《けいこしやうじやしゆじん》

一 自分の著作の謙称。 二 国書総目録には近世漢学者著述目録大成によって記載されるが、伝存未詳。東陽先生文集・二に「稽古余筆序」がある。 三 六巻六冊。文化十三年(一八一六)自序。天保七年(一八三六)刊。夜航は、夜行く船。「凡篙師、於二城埠市鎮人煙湊集去処一、招二聚客旅装一、載二夜行者一、謂二之夜航船一、太平之時在二処有一レ之」(輟耕録・十一・夜航船)とあるように太平の世の象徴。 四 船の梶を枕にして寝ること。転じて船路の旅。底本「揖枕」。 五 八巻。和漢の故事に関する雑記。日本芸林叢書・一に二巻として収。東陽先生文集・七に「薈瓚録序」がある。 六 東陽の手元にあった書留の類と思われるが未詳。 七 抜き書きして写し取る。 八 板本に実際にあるのは百十五条。 九 糟粕。残りかす。 一〇 浅薄で拙劣。 一一 いったん始めたら、どこまでもやる。「一不レ做、二不レ休、却是你来趕レ我、不二是我来尋一レ你」(警世恒言・三十三)。 一二 くどくどと言う取るに足りない言葉。「大言炎炎、小言詹詹」(荘子・斉物論)。 一三 清書する。 一四 使い古してぼろぼろになったほうき。転じて価値のないものの意。謙称として多く用いる。 一五 東陽の号の一つ。

一 唐の李白の号。 二 唐詩選にも収める七言絶句「与二史郎中欽一聴二黄鶴楼上吹一レ笛」の結句。東陽編の唐詩百絶や絶句類選にも収める。 三 詩において巧拙の決め手となる文字。字眼とも。 四 湖南省、洞庭湖の南の町。 五 低く湿気の多い土地。「長沙卑湿」(漢書・賈誼伝)。 六 湖北省の長江沿岸の町。古来名高い黄鶴楼があった。 七 川

夜航餘話巻之上

東陽居士著

〔一〕太白《たいはく》[一]「江城五月落梅花」[二]ノ句ハ、「五月」二字、詩眼《しがん》[三]ナリ。長沙[四]卑湿[五]ノ地ニ赴ク身ノ、既ニ武昌[六]ノ江城[七]ニ到着ス。長沙ハ即《すなはち》此下流ナリ。屠所《としよ》[八]ノ羊ノ歩ミ逼《せま》レリ。時シモ正ニ五月ニ及ブ。謫居《たくきよ》[九]溽暑《じよくしよ》[一〇]ノ苦患《くくわん》、奈何《いかん》セン。其悲シサ心魂ヲ悩乱ス。サルニ笛曲《てききよく》ノ哀怨《あいゑん》ナル中ニモ、殊《こと》ニ「落梅花」[一一]ヲ吹出《ふきいだ》シ来《きた》リ、長安別離ノ恨《うらみ》ヲ感動シ、耳ヲ傷《イタマ》シメ、腸断《たゆ》ルバカリナルナリ。岑参《しんしん》[一二]「火山[一三]五月行人少」ノ句モ亦《また》同ジ。名サヘ火山ノ熱《アツ》クロシキニ、時シモ五月ニ当リ、暑ヲ畏《おそれ》テ旅行スル人モナシ。劉判《りうはん》[一四]官《ぐわん》ガ此行ノ苦シキ、炎焔《えんえん》中ヲ行《ゆく》ガ如《ごと》ケント察スルナリ。末[一五]ニ「角声[一六]一《タビ》動《ケバ》胡天暁《ケン》」ト云コト、暮《クル》レバ暁《アケ》ル夏ノ夜ノ短キ、胡国[一七]ノ天《ソラ》ハ殊ニ早キナリ。此ワケ長ケレバ略ス。唐書天文志[一八]ニ見ハル。五月ノ字ヲ通篇ノ軸《シンギ》[一九]ニシテ、磧西《せきせい》[二〇]ノ苦況ヲ貫串《くわんせん》[二一]ス。又諸葛武侯《しよかつぶこう》[二二]「出師表《すいしのへう》」[二三]ニ、「五月渡《テ》レ濾《ヲ》[二四]深入《ク》二不毛一」トアルモ、特ニ五月ノ字ヲ下セルコト、深ク意ヲ注《ツケ》テ見ルベシ。南夷《なんい》毒熱《どくねつ》ノ地ニ向テ、五月ニ濾《ろ》ヲ渡《わたり》テ赴ケバ、正ニ六月ノ戦

ぞいの町。八 屠殺場へ牽かれて行く羊。死が刻々と迫っていることの喩え。九 罪を得て流された先の住居。李白は安禄山討伐のため挙兵した永王の軍の幕僚になったが、かえって叛乱軍と見なされ、夜郎の国(貴州省北部)に流されることになった。この詩は乾元元年(七五八)この災厄に際しての作。一〇 湿気を含んだ暑さ。一一 笛曲の曲名。「凄切之情、見二於言外一、有二含蓄不尽之致一、至二於落梅笛曲一、点用入レ化、論者乃紛紛争二梅之落与不一レ落、豈非二痴人前不一レ得レ説レ夢耶」(唐宋詩醇・八)。一二 唐の人。天宝の進士。節度使の幕僚として西域にあり、のち嘉州(四川省)の刺史となって世に「岑嘉州」と称された。慷慨壮烈の詩風は高適と併称されて「高岑」といわれた。一三 唐詩選にも収める七言絶句「送三劉判官赴二磧西一」の起句。唐詩百絶、絶句類選にも収。一四 岑参の友人、劉単か。伝未詳。判官は官名で、節度使・観察使などの属官。一五 右の七絶の結句。一六 軍営の中で吹く角笛の音。一七 中国の西方・北方の地。一八 「鉄勒・回紇、在二薛延陀之北一、去二京師一六千九百里、其北又有二骨利幹一、居二瀚海之北一、北距二大海一、昼長而夜短、既夜天如レ曛不レ暝、夕胹二羊髀一纔熟而曙、蓋近二日出没之所一」(唐書・天文志)。一九 車輪の心棒になる木。二〇 安西の別称。安西都護府がこの地の交河に置かれ、安西節度使の幕府があった。劉判官の赴任先。二一 貫き通す。二二 三国時代、蜀の名臣諸葛亮。字は孔明。二三 諸葛亮が魏を討伐するための出陣にあたって、劉禅に奉った上表文。前後二篇あるが、引用は「前出師表」。二四 一名、濾江

ナリ。殊ニ不毛ノ地ナレバ、[二五]因ル二粮ヲ於敵一ニノ便モナシ。カヽル時シモ[二六]足長《あしなが》ニ深入スルコト、[二七]其艱苦《かんく》何如《いかん》ゾヤ。後顧《こうこ》ノ憂《うれひ》ヲ安クセザレバ、[二八]北伐《ほくばつ》ノ挙《きよ》ヲ行《おこなふ》コトヲ得ズ。故ニ已《やむ》コトヲ得ザルノ急務ニテ、此辛労《しんらう》ヲ凌《しの》ギケルモ、[二九]曹賊《さうぞく》ヲ平《たひら》ゲンガ為《ため》ナリキ。五月ノ字ヲ等閑《とうかん》ニ看過《みすごし》テハ、武侯ノ浅カラヌ勲労《くんらう》見《あら》ハレズ。故ニ古人ノ詩文ヲ観《み》ル、特ニ時月ヲ挿《さしはさ》ミ入《いれ》タルハ、眼《まなこ》ヲツケテ其苦心ヲ認《みとむ》ベキナリ。「[三〇]涼秋八月蕭[三一]関ノ道、北風吹断天[三二]山ノ草」「[三三]送レ君ヲ九月[三四]交河ノ北、雪裡題シテレ詩ヲ涙満レ衣ニ」ナドモ、時ハ未ダ八九月ナルニト歎キタルナリ。

〔二〕[三五]大江匡衡《おほえまさひら》ノ文ニ、「[三六]本朝ハ詩ノ国也」ト云《いへ》ルハ、杜撰《づさん》ノ俗語ト思《おもひ》ケルニ、白楽天「[三七]叙ス二[三八]蘇[三九]杭ノ勝事ヲ一」詩ニ、「境牽二吟詠ヲ一真ノ詩国、興入二笙歌ニ一好酔郷」トアリ。但《ただ》シ白《はく》詩ハ詩料ニ富《とめ》ルヲ称ス。江氏《かうし》ハ作者ニ乏シカラヌヲ謂《いへ》リ。[四〇]四鳥ノ別《わかれ》ト云コトモ、白《はく》氏文集《しもんじふ》ニ「[四一]連枝同気、無レ鳴コト二四鳥之悲ヲ一、[四二]玉友金昆、長見クル二[四三]二荊之茂ルヲ一」ト云リ。典故ハ[四四]家語《けご》ニ見《あら》ハル。「[四五]桓山之鳥、生二四子ヲ一焉、羽翼既ニ成、将レ分レント二于四海ニ一、其母悲鳴テ而送レ之ヲ、為二其往テ而不ガレ返也」トアリ。[四六]狂言綺語《きやうげんきご》ノ戯《たはむれ》ト云コトモ、同集ニ「[四七]願ハクハ以二今生世俗之業、狂言綺語之過ヲ一、翻テ為下将来世世[四八]讃スル二仏乗ヲ一之因、[四九]転ズル二法輪ヲ一之縁上ト」トアリ。逢《あふ》ハ別《わかれ》ノ始《はじめ》ト云ル諺モ、「[五〇]合ハ者離之始、楽兮憂所レ伏ス」トアルニ因《よる》ナリ。当時歌詞ニ

水。四川省瀘県付近の川とも鴉礱江の下流ともいう。 二五 食糧を敵地に得る。兵站線の長いこと。 二六 遠方に出征すること。 二七 「諸葛亮表、云二五月渡レ瀘、言二其艱苦一也」(資治通鑑・魏紀・太和元年注)。 二八 北方に居る魏の曹操を討伐すること。 二九 魏の曹操。朱子は通鑑綱目で、蜀の劉備を漢の正統とし、魏の曹操は漢帝の位を奪い取ったとして賊を以て遇した。東陽もその立場に立つことを示す表現。 三〇 岑参の古詩「胡笳歌、送三顔真卿使赴二河隴一」(唐詩選)の第五・六句。 三一 漢代以来の四関の一。甘粛省固原県の東南にあった。 三二 唐代、伊州・西州以北一帯の山脈をいう。今の新疆省の中央部を横切る。 三三 岑参の七絶「送二人還レ京」(唐詩選)の転句・結句。 三四 新疆省吐魯番(トルファン)あたりの川。 三五 平安時代の漢学者・歌人。文章博士・侍従兼丹後守などを歴任。赤染衛門は妻。江吏部集、匡衡集がある。 三六 「七言、九月尽日同賦送秋筆硯中応製一首」(江吏部集・上・四時部)の序に「夫本朝者詩国也」。なお底本、「本朝」の前は空格。 三七 正確には「見下殷尭藩侍御憶二江南一詩三十首上、詩中多叙二蘇杭勝事一、余嘗典二二郡一、因継レ和之」という題の七律。引用部は頸聯。これについては、葛原詩話・二にも記事がある。 三八 蘇州と杭州。 三九 すぐれている事柄。 四〇 親子兄弟の悲しい別れをいう諺。 四一 「連枝同気」は同胞の兄弟姉妹。 四二 兄弟の美称。 四三 「三荊」の誤り。三荊は一株から三本の荊の枝が生えること。同胞の兄弟の比喩。「古有二兄弟一、忽欲二分異一、出レ門見三三荊同レ株接レ葉連レ陰、歎曰、木猶欣聚、

用《もちひ》タルハ、挙数《あげかぞふ》ルニ遑《いとま》アラズ。

〔三〕楽天ハ真ニ詩仙[一]ナリ。牛僧孺[二]詩云、「詩仙有ニ劉白一」[三]。惜《をしむ》ラクハ其才ノ自在ナル餘リ、事ヲ言過《いひすご》シテ俗ナリ。故ニ白俗[四]《はくぞく》ノ誚《そしり》ヲ蒙《かうむ》レリ。「失婢《しつぴ》」ノ詩、尤《もつとも》甚シ。「宅院[五]小牆庳《ひくく》[六]、坊門[七]帖牓[八]遅シ、旧恩漸ク自薄カリシ、前事悔レドモ難レ追、籠鳥無ニ常ノ主一、風花[九]不レ恋レ枝ヲ、今宵在ニ何処ノ一、唯有ニ月明ノ知ルニ一」。是《これ》其情状ヲ写シ尽《つく》サントシテ、人ガラヲ傷〈ソコナフ〉コトヲ顧《かへりみ》ルニ遑《いとま》アラズ。大《おほい》ニ殺風景ヲ致セリ。裏〈ウラ〉ノ屏〈ヘイ〉ガ低〈ヒク〉カリシ故ニト云《いへ》ルヨリ、巡《めぐ》リ[一〇]役人ガ報〈シラセ〉ノ遅カリシヲ恨ミ、通篇クヨ〳〵ト悔思《くやみおもひ》テ、恋ゝノ執着ニ堪《たへ》ズ、今宵イヅクニ潜《ひそ》ミ居ルラン、月コソハ照覧シ玉《たま》フランニト、行方《ゆくへ》ノ跡ツカザルヲ、月ニカコチ怨《うらみ》タルコト、痴《ち》[一一]心呆態何如《しんはうたいいかん》ゾヤ。元来《ぐわんらい》、箇様《かやう》ノ題目ハ詩ニ作リ歌ニ詠〈ヨム〉ベキコトニアラズ。或人、偸[一二]レ花ヲ詩、「誰ガ家ソ花爛漫、忽動欲スルレ偸マント情、顧[一三]眄窺テレ人ヲ立、躊躇跂テ[一四]レ足ヲ行、攀来驚シニ宿蝶ヲ一、折去悩テスニ流鶯ヲ一、捷[一五]歩シテ将レ帰ントスル処、小[一六]尨籬下ニ鳴」。是亦《これまた》意ヲ極《きはめ》テ巧ヲ逞《たくまし》クシ、偸[一七]児《とうじ》ノ情態ヲ尽セリ。風雅ノ趣ヲ失《うしなふ》ノミナラズ、人体[一八]《じんたい》ヲ傷《そこなふ》コト尤甚シ。凡《およ》ソ物ヲ詠《えい》ズルハ、淡淡摸写スルヲ妙トス。「出[一九]シテニ辞気ヲ一遠ニ鄙倍ニ一」ノ戒《いましめ》ヲ、慎守《つつしみまもる》ベキナリ。

〔四〕林和靖[二〇]《りんわせい》、梅花ノ詩ニ、「幸有[二一]ニ微吟ノ可ニ相狎ル一、不レ須[二二]檀板共ニ金樽ヲ[二三]」トハ、サ[二四]ビヲ賞玩シテ言《いへ》ルナリ。俳諧《はいかい》ノ句ニ、「三線[二五]《さみせん》モ小歌モノラズ梅ノ花」ト云《いへ》ルニ同ジ。

況我而殊哉」(芸文類聚・八九所引、孝子伝)。
四四 孔子家語。十巻。孔子の言行および門人との問答を集録したもの。以下の引用は巻五・顔回。 四五 斉と魯の間にある山の名。 四六 道理に合わない言葉と巧みに飾った言葉の遊び。仏教的な立場から小説や物語などをいう。 四七 「香山寺白氏洛中集記」(白氏文集)。和漢朗詠集にもとられている。 四八 仏の教えを賛歎すること。 四九 仏の教えが煩悩や誤った考えを破砕すること。 五〇 「和ニ夢遊春詩一一百韻」(白氏文集)の詩句。

一 詩中の仙人。詩の名人。「知レ我者以為ニ詩仙一、不レ知レ我者以為ニ詩魔一」(白氏文集・与ニ元九一書)。 二 唐の人。宰相となったが、李徳裕との不和によって牛李の党争をもたらした。 三 「李蘇州遺ニ太湖石一、奇状絶倫、因題ニ二十韻一、奉ニ呈夢得・楽天一」詩中の一句。 四 白居易の詩の平俗なこと。「元軽白俗、郊寒島痩、瞭然一吟、衆作卑陋」(蘇軾・祭ニ柳子玉一文)。 五 住宅。 六 卑に同じ。 七 町の門。 八 捜索のための掲示札。 九 風に散る花。 一〇 市中を巡回警備する役人。 一一 おろかな心と姿。東陽はこの詩を白居易が婢に逃げられたのを悔んで詠んだものと解するが、清の汪立名編の白香山詩集では「誚失婢牓」という題で収め、逃走した婢を捜索する掲示を見て白楽天が誚った詩とする。 一二 日本の近人の詩か。作者未詳。 一三 あたりを見回す。 一四 足をつま先立てる。 一五 足早に歩く。 一六 小さなむく犬。 一七 ぬす人。泥棒。 一八 人品。 一九 言葉を口にする時は俗悪さから遠ざかる。

サルニテモ梅ハ格高ク[二六]韻勝《ゐんすぐれ》テ、[二七]百花ノ兄ト称スレド、金樽ヲ共ニスベカラザルハ遺《ゐ》憾《かん》ナリ。余、桜花ヲ詠ジテ、「[二八]瑶林瓊樹風皆白、[二九]綺席金樽月亦モ香シ」ト称ス。恐ラク桜花ノ外ニ、此句ニ承当《しようたう》スル物ナカルベシ。真ニ花[三〇]中ノ王ニゾアリケル。

〔五〕[三一]明季《みんき》ノ[三二]瞿式耜《くしよくし》ハ、[三三]永暦《えいれき》第一ノ忠臣ナリ。[三四]絶命ノ詩ニ、「三百年来恩沢洽シ、頭糸猶帯ブ[三五]上天ノ香」ト云《いひ》ケルハ、見グルシキ[三六]芥子《けし》坊主《ばうず》ニナラズ、[三七]鬢髪《びんばつ》ヲ存シテ終ルヲ謂《いふ》ナリ。今、清人《しんひと》ノ詩ニ、両鬢《りやうびん》・緑鬢《りよくびん》ナド云ルハ虚妄《きよまう》ナリ。

〔六〕一題数首ノ詩ハ、仮令《たとひ》羇旅《きりよ》ノ作ニテモ、篇々憂愁ヲ述《のぶ》ベカラズ。或《あるい》ハ雄壮ナル事モアルベシ。[三八]風流韻致《ゐんち》ノ事モアルベキナリ。[三九]老杜《らうと》「秋興《しうきよう》」八首《はつしゆ》、[四〇]王弇州《わうえんしう》「[四一]衛《ゑい》河《か》八絶《はちぜつ》」ナドヲ観テ、変化ノ活手段ヲ見ルベシ。

〔七〕[四二]唐詩貫珠《たうしくわんしゆ》ニ「[四三]中間有二力量一、所以ニ起処可レ[四四]鬆ナル」、又云ク「[四五]五六[四六]警抜振起シテ、以済二三四之平淡ヲ一」ナド、此類ノ評説毎々アリ。コレハ詩法ニ[四七]虚実《きよじつ》[四八]調剤《てうざい》シテ、[四九]骨肉停《こつにくてい》匀《きん》セシムル要訣《えうけつ》ニテ、[五〇]一張一弛《いつちやういつし》ノ手段ナリ。或ハ筋骨逞《たくま》シク[五一]典瞻《てんせん》ニシテ、風韻神致《ふうゐんしんち》ニ乏シク、或ハ皮肉[五二]膩軟《ぢなん》ニシテ、筋力薄ク[五三]寛泛《くわんはん》ナル、スベテ一偏《いつぺん》ニ傾クヲ忌《いむ》ナリ。[五四]胡元瑞《こげんずい》ガ[五五]詩藪《しそう》ニ、[五六]杜律《とりつ》「[五七]登高《とうかう》」ノ篇ヲ評シテ、「[五八]結句似タリ二微弱ナル者一ニ、第〈タイ〉前六句、既ニ極ム二飛揚震動ヲ一、復作サバ二[五九]峭快ヲ一、恐クハ不レ合《カナハ》二張弛之宜ニ一」トアルモ、此訣ヲ示シ喩《さと》セルナリ。

「出二辞気一、斯遠二鄙倍一矣」(論語・泰伯)。二〇 宋の詩人、林逋。杭州西湖の孤山で鶴と梅を愛して隠逸生活を送った。二一 七律「山園小梅二首」其一の尾聯。二二 楽器の名。檀木製の拍子板。二三 金の酒樽。二四 寂。閑寂な趣。二五 小西来山の発句(俳諧古選・一など)。二六 風韻(風雅の趣)がすぐれる。「梅以二韻勝一以格高」(范成大・梅譜後序)。二七 他の花に先んじて開花することから、梅は花兄ともいう。「山礬是弟梅是兄」(黄庭堅・王充道送二水仙花五十枝一…)。二八 七律「桜花二首」(東陽先生詩文集・詩部五)其二の頸聯。二九 綾絹を張った宴席。三〇 「支那以二牡丹一為二花王一、日本以レ桜為二花王一」(書言字考節用集)。三一 明の末期。三二 万暦の進士。明末の福王の時、擢んでられて広西巡撫になった。のち永明王由榔を立てて清に対抗したが、敗れて清兵に捕われ、害せられた。三三 明末の年号。一六四七―六二。三四 明詩節義集・下に見える。七絶の転・結句。三五 天上の香り。「上天」は万物の主宰者、ここは明の皇帝をさす。三六 弁髪。清朝を起こした満州族の習俗。清朝は中国侵入の直後漢人に弁髪を強制する薙髪令を発し、帰順の証とした。三七 頭の左右両側面の髪。鬢の毛。三八 風雅な趣。三九 杜甫が五十五歳の秋、流寓先の夔州で詠んだ七律八首の連作。杜甫の代表作の一。四〇 明の王世貞。李攀竜と共に古文辞を主張した。後七子の一人。四一 荻生徂徠は絶句解にこれを収め、「完璧聯珠、離合皆佳也。自是老杜ガ何将軍ガ山林ノ詩ト同法」という。▽この項と同趣旨の論、より詳しく夜航詩話・四に見える。四二 清の胡以梅又句句皆見ルコトバカリ、或ハ悉《ことごと》ク聞《きく》コトバカリ、或ハ情ニ偏シ景ニ専《もつぱら》ナル、一向〈ヒトムキ〉ナル趣ノ続クハ、一俗墨呆板《ぞくぼくはうばん》ノ弊ナリ。一虚一実相称〈カナフ〉テ、情景互ニ相錯《あひまじ》リ、句ゴトニ円転変化シテ、ノゾキカラクリノ如クナルヲ妙トス。又二徐増説唐詩《じよぞうせつたうし》三ニ、「四歌行排五律ハ最尚ブ二気格ヲ一、不レ可二緩弱ナル一。然ドモ至レバ二其文勢甚緊ナルニ一、便須三一放シテ方ニ得二寛転ヲ一、一張一弛、何道カ不ンレ然、譬バ如三与レ人算ルガ二一事ヲ一、言言勝着六ス、而中間略ミ及二閑話ニ一、乃復再タビ緊シク跟七シテ二前件ニ一、以至ル二於罄八尽スルニ一、学者不バレ知二斯訣ヲ一、未九レ可二与ニ言ヒ詩ヲ矣」ト云リ。是亦《これまた》長篇ノ詩法ナリ。

〔八〕詩文ノ添削《てんさく》ヲ請《こふ》ハ、礼ヲ謹ミ好紙ヲ用テ、字画端正《じくわくたんせい》ニ繕写《ぜんしや》シ、行間ニ餘地ヲ設《まうく》ベシ。末ニ姓名ヲ具《そなへ》テ、謹請教正《きんせいけうせい》ト書シ、上包《うはづつみ》ニ鄙稿《ひかう》幾首ト題シ、下ニ姓名ヲ記シテ呈スベシ。余、一〇京師《けいし》ニ在テ学《まなび》タルハ、毎《つね》ニ此ノ如ク式ヲ慎《つつしみ》ケリ。師家篋中《けふちゆう》諸稿雑沓《ざつたふ》タルニ、謹請教正ノ礼辞ナケレバ、朋友ヨリ慰《なぐさみ》ニ見セニ来タルト混ズ。姓名ナキハ何者ノ作ヤラン分《わか》レズ、取テ筆削スルニ由ナシ。一一詞藝《しげい》ハ餘力ノ小技ナレドモ、コレヲ学ブニ礼式ナクテ可ナランヤ。或ハ漫《みだり》ニ粗紙ヲ用テ、書体モ一二鹵莽《ろまう》ニシテ正シカラズ、或ハ誤写ヲモ書改《かきあらため》ズニ、一三塗抹旁注《とまつばうちゆう》シテ反古《ほうぐ》ヲ憚ラズ、行間モ狭ク書《かき》ツメテ、加筆ノ地ヲ設置《まうけおか》ズ、姓名謹請ノ礼モナク、更ニ上包モ加《くはへ》ザルハ、体面ヲ失ヘルコト

編。唐詩の箋注書。六十巻。四三 巻二十九に収める韋荘の七律「与二東呉生一相遇」の箋（評語）。四四 緊密でないさま。緩く粗いさま。四五 巻二十九に収める劉兼の七律「夢帰二故園一」の箋に「韓以レ情為二五六一、結又警抜振起、此以レ景為二五六一、細膩過レ之、而終難レ済二三四之平淡一耳」。「五六」は律詩の第五・六句、すなわち頸聯。下の「三四」は第三・四句、すなわち頷聯。四六 はっとするほどすぐれていて、人の心を振いおこす。四七 情と景。「先一篇ノ法、虚実ト云コトアリ。虚トハ情也。実トハ景也。何レノ句トモニ、虚実ノ外ニハ出ザレドモ、律ハ中二聯、絶句ハ転句、コヽニ意ヲ用ル也」（詩轍・四）。四八 按配して調える。四九 つり合いよくそろえる。五〇 しめたりゆるめたり。五一 表現の典雅富麗なさま。五二 あぶら気があって軟らかなこと。五三 ゆるやかで締りのないこと。五四 明の人。胡応麟。元瑞は字。王世貞の影響を受けて詩文をよくした。五五 周・漢より明代に至る古今の詩を評論した書。内編・外編・雑編・続編の計二十巻。五六 杜甫の律詩。五七 夔州での作。唐詩選などにも収められる著名な七律。五八 内編五・近体中・七言の中の一文。五九 すばしこく軽快なさま。

一 平板で働きのない卑俗な表現。二 清の人。字、子能。号、十足道人。三 二十二巻。唐詩三百余首を録してその作意を解釈し批評した書。金聖歎の分解の説に影響を受けたもの。四 楽府の詩体の一。「守二法度一曰レ詩、載二始末一曰レ引、体如二行書一曰レ行、放レ情曰レ歌、兼レ之曰二歌行一」（白石道

甚シ。鄙吝《ひりん》ノ徒ニ至テハ、通俗ノ[14]半切紙《はんきりがみ》ヲ用ユ。鼻紙ノ端ニモ書ツケ来ル。或ハ繁多ヲ憚ラズ、アナ憂《ウ》ヤト胸フクル丶マデ堆積セル、[15]勧化帳《くわんげちやう》ノ様ナル冊子モアリ。苦心ノ[16]刪潤《さんじゆん》ヲ煩《わづらは》シテ、一言ノ謝辞モ致サズ、落手セシヤ否《いなや》モ審《つまびらか》ナラザルアリ。古《いにしへ》ハ何事モ情厚ク、師弟ノ礼オゴソカナリケルニ、後世風俗ワルビレ降《くだ》リ、俳諧者流《はいかいしやりう》ノ浮薄ヨリ、ジダラク非礼ノ弊習ヲ詩歌ノ上ニマデ及ボシケルナリ。彼[17]ハ卑賤愚俗ノ翫《もてあそび》ナレバ、礼モ作法モナキコト勿論ナリ。詩歌ノ道ハ左《さ》アルベカラズ。苟《いやしく》モ粗率《そそつ》不敬《ふけい》ノ輩ハ、乍《たちまち》作《ナシ》乍《たちまち》輟《ヤメ》テ恒《つね》アルコトナシ。必ズ幾ホドナク廃絶ス。終《つひ》ニ成遂《なしとぐ》ルニ至ル者アラズ。オホムネ滔滔《たうたう》トシテ皆是《これ》ナリ。師道ヲ高ブルニハアラザレドモ、尊信ノ志薄キ者ハ、[18]育英ノ楽《たのしみ》ニ充《あつ》ルニ足ラズ。イタヅラニ軽薄子ニナグサマル丶ノミ。無用ノ隙ツブシニ相手ニナラズシテ已《ヤム》ベシ。コレヲ学問ノ資《タスケ》ニマナビテ、老後マデノ楽ニモト思入《おもひいり》タルハ、オノヅカラ志切《せつ》ニシテ礼ヲ慎ムコト厚シ。此ノ如キ人ノ為ニコソ、力ヲ尽シテ労スベケレ。吾[19]斎中ニ一[20]古櫝《ことく》アリ。月ニ一タビ諸稿ヲ閲スルニ、上包ナク姓名ヲ題セザルハ、姑《しば》ラク其中ニ投ズ。門人コレヲ地獄箱ト称ス。一タビ陥《おちい》レバ浮ミ得ザルノ謂《いひ》トナナン。故ニ皆懲《こり》テ慎《つつしむ》コトニナリヌ。畢竟《ひつきやう》詩賦ノ事ナルニ、塾法過厳《くわげん》ニ似タレドモ、礼ヲ正スコト師道ノ任ナレバ、是亦[21]不屑《ふせつ》ノ教ニゾア

人詩説）。五 詩体の名。律詩の一種で、五言または七言の対句を六句以上並べた形式のもの。六 物事によくかなう。七 後につき従う。八 すっかりなくなる。九「始可二与言レ詩已矣」（論語・八佾）。一〇 東陽が京都に遊学したのは安永八年（一七七九）頃から天明八年（一七八八）までの間。一一 詩文の創作。詩を江村北海に学んだという。一二 粗略。一三 誤字を塗りつぶし、傍らに訂正を書きつける。一四 杉原紙を横半分に切った書状用の紙。おおよその寸法は縦五寸、横一尺五寸。一五 社寺の建立・修理などの寄附を募る時の趣旨を記した帳簿。勧進帳に同じ。一六 詩文を添削すること。一七 俳諧をさす。一八 英才を教育するという楽しみ。「得二天下英作一而教二育之一、三楽也」（孟子・尽心上）。「英」の字、底本は欠筆し「英」。一九 書斎の中。二〇 古い小箱。二一 人を啓発するために、わざと直接的には教えず、反省させて自ら悟らせるようにすること。「予不レ屑二之教誨一也者、是亦教二誨之一而已矣」（孟子・告子下）。

一 唐紙の一種。古い藤を材料にした紙という。「藤紙ハ旧作ノ詩文ヲカキ、新作ニテモ人ト贈答唱和スルニアラザルハ、書テモ苦シカラズ」（孔雀楼筆記・二）。二 三つに切ること。三 初心者。四 掛人（かかりど）根性。いそうろうの根性。五 功績の大きな事業。六 蘇軾の号。七「昔章子厚日臨二蘭亭一巻一、東坡聞レ之以為三従レ門入者不二是家珍一」（画禅室随筆・一・跋二禊帖後一）。八 号に同じ。九 一巻十八章。孔子が門人の曾子を相手に、孝が徳の基本であることを説いた書。今文

リケル。

〔九〕教正ヲ請フ詩稿ハ、藤紙《とうし》[一]ヲ三截《さんせつ》[二]ニシテ用ベシ。半截《はんせつ》ハ机上披覧《ひらん》スルニ便ナラズ。四截《しせつ》ハ短小ニシテ、サモシク見ユ。苟《いやしく》モ鄙吝《ひりん》ノ相《さう》ニ渉《わた》ルコトハ、謹テ嫌《さけ》ヲ避テ慎ムベシ。是亦士道《しだう》タシナミノ一端ナリ。文稿ハ冊子《さつし》ニシテ可ナリ。

〔一〇〕余、初進[三]ノ詩ニ於《おい》テハ、務《つとめ》テ丁寧ニ添削シテ、手ヲ執《とり》テ引立《ひきたつ》ルガ如クニス。既ニシテ成立スルニ至レバ、ワザトツキハナシテ添削ヲ加ヘズ。タヾ其疵瑕《しか》ヲ指摘シテ、退《しりぞき》テ自《みづから》考《かんがへ》改《あらため》シム。再三ニ及《およぶ》マデ返却スルコトアリ。然ラザレバ、師ニモタレ居テ力ヲ尽サズ、イツマデモ独リ立《だち》スルコト能ハズ。故ニ気ヅヨク手ヲ離シテ、不屑《ふせつ》ノ教誨《けうくわい》ヲ行《おこなふ》ナリ。諺ニ云ルカ[四]、リド根性ニテ、人ニ倚頼《いらい》シテ事ヲスマシ、身ニ引受踏込《ひきうけふみこま》ズシテハ、功業《こうげふ》[五]ノ成立《なりたつ》ベキ期ナシ。凡《すべ》テ何事モ爾《しか》ルベシ。自力ヲ奮《ふるひ》テ為出《なしいだ》シテコソ、独リ詞章ノ技ノミナラズ、東坡居士《とうばこじ》[六]ノ云《いひ》ケル「従リレ門入ル者ハ非レ宝ニ」[七]ナリ。

〔一一〕我師《わがし》ニ呈スル詩題ハ、表号《へうがう》[八]老先生ト書ス。姓氏ヲ加《くはふ》ルハ非礼ナリ。師ヲ他人ニシテ疎《おろそか》ニスルナリ。孝経註《かうきやうちゆう》[九]ニ「子ハ孔子也、師ハ一人而已、故ニ不レ称レ姓ヲ」[一〇]ト云リ。姓ヲ以テ呼分《よびわく》ルニ及《およば》ザルナリ。故ニ至敬《しけい》[一一]ハ号ヲモ称セズ、尊師老先生ト称ス。主君ニ称号ヲ用ザルニ同ジ。通俗書簡ノ礼ニモ、尊貴ニハ姓氏ヲ称セズ。顕然トシテ紛

と古文の二種があるが、唐の玄宗が今文に注をつけた御註孝経が広く用いられた。一〇 第一章「開宗明誼」の「子曰、参先生有ニ至徳要道一以訓ニ天下一」の註。一一 最も敬意を表すべき場合。▽この項と同趣旨の論、夜航詩話・四および清田儋叟の芸苑譜にも見える。一二 十巻。元の辛文房撰。唐の詩人二七八人の小伝と詩に対する批評を収める。一三 巻二の劉長卿の記事。但し引用文のうち「負レ才傲レ俗」は原文にはない。「長卿清才冠レ世、頗凌ニ浮俗一、性剛多忤ニ権門一」とある原文の意を取って書き改めたものか。一四 宋の詩人、黄庭堅。山谷は号。一五 三十巻。唐の官職を規定・解説した書。玄宗皇帝の命により張説らによって撰され、李林甫が注した。一六 巻四・尚書礼部よりの引用。一七 位だけで実際の職務につかない官吏。職事官に対する。一八 実際の職務を司る官吏。一九 諸侯の身分。二〇 爵の中で王に次ぐもの。二一 かんざしと冠の紐を身につけた人。すなわち高位高官の貴人。二二「奉者、皆謂ニ恭而持一レ之」（匡謬正俗・三）。二三 返り点をつけて顚倒して読む。二四 中国。二五 伊藤東涯の詩文集。三十巻。宝暦八年（一七五八）―十一年刊。二六 巻十六に収め、正しくは「謹奉レ題ニ輪王一品太王贈ニ菅公子帰一レ京詩後上」。板本に返り点はない。二七 正しくは徂徠集。荻生徂徠の詩文集。三十巻。享保二十年（一七三五）―元文五年（一七四〇）刊。所収の詩題に「奉和」「奉贈」などは見られるが、その上に「恭」や「謹」を重ねた例はない。徂徠は「奉謁・奉和・奉陪ナドノ奉ノ字ヲ、タテマツルトヨムハ、アシヽ。コレハ只ツケ字ト意得ベシ」（訳文筌蹄後編・

ル、コト無《なけ》レバナリ。

〔一二〕人ニ贈答スル詩ハ、謹テ己《おのれ》ガ姓名ヲ具《そなふ》ベシ。名バカリ書《かく》ハオコガマシ。唐《たう》[一二]才子伝《さいしでん》ニ「劉長卿《りうちやうけい》[一三]負テレ才ヲ傲ルレ俗ニ、毎ニレ題スルレ詩ヲ不レ言レ姓ヲ、但書ニ長卿ト一、以テ下天下ニ無中不レ知二其名ヲ一者上云」トアリ。姓ヲ書《かか》ザルノ無礼ナルコト、是ヲ観《み》テ知ベキナリ。贈答ニ非ザル詩ハ、山谷庭堅《さんこくていけん》[一四]ナドノ如ク、号ニ配シテ書モ可ナリ。又唐六典《たうりくてん》[一五]ニ「凡《およそ》[一六]散官[一七]正二位、職事官《しよくじくわん》[一八]従二品《にひん》以上、爵[一九]郡王[二〇]以上ハ、於テ二公文ニ一皆不レ称セレ姓ヲ、凡ソ六品以上ノ官人ハ、奏スルレ事ヲ皆自称シテ二官号臣姓名ヲ一、然シテ後陳ズレ事ヲ」トアリ。簪纓家《しんえいか》[二一]ハ名バカリ題セラルコト、是等ノ例ヨリ来《きたる》ナルベシ。

〔一三〕奉[二二]ノ字ハ恭敬《きようけい》ノ義ナリ。奉献《ほうけん》・奉寿《ほうじゆ》ト読《よむ》ベシ。廻環《くわいくわん》[二三]シテ読《よむ》ハ非ナリ。恭奉《きようほう》賀《が》ナド書《かく》ハ重複ナリ。故ニ西土[二四]ノ文ニハ見ヘズ。紹述文集《せうじゆつぶんしふ》[二五]ニ「謹テ奉レ題ニ輪王[二六]一品大王詩後ニ」トアリ。徂来集《そらいしふ》[二七]ニモ詩題ニ見ユ。誤テ廻環シテ読ニ慣《ナレ》テ、東厓《とうがい》・徂来ノ如キモ、俗習ニ牽《ひか》レテ弊ヲ貽《のこ》セリ。朱子、李弥遜《りびそんガ》[二八]詩跋ニ「慶元乙卯正月[二九]、新安[三〇]朱熹《しゆき》謹奉書」ト。此ノ如クニ書タルハ、題辞[三一]ノ例ニ引ベカラズ。

〔一四〕滕東野《とうとうや》[三二]遺稿ニ牛門集分韻《ぎうもんしふぶんゐん》[三三]トアルハ、其韻《そのゐん》ハ詩ニ見《あら》ハレテアリ。手ガラナル韻ニ非ズ。故ニオコガマシキヲ避テ略セリ。東野ハ機転ノキヽタル人ナリ。註[三四]ニ

一)といっている。一六 宋の人。中書舎人・戸部侍郎に至ったが、金との和議で秦檜に反対して退隠し、詩に遊んだ。底本「李弥遠」。詩跋は「朱子語録、称ニ李弥遜ニ亦一好前輩、又嘗跋ニ其宿ニ観妙堂ノ詩後上、亦傾倒甚至」(四庫全書総目提要・筠渓集)をいうか。二九 慶元元年(一一九五)。三〇 朱子の出身地。朱子は安徽省婺源の出身だが、歙州あるいは新安郡と称されたので、こういう。三一 詩文の題詞。三二 正しくは東野遺稿。安藤東野の詩文集。三巻三冊。寛延二年(一七四九)刊。三三 巻上に収める五言絶句の詩題「中秋前二日、雨中、蘭台君侯訪ニ牛門草堂ヲ一、諸子皆集分レ韻」をさす。牛門は牛込にあった荻生徂徠の居、また徂徠一門のこと。分韻は、人が集まって詩を詠む時、押韻すべき字を各自分担して作詩すること。三四 右の詩題に付された割注。東野遺稿の校訂を担当したのは太宰純(春台)。

一 平凡な普通の韻字。二 上平声十灰、下平声十一尤ともに、使い易い字が多く所属する平凡な韻。▽東野遺稿中の分韻の詩で、詩題中に韻字を掲げていないのは、ここに指摘する例のみで、他はすべて「得ニ…字ニ」と記されており、その中には灰韻の例も含まれている。本項における東陽の主張は、必ずしも当らない。三 雑言古詩。引用句は第五句。四 中国北部の河北省薊県東南にある険しい山々。五 雪の一片一片を花に喩えたもの。六 宋の厳有翼撰の詩話。一巻。引用部はその「豪句」の項。七 北の地方。八 転がし捲きあげる。九 天上界から人間界に島流しにされた仙人。李白をさ

「太宰《だざい》純曰《じゆんいはく》、此下闕下得ニ某《ノ》字《ヲ》二三字《ヲ》上」トアルハ、事ヲ解セザルノ蛇足《だそく》ナリ。平平《へいへい》[一]ノ字ヲ得タルハ、分韻《ぶんゐん》トバカリニテ已《やむ》ベシ。得ニ灰韻《ヲ》一、得ニ尤韻《ヲ》一ナド書ハ、オトナゲナシ。

〔一五〕李太白《りたいはく》「北風行《ほくふうかう》」[三]ニ「燕山《ノ》[四]雪花[五]大如レ席《ノ》」トアルヲ、藝苑雌黄《げいゑんしわう》[六]ニ「其句《ハ》可レ謂レ豪矣《ト》、奈レ無《ヲ》ニ此理一何」ト云ルハ、朔地《さくち》[七]ノ雪勢ヲ知《しら》ザルナリ。北風、大雪ヲ滾《こん》[八]翻《ほん》シテ、斜ニ巻《マク》レテナダレ来レル、席《むしろ》ヲ空ニ吹揚《ふきあげ》テ翻《ひるがへ》ル勢ナリ。思《おもひ》モヨラザル物ヲ取譬《とりたとへ》テ、形容シ得テ宛然《あんぜん》タルコト、謫仙《たくせん》[九]ノ妙手段ナリ。辺地ノ苦況ヲ述《のぶ》ル詩ナレバ、イブセキ譬喩ヲ用テ、殊ニ一段ノ感慨ヲ覚ユ。李于鱗《りうりん》[一〇]ガ詩ニ「北風湖上《ヨリ》[一一]来、雪片大如レ鷺《ノ》」ト云ルハ、貫休《くわんきう》[一二]ガ「雪[一三]片大《サ》如レ掌《ノ》」ヲ点化[一四]ス。徂来《そらい》[一五]絶句《ぜつく》解《かい》ニ「李白如レ席《ノ》語、却《テ》覚レ未レ妙《ナラ》」ト云ルハ、厭苦《えんく》[一六]ト賞翫《しやうぐわん》[一七]ヲ辨《べんぜ》ザル妄評《まうひやう》ナリ。

〔一六〕痕《こん》[一八]ハ水ギハ立《だち》テ鮮明ナル意アリ。雨痕《うこん》・焼痕《せうこん》ナド是《これ》ナリ。瘢《はん》[一九]ハムサクロシク瘡瘢《さうはん》[二〇]ノ様ナリ。譚用之《たんようし》[二一]「塞上《さいじやう》」[二二]ノ詩ニ、「磧[二三]晴《テ》更無ニ岩樹《ノ》影一、地平《ニシテ》時有ニ野焼《ノ》瘢一」ト不雅ナル語ヲ用タルコト、塞外《さいぐわい》[二四]ノ悪景ムサクロシク、見ル目イブセキヲ悲タルナリ。韻[二五]ヲ趁《おひ》テ痕ノ代《かはり》ニ塡《ウメ》タルニアラズ。

〔一七〕前句ニ縁ニ何事一《ニ》ト云カケタルハ、下必ズ機ヲ転ジ観ヲ改テ、見トレルホド

す。長安の紫極宮で賀知章は李白を見て「謫仙人」と呼んだ(李白・対レ酒憶ニ賀監一)。一〇 明の古文辞派の詩人で後七子の一人李攀竜。一一 五言絶句「冬日」の転・結句。一二 唐の詩僧。一三 五言古詩「戦城南二首」其二中の一句。一四 古人の詩文を改変して新機軸を出すこと。一五 荻生徂徠による明の古文辞派の絶句の注釈書。正編享保十七年刊。拾遺享保十八年刊。一六 苦しみ。一七 めで楽しむこと。一八 「ナニ、ヨラズアトノツキタルナリ。瘡痕・啼痕・苔痕・水痕・墨痕ノルイナリ」(訳文筌蹄後編・二)。一九 「疵ノアトノツックコト」(訳文須知・五)。二〇 傷あと。二一 五代末の人。詩を善くしたが、官は進まなかった。二二 小石の重なった砂漠。二三 全唐詩では「暗」。平仄の都合でいえば仄声でなければならず、平声の「晴」は不適。「暗」の誤りか。二四 中国北方の辺境地域をいう。二五 この「塞上」詩は七律で上平声十四寒の韻を踏む。瘢は上平声十四寒だが、痕は上平声十三元で韻が違う。韻を合わせるために、痕ではなく瘢を用いたというわけではないという意。▽この譚用之の詩を用いた同一趣旨の記事が、葛原詩話・二の「野焼瘢」にある。二六 一七三一八〇。宮津藩の京留守居役を勤め、詩社賜杖堂を開いて安永・天明期の京都詩壇の中心になった。東陽も詩を学んだという。二七 七絶「秋閨怨得ニ心字一」(北海詩鈔二編・五)の転・結句と思われるが、北海詩鈔の結句の形は「風飄ニ梧葉一墜ニ瑶琴一」で大きく違っている。二八 琴を置く台。二九 弓矢の遊びで、的に矢が当ると、的がひっくり返って色々の人形が現れるようにしたもの。

ノ境趣ヲ添得《そへえ》ザレバ、折角《せつかく》ニ訝《いぶか》リタル甲斐ナシ。江邨北海翁《えむらほくかい》[二六]ノ「幽夢驚醒ルハ[二七]縁ニ底《なに》事《ごと》ニ一、梧桐一葉落ニ琴床ニ[二八]一」ナド、カラクリ[二九]的《まと》ヲ射出《いいだ》シタル様ナリ。菅茶山《くわんちやざん》[三〇]「題ニ[三一]山鹿触レ樹ニ摩レ痒ニ図一[三二]」詩ニ、「[三三]忽爾葉零ルハ関カルニ底事ニ一、鹿来テ摩シテレ痒ヲ樹身揺グ」ト云ルハ、徒ニ痴[三四]児ノ語ナリ。又何所ノソレ似ト云カケタルモ、此手段ニ同ジカルベシ。ヨホドノ事ヲ出スニ非ザレバ叶ハズ。

〔一八〕詩語ニ扁舟《へんしう》[三五]アリテ片舟《へんしう》[三六]ナシ。我[三七]ヨリ古《いにしへ》ヲ作《つく》コトヲ得ズ。又吟筇《ぎんきよう》[三八]ハ雅ニシテ、吟杖《ぎんぢやう》ハイヤラシ。暖風・暖烟ナドモ、語気ムサクロシ。李杜《りと》[三九]ノ集ニ有トイヘドモ、不雅ニシテ重〈オモ〉クレタルハ取捨《しゆしや》スベシ。「詩尚ハレ詞ヲ」ト楊誠斎《やうせいさい》云ルハ、品格ノ清高ナラン為ナリ。潘逍遥《はんせうえう》[四〇]ガ詩ニモ「髪任ハスニ[四一]茎茎白キニ一、詩須ハニ字字清カル一」ト云リ。祇南海《ぎなんかい》[四二]、詩学《しがく》[四三]逢原《ほうげん》ニ、此訣《このわけ》ヲ示諭《しゆ》スルコト詳《つまびらか》ナリ。其餘モ多ク肯綮《こうけい》ニ中《あた》ル。本邦[四四]詩話ノ第一ナルベシ。

〔一九〕詩家《しか》ノ文字ニ、[四五]堨コヽニ来、[四六]怪底ムナンゾ、[四七]知レ道イフヲ、[四八]解レ道スヲ、[四九]聖サトク得レ知コトヲナド、此ノ如ク和《やは》[五〇]ラゲテ読《よむ》ハ、其義易《やす》ク了然タルヲ、コトサラニ向上《かうじやう》[五一]ラシク棒読《ばうよみ》ニシテ、名目《みやうもく》[五二]ノ如クニ唱《となふ》ルハ、[五三]イタヅカハシキ白徒《はくと》[五四]オドシナリ。

〔二〇〕李于鱗《りうりん》ガ崔駙馬《さいふばノ》[五五]山池ハ、京山侯[五六]崔元《さいげん》ト云ル嘉靖帝《かせいてい》ノ婿《むこ》ナリ。「[五七]十里芙蓉迎ニ

[三〇] 一七四八—一八二七。備後神辺の人。故郷に廉塾を開いて子弟を教育し、居宅を黄葉夕陽村舎と称して、温雅平明な詩風で知られた。[三一] 七絶「山鹿触ニ紅樹一摩レ痒図」(黄葉夕陽村舎詩・八)の転・結句。[三二] できもの。[三三] たちまち。不意に。[三四] おろかな子供。[三五] 小さな舟。[三六] 小さな舟。佩文韻府に用例なし。[三七] 「帝曰、自レ我作レ古、何害」(宋史・礼史・凶礼)。[三八] 吟筇・吟杖ともに詩人の携える杖。[三九] 李白と杜甫。[四〇] 宋の人。名、閬。号、逍遥。太宗の時、進士の第を賜わったが、事に坐して亡命し、のち赦されて滁州参軍となった。[四一] 宋詩紀事・五に、歴代吟譜よりの摘句として収める。[四二] 祇園南海(一六七六—一七五一)。木下順庵に従学し、和歌山藩に儒者として仕えた。詩画をよくした。[四三] 南海の詩話。二巻一冊。宝暦十三年(一七六三)刊。詩における雅俗の別を強く主張した。[四四] 底本「本邦」の前、空格。[四五] 「明詩ニ多ク用ユ。発語辞ナリ。又、向来ノ意トナル。韻鏡ノ序ニ、サキゴロノ事ヲ堨来トイヘリ」(詩家推敲・下)。[四六] 何事かと怪しみいぶかる。「怪底、為ニ驚怪或疑怪義一、怪得与ニ怪来一亦同」(詩詞曲語辞匯釈・二)。[四七] 知る。気がつく。「道ダ、ナラク、去声。説ト同ジ。バシヨニ用ユ。イフト訓ズルヨリ転用セルナリ」(助語審象・下)。[四八] 「解道ヲ、イフコトヲ解ゲスト読ムハ誤ナリ。解道スト読ベシ。…倭語ニ合点ガテンスルトイフ意ナリ。道ハツケ字ナリ。解道ハ俗語ニテ、只領解スルトイフコトナリ。知ルトイフコトヲ、俗語ニ知道ストイフガ如シ」(倭読要領・中)。
(注四九以下、→三一七頁)

[一]剣舄《けんせき》ヲ一」ハ、[二]拾遺記《しふゐき》ニ「[三]漢昭帝遊ニ柳池一、有ニ芙蓉一、芳気聞ニ十里之外一」トアルニ、[四]岑参《しんしん》ガ「[五]花迎ニ剣佩ヲ一」ヲ湊合《そうがふ》シテ、イカニモ[六]侯家ノ[七]別業《べつげふ》ト見ユ。「[八]一樽ノ風雨対スニ江湖一」ハ、殊ニ前句ト協《かな》ハズ。堂堂タル帝婿《ていせい》ノ宴ニシテ、十里芙蓉トモ称スル処ナルニ、僅ニ一樽ハ[九]寒乞相《かんきつさう》ナリ。風雨スサマジク黯惨《あんさん》トシテ、庭池ヲ江湖カト思ホドナラバ、蓮花皆落尽スベシ。殺風景亦《また》甚シカラズヤ。「一樽ノ風雨」ト綴タルハ、殊ニ語脈連属セズ。「[一〇]日ハ上ル文王」ト同病ナリ。「十里芙蓉」ハ典故アリ。「一樽風雨」ハ[一一]偏枯ナリ。一句中[一二]四《し》大弊《たいへい》ヲ犯セリ。往《〈サキ〉》ニ[一三]七才子詩集ノ行ハレシ、句句[一四]金玉トシケルハ笑ベシ。

〔二一〕[一五]賈浪仙《からうせん》詩ニ「[一六]移セバレ石ヲ動クニ雲根一」ハ、山荘遊宴ノ興ニ乗テ、戯ニ庭石ヲ起シナドスレバ、雲気下ヨリ発《〈ホコ〉》ラント欲ス。山中嵐気《らんき》深シテ、物スゴキ勢ノ様ナリ。「移シテレ石動カスニ雲根ヲ一」ト訓点スルハ非ナリ。此句、[一七]典故ヲ活用シテ妙ナレドモ、「[一八]過テレ橋分ルニ野色一」ト対《つい》シケル。惜《をしむ》ラクハ[一九]続貂《ぞくてう》偏枯ナリ。

〔二二〕[二〇]歳旦《さいたん》試筆《しひつ》ト云コトハ、[二一]五山ノ禅徒ヨリ始マル。[二二]聯珠詩格《れんじゆしかく》ニ[二三]成文幹《せいぶんかん》ガ「歳旦」ノ詩アリ。当時、此書盛ニ行ハレケレバ、歳旦ノ詩コレヨリ起リ、因テ[二四]貫休《くわんきう》ガ「[二五]得テレ句ヲ供ニ養ス仏ニ一」ニ傚《ならひ》テ、元日仏殿ヲ礼スルニ、捻香《ねんかう》シテ[二六]一偈《いちげ》ヲ呈ス。コレヲ試

一 剣と底を厚く重ねた履物。身分の高い役人をさす。 二 秦の王嘉撰。十九巻あったが散佚し、梁の蕭綺の集録補綴した十巻が伝わる。伏犠より晋代までの遺事を記す。 三 拾遺記に同一の文は見当らないが、「昭帝元始元年、穿ニ淋池一広千歩、中植ニ分枝荷一、…芬馥之気、徹ニ十余里一、食レ之令ニ人口気常香一」(拾遺記・六)。 四 唐の人。→二八四頁注一二。 五 七律「奉レ和ニ中書賈至舎人早朝ニ大明宮一」の第五句に「花迎ニ剣佩一星初落」。 六 諸侯の家。顕貴の人の家をさす。 七 別荘。 八 「崔駙馬山池燕集得ニ無字一」の第四句。 九 芸術作品が風神不足で浅薄なさま。「皆如ニ寒乞相一、一覧便尽」(冷斎夜話)。 一〇 唐の詩人唐彦謙の七律「蒲津河亭」の第四句に「日上文王避レ雨陵」。 一一 均衡を失しているさま。対句では、典故のある句に対しては典故のある句を対するのが常道。律詩の対句で字面のみ相対して実際の均衡を失しているものを偏枯対という。 一二 四つの大きな欠点。ここは寒乞相、殺風景、語脈不連属、偏枯の四点をいうか。 一三 明古文辞派の後七子の律詩を編んだ総集。七巻。延享四年(一七四七)や宝暦七年(一七五七)に注解付きの和刻本が出版され盛行した。 一四 黄金と珠玉。素晴らしい表現の喩え。「鏘鏘振ニ金玉一、句句欲ニ飛鳴一」(李白・望ニ鸚鵡洲一懐ニ禰衡一)。 一五 唐の詩人、賈島。浪仙は字。 一六 五律「題ニ李凝幽居一」の第六句。 一七 劉宋の孝武帝の詩「登ニ作楽山一」の「屯煙擾ニ風穴一、積水溺ニ雲根一」を典故とする(唐音癸籤・十六)。 一八 「題ニ李凝幽居一」の第五句。 一九 先人のすぐれた仕事の後塵を拝すること。

筆ノ香語《かうご》[二七]ト称ス。派下[二八]ヨリ師ノ房ヘ謁スルモ、各《おのおの》一首ヲ齎《もた》ラスヲ礼トス。今ニ至テ皆例トシ行ハル。遂ニ倣《ならひ》テ国俗ノ風トナリテ、軽薄ヲ以テ風流トシ、苟《いやしく》モ指ヲ翰《かん》墨《ぼく》ニ染《そむ》レバ、必ズ歳旦ノ詩ヲ作リ、或ハ集テ上木[二九]スルニ至レリ。俳諧[三〇]ヲ事トスル輩ナドハ、預《あらか》ジメ臘中《らふちゆう》[三一]ニ刻《きざ》ミ置テ、四《し》方新禧《はうしんき》[三二]ノ贈トス。スベテ今ノ世ニ行ハル俗礼ハ、五山ノ陋習《ろうしふ》ヨリ出タルコト多シ。足利文盲ノ世ニ当リ、一時黒衣《こくい》[三三]宰相《さいしやう》トナリテ、文筆ノ柄《へい》ヲ掌《つかさどり》ケル遺《ゐ》弊《へい》ナリ。

〔二三〕欧陽公《おうやうこう》[三四]ノ詩ニ「大[三五]雨雖二滂霈《はうはい》ト一、隔テレ轍ヲ分ル二陰晴一」ト云ルハ、李《り》[三六]石続《せきぞく》[三七]博物志《はくぶつし》ニ「[三八]俗以二五月ノ雨ヲ一為二隔轍雨ト一」トアルニ本ヅク。此方ノ俗諺《ぞくげん》ニ「夕[三九]立ハ馬ノ脊《せ》ヲ分ル」ト云ニ合《カナ》ヘリ。

〔二四〕詩ハ韻響《ゐんきやう》ヲ尚《たふと》ブ物ナレバ、文字ノ俗ナルハ詩ニ入《いれ》ガタシ。故ニ古《いにしへ》ヨリモ修飾シテ用ユルコト、已《やむ》コトヲ得ザルノ例ナリ。サルニ素《もと》ヨリ雅ナル地名ヲモ、奇ヲ好テ変更スルハ悪《にく》ムベシ。或ハ万葉仮名ノ例ニテ、愛宕山《あたごやま》ヲ怨児山トシ、船岡《ふなをか》[四〇]ヲ浮名岡トシ、高雄ヲ酡顔峰トシ、竹生島《ちくぶじま》[四一]ヲ筑夫洲トシ、品川[四二]ヲ脂那河トシ、国府台《こふのだい》[四三]ヲ鴻台トスル類ハ、雅ヲ変ジテ却《かへつ》テ俗ナラシム。或ハ小倉山《をぐらやま》[四四]ヲ小暗ト書テ、無題詩集《むだいししふ》[四五]ニ出《いづ》ト称シ、長門《ながと》[四六]ヲ穴戸《あなと》トシテ、日本紀ニ見《あら》ハルナド、好テ古ヲ引証シテ博宏ヲ

二〇 元旦にはじめて詩歌などを書くこと。二一 「僧横川が京華集巻五に云、歳旦試筆者古今之常也。宋元以来詩人集中比々在焉。未二多見一也とあり」(南畝莠言・上)。横川景三は室町時代、京都五山の一つ相国寺の詩僧。二二 正式には唐宋千家聯珠詩格。二十巻。宋の于済編・蔡正孫増訂。詩の構成法や用字法によって約三百の格に分類し、唐・宋の七絶約千首を収める。五山の詩僧たちの作詩参考書として流布した。二三 「成彦雄、字文幹、南唐進士、梅嶺集、今編詩一巻」(全唐詩)。二四 唐の詩僧。二五 「懐二武昌棲一二首」其二の第三句。全唐詩では「得レ句先呈レ仏」。二六 仏の徳をたたえる詞。通常四句を以て一偈とする。二七 拈香法語の略。禅林で法会・読経などの時、導師が香を拈じて唱える法語をいう(仏教語大辞典)。二八 同じ宗派の下部の僧。二九 出版する。歳旦詩集の出版は戊辰試毫(元禄元年刊)、己巳試穎(同二年刊)あたりから始まり、以後盛んになった。東陽の本藩である藤堂藩でも、宝暦・明和頃に紘歌余韻という歳旦詩集が出版されたという。三〇 俳諧の場合は歳旦帖(帳)といい、俳諧宗匠の勢力を示すものとして盛行した。三一 十二月のうち。年の暮。三二 新年のよろこび。年賀。三三 僧侶の身で政治に参与して影響力を発揮した者をいう。南朝宋の慧琳道人の故事(資治通鑑・宋文帝上之上)による。黒衣は僧侶の墨染の衣。▽歳旦否定の論は、太宰春台の斥非にも見える。三四 宋の欧陽脩。三五 五古「喜雨」の第一・二句。

(注三六以下、→三一一頁)

炫《ヒケラ》ス者アリ。今世通用スル文字ヨリモ、却テ不雅ナル古名ハ、何ゾ珍重スルニ足《たら》ンヤ。淡海《あふみ》[一]・五瀬《いせ》・浪華《なには》[二]・赤石《あかし》[三]ノ如キハ、択《えらび》テ採用《とりもちひ》ルコト有ベシ。

〔二五〕地名ヲ謎語《めいご》[四]ニテ称スルハ悪謔《ワルシャレ》ト謂《いふ》ベシ。太宰春台詩[五]ニ、白山《はくさん》[六]ヲ商邱《しやうきう》ト称ス。素商《そしやう》[七]ノ義ニ取ナルベシ。然《しかれ》ドモ商ノ字ニ白ノ義ナシ。白帝城[八]ト称スルハ、尤《もつとも》妄ナリ。徂来《そらい》[九]・南郭《なんくわく》詩ニハ、諏訪《すは》ヲ鵞湖《がこ》ト称ス。西土ノ信州[一〇]ニ鵞湖アリ。故ニ州名ニ因テ擬スルトゾ。遂ニ諏訪侯ヲ称シテ鵞湖侯[一一]トス。然ラバ彼地ニ龍虎山[一二]アリ。尤勝《すぐ》レタル名山ナレバ、駒岳《こまがたけ》[一三]ヲモ龍虎山ト称スベシヤ。義ノ当否モ顧《かへりみ》ズシテ、只好テ唐《から》メカスハ妄甚シ。京都下立売《しもたちうり》[一四]ノ橋ヲ、或詩[一五]ニ白鶴橋ト称ス。一名千年《チトセ》橋ト云ニ因《よる》トゾ。然ラバ松樹千年ト称スレバ、青松橋ト呼テモ可ナルベシヤ。其座ニ中御門《なかみかど》[一六]公《こう》ヰマセリ。「アナタノ家ハ松木《まつのき》殿トモ称スレバ、千載公ト号スベシ」ト申ケレバ、一座大ニ笑タマヘリ。濃州岐阜ノ詩人、長良川[一七]ヲ鳳水《ほうすい》ト称ス。岐阜ノ麓ヲ流ルヲ以テ、「鳳皇《ほうわう》[一八]鳴二于岐山[一九]一」ノ義ニ取トナン。鵞湖ヨリモ又一段ナリ。竹生島ヲ笙洲トシ、石見《いはみ》ノ海ヲ硯海トスルモ、悪謔・字謎ト謂《いふ》ベキノミ。奥州岩手山《いはでやま》[二〇]ヲ、徂来、躑躅山《てきちよくさん》[二一]ト称ス。参河《みかは》ノ八橋《やつはし》[二二]ヲ、南郭、杜若洲《とじやくしう》[二三]ト称ス。是等ハ故実ニ拠《より》ケレバ猶《なほ》諉《ゐ》[二四]スル所アリ。然ドモ尤《いう》ニ傚《ならふ》ベカラズ。

一「淡海　アフミ…南郭詩、淡海旧封丞相地」（大東詩家地名考）。 二「浪華（ツノクニ）　徂徠、与二県次公一書」（東藻会彙地名箋）。

三「赤石（アカシ）　南郭、送三人還二播州一七律」（東藻会彙地名箋）。▽「韻響」という視点による同一主旨の論、江村北海の授業編・九にある。

四 人を惑わすような語。 五 春台の紫芝園稿には用例なし。 六「白山　又商丘トモ云。東野、号トセリ。東野詩、結レ宇白山陰、我居非二地肺一、強字曰二商丘一。南郭和詩、楼高白帝城。此地ニ御殿アルガ故云レ爾」（大東詩家地名考）。商邱は本来は中国古代の人閼伯（あつぱく）が居した地名。

七 秋の異名。素は白、商は秋。 八 大東詩家地名考に、服部南郭が白山を白帝城と詠んだ例をあげる。本来は四川省夔州の東の白帝山にあった城の名。 九 徂徠集には鵞湖の用例は見えないが、南郭先生文集三編・四に「遥題二鵞湖一」という五絶の詩題などがある。 一〇 中国江西省上饒県西北の地名。「鵞湖　中華ノ鵞湖ハ信州山上ニアル湖ナリ。故ニ比ス」（大東詩家地名考）。

一一「鵞湖、諏訪湖也。以丁其邦君鵞湖侯篤好二風雅一与丙其湖則信之奇絶顕乙於疇昔甲」（南郭先生文集三編・九・題二鵞湖詩巻一）。

一二 江西省貴渓県の西南にある山名。

一三 駒ヶ岳は各地にあるが、ここは木曾駒ヶ岳か、甲・信の国境にある甲斐駒ヶ岳。

一四 上京区下立売通堀川に架かる橋として下立売橋があり、…中立売橋を鶴橋というに対して、この橋は亀橋ともいう（京都市の地名）。 一五「七夕後一日石泰一同二金竜道人一見レ過」（北海詩鈔・下）に「橋名二白鶴一

〔二六〕徂来詩ニ「駅[二五]樹遥ニ連テ二豊沛[二六]ニ一分」、南郭詩ニ「沛[二七]宮不レ改漢ノ楼台」、参州岡崎ヲ称スルトナン。因テ豊[二八]沛ト号スル人アリ。鷲湖侯ヨリモ更ニ甚シ。妄ノ又妄ト謂ベシ。

〔二七〕古昔、地名ヲ書《かき》アラハスコト、筆ニ随テ文字ヲ塡《うづめ》ケレバ、美悪雅俗ノ差別ナシ。其字モ書ゴトニ異ナリキ。続[二九]日本紀《しよくにほんぎ》和銅六年詔ニ「畿内七道郡郷ノ名着ニ好ツケヨ字ヲ一」トアリ。延[三〇]喜式《えんぎしき》ニモ「凡諸国部内郡里等ノ名、並ニ用ニ二字ヲ一必取レ嘉名ヲ一」トアリ。是ニ因テ文字ヲ択《えらび》テ、其名始テ一定セシナルベシ。近世諸侯ノ国府モ、無下《むげ》ニ鄙陋《ひろう》ナル名ハ、芽出《めで》タキ称ニ改ル例アリ。遠[三一]州浜松ハ引間《ひくま》ト云ケルヲ、東[三二]照神君居城ナサレテ、改テ旧名ニ復セラル。羽[三三]州鶴岡ハ大梵字ト云ケルヲ、最上義光《もがみよしあき》、美名ニ改ラル。勢[三四]州松阪ハ四五百森〈ヨイヲノ〉ト云ケル、蒲生氏郷《がまふうぢさと》、今ノ名ニ改ラル。越[三五]前福井ハ北荘《きたのしやう》ト称セシヲ、忠昌卿《ただまさきやう》改テ名ヲ命ゼラル。金[三六]沢・仙[三七]台ナドモ皆改テ命ゼラレケル美号ナリ。

〔二八〕詩中ニ用ル地名ハ、忌《いま》ハシキ字面《じづら》、諱避《いみさく》ベシ。「客[三八]ハ厭巴[三九]南《はなん》ノ地、郷ハ隣ル剣[四〇]北ノ天」、「昔[四一]聞人《くじんさ》鮓[四二]甕《をう》、今到鬼[四三]門関《るきもんくわん》」ナドハ、イヤラシキ名ノ地ニ来レルヲ、浅[四四]マシク打歎《うちなげ》キタルナリ。「夢[四五]水河辺《ぼうすいかへん》秋草合シ、黒[四六]山峰外《こくざんほうぐわい》陣雲開」ハ、大荒《たいくわう》ノ地ニ行役《かうえき》シテ、其地

近二門前一」。 一六 中御門家は藤原北家頼宗流。室町時代中期の宗宣以来、松木(まつのき)と号した。東陽在京時代の話とすれば、天明八年没の権大納言正二位宗美か。 一七 宮田維禎の七律に「鳳川浮レ舟」(麗沢詩集・四)。また後藤有顕の七律「下二鳳川一」の第五句に「岐山影落青波裏」(三野風雅・二)。 一八 「周之興也、鸑鷟鳴二於岐山一」(国語・周語上)。鸑鷟は鳳凰の別名。 一九 陝西省岐山県の東北にある山。周の発祥の地。 二〇 磐手山とも。陸奥国磐手郡(現、岩手県盛岡市西北)の山。「なかなかにいはでの山の岩躑躅(いわつつじ)」(謡曲・放下僧)。「言はず」に躑躅(てきしよく逡巡する)の意を掛けた表現。 二一 「躑躅山頭城塁高」(徂徠集・一・題二子寛蒲桃画一、子寛奥藩公族、食二采巌提山一)。 二二 現、愛知県知立町。伊勢物語第九段のかきつばた(杜若)の折句で名高い歌枕。 二三 「撥二香杜若洲一」(南郭先生文集・一・贈二子和一三首)。 二四 託する。 二五 七絶「贈三子和赴二三河一二首」(徂徠集・七)其二の承句。また「贈下子和之二三河一掌中書記上序」(同・十)に「三河者今豊沛也」。 二六 本来は江蘇省銅山県西北の地名。漢の高祖が挙兵した所。三河岡崎は江戸幕府を開いた徳川家康の生地であることから、豊沛になずらえた。 二七 七律「和二答参州源京国見一レ寄二首」(南郭先生文集初編・四)其一の第四句。沛宮は漢の高祖が豊沛においた離宮。 二八 未詳。 二九 和銅六年(七一三)五月甲子の記事。詔は天皇の命令。 三〇 延喜式・二十二・民部上の記事。

(注三一以下、→三一四頁)

名サヘモ耳ヲ傷《いたま》シメ、冥途ノ旅ニ赴タルヤウニ思テ、心細ク悲ニ堪《たへ》ザルナリ。「遥[一]ニ知ル漢使蕭ニ関ノ外」「氈車《せんしや》[三]夜宿ス陰山ノ下[四]」ナドモ、皆地名ノ字面ニ就テ、哀〈アハレ〉ヲ含ミ怨ヲ帯テ用タルナリ。サレバ江戸ヲ荏土[五]ト書シ、和歌山ヲ弱山[六]トシ、隅田川ヲ墨水[七]トシ、[八]染井ヲ蘇迷トシ、日光ヲ二荒ト称スルナド、凡ソ不吉ナル文字ハ、拠〈ヨリドコロ〉アル古名ニテモ用ベカラズ。唐詩ニギハシキ意ヲ述ケルニハ「錦城[九]ノ糸管日ニ紛紛」「新豊[一〇]ノ樹色繞ニ千官ヲ一」ナド、慶賀ノ詞ニ用タルハ「地[一一]転ジテ二錦江[一二]ヲ一成ニ渭水《ゐすい》ト一、天廻ラシテ二玉塁[一四]ヲ一作ニス長安ト一」「山[一五]出テ尽ク如ニ鳴鳳嶺《めいほうれい》[一六]ノ一、池成テ不レ譲ニ飲龍川《いんりゆうせん》[一七]一」、メデタキ行ヲ餞《はなむけ》スル詞ニハ「烟[一八]花三月下ル揚州ニ一」「舟[一九]船明日是長安」、イカメシク雄壮ナル事ニハ「但[二〇]使ニ龍[二一]城飛将[二二]ヲシテ在ニ一」「西[二三]得テ諸侯ヲ棹《さをサス》ニ錦水ニ一」ノ如キ、皆地名ニ祝意ヲ寓セリ。「若[二四]非ンバ群玉[二五]山頭ニ見ルニ一、会《かならズ》向《おいテ》ニ瑶台[二六]ノ月下ニ逢ン」ハ、美貌ノ綽約《しやくやく》タルヲ云ン料ナレバ、仙女ノ住ル所モ多キ中ニテ、特ニ玉山・瑶台ヲ挙《あげ》タルナリ。李義山《りぎさん》、蜀中ノ詩ニ「巴[二七]山ノ夜雨漲ル秋池ニ一」ト云ルハ、羇旅《きりよ》ノ孤懐ヲ述ケレバ、特ニ幽怪ナル地名ヲ用タリ。陸放翁《りくはうをう》「聞レ雨ヲ」詩ニ、「憶[二八]テ在ニ錦城ノ歌吹海《かすいかい》[二九]ニ一、七年ノ夜雨不ニ曾リシテ知テ一」ハ、繁華ヲ称スレバ美名ヲ用タリ。同ジク蜀中ノ夜雨ヲ云ルニ、地名ヲ択用《えらびもちふ》ルノ異《こと》ナルコト、此ノ如ク天淵《てんゑん》[三〇]ノ違《ちがひ》アリ。用捨ノ工《たくみ》ヲ領会《りやうくわい》スベシ。

一 王維の七絶「送ニ韋評事一」(唐詩選)の転句。 二 関中の四関の一。甘粛省固原県の東南。 三 唐の無名氏の七絶「胡笳曲」の承句。氈車は毛氈を張りめぐらした車。 四 漢民族の支配する中原の地と北方の匈奴の地とを分かつ山脈。現在の内蒙古自治区にある山脈。 五「称ニ江戸一為ニ東都一、山本信有非レ之、是矣、然其徒以ニ方音相通一、借ニ用荏土字一、遂称為ニ荏城一、不レ考之過也、荏、弱也、豈可ミ以称ニ覇主金城一乎、蓋得ニ之風土記残本一、喜以衒レ奇、不レ遑レ省ミ其為ニ不祥一耳」(夜航詩話・一)。 六「夫苟有レ所レ本、可ミ以復ニ古称一、則紀之若山旧用ニ弱字一、今復称ニ弱城一可乎」(夜航詩話・一)。 七「隅陀川称ニ墨水一、亦従ニ徂徠一始、本ニ諸真字勢語一云、然悪名汚穢、如ニ虜地之水一、詩詞中漫用レ之、多不ニ与レ事相称一、亦不レ考之過也」(夜航詩話・一)。 八「徂徠詩題、染井作ニ蘇迷一、秋子帥詩、日光山作ニ二荒山一、亦皆有ニ来処一、然其為ミ不祥ニ尤甚、不レ可レ不ニ諱避一也」(夜航詩話・一)。 九 杜甫の七絶「贈ニ花卿一」(唐詩選)の起句。「錦城」は成都の錦官城のこと。 一〇 顧況の七絶「宿ニ昭応一」(唐詩選、三体詩)の承句。「新豊」は長安の東の町。 一一 李白の七絶「上皇西巡ニ南京一歌二首」(唐詩選)其一の転・結句。 一二 成都を流れる川。 一三 長安の北を流れる川。 一四 成都にある山の名。 一五 沈佺期の七律「侍ニ宴安楽公主新宅一応制」(唐詩選)の頷聯。 一六 長安の西にある岐山の中の山の名。 一七 長安の北を流れる渭水のこと。昔、黒竜がこの川の水を飲んだという伝説による。 一八 李白の七絶「黄鶴楼送ミ孟浩然之ニ広陵一」(唐詩選)の承句。 一九 王昌齢の七絶「重別ニ李評

〔二九〕「[三一]即今河畔氷開日《ク》、正《ニ》是長安花落時《ル》」ハ、都ノ春ヲ羨慕《うらやみした》フ詞ニテ、名マデ芽出《めで》タキ楽土《らくど》ナリ。「[三二]可レ憐[三三]無定河辺骨《ノ》、猶是春閨夢裡人《ノ》」ハ、名サヘ忌《〈イマ〉》ハシク傷《〈イタ〉》マシキ処ナリ。「[三四]美人天上《ヨリ》落、[三五]龍塞《りようさい》始《テ》応レ春《ナル》」ハ、ワザト物スゴキ地名ヲ用テ、[三六]内裏《だいり》女郎《ぢよらう》ニ[三七]反襯《はんしん》ス。語ハ壮ニシテ意ハ甚哀《〈アハレ〉》ナリ。「[三八]明君《めいくん》祠上望二[三九]龍堆《りようたい》一《ヲ》」モ、陣所《ちんしよ》ハ心ボソク哀ナル古迹《こせき》ニシテ、向ノ方ハ物スサマジキ大沙原ナリ。「[四〇]白狼河《はくらうか》北音書《ほくいんしよ》断、[四一]丹《たん》鳳《ぼう》城南秋夜長」モ、豺狼《さいらう》ハ人ヲ食《くら》フ悪獣ナリ、鳳凰《ほうわう》ハ聯飛《れんぴ》双栖《さうせい》スル霊鳥ナリ。特ニ相反スル地名ヲ用テ、彼ヲ悲ミ此ヲ傷ム情浅カラズ。「[四二]楚国蒼山古《ふり》、幽州白日寒《シ》」ハ、楚ニ[四三]悽楚《せいそ》ノ義アリ、又[四四]平楚茫茫ノ貌《さま》アリ。幽ニハ[四五]幽昧陰冷《いうまいいんれい》ノ意アリ。上ノ句ハ、古国モノサビテ哀ナル様ナリ。下ノ句ハ、幽陰ノ辺州モノスゴキ景ナリ。凡《すべ》テ唐詩ニ地名ヲ用タルハ、必ズ字面ニ其当《あて》アルコト、皆此ノ如ク活動ス。此方ノ詩人ミダリニ地名ヲ用テ、意脈ノ縁ナキ文字ヲ、徒《いたづら》ニ語ヲ足《たす》ノウメ草トス。[四六]地名考、[四七]地名箋ナド軽薄ヲ長ズルイタヅラ本ナリ。此弊風ノ行ハレケルモ、[四八]諼園《けんゑん》ノ徒《と》ヨリ[四九]作俑《さくよう》シケリ。

〔三〇〕「[五〇]滄海《〈アヲウナ〉》バラ振サケ見レバ春日《かすが》ナル」トイヘバ、杳《〈カスカ〉》ニテ[五一]依約《いやく》タル義ヲ含ム。「[五二]ホノ〴〵ト明石ノ浦」トイヘバ、天《〈ソラ〉》ノ明来《あけきた》ル意ヲアラハス。「[五三]津《ノ》国ノ難波《なには》」トイ

事一」(唐詩選)の承句。二〇 王昌齢の七絶「従軍行三首」(唐詩選)其三の転句。二一 匈奴の地。二二 杜甫の七古「短歌行、贈二王郎司直一」(唐詩選)の第六句。二三 漢の名将李広のこと。飛将軍。二四 李白の七絶「清平調詞三首」(唐詩選)其一の転・結句。二五 美貌の仙女西王母の住むという山。二六 美しい仙人の住むという玉でできた高台。二七 七絶「夜雨寄レ北」(唐詩選)の承句。李商隠が蜀に旅した時、長安にいる妻に書き送った詩。二八 七絶「冬夜聴レ雨戯作」(剣南詩稿・十)二首の其二の転・結句。二九 繁華の巷。三〇 天と淵の違い。違いの大きいこと。三一 張敬忠の七絶「辺詞」(唐詩選)の転・結句。三二 唐の陳陶の七絶「隴西行四首」其二の転・結句。三三 源を綏遠省鄂爾多斯右翼前旗に発し、黄河に注ぐ河。三四 孫逖の五絶「同三洛陽李少府観二永楽公主入一レ蕃」(唐詩選)の転・結句。三五 竜城に同じ。匈奴の地。三六 宮中の身分の高い女性。ここは永楽公主をさす。三七 対照させることによって表現上の効果を上げる。三八 常建の七絶「塞下曲」(唐詩選)四首の其二の承句。明君は漢の王昭君。匈奴の王に嫁がされた悲劇の女性。三九 白竜堆の略称。塞外の地、天山南路のロプノール湖の東にある砂漠。四〇 沈佺期の七律「古意」(唐詩選)の頸聯。白狼河は大凌河のこと。熱河省凌源付近から流れ遼東湾に注ぐ河。四一 長安の町をいう。四二 劉長卿の五律「穆陵関北逢三人帰二漁陽一」(唐詩選)の頷聯。楚国は今の湖北省から湖南省にかけての地方。幽州は今の河北省・山東省の一部と遼寧省にかけての地方。四三 悲しみいたむ。四四 林が広々と広

ヘバ、何ヤ彼《か》ヤラノ趣ヲ帯《おび》タリ。スベテ歌詞ニ用ル地名ハ、皆此ノ如ク関係アリ。詩家ハ却テ此義ニ昧《くら》シ。歌人ニ笑《わらは》レンコトヲ恥ベシ。故ニ歌ハ好テ地名ヲ用ユ。詩ニハナルタケ用ザルゾヨキ。如何《いかに》トナレバ、歌ニハ其名自然ニ叶ヘリ。詩ニハ極テ入難《いれがた》シ。蓋《けだ》シ此方ノ地名ヲ取テ、西土ノ詩詞ヘ挿入《さしいれ》ンハ、元来牽強ノ事ナリ。故ニ天然ノ的当《てきたう》ヲ得テ、十分恰好《かつかう》ニテ始テ用ベキノミ。

〔三二一〕 [一]大内裏《だいだいり》ノ盛ナリシ時ハ、朱雀街《すざくがい》ヲ中央ノ界トシテ、[二]右京ヲ長安ニ比シ、左京ヲ洛陽ニ擬セラル。一都城ノ内ニシテ、長安・洛陽ヲ包〈カヌ〉ルハ、京師《けいし》ヲ長大ニセル称ナルベシ。[三]後世右京ハ荒廃シテ、西ノ京ト云ル古名ノミ存ス。今ノ都地ハ東ノ京ナリ。故ニ専ニ洛中ト称ス。然レドモ両地ヲ混用スベカラズ。京人ノ詩ヲ見ケルニ、[四]「氷ハ解ク東風渭水ノ浜、[五]葱葱タル佳気洛陽ノ春」ト作レリ。渭水ハ長安ノ川ナリ。洛陽春トハ承〈ウク〉ベカラズ。洛陽ハ[六]洛川ノ陽ナリ。ソレニ渭浜《ゐひん》ト称スルハ尤笑ベシ。某先生集中ニ[七]「白首翻テ思年少ノ日、[八]五陵衣馬洛陽ノ遊」トアリ。五陵モ長安ノ地ナルゾ。[九]県周南《けんしうなん》[一〇]「過ニ大湖ヲ一」ト題セル詩ニ、[一一]「城楼含ニ日月ヲ一、地勢控ニ荊呉ヲ一、松ハ鬱タリ唐崎ノ浦、花ハ明ナリ志賀ノ都」トアリ。大湖・荊[一二]呉ハ漢土ナリ。志賀・唐崎ハ此方ナリ。和漢錯雑スルハ更ニ甚シ。

〔三二二〕 詩ニ仏寺ヲ称シテ、[一三]香台《かうだい》・[一四]香刹《かうせつ》ナド云ハ、香烟ヲ熱《たく》ノ義ニハアラズ。天竺

がるさま。 翌 薄暗く冷やかなさま。 哭 永田観鵞の大東詩家地名考(宝暦十年刊)。 罕 萩野復堂の東藻会彙地名箋(明和四年刊)。 咒 荻生徂徠一門。 咒 悪い事の糸口となること。「始作レ俑者其無レ後乎」(孟子・梁恵王上)。 吾 土左日記に安倍仲麿が唐土で詠んだ歌として「あをうなばらふりさけみれば春日なる」。古今集では「あまの原ふりさけみれば春日なる」。底本「振サゲ」。 五一 おぼろげなさま。 五二 古今集に、よみ人しらず、一説に柿本人麻呂の歌として「ほのぼのとあかしの浦の朝霧に島がくれゆく舟をしぞ思ふ」。 五三 新古今集に西行の歌として「津の国の難波の春は夢なれや蘆の枯葉に風わたるなり」。 ▽江村北海の授業編・九にも同主旨の論がある。

一 平城京または平安京の宮城の称。ここは平安京。 二 「始造ニ平安城一、東京〈愛宕郡〉又謂ニ左京一、唐名洛陽、西京〈葛野郡〉又謂ニ右京一、唐名長安」(帝王編年記・桓武天皇延暦十二年)。 三 右京の荒廃は慶滋保胤「池亭記」(本朝文粋・十二)に記される。 四 出典未詳。 五 めでたい雲気のこもっているさま。 六 洛水の北。 七 出典未詳。 八 漢の高祖以後五人の皇帝の陵墓の地。長安北郊のこの地には、漢代の富豪や外戚の邸宅があった。 九 荻生徂徠門下で、萩藩の儒者山県周南。姓を修して県。 一〇 周南先生文集・二に収める五律で、引用部分は、頷聯と頸聯。 一一 ここでは琵琶湖を指すが、本来、太湖は江蘇・浙江の二省にまたがる湖水。 一二 長江の南、すなわち呉楚の地。

ニハ香木多シ。故ニ仏殿[一五]ヲ結構スルニ、沈檀《ちんだん》[一六]ナドヲ用テ美ヲ尽ス。唐土ニテモ其制ニ傚フ。因テ此称ヲ用テ、其荘厳《しやうごん》[一七]ヲ謂《いふ》ナリ。慶長五年蛮船来リシ、其貢献ノ品目ニ沈香柱《ぢんかうちゆう》五本アリ。一本ヲ四人ニテ持ケルトゾ。香木ノ大ナル物アルコト見ルベシ。又紺園《こんゑん》[一八]・紺殿《こんでん》[一九]ナド称スルコト、紺ハ瑠璃色《るりいろ》ナリ。殊ニ玲瓏《れいろう》トシテ瑩浄《えいじやう》ナリ。故ニ美シク潔キ物ハ紺碧ヲ以テ称ス。然レバ紺苑《こんゑん》等ノ称モ、其境ノ清迥《せいけい》[二〇]ナルヲ称ス。イハユル浄瑠璃《じやうるり》[二一]ノ謂《いひ》ナリ。金光明経《こんくわうみやうきやう》[二二]ニ「大士如レ是ノ、至心念ジテレ仏ヲ、思二是ノ義一ヲ時ハ、其室自然ニ広博厳事、天紺瑠璃種種ノ衆宝、雑厠《ざつし》間錯《かんさく》シテ、以成ス二其地ヲ一、猶如二如来所ノレ居浄土ノ一」トアリ。註ニ「天紺瑠璃ハ瑩浄明徹、表ス二真諦《しんたい》ノ境ヲ一」ト云リ。又同経ニ、仏ノ相好《さうがう》ヲ称シテ、「眼目清浄[二三]、如二紺瑠璃一」トアリ。其義ヲ見ルベキナリ。此事、諸書ニ明解ナシ。祖庭事苑《そていじゑん》[二四]ノ説モ、所謂《いはゆる》「語リテ[二五]焉不レ詳ナラ」ナリ。

〔三三〕僧家ニ遊方《いうはう》[二六]ト云ハ、論語[二七]ノ遊方トハ異ナリ。賈島《かたう》[二八]ガ詩ニ「遍[二九]二参シテ尊宿ニ一遊方久シ」ナド、雲水漫遊ヲ謂《いふ》ナリ。法華譬喩品《ほつけひゆぼん》[三〇]ノ偈《げ》[三一]ニ「在所遊方」トアリ。遊二於四方ニ一ノ義ナリ。即《すなはち》又同偈中ニ「乗テ二是宝車ニ一遊二於四方ニ一」トアリ。漢武内伝《かんぶないでん》[三二]ニ「遊[三三]二於十方ニ一」ノ語アリ。又「五濁《ごだく》[三四]之人」ト云コトアリ。仏教[三五]ノ辞ニ似タリ。

〔三四〕人多ク得得ノ問《とひ》ヲ致ス。五代史補《ごだいしほ》[三六]ニ「僧貫休《くわんきう》[三七]入レ蜀ニ、以レ詩ヲ投ズ二王建《わうけん》[三八]ニ一曰、「一

一三 「松柏映二香台一」(孟浩然・題二融公蘭若一)。 一四 「香刹夜忘レ帰」(綦毋潜・宿二竜興寺一)。 一五 「維摩経、有レ国名二衆香一、其界一切皆以レ香作二楼閣一」(詩家法語)。 一六 沈木と檀木。香木の名。 一七 立派で美しいこと。 一八 「紺園澄二夕霽一」(沈佺期・遊二少林寺一)。 一九 「紺殿横二江上一」(李白・宴二興徳寺南閣一)。 二〇 清らかで広々としているさま。 二一 透明の瑠璃。最も清浄なものの喩え。「得二清浄身一、如二浄瑠璃一」(法華経・法師功徳品)。 二二 大乗経典の一。以下の引用は、寿量品第二。 二三 金光明経懺悔品第三の偈。 二四 八巻。宋の睦庵善卿撰。禅籍の語句の最古の注釈書。巻四に「紺園」の解説がある。 二五 「語焉而不レ詳」(韓愈・原道)。 二六 四方に行脚すること。 二七 「遊必有レ方」(論語・里仁)。 二八 唐の詩人。 二九 七絶「送二霊応上人一」の起句。 三〇 法華経譬喩品(巻第二)。 三一 仏の教えをたたえる韻文体の経文。 三二 漢代の志怪小説。班固の作というが後人の偽作。漢の武帝に関する種々の霊異を記した書。 三三 「迎二汝於毘閬之中一、位以二僊官一、遊二於十方一、信二吾言一矣」。 三四 「五濁之人、耽湎栄利、嗜味淫色、固其常也」。 三五 例えば「能於二娑婆国土、五濁悪世、劫濁、見濁、煩悩濁、衆生濁、命濁中一」(阿弥陀経)。仏語としては「ごぢょく」と訓む。 三六 五巻。宋の陶岳の撰。宋の薛居正らが撰した五代史(旧五代史)の闕略を補ったもの。 三七 巻一の「僧貫休入蜀」の記事。貫休は唐末・五代の詩僧。 三八 五代・前蜀の王。

瓶一鉢垂垂トシテ老、千水千山得得来ニ」、建喜ブ、因テ号ス二得得和尚ト一」。字典[一]ニ「得得ハ唐人方ノ言、猶二特地ノ一也」トアリ。垂垂老ノ句ハ、呉越ニ往テ容《いれ》ラレズ、雲水行脚《あんぎゃ》ニ倦《うみ》タルヲ言《いへ》リ。字書ニ「垂ハ幾ホトンド也」[三]「将レ及ト也」[四]ト註ス。垂《なんなん》ントスレ老ニノ義ヲ形容《かたち》ドリテ、垂垂ト云ルナリ。杜詩[五]ニ「江辺ノ一樹垂垂トシテ発」モ、早梅ノ開ケントスルヲ形容セリ。是ニ因テ推考《おしかんがふ》ルニ、得得来ニモ、得レ来コトヲノ義ヲ形容語ニシテ言ルナリ。凡ソ詩ニ得ノ字ヲ用ルハ、得ラレヌコトヲ得ルノ謂ナリ。「人間能得ン二幾回聞カコトヲ一」[六]「一官何ノ幸ゾ得タルレ同スルコトヲレ時ヲ」[七]ナド、容易ナラザルヲ珍重シテ云リ。然レバ得得ハ、ワザ〱ト訳ス。呉越ヨリ蜀ニ赴クコト、容易ニ来リ得ガタキ所ナルヲ、遥ニ蜀王ノ国ヲ慕テ、ワザ〱険遠《けんゑん》ヲ陵《しのぎ》テ越来レルトナリ。蜀主[八]、貫休ヲ悦ケルモ、我ヲ慕来レル情ノ厚キコト、得得ノ字ニ見《あら》ハレヌル故ナリ。東坡《とうば》[九]詩ニ、「知ル是多情得得来ニ」ト云ルモ、多情ナレバ[一〇]コノ、得得ニ来レルナリ。

〔三五〕赤日[一一]ト称スレバ、燃《もえ》タツヤウニ熱〈アツ〉シ。紅日[一二]ハ、ホンノリトシテ和暖ナリ。蒼野[一三]ト称スレバ、茫茫トシテ愁《うれ》ハシク、青野[一四]ハメデタク清鮮ナリ。蒼松・青松コレニ同ジ。孤立[一五]ハ心ボソク力ナシ。独立ハ介然トシテ逞シ。杳《えう》・迥《けい》、共ニハルカト訓ズレドモ、杳[一六]ハ暗シ、迥[一七]ハ明ナリ。痕[一八]・瘢ハ前ニ辨ズ。類字相反スル、此ノ如キア

一 康熙字典の略称。 二 ことさら。 三「垂、幾也」(広韻)。 四「垂、将レ及也」(集韻)。 五 杜甫「和下裴迪登二蜀州東亭一送レ客逢二早梅一相憶見上レ寄」の第七句。 六 杜甫の七絶「贈二花卿一」(唐詩選)の結句。 七 包何の七絶「寄二楊侍御一」(唐詩選)の起句。 八 蜀王に同じ。 九 蘇軾の七絶「再和二楊公済梅花十絶一」其三の結句。 一〇「コソ」の誤刻か。 一一「赤　遠ク望ニ、ソノ色ノ人目ヲ射ルガ如キモノヲ皆赤ト云」(虚字詳解・二)。 一二「紅　…ウスアカ色ノコトナリ」(虚字詳解・二)。 一三「月蒼蒼、蒼涼タリナド、皆サダカナラヌヨリスサマジキ体ヲイフナリ」(訳文筌蹄・五)。 一四「青　アオキ色ノウキ〱トシテ、生タルヨウニ、人目ニウツルヲ称シテ、青ト云」(虚字詳解・二)。 一五「独ハ無伴ノ義ナリ、無類ノ義ナリ。孤ハ独ニ近シ。サレドモ、ミナシゴト云フ字ユヘ、サミシク頼ミナキ意多シ」(訳文筌蹄・三)。 一六「杳　ハルカナリトヨム。遠クテカスカナル意ナリ。クラキ意アル字ナリ。フカキ意モアリ」(訳文筌蹄・三)。 一七「迥　寥遠也ト注セル字ユヘ、気象ノ打ヒラキクハラリトシタル意アル字ナリ」(訳文筌蹄・三)。 一八 →〔一六〕。 一九 指折り数えること。 二〇 一端を示してその他のことを類推させる。「挙二一隅一不下以二三隅一反上、則不レ復也」(論語・述而)。▽この項と同趣旨の論、より詳しく夜航詩話・四にある。 二一 唐詩選にも収める盧照鄰の七古で、引用部分は第十一句。 二二 上下二階造りになっている廊下。 二三「交窓者、以レ木横直為レ之、即今之窓也」(説文・段注)。 二四 二つのものが相対しているのを、男女の和合・

リ。又扁舟・孤舟同ジナガラ、扁舟ハ軽ク飄飄タリ、孤舟ハサビシク哀ナリ。白雲・浮雲相似タレドモ、白雲ハ塵表《ぢんぺう》閑適ノ趣アリ、浮雲ハ身世ヲ嘆ズル意アリ。此類、[一九]僂指《ろうし》ニ暇アラズ。[二〇]三隅ヲ以テ反《はん》スベシ。

〔三六〕唐詩「[二一]長安古意」ニ「[二二]複道ノ交窓《かうさう》[二三]作ス二[二四]合歓ヲ一」ト云ルハ、両両相対スルヲ謂《いふ》ナリ。[二五]双頭花ヲ合歓花ト称ス。[二六]双竹モ合歓竹ト称ス。何物ニテモ一双ツガヒタル称ナリ。[二七]通鑑《つがん》唐太宗紀ニ「[二八]有二白鵲一、巣二寝殿ノ上ニ一、合歓如二腰鼓ノ一然リ」、[二九]南部烟花記ニ「煬帝以二合歓水果一、賜二[三〇]呉絳仙ニ一」、[三一]楊太真外伝ニ「[三二]江陵所ノレ進ム柑子、明皇種二於蓬莱宮ニ一、後結レ実ヲ、宣二賜ス宰臣ニ一、有二合歓ノ実一、上与二妃子ニ一、互ニ相持テ翫」ナド、皆一対ツルミタル物ナリ。五代[三三]劉銖「用レ法コトヲ刻深、毎レ杖ウツニ二一人ヲ一、必両杖倶ニ下ス、謂二之ヲ合歓杖ト一」、五代史本伝ニ見《あら》ハル。是等ノ称ニサヘ呼ケルナリ。

〔三七〕[三四]銜杯《がんぱい》ニ、含ノ字ヲ用ベカラズ。音韻モ各《おのおの》異ナリ。含ハ口中ニ物ヲクヽムナリ。故ニ含蓄ト称ス。[三五]含レ哺ヲ、[三六]含レ情ヲナド是ナリ。サレバ[三七]含レ烟ヲ、[三八]含レ色ヲナド、其物ヲ内ニ持テ籠《こめ》タル意ナリ。銜ハ口ニクハヘルナリ。故ニ[三九]馬勒《ばろく》ヲ銜ト称ス。[四〇]銜レ杯ヲ、[四一]銜レ枚《ばい》ヲ、[四二]銜レ命ヲナド、含ノ字ニテハ義ヲ成ザルナリ。

〔三八〕[四三]白詩「尋二郭道士ヲ一不レ遇」ニ「看シテレ院ヲ祗《ただ》留ム双白鶴、入テレ門唯見ル一青松」トア

交歓に喩えた表現。 二五 一つの茎から咲く二つの花。 二六 梢が二つに分かれて生長する竹。「筍長二独茎一、及レ生二枝葉一、即分為二両梢一、葉密而細、亦謂為二合歓竹一」(笋譜・双梢竹笋)。 二七 資治通鑑の略称。 二八 貞観二年九月丁未の記事に「嘗有二白鵲一、構二巣於寝殿槐上一、合歓如二腰鼓一、左右称レ賀」。 二九 唐の馮贄撰の伝奇小説。 三〇 隋の煬帝の殿脚女。嫁して玉工万群の妻となったが、煬帝の寵を受け、崆峒夫人と称された。 三一 宋の楽史撰の伝奇小説。楊太真は唐の玄宗皇帝の寵を得た楊貴妃。 三二 「初開元末、江陵進二乳柑橘一、上以二十枚一種二於蓬莱宮一、至二天宝十載九月秋一結レ実、宣二賜宰臣一曰、朕近於二宮中一、種二柑子樹数株一、今秋結レ実一百五十余顆、…乃頒二賜大臣外一、有二一合歓実一、上与二妃子一互相持翫」(五朝小説大観)。 三三 五代の後漢の人。永興軍節度使に任ぜられたが、法を用いること過酷であった。以下の引用は五代史・劉銖伝。 三四 杯を口にくわえる。酒を飲む。銜は下平声十五咸。含は下平声十三覃。 三五 食物を口にふくむ。「含哺而熙、鼓腹而遊」(荘子・馬蹄)。 三六 感情を内にこめる。「含レ情凝レ睇謝二君王一」(白居易・長恨歌)。 三七 霞などが立ちこめる。「唯見遠樹含レ煙」(梁元帝・蕩婦秋思賦)。 三八 (草木に緑などの)色がきざす。「遠草初含レ色」(白居易・早春題二少室東巌一)。 三九 馬の口にはませる金具。轡(くつわ)。「馬勒二口中一、从レ金、从レ行、銜二行馬一者也」(説文)。 四〇 「銜レ杯漱レ醪」(劉伶・酒徳頌)。 四一 枚を口にくわえる。枚は箸状のもので、口にくわえて、声を出させないようにする器具。「銜レ枚夜襲、即

ルハ、看守ノ義ナリ。看宅人・看寮僧ナド皆留主番ノ称ナリ。院ヲアケ去テ留守居モナク、タヾ鶴バカリヲ置テ、看守セシメテアルナリ。「看[一]レバ㆑院ヲ」ト訓点スルハ誤レリ。

〔三九〕唐詩《たうし》金粉《きんぷん》[二]ニ賸句《ようく》[三]ノ部アリ。賸ハ嫁《ヨメイリ》ノカヒゾヘナリ。泛《はん》[四]トシテ何ノ部ニモ属セラレズ、シカモ何ノ詩ニモ入ベキヲ、遊軍《ウキグミ》ノ如クニ別ニ備《そなへ》タルナリ。カヒゾヘ手伝ノ語ナルヲ以テ、故ニ賸句ト名ヅケタルナリ。

〔四〇〕主君ニ上《たてまつ》ル寿詞《じゆし》ナドハ、礼服ニテ浄書スベキ筈ナレドモ、運筆自在ナラザル患《うれひ》アリ。明太祖《みんたいそ》[五]実録《じつろく》、洪武十四年、「江西按察司《あんさつし》[六]ノ書吏[七]、言《まうス》㆘其副司田嘉、写シ㆑表ヲ[八]具[九]ルニ㆑名ヲ、不㆑具ニ㆓朝服ヲ㆒[一〇]為コトヲ㆗不敬㆖、上曰、拝スルニハ㆑表ヲ、則具フ㆓朝服ヲ㆒、写スハ㆑表ヲ、雖㆓常服ト㆒何ゾ害アラン、小官摭《せき》[一一]㆓拾《しふス》長官ノ[一二]細故ヲ㆒、其風不㆑可㆑長ズ也、命ジテ㆓法司ニ㆒正ス㆓其罪ヲ㆒」トアリ。然レバ寿詞ヲ上ルモ、具名押印シ畢《をは》リテ、後ニ礼服シテ拝シテ可ナリ。

〔四一〕郎当ハ不㆑揚ラ貌ト註ス。シホタレテ見スボラシキ様ナリ。龍鍾《りようしよう》[一三]トハ差《やゝ》異ナリ。俗呼《ぞくこ》[一四]小録《せうろく》ニ「人之頽敗シ、及身之病テ摧靡《さいび》スル[一五]者ヲ、曰㆓郎当ト㆒」ト云リ。明皇《めいくわう》[一六]蜀道ニ於《おい》テ、鈴声モ霖雨《りんう》ニ湿《シメ》リテ、雨声ト相和シテ哀シク、三郎郎当《サンランランメン》ト聞ヘタリト云ルコト、落ブレウロタヘテ哀ナル義ナリ。楊大年《やうたいねん》[一七]「傀儡《くわいらい》[一八]」ノ詩ニ、「鮑老[一九]当テ㆑筵ニ笑フ㆓郭郎ヲ[二〇]㆒、笑

屠㆓其城㆒(南史・沈約伝)。四三 君命を遵奉する。「銜㆑命者君之尊也」(管子・形勢)。▽同趣旨の論、市河寛斎の詩燼にもある。四四 白居易の七律。引用部は頷聯。

一 和刻本の白氏長慶集(明暦三年刊)の訓点では「院ヲ看ルニ」。二 十巻。清の沈炳震の撰。唐詩の中から美辞麗句を選び、平仄・出典を掲げたもの。安永三年(一七七四)刊の和刻本がある。三 巻七・文史の中に「賸句」という部立がある。四 落ち着き処がないさま。
五 明朝歴代皇帝の事跡を記した皇明実録のうち、太祖洪武帝の実録。以下の記事は巻百三十九、洪武十四年十月甲戌。
六 長江中部の南の地が江西。明はここに江西布政使司を置いた。按察使は省の司法を管掌した長官。七 書記役人。八 事理を明白に書き記して君上に告げる文。
九 署名する。一〇 朝廷に出仕する時の服。礼服。一一 拾いとる。一二 ささいな事がら。
一三 老いてやつれたさま。
一四 一巻。明の李翊撰。続説郛に収。
一五 くじけてつぶれる。
一六 唐の玄宗皇帝。以下の文は、「明皇入㆑蜀、雨中聞㆓鈴声㆒、問㆓黄旛綽㆒曰、鈴語云㆑何、対曰、似㆑謂㆓三郎郎当㆒」(張邦伸・雲桟紀程)による。三郎は玄宗の小字。
一七 宋の人。名、億。字、大年。詩は李商隠を宗とし、また冊府元亀の編纂に与った。
一八 あやつり人形。
一九 戯劇中の脇役の名。
二〇 戯劇中の禿の道化方の役者の名。
二一 書言故事大全・四にこの詩を引用し、

他ノ舞袖太《はな》ハダ郎当タルヲ、若教二鮑老ヲシテ当テレ筵ニ舞一、転ミ更ニ郎当トシテ舞袖長カラン」トハ、衣[二一]紋ノ着コナシ拙《つたなく》シテ、ベタラ〳〵ト見苦シキヲ訕《そし》[二二]レルナリ。張文潜《ちやうぶんせん》[二三]「雪獅《せつし》[二四]」ノ詩ニ「六[二五]出装成ス百獣王、日頭出テ後便郎当」トハ、グタ〳〵ト解壊《とけこは》レル様ヲ言ナリ。或人、公燕[二六]ニ侍シテ「簷[二七]馬郎当午[二八]院ノ風」ト作レリ。徒《いたづら》ニ鈴声トノミ思テ、不祥失敬タルヲ知ザルナリ。

〔四二〕早晩《さうばん》[二九]ヲ、イツカト訓ズルハ、多少・有無ナド丶同例ナリ。早キカ晩キカ何〈イツレ〉ニハト云コトニテ、将来ヲ期スル語ナリ。「早晩雲門[三〇]ニ去ン」「早晩向[三一]ン二天台一ニ」ナドハ、幾時ト云ニ同ジ。其意、晩《おそ》キ方ニ属ス。杜詩[三二]ニ「孔璋《こうしやう》[三三]才素《もと》健ナリ、早晩檄書成ン」ハ、其意早キヲ主トス。俗ニ追附〈オツヽケ〉ト云コトナリ。楽天[三四]「除夜」ノ詩ニ「潯陽《じんやう》[三五]来コト早晩、明日是三年」ハ、近日ノ義ナリ。此地ヘ来リシハ昨今ノ如クナルニ、明レバ早《はや》已《すで》ニ三年ニ及トナリ。又「在テ[三六]二忠州一、和[三七]ニス三弟行簡《からかん》ガヲ望ノ二郡南山一ヲ」ニ、「反照前山雲樹明ナリ、従《まかス》二君ガ苦《ねんごろ》ニ道《いふ》ニ一レ似タリト[三八]ニ二華清一、試聴《きけ》ニ腸断《たゆル》[三九]巴猿ノ叫《さけぶ》ヲ、早晩驪山《りざん》ニ有ル二此声一」ト云ルハ、其義差異《やゝ》ナル所アリ。早〈アサ〉ニモ晩《ばん》ニモイツカ此声ヤアルトナリ。又「酬[四〇]二厳郎中《げんらうちう》見一レ示」ニ、「承明《しようめい》[四一]長短君応レ入、莫ンヤレ憶コト[四二]家江七里[四三]灘《だん》」トアルハ、長短亦早晩ノ義ナルベシ。

〔四三〕多謝ハ、クレ〴〵忝《かたじけな》キ辞ナリ。カヘス〴〵礼ヲ申スナリ。顧炎武《こえんぶ》[四四]日知録《につちろく》[四五]

「郎当、袖長之貌」と注する。二二 譏に同じ。二三 宋の人。名、耒。字、文潜。太常少卿、のちに潁・汝二州の長官となり、詩文をよくした。二四 雪で作った獅子。二五 雪。結晶が六弁の花に似ているからいう。二六 公式の宴会。燕は宴に通ずる。二七 風鈴の一種。二八 昼間の中庭。二九「早晩〈カイツ〉雲門去、…猶言不日也」(詩語解)。三〇 唐の僧法照の五律「送二清江上人一」の第七句。三一 李白の五言排律「送二友人尋一越中山水一」の第十二句。三二 杜詩とあるが、引用の詩句は劉長卿の五言排律「行営酬二呂侍御一」(唐詩選)の第十一・十二句。東陽の記憶違いか。三三 後漢末の文人、陳琳の字。魏の曹操に仕え、その檄文を書いた。三四 白居易の五律。引用部は尾聯。三五 江西省九江県。白居易左遷の地。ここで「琵琶行」が作られた。三六 白居易の七律。白氏文集では詩題「在忠州」の三字を欠く。三七 四川省忠県。白居易は刺史として赴任し、弟行簡も随行した。三八 唐の離宮の名。陝西省臨潼県の南の驪山にあった。三九 巴峡の猿。巴峡は湖北省巴東県の急流。両岸には猿が多かった。四〇 白居易の七律。引用部は尾聯。四一 承明廬。漢代、侍従の臣の宿直所。四二 故郷の川。四三 浙江省桐廬県の南にある急流で、両山夾峙し、七里に及ぶという。四四 明末清初の人。初名、絳。明の滅亡後、名を炎武と改めた。康熙帝の時、博学鴻詞に挙げられたが、辞して受けなかった。博学で清代考証学の祖。四五 三十二巻。読書によって得た万般の事象についての考証の書。以下の引用は、巻二十七「陶淵明詩注」。但し原文通りではなく取意・節録してある。

ニ、「陶淵明詩ニ、多[一]謝ス綺トニ与レ用、精爽今何如ン。多謝トハ者非三一言之所ニ能尽クス一也。漢書趙[三]広伝ニ、為ニレ我多ク問ニ趙君ニ一。註ニ云、多問トハ者、言ニ殷勤《いんぎん》ヲ一、若ニ今人ノ千万問訊ノ一也」トアリ。殷勤ハ、ネンゴロニト訳ス。委曲ニ心ヲ尽スノ謂《いひ》ナリ。「殷[四]勤ニス駅西路ノ、此去テ向ニ長安ニ一」ハ、イト懇《ねんごろ》ニナガメ入ナリ。「殷[五]勤ニス竹林寺、能得ンニ幾度カ過ルコトヲ一」ハ、ナゴリ惜ク懇ニ恋恋《れんれん》スルナリ。「殷[六]勤ニス好《よし》去レ武陵ノ客、莫下引テ世人ヲ一相逐テ来ルコトヲ上」ハ、クリカヘシネンゴロニ申シ聞《きか》スルナリ。

〔四四〕剗地《さんち》ハ、ニハカニト訳ス。字[七]書ニ「剗ハ削ル也」トアリ。堤・岸・塝《くろ》・畷《なはて》ナドヲ切立レバ、其勢険シク危急ニナル。此義ヨリ出タル語ナレバ、俄ニ改マリテ際立《きはだち》タル意ナリ。「剗[八]地ニ多ク添一夜ノ寒」「剗[九]地街頭米価高」ナド、忽地《こつち》[一〇]・頓地《とんち》[一一]ニ比スレバ、一段キハドキ勢アリ。

〔四五〕六如《りくによ》[一二]、葛原詩話《かつげんしわ》[一三]ハ、奇語ヲ博綜発揮《はくそうはつき》[一四]シテ、詩人ノ帳秘[一五]ニ備フ。実ハ其集ノ自註ナリ。惜ラクハ学殖非薄《ひはく》ニシテ、頗ル粗浅ノ誤アリ。花枰友《くわひやういう》[一六]ノ義ハ、釈氏要覧《しやくしえうらん》[一七]ニ詳ナリ。要覧ハ釈門ノ家常茶飯《かじやうさはん》[一八]ナルニ、何ニ出ルヲ知《しら》ズトハ疎ナリ。叢祠《そうし》[一九]ヲ神木ノ称トシテ、柳文《りうぶん》[二〇]ヲ出処トスルモ非ナリ。陳渉世家《ちんせふせいか》[二一]ニ出タル語ニテ、只是森深キ祠《〈ホコラ〉》ナリ。辺草[二二]・氷雪姿[二三]ノ如キハ、尤僻説《へきせつ》ニシテ取ベカラズ。玉東西《ぎよくとうざい》[二四]ハ盃ノ名ナル

一「多謝…何如」までが、陶淵明の詩「贈ニ羊長史一并序」の第十五・十六句。　二 秦の乱を避けて商山に隠れた四皓のうち、綺里季と用里先生。　三 趙広漢伝の誤り。日知録にも趙広漢とある。　四 李益の五絶「幽州賦レ詩見レ意」(唐詩選)の転・結句。　五 朱放の五絶「題ニ竹林寺一」の転・結句。唐詩選では「能得」は「更得」とある。　六 陳羽の七絶「伏翼西洞送レ人」(三体詩)の転・結句。

七「剗、削也」(広雅・釈詁三)。　八 詩語解の「剗地」の項に、魏氏の詩句として引用する。

九 出典未詳。　一〇 にわかに。地は助字。　一一 忽地に同じ。　一二 一七三四―一八〇一。法名、慈周。天台宗の詩僧。　一三 天明七年(一七八七)刊。後編は文化元年(一八〇四)刊。　一四 博く捜し出してあらわにする。　一五 帳中の秘。容易に人には見せない奥向きのもの。　一六 葛原詩話・二に「花友・枰友」の項がある。その解説で内典を典拠とする語としながらも「其内典定テ何ノ書ナルコトヲ不レ知、俟ニ追考一」とあるのに対する批判。東陽は葛原詩話糾謬において、典拠である釈氏要覧の一節を引用し、さらに「要覧一書、釈氏家常飯、而不ニ之知一何也、亦家雞野鶩之弊也」と非難している。もっとも六如自身も後編・二において、釈氏要覧が典拠であることを補説している。　一七 三巻。宋の道誠の撰。僧侶が日常の修行生活において知っておかねばならない事柄や言葉を注解した書。　一八 日常的なありふれたもの。　一九「本邦ノ宮社ト云モノ、多ク深林喬木ノ下ニアリ。神木ト云モノ往々アリ。コレヲ叢祠ト云。此モ柳子ガ郭師ガ誌中ニ…」(葛原詩話・四)。

ヲ、俗語ニ物ヲ指テ東西ト云ヲ引テ、杯中ノ酒ヲ指テ云《いふ》ナリトス。考古図《かうこづ》[二五]ニ李氏録《りしろく》[二六]ヲ引テ、「漢ノ高祖以㆓玉盃㆒ヲ、為ス㆓太上皇[二七]ノ寿㆒ヲ、以㆓横長キヲ㆒故ニ、後人謂㆓之ヲ玉東西㆒ト、蓋《けだし》古盃之形、皆狭長如㆑舟ノ也」トアリ。但シ大盃ノ称ニテ、觥船《くわうせん》[二八]トモ称スルナリ。劉禹錫《りうらしやく》詩「觥盞《くわうさん》[二九]様如㆑舠《たう》[三〇]」ト云ル是ナリ。李徳裕《りとくゆう》詩「無聊[三一]燃㆓密炬《みつきよ》[三二]㆒ヲ、誰復勧㆓ン金舠㆒ヲ」、自註ニ「酒器中大ナル者、呼テ為㆑舠ト」ト云リ。楽天《らくてん》[三三]「銀船酙テ慢《ゆる》ク巡ル」、張祜《ちやうこ》[三四]「酔テ把㆓テ[三五]金船㆒ヲ擲」ナド、皆是ノ物ナリ。主客南北面シテ献酬シ、長杯東西ニ横タハル。故ニ玉東西ト云ナリ。蕉葉杯《せうえふはい》[三六]ハ、東坡志林《とうばしりん》[三七]ニ「吾少時望㆓見テ酒盃㆒而酔、今亦能飲㆓ク三蕉葉㆒矣」ト云ル、其状蕉葉ノ如キニハ非ズ、平タク浅キ杯ヲ謂《いふ》ナリ。芭蕉ハ葉大ナレドモ、雨露ヲ受《うけ》容《いる》ルコト能ハズ。故ニ聊受《いささかうく》レバコボレル杯ヲ、コレニ比シテ称スルナリ。其状蕉葉ニ象《〈カタドリ〉》タラバ、底ハ浅クテモ長大ナルベシ。下戸《げこ》ノ堪《たふ》ベキニ非ズ。蕉葉聯《せうえふれん》[三八]ヲ引証スルハ非ナリ。粗酒ヲ茅柴《ばうさい》[三九]ト称スルハ、薄シテ味ナク醒《さめ》易キヲ謂ナリ。事物紺珠《じぶつこんじゅ》[四〇]ニ「薄酒世謂㆓之ヲ茅柴㆒ト、飲テ易㆑コト醒、言㆑如ヲ㆓茅柴ノ焔易㆑ガ過也」ト云リ。一旦クワツト酔ヲ発シテ、ソレギリニテ頓《とみ》ニ醒尽《さめつく》スヲ、茅柴火ノバツト燃揚リ、即時ニ滅了《きえをは》ル如キニ比シテ名ヅクルナリ。サルヲ誤テ鬼殺《おにごろ》[四一]シノ事トシテ、韓子蒼《かんしさう》[四二]ガ詩ニ「飲㆓慣テ[四三]茅柴㆒ヲ諳ンズ㆓[四四]苦硬㆒ヲ、不㆑知㆑如㆘蜜ノ有㆓ヲ香醪[四五]㆒」トアル、此苦硬《くかう》ノ字ニ泥《なつ》ミ、茅柴ノ胸ニコダハリ

二〇 柳宗元の文。柳河東外集に収める「筝郭師墓誌」。 二一 「又間令㆔呉広之㆓次近所傍叢祠中㆒」(史記・陳渉世家)。史記索隠には「叢祠、神祠叢樹也」と注する。 二二 この項目、葛原詩話にはない。巻一にある「白艸」の誤りか。「白艸」については葛原詩話糾謬に記事がある。 二三 葛原詩話・一には「氷雪容」として見えており、これについても葛原詩話糾謬に記事がある。 二四 葛原詩話・一に「東西玉」という項目で見えており、葛原詩話糾謬に批判の記事があるが、その批判の主旨は、葛原詩話後編・四において、すでに六如自身が補足している。

二五 十巻。宋の呂大臨撰。古代中国の銅器や玉器の図録。 二六 玉盃の所蔵者(廬江李氏)の記録。 二七 皇帝の父の尊号。 二八 觥船の誤りか。 二九 「浙西李大夫述夢四十韻并浙東元相公酬和斐然継㆑声」と題する五言排律の第六十八句。 三〇 小船。 三一 「述夢詩四十韻」と題する五言排律の第三十四聯。 三二 緊密に束ねたたいまつ。 三三 「早春西湖間遊、悵然興㆑懐、憶㆘与㆓微之㆒同賞㆖」と題する五言排律の第十四句。 三四 唐の詩人。 三五 「少年楽」と題する五言古詩の第五句。 三六 葛原詩話・四に「蕉葉盃　蕉葉量」の項がある。 三七 五巻。宋の蘇軾撰。東坡手沢ともいい、種々の事柄や片言隻句を得るに随って筆録したもの。引用部、宋人軼事彙編・十二に出典を「韻府引志林」として掲出。 三八 蕉葉の形をした聯。「李笠翁ガ製スル蕉葉聯、亦蕉葉ニ状ル、以テ例知スベシ」(葛原詩話・四)。李笠翁は、清の李漁。李漁の間情偶寄・九・居室部に蕉葉聯の解説がある。 三九 葛原詩話・四と葛原詩話後編・二に「茅

テ下リ難キ如ク、悪酒ノ苦硬ニ喩《たとふ》ト云ルハオカシ。茅柴ハ口ニ入ベキ物ナラズ。胸ニコダハルト云ルハ何ノ謂《いひ》ニヤ。先輩ヲ非《そし》ルハ好マザル所ナレドモ、誤ヲ後学ニ貽《のこ》スヲ悪《にく》ミ、嘗《かつ》テ葛原詩話《かつげんしわ》糾繆《きうびう》ヲ著ス。兹《ここ》ニ其一二ヲ挙《あぐる》ノミ。又後編[一]ノ中ニ、范成大《はんせいだい》詩「康[二]年ノ気象冬三[三]白、浮世ノ功名酒一中」、元周権《しうけん》ノ詩「平[四]生心事琴三[五]畳《さんでふ》、末路ノ人情酒一中」ヲ解シテ、中〈チヨン〉ハ鍾〈チヨン〉ト音通ズ。酒一鍾〈ヒトチヨク〉[六]ト云ニ同ジ。功名人情ヲ一杯ニ付シ、酒ヲ以テ消遣《せうけん》スルナリ。陸放翁詩ニ「酣[七]暢年来豈易レ逢シヤ、虀[八]湯《せいたう》蜜汁亦時中ナリ」、元岑安《しんあん》[九]卿《けい》「食[一〇]二新筍ヲ一」、「僻居東海偏ナリ、斯ノ味時ニ一中ナリ」、明ノ馬中錫《ばちゆうしやく》[一一]詩「杏[一二]花雨過ノ柳花風、睡起凭テレ欄ニ酒正ニ中ナリ」、是等ノ中ハ当也ト訓ズ。正ニ其時ニ当ルヲ謂ナリ。上ノ一中トハ義、別ナリト。此説亦甚誤レリ。酒一中ハ、樊噲《はんくわい》[一三]伝ノ中酒ヲ倒用ス。猶レ言ニ二一酔ト一ナリ。顔師古《がんしこ》[一四]註ニ「中酒ハ飲レ酒ヲ之中ナカバ也、不レ酔不レ醒、故謂ニ二之中ヲ一」トアリ。ホドヨク酔タル所ヲ称ス。司馬相如《しばしやうじよ》[一五]伝ニモ「酒中ナカバニシテ楽酣ナリ」トアリ。師古註ニ「飲レ酒ヲ中半也」ト云リ。ホロ酔キゲンノ楽ヲ称ス。馬中錫《ばちゆうしやく》ガ「酒正ニ中」ハ、ホロ酔キゲンノ楽ヲ称ス。故ニ酔醺《すいくん》[一六]ノ字ヨリハ趣深シ。「時ニ一中ナリ」亦「時ニ中ナリ」ノ中ハ、時節最中〈モナカ〉ナルヲ称ス。其物ノ秋ヲ謂ナリ。倉公《さうこう》[一七]伝ニ「吾年中ノ時嘗テ欲レ受ント二其法ヲ一」。索隠[一八]云ニ、「年中ハ謂二中年ノ時ヲ一也、年[一九]中亦壮年也、古人ノ語自爾リ」トアリ。年ザカリノ頃ト云コトナリ。時中モ即此義ナリ。アタルト訓ズレバ

柴」の項がある。 四〇 四十一巻。明の黄一正撰の類書。 四一 「江戸にて参州酒などの味辛くつよき酒を鬼ころしと云」(物類称呼・四)。 四二 宋の人。名、駒。字、子蒼。陵陽集がある。 四三 陵陽集に収める七絶「庚子年還レ朝飲レ酒絶句」の転・結句。
四四 酒の味が苦くてまろやかでないさま。
四五 香りのよいにごり酒。

一 以下の批判の対象になったのは、葛原詩話後編・三の「中」の項目。 二 七律「雪寒囲レ炉小集」の頸聯。康年は、太平の年。
三 三度、雪の降ること。 四 此山集に収める七律「信題」の頸聯。 五 琴の曲節を三度反復して奏でること。 六 盃一杯。「ちょく」は猪口。一猪口。 七 七絶「陳少監餉二澄清堂酒一」の起句・承句。酣暢は、酒を飲んでのんびりした気分になること。 八 塩漬の菜を用いたスープ。 九 名、安卿。字、静能。号、栲栳山人。栲栳山人集がある。
一〇 五古「食二新筍一」(栲栳山人集)中の詩句。
一一 名、中錫。字、天禄。号、東田。成化の進士。左都御史に進んだが功無くして下獄し、獄中に死んだ。東田集がある。
一二 七律「早春自述」(列朝詩集・丙・三)の首聯。 一三 「項羽既饗二軍士一中酒」(漢書・樊噲伝)。 一四 唐の人。顔氏家訓の著者顔之推の孫。訓詁の学に通じ、漢書の注で知られる。 一五 漢書・司馬相如伝。
一六 酒を飲んでほろ酔いになること。
一七 史記・倉公伝。
一八 史記索隠。唐の司馬貞撰の史記の注釈書。三十巻。 一九 正しくは「中年亦壮年也」(史記索隠)。

去声《きよしやう》ニナル。留侯世家《りうこうせいか》[二〇]ニ「陛下用二臣ガ計一ヲ、幸ニシテ而時ニ中ル」、コレト混ズルコト無ルベシ。又餘豪[二一]ハ、既ニ豪飲ノ上ニテ、猶モ飲ベキ餘量アルナリ。諸葛孔明《しよかつこうめい》[二二]戒テレ子ヲ曰、「夫レ酒之設ハ、合レ礼ヲ致スレ情ヲ、主意ノ未レ殫キ、賓有ハ二餘豪一、可二以至一レ酔ニ、無レ致スコト二於乱一」ヲ挙テ、餘興ノ義トスルハ非ナリ。劉子翬《りうしき》[二三]詩「村[二四]沽得二微酔一ヲ、猶足レ張ルニ二餘豪一ヲ」ハ、既ニ微醺《びくん》ニ及タレドモ、猶又飲〈ノマ〉バ飲ベシトナリ。且其書[二五]、詩話ノ体ニアラズ。改テ詩語鈔撮《せうさつ》[二六]ナド号スベキナリ。

〔四六〕中ルレ酒ニノ中ハ、本ト[二七]去声ナルニ、詩詞ニハ平声ニ従フ。李白「酔テ[二八]レ月ニ時ニ中レ酒ニ、迷テレ花ニ不レ事レ君ニ」。李廓[二九]ガ「落第[三〇]ニ」、「気味如レ中ラルレ酒ニ、情懐似タリレ別ルニレ人ニ」。戴叔倫[三一]「林[三二]花落ル処頻ニ中レ酒ニ、海燕飛ブ時独倚レ楼ニ」。東坡「公[三三]独未レ知二其趣一ヲ耳、臣今時ニ復一タビ中ラルレ之ニ」。同人橘ノ詩、「徐[三四]椽一中心已ニ酔、呉姫三日手猶香シ」。范成大《はんせいだい》「捫[三五]シテレ腹ヲ蛮茶快ク、扶テレ頭ヲ老酒中ル」。皆平声ニ用来レリ。蓋《けだ》シ李詩ヨリ創用シテ、遂ニ故実ニ成ケルナリ。

〔四七〕詩詞ニ剰ノ字ヲ用ルハ、只サヘモアルニ更ニト云コトナリ。字書ニ「剰ハ[三六]餘也」、又「不[三七]レ啻ナラ也」トアリ。不啻トハ、其段デハナイト云コトナリ。故ニアマリサヘト訓ズルナルベシ。高適《かうてき》[三八]「贈[三九]二杜《と》拾遺《しふゐ》一ニ」詩ニ「聴テレ法ヲ還応レ難ズ、尋テレ経ヲ賸《あまつサヘ》欲レ翻セント」トハ、剰ハ俗字ニテ本字ハ賸ナリ。経[四〇]論ノ旨ヲ問難シテ、只サヘモ了《さと》リ得テタヾナラヌ識《しき》[四一]

二〇 史記・留侯世家。留侯は張良のこと。
二一 葛原詩話後編・四「豪来」の項に解説がある。
二二 三国蜀の名臣諸葛亮。孔明は字。以下の引用は「誡子書」(諸葛武侯文集・一)よりの抄記。但し正誼堂全書本は「余豪」を「余倦」とする。
二三 宋の人。武夷山に隠居して講学した。朱熹はその門下。屛山集がある。
二四 五律「安仁道中」(屛山集)の尾聯。
二五 葛原詩話とその後編をさす。
二六 ぬきがき。抄録。
二七 当の意の中は、去声一送の韻。中間あるいは内部などの意の中は、上平声一東の韻。
二八 五律「贈二孟浩然一」の頸聯。
二九 唐の人。元和の進士。潁州刺史や武寧節度使をつとめた。
三〇 引用部はこの題の五律の頷聯。
三一 唐の人。撫州刺史として治績をあげた。
三二 七律「寄二司空曙一」の頷聯。
三三 七律「太守徐君猷、通守孟亨之、皆不レ飲レ酒、以レ詩戯レ之」の頷聯。
三四 出典未詳。
三五 五律「食罷レ書事」の頸聯。
三六 「剰、余也」(字彙)。
三七 「不レ啻也」(玉篇)。
三八 唐の人。「かうせき」とも。安禄山の乱の時、蜀に難を避けた玄宗に従い、重く用いられた。五十歳にして詩を学び、雄渾蒼涼の詩風で岑参と名を斉しくし、高岑と並称された。
三九 「贈二杜二拾遺一」(全唐詩)と題する五律で、引用部はその頸聯。
四〇 仏教の典籍を総称した三蔵(経蔵・律蔵・論蔵)の中の経蔵と論蔵。ここは仏典の意。
四一 善知識に同じ。

ナルニ、更ニ其義ヲ[一]尋繹《じんえき》発揮《はつき》シテ、改テ翻訳セマク欲スルホドナルベシトナリ。[二]岑参《しんしん》「[三]送二王主簿《ヲ》一」詩、「求鳳応レ不レ遠《カラ》、去馬賸《サヘ》須レ鞭《ウツ》」ハ、馬ニテ赴ルレバ只サヘモ速《すみやか》ナレド、更ニ鞭ヲ加テ急ガルベシトナリ。[四]元稹《げんしん》ガ「[五]散誕都由《テ》レ習《ニ》、童蒙剰《サヘ》嬾《シ》レ教《ルニ》」ハ、只サヘモ[六]散誕ガ習トナリタレバ、童子ヲ教ル如キモドカシキ事ハ、更ニ嬾クテ勉ルコト能ハズトナリ。[七]韓偓《かんあく》ガ「[八]夜来雪圧《ス》村前竹、剰《サヘ》看《ル》渓南幾尺《ノ》山」ハ、素《もと》ヨリ其地ノ山水タヾナラヌニ、昨夜ヨリノ大雪ニテ、村竹皆圧《おさ》レテ偃《たふれ》ケレバ、一段ノ絶景ヲ画キ出シ、川向ノ雪山悉《ことごと》ク現ハレテ、数尺バカリノ小山ニ至マデモ、更ニ残ナク見尽ストナリ。本義、餘也ト訓ズル字ナレバ、十分飽《あく》マデノ意アリ。[九]劉《りう》禹錫《うしやく》ガ「[一〇]唯応二加築《ヘク》一露台《ノ》上、賸《サヘ》見《ン》終南雲外《ノ》峰」モ、残ナク飽マデ見尽サントナリ。[一一]羅鄴《らげふ》「[一二]送レ春《ヲ》」詩、「欲レ別《ント》二東風《ニ》一剰《サヘ》黯然、亦知《ル》春《ハ》去《テモ》有二明年一、世間争奈《セン》人先老《ヲ》、更対二残花《ニ》一一酔眠」。コレハ春ニ別ルハ只サヘモ恨メシキニ、ソレニ就テ人生ノハカナキヲ感ジテ、更ニ一段ノ悲ヲ添タルナリ。因テ其子細ヲ後二句ニ述ルナリ。李《り》[一三]商隠《しやういん》「[一四]景陽井《けいやうせいノ》」詩、「景陽宮井剰《タリ》堪レ悲《ニ》、不尽《ノ》龍鸞誓レ死《ヲ》期、腸《ハ》断呉王宮外《ノ》水、濁泥猶得レ葬《コトヲ》二西施《ヲ》一」。コレモ亡国ノ故迹《こせき》ハ、只サヘモ哀ナルニ、景陽宮井ノ汚辱ナルコト、更ニ気ノ毒ニテ悲シトナリ。其義ヲ後ニ述ルコト、羅鄴ガ篇法ト同ジ。元稹

一 たずねきわめて明らかにする。 二 唐の人。→二八四頁注一二。 三 正しくは「送下王主簿赴二襄陽一成上レ親」と題する五律。引用部分はその頷聯。 四 唐の人。左拾遺・観察御史・中書余人などを歴任。白居易と親交があり、多くの応酬詩がある。 五 典拠未詳。 六 放縦でものに拘らないこと。 七 唐の人。翰林学士・中書舎人・兵部侍郎などを歴任し、香奩体と呼ばれる艶麗な詩を得意にした。香奩集がある。 八 七絶「寄二隣荘道侶一」の転・結句。 九 唐の人。名、禹錫。字、夢得。貞元の進士。監察御史となったが朗州司馬に貶された。晩年、白居易の詩友となり、竹枝の作で名高い。劉賓客文集がある。 一〇 七古「和二僕射牛相公見レ示長句一」の第七・八句。 一一 唐の人。科挙に推薦されたが及第しなかった。羅鄴詩集がある。 一二 七絶。引用は全句。 一三 唐の人。名、商隠。字、義山。開成の進士で、官は検校工部員外郎に至った。晦渋・華麗な詩を特色とした。李義山詩集・李義山雑纂がある。 一四 七絶。引用はその全句。景陽井は南朝陳の宮殿の井戸。隋兵に攻められた時、陳の後主、二妃と共に井中に隠れたが、捕えられたという。胭脂井・辱井とも称された。 一五 七絶「哭二女樊一」の承句。 一六 葛原詩話・二に「不二賸鳴一」の項あり。 一七 明の人。名、賁。字、幼文。号、北郭生。呉中四傑の一人。北郭集がある。 一八 七絶「次韻看花四首」其四の転句。 一九 葛原詩話・二に「賸有　剰在　折剰　掠剰」の項あり。 二〇 背の低い人が高い人の後から観劇すること。先人の批評に付和雷同するという見識のないことの喩え。 二一 「春夜」の起句。

「何事[一五]ゾ巴猿不ル㆓臏《アマタ》[一六]鳴㆒」、徐幼文《じようぶん》[一七]「今日[一八]看ル㆑花ヲ人臏《アマタ》[一九]有」ハ、只是餘也ノ義ナリ。此二句ノ解ハ、葛原詩話説得《ときえ》テ悉《つく》セリ。

〔四八〕東坡「春夜」ノ絶句ハ、遍《あまね》ク人口ニ膾炙《くわいしや》スレドモ、其工《たくみ》ナル意ハ知コト罕《まれ》ナリ。漫《みだり》ニ声ニ吠テ雷同スルノミ。[二〇]矮人観場《わいじんくわんちやう》ト謂ベシ。凡ソ詩ニ過激ノ語アルハ、ソレニ目ヲ注《ツケ》テ故ヲ求メ、全首ノ主意ヲ認得《みとめう》ベシ。「[二一]春宵一刻直《あたひ》千金」ヲ、「[二二]花有㆓清香㆒月有㆑陰」ノ景ヲ指《さす》トバカリ見テハ、一刻ト切ツメタル詮[二三]ヲ得ズ。ソレ迄ノコトナラバ、一夜千金ニテ可ナリ。[二四]漏刻ノ制、一昼夜ヲ百刻ニ分ツ。一刻ハ一時ノ十分一ナルゾ。「[二五]歌管楼台人寂寂、鞦韆院落夜沈沈」トシテ、四隣始テ静マルニ因テ、一刻千金ノ賞ヲ得タルナリ。起句直《ただチ》ニ[二六]破題シテ、大綱ヲ一句ニ提ゲ、承句其景ヲ写シ、[二七]結聯ニ其故ヲ叙セリ。皆一刻千金ノ解ナリ。此詩ハ一種ノ奇法ニテ、末ヨリ次第ニ上ヘ反《かへ》リテ読バ、詩意貫通シテ了然タリ。和歌ニモ此体マヽ有コトナリ。サルニテモ一刻ト切ツメタル故ヲ得ザレバ、一篇ノ趣ヲ知コト能ハズ。徒《いたづら》ニ上《ウハ》ツラヲ解シ得テ、イト[二八]スメ易キ詩トオモヘルハ、タトヘバ饅頭ノ皮ヲ嘗《ナメ》テ、内ニ餡《アン》アルコトヲ知ザルガ如シ。スベテ経書古文ヲ解コトドモ、俗儒ノ講説ハ皆是ナリ。蓋シ昼ノ間ハ、隣邸ニ鞦韆《フラコヽ》[二九]ノ戯カマビスシク、[三〇]仕女春ニウカレテ奥庭ニ群集リ、ゾメキトヨミ

二二「春夜」の承句。 二三 一番大事なところ。 二四 水の漏れ出る量によって時刻を計る時計。それによる時間の単位を刻といった。「一日一夜、通計一百刻、毎八刻二十分為㆓一時㆒」(漏刻経)。 二五「春夜」の転・結句。但し転句の「人寂寂」は通常の詩集では「声細細」とされることが多い。「人寂寂」は詩人玉屑・八に所収の形。 二六 詩の題意を説破する。 二七 結びの位置にある対句の二句。ここは転・結句。 二八 わかり易い。 二九 ぶらんこ。春の遊び。 三〇 宮廷や役人の家に仕える女性。

(二九五頁脚注つづき)

三六 宋の人。字、知幾。号、方舟。四庫提要に続博物志の旧本に晋の人とするのは誤りという。 三七 十巻。晋の張華撰の博物志の不備を補ったもの。 三八 巻一に「俗以㆓五月雨㆒為㆓分竜雨㆒、一曰㆓隔轍雨㆒」。 三九「白雨(ゆふだち)馬の背をわくる」(世話尽)。 四〇「浮名岡《フナヲカ》」(東藻会彙地名箋)。 四一「中秋遊㆓筑夫洲㆒観㆑月」(草廬集三編・三)。右の詩題の割注に「筑夫一作㆓竹生㆒」。 四二「脂那川《シナガハ》」(東藻会彙地名箋)。「猶疑日本橋在㆓脂那河㆒也」(徂徠集・二十九)。 四三「鴻台 一作㆓国府台㆒…南郭詩、鍾磬余㆓鹿野㆒、戦代古㆓鴻台㆒」(大東詩家地名考)。 四四「オグラ山ヲ、小倉《オクラ》山トモ、小暗《オクラ》山トモ、雄蔵《オクラ》山トモ、古昔ノ無題詩集ナドニ見ヱタリ」(授業編・九)。 四五 本朝無題詩。平安末期成立。平安後期の詩人三十人の無題詩七七二首を収。 四六「穴戸国司草壁連醜経献㆓白雉㆒」(日本書紀・孝徳天皇白雉元年二月九日)。

テ[一]熱鬧《ねつたう》ニ堪ズ、夕ニ至テ静マリヌルホドモナク、又楼[二]台ニ吹ハヤシ起リテ、歌舞酔狂尤サハガシ。夜深《ふけ》テ宴散ジ人シヅマリ、何事モ寂寂沈沈トシテ、纔《わづか》ニ始テ閑静ノ境ニ入ヌ。是ニ於テ花気シメヤカニ薫リ、月影撩乱《れうらん》トシテ、イトヲモシロキ[三]幽況ヲ占《〈シメ〉》得タリ。境界忽《たちまち》ニ打替リタルコト、[四]煩悩即菩提《ぼんなうそくぼだい》ト謂ベシ。サレドモ春夜ノ短促《たんそく》ナル、已ニ寝ントスル頃ニ及テノ事ナレバ、昼夜喧囂《けんがう》ノ間ニ於テ、僅ニ暫時《ざんじ》ヲ得テ娯ムコト、特ニ一刻千金ニ直《あた》リ、惜テ寐ルニ忍《しのび》ザルナリ。初ヨリ此ノ如ナル処ニ在テハ、尋常ノ景境ニ慣《〈ナレ〉》テ、必シモ珍重スルニ及バズ。物以レ罕《まれナルヲ》為レ貴《ト》ハ、人情ノ常ナレバ、繁華熱鬧中ニ在テ、昼夜飽厭《あきいと》ヘル所ニ、タマ〳〵暫ク清幽ヲ得タルコト、其風味ノ旨《〈ウマ〉》ク妙《〈タヘ〉》ナル、飢渇《きかつ》ニ飲食ヲ得タル如ク、殊ニ嬉シク賞玩シテ、一刻千金ノ価ニ覚ユルナリ。コレモ秋ナレバ固ヨリ清幽ノ時ニテ、斯《かく》マデ奇トスルニ足ザルベシ。首《はじめ》ニ春ノ字ヲ冠《かうむラ》シメタルコト、是通篇ノ[五]骨子《こつし》ナリ。陰ノ字ハ影ト同ジカラズ。月ノ[六]カゲロヒタル所ヲ云ナリ。庭中クマナク照ヨリハ、花木[七]参差《しんし》トシテ影ヲ布《しき》テ、一段幽邃《いうすい》ノ趣深シ。但シ花月ニ香影アルハ、云ニ及ザル勿論ノコトナルニ、両《〈フタツ〉》トモニ特ニ有ノ字ヲ下セルハ、素ヨリ此花香月影《くわかうげつえい》ハ、宵《〈ヨヒ〉》ヨリ有ケル庭ノ景ナレドモ、[八]殺風景ニ妨ラレテ有コトヲ覚ヘズ、今始テ認得テ新ナリ。故ニ特ニ有ト云ルナリ。有

一 人がざわめいてやかましいこと。
二 高くて大きな建物。
三 静かな情景。
四 仏語で、迷いのもとである煩悩こそ、そのまま悟りの縁になる、という意。ここでは、相反するものが入れ替わることの喩えとして用いた。
五 要点。
六 光が隠れて陰になる。陰は光の当らない所。影は光。
七 ばらばらにいりまじるさま。
八 無風流。ここは昼夜を通してもの騒がしいことをいう。
九 順番に。 一〇 乗りっぷり。手足のふり。
一一 比べる。「た」は接頭語。 一二 肥っていて、にぶいこと。 一三 僧、恵洪。名、覚範。詩に巧みで、石門文字禅、冷斎夜話等の著作がある。引用は七律「鞦韆」(宋詩鈔)の全句。 一四 美しく飾られたぶらんこの外枠。
一五 一対になったものが立っている。
一六 みどり色の麻縄。 一七 血のような赤色。ここは裙の色をいう。 一八 裳(も)。女性が腰から下につける衣。 一九 美しい容貌。
二〇 花模様の板。ここは鞦韆の人を乗せる板をさす。 二一 色糸でなった縄。ここは人を乗せる板をつるす縄。 二二 月の宮殿。また、月の異名。 二三 天上世界で罪を犯し、下界に流された仙人。 二四 元詩選・葵・戊下に詩六首を収めるが、姓名のみで伝未詳。
二五 七律「鞦韆」(元詩選、皇元風雅・二)の全句。 二六 軒端に咲く花。 二七 謝氏の家。謝安や謝霊運などを念頭に置いて、富裕で学芸を愛する家を一般的に指した。 二八 家屋に囲まれた中庭。 二九 細い竹の子。ここは

ノ字ヲ鄭重シテ用タルコト、読ム者等閑《なほざり》ノ看ヲナスベカラズ。鞦韆ハ奥女中ノ戯ニテ、春ノ鬱気ヲ散ズルナグサミナリ。庭樹ノ枝ニ縄《ツナ》二条ヲ繋《かけ》テ、ソレニ踏板ヲ架シテ乗《のら》シメ、ミヅカラ手繰《タグリ》テ高ニ至ル。衆ヲ両朋《フタクミ》ニ分テ、[九]逐番《ちくばん》ニ升降シテ入替リ、[一〇]作舞《サクマイ》ノ能否ヲ[一一]タクラベ、旗ヲ建テ勝劣ヲ競フ。ツラ〳〵ト軽ク揚リ得テ、サラ〳〵ト下来《オリ》ルヲ妙トス。或ハ体ブラメキテ危ブミオソレ、[一二]肥鈍《ひどん》ニシテシドケナキ者ハ、半ヨリ俄ニ落下ルナド、互ニヲカシキ態ヲ笑楽ム。故ニ其譁《かまびす》シキニ堪ザルナリ。宋ノ[一三]洪《こう》覚範《かくはん》詩ニ「[一四]画架[一五]双裁シテ[一六]翠絡偏ナリ、佳人春戯ル小楼ノ前、飄揚スル[一七]血色[一八]裙施レ地ニ、断二送シテ[一九]玉容ヲ一人ル上レ天ニ、[二〇]花板深沾フ紅杏ノ雨、[二一]綵縄斜ニ掣ク緑楊ノ烟、下リ来テ閑処ニ従容トシテ立、疑フ是[二二]蟾宮[二三]謫降ノ仙」。又元人[二四]楊鵬翼《やうほうよくガ》詩「日転ジテ[二五]二[二六]簷ニ花一樹影偏ナリ、[二七]謝家ノ[二八]庭院簇《むらガル》二神仙一、綵縄斜ニ掣ク[二九]繊繊ノ筍、[三〇]画板軽ク承ク[三一]歩歩ノ蓮、弄玉末下升二[三二]雲漢ニ一去上、緑珠先ツ墜ツ[三三]綺楼ノ前、不レ知芳径残紅ノ裡、明月何人カ拾二[三四]翠鈿ヲ一」。コレニテ其様ヲ想像スベシ。

〔四九〕李太白「[三五]秋浦歌《しうほのうた》」ハ、三千丈ノ義ヲ会得セザレバ、全章遂ニ解スベカラズ。凡ソ[三六]古詩三千、[三七]威儀三千、[三八]五刑三千、[三九]弟子三千人、[四〇]食客三千人、[四一]宮女三千人ナド、必シモ実数ヲ云ニハ非ズ。只是[四二]無算ノ辞ニテ、夥《おびただ》シク仰山《ぎやうさん》ナルヲ謂ノミ。唐土古来ノ通リ詞ナリ。[四三]厳氏詩輯《げんしししふ》ニ、[四四]其車三千ノ句ヲ解シテ、「[四五]要スルニレ之ヲ詩人之辞ハ、不レ可下泥テ二

女性の細い腕の比喩。 三〇 美しく装飾された板。ここは鞦韆の人を乗せる板のこと。 三一 美人の足。南斉の東昏侯が金で蓮花を作り、潘妃にその上を歩かせ、「此歩歩生レ蓮也」(南史・斉紀下・廃帝東昏侯)といったという故事による。 三二 天の川。銀河。 三三 美しい高殿。 三四 翡翠のかんざし。 三五 「秋浦歌十七首」の其十五「白髪三千丈、縁レ愁似レ箇長、不レ知明鏡裏、何処得二秋霜一」を指す。唐詩選などに収められて人口に膾炙した五絶。 三六 「古詩者三千余篇」(史記・孔子世家)。 三七 「礼儀三百、威儀三千」(中庸・二十七)。 三八 五種類の刑罰。「五刑之属三千、而罪莫レ大二於不孝一」(孝経)。 三九 「孔子以二詩書礼楽一教、弟子蓋三千」(史記・孔子世家)。 四〇 「其食客三千人、邑入不レ足二以奉一レ客」(史記・孟嘗君伝)。 四一 「三千宮女側レ頭看」(杜牧・郡斎独酌)。 四二 数えきれないほど多い。 四三 正しくは詩緝。宋の厳粲撰の詩経の注釈書。三十六巻。 四四 「其車三千、旂旐央央」(詩経・小雅・采芑)。 四五 巻十八にある注。但し「兵革之盛」は「兵車之盛」が正しい。

一 仏語。由旬は古代インドの距離の単位。「須弥の量りを尋ぬれば、縦広八万由旬なり」(梁塵秘抄・二)。 二 しらが頭。首は頭の意。 三 「羞将二短髪一還吹レ帽」(杜甫・九日藍田崔氏荘)。東陽の杜律詳解の注に「短髪、禿顱也」とあり、「ハゲアタマ」の訓を付す。 四 老人の髪の白いさま。 五 背の低い男。 六 「若個」は「似箇」に同じ。この部分、諸本

名数ニ求ム之ヲ、其車三千ハ、極言テ其兵革之盛ナルヲ耳」ト云リ。コレニテ餘モ准知《じゅんち》スベシ。此詩ノ三千丈モ、只仰山ナル様ヲ称ス。天竺ニテ高キコトヲ大言スルニハ、八万[一]由《ゆ》旬《じゅん》ト云ルガ如シ。白髪頭《シラガアタマ》ノ仰山ニ聳《そびえ》テ、物スサマジキ勢ヲ形容セルナリ。髪ノ字ニハ泥《なつ》ムベカラズ。白首[二]ト云ベキ所ナレドモ、髪ノ乱レ蒙《かうむ》ル勢ヲ持セテ、特《ワザ》ニ白髪ト云タルナリ。年老ヌレバ髪ハ断《キレ》テ短クナル。故ニ老鬢《らうびん》ヲ短髪[三]ト称ス。サレバ髪ノ長キヲ謂ト見テハ、無理不通ノ語ナリ。蓋シ白髪頭顱《ノとうろ》、皤《は》[四]ニ然《ぜんトシテ》鏡中一、如ニ積雪之峰兀《こつタルガ》ニ乎空中ニ一ヲ謂ナリ。ゾツトシテ寒毛《サムケ》タツホドノ気色ニテ、晴空ニ富士ヲ望タルヤウニゾアリケラシ。サルホドニ我ナガラ打驚《うちおどろき》タル餘リ、バツトシテ恍惚ノ語ヲ吐出セリ。真ニ大鏡台ニ打向《うちむかひ》タル、大丈夫ノ老ハテタル様ニゾアリケル。矮漢《わいかん》[五]小頭ニテハ此勢アルベカラズ。太白ハ魁梧《くわいご》タル偉丈夫タリシナリ。「縁テレ愁ニ若《ごとく》[六]レ個《かくノ》長」トハ、三千丈ヲ長ノ字ニテ承《ウケ》タレドモ、コレモ仰山《ギヨウサン》トカ、スサマジトカ訳スベシ。永ク延《のび》タル義ニハ非ズ。ソモ〳〵太白、青雲[七]上ニ在テ、ヤゴトナキ翰林《かんりん》[八]ニ供奉《ぐぶ》シケル時ハ、毎朝鏡台ニ向テ、侍児ニ緑鬢ヲ梳《クシケヅ》ラセケルニ、漂泊[九]ノ身トナリテヨリハ、艱難苦労ニ尾羽ウチカラシ、形骸[一〇]モ土木ニシテ過来《すぎきた》レリ。爰《ここ》ニ秋浦[一一]ノ旅寓ニ於テ、一日タマ〳〵鏡ヲ借テ、数年ブリニテ吾顔ニ対シケレバ、満頭雪山ノ如クニ成テア

によって表記が異なる。通行の分類補註李太白詩や唐詩選では「似箇」。七 高位高官をいう。八 唐の官名。朝廷の文書を管掌した。李白は天宝元年四十二歳の時、玄宗皇帝に謁し、翰林供奉に任ぜられた。九 李白は放埓不羈であったため高力士らに讒言されて都長安から追放され、四十四歳以後四方を放浪した。一〇 粗野で飾らないさま。「土ニ木形骸一、不ニ自藻飾一」(晋書・嵆康伝)。一一 安徽省の西南にある貴池という池の入江の名。放浪生活の李白がここに来り、「秋浦歌」を作ったのは、天宝十四年五十五歳のこと。一二 晋の人。名、思。字、太沖。博学で陰陽の術を善くした。その「三都賦」は洛陽の紙価を高からしめたという。一三 芸文類聚・十七に収。「値ニ君年暮一、逼ニ迫秋霜一、生而皓素、始覧ニ明鏡一、惕然見レ悪」。一四 白いこと。一五 たちまち。すみやかな。一六 たわいなく。あどけなく。一七 「李杜二公、誠為ニ勁敵一、杜陵沈鬱雄深、太白豪逸宕麗」(詩藪内編・三)。一八 杜甫のこと。安禄山の乱を避けて蜀に赴いた杜甫は、成都西郊の浣花渓に浣花草堂を建てて住んだからいう。杜甫はこの時期に、「老杜寄ニ身於兵戈騒屑之中一、感レ時対レ物、則悲傷係レ之、如ニ「感レ時花濺レ涙」是也」(韻語陽秋・一)というように、悲傷涕泣の作を多く残した。

(二九七頁脚注つづき)

二一 浜松の地名は古くからのものだが、城名としては元亀元年(一五七〇)に徳川家康が入城して以来のもの。それまでは飯尾氏の引間城。二二 徳川家康。死後、東照大権現の

リ。ビックリトシテ胆モ潰《つぶ》ル丶バカリ、アラ物スサマジキ白髪カナ、我身ナガラアキレテ惘然《ばうぜん》タリシガ、年来ノ浪跡ヲ観念スレバ、誠ニ此筈ノコトニゾ有ケルトナリ。蓋シ初メ鏡台ニ向ヒ、始テ鏡ノ蓋《ふた》ヲ開テ、纔《わづか》ニ一目《ヒトメ》見テ驚却《きやうきやく》シ、雪ノ山カト怪ムバカリニ自失シケレバ、口ヲ衝《つい》テ「白髪三千丈」ト放言セリ。コハケシカラヌ、何ユエ俄ニ変化シテ、カ丶ル体《てい》タラクニハナリケルニヤト、ツラ〱自《みづから》顧《かへりみ》テ思ヘバ、久シク流浪ノ身トナリテ、サマ〲愁苦ニ労シケレバ、早クモ此ノ如ク老ハテ丶、白髪ノ山トゾ成ニケルナリ。是良《ヤヽ》暫《しばらく》アリテ驚定《おどろきさだま》リ、マジメニナリテ感慨ニ入タルナリ。「不レ知明鏡裏《ノウチ》、何《ノ》処《ニ》得《タル》二秋霜《ヲ》一」ハ、[一二]左思《さし》ガ「[一三]白髪賦《はくはつのふ》」ニ、「秋霜生《ジテ》而[一四]皓《かう》素《そ》」トアルニ本ヅク。ツク〲鏡中ノ影ニ対シテ、再タビ嘆息シテ思《おもへ》ラク、サルニテモ此頃マデ緑ナリシ物ガ、俄ニ此様ノ体ニナリテ、霜ヲ打《うち》蒙《カブリ》タル如クナルハ、何等ノ[一五]倏忽《しゆくこつ》変化ゾヤ。トカクニ真ノ白髪トハ思ハレズ、イヅクニテ蒙来《かうむりきた》レル霜ヤラント、[一六]アドナク愚《オロカ》ナルマデ惑訝《まどひいぶか》ルナリ。未ダ其齢《よはひ》ナラザルニ白頭トナリタルコト、愁苦ニテ此ノ如シトハ明《あき》ラメナガラモ、猶又自《みづから》惜《をしみ》テアサマシク思フ。若《もし》クハ霜カ雪ニテハアラザルニヤト、鬢ヲ撫払《なではらひ》テ見ルホドノ惑ナリ。[一七]太白ノ豪邁《がうまい》ヲ以テ、カクマデ痴情ニ迷テ悩ヌルコト、却テ[一八]浣花翁《くわんくわをう》ノ泣ヨリモ、更ニ一倍ノアハレヲ覚ユ。

神号を贈られた。底本、「東照神君」の前は空格。 三三 中世には大梵寺(大宝寺)と称したが、慶長八年(一六〇三)酒田浜に大海亀があがった奇瑞により、領主最上義光が鶴岡と改めた。 三四 四五百(よい)はもと四藺生あるいは宵尾と呼ばれたが、天正十六年(一五八八)蒲生氏郷がここに築城し、松阪と改名。 三五 北荘(北庄)は中世以来の地名だが、天正三年(一五七五)柴田勝家が城を築き、のち寛永元年(一六二四)松平忠昌が移封して福居と改め、さらに福井に改められた。 三六 金沢の地名は中世以来あったが、初代藩主前田利家によって尾山と改称され、二代利長によって金沢の名に復した。 三七 戦国時代、国分氏の城地であった頃は千代と称されていたが、慶長五年伊達正宗によって仙台と改称。 三八 岑参の五律「晩発二五渡一」の首聯。 三九 蜀の地。 四〇 剣閣の北の地。剣閣は長安から蜀に入る道にある要害の地。 四一 出典未詳。但し宋詩において人鮓甕と鬼門関は対されることが少なくない。「人鮓甕中危二万死一、鬼門関外更千岑」(黄庭堅・戯答二劉文学一)など。 四二 長江の難所の一。湖北省秭帰県の西、瞿塘峡の下にある。 四三 「容州北流県南、有二両石相対一、遷謫至レ此者、罕レ得二生還一、俗号二鬼門関一」(唐書・地理志)。 四四 「漢土人ノ詩中ニ、人鮓甕、鬼門関ナドヲ用ユルハ、ミナ厳譴ヲウケ、万里荒外ノ地ヘ遷謫セル人ノ作ルトコロ」(授業編・九)。 四五 張子容の七絶「水鼓子」(唐詩選)の転・結句。夢水は川の名。諸説あるが、陝西省の北部を流れる川か。 四六 山の名。諸説あるが、陝西省楡林の西にある山か。

コヽニ至テ始テ鏡ノ字ヲ出セルハ、初ハ只驚テ鏡ニ対セルヲモ覚ヘズ、既ニシテ徐《やうや》ク静ニ鏡面ヲ認テ、感慨ニ沈テ打塩折《〈シヲレ〉》タルナリ。其情態ヲ想像スベシ。限ナキ悲嘆ヲ含タル詩ナリ。是四句三折[一]ノ格ナリ。起句ハ驚ヲ写シ、突然奇幻ニシテ荒唐ナリ。次ハ感悟ヲ述テ、遂ニ地歩ヲ占来ル。文法ニ所レ謂頓挫[二]ナリ。三四[三]ハ更ニ惑ニ入テ、区区タル痴想ヲ云リ。文法ニ於テ波瀾[四]ナリ。スベテ詩ハ抑揚ニ因テ、興ヲ託スルコト深徹ナリ。向来《きやうらい》[五]此詩ヲ解コト、上スベリニシテ真面目《しんめんもく》ヲ得ズ。コレガ為ニ絮煩《じよはん》ヲ憚ラズ、委曲訳説シテ徹底セシム。童蒙ニテモ了然明晰タルベシ。古今和歌集ニ「白雪[六]ノ弥重《〈ヤヘ〉》フリシケル返ル山カヘル〴〵モ老ニケル哉《かな》」ト咏《よみ》タルモ、白頭ヲ積雪ノ山ニ比シテ云リ。シカラバ頭ハ仰山ニ見ユル物ナレバナリ。然ドモ直《〈タヾチ〉》ニ山ニ比シタルハ、鏡影[七]ノ山ニ驚ケルニ及《およば》ザルコト甚シ。又同集ニ「人[八]シレヌ思《おもひ》ヲ常ニスルガナル富士ノ山コソ我身ナリケレ」トアルハ、思ノ限ナク莫大ナルヲ、天下第一ノ山ニ譬《たとへ》タリ。譬ン所ヲ知ザルノ至ナリ。菅家万葉《くわんけまんえふ》[九]ニ「鹿島ナル筑波ノ山ノツク〴〵ト吾身一ツニ恋ヲ積《つむ》カモ」トアルモ、言ヤラン方ナキノ餘ナリ。サレバ「白髪三千丈」モ、「白頭富士山」ト云ガ如クナリ。凡ソ大胆ニ放言セル辞ハ、其意ノ述尽サレヌヨリ、勢ニ激シテ幻出シ来ルナリ。張継《ちやうけい》[一〇]ガ繁霜ニ仰天シテ「霜満天[一一]」ト云ケ

一 絶句の四句が三段階に区分されて構成される詩の格。唐宋詩醇・五のこの詩に対する乾隆御批に、「突然而起、四句三折、格力極健、要是倒裝法耳」。 二 辞句の調子が停頓し、くじけること。 三 第三句と第四句。絶句の転句と結句。 四 辞句の調子に起伏変化のあること。 五 これまで。従来。 六 巻十七・雑上に収める在原棟梁の歌。 七 鏡にうつる山の姿。 八 巻十一・恋一に収める読人しらずの歌。 九 菅原道真撰と伝えられる新撰万葉集の通称。二巻。引用歌は巻上・恋に収める歌。 一〇 唐の人。天宝の進士で、大暦の末年、検校祠部郎中となった。 一一 唐詩選や三体詩に収められて名高い七絶「楓橋夜泊」の起句「月落烏啼霜満レ天」中の表現。 一二 →二九二頁注六。 一三 宋の詩人は詩に理屈を持ち込んだと非難された。「宋人以二道理一言レ詩」(詩藪内編・三)。 一四 理屈だけでは説明しきれないもの(俚言集覧)。 一五 明の人。名、応麟。字、元瑞。王世貞の古文辞の説を奉じ、詩をよくした。 一六 詩話。二十巻。内編、外編、雑編、各六巻。続編二巻。周より明に至るまでの古今の詩体を論じたもの。王世貞の芸苑巵言の説を敷衍したものという。引用部は外編・四の韋蘇州の詩を論じた箇処。 一七 須弥山に同じ。仏教で世界の中心に聳えているという高山。 一八 文意からすれば「寧ゾ此レ拘拘タラン」と訓むべきか。 一九 おろかな人は言葉づらだけを受け取って誤解するので、夢の話をすることができない。「此正痴人前説レ夢之過也」(朱熹・答李伯諫書)。 二〇 宋の王楙撰。十二巻。経籍の異同などを考証した書。引用部は巻十

ルモ此勢ナリ。藝苑雌黄《げいゑんしわう》[一二]ニ「太白北風行ガ「燕山ノ雪花大サ如レ席ノ」、秋浦歌ノ「白髪三千丈」、其句ハ可レ謂レ豪ト矣、奈レ無ヲ二此理一何」ト云ルハ、真ニ宋人[一三]ノ議論ナリ。理外ノ理[一四]ニ達セザレバ、詩家ノ趣ハ解スベカラズ。胡元瑞《こげんずい》[一五]ガ詩藪《しそう》[一六]ニイハユル、「詩人遇テレ興ニ遺ルレ詞ヲ、大ナレバ則須弥《しゆみ》[一七]、小ナレバ則芥子《けし》、寧此拘拘タル[一八]ノ、痴人[一九]ノ前ニハ政ニ自難レ説レ夢ヲ」ナリ。又野客《やかく》[二〇]叢書《そうしよ》ニ「文士言ニ数[二一]目ヲ一処ハ、不レ必シモ二深ク泥マ一。此如二九方皐《きうはうかう》[二二]ガ相スルレ馬ヲ、指スニ其大略ヲ一。豈可シヤ三拘ルニ以スニ尺寸ヲ一。如下四杜陵《とりよう》[二三]新松詩[二四]ノ「何《いつ》カ当三一百丈、欹《そばだ》テ、レ蓋《かさ》ヲ[二五]擁ス二高簷《かうえん》[二六]ヲ一」、縦《たとひ》トモ有二百丈松ノ一、豈有ヤ二百丈之簷《のき》一。漢通天台[二七]ノニシテ可也。又如二古柏行[二八]ニ「黛色参ルレ天ニ二千尺ノ二」、二千尺ハ二百丈也。所在亦罕レ有ルコト二二百丈之柏一。此如下晋人[二九]ノ峨峨トシテ如二千丈松ノ一之意上、言ニ其極テ高ヲ一耳。若シ[三〇]拘断トシテ拘ルニ以テ二尺寸一セバ、則豈復有ヤ二千丈松之理一。余観ルニ二諸雑記ヲ一、深ク泥ム二此等ノ語ニ一。至レ有下以テ二九章[三一]ノ算法ヲ一算スルヲ上之、可レ笑フ二其愚ヲ一也」ト云リ。是亦古人ノ詩ヲ見ルニ、此訣《わけ》ヲ知ザレバ泥ムコトアリ。為ニ併テ茲ニ附記ス。

右鈔下撮ス[三二]薈瓚録《わいさんろく》中係ル二詩話一者ヲ上

の「百丈松」の項。 二一 数。数量のこと。
二二 春秋、秦の人。善く馬を相した。
二三 杜甫のこと。もともとは長安の東南の地名だが、杜甫の旧宅があったのでいう。
二四 「厳鄭公堦下新松」と題する五律。引用部はその尾聯。 二五 松の枝が横に広がったさまを、かさに喩えた表現。 二六 高殿の軒。
二七 漢の武帝が甘泉宮に築いた台の名。「通天台、去レ地百余丈、望ニ雲雨一、悉在ニ其下一」(三輔黄図)。 二八 杜甫の七古。引用部はその第四句。 二九 「嶠、森森如ニ千丈松一」(晋書・和嶠伝)。峨峨は、高く聳えるさま。
三〇 物事にこだわるさま。 三一 黄帝が隷首に命じて作らせたという古代の算法。▽李白の「北風行」や「秋浦歌」を引く同趣旨の論、東人詩話・上にもある。
三二 →二八三頁注五。

(二九三頁脚注つづき)

四九 「聖、神通之義、…此外又有ニ聖得知一語一、意猶レ云ニ神通得レ知也」(詩詞曲語辞匯釈・六)。宋詩に多く用いられる俗語。
五〇 顚倒して訓読する。 五一 偉そうに。
五二 習慣的な読み癖。 五三 ご苦労な。
五四 訓練されていない兵卒。
五五 七律「崔駙馬山池燕集得ニ無字一」(七才子詩集・一)。駙馬は公主を娶った者の称。
五六 崔元の妻は明の第八代皇帝憲宗の女である永康公主。京山侯に封ぜられたのは第十一代皇帝世宗(嘉靖帝)擁立の功による。従って「嘉靖帝ノ婿」というのは当らない。
五七 右の詩の第三句。

夜航餘話巻之下

東陽居士著

〔五〇〕学者みづから分《ぶん》を揣《はか》らずして、従頭《はじめ》[一]より経学《けいがく》[二]と称するは、向上《かうじやう》[三]に馳《はせ》ておこがまし。いかにも経義《けいぎ》[四]は学問の本なれど、にはかに一蹴して到るべきにあらず。たとへば箏《こと》[五]を弾《ひく》ものゝ、いまだ小哥《こうた》[六]一ツもならはずして、強《しひ》て組[七]をまなぶがごとし。たとひ其手をならひおぼえたりとも、音《ね》もさえず趣も得ざれば、おかしくも何ともなし。たゞうつけたるものなるべきのみ。されば書を解することいまだ暗く、文字を取あつかひこなすこともしらずして、たゞちに経義をきはめんとするは、鄙語《ひご》にいへるあたまがち[八]にて、いたづら事なり。義理のおもしろき事も心にうつらず、旨《うま》き味はひも有がたき趣も身にしまず。故に聖経《せいけい》[九]を信ずるの心おこらず、迂遠《うゑん》なる空言のやうにおもひなして、斯文《しぶん》[一〇]を侮り瀆《けが》すぞ浅ましき。すべて字面のとほりを解し得たるのみにて、其中に含みある深意を得ざれば、何ほど読《よみ》ても何の詮かあるべき。たとへば小児のまんぢうの皮ばかりねぶりて、餡《あん》を嘗《なむ》ることをしらざるがご

一「モトヨリ、ハジメヨリノ義ナリ」(詩家推敲・下)。
二 四書五経など儒教の経書を研究する学問。
三 実力以上のものを高望みする。思いあがる。
四 経書の意義・内容。
五 現在の琴に同じ。琴は本来は弦楽器の総称で、現在の琴はかつては箏(そう)の琴といった。
六 くだけた節調の小曲。
七 箏組歌。既成の曲を組み合わせて一曲に作ったもの。八橋検校が制定したという。
八 向こう見ず。
九 聖人の述作した書物。儒教の経典をさす。
一〇 儒学のこと。「天之将㆑喪㆓斯文㆒也」(論語・子罕)。
一一「みねうち」に同じ。刃物の峰の方で相手を打つこと。底本「刀背敺」。
一二 良い指導方法。
一三 一巻。四書の一。もと礼記の一篇。学問の大目標を述べた書で、文字訓詁の学問を小学というのに対して名づけられた。引用部はその経の部分。一四 二巻。四書の一。大学と同じように、もと礼記の一篇。人間の本性を論じた書。朱子が重視し、中庸章句として原文を三十三章に区切って整理した。引用部はその第十五章。
一五 七巻。宋末元初の曾先之の撰。太古から宋代までの簡略な編年体の歴史書で、中

とし。いかでかうまみをあぢはふることを得べき。且《かつ》いかなる至味も、よくにえ熟せざれば旨《うま》からず。しかるをなま煮《にえ》の教へやうして、[一一]刀背殴《むなうち》を喫《くは》せなどするはいとうたてし。真の学問といふものゝ出来立《できたた》ざるは、是をみちびくものゝ、其方を得ざるの罪にぞ有ける。さらば何如して良方[一二]たるべき。たゞ次第階級を得るにあり。大[一三]学に「物有二本末一。事有二終始一。知レバ所ヲ二先後スル一、則近レ道ニ矣」、中[一四]庸にも「行レ遠ハ必自レ近ニス。升レ高ハ必自レ卑ルス」といはずや。されば第一に史学をつとめて、学問の地盤を立《たた》しめ、次に文字のこなれる為に、餘力、詞筆をもてあそびて、とかく文字に慣親《なれ》ましむべし。是即経学にすゝむの階梯なり。もし先後する所を失ひて、地盤を設ずして家をかまへ、階梯なしに高きに登らんと欲するは、愚にあらざれば狂のみ。さて史学は、[一五]十八史略《じふはつしりやく》より入て、[一六]資治通鑑《しぢつがん》に渉るべし。[一七]詞筆はひたすら七言絶句の詩を習《ならふ》がよし。此上にて経学に入べきなり。但し[一八]孝経《かうきやう》・論語の講をきゝ、孟子《まうし》・[一九]左伝《さでん》を会読するごときは、史略・通鑑と並行《おこなふ》べし。[二〇]詩・書・易・礼《らい》に至ては、地盤かたまり文字こ[二一]なれたる上ならでは、たやすく手を着べからず。かくのごとく[二二]循序漸進《じゆんじよぜんしん》してこそ、真の学問は成就すべけれ。大学に[二三]「格レ物ヲ致レ知ヲ」といひ、孟子に[二四]「深造《クいたル》」とあるは此謂にて、おのづから義理透徹して感服し、其至味《しみ》身にしみて我腸となる。こゝを

国歴史の入門書として広く行われた。
一六 二九四巻。北宋の司馬光撰。戦国から五代末までの編年体の歴史書。書名にいうように、皇帝の政治に資する鑑(かがみ)になるようにという意図で編まれたもので、すぐれた本格的な歴史書として評価が高かった。
一七 近体詩の基本は絶句で、その中でも七言は五言より作り易いとされた。「初学詩ヲ作リナラハントナラバ、先ヅ五七言ノ絶句ヲ作リ覚ユベシ」(授業編・七)。
一八 一巻。十三経の一。孔子と曾子との孝に関する問答を、曾子の門人が書きとめたものという。今文孝経と古文孝経の二つがあり、今文は十八章、古文は十二章から成る。
一九 春秋左氏伝の略称。三十巻。十三経の一。孔子が編集したという魯の編年史である春秋の注釈書。左氏は魯の史官左丘明という。公羊伝・穀梁伝とともに三伝といわれ、左伝はとくに詳細に史実を伝え、文章にすぐれる。
二〇 詩経、書経、易経、礼記。儒学ではこれらに春秋を加えて五経として尊重する。
二一 「詩文章を作り不レ申候得ば会得難レ成事多御座候。経書計学候人は中々文字のこなれ無御座候」(徂徠先生答問書・上)。
二二 順序にしたがって少しずつ進む。
二三 大学の八条目、すなわち格物・致知・誠意・正心・修身・斉家・治国・平天下のもっとも基本となる部分。朱子学と陽明学で大きく解釈が分かれるが、本文の訓みは朱子の解釈に従ったもので、事物の道理を究明して知識を極限にまで推し広めるの意。
二四 「君子深造レ之以レ道、欲三其自二得之一也」(離婁下)。奥義を究めるの意。

もて忠孝それぐ〵の道に於て、事ごとに腸よりわき出て、厚き行とぞなる。吾藩の[一]槍師[二]長井氏に、上達の工夫を請《こひ》ける人ありしに、[三]ひたすら槍と心やすくなり給へと喩《さと》しけり。誠に深切の要訣なり。もろ〳〵の藝術皆然るべし。学問の道も他なし。とかく文字と馴親むにあり。書巻に向て気づかひ隔意にては、何でもなき事もむつかしくなやみ、聖人の道を企《くはだて》およびがたく思ひて、しみぐ〵と[四]感徹信受《かんてつしんじゆ》すること能はず、何ほど書を読でも、道と我と合体せずして、[五]躬行《きゆうかう》の益になる事なし。故に文字に親むより入こと、もつとも学業の第一義にて、その初て入《いる》の[六]とりつき立《だち》には、詩をまなぶよりよきはなかるべきなり。余しば〳〵人に諭す。学問の業は家を建るがごとし。詩を習は其材木を[七]こなすなり。字を識《しり》ても字を扱《あつかふ》ことを知ざれば、義理上《うは》すべりして[八]鹵莽《ろまう》甚し。故におほくは倦《うん》で、終《つひ》に[九]半塗《はんと》にして廃学す。いたづらに[一〇]矻矻《こつこつ》苦心して、終《つい》におもしろき境界に到り得ざるをもてなり。しきりに詩を作り得れば、文字おのづから面白くなる。さあれば[一一]「欲レ罷《シテ》不《ント》レ能《ハ》」に至るなり。経史《けいし》みな文字にて書たるものなれば、文字おもしろくなり来らざれば、其書をおもしろく思ふにいたらず、終に倦《うみ》て廃するはむべなり。[一二]「学問之道従《ハ》レ詩入」と徂来《そらい》翁の発揮《はつき》せしは、まことに卓識格言なりけり。且《かつ》[一三]士君子にして雅情なければ、固陋にして物

一　槍術に長じた人。
二　伝未詳。
三　底本「ひたずら」。
四　誠の心が通じて心から受けいれる。
五　自分から実行すること。実践。
六　つかまりだち。
七　使えるように処理する。
八　おろそかなさま。
九　事の途中。道のなかば。「君子遵レ道而行、半塗而廃、吾弗レ能レ已矣」(中庸・十一)。
一〇　勤勉なさま。
一一　やめようと思ってもやめられない。「欲レ罷不レ能」(論語・子罕)。
一二　「惣而学問の道は文章の外無レ之候」(徂徠先生答問書・下)。
一三　「只風雅と中候事を御存知候はば、是計にても君子の心位を御失ひなく、人の上に御すはり候には其益不レ少候」(徂徠先生答問書・中)。
一四　頭巾をかぶり儒服を着て、姿だけはいかにも儒者らしく装い、形式的な道徳を説く儒者のこと。朱子学を信奉する道学者を

の趣をしらず、浅ましく頑愚にして俗に堪ず。しかるに是を軽薄の技として、[一四]頭巾《づきん》俗儒のいましめ禁ずるは、却て「[一五]夫人《〈かの〉》の子を賊《〈そこなふ〉》」といふべし。但《ただ》し[一六]兼好《けんかう》がつれ〴〵草に、馬のることを習ひし法師の、ついに僧の業《わざ》をおこたりて、馬のりになりけるいましめ、あながちに[一七]ふけりすさめば、此弊《〈つひへ〉》をまぬかれず。是亦用心すべきなり。

〔五一〕詩歌はもと無用の物なれど、[一八]性情を吟詠するの道具にて、[一九]無用の用に備はりて行はる。詩人よく此義を領会《りやうくわい》すべし。すべて世の中の事《〈こと〉》ども、[二〇]常の語にては書とりがたき言外の趣の意味を、詩に詠じ歌によみて情を述るなり。[二一]口上書《こうじやうがき》にかきのべらるゝほどならば、それにて事を了《〈すま〉》して足りぬ。詩歌を借《〈かる〉》に及ざるべし。その書のべられぬ所を、いひとり得るが詩歌の徳にて、[二二]きく人をも動かし感ぜしめ、不可思議の妙用をなすものなり。されば、ひらたく打つけにいひあらはして、含蓄する意味もなく、何のおかしき一ふしもなきは、たゞに口上書といふものにて、詩歌の数には入べからず。詩の妙は[二三]鏡花水月《きやうくわすゐげつ》にたとへ、「[二四]在二可レ解ス不レ可レ解之間ニ一」と古人のいひけるも、此旨を喩《〈さと〉》せる要訣にて、いふにいはれぬ言外のおもむきをば、[二五]婉《ゑん》にして章を成をいへるなり。さあれば其品格おのづから気《〈け〉》だかくて、[二六]趣深く味長かるべし。もし[二七]ひたすらよく聞ふるやうにと泥《なつ》みては、事の旨をことわり過て、あから

罵る言葉。朱子学では詩文に深入りすることを、玩物喪志として却けた。

一五 あの勉強ざかりの若者を駄目にする。「賊二夫人之子一」(論語・先進)。

一六 徒然草・一八八段の話。

一七 心のおもむくままに耽る。

一八 「吟二詠情性一、以風二其上一」(詩経・周南・関雎序)。また「詩ハ人情ヲ吟咏スル声ノ道具」(詩学逢原・上)。

一九 「人皆知二有用之用一、而莫レ知二無用之用一也」(荘子・人間世)。また「物而理学之薫習世に久敷候故、人多く無用の用と申事を不レ被レ存候」(徂徠先生答問書・中)。

二〇 日常の言葉。「サテ其性情ヲ吟咏スルコト、亦惟常語ヲ以、ヒラタク、打ツケニ咏ズルニハ非ズ」(詩学逢原・上)。

二一 口頭で述べる代りに文面にしたもの。

二二 「我モヨク言ヒヲ、セ人モ能聞テ、感ヲ起ス。是詩ノ妙用ニシテ、外ノ辞トカハル者ナリ」(詩学逢原・上)。

二三 鏡に映る花と水面に映る月。目に見えるだけで手に取ることのできない物の喩え。「水月風影トモ、鏡花トモ称シテ、詩中第一義諦、コヽニアリ」(詩学逢原・上)。

二四 明の王世貞の芸苑巵言・四に「若以二有意無意可レ解不二可レ解求一レ之、不レ免二此詩第一一耳」、同じく謝榛の四溟詩話に「詩有二可レ解、不レ可レ解、不二必解一若二水月鏡花一、勿レ泥二其迹一可也」。

二五 婉曲でありながら美しい表現になっている。「婉而成レ章」(左氏伝・成公十四年)。

二六 「ドコトモ無ク、面白ク、趣深ク、味長キヤウニ作ルヲ、好トシ」(詩学逢原・上)。

二七 底本「ひたずら」。

さまにてくだ〳〵しく、詞にたけ[一]なく、俗調に陥る。楽天の詩を白俗《はくぞく》[二]といやしめけるも、かの口上書の体にて、文面の外に餘意なし。俗文と韻語の別をわきまへざるの誤なり。本来無用の物なれば、理窟を述るものにあらず。[三]あどなくおろか気なる所に、却て言外の趣をふくみて、至情を尽し得るものなり。

〔五二〕連歌師兼寿《けんじゅ》[四]といひけるは、歌[五]をも好てよくよみけり。近衛龍山《このゑりようざん》[六]公にしたがひ御批判を請《こひ》けるに、心を尽してよみたるも、「これは連歌師のうたなり」とて、終に感賞し給はぬをうらみ、外よりみせ奉るべしとおもひ、ある公家衆をたのみて、「兼寿よみたると仰られず、他の歌にして殿下へ御目にかけ給はれ」とて、「是もまた入あひの鐘にちりやせん外山《とやま》のさくら色づきにけり」とよめるを、他筆にてしたゝめ呈しけり。龍山一覧し給ひ、「是は連歌師のうたなり。兼寿めにてはなきや」と仰られぬ。此よし兼寿承り、近衛殿へ参り、此事を申出し、「右は誰の歌にて候や。さりとてはよくよみ申されたりと感じ候に、連歌師のうたと仰られ候は、どこか連歌風にて候や」と申ければ、「さては汝がよみたるにて候や。有様《ありやう》に申候へ。其義申聞《まうしきかす》べし」と仰らる。兼寿おそれて罪を謝しければ、「此歌いかにもよくよみたれども、外山のさくらと申たるにて、汝がうたとしられたり。上の句に入あひの

一「たけ」は丈あるいは長の漢字をあてる。本来は歌学用語で、格調が高く雄大な趣のあること。
二 白楽天の詩が通俗であるとして罵る言葉。「元軽白俗、郊寒島痩」(蘇軾・祭ニ柳子玉一文)。▽白俗の語を用いた同趣旨の論、詩学逢原・下にも見える。
三 たわいなく。あどけなく。
四 ?―一六〇九。猪苗代氏。号、隣松軒。伊達家に仕え、また後水尾院の御会御連衆にも加えられた。
五 室鳩巣の鳩巣小説・中に「連歌師兼寿、兼裁孫ニテ候。連歌モ殊ノ外器用ニテ、中興可レ仕ト申候。歌ヲ好ミ候テ、ヒタト詠申候」とあり、以下の話題が記されている。
六 近衛前久(さきひさ)。東求院竜山と号した。一五三六―一六一二。古今伝授を父稙家より受け、歌を能くした。天正十年太政大臣。鳩巣小説には了山とある。

鐘にちりやせんとあれば、いはずして花としれてあり。しかるに下の句に、さくらといふはいらぬ事なり。すべて連歌師のうたは、連歌の癖出てこ[七]とはり過るなり。なぜ外山の梢とはつかまつらぬぞ」と示し給ふ。兼寿始て心服しけるとなり。詩も是におなじ。いひ尽しては浅く俗なり。

〔五三〕詩書[八]を学ぶものゝ、悪達者《わるたつしゃ》[九]なると下手《〈へた〉》[一〇]功《がう》の積りたるは、引直《ひきなほ》して上達せしめ難し。かるがゆゑに初学の時に、よき師を択て先入《せんにふ》を慎べし。いやしくも一たびあしく[一一]癖づきたるは、ならひが性となりて改べからず。況《いはん》やそれをみづから満《〈みて〉》りとして、節[一二]を折て過《あやまち》を改るをしらず、まことに如何《いかん》ともすべからざるのみ。

〔五四〕烏丸光広《からすまるみつひろ》[一三]卿しば〳〵細川幽斎《ほそかはいうさい》[一四]君のもとにゆきて、歌の道をまなび給ひしに、「[一五]あなたの御歌には、さてありなんと思ふにも難を申なり。そこを御退屈[一六]あるべからず。今度《このたび》、飛鳥井《あすかゐ》[一七]殿《どの》御歌を返し、よみなをさせまいらせたるも、大勢の付合《つきあひ》にと思ひてかへしたれば、後の御歌一段よく候ひしなり。かげ[一八]にても申候。御歌風情などあり過《すぐ》るほどなり。よみつのり給ひなば、いかやうなる歌よみにも成給ふべし。左《さ》おもひておの〳〵のよりも難[一九]をつよく申なり。馬なども気[二〇]のあるをよく乗しづめたるはよし。むちを打ほどなるは用にたゝぬものなり。歌の道も是におなじ」と喩

七 説明しすぎる。「当代の歌は、みな連歌也。いひつめたがりてきつきなり。歌はさやうならず、いうげん也」(耳底記・一)。
八 詩を作ることと字を書くこと。
九 技芸が器用で上手ではあるが品の悪いこと。
一〇 下手だけれど、うわべだけ上手そうに見せかけていること。「詩ノ正削シガタキモノ、二病アリ。一ニハ下手功、二ニハ悪達者」(授業編・七)。
一一 「悪シク癖ヅキテ、後来ヨキ師授ヲ得テモ、旧習去リガタク」(授業編・七)。
一二 自分の考えを曲げて。
一三 一五七九―一六三八。細川幽斎に和歌を学び、古今伝授を受けた。正二位権大納言。黄葉和歌集などがある。
一四 一五三四―一六一〇。足利義昭・織田信長・豊臣秀吉などに仕えた。二条家流歌学の相伝者として中世から近世への橋渡しに大きな役割を果した。衆妙集などがある。
一五 耳底記・二の慶長四年閏三月二十五日の問答。
一六 いやになってやる気をなくすこと。
一七 飛鳥井雅庸(一五六九―一六一五)か。権大納言。入道大納言雅庸卿百首などがある。
一八 陰。当人のいない所で。
一九 欠点を強く指摘する。
二〇 気力。元気。

一「にていき」とも。三巻。和歌や連歌などに関して光広が質問し、幽斎が答えたもの

されける、光広卿の耳底記《じていき》[一]にしるされたり。揚子法言《やうしはふげん》[二]にいはゆる、「在レバ二夷貉《いばく》一則引レ之ヲ、倚《よ》レバ二門牆《もんしやう》一則麾《きス》レ之ヲ」[三]。まことに深切の教なりけり。すべて何の道を指南する[四]も、はじめのほどは、手をとりてつれゆくやうに、よくいざなひ道びくべし。やゝ進みぬるに及ては、わざとつきはなして、独リ立のなるやうにみづから力を尽さしむべし。いはゆる不屑《ふせつ》[五]の教誨《けうくわい》なり。しからざればいつまでも師にもたれて、終に上達すること能はず。服南郭《ふくなんくわく》[六]、唐詩選附言《たうしせんふげん》[七]を作りて、徂来《そらい》[八]に添削を乞けるに、一見して直につきもどし、再思せられよとばかりにて、一字も筆を加へざりけり。南郭いかにも鍛錬して、再たび往て教を請けるに、又いまだなりとて手をつけず、およそ五たび改作して、はじめて翁の許可を得たり。これより文筆大に上達しけるとなり。

〔五五〕岑参《しんしん》[九]「憶二長安一ヲ」[一〇]詩、「東望望二長安一ヲ、正ニ値日初出テルニ、長安ハ不レ可レ見、喜見ル長安ノ日」といへるは、阿倍仲麻呂《あべのなかまろ》[一一]の「三笠の山に出し月かも」[一二]とよみけると同一感情の詞なり。帰思の切なる至り、そなたのそらに出る月日を望て、せめての思ひ出とす。かぎりなき情なりけり。

〔五六〕武者小路実蔭《むしやのこうぢさねかげ》[一三]卿の歌ものがたりを、似雲《じうん》[一四]法師が書とめ置ける詞林拾葉《しりんしふえふ》[一五]といふものゝ中に、「ある日のたまふ[一六]、此ごろ擣衣《たうい》[一七]の題をとり侍りしに、彼李白《かのりはく》が「長[一八]

の筆記。問答は慶長三年より同七年まで七十三回に及んだ。中世から近世への過渡期の堂上歌学資料。二 十三巻。漢の揚雄撰。論語を模倣した書で、聖人や王道などについて論じたもの。以下の引用は、その「修身」の文章。底本「楊子法言」。三 「夷貉」は、中国の東方と北方の少数民族の総称。「門牆」は、門と垣。遠くの者であれば導き入れようとするが、近くの者にはきびしく遠ざけようとする、の意。四 以下と同趣旨の論、〔一〇〕にもある。五 教えないことが、かえって相手を奮起させ、結果的に本当の教えになること。「予不レ屑二之教誨一也者、是亦教二誨之一而已矣」(孟子・告子下)。六 服部南郭。服は姓を修したもの。「作二唐詩選附言一、以レ稿視二徂徠一、徂徠見曰、再思レ之、乃煅煉数日、復改出、徂徠又曰、未也、凡五撰、始得二徂徠許可一、以授二剞劂一」(先哲叢談・六)。七 享保九年(一七二四)服部南郭の校訂によって刊行された和刻本唐詩選の巻頭に付す。八 荻生徂徠。九 唐の人。→二八四頁注一一。一〇 五絶「憶長安曲二章寄二龐漼一」其一。一一 六九八―七七〇。霊亀二年(七一六)遣唐留学生として渡海し、そのまま唐朝に仕え、光禄大夫や北海郡開国公などの高官を歴任した。帰国しようとしたが果たさず、唐土で没。一二 古今集に「唐土にて月を見てよみける」という題で収められる歌「天の原ふりさけ見れば春日なる三笠の山にいでし月かも」。→二九九頁注五〇。一三 一六六一―一七三八。従一位。霊元天皇より古今伝授を受け、堂上歌壇の中心人物となった。芳雲集などがある。一四 一六七三―一七五三。僧侶。武者小路実陰の門人。

安一片月ノ、万戸擣レ衣ヲ声、秋風吹テ不レ尽、総テ是一九玉関ノ情、何ノ日カ平ゲ二胡虜ヲ一、良人罷ニ遠征ヲ一」といふ詩を、あまり面白く感吟いたし、何とぞ此意をもて詠じたく、「衣うつ人はうらみの長き夜に吹《ふき》も尽《つく》さぬ秋風の声」とよみて、さて古き歌どもを見しに、二〇後京《ごきやう》極《ごく》のうたに、「二一帰るべき越《こし》の旅人まちわびて都の月に衣うつなり」とあるを、とく二二と沈吟して胆がつぶれしなり。右の詩を全く此一首によまれしなり。此方うたには、「吹も尽さぬ」とまで詩の詞をとりても、彼詩の二三かたそばを少しやう〳〵取て来るばかりなり。後京極のうたは、何のことなきやうに二四のんどりとして、しかも詩の全首のこらずいはれたり。前にも幾度も見たる歌ながら、是に心のつかざりしなり。されば今までうか〳〵とうはがてんにて過《すぎ》しうたに、まだいくばくか深意ある歌あるべし」と語り給ふ。又ある日まいりけるに、「二五けふは雨晴《はれ》、よき天気なり。「二六四月清和雨乍晴、南山当テレ戸ニ転ゝ分明」といふ詩は、「二七悠然トシテ 見ニ南山ヲ一」の意とひとしきよし。まことによき詩なり。「二八春過て夏来るらし白妙のころもさらせり天の香久山《かぐやま》」の御歌と全く符合せり。是も不思議なるものなり。彼詩は此御製より後かと思ゆ」とのたまひぬ。此外にも詩歌を引合せて喩し給ふ面白き事どもおほし。

〔五七〕二九長嘯子《ちやうせうし》「三〇吾妻《あづま》の記」に、「三一大江匡房《おほえのまさふさ》の「三二箱根山うす紫のつ三三ぼすみれ」とよ

西行を敬慕して旅の生活を続け、世間から「今西行」と称された。年並草がある。 一五 二巻。似雲が実陰の和歌についての談話を書き留めた聞書。元文四年(一七三九)成立。内容的にも異同広狭のある種々の書名で伝わる。 一六 以下は享保五年四月十四日の記事。 一七 布を柔らかくするため砧《きぬた》でうつこと。 一八 五言古詩「子夜呉歌」(唐詩選)。 一九 玉門関。甘粛省敦煌の西にあり、西域への出口。匈奴との戦いの要地。 二〇 藤原良経(一一六九―一二〇六)。後京極摂政と称された。新古今集の中心歌人の一人。秋篠月清集がある。 二一 秋篠月清集・秋に「擣衣を」の題で収める。後拾遺集・秋下では無題。 二二 深く思いをめぐらしながら口ずさむ。 二三 ほんの一部分。 二四 ゆったりとしてこせつかないさま。 二五 享保五年四月十九日の記事。 二六 宋の司馬光の七絶「初夏」(聯珠詩格・二)の起・承句。 二七 陶淵明の「飲酒二十首」其五の第六句。 二八 万葉集・一の持統天皇の歌。底本「来るらじ」。 二九 木下勝俊(一五六九―一六四九)。長嘯子は号。豊臣秀吉の甥で、若狭小浜城主。関が原の役後、京都郊外に隠遁し、細川幽斎に学んで歌文を能くした。挙白集がある。 三〇 「はじめてあづまにいきける道の記」(挙白集・八)。 三一 一〇四一―一一一一。漢学の家に生まれ、文章得業生より出発し、大宰権帥・大蔵卿に至った。平安朝漢文学の伝統を継ぐとともに、説話文学にも一面を開いた。江帥集がある。 三二 「箱根山うすむらさきのつぼすみれ二しほ三しほたれか染めけん」(堀河百首・春・菫菜)。 三三 立壺菫《たちつぼすみれ》のこと。日本では最も一般的なすみれ。底本「すぼすみれ」。

まれしは、二《ふた》[一]しほ三《み》しほといはん料[二]なりとばかりしり侍りしを、すべてこゝ許《もと》にあるは、みな其色なるはおかし。いかでさはしりたまへぬらん。よく聞さだめてこそ。むかし人はからよろづに至らぬくまなかりしか」といへり。すべて古人の詩歌は、事の証拠に引るゝこと、手あつくたしかなればなり。岑参「送[三]三張子《ちやうしが》尉《いたルヲ》二[四]南海一」詩に、「楼台《ろうだい》[五]多二蜃気《しんき》[六]一、邑里《いふり》[七]雑《ハル》二鮫人《かうじん》[八]一」といへるも、海国ゆゑとのみ思へるは疎なり。登州《とうしう》[九]の海は蜃楼《しんろう》のあらはるゝ名所なれば、殊に用ひて鮫人に対《つい》し、ふたつながら題に切なり。徐貞卿《じよていけい》[一〇]が廬山《ろざん》[一一]の詩に「下《レバ》レ山《ヲ》[一二]鼯鼠啼、藤竹使二人《ヲシテ》迷一」といへるも、明一統志《みんいつとうし》[一三]に「廬山多二鼯鼠一」とあり。呉地[一四]の詩に楓を咏じ、越中[一五]に鷓鴣《しやこ》を称し、楚[一六]蜀の行に猿声をいへる、みな其地の事実なり。此方詩人の軽薄なる、山中には鼯鼠をいひ、海辺には蜃気をいふたぐひ、其物の有無に拘はらず、いたづらに詩詞の套《たう》[一七]語《ご》となれりけり。

〔五八〕明人林道近《みんひとりんだうきん》[一八]が合浦《がつぽ》[一九]道上の詩に、「秋清蜃気高」といひけるは妄言《まうげん》なり。蜃気は春靄澹陰《しゆんあいたんいん》[二〇]の天にあらはる。高秋粛清《しゆくせい》[二一]の時の物にあらず。東坡《とうば》[二二]、登州に在て、名にしおふ海市《かいし》[二三]を見ざるをうらみ、文を作りて海神に禱《いの》りければ、十月これが為に出現しけるは、古今希有の事なれども、是は小春《せうしゆん》[二四]の時なりけるゆゑ、春のごとく陽気

一 入(しほ)。色を染める時、染料に浸す度数を数えるのに用いる接尾語。 二 言うため。 三 唐詩選にも収める五律。「張子」を「楊瑗」とするテキストもある。引用部は頷聯。 四 今の広東省広州市付近。 五 岑嘉州詩・唐詩選・全唐詩いずれも「重」。「多」は誤りか。 六 蜃気楼。海市。 七 むらざと。 八 南の海に住むという半人半魚の動物。海の中で機を織り、人里に出てその布を売るとされた。 九 今の山東省牟平県。登州の蜃気楼(海市)は、宋の沈括の夢渓筆談にもあるように名高い。 一〇 正しくは禎卿。明の人。弘治年間の進士で、国子博士になった。詩を能くし、前七子の一人。 一一 「暁下二廬山一」と題する五絶。引用部は起・承句。廬山は江西省星子県の西北、九江県の南にある山。 一二 むささび。 一三 九十巻。明の天順五年、李賢等の奉勅撰。天下の郡県の地理・沿革・風土・人物などを記す。 一四 古の呉の地方。今の江蘇省あたり。この地の楓を詠んだ有名な詩に唐の張継の七絶「楓橋夜泊」などがある。 一五 今の浙江省の紹興や会稽あたり。鷓鴣は一名を越雉といい、この地に多く産した。李白の七絶「越中覧古」の結句に「只今惟有二鷓鴣飛一」。 一六 長江の上・中流域の地。楚は今の湖北・湖南省。蜀は今の四川省。この地の長江の切り立った崖には猿が多く棲み、その鳴き声は舟旅の人を悲痛な思いにさせた。李白の七絶「早発二白帝城一」の転句に「両岸猿声啼不レ住」。 一七 常套語。 一八 名、恕。字、道近。嘉靖八年の進士。雲南按察使を勤めた。西橋集がある。 一九 五律「同二蔣蒙庵朱豹厓一登二合浦海角

に蒸《むさ》れて現はれけるなるべし。ある人、湖上の詩に蜃気をいへりしは、さらに鹵莽《ろまう》の至なり。されども[二五]東鑑《あづまかがみ》に「建長三年三月、信濃国諏訪湖、大《ナル》島并《ニ》唐船等出現《ス》。片時《へんじ》之間、如《ニシテ》レ消《ルガ》而失《ス》」と見へたり。又山野にもあらはるゝ事あるよし、[二六]聊斎志異《れうさいしい》に[二七]山市《さんし》の記あり。[二八]池北偶談《ちほくぐうだん》にも載たり。かならずしも海上にかぎらざるにや。

〔五九〕「[二九]とらのなく声を問れて儒者こまる」といふ[三〇]徘句あり。宋の[三一]兪紫芝《ゆしし》が「[三二]夜深《テ》童子喚《ドモ》不レ起、猛虎一声山月高」の句など、其声をしらざれば趣を得ず。[三三]対州《たいしう》より[三四]朝鮮屋舗《てうせんやしき》に在番せし人の話をきゝけるに、其声「ひやんう」と叫ぶ。ほとんど地を震《ふるは》する勢あり。殊に[三五]かなぎりてさえ揚り、たとへば[三六]賢実なる陶器を鉄槌《てっつい》にて打破《わる》やうなりとぞ。されば「山月高」といふに係《かけ》たるは、さえ揚りたる声につれて、その方を仰ぎながめければ、大ぞらの月すみのぼり、[三七]皎々《かうかう》として嶺の上に懸り、いと物すごくすさまじきなり。[三八]豺狼《さいらう》などのごとくうなる声にては、「山月高」にかけ合《あふ》べからず。

〔六〇〕[三九]韻書に「一東二冬」とあるは、其次第をしるせる番づけなり。されば[四〇]探韻《たんゐん》の詩題には、「得二某韻一」と称せんのみ。「得一東」「得二冬」など、[四一]れき〳〵の集にもおほく見ゆ。何の為に番付をしるせるにや。もろこしの人の集には見およばず。

寺一」(明詩綜・四一)。引用部は第六句だが、明詩綜では「高秋蜃気清」。二〇 春霞が薄くたれこめているさま。二一 秋空が高く澄みきっているさま。二二 蘇軾の号。元豊八年五十歳の蘇軾は、十月に知事として登州に着任したが、数日後には礼部郎中として都に召された。以下の記事はその折の事を述べる。蘇軾の七古「登州海市」序に「予聞二登州海市一旧矣、父老云嘗出二於春夏一、今歳晩不二復見一矣、予到レ官五日而去、以レ不レ見為レ恨、禱二於海神広徳王之廟一、明日見焉、乃作二此詩一」。二三 蜃気楼に同じ。二四 陰暦十月の異称。気候温暖で春のようであるからいう。二五 吾妻鏡とも。鎌倉幕府の編年体歴史書。引用部は建長三年三月十四日の記事。二六 十六巻。清の蒲松齢撰。民間に流布する怪異・奇談四三一篇を集成した短編小説集。二七 巻六に「山市」と題する一篇がある。山市は山中に現われる蜃気楼。二八 二十六巻。清の王士禎撰の随筆。談故四巻、談献六巻、談芸九巻、談異七巻。巻二十六に「山市」という記事がある。二九 「とらのなきこへをきかれてじゆしやこまり」(柳多留・二十一)。三〇 ここは雑俳(川柳)の意。三一 揚州に流寓し、若くして高行があり、娶らなかった。王安石の門下で詩を能くした。三二 「秀老(兪紫芝の字)嘗有二「夜深童子喚不レ起、猛虎一声山月高」之句一、尤為二荊公所一レ賞」(石林詩話・上)。三三 対馬藩。三四 日本の外交使節の接待や貿易管理の機関として、李朝が釜山に設けた客館。倭館とも。三五 金属を切る時のような鋭くかん高い音を出す。三六 堅実。三七 月の光が明るいさま。三八 山犬と狼。

無用のうつけわざにぞありける。

〔六一〕俳諧の発句《ほつく》に、「一花みせたほど隣へも落葉かな」。此句を咏ぜしものは、かならず二人我《じんが》の隔《へだて》ありて、意地わろき人なるべし。「三風止《やん》で隣へもどす柳かな」といへるなん、四温柔敦厚《をんじうとんこう》の旨《むね》にかなひて、いと殊勝なる善人と思ゆ。風雅は五理外の物なれど、ゆめ〳〵さもしきことはいふべからず。「六蔵うりて日あたりもよし七冬至梅《とうじうめ》」といひけるは、「八蔵たてる力やなくて菊畑」といへるの風流にして趣あるにしかず。九詩歌にも此訣をしるべし。あながちに新しく巧ならんと考れば、人がらをそこなへることをいひ出るものぞかし。

〔六二〕「一〇二三枚絵馬《ゑま》見てはるゝ時雨《しぐれ》かな」。此句、一一盛唐の詩に似たり。田舎の路にてしぐれにあひ、あたりの一二叢祠《そうし》へ走り入て避けるに、神さびたる森の木々の葉ごとに打触て、はら〳〵とふり過る音のたゞならぬ風情あり。そを説破《ときやぶ》らずして、言外に其意をふくみたり。「一三走りつく松に日のもるしぐれかな」。これは一四杜工部《とこうぶ》、一五王右丞《わういうじよう》などの律詩におさ〳〵劣らず。さばかりけはしき変化の機を、わづかの文字によくいひかなへたり。「一六笑はれた傘《からかさ》うれし初しぐれ」といふに至ては、宋人《そうひと》の詩に似たり。たゞに巧を求て餘味なし。傘に雨の音する、何の趣かあらん。負おしみの俗情

三九 韻字で分類排列した字書。作詩に際して韻や平仄を知るのに用いる。通常用いられる平水韻では上平声・下平声・上声・去声・入声に大きく五分類し、さらにその中を細かく分ける。例えば上平声では、一東、二冬…十五刪の十五グループに分かれる。
四〇 詩会で自分の詩に使う韻を探りとって作詩すること。 四一 有名な詩人の詩集。例えば南郭先生文集二編・三に「訪万公芙蓉軒得二十灰一」。▽同趣旨の論、市河寛斎の詩爐「分韻」の項にも「南郭集詩題分韻者、必曰得二一東一、得二十灰一、余徧検二唐詩一、未レ嘗見レ之」などとある。

一 作者未詳。 二 他人と自分とを区別すること。 三 不角の句。俳諧古選・類題発句集などに収。 四 柔和で篤実。「温柔敦厚、詩教也」(礼記・経解)。 五 理屈をこえたもの。 六 作者未詳。 七 冬至の頃から咲き始める早咲きの梅の品種。 八 軒柳の句。類題発句集・発句五百題などに収。 九 漢詩と和歌。
一〇 也有の句。蘿葉集、古今俳諧類題集などに収。
一一 「唐詩ノ中ニ於テ、初盛中晩ヲ差別シ、盛唐ヲマサレリトシ、初唐ト中唐ハコレニ次モノトシ、晩唐ヲオトレリトス。此ノ論ハ、宋ノ厳滄浪ニハジマリ、明ノ高廷礼ニアラハレ、李何王李ニ成ル」(授業編・八)。
一二 草木の茂みの中のほこら。
一三 作者未詳。
一四 杜甫。杜甫は検校工部員外郎の官に任ぜられたので、こう称される。 一五 王維。王維は尚書右丞の官に任ぜられたので、こう称される。 一六 作者未詳。

まであらはれて浅まし。俳諧ごときの技はさもあらばあれ、近ごろ詩風わるびれて、此弊に流れゆくぞうたてき。

〔六三〕「聞[一七]にゆく路《みち》から細し鹿の声」は、あらはにして浅く俗なり。「弄[一八]テレ巧ヲ成レ拙ヲ」といふべし。「鹿[一九]の声かすかに二日月夜かな」は、よく婉[二〇]《えん》にして章《あや》を成《なし》たり。渾然《こんぜん》として自然に趣深し。是また晩唐[二一]・盛唐のわいだめなり。

〔六四〕「家[二二]内みなまめで芽《め》出《で》たし歳の暮」といへるは、むげに浅ましき野[二三]調なるを、「何[二四]事もなきをたからに歳の暮」と直しけるは、詞めでたく調高し。宋の王仲[二五]《わうちゆう》至《し》が「日[二六]斜ニシテ　奏シ罷ム[二七]長楊ノ賦」を、王[二八]荊公「奏シ二賦ヲ長楊ニ一罷ム」と改られ、品格けだかく立あがれり。かるがゆゑに、篇成て語を錬《ねり》かへし、点[二九]化の工夫を尽すべきなり。

〔六五〕光[三〇]広《みつひろ》卿、江戸より帰り給ひ、御門弟あまた待むかへて御詠草を請《〈こは〉》れければ、「道すがら海山の風景にめでゝ、心のおもむくままにくちずさみたるも候へども、是をとおもふほどの歌はよみ得ず候が、さても珍らしき歌をこそ承りぬ。是を見まいらせては、我等が歌は御目にかけられず」とあり。「それはいかなる人のよみ候や。貴卿さほどに感じ給ふは、よのつねならぬ名歌なるべし」と、いづれも耳をそばだてらる。光広卿ふところを探り、鼻紙の端に書つけ給ひたるを、「是見給へ」

一七　こまざらへ(元禄十五年刊)に嵐翠の句として「聞に行道迄細し鹿の声」。　一八　技巧を用いすぎて、かえって拙いものになる。「弄レ巧成レ拙、為レ蛇画レ足」(黄庭堅・拙軒頌)。　一九　五筑の句。類題発句集などに収。　二〇　→三二一頁注二五。　二一　「盛唐ハ尊貴ノ飲膳ノ如シ。一事一物吟味ヲトゲテ、イサヽカモソマツナル事ナク、其調和モ各其ノホドヨクシテ、実ニ飲膳ノ最上ナリ。…晩唐ハ猶其ノ上ニ切形マデモサマ〴〵手ヲツクシ、トリ合モ色々珍ラシク思ヒ付テ、人々手ヲ撃テ嗜賞スルモヨウナリ。然レドモ左様ノ膳部タマ〴〵ハヨケレドモ、度カサナレバ厭フベシ」(授業編・八)。　二二　作者未詳。　二三　野卑で下品な調べ。　二四　作者未詳。　二五　名、欽臣。字、仲至。学士院に召試されて進士及第を賜わり、集賢殿修撰・和州知事・饒州知事などを歴任。広諷味集がある。　二六　七絶「召二試学士院一試罷作」の転句。　二七　漢の揚雄が長楊宮で皇帝に奏上した賦の名。　二八　王安石。王安石の改作については、「王仲至召二試館中一詩、有二日斜奏罷長楊賦之句一、荊公改為下奏二賦長楊一罷上、云如レ此語乃健、是矣、然意無二乃復窒一乎」(滹南詩話・二)。　二九　出来あがっている詩文の表現に手を加えて、新たな作品に仕上げること。　三〇　烏丸光広。→三二三頁注一三。

と出し給ふ。「[一]宮は朝舟《あさぶね》[二]四日市どまり関[三]の地蔵はすぐとほり」とあり。皆あきれて辞《ことば》なかりければ、「おの〳〵いかゞおぼしめし候や。是、恋の歌としられ侍《はべる》。関の宿といふ所は、賤《いや》しながら遊女[四]あまたありて、上下《〈じやうげ〉》を勤む人夫ども、此宿に恋をもたぬはなきよし。そのかみは、今のごとく宿ごとに売女むらがる事は、なかりしなり。江戸より上方へのぼるに、七里《しちり》[五]の渡をこえて、桑名の駅に着てとまり、朝に桑名を発すれば、関の宿まで十里[六]ほどにて、きはめて関にとまらんと期しぬるを、みやの舟をあさとく乗出して、伊勢の海づらを昼のながめにし、桑名につきてなを日高《ひだか》なれば、四日[七]市まで来り宿す。関の駅へは五六里のほどなるゆえ、あけの日の午時《うまどき》[八]ばかりに行過るのほいなさ、江戸より思ひもふけし恋のたくはへ、いたづらになりぬるをかこちける歌なるべし。関のやどりにかり寐[九]の夢をむすばざる恨をいはんとて、「宮は朝ぶね四日市どまり」といひかけ来れり。恋の詞は前後になけれども、「すぐとほり」の五もじに、其情うらめしきさま、言外に溢れてあり。もとより賤しきものゝ辞なれば、其体はいふにもたらねど、おさ〳〵[一〇]いにしへ歌仙[一一]の意にも叶へければ、いと深く感じけるまゝ、都の家づと[一二]にと書つけ来りし」と仰《おほせ》けり。いづれも始て感心あり。「まことに賤《しづ》のわざまでも、かやうの故ある意《こころ》ぞと御心をつけ給へばこそ、か

一 日本歌謡集成・十二「三重県雑謡」に収。宮は、東海道五十三次の鳴海と桑名の間の宿。熱田神宮の門前町として発達した。桑名へは七里の舟渡し。
二 朝に出発する舟。
三 東海道五十三次の一つである関(伊勢国鈴鹿郡)の宝蔵寺の地蔵尊。
四 「遊女おほし。めん〳〵に、かたちをつくろひ、声をとゝのへて、旅人をとゞむ」(東海道名所記・関)。
五 尾張の宮から伊勢の桑名までの海路。
六 東海道名所記によれば、桑名から関地蔵までは九里四十丁。
七 桑名から四日市までは陸路三里八丁。
八 翌日の午前十二時頃。
九 旅先の宿泊で見る夢。ここは関の遊女と枕を共にすることをいう。
一〇 たしかに。ちゃんと。
一一 和歌にすぐれた人。古今集の序にいう六歌仙や藤原公任の選んだ三十六歌仙など。
一二 都への土産。
一三 すぐれた詩歌に感心して、吟誦すること。
一四 漢魏、両晋、南北朝の時代に作られた古い楽府形式の詩。楽府は本来漢代の音楽

くめづらしき御家づとになりて、我等までもかたじけなく感吟[一三]いたし候へ。誰かよく物ごとに就《つい》て、かくまでに歌の情を心がけるものゝあるべき」と謝せられけるとなり。是、[一四]古楽府《こがふ》の辞をよみ、楽府体《がふたい》の詩を作るの要訣《えうけつ》なるべし。「御油《ごゆ》[一五]や赤阪よし田がなくは、何をよしみに江戸がよひ」とうたふごときは、ひらたく赤[一六]むきに打出して、放逸無慙《はういつむざん》[一七]を憚らず。くだれる世の悪俗[一八]なりけり。

〔六六〕歌詞につゝといへるは、物をかぞふるいくつづゝの義よりして、事のかさなるに用う。おもひつゝは、おもひつ〱なり。ながめつゝは、ながめつ〱なり。詩詞にも此格あり。「[一九]一日日知ル添ルヲ二老病ヲ一、一年年覚フレ惜ムヲ二重陽ヲ一」は、一日ゝゝ、一年ゝゝの義なり。「[二〇]千朶ノ穠芳倚テレ樹斜ナリ、一枝枝綴テ乱ル二紅霞一」、「[二一]無レ奈スルコト子規知レ向ヲレ蜀ニ、一声声似レ怨ムニ二春風ヲ一」、「[二二]正是霜風飄リ断ル処、寒鷗驚起ツ一双双」など、此類枚挙に遑《いとま》あらず。

〔六七〕楽府の従軍行《じゆうぐんかう》[二三]・塞上曲《さいじやうきよく》[二四]など、おほく武士の意気なきは、そのかみ農兵[二五]の制なりければ、郷中《がうちゆう》[二六]・町方《まちかた》[二七]より軍役《ぐんやく》におもむく。其輩の情を述たる詩なるゆえ、家をしたひ妻を恋《こふ》の意を専《もつぱら》に咏じけること、ことわりなり。さても太閤記《たいかふき》[二八]に載《のせ》たる瀬川《せがは》[二九]采女《うねめ》が事こそうたてけれ。妻の文に恋したふ情の切なればとて、戦場を免《〈まぬ〉》かれてい

を掌る役所の名前であるが、転じてそこで採収されたり作詩されたりした詩歌をいうようになった。また唐代以後にも楽府の形式を模した新しい楽府体の詩が作られた。
一五 「御油や赤坂吉田がなけりや、なんのよしみに江戸通ひ」(山家鳥虫歌・下・備前)。
一六 あからさま。
一七 限度がなく恥知らずなこと。
一八 世俗の悪い風習。
一九 白居易の七古「九日宴集、酔題ニ郡楼一、兼呈ニ周殷二判官一」の第七・八句。
二〇 宋の向敏中の七絶「桃花」の起・承句。千朶穠芳は、多くの満開の花。
二一 唐の熊孺登の七絶「湘江夜泛」の転・結句。
二二 唐の陸亀蒙の七絶「冬柳」の転・結句。
二三 楽府、相和歌辞、平調曲の名。軍旅の苦辛のさまを詠じたもの。
二四 新楽府辞、楽府雑題の名。辺境地帯のとりで警備のさまを詠じたもの。
二五 「兵制のこと、古へは軍兵を百姓の内に寓して、民の外にわけて武士を養ふことなし。これを農兵と云」(制度通・十二)。
二六 村里。
二七 町人の居住地。
二八 二十二巻。小瀬甫庵著。寛永二年(一六二五)刊。豊臣秀吉の一代記。
二九 巻十四の「秀吉公憐ニ於夫婦之間一事」の記事をさす。肥前の侍瀬川采女は妻菊を家に残して文禄の役に従軍した。夫恋しさの余り、菊は手紙を小函に入れて夫のもとに送ろうとしたが、便船が漂着し、秀吉のもとに小函が届けられた。小函をあけて手紙を見た秀吉は、夫を恋うる菊の情を憐れみ、采女の帰国を命じたという。

たづらに帰来り、なほ士《さむらひ》がましく顔をあげて、人に対せらるゝものならんや。秀吉《ひでよし》も何の為にか此政《まつりごと》を行はれけん。太閤記を編《あみ》たるものも、何とてかゝるうつけたる事をしるせるにや。すべて彼記《かのき》はおほく大事を漏して、無用の事を委《くは》しく載けり。[一]「不賢者識《ハス》二其小《ナル》者《ヲ》一」の弊なり。

〔六八〕唐の僧貫休《くわんきう》[二]が詩に「[三]新《ハ》拾紛紛《ノ》葉、茶《ハ》烹《ル》滴滴《ノ》泉」といへるは、西行《さいぎやう》法師が吉野にありて、「[四]とく／＼とおつる岩間の苔清水くみほすほどもなきすまゐかな」とよみけるによく似たり。又、宋の僧知和《ちわ》[五]が、「[六]竹筧両三升《ノ》野水、松窓五七片《ノ》閑雲」といへるも、また西行の境界なりけり。

〔六九〕唐人滕伝胤《とうでんいん》[七]、採蓮詩、「[八]浦口潮来《テ》初淼漫《テ》[九]、蓮舟揺盪《シテ》[一〇]採レ花《コトヲ》難《シ》、春風不レ愜[一一]空帰去《ル》、会《かならズ》待《テ》二潮回《ヲ》一更《ニ》折看《ン》」といへる、まことに巧なれども、蓮は塩を忌こと甚し。誤て蓮池に一抹《いちまつ》をそゝげば、蓮根悉《ことごと》く腐るなり。況《いはん》や海潮のおよぶ所にそだつべけんや。俳諧の句に「[一二]せゝなげや腹はかりもの蓮の花」といへるも、あながちに巧を求めて、[一三]淤泥《おでい》を甚しくいはんとて、物理を精《くは》しくせずして、此鹵莽《ろまう》[一四]を致すなり。

〔七〇〕嵐の字は、あらしにあらず、山気の[一五]縹緲《へうべう》たるをいふなり。[一六]李善《りぜん》文選《もんぜん》の注に、[一七]埤蒼《ひさう》を引て「嵐《ハ》山風也」とあるは、山気のうきやかに[一八]爽《〈さはやか〉》なるさまの、風だちたる

一「賢者識二其大者一、不賢者識二其小者一」(論語・子張)。 二 →三〇一頁注三七。 三 五律「贈二霊鷲山道潤禅師院一」の頸聯。 四 伝西行の歌で山家集には収めない。「西行吉野に住まれたる由いひて、その古跡を苔清水とも雫の庵ともいひ伝へ、西行の歌とて、(歌略)といふ歌あまねく人の耳にあり。これを西行の歌と思ふは大きなる僻事にて、一向になき事なり」(百人一首一夕話・八)。 五 元符年間、雪竇山の棲雲庵に住した。 六 七絶「題壁」の起・承句。宋詩紀事・九十二では、松窓—窓前。 七 全唐詩によれば、大暦中に桐廬女子王法智のもとに天降った神が、自ら姓は滕、名は伝胤、京兆万年の人と名乗ったとあり、その詩四首を収録する。以下の引用は「鄭鋒宅神詩」と題する七絶二首の其一。但し全唐詩では、揺盪—揺颺、春風—春心。 八 入江の口。 九 水面の広々と果てしないさま。 一〇 ゆれうごく。 一一 かなう。 一二 類題発句集に伊賀の尼梢風の句として収める。「せせなげ」は、どぶ、下水。 一三 どろ。「出二於淤泥一而不レ染」(周敦頤・愛蓮説)。 一四 軽率で粗略なこと。 一五 遠く広がるさま。 一六 文選の李善注。李善は唐の人。当該部分は謝霊運の詩「晩出二西射堂一」の「夕曛嵐気陰」に付された李善注。 一七 魏の張揖撰の書。三巻(現存は一巻)。 一八 はればれとしたさま。 一九 古今韻会挙要。三十巻。元の熊忠撰。韻書。 二〇 臆測してこじつけること。 二一 百二十巻。唐の道世撰。仏教の思想や儀礼などを内容で分類・概説したもの。 二二「霞、赤雲気也」(説文新附)。 二三 霞ともや。 二四 和名類聚抄とも。十巻本と二十巻本が

気色に見ゆるをいふなるべし。そのかみ此注の意を取あやまりて、あらしといふよみをつけたるにや。[一九]韻会《ゐんゑ》に「嵐ハ山下出レ風ヲ也」と注せるは、山の下に風を書たる字なるゆゑ、みだりに[二〇]臆度附会《おくたくふくわい》せるなるべし。もろ〳〵の詩文を閲するに、古より風をいふに用たるためしを見ず。但《ただ》仏経に、嵐風・旋嵐・猛嵐の語あり。[二一]法苑珠林《ほふをんじゆりん》にあらはる。暴風をいふに似たり。霞[二二]の字は、晴雲、日気を受て紅なるをいふ。朝やけ夕やけの雲なり。[二三]煙靄《えんあい》をいふに霞の字を用るは、いづれの時よりか誤りそめけん。[二四]和名抄《わみやうせう》には「[二五]赤雲ノ気也」とあれば、此頃まではいまだ文字を取違《とりちがへ》ざりしと見ゆ。灘の字は、谷川の迫りて急湍《はやせ》となりたる舟行の難所をいふなり。[二六]厳陵灘《げんりようたん》を厳陵瀬《げんりようらい》ともいふにて見るべし。新古今集《しんこきんしふ》、[二七]阪上是則《さかがみのこれのり》「[二八]月入テ二[二九]花灘ニ一暗シ」といふ題にてよめる、「花ながす瀬をも見るべき月影のわれて入ぬる山の遠《をち》かた」。新拾遺集《しんしふゐしふ》、おなじ題にて[三〇]壬生忠岑《みぶのただみね》のよめる、「散まがふ花は衣にかゝれども水無瀬《みなせ》をぞ思ふ[三一]月の入まゝ」。いづれも川瀬のおもむきをよめり。今の俗には海路の難所をいふ。されど、もろこしにても後世は海路にも此字を用たるあり。[三二]宋応昌《そうおうしやう》が[三三]天工開物《てんこうかいぶつ》に、「所レ経ル道里万里ノ長灘、黒水洋等ノ処」とあり。[三四]陳沂《ちんぎ》「[三五]遊ニ海上ノ[三六]鼇山《がうざん》一記」にも、「降テレ[三七]巘ヲ乗ル二[三八]小兜ニ一、従者ハ徒歩シテ、縁テ二海灘乱石ノ間ニ一行」としるせり。[三九]甲冑《ヨロヒカブト》をかぶとよろひとよみ違ふるは、殊

ある。源順撰。承平年間(九三一―九三八)成立。部類分けで排列された漢和辞書。和名を万葉仮名で記す。[二五]「霞、唐韻云霞、赤気雲也、胡加反、和名、加須美」(二十巻本和名抄・一)。[二六]佩文韻府に厳陵灘はないが厳灘の用例は掲出する。厳灘は厳陵瀬に同じで、浙江省桐廬県の南にある早瀬。後漢の厳光(字は子陵)が隠遁して釣糸を垂れたと伝える。[二七]平安時代の歌人。三十六歌仙の一人。延長二年(九二四)に従五位下加賀介。家集に是則集。[二八]新古今集の詞書は「紀貫之、曲水宴し侍りける時、月入花灘暗といふことをよみ侍りける」。「月入花灘暗」は句題。本文の返り点は底本のままだが、意味からすれば「月入リテ花灘暗シ」とあるべきか。[二九]花びらの散り浮んだ早瀬。[三〇]平安時代の歌人。三十六歌仙の一人。延長四年頃に摂津権大目。家集に忠岑集。[三一]新拾遺集では「月のいるまは」。[三二]明の人。正しくは宋応星。宋応昌は別人。応星は江西省奉新県に生れ、万暦四十三年に郷試に及第。崇禎年間に福建省の汀州推官、安徽省の亳州の知州などを歴任した。[三三]三巻。明の崇禎十年(一六三七)刊。農業・染色・製陶・製紙・醸造など古来の産業技術の図入り解説書。以下の引用部は舟車「海舟」の項。[三四]明の人。正徳の進士。江西参議・山東参政・行太僕寺卿などを歴任。詩・書・画を能くした。[三五]古今游名山記・五などに収める。[三六]労山とも。山東省即墨県の東南六十里の海浜にある山。[三七]山の峰。[三八]小さなかご。[三九]本来、甲はよろい、冑はかぶと。「甲、鎧也」(広雅・釈器)。「冑、兜鍪也」(説文)。

に文盲の誤なり。寛平新撰字鏡《くわんぴやうしんせんじきやう》[一]に、すでに顚倒して訓を施しければ、そのかみよりあやまり来れるにや。

〔七一〕唐の李山甫《りさんぽ》[二]が詩に「諸侯貪㆓割拠ヲ㆒[三]、群盗恣マヽニス㆓并呑ヲ㆒」といへるは、足利の代の末のさまにぞありける。されど此方にては足利のみだれの時のみ。彼邦のならはしは、世乱るればいつもかくのごとし。浅ましき国なりけり。韋荘《ゐさう》[四]が「烏兎ハ[五]不㆑知㆓多事ノ日㆒、星辰長ク似タリ㆓太平ノ時ニ㆒」は、唐末の乱れたる世を悲めるなり。「かくばかり[六]へがたく見ゆる世の中にうらやましくもすめる月かな」、「何ごともあらずなりゆく[七]世の中にかはらぬものは秋の夜の月」などよみける、詩歌同情[八]の感にたえず。佐佐《さつさ》[九]成政《なりまさ》が、積雪をしのぎてさら／＼越《ごえ》をたどるとて、「何事もかはりはてたる世の中としらでや雪のしろくふるらむ」。かぎりなき感慨、言外にあふれたり。当時の事情おもひやられてあはれなり。

〔七二〕加茂真淵《かものまぶち》、服南郭《ふくなんくわく》[一〇]が許《もと》にてものがたりに、「唐詩の漢魏に及ざることは[一一]、「汾上驚秋《ふんじやうきやうしう》」[一二]の詩にてしりぬ。「北風吹㆓白雲ヲ㆒、万里渡㆓河汾ヲ㆒[一三]」といふは、羇旅《きりよ》の秋情、言外にあふれたり[一四]。まことに一唱三嘆[一五]すべし。「心緒[一六]逢㆓揺落ニ㆒[一七]、秋声不㆑可㆑聞」は、いたづらに上《かみ》二句の注釈なり。気格[一八]はるかに落下《おちくだ》れり。吾歌も後の世の

一 十二巻。昌住撰。昌泰年間(八九八—九〇一)頃成立。わが国最古の漢和辞書。「冑　…与呂比」、「鉀　…加夫止」。 二 咸通年中、進士に累挙されたが及第せず、魏博の幕府の従事となった。文筆雄健で知られた。 三 五律「乱後途中」の頸聯。 四 唐の人。性、疎曠。幼くして詩を能くした。乾寧元年の進士。唐滅亡後、王建に仕えた。 五 七律「夜景」の頷聯。全唐詩では、多事日—多事世、太平時—太平年。 六 拾遺集・八に収める藤原高光の歌。 七 典拠未詳。慈円の拾玉集に「なに事もあらずなり行く世の中にのこるかひなき身をいかにせん」。 八 漢詩と和歌とは表現方法は異なっていても、表現される情は同一であるということ。「国たがひ、事たがひ、詞たがひたれど、情のこゝにたがはざること、符をあはせたるがごとし」(布留の中道・下)。 九 ?—一五八八。織田信長に仕え、のち秀吉に降ったが、領国での失政を理由に切腹を命じられた。以下の話と歌は太閤記・八「佐々内蔵助励㆓真忠㆒雪中さら／＼越之事」。 一〇 服部南郭。真淵と南郭の交遊は、泊洦筆話などに見える。 一一 近世畸人伝(寛政二年刊)・三「荷田春満、附姪在満、門人加茂真淵」に同様の記事がある。 一二 唐詩選にも収める蘇頲の五絶。汾上は汾水(山西省を南流して黄河に入る川)のほとり。底本「阶上」。 一三 汾水のこと。底本「河阶」。 一四 底本「あぶれたり」。 一五 詩文を一たび唱え、そのすばらしさに何度も感嘆すること。 一六 糸筋を引いたように、つぎつぎに湧き起る思い。 一七 秋に草木の葉が枯れ落ちること。 一八 気品と格調。この蘇頲の詩が、漢の武帝が汾水で舟

劣り降《くだ》れること、全く詩の弊とおなじ」といへり。南郭も節《せつ》[一九]を撃て感嘆しけるとぞ。

〔七三〕楊誠斎《やうせいさい》[二〇]「嶺雲」[二一]の詩に、「天女似テレ憐ム二山[二二]骨ノ痩タルヲ一、為ニ縫テ二霧[二三]縠ヲ一作ス二春衫[二四]ト一」といへるは、「たちぬはぬ[二五]衣《きぬ》きし人もなきものをなに山姫《やまひめ》[二六]の布さらすらん」と、よくも趣向吻合《ふんがふ》せり。山姫といふ語も、楊升庵《やうしようあん》[二七]が丹鉛録《たんえんろく》[二八]に、「彼山姫野婦、雖レ美ナリト而不レ都ナラ」とあり。但しこれは山家娘《〈ヤマガムスメ〉》をいへり。

〔七四〕茶人[二九]の初雪を待てたのしむこと、宋の丁晋公《ていしんこう》[三〇]、茶の詩[三一]に「痛惜ク蔵テ二書篋[三二]ニ一、堅ク留テ待二雪天ヲ一」とあれば、彼方にてもしかるなるべし。

〔七五〕韋蘇州《ゐそしう》[三三]の「兵衛[三四]森タリ[三五]二画[三六]戟一、燕寝[三七]凝ル二清香一」の句は、宋の范文正公《はんぶんせいこう》[三八]ふかく愛せられしとぞ。武将の茶席によき聯《れん》なり。東坡《とうば》「贈ル二劉景文《りうけいぶん》[三九]ニ一」詩に、「荷尽テ已ニ無二擎ルレ雨ヲ蓋一、菊残テ猶有二傲ルレ霜ニ枝一、一年ノ好景君須レ記ス、正ニ是橙紅橘緑ノ時」といへるは、まことに雅趣の窾《くわん》[四〇]に中《あた》れり。さるほどに利休《りきう》[四一]が、「壺口切《つぼくちきり》[四二]の節は橙紅橘緑の時」と申けるなり。王右丞《わういうじよう》[四三]「青苔[四四]日ニ厚シテ自無レ塵」の句は、殊に利休が愛せしとなん。邵康節《せうかうせつ》[四五]の「静処[四六]乾坤大ナリ、閑中日月長シ」も却て小坐舗《こざしき》[四七]によろしかるべし。

〔七六〕他の国に遊寓《いうぐう》[四八]して、其地の事を称賛すれば、人情うれしく思へる色あり。もし水土物産をさみし[四九]、風俗地利をあしざまにいへば、かならず慍《いかり》をふくむものな

遊びをした時に作ったという有名な楽府「秋風辞」を意識した作でありながら、「秋風辞」にはるかに及ばないことをいう。

一九「節」は、叩いて拍子をとる竹の楽器。甚しく感嘆するさま。

二〇 南宋の人。名、万里。号、誠斎。范成大・陸游と共に南宋三大家と称された。

二一 七絶。引用部は転・結句。

二二 表面の土砂がとれて、岩石が露出している山肌。　二三 雲霧のような薄い絹の布。山を薄くおおう春霞の比喩。　二四 春の衣服。

二五 古今集・十七に収める伊勢の歌。「竜門にまうでて滝のもとにてよめる」という詞書があり、白く流れ落ちる滝を詠んだもの。

二六 山の女神。　二七 明の人。名、慎。号、升庵。正徳の進士。修撰を授けられ、のち経筵講官に充てられたが、嘉靖三年、忌諱にふれて雲南に謫せられた。　二八 諸書から記事を抜き出し校訂・考証した書。初め余録十七巻・続録十二巻・閏録九巻があったが、刪定して摘録十三巻とした。後に門人梁佐が諸録を合わせて整理し、総録二十七巻とした。以下の引用は総録・十八・詩話類「洵美且都」の記事。　二九「雪之茶之湯といふは、初雪の事候。…雪ふる朝、茶之ゆ者は我が方に炉に火入、茶をしかけおき、雪を見て歌をよみ詩を作を常の習とす」（茶之湯六宗匠伝記・四・雪之茶之湯之事）。　三〇 名、謂。字、謂之・公言。淳化の進士。知制誥に累遷し、晋国公に封ぜられたが、のち崖州司戸参軍に貶せられた。　三一 五言排律「煎茶」（瀛奎律髄）。引用は第六聯。

三二 本箱。葉茶の保存場所。

（注三三以下、→三六一頁）

り。蘇秦《そしん》[一]が六国に遊説《いうぜい》せしに、かならず先《ま》ヅ其国の美事をかぞへたてて〔一〕、其君の心を悦《よろこば》しめたり。これを読《よむ》に其煩しきを厭ひけるが、よく人情を得たる手段なりけり。唐の伊用昌《いようしやう》[二]といふもの、茶陵《さりよう》[三]に旅遊してありけるに、城下の町さびしく夜更[四]の鐘鼓もなく、わらをうつ声のみ聞へければ、「茶陵一道ノ好長街[五]、両畔栽テレ柳ヲ不レ栽レ槐ヲ、夜後不レ聞更漏鼓ノ、只聴ク鎚シテレ芒ヲ織ル二草鞋ヲ一[六]」と、わるくちの詩を作りけり。県官[七]聞て大に怒り、即日逐出されにけり。いましめ慎べき事にぞありける。

〔七七〕王漁洋《わうぎよやう》[八]の詩は、源氏物語[九]の歌のごとし。平澹《へいたん》に過て水を飲やうなり。殊に気[一〇]うすく力もなし。しかるを世におほくもてはやすは、いたづらに声に吠て雷同するのみ。その著せる諸書をみるに、もとより学識も厚からざりしなり。

〔七八〕住吉《すみよし》を、古事記《こじき》には墨江《すみのえ》[一一]とあり。万葉集《まんえふしふ》の中には清江[一二]としるせるあり。是、正訓[一三]なるべし。墨江は字面きたなく、にごり江をいふがごとし。且《かつ》、虜地《りよち》[一四]の名に似てめでたからず。詩詞には憚るべきなり。尾張の熱田《あつた》を和名抄《わみやうせう》には厚田[一五]とあり。雅にしてめでたし。彼地[一六]に申伝ふるは、そのかみ社地を定めらるゝに、其所の妨《さまたげ》となる大楓樹ありけり。自然に炎上して田の中に倒れ、田の水熱かりければ、熱田の社と呼ならはしけるとなん。古をしらざるものゝ、後の世の文字に就て設たる説のみ。

一 戦国の人。縦横家として燕・趙などの六国に合従の策を説き、強国である秦に対抗せしめた(史記・蘇秦伝)。二 妻と共に乞食の旅をし、長江の南の地に滞在した。軽忽の語を発して人に殴撃され、伊風子と呼ばれた(全唐詩)。三 湖南省醴陵県の南。茶水の南岸。四 夜の時刻を報ずる鐘や太鼓。五 七絶「題二茶陵県門一」。六 わらをつちで打つ。七 県の長官あるいは県の役人。全唐詩の詩題に「江南有二芒草一、茶陵民採レ之織レ履、用昌題二此詩一、県官及胥吏怒、逐出レ界」という注を付す。▽この項と同一の記事が夜航詩話・五にある。八 清の人。名、士禛。号、阮亭・漁洋。順治の進士で、刑部尚書に至った。神韻説の詩論を首唱して、朱彝尊と共に朱王と並称された。九「古人、源氏物語に於ては、…其中の歌は、無下に拙しとそしれる人多し。余思ふに、此物語の歌は、又別に一体の風ありて、淡泊悠長成をむねとし」(北窓瑣談・三)。一〇 漁洋の神韻説に反対して性霊説を主張した袁枚は、漁洋の詩について「阮亭于二性情気魄一、俱有レ所レ短」(随園詩話・四)。一一「墨江之三前大神也」(古事記・上)。一二「右一首、清江娘子、進二長皇子一」(万葉集・一)。一三 上代の用字法。漢字をその固有の意味と同じ意味に訓じて用いる法。一四 野蛮な土地。一五 二十巻本和名抄・六に「厚田」。一六 熱田太神宮縁起に「有二楓樹一株一、自然炎焼、倒二水田中一、光焰不レ銷、水田尚熱、仍号二熱田社一」。一七 草薙の剣のこと。一八 二十巻本和名抄・六に「智立」。一九 日本文徳天皇実録。六国史の第五。十巻。仁寿元年十月七日「参河国知立」。二〇 五十巻。平安中或は宝剣[一七]の光り梢に燃上りて、田に倒れて水熱かりしともいふ。尤《もつとも》附会《ふくわい》の説なり。三河の池鯉鮒《ちりふ》も、和名抄[一八]は知立と書せり。文徳実録《もんとくじつろく》[一九]にも爾《しか》り。延喜式《えんぎしき》[二〇]にも知立神社とあり。池鯉鮒とかくは仮名もじなり。今は神池に鯉鮒を養て、これによりける名とす。いと浅ましき附会なり。信濃の諏訪は趨波とも書よし、諏訪縁起《すはえんぎ》にいへり。是亦《これまた》好文字なり。尾張の長久手《ながくて》は、長湫と書べきよし、白石退私録《はくせきたいしろく》[二一]にいへり。

〔七九〕江戸の隅田川を、真名伊勢物語《まないせものがたり》[二二]に墨多川とあるをみつけて、徂来《そらい》[二三]の詩に墨水と書たるを、翁の手がらのよし申伝るなり。されど黒山《こくざん》[二四]・盧龍塞《ろりようさい》[二五]などいへる、戎《じゆう》[二六]狄《てき》の地名のごとくにて、むさくろしくいやらしき流と聞ゆ。涼しく美しき事をいふ詩に、墨水の字を用たらんは、殊に不都合なるべし。みだりに其わきまへ[二七]なく用べからず。すべて詩詞にはきたなき語を忌きらふなり。又山本北山《やまもとほくざん》[二八]が、日本風土記残《にほんふどきざん》[二九]本《ぽん》に江戸を茌土と書せるを見つけて、奇を好て専に用けるより、書舗《しよほ》[三〇]・果肆《くわし》[三一]まで用るに至れり。墨水は字面《じづら》汚濁なるのみ。茌土は不祥の悪号なり。是を忌憚《いみはばか》らざりけるは、まことに不埒《ふらち》といふべし。

〔八〇〕風[三二]に塵のとびたつは、むさくさはがしきものなり。かるがゆえに乱れたる世のさまをたとへ、吏職俗務のうるさきをも比していふなり。金葉集《きんえふしふ》[三三]、祝の歌に、

期に成った律令の施行細則。二一 三巻。新井白石の随筆。巻一に「知立神社」。名上に「知立神社」。随筆。巻一に「長久手と書しは誤也。湫と云字を書べき也」。二二 伊勢物語の諸本の一。仮名ではなく真名(漢字)で表記されているもの。鎌倉期の成立かとされる。しかし真名本の諸本いずれも「墨田河」で「墨多川」の形はない(伊勢物語に就きての研究・校本篇)。二三 徂徠の詩に「墨水」の例はない。徂徠は「澄江」(徂徠集・七・東都四時楽其四)などと称する。「墨」字を用いたのは、徂徠門下からか。「墨田川」(安藤東野・遊二中川一記)、「墨河」(高野蘭亭・雨中放レ舟)、「墨川」(太宰春台・緑竹歌)、「墨水」(高野蘭亭・墨水懐古)など。二四 中国の山名。各地にあるが、歴史上有名なのは、黄巾の乱で知られる河南省にある黒山。二五 河北省遷安県の西北にあった塞。二六 辺境、野蛮の地。二七 底本「はきまへ」。二八 一七五二―一八一二。孝経学者。また作文志彀・作詩志彀を刊行して性霊説の詩文を主張した。二九 日本総国風土記残編のうちの武蔵国風土記。「江土《ドエ》、或ハ茌土《ドエ》」(武蔵国豊島郡)。三〇 書店。三一 菓子屋。▽同趣旨の論、夜航詩話・一にもある。三二「風塵、杜老ハ常ニ干戈ノ事ニ用ヒ、滄浪ハ専世塵ノ事ニイヘリ」(詩轍・六)。「風塵」については夜航詩話・三に詳しい解説がある。三三 五番目の勅撰和歌集。十巻。白河天皇の命による源俊頼の撰。初度本・二度本・三奏本とあるが、引用歌は、流布本である二度本の巻五・賀に「祝の心をよめる」という前書で収める皇后宮肥後の歌。

「いつとなく風ふくそらにたつ塵の数もしられぬ君が御代かな」とよみたるは、「数もしられぬ」といはんとて、塵つもることをいひかけたる、筆のはこびは巧なれど、言葉のさまめでたからず。「君[一]が代は末の松山」といへるよりもあしかるべし。これを選集に入られたるはあやしむべし。元政《げんせい》[二]上人「題《ス》[三]二妙[四]顕寺《ノ》塔《ニ》一」詩に、「一《タビ》倚《テ》二[五]丹梯《ニ》一到《レバ》[六]二危頂《ニ》一、[七]九重城闕《ノ》小《ナリ》二於塵《ヨリ》一」といへり。皇居[八]を塵芥に比しけるは、殊に不敬の至なるべし。[九]素性《そせい》法師、[一〇]たつた川に紅葉ながるゝ絵のうた、「もみぢ葉の流れてとまる湊にはくれなゐふかき波やたつらむ」。興趣を象外に寄たり。いとおもしろき手段なり。明の劉忠愍《りうちゆうびん》[一一]公、山水の画賛に、「水抱《ハ》[一二]二孤村《ヲ》一遠《ク》、山通《ジテ》二一径《ヲ》一斜《ナリ》、不レ知深樹《ノ》裏、還《テ》住《ス》幾人家」。これも無中[一三]に有を生ぜり。すべて題画の詩には、此思をめぐらすべきなり。

〔八一〕西園寺《さいをんじ》[一四]公綱《きんつな》卿のうた「山[一五]ざくら峰にも尾にも植おかん見ぬ世の春を人やしのぶと」、まことに厚く有がたき心ざしなり。扶桑千家詩《ふさうせんかし》[一六]にのせたる、貝原存斎《かひばらぞんさい》[一七]「三[一八]月尽」の詩に、「今年《ノ》花事今宵尽《ク》、衰老難レ期来歳身《ノ》、風光別《ル》レ我《ニ》何《ゾ》偏《ニ》恨《ン》、留二与《ス》後人一千万春」といへるは、さらにおほやけなる心ばへなりけり。

〔八二〕むかし橘《たちばなのなほもと》[一九]直幹あづまへ下るとて、石山寺に詣《まうで》て、湖水の風色をながめ、

一 同じく金葉集(二度本)・五に「後一条院御時弘徽殿女御歌合に祝の心をよめる」の詞書で収める永成法師の初・二句。 二 一六二三―六八。日蓮宗の詩僧。京都深草の瑞光寺に住し、修行と詩作に励んだ。草山集がある。 三 草山集・十七に収める七律。引用部は尾聯。 四 京都における日蓮宗最初の寺。上京区寺之内通新町西入北側。 五 赤い階段。転じて仙境への道。 六 高い頂上。 七 天子の居所。宮城。「九重城闕煙塵生」(白居易・長恨歌)。 八 底本「皇居」の前、空格。 九 平安前期の歌人。三十六歌仙の一人。俗名、良峯玄利。遍昭の子。家集に素性集。 一〇 古今集・五所収。 一一 名、球。字、求楽。忠愍は諡。永楽の進士。礼部主事、翰林侍講などをつとめた。正統の初、王振に力諫して殺害された。両渓文集がある。 一二 明詩綜に「山居」の題で収める五絶。 一三 「有生二於無一」(老子)。 一四 引用歌からして西園寺公経の誤りか。公経は鎌倉初期の歌人。後鳥羽院に近侍し、藤原定家とも親しかった。 一五 新勅撰集・雑一所収。詞書「西園寺にて三十首歌よみ侍りける春歌」。 一六 二巻。元禄十五年(一七〇二)刊。古野鏡山編。幕初から元禄期までの漢詩の総集。 一七 一六三三―九五。福岡藩儒。益軒の兄。 一八 巻上に収める七絶。ただし板本とは異同があり、今年花事―今茲花信、来歳身―来歳春、何偏恨―我何恨、後人―後世。 一九 平安中期の漢詩人。「ただもと」とも。承平七年(九三七)対策に及第、文章博士・大内記・大学頭などを歴任。式部大輔・大和権守も兼任した。 二〇 この対句、和漢朗詠集・下・行旅にも収め、この逸話は和漢朗詠集註・八に見える。

「[二〇]蒼波路遠雲千里」の句を得たり。其対《つい》を思へども得ず、足柄山《あしがらやま》まで案じ行けり。むすめをつれられけるが、足柄山にてよめる、「道とほく雲井はるけき深山路《みやまち》に又ともきかぬ鳥の声かな」。直幹これを聞て感発し、「白霧山深鳥一声」と対《つい》しけり。すべて和歌・俳諧の句など意を留て其趣をあぢはへば、詩料を得ることおほし。

〔八三〕[二一]延喜《えんぎ》の内宴《ないえん》に、「[二二]菊ハ散ズ一叢ノ金」を題とし給ふ。[二三]善相公《ぜんしやうこう》の詩に、「[二四]酈県《りけん》ノ村閭皆[二五]富レ貨ニ、[二六]陶家ノ児子[二七]不レ垂セレ堂ニ」の聯あり。[二八]菅公《くわんこう》見て賞し給はず。善相公すこぶる望《のぞみ》を失はれたり。退て[二九]建礼門に逢て、教を請《〈こは〉》れければ、「うらむらくは富貨の二字いかゞにや。改て[三〇]潤スレ屋ヲとありたきか」と仰けり。善相公、感服せられぬとなり。そのかみ[三一]対法《たいはふ》の吟味精厳なりしを見るべし。垂堂は故実の語なれば、富貨にては[三二]斤両《きんりやう》かなはず、いはゆる[三三]偏枯《へんこ》の病なり。字面も俗を免れず。潤屋の語に易《かへ》給ひしは、真に「[三四]霊丹一粒点ジテレ鉄ニ作スレ金ト」の手段なりけり。

〔八四〕七言絶句を作るの法は、かならず末二句より綴《つづ》り起して、主意をこゝに申のべ、あとより一二の句をあしらひ添べし。[三五]頓阿《とんあ》法師が[三六]井蛙抄《せいあせう》に、「[三七]民部卿入道《みんぶきやうにふだう》もふされしは、歌は塔をくむやうによむべし。塔をば上よりくむことなし。地盤よりくみあぐるやうに、下の句よりよむなり」とあり。詩歌おなじ手段なり。

二一 平安時代、醍醐天皇の年号。九〇一―九二三。「内宴」は内々に催される宴。日本紀略や史館茗話には昌泰二年(八九九)重陽宴での話となっている。 二二 唐の太宗の五律「秋日二首」其二の第四句を取った。 二三 三善清行。八四七―九一八。文章博士から参議に進んだので善相公と称される。以下の引用詩は和漢朗詠集・上所収。江談抄・四にもこの逸話を収める。 二四 河南省内郷県の東北に置かれた漢の県名。甘谷という地があり、山上に菊が多かった(芸文類聚・薬香部)。 二五 財貨に富む。 二六 陶淵明の家。「三径就レ荒、松菊猶存」(帰去来辞)、「采レ菊東籬下」(飲酒)とあるように、淵明の家には菊が多く栽えられていた。その菊を黄金に見立てたもの。 二七 堂の端の階に近い所に坐らない。転じて、危険を冒さない。「千金之子不レ垂レ堂」(漢書・爰盎伝)。 二八 菅原道真。 二九 平安京内裏の外郭十二門の一つ。南側の正門。但し、江談抄や史館茗話では建春門。建春門は同じく東側の正門。 三〇 家を富裕にする。「富潤レ屋、徳潤レ身」(大学)。 三一 対句の構成法。 三二 「斤両ト云語ハ、…ツリ合ノ軽重ナリ」(詩轍・六)。「富家」という語には故実・典拠がなく、故実のある「垂堂」という語とつり合わない。 三三 「詩病ニ偏枯ト云アリ。…偏枯ハ一句ハヨク言カナヘタレドモ、好キ対ヲ得ザル故、半身病メルニ譬ヘタリ」(詩轍・五)。 三四 「山谷黄魯直詩話曰、子美作レ詩、退之作レ文、無三一字無二来処一…雖下取二古人陳言一入中翰墨上、如二霊丹一粒、点レ鉄成レ金也」(草堂詩話・一)。「霊丹」は霊薬。 三五 鎌倉南北朝期の僧侶で歌人。 ▽同趣旨の論、夜航詩話・二にもある。

〔八五〕聚楽《じゆらく》[一]毛利家の邸にて、紅梅を賞せられし連歌に、法橋紹巴《ほつけうぜうは》[二]が「梅の花神代《かみよ》もきかぬ色香かな」と申けるを、九条稙通《くでうたねみち》[三]公きゝ給ひて、「業平《なりひら》[四]龍田川[五]のうたは、くれなひにて水をくゝる[六]を、神代にもきかぬめづらしき事なりと、精を入たる所なり。何ぞや、いつもみる梅を「神代もきかぬ」といふべき。夢庵《むあん》[七]が伊勢にて冬さける桜をみて、「冬さくは神代もきかぬ桜かな」といひしは、所も神風の国にて、殊に桜は太神宮[八]の神木なれば、かく本歌をとるもよし。毛利は神家にもあらばこそ」とのたまひしよし、天野《あまの》[九]氏の塩尻《しほじり》にしるせり。詩を作るにも、よく所がらを考べし。其処にそ[一〇]ごはざる、出すぎたる語を用べからず。いなかの城下にて都の称呼を犯し、陪臣大夫《ばいしんたいふ》の家に於て、王侯めきたる事をいひ、あるは覇朝《はてう》[一一]の事を称するに、おほけなくやごとなき語を用て、僭妄《せんばう》[一二]の罪を犯すなど、名義の関《あづか》る所は、重く慎べきの至要なり。

〔八六〕「屏風・ふすまの張《はり》まぜに、たとひ名筆の色紙にても、百人一首・三十六歌仙[一三]に出たる歌は、何とやらん俗に見ゆるものなり」と、ある人いへりし。于鱗《うりん》[一四]が唐詩選《たうしせん》に出たる詩を、掛軸《かけぢく》・柱聯《ちゆうれん》[一五]にしたるなど、俗をまぬかれざるに似たり。顔氏《がんし》[一六]家訓《かくん》に「古今語無二雅俗一、唯世之罕《ナル》レ道《コト》者似《タリ》レ雅《ニ》」といへる、げにさる事ぞかし。さ

二条家歌学の再興につとめた。家集に草庵集がある。三六 南北朝時代の歌学書。六巻。頓阿著。引用部分は巻六。三七 藤原為家(一一九八―一二七五)。定家の子。続後撰集・続古今集の撰者。温和な詠風で、後の二条派歌風の範となった。家集に為家集など。

一 秀吉の京都聚楽第の周囲には多くの大名屋敷があり、その中に毛利家の屋敷もあった。二 一五二五?―一六〇二。連歌師。里村氏。昌桂・昌休に連歌を学び、三条西公条に和歌を学んだ。信長・光秀・秀吉などに近侍し、本能寺の変に際して誠仁親王の危急を救った功により、法橋に任ぜられた。三 一五〇七―一五九四。歌人・歌学者。連歌の号を玖山。二十七歳で関白氏長者となったが、翌年には関白内大臣を辞し、以後二十年余、西国を放浪。三条西実隆に教えを受け、博学で源氏注釈書の孟津抄などがある。四 在原業平。五「ちはやぶる神代もきかずたつた川から紅に水くくるとは」(古今集・秋下、百人一首など)。六 底本「くゞる」。七 連歌師牡丹花肖柏(一四四三―一五二七)の別号。内大臣中院通秀の弟。宗祇に師事して古今集や源氏物語の講釈を聴聞し、宮廷連歌壇に重きをなした。八 伊勢の皇太神宮(内宮)のこと。内宮には桜の宮があり、木花開耶姫命《このはなさくやひめのみこと》を祭り、御神体は桜の一木。底本「太神宮」の前、空格。九 尾張藩士で国学者であった天野信景(一六六三―一七三三)の随筆。但し、この逸話はもともと松永貞徳の戴恩記に見えるもの。一〇「そごふ」は「そぐふ」に同じ。ふさわしい。一一 武力で天下をとった覇者の政府。幕府のこと。一二 分を越えて濫り

れば平生とりあつかふ語を、たま〳〵もろこし人の詩文にて見あたり、[一七]奇貨《きくわ》を得たることちして、詩につかひ文に用て、人をおどろかさんとするは、好むまじきわざなるべし。されど、其語の自然にはまりたるはなほ可なり。[一八]斧鑿痕《ふさくのこん》のあらはれたるは、いと軽薄なりけり。

〔八七〕[一九]懐紙《くわいし》に詩をしたゝめる式、はじめの行に題をあらはし、次に姓名を卑《〈ひき〉》くしるし、七言絶句の詩を、楷《かい》に近き行書にて、[二〇]八字づゝ三行半にしたゝむ。[二一]清家《せいけ》・菅《くわん》家《け》おの〳〵伝へらるゝ式ありて、行《くだ》りの字数、墨つぎの法など、門生伝授の秘訣《ひけつ》とせらる。いかにも古くより伝はる古実なるべけれど、疑らくは和歌の式をまねたるやうにて、おもしろからぬことに思ひけるが、後に[二二]唐の李建中《りけんちゆう》が手跡《しゆせき》を[二三]墨本《ぼくほん》に摺《すり》たるを得けるに、あたかも懐紙のしたゝめかたなり。されば和歌の懐紙も、唐詩の式に倣《なら》へるにぞありける。すべて物の源を窮めずして、みだりに事を沙汰すれば、諺にいへる、[二四]しやく屋をかしておも家をとらるること多かるべし。謡曲の詞に、[二五]「しらずにものなのたまひそ」と誡《いましめ》けるは、げに慎むべき事になん。

〔八八〕[二六]商人をあきんどゝいふは、古言の雅詞なれども、常にいひならはせるをもて俗に聞ゆ。あきびとゝいへば却て雅なるやうに思ゆ。これも[二七]顔氏家訓《がんしかくん》にいへる

なこと。僭越。
一三 藤原公任が三十六人撰という平安時代の秀歌選の中で選んだ、柿本人麻呂から中務までの三十六人のすぐれた歌人。 一四 唐詩選の撰者は明の李攀竜(于鱗は字)とされていた。 一五 柱に相対するように掛けて飾りとする、詩句などを書いた細長い板。
一六 北斉の顔之推撰。二十篇。時俗を批判し、子孫を戒めた教訓書。但し顔氏家訓に、引用の一文はない。「古今言語時俗不レ同」(音辞篇)あたりの記憶違いか。
一七 珍しい品物。 一八 斧と鑿(のみ)のあと。「斧鑿之痕トハ、上手ノ細工ニハ小刀目、手斧目見エズ。下手ノ細工ハ分明ニ見ユル。其手際ナリ」(詩轍・六)。
一九 詩歌などを正式に記録したり、詠進したりする時に用いる料紙。そのしたため方については、年山紀聞・一などに具体例がある。 二〇 「詩懐紙七言絶句三行三字ニ書レ之」(懐紙夜鶴抄)。
二一 清原家と菅原家。ともに平安時代以来の漢学の家。
二二 李建中は宋の人。唐は誤り。太平興国の進士で、太常博士になった後、曹・解・潁・奨四州の長官を歴任した。山水に遊ぶのを好み、書を能くした。
二三 石刷りの法帖。 二四 「借屋かしておもやとらる」(言彦鈔)。「庇(ひさし)を貸して母屋を取られる」に同じ。
二五 「知らずな物な宣ひそ」(放下僧)。底本「のたまひぞ」。
二六 「商人　アキムト」(大慈恩寺三蔵法師伝院政期点)。
二七 →注一六。同じく東陽の記憶違いか。

「語本ト無二雅俗一、只所二常ニ言一者俗」なるなり。さるゆゑにや、古今集[一]の序も、あき人とよみならはせり。蔵人《くらびと》[二]をくらんど〻いふとは、あちらこちらの違なり。老学庵《らうがくあん》[三]筆記《ひつき》に、「呉幾先《ごきせん》[四]嘗テ言フ、「参寥《さんれう》ガ[五]詩ニ云、『五月[六]臨平山[七]下ノ路、藕花[八]無数満二汀洲ニ一』。五月ハ非ズ二荷花盛ナル時ニ一。不レ当レ云三無数満ト二汀洲ニ一」。廉宣仲《れんせんちゆう》[九]云、「此但取二句ノ美ナルニ一。若云バ二六月臨平山下ノ路ト一、則不レ佳ナラ矣」。幾先云、「只是君記シテ得熟ス。故以二五月ヲ一為レ勝ルト。不ンバレ然、止[一〇]云二六月ト一、亦豈不レ佳ナラ哉」」といへり。是亦此類なり。

〔八九〕物の愛すべき味を、しほ[一一]といふは、李唐[一二]の世の語をつたへたるにや。全唐《ぜんたう》[一三]詩話《しわ》に「関中[一四]人謂レ好為レ塩。故施肩吾《しけんご》[一五]詩云、「顚狂[一六]ノ楚客[一七]歌成レ雪[一八]ヲ、媚嫵《びぶ》[一九]ノ呉姫[二〇]笑是塩」。蓋シ当時ノ語也」とあり。范成大《はんせいだい》が詩に「学業[二一]荒二呻畢《しんぴつ》[二二]一、歓悰[二三]隔ル二笑塩[二四]一」といへるは、昔昔《せきせき》[二五]肩吾が詩に拠て、佳人に疎濶なるをいふ。又、歌曲を塩と称す。隋の曲に、太平楽《たいへいがく》[二六]を合歓《がふくわん》塩《えん》・疎勒塩《そろくえん》あり。唐の曲に、突厥塩《とつけつえん》・阿鵲塩など、此外なほおほし。丹鉛録《たんえんろく》[二七]に「歌詩謂[二八]二之ヲ塩ト一者ハ、如二吟行歌曲之類ノ一」といへり。これも音調のあぢはひを、塩合《しほあひ》[二九]といふ義にて呼ならはしたるなるべし。沈帰愚《しんきぐ》[三〇]が古詩源《こしげん》[三一]に、「塩[三二]引ハ之転ジテ而訛スル也」といへるは、うけがはれず。

〔九〇〕里謡に「庄屋の内儀のもみうら[三三]小袖、治下《ぢげ》[三四]の百姓の血の涙」とうたふ。杜《と》[三五]

一 仮名序に「文屋康秀は…言はば、あき人の良き衣着たらむがごとし」。 二 「くらうど」とも。皇室の納殿という蔵を管理する役人を母胎として成立した令外官。天皇の側近として権勢を持つ官になった。 三 宋の陸游撰の随筆。十巻。続二巻。以下の引用はその巻二に見える。 四 伝未詳。 五 宋の詩僧。名、道潜。字、参寥。杭州の智果寺に住し、蘇軾・秦観と交遊した。参寥子集がある。 六 七絶「経二臨平一作」の転・結句。 七 浙江省杭県東北部の地名。臨平湖、臨平山がある。 八 蓮の花。荷花も同じ。 九 宋の人。名、布。字、宣仲。進士に登り、官は武学博士に至った。画を巧みにした。 一〇 ただ。「此外ハ無キノ辞ナリ」(助辞訳通)。 一一 塩・汐などの字を宛てる。愛嬌、愛らしさ。 一二 唐に同じ。皇帝の姓が李であるからいう。 一三 六巻。宋の尤袤撰とされるが、後人が宋の計有功撰の唐詩紀事に拠って編んだもの。 一四 現在の陝西省の地。東は函谷関、南は武関、西は散関、北は蕭関の四関の中に位置したことからいう。 一五 唐の人。元和の進士だが洪州の西山に隠遁し、終生仕えなかった。詩を能くし、西山集がある。 一六 この詩、全首は伝存せず、詩題も不明。 一七 楚の地の旅人。 一八 白雪(曲)の意。高尚な歌。 一九 なまめかしい。 二〇 呉の地方の美女。 二一 五律「藻侄比課二五言詩一、已有二意趣一、老懐甚喜、因吟二病中十二首一」其十二の首聯。 二二 経義を暁らないで、ただ書物の字面のみを通読すること。 二三 歓び楽しむこと。 二四 美女の愛らしい笑い。 二五 「薛道衡以二空梁落燕泥之句一、為二隋煬帝所一レ嫉、考二其詩一名二荀鶴《じゅんかく》「経[三六]二胡[三七]城県ヲ一」詩に、「去歳曾過[三八]テ二此ノ県城ヲ一、県民無三口トシテ不二冤声[三九]《えんせい》ナラ一、今来県宰加三朱紱[四〇]《しゅふつ》ヲ一、便是県[四一]民血染成ス」といへり。まことに斯民[四二]《しみん》の痛ましき、「既以[四三]二脂膏ヲ一供ス二爾ノ禄ニ一、須レ知ル痛癢切ナルヲ二吾身ニ一」と真西山[四四]《しんせいざん》の示し諭されけるを、すべて牧民[四五]《ぼくみん》の吏に服膺[四六]《ふくよう》せしめたくこそ。

〔九一〕為家集[四七]《ためいへしふ》の題に「寛喜元年入道[四八]前河内守光行《みつゆき》六十算」とありて、歌には「久しかれつもる六十の一とせに今ゆく末の千代[四九]をかぞへて」とよめり。是、俗にいはゆる本卦[五〇]《ほんけ》がへりの賀なり。范成大集《はんせいだいしふ》に「丙午新年、六十一歳、俗謂二之ヲ元命《げんめい》ト一、作レ詩自祝」と題し、「歳ハ[五一]復当ル[五二]生ノ次、星ハ臨ム[五三]本命ノ辰」といへり。明の陳白沙[五四]《ちんはくさ》も「六十一[五五]自寿」の詩あり。これを華甲子《くわかふし》と称するは、四十八を桑年《さうねん》と称するごとく、字画を拆[五六]《さき》ての謎語[五七]《めいご》なり。

〔九二〕徂来[五八]《そらい》、大明律[五九]《だいみんりつ》を訳し、大の字を去て明律国字解[六〇]《みんりつこくじかい》と題しけるを、蘇門[六一]《そもん》が燃犀[六二]《ねんさい》録《ろく》に非難しけれども、是[六三]は誠に事体を得たり。しかるに「弔[六四]二豊臣氏ノ故墟ヲ一」詩には、「絶海楼ノ船震二大明ニ一、寧知ンヤ此地長ゼントハ二柴荊ヲ一、空山ノ風雨時時悪シ、尚作ス二当年叱咤ノ声ヲ一」と作れり。此詩のいきほひ、大明といはざれば叶がたし。是猶有レ所レ諉スル[六五]といふべし。且大雅大明[六六]《たいがたいめい》の句に「保右シテ[六七]命ジレ爾ニ、燮[六八]《せふ》二伐ス《ばつ》[六九]大商ヲ一」、又「肆《ほしいまま》ニ伐テ二大商ヲ一、会朝清

昔昔塩一…楽苑以為二羽調曲一、玄怪録載三籧篨三娘、工唱二阿鵲塩一、又有二突厥塩・黄帝塩・白鴿塩・神雀塩・疎勒塩・満座塩・帰国塩一」(容斎続筆・昔昔塩)。二六 楽府詩集・八十二に近代曲辞として白居易と王維の「太平楽二首」を収め、「楽苑曰、太平楽商調曲也」という。二七 明の楊慎撰。→三三五頁注二八。二八 このままの文章はない。「梁楽府夜夜曲、或名二昔昔塩一、昔即夜也、列子、昔昔夢為レ君、塩亦曲之別名」(丹鉛総録・十五・字学類)に拠るか。あるいは「歌詩謂二之塩一者亦如二吟行曲引之類一爾」(唐音癸籤・楽通三)に拠るか。二九 頃あい。三〇 清の人。名、徳潜。号、帰愚。乾隆の進士。官は礼部侍郎に至った。五朝詩別裁、古詩源を編み、帰愚詩文鈔などがある。三一 十四巻。古代から隋に至るまでの古詩を、時代順、作家別に編集したもの。三二 巻十四に収める薛道衡の「昔昔塩」の注に「昔昔猶夜夜也、塩、引之転而譌也」。▽この項、葛原詩話・四の「笑塩」と類似する。三三 紅絹(もみ)は紅色無地に染めた絹布で、それを裏地にして仕立てた小袖。三四 支配下。三五 唐の人。杜牧の季子。大順二年の進士で、翰林学士、知制誥になった。宮詞に長じ、唐風集がある。三六 全唐詩では「再経二胡城県一」という題。三七 今の安徽省阜陽県西北の地。三八 全唐詩では「曾経」。三九 うらみの声。四〇 朱のひざかけ。上等のぜいたくな衣裳。四一 全唐詩では「生霊」。四二 この民。親しみをこめた言い方。「斯民也、三代之所二以直道而行一也」(論語・衛霊公)。

(注四三以下、→三五六頁)

明」とあれば、是に本づきたるといはんも可なり。[一]聖像の賛において、「[二]日本国夷人」と書けるに至ては、やまと魂をうしなひはてゝ、みづから外国人になりけるなり。[三]論衡《ろんかう》にいへる「舎テ二吾家之父ヲ一、而敬二他人之翁ヲ一」なり。[四]春秋の法をもて正さば、いみじき聖教の罪人なりけり。されど徂来は[五]首悪《しゆあく》にあらず。[六]錦里《きんり》文集《ぶんしふ》「[七]述懐」の詩に、聖学の尊きことを称賛して、末に「[八]東夷ノ[九]小子空ク勤苦、仏法千年涵ス二[一〇]四維ヲ一」といへり。錦里は篤厚の[一一]醇儒《じゆんじゆ》なりしに、此弊を[一二]作俑《さくよう》しけるぞうたてき。又[一三]覇府《はふ》の事を称するに、やごとなき[一四]僭窃《せんせつ》の称呼を、おほけなく犯し用るの弊も、此先生より濫觴《らんしやう》して、[一五]蘐園《けんゑん》の徒をして尤《いう》に傚《ならふ》ことを致せり。「[一六]礼義ハ由リ二賢者一出」といへるに、いと濫《みだり》なる事なりけり。

〔九三〕[一七]前に朝鮮人の来聘《らいへい》せし、三都より道中宿ゝにて、物ずき軽薄のともがら、群蟻《ぐんぎ》の[一八]腥臊《せいさう》を慕へるごとく、紛ゝとしてむらがり集まり、しきりに詩を投じて[一九]和韻《わゐん》を求め、[二〇]没緊要《ぼつきんえう》の事を挙論して、無益の[二一]筆陣《ひつぢん》を競へり。外国人になぐさみ弄《なぶ》られて、うたてく[二二]気の毒なる事おほかりけり。さるほどに[二三]堀川《ほりかは》・蘐園《けんゑん》はいふに及ばず、およそ見識ある儒家は、その役がゝりにあらざる外《ほか》は、一人も彼席へ出ざりけり。[二四]其詩文・筆語を輯《あつめ》て版にちりばめ、世にひけらかしけるは、殊におとなげなく軽薄なり

一　孔子の画像。徂徠が孔子画像の賛に「日本国夷人物茂卿」と署名したこと、文会雑記・東海談・年々随筆などに見える。
二　底本「日本」の前、空格。
三　後漢の王充撰。三十巻。事物の軽重を論じて、世俗を批判した書。
四　記述の仕方によって物事をきびしく批判する方法。中国古代の魯の史書である春秋の文章には、孔子の歴史批判が示されているとされる。
五　悪人のかしら。「春秋之義、誅二首悪一而已」(漢書・孫宝伝)。
六　江戸時代前期の朱子学者木下順庵(錦里とも号す)の詩文集。十九巻。寛政元年(一七八九)刊。
七　巻三に収める七律。引用部は尾聯。
八　東方の未開の地。
九　とるに足りないつまらない人。
一〇　四方の隅。巽(東南)・坤(西南)・乾(西北)・辰(東北)をいう。
一一　純正な学者。　一二　悪例を始める。
一三　武力によって権力を取った覇者の府。すなわち幕府。
一四　分を越えて、上のものを窃み取ること。
一五　荻生徂徠の一門。
一六　孟子・梁恵王下に拠る。
一七　江戸時代、朝鮮から日本への使節の派遣は、慶長十二年(一六〇七)から文化八年(一八一一)までの間に十二回あった。
一八　なまぐさく獣くさいこと。
一九　相手の詩と同じ韻を用いて、唱和の詩を作ること。　二〇　むだな事。
二一　文章によって論戦すること。
二二　腹だたしい事。

けり。

〔九四〕わづかに一とせ江戸にいて帰れば、強《しひ》て声をなまり方言をつかひ、あづまものゝやうにこしらふるは、はかなき心ざまにぞありける。司空表聖《しくうへうせい》[二五]「河湟《かくわう》[二六]ニ有レ感」の詩に、「漢児尽ヽク作テ二胡児ノ語ヲ一、却テ向テ二城頭ニ一罵ル二漢人ヲ一」といへる、からもやまとも軽薄のならはし、うたてかりける世の中なりけり。天明の比になん、尾上梅幸《をのへばいかう》[二七]とかいへる俳優の名人ありけり。久しく江戸の芝居にありて、ふたゝび上方へ登りければ、顔見世《かほみせ》の口上《こうじやう》に、あづま訛《〈なま〉》り江戸ことばにて、をかしく面白く興あるべしと思ひけるに、いさゝかもわるびれざりければ、さすがにおとなしき[二八]と人感じあへり。さぶらひたるものにして、川原《かはら》ものゝ操《みさを》にも劣れるは、いと恥べき事になん。

〔九五〕浪華《なには》の鳥世章《てうせいしやう》[二九]が家婢《かひ》、よく仕へて居なじみけるに、俄《にはか》にいとまを乞て、さらに葛子琴《かつしきん》[三〇]が家につかへ、又ほどなく出去りけり。初め世章が家に詩会[三一]あり。さぶらひに医師・沙門《しやもん》[三二]打交りて、よもすがら悄々《〈ひそやか〉》[三三]地に密談するさまにて、又折ふしは豪爽に激昂《げきかう》しければ、謀反《むほん》を企る党にやと疑ひて、禍を恐れて彼家を去りけるなり。子琴が家に仕ふるに及て、世章がともがら来り会して、又初のごとくに有けるを見て、こゝも彼党類なりとおどろき、俄に又いとまを取けるなり。ひそかに是を人に

二三 京都堀川に塾のあった伊藤仁斎門下と、江戸茅場町の塾を蘐園(茅と蘐は通ずる)と称した荻生徂徠門下。
二四 例えば享保四年の朝鮮通信使来聘に際しては、桑韓星槎答響・両関唱和集・桑韓唱酬集・和漢唱和・桑韓唱和塤篪集・韓客筆語など多くの唱和筆語集が出版された。
二五 唐の人。名、図。字、表聖。咸通の進士。官は礼部郎中に至った。乱を避けて中条山中に隠居し、哀帝が弑せられるに及んで、絶食して死んだ。司空表聖集がある。
二六 七絶。引用部はその転・結句。河湟は黄河と湟水流域の地。西戎の土地。
二七 初代尾上菊五郎(一七一七-八三)。梅幸は俳名。初め若衆方・若女形として活躍し、のち立役に転じた。上方と江戸の劇壇を往来した名優。
二八 大人びていて落ち着いている。
二九 鳥山崧岳。名、宗成。字、世章。号、崧岳。越前の人で京都に遊学し、医を香川修庵に、儒を伊藤東涯に学んだ。宝暦六年頃大阪に移住し、混沌社に参加した。安永五年(一七七六)没、七十余歳。
三〇 一七三九-八四。橋本氏。修姓して葛。名、張。字、子琴。通称、貞元。号、螙庵。大阪で医を業とした。詩と篆刻を能くし、混沌社を代表する詩人として活躍した。
三一 大阪の詩社混沌社の詩会と思われる。混沌社は片山北海を盟主に明和二年(一七六五)に結成された。儒者・医者・武士・町人など様々な階層の詩人が参加し、京坂詩壇の核となった。
三二 僧侶。
三三 こっそり。ひっそり。

語りて、身ぶるひして畏《おそ》ろしがりけるとなり。こは由井《ゆゐ》[一]・山県《やまがた》[二]が事など、軍書よみの語るをきゝて、それと思ひ合せて疑ひ惧《おそ》れしなりと、子琴語りて大に笑へり。鶴《かく》[三]林玉露《りんぎよくろ》に、「宋乾道《ノ》[四]間、司業[五]林謙之《りんけんし》[六]与二正字[七]彭仲挙《はうちゆうきよ》[八]一、游二天竺《ニ》[九]一。小飲《シテ》論《ズ》レ詩《ヲ》。談《ジテ》及二[一〇]少陵《ノ》妙処《ニ》一。仲挙微《シク》酔《フ》。大《ニ》呼《テ》曰、「杜少陵可レ殺《ス》」。有二俗子一在《テ》二隣壁《ニ》一聞レ之《ヲ》。告《テ》レ人《ニ》曰、「有二一怪事一。林司業与二彭正字一、在《テ》二天竺《ニ》一謀《ル》レ殺《コトヲ》レ人《ヲ》」。或《ヒト》問、「所レ謀レ殺《サント》者《ハ》為《ル》レ誰」。曰、「杜少陵也。不レ知是何《レノ》処《ノ》人《ゾ》」」とあり。相似たる事にぞありける。

〔九六〕夏月といへる題にて、徘諧の発句をせしに、初進の人なりけるが、「蚊をいとひながらびはとる夕月夜」と口[一一]すさびたり。宗匠、賞美せしかば、喜色眉目に[一二]あぶれぬ。「「[一三]斜抱《テ》二雲和《うんくわ》[一四]《ヲ》一深見レ月《ヲ》」と申詞もはべれば、「琵琶とる」を「抱《だく》」とあらためられれば、一段風情《ふぜい》深かるべきにや」と申ければ、其人憮然《ぶぜん》としていぶかり、「だくとは攀《よぢ》のぼる義にや」と問けり。もとの意は枇杷《びは》をちぎりて採《とる》をいへり。琵琶を把《とる》にてはなかりしなり。一座みなくつ〳〵とふき出せり。[一五]開巻一笑《かいくわんいつせう》といふ話本《わほん》に、「[一六]莫廷韓過二[一七]袁履善《ガ》家《ニ》一。適《ミ》村人献《ズ》二枇杷《ノ》果《ヲ》一。誤《リ》書《シテ》作《ル》二琵琶《ノ》字《ニ》一。相与《ニ》大笑。[一八]屠令君続《テ》至《ル》。廷韓笑容尚在レ面《ニ》。令君以為レ問《ヲ》。袁道二其故《ヲ》一。令君曰、「琵琶《ハ》不二是這《ノ》枇杷《ナラ》一」。袁曰、「只為《ナリ》二当年識レ字《コトヲ》差《たがふガ》一」。莫即云、「若使《バ》二琵琶《ヲシテ》能結レ果《ヲ》、満城《ノ》[一九]簫管尽《ク》開《ン》レ花《ヲ》」」。

一 由井正雪。江戸時代初期の兵法家。慶安事件と呼ばれる倒幕計画が露見し、自害した。 二 山県大弐。江戸時代中期の尊王論者。明和事件に連坐して処刑された。 三 宋の羅大経撰。十八巻。詩文、道学に関する諸家の語を引用する考証随筆。引用部は巻十六(人集巻二)「少陵可レ殺」。 四 孝宗の年号。一一六五―一一七三。 五 国子司業。今の大学教授に当る官。 六 名、光朝。字、謙之。号、艾軒。隆興の進士で、中書舎人、婺州の知などを歴任した。 七 秘書省に属し、書籍の文字の校正を掌る官。 八 伝未詳。 九 浙江の杭州にある山の名、またそこにある寺の名。 一〇 唐の詩人杜甫のこと。 一一 濁点、底本のまま。「口ずさむ」に同じ。 一二 濁点、底本のまま。「あふ(溢)れぬ」に同じ。 一三 王昌齢の七絶「西宮春怨」(唐詩選)の転句。 一四 琵琶の名。 一五 明の李贄編。二集十四巻。笑話を集めたもの。引用部分は「嘲レ誤二写枇杷詩一」(集下・三)と題する話。 一六 明の人。名、是龍。字、雲卿・廷韓。号、秋水・後明。古文辞の詩を能くし、書画に巧みであった。 一七 明の人。名、福徴。字、履善。号、太沖。嘉靖の進士で、刑部主事を授けられた。詩文を能くし、王世貞・李攀竜と並び称された。 一八 未詳。令君が知県の意ならば、潁上知県に除せられた屠隆のことか。 一九 簫の笛。管楽器。 二〇 明の徐𤊹撰。易通、経臆、詩談、文字、雑記の五門に分ける考証随筆。巻六「枇杷」にこの話を摘録する。 二一 唐の人。初唐の四傑の一人。左遷された父を省せんとして南海に渡り、水に堕ちて死んだ。 二二 七古。古文真宝唐詩選などに収められて名高い。

[二〇]徐氏《じよし》筆精《ひつせい》にもあらはる。すこぶる亦似たる事にぞありける。

〔九七〕[二一]王勃《わうぼつ》「[二二]滕王閣《とうわうかく》」の詩は、殊に簡短にして淡薄なり。これは序文に靡麗《びれい》を極《きはめ》けるゆゑ、わざと浅ゝとして巧を用ひず。いはゆる[二三]一張一弛《いつちやういつし》の法なり。たとへば饗宴のちそうに、美味厚腴《こうゆ》を尽したる上は、薄《うす》ずましの吸物にて杯を収むがごとし。こゝに至て更に濃なる物をそなへば、興を失ひて殺風景なるべし。[二四]源氏物語のうたは、よく此手段を得たり。文は妙なれど歌は拙しとそしるは、張弛の法をしらざるの固陋《ころう》なり。小説・[二五]伝記中の詩も、皆わざと平易淡泊にして浅近なり。さるに滕王閣の詩を于鱗《うりん》が唐詩選《たうしせん》に取たるは誤れり。宴席に[二六]美饌《びせん》をもふけずして、薄ずましの吸物ばかり出せるにおなじ。殊に無興《ぶきよう》ならずや。源氏の歌おほけれども、一首も選集に取入られず。于鱗にして此識鑑《しきかん》なかりけるは何ぞや。近ごろ[二七]随園詩話《ずいゑんしわ》の話を除て詩ばかり抄して世に刊行す。うつけわざのかぎりなりけり。

〔九八〕ひさがたの天といふことは、[二八]匏象《ひさがた》といふ義なるべきよし、[二九]真淵《まぶち》が冠辞考《くわんじかう》にいへり。唐の[三〇]章孝標《しやうかうへう》が「[三一]題《スル》二朱秀《ガ》城南《ノ》亭子《ニ》一」詩に「朱家亭子《ノ》象《ニ》[三二]懸《ドル》鉋《けんぱう》二一」といへるも、亭頂内円なるを形容せるなり。明の[三三]王彝《わうい》が詩に「[三四]天形咫尺懸《リテ》如《レ》匏《ノ》」といへるは、正《まさ》しくひさがたの天をいへり。形容の見たてのおもむき、和漢同案にぞありける。

後集では「滕王閣序并詩」として序文も収めるが、林羅山は「序を本に書て、其次でに作レ詩、故に如レ此云、若詩を本と書て、其上に序を作らば、滕王閣詩并序と題すべし」と述べる。なお滕王閣は、唐の太宗の弟の滕王が洪州に建てた建物。二三「張」は弦をきつく張る、「弛」は弦を緩める。「一張一弛、文武之道也」(礼記・雑記下)。物事を適度に按配することの喩え。二四 源氏物語の歌については〔七七〕参照。二五 底本のまま。あるいは「伝奇」の誤りか。二六 御馳走。二七 清の袁枚(号、随園)の撰。十六巻、補遺十巻。詩に関する記事や論説を得るに随って記したもの。古人の詩に論及する場合もあるが、多くは同時代の詩人の詩を話題にする。五山堂詩話に大きな影響を与えた。東陽がここに批判するのは十巻補遺二巻の和刻本(文化元年刊、神谷東渓編・柏木如亭較閲)のこと。この書は随園詩話から詩と詩論とを適宜に抄出したもの。巻十と補遺巻二には詩論が抄出されているが、他の巻は詩のみの抄出。二八 ひさご(ひょうたん)の形。二九 賀茂真淵の枕詞研究の書。十巻。宝暦七年(一七五七)刊。巻八に「さて天の形はまろくて虚(ツウ)らなるを、匏(ヒサゴ)の内のまろくむなしきに譬て、匏形(ヒサカタ)の天といふならんと覚ゆ」。三〇 元和の進士で、秘書省正字に除せられ、大和中、大理評事に任ぜられた。三一 七律で引用部は第一句。三二 柄のあるひさご。三三 名、彝。字、常宗。布衣であったが、洪武三年に元史編修のために召され、ついで薦められて翰林に入った。三四「癸酉歳徐枢密第賞レ雪」(列朝詩集・甲集十五)と題する七古の第二句。

〔九九〕韻を探て得たる字は、かならず機要[一]に用て活動の妙ありてこそ、押得たる手がらなるべけれ。又仄韻《そくゐん》[二]は古詩《こし》の用なり。しかるに、いまだ古詩をしらず、わづかに律絶《りつぜつ》[三]ならで作り得ざる輩の、向上《かうじやう》[四]らしく古句を分て韻とするは、分《ぶん》をしらざるの僭妄《せんまう》なり。平生《へいぜい》、平韻《ひやうゐん》[五]ならで用ざるに、強て仄韻《そくゐん》にて近体《きんたい》を作らんは、いたづらに抵死苦吟《ていしくぎん》[六]して、一笑にもたらざる物を出す、いとうたてかりけり。故に古句を用て韻を分つは、手揃《てぞろひ》の時ならでは為《なす》まじきなり。

〔一〇〇〕東人詩話《とうじんしわ》[七]に「杜工部ノ[八]詩「身軽シテ[九]一鳥ノ」下、脱ス二一字ヲ一。陳舎人従易《ちんしやじんじゆうい》[一〇]、与二数人一各占二一字ヲ一。或ハ云レ疾シト、或ハ云レ落ト、或ハ云レ起ト、或ハ云レ下ト、莫二能定ルコト一。後得タリ二一本ヲ一。乃過ノ字也」とあり。源氏物語に韻[一一]ふたぎといへるは、即此伎倆を試る事なり。

〔一〇一〕頓阿《とんあ》[一二]が北野社[一三]のうた、「松がえの木の間〈ま〉に見ゆる神垣《かみがき》や風と月とのあるじなるらん」。松の木の間に奥ふかく見ゆる神垣は、名にしおふ風月本主《ふうげつほんしゆ》[一四]の社にてましますらん。その尋常〈よのつね〉ならぬたふとさ、問ずしていちじるしとなり。うたの表は此通りにて、奥意に趣を含たり。風涼しく松が枝を吹わけて、葉ごしに漏来る月影の、おもしろく神を楽めまいらするさま、かかる景境を管領《くわんりやう》し給へる、まことに風月のあるじにぞましますと、大雅[一五]の徳をほめたゝへ奉れるなり。本朝文粋《ほんてうもんずい》[一六]、大江匡《おほえのまさ》[一七]

一 重要な役割。 二 平声以外の、去声・上声・入声の韻。通常、絶句や律詩という近体詩の韻としてはあまり用いない。 三 律詩と絶句。 四 えらそうに。 五 平声の韻。近体詩における平韻と仄韻については、「近体ハ韻必平ニ限ル二論ナシ。サレドモ熟ク古集ヲ読ムニ、変化ノ到ル所、側韻律ナキニモアラズ」(詩轍・一)など。 六 力を尽くして作詩に苦しむ。▽この項と同趣旨の論、夜航詩話・四にもある。 七 朝鮮の徐居正撰。二巻。成宗五年(一四七四)に刊行され、明暦元年(一六五五)には和刻本が出版された。引用部は上巻の記事。但し以下の逸話は、もともとは宋の欧陽脩の六一詩話に収める。 八 杜甫。検校工部員外郎の官を得たことがあるのでいう。 九 「送三蔡希魯都尉還二隴右一、因寄二高三十五書記一」と題する五言排律の第七句「身軽一鳥過」の下一字を欠いたもの。 一〇 宋の人。名、従易。字、簡夫。進士に第し、秘書省著作佐郎となって、冊府元亀の編修に携った。舎人は官職名。 一一 典拠のある詩の韻字を隠しておいて、それを互いに当てて勝敗を争う遊び。「暇有りげなる博士ども召し集めて、文作り、韻ふたぎなどやうの、すさびわざどもをもし」(源氏・賢木)。→三三九頁注三五。 一二 鎌倉南北朝期の歌僧。 一三 草庵集・十所収。詞書「おなじ家にてよませられし北野社五首に、神祇」。北野社は菅原道真をまつる北野天満宮。 一四 詩歌や文章に長じている人。菅原道真をさす。 一五 文藻・学識の徳。 一六 藤原明衡撰。十四巻。十一世紀半ば頃の成立。平安朝の漢詩文を、文選の形式にならって編纂したもの。底本「本朝」の前、衡《ひら》の文に「天満自在天神[一八]ハ、文道之太祖、風月之本主也」といへり。諺解《げんかい》[一九]・難註《なんちゆう》[二〇]はいふにたらず、本居宣長《もとをりのりなが》が草庵玉箒《さうあんたまばはき》[二一]にも、此典故を引ことを漏して、骨なき物になしたりけり。海録砕事《かいろくさいじ》[二二]に「偽蜀[二三]ノ欧陽彬《おうやうひん》[二四]、守タリ二嘉州[二五]一、曰、青山緑水中為リ二二千石[二六]一ト、作リレ詩ヲ飲テレ酒ヲ、為ル二風月主人一ト、豈不レヤ佳ナラ哉」とあり。匡衡の賛辞は是に本づきたるに似たり。然ども海録砕事、当時已に本邦[二七]に流伝せしや否知べからず。恐くは暗合したるならん。

〔一〇二〕南郭《なんくわく》[二八]「小督詞《こがうし》[二九]」は、千秋[三〇]の絶技といふべし。此後、諸家これに傚《ならひ》て、「妓王詞《ぎわうし》[三一]」「千寿詞《せんじゆし》」など作れるおほけれども、南郭の半にも及ぶを見ず。南郭、人に語りける、「楽天《らくてん》[三二]の詩を人かろしむれども、「琵琶行《びはかう》」「長恨歌《ちやうごんか》」などの妙は、楽天にあらざれば作ること能はず。余、「小督詞」を楽天に擬して、楽天の及がたきを始てしりぬ」となん。いかにも骨折たる事としらる。江村北海《えむらほつかい》[三三]おもへらく、「御史中丞臣仲国《ぎよしちゆうじようしんなかくに》[三四]は、漢宮《かんきゆう》[三五]の句に応じて称しけるなれども、あの方の御史中丞は、殊に威勢いかめしき職にて、夜中階下[三六]などに蹲《うづく》まり居るものにあらず。況や《いはん》かけお[三七]ちの妾を捜《さが》させに行しめんや。もろこし人に見せば合点すまじきなり。かるがゆえに、余が詩選[三八]に載《のす》ることを得ず」と。いかにも是ぞ玉に瑕《きず》なりける。漢宮を改て内《ない》[三九]

空格。　一七 九五二—一〇一二。漢学者・歌人。文章博士。一条天皇・三条天皇の侍読をつとめた。赤染衛門の夫。江吏部集がある。　一八「北野天神供御幣并種々物文」(本朝文粋・十三)中の一文。　一九 香川宣阿の草庵和歌集蒙求諺解(享保九年刊)。　二〇 桜井元茂の草庵集難註(享保十五年刊)。　二一 正しくは草庵集玉箒。十二巻。前篇は明和五年刊、後篇・続篇は天明六年刊。諺解と難註の説を掲げて批評し、補正したもの。　二二 宋の葉廷珪撰。二十二巻。一字から四字までの語を解説した類書。引用部は巻十二・刺史門「風月主人」の項。　二三 五代十国の一である後蜀のこと。　二四 名、彬。字、斉美。博学能文で、初め前蜀に仕えたが、滅亡後は後蜀に仕えた。底本「欧陽柳」。　二五 今の四川省楽山県。　二六 地方長官のこと。漢代に太守(郡の長官)の年俸の石高が二千石であったことによる。　二七 底本「本邦」の前、空格。　二八 服部南郭。　二九 南郭先生文集三編・一に収める七言古詩。小督は桜町中納言の女。高倉天皇に寵愛されたが、平清盛によって宮中から追放された(平家物語・六・小督事)。　三〇 永遠に伝えられるべき大変すぐれた作。　三一 例えば柚木太玄「妓王篇」(日本詩選・二)、葛子琴「千寿」(野史詠)などがある。妓王・千寿ともに平家物語の女性。妓王は平清盛の寵愛をうけた白拍子、千寿は平重衡の愛人。　三二 同趣旨の言葉、文会雑記・一下に見える。　三三 →二九三頁注二六。東陽は在京時代、北海のもとに出入りした。　三四「小督詞」の第六句に「御史中丞臣仲国」。御史中丞は弾正大弼・少弼の唐名。仲国は源仲国。竜門苑《ゑん》とし、弾正大弼《だんじやうだいひつ》臣仲国にて可なるべし。左あらば唐人に示しても、期門《きもん》[一]の類ならんと見てすむべきなり。因て驄馬《そうば》[二]も匹馬《ひつば》[三]に改め、使《ス》ニ御史《ヲ》一[四]は奉《ズ》ニ聞使《ヲ》一[五]としてよろし。すべて護社《けんしや》[六]の徒は、唐かたぎの弊にて、称謂《しようゐ》[七]を誤ることおほかり。

〔一〇三〕郭震[八]が「子夜歌」[九]を、柳沢淇園子[一〇]の寄意《とりうつ》[一一]せるあり。「陌頭楊柳枝《まちのほとりのやなぎさへ》、已《あれ》ニ被ニ春風吹《はるかぜがふくわいな》一、妾《ガ》心正断絶《わしがこゝろのやるせなさ》、君《ガ》懐那《ゾ》得レ知《コトヲ》《おもふとのごにしらせたい》」。あどなく[一二]わりなき辞気を、よくなまめかしく訳し得たり。此うた、我のみ単相思《かたおもひ》にして、情人の気づよきをかこち、かくまで恋したふとしるならば、かうもつれなくは有まじものをと、いとうらめしく心にくゝおもふ、そをあからさまに説破らず、芽出《めだ》し柳のみづ〳〵しき、みどり滴るばかりに春めきたる、風に吹れてよれつもつれつ、あなにくき風情《ふぜい》のうらめしき思ひを、たゞ平々浅々に詠じたること、是楽府《がふ》の妙趣なり。その気味をよくも寄意せられたり。世に児女子のもてはやす、「長相思《ちやうさうし》」[一三]「竿《さを》の露」「由《ゆ》かりの月」などのたわれ歌も、此人の戯作《げさく》なるよし。まことに風流の絶才なりけり。

〔一〇四〕崔顥《さいかう》[一四]が「長干行《ちやうかんかう》」[一五]に「君《ガ》家住《ス》ニ何処《ノ》一《ニ》、妾住《ハ》在《シテ》ニ横塘[一六]一《ニ》、停《ヨ》レ舟《ヲ》暫借問《ク》[一七]《セン》、或《ハ》恐《クハ》是同郷《ナラン》」。こは湊入《みなといり》の商船をおびきて[一八]、賤妓《せんぎ》のおし売する手くだの伝ひ詞をのべたるなり。かく没緊要《むだ》の問を設て、唐突《やぶからぼう》に客船を呼かけ、舌だるくいひより親

文庫本平家物語などには「弾正大弼」、高野本などには「弾正少弼」。三五「小督詞」の第一句「漢宮明月為レ誰悲」。三六「小督詞」の第四・五句「金殿沈沈玉漏遅、忽向ニ階前一召ニ当直一」。三七「小督詞」の第七句―十句に「寵姫小督逃ニ宮中一、死生朝野無ニ消息一、如レ聞潜匿在ニ西郊一、密詔今宵行物色」。三八 日本詩選。正編は安永三年(一七七四)刊。続編は安永八年刊。三九 皇宮内の庭園、また皇宮の内を指す。

一 天子を護衛する官。二「小督詞」の第十四句「深夜行行驄馬蹄」。驄馬は青黒と白い毛色のまじった馬。三 一頭の馬。四「小督詞」の第四十一句「伝詔天書使御使」。五 忍びの使い。六 徂徠の門下。七 人や物に対する定まった呼び方。「物ノ言方、物ノ書方ニ、ソレ〳〵ノ云ヒヤウ、書キヤウノ定リタル格式アルヲ云フナリ」(授業編・十)。八 唐の人。十八歳で進士に及第、則天武后に抜擢され、涼州都督・安西大都護に任ぜられた。玄宗皇帝の時、朔方大総管となったが、罪を得て新州に流された。九 郭震には「子夜四時歌六首」春・秋・冬の各二首があり、ここに引用するのは春歌の第一首で、唐詩選にも収める。「子夜歌」は楽府題。東晋の頃、呉の子夜という女性がもの悲しい歌曲を作った。その詩と、後世これに倣った詩を「子夜歌」という。一〇 一七〇四―五八。柳里恭(りゆうりきよう)と呼ばれる。大和郡山藩の重臣。詩文書画など多芸多才で、江戸中期の典型的な文人の一人。「子」は親愛や敬意を表わす接尾語。一一 心意を寄託する。この詩の寄意俗訳の

むこと、舟[一九]まんぢう・走[二〇]りがねなどいふうかれめの、はしたなくあつかましきさまになん。餘意おのづから言外に含蓄すること、是亦唐詩の妙なり。次[二一]の詩に「家ハ臨ム[二二]九江ノ水、来去ス九江ノ側、同[二三]ク是九江ノ人ナルニ、自㆑小不㆓相識㆒リシ」。これ賈客《こきやく》[二四]の答辞なり。たゞちに彼がなつかしげなる詞に打のりて、まことや同国の産《うまれ》ならんに、おさなゝじみをしらでぞありしと、心もろくうけひき惑ひたる、おろかにして亦おかし。「同是九江人」とは、もろともにしらぬ火の筑紫[二五]うまれとか、おたがひに鳥がなくあづま人[二六]なるにとかいふにひとし。ばつと[二七]したる答なり。初よりかの野鴛鴦《やゑんあう》[二八]のはかりごと、みづから故郷をいづくと指定《さしさだ》めていはず。さるゆゑ此答も亦泛然《はんぜん》[二九]として、たゞくりかへし九江をのみいふ。暗中摸索《まぐれあたり》の巧を弄す、たがひに欺むく軽薄のならはし、かゝる輩の風流なるべし。さて此二首の本づく所は、古楽府《こがふ》「那呵灘《だかだん》[三〇]」の曲に、「聞テ㆔[三一]歓《ナジミ》下ルト㆓揚州ニ㆒、相送《ミタテル》ル[三二]江津ノ湾、願《ナニトゾ》クハ得テ㆓[三三]篙櫓ノ折《ナンブウニアフテ》レンコトヲ㆒、交ヘシメン㆓[三四]郎ヲシテ到頭《ツイニトウ〳〵》還ラ㆒」。これも賤娼的の口気なり。別を怨むの切なるあまりに、不祥の語をはゞからずかこちたり。人を怨ずして篙櫓《かうろ》をうらむは、篙櫓なくば行得《ゆきえ》まじものをと、切なる至りの痴情なり。且《かつ》嫉妬の詞なるゆえ、気烈しくはしたなし。揚州はもろこし第一極繁華の色府《いろどころ》にて、いはゆる二十四橋[三五]、十里珠簾[三六]、「春風蕩㆓シ[三七]城郭ヲ㆒、満耳是笙歌」、「天下三分明月ノ夜[三八]、二

主については諸説があり、淇園の他に、服部南郭(海録)、岡多仲(一話一言)ともいう。 二一 あどけない。 二二 藤井乙男「漢学先生の通人」(『江戸文学研究』)に「長相思」「棹の露」「月の枕」という題で詞章を収める。 一四 唐の人。開元の進士。官は司勲員外郎に至った。賭博と酒色を好み、文有りて行無しと評された。 一五 楽府題の詩。全唐詩には「長干曲四首」とあり、次に引くのは其一で、唐詩選にも収める。長干は金陵の里巷の名。今の南京の南。 一六 南京を流れる秦淮河沿いの堤。 一七 ちょっとお尋ねする。 一八 招き寄せる。 一九 隅田川に浮かべた小舟で色を売った下等な娼婦。 二〇 舟乗り相手の娼婦。志摩国鳥羽湊での称(物類称呼・一)。 二一 「長干曲四首」其二。 二二 川の名。具体的に何を指すかは諸説がある。 二三 全唐詩では「同是長干人」。 二四 商人。 二五 「筑紫」の枕詞。「知らぬ」の意をかける。 二六 「あづま」の枕詞。 二七 人の気をひくさまを表わす語。 二八 男女の野合の喩え。 二九 あいまいで上調子なさま。 三〇 楽府、清商曲、西曲歌の名。楽府詩集・四十九に六曲を収めるが、引用は第四曲。 三一 情人。女が男に対して称する。 三二 長江の渡し場。 三三 舟の棹と櫓。 三四 しむ。せしむ。教に同じ。 三五 揚州城の内外の水路にかかっていた二十四の橋。「二十四橋明月夜」(杜牧・寄㆓揚州韓綽判官㆒)。 三六 十里にもわたる長い道のりに掛けられている美しい簾。「春風十里揚州路、巻上㆓珠簾㆒総不㆑如」(杜牧・贈㆑別)。 三七 唐の姚合の五律「揚州春詞三首」其三の尾聯。 三八 唐の徐凝の七絶「憶㆓揚州㆒」の転・結句。

分無頼是《ハ》揚州」などいへるごとく、烟花風流全盛甚し。[一]且《かつ》其風俗浮軽なるゆえ、揚州の名を得たるよし、名さへ心もとなき処なりけり。故に男《をとこ》の其地へゆくことは、殊に婦人の忌きらへる所なり。「篙《フナサホ》[三]折《レバ》当二更覓《カイトヽノヘル》一《ニム》、櫓《カヂ》折《バ》当二更安《ツケカヘル》一《ニンズ》、各自是官人《オタガヒニツトメノミナレバ》《ナレバ》、那《ソ》得二到頭還《ン》一《コトヲ》」。こは客人の返歌なり。およそ船路《ふなじ》の旅行は、殊にめでたく祝すべきことなるに、よしなき嫉妬の怨をふくみて、禁忌の語をはゞからず、大に首途《かどで》のぎ[四]ゑんをそこなひけるゆゑ、いはゆる買詞《かひことば》に売詞《うりことば》をもて答たるなり。「各自是官人」とは、此方の演劇院本[五]に、「つとめといふにふたつはなひ」[六]といへる意なり。国家の官人といふ義にはあらず。私[七]の業にも重んじ行ふ事は、すべて公事といふがごとし。崔顥が詩も問答二首にしたてたるは、全く此体に傚ひたるなり。さるにても崔顥が作は人[八]がらをそこなへること甚し。からやうの詩は作らずともあらなん。

〔一〇五〕「那呵灘」の「相送江津湾」は、湾環《わんくわん》[九]の義を含て、結句の「到頭還」の意を、すでにおのづから胚胎してあり。張潮《ちやうてう》[一〇]が「江南行《かうなんかう》」[一一]に「茨菰《しこ》[一二]葉爛《テ》別二西湾一《ニ》、蓮子《れんし》花開《テ》猶未レ還」といへるは、暗に此手段を襲《おそひ》て、出藍《しゆつらん》の妙を得たり。およそ男女の情を述る詩は、字音に就て意を寓することおほし。張潮が詩も湾の字のみならず、菰音孤、蓮音憐の縁をかりて、吾身の孤寂なる境界と、夫婿《ふせい》[一三]を愛憐する意を、

一 色里での遊び。
二 「江南其気惨勁、厥性軽揚、故曰二揚州一」(釈名・釈州国)。
三 「那呵灘」(楽府詩集・四十九)第五曲。
四 縁起をさかさまにした形の俗語。縁起に同じ。
五 浄瑠璃や歌舞伎の脚本。
六 「勤めといふ字に二つはない」(壇浦兜軍記・三)。
七 「私家ノ事ニテモ、大事トスルコトニ、公事ト云コト往々見ユ」(葛原詩話後篇・一)。
八 「崔司勲驃疾、有レ似二俠客一流一」(石洲詩話・一)。
九 水が湾曲して繞ること。
一〇 唐の人。大暦中の処士。
一一 七絶。引用部は起・承句。
一二 慈姑(くわい)の異名。おもだか。
一三 夫。妻が夫を呼ぶ称。
一四 平安時代における白氏文集の流行をいう。「嵯峨帝御宇、白氏文集全部始伝二来本朝一、詩人無下不レ傚二文選・白氏一者上」(本朝一人一首・附録)。 一五 眠って夢みること。また、目をくらまされた状態の比喩。
一六 藤原良経。→三二五頁注二〇。
一七 秋篠月清集・冬所収。詞書「冬の歌の中に」。第五句は秋篠月清集・夫木和歌抄ともに「さむきよなよな」。 一八 白居易(楽天)が河南尹に在任した時の作。唐の東都洛陽は河南尹の管轄。京尹は京師の地方長官。
一九 七聯から成る七言排律。引用部は第一・五・六・七聯。 二〇 綾織の布で作った防寒用の綿入れ。 二一 波の模様のある綿入れ。
二二 ととのう。 二三 藤原忠通(一〇九七―一一六四)。鳥羽・崇徳・近衛・後白河四代の関白を歴任

謎語《めいご》のごとくよせていへり。

〔一〇六〕[一四]いにしへ白氏文集《はくしもんじふ》盛に行はれて、苟《いやし》くも文字にたづさはるもの、此集に[一五]夢寐《むび》せざるはなかりければ、うたの詞に取用たるおほかり。[一六]後京極殿《ごきやうごくどの》の「[一七]おほふべき袖こそなけれ世の中に貧しき民の冬の夜な〱」とよみ給ふは、[一八]楽天京尹《らくてんけいゐん》たりし時に、「[一九]新製《ニ》二綾襖《ヲ》一[二〇]感而有レ詠」、「[二一]水波文襖造新成、綾軟《カニ》綿匀《シテ》[二二]温《ニシテ》復軽《シ》、百姓多《ク》寒《シ》無レ可レ救、一身独《リ》煖《ナル》亦何《ノ》情《ゾ》、心中為《ニ》レ念《ガ》二農桑《ノ》苦《ヲ》一、耳裏如レ聞《ガ》飢凍《ノ》声、争《デカ》得《テ》二大裘長《サ》万丈《ナルヲ》一、為《ニ》レ君《ノ》都《テ》蓋《ハン》洛陽城」といへるに本づきたるなり。[二三]法性寺殿《ほつしやうじどの》の「[二四]さきしより散はつるまでみしほどに花のもとにて廿日《はつか》へにけり」とよまれしは、新楽府《しんがふ》「[二五]牡丹芳」に、「花開花落二十日、一城之人皆[二六]如レ狂《スルガ》」とあるに拠《〈より〉》たるなり。是より牡丹をはつか草といふめり。[二七]吉水和尚《きつすいくわしやう》の「[二八]人ごとにひとつの癖はあるものをわれにはゆるせ敷島《しきしま》のみち」は、「[二九]人皆有《ニ》二一癖一、我《ガ》癖在《ニ》二章句《ニ》一」を和《やは》らげたるなり。[三〇]清輔朝臣《きよすけあそん》の「[三一]ながらへばまた此ごろやしのばれんうしと見し世ぞ今は恋しき」は、「[三二]今既《ニ》不レ如レ昔、後《ニ》応レ不レ如レ今《ニ》」を上下転倒してよみたるなり。[三三]和泉式部《いづみしきぶ》の「[三四]もろともに苔の下には朽《〈くち〉》ずして埋《うづ》もれぬ名を見るぞ悲しき」は、「[三五]龍門原上《ノ》土、埋《テ》レ骨《ヲ》不レ埋レ名《ヲ》」に本づく。[三六]大江千里《おほえのちさと》の「[三七]月見れば千ゝに物こそ悲しけれ我身ひとつの秋には

し、法性寺関白とも称された。九条兼実・慈円の父。歌集に田多民治集がある。
二四 詞花和歌集・春所収。詞書「新院位におはしましし時、牡丹をよませ給けるによみ侍りける」。
二五 白居易の新楽府五十首の中の一首。芳は花。
二六 「若レ狂」とするテキストが多い。
二七 慈円(一一五五―一二二五)の別称。関白藤原忠通の男。天台座主。新古今集の家人。家集は拾玉集。
二八 拾玉集には収めない伝慈円作の歌。これが白氏文集中の詩句に拠るとの指摘は清水浜臣の答問雑稿・一などにもある。
二九 白居易の五言古詩「山中独吟」の第一・二句。
三〇 藤原清輔(一一〇四―七七)。六条家の歌学を伝え、御子左家の藤原俊成と対抗した。清輔朝臣集・袋草紙などがある。
三一 清輔朝臣集、新古今集・雑下、百人一首などに収める。
三二 白居易の五言古詩「東城尋レ春」の第三・四句。
三三 平安中期の女流歌人。和泉守橘道貞と結婚し小式部内侍を生んだが、敦道親王の寵愛を受けるなど、奔放な生涯をすごした。和泉式部集・和泉式部日記がある。
三四 和泉式部集に「内侍なくなりて次の年七月、われいける文に名の書かれたるを」という詞書で収める。但し第四句「うづまれぬ名を」。金葉和歌集・雑下にも収めるが異同がある。
三五 白居易の五絶「題二故元少尹集後一二首」其二の転・結句。「竜門」は洛陽の南にある山の名。
三六 平安前期の歌人。中古三十六歌仙の一人。宇多天皇の勅命により、句題和歌を撰進した。
三七 古今集・秋下、百人一首などに収める。

あらねど」は、「一燕子楼中霜月夜ノ、秋来只為㆓一人ノ㆒長シ」をとりたるなり。二俊成卿《しゆんぜいきやう》の「三むかしおもふ草のいほりの夜の雨に四涙なそへそ山ほとゝぎす」は、「五廬山夜雨草庵ノ中」をふまへていへり。六定家卿《ていかきやう》「七旅宿夜雨」に「たび衣ぬぐやたまの緒《を》よるの雨袖にみだれて夢もむすばず」は、「八旅館無㆑人暮雨ノ魂」を襲《おそひ》たるなり。其餘悉《ことごと》く挙るにいとまあらず。そのかみ単に九文集といふは、白氏の集をいへり。一〇山といへばひえ、寺といふは三井《みゐ》のごとくになんありける。

〔一〇七〕一一鄭鷓鴣《ていしやこ》、一二鮑孤雁《はうこがん》、一三謝胡蝶《しやこてふ》、一四崔鴛鴦《さいゑんあう》、一五袁白燕《ゑんはくえん》、一六楊春草《やうしゆんさう》などは、一首の一七詠物によりて、めいぼくの名を得たり。又一句によりて佳号となりけるは、一八寇萊公《こうらいこう》を「一九無㆔地ノ起ス㆓楼台ヲ㆒」相公《しやうこう》と称し、僧二〇参寥《さんれう》を「二一隔㆑林彷彿聞㆓機杼ヲ㆒」和尚と号し、二二張子《ちやうし》野《や》を「二三月来ニ花弄㆑影ヲ」郎中《らうちゆう》とよび、二四宋子《そうし》京《けい》を「二五紅杏枝頭春意鬧」尚書《しやうしよ》といふ。此方にても名歌をよみ得て、其詞の表号になりける、二六沖の石の讃岐《さぬき》、二七ふし柴《しば》の加賀《かが》、二八待《まつ》宵《よひ》の小侍従《こじじゆう》、二九わか草の宮内卿《くないきやう》、三〇下萌《〈したもへ〉》の少将、三一こと浦《うら》の丹後《たんご》、三二ものかはの蔵人《くらうど》、三三初音《はつね》の僧正など、後の世におよびても、三四夜の雨の城了《じやうれう》、三五日ごろの正広、三六かくれ家《が》の茂助《もすけ》、三七かねごとの与平《よへい》、三八いはた帯の紹宅《せうたく》がごとき、世隔たりても、其人のやさしさ三九おもひやられて、なつかしくぞ侍る。

一 白居易の七絶「燕子楼三首」其一の転・結句。「燕子楼」は彭城にあった小楼の名。二 藤原俊成(一一一四―一二〇四)。定家の父。千載和歌集の撰者で、幽玄の歌を確立した。家集は長秋詠藻。三 長秋詠藻・下、新古今和歌集・夏などに収。四 底本「涙なそへぞ」。五 白居易の七律「廬山草堂夜雨独宿、寄㆓牛二・李七・庾三十二員外㆒」の第四句。但し正しくは「廬山雨夜草庵中」。六 藤原定家(一一六二―一二四一)。俊成の子。新古今集の撰者の一人で、新勅撰和歌集・百人一首の撰者。家集に拾遺愚草、歌学書に近代秀歌・毎月抄など。七 拾遺愚草・上に、正しくは「旅宿夜夢」の詞書で「旅ごろもぬくや玉のをよるの雨は袖にみだれて夢もむすばず」。「ぬぐや」は底本のまま。八 白氏文集中の詩句にはない。典拠未詳。九「書は文集、文選」(枕草子)。一〇 比叡山と三井寺。「山の座主・寺の長吏に仰られて、山・三井寺の悪僧どもを召されけり」(平家物語・八・鼓判官)。一一 唐の詩人鄭谷は鷓鴣の詩を以て名を得、鄭鷓鴣と称された(古今詩話)。一二 宋の詩人鮑当は河南府の法曹であった時、時の知府の怒りを得たが、孤雁の詩を賦して賞され、時人から鮑孤雁と呼ばれた(能改斎漫録・三)。一三 宋の詩人謝逸は蝴蝶詩三百首を詠んで謝蝴蝶と呼ばれた(王直方詩話)。一四 唐の詩人崔珏は鴛鴦の詩を賦して名を得た(一瓢詩話)。一五 明の詩人袁凱は楊維楨に白燕の詩を呈して維楨に歎賞され、一時袁白燕と称された(南濠詩話)。底本「袁白雁」を改めた。一六 宋の詩人楊万里か。楊万里には佩文斎詠物詩選に

〔一〇八〕年ふるき狐狸《こり》の化《ばけ》たるは、死しても容易に本態をあらはさずとなん。かの晋《しん》の[四〇]豫譲《よじやう》がごときは、天下後世を誑《たぶ》らし惑はす、[四一]振古の大妖物《ばけもの》なりけり。其心術のさもしくはしたなき、まことに軽薄不義の士なり。[四二]始は利禄に節をうしなひ、終リは名聞《ミヤウモン》に身をもがき、大に虚名を盗みて、千載を欺き得たり。俗にいはゆる[四三]山子《ヤマコ》の山をしほふせたる者にて、今の世までに仰がるゝは、[四四]詭遇《きぐう》の僥幸《げうかう》にぞありける。其讐《あだ》[四五]趙襄子《てうじやうし》が「[四六]子《ハ》不《ヤ》三嘗《テ》事《ヘ》二范《はん》・中行《ちゆうかう》氏《ニ》一。[四七]知伯《ちはく》尽《ク》滅《セリ》レ之。子不二為《シテ》報《ニ》一レ讐《ヲ》、而反《リテ》委《ス》二質《ヲ》於知伯《ニ》一。知伯亦已《ニ》亡《ビヌ》矣。而《ルニ》子独《リ》何為《レゾ》報《ルノ》レ仇《ヲ》之深《キ》也」と責けるに、「范氏・中行氏《ハ》、皆衆人《ヲモテ》遇《ス》レ我《ヲ》。我故《ニ》衆人《ヲモテ》報《ズ》レ之《ニ》。至《テハ》二於知伯《ニ》一、国士《ヲモテ》遇《ス》レ我《ヲ》。我故《ニ》国士《ヲモテ》報《ズ》レ之《ニ》」と答けるは、沙汰のかぎりの不埒《ふらち》なり。およそ君に仕ふる志は、「[四九]君雖レ不《ト》レ君《タラ》、臣不レ可二以不《ソンバアル》一レ臣《タラ》」の道なり。たとひ先主のあしらひは厚からざりしも、身命を養はれたる恩は浅からず。仇を報ふるまでこそなからめ、其仇の家に仕ふるにしのぶべきかは。福島家の浪人に、[五〇]久留島彦右衛門《くるしまひこうゑもん》といひけるは、武功の名士なりければ、我藩の[五一]太祖《たいそ》きこしめし、旧禄五千石に倍して、一万石たまひて召《めし》けるに、「御恩は有がたく候へども、[五二]和泉様と[五三]大夫は不和におはしまし候へば、仕へ奉りがたし」と辞しけり。太祖ます〳〵感じて惜みたまへり。此よし紀州へ聞伝られ、こなたのご

も採録された「春草」の詩がある。 一七 物の名を題として詠んだ詩。詠物詩。 一八 宋の人。名、準。萊公は萊国公に封ぜられたことによる呼び名。太平興国の進士で、尚書右僕射・同中書門下平章事を歴任したが、乾興初年、雷州司戸に左遷された。巴東集がある。 一九「魏野献二萊公一詩曰、「有三官居二鼎鼐一、無三地起二楼台一」、其詩伝二播漢北一、真宗末年、嘗有二北使詣一レ闕、詢二於訳者一曰、那箇是「無三地起二楼台一」相公、時萊公方居二散地一、即召還授二北門管鑰一」(青箱雑記)。 二〇 宋の人。名、道潜。号、参寥。 二一「道潜作レ詩、追法二淵明一、有レ詩曰、「隔レ林彷彿聞二機杼一、知有三人家在二翠微一」、東坡在二黄州一、士大夫以レ書抵レ坡曰、聞日与二詩僧一相従、豈非下「隔レ林彷彿聞二機杼一」者上乎、東坡示レ潜曰、此吾師七字詩号」(冷斎夜話)。 二二 宋の人。名、先。字、子野。天聖の進士で、官は都官郎中に至った。詞に工み、柳惲と名を斉しくした。 二三「景文過二子野家一、将命者曰、尚書欲レ見下「雲破月来花弄レ影」郎中上、子野内応曰、得レ非二「紅杏枝頭春意鬧」尚書一耶」(詞林記事所引、古今詞話)。 二四 宋の人。名、祁。字、子京。進士に挙げられ、史館修撰となって欧陽脩と共に唐書を編修し、のち工部尚書、翰林学士承旨に至った。 二五 注二三参照。 二六 平安末期の歌人。二条院讃岐。源頼政の女。二条天皇の女房。「我が袖は潮干に見えぬ沖の石の人こそ知らね乾く間もなき」(千載集・恋二)の歌で、沖の石の讃岐と呼ばれた。底本「巑岐」。

(注二七以下、→二三〇頁)

とく万石をもてめされけり。いにしへの誠に「[一]君子違レ難[二]、不レ適二讐国一」の義はさらにもいはず、故主と不和なりし家だにも、仕を避べき義理なるに、況や主をほろぼしたる仇に身を委《ゆだ》ねけるは、天地に容《いれ》ざる大不義なり。殊さら恩の厚薄を計較《けいかう》して、主に報ふるの軽重をさしひきするは、いと〳〵きたなき商賈《しやうこ》の心ざま、[三]魯仲《ろちゆう》連《れん》が志とは雲泥なり。士の風下《かざしも》にも置べからざるものなりけり。史記魯仲連曰、「[四]貴二於天下之士一者、為レ人排レ患釈レ難、而無レ取也。即有レ取者、是商賈之事矣」。此就二其所一レ遊而言。況於レ事レ君乎。[五]志業《しげふ》の[六]行蔵《かうざう》こそ、用らると用られざるによるべけれ、家ほろび主うしなはれぬるきは丶、恩の浅深によりて身を進退すべけんや。か丶るさもしき根性《こんじやう》にては、「[七]君之視レ臣如二土芥一、則臣視レ君如二寇讎《こうしう》一」にも至るべし。いとおそろしき不仁者ならずや。赤穂義士の演劇に、「[八]千五百石のあなたでも、三人扶持の私でも、つなぎましたる命はひとつ、御恩にふたつは候はず」といへる、まことに臣道の大義を尽せり。劇本といへども貴むべし。当時我をして趙襄子たらしめば、彼が曲事《くせごと》[九]を聞もあえず、「不義之士也誅レ之」といふべきを。却て義士と称して釈《ゆる》しけるは、是亦義不義をわきまへざる処置なりけり。豫譲既に襄子に見しられぬるをもて、形を毀《こぼち》て癩人《かたゐ》乞食となりけるを其友気の毒に思ひて、「以二子之才一臣二事趙氏一、必得二

一「君子違不レ適二讐国一」(左氏伝・哀公八年)。二 危きをさける。三 中国戦国時代、斉の人。高踏にして仕えず、喜んで人のために難を排し、紛を解いた。四 趙に遊んだ魯仲連は、義を主張して秦に圧迫された趙の危機を救った。趙の平原君が謝して魯仲連を封ぜんとした時に魯仲連の言った言葉(史記・鄒陽列伝)。五 志を実現するための事業。六 出処進退。七 孟子・離婁下。八 仮名手本忠臣蔵・七、足軽の寺岡平右衛門の大星由良助への言葉「僅か三人扶持取る拙者めでも、千五百石の御自分様でも、繋ぎました命は一つ。御恩に高下はござりませぬ」。九 間違った行い。一〇 儒教にいう道を研究実践する学問。宋の二程、朱子により提唱されたが、明代に至って固陋厳格な道徳主義に形骸化した。一一 春秋時代の宋の襄公。宋の襄公は楚と覇権を争った時、古の仁者を気取って先制攻撃をしなかったため戦いに敗れ、世人の物笑いとなった。これを「宋襄の仁」という(十八史略・春秋戦国)。一二 仁者であるという評判。一三 わざと普通とは違った行動をすること。一四「然願請二君之衣一而撃レ之焉、以致二報レ讎之意一、則雖レ死、不レ恨」(史記・刺客列伝)。一五「予譲抜レ剣三躍而撃レ之」(史記・刺客列伝)。

(三四三頁脚注つづき)

四三 七律「会二長沙十二県宰一作」の頷聯。宋詩紀事では「豈有三脂膏供二爾禄一、不レ思三痛癢切二吾身一」。四四 宋の人。名、徳秀。西山先生と称された。慶元の進士。翰林学士となり、さらに参知政事。朱子学の徒とし

近《ツケ》幸《セラルコトヲ》一。子乃為《ンコトヲ》レ所レ欲《スル》レ為《ント》、顧《リテ》不《ヤ》レ易《カラ》耶。何《ゾ》乃自苦《コト》如《キ》レ此《ノ》」といへりしに、「いやとよ、既委《ニテ》レ質《ヲ》為《リテ》レ臣《ト》、又求《ルハ》レ殺《コトヲ》レ之《ヲ》、是二心《ナリ》也。凡《ソ》吾所《ノ》レ為《ルハ》者、極難《テノミ》耳。然《ルニ》所二以為一レ此《ヲ》者《ハ》、将《ニ》下以愧《はぢシメント》中天下後世之《ノ》為《リテ》二人臣《ノ》一《ト》、懐《ク》二二心《ヲ》一者《ヲ》上也」といひけるは、明人《ミン》のいはゆる講《ジ》二道学《ヲ》一[一〇]来《ル》の頑愚《リクツヲコネル》にして、宋襄《そうじやう》[一一]の覇《は》をはかれる仁聞《じんぶん》[一二]にひとし。ひとへに名をむさぼる二心をいだき、物ずきに仇うちを思ひ立たるなり。およそ君父の怨を報ふるは、其志たゞ一すぢに切《せち》にして、おほやけの法度《はつと》をも顧《かへりみ》ることあたはず。況や名聞《みやうもん》をかへりみるに遑《いとま》あらんや。身を枉《まげ》て仇に仕ふるに論なし。やむことを得ざらんには、たとひ寐首《ねくび》をかきてなりとも、とかく怨をむくひ得ることそ専要なれ。しかるに易きをすてゝ難きをつとめ、強て世の手本とならまほしく、天下の人を愧《はぢ》しめばやなど欲するは、初より亡主の為にするにはあらで、全く俠気の矯激《けうげき》[一三]にして、おのが名のために事を好みたるのみ。「吾所《ハ》レ為極難《テシ》」といへるに至ては、殊に驕慢《けうまん》の口気いとにくし。さるほどに僅に[一四]襄子が衣を請《こひ》かけて、それを撃て怨を報ふるまねしける、はかなき児戯《じぎ》のうつけわざなり。況や本望をとげ得ずして、かへり討にあふは、義において慷慨に堪ざるべき筈なるに、なを強てゑせ悦びして、[一五]三たびまで躍りあがりし身ぶり、にくましく又をかしからずや。かゝる軽薄不実のふ

て知られる。四五 人民を治める官吏。地方行政官。四六 しっかり心にとめて忘れないこと。四七 藤原為家の家集。二巻。四八 源光行(一一六三―一二四四)。民部大輔・大和守などを経て河内守。承久の乱後出家した。歌を藤原俊成に学び、源氏物語の研究家としても知られる。四九 流布本の元禄七年刊本には「ちよの賀そへて」。五〇 数え年六十一になること。還暦。五一 五言排律の第一聯。五二 現世での二回目の巡り。五三 生まれた年の星の宿るべき位置。五四 名、献章。号、白沙。正統の挙人。翰林検討の官を授けられたが、白沙里に居して門人を教育した。五五 白沙子全集・八に収める七律の題。五六 分割する。五七 なぞなぞの語。五八 荻生徂徠。五九 明の刑部尚書劉惟謙の奉勅撰。三十巻。明朝の刑法を集成したもの。六〇 五巻。大明律より主要な条項を摘抄し、仮名で解説した書。六一 一七三四―六九。京都の儒学者。初め徂徠の説を崇拝したが、のちに陽明学左派の立場から、徂徠学を鋭く批判した。六二 明和六年刊。一冊。徂徠およびその一門の文章を十七条にわたり批判したもの。巻頭「大元大明」の条に、明律国字解への批判がある。六三 徂徠が大の字を去ったこと。六四 徂徠集・七には「寄三題豊王旧宅二」という詩題で収める。但し転句は「千山風雨時時悪」。六五 託する。かこつける。「然尚有三可レ諉者二」(漢書・賈誼伝)。六六 詩経の篇名。六七 守り助ける。六八 協和して征伐する。六九 商は古代中国の王朝の名。周の武王に滅ぼされた。大商としたのは滅ぼすべき敵である商の強大さを言ったもの。

るまひを、一戦国策《せんごくさく》・史記《しき》はさもあらばあれ、朱子《しゆし》の二小学《せうがく》にも載て、人の鏡にそなへられけるは、いかなる料簡にやいぶかし。三鳩巣小説《きうさうせうせつ》にしるせる、四向坂《さきさか》何がし兄の仇を心がけけるに、男色《なんしよく》の契《ちぎり》をなせる者ありて、仇の所を聞出し来り、「汝に力を合せて速《すみやか》に討べし。心やすく思ひ候へ」といひければ、向坂大に怒り、「われ仇をねらふに汝を頼みて討べき為とて、兄弟分になり候とおもひたるや。左様のきたなき心底《しんてい》とはしらで、ねんごろに致したるこそ悔しけれ」とて、交を絶て帰しけり。とかくする間に其仇病死しければ、五向坂むねんの至にたへず、終に気鬱《きうつ》して身をはりぬ。六東照宮《とうせうぐう》此事をきこしめし、「わかき者よく心得候へ。すべて君父の仇を討には、七武辺名聞《ぶへんみやうもん》に拘《かゝ》はるべからず。女を頼でも討得るがよし。人を頼で八おくれといふ義にあらず。とかく時機をうしなはず、たゞ早く討が肝要なるぞ」と、御諭しありしとなん。九尺を枉《まげ》て尋《じん》を直くするのしわざは、大事をなすの一〇権道《けんだう》なり。たゞ大義の本を失はずして、忠を尽すの一心だにつらぬかば、仮には「一一二三ニス二其徳ヲ一」とも何ぞ不可ならん。いかなる一二詭道《きだう》をも設て、一三君父の志を達すべきなり。一四左氏伝《さしでん》に載たる、晋《しん》の解揚《かいやう》が楚の軍に捕はれて、やむことを得ず楚王の命をかしこまり、遂に晋の命を一五鄭に達して、籠城を堅く守らしむ。刑に臨て楚王にむかひ、「一六信を尽すが臣の道に

一 三十三編。前漢の劉向編。戦国時代の諸国の史実や策士たちの遊説の弁舌を集めたもの。この話は趙巻第六に収める。 二 六巻。南宋の朱熹の編とされるが、実は友人の劉清之の編。儒教倫理の初学者向けの入門教科書。この話は内篇の稽古第四に収める。 三 三巻。室鳩巣(一六五八―一七三四)著の随筆。以下の話は、中巻に収める。 四 鳩巣小説では向坂六郎五郎の父とする。 五 底本「向阪」。 六 徳川家康。東照大権現の神号を贈られ、東照宮に祀られたことからいう。底本「東照宮」の前、空格。 七 武士としての名誉や評判。 八 気おくれし、ひるむこと。 九 一尺をまげても一尋(八尺)をまっすぐにすればよい。小節を屈しても大事を成せばよいことの喩え。「枉レ尺而直レ尋、宜若レ可レ為也」(孟子・滕文公下)。 一〇 目的を達するためにとる、臨機応変の手段。「有レ時乎不レ然、反レ経而善、是謂二権道一也」(孟子疏・離婁上)。 一一 詩経・衛風・氓に拠る。徳は、心意・情意、あるいは行為・行動。 一二 偽って人をあざむく道・方法。 一三 主君や父の仇を報ぜんとする志。 一四 春秋左氏伝・宣公十五年。晋の大夫解揚は、楚子が宋を囲んだ時、晋侯の使者として宋に遣わされ、楚に降伏しないように告げよとの命を受けた。鄭人に囚えられて楚子のもとに送られた解揚は、楚子に賂(まいない)され反間の言を為すように強要された。解揚は初めは従わなかったが三度目には従った風を装い、宋人に君命通りの真実を告げた。以下は偽りの態度で欺かれたことを怒った楚子が解揚を殺そうとした時の問答である。但し、問答の文は左氏伝の原文通り

て侍る」と申けるを、「汝許レ我而背レ之。其信安在」[一七]と責られしに、「所三以許二王、欲三以成二吾君之命一也」[一八]と答けり。奥平《おくだひら》家の鳥居勝商《とりゐかつあき》[一九]が事と一般なり。されば仮に仇家に仕へんも、故主に志を尽すが為にせんは、まことに一心のつらぬきたるなり。しかるを「為二人臣一懐二二心一」といふて、士の恥辱とすべけんや。これほどの道理をもわきまへずして、人の手本とならんと欲しけるはおこがまし。[二〇]ひたづら君父の為に仇を報べきを、世の人の為にせんと心ざしけるこそ、いとも〳〵浅ましき二心なりける。さるにても人の非をあばくは、君子の事にあらず。あながちに誅レ心[二一]の法を正《たゞ》すは、意地わろきに似たれども、士道の害を貽《のこ》すが歎かはしく、犀《さい》[二二]を燃して其妖《ばけ》をあらはしぬ。世の人の惑《まどひ》を解て、士道の義を正すは、師儒[二三]の務になん。まことに已《やむ》ことを得ざるなりける。

係レ之以レ詩二首

怪汝虚名瞞二古今一、覥然《てんぜん》[二四]忘レ義事レ仇深、主家報答恩軽重、計較算還商賈心

只合二投レ機直復一レ讐、好レ名自苦故夷猶[二五]、斬レ衣三躍徒児戯、不レ妨為レ臣就レ易謀

〔一〇九〕宋人晁冲之《てうちゆうし》[二六]が「暁行」[二七]の詩「老去功名意転疎、独騎二痩馬一取二長途一、孤

一五 正しくは宋とあるべきところ。 一六「臣能承レ命為レ信」(左氏伝・宣公十五年)。

一七「爾既許二不穀一、而反レ之、何故」(同右)。不穀は自称の代名詞。 一八「臣之許レ君以成レ命也」(同右)。

一九 天正三年、奥平信昌の軍は武田勢に囲まれて長篠城に籠城していた。信昌の家臣鳥井勝商は命を受けて単身城を脱け出し、徳川家康に援軍を乞うた。援軍の約を取りつけて長篠城へ引き返した勝商は、途中で武田方に捕えられ、長篠城にむかって援軍は来ないと告げるよう強要された。しかし、勝商は城にむかって真実を大呼したため、言葉の終らないうちに武田勢に刺し殺されてしまった(東陽先生文集・四・鳥居勝商伝)。

二〇「ひたすら」の意か。

二一 主君霊公を殺した賊を討たなかった晋の趙盾の行動に対し、君を弑すと書して筆誅を加えた春秋の論法・書き方をいう。即ちその事実・行動は無くても、その心に不純があったことを誅した筆法。

二二 暗い所を明らかに照らすこと。東晋の温嶠が犀角を燃やして、牛渚磯の深い水の中の怪物を見たという故事(晋書・温嶠伝)に拠る。 二三 道を教える人。

二四 厚顔無恥なさま。

二五 ぐずぐずしてためらうこと。

二六 名、冲之。字、叔用。号、具茨。紹聖以来の党禍の中、超然として独往した。具茨集がある。

二七 聯珠詩格や東陽編の絶句類選・九・客旅類には「暁行」の題で収めるが、具茨集には「夜行」の題で収める。

村到テレ暁ニ猶燈火、知ル有ニ人家夜読一レ書ヲ」、いとも〳〵感慨[一]ふかき作なり。わかき時より書をよみ学問して、あはれ国家の用に立んと、意を奮《ふるひ》て心ざしけるに、とかく運つたなく不遇にして、させる功名も成得《なしえ》ず、いたづらに老おとろふるに随て、いとゞ其意も切ならずなりぬ。折角《せつかく》にしこみたる学術は、むなしく持ぐさらしになりけり。遂には軽き田舎役人となりさがりて、はる〴〵と遠国へたどり下る。よき馬も養ひ得ざれば、小荷駄《こにだ》[二]同様の物にのりゆく、あはれに浅ましき境界なりけり。こゝに暁を侵して駅程をゆくに、路傍の村舎にものおとして、ともし火の見ゆるは、よもすがら書をよむ人ありと覚ゆ。いかなる人のむすこやらん、奇特殊勝《きどくしゆしよう》なる心ざしにはあれど、いたはしく気の毒なる事なりと、我身のむかしに感じて、その行末をあはれみいとおしむなり。古今集に凡河内躬恒《おほしかうちのみつね》[三]「ものおもひける時、いときなき子を見てよめる。今さらに何生出《おひいづる》らん竹の子のうきふししげき世とはしらずや」。全く此篇と同一感慨なり。瘦馬長途《そうばちやうと》[四]の句は、唐彦謙《たうげんけん》[五]が「長陵」[六]の詩に「千載豎儒《じゆじゆ》[七]騎テニ瘦馬一、渭城《ゐじやう》[八]ノ斜日重テ廻スレ頭ヲ」といへるに、杜子美《としび》[九]の「古来存スニ老馬ヲ一、不三必シモ取ニ長途ヲ一」を湊合《そうがふ》[一〇]して、豎儒の嘆《なげき》を内に蔵《かく》し、殊に恨を寄たる句なり。等閑に看過すべからず。よく一・二の句を領会《りやうくわい》せざれば、三・四の意うはすべりして、深き感懐を感ずるこ

一 絶句類選の注に「一二嘆ニ州県徒労一、三四含蓄醞籍無レ限感慨」。

二 荷物を運ぶ馬。駄馬。

三 平安前期の歌人。古今集撰者の一人。また三十六歌仙の一人。引用の歌は雑下に収める。

四「暁行」の詩の承句。

五 唐の人。咸通年間、進士に挙げられたが、長く及第しなかった。のち河中従事となり、閬州・壁州の刺史として終わった。多芸で、もっとも詩を能くした。

六 七律。引用はその尾聯。長陵は漢の高祖の陵のある所で、陝西省咸陽県の東。

七 くだらない学者。儒者の謙辞。

八 咸陽のこと。唐の都長安とは渭水を隔てた対岸にあった。長安から西北の地へ旅立つ人を、ここまで見送る習慣があった。

九 杜甫。子美は字。引用は五律「江漢」の尾聯。

一〇 あつめて合わせる。

一一 かみ砕けばわかる胡椒の味も、丸呑みにしたのではわからない。上っ面だけでは本当の理解には至らないという意の諺(毛吹草)。

一二 本当のことは知らないのに、いかにも知っているような顔をすること。知ったかぶり(毛吹草)。

一三 南宋の人。名、成大。号、石湖。紹興の進士。礼部員外郎兼崇政殿説書となり、国信使として金に使した。のち中書舎人・参知政事を歴任。詩を能くし、陸游・楊万里とともに南宋三大家と称される。

一四 絶句類選・四・閑適類にも収める。

一五 疲れて眠りこけている下僕。

一六 底本「陳感」と誤る。

とあたはず。直《たゞ》に字面《じづら》のまゝにては、平々たる浅易《せんい》の凡詩《ぼんし》のみ。すべて書をよみ詩を見る、徒《たゞ》に上つらの解し易きまゝに、胡椒丸呑《こせうまるのみ》[一一]にして合点し、底意《ていい》に含める肝要の趣を、しら川夜舟《かはよふね》[一二]に行過《ゆきすぐ》る、此類甚多かり。

〔一一〇〕范石湖《はんせきこ》[一三]「寒夜独歩スル二中庭一」[一四]詩、「忍レ寒ヲ索レ句ヲ踏レ霜ヲ行ク、刮《けづル》レ面ヲ風来鬢結レ氷ヲ、倦僕[一五]触テレ屏ニ呼ドモ不レ応ゼ、梅花影下一窓ノ燈」。これは機関《からくり》を設たる作にて、一・二、苦寒に堪ず。第三、殺風景極まる。其妙、只末一句にあり。おとし咄《ばなし》のごとき手段なり。触屏の字は、漢書陳咸伝《かんじよちんかんでん》[一六]の「咸睡頭触テ二屏風ニ一」を取来れり。故に睡りこけるといふこと其中にあり。けだし夜すでに深て、庭の面も凍《いて》たるに、霜ばしらなどを踏て沙々《しやり〳〵》[一七]と鳴る。おり〳〵はげしき風来りて頬の皮を刮《すり》むくごとく、鬢《ひげ》までも氷りて硬《こは》ばるほどなるに、なを詩をもとめ苦吟して、ひたすら庭中を徘徊《はいくわい》す。まことに痴情の物ずきなりけり。さて家僮《かどう》[一八]に茶など煎じさせ置けるに、ぐはつたりとおびたゞしき音せり。ねぶり倒れて物を損じたるなるべし。打驚て、「何としたるぞ」と呼に、応《いらへ》もせず。「こはいかにや」と見かへりければ、梅花爛漫《らんまん》とさきみだれて、書斎の軒に掩映《えんえい》[一九]し、その花の影の下に、窓のともし火のひかりうつりて、いとも幽なる風致を認得たり。うれしき事いはん方なきおもしろさなり。上三句わざと殺風

一七 擬声語。「何物舟背沙沙声」(黄景仁・過二高淳湖一水新漲舟行蘆葦上十余里)。 一八 家に召し使っている下僕。 一九 おおうように映っている。

(三三五頁脚注つづき)
三三 唐の人。名、応物。玄宗に仕え、比部員外郎に任ぜられた。のちに蘇州刺史となったため、韋蘇州と称された。 三四 五古「郡斎雨中与二諸文士一燕集」の第一・二句。 三五 立ち並ぶさま。 三六 警衛に用いる飾りを施したほこ。 三七 居室。 三八 名、仲淹。字、希文。文正公は諡。大中祥符の進士。秘閣校理・吏部員外郎を歴任したが、執政に逆らい饒州の知事に遷された。韋蘇州のこの句を愛し、「范文正喜談レ兵、常好誦下韋蘇州兵衛森二画戟一、燕寝凝二清香一之句上」(冷斎夜話)と評された。 三九 聯珠詩格にも収めて名高い初冬の景を詠んだ七絶。 四〇 法則。規矩。「援レ筆立就、無レ不レ中レ窾」(趙翼・甌北集序)。 四一 千利休。 四二 陰暦十月の初め頃、新茶を入れて封じておいた茶壺を初めてあけること。また、その茶を用いた茶会。「休師は柚の色づくを見てくちきりも催し」(茶窓閑話・中)。 四三 唐の王維。尚書右丞に任ぜられたことから王右丞という。 四四 唐詩選にも収める七絶「与二盧員外象一過二崔処士興宗林亭一」の承句。 四五 宋の人。名、雍。字、尭夫。康節は諡。官に推薦されたが辞して仕えず、自ら耕して生活した。撃壌集がある。 四六 五律「何処是仙郷」(撃壌集・十三)の頸聯。 四七 茶道で、四畳半未満の茶室。 四八 他郷に住まいする。 四九 さげすむ。

景を述来り、末句に[一]恍然妙観《くわうぜんめうくわん》を現して、大に佳興をもり返したり。[二]近《ちかき》を捨て遠《とほき》に求けるのおろかなりし、仏家にいはゆる[三]廻頭是岸《くわいとうぜがん》のおもむきなりけり。[四]戴益《たいえき》が「[五]探レ春」詩に、「尽日尋《テ》レ春《ヲ》不レ見レ春《ヲ》、[六]芒鞋踏遍《シ》[七]隴頭《ノ》雲《ヲ》、帰来偶《テ》過《レバ》二梅花《ノ》下《ヲ》一、春《ハ》在《テ》二枝頭《ニ》一已《ニ》十分」といへるをも、おもひ合せて味《あぢはふ》べし。

〔一一二〕同人[八]「[九]桐川《どうせんノ》群圃《ぐんぽ》梅極《テ》盛《ナリ》皆囲抱《ノ》高木《ナリ》[一〇]浙中《ニハ》無レ有」、「家住《ハ》丹《ス》楓白葦林、横枝一笑万黄金、玉渓園裡逢二千樹一《ニ》、還《シ》尽《ス》春風未《ノ》足心」。これはよく聞へたる詩なれど、人おほく解すること能はず。石湖、俗吏となりて桐川の役屋舗《やくやしき》にありけるに、其後園おびたゞしき梅花にて、しかも古木の大樹なり。故郷の浙中は雅景の地なれども、却《かへつ》て梅は乏しかりければ、かゝる見事なる梅林は、始て見ることを得たるなり。此題意を会得《ゑとく》すれば、詩意おのづから分明なり。我住ける故郷の家は、江水に臨たる処なれば、岸頭のもみぢ秋は紅を凝《こら》し、汀《みぎは》なるよし原のけしき、冬枯のさびしさ又あはれなり。かゝる風流雅致の境なれば、春は梅花に乏しかるまじき所がらなるに、甚少なく寂寥にして、林外へ横たはり出たる一枝を見つけては、珍らしく[二]ひろつきて、賞玩の浅からざること、価万金《あたひばんきん》にも覚へける、おろかにしてをかしかりけり。横枝《わうし》の語は、[一二]林和靖《りんわせい》が梅の聯に、「[一三]雪後《ノ》園林纔《ニ》半樹、水辺《ノ》籬落忽《たちまち》横枝」

一 うっとりするような素晴らしいながめ。妙観は本来精細な観察の意だが、ここは妙なる景観の意か。 二「釈レ近謀レ遠者、労而無レ功」(三略)。釈は捨に同じ。 三 ふり返って見れば、目ざす岸があるの意。身近な足もとに悟りの境地があることの比喩。 四 伝未詳。 五 絶句類選・六・遊覧類に同題で収める。但し転句の「偶過」は絶句類選では「適過」。またこの七絶、同題で聯珠詩格・八にも収めるが、詩句には大きな異同がある。 六 わらじ。 七 隴山のほとり。呉の陸凱は江南太守であった時、隴頭にいた友人范曄に梅花一枝と「折レ梅逢二駅使一、寄与隴頭人、江南無レ所レ有、聊附一枝春」という詩を贈ったという故事から、隴頭と梅花とは縁語。 八 范成大(石湖)をさす。 九 絶句類選・六・遊覧類にも同題で収める。 一〇 浙江の流域地帯。いわゆる呉越の地。范成大は呉郡の出身。 一一 気になって執着する。 一二 宋の人。林逋。和靖は諡。西湖の孤山に隠遁し、梅を植え鶴を飼って暮らした。詩を能くし、特に梅の詩が名高い。 一三 七律「梅花」の頷聯。 一四 表裏二つの意味をもつ語。掛け言葉。 一五 堪能。満足すること。 一六 平安中期の歌人。藤原兼家と結婚して道綱を生んだ。蜻蛉日記の作者。 一七「ひきかづきて歌を詠み、はれの時には顔をふところに引き入れて詠む」(愚秘抄・末)。 一八 →三四七頁注二一。 一九 夜着。かけぶとん。 二〇 詩文を作る時、あらかじめ頭の中で考えをまとめて組み立てておくこと。「時人謂レ勃為二腹稿一」(唐書・王勃伝)。

といへるを取たるなり。一笑は花の始て咲かけたるをいふて、我うれしく笑を含て見る意をも寓す。所謂、双関《さうくわん》[14]の語なり。王渓園《ぎよくけいゑん》は、郡圃渓水に臨たる故の号なるべし。されば一段清幽の景境なり。そこにて数かぎりもしらぬ、梅の盛りに逢ことを得て、年来梅花にひろつきける恨を、ことしといふことしの春こそ、十分にたんな[15]ふしぬと悦けるなり。

〔一一二〕いにしへの歌よみの癖を申つたふ。道綱《みちつな》[16]の母はともし火にそむき目をとぢて案じ、和泉式部《いづみしきぶ》[17]は引かづきてよみ、はれの時はかほを懐《ふところ》にさし入てからがへけるとなん。心ちらずして思を凝《こら》すの為なるべし。「唐ノ王勃《わうぼつ》[18]、為ル㆓詩文ヲ㆒、引テ㆑被ヲ覆テ㆑面ヲ臥ス[19]。起レバ即下シテ㆑筆ヲ不㆑休。時人謂テ為㆓腹稿[20]㆒ト。宋ノ陳師道《ちんしだう》[21]、平時出行シテ、毎ニ㆑有㆓詩興㆒、便ニ急ニ帰擁シテ㆑被ヲ、臥テ而思㆑之ヲ。呻吟如シ㆓病ムノ者㆒」と、文海披沙《ぶんかいひさ》[22]にこれを挙て、古人の苦心を感じけり。

〔一一三〕篠崎金吾《しのざききんご》[23]和学辨《わがくべん》[24]に、時風の軽薄をそしりて、「先ヅ死なぬ内に詩文集を板行したがる世の中なれば」といへるは、蘐園《けんゑん》[25]の徒を指たるなり。奥田三角《おくださんかく》[26]へよせたる書を見けるに、「南郭文集上木《なんくわくぶんしふじやうぼく》[27]いたし候。存生《ぞんじやう》の内に家集を公にするは、めづらしき事にて候。彼《かの》社中にてもをかしがり候」。しかれば生前に集を版にするは、

三 名、師道。字、履常・無已。号、后山。元祐の初め蘇軾の推薦によって徐州教授となり、のち太学博士・穎州教授・秘書省正字となった。業を曾鞏に、詩を黄庭堅に学んだ。「家極貧、苦吟、毎偕及門登臨得㆑句、即急帰臥㆓一榻㆒、以㆑被蒙㆑首、悪㆑聞㆓人声㆒、謂㆓之吟榻㆒」(江西詩社宗派図録)。 三 明の謝肇淛撰の随筆。八巻。 三 一六六七―一七四〇。名、維章。字、子文。通称、金吾。号、東海。初め医を学んだが、のち儒に転じ、荻生徂徠・伊藤東涯・林家などに出入りしたが、特定の儒学説は奉じなかった。 二四 日本の古典・故事にも詳しかった。 二四 日本の古典・故事・歴史などについての考証随筆。諸本間で所収項目の出入りがあるが、宝暦八年(一七五八)刊板本と大田南畝編の三十輻所収本には、この記事はない。 二五 荻生徂徠の一門。 二六 一七〇三―八三。名、士亨。字、嘉甫。号、三角。伊勢の人で京都に遊学して伊藤東涯に入門。津藩に儒者として仕えた。 二七 本文の書き振りは篠崎東海より奥田三角に宛てた書簡の文面の如くであるが、先哲叢談・八(文化十三年刊)には、「南郭始刻㆓其集初編㆒也、入江南溟以為、古人集皆及㆓死後㆒人伝㆑之也、至㆓其身自鏝之梓㆒、則可㆑笑甚也、乃通㆓書于三角㆒以弁㆑之、三角答書和㆓南溟㆒、倶駁㆓南郭㆒、既而世生前鏤㆓其詩文㆒者漸多、人亦称為㆓盛事㆒」とあり、入江南溟より三角に宛てた書簡とする。

一 唐末、後梁・後唐・後晋・後漢・後周という五つの国の起った時代。 二 後梁の進士。後唐の翰林学士・知制誥、後晋の宰相となり、さらに後漢の太子太傅となって魯国公

南郭よりぞ始まれる。今は世のならはしとなりて、あやしむ人もあらざるなり。もろこしにては[一]五代の時に始まり、明に至て盛になれり。「古人之書、多ニ可レ伝者一、未三嘗テ自求二其伝一ソコトヲ也。蔵ニ之家一ニ、或当時、或ハ後世、人見テ而愛シレ之ヲ、為ニレ之ガ鏤刻《ろうこく》シテ、与レ衆同スレ好ヲ。故ニ可レ伝ハル也。五代和凝《くわぎよう》[二]、有ニ集百餘巻一。自鏤《きざ》ンデレ版ヲ行フニ於世一ニ。識者非ルレ之ヲ。可レ見ル、前ハレ此ヨリ無下自刻スルニ其集ヲ一者上。今人ハ不三自量ラニ其詩文可否ヲ一、概ムネ為ニ鏤テレ版ニ行一コトヲ世ニ。是ヲ以伝者少シ而不レ伝ハラ者多也」と、[三]雲谷臥餘《うんこくぐわよ》にいへり。近ごろ又一弊を生じて、[四]集本に人の評を請ておこがましく批評をてらひ、あぶらの滴《した》たるやうなるほめ辞《ことば》を、[五]覥《てん》然《ぜん》として世にひけらかす。まことに軽薄浮華の至り、おとなげなく厚き顔なりけり。篠崎は徂来《そらい》の門人なりけるが、[六]山田《やまだ》麟嶼《りんしよ》にともなひ上京して、[七]東涯《とうがい》にも従遊しければ、三角《さんかく》と親しかりしなり。

〔一一四〕われ[八]諸生《しよせい》たりし頃は、詩人咏物《えいぶつ》を競ひけるを、[九]先輩いやしめて軽薄とす。況《いはん》や[一〇]香奩体《かうれんたい》のごときは、あえて指を染《そめ》ざりけり。近年は[一一]竹枝詞《ちくしし》おこなはれて、[一二]狭斜《けふしや》淫佚《いんいつ》の状をはゞからず、軽薄をほこりて風流とするに至れり。にがにがしく詩道を汚す[一三]風雅の罪人にぞありける。[一四]冷斎夜話《れいさいやわ》に「[一五]黄魯直《くわうろちよく》、名重シニ天下ニ一。詩詞一タビ出レバ、人争テ伝フレ之ヲ。[一六]法雲秀ノ禅師、[一七]鉄面[一八]厳冷、能ク以レ理ヲ抑フレ人ヲ。嘗テ謂ニ魯直ニ一曰、「詩多ク作ルモ無レ害。艶

に封ぜられた。詞に長じ、韓偓の香奩集は一説に和凝の作ともいう。三 清の張習孔撰の随筆。二十巻・続八巻。四 詩文集の本。たとえば菅茶山の黄葉夕陽村舎詩(文化九年―天保三年刊)、市河米庵の米庵百絶(天保二年刊)や同百律、同百古、また頼山陽の山陽詩鈔(天保四年刊)などには、知友諸家の頭評も付刻されている。五 恥じる様子もないさま。六 一七二一―三五。荻生徂徠に古文辞学を学び、才の敏なるによって菅神童と称され、年十三にして幕府の儒員に補せられた。のち京都に遊学して伊藤東涯に入門したが、夭折した。七 「享保乙巳之秋、麟嶼請暇遊ニ学於平安一、蓋意嚮ニ注伊藤東涯冠ニ冕儒林一、東海与レ之倶往、従ニ事東涯一、寓ニ于堀河書院一」(先哲叢談後編・六)。八 儒生。書生。東陽が京都に遊学していたのは安永・天明の頃。安永六年には日本詠物詩が出版されるなど、この頃京坂の詩壇では詠物詩が流行した。九 例えば龍草廬は詠物詩の流行について、「近年京師浪華二都白面諸生、好作ニ咏物之詩一、盛而為レ風、其作雖レ有ニ可否一、大氏醜陋維多、可レ恥之甚也、夫咏物亦一格、不レ可レ不レ講焉、而偏好レ之則大損ニ風雅之本色一、可レ不レ慎乎」(草廬集五編・三)と批判している。一〇 深閨の婦女の優艶の情を詠んだ艶体の詩。唐末の韓偓の香奩集がこの種の詩を輯めた集であったことによる命名。一一 土地の風俗や男女の艶情を詠む詩の一体。もと中国巴歙地方の民謡であったが、唐の劉禹錫がその調べに合わせて作詞してより、艶詩として流行するようになった。近世日本では市河寛斎の北里歌(天明六年刊)以後、

歌[一九]小詞可ハレ罷レ之ヲ」。魯直曰、「空[二〇]中ノ語耳。非レ殺ニ非レ偸ニ、終ニ不レ至三坐シテレ此ニ堕ルニ二悪道ニ一」。師曰、「若《ナンヂ》以ニ三邪言ヲ一蕩[二一]シ二人ノ淫心ヲ一、使ニ彼ヲシテ[二二]逾レ礼ヲ越ヒレ禁ヲ。為ル二罪悪之由[二三]一、吾恐クハ非下止ヒ堕三悪道ニ二而已ニ上」。魯直頷[二四]スレ之ヲ。自レ是不三復作ニ二詞曲ヲ一」となん。香奩・竹枝のにくむべき、実に罪悪の由なり。況や演劇[二五]院本の作者は、無間地獄《むげんぢごく》[二六]に堕べきなり。

〔一一五〕歌ならふ道は、おほく恋の歌をよむよりして、堀川院《ほりかはゐん》[二七]の御時にか、艶書《えんしよ》[二八]合《あはせ》といふことの出来にけるぞけしからね。おほやけの命として、みやづかへの人ゝに、かゝる詞を奉らしめられしは、いかなる淫風《いんぷう》になんありける。王道のおとろへは、和歌に耽ると、源氏物語の行はるによると、後光明帝《ごくわうみやうてい》[二九]の歎かせ給ひしは、かけまくもかしこき御言なりけり。荷田春満〈かだのあづまゝる〉[三〇]は、歌学復古の宗匠なりけるが、男女のちぎり[三一]何くれと物によせて、心にもあらぬあだし言をよみ出るは、誠をのぶる歌の本意ならずとて、恋の歌はふつとよまざりけり。有がたき卓見といひつべし。兼好《けんかう》がつれぐ草に、「よろづにいみじくとも、[三二]色このまざらん男はいとさうぐしく、玉の杯《さかづき》のそこなき心地ぞすべき」といひ、「恋せずは[三三]人は心もなからまし物のあはれはこれよりぞしる」と俊成卿《しゆんぜいきやう》の示されしなど、いかにもさることながら、「出シテハ[三四]ニ辞気ヲ[三五]斯ニ遠ザカル[三六]ニ鄙倍ニ」のいましめこそ、人体《じんてい》[三七]をたしなむの金言ならめ。されば古賢の

広く詠まれるようになった。一二 色町での遊蕩。一三「如云ニ淫靡不節、風雅之罪人一、余何辞ニ其責一哉」(北里歌・序)。一四 宋の釈恵洪撰。十巻。見聞雑記で詩話が大部分を占め、中でも黄庭堅の語を多く引く。以下の引用は、巻十。一五 宋の詩人黄庭堅。魯直は字。一六 宋の禅僧、法秀。字、円通。法を無為の懐禅師に受け、法雲寺に住した。道風峻潔にして、時人目して秀鉄面となした。一七 剛直な人を誉めていう語。一八 俗に迎合しないさま。一九 つまらない歌謡の詞。二〇 根拠のない、とりとめのない言葉。二一 とろかす。うごかす。二二 礼儀を無視する。二三 原因。二四 うなずく。二五 歌舞伎や浄瑠璃。二六 八熱地獄の第八番目、最下底にある地獄。五逆の大罪を犯した者が落ちる地獄。二七 第七十三代天皇。白河天皇第二皇子。和歌や笙の笛に秀れた。底本「堀川院」より平出。二八 左右二組に分かれ、恋文や恋の歌を出し合って優劣を争う遊び。ここは堀河天皇の命で康和四年(一一〇二)閏五月二日・七日の両日に清涼殿で催された堀河院艶書合。二九 第百十代天皇。後水尾天皇第四皇子。和歌と源氏物語を朝廷衰微の原因として排斥した事、鳩巣小説・下に見える。底本「後光明帝」より平出。三〇 一六六九―一七三六。京都伏見稲荷神社の神官の子で、有職故実と古典の学で一時幕府に仕えた。門下に荷田在満・賀茂真淵など。三一 春満の家集である春葉集の荷田信美序に、春満の言葉として、「をとこ女のなからひ何くれの物によせ心にもあらぬあだし言をいひ出せるは、真をのぶる歌の本意ならずとて、恋の題をふつによまず」。三二 第三段。

行跡《ぎやうせき》を伝《でん》にしるせるも、「口未三嘗テ言二淫褻《いんせつ》ノ事一ヲ」をもて、徳義の一ッとして称し伝へけり。詩つくり歌よむにも、此戒をつゝしみ守るべし。父子の間にて唱られぬ詞は、口を絶ていはざるぞよき。かの慈鎮《じちん》和尚の「わが恋は松にしぐれの染かねてまくずが原に風さはぐなり」と、艶情を尽せる歌をよまれしは、参寥子《さんれうし》が鞦韆《しうせん》よりも甚しく、破戒の罪に近かるべし。当時の譏《そしり》をまねきけるはむべなり。加藤清正《かとうきよまさ》の家の掟には、さぶらひの歌よむことを禁ぜられたり。かくさまぐ〜の弊おほきにより て、士風の柔弱に流るゝのみならず、風俗を害《そこな》はんことをいとはれしなるべし。武家においてはげにもと思ゆ。

右摘下録ス反古抄中係二詩話一者上ヲ凡

三二 長秋詠藻・中に「左大将の家に会すとて歌くはふべきよしありし時、恋歌」の詞書で、「恋せずは人は心もなからまし物のあはれもこれよりぞしる」。 三三 論語・泰伯。 三四 ことばつき。ものの言い方。 三五 心が卑しく道理に背くこと。 三六 人柄。人品。

一 典拠あるか、未詳。 二 淫蕩猥褻。 三 平安末・鎌倉初期の歌人。→三五三頁注二七。 四 新古今集・恋一に「百首歌奉りし時よめる」という詞書で収める。底本「松にしぐれの」。 五 宋の人。→三四二頁注五。 六 ぶらんこ。 典拠未詳。蘇軾が徐州に在った時、参寥が東坡を訪れた。その席で妓が詩を参寥に乞うと、「寄語巫山窈窕娘、好将二魂夢一悩二襄王一、禅心已作二沾レ泥絮一、不レ逐二春風上下狂一」という詩を書した(冷斎夜話・六)という。あるいはこの詩を鞦韆の詩と解して典拠とするか。 六 ぶらんこ。 七 典拠未詳。むしろ「慈鎮和尚の真葛が原も破戒の罪のそしりもなければ」(鶉衣・恋説)というのが一般的。 八 一五六二―一六一一。豊臣秀吉に仕えて熊本城主となり、文禄・慶長の役では朝鮮に出兵。関ヶ原の戦いで徳川方につき肥後一国の主となった。 九 「清正家中へ被二申出一七ヶ条」(清正記・三)の第七条に、「学文之事可入情、兵書を読、忠孝之心懸専用たるべし。詩聯句歌をよむ事停止たり。心にきやしや風流なる、てよわき事を存候へば、いかにも女のやうに成ものにて候。武士の家に生れてよりは、太刀刀を取て死る道本意也」。 一〇 東陽の手元にあった書留の類と思われるが、未詳。 一一 総計。この後に総項目数を記すつもりであったか。

漁《ぎょ》村《そん》文《ぶん》話《わ》

清水茂 校注

『漁村文話』は、江戸時代末の漢学者、海保漁村が、漢文、即ち中国の古典散文のうち、対句をあまり使用しない古文の概論を書いたものである。

大昔、日本語で文章が書かれるようになったときには、日本人はすでに漢文で文章を作ることができた。古代にあって、文章としてあるパターンの決まっている漢文の方が、書き手の恣意に委ねられる日本語の文章よりも読みやすいことは、『日本書紀』と『古事記』とを原文で読み比べて見れば、簡単に分かるであろう。のちに、日本語の書き言葉も、表記法の進歩によって、『古事記』のように読みにくくはなくなったけれども、詩歌のように抒情の表現、物語や歴史のような叙事の文章はあっても、論理的に議論をするスタイルは、和文では確立しなかったように思われる。国学者の和文の議論が抒情的要素を除ききれず、時に感情的になるのは、議論文のスタイルのないのと関係するであろう。かえって、漢学者の漢文訓読に日本語の味を加えた和漢混淆体の方が、論理的に明快である。明治以後、西洋の学問が取り入れられて、研究者たちがいろいろの論文を書くようになってから採用されたのは、この漢文訓読くずれであったように思われる。

このような明治以後の論文文体の実情からいって、現在から見ると、この書は、漢文のためにという漁村自身の意図を越えて、論文はいかに書くべきかという手ほどきの本にもなっている。正続二編のうち、正編が殊にそうで、「声響」・「命意」・「体段」・「段落」・「達意」・「詞藻」というように、作文の注意事項を順序よく説く。「詩話」・「文話」は、中国でのはじまりの欧陽修のそれが典型を作ったように、しばしば随筆的であるが、この書は、例外的に極めて体系的に書かれており、中国でも、詩文の評論書としては、劉勰の『文心雕竜』を唯一の例外とするほか、滅多に見られない。

正編が、一般的な議論なのに対し、続編は、やや専門的である。初めは、「漢以後文体源流」・「唐古文源流」・「宋古文源流」というように、中国の古典散文の歴史を述べる。「文学史」という意識のなかった時代に、こうした叙述がなされているのに驚かされる。続いて、「韓柳文区別」・「唐宋古文区別」で、個人あるいは時代による文体の違いを説く。現在、なお中国文学研究の問題点とされることが取り上げられているのである。

漁村文話序

聖人《せいじん》、文を論ずるの言に曰はく、「辞《じ》[一]、達するのみ」と。又曰《い》はく、「言《げん》[二]の文《ぶん》無きは、行なはれて遠からず」と。然らば則ち意達《いたつ》して言文《げんぶん》、文章[三]の能事《のうじ》、畢《を》はれり。漢京《かんけい》[四]以降《いこう》、能《よ》く此の意を得《う》る者、唯《た》だ唐《とう》・宋大家《そうたいか》の文を然りと為《な》す。而《しか》うして韓《かん》[五]・柳《りゅう》・欧《おう》・蘇《そ》、実《じつ》に之《こ》れが冠《かん》たり。是《こ》こを以て後世《こうせい》著作の士、奉《ほう》じて榘矱《くわく》[六]と為《な》さざる莫《な》し。然りと雖《いへど》も、其の歩趨《ほすう》[七]を学び、其の声響を肖《ま》ねんと欲《ほっ》するも、固《もと》より晩生《ばんせい》浅学の能く遽《には》かに及ぶ所に非ざるなり。必ず指引《しいん》の人を須《ま》つて、而《しか》る後《のち》始めて蹊逕《けいけい》[八]の由《よ》るべきを見るのみ。此れ、海保漁村《かいほぎょそん》先生、文話《ぶんわ》の述《じゅつ》有る所以《ゆゑん》か。顧《おも》ふに、従前啓蒙《じゅうぜんけいもう》の書《しょ》、陳氏《ちんし》[九]『文則《ぶんそく》』・唐氏《とうし》[一〇]『作文譜』の類《るい》の如き、或《ある》いは博《はく》にして要寡《ようすくな》く、或いは簡《かん》にして備《そな》はらず、読者憾《どくしゃうら》む。先生、経術深湛《けいじゅつしんたん》、諸子百家《しょしひゃっか》を博綜《はくそう》し、其の文章に於いても、亦発明《またはつめい》する所多し。嘗《か》つて歴代名人論文の語[一一]、文集・説部《せつぶ》[一二]中《ちゅう》に散見《さんけん》する者を採摭《さいせき》[一三]し、参《まじ》ふるに平生心得《へいぜいしんとく》[一四]の説を以てし、綴緝融貫《ていしゅうゆうかん》、以て斯《こ》の書《しょ》を成す。凡《およ》そ作文の法、命《めい》[一五]意立言《いりつげん》[一六]の大《だい》より、造語用字《ぞうごようじ》の細《さい》に至り、旁《かたはら》古今《ここん》文章の興衰《こうすい》、師弟授受《していじゅじゅ》の源流《げんりゅう》、暨《およ》

一 「ことばは意味の筋が通ることだ」。論語・衛霊公の語(文庫二一三頁)。この語について、漁村の説明が「達意」の章(三八〇頁)に見える。
二 「ことばのかざりのないのは、通用しても遠くに及ばない」。春秋左氏伝(左伝)・襄公二十五年に引く孔子のことば。
三 易・繫辞上「天下の能事畢はれり」をまねたもの。「文章でできることはそれでしまいだ」。
四 中国、漢王朝(前二〇六―後二二〇)をいう。
五 韓愈(七六八―八二四)・柳宗元(七七三―八一九)・欧陽修(一〇〇七―七二)・蘇軾(一〇三七―一一〇一)。唐宋の散文の大家。
六 法則。楚辞・離騒「榘矱(彠と同じ)の同じき所を求む」。
七 足どり。
八 通るべき道。
九 陳騤の文則二巻。和刻本もある。陳騤(一一二八―一二〇三)は、南宋の政治家。官、参知政事に至る。
一〇 清の唐彪の読書作文譜十二巻。和刻本あり。
一一 文章を評論することば。
一二 随筆。
一三 拾い取る。
一四 日ごろから自分の心で理解した説。
一五 「命意」章(三七七頁)参照。
一六 主張を述べる。左伝・襄公二十四年の語。↓三八二頁注一〇。

び夫《か》の文章家の[一]秘鑰《ひやく》、窃《ひそ》かに自《みづか》ら用《もち》ひて敢《あ》へて言はざる者に及ぶまで、爛然として畢《ことごと》く陳《ちん》ず。其の論、博《はく》にして要《よう》、其の言《げん》、簡《かん》にして明《めい》、其の考据《こうきよ》や、鑿鑿乎《さくさくこ》として其《そ》れ備はらざる莫《な》きなり。夫《そ》れ唐・宋大家の文、諸《これ》を山水《さんすい》に譬《たと》へば、[二]喬嶽大海《きようがくだいかい》、包含窮《ほうがんきは》まり無き者は、韓文《かんぶん》なり。[三]峻崖峭壁《しゆんがいしようへき》、谿澗窈然《けいかんようぜん》たる者は、柳文《りゆうぶん》なり。[四]湖山明《こざんめい》麗《れい》、煙波多態《えんばたたい》なる者は、欧文《おうぶん》なり。[五]江流混混《こうりゆうこんこん》、一瀉千里《いつしやせんり》なる者は、蘇文《そぶん》なり。其の他諸家《しよか》、各《おのおの》一邱一壑《いつきゆういちがく》の美《び》有らざる莫《な》し。学者、其の佳境《かきよう》に臻《いた》り、其の勝状《しようじよう》を擅《ほしいまま》にせんと欲《ほつ》すれば、斯《こ》の編《へん》、是《こ》れ其の[六]輿馬舟筏《よばしゆうばつ》なるか。若《も》し能く熟読《じゆくどく》して得《う》る有らば、[七]墨《すみ》を吮《な》め翰《かん》を揮《ふる》ふの際《さい》に当《あた》つて、[八]心、言はんと欲する所、手、輒《すなは》ち之れに応《おう》じて、[九]結構布置《けつこうふち》、粲然観《さんぜんみ》るべき有り、声響節奏《せいきようせつそう》、将《まさ》に[一〇]犂然《れいぜん》として中《あた》る有《あ》らんとすれば、則《すなは》ち聖人の所謂《いはゆる》「意達して言文」なる者、是《こ》こに於《お》いてか庶幾《しよき》すべきのみ。及門諸《きゆうもんしよ》子《し》、之れを[一一]梓《し》に鏤《ゑ》りて、以て流伝《るでん》を広めんと謀《はか》る。予《よ》劇《はなは》だ其の後学《こうがく》を嘉恵《かけい》するを喜び、[一二]弇陋《えんろう》を揣《はか》らず、敢《あ》へて[一三]簡端《かんたん》に弁《べん》す。[一四]壬子《じんし》の歳《とし》、仲夏《ちゆうか》の日、[一五]水藩森蔚拝撰《すいはんもりしげるはいせん》す。

聖人論文之言曰、「辞達而已矣」。又曰、「言之無文、行而不遠」。然則意達而言文、文章之能事畢矣。漢京以降、能得此意者、唯唐宋大家之文為然。而韓柳欧蘇、実為之冠。是以後世著作之士、莫不奉為榘矱焉。雖然、欲学其歩趨、肖其声響、固

一 秘訣。鑰は鍵。
二 高い山や大きな海で、はてしれぬほど包みこむのは、韓愈の文である。
三 けわしい崖やきり立つ絶壁で、谷間が奥深いのは、柳宗元の文である。
四 湖や山があかるくきれいで、もやや波に変化が多いのは、欧陽修の文である。
五 大川の流れがざぶざぶ波立ち、どっと千里の遠くまで注ぐのは、蘇軾の文である。
六 車や馬や舟やいかだ。手段。
七 墨をなめ筆を揮う。文章を書くこと。
八 荘子・天道「之れを手に得て心に応ず」から、欧陽修「梅聖兪の稿の後に書す」(欧陽文忠公集・七十三)で、「工の善き者は、必ず心に得て手に応じ、而して之れを言に述ぶべからざるなり」といったのを用いた。「心にいいたいことがあると、手がすぐそれに応じる」。
九 構成と配置。
一〇 ぴたりと相当する。荘子・山木「木声と人声と、犂然として人心に当る有り」。
一一 木版に彫る。
一二 できの悪いのも考えずに。
一三 書物のはじめにかぶらせた。弁は冠。
一四 嘉永五年(一八五二)旧暦五月。
一五 水戸藩の森蔚(一八二四―六八)、庸軒と号す。

非晩生浅学之所能遽及也。必須指引之人、而後始見蹊逕可由已。此海保漁村先生、所以有文話之述歟。顧者従前啓蒙之書、如陳氏文則・唐氏作文譜之類、或博而寡要、或簡而不備、読者憾焉。先生経術深湛、博綜諸子百家、其於文章、亦多所発明。嘗採摭歴代名人論文之語、散見于文集説部中者、参以平生心得之説、綴緝融貫、以成斯書。凡作文之法、自命意立言之大、至造語用字之細、旁及古今文章之興衰、師弟授受之源流、暨夫文章家之秘鑰、所窃自用而不敢言者、爛然畢陳。其論博而要、其言簡而明、其考据也、鑿鑿乎其莫不備也。夫唐宋大家之文、譬諸山水、喬嶽大海、包含無窮者、韓文也。峻崖峭壁、谿澗窈然者、柳文也。湖山明麗、煙波多態者、欧文也。江流混混、一瀉千里者、蘇文也。其他諸家、莫不各有一邱一壑之美。学者欲臻其佳境、擅其勝状、斯編是其輿馬舟筏也邪。若能熟読而有得焉、当吮墨揮翰之際、心所欲言、手輙応之、而結構布置、有粲然可観、声響節奏、将犂然有中、則聖人所謂意達而言文者、於是乎可庶幾焉爾矣。及門諸子、謀鏤之梓、以広流伝。予劇喜其嘉恵後学、不揣弁陋、敢弁簡端。壬子歳仲夏日、水藩森蔚拝撰。

漁村文話目録

一「魏武」は、中国三国、魏の武帝、曹操(一五五—二二〇)。しかし、恐らく「魏文」のあやまり。魏の文帝曹丕(一八七—二二六)の典論・論文(文選・五十二)をさすと思われる。

二 劉勰(四六六?—五三九?)は梁の人。文学評論書、文心雕竜を著わす。

三 任昉(四六〇—五〇八)も梁の文学者。文学評論書、文章縁起一巻が伝わるが、その人の著かどうかは疑問とされる。

四 摯虞(?—三一一)は、晋の人。文学選集、文章流別集三十巻を編し、それに評論を加えて文章流別論とし、佚文が集められている。

五 昭明は、梁の昭明太子蕭統(五〇一—五三一)。太子であったが、父武帝に先立って没し、古人、文を論じ併《あは》せて詩を論ずるは、魏武《ぎぶ》[一]、之れを前《さき》に倡《とな》へ、劉勰《りゅうきょう》[二]・任昉《じんぼう》[三]、之れを後《のち》に和す。摯虞《しぐ》[四]の『文章流別』を撰し、昭明《しょうめい》[五]の『文選《もんぜん》』を編する、皆文・詩並《なら》び収《をさ》む。当時《とうじ》、言[六]の韻《いん》有る者、之《こ》れを文と謂《い》ふを以てなり。韓[七]・欧の古文行《おこ》なはれてより、文、始めて詩と対《たい》す。唐・宋、詩・賦を尚《たふと》んで、宋人《そうひと》、始めて専ら詩を論《ろん》ず。尤袤《ゆうぼう》[八]・欧陽脩《おうようしゅう》[九]以下、詩話《しわ》日に多く、而《しか》うして未《いま》だ文話有るを聞かず。文を論ぜざるに非ざるなり。勒《ろく》[一〇]して一書と為《な》す者無きなり。唐庚《とうこう》[一一]、『文録《ぶんろく》』を著《あら》はし、仍併《なほあは》せて詩を論ず。其の専ら文を評するは、則《すなは》ち陳騤《ちんき》[一二]『文則《ぶんそく》』・李耆卿《りきけい》[一三]『文《ぶん》章精義《しょうせいぎ》』の外《ほか》、寥寥《りょうりょう》として聞《きこ》ゆる無く、而うして其の書も亦「話《わ》」[一四]を以て称せざるなり。論文[一五]の「話」を以て称する者、宋、唯《た》だ王銍《おうちつ》[一六]『四六文話《しろくぶんわ》』有るのみ。餘《よ》多くは見ず。近ごろ清《しん》の阮元《げんげん》[一七]、諸生《しょせい》をして『四書文話《ししょぶんわ》』を纂《さん》せしむ。古文を主とせずと雖も、亦論文の未だ嘗つて「話」を以て目《もく》すべからずんばあらざるを見るなり。若し、先儒、唯だ「詩話」有り、従つて未だ「文話」有らずと謂《い》はば、則ち亦概論[一八]に属す。『漁村文話』、成《せい》を告げ、書《しょ》して大方《たいほう》[一九]に質《ただ》す。嘉永壬子長夏《かえいじんしちょうか》[二〇]、江戸《えど》湯川《ゆかわ》[二一]愷敬《がいつつし》んで識《しる》す。

古人論文併論詩、魏武倡之於前、劉勰・任昉和之于後。摯虞之撰文章流別、昭

帝位に即かなかった。文選六十巻を編集。

六 劉勰の文心雕竜・総術に、「今の常言、文有り筆有り。以為(おも)へらく韻無き者は筆なり、韻有る者は文なり」。

七 唐宋になって、韓愈・欧陽修の古文が流行してから、文と詩とが始めて対立した。

八 尤袤(一一二七―九四)は、南宋の文学者。全唐詩話六巻があるが、現在は尤袤に仮託されたものとされる。和刻本もある。

九 欧陽修は六一詩話一巻を書いた。今、欧陽文忠公集・一二八に収める。宋三家詩話として和刻本もある。

一〇 まとめて一部の書物とする。

一一 唐庚(一〇七〇―一一二〇)は、北宋の詩人。字、子西。強幼安がその詩文評を記録した唐子西文録一巻がある。

一二 →三六九頁注九。

一三 李塗、字、耆卿。性学先生と称される。宋末の人。朱熹の孫弟子。古今文章精義一巻を著わし、昌平坂学問所刊本がある。

一四 「文話」と「話」の名前で呼んでいない。

一五 散文評論。

一六 王銍は、北宋末の文学者。駢文を評論した(王公)四六話二巻がある。

一七 阮元(一七六四―一八四九)は、清の政治家で学者。その「四書文話序」が、今、文集揅経室続集・三に収められる。官吏任用試験で用いられた八股文についての評論。

一八 大まかな議論。

一九 学識ある人。オーソリティ。荘子・秋水「吾れ長く大方の家に笑はる」。

二〇 嘉永五年(一八五二)旧暦六月。

二一 湯川愷は未詳。江戸幕府の医官、幽谷と号する人(一八〇七―七四)であろうか。

明之編文選、皆文詩並収。当時以言之有韻者、謂之文也。自韓欧古文行、而文始与詩対。唐宋尚詩賦、而宋人始専論詩。尤袤・欧陽脩以下、詩話日多、而未聞有文話焉。非不論文也。無勒為一書者也。唐庚著文録、仍併論詩。其専評文、則陳騤文則・李耆卿文章精義外、寥寥無聞、而其書亦不以話称也。論文之以話称者、宋唯有王銍四六文話。餘不多見。近清阮元令諸生纂四書文話。雖不主古文、而亦見論文之未嘗不可以話目也。若謂先儒唯有詩話、従未有文話、則亦属概論。漁村文話告成、書質於大方。嘉永壬子長夏、江戸湯川愷敬識。

和泉[一]　平松　脩
大聖寺山本　寛
上田　伊藤　恒　　同校

受業
上総　朝日逢吉

一　平松脩以下四名、未詳。

漁村文話

海保元備　著

声《せい》響《きょう》

文ハ古人《こじん》ノ語気ヲ学ブナリ。サレバ、文ヲ作ラントスルニハ、先ヅ古人ノ文集、或ハ選本等ニ就キテ、数度クリカヘシテ熟読玩味《じゅくどくがんみ》シ、ソノ文勢語路《ごろ》ヲシテ、自然《しぜん》我ニ移リテ、口ニ騰《のぼ》リ心ニウカミテ、吾ガ心ト古人ノ文ト一致ニナラシムベシ。[二]朱子《しゅし》曰《いはく》、「韓退之・蘇明允作文、只是学古人声響、尽一生死力為之、必成而後止([三]韓退《かんたい》之《し》・蘇明允《そめいいん》、文を作る、只《た》だ是《こ》れ古人の声響《せいきょう》を学び、一生の死力《しりょく》を尽《つ》くして之《これ》を為《な》し、必ず成して後止《のちや》む)」。[四]語類卅一。コノ「学古人声響」ト云フコト、極メテノ妙語ナリ。文ノ巧拙《こうせつ》ハ、全ク古人ノ声響ヲ学ビ得ルト得ザルトニ在リ。先儒、文章ヲ評シテ言フ所ノ[五]軽重《けいちょう》・緩急《かんきゅう》・抑揚《よくよう》・頓挫《とんざ》ナド云フハ、皆コノ声響ノ細目《さいもく》ナリト知ル

二 朱熹(一一三〇―一二〇〇)。南宋の学者、宋学の集大成者。江戸幕府の官学は、その「朱子学」であった。尊敬して常に「朱子」という。
三 「韓愈(退之はその字)と蘇洵(一〇〇九―六六、明允は字。蘇軾の父、古文の唐宋八大家の一人)が文を作るのは、ただ古人の口調を学ぶのに、一生のありったけの力を使いきって行ない、できあがるまでは止めなかった」。
四 朱子語類。百四十巻。朱熹の話したことばを門弟が記録し、テーマごとに分類した書。巻三十一の論語・雍也「子曰はく、回や…」の章についてのことば。
五 「軽重」以下、下文に章を分けて説明がある。

ベシ。沈約《しんやく》[一]『宋書《そうじょ》[二]』ニ曰、「前有浮声、則後須切響。一簡之内、音韻尽殊、両句之中、軽重悉異。妙達此旨、始可言文(前《さき》[三]に浮声有れば、則ち後《のち》、切響《せっきょう》を須《ま》つ。一簡《いっかん》の内《うち》、音韻尽《ことごと》く殊《こと》に、両句の中《うち》、軽重悉《けいちょうことごと》く異なり。妙《みょう》に此の旨《むね》に達《たつ》して、始めて文を言ふべし)」。謝霊運伝論[四]。コノ音韻ト云フハ、章句ノ中ニ音韻宮羽《きゅうう》[五]アルヲ云フ。[六]句末ニ押ス所ノ脚韻ニハアラズ。揅経室続三集[七]、文韻説。当時ノ文、声律ヲ尚《たふ》トブ。古[八]文トソノ理ヲ同《おなじ》ウセズト雖モ、ソノ実《じつ》ハ、文章ノ声響ヲ貴ブハ、古文ト雖モ、亦同[九]一轍ナリ。韓[一〇]文公ノ「言之短長、与声之高下皆宜(言《げん》の短長《たんちょう》と、声《せい》の高下《こうげ》と皆宜《みなよろ》し)」ト云ヒ、答李翊書[一一]。「正声諧韶濩(正声《せいせい》、韶濩《しょうご》[一二]に諧《かな》ふ)」ト云フ。上于頔相公書[一三]。即《すなはち》文章声響ノ妙ヲ称スルナリ。郝京山《かくけいざん》[一四]敬モ「言語無軽重緩急、尚不可聴。況文章乎(言語の軽重緩急無き、尚聴《なほき》くべからず。況《いはん》や文章をや)」ト云ヘリ。藝圃傖談[一五]。楊[一六]名時曰、「欲求入門、全在刻刻与古人詩文相浹洽浸漬。目注口吟、心摹手追、庶骨気可変、窾郤可披(入門を求めんと欲すれば、全く刻刻《こくこく》、古人の詩文と相浹洽浸《あひしょうきょうしん》[一七]漬《し》するに在《あ》り。目注《めそそ》ぎ口吟《くちぎん》じ、心摹《も》し手追ひ、庶《ねが》はくは骨気《こっき》変《へん》ずべく、窾郤披《かんげきひら》[一八]くべし)」。程功録[一九]。コレハ文ヲ学ブノ道ハ、只管《ひたすら》ニ古人ノ文中ニ浹洽《しょうきょう》シ、目ニハコレヲ注視シ、口ニハコレヲ吟誦《ぎんしょう》シ、心ニソノ模様ヲ摹《も》シ取リ、手ニコレヲ書キ習ヒナバ、

一 沈約(四四一―五一三)は、南北朝、梁の文学者。宋書の著者。

二 南北朝、劉氏の宋の歴史。百巻。

三 「前に浮声があれば、後は切響が必要である。一文の内、音韻はすっかり別別にし、二句の中、軽重はすべて異なる。この趣旨をうまく理解してこそ、文を論ずることができる」。浮声・切響は、後にいわゆる平・仄に相当するといわれる。音韻は下文に説明がある。軽重はこのばあい、音の高低、声調をいうように思われる。

四 宋書・六十七。謝霊運(三八五―四三三)は、劉宋の代表的文学者。論は、その人に対する評論部分。これは、沈約の文学論として有名で、文選・五十にも収める。

五 文中の文字の声調。宮羽は、中国音楽の音階の名。最低の宮と最高の羽とで音階全部のことをいう。

六 押韻。

七 清の阮元(→三七三頁注一七)の文集。「文韻説」は論文の題名。

八 沈約の当時、南北朝時代、対句で構成される駢文(四六文)がふつうで、古文とは作文の原理が異なる。

九 同じ道理である。

一〇 韓愈の諡。

一一 韓愈の古文を論じた書簡(韓昌黎集・十六所収)。李翊は、韓愈の門人。

一二 韶は、舜帝の舞楽、濩は、湯王の舞楽。どちらも古代の聖天子の舞楽。周礼・春官宗伯・大司楽に見える。

一三 韓愈が于頔の作品をもらったときの返事(原題は「襄陽の于相公に上る書」。韓昌黎集・十五所収)。于頔(?―八一八)は、当時の

文骨・文気、自然《しぜん》ニ古人ノ風格ニ推シ移ルベキヲ教《をしふ》ルナリ。古人ノ声響ヲ学ブノ道、コノ言《げん》コレヲ尽《つく》セリト謂フベシ。

命《めい》意《い》

文ヲ作ラントセバ、先ヅ一篇ノ大意ヲ立ツベシ。大意トハ、凡《およ》ソ時事ヲ記シ、世《せ》道人紀《どうじんき》[二〇]ヲ論ズルノ類、スベテ何《いづ》レノ文ニテモ、筆ヲ執《と》テ思《おもひ》ヲ下《くだ》スニ及《およ》ンデ、コノ題ハ主《しゆ》トスル所、何事ナルヤ、大関係ノ処、何レニカ在ルベキ、何レヨリ筆ヲ起《おこ》サバ、事理《じり》ニ愜当《きようとう》[二一]スベキト云フ処ヲ、深ク考《かんがへ》テ意ヲ取リ定ムルコトナリ。コレヲ命意ト云フ。コノ処ニ違錯《いさく》[二二]アルカ、陳腐《ちんぷ》ナルカ、泛濫《はんらん》[二三]ナルカ、要スルニ病《へい》ヲ免《まぬ》カレザレバ、文トスルニ足ラズ。スベテ一題ゴトニ、必ズ庸人《ようじん》[二四]ノ思路《しろ》アリテ、筆端《ひつたん》ニ纏繞《てんじよう》スルコトアルモノナリ。能クコノ一層ヲ剝《は》ギ去リテ、始メテ至理ノ言ヲ発明《はつめい》シ出《いだ》スベシ。[二五]金石要例。宋公序《そうこうじよ》[二六]庠ノ言ニ、「意ヲ立《たつ》ルハ新ヲ貴ブ、異ヲ貴バズ。事ニ適当ナランコトヲ欲ス、僻遠《へきえん》ナルヲ貴バズ。淳《じゆん》ヲ貴ンデ、故《こ》ヲ貴バズ。奇《き》ヲ貴ンデ、怪《かい》ヲ貴バズ」。[二七]清波雑志。コノ言《げん》、深ク味知《あぢはひし》ルベシ。

政治家。

一四 郝敬(一五五八—一六三九)は、出身地によって京山と称される。明の学者。

一五 郝敬の詩文評論。四巻。その全集山草堂集の中に収められる。引用は巻四。「不可聴」は、原文「不中聴」。

一六 清の政治家(一六六〇—一七三六)。楊氏全書三十六巻がある。

一七 とけこみつかりきる。

一八 穴やすきま。郤は、隙と同じ。

一九 楊名時の語録。楊氏全書・十三—十六に収められる。引用は、その第四「家塾訓課」。

二〇 人の世に処して行く道。書経・伊訓「先王、肇(はじ)めて人紀を修む」。偽孔安国伝「湯、始めて人たるの綱紀を修む」。

二一 適当。

二二 まちがい。

二三 あふれる。とりとめがない。「氾濫」と同じ。

二四 平凡な人。

二五 清の黄宗羲(一六一〇—九五)の著、一巻。碑や墓誌銘の書き方を述べる。その論文管見の条。

二六 宋庠(九九六—一〇六六)は、北宋の政治家、文学者。公序はその字。

二七 宋の周煇の随筆十二巻。その巻五に「文を為(つく)るの体、意は異を貴ばずして新を貴び、事は僻を貴ばずして当を貴び、語は古きを貴ばずして淳を貴び、事は怪を貴ばずして奇を貴ぶ」。すこしここの引用とずれがある。

体《たい》　段《だん》

大意《たいい》スデニ定マリテ後、一篇ノ体段ヲ考フベキナリ。体段トハ一体ノ布置スベテノ配《くば》リ付ケナリ。スベテ何レノ題ニ望ミテモ、起《き》[一]ハ如何《いか》ニ語ヲ下《くだ》シタルガ篇意ニ協《かな》フベキ、如何ナルガ体裁《ていさい》ニ合《がっ》スベキ、承接《しょうせつ》[二]ハ如何スベキ、中間鋪叙《ちゅうかんほじょ》ハ何ト衍説《えんせつ》[三]スベキ、結尾《けつび》ハ如何ナルベキト云フ処ヲ、深ク考《かんがふ》ルコトナリ。コレ、一篇ノ大体《だいたい》、スベテノ仕組《しくみ》ナリ。蓋《けだ》シ文章ノ道、変化極リナシトイヘドモ、マタ自《おのづか》ラ古人一定ノ規模《きぼ》[四]間架《かんか》アリ。黄山谷《こうさんこく》[五]ノ言《げん》ニ「文章必謹布置、如官府甲第、庁堂房室、各有定処、不可乱也(文章は必ず布置《ふち》を謹《つつし》むこと、官府甲第《かんぷこうだい》[六]、庁堂房室《ちようどうぼうしつ》、各《おのおの》定処《ていしよ》有り、乱るべからざるが如きなり)」ト云フ、コレナリ。コノ処、シカト調《ととの》ハザレバ、一篇ノ体裁コトゞゝク失フナリ。ソノ中、起結《きけつ》ハ一篇ノ取リ極《き》マリノ付ク処ニシテ、最モ作文家ノ難事トスルコトナレバ、別《べつ》シテ深ク心ヲ用《もちふ》ベキナリ。陳繹曾《ちんえきそう》[七]ハ、「韓柳《かんりゆう》ニ二家諸体《かしょたい》ノ中ヨリ、起結ヲ摘出《てきしゆつ》シテ、変化ノ手段ヲミテ、コレヲ自得《じとく》スベシ。言ヲ以テ伝フベキニアラズ」ト云ヘリ。文章欧冶[八]。学者コノ言ニ従《したがつ》テ、深ク工夫《くふう》ヲ用《もちひ》バ、必ズ古人

一　書き出し。
二　書き出しを受ける。
三　ひろげ説明する。
四　わくとほねぐみ。
五　黄庭堅(一〇四五—一一〇五)の号。北宋の文学者、蘇軾の門弟。
六　「役所や邸宅には、表座敷と個室とはそれぞれきまった場所がある」。この語の出処未詳。
七　元の文学者。文筌一巻を著わす。
八　詩文の作り方を述べた書物。文筌を改名したもの。一巻。和刻本もある。その古文譜四・製。

起結ノ妙《みょう》ヲ悟リ得《う》ベキナリ。

段《だん》落《らく》

行文《こうぶん》ノ間、段落尤《もっと》モ緊要《きんよう》ナリトス。文ニ段落アルハ、猶《なほ》人ニ骨格アルガ如シ。人ニ骨格アリテ後ニ、長短大小、或ハ横、或ハ竪《たて》、或ハ圜《えん》[九]、或ハ鋭《えい》、各各《おのおの》ソノ形状ヲナシテ、ソレ〴〵ソノ款会《かんかい》ニ適スルナリ。文モ亦是《かく》ノ如シ。段落ナキ文ハ、人ノ手《しゅ》足頭顱《そくとうろ》、一処ニ混同[一〇]スルガ如シ。コレヲ支離《しり》[一一]ノ人トナス。故ニ文章ヲ作ルニハ、先ヅ段落ヲ定ムルヲ以テ緊要トスルナリ。段落即《すなはち》古《いにしへ》ノ章ナリ。一段ノ中ニ、オノヅカラ一段ノ章ヲ成ス処アリテ、イカニモ有用ニシテ欠クベカラザルコト、人ノ四《し》肢《し》ハ自《おのづか》ラ四肢ノ用《よう》ヲナシ、耳目鼻口《じもくびこう》ハ自ラ耳目鼻口ノ用ヲナスガ如クスベシ。コノ多クノ段落、合《がっ》シテ一篇ノ文章トナルハ、人ノ四肢百骸《ひゃくがい》備《そなは》リテ、始メテ完人《かんじん》[一二]トナスガ如シ。

九 「円」と同じ。
一〇 密接して集まる。
一一 身体障害者。荘子・人間世「夫れ其の形を支離にする者、猶以て其の身を養ひ、其の天年を経(よ)るに足る」。
一二 欠陥のない人。

段落スデニ定マリテ後、必ズコレヲ貫《つらぬ》クニ意気ヲ以テシテ、能ク多クノ段落ヲシテ一脈流通《いちみやくりゆうつう》セシムベシ。段落アリテモ、意気続カザレバ、人ニシテ偏枯《へんこ》ノ病《やまひ》アルガ如シ。『論語』ニ、「辞達而已矣(辞《じー》、達《たつ》するのみ)」ト見エタリ。コノ達ノ義、スナハチ一気貫穿《かんせん》スルヲ云フナリ。韓昌黎[二]云、「気水也。言浮物也。水大而物之浮者、大小単浮。気之与言、猶是也。気盛則言之短長、与声之高下、皆宜(気は水なり。言は浮物《ふぶつ》なり。水大《みづだい》にして物の浮く者は、大小単《ことごと》く浮かぶ。気の言に与《お》ける、猶《なほ》是《かく》のごときなり。気盛《きさかん》なれば、則ち言の短長と、声の高下《こうげ》と、皆宜《よろ》し)」。答李翊書[三]。コレハ意気貫穿スル時ハ、スベテノ文字ミナ活動シテ、自然ソノ宜シキニ叶《かな》フヲ以テ、水ノ勢盛大《いきほひせいだい》ニシテ、能ク多クノ物ヲ浮載《ふさい》スルニ喩《たとへ》タリ。柳子厚《りゆうしこう》[四]ガ「凡ソ為文以神志為主(凡そ文を為《つく》るは神志《しんし》を以て主と為《す》)」ト云ヒ、与楊憑書[五]。張文潜《ちようぶんせん》[六]ガ「論《ろん》文《ぶん》」ノ詩ニ、「文以意為車、気盛文如駕(文は意を以て車と為《し》、気盛《さかん》なれば文は駕《が》の如し)」ト云フ、困学紀聞[七]。コレナリ。又葛延之《かつえんし》[八]、東坡《とうば》ニ従《したがつ》テ作文ノ法ヲ請《こひ》ケルニ、

達《たつ》　意《い》

一 ↓三六九頁注一。
二 韓愈のこと。自称した出身地による尊称。
三 ↓三七六頁注一一。
四 柳宗元の字。
五 柳河東集・三十。原題は「楊京兆憑に与ふる書」。楊憑(?―八一七)は、柳宗元の岳父。
六 張耒(一〇五四―一一一四)の字。北宋の文学者。蘇軾の門弟。原詩は、その文集張右史文集・十四、「友人と文を論じ、因って詩を以て之れに投ず」と題するもので、困学紀聞の引用は、その一部。「論文」は、文章を評論すること。以下、本書はすべて同じ。
七 王応麟(一二二三―九六)の随筆。底本「困学記聞」とするが、「記」を誤刻として「紀」に改める。二十巻。その巻十七。この書引用の二句は続かず、「文以意為事」の次に、下文(三八一頁一三行)引用の「意以文為馬」があり、更に一句隔てて「気盛文如駕」となる。
八 北宋末、江陰(今江蘇省)の人。海南島まで行って蘇軾に教えを請うた。
九 市場の店舗。
一〇 中国の図書を四つに分類するうちの三つ。経は、儒学の経典。史は、歴史。子は、儒家以外の思想その他(医、農、軍事など技術を含む)の書。
一一 集まる形容。
一二 宋の洪邁(一一二三―一二〇二)の随筆、容斎随筆

坡《は》公《こう》コレニ誨《をし》ヘテ云《いふ》、「譬《たとへ》バ[九]市上店肆《てんし》ノ諸物種種《しゆじゆ》アリト雖《いへど》モ、唯一物《ただいちぶつ》ノ銭ニテコレヲ摂得《とりう》ベシ。文章モ亦然リ。詞藻事実《しそうじじつ》ハ、市肆《しし》ノ諸物ノ如シ。意ハ銭ナリ。文ヲ作ルニ、若シ能ク意ヲ立テバ、古今天下ノ事ノ散ジテ経子史《けいしし》[一〇]中ニ在ルモノ、翕然《きゆうぜん》[一一]トシテ並ビ起リテ、皆吾ガ用トナル。若《も》シコノ理ヲ暁《さと》ラバ、文ヲ作ルノ旨《むね》ヲ会得《えとく》スベシ」トナリ。容斎四筆[一二]。梁谿漫志[一三]。コレ亦多クノ詞藻事実、一意ヲ以テ貫穿スベキヲ云フナリ。

詞《し》　藻《そう》

文章必ズ達意ヲ以テ主トスト雖モ、亦必ズ点綴《てんてい》装飾スルニ詞藻[一四]ヲ以テス。詞藻ハ人ノ血肉《けつにく》ノ如シ。文ニシテ詞藻ノ乏シキハ、人ノ血肉枯痩《こそう》シテ、色栄《はえ》ザルガ如シ。用字イカニモ馴正《じゆんせい》ナルベシ。造語イカニモ愛《あい》スベカラシムベシ。俗語常語、スベテ平平タル語、一切用《いつさいもちふ》ベカラズ。用字粗笨《そほん》ニシテ、造語浅易凡鄙《せんいぼんぴ》ナルハ、ソノ言至理ナリトモ、文ト為《す》ルニ足ラズ。故ニ韓文公[一五]「答[一六]フル二尉遅生《うつちせい》一書」ニ、「体不備、不可以為成人。辞不足、不可以為成文（体[一七]《たい》、備《そな》はらざれば、以て成人と為《な》すべからず。辞、

の第四集。容斎随筆は五筆まであり、四筆までは各十六巻、五筆は十巻。これは、四筆巻十一に見える。
一三 宋の費衮（ひこん）の随筆。十巻。この話は巻四に記載。
一四 語彙。
一五 →三七六頁注一〇。
一六 韓昌黎集・十五。尉遅は、尉遅汾。徐松の登科記考によれば、貞元十八年（八〇二）の進士。
一七 「からだが完備していなければ、一人前の人とできない。ことばが不足すれば、完全な文章とできない」。

足らずんば、以て成文と為すべからず）」ト云ヒ、李習之[一]「答[二]二フル朱載言一書」ニ、「義雖深、理雖当、辞不工者、不成文。宜不能伝也。仲尼曰、「言之不文、伝之不遠」（義、深しと雖《いへど》も、理《り》、当《あた》ると雖も、辞《じ》、工《こう》ならざる者は、文を成《な》さず。宜《よろ》しく伝ふる能《あた》はざるべきなり。仲尼曰《ちゆうじ》はく、「[三]言の文ならざる、之れを伝へて遠からず」と）」左伝襄廿五年[四]。ト云ヒ、孫樵《そんしよう》[五]ガ「古今所謂文者、辞必高、然後為奇。意必深、然後為工。煥然如日月之経天也、炳然如虎豹之異犬羊也（古今所謂《いはゆる》文なる者は、辞《じ》必ず高く、然る後奇《のちき》と為す。意必ず深く、然る後工《こう》と為す。煥然《かんぜん》として日月《じつげつ》の天《てん》を経《ふ》るが如く、炳然《へいぜん》として虎豹《こひよう》の犬羊《けんよう》に異なるが如きなり）」孫可之集、与友人論文書[六]。ト云ヒ、柳子厚[七]ガ「文之用、辞令褒貶、導揚諷諭而已。雖其言鄙野、足以備於用、然而闕其文采、固不足以竦動其聴、夸示後学。立言而朽、君子不由也（文の[八]用《よう》は、辞令《じれい》褒貶《ほうへん》、導揚諷諭《どうようふうゆ》のみ。其の言鄙野《げんひや》、以て用《よう》に備《そな》ふるに足《た》ると雖も、然れども其の文《ぶん》采《さい》を闕《か》かば、固《もと》より以て其の聴《ちよう》[九]を竦動《しようどう》し、後学《こうがく》に夸示《こじ》[一〇]するに足らず。言《げん》[一一]を立てて朽《く》つるは、君子、由《よ》らざるなり）」、楊評事文集後序[一二]。張文潜ガ詩ニ「意以文為馬（意は文を以て馬と為《な》す）」困学紀聞[一三]。ト云ヘルガ如キ、皆文ノ必ズ詞藻《しそう》ノ工《こう》ヲ須《ま》ツヲ論ズ。同[一四]一致ナリ。

一 李翺（七七二―八四一）の字。韓愈の門弟。
二 李翺の文集唐李文公集・六。「宜不能伝也」と「仲尼」の間に省略あり。
三 →三六九頁注二。左伝の原文は、李翺の引用とすこし異なる。
四 春秋左氏伝の略称。左丘明の著と伝えられる、春秋の解釈書。襄は、襄公。魯の君主の治政年代によって年をあらわす。本書の注では、以下も同じく「公」を省略している。
五 唐代、韓愈の後に出た古文の文章家。字、可之。
六 孫樵の文集。十巻。「友人に与へて文を論ずる書」はその巻二。
七 →三八〇頁注四。
八 文の使用は、応対、批評、諷刺、指導だけである。
九 聴く人をびっくりさせて動かす。
一〇 夸は、誇と同じ。
一一 左伝・襄公二十四年「其の次に言を立つる有り。久しと雖も廃せず。此れを之れ不朽と謂ふ」によったもの。
一二 柳河東集・二十一。楊評事は、楊凌。柳宗元の妻の叔父。
一三 →三八〇頁注七。
一四 同じ趣旨である。

三多《さんた》　三上《さんじよう》

[一五]欧陽公、文ヲ作ルニ、三多ノ訣アリ。「看多《かんた》」ト「做多《さた》」ト「商量多《しようりようた》」トナリ。[一六]後山詩話。看多トハ、多ク古書古文ヲ看テ、凡ソ文語ノ愛スベク奇トスベキモノ、一一己《おの》レニ儲蓄《ちよちく》シテ、後ニ発シテ文章トナスベキヲ云フナリ。コノ意ハ、[一七]韓退之自《みづか》ラ文ヲ作ルノ意ヲ述ベテ曰、「窮究於経伝史記百家之説、沈潜乎訓義、反復乎句読、礱磨乎事業、而奮発乎文章。凡自唐虞以来、編簡所存、大之為河海、高之為山岳、明之為日月、幽之為鬼神、繊之為珠璣華実、変之為雷霆風雨、奇辞奥旨、靡不通達（経伝《けいでん》・史記《しき》・百家《ひやつか》の説を窮究《きゆうきゆう》し、[一八]訓義《くんぎ》に沈潜《ちんせん》し、句読《くとう》に反復《はんぷく》し、[一九]事業《じぎよう》に礱磨《ろうま》して、文章に奮発《ふんぱつ》す。凡《およ》そ唐《とう》・虞《ぐ》より以来、編簡《へんかん》の存《そん》する所、大《だい》にしては河海《かかい》と為《な》り、高うしては山岳と為り、明《めい》にしては日月《じつげつ》と為り、幽《ゆう》にしては鬼神《きじん》と為り、[二〇]繊《せん》にしては珠璣華実《しゆきかじつ》と為り、変《へん》じては雷霆風雨《らいていふうう》と為り、奇辞奥旨《きじおうし》、通達《つうたつ》せざる靡《な》し）」。[二一]上李巽書。[二二]羅有高《らゆうこう》、嘗《かつ》テコレヲ表出《ひようしゆつ》シテ、「[二三]昌黎ガ実実用功《じつじつようこう》ノ処、コヽニ在リ」ト云フ。[二四]尊聞集、与彭允初書。公又曰、「始者非三代両漢之書不敢観。如是者亦有年、猶不改。然

一五 欧陽修。↓三六九頁注五。
一六 宋の陳師道（一〇五三―一一〇一）、号後山の著といわれる詩話。一巻。
一七 韓愈の字。
一八 文章の解釈をくりかえす。
一九 学業を磨きあげる。
二〇 繊細なものでは真珠や花や実。
二一 韓昌黎集・十五「兵部李侍郎巽に上《たてまつ》る書」。
二二 清、江西省瑞金の人（一七三四―七九）。
二三 地道に勉強した点は、そこである。
二四 尊聞居士集八巻は、羅有高の文集。「彭允初に与ふる書」は巻四に収める。五通の第四。彭允初は、彭紹升（一七四〇―九六）の字。清の文学者、羅有高の文集の編集者。

後識古書之正偽、与雖正而不至焉者、昭昭然白黒分矣。而務去之、乃徐有得也。当其取于心而注于手也、汨汨然来矣(始めは三代両漢の書に非ざれば敢へて観《み》ず。是《か》くの如き者亦年《とし》有り、猶《なほ》改めず。然る後、古書の正偽《せいぎ》と、正と雖《いへど》も至らざる者とを識《し》つて、昭昭然《しようしようぜん》として白黒《はくこく》分かれたり。而《しか》うして務《つと》めて之れを去り、乃《すなは》ち徐《ようや》く得る有るなり。其の心に取つて手に注《そそ》ぐに当《あた》るや、[一]汨汨然《こつこつぜん》として来《きた》る)」。[二]答李翊書。マタ[三]柳子厚ガ[四]韓文公ノ文ヲ評スルニモ、「韓子窮古書、好斯文(韓子《かんし》[五]、古書を窮め、斯《し》文《ぶん》を好《この》む)」[六]毛穎伝後題。ト称シ、又自《みづか》ラ「盗取古書文句、聊以自娯(古書の文句を盗み取り、聊《いささ》か以て自《みづか》ら娯《たの》しむ)」[七]唐鐃歌鼓吹曲序。ト云ヒ、又、「自貶官以来無事、読百家書、上下馳騁、乃少得知文章利病([八]貶官《へんかん》より以来無事《ぶじ》にして、百家の書を読み、上下馳騁《じようげちてい》して、乃《すなは》ち少《すこ》しく文章の[九]利病《りへい》を知るを得《う》)」[一〇]与楊憑書。トモ云ヘリ。サレバ、韓柳二公ノ文ヲ作ル、皆先ヅ多ク古文ヲ看《み》、古書ヲ窮《き》ハメ、[一一]六藝《りくげい》百家ヲ穿穴《せんけつ》シテ、コレヲ己《おのれ》ニ儲蓄スルモノ、自然《しぜん》[一二]湓湧《ほんゆう》シ来《きた》リテ、ソノ工ヲ極《きは》ムルナリ。欧公能クコレヲ知ル故ニ、「看多《かんた》」ヲ以テ作文第一ノ訣《けつ》トセリ。公又嘗《かつ》テ曰、「凡看史書須作、方略抄記(凡《およ》そ史書の須《すべか》らく作《つく》るべきを看《み》て、方《まさ》に略抄記《ほぼしようき》す)」。[一三]王洙、談録。コレハ凡《およ》ソ史書ノ作文ノ用トナスベキモノハ、皆豫《あらか》ジメ抄録シテ、使用ニ備《そなふ》ベキヲ云フナリ。

一　どんどんと。
二　→三七六頁注一一。
三　→三八〇頁注四。
四　→三七六頁注一〇。
五　「韓愈は古代の書物を十分読み、古代文化を好む」。
六　柳河東集・二十一「韓愈著はす所の毛穎伝を読んで後に題す」。「毛穎伝」は、韓愈の書いた寓話。筆を擬人化した伝記。
七　同・一。「唐鐃歌鼓吹曲」は、柳宗元が唐朝の武功を顕わした事跡を詩に作った軍歌。
八　柳宗元が、政治にからんで、中央から永州(今、湖南省)司馬に左遷されたこと。
九　よしあし。
一〇　→三八〇頁注五。
一一　経書と諸子百家。六藝は、六経の意。
一二　湧き出る。
一三　王氏談録一巻。王洙でなくて、王欽臣の著といわれる。引用は、「作文」上。

「做多《さた》」トハ、数篇作リコミテ、稽古《けいこ》ノ功ヲ積ム時ハ、自然ニ精熟ノ場ニ至ルヲ云フ。故ニ公又自《みづか》ラ云《いは》ク、「某毎日雖無別文字可作、亦須尋討題目、作一二篇(某、毎日、[一四]別の文字の作るべき無しと雖も、亦須《すべか》らく題目《だいもく》を尋討《じんとう》し、一二篇を作るべし)」。同上。コレナリ。[一五]孫莘老《そんしんろう》、嘗テ作文ノ益[一六]ヲ欧陽公ニ請《こ》フ。公ノ云《いは》ク、「此レハ他ノ術ナシ。唯勤メテ書ヲヨミ、多クコレヲ作ル時ハ、自《おのづか》ラ工《たくみ》ナリ。世人文字ヲ作ルコト少ナク、又書ヲ読《よむ》ニ懶惰《らんだ》ニシテ、容易《ようい》ニ人ニ過《すぎ》ンコトヲ欲ストモ、イカデ得ベケンヤ」ト。孫莘老、コレヲ座右《ざゆう》ニ書《しよ》セリ。[一七]清波雑志。コレ皆多ク作ルノ益《えき》ヲ云フナリ。

「商量多《しようりようた》」トハ、深ク文思《ぶんし》ヲ運《めぐら》スヲ云フナリ。韓文公ノ所謂「処若忘、行若遺、儼乎其若思、茫乎其若迷(処《を》れば忘《わす》るる若《ごと》く、行けば遺《うしな》ふ若《ごと》く、儼乎《げんこ》として其《そ》れ思ふが如《ごと》く、茫乎《ぼうこ》として其《そ》れ迷ふが若《ごと》し)」、[一八]答李翊書。コレナリ。欧陽公亦謂《いは》ク、「平《へい》生文《ぜい》ヲ作ルニ、三処ノ思量《しりよう》ノ所アリ。一ニ馬上、二ニ枕上、三ニ厠上《しじよう》ナリ」。[一九]帰田録。[二〇]朱子語類巻十。「厠上」ハ、厠《かはや》ニ登リタル時ニ考《かんがふ》ルコトナリ。[二一]左太沖《さたいちゆう》ガ[二二]三都《さんと》ヲ賦スルニ、「門庭藩溷、皆著筆紙、遇得一句、即便疏之(門庭藩溷《もんていはんこん》[二三]、皆、筆紙《ひつし》を著《お》き、一句を得るに遇《あ》へば、即《すなは》ち便《すなは》ち之れを疏《そ》[二四]す)」[二五]晋書本伝。ノ類ナリ。「枕上」ハ、臥《ふ》セリ居テ考《かんがふ》ルコトナリ。「馬上」ハ、『語類』ニハ、「路上」ニ作レリ。路ヲ行《ゆき》ナガラ考ルコ

一四 作るべき特別な文章がなくても。
一五 孫覚(一〇二八―九〇)の字。北宋の文学者。
一六 「益を請ふ」は、更に多くのことを求める。論語・子路「子路政を問ふ。…益を請ふ」(文庫一七二頁)に拠る。
一七 →三七七頁注二七。この話は巻十一に収める。
一八 →三七六頁注一一。
一九 欧陽修の随筆、二巻。欧陽文忠公集・一二六、一二七に収める。この話は巻二に見える。
二〇 →三七五頁注四。巻十は、読書法上。
二一 左思の字。西晋の文学者。
二二 「三都の賦」は、文選・四、五、六の三巻に収める長篇の韻文。三都は、蜀都、呉都、魏都。
二三 藩は、垣。溷は、厠。
二四 メモを作る。
二五 晋書は、唐の房玄齢等が、太宗の勅命を受けて撰した晋の歴史。百三十巻。本伝は、本人の伝。左思伝は、巻九十二・文苑伝の中にある。

トナリ。褚遂良《ちょすいりょう》[一]ガ太宗《たいそう》[二]ノ哀冊文《あいさくぶん》[三]ヲ為《つく》ルニ、朝《ちよう》ヨリ還《かへ》ル時、ソノ馬誤《あやま》リテ人家《じんか》ニ入リタルヲ覚《おぼ》エズ」。隋唐嘉話[四]。東坡ガ「韓文公廟碑[五]」ヲ作ル時、一起頭《いちきとう》[六]ヲ得ズ。起行《きぎよう》[七]百十遭《そう》ニシテ、忽チニ「匹夫而為百世師、一言而為天下法(匹夫《ひつぷ》[八]にして百世《ひやくせい》の師《し》と為《な》り、一言《いちごん》にして天下の法《ほう》と為る)」ノ両句ヲ得タルノ類、語類百卅九[九]。コレナリ。

鍛《たん》錬《れん》

文章、深ク鍛錬スルヲ貴《たふ》トブ。尤《もつと》モ数度修改《しゆうかい》スルヲ貴《たふと》ブ。朱子《しゆし》、嘗《かつ》テ云《いは》ク、「欧公ノ文《(ママ)》、亦是修改到妙処。頃有人買他酔翁亭記藁。初説滁州四面有山、凡数十字、忽大圏了一辺、只曰、「環滁皆山也」五字而已(欧公《おうこう》の文、亦《また》是れ修改して妙処《みようしよ》に到《いた》る。頃《このごろ》、人有り、他《そ》の「酔翁亭記《すいおうていき》[一〇]」藁《こう》を買ふ。初め「滁州《じよしゆう》四面山有る」を説く、凡そ数十字、忽ち大圏《だいけん》[一一]し了《をは》ること一辺《いつぺん》、只だ曰はく、「滁[一二]を環《めぐ》つて皆《みな》山なり」五字のみ)」。語類百卅九。コレニテ見ルベシ、欧公「酔翁亭記」ノ草稿ニハ、初メニ滁州《じよしゆう》四面ノ山山ヲ委細《いさい》ニ書《かき》タルヲ、後改メテ纔《わづ》カニ五字ニツヾメシナリ。又欧公、文ヲ作ルニ、草本《そうほん》[一三]既ニ成リテ後、コレヲ墻壁《しようへき》ニ貼《は》リ置キ、坐臥《ざが》コレヲ観《み》テ改正《あらためただ》シ、イヨ

一 褚遂良(五九六―六五八)は、唐初の文学者。書家としても有名。
二 唐の第二代皇帝、李世民(五九九―六四九)。太宗は廟号。
三 皇帝・皇后・皇族に対する追悼文。
四 唐の劉餗の著、三巻。隋から唐初にかけての逸話集。この話は、巻中。
五 「潮州韓文公廟の碑」、蘇軾文集・十七に載せる。韓愈が左遷された潮州(今、広東省)の地にあるその廟に建てた碑。
六 書き出し。
七 書き出しの行を何十何百回と書いて。遭は、回数。
八 現行の「潮州韓文公廟の碑」の書き出し。「ただの男で永遠に人の師となり、ただの一言で天下の法則となる」。
九 →三七五頁注四。巻一三九は、「文を論ず」の巻。
一〇 欧陽修が滁州(今、安徽省)で書いた文。欧陽文忠公集・三十九。
一一 一面に大きな円を書いて消す。一辺は、全部の意。
一二 「滁州をとりまくのはすべて山である」。現存の「酔翁亭記」の書き出し。
一三 草稿。
一四 完成した文とする。
一五 大文章家。唐の玄宗の時、燕国公張説と許国公蘇頲が文章家として有名で、「燕許の大手筆」といわれた(新唐書・一二五・蘇

〳〵落チモナク出来《でき》揃《そろひ》タリト思ヒコミタル処ニテ、始メテ草[一四]ヲ脱《だつ》シ、出《いだ》シテ人ニ示スト云フ。サレバ大手筆《だいしゆひつ》[一五]トイヘドモ、一時筆快《ひつかい》ノ勢《いきほひ》ニマカセテ、書キバナシノマヽニテ捨テ置クモノニアラズ。春渚紀聞[一六]。作文[一七]一字ノ訣《けつ》ヲ「改」ト云フハ、コレナリ。蘴溪自課[一八]。サレバ、欧公晩年ニ及ンデ、自ラ平生為《つく》ル所ノ文ヲ竄定《ざんてい》セル時、夫人側《かたはら》ニ在リテ、ソノ用思《ようし》ノ甚ダ苦《く》ナルヲ見テ、「何自苦如此。当畏先生嗔耶(何ぞ自《みづか》ら苦しむこと此《か》くの如き。当《はた》先生の嗔りを畏《おそ》るるか)」ト問ハレケレバ、公笑《わらつ》テ、「不畏先生嗔、却怕後生笑[一九](先生の嗔りを畏れず、却《かへ》つて後生《こうせい》の笑ひを怕《おそ》る)」ト云ハレタリ。寓簡[二〇]。又、朱晦庵《しゆかいあん》[二一]モ、自《みづか》ラソノ文ヲ刪改《さんかい》セル由《よし》ヲ述《のべ》テ、「此間文字修改不定、朝成暮毀、甚覚可笑(此の間《かん》、文字修改定まらず、朝《あした》に成《な》り暮《ゆふべ》に毀《こぼ》ち、甚だ笑ふべきを覚《おぼ》ゆ)」文集卅五、答劉子澄[二二]。ト云ヘルナド、皆先賢、文ヲ作ルニ、数度修改ヲ憚《はばか》ラザルヲ見ルベシ。

段玉裁《だんぎよくさい》[二三]ガ「答《フル》[二四]二程易田丈《ニ》一書」ニ、方文輈《ほうぶんちゆう》[二五]ノ作文ノ訣《けつ》ヲ述《のべ》テ云《いふ》、「(善做不如善改、善改不如善刪(善く做《な》すは善く改むるに如《し》かず、善く改むるは善く刪《けづ》るに如かず)」。経韻楼集[二六]。コノ「不如善刪」ノ一語、尤モ至妙《しみよう》トス。蓋《けだし》文スデニ成リテ後、再ビコレヲ改ムルコト、極メテ難キコトナリ。字句ヲ刪《けづ》リ芟《さ》ルコト尤モ難シ。多クハ愛惜《あいせき》ノ

頲伝)。

一六 宋の何薳(一〇七八―一一四六)の著わした随筆。十巻。引用は、巻七「作文は屢ば改むるを憚らず」。

一七 作文について一字の秘訣は「改」ということである。

一八 明の馮京第(?―一六五〇)の随筆。一巻。

一九 「先生のお叱りはこわくないが、わかい人たちに笑われるのがこわい」。

二〇 宋の沈作喆の随筆。十巻。引用は巻八。

二一 朱熹の号。

二二 朱文公文集・三十五。この巻は、問答の書簡を集める。引用は、「劉子澄に答ふる書」の第五。劉子澄は、劉清之(一一三九―一一九五)の字。廬陵(今、江西省)の人、朱熹の友人。

二三 清の学者(一七三五―一八一五)。説文解字の注が有名。

二四 程易田は、程瑶田(一七二五―一八一四)の字。清の学者。「丈」は、年長者に対する尊称。

二五 方楘如の字。浙江淳安の人。康熙五十四年(一七一五)の進士。

二六 段玉裁の文集。十二巻。この書簡は、巻七に収める。

念ヲ生ジテ、コノ字モ遺《のこ》シ置キタシ、コノ句モ存シタキモノト思ヒコミテ、文ノ大《だい》病《へい》ヲ来《きた》スコトヲ知ラザルニ至ルナリ。早ク大豁眼《だいかつがん》ヲ開《ひらい》テ、断然トシテ刪リ去ルベシ。[一]宋景文公《そうけいぶんこう》祁、旧時《きゅうじ》作ル所ノ文ヲ見ル毎《ごと》ニ、コレヲ憎《にく》ンデ焼棄《やきすて》ンコトヲ欲スト云フ。[二]梅聖兪《ばいせいゆ》尭臣、コレヲ聞《きい》テ喜ンデ曰《いはく》、「公ノ文、進メリ。僕ガ詩ヲ作ルモ亦然リ」ト。[三]宋景文公筆記。サレバ、学者旧作ノ非《ひ》ヲ憎ムノ心生ズルハ、モハヤ学問ノ進ミロナリ。イヨ〳〵益益猛進《ますますもうしん》シテ力ヲ竭《つく》スベキナリ。

[四]後山《こうざん》、嘗テソノ作ル所ノ文ヲ携行《たづさへゆ》キテ、[五]南豊《なんぽう》ニ謁《えつ》シケルニ、南豊、ソノ文ヲ一見シテ、深クコレヲ愛シ、[六]因《よつ》テ留《とど》メテ款晤《かんご》ス。時ニ南豊一篇ノ文ヲ作ラントセシカドモ、事繁クテ、ソノ暇《いとま》モナカリケルニヨリ、幸《さいはひ》ノコトナレバ、後山ニ託《たく》シテ、ソノ作意《さくい》ヲ示シ、个《か》様《やう》个様ニ作リ呉《く》レヨト頼《たのみ》ケルニ、後山、[七]兎《と》角《かく》ニ文思渋《しぶ》リ、[八]日ノ力ヲ窮メテ、漸《やうや》クニ稿《こう》ヲ成セリ。ソノ文、僅《わづか》ニ数百言ナリ。明日《みようにち》ニ及ンデ、コレヲ南豊ニ呈示《ていじ》セシニ、南豊、看《み》畢《をは》リテ、「大概好《よ》ケレドモ、冗字《じようじ》多シ。刪動《さんどう》スベキヤ否《いな》ヤ」ト云フ。後山、仍《よつ》テ改竄《かいざん》ヲ請《こひ》ケルニ、南豊、乃《すなは》チ筆ヲ取テ、コレヲ[九]抹《まつ》スルコト、数《すう》个処《かしよ》ナリ。或ハ一両行ヲ連《つら》ネテ抹セル処モアリケリ。凡《すべ》テ一二百字ヲ刪去《さんきよ》シテ、コレヲ与《あた》フ。後山、コレヲ読ムニ、ソノ意キハメテ完《まつ》タシ。因《よつ》テ嘆服シテ、遂ニコレ

一 宋祁(九九八―一〇六二)は、北宋の学者、政治家。宋庠の弟。欧陽修と分担して新唐書を著わした。景文はその諡。
二 北宋の詩人(一〇〇二―六〇)、尭臣が名、聖兪は字。
三 宋祁の随筆。三巻。この話は、巻上に見える。
四 陳師道の号。→三八三頁注一六。
五 曾鞏(一〇一九―八三)の出身地による尊称。北宋の散文家。唐宋八家の一人。
六 そのために、陳師道をひきとめて、歓待した。
七 あれこれ迷って文章の発想がすらすらと出ない。
八 一日じゅうの力をありったけ出して。
九 墨を塗って消す。

ヲ以テ法《ほう》トセシトゾ。後山ノ文、スベテ簡潔ナルハ、コノ故ナリト云フ。[一〇]語類百卅九。又、[一一]晏景初《あんけいしょ》、一士大夫《しだいふ》ノ墓誌《ぼし》ヲ作リテ、[一二]朱希真《しゅきしん》ニ示スニ、希真コレヲ観テ、「コノ文、甚《はなはだ》妙《みょう》ナレドモ、但《ただ》四字ヲ欠《か》クニ似タリ」ト云フ。景初、苦《ねんごろ》ニコレヲ問《とひ》ケレバ、希真、ソノ文中ノ「有文集十巻(文集十巻有り)」ノ下ヲ指《さ》シテ、「此処《このところ》欠ケタリ」ト云フ。景初、再《ふた》タビ欠ク所ノ字ヲ問フニ及ンデ、希真、答《こたへ》テ、「コノ下ニ「不行於世(世に行なはれず)」ノ四字ヲ増スベシ」ト云フ。景初、コレニヨリテ、遂ニ「蔵於家(家に蔵す)」ノ三字ヲ加ヘタリト云フ。[一三]老学庵筆記。イカニモ文集アルノミヲコトワリテ、下ニ何トモ云ハザレバ、ソノ書ノ世ニ行《おこな》ハル、ヤウニキコエテ、事ノ実《じつ》ヲ失フナリ。「蔵於家」ノ字ヲ増シテ、始メテソノ書ハアレドモ、唯《ただ》家ニ蔵スルノミニテ、イマダ刻行《こくこう》セザルコトヲ知ルベキナリ。又、[一四]蘇明允《そめいいん》、「[一五]権書《けんしょ》」ヲ作リシニ、欧公看テ、大《おほい》ニ奇《き》トシテ、書中ノ十餘字ヲ改メテ、朝《ちょう》ニ奏ス。明允、コレニ因《よつ》テ官ヲ得タリ。[一六]孫公談圃。サレバ、文章スデニ成リタランニハ、亦必《かならず》先輩《せんぱい》ニ従《したがつ》テ、ソノ指摘《してき》ヲ受クベシ。一己《いっこ》ノ私見《しけん》ニ安《やすん》ズルコトユメ〳〵然ルベカラズ。

『[一七]文心彫龍《ぶんしんちょうりゅう》』ニ練字《れんじ》篇アリ。極メテ作文用字ノ難《なん》ヲ論ゼリ。ソノ言ニ曰《いはく》、「善為文者、富於万篇、貧於一字(善く文を為《つく》る者は、万篇《ばんぺん》に富みて、一字に貧《まづ》し)」。

一〇 →三八六頁注九。
一一 晏敦復の字。南宋初の政治家。
一二 朱敦儒(一〇八一-?)の字。北宋・南宋間の詞の作家。
一三 南宋の詩人、陸游(一一二五-一二一〇)の随筆。十巻。この話は巻一に見える。
一四 →三七五頁注三。
一五 十篇から成る軍事評論。蘇洵の文集嘉祐集・二、三に載せる。
一六 北宋の孫升の述べた思い出話集。三巻。この話は、巻上。
一七 梁の劉勰(→三七三頁注二)の文学評論書。ふつう文心雕竜と書く。彫は、雕と同じ。十巻五十篇。練字篇はその第三十九。

コノ意ハ、万篇《ばんぺん》ノ文ヲ達者ニ書《かく》ホドノモノニテモ、唯一字《ただいちじ》ノ使用ニ困リテ、コノ処ハ如何《いか》ナル字ヲ用《もちひ》テ穏当《おんとう》ナルベキト云フコト、急《きゆう》ニ考《かんがへ》ノツカヌコトヲ云フナリ。又、「易字艱於代句([一]字を易《か》ふるは句を代ふるよりも艱《かた》し)」トモ云ヘリ。一句ヲ残ラズ代《かふ》ルコトハ易《やす》ケレドモ、一字ヲ下《くだ》シテ穏当ナランコトヲ求ムルハ難《かた》シトナリ。[二]范文《はんぶん》正公《せいこう》、「[三]厳先生祠堂記《げんせんせいしどうき》」ヲ撰《せん》シテ、「先生之徳、山高水長([四]先生の徳、山高く水長し)」ノ語アリ。コレヲ以テ、[五]李泰伯《りたいはく》ニ示スニ、泰伯観《み》テ、三歎シテ已《や》マズ。「コノ文、一タビ出《い》デバ、必ズ一世ニ名アルベシ。惜《をし》ムラクハ只《ただ》一字イマダ安カラズ」ト云フ。公、[六]瞿然《くぜん》トシテコレヲ[七]扣問《こうもん》スルニ、泰伯云ハレケルハ、「雲山江水《うんざんこうすい》ノ語、イカニモ義大《だい》ニ、辞《じ》モ亦[八]溥《ふ》ナリ。シカルニ徳ノ字ヲ以テコレヲ承《うく》ルコト、[九]趢趗《ろくそく》タルニ似タリ。改メテ風ノ字トスルニシカズ」ト云ハレケレバ、公、敬服シテ、殆《ほと》ンド下リ拝セントスト。[一〇]容斎五筆。コレハ、泰伯、[一一]コノ記中ニ、「貪夫廉、懦夫立(貪夫《たんぷ》も廉《れん》に、懦夫《だふ》も立つ)」ノ語アルニヨリ、『孟子』ノ「聞伯夷柳下恵之風(伯夷《はくい》・柳下恵《りゆうかけい》の風を聞く)」ノ一段ニヨリテ、コノ風ノ字ヲ考得《かんがへえ》タリト云フ。[一二]文章軌範。コレニテ、一字ヲ下《くだ》スノ容易《ようい》ナラザルヲ知ルベシ。又字ヲ用《もちふ》ルノ必ズ本《もとづ》ク所アルヲモ観《み》ルベク、作文、深ク思《おもひ》ヲ運《めぐ》ラシテ刪改スベキノ理ヲモ悟得《ごとく》スベキナリ。[一三]宋景文ハ「人之属文、

一 これは、文心雕竜・附会の句。練字ではない。
二 范仲淹(九八九—一〇五二)の諡。北宋の政治家、文学者。
三 范仲淹の文集范文正公集・七。くわしくは、「桐廬郡厳先生祠堂記」という。厳先生は、後漢の光武帝(二五—五七在位)の友人厳光(前三七—後四三)。
四 「記」の末に附した歌の結句。現行本は、この記録にいうとおり、「先生の風、山高く水長し」に改められている。
五 李覯(一〇〇九—五九)の字。北宋の文章家。
六 びっくりするさま。
七 たずねる。
八 ひろい。
九 こせこせする。
一〇 →三八一頁注一一。この話は、巻五。
一一 孟子・万章下(尽心下にも)に、「伯夷の風を聞く者は、頑夫も廉に、懦夫も志を立つる有り。…柳下恵の風を聞く者は、鄙夫も寛に、薄夫も敦(あつ)し」(文庫下、一六七頁・三九九頁)とあるのが、この記の「貪夫も廉に、懦夫も立つ」の出典だから「風を聞く」の「風」を思いついた。
一二 宋の遺民、謝枋得(一二二六—八九)の選んだ古文の選集。七巻。朝鮮・日本で非常に流行した。昌平坂学問所で出版した官版に、元刊本・朝鮮本、それぞれの覆刻があり、海保漁村は、補注を書き、今『漢文大系』巻十八に収められる。本書末「文章軌範原本」(四五九頁)を参照。この説明は、巻六「厳先生祠堂記」の後記に見える。
一三 →三八八頁注一。
一四 →三八八頁注三。

有穏当字、第初思之、未至也（人《ひと》の文《ぶん》を属《つく》る、穏当《おんとう》の字有るも、第《た》だ初め之れを思ふときは、未だ至らざるなり）」ト云ヘリ。[一四]筆記。学者ヨク〳〵工夫《くふう》思索スベキナリ。

改《かい》潤《じゅん》法《ほう》

文ヲ改ムルニ、種種《しゅじゅ》ノ心得《こころえ》アリ。[一五]荒増《あらまし》、文句《もんく》出来《でき》揃《そろひ》タル処ニテモ、今一際《ひときは》、新奇ノ思《おもひ》ヲ凝《こ》ラシテ、サラリト従前ノ旧套《きゅうとう》ヲ離レ去リ、別ニ新意ヲ起《おこ》シテ、改作スルコトアリ。コレヲ「翻《ほん》」ト云フ。是《これ》一法ナリ。又、始メヨリ数段ヲカサネ来《きた》リタル処、前後同ジ調子ニテ、飛《とび》ハナレタル文句ガラモナク、徒《いたづら》ニ字句ヲ並《な》ラベタルノミニテ、イカニモ活動セヌコトアリ。ソノ時、スミヤカニソノ間《かん》ニ刪定《さんてい》ヲ加ヘ、[一六]変態《へんたい》ヲ交《まじ》ヘテ、句ガラヲ働《はた》ラカセ、気勢ヲ引キ立《たつ》ル様《やう》ニスル、コレヲ「変」ト云フ。是《これ》又一法ナリ。又前後ノ意味貫通セズシテ、中途ニ引《ひっ》カヽリタル如クニナリ、或ハ他事ノ混《こん》ジタルヤウニナリテ、シツクリトセヌコトアリ。ソノ時、只管《ひたすら》ニ意味ノ融通《ゆうづう》スルヲ専要《せんよう》トシテ、入用《いりよう》ナキ字ヲバ去リ、言ヒ足ラヌ処ヲバ補《おぎな》フヤウニスベシ。コレヲ「融《ゆう》」ト云フ。コレ又一法ナリ。又義理ヲ説ク処、自然正路《しぜんせいろ》ニ乖《そむ》クコトアリ。トク

一五 おおむね。
一六 変わった文体。

トソノ筋ヲ考究《こうきゅう》シ、斯《か》クハ言ハレヌコト、コノ理ヲコヽニ述ベテハ通ラヌコトナリト云フコトヲ早ク辨知《べんち》シテ、邪魔《じゃま》ニナルベキ語ヲバ、速カニ芟《けづ》リ去リテ、グワラリ一ト筋《すぢ》ヲ換《か》フベシ。コレヲ「化」ト云フ。コレ又一法ナリ。又一《ひ》ト通《とほ》リ、筋ノワカルマデニテ、少シモ引立《ひきたて》ノ無キ面白カラヌ文ガラニ出来ルコトアリ。早ク心付《こころづ》キテ、ソノ間《かん》ニ奇語《きご》粋語《すいご》二ヲ加ヘテ、コレヲ改化《かいか》スベシ。コレヲ「点」ト云フ。此又一法ナリ。又仮令《たとへ》バ、一段ニテモ、一句一字ニテモ、イカニモ面白ク、ドウシテモ入レ置キ度《たし》ト思ヘドモ、能能《よくよく》嚼《か》ミ味《あぢはう》テ見レバ、ツマリ贅疣《ぜいゆう》三ナル字面《じづら》ニテ、格別ニ用ヲナサヌ字句アルモノナリ。ソノ時、一字一句、或ハ一段ノ愛ニ溺《おぼ》レテ、ソレヲドコマデモ残シ置《おか》ントスル時ハ、却《かへつ》テ一篇ノ大害《たいがい》ヲナスニ至ル。早ク断然トシテ割愛《かつあい》シテ、コレヲ刪《けづ》リ去ルベキナリ。コレヲ「割《かつ》」ト云フ。此又一法ナリ。又、ソノ言ハントスル所ノ本意、ハツキリトセズ、ウス曇《ぐも》リタル様《やう》ニテ、他人コレヲ見テ、遽《には》カニ意味ノスメ四カヌルコトアリ。ソノ時ハ、曇リタル鏡ヲ磨《みが》キアゲテ明《あきら》カニスル如クニ、ヨク／＼字句ヲミガキアゲテ、吾ガ意ノスミヤカニ見ユルヤウニスベキナリ。コレヲ「瑩《えい》」ト云フ。コレ又一法ナリ。又、文句ガラ角菱《かくびし》五ダチテ、コナレアシク、落着《おちつき》ノワルキコトアリ。コノ時ハ、衣服ノ歪《ゆが》ミ畳《たた》マリタル処ヲ、熨斗《のし》六ヲ以テ平ラカニス

一 がらっと。
二 ぴりっとしたことば。気のきいたことば。
三 余分の。
四 はっきりしかねる。「スメ」は「澄め」。
五 かどが立つ。几帳面である。
六 火熨斗。今のアイロン。

ル如ク、文字ヲ能ク使ヒコナシ推《お》シナラシテ、スワリヨキヤウニスベキナリ。コレヲ「尉《うつ》」ト云フ。コレ又一法ナリ。又木ナレバ、コノ処ニ一枝《ひとえだ》アリタラバ、トンダ[七]ヨキ木ブリナルベキヲ、一枝足ラヌ計《ばか》リニテ、何《な》ニトモ事ノ欠ケタルヤウニ見ユル如ク、外《ほか》ノ処ハ言ヒブンナク出来揃《そろ》ヒタル内ニ、唯一《ただいつ》箇処《かしょ》、何《な》ニトナク言ヒマハシノ足ラヌ処、見ユルコトアリ。ソノ時ハ、能ク前後ノツリ合《あひ》ヲ考《かんが》ヘテ、何処《いづこ》ヘモサハリニナラヌヤウニ、程ヨクツギ足シヲナシテ、満足ニ枝ノ揃《そろ》ヒタルヨキ植木ノ如クスベシ。コレヲ「補《ほ》」ト云フ。此又一法ナリ。又、前ニ言フベキコトヲ後ニ挙ゲ、後ニ言フベキコトヲ前ニ出シ、起頭《きとう》ニ置《お》テ宜《よろ》シキ語ヲ結尾《けつび》ニ置キ、結尾ニスレバ至極《しごく》ヨキ雋語《しゅんご》[八]ナルヲ起句《きく》ニ置キタル計リニテ、ツリ合ノアシキコトナド間〈マヽ〉アルコトナリ。早ク心附《こころつ》キテ、前後ノ次第《しだい》ヲ立テ直スベキナリ。コレヲ「掇《てつ》」[九]ト云フ。コレ亦一法ナリ。コノ改潤[一〇]ノ法ヲ以テ、深ク心ヲ用《もちひ》バ、自《おのづか》ラ文章変化ノ妙ヲ極《きは》ムベシ。

病《びょう》格《かく》

文《ぶん》ノ病《やまひ》ニ数種アリ。「晦《かい》」ト云フハ、意旨《いし》[一一]不了《ふりょう》ニシテ、クツキリトセヌナリ。

七 すばらしく。非常に。
八 すぐれて目立つことば。
九 運ぶ。動かす。
一〇 改めて色をつける。「潤」は潤色。この改潤法十字は陳繹曾の文章欧冶・古文譜四・製による。
一一 意味不明瞭。

「浮《ふ》」ト云フハ、ウハスベリシテ、オチツキノナキナリ。「渋《じゆう》」ト云フハ、語気《ごき》シブリテ、口[一]ノラヌナリ。「浅《せん》」ト云フハ、アサハカニシテ、底意《そこい》ナキナリ。「軽《けい》」ト云フハ、ドツシリトセヌサマナリ。「率《そつ》」ト云フハ、気随《きずい》[二]ナルサマニテ、シマリノナキナリ。「泛《はん》」ト云フハ、バ[三]ツトシテ、時事ニ切当《せつとう》[四]セヌナリ。「俗《ぞく》」ト云フハ、旨《し》趣《しゆ》ノ超脱《ちようだつ》ナラザルナリ。「略《りやく》」ト云フハ、詞《ことば》[五]アラメニテ、クハシカラヌナリ。「軟《なん》」ト云フハ、腰折《こしを》レノシタルサマナリ。「訐《けつ》」ト云フハ、手強《てごは》ク言ヒノケテ、ヤサシキフリノナキナリ。「短《たん》」トハ、遠キ考《かんがへ》ノナキナリ。「穢《わい》」トハ、字句ノ間《かん》、奇麗《きれい》ニマヰラヌナリ。「胖《はん》」トハ、ス[六]ツカリトセヌサマナリ。「俚《り》」トハ、言《げん》ノ野鄙《やひ》ナルナリ。「虚《きよ》」トハ、言ノ実《じつ》ナラヌナリ。「排《はい》」トハ、排事《はいじ》トテ、事ヲ多ク並《な》ラベ過ギテ、文句《もんく》ノ活動セヌナリ。「疎《そ》」トハ、文句ノザ[七]ラリトシタルコトニテ、細密ナラヌナリ。「嫩《どん》」トハ、ナマワカキロブリナリ。「散《さん》」トハ、ク〻リノツカヌサマナリ。「枯《こ》」トハ、詞《ことば》ニツヤノナキナリ。「寛《かん》」トハ、気ノ長キサマナリ。「緩《かん》」トハ、シマリノナキサマナリ。「粗《そ》」トハ、ボキ〳〵シタルサマナリ。「尖《せん》」トハ、句ガラノマトマラヌサマナリ。「巍《ぎ》」トハ、ウハベヲ仰山《ぎようさん》ニカザリタテテ《〔こ〕》、下女《げじよ》ノ夫人ニナリ、貧家《ひんか》ノ暴富《ばうふ》[八]ニナリタルサマナリ。「瑣《さ》」トハ、セマクルシク、コセ〳〵シタル

一　口が乗らぬ。口調がわるい。
二　わがまま。
三　とりとめないさま。
四　ぴったりあたる。
五　粗め。粗雑。
六　すっきり。胖は、太い。
七　ざらざら。
八　にわか成金。

サマナリ。「砕《さい》」トハ、切レ〳〵ニナリタルサマナリ。「猥《わい》」トハ、クダ〳〵シキコトヲ並《な》ラブルナリ。「冗《じよう》」トハ、言《げん》モ意《い》モ重複《ちようふく》シテ、ムダコトノ多キナリ。「憊《はい》」[九]トハ、勢《いきほひ》ノクジケタルサマナリ。「陳《ちん》」トハ、意モ詞モ爛熟《らんじゆく》[一〇]トテ、フルメカシキコトナリ。「庸《よう》」トハ、ヤクザナル[一一]取《とる》ニ足ラヌコトヲ並ラブルナリ。「低《てい》」トハ、ヒキ立《たて》[一二]ルコトノナキナリ。「雑《ざつ》」トハ、種種ノコトヲ骨董《〈ゴッタ〉》ニ出《いだ》シカケルナリ。「陋《ろう》」トハ、世俗《せぞく》ノ極《きは》メテ鄙《いや》シキ意ヲ用《もちひ》テ文《ぶん》トスルナリ。以上三十六条ヲ文ノ病格[一三]トス。戒メテ犯スコトナカルベシ。

十《じつ》弊《べい》三《さん》失《しつ》

古文ニ十弊アリ。心ヲ談《だん》ジ性ヲ論《ろん》ジテ、頗《すこぶ》ル宋人《そうひと》ノ語録[一四]ニ似タルハ、一弊《いつぺい》ナリ。俳詞《はいし》偶語《ぐうご》[一五]、六朝《りくちよう》[一六]ノ靡曼《びまん》ヲ学ブハ、二弊《にへい》ナリ。記《き》[一七]・序《じよ》ハ体裁《ていさい》ヲ知ラズ、伝《でん》・志《し》ハ賑簿《しんぼ》[一八]ヲ写スガ如キハ、三弊ナリ。優孟《ゆうもう》[一九]ノ衣冠ノ如ク、秦《しん》・漢《かん》ニ模倣《もほう》スルハ、四弊《しへい》ナリ。一途《いちず》ニ八家《はつか》[二〇]ノ空套《くうとう》ヲ守リテ、我ヨリ心裁《しんさい》ヲ出《いだ》スコト能ハザルハ、五弊ナリ。餖飣《とうてい》[二一]、語《ご》ヲ成シテ、死気《しき》、紙ニ満《みつ》ルハ、六弊《ろつぺい》ナリ。詞《ことば》ヲ措《お》クコト率易《そつい》[二二]ニシテ、頗《すこぶ》ル応酬《おうしゆう》[二三]ノ

九 疲労。
一〇 使いなれすぎている、マンネリズム。
一一 役に立たない。
一二 目立った所がない。山がない。
一三 病格三十六条の名目は、陳繹曾の文章欧冶・古文譜六・格による。
一四 談話筆記。宋学では、禅宗の影響もあって、談話筆記が多く作られた。
一五 対句。
一六 六朝は、三国の呉、および南北朝時代の南朝、東晋・(劉)宋・斉・梁・陳。いずれも今の南京に都した。この時代は、靡曼、即ち柔弱な美文がもてはやされた。
一七 記は、ことがらの記述、序は、詩・文の作られた事情の説明。
一八 義捐金の帳簿。
一九 役者が官服を着て役人をまねるが、中味は役者にかわりない。優孟は、史記・一二六・滑稽伝に見える俳優。孫叔敖の衣冠を着て、そのまねをしたら、そっくりであったという。
二〇 唐宋八大家の抜けがら。
二一 積み重なる。
二二 思いつくまま。
二三 社交上の手紙。

尺牘《せきとく》ニ類《るい》セルハ、七弊ナリ。辺幅《へんぷく》[一]ニ窘《くん》シテ、枯木寒鴉《こぼくかんあ》ノ如ク淡白《たんぱく》ニシテ味ナキハ、八弊ナリ。平弱敷衍《へいじやくふえん》[二]ナルハ、九弊ナリ。章句ヲ艱渋《かんじゆう》ニシテ、浅陋《せんろう》ヲ飾《かざ》ラントスルハ、十弊ナリ。『随園尺牘《ずいえんせきとく》』[三]朱石君侍郎《しゆせつくんじろう》[四][五]ノ言《げん》ニ見エタリ。此ノ外《ほか》、又三失アリ。明已後《みんいご》、洪《こう》[六]武《ぶ》十七年以後ノ定制《ていせい》ニ、八股時文《はつこじぶん》[七]ヲ以テ士ヲ取ルヨリ壊《やぶ》ル。ソノ故《ゆゑ》、三アリ。一《いつ》ハ、学問文章、遠ク漢《かん》・唐《とう》・宋《そう》・元《げん》ヲ追フコト能ハザルハ、ソノ失、陋《ろう》[八]ナリ。一ハ、李夢陽《りぼうよう》[九]ガ復古《ふつこ》ノ学ヲ唱《とな》ウテ、六藝《りくげい》[一〇]ニ原本《げんぽん》セザルニ壊ル。ソノ失、俗《ぞく》ナリ。三ハ、王《おう》[一一]守仁《しゆじん》、良知《りようち》[一二]ノ説ヲ講ジテ、読書ヲ以テ禁《きん》トスルニ壊ル。ソノ失、虚《きよ》ナリ。閻若璩《えんじやつきよ》[一三]ノ言ニ見エタリ。潜邱劄記[一四]。真《まこと》ニ学者ノ頭脳《ずのう》ニ砭《へん》[一五]スト謂《い》フベシ。

簡《かん》　疏《そ》

文ノ尤《もつと》モ難《かた》シトスルハ、事ヲ記《き》スルニ在リ。ソノ故《ゆゑ》ハ、事ヲ記スルハ簡《かん》ヲ貴《たふと》ブ。簡トハ、字数ノ少ナキナリ。事ヲ記セントスルニハ、自然《しぜん》煩猥《はんわい》[一六]ニ渉《わた》リ易《やす》キ理《り》アリ。煩猥ナレバ、ソノ事ハ委《くは》シキ様《やう》ナレドモ、字句ノ間《かん》、厖雑《ぼうざつ》[一七]ニ堪《た》ヘズ。故ニ成《な》リ丈《だけ》ニ、字ヲ省《はぶ》キ句ヲ約《つづ》メテ書クヤウニスルナリ。若《も》シ記載ノ詳《つまびらか》ナランコトヲ欲シテ、瑣《さ》

一　着こなしに困って。
二　ひきのばし。その場しのぎ。
三　清の袁枚(一七一六—九七)が書いた書翰集。十巻。「朱石君侍郎に与ふ」(巻六)に「十蔽」は見えるが、来書が載せられておらず、細目はない。漁村の見たテキストと異なるか。
四　朱珪(一七三一—一八〇六)の字。清の政治家にして文学者。
五　朱珪は、礼部侍郎になっている。
六　洪武は、明の太祖朱元璋の年号。その十七年は、西暦一三八四年。
七　官吏任用試験用に、段落・対句の用法などをきめて、それにあわせて書く議論文。
八　あかぬけせぬ。
九　明の文学者(一四七五—一五三一)。前七子といわれるグループの第一。漢・唐の詩文を模倣することを主張。
一〇　→三八四頁注一一。
一一　明の哲学者(一四七二—一五二八)。陽明先生と称せられ、陽明学を主張した。
一二　陽明学では、自分に本来具わる「良知」を致すことを主張して、学問を重視しない。
一三　清の学者(一六三六—一七〇四)。古文尚書が偽作であることを立証した尚書古文疏証を著わした。
一四　閻若璩の評論文集。六巻。引用は巻二。
一五　鍼治療を加えた。砭は、石製の針。
一六　くどい。
一七　余分なものでふくれあがる。

事《じ》末事《まつじ》、一一ニコレヲ挙ゲナバ、唯《ただ》ソノ冗蔓《じようまん》[一八]厭《いと》フベキノミナラズ、併《あは》セテ人ヲシテソノ要領《ようりよう》[一九]ヲ観《み》ルコトヲ得ザラシム。サラバトテ、字ヲ省《はぶ》カントテ載スベキコトヲモ載セズ、取ルベキコトヲモ捐《す》テテ〔、〕取ラズ、事実分明ナラズ、読ム人ヲシテ闕誤《けつご》アルヤト疑ハシメ、漏略《ろうりやく》ナルヲ憾《う》ラミシムルハ、簡ト云フモノニハアラデ、疎《そ》ト云フモノナリ。簡疎ノ間《かん》、深ク辨《べん》ゼズンバアルベカラズ。

左《さ》伝《でん》紀《き》事《じ》

古人ノ事ヲ記スルニハ、文字ハイカニモ省略シテ、一語二語ノ中《うち》ニ、意ヲ含ムコト無尽《むじん》ナルヲ貴ブ。譬《たとへ》バ『左伝《さでん》』ニ、宋《そう》ノ南宮長万《なんきゆうちようばん》[二〇]、ソノ君閔公《きみびんこう》ヲ弑《しい》シテ、陳《ちん》ヘ立《たち》退《のき》タルヲ、宋ヨリコレヲ貰《もら》ヒ受ケタキ由《よし》ヲ申シ遣《つかは》シケルニ、コノ万、コトノ外ノ大《だい》力《りき》ニテ、容易ニ執《とら》ヘ難《がた》キユヱ、婦人ヲ出シテ酒ヲ勧メ、シタヽカニ酔《ゑひ》タル処ヲ、犀《さい》ノ皮ニテ裹《つつ》ミ送リタルコトヲ、「以犀革裹之。比及宋、手足皆見(犀革《さいかく》を以て之れを裹《つつ》む。宋《そう》に及《およ》ぶに比《およ》んで、手足《しゆそく》皆見《あら》はる)」ト書ケリ。荘[二一]廿二年。コレニテ、万ガ途中ニテ酒醒《さけさ》メ、始メテ驚キ怒《いか》リテ、革《かは》ヲ引裂《ひきさ》キ蹈破《ふみやぶ》リテ出《いで》ントセシサマ、万ノ大力

一八 むだでだらだらする。
一九 肝腎なところ。
二〇 宋の国の大夫、南宮が氏、名は長万とも、ただ万ともいう。
二一 荘廿二年でなく、荘公十二年の記事。

無《む》双《そう》ナルコト、言ハズシテ明《あきら》カナリ。又、晋《しん》・楚《そ》、邲《ひつ》一ノ合戦ニ、晋ノ軍勢、大敗軍《だいはいぐん》ニ及ビタル様《さま》ヲ記《しる》シテ、「中軍下軍争舟。舟中之指可掬(中軍《ちゅうぐん》二・下軍《げぐん》、舟《ふね》を争《あらそ》ふ。舟《しゅう》中《ちゅう》の指、掬《きく》すべし)」ト書ケリ。宣十二年。コレハ、敗軍ノ士卒《しそつ》、互ニ死ヲ免《まぬが》レント、イヤガ上ニオリカサナリ、我レ先ニ舟ニ取リ乗ラント舷《ふなべり》ニスガリ附キタレバ、頓《やが》テ舟モ沈マントスルホドニ、舟中《しゅうちゅう》ノ人ハコレヲ拒《こ》バミ、刀ヲ抜キテ取リスガリタル指ヲナデ切リニ切リハラヒシ故ニ、舟中ニ切リ落サレタル指ハ、サナガラ両手ヲ以テ掬《すく》ヒ挙グベキ程ナリトナリ。ソレヲ、只《ただ》コノ六字ニテ、多クノ人ノ舟《ふな》べリニスガリタルサマ、メッタ切《ぎり》ニ指ヲ切リハラヒタルサマ、言ハズシテ観《み》ルガ如シ。又、楚《そ》ノ君、蕭《しょう》三ノ城攻《しろぜめ》ノ時ニ、軍士多ク寒気《かんき》ニ凍《こごえ》タル有様ヲ見テ、楚子自《みずか》ラ陣中《じんちゅう》ヲ巡《めぐ》リテ、士卒ヲ拊《なで》四テ慰《なぐさ》メシカバ、士卒ソノ恩義ニ感ジテ、寒気ヲ忘レタル由《よし》ヲ、「三軍之士、皆如挟纊(三軍の士、皆、纊《わた》五を挟《さしはさ》むが如し)」ト書ケリ。宣十二年。コレハ、士卒各各《おのおの》大将ノ徳ニ感ジテ、身ノ寒苦《かんく》ヲモ打忘《うちわす》レ、遽《には》カニ衣服《いふく》ニ纊《わた》ヲ引込《ひきこみ》タルガ如キ心地《ここち》ストナリ。文コヽニ至リテハ、紀事六ノ能事《のうじ》ヲ尽《つく》セリト云フベシ。

一 邲は、鄭の土地。
二 晋の軍隊は、上・中・下の三軍に別れていて、邲の戦のとき、上軍は無事であった。
三 宋の附庸の国。季節は冬。
四 撫と同じ。
五 まわた。きぬわた。
六 →三六九頁注三。

史《し》伝《でん》紀《き》事《じ》

史《し》伝《でん》中《ちゆう》、ヨク『左氏』ノ妙処ヲ学《まな》ンデ、巧《たくみ》ヲ字句ノ間《かん》ニアラハスモノハ、[七]司馬遷《しばせん》、[八]高祖《こうそ》ガ[九]蕭何《しようか》ノ亡去《にげさ》リタリト聞《きい》テ、大《おほい》ニ驚キ力ヲ落《おと》シタルサマヲ記シテ、「如失左右手(左右の手を失《うしな》ふが如し)」ト書ケリ。[一〇]淮陰侯伝。コレニテ、高祖ノ心中《しんちゆう》ヨワリ果《はて》タル処ヲ画《ゑが》キ出《いだ》セルガ如シ。又[一一]下邽《かけい》ノ翟公《てきこう》ガ[一二]廷尉《ていい》タル時ハ、賓客門《ひんきやくもん》ニ塡《みち》タルニ、ソノ廃《はい》セラルヽニ及ンデハ、ソノ家、寂寥《せきりよう》トシテ、訪《と》ヒ来《く》ル人モ無キサマヲ、「門外可設雀羅(門外、[一三]雀羅《じやくら》を設くべし)」ト書ケリ。[一四]鄭当時伝。コレニテ、官ヲ罷《や》メテノ後《のち》ハ、依《よ》リ附ク人モアラザレバ、門外自然《しぜん》ト荒レハテテ〔こ〕、草原《くさはら》ト成リタルサマ、言ハズシテ知ルベシ。又『[一五]北斉書《ほくせいしよ》』帝紀《ていき》ニ、[一六]神武《しんぶ》、韓陵《かんりよう》ニテ、[一七]尒朱兆等《じしゆちようら》ト戦《たたかひ》シ時、[一八]高季式《こうきしよく》ト云フモノ、主従僅《わづか》ニ七騎ニテ、飽《あく》マデ敵ヲ追討《ついとう》シ、餘リニ深入《ふかい》リシテ、ソノ影サヘ見エズナリニケレバ、ソノ兄高昂《こうこう》、遥《はる》カニコレヲ望ミ見テ、定メテ討死《うちじに》ヤシヌラント、深クコレヲ哀《かな》シミシニ、夜《よ》ニ入リテ、季式、初メテ還《かへ》リタルサマヲ、「夜久、季式還。槊血満袖(夜《よ》久《ひさ》しうして、季式還《きしよくかへ》る。槊血《さくけつ》、袖に満《み》つ)」今本、槊字ナシ。コレ

七 史記の著者(前一四五—?)。
八 漢の初代皇帝、高祖劉邦(前二〇六—一九五在位)。
九 漢の高祖の功臣(?—前一九三)。特に内政を担当した。
一〇 史記・九十二。韓信(?—前一九六)の伝記。
一一 下邽は、首都長安附近の県。そこ出身の翟という氏の人。武帝の時、廷尉。
一二 刑獄を管理する最高責任者。九卿の一。
一三 雀を取る網。雀が集まって来るほど、人が来なくなった。
一四 史記・一二〇。この話は、巻末の「論」に引かれる。
一五 南北朝時代、北朝の北斉の歴史。五十巻。唐の李百薬(五六五—六四八)著。以下の話は、巻一・帝紀第一・神武紀上に見える。
一六 北斉の初代文宣帝高洋の父、高歓(?—五四七)。北斉の建国後、神武皇帝と追謚された。
一七 北魏の荘帝を弑し、高歓と政権を争った。
一八 高歓の部下の将軍(五一六—五五三)。兄高昂(四九一—五三八)とともに、北斉書・二十一に伝がある。

ハ、史通[一]引ク所ニ依ルナリ。ト書《かけ》リ。コレニテ、ソノ槊《ほこ》ヲ奮《ふるつ》テ深ク入リ、アマタノ敵ト渡リ合《あひ》、イカニモ烈《はげ》シク戦《たたかひ》タル有リサマ、亦言ハズシテ睹《み》ルベシ。文家《ぶんか》ノ工《こう》ヲ用《もちふ》ベキコト、古人ノ及ブベカラズトスルハ、コノ一途《いちず》ナリ。

軽《けい》重《ちよう》

句ニ軽重アリ。大要《たいよう》、上下ノ体勢《たいせい》ヲ見テ、下句《かく》ヲシテ上句《じようく》ヨリモ重カラシムベシ。若《も》シ上句重ク、下句軽キ時ハ、上句ノタメニ圧倒《あつとう》セラレテ、持チノスルコト能ハズ。ソノ一二《いちに》ヲ言ハンニ、欧陽公《おうようこう》「昼錦堂記《ちゆうきんどうき》」[二]ニ、「仕官而至将相、富貴而帰故郷(仕官して将・相に至り、富貴《ふうき》にして故郷に帰《かへ》る)」ノ二句ヲ以テ起ス。コノ二語、甚《はなは》ダ重シ。故ニ下《しも》ニコレヲ承《う》ケテ、「此人情之所栄、而今昔之所同也(此れ人情《にんじよう》の栄《えい》とする所にして、今昔《こんじやく》の同じうする所なり)」ノ両句ヲ着《つ》ク。否《しか》ラザレバ、上句ヲ承当《しようとう》スルコト能ハザルガ故ナリ。東坡《とうば》ガ「居士集序《こじしゆうじよ》」[三]ニ、「夫言有大而非誇(夫《そ》れ言《げん》に大《だい》にして誇《こ》に非ざる有り)」[四]ト云フヲ以テ起ス。一句トイヘドモ、体勢極《たいせいき》ハメテ重シ。故ニ下ニ「達者信之、衆人疑焉(達者《たつしや》[五]、之れを信《しん》じ、衆人疑《しゆうじんうたが》ふ)」ノ両句ヲ以テ、コ

一 唐の劉知幾(六六一―七二一)の著わした歴史評論書。二十巻、四十九篇。

二 欧陽修の欧陽文忠公集・四十に載せる「相州昼錦堂記」。北宋の政治家、韓琦(一〇〇八―七五)が故郷相州に作った堂を記念する文章。

三 蘇軾文集・十に載せる「六一居士集叙」。欧陽修の文集の序文。

四 「ことばの中に、大きなことをいってもホラでないものがある」。

五 「物事を見通すことのできる人はそれを信用し、なみの人は疑問をいだく」。

六 韓愈「李秘書に与へて小功税せずを論ずる書」は、李という秘書省(王室図書館)勤務の人に与えて、小功という軽い喪のばあいは、その関係者の死を知ってから、あとで追加の喪に服することはしないということを議論する書簡。昌黎先生文集・十四。

七 「泥水のところは、馬がよわいので、外

レヲ承ケタリ。韓退之《かんたいし》「与[六]ヘテ二李秘書一ニ論ズル二小功不レ税ヲ書」ニ、「泥水馬弱不敢出。不果鞠躬親問、而以書(泥水《でいすい》[七]、馬弱《うまじゃく》にして敢《あ》へて出《い》でず。鞠躬親問《きつきゅうしんもん》を果《は》たさずして、而《しか》うして書を以てす)」。コレ亦若《も》シ「而以書」ノ三字無キ時ハ、上句甚ダ重キガ故ナリ。唐子西《とうしせい》[八]庚、嘗《かつ》テコノ義ヲ論及セリ。文録[九]。コノ外、スベテ一事ヲ記シテ、多クノ句ヲ並《な》ラベ下スニハ、必ズ短句ヨリ長句ニ入ルコト、句法《くほう》ナリ。『韓文《かんぶん》[一〇]』ノ「火于秦、黄老于漢、仏于晋宋魏隋斉梁之間(秦《しん》に火《ひ》あり、漢《かん》に黄《こう》・老《ろう》あり、晋《しん》・宋《そう》・魏《ぎ》・隋《ずい》・斉《せい》・梁《りょう》の間《かん》に仏《ぶつ》あり)」原道[一一]。「詠於詩、書於春秋、雑出於伝記百家之書(『詩』に詠《えい》じ、『春秋《しゅんじゅう》』に書《しょ》し、伝記・百家の書に雑出《ざっしゅつ》す)」獲麟解[一二]。ノ類ノ如キ、コレナリ。又殊更《ことさら》ニ、句ノ長短ヲ錯綜《さくそう》シテ、語気ノ軽重、句格《くかく》ノ異同《いどう》ヲ以テ、文勢ノ変化ヲアラハスモノアリ。『韓文』ノ「送ル二石処士一ヲ序[一三]」ニ、「与之語道理。句[一四]。辨古今事当否。句。論人高下。句。事後当成敗。句。若河決下流而東注。句。若駟馬駕軽車就熟路而王良造父為之先後也。句。若燭照数計而亀卜也。句(之れと道理《どうり》を語《かた》り、句。古今事《ここんこと》の当否《とうひ》を辨じ、句。人の高下《こうげ》、句。事後《じご》、成敗《せいはい》に当《あた》るを論ずれば、句。河《か》、下流を決して東に注《そそ》ぐが若《ごと》く、句。駟馬《しば》[一五]、軽車《けいしゃ》に駕《が》し、熟路《じゅくろ》に就いて、王良《おうりょう》・造父《ぞうほ》、之れが先後《せんご》を為《な》すが若く、句。燭照数計《しょくしょうすうけい》[一六]して亀卜《きぼく》するが若《ごと》し。句)」ノ類、コレナ

出しようとしません。ていねいに自分で訪問できず、お手紙に致しました」。
八 ↓三七三頁注一一。
九 欧陽修「昼錦堂記」のことから、韓愈の書簡のことまで、文録の引用。
一〇 韓昌黎集を韓文ともいう。
一一 「道の本質」。韓昌黎集・十一。引用は、儒学が、秦では焚書により、漢では、黄帝・老子の思想、晋・(劉)宋・(北)魏・隋・斉・梁の時代には、仏教思想によって抑えられたことをいう。
一二 「麟を獲たことの解説」。韓昌黎集・十二。引用の文章の主語は「麟」。
一三 石洪(七七一―八一二)を送別する詩の序。韓昌黎集・二十一。
一四 「句」は、ここで句の切れることを示す。ただし、訓読の句読点とは一致しない。
一五 「四頭立ての馬が、軽い車を引き、よく知っている道を通って、王良と造父が前後に御者になっているようで」。調子よく進む比喩。王良は、春秋時代の名御者。造父は世界中を漫遊したという周の穆王の御者。
一六 「ろうそくで照らし、数えて計算し、亀の甲で占うようにはっきりしている」。

リ。

正《せい》行《こう》散《さん》行《こう》

[一]呂東萊《りよとうらい》曰、「文字一篇之中、須有数行斉整処、須有数行不斉整処(文字、一篇の中《うち》、須《すべか》らく[二]数行斉整《すうぎようせいせい》の処有るべく、須らく数行斉整ならざる処有るべし)」。[三]古文関鍵。[四]李《り》性学《せいがく》モ亦云フ。[五]文章精義。コレハ、文ハ必ズ句様《くざま》ノドコマデモ同ジ調子ニナラヌ様《やう》ニスベキヲ教《をしふ》ルナリ。数句ノ間《あひだ》、同ジ句様ニ畳《たた》ミ来《きた》リタルコトナラバ、ソノ下《しも》ハ、態《わざ》ト句様ノソロハヌヤウニスベキヲ云フ。[六]楊名時曰、「毎至文勢平流将弱処、即矯挙振作起来。正行則救以反、散行則救以整、清潤則救以雄奇、平淡則救以英挺。行文精於用救、方是作手(文勢平流、将《まさ》に弱《じやく》ならんとする処に至る毎《ごと》に、即《すなは》ち[七]矯挙振作《きようきよしんさく》し起《おこ》し来《きた》る。[八]正行《せいこう》は則ち救《すく》ふに反《はん》を以てし、[九]散行《さんこう》は則ち救ふに整を以てし、清潤《せいじゆん》は則ち救ふに雄奇《ゆうき》を以てし、平淡《へいたん》は則ち救ふに英挺《えいてい》を以てす。行文《こうぶん》、救ふを用ふるに精にして、方《まさ》に是れ[一〇]作手《さくしゆ》なり)」。[一一]程功録。マタ前意《ぜんい》ト相発《あひはつ》ス。

一 南宋の学者(一一三七—八一)、朱熹の友人。
二「数行きちんとしたところがあり、数行きちんとしていないところがなければならぬ」。
三 呂祖謙の選んだ古文の選集。二巻。昌平坂学問所刊行の本がある。引用は巻上「作文法を論ず」。
四 李塗の尊称。↓三七三頁注一三。
五 ↓三七三頁注一三。
六 ↓三七六頁注一六。
七 頭をあげて振い立たせる。
八 まっすぐに進んでいるところは、逆に行くようなやりかたで救う。
九 ばらばらになっているところは、きちんとすることで救う。
一〇 作文の上手。
一一 ↓三七六頁注一九。引用は第四「家塾訓課」。

錯綜《さくそう》　倒装《とうそう》

スベテ数句ヲ重畳《ちようじよう》シ来《きた》リ、或《あるい》ハ熟語《じゆくご》・常語《じようご》、スベテ平平タルコトニ遇《あ》ヘバ、忽チソノ中ニ於《おい》テ、句法ヲ変化シテ、活動ノ妙ヲアラハス。コレ、平中《へいちゆう》ニ奇ヲ求ムルノ法ナリ。『礼記《らいき》』ニ、「問国君之富、問大夫之富、問士之富、問庶人之富(国君《こつくん》の富《とみ》を問ひ、大夫《たいふ》の富を問ひ、士《し》の富を問ひ、庶人《しよじん》の富を問ふ)」ノコトヲ紀《き》スルニ、問フ処同ジキユヱ、対《こたふ》ル所モ同句法《どうくほう》ナルベキニ、一《いつ》ハ「数地以対[一二](地《ち》を数《かぞ》へて以て対《こた》ふ)」ト記シ、一ハ「曰有宰食力[一三](宰《さい》有つて力《ちから》に食《くら》ふと曰《い》ふ)」ト記シ、又忽チ「以車数対[一四](車数《しやすう》を以て対《こた》ふ)」ト云《いひ》テ、「数車以対[一五](車を数へて以て対ふ)」ト云ハズ。曲礼[一六]。コレ又、古人錯綜《さくそう》ノ妙ナリ。野客叢書[一七]。又上下ノ句ヲ倒装《とうそう》シテ、語気ノ雄健《ゆうけん》ヲアラハスモノアリ。『史記』ニ、中行説《ちゆうこうえつ》[一八]曰、「必我行也、為漢患者(必ず我が行《こう》や、漢の患《うれ》ひを為《な》す者ぞ)」。匈奴伝[一九]。コレハ、「為漢患者、必我行也(漢の患ひを為す者は、必ず我が行なり)」ト云フベキヲ、倒装セルナリ。野客叢書。江湖長翁集[二〇]。マタ「必湯也、令天下重足而立、側目而視矣[二一](必ず湯《とう》や、天下をして足を重《かさ》ねて立ち、

一二 「国君の富」に対する答え。「土地の広さを数えてそれで答える」。
一三 「大夫の富」に対する答え。「支配人がいて、どれだけ人頭税がはいるかをいう」。
一四 「士の富」に対する答え。「車の数で答える」。
一五 「地を数へて以て対ふ」と同じ形にすることをいう。
一六 曲礼下篇に見える。礼記の第二篇。
一七 南宋の王楙(一一五一―一二一三)の随筆。三十巻。この引用は、巻二十四「古人句法」。下の史記についても同じ。ただし、管子については見えない。
一八 漢の文帝のとき、匈奴との和親で、皇女のつきそいで行った宦官。
一九 史記・一一〇。
二〇 南宋の陳造(一一三三―一二〇三)の文集。四十巻。ここの議論は、つぎの「汲黯伝」の例とともに、巻二十九「文法」に見える。
二一 史記・一二〇。湯は、張湯(?―前一一五)、酷吏の一人。「足を重ねて立ち、目を側めて視る」は、びくびくと恐れてちぢみあがっているさま。

目を側《そば》めて視《み》しめん)」。汲黯伝。コレ亦、「必湯也」ノ字ヲ上《かみ》ニ置《お》テ、語《ご》イヨ〳〵健ニシテ法アリ。江湖長翁集。『管子《かんし》』[一]ニ、「子耶、言伐莒者(子《し》か、莒《きよ》[二]を伐《う》つと言ふ者)」ト云フモ、「言伐莒者、子耶(莒を伐つと言ふ者は、子か)」ト云フベキヲ倒《とう》スルナリ。野客叢書。『礼記』に、「伯魚之母死。期而猶哭。夫子聞之曰、「誰与、哭者」。門人曰、「鯉也」(伯魚《はくぎよ》[三]の母《はは》死す。期[四]にして猶哭《なほこく》す。夫子《ふうし》、之れを聞いて曰《い》はく、「誰ぞや、哭《こく》する者」と。門人曰はく、「鯉[五]なり」と)」。檀弓[六]。コレ亦、「哭者誰与(哭《こく》する者は誰ぞや)」ト云フベキヲ、先ヅ「誰与」ト問ウテ、後《のち》ニ「哭者」ト云フ。恰《あたか》モ驚《おどろ》キ問《と》ウ処ノ情状《じようじよう》ヲアラハス。倒装ノ文法ナリ。湛園札記[七]。マタ『韓文[八]』ノ「衣食於奔走(衣食《いしよく》に奔走《ほんそう》す)」ハ、「奔走於衣食」ト云フベキヲ、倒装スルナリ。コレハ、『左伝』ノ「室於怒、市於色(室[九]に怒り、市に色《しき》す)」昭十九年。ノ句法ヨリ本ヅキ来《きた》リテ、南豊《なんぽう》[一〇]が「室於議、塗於歎(室《しつ》[一一]に議し、塗《みち》に歎く)」ノ句法ノ祖トスル所ナリ。羅大経《らだいけい》[一二]、コレヲ反言《はんげん》ト云ヒ、又反句《はんく》ト云フ。鶴林玉露[一三]。コレ皆、古人平中ニ奇ヲ求ムルノ法ナリ。

一 春秋時代の斉の管仲の著と伝えられる政治思想書。二十四巻八十六篇(今、十篇佚)。引用は、小問篇に見える語であろうが、通行本は「子言伐莒者乎」となっていて、倒装ではない。
二 今の山東省にあった都市国家。
三 孔子の子。その母は、孔子の妻であるが、のち離婚したので、子の母という形でいう。
四 一周年。父が生存しているばあい、離婚した母に対する喪に服する期間は満一年。
五 伯魚の本名。伯魚は字。
六 檀弓上篇に見える。礼記第三篇。
七 清の姜宸英(一六二八―九九)の随筆。四巻。引用は巻二。
八 韓愈「陳給事に与ふる書」(韓昌黎集・十七)。陳給事は、陳京。
九 「自宅の室内で腹を立て、外の市場で町の人に色めき立つ」。無関係なところで当りちらす、当時のことわざ。
一〇 →三八八頁注五。
一一 南豊類藁・十四「蔡元振を送る序」に、「室於嘆、途於議」とあるのを誤ったのであろう。
一二 南宋の学者。
一三 羅大経の随筆。十八巻。このことは、巻十二に載せる。「反言」・「反句」とは、通常の語順の動詞・前置詞・目的語と反対であることをいう。

緩《かん》急《きゅう》

辞《じ》ニ緩急アルハ、文意ノ自然《しぜん》ニシテ、ソノ人品事勢《じんぴんじせい》ヲ、文気ノハヅミノ中ニ摸《も》シ出《いだ》スト知ルベシ。陳騤《ちんき》[14]、辞ノ緩急ヲ論ジテ、『左伝』ニ、范宣子《はんせんし》ガ「吾浅之、為丈夫也(吾《わ》れは浅《あさ》いかな、丈夫《じょうふ》たるや)」襄十九年。ト云フハ、其辞《そのじ》ユルヤカナリ。『孟子』ニ、景春《けいしゅん》[15]ガ「公孫衍・張儀、豈不誠大丈夫哉(公孫衍《こうそんえん》[16]・張儀《ちょうぎ》[17]は、豈《あに》誠に大丈夫《だいじょうふ》ならずや)」[18]滕文公。ト云フハ、其辞急《きゅう》ナリ」ト云ヘリ。[19]文則。此類《このるい》、推《お》シテ知ルベシ。『左伝』ノ「吾浅之、為丈夫也(吾れは浅いかな、丈夫たるや)」ノ「之」ノ字ハ、「哉」字ト同ジホドノ語辞《ごじ》ナリ。『礼記・檀弓《だんぐう》[20]』ニ、「末之、卜也(末《すゑ》なるかな、卜《ぼく》や)」ト云《いふ》ヲ、鄭氏《ていし》注シテ曰、「末之、猶「微哉」(末之は、猶《なほ》「微《び》なるかな」のごとし)」。正義《せいぎ》ニ曰、「末、微也。之、哉也(末は、微《び》なり。之《し》は、哉《さい》なり)」。コレ、『左伝』・『檀弓』ト一同《いちどう》ノ語辞《ごじ》ナリ。王引之《おういんし》[21]『経伝釈詞《けいでんしゃくし》』ニ、コレヲ論及《ろんきゅう》セズ。故ニ茲《ここ》ニ附辨《ふべん》ス。

一四 ↓三六九頁注九。
一五 孟子時代の外交評論家。
一六 戦国時代の外交家。犀首と呼ばれる。張儀と対立したが、張儀の死後、秦の宰相となった。伝記は、史記・七十、張儀伝の後に附せられる。
一七 戦国時代の外交家。秦以外の六国が秦に付いて平和を保つことを説いた。史記・七十に伝がある。
一八 滕文公下(文庫上、二二九頁)。
一九 ↓三六九頁注九。
二〇 檀弓上篇。「卜」は、国卜という人の名。
二一 清の学者王引之(一七六六—一八三四)が著わした古典の助辞の説明書。十巻。

抑《よく》揚《よう》

文ニ抑揚《よくよう》アルハ、ソノ源《みなもと》ヲ『[一]金縢《きんとう》』ニ発ス。ソノ始メニ、「乃元孫不若旦多材多藝、不能事鬼神([二]乃《なんぢ》の元孫《げんそん》、[三]旦《たん》が多《た》材多藝《さいたげい》に若《し》かず、鬼神《きじん》に事《つか》ふる能はず)」ト云フハ、コレ「抑《よく》」ナリ。ソノ下《しも》ニ、「乃命于帝庭、敷佑四方、用能定爾子孫于下地、四方之民、罔不祗畏([四]乃《すなは》ち帝庭《ていてい》に命ぜられ、四方を敷《し》き佑《たす》け、用《も》つて能く爾《なんぢ》の子孫を下地《かち》に定め、四方の民《たみ》、祗《つつし》み畏《おそ》れざるは罔《な》し)」ト云フハ、コレ「揚《よう》」ナリ。スベテ一人《いちにん》ヲ論ジ、一事ヲ議《ぎ》スルニ、或ハソノ過失越度《かしつおちど》ヲ推《お》シ付ケ抑ヘスクメテ、ノツピキナラヌヤウニスルヲ、「抑」ト云フ。又、ソノ人ソノ事ノ大功アルコトナドヲ顕《あら》ハシ出《いだ》シ、引キ起《おこ》ス様ニスルヲ、「揚」ト云フ。[五]柳子厚《りゅうしこう》ガ「[六]答ヘテ二章中立ニ一論ズル二師道ヲ二書一」ニ、「抑之欲其奥、揚之欲其明(之れを抑《おさ》へて其の奥《おう》を欲《ほっ》し、之れを揚げて其の明《めい》を欲す)」ト云フハ、コレナリ。漢《かん》・晋間《しんかん》ノ人ハ、多《おほく》ハ音調ヲ形容シテ、抑揚ト云フ。[七]蔡邕《さいよう》「琴賦《きんふ》」ニ、「[八]左手《さしゅ》抑揚、右手裵回《ゆうしゅはいかい》」、マタ、「繁絃既抑、雅韻乃揚([九]繁絃《はんげん》既《すで》に抑《おさ》へ、雅韻《がいん》乃《すなは》ち揚がる)」ト云ヒ、[一〇]初学記十六。『文選《もんぜん》』[一一]繁欽《はきん》ガ「与フル二魏文

一 書経・周書の第八。武王が病気のとき、弟の周公が、身代りになりたいと祖先に祈り、その祈りの文を金で封じた箱に蔵したものがたりを書く。
二 先祖大王・王季・文王に「なんぢ」と呼びかける。元孫は、長孫の意、武王を指す。
三 周公の本名。
四 主語は、「乃の元孫」、即ち武王。
五 ↓三八〇頁注四。
六 柳河東集・三十四。
七 後漢の文学者(一三三―一九二)。琴の名手であったと伝えられる。
八 「左手は上げ下げし、右手はうろうろする」。
九 「頻繁な弾きかたが抑えられ、正しいメロディーがそこではっきりする」。
一〇 唐初の徐堅(六五九―七二九)の編した類書、即ち百科事典。三十巻。蔡邕「琴賦」は、巻十六・音楽下・琴の項に引用。
一一 三国、魏の文学者。字、休伯。「魏の文帝に与ふる牋」は、文選・四十。魏の文帝は、↓三七三頁注一。牋は、皇族に出す書簡。
一二 「のこった声があがりさがりして、いつまでもおわらない」。
一三 西晋の文学者(二三一―二七三)。成公が氏、綏が名、字、子安。「嘯賦」は、文選・十八。嘯は、口をすぼめて声を出すこと。
一四 南北朝、北周の文学者(五一三―五八一)。字、

帝ニ㆒餞」ニ、「遺声抑揚、不可勝窮[一二](遺声抑揚《いせいよくよう》、勝《あ》げて窮《きは》むべからず)」ト云ヒ、成公《せいこう》[一三]綏《すい》ガ「嘯賦《しょうふ》」ニ、「響抑揚而潜転(響《ひび》き抑揚して潜転《せんてん》す)」ト云ヘルガ如キ、ミナ音調ノ或ハ引キ下《さ》ゲ、或ハ引キ揚《あぐ》ルコトナリ。文気語勢ニ抑揚アルト、音調ニ抑揚アルト、同一致《どういっち》ナリ。故ニ、周《しゅう》、庾《ゆ》[一四]信《しん》ガ「趙国公集序《ちょうこくこうしゅうじょ》」ニ、「含吐性霊、抑揚詞気[一五](性霊《せいれい》を含吐《がんと》し、詞気《しき》を抑揚す)」[一六]初学記廿一、文章。ト云ヒ、[一七]『晋書《しんじょ》・李充伝《りじゅうでん》』ニ、「彫琢生文、抑揚成音(彫琢《ちょうたく》、文を生じ、抑揚、音《おん》を成す)」ト云《いふ》ガ如キ、ミナ文章ノ妙ヲ形容シテ、抑揚ト云フナリ。又、[一八]『北斉書《ほくせいしょ》・儒林《じゅりん》・張雕伝《ちょうちょうでん》』ニ、「雕論議抑揚、無所回避(雕《ちょう》、論議《ろんぎ》抑揚、回避《かいひ》する所無し)」ト云ヒ、[一九]『北魏書・甄琛伝《しんしんでん》』ニ、「琛与光書、外相抑揚、内実附会(琛《しん》、光《こう》に書《しょ》を与へ、外相《そとあひ》抑揚し、内実《うちじつ》に附会す)」ト云《いふ》ノ類ハ、汎《ひろ》ク人ヲ論ズル上ニ就テ云フナリ。又、韓退之「[二〇]宿㆓龍宮灘ニ㆒」詩ニ、「浩浩復湯湯、灘声抑更揚(浩浩復《こうこうま》た湯湯《しょうしょう》、灘声《たんせい》抑《おさ》へて更《さら》に揚《あ》ぐ)」ト云フハ、濤《なみ》ノ声《こゑ》ノ忽チ高ク、忽チ低キヲ、形容スルナリ。[二一]『初学記《しょがつき》』十五、「舞部」ニ、「俯仰《ふぎょう》」・「抑《よく》揚《よう》」ヲ並《な》ラベ挙ゲテ、[二二]蔡邕《さいよう》『月令章句《がつりょうしょうく》』ノ「舞有俯仰張翕(舞《まひ》に俯仰《ふぎょう》・張翕《ちょうきゅう》有り)」ト[二三]崔駰《さいいん》「七依《しちい》」ノ「舞細腰以抑揚(細腰《さいよう》を舞《ま》はして以て抑揚す)」ヲ引ケリ。コレハ、抑揚ハ舞容《ぶよう》ヲ状《じょう》スルナリ。又『文選』[二四]任彦昇《じんげんしょう》ガ「[二五]為ニ㆓范尚書ノ㆒譲ル㆓吏部封侯ヲ㆒

子山。詩文集庾子山集十六巻が存する。趙国公は、北周の皇族、宇文招(?―五八〇)。

一五 「本性を口から出し入れし、ことばの気を上げ下げする」。

一六 「趙国公集序」は、初学記・二十一・文部・文章の項に全篇が引用されるほか、庾子山集・十一に収める。

一七 晋書・九十二・文苑伝。引用は、李充の作品「学箴」中の句。李充は、東晋の学者。

一八 北斉書・四十四。張雕(五一九―五七三)は、北斉の学者。本名、もと雕虎、虎は唐朝の諱なので、北斉書では虎を刪って、雕という。

一九 (北)魏書・六十八。甄琛(四五二―五二四)は、北魏の政治家にして学者。引用文の「光」は、崔光、当時の政治家。

二〇 韓昌黎集・九。竜宮灘は、今の広東省陽山県にある急流。灘は早瀬。浩浩も湯湯も、水がいっぱいあふれるさま。

二一 初学記・十五は、楽部上で、その中に舞の項があり、「事対」として、「俯仰」・「抑揚」を挙げる。そこに、蔡邕と崔駰を引く。

二二 蔡邕については、→注七。月令章句は、礼記・月令の注釈の形で書いた歳時記らしいが、今は断片しか伝わらぬ。「張翕」は、ひろげたり、すぼまったりすること。

二三 崔駰(?―九二)は、後漢の文学者。「七依」は、「七」という賦に似た対話体の韻文。断片しか伝わらない。

二四 任昉の字。→三七三頁注三。

二五 任昉が吏部尚書范雲の代筆をして、吏部尚書に任じ、霄城県開国侯に封ぜられるのを辞退した表の第一。文選・三十八に載せる。范雲(四五一―五〇三)は、当時の文学者で、梁の武帝の友人。

第一表」ニ、「或与時抑揚、或隠若敵国(或《ある》いは時と抑揚し、或いは隠《いん》として敵国《てつこく》[一]の若《ごと》し)」ト云フハ、俗ニ随《したが》テ上下《じようげ》浮沈スルコトヲ、抑揚ト云ヘリ。

頓《とん》挫《ざ》　挫頓

頓挫《とんざ》ノ字ハ、始メテ『後漢書・鄭孔荀伝』[二]賛ニ見エタリ。曰、「北海天逸、音情頓挫(北海《ほつかい》[三]は天逸《てんいつ》、音情頓挫《おんじようとんざ》)」、コレナリ。注[四]ニ云《いふ》、「頓挫、猶抑揚也(頓挫は、猶《なほ》抑揚のごときなり)」。マタ、『文選』陸機《りつき》「文賦《ぶんぷ》[五]」ニ曰、「箴頓挫而清壮(箴《しん》[六]は頓挫して清壮《せいそう》)」。李善《りぜん》[七]注ニ云、「箴以譏刺得失、故頓挫清壮(箴は、得失《とくしつ》を譏刺《きし》するを以て、故に頓挫清壮)」。張銑《ちようせん》[八]注ニ云、「頓挫、猶抑折也(頓挫は、猶抑折《なほよくせつ》のごときなり)」。コレ、先儒、頓挫ヲ解シテ、或ハ抑揚ノ義トシ、或ハ抑折ノ義ト云フ。今《いま》攷《かんが》フルニ、古人毎《つね》ニ頓挫ヲ以テ、抑揚ト連言《れんげん》ス。陸機「遂志賦《すいしふ》[九]」ニ曰、「崔・蔡沖虚温敏、雅人之属也。衍抑揚頓挫、怨之徒也(崔《さい》[一〇]・蔡《さい》は沖虚温敏《ちゆうきよおんびん》、雅人《がじん》の属《ぞく》なり。衍《えん》[一一]は抑揚頓挫、怨《うら》みの徒《と》なり)」、藝文類聚廿六。[一二]謝偃《しやえん》[一三]「聴レ歌賦」ニ曰、「乍綿連以爛熳、時頓挫而抑揚(乍《たちま》ち綿連《めんれん》として以て爛熳《らんまん》、時に頓挫《とんざ》にして抑揚)」、初学記十五。[一四]

一 対等の国。

二 後漢書・七十。鄭太、孔融(一五三-二〇八)、荀彧(一六三-二一二)をいっしょにした伝。賛は、巻末に著者が書きつけた韻文の感想。

三 北海は、北海国の相となった孔融のこと。天逸は、注に、「縦(ほしいまま)なり」。天逸は、天性からの自由人という意であろう。

四 後漢書の章懐太子李賢注。

五 文選・十七。西晋の文学者陸機(二六一-三〇三)が、文学論を賦というジャンルで書いたもの。

六 文学ジャンルの一つ。訓戒を韻文で書く。

七 唐の学者(?-六八九)。文選の注を書き、典故にくわしく、基本的な注となる。

八 唐の五人の学者が文選に加えた五臣注の一つ。

九 陸機(→注五)が自分の志を述べた賦。

一〇 崔篆・蔡邕(→四〇六頁注七)。崔篆は、崔駰(→四〇七頁注一三)の祖父。「慰志賦」を作る。

一一 馮衍(一-?)。後漢の文学者。「顕志賦」を作る。

一三 唐初、欧陽詢(五五七-六四一)の編した百科事典。巻二十六は、人部十・言志。

コレナリ。且ツ綿連《めんれん》・爛熳《らんまん》ハ、同類ニシテ異状ナルヲ観レバ、頓挫モ亦抑揚ト同類ニシテ異態ナルヲ知ルベシ。頓挫・綿連ト相対言《あひたいげん》スルヲ観《み》レバ、亦頓挫ノ遽《には》カニ転《てん》屈《くつ》スルノ義ナルヲ証スベシ。文ノ抑揚ハ、一人一事ノ上ニ就《つい》テコレヲ用フル時ハ、文ノ頓挫ハ、一転折《いちてんせつ》ノ間《かん》ニ在リテ、一語一句ノ上ニ就《つい》テコレヲ顕《あら》ハスヲ知ルベシ。[一五]文章一貫ニ依ル。[一六]陳繹曾《ちんえきそう》曰、「頓挫、立意跳盪、造辞起伏(頓挫[一七]は、立意《りつい》跳盪《ちようとう》、造辞《ぞうじ》起《き》伏《ふく》)」。マタ[一八]王世貞《おうせいてい》ガ歌行《かこう》ヲ論ズルノ言ニ曰、「一入促節、則凄風急雨、窈冥変幻、転折頓挫、如天驥下坂、明珠走盤(一[一九]《ひと》たび促節《そくせつ》に入れば、則《すなは》ち凄風急雨《せいふうきゆうう》、窈冥変幻《ようめいへんげん》、転折頓挫《てんせつとんざ》、天驥《てんき》の坂《さか》を下《くだ》り、明珠《めいしゆ》の盤《ばん》を走るが如し)」。又曰、「中作奇語、峻奪人魄者、須上下脈相顧、一起一伏、一頓一挫(中《なか》[二〇]に奇語《きご》を作《な》し、峻《しゆん》、人の魄《はく》を奪《うば》ふ者は、須《すべか》らく上下脈《みやく》相顧《あひかへ》りみ、一起《いつき》一伏《いつぷく》、一頓一挫《いつとんいちざ》すべし)」。ミナ頓挫ノ状ヲ形容シ尽《つく》セリ。マタ[二一]翁正春《おうせいしゆん》ガ[二二]李陵《りりよう》「答《フル》ニ蘇武《ニ》一書」ヲ評シテ、「命也如何(命や如何《いかん》せん)」、「傷已(傷むのみ)」、「又自悲矣(又自ら悲しむ)」ノ三末句ヲ「頓挫有法(頓挫、法《ほう》有《あ》り)」ト云フ。コレ等《ら》、類《るい》ヲ推《お》シテ相証セバ、頓挫ノ、一峻語《いちしゆんご》ヲ下《くだ》シテ、遽《には》カニ転折《てんせつ》シ、屈然《くつぜん》トシテオトシツクル、語句ノ急促《きゆうそく》ナルハヅミヲ形容スルノ詞《ことば》ナルヲ知ルベシ。ソノ辞《じ》ノ起《き》伏《ふく》アルヲ以テ、古人或ハ解シテ抑揚トシ、或ハ解シテ抑折《よくせつ》トス

一三 初唐の文学者。賦にすぐれた。

一四 →四〇七頁注二一。歌の項に見える。

一五 散文の評論書。明の高琦・呉守素の共編。二巻。和刻本がある。引用は巻上。

一六 →三七八頁注七。ただし、文章欧冶にこの語見えず。

一七 「頓挫とは、文意の立てかたが、とびはね動き、ことばの使いかたに波があること」。

一八 明の文学者(一五二六—九〇)。後七子の一人。

一九 「リズムの短いところになれば、すさまじい風とにわか雨のように、まっくらになって変化し、折れまがり頓挫し、天馬が坂を下り、光る真珠が皿をころげるようにする」。

二〇 「その中ですぐれたことばを使い、すばらしさで人をうっとりさせるには、上下の文脈を考慮し、一起一伏、一頓一挫せねばならぬ」。

二一 明の政治家、学者(一五五〇?—一六二三?)。この評の出所未詳。

二二 前漢の李陵(?—前七四)が、友人蘇武(前一四〇—前六〇)に与えた書簡。文選・四十一に収める。

二三 以上の三句は、それぞれ一段のおわりに置かれている。

ルナリ。[一]鍾嶸《しようこう》『詩品《しひん》』ニ、「謝朓与余論詩、感激頓挫過其文(謝朓《しやちよう》[二]、余《よ》と詩を論じ、感激頓挫《かんげきとんざ》、其の文に過《す》ぐ)」ト云ヒ、杜甫《とほ》「進雕賦表[三]」ニ、「臣之述作、沈鬱頓挫、随時敏捷(臣《しん》の述作《じゆつさく》、沈鬱《ちんうつ》頓挫、時《とき》に随《したが》って敏捷《びんしよう》なり)」[四]唐書本伝同。ト云フノ類、ミナ文勢ノ起伏転折ノサマヲ形容シテ、頓挫ト云フナリ。又、杜甫「観ル三公孫大娘ノ弟子舞フヲ二剣器ヲ一行ノ序」[五]ニ、「記於鄽城観公孫氏舞剣器渾脱、瀏灕頓挫、独出冠時(記《き》す、[六]鄽城《えんじよう》に於《お》いて公孫氏、剣器・渾脱《こんだつ》[七]を舞ふを観《み》、瀏灕《りゆうり》[八]頓挫、独《ひと》り出《い》でて時《とき》に冠《かん》たるを)」ト云フハ、舞容《ぶよう》ヲ状《じよう》スルニ似タレドモ、『杜陽雑編《とようざつぺん》』[九]ニ、「俄而手足斉挙、為之蹈渾脱。歌呼抑揚(俄《にはか》にして手足《しゆそく》斉《ひと》しく挙《あ》がり、之れが為《ため》に渾脱《こんだつ》を蹈《ふ》む。歌呼抑《かこよく》揚《よう》たり)」ト云フニ据《よ》レバ、コレ亦歌声《かせい》ノ起伏アルサマヲ状スルナルベシ。『荀子・勧学篇』[一〇]ニ、「若挈裘領。詘五指而頓之(裘領《きゆうりよう》[一一]を挈《あ》ぐるが若《ごと》し。五指《ごし》を詘《くつ》して之れを頓《とん》す)」ト云フヲ、謝墉校注《しやようこうちゆう》[一二]ニ、「頓、猶頓挫。提挙高下之状、若頓首然(頓は、[一三]猶《なほ》頓挫のごとし。提挙高下《ていきよこうげ》の状、頓首の若《ごと》く然り)」ト称ス。コレマタ頓挫ノ義ヲ引《ひい》テ、高下ノ状ヲ喩《たと》フル時ハ、頓挫ハ、声《こゑ》ノ起伏アルサマヲ状スルノ詞《ことば》ナルコト、互ニ相証《あひしよう》スベシ。九拝《きゆうはい》ノ頓首《とんしゆ》モ、遽《には》カニ首《かうべ》ヲ下《さ》ゲテ額《ひたひ》ヲ以テ地ヲ撃《う》ヲ云フナリ。段[一四]氏「釈拝」ニ依ル。『晋書《しんじよ》』ニ、「彗体無光、傅日而為光。故夕見則東指、晨見則西指、

一　南朝、梁の鍾嶸(四六九―五一八)がそれ以前の詩人を三等級に分けて批評した書。三巻。
二　詩品・中・斉吏部謝朓の条。
三　盛唐の詩人、杜甫(七一二―七七〇)が、「雕賦」を玄宗皇帝に献上した時の上表。杜詩詳註・二十四。引用文は、途中、省略がある。
四　新唐書・二〇一・文藝上・杜甫伝に、作品名をいわずに、この句を載せている。それも同じということ。ただし、新唐書は、「敏捷」を「敏給」とする。
五　杜詩詳註・二十。公孫大娘は、当時の舞の名手。剣器は、舞の名。行は、長篇の叙事的な詩。
六　今の河南省にある県。
七　渾脱は、剣器とは別の舞の名。
八　なめらかなさま。
九　唐の蘇鶚の雑話集。三巻。
一〇　戦国の荀況の著と伝えられる思想書。儒家に属し、性悪を主張して礼を重んじた。二十巻三十二篇。勧学は、その第一篇。
一一　「皮衣のえりを挙げるようなもので、五本の指を曲げてそれを上下に振る」。
一二　清の学者(一七一九―九五)。荀子本来の楊倞の注のあとに、これまでの注解をまとめて書き加えた。
一三　荀子本文は、引用のあとに、「順なる者、勝(あ)げて数ふべからざるなり」とあり、謝墉の注に、「言ふこころは、全裘の毛皆順なり」という。
一四　段玉裁。→三八七頁注一二三。「釈拝」は、経韻楼集・六。

在日南北、皆随日光而指。頓挫其芒、或長或短（[一五]彗体《すいたい》光《ひかり》無《な》し、[一六]日に傅《つ》いて光を為《な》す。故に夕《ゆふ》べに見《あら》はるれば則《すなは》ち東に指《さ》し、晨《あした》に見《あら》はるれば則ち西に指《さ》し、日の南北に在る、皆、日光《にっこう》に随つて指《さ》す。其の芒《ぼう》[一七]を頓挫し、或いは長く或いは短《みじか》し）」[一八]天文志。ト云《いふ》ハ、彗星《すいせい》ノ光芒《こうぼう》ヲ形容スルナリ。『北斉書』ニ、「尚書令臨淮王彧言、「臣忝冠百寮、遂使一郎攘袂高声、肆言頓挫。乞辞尚書令」（[一九]尚書令臨淮王彧《しようしよれいりんわいおういく》言《い》はく、「臣《しん》、忝《かたじけな》く百寮《ひやくりよう》に冠《かん》たり、[二〇]遂《つひ》に一郎《いちろう》をして袂《たもと》を攘《はら》つて高声《こうせい》し、肆言《しげん》頓挫せしむ。乞ふ尚書令を辞《じ》せん」と）」[二一]宋游道伝。ト云《いふ》ハ、頓辱《とんじよく》ノ義ナリ。又挫頓ト云フ。『北史』[二二]ニ、「仮欲挫頓、不過遣向并州耳（[二三]仮《たとひ》挫《ざ》頓《とん》せんと欲すとも、并州《へいしゆう》に遣向《けんきよう》するに過ぎざるのみ）」、[二四]李幼廉伝。コレナリ。『荀子』ニ、「材伎股肱、健勇爪牙之士、彼将日日挫頓、竭之於仇敵（[二五]材伎《さいぎ》股《こ》肱《こう》、健勇爪牙《けんゆうそうが》の士、彼れは将《まさ》に日日《にちにち》挫頓、之れを仇敵《きゆうてき》に竭《つ》くさんとす）」。[二六]王制。コレ亦クジキタヲスノ義ナリ。『孫子』[二七]ノ「鈍兵挫鋭」[二八]モ、鈍ハ頓ト同ジ。[二九]『名臣言行録《めいしんげんこうろく》・後集《こうしゆう》』ニ、「故雖流落頓挫之餘、一話一言、未嘗不在君父（故に流落《りゆうらく》頓挫の餘《よ》と雖《いへど》も、一話《いちわ》一言《いちげん》、未《いま》だ嘗《か》つて君父《くんぷ》に在《あ》らずんばあらず）」、[三〇]王安石条。『鶴[三一]林玉露《りんぎよくろ》』ニ、「観君子之摧抑頓挫、如湍舟、如霜木、則知其為喪乱之時第一相（君子の摧抑《さいよく》頓挫、[三二]湍舟《たんしゆう》の如く、霜木《そうぼく》の如きを観れば、則《すなは》ち其の喪乱の時の第一相《そう》たるを

[一五] 彗星。
[一六] 太陽にくっついて光る。太陽光線を反射する。
[一七] 彗星の尾。
[一八] 晋書・十一・天文志中・妖星の条。
[一九] 北魏の皇族、元彧（?—五三〇）。尚書令は、行政長官。
[二〇] 「それなのに、ある事務官が袖を振って大声で話し、すき放題にしゃべらせて恥をかかせられた」。
[二一] 北斉書・四十七。
[二二] 南北朝の北朝、北魏・北斉・北周・隋の歴史。正史の一。唐の李延寿の著。百巻。
[二三] 「たとい、いためつけようとしても、并州（今の山西省中部）に飛ばされるだけだ」。
[二四] 北史・三十三。
[二五] 「才能技術のある力になるもの、元気のよい戦闘力のあるものが、むこうでは、日日に疲れはて、それを敵に使い切ってしまおうとする」。
[二六] 荀子の第九篇。
[二七] 春秋末の孫武の著と伝えられる兵法の書。十三巻。
[二八] 「兵を鈍し鋭を挫く」。鈍は、頓と同じだから、頓挫ということばを二つに分けたことになる。この句は、孫子・二・作戦篇に見える。
[二九] 朱熹の編集した北宋時代の名臣の言行録。前集十巻、後集十四巻。
[三〇] 後集・六に、鄭介夫言行録より引用。王安石（一〇二一—八六）は、北宋の政治家にして文学者。唐宋八大家の一人。
[三一] →四〇四頁注一二。
[三二] 早瀬の舟。

知る)」ト云《いふ》ノ類ハ、顚頓挫辱《てんとんざじよく》ノ義《ぎ》ナリ。

警《けい》 策《さく》

文章、衆辞ヲ連累《れんるい》スル時ハ、必ズ気《き》勢弛《せいゆる》マリテ、一篇活動セズ。コノ時、忽チ一片ノ要語《ようご》ヲ挙ゲテ、全篇ノ気勢ヲ引キ立《たつ》ル様《やう》ニスレバ、文義コレニヨリテ、益益明《ますますあき》ラカニ、一篇コレニヨリテ、活動ノ機ヲ発《はつ》ス。コレヲ警策《けいさく》ト云フ。警策ノ字ハ、『文選』曹子建《そうしけん》[一]「応《フル》レ詔《ニ》詩」ニ、「僕夫警策、平路是由(僕夫《ぼくふ》、策《さく》を警《いまし》め、平路《へいろ》に是《こ》れ由《よ》る)」。呂延済《りよえんさい》[二]注ニ、「言向坂行、故警策也(言ふこころは、坂に向《むか》つて行く、故に策《さく》を警《いまし》むるなり)」ト見エタリ。又潘安仁《はんあんじん》[三]「西征賦《せいせいふ》」ニ、「発閿郷而警策(閿郷《ぶんきよう》[四]を発《はつ》して策《さく》を警《いまし》む)」。李善《りぜん》[五]注ニ、曹子建ノ詩ヲ引《ひい》テ証トセリ。サレバ、警策ハ馬ニ鞭《べん》策《さく》ヲ加ヘテ、気勢ヲ引キ立《たつ》ルコトナリ。コレヲ仮《か》リテ文ヲ評スルハ、刱《はじ》メテ陸機《りつき》ガ「文賦《ぶんぷ》」[六]ニ見エタリ。曰、「立片言而居要、乃一篇之警策(片言《へんげん》を立てて要《よう》に居《を》る、乃《すなは》ち一篇の警策)」。コレナリ。李善注ニ、「以文喩馬也。言馬因警策而弥駿、以喩文資片言而益明也。夫駕之法、以策駕乗。今以一言之好、最於衆辞。若策駆馳。故

一 曹植(一九二―二三二)が魏の文帝の詔に答えて首都に朝することを歌った詩。文選・二十。
二 文選五臣注の一。ただし、曹植「応詔」詩の注でなく、次に引用される潘岳「西征賦」の注。
三 西晋の文学者潘岳(二四七―三〇〇)、字、安仁が、故郷の今の河南省鞏県から長安への旅行を書いた賦。文選・十。
四 今の河南省の陝西省との境界に近い土地の名。
五 →四〇八頁注七。
六 →四〇八頁注五。
七 馬車を操る。あるいは、「乗(四頭立て馬車)を駕す」と読むべきかも知れぬが原本の訓点に従う。
八 一番になる。
九 楊慎(一四八八―一五五九)の号。明の文学者。
一〇 詩経。「思ひ邪無し」は、魯頌・駉篇のことば。論語・為政の孔子のことば「詩三百、一言以て之れを蔽へば、曰はく「思ひ邪無し」」(文庫二七頁)にもとづく。
一一 礼記の第一篇、曲礼上篇の最初のことば。「なにごとも敬で行なえ」。
一二 楊慎の随筆。雑録十巻、続録八巻。引用は、雑録・七「警策」。

云警策(文を以て馬に喩《たと》ふるなり。言ふこころは、馬は警策に因《よ》つて弥駿《いよいよしゅん》、以て文は片言に資《よ》つて益《ますます》明らかなるに喩ふるなり。夫《そ》れ駕《が》の法は、策を以て[七]駕乗《がじょう》す。今、一言の好《こう》を以て、衆辞に[八]最《さい》す。策の駆馳《くち》するが若《ごと》し。故に警策と云《い》ふ)」。サレバ、馬ノ長道《ちょうどう》ヲ取リ、険路《けんろ》ヲ行《ゆき》テ、気勢ユルマリタル時、一鞭《ひとむち》ヲ加ヘテ、気力ヲ引キ立《たつ》レバ、ソノ勢イヨ〱駿《しゅん》ナリ。文章ノ、一言ヲ以テ衆辞ヲ活動セシムルモ、ソノ理、全クコレニ同ジキヲ以テ、コレヲ警策ト云フ。[九]楊升庵《ようしょうあん》云、「六経ニモ亦警策アリ。[一〇]『詩』ノ「思無邪(思ひ邪《よこしま》無し)」、『礼』ノ「毋不敬([一一]敬せざる毋《な》かれ)」、コレナリ」。又云、「詩ニテハ、コレヲ佳句ト云フ。水ノ波瀾アリ、兵ノ先鋒アルガ如シ」。[一二]丹鉛録。今按ズルニ、[一三]鍾嶸《しょうこう》『詩品《しひん》』ニ曰、「陳思・霊運、陶公・恵連、五言之警策(陳思《ちんし》・霊運《れいうん》、陶公《とうこう》・恵連《けいれん》は、五言《ごごん》の警策)」。又、ソノ序《じょ》ニ曰、「終朝点綴、分夜呻吟。独観謂為警策、衆視終淪平鈍([一四]終朝点綴《しゅうちょうてんてい》し、分夜呻吟《ぶんやしんぎん》す。独観《どっかん》謂《おも》つて警策と為《な》し、衆視《しゅうし》終《つひ》に平鈍《へいどん》に淪《しづ》む)」。[一五]梁書本伝。[一六]『大唐新語《だいとうしんご》』ニ、「陸餘慶孫海、長於五言詩。甚為詩人所重。「題奉国寺」詩曰、「新秋夜何爽、露下風転凄。一声竹林裏、千灯花塔西」。「題龍門寺」詩曰、「窓灯林靄裏、聞磬水声中。更籌半有会、炉煙満夕風」。人推其警策([一七]陸餘慶《りくよけい》が[一八]孫海《まごかい》、五言詩《ごごんし》に長ず。甚だ詩人《しじん》のために重《おも》んぜらる。「[一九]奉国寺《ほうこくじ》

一三 →四一〇頁注一。序が三篇あるうちの第三篇。原文はすこし異なる。「陳思贈弟…霊運鄴中…陶公詠貧の製、恵連擣衣の作、斯れ皆五言の警策なる者なり」と各作者の作品をあげる。

一四 これも詩品・序。「一日じゅう手を加え、夜なかに苦吟する。自分ひとりで見て、警策と思っても、みんなが見ると、けっきょくはなみのするどさのないものに落とされてしまう」。

一五 梁書は、南朝梁の歴史、唐の姚思廉の著。五十六巻。鍾嶸伝は、その巻四十九、文学伝上。詩品の序をほとんどまるごと引く。

一六 唐代前半の有名人の逸話を世説新語にならって記録したもの。唐の劉粛の著、十三巻。引用は、巻八、文章第十七。

一七 初唐の官僚。陳子昂・宋之問らの友人。

一八 盛唐の詩人。賀知章に賞せられたという。

一九 洛陽にあった寺。もと、則天武后に寵愛された張易之の宅であった。

に題《だい》す」詩に曰はく、「新秋夜何《しんしゅうよなん》ぞ爽《そう》なる、露下《つゆくだ》つて風転《かぜうた》た凄《すさま》じ。一声竹林《いっせいちくりん》の裏《うち》、千灯花塔《せんとうかとう》の西」。「龍門寺《りゅうもんじ》[一]に題《だい》す」詩に曰はく、「窓灯林靄《そうとうりんあい》の裏《うち》、磬《けい》を聞く水声《すいせい》の中《うち》。[二]更籌半《こうちゅうなか》ば会《かい》有り、炉煙満夕《ろえんまんせき》の風《かぜ》」。人、其の警策を推す)」ノ類、スベテ詩語ノ逸《いっ》抜《ばっ》ヲ称スル詞《ことば》ナリ。マタ杜詩《とし》[三]ニ曰、「尚憐詩警策、猶《なほ》記酒顚狂(尚憐《なほあはれ》む詩の警策、猶《なほ》記《き》す酒の顚狂《てんきょう》)」。[四]戯題寄上漢中王詩。然レバ、警策ノ名ハ、独[五]リ文ノミニハ非ザルナリ。

明《めい》意《い》叙《じょ》事《じ》

文ノ大要《たいよう》、意ト事トノ二端《にたん》ニ過ギズ。意ヲ明《あきら》カニスルノ文ハ、或ハ直断《ちょくだん》、或ハ婉《えん》述《じゅつ》、或ハ詳《つまびらか》ニ証ヲ引キ、或ハ譬喩《ひゆ》ヲ設ケ、或ハ藻績《そうかい》[六]ヲ仮《か》ル、大要、ソノ意ヲ明《あきら》カニスルニ在リ。夫子ノ十翼[七]、コレナリ。事ヲ叙《じょ》スルノ文ハ、ソノ事ニ就《つい》テ、ソノ筆《ふで》ヲ運《めぐ》ラシ、千載《せんざい》ノ下《もと》、ソノ文ヲ読《よん》デ、事ノ豪末《ごうまつ》[八]コト〴〵ク著《あら》ハレシム。『尚書』[九]・『儀礼《ぎらい》』[一〇]・『左氏春秋伝』[一一]、コレナリ。[一二]雕菰楼集、与王欽莱論文書。コレハ、経言《けいげん》[一三]ニ就《つい》テ、文ノ大端《だいたん》ヲ挙《あぐ》ルナリ。

一　洛陽南郊の寺。石窟で有名。
二　夜の時間。
三　杜甫の詩。
四　「戯れに題して漢中王に寄せ上る詩」。杜詩詳註・十一。漢中王は、玄宗皇帝の兄の子、李瑀。
五　文だけでなく、詩にも警策という。
六　修飾。
七　易経の十翼、即ち彖伝上下、象伝上下、文言伝、繫辞伝上下、説卦伝、序卦伝、雑卦伝は、孔子の著作といわれる。
八　こまごましたところ。豪は、毫と同じく、毛の先。
九　書経。
一〇　礼の儀式の次第を書いた書。礼経といわれ、周公旦の定めたものとされる。
一一　→三八二頁注四。
一二　清の焦循(一七六三―一八二〇)の文集。二十四巻。「王欽莱に与へて文を論ずる書」は、巻十四。
一三　標準になる経書のことば。

周《しゅう》漢《かん》四《し》家《か》

六経《りつけい》ノ後《のち》、卓然《たくぜん》トシテ別《べつ》ニ文章ヲ以テ一家ヲ為スモノ、四家アリ。左氏《さし》[一四]・荘周《そうしゅう》[一五]・屈原《くつげん》[一六]・司馬遷《しばせん》[一七]、コレナリ。柳子厚《りゅうしこう》ガ「先読六経、次論語・孟軻書、皆経言。左氏・国語・荘周・屈原・太史公、甚峻潔（先づ六経を読み、次いで『論語《ろんご》』・孟軻《もうか》[一八]の書《しょ》、皆経言《けいげん》なり。『左氏《さし》』・『国語《こくご》』[一九]・荘周《そうしゅう》・屈原《くつげん》・太史公《たいしこう》[二〇]、甚《はなは》だ峻潔《しゅんけつ》）」ト云フハ、報袁君[二一]陳秀才避師名書。真《まこと》ニ知言《ちげん》トスベシ。実《じつ》ヲ摭《ひろ》ウテ文采《ぶんさい》アルモノハ『左氏』ナリ。虚《きょ》ニ憑《よ》リテ理致《りち》アルモノハ、『荘子』ナリ。屈原、始メテ風《ふう》[二二]・雅《が》・頌《しょう》ヲ変ジテ「離騒《りそう》」[二三]ヲ作リ、史遷[二四]、始メテ編年《へんねん》[二五]ヲ易《かへ》テ紀伝《きでん》[二六]ト為《な》ス。ミナ、前ニソノ比《ひ》アラズシテ、後来《こうらい》依《よ》リテ法則トスベシ。実《じつ》ニ豪傑特立《ごうけつとくりつ》ノ士ト云フベシ。書録解題[二七]。韓《かん》[二八]・柳《りゅう》以後、作者輩《はい》出《しゅつ》ストイヘドモ、文ノ義法ハ、大要、コノ四家ノ範囲ヲ出デズ。千載比倫《せんざいひりん》ナシト云フベキナリ。

一四 →三八二頁注四。
一五 荘子の著者。
一六 戦国時代、楚の文学者。楚辞の主要な作者。
一七 →三九九頁注七。
一八 孟子。孟軻は、孟子の本名。
一九 左丘明が著わしたという春秋時代の諸国の歴史。
二〇 司馬遷をさす。
二一 柳河東集・三十四。ただし、原文は、「屈原」の下に、「之辞稍采取之穀梁子」の九字があり、「…屈原の辞は、稍(やや)之れを采取(さいしゅ)し、穀梁子・太史公は甚だ峻潔」となる。穀梁子は、春秋穀梁伝の著者。袁君・陳秀才は未詳。
二二 詩経の三つの部分から、詩経をさす。
二三 屈原の作。楚辞の第一篇。
二四 司馬遷。
二五 年月日の順序によって書かれる歴史。春秋は、この形式。
二六 主として王朝の歴史である「本紀」と個人の伝記である「列伝」によって構成される歴史。中国の正史は、司馬遷の史記以後、この形式を用いることになった。
二七 直斎書録解題。宋の陳振孫の編した解題つきの書籍目録。二十二巻。「実ヲ摭ウテ」以下が、巻四・正史類・史記からの引用。
二八 韓愈と柳宗元。

唐《とう》宋《そう》八《はつ》家《か》　十家　三唐人

周《しゅう》・秦《しん》以後、文章、西漢《せいかん》[一]ニ至リテ、ソノ盛《さかん》ナルヲ極《きは》ムトイヘドモ、文ノ体製[二]ハ、唐宋八家[三]ニ至リテ、始メテソノ完《まつ》タキヲ備《そな》フ。漢人《かんひと》[四]ノ文ハ、但奏対《ただそうたい》[五]・封事《ほうじ》アリテ、ミナ君《きみ》ニ告グルノ体《たい》ノミナリ。書《しょ》[六]・序《じょ》等アリト雖《いへど》モ、多ク見ズ。昌黎《しょうれい》[七]ニ至リテ、始メテ工《たくみ》ニ贈《ぞう》[八]・送《そう》・碑《ひ》・誌《し》ノ文ヲ作リ、柳州《りゅうしゅう》[九]始メテ山水雑記《さんすいざつき》ノ体ヲ創《はじ》メ、盧陵欧陽《ろりょうおうよう》[一〇]氏《し》、始メテ精ヲ叙事《じょじ》ニ専《もっぱ》ラニシ、眉山蘇氏《びざんそし》[一一]、始メテ力ヲ策論《さくろん》[一二]ニ窮《き》ハム。経序《けいじょ》[一三]ノ体ハ、臨川王氏《りんせんおうし》[一四]ヲ優《ゆう》トナシ、学記《がっき》[一五]ノ体ハ、南豊曾氏《なんぽうそうし》[一六]ヲ称首《しょうしゅ》[一七]トス。故ニ文ノ義法ハ、左氏・荘周・屈原・司馬遷ヲ主トスベシト雖モ、文ノ体製ハ、八家ニ至リテ、始メテ全《まつ》タシ。故ニ学者《がくしゃ》、必《かならず》先《ま》ヅコヽニ従事シテ、後ニ成法ノ循《したが》フベキアリ。劉孟塗文集[一八]。八家ノ目《もく》ハ、『真西山読書記《しんせいざんどくしょき》』[一九]中ニ見エタレバ、宋ノ時、早クスデニコノ称アリ。但《ただ》明《みん》ノ初《はじめ》、朱右《しゅゆう》[二〇]、始メテ八家ノ文ヲ採録《さいろく》シテ、『八先生文集』[二一]ヲ作レルヲ以テ、『四庫《しこ》[二二]全書提要《ぜんしょていよう》』ニハ、「八家ノ目《もく》、コヽニ権輿《けんよ》[二三]ス」トイヘリ。ソノ後《のち》、唐荊川《とうけいせん》[二四]、亦唯《ただ》コノ八家ヲ取リテ、『文編《ぶんぺん》』[二五]ヲ著《あらは》シ、茅坤《ぼうこん》[二六]、最モ荊川ニ心折《しんせつ》[二七]ス。故ニマタ『八[二八]大家文

一 前漢。散文は、前漢がすぐれるとされる。
二 ジャンル。
三 古文の唐宋八大家。唐の韓愈・柳宗元、宋の欧陽修・蘇洵・蘇軾・蘇轍・王安石・曾鞏。
四 漢代の人。
五 皇帝の質問に対する答えと密封された上申の意見書。
六 書簡と書籍や文章の序。
七 →三八〇頁注二。
八 人に贈る文、送別の文、碑文、墓誌。
九 柳宗元を最終官柳州刺史で呼ぶ敬称。
一〇 欧陽修。盧陵はその出身地。今は江西省に属す。
一一 蘇洵・蘇軾・蘇轍。眉山はその出身地。今は四川省に属す。
一二 皇帝から出題された歴史評論。
一三 経書の序文。
一四 王安石。臨川はその出身地。今、江西省。
一五 学校について記念する文章。
一六 曾鞏。南豊はその出身地。今は江西省。
一七 第一に推す。
一八 清の劉開(一七六四―一八二四)の文集。十巻。引用は、巻四「阮芸台宮保に与へて文を論ずる書」。
一九 南宋の哲学者真徳秀(一一七八―一二三五)の著。四十巻。
二〇 明の文学者(?―一三七六)。
二一 今は伝わらない。
二二 清の乾隆帝の勅命で編集された大叢書四庫全書の解題目録。二百巻。引用は、巻一六九・別集類二十二・朱右「白雲稾」の条。
二三 はじまる。
二四 明の文学者唐順之(一五〇七―六〇)の号。

抄』ヲ選《せん》ス。二九明史文苑伝。三〇儲同人《ちよどうじん》ハ、八家ノ外ニ、三一李翺《りこう》・三二孫樵《そんしよう》ヲ加《くは》ヘテ、十家トス。三三東坡云《いは》ク、「学韓退之不至、為皇甫湜、学湜不至、為孫樵（韓退之《かんたいし》を学んで至《いた》らざれば、三四皇甫湜《こうほしよく》と為り、湜を学んで至らざれば、孫樵《そんしよう》と為《な》る）」。マタ三五朱新仲《しゆしんちゆう》ハ、「樵乃過湜（樵は乃ち湜に過ぐ）」ト云ヘリ。李翺・皇甫湜・孫樵ノ文ハ、三六汲古閣合刊《きゆうこかくがつかん》ノ『三唐《さんとう》人文集《ひとぶんしゆう》』アリ。韓氏ノ文ヲ学バントスルモノ、コノ三家ノ集、亦ミナ読マズンバアルベカラズ。

漁村文話終

二五 散文の模範文選。六十四巻。ただし、「唯コノ八家」というのは、いいすぎ。他の作家の文もはいっている。
二六 明の文学者（一五一二―一六〇一）。
二七 心から敬服する。
二八 唐宋八大家文鈔、百四十四巻。昌平坂学問所で一部分を覆刻している。
二九 明史は、清朝で作った明の歴史。茅坤の伝記は、その巻二八七・文苑伝三。
三〇 清の文学者儲欣（一六三一―一七〇六）の字。その選本を唐宋大家全集録といい、五十一巻。なお、清の乾隆帝の選んだ唐宋文醇も儲欣と同じ十家を収める。
三一 →三八二頁注一。
三二 →三八二頁注五。
三三 蘇軾文集・四十九「欧陽内翰に謝する書」。
三四 韓愈の弟子。韓愈の「神道碑」と「墓誌銘」を書く。
三五 宋の学者、朱翌（一〇九八―一一六七）の字。猗覚寮雑記二巻、灊山集三巻がある。「東坡云ク」より「朱新仲ハ…ト云ヘリ」まで、著者はことわっていないが、困学紀聞・十四・攷史を引用。
三六 汲古閣は、明末、毛晋（一五九九―一六五九）が経営した書店。多くの古典も出版し、書物の普及に力があった。三唐人文集は、孫樵の孫可之集十巻、皇甫湜の皇甫持正集六巻、李翺の李文公集十八巻を収める。

漁村文話続目録

一　→三八〇頁注二。
二　→三七六頁注一一。
三　「前漢・後漢をひっくるめて両漢といっているのは、大まかないいかたである」。以下、前漢と後漢とを、古文では区別すべきことをいう。
四　前漢の文学者（前一七九－一一八）。賦の名手。
五　→四一五頁注二〇。
六　前漢末の学者（前七九－八）。図書目録のはじめ別録を著わす。又、文学方面では、楚辞の編集などを行なう。
七　前漢末、王莽の新にかけての学者（前五三－後一八）。哲学的著作も多く、文学作品にもすぐれる。姓は「揚」とも書き、本書でも、楊・揚両方が使用されている。

漁村文話続

海保元備　著

漢以後文体源流《かんいごぶんたいげんりゅう》

[一]韓昌黎《かんしょうれい》、自《みづか》ラ文ヲ作ルノ意ヲ述《のべ》テ、「非二三代両漢之書一、不敢観(三代・両漢《りょうかん》の書に非ざれば、敢《あ》へて観《み》ず)」[二]答李翺書。ト云フ。[三]両漢併《あは》セ称スルモノハ、概言《がいげん》ナリ。ソノ実《じつ》ハ、古文、後漢《ごかん》ニ至《いた》テ衰《おとろ》フ。後漢人《ごかんびと》ノ文ハ、昌黎ガ取ラザル所ナリ。故ニソノ自ラ称スル言ニ曰、「文章自漢司馬相如・太史公・劉向・楊雄後、作者不世出(文章、漢《かん》の[四]司馬相如・[五]太史公・[六]劉向・[七]楊雄より後《のち》、作者《さくしゃ》、世《よよ》には出《い》でず)」。[八]唐書本伝。ソノ集中、[九]「送二孟東野一序」・[一〇]「答二劉正夫一書」・[一一]「答二崔立之一書」等、毎《つね》ニコノ数子《すうし》ノミヲ称述《しょうじゅつ》シテ、未《いま》ダ嘗《かつ》テソノ他《た》ニ及バズ。[一二]柳子厚《りゅうしこう》ガ韓氏ノ文ヲ称シテ、「退之所敬者、司馬遷・楊雄(退之《たいし》[一三]敬《けい》する所の者、司馬遷《しばせん》・楊雄《ようゆう》)」ト云フハ、コレナリ。[一四]答韋珩書。

八 新唐書・一七六・韓愈伝、伝末の概括の部分。
九 韓昌黎集・十九。司馬遷、司馬相如、楊雄を挙げる。孟東野は、当時の詩人孟郊(七五一―八一四)の字。
一〇 同・十八。司馬相如、司馬遷、劉向、楊雄を挙げる。
一一 同・十六。司馬遷、司馬相如、楊雄を挙げる。
一二 →三八〇頁注四。
一三 →三七五頁注三。
一四 柳河東集・三十四「韋珩、韓愈の相推すに文墨の事を以てするを示すに答ふる書」。

一 長安。そこに首都のあった前漢をいう。
二 だらだらしてなよなよしている。
三 前漢の政治評論家、文学者(前二〇一―一六九)。
四 前漢の政治家(前二〇〇―一二二)。
五 前漢の学者(前一七六―一〇四)、春秋繁露を著わす。
六 司馬相如。
七 柳河東集・二十一。柳宗直(七八三―八一五)は、柳宗元の従弟。
八 当時の文学者、柳宗元の永州流謫時代の友人。
九 →三八〇頁注五。
一〇 後漢の学者(三二―九二)。漢書を著わし、白虎通徳論を編集し、賦にもすぐれる。
一一 司馬遷。
一二 →四〇三頁注二〇。このことばは、巻三十三「呉門芹宮策問」に見える。
一三 新唐書をさす。引用は、巻一七六・韓愈伝の賛。
一四 班固の著わした前漢の歴史。百巻。武帝までは、司馬遷の史記と重なる。
一五 できあがった一定の規格に拘束されて。

又、柳子厚モ亦曰、「文之近古而尤壮麗、莫若漢之西京(文の古《いにしへ》に近うして尤《もっと》も壮麗《そうれい》なるは、漢の西京《せいけい》[一]に若《し》くは莫《な》し)」。又曰、「殷周之前、其文簡而野、魏晋以降、則盪而靡、得其中者漢氏。漢氏之東、則既衰矣(殷《いん》・周《しゅう》の前《まへ》、其の文簡《かん》にして野《や》、魏《ぎ》・晋《しん》以降《いこう》は、則《すなは》ち盪《とう》[二]にして靡《び》、其の中《ちゅう》を得《う》る者は漢氏《かんし》。漢氏の東《ひがし》するは、則ち既《すで》に衰《おとろ》へたり)」。ソノ下《しも》、特《ひと》リ賈誼《かぎ》[三]・公孫弘《こうそんこう》[四]・董仲舒《とうちゅうじょ》[五]・司馬遷《しばせん》・相如《しょうじょ》[六]ヲ計《かぞ》フルノミ。本集、[七]柳宗直西漢文類序。又、呉武陵《ごぶりょう》[八]ヲ称スル言ニモ、盛《さかん》ニソノ「才気壮健、可以興西漢之文章(才気《さいき》壮健《そうけん》、以て西漢《せいかん》の文章を興《おこ》すべし)」ト云フ。[九]与楊憑書。コレ、後漢人ノ文ハ、亦子厚ガ取ラザル所ナルヲ見ルベシ。班固《はんこ》[一〇]ガ如キ、史才《しさい》ヲ以テ遷《せん》[一一]ト併《なら》ビ称《しょう》セラル。ソノ文章、多ク愧《はぢ》ザルニ似タリ。然レドモ昌黎、猶《なほ》コレヲ比数《ひすう》セズ。江湖[一二]長翁集。『新史《しんし》[一三]』ニ、「至班固以下、不論也(班固《はんこ》以下に至つては、論ぜざるなり)」ト云フ。深ク昌黎ヲ知レリト謂フベシ。蓋《けだ》シ『漢書《かんじょ》[一四]』ノ文ハ、成格《せいかく》[一五]ニ束《つか》ネラレテ、変化ニ及バズ。『史記・淮陰侯伝《わいいんこうでん》[一六]』ノ末ニ、蒯通《かいつう》ガ事ヲ載《の》スルノ一段、読ムモノヲシテ感慨《かんがい》餘リアラシム。『淮南王伝[一七]』中ノ伍被《ごひ》ガ王ト答問《とうもん》ノ語、情態横出《じょうたいおうしゅつ》シテ、文亦工妙《こうみょう》ナリ。然ルニ、『漢書[一八]』ニ悉《ことごと》クコレヲ刪《けづ》ル。ソノ文、寥落《りょうらく》[一九]ニシテ、読ムニ堪《た》ヘズ。[二〇]日知録。ソノ作ル所ノ「燕然山銘《えんぜんさんめい》[二一]」ノ如キ、既ニ四六《しろく》[二二]ノ漸《ぜん》ヲ啓《ひら》ク。[二三]麗体金膏。ソ

一六 史記・九十二、韓信(?—前一九六)の伝記。蒯通は、当時の評論家。韓信を煽動した罪を漢の高祖に責められたが、反論して、高祖から罪を許された。

一七 同・一一八、高祖の子で淮南王に封ぜられた劉長一家の伝記。劉長の子、淮南王劉安がその謀臣伍被と謀反を計画して、たびたび情勢を討論する。

一八 漢書では、韓信伝は、巻三十四。蒯通が釈放されたことは、巻四十五・蒯通伝に移され、議論は簡単になっている。淮南王劉安伝は巻四十四。劉安と伍被との討論は、巻四十五・伍被伝に移され、簡略になっている。 一九 さびしいさま。

二〇 明末清初の学者、顧炎武(一六一三—八二)の論集。三十二巻。その巻二十六「漢書、史記には如(し)かず」。なお、末は原文「二淮伝(淮陰侯伝と淮南王伝)、寥落して読むに堪へず」であって、「ソノ文」は、この二つの伝をさしていることになる。

二一 竇憲(?—九二)が匈奴に勝利したのを記念して、班固に書かせ、燕然山に建てた碑銘。後漢書・二十三・竇憲伝、文選・五十六に収める。

二二 四六駢儷文になって行く傾向を開く。

二三 清の馬俊良の編した駢体文の選集。八巻。巻六・漢のはじめは、「燕然山銘」。

二四 秦の李斯(?—前二〇八)が外国人追放令を諫めた上書。史記・八十七・李斯伝に載せ、又、文選・三十八にも収める。

二五 →四一六頁注二二。引用は、巻一八九・四六法海の条。

二六 鄒陽は、前漢、梁の孝王劉武(?—前一四四)の客であった文学者。史記・八十三、漢

ノ文章、昌黎ガ意ニ満《み》タザルモ亦宜《むべ》ナリ。

文章、東漢《とうかん》ニ迨《およ》ンデ衰《おとろ》ヘタリト雖《いへど》モ、ソノ実《じつ》ハ、李斯《りし》ガ「諫ムル二逐客ヲ一書」[二四]ニ、始メテ華詞《かし》ヲ点綴《てんてい》シテ、古人ノ風《ふう》、稍《やう》ヤクコレヨリ失《うしな》フ。四庫提要。[二五]鄒陽《すうよう》[二六]ガ「獄中上ル二梁王一書」ハ、既ニ対偶《たいぐう》ヲ以テ作リ、語類百卅九。[二七]始メテ故事《こじ》ヲ畳《たた》メリ。コレ、駢体《べんたい》[二八]ノ漸《やうや》ク萌《きざ》セルト云フベシ。対命《たいめい》[二九]ノ作《さく》ハ、「封禅書《ほうぜんしょ》」[三〇]・「典引」[三一]、問対《もんたい》[三二]ノ文ハ、「答賓戯《とうひんぎ》」[三三]・「客難《きやくなん》」[三四]、駸駸《しんしん》[三五]トシテ偶句《ぐうく》[三六]漸ク多シ。四庫提要。[三七]然《しか》ハアレドモ、三国《さんごく》ニ至リテモ、猶《なほ》漢以来、老師《ろうし》宿儒《しゅくじゅ》ノ餘《よ》風略存《ふうほぼそん》シテ、ソノ文章、イマダ全ク衰ヘザリシヲ、曹植《そうしょく》[三八]、専《もっぱ》ラ儷偶《れいぐう》ノ文ヲ主《しゅ》トシテ、拙劣《せつれつ》ヲ極メタルヲ、当時ニテハ、第一ノ文人ト称セルヨリ、陵夷《りょうい》シテ西晋《せいしん》ニ至リ、陸機《りっき》[三九]ナド誤《あやま》リテ、コレヲ模擬《もぎ》セルヨリ、人人コレヲ浮慕《ふぼ》シテ、文気日日《ひび》ニ卑弱《ひじゃく》ニナリ行キ、遂ニ六朝《りくちよう》四《し》六《ろく》ノ世界トハナレルナリ。梁《りよう》ニ至リ、競《きそ》ウテ浮麗《ふれい》ヲ事トシテ、文体次第ニ華縟《かじよく》ニ趨《はし》リ、陳《ちん》ニ至リテ、ソノ弊極《へいきはま》レリ。然ルヲ後《ご》周《しゅう》ノ宇文泰《うぶんたい》[四〇]、丞相《じょうしょう》タリシ時ヨリ、干戈《かんか》擾攘《じょうじょう》[四一]ノ中《なか》ニ在リテ、独《ひとりよ》能ク儒術ヲ尊崇《そんすう》シテ、六朝ノ文ノ綺麗浮華《きれいふか》ナルヲ患《うれ》ヒ、ソノ弊《へい》ヲ改革セントテ、蘇綽《そしゃく》[四二]ニ命ジテ『周書《しゅうしょ》[四三]・大《だい》誥《こう》』ニ擬《ぎ》シテ詔《みことのり》ヲ作ラシメテ、群臣《ぐんしん》ニ示シ、今ヨリ以後《いご》、文章ミナコノ体ニ依《よ》ルベキ旨《むね》ヲ命ゼリ。ソノ他、詔勅《しょうちょく》ノ類《るい》、亦大抵温醇雅正《おんじゅんがせい》ニシテ、漢《かん》・魏《ぎ》ノ遺風《いふう》アリ。

書・五十一に伝記があり、「獄中、梁王に上（たてまつ）る書」を載せ、又、文選・三十九にも収める。　二七 →三八六頁注九。

二八 四六駢儷文。ほとんど対句で構成し、平仄にも注意する技巧的文。

二九「対命」は、四庫提要「符命」に作る。「対命」は、おそらく下の「問対」にまぎれたための誤刻。以下の「封禅書（文）」・「典引」は、文選・四十八に「符命」に分類される。王朝をほめたたえて、天命に答えて、天地を祀る「封禅」を行なうことを述べる文章。

三〇 ここは、司馬相如「封禅文」をさす。武帝に上書して、「封禅」を勧める文章。史記・一一七、漢書・五十七下・司馬相如伝、文選・四十八に載せる。

三一 班固が後漢王朝を賛美した文。後漢書・四十下・班固伝、文選・四十八に載せる。

三二 文選では「対問」に作る。人の問いに答えた形の弁明の文章。

三三 班固の作。漢書・一〇〇上・叙伝上、文選・四十五に載せる。文選では、「設論」に分類される。

三四 東方朔（前一五四–九三）の「答客難」。史記・一二六・滑稽列伝・褚少孫補、漢書・六十五・東方朔伝、文選四十五・設論に見える。

三五 どんどんと。進行する形容。

三六 対句。　三七 巻一八九・四六法海の条。

三八 →四一二頁注一。　三九 →四〇八頁注五。

四〇 西魏の宰相（五〇七–五五六）。のち、子の宇文覚が北周を建国してから、文帝と追尊される。　四一 戦争の混乱。

四二 西魏・北周の文学者（四九八–五四六）。

四三 書経・周書の第九。それに擬した蘇綽の「大誥」は、北周書・二十三・蘇綽伝に載せる。

サレバ、周ニ至リテ、六朝靡《び》麗《れい》ノ風《ふう》、始メテ一タビ振《ふる》フコトハ、宇文泰ト、及ビソノ時相与《あひとも》ニ輔《たす》ケテ天下ヲ起《おこ》シタル蘇綽ノ功ナリト知ルベシ。同上。[一] 又、陳末《ちんまつ》ニ、姚《よう》[二]察《さつ》父《ふ》子《し》、『梁書《りようじよ》』ヲ撰《せん》シテ、専ラ散文単行《さんぶんたんこう》ヲ用《もちひ》タリ。『韋《い》[三]叡伝《えいでん》』ノ合肥《がつぴ》等ノ処ノ功《こう》ヲ叙《じよ》シタル、『昌義之伝《しようぎしでん》』[四]ノ鍾離《しようり》ノ戦《たたかひ》ノコトヲ叙セル、『康絢伝《こうけんでん》』[五]ノ淮堰《わいえん》ノ築作《ちくさく》ヲ叙スルガ如キ、皆勁気鋭筆《けいきえいひつ》、曲折明暢《きよくせつめいちよう》ニシテ、六朝蕪冗《ぶじよう》ノ習《ならひ》ヲ一洗《いつせん》セリ。ソノ他ノ伝モ亦、皆散文ニテ書キテ、遥《はる》カニ「駢四儷六《べんしれいろく》」[六]ノ上《うへ》ニ傑出《けつしゆつ》スルヲ観《み》レバ、陳末・唐《とう》初《しよ》ニ在《あつ》テ、姚察父子、スデニ古文ヲ以テ振《ふる》ヒシヲ知ルベシ。廿二史劄記。[七] 又、隋《ずい》ノ李《り》[八]諤《がく》モ、亦六朝文ノ佻巧《ちようこう》ニ失《しつ》セルヲ論ゼシ一篇アリ。周武《しゆうぶ》[九]ノ後《のち》ニ在リ。コレ等《ら》ミナ、唐《とう》古文ノ先鞭《せんべん》ナリ。

唐《とう》古《こ》文《ぶん》源《げん》流《りゆう》

唐ノ初《はじめ》ニ当リテ、文章凡《およ》ソ三変《さんぺん》ス。ソノ初メ、仍《なほ》イマダ陳《ちん》・隋《ずい》以来、駢儷繊艶《べんれいせんえん》ノ陋習《ろうしゆう》ヲ脱《だつ》セザリシヲ、陳子昂《ちんすごう》[一〇]出《いで》テ、始メテ風雅ヲ以テ浮侈《ふし》ヲ革《あらた》メ、李翰集、[一一]梁粛序。湛[一二]園札記。自《みづか》[一三]ラ古《いにしへ》ノ作者ヲ追フト称ス。故ニ韓退之ガ「薦《ム》[一四]レ士《ヲ》」詩ニ、「国朝盛文章、

一「後周ノ宇文泰」より「知ルベシ」までは、同上(四庫提要)・一八九「後周文紀」の条により、著者の意見を加えたもの。
二 隋の姚察(?—六〇六)とその子、唐の姚思廉(?—六三七)。姚察は、陳代に、梁史編集に参加したが、隋に入ってから完成せずになくなり、子の姚思廉があとを受けて梁書五十六巻を完成した。なお、陳書も二人の手に成る。
三 梁書・十二。
四 同・十八。
五 同上。
六 柳宗元「乞巧文」(柳河東集・十八)の句。ここから「四六駢儷文」の名が起こる。つまり、駢文。
七 趙翼(→四二四頁注三)の歴史評論書。三十六巻。「陳末ニ」以下が巻九「古文、姚察より始まる」の内容。
八 文学者にして政治家。隋書・六十六に伝記があり、文章の空疎を改めるように意見を述べた上書がある。
九 周の武帝の意味であろうが、恐らく「周文」即ち、宇文泰の書きあやまり。武帝は、宇文泰の子、北周第三代の宇文邕である。
一〇 初唐の文学者(六五九?—七〇〇)。拾遺の官になったので、陳拾遺と呼ばれる。詩と散文の両方で、唐代復古運動のはじめをなしたとされる。
一一 梁粛(七五三—七九三)は、中唐初めの文学者、古文の先駆者の一人。李翰は、安史の乱のころの文学者。この文は、「唐左補闕李翰前集序」として、唐文粋・九十二に収める。なお、「唐ノ初…三変ス」、「陳子昂…革メ」が、この文章中に見える。

子昂始高蹈(国朝文章盛《さか》んにして、子昂《すごう》始めて高蹈《こうとう》す)」ト云ヒ、[一五]書録解題。「[一六]送ル二孟東野ヲ一序」ニモ、首《しゅ》トシテ子昂ヲ称シ、柳子厚モ、文ニ[一七]辞令褒貶《じれいほうへん》、導揚諷諭《どうようふうゆ》ノ二道アルヲ論ジテ、「唐興以来、称是選而不作者、梓潼陳拾遺。子昂(唐興《とうおこ》つて以来、是の選《せん》に称《かな》(ママ)ふて作《は》ぢざる者は、梓潼《しどう》の陳拾遺《ちんしゅうい》。子昂)」ト称ス。[一八]楊評事文集後序。陳振孫《ちんしんそん》ガ、「子昂首起八代之衰(子昂《すごう》、首として八代の衰《すい》を起《おこ》す)」ト云ヒ、[一九]書録解題。『[二〇]唐書』ニ、「唐興、文章承徐庾餘風、天下祖尚。子昂始変雅正(唐興《とうおこ》つて、文章、徐《じょ》[二一]・庾《ゆ》の餘風《よふう》を承《う》け、天下祖尚《そしょう》す。子昂、始めて雅正《がせい》に変ず)」本伝。ト云フハ、コレナリ。コレ、唐初文体ノ一変ナリ。コレニ継《つ》デ、[二二]張説《ちょうえつ》マタ宏茂《こうも》ヲ以テ波瀾《はらん》ヲ広ム。[二三]李翰集、梁粛序。コレ、再変ナリ。[二四]天宝以還《てんぽういかん》、[二五]元結《げんけつ》、尤《もっと》モ毅然《きぜん》トシテ排偶綺麗《はいぐうきれい》ノ習《ならひ》ヲ変ズ。[二六]晁公武謂《ちょうこうぶいは》ク、「ソノ文、古鐘磬《こしょうけい》ノ如ク、俗耳《ぞくじ》ニ諧《かな》ハズ」。[二七]郡斎読書志。[二八]高似孫《こうじそん》モ亦謂《いは》ク、「ソノ文章、奇古ニシテ蹈襲セズ」。[二九]子略。蓋シ[三〇]開元《かいげん》・天宝ノ盛《さかん》ナルヲ経《ふ》ルトイヘドモ、文格《ぶんかく》猶旧規《きゅうき》ヲ襲《おそ》フヲ免《まぬが》レザリシヲ、元結及ビ[三一]独孤及《どっこきゅう》二人、始メテ奮起《ふんき》シテ、コレヲ[三二]澌除《せんじょ》シ、[三三]蕭穎士《しょうえいし》・[三四]李華《りか》、マタコレヲ左右《さゆう》シテ、ソノ道マス〱熾《さかん》ナリ。[三五]四庫提要。コレ、三変ナリ。[三六]武徳《ぶとく》・[三七]貞観《じょうがん》ヨリ以来《いらい》、スベテ三変ヲ更《へ》テ、文章始メテ古《いにしへ》ニ近《ちかづ》ク。[三八]江湖長翁集。コレ、韓氏古文ノ胚胎《はいたい》スル処ナリ。『[三九]唐実録《とうじつろく》』ニ、「韓愈、独孤及

一二 →四〇四頁注七。引用は巻二。
一三 この語、出所未詳。
一四 韓昌黎集・二一。孟郊を推薦した詩。
一五 →四一五頁注二七。巻十六・別集類上・陳拾遺集の条。
一六 →四一九頁注九。唐については、第一に陳子昂の名を挙げる。
一七 →三八二頁注八。
一八 →三八二頁注一二。
一九 注一五と同じ。
二〇 新唐書・一〇七・陳子昂伝。
二一 徐陵(五〇七―五八三)・庾信(→四〇七頁注一四)。南北朝末の駢文作家。
二二 唐の政治家にして文学者(六六七―七三〇)。
二三 →注一一。
二四 唐、玄宗皇帝の年号(七四二―七五六)。
二五 唐、安史の乱前後の文学者(七二三―七七二)、復古文運動の先駆者の一人。
二六 南宋の書誌学者。
二七 晁公武が主として井憲孟の蔵書によって作った解題目録。四巻、附志一巻、後志二巻(袁州本)。引用は、巻四上・別集類上・元子の条。ただし、袁州本とテキストに異同がある。
二八 南宋の書誌学者。史略・子略の著書が存する。
二九 高似孫の編した諸子の解題目録。四巻、目録一巻。引用は、巻四・元子。
三〇 唐、玄宗皇帝の年号(七一三―七四一)。
三一 唐の散文作家(七二五―七七)。文集毘陵集二十巻が存する。古文運動の先駆者の一人。
三二 洗い去る。
三三 唐、安史の乱前後の文学者(七一七―七六八)。復古を主張。

ノ文ヲ学ブ」ト云フ。必ズ据《よ》リ処《どころ》アリテ云フナルベシ。読書志。[一]四庫提要。[二]サレド、趙《ちょう》[三]翼《よく》、『旧書《きゅうしょ》[四]・韓愈《かんゆ》伝《でん》』ヲ引《ひい》テ曰《いはく》、「大歴貞元間、文士多尚古学、効揚雄・董仲舒之述作。独孤及・梁粛、最称淵奥。愈従其徒游。鋭意鑽仰、欲自振於一代。洎挙進士、投於公卿間。故相鄭餘慶、為之延誉。由是知名。是愈之先、早有以古文名家者。今独孤及文集、尚行於世。已変駢体為散文。其勝処有先秦西漢之遺風。但未自開生面耳(大歴《だいれき》[五]・貞元《ていげん》[六]の間《かん》、文士多く古学を尚《たふと》び、揚雄《ようゆう》・董仲舒《とうちゅうじょ》の述作に効《なら》ふ。独孤及《どっこきゅう》・梁粛《りょうしゅく》、最《もっと》も淵奥《えんおう》と称《しょう》す。愈《ゆ》、其の徒に従つて游《あそ》ぶ。鋭意《えいい》鑽仰《さんぎょう》、自《みずか》ら一代に振《ふる》はんと欲す。進士《しんじ》に挙《あ》げらるるに泊《およ》んで、公卿間《こうけいかん》に投《とう》ず。故《もと》の相《しょう》鄭《てい》[七]餘《よ》慶《けい》、之れが為《ため》に延《えん》誉《よ》す。是れに由つて名を知らる。是《こ》れ愈《ゆ》の先《さき》、早く古文を以て家に名づくる者有り。今《いま》、独孤及《どっこきゅう》文集、尚世《なほよ》に行なはる。已《すで》に駢体《べんたい》を変じて散文と為《な》す。其の勝処《しょうしょ》、先《せん》秦《しん》・西漢《せいかん》の遺風《いふう》有り。但《た》だ未《いま》だ自《みずか》ら生面《せいめん》[八]を開かざるのみ)」。廿二史箚記。[九]然レバ、独孤及・梁粛、早ク既《すで》ニ古学《こがく》ヲ尚《たふと》ビタルヲ、昌黎、ソノ徒ニ従《したがつ》テ学ビタルナルベシ。『新唐書』ニ、「唐ノ古文、韓愈、初メテコレヲ倡《とな》フ」ト称シ、文藝伝。[一〇]蘇東坡、「潮[一一]州碑」ニ、「独韓文公起布衣、談笑而麾之(独《ひと》り韓文公、布衣《ふい》より起つて、談笑して之れを麾《さしまね》く)」ト云ヘルガ如キ、昌黎ヲ以テ首称《しゅしょう》トスルモノハ、彫《ちょう》[一二]ヲ斲《けづ》リテ樸《ぼく》

二四 唐の散文作家(七一五―七七四)。古文運動の先駆者の一人。「古戦場を弔ふ文」は特に有名。

二五 →四一六頁注二二。巻一五〇・毘陵集の条。

二六 唐の初代、高祖皇帝の年号(六一八―六二六)。

二七 唐第二代、太宗皇帝の年号(六二七―六四九)。「武徳・貞観ヨリ以来」は、唐の初からの意。

二八 →四〇三頁注二〇。巻三十三「呉門芹宮策問」に見える。

二九 唐の朝廷編集の記録。今は失なわれ、郡斎読書志引用による。

一 郡斎読書志・四上・別集類上・独孤及「毘陵集」の条。

二 巻一五〇・毘陵集の条。「必ズ据リ処アリテ云フナルベシ」は、四庫提要のコメント。

三 清の学者(一七二七―一八一四)。史学・文学ともに大きな業績がある。

四 旧唐書・一六〇。引用は、「大歴・貞元の間」から「之れが為に延誉す」まで。「是れ愈の先」以下は、趙翼のコメント。

五 大暦と同じ。唐、代宗皇帝の年号(七六六―七七九)。清人は、乾隆帝弘暦の諱を避けて、暦を歴と書く。

六 唐、徳宗皇帝の年号(七八五―八〇五)。

七 唐代中期の政治家(七四八―八二〇)。

八 新しい境地を開かないだけである。

九 →四二二頁注七。引用は、巻二十「唐の古文、韓・柳に始まらず」。

一〇 新唐書・二〇一・文藝伝上。文章はやや異なる。

一一 →三八六頁注五。

一二 装飾を取り去って質樸にする。

一三 南宋の学者、黄震の読書録。九十七巻。

トスルノ功《こう》ハ、実《じつ》ニ元結・独孤及ノ数子《すうし》ニ依《よ》ルトイヘドモ、多カラザルヲ知ルベシ。[一三]黄氏日抄。昌黎、文法ヲ以テ[一四]皇甫持正《こうほじせい》ニ授ケシヨリ、持正、コレヲ[一五]来無択《らいむたく》ニ授ケ、無択コレヲ[一六]孫可之《そんかし》ニ授ク。孫可之集、[一七]与友人論文書。故ニ可之、毎《つね》ニ自《みづか》ラ詫《ほこ》リテ、「[一八]吏部《りぶ》ノ真訣《しんけつ》ヲ得タリ」ト云フ。可之、卒《しゅつ》シテ、ソノ法、中絶《ちゅうぜつ》ス。後《のち》二百年ヲ歴《へ》テ、宋ノ古文、始メテ起《おこ》レリ。

宋《そう》古《こ》文《ぶん》源《げん》流《りゅう》

唐ノ末《すゑ》、[一九]懿《い》・僖《き》ヨリ以来《いらい》、寝《やうや》ク五代ヲ歴《へ》テ、文格マタ日日《ひび》ニ薄弱《はくじゃく》ニナリ行キ、宋ノ初《はじめ》ニ至リテモ、猶《なほ》ソノ餘習《よしゅう》ニ沿《そう》テ、文章スベテ儷偶《れいぐう》ヲ尚《たふ》トビシヲ、[二〇]柳仲塗《りゅうちゅうと》開《かい》起《たつ》テ、始メテ古道《こどう》ヲ発明《はつめい》シ、大《おほい》ニ世風《せふう》ヲ矯《た》ム。ソノ初《はじめ》、[二一]天台《てんだい》ノ老儒趙生《ろうじゅちょうせい》ト云《いふ》モノ、『韓文』数十篇ヲ得テ、イマダソノ旨《むね》ニ達セズ。携《たづさ》ヘ行キテ、仲塗《ちゅうと》ニ示ス。仲塗、コレヲ読ンデ、歎息シテ「唐ニ斯《かく》ノ如キノ文アリケル哉《かな》」トテ、遂《つひ》ニ文ヲ作ルノ趣《おもむき》ヲ知リ、ソレヨリ[二二]属辞《しょくじ》[二三]一意《いちい》ニ『韓文』ヲ法トシテ、因《よつ》テ名ヲ[二四]肩愈《けんゆ》ト改ム。又字《あざな》ヲ[二五]紹元《しょうげん》ト改ムルハ、柳宗元ニ意アルヲ示スト云フ。[二六]東都事略、柳開伝。[二七]容斎続筆引、張景柳

「日抄」は「日鈔」とも書く。
一四 皇甫湜の字。→四一七頁注三四。
一五 中唐の文学者、来択の字。
一六 孫樵の字。→三八二頁注五。
一七 →三八二頁注六。「友人に与へて文を論ずる書」は巻二。
一八 孫可之集・二「王霖秀才に与ふる書」に、「樵嘗つて文を為(つく)る真訣を来無択に得」とある。

一九 懿宗(八五九―八七三在位)・僖宗(八七三―八八八在位)二代の皇帝。唐は、僖宗のあと、二代二十年で滅亡する。
二〇 北宋の文学者(九四七―一〇〇〇)。仲塗は字、開が名。
二一 容斎続筆は、「天水」に作る。天台は、今、浙江省。天水は、今、甘粛省。
二二 文章を綴る。
二三 もっぱら
二四 韓愈と肩をならべる意。
二五 柳宗元を紹(つ)ぐ意。容斎続筆は、「紹先」に作る。先祖柳宗元を紹ぐ意となる。
二六 北宋の紀伝体の歴史。王偁の著。百三十巻。柳開伝は、その巻三十八。
二七 →三八一頁注一二。巻九「国初古文」の条。張景(九七〇―一〇一八)は、北宋の文学者。

開行状。[一]能改斎漫録。既ニシテ、又名ヲ開《かい》、字ヲ仲塗《ちゅうと》ト改ムルハ、「自以為能開聖道之塗也(自《みづか》ら以為《おもへ》らく能く聖道《せいどう》の塗《みち》を開くなりと)」。[二]読書志。但《ただ》ソノ文章、艱渋《かんじゅう》ニ失《しっ》ス。[三]四庫提要。故ニ、ソノ初メテ古文ヲ以テ麾《さしまね》クニ当《あたっ》テ、[四]髦俊《ぼうしゅん》ノ士、相率《あひひきゐ》テコレニ従《したがっ》テ遊ブモノアリト雖《いへど》モ、要スルニ僅《わづ》カニ[五]髣髴《ぼうふつ》ヲ希《こひねが》フノミ。イマダ一一《いちいち》古ニ及《およぶ》ニ暇《いとま》アラズ。ソノ間《かん》、甚《はなはだ》シキモノハ、専ラ藻飾《そうしょく》ヲ事《こと》トシテ、大雅《たいが》ヲ破砕《はさい》シ、反《かへっ》テ古道《こどう》ヲ以テ用ニ適《てき》セズト云《いひ》テ、学バザルニ至ル。[六]范文正公集、尹師魯河南集序。故ニ開ガ学、ソノ身《み》ニ止《とどま》ルノミ。[七]四庫提要。開ガ後《のち》ニ在《あっ》テ、古文ヲ倡《となふ》ルモノヲ[八]穆伯長《ぼくはくちょう》脩トス。当時ノ学者、声律《せいりつ》ニ従事シテ、イマダ古文ヲ為《つく》ルコトヲ知ラザリケルヲ、伯長、首《しゅ》トシテ古文ヲ以テ倡《とな》ウテ後進《こうしん》ヲ誘《ゆう》ス。[九]東都事略。[一〇]雲麓漫抄。[一一]書影。ソノ文章、師承《ししょう》スル処ヲ考《かんがふ》ルコトナシ。[一二]四庫提要。ソノ自《みづか》ラ「柳子厚集ノ後叙」ヲ作リテ、「予少嗜観韓柳二家之文(予《よ》、少《わか》うして韓・柳二家の文を観るを嗜《この》む)」[一三]容斎続筆引。ノ言ニ据《よ》レバ、或ハソノ独得《どくとく》スル所ニ出《いづ》ルナルベシ。又[一四]姚鉉《ようげん》アリ、柳開・穆脩《ぼくしゅう》ト相応《あひおう》ジテ、毅然《きぜん》トシテ五代ノ弊《へい》ヲ矯《ため》ントス。因《よっ》テ『唐文粋《とうもんずい》』一百巻ヲ編輯《へんしゅう》ス。ソノ意、力《つと》メテ末流ヲ挽回《ばんかい》スルニ在リ。[一五]四庫提要。又[一六]尹師魯《いんしろ》、少《わか》キヨリ高識《こうしき》アリ。時輩《じはい》ヲ逐《お》ハズ。ソノ兄[一七]源《げん》コレヲ二尹ト云。倶《とも》ニ伯長ニ従《したがっ》テ古文ヲ学《まなん》デ、大《おほい》ニソノ道ヲ振起《しんき》シ、[一八]名臣言行録引、邵伯温、[一九]易学辨惑。

一 南宋の呉曾の随筆。十八巻。引用は、巻十・議論「古文、柳開より始まる」。
二 郡斎読書志・四中・別集類下・柳仲塗集の条。
三 →四一六頁注二二。巻一五二・柳開「河東集」の条。
四 才能に俊れる。
五 ぼんやり似ている。
六 范仲淹の范文正公集・六。尹師魯は、下文参照。
七 →四一六頁注二二。巻一五二・穆参軍集の条。
八 北宋の古文作家(九七九―一〇三二)。伯長は字、脩が名。
九 →四二五頁注二六。巻一一三・儒学伝・穆脩伝。
一〇 南宋の趙彦衛の随筆。十五巻。引用は巻八。
一一 清の周亮工(一六一二―七二)の随筆。十巻。引用は巻一。
一二 注七と同じ。
一三 →三八一頁注一一。巻九「国初古文」の条。
一四 北宋の文学者(九六八―一〇二〇)。
一五 →四一六頁注二二。巻一八六・総集類・唐文粋の条。
一六 北宋の文学者、尹洙(一〇〇一―四六)の字。
一七 尹源(九九六―一〇四五)も、北宋の文学者。
一八 →四一一頁注二九。巻九之六「起居舎人尹公」の条。原本は、聞見録と注す。即ち邵伯温の雑記、河南邵氏聞見録。
一九 邵伯温の著。一巻。

[二〇]東都事略。[二一]宋史、尹洙伝。卓然《たくぜん》トシテ五季浮靡《ごきふび》ノ習《ならひ》ヲ挽回ス。[二二]四庫提要。故ニ欧陽公《おうようこう》曰、「若作古文、自師魯始(若《も》し古文を作るは、師魯《しろ》より始まる)」。[二三]困学紀聞。[二四]邵博温《しょうはくおん》モ「有宋古文、修為巨擘、而洙実開其先(有宋《ゆうそう》の古文、[二五]修《しゅう》を巨擘《きょはく》と為《な》して、[二六]洙《しゅ》、実《じつ》に其の先《せん》を開く)」ト云ヘリ。[二七]聞見録。コノ時、又[二八]蘇子美《そしび》アリテ、実ニコレヲ左右ス。[二九]四庫提要。子美、天聖《てんせい》ノ間《かん》、世挙《よあげ》テ時文《じぶん》ヲ以テ誇尚《こしょう》スルノ時ニ当《あたつ》テ、独《ひとり》ソノ兄[三〇]才翁《さいおう》及ビ穆伯長ト倶ニ古文ヲ作為《さくい》ス。頗《すこぶ》ル時人《じじん》ノ為《ため》ニ[三一]非笑《ひしょう》セラルトイヘドモ顧《か》ヘリミズ。欧公撰、[三二]蘇氏文集序。欧公《おうこう》ハ[三三]歯《し》、子美ヨリ長《ちょう》ズトイヘドモ、古文ヲ学ブハ反《かへつ》テ子美ノ後《のち》ニ在リ。同上。初メ欧公、少《わか》キ時、ソノ家[三四]漢東《かんとう》ニ在リ。ソノ地ノ豪家《ごうか》李《り》氏《し》ノ子尭輔《ぎょうほ》ト云《いふ》モノ、頗《すこぶ》ル学ヲ好《この》ム。公、因《よつ》テソノ家ニ游《あそ》ビテ、韓昌黎ノ文集六巻ヲ残棄《ざんき》ノ餘《よ》ニ観《み》ルコトヲ得テ、乞帰《こひかへ》リテコレヲ読《よん》デ歎《たん》ジテ曰、「学者当至于是而止耳。苟得禄矣、当尽力於斯文、以償其素志(学者、当《まさ》に是《こ》に至つて止《とど》まるべきのみ。苟《いやし》くも禄《ろく》を得《え》ば、当《まさ》に力《ちから》を[三五]斯文《しぶん》に尽《つ》くして、以て其の素志《そし》を償《つぐな》ふべし)」。コノ時、天下イマダ韓文ヲ言フモノアラズ。公亦方《しき》リニ辞賦《じふ》ヲ事《こと》トス。[三六]河南《かなん》ニ宦《かん》スルニ及ンデ、始メテ尹洙《いんしゅ》ニ従《したがつ》テ游《あそ》ンデ、相与《あひとも》ニ古文ヲ為《つく》リ、当世ノコトヲ議論シテ、迭《たがひ》ニ相師《あひし》友《ゆう》トス。因《よつ》テ蔵《ぞう》スル所ノ『昌黎集』残本《ざんぼん》ヲ補綴《ほてい》シテ、苦志《くし》[三七]探賾《たんさく》シテ、寝食《しんしょく》ヲ忘ルヽニ至

二〇 注九と同じ。
二一 元の脱脱等撰。四百九十六巻。その巻二九五。
二二 →四一六頁注二二。巻一五二・別集類五・尹洙「河南集」の条。
二三 →三八〇頁注七。引用は、巻十五・攷史。
二四 邵博温は、邵伯温(一〇五七―一一三四)の誤り。北宋の哲学者、邵雍(一〇一一―七七)の子。自身の見聞を河南邵氏聞見録二十巻に記録した。なお、その子、邵博(?―一一五八)も河南邵氏聞見後録三十巻を書いている。
二五 欧陽修。
二六 尹洙。
二七 邵氏聞見録にこの語、見つからず。未詳。
二八 蘇舜欽(一〇〇八―四八)の字。北宋の文学者。
二九 →四一六頁注二二。巻一五二・別集類五・蘇学士集の条。
三〇 蘇舜元(一〇〇六―五四)の字。
三一 そしり笑う。
三二 欧陽文忠公集・四十一。
三三 年齢。
三四 漢水の東。欧陽修は、幼時、随州(今の湖北省随県)にいた。
三五 文学。論語・子罕(文庫一一七頁)の語にもとづく。
三六 欧陽修は、天聖八年(一〇三〇)、進士に及第すると、北宋の西京河南府(今、河南省洛陽市)勤務となった。
三七 奥深いところを探る。易・繋辞上伝の語。

ル。[一]宋史、欧陽脩伝。欧公撰、[二]書旧本韓文後。[三]容斎続筆。[四]示児編。[五]聞見録。[六]黄氏日鈔。遂ニ文章ヲ以テ当世《とうせい》ニ独歩《どつぽ》ス。ソノ詞語《しご》ノ豊潤《ほうじゆん》、意緒《いしよ》ノ婉曲《えんきよく》、俯仰揖遜《ふぎようゆうそん》、歩驟馳騁《ほしゆうちてい》、ミナ韓子《かんし》ノ体ヲ得タリ。[七]示児編。コレヨリ以来、韓氏ノ文、始メテ世ニ行《おこな》ハレテ、家家蔵《かかぞう》シ、人人誦《じんじんしよう》スルニ至《いた》ル。然レドモ、真《まこと》ニコレヲ好《この》ムモノニ至リテハ、野人《やじん》ノ壁《かべ》ニ議シ、随和《ずいわ》シテ好《こう》ト称スルニ過ギズ。筆ヲ執《とつ》テ文ヲ作ルニ至《いたつ》テハ、往往《おうおう》ソノ体ニアラズ。能公《よくこう》ノ文ヲ知ルモノハ、当世《とうせい》マタ幾人《いくにん》モナキナリ。[八]黄氏日鈔。コレヲ要スルニ、宋ノ文体《ぶんたい》ハ、穆脩ノ徒コレヲ唱《うた》ヒ、欧陽修《おうようしゆう》・尹師魯コレヲ和《わ》シテ、格力《かくりよく》始メテ回《めぐ》リ、天下、韓・柳アルコトヲ知リ、[九]王安石《おうあんせき》・眉山《びざん》父子・曾鞏《そうきよう》、コレヲ羽翼《うよく》シテ、古文ノ一《いち》脈《みやく》ヲ伝ヘシヨリ、元《げん》ニ在《あつ》テハ、[一〇]郝敬《かくけい》・[一一]虞集《ぐしゆう》・[一二]掲傒斯《けつけいし》・[一三]戴表元《たいひようげん》・[一四]陳旅《ちんりよ》・[一五]呉師道《ごしどう》・[一六]黄《こう》溍《しん》・[一七]呉萊《ごらい》、明《みん》ニ在《あつ》テハ、[一八]方孝孺《ほうこうじゆ》・[一九]王守仁《おうしゆじん》・[二〇]王慎中《おうしんちゆう》・[二一]唐順之《とうじゆんし》・[二二]帰有光《きゆうこう》等、古文ノ正派《せいは》、ミナコレヨリ出《い》ヅト知ルベシ。

韓《かん》柳《りゅう》文《ぶん》区《く》別《べつ》

文章、韓・柳ニ至リテ、ソノ盛《さかん》ナルヲ極《きは》ムト云フベシ。故ニ穆伯長ノ言ニ、「学

一　→四二七頁注二一。
二　欧陽文忠公集・七十三。
三　→三八一頁注一二。巻九「国初古文」。
四　南宋の孫奕の随筆。履斎示児編という。二十三巻。引用は、巻七「文意を祖述す」。
五　→四二七頁注二四。引用は巻十五。
六　→四二五頁注一三。巻六十一・欧陽文。
七　注四に同じ。
八　注六に同じ。
九　→四一一頁注三〇。
一〇　郝敬は、郝経の誤であろう。元の学者(一二二三―七五)。なお、郝敬は、明人。三七六頁注一四参照。
一一　文学者(一二七二―一三四八)。道園の号で知られる。
一二　文学者(一二七四―一三四四)。
一三　文学者(一二四四―一三一〇)。
一四　文学者(一二八八―一三四三)。
一五　学者(一二八三―一三四四)。
一六　文学者(一二七七―一三五七)。
一七　文学者(一二九七―一三四〇)。
一八　明の学者(一三五七―一四〇二)。建文帝の傅として、永楽帝のクーデタのとき、罵って虐殺された。正学先生と敬称される。
一九　→三九六頁注一一。
二〇　古文家(一五〇九―五九)。遵巌の号で知られる。
二一　→四一六頁注二四。
二二　古文家(一五〇六―七一)。震川先生と称せられ、清代の桐城派古文に大きな影響を与えた。

者苟《いやし》クモ古ニ志《こころざ》シ、[二三]立言《りつげん》ノ域《いき》ヲ践《ふま》ンコトヲ求メントシテ、二先生ヲ捨《すて》テ由《よ》ラザルトキハ、予《よ》ガ敢《あへ》テ知ラザル処ナリ」ト云ヘリ。[二四]旧本柳文後序。[二五]沈晦《しんかい》ハ、「古文ヲ学ブニハ、必ズ韓柳ヨリ始ム」ト云ヘリ。[二六]四明新本柳文後序。サレドモ、韓・柳並《なら》ベ云フモノハ、亦概言《がいげん》ナリ。ソノ実ハ、二家《にか》ノ文、ソノ力ヲ得《う》ル処、各各《おのおの》同ジカラズ。退之自《みづか》ラ言フ、「約六経之旨而成文(六経《りつけい》の旨《むね》を約《やく》して文を成す)」。[二七]上宰相書。ソノ文ノ奥衍宏深《おうえんこうしん》ナルコト、[二八]孟軻《もうか》・[二九]楊雄《ようゆう》ト相表裏《あひひようり》ス。子厚ハ雄深雅健《ゆうしんがけん》、[三〇]司馬子長《しばしちよう》ニ似タリ。[三一]崔《さい》駰・[三二]蔡邕ハ多トスルニ足ラズ。[三三]唐書本伝。[三四]柳子厚墓誌銘。昌黎ノ文ハ、経中《けいちゆう》ヨリ来《きた》リ、柳州ノ文ハ、史中《しちゆう》ヨリ来ル。[三五]聞見後録。柳州ハ間《まま》、前人《ぜんじん》ノ陳言《ちんげん》ヲ取《とつ》テ、コレヲ用フ。昌黎ノ文ノ卓然《たくぜん》トシテ一《いつ》ニ己《おのれ》ヨリ出《いだ》スニ及バズ。[三六]宋景文筆記。柳文ハ却《かへつ》テ学ビ易《やす》シ。韓文ノ規模《きぼ》濶大《かつだい》ニシテ学ビ難キニ似ズ。[三七]語類百卅九。柳文ハソノ意ヲ説破セズ。読ム人ノ会《かい》スルコト能ハザランコトヲ欲ス。コレヲ以テ奇《き》ヲ見《あら》ハサントスレドモ、実《じつ》ハ柳文ノ病《やまひ》ナリ。同上。韓文ハ一《いつ》ニ経《けい》ニ本《もと》ヅキ、又孟子ヲ学ブ。[三八]古文関鍵。[三九]金石例。柳子厚ガ文ハ、[四〇]『国語《こくご》』ニ出《いで》、[四一]古文関鍵。[四二]文章精義。マタ西漢《せいかん》ノ諸伝《しよでん》ヲ学ブ。『国語』ノ文ハ、段落《だんらく》全《まつた》シ。子厚ノ文ハ、段落砕《さい》ナリ。[四三]去レドモ句法却《かへつ》テ相似《あひに》タリ。文章精義。子厚ガ楚詞《そし》ヲ作ルハ、卓詭《たくき》譎怪《けつかい》ニシテ、韓退之モ及ブコト能ハズ。退之ガ古文、深閎雄毅《しんこうゆうき》ナル

二三 →三八二頁注一一。
二四 柳河東集・附録にも、河南穆公集・二にも収める。
二五 北宋末の人。
二六 柳河東集・附録。
二七 韓昌黎集・十六。
二八 →四一五頁注一八。
二九 →四一九頁注七。
三〇 司馬遷の字。→三九九頁注七。
三一 →四〇七頁注二三。
三二 →四〇六頁注七。
三三 新唐書・一六八・柳宗元伝。
三四 韓昌黎集・三十二「柳子厚墓誌銘」にこのこと見えず、劉禹錫「唐柳先生文集序」(柳河東集・巻首、劉夢得文集・二十三)に見える。
三五 →四二七頁注二四。引用は巻十四。
三六 →三八八頁注三。引用は巻上。
三七 →三八六頁注九。
三八 →四〇二頁注三。巻上「韓文を看る法」。
三九 元の潘昂霄の著わした墓誌銘など金石文の書きかたを述べた本。十巻。引用は巻九。
四〇 →四一五頁注一九。
四一 →四〇二頁注三。巻上「柳文を看る法」。
四二 →三七三頁注一三。
四三 けれども。「然レドモ」の当て字。

ハ、子厚マタ及ブコト能ハズ。寓簡。[一] 韓文ノ事ヲ論ジ理ヲ説ク、一一明白透徹《いちいちめいはくとうてつ》ニシテ、指《さ》シ択《えら》ブベキナシ。柳文ハ然ラズ。事ノ経旨《けいし》ニ及ブモノハ、動《やや》モスレバ是非《ぜひ》[二]、聖人ニ謬《もと》ル。碑碣等《ひけつとう》ノ作ノ如キモ、亦老筆《ろうひつ》[三]ト排語《はいご》ト相半《あひなかば》セリ。唯《ただ》、人物ヲ記シテ、ソノ嘲罵《ちょうば》ヲ寄《よ》セ、山水《さんすい》ヲ摸写《もしゃ》シテ、ソノ抑鬱《よくうつ》ヲ舒《のぶ》ルニ至リテハ、峻潔精奇《しゅんけつせいき》ニシテ、明珠夜光《めいしゅやこう》ノ如ク、人ノ眼目《がんもく》ヲ奪《うば》フ。コレハ、子厚ガ放浪《ほうろう》ノ久シクシテ、自《みづか》ラソノ胸臆《きょうおく》ヲ写《うつ》セルモノナリ。且《かつ》ミナ晩年ノ作トス。昌黎ガ所謂《いはゆる》「大肆其力於文章[四]（大いに其の力を文章に肆《ほしいまま》にす）」、コレナリ。故ニ柳文ニ於《おい》テハ、択ブコトナキコト能ハズトハ云フナリ。黄氏日抄。[五] 是《こ》レヲ以テ朱子《しゅし》云《いは》ク、「欧陽公、文ヲ論ジテ、只韓《かん》[六]・李《り》ト説《とい》テ、曾《かつ》テ韓・柳ト説《と》カズ」ト。語類百卅七。[七] 黄東発《こうとうはつ》[八]モ亦、盛《さかん》ニ韓・柳並べ称スベカラズト云フ。日抄。[九] 蓋《けだ》シ、韓ハ六朝《りくちょう》ノ学有リテ、一掃《いっそう》シテコレヲ空《むなし》ウシ、ソノ液《えき》ヲ融《とか》シテ、ソノ滓《かす》ヲ遺《のこ》ス。コレ、ソノ千餘年ニ夐絶《けいぜつ》[一〇]スル所以《ゆゑん》ナリ。柳ハソノ学有レドモ、イマダ一掃シテコレヲ空ウスルコト能ハズ。コレ、韓ニ及バザル所以ナリ。サレドモ、二家ノ必ズ相輔《あひたす》ケテ行《おこな》ハルヽモノハ、倶《とも》ニ先《ま》ヅ東京《とうけい》・六朝《りくちょう》ニ従事《じゅうじ》スルニ在リ。方望渓《ほうぼうけい》[一一]、独《ひとり》韓ヲ宗法《そうほう》シテ、柳ヲ喜バズ。コレハ方氏ノ学、東京・六朝ニ渉《わた》ルコト浅キガ故ナリ。[一二]国朝詩人徴略引、惕甫未定稿。コレ、公平ノ論ト云フベシ。焦里堂《しょうりどう》[一三]循

一　↓三八七頁注二〇。引用は、巻四。
二　是非の判定が、聖人とくい違う。
三　ありふれたことばと対句。
四　韓愈にそのままのことばはない。その「柳子厚墓誌銘」（韓昌黎集・三十二）の「其の文学辞章、…自ら力めて以て必ず後に伝ふること今の如きを致す」をいうか。なお、黄氏日抄には「昌黎」の二字は無い。
五　↓四二五頁注一三。引用は巻六十・柳文。
六　韓愈と李翺。
七　↓三七五頁注四。巻一三七は、戦国漢唐諸子。
八　黄震の字。
九　注五と同じ。
一〇　はるかにとび抜けている。
一一　方苞（一六六八―一七四九）。清の文章家、古文の桐城派の指導者。
一二　清の張維屏の編した清朝の詩人の伝記集。六十巻、二編六十四巻。引用は、巻四十九・王芑孫の条。惕甫未定稿は、王芑孫の文集。二十六巻。
一三　里堂は、焦循の字。↓四一四頁注一一。

極《きは》メテ柳文ヲ愛シテ、唐宋以来ノ一人ト云フ。[一四]擘経室二集、通儒楊州焦君伝。恐ラクハ通《つう》論《ろん》ニアラズ。

唐《とう》宋《そう》古《こ》文《ぶん》区《く》別《べつ》

唐・宋諸公ノ文、倶《とも》ニミナ経《けい》・子《し》・史《し》三《みつ》ノ者ニ根拠《こんきよ》セザルハナク、欧[一五]・蘇諸公ノ文、孰《いづ》レモ韓文ヲ祖《そ》トセザルハ無《な》シトイヘドモ、ソノ造詣《ぞうけい》スル処ニ至リテハ、亦各各《おのおの》同ジカラズ。王芑《おうき》孫云《そんいふ》[一六]、「欧[一七]・曾諸公ノ文、古《いにしへ》ナラザルニ非ズ。コレヲ韓・柳ニ視《く》ラブレバ、ソノ気質《きしつ》ノ厚薄《こうはく》、材境《さいきよう》ノ広狭《こうきよう》、自《おのづか》ラ区別《くべつ》アリ。ソノ故ハ、韓・柳ハ皆先ヅ東京・六朝ニ従事シテ、後《のち》ニ発《はつ》シテ文トナセバナリ。サレバ、柳氏ノ文ノ如キ、コレヲ韓ニ比《ひ》スレバ、亦自《おのづか》ラ間《かん》アリトイヘドモ、試《こころみ》ニ欧・曾諸公ヲシテ筆ヲ執《と》リテ、柳氏ノ文ヲ作ラシメバ、必ズソノ能ハザルヲ謝《しや》スベキナリ」。[一八]惕甫未定稿。劉孟《りゆうもう》[一九]塗《と》モ亦云《いは》ク、「韓退之ノ文、「起八代之衰[二〇](八代の衰を起す)」ト称スレドモ、ソノ実ハ、八代ノ精《せい》ヲ取リテ、ソノ粗《そ》ヲ汰《たい》シ、ソノ腐《ふ》ヲ化《か》シテ、ソノ奇ヲ出《いだ》ス。八代ヲ掃《はらひ》テコレヲ去ルニ非ズ。宋諸公ニ至リテ、八代ノ美ヲ併《あは》セテコレヲ一空《いつくう》ス。故ニソノ

一四 →三七六頁注七。この文は巻四。焦循の伝記。

一五 欧陽修・蘇軾。

一六 清の文学者(一七五五—一八一七)。

一七 欧陽修・曾鞏。

一八 注一二と同じ。

一九 →四一六頁注一八。

二〇 蘇軾「潮州韓文公廟碑」(→三八六頁注五)の語。

文章、沈浸醲郁《ちんしんのういく》[一]ノ致《ち》、瑰奇壮偉《かいきそうい》[二]ノ観《かん》ニ乏《とぼ》シ」。孟塗文集[三]。コレ、唐・宋古文ノ区別ナリ。韓・柳ハ多ク貴重《きちよう》ノ字ヲ用《もちひ》、欧・蘇ハ唯軽虚《ただけいきよ》ノ字ヲ用《もちふ》ト云フモ、鶴林玉露[四]。亦コノ処ヨリ分界《ぶんかい》ヲナスト知ルベシ。要スルニ、韓・柳ノ文ハ、奇傑《きけつ》ヲ以テソノ長《ちよう》ヲ見《あら》ハス。宋諸公ノ文ハ、明白暢達《めいはくちようたつ》[五]ヲ主《しゆ》トス。中《なか》ニ就《つい》テ論ズルニ、韓文ハ千変万化《せんぺんばんか》、変ズルニ心ナシ。欧文ハ変ズルニ心アリ。韓文ハ高ク、欧文ハ学ブベシ。語類百卅九[六]。欧文ハ和気《わき》多クシテ、英気《えいき》少ナシ。蘇文ハ英気多クシテ、和気少ナシ。聞見後録[七]。欧文ハ盎温《おうおん》[八]ニシテ自然暢達《しぜんちようたつ》、ソノ事情ヲ摸写《もしや》スル、人ヲシテ宛然《えんぜん》[九]トシテ見ルガ如クナラシム。蘇文ハ長江大河《ちようこうたいが》ノ如ク、一瀉千里《いつしやせんり》ナリ。ソノ治道《ちどう》ヲ開陳《かいちん》スル、人ヲシテ惻然《そくぜん》トシテ心ヲ動カサシム。黄氏日抄[一〇]。コレ諸公造詣《ぞうけい》ノ概略《がいりやく》ナリ。マタ東坡、人ニ教《をしへ》テ『檀弓《だんぐう》』[一一]ヲ読マシム。山谷《さんこく》[一二]、謹《つつしん》デソノ言ヲ守リテ、後学《こうがく》ニ伝フト云フ。ソノ故ハ、スベテ事ヲ記《き》スルニ当リテ、動《やや》モスレバソノ意晦《いく》ラク、ソノ趣ワカリカネ、ソノ辞《じ》ノ言ヒ足ラヌヲ苦シム。多クハ文句《もんく》ノミ蔓衍《まんえん》シテ、ハッキリト言ヒ取リ[一三]ノ成ラヌコトアリ。『檀弓』ハ或ハ数句ニテ一事ヲ書キ、或ハ僅《わづ》カニ二句、三句ニテ一事ヲ書キ取ルアリ。文句ハ簡[一四]ニシテ、ソノ味深長《あぢしんちよう》ナリ。事ハ相渉《あひわた》ラズシテ、意脈《いみやく》ハ貫穿《かんせん》ス。経緯錯綜《けいいさくそう》、自然《しぜん》ニシテ文ヲ成スヲ以テナリ。清波雑志[一五]。王応麟《おうおうりん》ガ「東坡、文法ヲ『檀

一　たっぷりと濃厚な趣き。
二　珍らしく偉大な姿。
三　→四一六頁注一八。引用は、巻四・阮芸台宮保に与へて文を論ずる書」。
四　→四〇四頁注一三。引用は巻十五。
五　はっきりとよく分かる。
六　→三八六頁注九。
七　→四二七頁注二四。引用は巻十四。
八　おだやか。
九　そのままに。
一〇　→四二五頁注一三。引用は、巻六十一・欧陽文。
一一　→四〇四頁注七。
一二　黄庭堅の号。→三七八頁注五。
一三　いいたいことを表現する。
一四　底本「簡ニニシテ」、「ニ」の一字衍字として削る。
一五　→三七七頁注二七。このこと、清波雑志に見えず。

弓』ニ得タリ」ト云フハ、コレナリ。困学紀聞[一六]。或ハ「蘇文、『戦国策《せんごくさく》』・『史記《しき》』ニ出《いづ》」ト云ヒ、古文関鍵[一七]。金石例[一八]。文章精義[一九]。或ハ「荘子《そうじ》ヲ学ブ」ト云フ。文章精義。亦ミナ相須《あひまつ》テ並《なら》ビ証《しょう》シテ、公ノ力ヲ得《う》ル処ヲ知ルベキナリ。

韓《かん》文《ぶん》来《らい》歴《れき》

韓文ノ尤《もっと》モ及ブベカラズトスル処ハ、字字《じじ》根底《こんてい》スル所アリテ、苟《いやしく》モセザルニ在リ。故ニ黄山谷《こうざんこく》曰《いはく》[二〇]、「杜詩韓文、無一字没来歴（杜詩・韓文、一字の来歴没《な》きは無し）」。晁公武《ちょうこうぶ》[二一]モ亦云《いふ》、「愈之置辞、字字悉有拠依（愈《ゆ》の辞を置く、字字《じじ》悉《ことごと》く拠依《きょい》有り）」。試《こころみ》ニソノ一二《いちに》ヲ言ハンニ、「後廿九日復タ上ル二宰相ニ一書[二二]」ニ、「周公以聖人之才、憑叔父之親（周公《しゅうこう》[二三]、聖人の才を以て、叔父《しゅくふ》の親《しん》に憑《よ》る）」ハ、『漢書《かんじょ》・杜欽伝《ときんでん》』[二四]ニ、「昔者周公有至聖之徳、属有叔父之親（昔者《むかし》、周公、至聖《しせい》の徳有り、属《たまたま》、叔父の親有り）」ニ本《もとづ》ク。「才」ノ字ハ、『金縢』[二五]ノ周公自《みづか》ラ「予仁若考、能多材多藝（予《よ》、仁《じん》にして考《ちち》に若《したが》ひ、能く多材多藝《たさいたげい》）」ト称シ、『論語』[二六]ニ、夫子《ふうし》ノ「周公之才之美（周公の才の美）」ト称スルニ本《もとづ》ク。「徳」ノ字ハ、群聖人《ぐんせいじん》ヲ泛称《はんしょう》スベシ。周公ヲ称スルニハ、

一六 →三八〇頁注七。引用は、巻十七・評文。
一七 →四〇二頁注三。巻上「蘇文を看る法」。
一八 →四二九頁注三九。引用は巻九。
一九 →三七三頁注一三。

二〇 →三七八頁注五。引用は、豫章黄先生文集・十九「洪駒父に答ふる書」に、「老杜作詩、退之作文、一字として来処無きは無し」とあるのから出るが、のちは、この引用の形で知られる。
二一 →四二三頁注二六。引用は、郡斎読書志・四上・別集類上・韓愈集の条。
二二 韓昌黎集・十六。
二三 周公旦。周の成王の叔父であった。
二四 漢書・六十。杜欽が王鳳（元帝の皇后の弟、王莽の伯父）を戒めたことば。
二五 →四〇六頁注一。
二六 論語・泰伯（文庫一一〇頁）。

「才」ノ字、欠《か》クベカラザルヲ知リテ、コノ一字ヲ下《くだ》セシナリ。又、「豈特吐哺握髪之勤而止哉（豈特《あにただ》に吐哺《とほ》握髪《あくはつ》の勤《きん》にして止《とど》まらんや）」[一]ノ「勤」字、マタ『金縢』ノ「昔公勤労王家（昔《むかし》、公、王家《おうか》に勤労《きんろう》す）」[二]ト云フニ据《よ》リテ、周公ヲ称スルニハ、「勤」字欠クベカラザルヲ知《しつ》テ、コレヲ用《もちひ》シナリ。又「送ル二許郢州ヲ一序」[三]ニ、「下有矜乎能、上有矜乎位、雖恒相求、而喜不相遇（下《しも》に能《のう》に矜《ほこ》る有り、上《かみ》に位《くらゐ》に矜《ほこ》る有り、恒《つね》に相求《あひもと》むと雖《いへど》も、而《しか》れども喜《この》んで相遇《あひ》はず）」。コノ「喜」字、先儒ソノ解ヲ難《かた》ンズ。沈徳潜《しんとくせん》[四]ハ「喜字或訛（喜の字、或《ある》いは訛《あやま》り）」ト云フ。八家文読本。[五]陳少章《ちんしょうしょう》[六]ハ、「喜一作苦、為是。謝畳山文章軌範中、無此一字。覚句法尤健（「喜」、一《いつ》に「苦」に作るを、是《ぜ》と為《な》す。謝畳山《しゃじょうざん》『文章軌範《ぶんしょうきはん》』[七]中《ちゅう》、此の一字無し。句法尤《もっと》も健なるを覚《おぼ》ゆ）」ト云フ。韓集点勘。[八]今考《かんがふ》ルニ、コレハ『詩』[九]ニ「女子善懐（女子、善《よ》く懐《おも》ふ）」ト云ヒ、載馳。『左伝』ニ「慶氏之馬善驚（慶氏《けいし》[一〇]の馬、善《よ》く驚《おどろ》く）」ト云ヒ、襄廿八年。『荀子《じゅんし》』[一一]ニ「愚而善畏（愚《ぐ》にして善《よ》く畏《おそ》る）」ト云ヒ、解蔽。『漢書』[一二]ニ「岸善崩（岸、善《よ》く崩《くづ》る）」溝洫志。ナド云フ「善」字ヨリ変化シ来《きた》ルナリ。『荀子』楊倞《ようりよう》[一三]注ニ、「善猶喜也（善は、猶《なほ》喜のごときなり）」、『漢書』顔師古《がんしこ》[一四]注ニ、「善崩、言憙崩也（善く崩るは、言ふこころは憙《この》んで崩るるなり）」ト云フニ据《よ》レバ、善喜二字同義《どうぎ》

一「後廿九日復上宰相書」の中の句。ただし、原本「之」は「為」に作る。著者の筆誤であろうか。
二 金縢に見える武王の語。
三 韓昌黎集・十九。許郢州は、許仲輿、郢州刺史。
四 清の文学者（一六七三―一七六九）。
五 唐宋八家文読本。沈徳潜の編。三十巻。
六 陳景雲（一六七〇―一七四七）の字。清の文学者。
七 →三九〇頁注一二。なお、本書末の「文章軌範原本」を参照。「送許郢州序」は、巻五に載せる。
八 陳景雲が著わした韓愈の文集の校勘記。四巻。
九 詩経。「載馳」は国風・鄘風の詩。鄭玄の箋に、「善は、猶多のごときなり」。
一〇 斉の大夫。
一一 →四一〇頁注一〇。解蔽篇第二十一は、巻十五。
一二 溝洫志は、巻二十九。
一三 注一一解蔽篇の注。
一四 注一二溝洫志の注。
一五 ひたすら。めったに。
一六 なかなか。あれこれあって。「兎角」は、当て字。
一七 韓昌黎集・十四。
一八 →四一七頁注三〇。
一九 書経・益稷の句。ただし、この二句、連続していない。
二〇 晋国の膳宰（料理長）の名。
二一 原文は、最初の「汝」も「女」に作る。通用の字。二句ずつ、別別の話に出て来て、連続しない。
二二 巻一七六・韓愈伝の末。原文、「蹈襲」は、

ニテ、シバ〱、[一五]ヒタモノナド云フ義ナリ。故ニ韓公、コノ一字ヲ下《くだ》シテ、聖君賢臣、際会《さいかい》ノ難《かた》キヲ見《あら》ハス。「喜不相遇(喜《この》んで相遇はず)」トハ、「[一六]兎角《とかく》ニマハリ遇《あ》ハヌ」ト云フホドノ義ナリ。「[一七]争臣論《そうしんろん》」ノ「耳司聞而目司見(耳は聞くを司《つかさど》って目は見るを司《つかさど》る)」ト云フノ文ハ、[一八]儲同人《ちよどうじん》ハ、『尚書』ノ「[一九]汝聴、汝明(汝聴《なんちき》け、汝明《なんちあか》せよ)」ノ句ヨリ悟入《ごにゆう》ス」ト云フ。今考《かんがふ》ルニ、コレ亦『左伝』ノ[二〇]屠蒯《とかい》ガ言ニ、「[二一]汝為君耳、将司聡也。女為君目、将司明也(汝《なんぢ》、君の耳と為り、将《まさ》に聡《そう》を司《つかさど》らんとす。女《なんぢ》、君の目と為《な》り、将《まさ》に明《めい》を司《つかさど》らんとす)」昭九年。ニ本《もと》づクナリ。『新唐書』ニ、公ノ文ヲ称シテ、「造端置辞、要為不蹈襲前人(端《たん》を造《つく》り辞《じ》を置《お》く、要《よう》は前人《ぜんじん》を蹈襲《とうしゆう》せずと為《な》す)」ト云ヒ、本伝。[二二]公亦自《みづか》ラ称シテ、「惟陳言之務去(惟《こ》れ[二三]陳言《ちんげん》を之《こ》れ務《つと》めて去《さ》る)」ト云ヒ、[二四]答李翊書。マタ、「惟古於詞必己出。降而不能乃剽賊(惟《こ》れ古《いにしへ》、詞《し》に於いて必ず己《おの》れより出《い》だす。降《くだ》りて能《あた》はず乃《すなは》ち[二五]剽賊《ひようぞく》す)」[二六]樊紹述墓誌銘。ナド云フニ据《よ》リテ、公ノ文章、ミナ己《おのれ》ヨリ生造《せいぞう》シ出《いだ》スト思ヘルハ誤《あやまり》ナリ。只《ただ》ソノ字句ノ経《けい》・伝《でん》・子《し》・史《し》ニ根拠《こんきよ》シ来《きた》ルモノ、一一精錬《いちいちせいれん》シ出《いだ》シ、字字融化《じじゆうか》シテ、渾然天成《こんぜんてんせい》、一《いつ》モ斧鑿《ふさく》ノ痕《あと》ナシ。コレ、ソノ及ブベカラズトスル所ナリ。

「襲蹈」に作る。大意に変わりはない。
二三 陳腐な語。
二四 →三七六頁注一一。
二五 人のものを奪い取る。盗用する。
二六 韓昌黎集・三十四「南陽樊紹述墓誌銘」。引用は、銘の部分。樊紹述は、樊宗師(?―八二四?)の字。韓愈の友人の文学者。

一 韓昌黎集・十二。韓愈が大学の教員として、学生からの批判に弁解する文章。
二 →四二一頁注三四。 三 南宋の葉夢得(一〇七七―一一四八)の随筆。二巻。巻上に載せる。
四 揚雄(→四一九頁注七)が批判を弁解した文。漢書・八十七下・揚雄伝下、文選・四十五に載せる。
五 宋の張表臣の詩話。三巻。引用は巻一。
六 →三八一頁注一二。ただし、容斎続筆・十五「逐貧賦」の条には、「韓公「進学解」は、東方朔「客難」に擬す」とある。
七 →三八六頁注九。
八 韓文五百家注は、韓昌黎集の多くの人の注を南宋の魏仲挙が集めたもの。樊汝霖は、南宋の注釈者の一人。
九 崔駰は、→四〇七頁注二三。「達旨」は、後漢書・五十二に載せる。 一〇 →四二〇頁注一〇。「答賓戯」は、→四二一頁注三三。
一一 張衡は、後漢の学者(七八―一三九)。文学者であるとともに科学者でもあった。「応間」は、底本「応問」に作る。誤刻であろう。張衡の作品名によって改める。弁明の文章で、後漢書・五十九・張衡伝に載せる。
一二 →三八一頁注一一。容斎随筆・七「七発」。
一三 韓昌黎集・三十六。貧乏神を送別する文。
一四 楊子雲は、楊雄の字。→四一九頁注七。

古文有レ本（古文、本《もと》有り）

古人ノ文、多クハ本《もとづ》ク所アリ。唯《ただ》ソノ歩驟馳騁《ほしゆうちてい》ノ妙《みよう》、卓然《たくぜん》トシテ別《べつ》ニ一家ヲ為スヲ以テ名手《めいしゆ》トスルナリ。サレバ、昌黎ガ「[一]進学解」ハ、東方朔《とうほうさく》ガ「[二]答客難」、[三]避暑録話。揚子雲《ようしうん》ガ「[四]解嘲《かいとう》」ニ本《もとづ》キ、[五]珊瑚鉤詩話。[六]容斎随筆。[七]語類百卅九。[八]韓文五百家注引、樊汝霖。コレヨリ前《まへ》、[九]崔駰《さいいん》ガ「達旨《たつし》」、[一〇]班固《はんこ》ガ「賓戯《ひんぎ》」、[一一]張衡《ちようこう》ガ「応間《おうかん》」等《とう》ノ屋下《おくか》ニ屋《おく》ヲ架《か》スルノ陋《ろう》ヲ一洗《いつせん》ス。[一二]容斎随筆。「[一三]送窮文」モ、亦[一四]楊子雲ガ「逐貧賦《ちくひんふ》」ニ本《もとづ》ク。[一五]芥隠筆記。[一六]避暑録話。[一七]容斎随筆。[一八]丹鉛録。「[一九]諱辨《いみなべん》」ハ、呉《ご》ノ[二〇]張昭《ちようしよう》ガ「論旧名諱《ろんきゆうめいき》」ニ本《もとづ》クト云ヒ、[二一]古文関鍵。[二二]丹鉛録。又、[二三]北斉顔之《ほくせいがんし》推《すい》ガ「桓公名白、博有五皓之称。厲王名長、琴有修短之目。不聞改布帛為布皓、改腎腸為腎修也([二四]桓公《かんこう》、名《な》、白《はく》、博《はく》に五皓《ごこう》の称《しよう》有り。厲王《れいおう》、名、長《ちよう》、琴《こと》に修短《しゆうたん》の目《もく》有り。布帛《ふはく》を改めて布皓《ふこう》と為《な》し、腎腸《じんちよう》を改めて腎修《じんしゆう》と為《な》すを聞かざるなり)」ヲ祖トスト云フ。[二五]尭峰文鈔、題欧陽公集。[二六]随園随筆。「[二七]毛穎伝《もうえいでん》」ハ、南朝ノ[二八]俳諧文《はいかいぶん》ニ本《もとづ》ク。[二九]袁淑《えんしゆく》ガ「[三〇]驢九錫《ろきゆうしやく》」、[三一]藝文類聚九十四。[三二]初学記廿九。「[三三]雞九錫《けいきゆうしやく》」[三四]藝文類聚九十一。ノ類《るい》ニシテ、小《すこ》シクコレヲ変ズルノミ。[三五]避暑録話。[三六]困学紀聞。[三七]丹鉛録。「仏骨表」ハ

「逐貧賦」は、藝文類聚・三十五などに載せる。やはり貧乏神を追っぱらう賦。
一五 南宋の龔頤正の随筆。一巻。「古人の文皆依倣有り」の条。 一六 注三と同じ。
一七 注六の「逐貧賦」の条。 一八 →四一三頁注一一。雑録・七「余知古」の条。
一九 韓昌黎集・十二。李賀が、父の名が「晋粛」だから、「進士(晋と進と同音)」科受験に推薦されるべきでないという意見に対する反論。
二〇 三国、呉の政治家(一五六―二三六)。「旧の名の諱むを論ず」は、あるいは、「旧」の下に「君」の字を脱するか、「名」が「君」の誤りかであろう。以前の君主の名を諱むべきかどうかの議論で、三国志・五十二・張昭伝の裴松之注に引かれる。
二一 四〇二頁注三。巻上「諱辨」の注。
二二 注一八と同じ。 二三 南北朝、北斉の文学者。顔氏家訓二十篇を著わす。
二四 顔氏家訓・風操の語。「博」の字、底本「傅」に作る。今、顔氏家訓の原文によって改める。「(斉の)桓公は名が(小)白であったので、バクチで(五白といわず)五皓という呼び名があり、(漢の淮南)厲王は名が長であったので、琴に(長短といわず)修短の名目があるが、布帛(白と同音)を布皓といい、腎腸(長と同音)を腎修ということは聞かない」。君主の諱を避けて、いいかたを変える例をあげたもの。
二五 清の汪琬(一六二四―九〇)の文集。四十巻。「欧陽公集に題す」は、巻三十九。
二六 清の袁枚(一七一六―九七)の随筆。二十八巻。引用は、巻二十五「古文摸倣」。
二七 →三八四頁注六。

全《まった》ク傅奕《ふえき》[三八]ガ「上ル二高祖一疏[三九]」ノ「五帝三王、未有仏法。君明臣忠、年祚長久。至漢明帝、始立胡祠。然惟西域桑門、自伝其教。西晋以上、不許中国髠髪事胡。至石苻乱華、乃弛厥禁。主庸臣佞、政虐祚短、事仏致然。梁武斉襄、尤足為戒(五帝三王《ごていさんのう》、未《いま》だ仏法《ぶつぽう》有らず。君明《きみあき》らかに臣忠《しんちゆう》、年祚《ねんそ》長久《ちようきゆう》。漢《かん》の明帝《めいてい》に至つて、始めて胡祠《こし》[四〇]を立つ。然れども惟《た》だ西域《せいいき》の桑門《そうもん》[四一]、自《みづか》ら其の教《をし》へを伝ふるのみ。西晋《せいしん》以上、中国《ちゆうごく》、髪《かみ》[四二]を髠《こん》し胡《えびす》に事《つか》ふるを許さず。石《せき》[四三]・苻《ふ》、華《か》を乱《みだ》すに至り、乃《すなは》ち厥《そ》の禁《きん》を弛《ゆる》ぶ。主庸《しゆよう》に臣佞《しんねい》、政虐《せいぎやく》にして祚《そ》短《みじか》く、仏《ぶつ》に事《つか》へて然《しか》るを致《いた》す。梁武《りようぶ》[四四]・斉襄《せいじよう》[四五]、尤《もつと》も戒《いまし》めと為《な》すに足《た》る)」本伝。ヨリ脱胎《だつたい》ス。五百家注引、邵太史[四六]。陔餘叢考[四七]。瞥記[四八]。養新録[四九]。又、姚崇《ようすう》[五〇]ガ「遺誡《いかい》[五一]」ニ曰、「今之仏経、羅什所訳、姚興与之対翻。而興命不延、国亦随滅。梁武帝身為寺奴、斉胡太后以六宮入道、皆亡国殄家。近孝和皇帝、発使贖生、太平公主・武三思等、度人造寺、身嬰夷戮、為天下笑。五帝之時、父不喪子、兄不哭弟、致仁寿、無凶短也。下逮三王、国祚延久、其臣則彭祖老聃、皆得長齢。此時無仏。豈抄経鋳像力耶(今の仏経《ぶつきよう》、羅什訳《らじゆうやく》[五二]する所、姚興《ようこう》[五三]、之れと対翻《たいほん》[五四]す。而《しか》うして興《こう》[五五]が命《いのち》延《の》びず、国も亦随《またしたが》つて滅《ほろ》ぶ。梁《りよう》の武帝《ぶてい》、身《み》、寺奴《じど》と為《な》り、斉《せい》の胡太后《こたいごう》[五六]、六宮《りつきゆう》を以て入道《にゆうどう》す、皆国を亡《ほろぼ》し家《いへ》を殄《た》つ。近《ちか》ごろ孝和《こうわ》[五七]皇帝《こうてい》、使《つかひ》を発《はつ》し生《せい》を贖《つぐな》ふ、太平公主《たいへいこうしゆ》[五八]・武三思《ぶさんし》[五九]

二八 滑稽な文章。「俳諧」は「誹諧」とも書く(隋書・経籍志四・総集類)。古今和歌集・誹諧歌は、それで、「ひかい」と読むのは誤り。
二九 南朝、劉宋の政治家(四〇八―四五三)。著書に文集のほか、誹諧文十巻があった。
三〇 ロバを人に見立てて、功績を称して公に封ずる滑稽文。 三一 →四〇八頁注一二。巻九十四・獣部中・驢。
三二 →四〇六頁注一〇。巻二十九・獣部・驢六。 三三 ニワトリの功績を称して公に封ずる擬人文。
三四 巻九十一・鳥部中・雞。
三五 →注三。巻下に見える。
三六 →三八〇頁注七。巻十七。
三七 注一八に同じ。
三八 唐初の天文学者で、仏教排撃論者(五五五―六三九)。 三九 新唐書・一〇七、旧唐書・七十九の傅奕伝に、ともに載せる。
四〇 外国の社、即ち仏教寺院。
四一 僧。沙門と同じく、サマナの音訳。
四二 髪を剃る。古代中国では、刑罰の一種であった。
四三 西晋の末年、北方少数民族の建てた国家の王、後趙の石氏(三一八―三五一存続)と前秦の苻氏(三五一―三九四存続)。
四四 南朝、梁の武帝蕭衍(五〇二―五四九在位)。仏教信者として有名。長命であったが、侯景に幽囚されて餓死。
四五 北朝、北斉の文襄帝高澄(五二一―五四九)のことであろうが、仏教信仰のことは未詳。暗殺された。なお、帝号は、弟の高洋が北斉を建国してから追尊された。
四六 邵太史は、邵伯温。→四二七頁注二四。
(注四七以下、→四六四頁)

等、人《ひと》を度《ど》し寺《てら》を造《つく》り、身《み》、夷戮《いりく》に嬰《かか》り、天下の笑《わら》ひと為《な》る。五帝《ごてい》[一]の時《とき》、父《ちち》、子《こ》を喪《そう》せず、兄《あに》、弟《おとうと》を哭《こく》せず、仁寿《じんじゅ》を致《いた》して、凶短《きようたん》無きなり。下《しも》、三王《さんのう》[二]に逮《およ》んで、国祚《こくそ》延久《えんきゆう》、其の臣《しん》は則ち彭祖《ほうそ》[三]・老聃《ろうたん》[四]、皆、長齢《ちようれい》を得《う》。此の時、仏《ぶつ》無し、豈経《あにきよう》を抄《しよう》し像《ぞう》を鋳《い》るの力ならんや)」。唐書本伝。コレ、又昌黎「表」ノ本《もとづ》ク所ナリ。陔餘叢考[五]。柳子厚ガ「封建論」[六]ハ『呂氏春秋』[七]蕩兵。「未有蚩尤之時、民固剝林木以戦矣。勝者為長。長則猶不足治之。故立君。君又不足以治之。故立天子(未《いま》だ蚩尤《しゆう》[八]有らざるの時、民《たみ》固《もと》より林木を剝《は》いで以て戦ふ。勝者《しようしや》を長《ちよう》と為《な》す。長は則ち猶《なほ》之れを治むるに足らず。故に君《きみ》を立つ。君又以て之れを治むるに足らず。故に天子《てんし》を立つ)」ノ説ヲ祖《そ》トス。黄氏日抄[九]。「梓《し》人《じん》伝[一〇]」ハ『呂氏《りよし》[一一]・分職篇《ぶんしよくへん》』ノ「使衆能与衆賢、功名大立於世。不予佐之者而予其主、其主使之也。譬之、若為宮室。必任巧匠。宮室已成、不知巧匠、而皆曰、善此某君某王之宮室也(衆能《しゆうのう》と衆賢《しゆうけん》とを使《つか(ママ)》ふて、功名《こうめい》大いに世に立つ。之れを佐《たす》くる者に予《あた》へずして其の主に予《あた》ふるは、其の主、之れを使へばなり。之れを譬《たと》ふるに、宮室《きゆうしつ》を為《つく》るが若《ごと》し。必ず巧匠《こうしよう》に任《まか》す。宮室已《すで》に成《な》れば、巧匠を知らずして、皆曰はく、「善し。此れ某君《ぼうくん》・某王《ぼうおう》の宮室なり」と)」ニ本《もとづ》ク。困学紀聞[一二]。「漁者対フ二智伯二」[一三]ハ、『列子』[一四]湯問。蒲《ほ》且子《しよし》ノ釣《つり》ヲ説《とく》ニ本《もとづ》ク。寓簡[一五]。「乞巧文《きつこうぶん》」[一六]ハ、楊子雲「逐貧[一七]

一 中国古代の最初の五人の君主。史記は「五帝本紀」からはじまる。黄帝・顓頊・帝嚳・尭・舜。 二 夏・殷・周の三代。
三 古代の長命で有名な人。七百歳であったという。荘子・逍遥遊などに見える。
四 即ち老子。名は耳、字、聃という。年は、百六十歳あまり、あるいは二百歳あまりであった(史記・六十三)。
五 四三七頁注四七と同じ。
六 柳河東集・三。君主の成立に関する議論。
七 秦の呂不韋(?—前二三五)が編集させたという書物。いろいろの問題がとりあげられている。「蕩兵」は、巻七・孟秋紀中の一篇。
八 古代、黄帝と天下を争ったといわれる人。
九 →四二五頁注一三。巻六十・柳文。
一〇 柳河東集・十七。大工の棟梁の話。
一一 →注七。「分職」は、巻二十五・似順論中の一篇。原文「必任巧匠」と「宮室已成」の間に数句あるのを省略。
一二 →三八〇頁注七。引用は巻十・諸子。
一三 柳河東集・十四「漁者、智伯に対ふるを設く」。漁師と春秋時代晋の大夫智伯との問答を仮設した文章。
一四 列子は、荘周に先だつ列禦寇の著といわれる道家の書。今は、南北朝はじめごろに擬作されたものとされる。八巻。湯問篇は巻五。蒲且子は、古代の弋射(射ぐるみ)の名人。釣を説くのは、詹何であって、蒲且子はその話の中に出て来る人。「寓簡」が、すでに蒲且子という。
一五 →三八七頁注二〇。引用は、巻四。
一六 柳河東集・十八。七夕の祈りに託して自己主張をする文。 一七 →四三六頁注一四。
一八 四三六頁注六と同じ。

賦」ニ擬《ぎ》ス。容斎随筆。[一八]「晋問」[一九]ハ枚乗「七発」[二〇]ノ体ヲ用《もち》ヒテ、別《べつ》ニ機杼《きちよ》[二一]ヲ立ツ。傅毅《ふき》[二二]ノ「七激《しちげき》」、張衡《ちようこう》[二三]ノ「七辯《しちべん》」、崔駰《さいいん》[二四]ノ「七依《しちい》」、王粲《おうさん》[二五]ノ「七釈《しちしやく》」、張協《ちようきよう》[二六]ノ「七命《しちめい》」並見ユ二藝文類聚五十七[二七]一。ノ類《るい》、スベテ漢《かん》・晋《しん》以来、諸文士ノ弊《へい》ヲ一洗《いつせん》ス。容斎随筆。[二八]「游黄渓《ゆうこうけい》[二九]記《き》」ハ、太史公《たいしこう》『西南夷伝《せいなんいでん》[三〇]』ニ倣《なら》フ。困学紀聞。[三一]欧公「酔翁亭記《すいおうていき》[三二]」ハ、ソノ歩驟《ほしゆう》、「阿房宮賦《あぼうきゆうふ》[三三]」ニ類ス。「昼錦堂記《ちゆうきんどうき》[三四]」ハ、「盤谷序《はんこくじよ》[三五]」ニ似タリ。珊瑚鉤詩話。[三六]「秋声辞《しゆうせいじ》[三七]」ハ、「風賦《ふうふ》[三八]」ニ似タリ。西河合集、書秋声賦後。[三九]「本論《ほんろん》[四〇]」ハ、「原道《げんどう》[四一]」ニ似タリ。「上ル二范司諫ニ一書」[四二]ハ、「諍臣論《そうしんろん》[四三]」ニ似タリ。「書ス二梅聖兪ノ詩稿ニ一」[四四]ハ、「送ル二孟東野ヲ一序」[四五]ニ似タリ。示児編。[四六]「送ル二廖倚ヲ一序」[四七]ハ、即《すなはち》、退之ガ「送ル二廖道士ヲ一序」[四八]ナリ。「薬師院仏殿記《やくしいんぶつでんき》[四九]」ハ、即「圬者伝《うしやでん》[五〇]」ナリ。ソノ「隠公《いんこう》[五一]、摂《せつ》ニ非《あらざ》ルヲ論ズル」ハ、何氏[五二]『膏肓《こうこう》』に本《もと》ク。「尭《ぎよう》[五三]・舜《しゆん》・后稷《こうしよく》、世次《せいじ》[五四]ノ差舛《させん》ヲ辨《べん》ズル」ハ、杜預『春秋釈例・世族譜[五五]』ニ本《もと》ク。尭峰文鈔。[五六]老蘇《ろうそ》[五七]ガ「漢高祖論《かんこうそろん》」ノ「不去呂后者、為恵帝計也(呂后《りよこう》[五八]を去らざる者は、恵《けい》[五九]帝《てい》の為《ため》に計《はか》るなり)」ハ、唐ノ李徳裕《りとくゆう》[六〇]ガ「羊祜留ムル二賈充ヲ一論」[六一]ニ本《もと》ク。能改斎漫録。[六二]東坡ガ「黄楼賦《こうろうふ》[六三]」ハ、気力、「晋問《しんもん》[六四]」ニ同ジ。「赤壁賦《せきへきふ》[六五]」ハ、卓絶、「雄風《ゆうふう》[六六]」ニ近シ。亦ミナ自《よ》リ来《きた》ル所アルナリ。珊瑚鉤詩話。[六七]「表忠観碑《ひようちゆうかんひ》[六八]」ノ、終篇《しゆうへん》、趙清献《ちようせいけん》[六九]ノ奏《そう》ヲ述《の》ベテ、一字ヲ増損《ぞうそん》セズ。コレ、『漢書[七〇]』ヲ学ブナリ。文章精義。[七一]ソノ始メニ、奏状《そうじよう》ヲ列《れつ》シテ

一九 柳河東集・十五。晋に関する問答。
二〇 文選・三十四。問答体の韻文。枚乗(?—前一四〇?)は、前漢の文学者。
二一 構想の新しさ。
二二 傅毅は、後漢の文学者。
二三 →四三六頁注一一。
二四 →四〇七頁注二三。容斎随筆は、この下に、馬融「七広」・曹植「七啓」がある。
二五 王粲(一七七—二一七)は、漢末三国の文学者。
二六 藝文類聚・五十七のほか、文選・三十五に収める。張協(?—三〇七?)は西晋の文学者。
二七 →四〇八頁注一一。巻五十七は、雑文部三「七」。二八 四三六頁注一二と同じ。
二九 柳河東集・二十九。山水遊記のうちの一篇。ここまで柳宗元の作品をとりあげる。
三〇 司馬遷の史記・一一六。
三一 →三八〇頁注七。巻十七・評文。
三二 →三八六頁注一〇。以下、欧陽修の文章について。三三 唐の杜牧(八〇三—八五二)が秦の始皇帝の阿房宮を述べた賦。
三四 →四〇〇頁注二。三五 韓愈「李愿の盤谷に帰るを送る序」(韓昌黎集・十九)。
三六 →四三六頁注五。引用は巻一。
三七 「秋声の賦」のこと。欧陽文忠公集・十五。
三八 屈原の後継者、宋玉の賦。文選・十三。
三九 清の毛奇齢(一六二三—一七一六)の全集。「欧陽永叔の秋声の賦の後に書す」は、文集・六十一。四〇 欧陽文忠公集・十七。
四一 韓愈の文。韓昌黎集・十一。
四二 「范司諫に上る書」は、欧陽文忠公集・六十六。范司諫は、范仲淹。→三九〇頁注二。
四三 即ち「争臣論」。→四三五頁注一七。
四四 「梅聖兪の詩稿に書す」は、欧陽文忠公集・七十三。四五 →四一九頁注九。

序《じょ》トナシ、「制曰、「可」(制《せい》[一]して曰《い》はく、「可《か》」)」ト云フニ至リテ、係《かく》ルニ銘《めい》ヲ以テス。ソノ格《かく》、甚ダ新《あらた》ナリ。コレ、亦柳柳州ガ「寿州安豊県孝門銘《じゅしゅうあんぽうけんこうもんのめい》」[二]ヲ祖《そ》トスルナリ。学斎佔畢[三]。養新録[四]。「万石君羅文伝《ばんせきくんらぶんでん》」[五]ハ、退之ガ「毛穎伝《もうえいでん》」[六]ニ依《よ》レルナリ。「蓋公堂《こうこうどう》[七]記《き》」ハ子厚ガ「郭橐駝伝《かくたくだでん》」[八]ノ意ヲ用《もちひ》テ、ソノ面目《めんぼく》ヲ変ゼリ。養新録[九]。コレ、皆前人ニ本《もと》ヅク所アリテ、一篇ノ大体《だいたい》ヲ立ツルモノナリ。

先儒論ズル所ノ外《ほか》、余《よ》マタ数条ヲ得タリ。姑《しばら》クソノ一二ヲ挙グ。「諱辨」[一〇]ハ、漢ノ応劭《おうしょう》[一一]ガ「旧名諱議《きゅうめいきぎ》」[一二]ニ曰、「昔者周穆王、名満、晋厲公、名州満、又有王孫満。是同名不諱(昔者《むかし》、周穆王《しゅうぼくおう》[一三]、名は満《まん》、晋厲公《しんれいこう》[一四]、名は州満《しゅうまん》、又、王孫満《おうそんまん》[一五]有り。是れ同《どう》名諱《めいい》まず)」。旧名諱議、今伝ラズ。此条ハ、左伝襄十年正義引ク所ニ見エタリ[一六]。コレ、ソノ説、張昭《ちょうしょう》[一七]ガ前ニアリ。又『北斉書・杜弼伝《とひつでん》』[一八]ニ「法曹辛子炎諮事曰、「須取署」。子炎読署為樹。高祖大怒曰、「小人都不知避人家諱」。杖之於前。弼進曰、「礼二名不偏諱。孔子言徴不言在、言在不言徴。子炎之罪、理或可恕」(法曹辛子炎《ほうそうしんしえん》、事《こと》を諮《はか》つて曰《い》はく、「須《すべか》らく署《しょ》[一九]を取るべし」と。子炎、署《しょ》[二〇]を読んで樹《じゅ》と為《な》す。高祖[二一]大いに怒つて曰はく、「小人《しょうじん》都《す》べて人[二二]の家諱《かき》を避くるを知らず」と。之れを前に杖す。弼進んで曰はく、「礼に二[二三]名偏諱《へんき》せず。孔子、徴を言へば在を言はず、在を言へば徴を言

四六 履斎示児編。→四二八頁注四。巻七「文意を祖述す」の条。　四七 欧陽文忠公集・六十五「廖倚の衡山に帰るを送る序」。
四八 韓昌黎集・二十。　四九 欧陽文忠公集・六十三「湘潭県、薬師院仏殿を修むる記」。
五〇 韓愈の「圬者王承福伝」。韓昌黎集・十二。
五一 欧陽文忠公集・十八「春秋論上」に見える。
五二 後漢の何休(一二九–一八二)の左氏膏肓。その書は佚して伝わらないが、説が孔穎達の春秋正義の中に引用される。
五三 欧陽文忠公集・四十三「帝王世次図序」と「後序」に見える。ここまで、欧陽修の文章について。　五四 世代間のくいちがい。
五五 左伝の注釈者、晋の杜預の著わした春秋・総論のうちの世代表。

(注五六以下、→四六四頁)

一 皇帝の勅語があって、「よろしい」。
二 柳河東集・二十。
三 南宋の史縄祖の随筆。四巻。引用は、巻二「表忠観の碑の体は孝門の銘」。
四 →四三七頁注四九。巻十六「東坡、韓・柳を学ぶ」。
五 蘇軾文集・十三。硯を擬人化した伝記。
六 →三八四頁注六。
七 蘇軾文集・十一。蓋公は、漢初の曹参(?–前一九〇)が、顧問として招いた人。
八 柳河東集・十七「種樹郭橐駝伝」。植木屋のラクダの郭さんの伝記。
九 注四と同じ。　一〇 →四三六頁注一九。
一一 後漢末の学者。風俗通義などを著わす。
一二 春秋正義の阮元校勘記によれば、宋本は「旧君諱議」に作るという。恐らくはそれが正しい。通行本は「名」。

はず。子炎の罪、理、或《ある》いは恕《ゆる》すべし」と)」。韓公、蓋《けだ》シコレ等《ら》ノ説ヲ推衍《すいえん》シテ、一篇ノ大文章ト為《せ》シナリ。「与[二四]ル二于襄陽ニ一書」ハ劉向《りゆうきよう》『新序《しんじよ》[二五]』ノ「孫叔敖曰、「君驕士曰、『士非我、無従富貴』。士驕君曰、『君非士、無従安存』」(孫[二六]叔敖《そんしゆくごう》曰《い》はく、「君《きみ》、士に驕《おご》つて曰《い》はく、『士、我《わ》れに非ざれば、従《よ》つて富貴なること無し』と。士、君に驕《おご》つて曰はく、『君、士に非ざれば、従《よ》つて安存《あんぞん》すること無し』と)」、及ビ王褒《おうほう》[二七]ガ「聖[二八]主得ル二賢臣ヲ一頌」ニ、「聖主必待賢臣而弘功業。俊士亦俟明主以顕其徳(聖主は必ず賢臣を待つて功業《こうぎよう》を弘《ひろ》む。俊士《しゆんし》も亦明主《めいしゆ》を俟《ま》つて以て其の徳を顕はす)」ヲ祖トシテ、一篇ノ議論ヲ生《しよう》ゼシナリ。「後[二九]廿九日復上タル二宰相ニ一書」ノ周公ヲ以テ論ヲ起スハ、『後[三〇]漢書・高彪《こうひよう》伝』ノ「彪嘗従馬融欲訪大義。融疾不獲見。廼覆刺遺融書曰、「昔者周公旦、父文兄武。九命作伯、以尹華夏。猶揮沐吐餐、垂接白屋。故周道以隆、天下帰徳。公今養痾傲士、故其宜也」(彪《ひよう》、嘗《か》つて馬融《ばゆう》[三一]に従《したが》つて大義《たいぎ》を訪《と》はんと欲《ほつ》す。融、疾《や》んで見《まみ》ゆるを獲《え》ず。廼《すなは》ち覆刺《ふくし》[三二]して融に書を遺《おく》つて曰はく、「昔者《むかし》、周《しゆう》公旦《こうたん》、文《ぶん》[三三]を父《ちち》とし武《ぶ》を兄とす。九命、伯と作《な》つて、以《もつ》て華夏《かか》に尹《いん》たり。猶沐《なほもく》[三四]を揮《ふる》ひ餐《さん》を吐《は》き、白屋《はくおく》に垂接《すいせつ》す。故に周道《しゆうどう》以て隆《さかん》に、天下、徳に帰《き》す。公、今、痾《あ》を養《やしな》つて士《し》に傲《おご》る、故《もと》より其《そ》れ宜《むべ》なり」と)」ノ文ニ本《もとづ》ク。「代[三五]テ二張籍ニ一与フル二李浙東ニ一書」ノ

一三 旅行のすきな西周第四代の王。
一四 春秋時代の晋侯(前五八一―五七四在位)。
一五 春秋時代の周の大夫。左伝に見える。
一六 襄公十年でなく、成公十年春秋正義に引用。
一七 →四三六頁注二〇。
一八 北斉書・二十四。杜弼(四九一―五五九)は、政治家にして学者。 一九 署名をもらう。
二〇 「署」は、去声御韻、「樹」は、去声遇韻、語頭子音は同じで、極めて音が近い。
二一 北斉の神武帝高歓(→三九九頁注一六)。
二二 よその家庭の諱。高祖の父の名が「樹」であった。本名は、諱として避けなければならない。
二三 礼記・曲礼上の句。下の「孔子…」は、その鄭玄注にもとづく。徴在は、孔子の母の名。この例は、そのまま韓愈「諱辨」に使用。
二四 韓昌黎集・十七。
二五 劉向(→四一九頁注六)の雑話集。十巻。この語は、巻二。
二六 春秋時代、楚の政治家。
二七 漢の宣帝の時の文学者。
二八 漢書・六十四下・王褒伝、又、文選・四十七に収める。
二九 →四三三頁注二二。
三〇 後漢書・八十下・文苑伝下。
三一 後漢の学者(七九―一六六)。鄭玄の師。
三二 もう一度、名刺を通ずる。
三三 周の文王を父とし、武王を兄とした。
三四 髪洗いを途中でやめて水を切り、口の中のものを吐き出して食事をやめ。
三五 韓昌黎集・十六。文中「当今、心に盲ひたる者皆是れなり。(張)籍の若き、自ら謂へば、独り目に盲ひたるのみ」とある。

「盲於心、盲於目（心に盲《めし》ひ、目に盲《めし》ふ）」ノ論ハ、『荘子』ノ「瞽者無以与乎文章之観、聾者無以与乎鐘鼓之声。豈唯形骸有聾盲哉。夫知亦有之（瞽者《こしや》、以て文章の観《かん》に与《あづか》る無く、聾者《ろうしや》、以て鐘鼓《しようこ》の声に与る無し。豈唯《あにた》だに形骸《けいがい》、聾盲《ろうもう》有るのみならんや。夫れ知《ち》も亦之れ有り）」逍遥遊[一]。ノ文ニ本《もとづい》テ、一篇ノ議論ヲ成セリ。「雑説[二]」ノ「龍嘘気成雲。雲固弗霊於龍也（龍、気を嘘《きよ》して雲《くも》を成《な》す。雲固《もと》より龍より霊《れい》ならざるなり）」ノ「龍」ヲ以テ聖君ニ比シ、「雲」ヲ以テ賢臣ニ比スルハ、『韓非子《かんぴし》[三]』ノ「飛龍乗雲、騰蛇遊霧。雲罷霧霽、而龍蛇与螾螘同矣、則失其所乗也。尭為匹夫、不能治三人。吾以此知勢位之足恃（飛龍《ひりゆう》、雲《くも》に乗り、騰蛇《とうだ》[四]、霧《きり》に遊ぶ。雲罷《や》み霧霽《は》れて、龍《りゆう》・蛇《だ》、螾《いん》[五]・螘《ぎ》[六]と同じきは、則ち其の乗る所を失《うしな》へばなり。尭《ぎよう》[七]、匹夫《ひつぷ》たれば、三人を治むる能はず。吾れ、此れを以て勢位《せいい》の恃《たの》むに足《た》るを知る）」慎勢[八]。ノ一段ヨリ変化シ来《きた》レルナリ。コノ外《ほか》、欧陽ノ「朋党論[九]」ハ、『漢書』劉向《りゆうきよう》[一〇]ノ封事《ほうじ》ニ本《もとづ》キ、「春秋論[一一]」ノ「趙盾非不討賊、許世子止非不嘗薬（趙盾《ちようとん》[一二]、賊《ぞく》を討《う》たざるに非ず、許《きよ》[一三]の世子《せいし》止《し》、薬を嘗《な》めざるに非ず）」ノ論ハ、劉知幾『史通[一四]・惑経篇』ニ本《もとづ》ク。凡《およ》ソ此ノ類、ミナ根拠スル所アリテ、点化《てんか》シテ一篇ノ大文章トナシテ、人ヲシテソノ迹《あと》ヲ覚《おぼ》エザラシム。作手《さくしゆ》トスル所以《ゆゑん》ナリ。

一 逍遥遊は、荘子第一篇。
二 韓昌黎集・十一。引用は、四篇のうち、第一篇。
三 戦国時代末の韓非の著わした法家の書物。二十巻五十五篇。
四 空飛ぶ蛇。
五 蚓と同じ。ミミズ。
六 蟻と同じ。アリ。
七 古代の聖帝。
八 「難勢」の誤り。巻十七、第四十篇。
九 欧陽文忠公集・十七。
一〇 漢書・三十六、劉向（→四一九頁注六）が蕭望之の自殺（前四七）後に上った封事。
一一 欧陽文忠公集・十八「春秋論下」。
一二 春秋・宣公二年、趙盾は主君晋の霊公が殺されたとき、それを討たなかったので、「弑」と書かれた事件。
一三 春秋・昭公十九年、許の世子（諸侯の後嗣）が自分で毒見をせず、薬を父の悼公買に飲ませたら死んだのを、「弑」と書かれた事件。
一四 →四〇〇頁注一。巻十四、外篇第四。其の一条。

古人ノ文、本《もと》ヅク所アリテ、尤《もつとも》変化《へんか》ノ妙ヲ極《きは》メシモノハ、柳子厚「梓人伝《しじんでん》」[一五]ハ、[一六]郭象《かくしよう》『荘子注《そうじちゆう》』ノ「工人無為於刻木、而有為於運矩。主上無為於親事、而有為於用臣(工人《こうじん》、木を刻《きざ》むに為《な》す無くして、矩《く》を運《めぐ》らすに為す有り。主上《しゆじよう》、事を親しくするに為《な》す無くして、臣を用《もち》ふるに為《な》す有り)」天道。ノ数語ヲ演《の》ベテ、一篇数百言ノ大文章ト為シ、丹鉛録[一七]。老泉《ろうせん》ガ「仲兄《ちゆうけい》[一八]字《あざな》文甫《ぶんぽ》説《せつ》」ノ「風行水上渙。此亦天下之至文也(風《かぜ》[一九]、水上《すいじよう》を行くは渙《かん》。此れ亦天下の至文《しぶん》なり)」ノ一篇ハ、『詩《し》[二〇]・伐檀《ばつたん》』ノ毛《もう》[二一]伝《でん》ニ、「風行、水成文、曰漣(風行きて、水、文を成すを、漣《れん》と曰《い》ふ)」[二二]ノ一句ニ本《もとづい》テ、変化ノ妙ヲ極《きは》メタリ。困学紀聞[二三]。丹鉛録[二四]。「上ル二張侍郎ニ一第二書」[二五]ハ、香山《こうざん》[二六]ガ「秦中吟、傷ムレ友ヲ」一篇、「蹇驢避路立(蹇驢《けんろ》路《みち》を避《さ》けて立つ)」ノ数語ヨリ化《か》シ出《いだ》ス。瞥記[二七]。東坡ガ「赤壁賦《せきへきふ》」[二八]ノ末段、「惟江上之清風、与山間之明月(惟《た》だ江上《こうじよう》の清風《せいふう》と、山間《さんかん》の明月《めいげつ》と)」ヨリ「相与枕藉乎舟中、不知東方之既白(相与《あひとも》に舟中《しゆうちゆう》に枕藉《ちんしや》して、東方《とうほう》の既《すで》に白きを知らず)」ト云《いふ》ニ至ルマデノ一節ハ、只是李白《ただこれりはく》[二九]ガ「清風明月不用一銭買、玉山自倒非人推[三〇](清風明月一銭《いつせん》の買ふを用ひず、玉山《ぎよくざん》自《おのづか》ら倒《たふ》れて人の推《お》すに非ず)」ノ一聯十六字ヲ用《もち》ひテ、演《の》ベテ七十九字ト成セリ。学斎佔畢[三一]。コレ等《ら》、ミナ先賢独造《どくぞう》ノ妙《みよう》ニシテ、及ブベキニ非ズト雖《いへど》モ、スベテ古人ノ一章一句ニ根拠《こんきよ》シテ、演《の》べ

一五 →四三八頁注一〇。
一六 郭象は晋の人。その荘子の注は、訓詁でなくて、思想の解説を主とする。天道は、荘子の第十三篇。
一七 →四一三頁注一二。雑録・七「柳文・蘇文」。
一八 蘇洵の嘉祐集・十四。
一九 風が水上に立てる小波が、天下一の模様であるの意。易・渙卦の大象。なお、渙は、字、文甫である仲兄の本名。
二〇 詩経・魏風。
二一 「毛氏詁訓伝」をさす。詩経の注釈。毛萇の著といわれ、訓詁を主とする。
二二 「河水清且漣猗」の「漣」の注。
二三 →三八〇頁注七。
二四 注一七と同じ。
二五 蘇洵の嘉祐集・十一。張侍郎は、張方平(一〇〇七―九一)。
二六 香山は、唐の詩人、白居易(七七二―八四六)。「秦中吟、友を傷む」は、白氏文集・二。
二七 →四三七頁注四八。
二八 →四三九頁注六五。引用は巻六。
二九 盛唐の詩人(六九九―七六二)。
三〇 李太白集・七「襄陽歌」の句。玉山は、世説新語・容止篇の嵇康の話より、容止のすぐれた人を形容する。
三一 →四四〇頁注三。その巻二「坡文之妙」。

テ一篇トシ、或ハ数十句ト成スコトハ、従来《じゆうらい》、作文家《さくぶんか》ノ伎倆《ぎりよう》ナリト知ルベシ。

字句必ズ法ヲ古人ニ取リテ、ソノ奇ヲ極ムルモノハ、韓氏[一]「画記《がき》」ハ、『顧命《こめい》[二]』ノ字法ヲ学ブ。文章精義[三]。ソノ「騎而立者五人。騎而被甲、戴兵立者十人。騎且負者二人。騎執器者二人(騎《の》つて立つ者五人。騎つて甲《こう》を被《かうむ》り、兵《へい》を戴《いただ》いて立つ者十人。騎《の》り且つ負《お》ふ者二人。騎《の》つて器《き》を執《と》る者二人)」ノ句ハ、『顧命』ノ「二人雀弁執恵。四人綦弁執戈上刃。一人冕執劉。一人冕執鉞。一人冕執戣。一人冕執瞿。一人冕執鋭(二人、雀弁《しやくべん》[四]して恵《けい》を執る。四人、綦弁《きべん》して戈《か》を執り刃《やいば》を上にす。一人、冕《べん》して劉《りゆう》を執《と》る。一人、冕して鉞《えつ》を執る。一人、冕して戣《き》を執る。一人、冕して瞿《く》を執る。一人、冕して鋭《えい》を執る)」ノ法ヲ学ブナリ。ソノ「行者、牽者、奔者、渉者、陸者、翹者(行く者、牽《ひ》く者、奔《はし》る者、渉《わた》る者、陸《りく》なる者、翹《つまだ》つ者)」等ノ多《おほく》ノ「者」字ヲ用《もちふ》ルハ、ソノ原《みなもと》、『考工記《こうこうき》[五]』ノ「脂者、膏者、臝者、羽者、鱗者(脂《し》[六]なる者、膏《こう》なる者、臝《ら》なる者、羽《う》なる者、鱗《りん》なる者)」ト云ヒ、マタ、「以脰鳴者、以注鳴者、以旁鳴者、以翼鳴者、以股鳴者、以胸鳴者(脰《とう》[七]を以て鳴《な》く者、注《ちゆう》を以て鳴く者、旁《ぼう》を以て鳴く者、翼《よく》を以て鳴く者、股《こ》を以て鳴く者、胸《きよう》を以て鳴く者)」ト云ヒ、『荘子』ノ「激者、謞者、叱者、吸者、叫者、譹者、実者、咬者(激《げき》する者、謞《こう》する者、叱《しつ》

一 韓氏は、韓愈。韓昌黎集・十三。
二 書経・周書・二十四。成王の臨終・遺言・崩御を述べる。
三 →三七三頁注一三。
四 雀弁・綦弁・冕は、冠の類。恵・戈・劉・鉞・戣・瞿・鋭は、武器。
五 周礼の第六。「冬官」の代わりに、各種器具の製作法を説く「考工記」が現存本では置かれる。
六 考工記・梓人の「天下の大獣五」のところ。脂は、牛羊の属、膏は、豕(ブタ)の属。臝は、虎・豹・貔・螭、獣として毛の短い属、羽は、鳥の属、鱗は、竜・蛇の属と、鄭玄注はいう。臝は、裸と同じ。底本「羸」に作るが、周礼原文によって改める。
七 「梓人」上引部分の下文。脰は頸、注は嘴。カエルやキリギリスなどの小虫類をさす。

する者、吸《す》ふ者、叫《さけ》ぶ者、譹《な》く者、実《よう》なる者、咬《こう》なる者)」[八]斉物論。ナド云フ「者」字ノ法ヲ用《もちふ》ルナリ。[九]文則。「[一〇]柳子厚墓誌」ニ十九ノ「子厚」字ヲ用《もちふ》ルハ、『[一一]崧高《すうこう》』ノ詩ノ十四「[一二]申伯《しんぱく》」ノ字ヲ用《もち》ヒ、『[一三]烝民《じょうみん》』ノ詩ノ十二「[一四]仲山甫《ちゅうざんぽ》」ノ字ヲ用《もちふ》ルノ例ニ拠《よ》ルナリ。[一五]熊朋来、経説。欧陽「[一六]酔翁亭記《すいおうていき》」ニ、前ニ太守《たいしゅ》ノ姓名ヲ著《あら》ハサズ、結尾《けつび》ニ至リテ、始《はじめ》テ「太守謂誰。盧陵欧陽脩也(太守は誰《だ》れをか謂《い》ふ。盧陵欧陽脩《ろりょうおうようしゅう》なり)」ト云フハ、『[一七]詩《し》・采蘋篇《さいひんへん》』ノ結末ニ、「誰其尸之。有斉季女(誰《だ》れか其れ之れを尸《つかさど》る。斉《つつし》める季女《きじょ》有り)」ノ法ヲ学《まな》ベルナリ。[一八]文章精義。ソノ通篇、多クノ「也」字ヲ用《もちふ》ルハ、『[一九]易《えき》・雑卦伝《ざっかでん》』ノ例ニ依《よ》ル。[二〇]困学紀聞。[二一]猗覚寮雑記。[二二]野客叢書。又『[二三]荘子《そうじ》・大宗師《だいそうし》』ノ「不自適其適(自《みづか》ら其の適《てき》を適《てき》とせず)」ヨリ「皆物之情(皆物《もの》の情《じょう》)」ニ至ルマデ、多クノ「也」字ヲ用《もちひ》タルヲ祖トスルナリ。[二四]猗覚寮雑記。東坡ガ「[二五]鍾子翼哀辞《しょうしよくあいじ》」ノ四言ヲ以テ七言ニ間《かん》スルハ、『[二六]荀子《じゅんし》・成相篇《せいしょうへん》』ノ句法ヲ祖トス。[二七]困学紀聞。「[二八]表忠観碑《ひょうちゅうかんひ》銘《めい》」ノ「天目之山、苕水出焉(天目《てんもく》の山、苕水出《ちょうすいい》づ)」ハ[二九]酈元《れきげん》『水経《すいけい》』ノ格ヲ用《もちふ》ルナリ。[三〇]清波雑志。「[三一]赤壁賦」ノ「自其変者而視之、則天地曾不能以一瞬。自其不変者而観之、則物与我、皆無尽也(其の変《へん》ずる者よりして之れを視《み》れば、則《すなは》ち天地《てんち》曾《すなは》ち以て一瞬《いっしゅん》たる能《あた》はず。其の変ぜざる者よりして之れを観《み》れば、則ち物と我れと、皆無《む》

八 「斉物論」は、荘子第二篇。ここにあげたのは、風の形容。
九 →三六九頁注九。引用は、巻下・庚。
一〇 →四二九頁注三四。
一一 詩経・大雅・蕩之什の一篇。
一二 申伯は、周直属の大臣、中国の君主。詩で賞讃され、詩を贈られた人。
一三 詩経・大雅・蕩之什の一篇。
一四 仲山甫は、烝民で賞讃された人。
一五 元の学者(一二四六―一三二三)。経説は七巻。引用は、巻二「崧高烝民」。
一六 →三八六頁注一〇。
一七 詩経・召南の一篇。
一八 →三七三頁注一三。
一九 易経の一番おわり、第十一篇。十翼の一つ。
二〇 →三八〇頁注七。巻二十・雑識。
二一 朱翌(→四一七頁注三五)の随筆。二巻。巻上。
二二 →四〇三頁注一七。引用は、巻二十七「酔翁亭記」。
二三 大宗師は、荘子第六篇。
二四 注二一と同じ。
二五 蘇軾文集・六十三。
二六 成相は、荀子・十八、第二十五篇。韻文の教訓集。
二七 注二〇と同じ。
二八 →四三九頁注六八。
二九 北魏の酈道元(?―五二七)の水経注四十巻。河川の水路を説明し、風景描写にすぐれる。
三〇 →三七七頁注二七。巻二に見える。
三一 →四三九頁注六五。

尽《じん》なり)」ノ語ハ、『荘子』ノ「自其異者而視之、肝胆楚越也。自其同者而視之、万物皆一也[一](其の異《こと》なる者よりして之れを視《み》れば、肝胆《かんたん》も楚越《そえつ》なり。其の同じき者よりして之れを視れば、万物《ばんぶつ》皆一《いつ》なり)」ノ句法ヲ用《もちひ》タリ。[二]浩然斎雅談。「[三]方山子伝」ノ「方屋而高(方屋《ほうおく》にして高し)」ノ四字、妙ニ幘《さく》ノ形状ヲ尽《つく》ス。「屋《おく》」ノ字、『[四]後漢書・輿《よ》服志《ふくし》』方山冠《ほうざんかん》ノ条ニ、「幘崇其巾為屋。未冠童子、幘無屋者、示未成人也。句巻屋者、示尚幼少未遠冒也(幘《さく》、其の巾《きん》を崇《たか》うするを屋《おく》[五]と為す。未《いま》だ冠《かん》せざる童《どう》子《じ》、幘《さく》、屋《おく》無き者は、未だ人と成らざるを示すなり。屋《おく》を句巻《こうけん》する者は、尚幼少《なほようしょう》にして未[六]だ遠く冒《ぼう》せざるを示すなり)」ニ本《もとづ》ク。東坡、豈《あに》一字トシテ出処《しゅつしょ》ナキモノアランヤ。[七]潜邱劄記、与戴唐器書。[八]瞥記。コレ等《ら》、類《るい》ヲ推《お》シテコレヲ考《かんが》ヘバ、古人ノ字ヲ用《もちひ》、語《ご》ヲ下《くだ》スニハ、必ズ本《もとづ》ク所アリテ、ソノ妙トスル所ハ円通《えんつう》ニ在ルノ理ヲ暁《さと》ルベキナリ。

円《えん》　通《つう》　蹈襲　棄染

古人ノ字ヲ用《もち》ヒ、語《ご》ヲ下《くだ》スニハ、皆定例《ていれい》アリテ、杜撰《ずさん》ナルモノニ非ズ。ソノ妙《みよう》ト

一　荘子・徳充符第五。
二　南宋の周密の文学評論集。三巻。引用は巻上。
三　蘇軾文集・十三。蘇軾の友人、陳慥の伝記。
四　後漢書の志は、司馬彪の続漢書の志で補う。その巻三十上。
五　帽子のひさしのようなものであろう。
六　「未だ遠からずして冒す」と読むべきか。冒は、帽と同じ。動詞として冠すること。
七　→三九六頁注一四。「戴唐器に与ふる書」は巻五。
八　→四三七頁注四八。引用は巻六。

スル所ハ、円通ニ在リ。若《も》シ錯《あやま》リ会《かい》シテ、字ゴトニ前人《ぜんじん》ニ蹈襲《とうしゅう》シ、句ゴトニ陳迹《ちんせき》ニ漆膠《しっこう》セバ、コレヲ死法《しほう》ト云フ。宋ノ兪成《ゆせい》[九]、嘗《かっ》テ文ニ死法《しほう》・活法《かっぽう》ノ別《べつ》アルコトヲ論ゼリ。[一〇]蛍雪叢説。柳子厚曰、「為文之士、亦多漁猟前作、戕賊文史、抉其意、抽其華、置歯牙間、遇事蠭起、金声玉耀。誑聾瞽之人、徼一時之声、雖終淪棄、而其奪朱乱雅、為害已甚(文を為《つく》るの士、亦多《おほ》く前作《ぜんさく》を漁猟《ぎょりょう》し、文史を戕賊《しょうぞく》し、其の意《い》を抉《えぐ》り、其の華《はな》を抽《ぬ》いて、歯牙《しが》の間《かん》に置き、事に遇《あ》うて蠭起《ほうき》[一一]して、金声《きんあが》[一二]り玉耀《ぎょくかがや》く。聾瞽《ろうこ》の人を誑《まどは》して、一時の声《せい》を徼《もと》め、終《つひ》に淪棄《りんき》すと雖《いへど》も、其[一三]の朱《しゅ》を奪《うば》ひ雅《が》を乱《みだ》し、害を為すこと已《すで》に甚だし)」。与ヘテ[一四]二友人ニ一論ズルレ文ヲ書。コレハ、六朝以来ノ蹈襲ノ弊《へい》ヲ矯《た》ムルナリ。又、「其説韓愈処甚好。其他但用荘子国語文字太多。反累正気。果能遺是、則大善矣(其の韓愈《かんゆ》を説《と》く処甚《はなは》だ好《よ》し。其の他、但だ『荘子《そうじ》』・『国語《こくご》[一五]』の文字を用《もち》ふること太《はなは》だ多し。反《かへ》つて正気《せいき》を累《わづら》はす。果《は》たして能く是《こ》れを遺《わす》るれば、則ち大いに善《よ》し)」。[一六]与楊誨之第二書。コレハ、古書ノ文字ヲ用《もちふ》ルノ多キニ失《しっ》スルヲ斥《せき》スルナリ。摸倣《もほう》ノ害、甚シキトキハ、駸駸《しんしん》トシテ、李《り》・王七子《おうしちし》[一七]ノ弊《へい》ニ至ルベシ。劉知幾《りゅうちき》[一八]、早クコレヲ辨ズ。曰、「好丘明者、則偏摸左伝、愛子長者、則全学史公。用使周秦言辞、見於魏晋之代、楚漢応対、行乎宋斉之日(丘明《きゅうめい》[一九]を好《この》む者は、則《すなは》ち偏《ひと》へに『左伝』を摸《も》し、子長《しちょう》[二〇]

九 南宋の学者。
一〇 南宋の兪成の随筆。二巻。その巻一「文章活法」。
一一 蜂起と同じ。
一二 孟子・万章下の「金声して玉振するなり」(文庫下、一六九頁)にもとづいたいいかた。
一三 論語・陽貨の「紫の朱を奪ふを悪む。鄭声の雅楽を乱すを悪む」(文庫二四五頁)にもとづく。
一四 柳河東集・三十一「友人に与へて文を為(つく)る(テキストによってはこの字がない)を論ずる書」。
一五 →四一五頁注一九。
一六 柳河東集・三十三。
一七 明の中葉に流行した擬古文派。前・後七子があるが、ここは、李攀竜(一五一四―七〇)・王世貞(→四〇九頁注一八)をはじめとする後七子。
一八 →四〇〇頁注一。
一九 左丘明。左伝の著者。
二〇 →四二九頁注三〇。

を愛する者は、則ち全《まつた》く史公[一]《しこう》を学ぶ。用《も》つて周《しゆう》・秦《しん》の言辞《げんじ》をして、魏《ぎ》・晋《しん》の代《だい》に見《あら》はれ、楚[二]《そ》・漢《かん》の応対《おうたい》、宋[三]《そう》・斉《せい》の日に行なはしむ)」。史通、言語[四]。コレ、摸倣ニ過グルノ害ヲ云フナリ。紀暁嵐[五]《きぎようらん》、コノ語ヲ以テ、「若為七子発覆也(七子[六]《しちし》の為《ため》に覆[七]《ふう》を発《はつ》するが若《ごと》し)」ト云フ。刪繁[八]。学者、コノ陋習《ろうしゆう》ニ陥《おちい》ルコト勿《なか》ルベシ。又陳繹曾[九]《ちんえきそう》ガ棄染《きせん》ノ一語、極メテ妙訣《みようけつ》ナリ。染《せん》トハ、「如習韓習柳、習欧習蘇、執一偏而不円通、皆是(韓《かん》を習《なら》ひ柳を習ひ、欧を習ひ蘇を習ひ、一偏《いつぺん》を執《と》つて円通せざるが如き、皆是《こ》れなり)」ト云フ。文章欧冶[一〇]。コレハ、一家ヲ摸放スルニ偏《へん》ニシテ、変通ノ理ヲ知ラザルヲ斥《せき》スルナリ。故ニ一意《いちい》ニ韓・柳ノ文体ニ似セントシ、欧・蘇ノ体格ニ摸擬《もぎ》セントシテ、看《み》ル人ヲシテ一目《いちもく》シテコレハ韓ノ某篇ヨリ出《いで》タリ、コレハ柳ノ某篇ヲ学ビタリト云フヲ知ラシムルニ至ル。コノ類、ミナ文ノ陋《ろう》ナリ。

争臣論《そうしんろん》　范増論《はんぞうろん》

東坡「范増論[一一]」ニ、范増[一二]《はんぞう》ガ機《き》ヲ見ルノ早カラザルヲ責メテ、増ヲシテ逃避《とうひ》ノ地ナカラシム。ソノ末ニ至リテ、「雖然、増高帝之所畏也。増不去、項羽不亡。嗚呼、

一　太史公司馬遷のこと。ここは、史記を意味する。
二　この楚は、項羽の楚。漢は、劉邦の漢。
三　南北朝、南朝の宋・斉。
四　→四〇〇頁注一。「言語」は、巻六、第二十篇。
五　紀昀(一七二四―一八〇五)の字。清の学者。四庫全書の編集に努力した。
六　→四四七頁注一七。
七　覆いを開く。
八　史通削繁。紀昀が史通の重要部分を選んだもの。四巻。ここで「刪繁」というのは、書き誤り。巻二の「言語」篇の上述の語に対する欄外の批評。
九　→三七八頁注七。
一〇　→三七八頁注八。引用は、古文譜一・養気法。

一一　蘇軾文集・五。題をあるいは「項羽・范増を論ず」に作る。
一二　項羽の参謀(?―前二〇四)。
一三　→四三五頁注一七。

増亦人傑也哉(然りと雖《いへど》も、増《ぞう》は高帝《こうてい》の畏《おそ》る所なり。増、去らずんば、項羽《こうう》亡《ほろ》びず。嗚呼《ああ》、増も亦人傑《じんけつ》なるかな)」ヲ以テコレヲ結ブ。コノ法、『韓文』「争臣論[一三]」ノ前段、陽城《ようじょう》[一四]ヲ貶斥《へんせき》シ尽《つく》シテ、末《すゑ》ニ至リテ「今雖不能及已、陽子将不得為善人乎(今、及ぶ能はざるのみと雖も、陽子《ようし》将《は》た善人《ぜんにん》たることを得ざらんや)」ヲ以テ結ブニ本《もと》ヅク。コレ、世ノ知ル所ナリ。ソノ実ハ、『荘子・天下篇[一五]』ニ、前スデニ墨子《ぼくし》[一六]ヲ排撃《はいげき》シ尽《つく》シテ、末ニ至リテ、「雖然、墨子真天下之好也。将求之不得也、雖枯槁不舎也。才士也夫(然りと雖も、墨子《ぼくし》は真《まこと》に天下の好《この》むものなり。将《まさ》に之れを求めて得ざらんとするや、枯槁《ここう》すと雖も舎《す》てざるなり。才士《さいし》なるかな)」ヲ以テ結ブ。コレ、二家文法ノ本《もと》ヅキ来《きた》ル処ナリ。韓・蘇文ノ絶妙ナルコトハ、文家ミナコレヲ知レドモ、ソノ法ノ『荘子』ニ本ヅクコトハ、前人イマダ論及セズ。

放胆《ほうたん》　小心《しょうしん》

『文章規範《ぶんしょうきはん》[一七]』ニ、放胆《ほうたん》[一八]・小心《しょうしん》ノ二目《にもく》ヲ判《わか》ツ。コレハ、文ヲ学ブノ道、初メハ豪《ごう》蕩《とう》ヨリ入リテ、後《のち》ニ細《こま》カニシマリテ書クベキヲ教《をしふ》ルナリ。コノ意ハ、梁《りょう》[一九]ノ簡文帝《かんぶんてい》

一四 唐の教育者(七三六－八〇五)。「争臣論」で批判された人。
一五 荘子の最後、第三十三篇。総論として、他の諸子学派を批判する。
一六 墨翟。先秦の諸子百家の一つ。博愛主義を主張した。
一七 →三九〇頁注一二。
一八 文章軌範七巻のうち、巻一・巻二を「放胆文」とし、巻三から巻七までを「小心文」とする。
一九 南朝、梁の武帝の子、第二代皇帝(五四九－五五一在位)。

「誡ル二当陽公一書ヲ」一ニ曰、「立身之道、与文章異。立身先須謹重、文章且須放蕩（身を立つるの道は、文章と異《こと》なり。身を立つるは先《ま》づ須《すべか》らく謹重《きんちよう》なるべく、文章は且《かつ》須らく放蕩《ほうとう》二なるべし）」。藝文類聚廿三。三 マタ、欧陽修ノ言ニ、「文字既馳騁、亦要簡重（文字既《すで》に馳騁《ちてい》すれば、亦、簡重《かんちよう》を要《よう》す）」困学紀聞。四 王氏談録。五 ト云フヲ祖トス。蓋《けだ》シ作《さく》文《ぶん》必ズ豪蕩ヨリ入ラザレバ、筆端窘束《ひつたんくんそく》シテ、文気《ぶんき》、活動ノ機ヲ発スルコト能ハズ。故ニ先《ま》ヅコノ処ヨリ根拠《こんきよ》シ来《きた》リ、文字馳騁《ちてい》ノ勢《いきほひ》アリテ、後ニ始メテ簡重《かんちよう》ニ帰《き》スベキヲ教《をしふ》ルナリ。

官《かん》名《めい》

官名ハ礼制《れいせい》ノ係《かか》ル所ナリ。尤《もつと》モ宜《よろ》シク斟酌《しんしやく》シテ、謹《つつしん》デコレヲ書《しよ》スベシ。世《よ》ニ古今《ここん》アリ、境《きよう》ニ彼我《ひが》アリ。ソノ職掌崇卑《しよくしようすうひ》、モトヨリ相類《あひるい》セズ。強《しひ》テ彼土《かのど》ノ称《しよう》ニ循《したがは》ントセバ、大《おほい》ニ事体《じたい》ヲ失《うしなふ》ニ至ルベシ。彼土ニ在リテモ、仍《なほ》ミダリニ古官名《こかんめい》ヲ称スルヲ喜バズ。コノコト、北魏《ほくぎ》七ノ時ニ在リテ、李《り》六安世《あんせい》、早ク既ニ明辨《めいべん》セリ。ソノ伝《でん》ニ曰、「安世、天安初、累遷主客令。蕭賾使劉纘朝貢。纘等呼安世為典客。安世曰、「三

一 簡文帝の子、蕭大心（五二三―五五一）。
二 自由。
三 ↓四〇八頁注一二。巻二十三は、人部七・鑑誡。
四 ↓三八〇頁注七。巻十七・評文。
五 即ち王洙談録。↓三八四頁注一三。
六 学者にして政治家（四四三―四九三）。伝は、魏書・五十三。
七 北魏、献文帝の年号（四六六―四六七）。
八 南斉の武帝（四八二―四九三在位）。北朝の歴史

代不共礼、五帝各異楽。安足以亡秦之官称於上国」。纉曰、「世異之号、凡有幾也」。安世曰、「周謂掌客、秦改典客、漢名鴻臚、今曰主客。君等不欲影響文武、而殷勤亡秦」(安世《あんせい》、[七]天安《てんあん》の初《はじ》め、主客令《しゆかくれい》に累遷《るいせん》す。[八]蕭賾《しようさく》、劉纉《りゆうさん》をして朝貢《ちようこう》せしむ。纉等《さんら》、安世を呼んで[九]典客《てんかく》と為《な》す。安世曰《い》はく、「三代、礼を共にせず、五帝《ごてい》、各《おの》おの楽《がく》を異《こと》にす。安《いづく》んぞ[一〇]亡秦《ぼうしん》の官《かん》を以て[一一]上国《じようこく》に称《しよう》するに足らんや」と。纉曰《い》はく、「世《よ》異《こと》なるの号、凡《およ》そ幾《いく》ばくか有る」と。安世曰はく、「周《しゆう》、[一二]掌客《しようかく》と謂《い》ひ、秦、典客《てんかく》と改《あらた》め、漢《かん》、鴻臚《こうろ》と名づく。今、主客と曰ふ。君等《きみら》、[一三]文《ぶん》・武《ぶ》を影響《えいきよう》することを欲せずして、亡秦《ぼうしん》に殷勤《いんぎん》にす」と)」、コレナリ。又孫樵《そんしよう》曰、「史家紀職官山川地理礼楽衣服、亦宜直書一時制度、使後人知某時如此、某時如彼、不当以禿屑浅俗、別取前代名器、以就簡編(史家、職官《しよつかん》・山川《さんせん》・地理《ちり》・礼楽《れいがく》・衣服《いふく》を紀《き》す、亦宜《よろ》しく直《ただ》ちに一時《いちじ》の制《せい》度《ど》を書き、後人《こうじん》をして某《ぼう》の時此《ときか》くの如く、某の時彼れが如きを知らしむべく、当《まさ》に[一四]禿屑浅俗《とくせつせんぞく》を以て、別に前代《ぜんだい》の名器《めいき》を取つて、以て簡編《かんぺん》に就くべからず)」。[一五]孫可之集、与高錫望書。真《まこと》ニ至《し》当《とう》ノ言ナリ。マタ、[一六]畢仲詢《ひつちゆうじゆん》ガ『幕府燕間録』ニ載ス、[一七]范文正公《はんぶんせいこう》、人ノ為《ため》ニ墓銘《ぼめい》ヲ作リ、已《すで》ニ封《ふう》ジテ発遣《はつけん》セントシテ、忽チ、自《みづか》ラ「[一八]師魯《しろ》ニ見セズンバアルベカラズ」ト云《いひ》テ、明日《みようにち》、ソノ文ヲ以テ師魯ニ示スニ、師魯コレヲ観《み》テ、「希

であるので、南朝の皇帝は、姓名をそのまま書く。この事件は、「天安の初め」ではない。魏書原文では、「天安初」のあとに別の記事があり、そして「累遷主客令」とある。南斉書・五十七によれば、劉纉が北朝に使いしたのは、永明元年(四八三)、北魏の太和七年のことである。

九「主客令」なのに「典客」と呼んだ。

一〇 下文に見えるように、典客は秦の官名。

一一 自分の国を上位とし、相手を地方政権と見たいいかた。

一二 この四つ、いずれも賓客接待が職務。「掌客」は、周礼・秋官に見え、「典客」・「鴻臚」は、漢書・十九上・百官公卿表に、「典客は秦官…武帝、太初元年、名を大鴻臚と更(か)ふ」とある。

一三 周の文王・武王を受け継ぐ。

一四 現代のすれっからしのおそまつな風俗。

一五 孫樵集・二。

一六 畢仲詢は北宋の人。幕府燕間録は、その雑記。

一七 →三九〇頁注二。

一八 →四二六頁注一六。

文名重一時。後世所取信。不可不慎。今謂転運使為部刺史、知州為太守。現無其官。後必疑之(希文[一]、名、一時に重し。後世《こうせい》、信《しん》を取《と》る所。慎《つつし》まざるべからず。今、転[二]運使《てんうんし》を謂《い》つて部《ぶ》の刺史《しし》[三]と為《な》し、知州《ちしゅう》[四]を太守《たいしゅ》[五]と為《な》す。現《げん》に其の官無し。後《のち》、必ず之れを疑《うたが》はん)」ト云《いひ》ケレバ、希文《きぶん》、憮然《ぶぜん》トシテ「頼以示子。不然、幾失之(頼《さいはひ》に以て子《し》に示す。然らずんば、幾《ほと》んど之れを失はん)」ト云《いひ》シトゾ。陔餘叢考[六]。朱子《しゅし》[七]モ亦云《いは》ク、「今人於官名地名、好用前代名目、以為古。将一代制度疆理、皆溷乱不可考矣(今人《きんじん》、官名・地名に於いて、好《この》んで前代《ぜんだい》の名目《めいもく》を用ひて、以て古《いにしへ》と為《す》。将《まさ》に一代の制度《せいど》・疆理《きょうり》、皆溷乱《こんらん》して考ふべからざらんとす)」。マタ、陶宗儀《とうそうぎ》[八]曰、「凡書官衙、倶当従実(凡そ官衙《かんがん》を書く、倶《とも》に当《まさ》に実《じつ》に従《したが》ふべし)」。輟耕録[九]。コレニ継《つい》デ、阮葵生《げんきせい》[一〇]、茶餘客話。張爾岐《ちょうじき》[一一]、蒿庵間話。亦ミナ官名《かんめい》、古称《こしょう》ヲ用《もちふ》ルノ誤《あやまり》ヲ辨《べん》ズ。焦循《しょうじゅん》[一二]謂《いは》ク、「文章ノ道、二途《にと》アリ。経《けい》ヲ説キ古《いにしへ》ヲ論ズルノ文ハ、古ニ就《つい》テ古ヲ論ズルモノナレバ、時《じ》俗《ぞく》ノ称呼《しょうこ》ヲ羼入《さんにゅう》スベカラズ。行状《ぎょうじょう》・墓誌《ぼし》ノ文ハ、当時ノ事実ヲ述ベテ将来ノ典要《てんよう》トナスモノナレバ、必《かならず》シモ過《すぎ》テ古ニ拘《こだ》ハルベカラズ」。雕菰楼集[一三]、属文称謂答。袁枚《えんばい》[一四]モ亦謂《いは》ク、「碑伝《ひでん》ノ標題《ひょうだい》ハ宜《よろ》シク本朝ノ官爵ヲ書《しょ》スベシ。昔人《せきじん》スデニコレヲ論ズ。但行《ただこう》文《ぶん》ノ処ニ至リテハ、アナガチニコノ例ニ泥《なつ》ムベカラズ。或ハ古称《こしょう》ニ依リテ、太守《たいしゅ》・

一 范仲淹の字。
二 宋代の地方官、路(今の省ぐらい)の軍事、司法、行政を管理する。
三 漢代の地方官、全国を十三州に分けた長官。現在の省ぐらいの単位を治める。唐代の刺史などよりもずっと地位が高い。
四 州知事。
五 漢代の地方官、郡の長官。郡は、日本とは逆に、県をいくつか管轄する上級の行政単位。
六 →四三七頁注四七。巻二十二「文章、仮借を忌む」。なお、内容は上文、孫樵から、下文、朱子の説まで含む。
七 →三七五頁注二。
八 元の学者。
九 陶宗儀の随筆。三十巻。その巻五「碑志書法」。
一〇 阮葵生は、清の政治家(一七二七—八九)。茶餘客話は、その随筆。十二巻。引用は巻七。
一一 張爾岐は、明末清初の学者(一六一二—七七)。蒿庵間話は、その随筆。二巻。引用は巻二。
一二 →四一四頁注一二・四三〇頁注一三。
一三 →四一四頁注一二。「属文称謂答」は巻十二。
一四 →四三六頁注二六。

観察《かんさつ》・牧《ぼく》・令《れい》・刺史《しし》等《とう》ノ名ヲ称シ、或ハ俗《ぞく》ニ依リテ制府《せいふ》・藩司《はんし》・臬使《げつし》等ノ名ヲ称スルコト、古ノ大家《たいか》ニ皆コノ例アリ。ソノ古称ニ従フモノハ、渾瑊《こんしん》[一五]ハ金吾衛大将軍《きんごえいだいしょうぐん》[一六]ヲ以テ扈駕《こが》セルヲ、権文公《けんぶんこう》[一七]、ソノ碑ヲ撰《せん》シテ、「公以大司馬翼従（公、大司馬《だいしば》[一八]を以て翼《よく》従《じゅう》す）」ト書ケリ。奚陟《けいちょく》[一九]ハ薨《こう》ジテ礼部尚書《れいぶしょうしょ》ヲ贈ラレタルヲ、劉禹錫《りゅううしゃく》[二〇]、ソノ碑ヲ撰シテ、「追贈大宗伯[二一]（追って大宗伯を贈《おく》らる）」ト書《しょ》ス。宋子京《そうしけい》[二二]ガ撰《せん》セル「馮侍講行状《ふうじこうぎょうじょう》」ニ、「大理寺《だいりじ》[二三]」ヲ「廷尉平《ていいひょう》」ト称シ、欧公ガ撰セル「許平《きょへい》[二四]墓志」ニ、「経略《けいりゃく》[二五]」ヲ「大帥《だいすい》」ト書シ、帰震川《きしんせん》[二六]ガ「張元忠伝《ちょうげんちゅうでん》」ニ、「某知県《ぼうちけん》」ト称《しょう》スベキヲ「銭唐令《せんとうれい》[二七]」ト書シ、「洧南居士伝《いなんこじでん》[二八]」ニ、「某知府《ぼうちふ》」ト称スベキヲ「某太守[二九]」ト書《かく》ガ如《ごと》キハ、ミナ俗《ぞく》呼《こ》ヲ修《をさ》メテ、古称ニ従フナリ。ソノ俗称ニ従フモノハ、唐ノ時、郡佐《ぐんさ》ト云フハ、司《し》馬《ば》ノ俗呼ナリ。李珏《りかく》[三〇]ガ「牛僧孺碑《ぎゅうそうじゅひ》」ニ「宋申錫貶郡佐（宋申錫《そうしんしゃく》[三一]、郡佐《ぐんさ》に貶《へん》せらる）」ト書ス。又、唐ニ院監《いんかん》・巡院《じゅんいん》ト云フハ、度支使《たくしし》・塩池監《えんちかん》ノ俗呼ナリ。韓文公ガ「塩《えん》[三二]法条議《ぼうじょうぎ》」ニ、コレヲ用《もちふ》ルガ如キ、コレナリ」。小倉山房集、古文凡例[三三]。袁枚ガ前ニ援《ひ》ク所ニ据《よ》レバ、凡《およそ》行文《こうぶん》ノ間《かん》ニ施《ほどこ》スニハ、碑《ひ》・伝《でん》ト雖《いへど》モ、亦古称ヲ用《もちふ》ルコト妨《さまた》ゲズ。今コノ例ヲ以テ推ス時ハ、凡ソ行文ノ間《かん》、姑《しば》ラク彼土《かのど》ノ官名《かんめい》ニ準擬《じゅんぎ》シテ、コレヲ借用《しゃくよう》スルモ、亦不可《ふか》ナキニ似《に》タリ。余、又、韓文ニ就《つい》テコレヲ考《かんがふ》ルニ、「代テ[三四]㆓張籍ニ㆒与フル㆓李

一五 唐の少数民族出身の将軍（七三五―七九八）。
一六 唐の近衛軍の司令官。
一七 唐の文学者にして政治家、権徳輿（七五九―八一八）の諡。その「渾公神道碑銘」は、権載之文集・十三。
一八 周礼・秋官の長官。
一九 唐の政治家（七四五―七九九）。
二〇 唐の文学者（七七二―八四二）。「奚公神道碑」は、劉夢得文集・二十八に載せる。
二一 周礼・春官の長官。「春官」は、のちの「礼部」の職掌にほぼ相当。
二二 宋祁の字。→三八八頁注一。
二三 「大理寺」も「廷尉平」も、刑罰を掌る。「廷尉平」は、漢代の名称。
二四 欧陽修に「許平墓志」はない。未詳。
二五 経略安撫使。宋代、路（今の省規模）の軍事司令官。
二六 →四二八頁注二二。「張元忠伝」は、即ち震川先生集・二十六「元忠張君家伝」。底本「張之忠伝」に誤る。袁枚「古文凡例」によって正す。
二七 「令」は、唐以前の県の長官。
二八 震川先生集・二十六。杜孟乾の伝記。
二九 →注五。
三〇 李珏は、唐の政治家（七八五―八五三）。底本は「李玉」に誤る。袁枚「古文凡例」によって正す。その「牛僧孺神道碑」は、唐文粋・五十六に収める。
三一 唐の政治家（?―八三三）。
三二 韓愈「塩法を変ずる事宜を論ずる状」。韓昌黎集・四十。
三三 袁枚の文集小倉山房文集の巻首にある。
三四 →四四一頁注三五。

浙東ニ書」ニ曰、「方今居方伯連率之職（方今《ほうこん》、方伯《ほうはく》・連率《れんすい》の職に居り）」、「送ル[一]許郢州ヲ序」ニ曰、「于公身居方伯之尊（于公《うこう》、身《み》、方伯の尊《そん》に居り）」、「贈ル[二]崔復州ニ序」ニ曰、「県令不以言、連帥不以信（県令《けんれい》、以て言はず、連帥《れんすい》、以て信ぜず）」、又曰、「崔君為復州、其連帥則于公（崔君《さいくん》、復州《ふくしゅう》と為《な》り、其の連帥《れんすい》は則ち于公《うこう》[三]）」。コノ類、ミナ観察使《かんさつし》ト称スベキヲ、方伯《ほうはく》・連帥《れんすい》ト云フ。唐ノ観察使ハ、周ノ時ノ方伯・連率《れんすい》ニ類《るい》セルヲ以テ、準擬《じゅんぎ》シテコレヲ借称《しゃくしょう》ス。コレハ、蓋《けだ》シ「秦琅邪台頌《しんろうやだいしょう》[四]」ニ、「方伯分職、諸治経易（方伯《ほうはく》、職《しょく》を分《わ》かち、諸治経易《しょちけいい》なり）」ノ文ニ根拠《こんきょ》ス。秦、天下ヲ分《わか》ッテ三十六郡トシ、守《しゅ》[五]・尉《い》・監《かん》ヲ置《お》テ、コレヲ治ム。方伯ノ名ナシ。然ルニ、「頌」ニ周ノ官名ヲ借用ス。『漢書《かんじょ》[六]・何武伝《かぶでん》』ニ曰、「刺史、古之方伯、上所委任（刺史《しし》は、古《いにしへ》の方伯、上《しょう》の委任する所）」。コレ、ソノ明証トスベシ。コレニ継《つい》デ、『後漢書』明帝《めいてい》[七]ノ詔《しょう》ニ、「方今上無天子、下無方伯（方今《ほうこん》、上《かみ》、天子無く、下《しも》、方伯無し）」ト云ヒ、『章帝紀[八]』ニ、「上無明天子、下無賢方伯（上、明天子《めいてんし》無く、下、賢方伯《けんほうはく》無し）」ト称シ、及ビ南斉《なんせい》、張敬児《ちょうけいじ》[九]ガ雍州刺史《ようしゅうしし》トナリシヲ、本伝ニ、「晩既為方伯（晩《ばん》に既に方伯と為《な》り）」ト称セシ類《るい》、古人、既ニコノ一例アリ。故ニ韓公、依《よっ》テコレヲ用《もち》ルナリ。ソノ俗称ニ従フモノハ、『左伝』ニ楚《そ》ノ官名ヲ書《しょ》シテ、直《ただち》ニ莫敖《ばくごう》[一〇]ト称

一 ↓四三四頁注三。于公は于頔。↓三七六頁注一三。
二 韓昌黎集・二十。
三 この于公も于頔。
四 史記・六・秦始皇本紀二十八年に載せる。「経易」は、史記正義によれば「常に平易に在り」という意。
五 秦始皇本紀二十六年に見える。守は長官、尉は軍事上の補佐官、監は官吏監督官。
六 漢書・八十六。何武のことば。
七 後漢書・二・明帝紀中元二年四月の詔。
八 同・三・章帝紀建初七年十月の条。
九 南朝、宋から南斉へかけての将軍（?—四八三）。南斉書・二十五に伝。
一〇 桓公十一年などしばしば見える。杜預の注は、「楚の官名」。

スルノ例ニシテ、『金・元史』ノ猛安《もうあん》[一一]・謀国《ぼうこく》・達魯花赤《たつろかせき》[一二]ト書《しよ》スノ類、ミナコノ例ニ依《よ》ルナリ。顧炎武《こえんぶ》[一三]曰、「元史諸志、皆用案牘中語。並無鎔范(元史諸志、皆、案牘中《あんとくちゆう》[一四]の語を用ふ。並《なら》びに鎔范《ようはん》[一五]無し)」。日知録[一六]。文人、モシ実《じつ》ヲ紀《き》スルヲ尚《たふと》ンデ、好ンデ俗称ヲ用ヒバ、顧炎武ガ所謂案牘中《いはゆるあんとくちゆう》ノ語ヲ用《もちふ》ルヲ免《まぬが》レズ。学者宜《よろ》シク詳考《しようこう》スベシ。

左《さ》伝《でん》錯《さつ》挙《きよ》

『左伝《さでん》』ニ事ヲ叙《じよ》スルニ、毎《つね》ニ姓《せい》・名《めい》・字《じ》・諡《し》等《とう》ヲ錯挙《さつきよ》シテ互ニ書《しよ》ス。コレハ、ソノ人、名《な》ハ某《ぼう》、字《あざな》ハ某、諡《おくりな》ハ某等《とう》ノコトヲ、始メニ詳記《しようき》セズシテ、行文《こうぶん》ノ間《あひだ》ニテ知ラシムルナリ。『史《し》』[一七]・『漢《かん》』ノ体《たい》ハ、ミナ先ヅソノ人ノ姓《せい》・名《めい》等ヲ始メニ掲《かか》ゲ出《いだ》ス。後世《こうせい》ノ伝ヲ撰《せん》シ、碑《ひ》・記《き》ヲ撰スル、多クハコノ一例ニ従《したが》フ。『左氏』ノ妙ヲ知ルモノ希《まれ》ナリ。劉勰《りゆうきよう》[一八]ノ如キ、却《かへつ》テ「左氏綴事、氏族難明(左氏《さし》、事《こと》を綴《つづ》る、氏族《しぞく》、明《あき》らめ難《がた》し)」ト云フ。文心雕龍[一九]、史伝篇。近《ちかごろ》、清《しん》、趙翼《ちようよく》[二〇]、亦コレニ従《したがう》テ「此究是古人拙処(此《こ》れ究《きは》めて是《こ》れ古《こ》人拙《じんせつ》なる処)」ト云フ。陔餘叢考[二一]。知ラズ、コレハ、氏《し》・族《ぞく》・名《めい》・字《じ》・爵《しやく》・邑《ゆう》・号《ごう》・諡《し》等ヲ文中《ぶんちゆう》ニ密布《みつぷ》シテ、人ヲシテ一読《いちどく》ノ際《さい》ニ了知《りようち》セシムルワ

一一 金史・附録「金国語解」によれば、「猛安は千夫の長、謀克(国)は百夫の長なり」。
一二 元の官名。蒙古人もしくは色目人(中央アジア諸民族)が任ぜられた各官庁の長官。
一三 →四二〇頁注二〇。
一四 公文書。
一五 鎔範と同じ。鋳型。一定のスタイル。「范」は、底本「范」に作る。日知録の原文によって改める。
一六 →四二〇頁注二〇。巻二十六「元史」。
一七 史記と漢書。
一八 →三七三頁注二一。
一九 →三八九頁注一七。史伝は、巻四、第十六篇。原文、「左氏綴事」と「氏族難明」の間にほかに二句ある。
二〇 →四二四頁注三。
二一 →四三七頁注四七。巻二「左伝の叙事、氏名錯雑」。

ザニテ、『左氏《さし》』文《ぶん》ノ絶妙《ぜつみよう》ノ処ナリ。

古《こ》文《ぶん》誤《ご》字《じ》

古人ノ文、一タビ後人《こうじん》ノ誤写《ごしや》ヲ経《へ》テ、作者ノ意《い》、明《あきら》カナラザルモノ多シ。[一]段玉裁《だんぎよくさい》説《せつ》ニ、「[二]陶淵明《とうえんめい》「[三]帰去来辞《ききよらいじ》」ノ「或命巾車（或《ある》いは巾車《きんしや》を命じ）」ノ句、「或巾柴車（或いは柴車《さいしや》を巾《きん》し）」ニ作ルベシ」ト云フ。ソノ証《しよう》ハ、[四]江文通《こうぶんつう》「[五]雑体詩《ざつたいのし》」ニ「日暮巾柴車（日暮《にちぼ》柴車《さいしや》を巾《きん》し）」ノ句アリ。コノ詩ハ、淵明ニ擬《ぎ》シテ作リタルニテ、[六]李善《りぜん》注ニ、「帰去来辞」ノ「或巾柴車（或いは柴車を巾し）」ヲ引《ひい》テ証トス。然レバ、李善ガ見ル所ノ本ハ、「或巾柴車」ニ作リタルコト明《あきら》カナリ。巾《きん》ハ飾《しよく》ナリ。払拭《ふつしよく》ノ義ニテ、「[七]呉都賦」ノ「呉王乃巾玉輅（呉《ご》王《おう》乃《すなは》ち[八]玉輅《ぎよくろ》を巾《きん》し）」ト同ジ。ソノ車ヲ払《はら》ヒ拭《ぬぐ》ウテ出《いづ》ルヲ云フナリ。若《も》シ『周礼《しゆらい》』ノ[九]巾車《きんしや》ハ、天子諸侯ノコトニテ、山野《さんや》ノ人ナドニ用《もち》ヰベキモノニアラズ。[一〇]経韻楼集、与張涵斎書。又、『文章軌範』ニ載セタル[一一]李《り》文《ぶん》叔《しゆく》ガ「[一二]書ス二洛陽名園記後ノ一」ニ「当秦隴之襟喉、而趙魏之走集。蓋四方必争之地也（秦《しん》・隴《ろう》の襟喉《きんこう》に当つて、趙《ちよう》・魏《ぎ》の走集《そうしゆう》。蓋し四方必争《ひつそう》の地なり）」ノ句、人多ク漫《まん》

一　↓三八七頁注二三。
二　東晋の詩人（三六五―四二七）。
三　陶淵明集・五、文選・四十五に収める。
四　南北朝、梁の詩人、江淹（四四四―五〇五）の字。
五　古詩から当時の詩人までのスタイルに擬して作った詩。三十首。文選・三十一に収める。
六　↓四〇八頁注七。
七　左思の「三都賦」の一つ（↓三八五頁注二二）。文選・五。
八　玉で飾った車。「輅」は、底本「路」に作る。経韻楼集及び文選原文によって改める。
九　周礼・春官の一官。官用車の管理を職掌とする。
一〇　↓三八七頁注二六。巻八。張涵斎は、段玉裁の友人で四歳年長という。宣城の人。
一一　李格非の字。北宋の文学者。洛陽名園記の著者。女詞人李清照の父。
一二　文章軌範・六に載せる。

然読過《ぜんどくか》シテ、ソノ誤《あやまり》アルヲ覚エズ。余疑フ、「而趙魏之走集」ノ句、語気着落《ちやくらく》セズ、句法整《ととの》ハズ。何故《なにゆゑ》ナリヤトオモヒシニ、後《のち》ニ『東都事略《とうとじりやく》・李格非伝《りかくひでん》』[一三]ニ全文ヲ載《の》セタルヲ取リテ、対校《たいこう》スルニ、『事略』ニハ「而」字ヲ「面」字ニ作レリ。コレニ於テ、始メテ今本《きんぽん》ノ「而」字ハ「面」字ノ誤ナルコトヲ悟《さと》レリ。面ハ嚮《きよう》ナリ。「面趙魏之走集（趙《ちよう》・魏《ぎ》の走集《そうしゆう》に面《むか》ふ）」ノ句、「当秦隴之襟喉（秦《しん》・隴《ろう》の襟喉《きんこう》に当《あた》る）」ノ句ト正ニ相対《あひたい》シテ、文義始メテ整斉ナリ。「走集」ノ字ハ、『左伝・昭公廿三年』ニ、「修其土田、険其走集（其の土田《どでん》を修《をさ》め、其の走集を険《けん》にす）」ニ本《もとづ》ク。杜注[一四]ニ、「走集、辺竟之塁壁（走集は、辺竟《へんきよう》[一五]の塁壁《るいへき》）」ト云フトキハ、敵ノ攻メコム入リ口ニシテ、兵ノ馳《は》セ集《あつま》ル場所ヲ云フナリ。コレヲ取リテ、ソノ地ノ枢要《すうよう》ノ所ニ向ヒ当ルヲ云フ。コレニテ、従前ノ疑《うたがひ》、渙然《かんぜん》[一六]トシテ氷釈《ひようしやく》セリ。

一三　→四二五頁注二六。
一四　杜預の注。
一五　境と同じ。
一六　杜預「春秋序」（春秋経伝集解の序）の語。

標《ひよう》抹《まつ》圏《けん》点《てん》

宋人《そうひと》、書ヲ読ムニ、標抹圏点ヲ加《くは》フ。呂東萊《りよとうらい》ノ『古文関鍵《こぶんかんけん》』[一七]、楼迂斎《ろううさい》[一八]ノ『崇古文訣《すうこぶんけつ》』、ミナ鉤抹《こうまつ》アリ。陳振孫《ちんしんそん》『書録解題《しよろくかいだい》』[一九]古文関鍵ノ条ニ、「其標抹注釈、以教初学

一七　→四〇二頁注三。
一八　南宋の文学者楼昉の号。崇古文訣は秦・漢から宋までの古文の選集。三十五巻。昌平坂学問所刊行の本がある。
一九　→四一五頁注二七。巻十五・総集類。

（其の標抹注釈は、以て初学に教ふ）」ト云フハ、コレナリ。朱子[一]、読書法ヲ論ジテ曰、「先以某色筆抹出、再以某色筆抹出（先づ某色《ぼうしよく》の筆《ふで》を以て抹出《まつしゆつ》し、再《ふた》び某色の筆を以て抹出す）」。コレヲ観レバ、ソノ標抹、或ハ朱筆《しゆひつ》、或ハ緑筆《りよくひつ》等ノ各色ヲ以テ差《さ》別《べつ》ヲセシコトト見エタリ。『四庫全書提要』[二]ニ云、「宋人読書、於要処多以筆抹。不似今人之圏点（宋人、書を読む、要処《ようしよ》に於《お》いて多く筆を以て抹《まつ》す。今人《きんじん》の圏点《けんてん》に似ず）」。コレニ据《よ》レバ、宋ノ時ハ、専ラ標抹ヲ施《ほどこ》スノミニシテ、圏点ハ尤《もつと》モ後世《こうせい》ニ始マル由《よし》ナレドモ、『提要』[三]ニ又云、「方回瀛奎律髄、羅椅放翁詩選、初稍稍具円点。是盛於南宋末矣（方回《ほうかい》の『瀛奎律髄《えいけいりつずい》』[四]、羅椅《らい》の『放翁詩選《ほうおうしせん》』[五]、初めて稍稍《やや》円点《えんてん》を具《そな》ふ。是れ南宋《なんそう》の末《すゑ》に盛んなり）」。コレヲ観《み》レバ、圏点スデニ南宋ノ末《すゑ》ニ盛《さか》ンニ行ハレタルナリ。今攷《かんが》フルニ、『宋史《そうし》・儒林《じゆりん》・何基伝《かきでん》』[六]ニ曰、「凡所読、無不加標点。義顕意明、有不待論説而自見者（凡《およ》そ読む所、標点《ひようてん》を加《くは》へざるは無し。義《ぎ》顕《あら》はれ意《い》明《あき》らかにして、論説《ろんせつ》を待たずして自《おのづか》ら見《あら》はるゝ者有り）」。コレ、宋ノ時、標抹圏点、倶《とも》ニ行《おこな》ハレタルノ証《しよう》トスベシ。『提要』ノ後説《こうせつ》ヲ是《ぜ》トス。前説《ぜんせつ》ハ誤レリ。又、袁枚《えんばい》[七]ガ『小倉山房集』ノ「古文凡例」[八]ニ、「唐人劉守愚文冢銘云、「有朱墨囲者」、疑即圏点之濫觴（唐人劉守愚《とうひとりゆうしゆぐ》[九]「文冢銘《ぶんちようめい》」[一〇]に云《い》ふ、「朱墨囲《しゆぼくい》の者有り」、疑《うたが》ふらくは即《すなは》ち圏点《けんてん》

一 ↓三七五頁注二。出所未詳。朱子語類・読書法の巻には見えない。
二 ↓四一六頁注二二。巻一八七・古文関鍵の条。
三 この提要のことば、出所未詳。
四 元の方回（一二二七―一三〇六）が編した近体詩の総集。題による類別で四十九類、四十九巻。
五 南宋の羅椅が編した陸游の詩の選集。前集十巻が羅椅、後集八巻は元の劉辰翁の編。
六 宋史・一九七・儒林八。
七 ↓四三六頁注二六。
八 ↓四五三頁注三三。
九 劉蛻の字。
一〇 「梓州兜率寺文冢銘」。自分の原稿を埋めた塚の銘。

の濫觴《らんしよう》[一一])」ト云フニ据《よ》レバ、圏点ハ、唐ヨリ刱《はじ》マルガ如《ごと》クオモハルレドモ、コレハ袁枚、一時《いちじ》「文冢銘《ぶんちようめい》」ヲ誤解《ごかい》セル説《せつ》ニテ、信ズルニ足ラズ。「文冢銘」ハ『劉蛻《りゆうぜい》集《しゆう》』ノ巻三ニ載ス。ソノ文ニ、「朱墨囲者」ト云フヲ塗乙《といつ》[一二]・注揩《ちゆうかいとう》等ト並《なら》べ称《しよう》スル時ハ、「朱墨囲」トハ、円圏《えんけん》ヲ以テ衍字《えんじ》[一三]ヲ芟《けづ》リ去《さ》ルヲ云フ。東坡ガ「和《ス》[一四]ニ欧陽弼《ノ》詩藁《ニ》」ニ、「淵明為小邑(淵明小邑《えんめいしようゆう》と為《な》り)」ノ「為」字ヲ圏《けん》シ去《さ》リテ、改メテ「求」字ニ作リ、春渚紀聞[一五]。『朱子語類《しゆしごるい》[一六]』ニ、「韓文、送陳彤秀才序、多一不字。後山伝欧陽本、圏了此不字(『韓文』、「陳彤秀才《ちんとうしゆうさい》[一七]を送る序」、一「不」の字多し。後山《こうざん》[一八]が伝《つた》ふる欧陽《おうよう》[一九]本《ぼん》に、此の「不」の字を圏し了《をは》る)」ト云ヒ、及ビ宋ノ方崧卿《ほうすうけい》[二〇]ガ『韓集挙正《かんしゆうきよせい》[二一]』ニ、衍去《えんきよ》ノ字ハ、皆円圏《えんけん》ヲ以テコレヲ囲ムノ類ト同ジ。圏点ノコトニハアラズ。且《か》ツ圏点ハ、古文ヲ読ムノ法ナリ。何ゾ自《みづか》ラソノ作ル所ノ文ニ圏点ヲ加《くは》フルコトアランヤ。ソノ説ノ誤《あやまり》ナルコト明《あきらか》ナリ。

一一 起源。始まり。
一二 「文冢銘」の「有朱墨囲者」の上文に、「塗者、乙者、注揩者、覆背者」が並んでいる。塗は、塗りつぶし、乙は、顚倒、注揩(揩に通用)は、書き改め、覆背は、裏がえし。
一三 余分の字。
一四 蘇軾詩集・三十四「欧陽叔弼の訪はれ…」の詩。春渚紀聞の原文によれば、「「欧陽弼に和する」詩藁」と読むべきであろうが、今は訓点のままにする。
一五 →三八七頁注一六。巻七「作文屢ば改むるを憚らず」。
一六 →三七五頁注四。巻一八九・論文上。
一七 韓昌黎集・二十。
一八 陳師道の号。→三八三頁注一六。
一九 欧陽修の所持していた本であろう。
二〇 南宋の政治家で学者(一一九—七八)。
二一 韓愈の文集の校勘をした書。単行で十巻外集一巻。「衍去ノ字…」は、この書の四庫提要に見える。

文章軌範原本《ぶんしようきはんげんぽん》

宋人、韓・柳・欧・蘇等ノ古文ヲ批選《ひせん》スルモノ、前《さき》ニ呂東萊《りよとうらい》[二二]祖謙アリ。次《つぎ》ハ楼迂《ろうう》[二三]

二二 →四〇二頁注一。
二三 →四五七頁注一八。

斎《さい》昉、又ソノ次ハ謝畳山《しやじようざん》[一]枋得ナリ。東萊ノ書ハ、『古文関鍵《こぶんかんけん》』[二]二巻アリ。迂斎ハ『崇古文訣《すうこぶんけつ》』[三]卅五巻アリ。畳山ハ『文章軌範《ぶんしようきはん》』[四]七巻アリ。又虞邵庵《ぐしようあん》[五]『文選心訣《もんぜんしんけつ》』アリ。亦相輔《あひたす》ケテ併《なら》ビ行《おこな》ハル、ニ足ル。畳山ノ書《しよ》、坊間《ぼうかん》ニ行《おこな》ハル、モノハ、明《みん》以来ノ俗本《ぞくほん》ニシテ、据《よ》ルニ足ラズ。朝鮮板覆刻《ちようせんばんふつこく》[六]ノ本ヲ以テ佳種《かしゆ》トスベシ。又、『四庫提要《しこていよう》』[七]ニ、門人王淵済《おうえんさい》[八]ノ跋《ばつ》ヲ援《ひ》キタレドモ、今本《きんぽん》ミナコレヲ載セズ。余《よ》ガ往歳《おうさい》、覩《み》シ所ノ本《ほん》ハ、前《まへ》ニ目録《もくろく》アリ。第五巻目録ノ「読李翺文（李翺文《りこうぶん》[九]を読む）」ノ後《あと》ニ、識語《しきご》アリ。云、「此篇除点抹係先生親筆外、全篇却無一字批注（此の篇、点抹《てんまつ》、先生の親筆《しんぴつ》に係《かか》るを除《のぞ》くの外《ほか》、全篇却《ぜんぺんかへ》つて一字の批注《ひちゆう》無し）」。第六巻目録ノ「岳陽楼記《がくようろうき》[一〇]」ノ後《あと》ニ亦云、「此一篇、先生親筆、秖有圏点而無批注。如前出師表、則併圏点亦無之。不敢妄以己意増益、姑仍其旧。淵済謹識（此の一篇、先生の親筆、秖《た》だ圏点《けんてん》有つて批注《ひちゆう》無し。「前出師《ぜんすいし》[一一]の表《ひよう》」の如きは、則《すなは》ち圏点を併《あは》せて亦之れ無し。敢へて妄《みだ》りに己《おの》が意を以て増益《ぞうえき》せず、姑《しばら》く其の旧《きゆう》に仍《よ》る。淵済謹《えんさいつつし》んで識《しる》す）」。第七巻目録ノ「帰去来辞《ききよらいじ》[一二]」ノ後ニ、マタ識語《しきご》アリ。云、「右、此集惟送孟東野序・前赤壁賦、係先生親筆批点。其他篇、僅有圏点而無批注。若夫帰去来辞、則与種字集出師表一同、併圏点亦無之。蓋漢丞相・晋処士之大義清節、乃先生之所深致意者也。今不敢妄自増益、

一　↓三九〇頁注一二。
二　↓四〇二頁注三。
三　↓四五七頁注一八。
四　↓三九〇頁注一二。
五　虞邵庵は、元の文学者虞集（一二七二―一三四八）の号。文選心訣は、韓愈・柳宗元・欧陽修・蘇洵・蘇軾・曾鞏の序と記の選集。一巻。昭明の文選とは無関係。
六　文政元年（一八一八）昌平坂学問所刊本。のち、版木・原本ともに焼け、昌平坂学問所は、のち、嘉永六年（一八五三）に元刊本を覆刻した。この本が最近影印された（京都、一九七九年）。
七　巻一八七・総集類・文章軌範の条。以下も同じ。
八　謝枋得の門人。
九　欧陽修の文。李翺は↓三八二頁注一。
一〇　范仲淹の文。岳陽楼は、今の湖南省岳陽にあって洞庭湖を望む楼。
一一　三国、蜀の諸葛亮（一八一―二三四）の文。
一二　↓四五六頁注三。

姑闕之以俟来者。門人王淵済謹識(右、此の集、惟《た》だ「[一三]孟東野《もうとうや》を送る序」・「[一四]前赤壁《ぜんせきへき》賦《ふ》」のみ、先生の親筆の批点《ひてん》に係《かか》る。其の他の篇、僅《わづ》かに圏点有つて批注無し。若し夫れ「帰《き》去来辞《きよらいじ》」は、則ち『[一五]種字集《しゆじしゆう》』「出師表《すいしひよう》」と一同《いちどう》、圏点を併《あは》せて亦之れ無し。蓋《けだ》し[一六]漢《かん》の丞相《じようしよう》・[一七]晋《しん》の処士《しよし》の大義《たいぎ》清節《せいせつ》、乃《すなは》ち先生の深く意《い》を致《いた》す所の者なり。今、敢《あ》へて妄《みだ》りに自《みづか》ら増益《ぞうえき》せず、姑《しばら》く之れを闕《か》いて以て来者《らいしや》を俟《ま》つ。門人王淵済謹《おうえんさいつつし》んで識《しる》す)」。コレ即《すなはち》『提要』引《ひく》トコロノ王跋《おうばつ》ナルモノナリ。但《ただ》『提要』ニ「前有王守仁序(前に[一八]王守仁序《おうしゆじんじよ》有り)」ト云フヲ観《み》レバ、ソノ拠《よ》ルトコロノ本、仍是《なほこれ》[一九]明刊《みんかん》ナリ。コノ本ハ、イマダ明人《みんひと》ノ手ヲ歴《へ》ザルモノナレバ、真《しん》ニ謝氏《しやし》ノ原本《げんぽん》トスベキナリ。

一三 →四一九頁注九。
一四 →四三九頁注六五。
一五 即ち、巻六。この書は、「侯王将相有種乎」で七巻を名づけている。
一六 諸葛亮。
一七 陶淵明。
一八 →三九六頁注一一。
一九 王守仁は明人だから。

余《よ》、既《すで》に二三《にさん》の君子《くんし》と、『漁村文話《ぎよそんぶんわ》』を校刊《こうかん》す。或るひと曰はく、「先生《せんせい》、窮経《きゆうけい》[一]を以て自《みづか》ら居《を》る。復《ま》た此[二]の種《しゆ》の著《ちよ》有るは、何ぞや」と。余、之れに応《おう》じて曰はく、「文辞の道《みち》、治経《ちけい》と本《もとに》二途《と》無し。用《もち》ふる所何如《いかん》と顧《かへり》みるのみ。是《こ》こを以て訓義《くんぎ》[三]に沈潜《ちんせん》し、句読《くとう》に反復《はんぷく》す。此れ、昌黎畢生用力《しようれいひつせいようりき》の処、而《しか》うして治経《ちけい》の功《こう》、又曷《なん》ぞ嘗《か》つて此こに外《ほか》有らんや。故に先生、平日経訓《へいじつけいくん》を切劘《せつま》し、矻矻然《こつこつぜん》として一日《いちじつ》の如くして、而《しか》も又未《いま》だ嘗つて文辞《ぶんじ》を以て枝葉小技《しようしようぎ》と為《な》して之れを廃《はい》せず。蓋《けだ》し将《まさ》に経《けい》術《じゆつ》・文章を以て合《がつ》して一《いつ》と為《せ》んとするなり。是《こ》の書《しよ》の作《さく》の若《ごと》きは、本《もと》之れを家塾《かじゆく》に置《お》いて、以て晩学進歩《ばんがくしんぽ》の地と為《な》すに過ぎず、先生に在つては緒餘のみ。流伝《るでん》に意《い》有るに非ざるなり。抑者《おもふに》其の攷証《こうしよう》の博《はく》にして、持論《じろん》の精且《せいか》つ確《かく》、皆以て人の文《ぶん》情《じよう》を舒《の》べ、人の文機《ぶんき》を発《はつ》するに足《た》り、益《えき》を為すこと細《さい》ならず。而《しか》うして其の言《げん》皆依拠《いきよ》する所有り、論断《ろんだん》、敢《あ》へて苟《いやし》くも出ださず、則ち亦《また》以て其の包羅《ほうら》の富《ふ》にして、見聞《けんぶん》の參《し》[四]を見るに足る。学者、此れ由《よ》り手に入り、其の進んで韓《かん》・欧《おう》の文を攻《をさ》め、又進んで経訓《けいくん》を攻《をさ》むれば、将《まさ》に唯《た》だ其の易易《いい》たるを見んとす。則ち刊印《かんいん》して之れを行なふ、此《こ》れも亦吾《わ》が輩願学《はいがんがく》の志なり」と。剞劂《きけつ》[五]既《すで》に竣《をはり》を告《つ》げ、遂に斯言《しげん》を附《ふ》識《しき》して、以て読者に諗《つ》ぐ。嘉永壬子《かえいじんし》[六]夏五《なつご》、受業《じゆぎよう》、江戸《えど》[七]梨本宥《なしもとゆうつし》謹んで跋《ばつ》す。

一 経書の研究。
二 文章に関する著書。
三 韓愈「兵部李侍郎巽に上る書」の句。→三八三頁注一八。
四 大きさ。広さ。侈と同じ。
五 版木に刻る。
六 嘉永五年(一八五二)旧暦五月。
七 梨本静宥(一八一四—六七)。晴雪と号す。のち、函館奉行となる。

余既与二三君子、校刊漁村文話。或曰、「先生以窮経自居。復有此種之著、何耶」。余応之曰、「文辞之道、与治経本無二途。顧所用何如耳。是以沈潜乎訓義、反復乎句読。此昌黎畢生用力処、而治経之功、又曷嘗有外于此乎。故先生平日切劘乎経訓、矻矻然如一日、而又未嘗以文辞為枝葉小技而廃之。蓋将以経術文章合而為一也。若是書之作、本不過置之家塾、以為晩学進歩地、在先生緒餘焉耳。非有意於流伝也。抑者其攷証之博、而持論之精且確、皆足以舒人文情、発人文機、為益不細。而其言皆有所依拠、論断不敢苟出、則亦足以見其包羅之富、而見聞之参矣。学者由此入手、其進而攻韓欧之文、又進而攻経訓、将唯見其易易焉。則刊印而行之、此亦吾輩願学之志也」。剞劂既告竣、遂附識斯言、以諗読者。嘉永壬子夏五、受業江戸梨本宥謹跋。

漁村文話続終

（四三七頁脚注つづき）

四七 趙翼（→四二四頁注三）のエッセイ集。四十三巻。引用は、巻三十四「仏骨を諫むる表は本づく所有り」。
四八 清の梁玉縄の随筆。七巻。引用は巻六。
四九 十駕斎養新録。清の銭大昕（一七二八―一八〇四）の研究記録。二十巻、餘録三巻。引用は、巻十六「傅奕、浮図の法を詆る」。
五〇 唐の玄宗皇帝のときの政治家（六五一―七二一）。「開元の治」のときの宰相。
五一 遺言。新唐書・一二四、旧唐書・九十六の姚崇伝に載せるが、ここで引用されるのは、注に見えるように、新唐書に拠る。旧唐書のものと文章がすこし異なる。
五二 鳩摩羅什（三四四―四一三）。インドから中国へ来た僧。多くの仏経を中国語に訳した。
五三 五胡十六国の一つ、後秦の国王（三六六―四一六）。仏教を振興させた。
五四 向いあって翻訳する。翻訳者が口述し、それをもう一人が筆記する形。
五五 姚興は五十一歳でなくなり、なくなった翌年、後秦は滅亡する。
五六 北斉の武成帝高湛（五六一―五六五在位）の皇后。しばしば仏寺に詣でたが、僧と関係があったという。
五七 唐の中宗皇帝（七〇五―七一〇在位）の最初の諡。
五八 唐の高宗皇帝・則天武后のむすめ（?―七一三）。睿宗皇帝即位に力があったが、玄宗皇帝のとき、謀反を計画して殺された。
五九 唐の則天武后のおい（?―七〇七）。中宗の韋皇后と組んで政権を握り、太子を廃そうとして逆に殺された。

（四三九頁脚注つづき）

五六 →四三六頁注二五。巻三十九「欧陽公集に題す」。
五七 蘇洵。→三七五頁注三。「漢高祖論」は、嘉祐集・三・権書下・高祖。
五八 漢の高祖の皇后、呂雉（前二四一―一八〇）。高祖の死後、権力を握り、恵帝の死後は摂政となった。史記は、呂后本紀を建てている。
五九 漢の高祖と呂后の子、前漢第二代皇帝劉盈（前一九五―一八八在位）。病弱で二十三歳で崩じた。
六〇 政治家で文学者（七八七―八四九）。
六一 李文饒外集・一に収める。羊祜（二二一―二七八）は、西晋建国の功臣。賈充（二一七―二八二）は、西晋初期の権力者、娘が西晋第二代恵帝の皇后となった。
六二 →四二六頁注一。引用は、巻八・沿襲「呂后を去らざるは恵帝の為に計る」。
六三 「黄楼賦」は、蘇轍の作品。欒城集・十八。ここに東坡、即ち蘇軾というのは珊瑚鉤詩話からの誤り。以下、蘇軾の文について。
六四 →注一九。
六五 蘇軾文集・一。蘇軾が黄州の赤壁に遊んだことを賦した。前・後二篇ある。
六六 即ち「風賦」。中に雄風と雌風のことが見える。→注三八。
六七 →四三六頁注五。巻一。
六八 蘇軾文集・十七。
六九 北宋の政治家、趙抃（一〇〇八―八四）の諡。
七〇 →四二〇頁注一四。
七一 →三七三頁注一三。

原文

北海先生著

日本詩史

平安書肆
載文堂
文錦堂
風月堂
玉樹堂
發行

日本詩史序

北海先生著日本詩史而成。將上之梓。則命予序
之。予受而卒業。自中古而今世。數百千載之邈焉。
自王公而士庶。暨緇流紅粉之雜焉。殘篇賸語。膾
炙人口。而其名堙晦無聞者。廣蒐博采。人傳其略
旁及噉名俗子。好事估客。苟其詩可觀者。並錄而
無遺。蓋不以人廢才也。可謂詞家苦心藝苑盛舉
哉。然而斯史也。逮于近世則詳乎布韋。而略乎冠
冕者獨何也。先生博聞廣識。潛心于此者數年。豈
其有遺漏哉。然則予之平日慨然於懷者。無乃其
有徵乎。蓋　吾邦先王之奉神道以設其教。亦迨
乎聘舶相通也。則禮樂政刑。無一而不資諸漢唐
以為損益者。而其明經文章之選。亦惟無一而非
金馬玉堂之則也。故公卿大夫。翕然皆用心於詩
賦論頌。而若和歌則其緒餘也耳。延喜中。
敕編古今和歌集。而掌其選者。未必閥閱之胄也。
則可知以和歌名其家者。蓋當時縉紳名族之所
未必屑也已。嗟夫自皇綱解紐。學政不振。文事頹

詩史序　一

敗殆幾泯沒。於是乎和歌者流始擅萩柄。夸張相
尚。卒乃世之所稱歌仙者。推尊之甚比之神聖。視
其遺什猶典謨。古言或難曉則附以神祕之訣。齋
戒傳授。禮最崇重。輒曰和歌之敎之道。而王公之
學之禮。而穆穆宮禁。奉以爲盛典。吾儕小人。豈敢
置一辭。雖然三代聖人之道。有何等祕訣。而
吾邦中古。亦未聞有此儀也。降此而曲藝末技之
師。亦皆藉此機以于進。則種種衒飾。靡所不届。而
王公大人。或爲之甘心。至乃涓吉誓神。恭執弟子

禮。傳祕探密惟日不給。尚何暇屬辭苦心之業之
爲。宜乎近世廊廟之上。文學寥寥。亾聞于世者。而
惟衡門之寒。衲衣之陋。獨擅美于艸萊之下者。其
可勝嘆乎。抑雖世變之使然乎。亦未必無任其責
者也。予嘗持斯說將以微諷之。而青雲之與泥塗。
其相隔天壤不啻也。將質諸先覺則自喪吾景山
先生。而離群獨學日就孤陋。故抑憤蓄疑隱忍者
久之。幸矣斯史之作也。予多年之所懷今而足以
徵者。不亦喜乎。北海先生奕世名儒學識贍博。可

以大有爲者。而作此區區文士之擧。蓋其意之所
在豈徒哉。以故詩論所及諸子百家。無所不有。而
非寓褒於貶。則視戒於寵皮裡陽秋不可測焉。不
知先生托之以言其志者。如予所懷亦在其中乎。
庶幾王公大人一閱斯史。或有所憤發。而小用心
於文學乎。天庇之種。穀食之養。一日千里。豈敢凡
骨駑材之所企及哉。時方昇平。地是土中。　王室
肅雝。公卿委蛇。有寧處之遑。而無鞅掌之勞。餘力
學文。何求無成。況乃乘文明之運。而鳴泰平之美。

豈翅鴻業潤飾。皇猷黼黻。可謂　吾日出處之國
光。赫赫乎足以輝萬邦哉。艸莽微臣如順亦得被
其末光者。其喜豈有窮已哉。然則詩史之作也。其
關係亦大矣哉。因不自揣。敢書鄙見以爲之序。弁
質諸先生云爾。

明和庚寅冬十月

平安　醫員法眼武川幸順撰

日本詩史序

余蚤歳從　北海先生學。而得讀異邦之書。談異邦之詩。論異邦之世也。　先生之言曰。晉杜征南既建策平呉。又潛心訓詁春秋傳。其業可謂勤矣。而猶為不足。刊其成業於碑。為後世之名。其志可謂深矣。夫名不可以已者也。而猶名為利囮。君子弗論也。余因竊謂猶名為利囮。異邦人士滔滔皆是。蓋異邦自古者。聖明之主。莫不以舉能求賢為先務。而周時取士。敎官掌之。漢以後設選舉法。至後世科目益廣。乃童子有科目。耆老有禮徴。是以巖穴下能屈王侯之尊。

則終南為仕進捷逕。亦何足怪哉。唐時以詩試士。一時躁競。唯詩是務。後人稱詩盛於唐。抑亦時政所使焉。　吾邦自穹壤剖判。亘萬世一帝系統。政敎緊不與異邦同。況復昇平日久。海内仰無為之化。封建之制。上下分定。士民安業。靡有覬覦之心。靡有躁競之習。即有務為名高者。要是不為科第。則材學可稱。詩篇可傳者有焉。而後輩往往忽近。不必傳者不少。豈可不惜哉。吾　先生嘗有感於此。近撰日本詩史。并考其世與其人。以論其詩。嗚呼　先生之業可謂勤矣。　先生之志可謂深矣。宜刊而傳之。則後世其有所徴焉。傳曰。頌其詩讀其書。不知其人可乎。是以論其世也。是尚友也。　先生斯舉其得之哉

明和庚寅仲冬　　　柚木太玄謹撰

日本詩史凡例

一是編論詩以及人。非傳人以及詩。即巨儒宿學苟無篇章存在者、亦不論載焉。此所以名以詩史之義。

一是編本為十卷。起稿丙戌之秋、戊子業就。乃命男惊秉校焉。但余罷仕八年于茲、囊槖既竭、剞劂殊艱。因擬割愛先梓其半部。今茲庚寅二月惊秉罹疾没。鍾情之極、閉戸謝客、長夏無事、殆難銷日。乃修舊業、且以遺憂。會弟君錦自關東還。乃使其重校以附剞劂。初為十卷、尚未足稱詞壇陽秋。況刪其半。直是執圜為狗。即弊篇傳晒。抑亦婆心後輩云。

一五卷中、初卷商摧中古近古。朝廷文學、簪纓辭藻、始自白鳳時訖于慶長末。二卷者初卷緒餘。其所論載、為武弁、為醫、為隠、為釋氏、為閨閤。年代同上。但閨閤不可多得、則近時亦附焉。第三卷論述元和以後京師藝文、兼及他州。第四卷東都、兼及他州。第五卷第三第四兩卷緒餘、論及諸州。

一是編之作、全在揄揚允和以後藝文、而名以詩史則不得不原其始也。是以溯洄古昔者、不必廣蒐。蓋古昔詩可徴于今者、莫先乎懐風藻。懐風藻作者六十余人、詩凡百二十首。經國集雖殘缺、今存者二百餘首。麗藻集凡百首。無題詩集七百七十首。其餘中古近古諸集諸選尚多。若人人而評之、篇篇而論之、蕞尒一書、非所能辨。故斷不言及。今初卷所録、以林學士所撰一人一首為標準、畧陳瑜瑕、以成卷者、要之省筆減簡、不能不然。

一懐風藻所載朝紳、始自大納言中臣朝臣大島、訖于中宮少輔葛井連廣成。人必具官銜者、於義當然。是編本擬亦據其例、至刪為五卷、都除官称、單録姓名。亦唯省筆減簡、不能不然。

一是編初卷所論列、並是朝紳。絶無韋布士。由古選所收然也。蓋一時藝文特在青雲上、而草莽士無染指者歟。不然則懐風凌雲經國無題等諸選、率朝紳所纂輯。是以採擇不及民間歟。是編第三卷以下所論載、靡匪布素。元和以後朝野文武靡然嚮學、青雲上定不乏佳撰、而余意竊謂、以草莽士叨評論尊貴著撰、不敬之甚。以

故全不論次

一是編刪為五卷。闕略固所不論。而就其中言之、蓋亦非無差等。京師詳于東都、東都詳于諸州。此非有所私厚薄。余住京師者數十年、於京師文學頗得要領。東都隔遠、物色既難。況乎他州。余近覧本朝詩纂、私欽敬其盛擧。但其中録次京師近時作者、大為憒憒。其薫猶雜陳、亡論耳。若載余伯氏、已録伯氏姓名、又別擧伯氏舊名舊表號。此以伯氏一人為二人。餘可準知。噫以宗藩之勢、何求不得。加之文學之職、賓客之盛、

兼順其美、贊成其業、無所不至。而猶且如此。況余一人心力。管蠡海内、其謬誤奚啻千萬。

一是編所論次近時作者、必蓋棺論定而后敢論。若夫聲名顯著當今、下帷延徒、亡論余知與不知、並不擧瑜瑕。蓋譽之似黨、毀之似奪、不能不避嫌疑。但不以講説為業、及湮晦遠名、或羽翼未成者、不拘此例。

一我邦多復姓。操觚之士、或以為不雅馴。於是往往減為單姓。不翅代北九十九姓、其義得失姑置之。是編多完録姓氏、要使後人易撿索。而亦不盡然者有説也。余已載諸授業編。因不復贅。地名亦然。遠江州称袁州、美濃州称襄陽、金澤為金陵、廣島為廣陵之類、於義有害。是以一槩不書

一古曰、作詩之難、論詩更難。非論之難、論而得中正之難。夫詩體裁随時好尚從人。必欲使天下作者帰己所好、一非一是、矯枉過正。其極變温柔敦厚之教、開傾危争競之端。悲夫。孟子曰、物之不齊、物之情也。五色各色其色、未嘗失為其明。夫玄之與黄、孰是取焉、孰非捨焉。余不好為詭言異説以建門戸。是編所論、中古即以中古、

近時即以近時、京師即以京師、東都即以東都。人人各遂其體、評論冀無寸木岑樓之差

一是編所論載詩、大率近體、絶不及古詩者。中古朝紳詠言、近體間有可録。至古詩、殊失其旨。元和以後、作者輩出。近體詩實欲追歩中土作者。但五言古詩未得其面目。蘐園諸子文集、其首必多載樂府擬古諸篇。然以余論之、尚有可議者。其詳載諸授業編云

明和庚寅冬十月北海江邨綬題于賜杖堂

日本詩史卷之一

平安　江邨綬君錫著
弟　清絢君錦
男　悰秉孔均　同校

按史。應神天皇十五年。百濟國博士阿直岐來朝。獻周易論語孝經等書。上悦使阿直岐授經諸皇子。我邦經學蓋肇於此云。後阿直岐薦王仁。上乃詔百濟王徵王仁。王仁至。與阿直岐同侍講諸皇子。上崩。仁德天皇即位。遷都浪速。王仁獻梅花頌。

所謂三十一言和歌者也。或曰。異域之人。何以作和歌。所獻或是詩章。當時史臣。譯通其義耳。或曰。王仁歸化既久。熟我邦語言。學作和歌。未知孰是也。要之距今千有四百年。載籍罕傳其詳。不可得而知也。自仁德升遐。歷世三十。經年四百五十。天智天皇登極。而後鸞鳳揚音。圭璧發彩。藝文始足商確云

史稱。詩賦之興。自大津王始。紀淑望亦曰。皇子大津始作詩賦。而其實大友皇子爲始。河島王大津王次之。大友詩五言四句。道德承天訓。鹽梅寄眞宰。羞無監撫術。安能臨四海。典重渾朴。爲詞壇鼻祖。而無愧者也。大友天智太子。與太叔龍戰於關原。天命不遂。安能臨四海之語爲讖。河島王有五言八句詩。大津王兼作七言。才皆不及大友。

葛野王大友長子。遊龍門山詩。命駕遊山水。長忘冠冕情。風骨蒼老。不減皇考。詳詩意。壬申亂後潛晦形迹。縱情泉石歟。葛野王生河邊王。河邊王生淡海三船。世有才名。

至尊睿藻見於古選者。文武天皇爲始。詠月五言八句。見懷風藻。又詠雪曰。林邊疑柳絮。梁上似歌塵。齊梁佳句。

平城天皇有詠櫻花詩。

嵯峨天皇天資好文。睿才神敏。宸藻最稱富贍。其七言近體中。警聯殊多。但未免駢儷合掌。尓時風尚耳。如曰。家郷杳杳多歸志。客路悠悠少故人。雲氣濕衣知近嶽。泉聲驚枕覺隣溪。冲澹清曠。

弘仁御寓日。平城讓皇在西内。淳和以皇太弟在東宮。三宮融睦。孝友天至。花晨月夕。讌樂相接。宸章往復。幾靡虛日。不直右文兼德。實是曠代盛事也。但平城淳和二帝。睿藻傳者不多。

宇多天皇有翫殘菊七絕。醍醐天皇有讀菅氏三

代集七律。二帝御製止此而已。郁上天皇亦称好文。所傳官鶯曉囀七絶。自以為警絶。史称。上親製詩題。名詞臣同賦。以為娯樂。而餘不概見。惜夫。

一條永延帝披書見泩叓七律。雖語重累。而足見睿思正大。

後朱雀長暦後冷泉永承後三條延久三帝御製。散見諸書者。皆隻句斷章。無有完者。延久帝聰明善斷。大有為之君。而在位僅五年而崩。宸章亦淪亡。殊可慨嘆。是時上距　天智即位。四百三十年。帝崩後。文教漸不振。世方尚

和歌。陵夷迄乎保元平治。朝廷多故。經學文藝。併不復講者。幾乎百年。尚幸有　高倉嘉應帝內宴。御製一首。見著聞集。當時應制作者十餘人。其詩無傳。嘉應帝崩後。歷十七帝百七十年。光明康永帝即位。元年春宴。以山家春興。命題。御製詩曰。桃花流水洞中天。不記煙霞多少年。滿目風光塵土外。等閑逢著是神仙。意境閑雅。語亦圓暢。當時應制詞臣二十二人。詩今存者僅九首。其中如僧貞乘曰。微風時送幽香至。似報前山花已開。藤國俊曰。遊絲百尺飄天上。不及山翁心緒閑。雖韻格不高。頗見巧致。是時南北戰爭。四郊多壘而　帝馳以文雅。帥臣僚。不亦偉乎。自康永至天正。又二百年。其間無睿藻見史冊者。至後陽成文禄改元之後。有　天子賜源通勝御製詩。蓋否極而泰。元和文明之運。已兆于此者歟。

皇子諸王之詩。大友大津葛野之外。大石王。山前王。仲雄王。大上王。境部王。大伴王等。今講見古選者不過數首。獨長屋王。則有數十首。要之魯衛之政。若論其才俊。無出兼明親王。次則具平輔仁耳。兼明。醍醐皇子。二品中務卿。世称前中書王是也。自幼好學。才識絶倫。帝愛重之。欲立為太子。而執政憚其賢

明。帝不得已。以承平帝為東宮。兼明為右大臣。賜姓源氏。復為執政所忌。不融久居台司。退隠嵯峨。作菟裘賦。以見其志。賦中有曰。扶桑豈無影乎。浮雲掩而乍昏。叢蘭豈不芳乎。秋風吹而先敗。抑鬱之懷可想也。嘗詠禁中竹。逬節纔抽鳴鳳管。蟠根猶點卧龍文。称為警抜。又詠養生方。三言憶龜山雜言。真情暢達。其餘詩賦見古選者。迭迭可吟哦。

具平親王。郁上皇子。二品中務卿。世称後中書王。題橘郎中遺稿七律。悲惋悽惻。一時傳称其結句曰。未會茫茫天道理。滿朝朱紫彼何人。蓋亦為藤原氏

嘗也。又遥山暮烟七律。精諧被賞一時。
輔仁親王。　延久帝子。詠賣炭婦七律。用意懇惻。語
亦平整。以親王尊貴。注情於此。豈不賢乎。保平以降。
帝子徽音寥乎無聞。唯有貞常貞敦兩親王遺篇而
已。貞常親王。　貞和帝曾孫。落葉七絶。見康富日記。
枯梢寂寂帶夕陽。滿砌飄塵擁蘚蒼。莫道晩風吹葉
盡。老紅却恐曉來霜。雖語差晦。用意自工。貞敦親王。
貞常曾孫。江山春意七絶。江山雨過翠微平。樵唱漁
歌弄春晴。風動水南酒旗影。杏邨既聽賣花聲。興象
宛然。意致亦婉。

公卿朝紳。著称詞林。世不乏其人。而蘭玉競芳。鳳毛
紹美者。藤原氏。菅原氏。大江氏次。則紀氏。橘氏。源氏。
三善氏。小野氏。巨勢氏。滋野氏等。不過十數家。
藤原氏。以淡海文忠公史為首。公盛德大業。位極人
臣。宅睽餘暇。留意翰墨。辭藻亦冠絶一時。元日朝會
詩五言十二句。見懷風藻。華贍而典則。公生四子。並
有才學。長子左大臣武智。繼位台鼎。其詩失傳。次子
參議房前。七夕内宴詩。邊遊振雅藻。金閣啓良遊。鳳
駕飛雲路。龍車度漢流。駸駸乎王楊盧駱。其次參議
宇合。史称宇合有文武才。嘗為聘唐使。風采可想。四
子兵部卿萬里。少長簪裾。而不忘邨壑。常曰。當今上
有聖主。下有賢臣。我曹何為。放浪琴酒。自称聖代狂
士。懷風藻載暮春讌會詩曰。城市元非好。山園賞有
餘。記其實也。
武智房前二公子孫。南北分宗。世宦宰輔。栟聊蕃衍。
衣冠滿朝。而篇章傳世者。武智曾孫三成。有漁家雜
言。房前曾孫左大臣冬嗣。有奉和聖製宿舊宮七律。
左京大夫衛。有奉和聖製春日感懷應制七絶。參議
道雄。有詠雪七絶。玄孫彈正少忠令緒。有早春遊望
七律。其餘無多。

中納言葛野。亦房前曾孫。有辭才。延暦中為聘唐使。
惜著作無傳。葛野子刑部卿常嗣。博學強識。少知名。
承和中為聘唐使。父子妙選。世以為榮。常嗣詩見古
選。秋日登叡山五言近體中曰。仙梵窓中曙。疎鐘枕
上清。清適不凡。
左大臣時平。有秋日會城南水石亭。壽藏大師七十
詩。水石亭。公別業。藏大師。大外記大藏善行。公少受
業善行。因有斯擧。公以陷菅公獲罪。名教其人固不
足道。而崇師也重業也。輓近未得其比。當時右文好
尚可想。史称此會。一時名士畢集。藤氏勢焰固當爾。

而亦善行之榮幸也。詩今存者二十餘首。紀發昭三善清行亦在其中。而清行七律滑驪珠。其餘鱗甲無足把翫者。

參議菅根。有才子譽。嘗被菅公薦引。後阿附左相。而傾菅公。其人固卑。惜秋翫殘菊七律。殊不雅馴。此寛平中内宴應制詩。同時作者二十餘人。今存十三首。而藤原氏七人。大納言定國亦有作。詩皆不足録。

藤原氏權勢。至太政大臣道長窮極滿盛。所謂男公女后。冨適帝室者。其侈麗豪華。震耀一時。而其人好詩。善書。亦可嘉尚。公嘗創法成寺。世称御堂公。又嘗

別業於宇治。高閣層軒。擅流峙之勝。公數注遊。有詩云。別業當傳宇治名。暮雲路僻隔華京。柴門月靜眠霜色。茅店風寒宿浪聲。排戶遙看漁艇去。捲簾斜望雁橋横。勝遊此地人難老。秋興將移潘令情。意境蕭散。絶無權貴相。公姪内大臣伊周。中納言隆家。並好文詞。而淫兇無取。詩亦不韻。

大納言公任。世称其多才。大江匡衡嘗評一時詩人。以公任。敵齊信。余索其遺篇。寥寥罕傳。若夫題山川晴景七律。稱拙不成章。匡衡之言溢美耳。

參議有國。重陽陪宴七言長篇。用事錯綜。足見才思。但章法句法未透。難入選耳。有國。參議眞夏之後。其高祖創建大刹於洛南日野。自以為大功德。緜是称日野氏。其父輔道。對策高第。至有國家聲益振。子孫世名于儒林。

五品爲時。題玉井別莊七律。玉井佳名世所称。松楹半按碧岩稜。山雲繞屋應褰幔。澗月臨窓欲代燈。梅吐寒花朝見雪。水收幽響夜知冰。池邊何物相尋到。雁作來賓鶴作朋。雖之聲格首尾勻称。足称合作。爲時女紫式部。以著源語称于世。

木工頭輔尹。賦醉時心勝醒時心。鄙俚可咲。而大江

匡衡。數称其才。時論之不足。憑古今同憒憒。

大納言仲實。賦德配天地。右京大夫公章。迴文體。及正時。賦日月光華。長賴。賦海水不揚波。公明。敦隆。俱賦走脚體。憲光。尹經。俱賦班萬玉。皆試場詩。殊無佳者。（正時以下六人。未詳官銜。）

三品實綱。賀新成大極殿。右大辨有信。三月盡。中納言實光。詠傀儡。左大辨宗光。尚齒會詩。少納言敦光。夏夜吟。四品實範。遍覧寺作。五品季綱。東光寺。作茂明。勸學院。作知房。秋日即事。並七言律。見古選。其中不無半聯隻句佳者。而瑕纇相半。全佳者絶無。但知

房郊扉暮掩。茶烟細。岫幌晴褰。桂月幽。意近閒澹。全
章亦不甚拙。
左衛門尉周光冬日山家即事。雖有小疵。自是胸臆
中語。故平澹中反覺有味。史称周光官仕不達。有北
門嘆。雖居輦轂。常瞻山林。余閲無題詩集。載周光詩
多至百首。大抵山居題詠。則史言誠是。
左大辨顕業三月遊長樂寺七律。寺吟五臺形勝地。
時當二月艶陽天。山樓鐘盡孤雲外。林戸花飛落日
前。字句工麗。金石鏗鏘。但起結不諧。殊可惜也。余覧
前古選集。騒人文士。留題長樂寺者甚多。藤原氏則

敦宗季綱實兼。竝有七律。據其詩。殿堂之美。林泉之
勝。巍然一大剎。今則不然。桑滄之變。物外亦然
東宮學士明衡花下唫。雖造語不合。意義自全。明衡
宇合之裔。編本朝文粹。有功於藝苑。不恥其子刑部
卿敦基。夙有詩名。風生林樾時疑雨。浪洗石稜夏見
花。一時傳稱。
少納言通憲文章博士實兼子。保元帝乳母夫也
博學多通辨。給而有才略。少時不遇。嘗作詩曰。顧身
深識榮枯理。在世偏慵遊宦心。遂薙髮。更名信西。
保元帝即位。登庸掌機密。恃才果用。志在革弊政。而

苛刻少恩。終以此敗。無題詩集多載其詩。其子俊憲
亦有詞才。官至參議。
大政大臣忠通相國忠實長子。相國懸車。代為宰輔。
後相國溺愛少子左大臣頼長。謀廢公。移政柄。而公
奉亂依依。恭順無憾。惟孝之德足頌。而加有好文之
美。豈不偉乎。無題詩集載公詩九十首。閒有諧合者。
左相公異母弟。少時穎敏。好學能詩。迺使相國教以
義方。當為棟梁偉材。而趨庭失訓。鬩墻畜姦。保元禍
亂。實階于此。如其著作。今猶傳世。
元久中内宴。題水郷春望。應制作者。今可徴者十九

人。大政大臣良經。左大臣良輔以下。藤原氏十五人
中納言資實。中納言親經。式部大輔宗親。左大辨盛
經。東宮學士頼範。文章博士宗業。大内記行長等。太
率無足録者。
建保内宴作者見古選者。藤原氏九人。詩殊無可覧
者。蓋保平以降。朝綱解紐。文學衰廢。於是和歌特盛
内宴詠言。和歌為主。詩採餼羊耳。其不精工。不亦宜
乎。
中納言基俊。中納言定家。並稱和歌巨匠。有詩傳世。
固非其所長。

左大臣兼良有避亂江州水口驛遇雨作憶渇三生石上緑一蓑風雨夜無眠今日更下山前路老樹雲深哭杜鵑按史公才學該通和漢著作殊多四書童子訓其一也當時天步艱難公雖位宰輔南北播越憂虞度日而講明聖經操觚無廢此足以有紀也

文明十五年足利相公第讌會詩傳者十九首大政大臣政家左大臣實遠内大臣實淳内大臣通秀左近衛大將冬良以下藤原氏十人文明上距建保二百六十年其詩較諸建保反有可觀蓋此時雖朝廷文教益衰賴五山禪林詩學盛興朝紳或因其鼓盪爾歟

内大臣實隆號逍遥院致仕後詩云三十年來朝市塵扁舟歸去五湖春平生慚愧無功業合對白鷗終此身每誡子弟曰吾少年不努力老來悲傷無及汝曹宜勿傚尤因課子弟謄寫六經及史記漢書等世知公爲和歌巨擘而不知有文學故掲而出之

右所録外藤原氏見諸集者猶有數十人以繁刪之云其餘一聯一句古今傳稱而全章闕亡者五品篤詠砧擣霜曉愁閨月冷裁將秋寄塞雲深右馬頭季方三月盡林間縱有殘花在留到明朝不是春右少辨雅材晴景松江日落漁舟去蘿洞雲閑隱逕深左中辨維成江上仵客帆有月風千里仙洞無人鶴一雙大納言齊信詠妓秋月夜閑聞按曲金風吹落玉簫聲等不可枚擧齊信名價重於一時而其詩不多見使人嘆惋

菅原氏本姓土師聖武天皇天平元年賜侍讀土師古人姓菅原古人子清公夙有文名延暦中爲聘唐使有汴州上源驛値雪詩云雲霞未辨舊梅柳忽逢春不分瓊瑶屑飛霑旅客巾歴官至左中辨清公子是善自幼聰敏才名顯著官至參議

菅原善主菅原清岡諸家系譜不載二人官職失攷江家次第以善主爲清岡姪春齋林子以爲清公子未知孰是竝有詠塵應制五言排律中良舟中良檝藤原關雄皆有此題詠必一時作較其優劣二菅最超絶矣二菅詩精工整密力量相等雖爲兄弟今並録全首以質具眼者善主云大隱籠群物惟塵最細微遇霖時聚斂乘吹乍霏霏洛浦生神襪都城染客衣朝隨行蓋起暮逐去軒歸動息常無定徘徊何處非冀持老聃旨長守世間機清岡云微塵浮大道靄靄隱無揚色暗龍媒埒形飛鳳輦場徘徊寧有定動息固無常逐舞生羅襪隨歌繞畫梁因風流細

影。伴雪散輕光。無由逢漢主。空此轉康莊。
右大臣道眞。是善子。自古儒臣官至台司者。吉備公
之後。有公而已。公之德業。非特東方人士欽戴之。至
於遐方異域。聞其風者。靡不景仰。元薩天錫。明宋濂
輩歌詩。歷歷可徵也。但世之口碑。往往失實。羅山林
子辯駁之。更作公傳。文集十三卷。儼然具存。穆如之
美。可得而見也。又如重陽侍宴。同賦菊散一叢金。應
制云。微臣採得籬中滿。豈若一經遺在家。其雅尚豈
徒尋常文士之儔哉。宜乎廟祀千載。威靈顯赫。子孫
繩繩。文獻世家也。

文章博士淳茂。右相次子。文才秀發。無愧箕裘。賦月
影滿秋池云。碧浪金波三五初。秋風計會似空虛。自
疑荷葉凝霜早。人道蘆花過雨餘。岸白還迷松上鶴。
潭澄可數藻中魚。瑤池便是尋常號。此夜清明玉不
如。蓋其少時作。稍見工密。惜起句逗漏。
大學頭文時。右相孫。大學頭高視子。世所稱菅三品
是也。辭才富逸。名價與大江朝綱相拮抗。題山中仙
室云。桃李不言春幾暮。烟霞無跡昔誰栖。優柔平暢。
元白遺響。又天曆中。應制賦宮鶯曉囀云。西樓月落
花間曲。中殿燈殘竹裡音。 帝嘆嗟以爲不可及。兄
左少辨雅規。弟大學助庶幾子大學頭輔昭。右衛門
尉惟熙。從子右中辨資忠。皆有詩名。可謂一門蘭玉。
追蹤謝家矣。

寬弘二年十一月。皇子始讀孝經。禮畢。 帝詔詞臣
獻詩。侍讀輔正。侍讀宣義。並有應制作。輔正。右相曾
孫。宣義。文時孫。可見菅氏世能其業。
朝野羣載。載菅才子。沈春引一首。菅才子失其名。或
曰。永久中人。詩無足觀者。
大學頭是綱。文章博士在良。大學頭時登。皆民部少
輔定義子。爲右相七世孫。壎篪相和。才名並著。較其

力量。亦相伯仲矣。就中是綱長樂寺頭聯。樓閣高低
隨地勢。林泉奇絶任天然。景象湊合。氣骨兼完。
文章博士爲長。大學頭在高。並有水鄉春望七絶。俱
非佳境。
文章博士在躬。刑部少輔忠貞。大學允永賴。五品斯
宗。五品義明。皆稱善詩。而遺篇寥寥。難論造詣。
大江氏出於 平城天皇。至參議音人。始以藝業顯
著。世稱江相公是也。音人遺藁散亡。江談抄僅載花
落一絶。尤非佳作。而談抄反以爲得意詩。何耶。音人
子式部大輔千古。千古子中納言維時。相紹能業。而

維時最知名。世稱江納言。二人詞藻亦復散逸。無足録者。

参議朝綱。音人孫。天暦中聲名藉甚。世稱後相公。以別音人。其詠王昭君七律頷聯云。邊風吹斷秋心緒。隴水流添夜涙行。寓巧思於平易。頸聯云。胡角一聲霜後夢。漢宮萬里月前腸。寄悲壯於幽渺。誠為佳聯。惜乎起句率易。已失冠冕之體。結句卑陋。又絶玉振之響。世傳朝綱夢與唐白樂天論詩。爾後才思益進。蓋當時言詩者。莫不尸祝元白。猶近時輕俊之徒。開口輙稱王元美李于鱗也。朝綱名重藝苑。所以附會此說也。

文章博士以言。千古曾孫。夙有聲譽。嘗賦晴後山川。源為憲擊節嘆賞。今誦之有大不協者。又暮烟七律。不及具平親王。惟閒中日月長一律。以勝他作。而頷聯牽強不成句。江談鈔曰。橘在列不如源順。順不如慶保胤。胤不如江以言。豈其然乎。談鈔。江帥門人所編録。故當云爾。噫虚名溢美。何代不有。

式部大輔匡衡。維時孫。博學強記。文辭宏富。世推大手筆。以侍讀兩朝。歷任清要。加之累世儒業。高自矜伐。作五言古詩一百韻。詳述遭遇。他章亦多稱官閥。文集三巻行于世。其作類失粗豪。且不免俗習。雖饒篇什。無疵瑕者。無幾。

時棟。政時。二人譜第不詳。職位無考。詩各一首。見朝野羣載。

掃部頭佐國。朝綱曾孫。性愛花卉。野史云。佐國死後化蝶。亦可證有花癖也。無題詩集多收其詩。大抵憐芳惜香之作。其中云。六十餘春看不足。他生亦作愛花人。温藉脱落。余最嘉之。又有觀宋國商人獻鸚鵡四韻云。巧語能言同辨士。緑衣紅嘴異衆禽。可憐船上經遼海。誰識羈中憶鄧林。著實明暢。語有次第。當

時詠物。無出此右者。惜起結不稱耳。余論大江氏朝綱。上襄佐國。雁行其他。往往名浮其實。

中納言匡房。匡衡曾孫。博渉群籍。學通古今。最留意國家典章。以八葉儒家。三朝侍讀。名重朝野。嘗為太宰帥。世稱江帥。其在宰府。詣菅公廟。作二百韻詩。盛傳一時。其他大篇巨什。經見諸書。而造語淺率卑近。無足採者。但所著江次第。至今行于世。要之才敏綜覈。而自運非其所長也。子式部大輔隆。無詩才出藍。不幸早世。

紀氏。武内之後。武内十三世孫大納言紀麻呂。有春

日應制詩。麻呂子式部大輔古麻呂有詠雪詩。俱載懷風藻。麻呂父子之詩。接武乎大津葛野二王。而爲公卿先鞭。諸氏詠言。皆賈其餘勇。

太宰大貳男人。遊芳野。越前守末茂。觀魚。民部少輔末守。送別。三詩古朴。體格未具。不可加以三尺也。

御依也。甫繼也。紀氏系譜不收。官職無考。御依有應制賦落花七言歌行。蓋弘仁帝幸河陽離宮。有落花御製。從幸詞臣。應制奉和。而諸詩散逸。今存者。除御依外。有坂田永河長篇一首。已永河之詩。綵縟可觀。御依不及遠甚。虎繼省試賦荊璞。五言排律中聯云。潛光深谷裏。韞彩古巖邊。價逐千金重。形將滿月圓。冰霜還謝潔。金石豈齊堅。精工純至。可稱佳絕。


式部丞長江。麻呂玄孫。有紅梅詩。

中納言發《ハセ》昭。字寬。寬平延喜之際。名聲藉甚。至時人與菅右相並稱。余閱其遺篇。殊不及所聞。諸選所收貧女吟。亶兒童語耳。特山家禊詠八首。稍有瀟洒致。

其子參議淑光。亦有詩名。延喜中。藤左相水石亭賀宴。發昭父子並列其席。淑光之後。紀氏無顯者。至康永中。有紀行親者。山家春興云。不識黃鸝棲樹底。一聲啼破滿山霞。稍有幽況。惜霞字未免俗。


紀在昌岸竹枝低應鳥宿。潭荷葉動是魚遊。紀齊名仙臼風生空巖雪。野爐火暖未揚煙。二聯見朗詠集。並逸。首尾齊名有重名。江師嘗評當時詩人曰。齊名之詩。如雪朝上瑤臺彈玉箏。惜遺稿不傳。瑤臺雪色無可髣髴。

橘氏至常重。始見藝林。而世次官銜。並無所攷。經國集載秋虹一律。

橘在列。詩名高世。亦闕系譜。源順嘗師事焉。在列後爲僧。更名尊敬。亾後。順爲輯遺稿。名敬公集。今存者小作數篇已。


宮内少輔正通。或曰。在列子。有俊才而官不達。居恒悒悒。有浮海之嘆。後挈家奔高麗。爲彼國大臣。其贈藤在衡云。吏部侍郎職侍中。著緋衫出紫微宮。銀魚腰底辭春浪。綾鶴衣間舞曉風。花月一總交昔密。雲泥萬里眼今窮。省躬還耻相知久。君是當年竹馬童。其欽羨在衡之超遷。悽惻自己之坎壈者。淋漓乎楮墨間。其棄組投遐理。或有之。

東宮學士直幹。才思拔群。而遺藻泯闕。殊可惜也。其斷篇隻聯。散見諸書者。皆可稱賞。贈隣家云。春烟遠讓簾前色。曉浪潛分枕上聲。宿山寺云。鯛石春雲生枕上含峯曉月出窓中。又遊石山寺云。蒼波路遠雲千里。白霧山深鳥一聲。僧脩然在宋國。雲為霞鳥為蟲。以為己作示人。彼中人曰。若作雲鳥乃佳。

左大辨廣相。幼而能詩。九歲名見屬。春暮應詔云。荒邨桃李猶可愛。何況瓊林華苑春。又題項羽云。燈暗數行虞氏涙。夜深四面楚歌聲。皆非全篇。又作神護寺鐘序。菅是善銘。藤敏行書。世以為三絶。

源氏。宗統非一。右大臣常大納言弘。參議明。皆 弘仁帝子賜源姓者。經國集載其詩。且録年紀。常十六。弘十五。明十三。其夙慧可知。而三首之外。無復隻字。

經國集殘缺。十亾其六。無由考索耳。

大納言湛。　弘仁帝孫。有詩見經國集。

能登守順。　弘仁帝玄孫。學該和漢。所著和名鈔行于世。詩篇傳者不多。而詠白七言律。當時稱之。起句云。銀河澄朗素秋天。又見林園玉露圓。誠佳。三四云。毛寶龜歸寒浪底。王弘使立晩花前。已非佳境。五云蘆洲月色隨潮滿。大有精彩。而對以葱嶺雲膚與雲連。癡重殊甚。不惟一聯偏枯。全章為嚴可惜。

左近衛中將英明。　寛平帝菅右相外孫也。嘆二毛五言古風。自叙履歴。讀之潸然。語亦不拙。

大納言俊賢。越前守則忠。皆 延喜帝之後。篇什僅存。俊賢博洽有重望。著西宮記行于世。

大納言經信。才藝多方。廟議廷論。亦卓越一時。詩雖無驚拔。音響頗平。

伊賀守為憲。近體數首。散見諸書。其才不及經信。

孝道也。道濟也。時綱也。未詳其譜系官階。詩則並傳。就中時綱最名世。賦宮中薔薇云。薔薇一種當階發。不啻色濃氣亦薰。紅萼風輕搖錦傘。翠條露重嚲羅裙。飽看新艶嬌宮月。殊勝陳根託澗雲。石竹金錢雖信美。嘗論優劣更非羣。薔薇澗見白樂天詩。末句亦

用樂天石竹金錢何瑣細之義。

平氏。延暦以前已有之。文華秀麗集。載平五月詩。五月。孫有相。亦有詩名。若夫保平之聞。宗族滋蔓。貂蟬滿朝者。則皆 桓武之裔也。而以文雅稱者無幾。後有參議經髙。勘解由次官棟基等。詩皆不足採擇。

小野氏。弘仁中。參議岑守。以文章司命自居。所選凌雲集。多載己作。今閲之。合作絶無。

小野永見有田家詩。小野年永有新燕詩。永見為征夷副帥。開府陸奥。擁旄杖節。而眷戀桑麻。其意可嘉。詩亦不拙。年永不詳履歴。

參議篁。博學能文。名聲震世。至今閭閻兒女。莫不知其名。經國集載其詩數首。如隴頭秋月明六韻。骨氣韻格。直逼盛唐。而造語間失踈鹵。可惜。

春卿。滋陰。官職並無考。春卿省試照膽鏡長律。上半頗能鋪陳。下半猥劣殊甚。然題已險艱。雖近時作家恐難還措辭。滋陰殘菊應制。金苑留北闕。王莚少東蘺。親切題意。以下所録詩人。系譜官職。多不可考者。姑記其姓名。以附重攷。不復一一識別。

大伴氏。出自道臣命。大納言旅人。春日應制四韻。見懷風藻。典實渾體。旅人子中納言家持。上巳遊宴詩。見萬葉集。家持領節鉞於奥羽。文武並稱。

大伴池主。有上巳詩。見萬葉集。大伴氏上有觀渤海貢使入朝七言律。見凌雲集。渤海朝貢始末。具見舊史。後遼太祖滅渤海。改爲東丹國。以長子倍爲東丹王。其地瀕北海。明時名哈密者。

都氏。本桑原氏。相傳後漢靈帝之後。宮造伏枕吟用賦體。語多悽惻。廣田詠水中影五言律。雖頗工語不雅馴。至腹赤更姓都氏。其子文章博士良香。詩名最著。如氣霽風梳新柳髮。冰消波洗舊苔鬚。三千世界眼中盡。十二因縁心裡空等。膾炙于世。皆非全章。集若干卷。今存文三卷。後來都在中摛衣篇。稍可諷詠。

三善氏。或曰。百濟國王之後也。參議清行。字耀。博學洽聞。器識高遠。文名烜爀乎一時。世對以紀發昭。又與大藏善行並稱。皆非篤論也。藤左相賀宴詩。今存者十九首。清行七律在其中。不但野鶴雞群也。如紫芝未變南山想。丹露猶凝北闕心。直是錢劉堂奥。發昭善行豈得望其影塵乎。延喜十四年。上封事。論列十二條。又因星變。勸菅公致仕。公左遷後。禁錮諸菅。及門生故吏。人知其寃。無敢言者。而清行上疏論救。其忠憤義烈。前後儒臣。未覩其儔。豈徒文辭超絶時輩哉。特怪其子孫無聞于藝苑。果無其人歟。抑失其

傳歟。後來有三善爲康古風一篇。其中云。逕蓬滋兮蓁蓁。泉石清兮磷磷。勞丹心於甫舘。曝紅鱗於龍津。驚衰鬢於霜雪。灑老涙於衣巾。寓旨可悲。語亦淳雅。爲康著朝野群載。行于世。

惟良氏。亦百濟王之後。弘仁中。有惟山人春道者。山寺作云。紗燈黙黙千峯夕。月磬寥寥五夜心。又惟良高尚宮中殘菊云。莫問孤叢留野外。唯知一種在宮闈。龍人香氣寧因火。學錦文章不用機。

安倍氏。首名。詩見懷風藻。廣庭詩見凌雲集。吉人詩見秀麗集。皆不足採。唯文繼晩秋朝煙有色看深淺

々鳥無心閒往来。可謂以澹調駕巧思矣。
大神高市。大神安麻呂。中臣大島。中臣人足詩。並見懷風藻。高市在 持統朝。以忠諫骨鯁見稱。大島詩。葉落山逾静。有味。
坂上今継。信濃道中云。奇石千重峻。畏途九折分。人迷邊地雪。馬躡半天雲。崖冷花難發。溪深景易曛。郷關何處在。客思日紛紛。整齊縝密。可謂合作。而當時無稱何也。坂上今雄。送渤海使云。大海元難渉。孤舟未易廻。不如關塞雁。春去復秋来。婉而有致。
中科善雄。有月三更静。無人四壁幽。大是佳境。

良岑安世。 桓武皇子賜姓者。著作甚富。而大率碌碌。
慶滋保胤也。賀陽豐年也。朝野鹿取也。當時甚有聲譽。而遺詩皆不満人意。菅野真道撰續日本紀。文才可想而詩殊不諧。
善為政。遊東光寺。中原康富。寒山。多治比清貞。哀柳。錦部彦公。題僧院。勇山文雄。宴遊。高邱茅越。神泉苑應制。上毛野頴人。田家。田口達音。秋日等。古選所載。稍足可觀。其他林娑婆。懷古。淡海福良。田家。王孝廉。侍宴。宮部邨継。過古關。三原春上。梵釋寺。朝原道永揚春師。巧諸勝。大枝永野。並詠雪。笠仲守。冬日。高邨田使。梅花。和氣廣世。落梅花。布瑠高庭。小池。常光守。歳除。治文雄。建除體等。雖入古選。皆不足録。
南淵永河。南淵弘貞。賦梁。浄野夏嗣。詠屛。石川廣主詠鬼。大枝直臣。詠燕。路永名。賦三數。清原眞友。字訓詩。伴成益。東平樹。鳥高名。賓雞祠。春澄善繩。挑燈杖。大枝礒麻呂。爨桐等。皆弘仁中。制題惜時無良工。陶冶未盡。是以荊璞纔剖。而碔砆盈箱。鐘鼓畢陳。而簫韶遠響。諸臣詠物。往往拙累。唯夏嗣永河二詩。能協題義。語亦清爽。

古昔詩人。見諸書者。右所録外。有巨勢多益。美努浄麻呂。調老人。荊助仁。吉知音。刀利康嗣。田邊百枝。石川石足。道公首名。山田三方。息長臣足。黄文連備。越智廣江。春日蔵老。背名行文。調古麻呂。刀利宣令。田中浄足。守部大隅。丹墀廣成。高向諸足。麻田陽春。葛井廣成。高階積善。文室尚相。大和宗雄。島田惟上。島田惟宗。伊與部馬養。釆女比良夫。下毛野蟲麻呂。百濟和麻呂。箭集蟲麻呂。伊伎古麻呂。石上乙麻呂等。以繁不録。

日本詩史巻之一

日本詩史卷之二

平安　江邨綬君錫著

弟　清絢君錦　同校
男　悰秉孔均

考諸漢土、古者文武不甚相岐。列國卿太夫入理庶政。出帥三軍。秦漢以還、文武始岐。所謂隨陸無武、絳灌無文。迄唐中葉、千斛弓一丁字、更相詬訾。於是橫槊賦詩、據鞍草檄、世稱無幾。況我東土、瓊矛探海、寶劍鎭邦、其建極也、素有不同。是以韜鈐詠言、無見古選。後來戰爭之世、反得數人云

武藏守細川賴之海南偶作云。人生五十愧無功、花木春過夏已空。滿室蒼蠅掃不去、獨尋禪室把清風。賴之行事。見太平記。足利義詮既薨、義滿嗣立。賴之執政內輔幼主、外御猛將、上下倚賴。遠近偃服。功豈不偉然哉。後近臣忌其剛正、譖之義滿。義滿漸信焉。於是辭職、退隱于海南。此詩必其時作也

大膳大夫武田晴信、後更名信玄。初年頗參禪好詩。其將某諫曰、主將參禪好詩、猶足利僧。還俗文弱不足有爲也。是時足利學校廢而爲寺。僧徒多事詩偈。故云爾。信玄諸作、載在甲陽軍鑑。今不復錄。信玄弟左馬頭信繁、嘗著家訓。其中云、貪他一杯酒、失却滿船魚。斯知信繁亦讀書作詩。惜世無傳。信繁孝友、其人可稱。而信玄忌之。所以國祚不長也

彈正大弼上杉輝虎、後更名謙信。天正二年征能登州、圍遊佐彈正於七尾城。會九月十三夜、海月清朗。軍中置酒讌會。謙信因賦詩云。露下軍營秋氣清。數行過雁月三更。越山幷同能州景。遮莫家鄉念遠征。將士解作詩及和歌者。各有詠言。極歡而罷。余謂世之談兵者、必稱信玄謙信。二公誠敵手也。但信玄智

計絕人。其御軍也。紀律森嚴。所謂量敵而後進。慮勝而後會。要之其爲人也精細。雖由此讀書善詩、不異兵。謙信喑嗚叱咤。性如烈火。而讀書作詩。且軍中作此雅會。可謂眞英雄。眞風流也

大將軍足利義昭避亂江州、舟中詩云。落魄江湖暗結愁、孤舟一夜思悠悠。天翁亦憐吾生否、月白蘆花淺水秋。詩誠悽婉。公初爲僧、爲南都一乘院主。宜其能詩。噫足利氏之盛、位亞帝王、富有海內。而季世瑣尾、扁舟江湖、去住無地。豈不憫乎哉

少將豐臣勝俊、豐臣氏時、受封若狹。後退隱京畿、更

名長嘯。以和歌称。所著有擧白集。其中載詩數首。兵部大輔細川藤孝。號幽齋。後更名玄旨。為今肥後候祖。世知其武略及善和歌。而春齋林子所選一人一首載幽齋鞍馬山看花絶句。則知實于文藝注意者。

中納言伊達政宗。今仙臺候祖。世稱其勇武。而一人一首又載其詩。余因謂賴之以下諸人。生長于干戈擾冗。時南戰北争。羽檄旁午。何曾得有寧日。不知何暇讀書學詩。此尤不易。元和清平以来。諸藩無事。何為不成。而或優游恬嬉。宴安度日。不啻文學不講。武

備亦將併廢者。何也。

隱者之詩罕傳。蓋非無隱者。無隱者而能詩者也。本朝遯史首載維喬親王。親王。文德帝長子。以藤原氏故。不得立為皇太子。居水無瀨宮。後遷居於京北小野山中。吟詩詠和歌。以為娛樂。亦唯遣其悒悒爾。其詩今無傳者。唯聞琴詩載朗詠集。而非完篇也。

延喜中。有稱嵯峨隱君子者。失其姓名。或曰源姓。清名博學有文。菅右相。橘參議。與相友善。遇有疑事。即二公就而質問。其人可想也。或曰弘仁帝子。或曰延喜帝子。併其詩失傳。惜夫。

懐風藻載民黒人詩。称曰隱士。亦失其氏族。或曰野見氏。其云。泉石行行異。風煙處處同。欲知山中樂。林下有清風。清逈沖遠。大是隱者本色。

遯史載藤原萬里。高光。周光。為時。橘正通。惟良春道等。余既前錄且右數人。雖耽思烟霞。而纏身紳紱。或有所激而遐棄爵禄者。非真隱者也。故不收錄於此云。

余考古籍。醫之以詩称者絶無。以今思之。似不可解。如他邦姑置之。今京城中。業講說者無慮數十人。執謁其門。靡匪醫家子弟。除之無復生徒。而醫生為學。

亦唯不過習句讀。學作詩。以潤飾自家術業。故雖間有才敏子弟。未至小成。既已髫髦其學。蓋儒術文藝。不可立身糊口。而方伎往往興家殖財也。是以近時為醫者。無不作詩。而善詩者。至罕矣。余謂古昔為醫非如近時衆且濫也。宜其不槩見也。迨足利氏時。獨有阪士佛伊勢紀行詩云

阪士佛。名慧勇。號健叟。京師人。數世官醫。給仕足利相公。明德中。除民部卿法印。世稱上池院是也。相公嘗戲之曰。卿祖名九佛。父名十佛。卿宜名十一佛。遂以十一佛呼之。後脩十一為士。蓋俳優遇也。士佛善

和歌及聯歌。有勢州紀行。以國字録之。其中有詩。其
一曰。渡口無舟趂樹陰。漁村煙暗日沈沈。寒潮帰去
前程遠。又有松濤驚客心。優柔平暢。頗足誦詠
僧詩見古選者。韓智藏為始。智藏奉　天智帝勅。赴
唐國。蓋高宗武徳年間矣。其詩傳者數首。並無可采。
劉禹錫。有贈日本僧智藏詩。偶同名耳。與此不同
僧辨正。姓秦氏。亦西遊唐國。玄宗眷遇甚篤。數召談
論。時對圍碁云。然則或與盛唐諸子締交。被其潤色
者。而今閲其詩。絶無佳者。可謂空手自玉山還
僧蓮禪。詩名于當時。無題詩集載其詩數十首。鄙野

詩史　巻之二　五

殊甚
僧玄恵。不詳氏族。或曰。其初業儒。中為僧。後復還俗。
以著太平記。故世稱博文。若其詩。延元中内宴應制
一首之外。絶不覩他篇。其餘古昔中世。緇流詩偈。見
諸選者不尠。若空海最稱傑出。而率讃佛喩法之言
非詩家本色。故不收録
五山禪林之詩。固不易論也。蓋古昔文學。盛于弘仁
天暦。陵夷于延久寛治。泯沒于保元平治。於是世所
謂五山禪林之文學代興。亦氣運盛衰之大限也。北
條氏覇于關東也。其族崇尚禪學。創大刹於鎌倉。今

建長寺之屬是也。流風所煽。延蔓上國。京師五山相
尋營構。足利氏盛時。竭海内膏血。窮極土木之工。宏
廓輪奐之美。所不必論。其僧徒大率王牒之籍。朱門
之冑。錦衣玉食。入則重裀。出則高輿。声名崇重。儀衛
森嚴。名是沙門。而富貴過公侯。禁宴公會。優游花月。
把弄翰墨。一篇一章。紙價為貴。於是凡海内談詩者。
唯五山是仰。是其所以顕赫乎一時。震盪乎四方也。
元和以来。文運日隆。近時學者昂昂乎蔑視前古。卯
角之童。尚能詆排五山之詩。即其徒亦或倒戈内攻。
要非篤論也。余謂五山之詩。佳篇不尠。中世稱叢林

詩史　巻之二　六

傑出者。往往航海西遊。自宋季世至明中葉。相尋不
絶。參學之暇。從事藝苑。師承各異。體裁亦岐。其詩今
存者數百千首。夷莠其中。不能不玉石相混也。若夫
辭艱意滯。渉議論雜詼謔者。與藉詩以説禪演法者。
皆余所不采也。其他平整流暢。清雅績工者亦多。則
不可驟而擯之
五山作者。其名可徴于今者。不下百人。而絶海義堂
其選也。次則太白。仲芳。惟忠。謙岩。惟肖。鄂隱。西胤。玉
畹。瑞岩。瑞溪。九鼎。九淵。東沼。南江。心田。村菴之徒。不
堪枚擧

絶海義堂世多並稱以爲敵手。余嘗讀蕉堅藁。又讀
空華集。當二禪壁壘。論學殖則義堂似勝。絶海如詩
才。則義堂非絶海敵也。絶海詩非但古昔中世無敵
手也。雖近時諸名家。恐棄甲宵遁。何則古昔朝紳詠
言。非無佳句警聯。然疵病雜陳。全篇佳者甚稀。偶有
佳作。亦唯我邦之詩耳。較之於華人之詩。殊隔逕蹊
雖近時諸名家。以余觀之。亦唯我邦之詩。往往難免
俗習。如絶海則不然也。今録集中佳句若干。五言。流
水寒山路。深雲古寺鐘。夜宿中峰寺。朝尋三泖船。青
山田首處。白鳥去帆前。山暮秋声早。樓虛水氣深。鳥

下金繩雪。童燒石室香。風物皇畿內。江山霸國餘。千
峰收宿雨。萬象弄春暉。漁篝殘近渚。僧磬徹寒蕪。寒
烟人未爨。野樹鳥相呼。寒雨黄沙暮。淒風白草秋。孤
館啼猿樹。四郊戍馬塵。七言。古殿重尋芳草合。諸陵
何在斷雲孤。父老何心悲往事。英雄有怨滿平湖。一
徑松花山雨後。數声溪鳥石堂前。絶域林泉淹杖屨。
大江風雨起魚龍。百萬已收燕北馬。頻繁休督海南
兵。久雨南山荒紫豆。清秋北渚落紅蓮。溪獺祭魚青
篛裡。杉雞引子白雲中。霜後年年收芋栗。春前日日
斸參苓。聽經龍去雲帰洞。觀瀑僧回雪滿瓶。瑶草似

雲鋪滿地。琪花如雪照幽崖。緑蘿牕外三竿日。黄鳥
聲中一覺眠。忠臣甘受屬鏤劍。諸將愁看姑蔑旗等。
有工絶者。有秀朗者。優柔靜遠瑰奇贍麗。靡所不有。
義堂視絶海。骨力有加。而才藻不及。且多禪語。又渉
議論。温雅流麗者。集中無幾。如絶句則有佳者。懷舊
作云。紛紛世事亂如麻。舊恨新愁只自嗟。春夢醒来
人不見。暮簷雨洒紫荊花。送人帰京曰。輦下招提西
又東。因君帰去思重重。孤雲海國三年夢。落月長安
幾夜鐘。
二僧之外。太白春水曰。春水繞深數尺強。烟波渺渺

接天光。落花漲盡江南雨。一夜閑鷗夢也香。仲芳題
范蠡曰。五湖烟水緑涵天。月照蘆花秋滿船。呉越興
亡双鬢雪。功名不敢至鷗邊。南江送僧遊廬山曰。廬
山何處不勝情。蓮社人空芳草生。君去能聽虎溪水。
潺湲尚有晋時声。大愚題水竹佳處曰。野水侵門脩
竹清。君居想合似佳名。山扉半湿斜陽雨。翡翠時來
衣桁啼。村菴雪夜留客曰。茅屋休辭一夕棲。君家帰
路恐相迷。園林雪白黄昏後。難認梅花籬落西。正宗
神泉苑應制曰。上林風物草連空。尚有龍池記古宮。
何日宸遊留玉輦。神泉純浸五雲紅。僉師法晩唐。深

造巧妙

宗山同山。並有水邊楊柳詩。宗山曰。漁橋不似官橋暮。不繫金絨只繫船。同山曰。滌不成乾烟雨裏。半如鴨緑半鵝黄。二詩體裁頗肖。並工緻矣

曹學佺明詩選。載日本僧天祥詩十一首。機先詩五首。二僧被賞乎中土。而湮晦乎我邦。甚可嘆惜。天祥憶西湖曰。杭城一別已多年。夢裡湖山尚宛然。三竺樓臺晴似畫。六橋楊柳晩如煙。青雲窪下梅邊暮。白髮僧談石上緣。午睡醒來倍惆悵。堪看身世老南滇又楡城聽角曰。十年遊子在天涯。一夜秋風又憶家

恨殺黄楡城上角。曉來吹入小梅花。声格清亮。唐人典刑。其他我邦詠言。為華人所稱者甚衆。春齋林子一人一首。論載詳悉。今不復贅

朝鮮徐剛中所著東人詩話。以清磬月高知遠寺。長林雲盡辨遥山。為日本僧梵岭詩。余未考梵岭何人

余按。古昔宮娥閨媛。揮彤管於國字。抽藻思於和歌揚芳一時。播美千載者。比比有焉。如詩章。無幾。而孝謙帝為始。帝以坤德位九五。中冓之言。言之長也。帝酷崇釋氏。所傳帝詩。亦唯讃佛偈耳。然曰。惠日照千界。慈雲覆萬生。實俊語也。按史。先是吉備公為聘唐使。遂留學于唐國。經二十年。至是帰朝。以帝師之。學詩學書云云。然則宸藻豈止於此耶。今無所考耳

大伴氏不詳其人。文華秀麗集載其秋日述懷七律一首。雖非佳作。亦不甚拙

内親王有智子。弘仁帝第三女。幽貞之質。錦繡之才。古今罕儔。年十七。為賀茂齋院。帝嘗幸齋院。與群臣賦春日山莊詩。各探勸韻。公主亦與焉。公主得塘光行蒼節賦曰。寂寂幽莊深樹裏。仙輿一降一池塘。棲林孤鳥識春澤。隱澗寒花見日光。泉声近報初

雷響。山色高晴暮雨行。從此更知恩顧厚。生涯何以答穹蒼。又嘗賦巫山高。其結句曰。別有曉猿斷。寒声古木間。殊初唐遺響。其餘傳者數首。公主薨年四十一。遺令薄葬。且辭讃葬使。其賢明。不特藻繪之美

惟氏蓋弘仁時宮女。經國集載擣衣篇一首。長短成章。其中云。芙蓉杵錦石砧。出自華陰與鳳林。擣齊紈擣楚練等數語。最為婉約。此知弘仁右文。教化為至也。諸皇子無不能詩。而皇女有如有智公主。外廷諸臣。才華紛競。而内庭又有如惟氏。使千歳下嘆称不已

厄和氏。不詳氏族。或曰。和氣清麿呂姉也。經國集。載古風一篇。其中云。棲隱多帰趣。従来重練耶。駕言尋此處。處處幾經過等語。足證心地清淨

十市采女。和江侍郎七言四句。截其半載朗詠集曰。寒閨獨夜無夫壻。不妨蕭郎拄馬蹄世以棄纖鄙焉或曰。和歌之設。敫也。亦本諸性情之正。固非誨淫具也。中古風教陵夷。人假之為花鳥使。紅箋往復。半是芍藥贈言。前史所録和歌選集所載。歴歴可證。有靦面目。而當時慣以為常。采女特以詩代和歌耳。如懲其淫風。宜有任咎者。何必尤一女子。采女之後。悠

悠幾百年。閨閣之詩。寥乎無聞。元和文明之後。又得數人。因附録于左云

曇華院宮默堂蓋皇女帰釋者。云。八居題咏。附載其冬日書懐曰。寒林蕭索帶風霜。幽竹牕前巳夕陽。翫月秋宵猶恨短。尋花春日尚思長。榮枯過眼百年事。憂喜傷心一夢場。靜對爐香禪坐久。細煙裊裊繞孤床。理趣超凡。不啻脫紅粉之習。兼遠烟火之氣

京師女子名留者。年十三。送人詩云。蜀魄声声更斷腸。離筵今日淚成行。江山迢遞幾千里。不若愁人別恨長。又有春山尋花七律。亦頗成章。二詩見本朝千家詩。不録女子氏族。今不可考。千家詩。元禄中。京師書林編輯。距今巳八十年

讃州丸龜士人井上氏女名通。從東都還丸龜道中。以國字紀行。名帰家日記。其中載詩十二首。天龍河作云。天龍河上天龍遊。龍去河留二水流。二水中分為大小。小斯厲揭大斯舟

筑後柳川立花氏女。題山居云。應是武陵洞溪流送落花。杳然聞犬吠。何路向仙家。江樓賞月云。江天明月照登樓。十里金波浸檻流。黄寉仙人誰得見。玉簫吹落桂花秋。有詩集。名中山詩稿

伊勢山田祠官某婦。荒木田氏。好讀書。善和歌連歌近學作詩。閒有佳篇。婉順不失閨閣本色。題畫云。楊柳青邊澗水流。春風倚棹木蘭舟。人家隔在峯巒裏想像長伴麋鹿遊。又浪華客中作云。江湖一望緑連天。日出烟波帆影懸。帰雁幾聲春夢破。故園消息落花邊

日本詩史卷之二終

日本詩史卷之三

平安　江邨綬君錫著
弟　清　絢君錦　同校
男　悰秉孔均

古曰。文學盛衰。有關乎世道汚隆。信哉。徵之我邦。夫誰曰不然。神武天皇東征。綏其士女。帝功於是爲盛。然時屬草昧。遐荒猶阻王化。應神天皇登極。而後三韓讋顙。蝦夷獻琛。巍巍桓桓。莫以尚焉。於是我邦始有六經云。仁德天皇爲皇子時。受經於百濟

博士。講明唐虞之治。即位後。施爲靡不由焉。是以海内乂安。衆庶仰之如日月。戴之如父母。仁慈恭儉之化。入民心者至深。且固歷千百世。無有攜貳。胡厥盛哉。自時厥後。列聖相承。文教日闡。餘波及翰墨者。汪洋于弘仁天曆間。可謂帝業與文學偕盛也。延久已降。朝綱解紐。文事日廢。一壞于保元。再壞于承久。糜爛于元弘建武之後。迄乎足利氏失其鹿。邦國分裂。戰爭無已。生民塗炭。到此而極。藝苑事業。無復孑遺矣。既而天厭喪亂。織田氏豐臣氏迭興。中州稍削平。然茲無學無術。馬上得之。欲馬上治之。是以天人不與。或業壞垂成。或祚止一世。要之撥亂反正。天必有待。而奎璧鍾彩於久晦之後。固非偶然也。若夫

神祖。睿文神武。上翊戴帝室。下煦育億兆。干戈擾攘中。遑訪耆老。以槖籥治道。廣募遺書。以潤色鴻業。又命惺窩先生。講析經史之義。於是羅山先生應聘東都。夫然後猛將勇士。稍知嚮學。而邦國頖宮尋興。士業日廣。至今百六十年。玉燭繼光。金甌無虧。風化之美。彝倫之正。亘古所無。而近時文華之鬱。無讓漢土。今論列其一二。未遑縷舉云

惺窩名肅。字斂夫。姓藤原氏。其出處言行。並見本朝

儒宗傳。今不復贅焉。初爲僧。名舜首座。是時五山詩學尚盛。其中有以才鋒称者。而遇惺窩則折北不支。以故名重釋氏。雖歸儒後。不畜妻妾。不御酒肉。人或詰之。則曰我歸儒也。崇其道耳。不我知者。謂爲食色吾德不足服人。不能不避嫌耳。先是京師有唱程朱說者。而猶未普四方。惺窩一出。麾之海内靡然宗之。執弟子禮者。無慮數百人。而羅山活所堀正意。松永昌三。最有重名。惺窩已以斯文自任。人憚其端嚴。而亦能風雅。不廢文字之業。嘗花時遊大原。訪豐臣長嘯。席上賦云。君是護花花護君。有花此地久留君。入

門先問花無恙。莫道先花更後君。一時遊戲之言。體格亡論已。然意致曲折。足証蘊藉。

活所名方。字道圓。姓那波氏。後更姓祐。生名觚。播州人。年十八遊京師。始謁惺窩。惺窩覽其咏杜鵑詩。歎稱焉。由是名價頓發。遂從惺窩。聞濂洛心法。即得其旨歸。元和元年。　大駕駐京。召見名儒。活所雖年少。亦在其列。後並仕肥後。肥後國除更事紀藩。又以方正端嚴。繼惺窩為京師諸儒冠冕。其弟子號入室者最多。而我先太父為首。正保戊子卒于京師。有活所遺稿十卷。詩凡五百首。其中有雅馴者。遊東求堂云。

舜禀將軍廟。無邊草木肥。苔深過客少。松臥古人非。流水幾時盡。行雲何處歸。長嗟山路暮。幽鳥傍吾飛。長子木菴克紹其業。為一時儒宗。

木菴名守之。字元成。嗣職為紀藩文學。後以老病致仕。在家教授。自惺窩至木菴。文學相承。木菴最以毅直称。而其詩多圓暢者。遊金閣寺云。相國遺踪在。荒蹊松竹幽。青山千古色。金閣幾人遊。山影浮寒水。林聲報素秋。遙憐應永日。臨眺令吾愁。又禪林寺看花云。過眼山花片片飛。如雲如雪映斜暉。共憑百尺樓臺上。自使遊人忘暮歸。遺稿若干卷。名老圃堂集。我義祖全菴先生。以同學故。唱酬殊多。至今余家藏木菴詩數紙。筆力遒勁。字字飛動。木菴一子名元真。俗称采女。多病不業。先木菴死。有二孫。余髫年從先考過其家。是時木菴配某氏猶無恙。令二孫出見。先考曰。吾家業詩書。世有顕名。吾兒不幸短折。今以二孫累先生。於是二孫受業先考。亡何祖母氏卒。二孫後遂並為醫。那波氏世仕播州。家資鉅萬。迨活所事紀藩。歳祿五百石。家道益饒。是以極力典書。至數萬卷。余友師曾。與活所別家。而同宗。才名夙著。至今緊苦讀書。其志不小。所謂廢於彼而興於此者歟。

堀敬夫名正意。號杏菴。惺窩門人。初仕張藩。安藝侯素聞其名。厚禮請之張藩。張藩命應其聘。於是更仕安藝侯。子孫嗣職。世為藝州文學。其詩見扶桑千家詩。暨扶桑名勝詩集。

松永昌三名遐年。惺窩門人。聲名籍甚於一時矣。承保中。勅以布衣。召講春秋經。因名其居。曰春秋館。館在西洞院。是時板倉侯為京尹。好學素重昌三。聞春秋館狹小。為卜宅地於堀川。名曰講習堂。昌三二子。長昌易。次永三。昌三卒。昌易居春秋館。嗣絶。永三居講習堂。子孫能守其緒業云。昌三著述。余不多覩。名

勝詩集載市原山題咏八首并小序

三宅以牟號寄齋沽所同時人或曰亦惺窩弟子講說為業其子子燕名道乙始仕備前名勝詩集載三宅可三備前八景詩疑是其人若子孫也

惺窩門人有菅原玄同字得菴有鵜飼信之字子直羅山門人有人見友元永田道慶沽所門人奥田舒雲昌三門人野間三竹等當時並有聲譽爾時詩論未透雅音罕振今閱諸人遺稿雖各有低昂大較魯衛之政

山崎闇齋專講性理如詩章非其本色要之其所以不朽在彼而不在此也名賢詩集載闇齋詩百首可謂僭又不知好惡也中村惕齋藤井蘭齋米川操軒亦有詩見千家詩

寛文中稱詩豪者無過於石川丈山僧元政丈山出處在世之口碑已武且文隱操亦卓然年九十卒可謂偉人也至今京師東北一乘寺邑有詩仙堂暨其遺留琴硯等依然尚存當時嘯咏其中誓不入城市諸名士每經過談論唱和以為娛樂所著有覆醬集韓人權侙者為之序稱曰日東李杜余覽其集句多拙累往往不免俗習權侙溢美不俟辯論然當時諸儒詠言率出于性理之緒餘乏溫柔旨而丈山獨夢寐山林襟懷瀟洒如窻間殘月影枕上遠鐘聲風柳起鶯懶山花留馬蹄半辟殘燈影孤牀落葉聲等意象閒雅殊可諷詠

僧元政修持法華戒律堅固而雅尚風雅所著有艸山文集嘗結茅於京南深草里香火到今不斷其詩雖韻格不高意義平實元政本江州士族鄉有老母後迎養菴側孝敬純至客中絕句曰逐月乘風出竹扉故山有母淚沾衣松間一路明如晝遥識倚門望我歸記其實也先是明人陳元贇避亂投化後以山人應張藩聘時時來遊京師會晤元政心機契合締方外盟有元元唱和集元政詩中有云人無世事交常淡客慣方言譚每諧亦記其實也或曰元政得袁中郎集悅之以為帳秘余謂中郎詩祖述白香山欲矯七子套熟勤去陳腐而其弊失諸率易淺俗元政贈元贇曰公本大唐賓七十六老人吾少公卅六才調況非倫不知何夙世合如車雙輪等正是公安委流或說恐然

明人避亂投化者元贇之外有朱之瑜又有林榮何倩顧卿僧獨立輩元贇字義都號旣白山人崇禎進

士下第者云。朱之瑜字楚璵。號舜水。嘗為魯王賓客
明亡附商舶來長崎。無人知為文儒。窮困備至。獨有
筑後安藤省菴。執謁為弟子。省菴世事柳川侯。歲祿
二百石。於是分其半。供舜水。以助薪水。常藩聞之瑜
名聘召。賜祿五百石。眷遇甚篤。年八十餘而終。私謚
曰文恭。林何顧三人。不詳其巔末。大高季明芝山稿
中稱三人明儒。推奬特至。意三人止于長崎。而不入
京歟。或後再西歸者歟。又芝山稿中。說元贇于瑜之
事。與他說異矣。其言曰。陳杭州。賤夫。朱南京。漆工。玆
非知學者。余未知其孰是也。若詩則元贇為勝。元贇

詩間有佳者。其氣韻蕭索者。亦唯邦亡家破。孤身航
海。理固然矣。何林顧三人詩。見芝山吟稿。暨名勝詩
集者。鄙俚最甚。僧獨立。名善書。詩亡論耳。之瑜詩余
未見焉。或曰。之瑜文集三十卷
省菴之於之瑜。好學勇義。求諸古人。不可多得。省菴
名守約。少時遊京。從學昌三。名善屬文。詩亦多傳。間
有佳句
高季明。本姓大高坂氏。自修為高。字清助。號芝山。土
佐州人。其履歷詳于男義明所撰高氏家譜。少時遊
學兩都之間。博覽而有大志。最研理義。又好著述。有

所作。則必致之長崎。請正於林何顧三人。三人極口
褒賞其答。季明書曰。我輩來貴國。視數家文章。雖各
有所長。然或未諳章法句法。唯足下所作。盡合規矩。
又曰。足下文章。意深語簡。韓柳歐蘇無過。又曰。足下
詩。格調兼高。宜貴貴國紙。孟浪謏言。固不足論。而季
明信之妄自夸毗。遂欠精細工夫。芝山會稿十二卷。
篇章不爲不多。而可採者無幾。余酷愛季明慷慨有
氣節。因深惜爲三人所誤也
延寶中。吉田元俊。纂扶桑名勝詩集。元和以來作者
不下百人。涇渭混淆。其中雖有短長。槩而論之。無足

採錄者。平岩仙桂。熊谷立閑。山本洞雲。詠題殊多。余
未詳其人。唯有餘元徵。西岡。八咏。體裁頗整。元澄名
澄。號東菴。有竹雨齋詩集
宇都宮由的。名三近。號遁菴。周防人。昌三門人。講學
於京師。有遯菴詩集。弟子恕方者輯錄。其序云。先生
著述。罹災。今所存特晚年作云云。余閱其集。詩猶千
餘首。七絶最多。至七百首。其中云。海色茫茫山色長。
孤舟風雨轉凄涼。天涯一夜愁人夢。半在京城半故
鄉。悽愴婉約。可稱佳作。其他則蕪陋淺俗。可笑者不
鮮。十删其九。則可不拙矣。又五言。好花三月錦。啼鳥

幾絃琴千竿邀月一揭納微涼亦佳

松原一清字孫七號寉峰安藝人仕本藩職為行人幼好讀書九歲作詩長而益勤詩集二卷名出思稿語多胷臆不喜蹈襲其宿西條驛云西風驅暑送新涼不厭前程雲水長行李更無官事累悉收秋色滿詩囊意度悠遠足可誦詠

貝原益軒名篤信字子誠筑前人後隱居京師元和以来稱著述者東涯徂徠之外蓋無如益軒者其所撰不為名高勤益後人乃至家範郷訓樹藝製造亹亹懇懇余少年時不解事意輕其學術今而思之

殊為懺悔其詩亦朴實矣益軒之姪損軒名好古志尚如同舅氏著述數種詩亦頗占地步又有貝原存齋余未詳其人千家詩載其三月盡作云今年花事今宵盡衰老難期来歲春風光別我我何恨留與後人千萬春可謂知道之言

村上冬嶺名友佺字漫甫活所門人與余先太父同學相友善余少年時聞先考數稱其人蓋好學天性其推奬先達揄揚後學不啻如自其口出一以為已任當時諸儒會讀二十一史會月數次又結詩社並輪會主必有酒食臨期會主或有他故冬嶺必代為主以故社會綿綿二十有餘年後進所作時有佳句則擊節嘆稱吟誦數回一時藝苑頼之吐氣其自運亦矯矯乎一時矣今讀冬嶺詩精深工整超出前輩元和以後七言律到此始得其體梅花云名園桃李競嬋娟獨自清寒倚竹邊東閣題詩人動興西湖載酒鶴迎船點苔欲效霏霏雪傍柳偏含淡淡煙何處金笳明月下曉風咽斷更悽然秋夜宴伏見某樓云秋入水郷鳴荻葦壯遊不用賦悲哉豊城劍氣衝星起北海樽酒聚月開萬頃鷗沙香楚澤千帆賈舶泝蓬萊此翁矍鑠人爭説物色行看到釣臺又小集席

上作云青樽歲晚思難禁共見頭顱霜色深忼慨堪吹燈下淚低垂姑任世間心愁邊一笑比雙璧老後分陰重寸金薄宦身閑亦天幸清時莫作獨醒吟又田家絶句云羈思宦情両不知春耕夏耨鬢成絲門前垂柳長拂地不為別離折一枝

伊藤仁齋首斥程朱創一家學其説是非余有別論東涯盍簪録曰先人教授生徒四十餘年諸州之人無國不至唯飛驒佐渡壹岐三州人不及門執謁之士以千數要之亦豪傑之士也槩其為人宜不屑聲律也而詩間有旨趣者殊可嘉稱

東涯仁齋長子。名長胤。字元藏。其知經義文章姑舍是。詩亦一時鉅匠。近人動輙曰。東涯詩冗而無法。率而無格。噫談何容易。東涯篇章宏饒。余閱其集。有潤麗者。有素朴者。有精嚴工整者。有平易淺近者。體段難齊。余雖生後時。猶及識東涯。其人温厚謙抑。口訥訥似于不能言者。與今時學者自託龍門倨傲養名懶惰失禮者不同也。人有乞詩。則無論貴賤長少。黽勉應之。大名之下。乞者日衆。所謂卷軸之積如束筍者是。以其所作。有歷鍛錬。有出率意。畢竟無害為大家。東涯兄弟五人。其季即今蘭嵎是也

北村可昌。字伊平。號篤所。江州人。仁齋門人。在京師教授生徒。負笈者四方雲集。朝紳爲之弟子者亦衆。元禄中。　上皇聞其篤學老而不倦。特宣賜古硯。享保三年卒。壽七十二。碑銘及書。並成貴介手。名賢詩集載其詩四十余首。和州道中作云。飛雪寒風天漠漠。長途短晷意悤悤。閒雲本是無情物。底事營營西復東。余近閲熙朝文苑。有可昌謝賜硯表。其大意深欽慶爲其傳家之寶云。然可昌一男一女。男不肖且癈疾。可昌歿後。不知賜硯流落何處

小川成章。字伯達。號立所。仁齋門人。按東涯盍簪録曰。先人教授生徒。殆以千數。小川成章北村可昌相從最久。衆推爲上足。又曰。小川吉亨。京師人。壯歳不事家產。晩年卜居北野。稼圃爲樂。閑暇手自謄寫異書。有二子。曰成章成村。共從先人受學。成章長而有學行。後仕常藩云云。據此則成章亦一時翹楚。其詩見名賢詩集。及千家詩

松下見林。字子節。京師人。受學先太父。篤志博綜。尤好著述。余家藏其詩若干。氣骨沈雄。翹翹一時。書法亦蒼勁而潤美。其咏鷹云。齊野玄霜楚澤冰。十分猛氣正騰騰。目中今已無凡鳥。天外常思制大鵬。利爪

幾經紅血戰。奇毛深入白雲層。誰言一飽即颺去。左指右呼憐爾能。又題秀野亭五律十五首。甚有曲致。語繁不録

緒方維文。字宗哲。亦受業先太父。學成仕土佐侯。男某不業家。遂絶矣。熙朝文苑載其詩。而詩非所長也。又曰千家詩載緒方元眞詩。余不詳其人。疑是宗哲族也。其有馬道中作云。木綿花發稲青青。處處水田龍骨鳴。百里長堤日將午。籃輿且傍樹陰行

大町敦素。名貞。稱正淳。京師人。受學先太父。詩見熙朝文苑。當時梁蛻巖。和徐文長詠雪七言八十韻。失

新而精巧。膾炙遠近。敦素有和作。倣其體。余少年時
一再覩之。今不復記。可惜
笠原雲溪。名龍鱗。稱玄蕃。京師人。詩名顕著。一時。到
今遐陬僻境之士。尚嘖嘖稱焉。蓋自惺窩先生講學
於京師。百有餘年于茲。其間雖有以詩賦文章稱者。
風俗未濶。學必本經史。以翰墨為緒餘。而雲溪獨以
詩行。是時仁齋門人中島正佐者。專業講説。而所講
不出四書。終始循環。一日數席。諸州生徒輻湊其門
雲溪居止接近。正佐乃以詩授人。生徒以為便。於是
雲溪詩名。傳播四方。亦京師學風一變之機會也。雲

溪沒門人竹溪者。鈔其遺稿。梓而行之。名桐葉編。其
詩嫵媚足自喜。而氣骨纖弱。如律詩全篇佳者。無幾
絶句則間有堪録者。五言。雷驅殘雲去。雨隨返照收
逐涼多少客。立盡柳塘頭。七言。白屋寒深古敝裘。朔
風徹曉未全休。家童預識雪將至。行汲前溪一曲流
又曰。雲溪詩瑕纇最多。梅花七律。有疎影上牕月亦
香句。足稱佳句。而對太不協。又失鶴七律。當時喧傳
以為絶唱。其頷聯曰。松巣影動猶疑在。蕙帳眠驚誤
欲呼。誠佳矣。頸聯殊不協焉。雲溪又有絶句曰。樓蘭
介子剱。南越終軍纓。清世成何事。壯心誤此生。人傳

雲溪卓犖。兼好武術。其或然也。右桐葉編卷末。附載
竹溪詩數十首。跋亦竹溪作。而無序。以朝紳和歌一
首代之。竹溪。余未詳其人。以先師遺稿。為翫弄具。且
為售已名奇貨。輕薄亦甚
柳川順剛。字用中。號震澤。又號雪溪。京師人。千家詩
載元日七律一首。其中云。乾坤於我知難助。邱壑何
心負鶡冠。頗錚錚矣
柳川滄洲。名三省。字魯甫。本姓向井氏。出繼順剛後
冒姓柳川。從木下順菴學。學成不仕。授徒講學。或曰。
元和以來。從事翰墨者。雖師承不一。大抵於唐

祖杜少陵。韓昌黎。于宋宗蘇黄二陳陸務觀等。至雲
溪。始右唐左宋。而猶未及初盛中晚之別。滄洲出。而
後始以盛唐為正鵠。余謂是之時物徂徠唱古文辭
於關東。稱揚明李于鱗王元美。輕俊子弟靡然争從
然京師未有為其説者。而今誦滄洲詩。駸駸乎明人
聲口。蓋氣運所鼓。作者亦莫知其然而然也。滄洲送
人之美濃曰。西風萬里動關河。搖落何堪送玉珂。遅
暮誰憐平子賦。清時猶唱伯鸞歌。路連山嶽愁雲合
天入江湖旅雁多。聞道濃陽秋水闊。莫將蓑笠老煙
波。又咏曉鶯七絶曰。香霧冥冥夜色深。黄鶯啼處月

初沈無端喚起梅花夢能使春心滿上林又五絶關山月曰青海孤雲盡天山片月寒高樓人不寐半夜望長安滄洲教授有方其門人多成材其冣顯者石川伯卿上柳公通及長野方義渡邉士乾大橋叔輔之徒滄洲卒後皆能守舊學文會無渝伯卿方義已沒公通士乾叔輔今無恙云

石川伯卿名正恒號麟洲京師人滄洲門人學成仕小倉侯為人謹恪而藻思亦蔚然矣嘗著辯道解蔽駁徂徠説嗣子今嗣職為小倉文學

長野方義字之宜仕余於友人辟上睹其詩數首今

偶記一首秋閨怨云揺落寒砧秋晩催黄花戍客幾時回傷心冣是南歸雁萬里飛從君處來

松岡玄達名成章號恕菴又稱怡顔齋京師人博學强記無不該通冣研確本草家學諸國生徒上其席者毎以百數少時頗事操觚後以講學遂廢吟哦故所傳詩篇至罕余家藏其少作數紙亦自平實

堀景山名正超字君燕南湖之從弟與南湖同為杏菴玄孫蓋杏菴之後分為二家並為藝藩文學景山篤學精通而和厚延人循循奨掖後學是以從遊之士多鄕彬雅其詩結搆整齊亦一時作家其年卒于京師藝侯親製碑文賜之嗣子云

堀南湖名正修字身之別號習齋其學廣搜博採强記絶人冣精易理嘗演蘇氏易説著書數萬言與景山同為藝藩文學而其在京師時准三宮豫樂藤公數召對清問禮遇甚優其卒也藤公賜親製碑銘南湖夙好吟哦暇日多遊五山諸刹與僧徒相唱酬當是之時海内方宗唐及明詩而南湖獨祖宋家尚子瞻故譽之者曰一時無二毀之者曰詩無所解要之南湖才識出群如曰一逕年年蘚四時日日花梅妍枝枝好雪敎樹樹妍曲渚舟横草深山鐘度花雖非

大雅中正之音乎天造奇逸自有妙處且古曰寧為雞口莫為牛後如其言則南湖亦藝苑夜郎王矣哉長子名某長於余數歳少時有才子稱已沒今嗣職者為南湖之孫

僧百拙卓錫泉溪為寳藏寺開士能詩善書與南湖詩盟法契往來唱和余嘗論元和以後釋門之詩以百拙對萬菴人無信者蓋其無信者以詩體玄黄相判也如其資才二僧介兩大抵相稱無有軒輊但其志尚相反軌轍異途耳蓋萬菴欲莫以禪害詩百拙欲莫以詩害禪故萬菴詩詩必詩人之語百拙詩詩

必道人之語是以萬菴詩高華雄麗百拙詩深艱枯勁並是假相有意非其本相也有時出于其無意者萬菴未必無道人之語百拙間有詩人之語百拙嘗作春雨書懷七絶七首其一曰梅花落盡李花開禊事將来細雨来半幅跡簾人寂莫前村野水洗蒼苔又湖上採蓮歌曰西湖十里玻璃緑隔岸仄聞採蓮曲蕙帶茜裙風自香荷花如錦人如玉荷柄斷時須斷腸藕絲纖纖知難續畫橈歸去歌聲遙夕陽波上湖山緑

僧西巖住持南禪天授菴博覽宏識禪餘好詩其名重于叢林亦能與一時文士往来唱酬温粹近人而

僧規亦肅世人欽其學德

享保中坊間所刻八居題詠集中有伊藤祐之服部寛齋梅園正珉五井純禎今西春芳和作祐之字順卿號莘野稱齋宮寛齋稱藤九郎失其名字正珉字某號文石純禎字恵迪號蘭洲春芳字陽甫號白野稱正玄又有橘洲先生桃溪先生余不詳其人其詩雖不能無少妍媸要亦婢奴耳

入江兼通字子徹號若水攝州冨田邑人釀酒為業家累千金為人不覊少時好遊狹邪貲產蕩盡於是憤激讀書學詩後著山人服携詩嚢遊於諸州到處聞有聞人則必以詩為贄造詣會晤是以江山人詩名顯著四方最後結廬京師西山稱櫟谷山人日與天龍寺僧徒往来唱和其詩輯為二卷名西山樵唱序者四人徂徠服子遷冨春叟韓人申維翰並論其詩為晩唐以余觀之其詩頗肖宋陸放翁但剪裁欠工容易下筆故動失諸麁率可惜已然詩詩自肺腑出句句流動較諸近時諸人藉口盛唐勦竊嘉靖七子糟粕釘餖陳腐者亦有可觀五言題水竹園曰幽居宜懶性水竹伴閑吟洗硯釣魚瀨題詩棲鳳林清

流聲漱玉明月影篩金唯見七賢侶過橋日訪尋又春日訪詩仙堂曰草堂依嶽麓花竹足風烟祇引雙雙燕壁描六六仙書殘多蝕字琴古自無絃欲吊徵君墓捫蘿陟翠巔七言西山卜居曰城西十里避塵縁卜築溪邊茅數椽門外誰曾栽翠柳竹間本自引清泉群峯競秀連崖寺一水中分入野田日日行吟詩是業烟霞痼疾未全痊

瀨尾維賢字俊夫號用拙齋京師書林少時從仁齋學後與若水歡遂以詩稱其詩追步若水而更淺率矣訪江山人云一路斷橋外孤村杏靄中柳垂前夜

雨花落暮春風白屋經年漏青山與昔同浮生須痛飲淺水月朦朧先是林義端字九成者頗事翰墨其詩見千家詩及八居題詠附録亦京師書林稱文會堂者

鳥山碩夫名輔賢號芝軒亦攝人或云伏見人余少年時已聞江若水詩名以為攝之巨擘未知有碩夫也迨為邸職以吏事數往来浪華一日訪葛子琴見架上有芝軒吟稿迺知碩夫之遺稿携歸逆旅讀之一宵始歎其作家其才大率與若水頡頏細論之歩驟不及若水而韻度勝之咀嚼覺有餘味上巳七絶

云不向江邊泛羽觴雨中閉戸興偏長松爆細研桃花露臨得蘭亭字幾行又歸田詩云請得農耕鬢着華桑田數畝即生涯尚鋤未減初年力擬向東菑更藝麻

鳥山輔門字其碩夫子也名賢詩集載少時作數首淀河舟中云舟行三五里帆影受風斜緑漲鴨頭浪白分燕尾沙山光籠野色蓼葉雜蘆花落日孤城外炊煙和暮霞體裁明媚可稱合作如論其才局似勝乃翁特怪爾後寥乎無聞苗而不秀歟韞櫝而不出歟今浪華有鳥山鞴岳者蓋別家云

大井守靜字篤甫號蟻亭亦攝人家世業賈篤甫少志學博綜群籍家好藏書凡奇書珍篇必損重貲典之殆致數千巻後来京師講説所著有蟻亭摭言詩集手所選定名覆甕編不襲時風自為一家送春絶句云煙林布緑葛原東遅日芳菲不負公春去春神呼不返烏紗巾上落花風蕭散有趣但集中數用奇字僻語如柳巷畫攝渾不似杏村夕酌醉如泥又有以護花時對共惜春殊遠風雅蓋渾不似樂器名醉如泥杯名護花時共惜春並禽名

富春叟或曰桐江山人享保中住攝之池田邑爾時

海内方嚮物氏之學而徂徠及門人褒稱春叟詩篇徃復歳時不斷是以富山人詩名震乎京攝之間邑中子弟爭從春叟遊好事之徒毎歳首輯春叟及社中詩為小冊子名呉江水韻刊行四方邑人檜垣宗澤者嘗受學義兄青郊先生以故年年寄示其詩似學陳去非者或曰春叟奥州人嘗以儒業仕柳澤侯徂徠集中稱田省吾者

森億字昌齡稱齡卿翔藝苑大篇巨什信手揮成世人徃徃以才子稱之是時京師有郭西翁者以相術稱昌齡善病乃從西翁相翁曰君實奇才惜乎無壽

昌齢自是縱意遊蕩。操觚亦廢。不數年果死。余謂昌齢撿束修業。尚或保無他。即不幸短折。名聲益馨。余今録之。以戒少年才者云

安田超。字文達。本姓鳥井小路。醫安田立軒撫而為子。年甫十歳受學。義兄青郊先生才敏研學。為人白皙眉目如畫。以詩挑諸文士。詞鋒頗甚。後以奔走刀圭。故學業遂廢。才亦落矣

僧惠實。號雪鼎。又號玉幹。住圓徳寺。寺在宣風坊。隷于本願寺。與余相識。余熟雪鼎天資清雅。好學能詩。兼學繪事。多畜古今載籍。又愛古畫古法帖及文房古銅器。竭資曲之。又性好山水間。有流峙之奇。雖險遠靡弗造焉。嘗以本願寺主命。如土佐州。撿技寺務。迄歸。齎一木箱。甚重封緘。亦密。人疑以為寶貨。後開箱。則海濱沙石耳。又嘗赴美濃。遊養老瀑布。傍多紫青石。意謂作硯則佳。馱數片。而歸。頗費錢鏹。既而石質過堅。不適硯材。乃置之庭際。愛翫竟日。其雅尚大率此類也。惜壽不得五十。詩亦清雅。類其人云

守士新。名鼎。京師人。家世為子錢家。以貫貸寵於衆諸侯。士新耿介。不喜商賈業。與弟士朗辟族別處。不畜妻妾。日夜閉戸。勤學。先是物徂徠唱古文辭於東都。士新説其説。而多病不能東遊。乃遣弟士朗從學焉。京師講徂徠之學。自士新始。後來意見漸異。事事反戈徂徠。士新著作頗饒。其文集名明霞遺稿。其詩紀律精詳。一字不苟下。遂能以此建旗鼓於一方。蓋亦詞壇雄。加之緊苦力學。志節凜凜。聞其風者。庶可小興起。惜乎資性褊窄。規摸甚隘。其詩亦得之苦思力索。是以規度合。而變化不足。聲調匀。而神氣離。弟士朗。名鑒。為人和厚。為衆所愛慕。先士新而没。詩集行於世。蘐園録稿載送北子彝侍醫膳所詩。頗合作矣

陶山冕。字廷美。稱尚善。土佐州人。東涯門人。其學兼該。稗官小説。又通夏音。為醫為儒。並以不遇終。遺文亦散亡。詩素非本色

岡千里。名白駒。播磨人。初在攝之西宮邑。以醫為業。一旦投刀圭。而來于京師。專以儒行。是時京師已有悦傳奇小説者。千里兼唱其説。都下羣然傳之。其名躁于一時。千里於是不復作詩。人或乞詩。則辭以不能。於是人人謂千里文而不詩。其實非也。余覽千里在播攝時作。亦自當行。所以云爾者。有説也。千里急于名。又好勝人。是時東都有服子遷。赤石有梁景鸞

南紀有祇伯玉詩名聞于海内千里自量難與此敷子並驅而世方勤復古業左國史漢人人誦之詑其訓詁亦足不拆故廢詩專意作諸觴以網羅其名既而恐後人以文士觀已則傳註詩書論孟以崇其名然已急於名又好勝人故其所論說引證不精且以臆見勇斷疑義或勦襲他人說以為其著作雖取快於一時難免識者指摘余為千里深惜之云

篠士明名亮後更姓武名欽繇字聖謨稱梅龍道人與余相識家舊初執謁東涯又從遊士新後以王門賓客給仕于妙法院為人俊爽而有氣節博覽強志

又能談論彌日徹夜不倦性多病數至危篤然未嘗廢業明和丙戌年遂卒其詩尚縱橫累篇疊章磈砢滿紙要其才長于技閑而著述非當行也

樋口卜齋與余親厚仕今河越侯為京邸留守方正廉謹近時罕儔明和乙酉年病卒其在邸職三十五年對人唯曰未學雖有著作未嘗眎人嘗題揚太真曰當時君寵超三千驚破霓裳花落天縹緲仙山何處是人間空自見金鈿殊有婉致卜齋少時學詩鈴木堯猶堯猶字俊良嘗仕某藩後辭祿放浪京畿卜齋為余誦其詩若干首頗有巧思而世絶不知由是思之遺珠棄璧何啻千百哉

僧翠巖住三秀院院在天龍寺中西南之隅嵐山近俯軒窻最為勝境翠巖以詩以書其餘雅尚韻事都下膏粱子弟嘖嘖稱之余嘗一過其房翠巖出生平詩稿示余小楷端正藏帙華整明和戊子某月日厨下遺火房舍悉燬爾時倉皇庫藏不閉圖書諸器玩都歸劫灰翠巖亦尋歸寂由是觀之詩文存亡亦自有數不必深罪長吉故人也

服伯和名天游號嘯翁又稱蘇門居士京師人家業織造伯和以多病故不服其業以講說授徒其為學

也專務博洽無窺佛典性好論駁撰著頗多年垂半百以疾之故褊急日甚遂以此歿焉門人永俊平攜其遺稿就余請撿挍其詩雖欠精細工夫氣格並合五言登愛宕山云平安西北鎮石磴幾千盤峰擁層霄起雨分衆壑看鶴歸華表古僧住白雲寒時有仙軿度依稀聽玉鑾七言宿山寺云微吟曳杖此相尋纔到上方落照深倚檻寒雲歸洞口遶階暗水咽苔陰山房寧有人間夢溪月偏開物外心只為社中容酒客淵明一夜在東林

日本詩史卷之三終

日本詩史卷之四

平安　江邨綬君錫著
弟　清　絢君錦
男　　悰秉孔均　同挍

關東古稱用武之地猛將勇士史不絶書而文雅之士不少概見迄于　神祖營建東都置弘文院設學士職文教與武德並隆終成人文淵藪羅山林先生際會風雲首唱斯文於東土芝蘭奕葉長爲海内儒宗無俟曹邱生也

木下錦里名貞幹字直夫又稱順菴京師人昌三門人學成出仕加賀侯爲其文學　憲廟聞其名徴爲侍講於是從學之士日盛才俊多出其門卒私謚靖恭名賢詩集載靖恭詩三十餘首其中題楠子墓云一心存北闕三世護南朝又詠百日紅云老樹千年綠名花百日紅二聯可謂巧警也嗣子寅亮名汝弼號菊潭寅亮子寅道寅考詩並見熙朝文苑

室滄浪名直清字師禮一字汝玉別號鳩巣東都人幼而穎悟西學京師師事木靖恭衆推爲木門高第初仕賀藩　文廟時徴擢爲東都學職嘗著大學新

疏義人録駿臺雜話等書莫非提起經義維持名教者也余嘗謂經儒不習文藝文士或遺經業能兼二者唯東涯滄浪二儒而已其訓詁異同不必論也滄浪詩五言古體學陶而未得其自然七言古風五言近體師法少陵尚隔垣牆七言近體祖襲盛唐諸家而往往出明人逕蹊若夫五言排律學力與才氣相駕豪健騰踔家爲當行今摘七言雄拔者數聯關中豪傑推王猛江左風流起謝安天上雙懸新日月人間相看舊衣冠天連滄海長雲絶月滿大江灝氣浮輦下衣冠尊五品日邊花萼共三春蘭省春傳紅葉賦鳳池波動紫霞袍萬賦何人逢狗監求才幾處出龍媒

新井白石名君美字在中東都人亦木門高第也　文廟潜邸時眷注已渥繼統之後遂以遷喬賜爵五品號筑後守白石才兼經濟數參大議其著撰往往國家典刑云若夫詩章則有白石詩草白石餘稿余按白石天受敏妙獨步藝苑所謂錦心繡腸咳唾成珠囈語諧韻者索諸異邦古詩人中未可多得者而今人貴耳賤目不甚信余言雨芳洲所著橘牕茶話曰韓人索白石詩草者陸續不已可見異邦人猶且

玉之。白石嘗和清人魏惟度八居七律八首以溪西雞齊啼為韻者。請滄浪嗣響。遂傳播京師。京師文士。倣而和者數十人。坊間梓而行焉。白石覽之。前作有穩。又冬日過其家。主人請詩。白石求題。主人書容奇二字示之。白石解其意。輒作七律一首。蓋容奇者雪之訓讀。主人書之以試白石。白石已解其意。故句句徵我邦雪。一座服其敏警。詩云。曾下瓊鉾初試雪。紛紛五節舞容閑。一痕明月茅渟里。幾片落花滋賀山。提劍膳臣尋虎跡。捲簾清氏對龍顏。盆梅剪盡能留

客。濟得隆冬無限艱。此一時遊戲。雖不足論全豹。亦可窺其天受之一斑。或問余曰。子極稱白石詩。至白石蔑以加乎。曰非也。如天受誠蔑以加矣。若夫揣摩鍛錬。尚有可論者。要之天受之富。吐言成章。往往不追思繹。是以疵瑕亦復不鮮。白石送人之長安絶句云。紅亭綠酒畫橋西。柳色青青送馬蹄。君到長安花自老。春山一路杜鵑啼。四句中。二句全用唐詩。夫剽竊詩律所戒。而鍊丹成金。猶可言也。以鉛刀代鏌鋣。將之何謂。草色青青送馬蹄。本臨岐妙語。草色送馬蹄。言春草承馬蹄。以柳代草。蹄字無著落。殊為減價

此其一耳。餘可準知。

祇園伯玉。名正卿。後更名瑜。號南海。仕紀藩。任職文學。伯玉髫年。受業木門。有夙慧之稱。一日宴集。人或唱曰。鳶飛魚躍活潑潑。令坐客為對。伯玉以童子在席末。應聲曰。光風霽月常惺惺。衆歎其穎敏。元祿壬申。伯玉年十七。會春分日。自試其才。自午至子。賦得五言律詩一百首。人或疑其宿搆。是歳秋分。大會賓客。午漏初下。進請諸賓各命詩題。對坐談笑。信筆揮霍。夜未半。百首完成。通計前後。凡二百首。藻繪爛熳。而無一句雷同者。滿座驚愕歎服焉。於是其名播揚

遠邇。伯玉初在木門。與松楨卿同甲子。衆稱木門二妙。後來伯玉名價益重。世匹之梁蛻岩。余按停雲集載伯玉詩三十首。詞采富麗。蓋少時作。晩歳漸刷鉛華。而神氣融和。殊可傳者。而伯玉墓木已拱。遺稿未出。余未審何故。近時學風輕薄。僅學作詩則已。災排所謂黄鐘毀棄。瓦釜雷鳴。亦憒憒爾。伯玉嗣子師援。余嘗一再應酬。詩也書也。並似乃翁。

雨森芳洲。名東。字伯陽。京師人。其幼時習句讀之師。為靖恭門人。以故芳洲年十七八。遂東執謁靖恭。靖恭甚稱其才。是時對馬侯將聘一書記。聞木門多才

髦就而求焉。靖恭因薦芳洲。遂為對馬學職。余按徂
徠嘗唱復古。傲睨一時。人士特於芳洲稱揚嘖嘖。殆
不可解。何則芳洲説經。崇信程朱。至老無變。而徂徠
勤排程朱。芳洲文宗韓歐。徂徠必曰東漢以上。芳洲
不好明詩。橘牕茶話曰。吾案上所置詩集。以陶淵明
為首。李杜為第二。韓白東坡為三。與徂徠論詩誠氷
炭矣。余久疑之。近得其説。已有別論。橘牕茶話又曰。
京師風俗。各土地神祠祭之日。遠親故舊。互相延請。
吾少年時揚言曰。殊覺其煩也。柳滄洲在坐。正色曰。
一年一次團欒敘闊。人情於是乎萃矣。何謂煩乎。吾

為之面赬。余謂滄洲誠長者之言。而芳洲稱之。且自
戒失言。亦長者矣哉。近時學風輕薄。藝苑絶無此等
人。可歎耳。芳洲長于文。而不長于詩。晩年常對人曰。
吾無詩才。生平所作。無慮數百千首。而可示人者不
過數十首也。長子乾蚤没。孫連以謹嚴稱。亦已没。次
子贊治。出繼松浦氏。其子小字文平。弱齡来遊京攝。
數過余家。殊見才穎。今亦為學職云

松浦禎卿。名儀。號霞沼。停雲集曰。禎卿播州人。年甫
十三。對馬侯見以為奇才。請靖恭授業。學成為對州
書記。橘牕茶話曰。禎卿十四歳時。置詩草於案上。南
草壽取而覽之。吟誦不已。既而聞其自作。大驚曰。吾
謂抄寫唐詩。對馬侯聞之。乃使其受業木門。併考二
書。殊有可疑。十三四童子。何以自播州踰海遠抵對
州。被侯之眷稱。或從父兄在東都。出入朱邸者。然而
草壽長崎人。則亦胡以就其案上覽詩草。此必有其
説。要之夙慧可知也。惜乎停雲集載其詩僅四首。餘
絶無覩。禎卿没而無子。以芳洲次子為嗣云

留徤甫。名順泰。對州人。本姓阿比留氏。後更姓西山。
為本藩學職。亦木門弟子。勤苦讀書。才思敏贍。元禄
戊辰年二十九。病將死。悉焚詩稿曰。吾輩詩文何用

遺為。靖恭哀惜。為製碑銘云。其詩如竹外無家群鳥
下。松陰有寺一僧還。殊佳。橘牕茶話曰。對州平田茂
在朝鮮有詩曰。江風送人語。隔岸有歸舟。金泰敬者。
終身吟賞。平田茂他無所考。因附載于此

南部思聰。名景衡。號南山。長崎人。本姓小野氏。少孤。
為南部草壽所子畜。因冒其姓。草壽不詳名字。草壽
蓋其稱號。後来京師講説。自稱陸沈先生。天和中。為
冨山侯文學。元禄戊辰年卒。思聰嗣職。思聰初在長
崎。學詩於閩人黄公溥。杭人謝叔且。後從義父在越
中。遂遊學東都。受業木門。停雲集曰。子聰為人温恭

篤謹精通經史。文才富贍。身既多病。自選詩文若干
首。名曰喚起漫草。正德壬辰。卒于越中。年五十五。又
橘牕茶話曰。韓人呉南老。嘗覽子聰懷環翠園詩。雁
歸塞北長為客。梅發江南暗憶人句。極口稱贊云云
按環翠園在越之富山。即子聰所居。子聰在東都懷
之作七律十首。其中佳句實多。牕容西嶺多看雪。圃
學東陵半種瓜。生前不負十千酒。死後何須八百桑
細雨紅桃鷹委徑。輕烟緑竹定過牆。御花鳥近書牕
語。煮茗泉環竹塢過。欲覓春山常洗竹。因憐夜雨亦
栽蕉。思聰三子。長即國華。

南部國華。名景春。稱權藏。思聰長子。聰慧絶倫。年甫
十三。從父赴東都。遊東叡山。作五言古風一百韻。為
世所稱。年十八喪父。哀毀過禮。奉母至孝。友愛二弟。
行已以道。其為學博通經史。又慨然有大志。亡何喪
母氏。次弟亦亡。國華不堪悲感。遂以享保丁酉四月
二十一日病卒。年僅二十三。季弟亦夭。南氏絶祀。傳
雲集載國華除夜呈白石排律一百韻。氣象軒昂。珠
璣璀璨。又妙見山寄題七律八首。亦復雋拔。使其天
假之以年紀。與蜕岩南海。馳逐于藝苑。未知鹿死誰
手也。天之忌才。其將謂何。且德者未必有才。而才子

往往無行。國華有絶世才。而孝悌恭謹。可謂全人。二
弟雖童髦。亦已稱難弟。乃翁又篤恭著稱。不啻著撰
何以死喪相尋。遂至祀絶。古曰天與善人。噫
原希翊。田信威二人。並靖恭門人。靖恭薦諸紀藩。希
翊本姓下山。有故冒外父姓榊原氏。名玄輔。號篁洲
在紀藩。著大明律譯解。信威名文。其先朝鮮人。壬辰
亂。年尚幼。我邦兵士岡田某者得之。遂冒姓岡田。信
威則其孫云。傳雲集載二人詩數首
山順之。岳仲通。田子毅。石貫卿。亦並靖恭門人。其才
藻大抵相若。其鄉貫履歴。詳見傳雲集。其稱順之曰

年二十餘。始學於木門。刻苦讀書。行義甚脩。家貧。幷
日而食。晏如也。然則其人最可稱。九月十三夜對月
排律。亦自不俗。
深見子新。名玄岱。號天漪。長崎人。以文學善書。稱初
以醫術食稍於薩國。　文廟初。聞其有文。録用其詳
見傳雲集。余謂天漪以文學榮達。今閲其詩無甚佳
者何也。天漪二子。松年龜齡。並有材學云
三宅用晦。名緝明。號觀瀾。京師人。以文章聞。常藩聘
置其史局。　文廟時。取補東都學職。傳雲集所載寄
京師人詩中聯曰。三更燈火波心市。十里絃歌岸上

摟扗。父魚肥抔可擧。牛王廟古葉將秋。以其俳偶易
入世耳膾炙一時。余謂三四為攝之安治川作則佳。
矣。鴨水涓涓曾不容刀波心二字。殊為無謂。第六句。
徒事對偶。粘景不切。牛廟六月。羅穀相摩香風撲鼻。
何曾有此凄凉。觀瀾又有咏倭刀詩。亦見停雲集。我
邦人咏我邦刀。題曰咏刀可也。詎用曰倭。宋明多此
等詩。做而作之則曰擬咏日本刀猶可也。觀瀾有重
名。而有此破綻何也。或曰。觀瀾亦木門之人
服部寬齋。前卷已録。其人今閱停雲集。寬齋名保庸。
字紹卿。東都人。强記力學。且以孝友聞。　文廟在藩

詩史　卷之四　九

之日。徴為侍讀云云。停雲集載其詩三首。頗清暢矣。
寛齋弟維恭。名愿。號播洲。同伯氏録。用停雲集載九
月十三夜作。首尾匀稱可録。
土肥允仲。名元成。號霞洲。東都人。生而聰悟。及其能
言。授書即成誦。六歳作詩。　文廟潛邸之日。召見試
講論語中庸論辯。甚明。且命書其所賦詩。書法亦可
觀。于時元禄癸未秋八月。允仲年十一。云停雲集記
允仲事如茲。所謂神童不啻也。余覽停雲集所載詩
亦當行。其中贈京師故人小絶曰。一別音書斷相思
秦地秋。欲將雙淚寄墨水。不西流。㝡存古意

眞子明都孟明二人始末。併其詩見停雲集。子明名
璋。殊有才思云。所載詩一首。頗佳
田伯鄰。姓益田。名助。號雀樓。東都賈人。世業賣藥。伯
鄰少志學。師事白石。遂以詩聞。又以喜客。其名益著。
余閲其詩無甚佳者。要緣諸名士不朽耳。梁景鸞有
贈雀樓書及雀樓集跋。服子遷有雀樓傳。今併考之
其人則實可傳者。京攝雅多大賈。而無一人可比擬
近時攝有木世肅。或曰可當雀樓。余悉世肅為人。不
同雀樓。雀樓以豪。世肅以雅。雀樓用率。世肅勤博。雀
樓一飲數斗。世肅勺飲不勸。雀樓唯好作詩。世肅稍

詩史　卷之四　十

多岐矣。雀樓喜客。無客不樂。㝡重文學之士。客必得
文士。不得則雜賓俗客隨至而歡。世肅亦喜客。無客
亦樂。非不重文學之士。而兼喜諸好事之徒
僧法霖。號蘭谷。本小野氏。東都賈人。性恬世利。唯詩
之耽。有兒尚幼。出妻獨處。後遂為僧。停雲集多載其
詩。結搆精密。佳篇不尠。一聯隻句。殊多響亮。今録其
數聯。舟中夢破湖天白。馬上望迷驛樹青。一水人逢
梅耐折。三更夢斷月相親。鸞鳳長想高人嘯。鸚鵡徒
憐處士狂。花裡書牕三月雨。松間禪榻五更風。只今
天下劍無氣。依舊世間錢有神

僧若霖字挑溪相州人數往來京攝東涯盍簪録曰霖善詩兼能書畫海内文儒之家参謁殆遍云云今覽其詩實出於法霖之下如題某池亭詩後聯曰釣罷孤舟蘋渚繋魚稀隻鷺蓼汀眠前句已係魚事亦唯一意餘可以推矣

梁景鸞名邦美號蛻岩總州人少遊學東都天才巧妙前無古人後無繼者少時負才不閑小節故並仕數跌屢遇困阨家徒四壁而意氣不少挠嘗以不能買書為題其末句曰惠車鄴架滿天地誰信空拳猶突圍不知者以為妄且傲而其咏雪詩序中亦曰余

頻年窮甚書簏中除四子外有詩韻一冊徐文長集半部夫空拳突圍果非虚語也余謂爾時東都雖人才如林除白石南海外諸子長鎗大戟恐難敵景鸞空拳景鸞後仕加納侯加納侯今松本侯即是也亾何亦辭去寓後為赤石儒學赤石有海嶽之勝加之鄰於攝近於京師其業漸以廣被遂有終焉意於是湖海之氣日銷温潤之德月進余弱齡在赤石始謁其人既已皤皤然矣而薰然和煦毫不修邊幅且天性愛才循循誘奬不以所長加人長子小字萬虎才氣似乎乃翁以疾廢焉次子即今嗣職者余按蛻岩詩體屢變為唐為宋元為初明為七子為徐文長為袁中郎為鍾譚贈余弟詩有我初御風翔晩而履平地之句而亦唯畢竟為一蛻翁之詩云余謂凡作者患在才者不勤敲推勤者未必有才也蛻岩有天縱才而掇力鍛錬何以知其然也蛻岩與余兄弟文稱忘年贈答殊多是皆蛻岩赤石税駕之後考其年紀盖六十以後矣厥後蛻岩集出就而閲之則往往改二三字而改者更有理致乃知八十老翁孜孜兀兀潛思字句宜其能造詣精微今讀其集譬猶上崑崙之邱步步是玉入栴檀之林枝枝是香詩至於此宜

無遺論而猶有未盡善者何也蛻岩用才太過耳張茂先謂陸士衡曰人常恨才少而子更患其多余於蛻翁復云

桂山彩岩名義樹字君華東都秘書監云余在赤石梁景鸞數稱彩岩詩律精工因知其作家後來信州湖玄岱亦盛稱彩岩乃益知其作家於是歷閲諸選玉壺詩稿載八島懐古七律二首崑玉集載擬金陵懐古七律一首熙朝文苑載贈人七絶二首通諸選所載僅五首其他無見京攝年少往往不知桂秘監為何人盖數十年來東都藝文播傳于京攝者特護

園諸子。其他雖鸞鳳吐音。寥乎無聞。亦可見一時風
氣之偏。而彩岩重厚。不近名者。亦可徵耳
物徂徠以傑出才。駕宏博學。不能守舊業。遂以復古
創立門戶。其初一二輕俊從而鼓吹之。終能海內翕
然風靡雲集。我邦藝文為之一新。而才俊亦多出其
門。至今講說之徒。藉口徂徠。坐皐比。而驕生徒者比
比不尠。若失經義文章。余有別論。徂徠嘗著唐後詩
絕句解。海內由是宗嘉靖七子。喜之者以徂徠為執
死之功人。非之者或以為長輕薄要未之深考耳。余
謂明詩之行于近時。氣運使之也。請詳論之。夫詩漢

土聲音也。我邦人不學詩則已。苟學之也。不能不承
順漢土也。而詩體每隨氣運遞遷。所謂三百篇。漢魏
六朝。唐宋元明。自今觀之。秩然相別。而當時作者則
不知其然而然者。氣運使之者非耶。我邦與漢土相
距萬里。劃以大海。是以氣運每衰于彼而後盛于此
者亦勢所不免。其後于彼大抵二百年。胡知其然。懷
風凌雲二集。所收五言四韻。世以為律詩非也。其詩
對偶雖備。聲律未諧。是古詩漸變為近體。齊梁陳隋
漸多其作。我邦承其氣運者。稽其年代。文武天皇大
寶元年。為唐中宗嗣聖十四年。上距梁武帝天監元

年。凡二百年。弘仁天長髣髴初唐。天曆應和崇尚元
白。並距勉乎百年之後。五山詩學之盛。當明中世在
彼則李何王李唱復古。於前後在此則南宋北元專
傳播於一時。其距宋元之際亦二百年矣。我元祿距
明嘉靖亦復二百年。則七子詩當行於我邦。氣運已
符。故有先于徂徠已稱揚七子者。浩所備忘錄曰。李
滄溟著唐詩選。甚契余意。學詩者舍之何適。又曰。謝
茂秦洞庭湖。徐子與吳明卿岳陽樓作。氣象雄壯。與
絕景相敵。殆可追步少陵浩然二氏。永田善齋膾餘
雜錄亦論及七子。而爾時氣運未熟。故唱之而無和

者。迨徂徠時。其機已熟。白石滄浪鵬岩南海。大抵與
徂徠同時。並非貫護園之餘勇者。而其詩雖曰宗唐
亦唯明詩聲格。故云氣運使之也。繇是論之。則其或
繼今者。雖數百年可知也。或謂余曰。子之論既往似
矣。其繼今者何知。曰。余聞明詩四變。李何一變。王李
二變。二袁三變。鍾譚四變。逾變而逾卑。卑焉最後有
陳臥子出。著明詩選。吹王李餘燼。而氣運既替。不能
復振。清人議論不一。櫟下書影。訶斥王李為小兒語。
歸愚別載紹述臥子。步別機軸。又有專宗晚唐。雖參
趣異途。以余觀之。清人篇詠。大抵諸家相似。其韻響

雅柔頗似于元季明初作家。較諸近時所謂明詩者。無剽竊雷同之病。而其氣格則稍淡弱矣。當今京攝才髦所作。往往出于此途。亦氣運所致不得不然。而遐州遠境。至今猶尸祝七子者。氣運推移有本末。有遅速。猶我邦之於漢土也。或曰。繼徽徂徠則明詩之行可以漸也。徂徠才大氣豪。言多過激。故其行也驟。而其弊亦速。余按徂徠詩有二體。初年作瘦勁雄深。後來影響李王。動作高華之言。要之詩非其所長也。徂徠門下。稱多才俊。其顯者。春臺南郭之外。猶數十人。可謂盛也。然細考之則其中大有軒輊。蓋大名之

詩史　卷之四　十五

下易成名耳。況赫赫東都非他邦比。或攀龍附鳳欻試禁臠。或曳裾授簡長沾侯鯖。假虎威者。附驥尾者。青雲非難致也。加之邦國士人。各從其君往來結交同盟。遍滿諸藩。褒同伐異。鼓盪扇揚。靡退偶不偶是其所以顯赫一時也。退察其私。則羊質而虎文。名過其實者亦不鮮。鑽之淘之後世自有公論耳

滕東壁名煥圖。先于諸子。執謁徂徠。所著有東野遺稿。其詩在蘐園諸子中。雖華藻不競。而渾朴可稱

縣次公名孝孺。號周南。周防人。師事徂徠。初次公父良齋為長藩文學。次公嗣其職。長門泮宮曰明倫館。次公司其館事。至今長門多才學之士云。余謂近時文士得行志。莫若次公。其著作有周南文集

太宰德夫名純。號春臺。信州人。初同東壁從學中野撝謙。撝謙名繼善。字完翁。長崎人。嘗仕關宿侯云。後東壁從遊徂徠。數書招德夫。遂歸于物門。其學業行事。詳見于服子遷所撰墓碑。松君脩所錄行狀。唯斯褊心。往往為人訶斥。而以余論之。則春臺雖褊窄。自信甚確。是以議論透徹。多痛快語。自有過人者。其人以名教自任。而詩亦可觀。嘗著文論詩論。余初讀之殊歎其持論平正。後讀春臺文集。與二論抵牾者之

詩史　卷之四　十六

有所謂當局者惑歟不然則初年作耳。纂輯其集者。不刪何也。其詳余有別論

服子遷名元喬。號南郭。所著南郭文集。自初編至四編並行於世。蓋徂徠沒後。物門之學分而為二。經義推春臺。詩文推南郭。余按我邦詩。元和以前唯有僧絕海。元和以後漸有其人。而白石蛻岩南海其選也。今以南郭較夫三子。南郭天授不及白石。工警不及蛻岩。富麗不及南海。而竟難為三子之下者何哉。擬齠年少悟入此關。始可與言詩耳。蓋白石天授超凡。辭藻絕塵。誠不可及。若就其全集論之。清雅秀婉絢

彩溢目而悲壮沈欝渾雄蒼老者集中無幾南海唯
是一味綺麗後勤超脱卻屑屑乎纖巧矣蛻岩天縦
之才奇正互用変幻百出神工鬼警孤高獨立于古
今之間惜乎用才太過如前論者蓋用才太過有傷
風雅譬之士庶陪侯家讌席有時笑譃歌唱亦無害
也太過則有類俳優南郭能守地歩不求勝於一句
一章而全功於一巻一集今閲其集初編瑕纇頗多
二編十存二三三編四編最粋然矣乃知此老剪裁
老益精到因謂作者無才則已有小才而欲大用之
醜態畢露最可戒也大才大用誠為快絶而僅欲快

詩史　巻之四　十七

絶易偸三尺十分之才毎用六七分正是詩家極至
工夫南郭能解此義百尺竿頭不肯進歩亦是難至
地位南郭次子名恭字愿卿幼称才穎年僅十九而
没有遺稿名鐘情集其中聞莊子謙登芙蓉以寄詩
中聯曰不會登臨堪小魯更知呼吸近逼天人間長
仰三峯雪海上回看九点烟可謂翩翩有逸気又送
客絶句曰秋風颯颯雨紛紛匹馬孤舟両岸分萬里
江山如黛色相望能不歎離群亦佳南郭晩年撫西
仲英為子亦已没矣其著作余未覧之
平子和名玄中号金華嘗有詩贈服子遷曰白髪如

絲混弟兄中原二子奈虚名子和之不自量誠足論
耳世人亦多與子遷並称可謂子和之幸子和詩有
太佳者有太不佳者太佳者体格雄華金石鏗鏘太
不佳者浅陋支離剽竊陳腐如出二手亦唯負才不
能精思耳
高子式名維馨号蘭亭年十七喪明専志詩詞生平
所作殆萬首貴介公子争延講詩名声藉甚于一時
其詩剪裁彎密音韻清暢雖不及白石蛻岩南郭等
大家名家在小家数則可称上首者
島錦江名鳳卿字帰徳東都秘書監越雲夢名正珪

詩史　巻之四　十八

字君瑞並名重于物門蘐園録稿載其詩錦江呉宮
詞遊猟歌並合調矣
管麟嶼本姓山田名弘嗣字大佐幼有神童之称年
十三　徳廟召見尋為博士童時遊京師参謁諸儒
爾時余尚幼侍先人膝下一見之今不甚記録稿載
其詩二首
石叔潭名之清東都侍衛臣云亦物門之人
土伯曄名昌英守秀緯名煥明二人亦有重名並業
醫伯曄仕小倉侯秀緯仕大垣侯録稿所載秀緯聯
對芙蓉含雪色檻當滄海抱潮聲萬家揄揶傳新火

千里鶯花背舊程。太佳。呉宮怨小絶亦佳。

芙蓉萬菴、魯寮大潮二僧、殊與物門諸子相歡。詩名高于一世。我邦釋門詩、元和以前推絶海義堂、元和以後推萬菴大潮。余讀江陵集、又讀松浦集。二僧工力大抵相當。而才華則萬菴似進一籌。

源京國、名義治、號華岳。物門諸子數稱其人、謂當作家。而諸選所載、余未覩其佳者。若夫拔美仲名價不高。而録稿所選、卧閣青山遠、揮琴白日長。山對紫門靜。海連曠野平。故園春欲盡、絶域草初肥。殘夜傳刁斗。頻年卧鐵衣。風裁同卓魯、治行擬龔黄。又湖海論

交添淚、蓬蒿卧病易蹉跎。郤是諧合。

莊子謙、姓村田、名允益、豐後臼杵人。仕本藩、祇役東都、受業南郭。負才好奇。嘗登富嶽作芙蓉記。凡民庶上嶽者、必齋戒喫素而後敢上。且相戒不許語山中事。蹟子謙作記、始偏造化之秘。亾何子謙暴卒。俗輩以為得罪嶽神。余殊愛子謙秋懐二聯曰、青山入夢松蘿月、秋雨關心水竹居、却恨西都題柱過、且思南畝帶經鋤。深婉情至、恨不見他篇。

石子游、姓石島、初名正猗、字仲緑。後更名藝、字子游。自稱筑波山人。尾張人。遷住東都、亦南郭門人。放蕩好酒、不能為家。而以詩才雄豪稱于一時。嘗遊京師作詩曰、敝裘仗劍入西京、自比能文陸士衡。誰見篇章焚筆硯、堂將詩賦讓簪纓。一時華酪無人問、千里蓴羹動客情。洛下書生誇博物、寥寥未聞茂先名。其狂誕大率類此。玉壺詩稿録子游詩殊多、往往神氣軒翥、筆端活動、若濟以精細、則可為詞壇旗門。惜乎其人輕躁、下筆亦復疎率耳。

蘐園録稿所載五絶、松子錦春意、臘雪二三尺、門前不可掃。纔被春風吹、江上盡青草。又古別離、送君黄河湄、黄河幾千里。我思長於河、思人終不已。七絶、平

子彬登長興山云、長興山色秀清秋、日抱摩尼寶塔浮。湘水如環歸大海、連天帆影不曾流。僧了玄春日遊墨水云、風花處處送江春、古渡蕭條芳草新。為是王孫昔遊地、縱無白鳥亦愁人。江子園秋宮怨云、琪樹西風白鴈過、夜寒如水渺天河。自將紈扇憐秋色、不問昭陽月影多。並是警絶、自可不朽。其餘作者、當重考補遺、因不具録云。

日本詩史卷之四終

日本詩史巻之五

平安　江邨綬君錫著
弟　清　絢君錦
男　悰　秉孔均　同校

品藻之難也。衒賣者其声遠播而其實未副焉。韜晦者其文足徴而其名毎湮焉。生其土而商榷其土藝文。猶且称難得其要領。何況他邦人士所謂隔靴搔癢不啻也。余讀淺舜臣所輯崑玉集木實聞所著玉壺詩稿張藩藝文管見一斑。但二集撰次無倫。且不詳作者郷貫。張人與他邦人混淆不可分別。則余所論列。訛謬固當居多耳

余少年時。就友人案上閲防邱詩選。收録張藩諸家詩。今茫不記。募諸書肆往往不知其名。殊為悵悵。扶桑千家詩載清水春流詩。亦未詳其人

木公達名實聞。余於張藩人士無所通識。今據崑玉玉壺二集蠡測之。公達在張藩。或是南面詞壇傲睨諸子者。詳其詩體。公達必謂吾能探開天之正源。駕嘉萬之逸格。殖之以廣博之學。出之以縦横之才。意之所欲筆必従之。噫如此。則南郭蜺岩其猶病諸。公達無天受之妙。而強欲籠蓋萬象。是以其詩磊砢而無光澤。莽蒼而無倫理

井鼎臣本姓千村氏。号夢澤。玉壺詩稿載其詩六十餘首。大抵與公達伯仲。如曰憑驢彈鋏泣。宋玉至秋悲。直是蒙求標題。且驢彈鋏歌。非泣也。此等之詩。宜無録。若夫崑玉集所載。喜今井生過訪五律。歳杪書懐七律。頗為匀稱。要之急于名而不遑自擇耳

千村力之。名諸成。号莪湖。又号笠澤。井鼎臣長子也。崑玉集所載。當少時作。然其天授才敏。大逾乃翁。五言生白憐吾室。草玄避世人。雀羅将設處。鳳字孰題

門。溝水通籬後。炊烟横竹邊。未値西帰日。空為東武吟。客心驚短髪。官況戀扁舟。本識地難縮。適増郷国愁。七言西風拂檻秋如水。中夜懐人月在霄。病来空憑烏皮几。夢裡重鳴白玉珂。世上虚名任呼馬。塵中浪跡総亡羊。頻年風雨徒搔首。何地鶯花更解顔等。下字有法。語亦清麗。其餘絶句。殊有佳者

井出識明。名知亮。号鳳山。力之次弟。其曰。醉後振衣花乱落。庭陰倚杖石崔嵬。移歩山光生杖屨。倚樓海色映衣襟。病来耽句痩逾甚。醉後発狂意却寛。才調雁行伯氏。崑玉集載李弟居卿幼時詩。謂臣有此三

子。自足烜赫藝苑。
木君恕。名貞寛。号蓬莱。尾張人。嘗客遊京師。後赴東
都講説為業。其詩較之公達鼎臣。頗占地歩。而雋句
警聯亦復不多。若夫崑王集所載中秋無月云。金莖
雲黒光猶動。紫陌燈明夜未深。声華可挹。但金莖漢
武所設。我邦無此。或曰。唐明詩中多用金莖。用之何
害。殊不知唐玄宗。明世宗。酷好神仙。詩人假借以詠
時事者。此等之事。余於授業篇已詳論之
沖野寿寛。号南濱。田中尚章。名来蕙。号雁宕。晁涵徳
名文淵。号玄洲。清水彦八。名虎賀。安長。号精齋。五人

並張藩人。其詩見熙朝文苑者。不過一二首。姑録其
姓名。以備重考。
松秀雲。亦張藩人。熙朝文苑載其詩七首。頃日大江
擁圭刻玄圃集。贈余一部。有秀雲序。斯知其人無恙。
老益把弄翰墨。
崑玉玉壺二集。撰次無倫。余已前論其張人与他邦
人相混不可分別。則姑從二集所録以論及一二。若
夫張人与不張人。姑置之耳。伊長卿。名章。号崆峒。玉
壺詩稿載其詩二首。歳晩寄井良重七律。雖勦竊嘉
靖七子而漸近自然。但第五句。芳樽萬里河山邈。不

免日上文王之謗。若作芳樽一夕。則佳矣。又贈人小
詩。東海多秋思。況逢夜色新。遥知莫水月。不照去年
人。雖無奇警。亦自可誦。徳良弼。春城寓目。華贍可観。
澤元喜。寄蘭皐蔓澤二子七律。頗能結構。又留別諸
子絶句云。落魄無人不可憐。一句太是悲愴。惜乎結
不成語。岡長祐詠雪云。一庭地白非関月。萬樹花明
不待春。興象甚肖。惜乎首尾不称。福昌言九日作中
南来池亭五律。尾有孚七絶二首。並占得地歩。其餘
天信景。磯長博。鈴子都。嶺文谿。出敬廷。野俊明。關徳
亮。元文邦。藤本弘。江子永。林文清。喬惟寧。巣日洞。山

泰信。山芝岩。池子圭。仲文輔。井天目。倉立大。關範良。
須玉澗。谷秀實。丁忠利。竹山東。馬意信。村馬六。筒恒
徳。森東発。蒲梧隠。陸知規。吉大壑。田仲文。源基長。源
長英。平蘭溪等。其中不無玉石之辨。而余未詳其人。
且二集所載。人不過一二篇。則亦俟重考云
崑玉玉壺二集所載僧詩亦夥。今論其一二。僧實性。
寄蔓澤云。伏枕青春日。聞君解綬帰。鳥窺移柳地。童
待映花扉。探勝支公馬。舞雩曾點衣。昨宵芳草夢。相
引到漁磯。頗華暢矣。與善寺分韻作亦佳。攄二詩。則
足称方外作家。

僧宜牧詩。嘉靖七子之末。響極意勦襲。然其中自有佳者。宿圓通寺云。古寺鐘声度翠微。階庭柏葉亂斜暉。巖中說偈花爲雨。定裡忘機月照衣。巢鳥開窺双樹入。香烟細結五雲飛。上方遙出藤蘿外。杖錫探奇信宿帰。首尾匀称。足称合作。

僧惠仁詩崑玉集載之。殊多。其京舘雜詩中云。晩来比屋絃歌起。疑是諸天賛我声。可謂狂妄。又曰。此中無不有。唯少天女侍。雖用維摩事。亦復甚矣。近時學者動曰。僧詩不可有香火氣。余則曰。僧詩不可有香火氣也。又不可無也。蓋有香火氣。以法害詩。無香火氣。以詩累德。僧家學詩者。宜了得此義。

尾張東隣參河。在參河則扶桑千家詩載村田通信詩。余未詳其人。近時源京國仕刈谷侯。既已前録。岡崎候儒學秋子帥。名以正。所著有澹園初稿。余未見之。又田原候太夫雍子方。有爽鳩詩稿。子方姓鷹見。省見爲鷹。又惡鷹字不雅。更爲雍姓者。名正長。爽鳩其号。嘗與䕶園諸子歡。是以詩名著聞。余謂䕶園諸子。除服子遷外。孰不勦竊七子者。而莫甚于子方。如曰。薄宦天涯耽濁酒。故人江上感綈袍。比比是也。要之以藩國太夫有此文雅。可称耳。

從參河以東五州。爲遠爲駿爲豆。爲相。文人才子。意謂當衆。余也孤陋。無所聞見。則不得不徴史之闕文。

上野下野上總下總安房五州。猶夫五州。

安房東爲常陸。常藩當中納言義公時。儒術文藝之盛。至今人称。東平之賢無侯。余言。當時諸子詠言。必有可觀。可傳者。但常藩與京師相距隔遠。所謂風馬牛不相及者。茫乎不可考索。若夫朱子瑜。余已前録。扶桑千家詩載安積覺。内藤貞顯。大串元善。青野叔元。一松拙忠。石井牧内。藤延春。安藤爲明。名越正通。人見野傳。清水三世。相田信也。白井信胤等。十三人。同咏菊詩各一首。蓋陪宴授簡之作。一時文雅可想。

安積覺字子先。夙聞其名。所著有澹泊文集。余未見之。其餘未詳其人。又鵜飼金平。栗山伯立。森尚謙三人。亦常藩學職。金平名信勝。石齋長子云。

常陸東北爲陸奥。陸奥大國。大小藩府。無慮二十。而仙臺爲大。余聞藩中以儒業世禄者。有十數人。而其文藻無所聞見。會津亦大藩。往時山﨑闇齋講學。其地至今人重經業。如其詩章。亦無所聞見。森山常藩支封。夙以好學聞。藩中或多作家。若夫本朝詩纂。可謂盛擧。余嘗過書肆。暫時寓目。其所收載。京攝作者。

殊有可笑所謂鸞鳳伏竄鴟梟翺翔不啻也亦唯距京擁絶遠無由物色耳今余論及關東胡以異此為之可發大噱松前僻在海外與蝦夷接壤或曰陋如之何不知其地富庶政寛俗朴為一樂土往者富仲達傳松前候命請詩於余又松前醫生來學京師滲指藝苑者前後不斷則其地頗嚮文雅可知也從陸奥傍北海而西則有出羽有越後二州亦廣大而其藝業未有所徵佐渡固亡論耳

信濃在越後南諏訪候好文藝讀服子遷集知之謂下必有甚焉者亦侯異日考索信地以山稱爲唯松

本廓然矣乃有湖松江在松江姓多湖字玄岱少時從學桂義樹能詩能文兼工臨池之伎松江父字元泰號岩萬菴集中稱湖栢山是也栢山父稱玄甫至松江三世以醫仕松本候而專以儒術文藝著稱爲松江尚氣節慚食糈於方伎候察其意今春使松江嗣子玄室代松江為侍醫更命松江為儒學教授蓋特恩云

飛驒在信之西北在萬山中地出良林如高山府号為殷富俗頗事伎藝而學事無聞東涯盍簪録曰先人講學時弟子無國不至唯飛驒佐渡壹岐三州人不至其土風可知也然客歲余遊越中高山人其因富山渡邊公庸請詩於余斯知其土人近稍嚮文學飛驒之北即越中云

越中都會有高岡有富山富山賀藩支封閭閻之富有志學者往芳野于鵠遊學京師時問字余弟厥後西野士明因于鵠亦謁余弟客歲之春佐伯季臏遊京數過余家聞余好山水盛説立山奇絶遂以秋九月余遊富山留五十日季臏名樸詩才絶人惜乎不甚好學不讀書焉余謂季臏曰子如讀書三年可爲北陸道第一才子季臏曰小子心期海内何論北陸

彼也少年逸氣漫為大言恐終不讀書季臏詩山居云結廬白雲裡白日亦堪眠啼鳥時驚夢山花落枕邊又過岡子龍舊居有感云春林鳥返夕陽斜終日空關叔夜家唯有隣人吹玉笛荒園滿地落梅花季臏伯父佐伯子桂名望往為富山候文學已没云士明天授不及季臏而黽勉讀書潜思敲推不懈有成

能登在越中西北近時僧環空出自其地為僧金龍徒弟從師在京師弱齡好吟哦頗有詩才一朝短折有遺稿在

加賀在越中西余遊越中路出金澤決之大都會哉

無物不有如其藝文但未遑考往時木靖恭室滄浪
並為賀藩文學已前録扶桑千家詩載平岩仙桂詩
余未詳其人
越前在加賀西南自余先太父以及兄弟辱越藩文
學余恐事涉不敬因不論列而余弟數称清圓寺瑩
上人信義粹然且好詩越前南為美濃州
在美濃則岐阜最称富庶三十年前學詩於余者有
十數人迫余為吏職都絶音耗唯山田大藏一人通
問至今其人於詩頗有見解時見合調大垣亦一都
會如守秀緯已前録又谷大齡田吉記二人詩見崑
玉集嶺三折鈴木藤助二人詩見煕朝文苑並美濃
人云美濃之西南為近江
近江文雅必推彦藩有龍草廬野公臺二人在又往
有澤村伯揚雖其人沒遺稿行世伯揚名維顯称宮
内号琴所享保中人其詩雖乏藻繪之美鏗鏘之音
而清澹雅整足称作家五言律最當行矣早行中聯
云林聒棲會散江平宿霧流鐘残黄葉寺露滿白蘆
州江之森山有宇彦章時時往來京師名声顯著日
野邑則有建達夫少時頗称才穎而數奇轗軻糊口
方伎遂廢吟哦可惜下迫村則有柚木伯華為仲素

詩史　卷之五　九

兄好讀書少時從學義兄青郊先生辯博且能詩
若狹在近江西北千家詩載宮腰歷齋詩余不詳其
人厥後有小栗雇阜在小濱橐籥一鄉文雅余嘗覧
昆玉壬壺二集所載佐元凱者詩甚佳因詳其人乃
知其為雇阜蓋雇阜少時有故客寓于張尓時變姓
名称佐々木才八云其詩雖跼蹐嘉靖七子而天授
自富鑪錘有法是以往往有合調登後瀨山云峯回
徑仄石梯懸杖屨飄飄度碧天萬頃海波遥越迥両
行驛樹入江連孤城鐘動寒雲外極浦鳥還落日邊
臨眺自堪銷世慮何勞燒煉學登仙小濱以雇阜故
至今言詩者衆土之豪称組屋者數百年之家今當
戸者名翰字子鳳慱涉群籍詩才殊雄其人亦奇又
吹田定孝學詩於余歳時不懈漸入佳境若狹西南
為丹波
丹波則扶桑千家詩載人見卜幽詩未詳其人近時
龜山候太夫多好文雅若夫松崎白圭詳于服子遷
文今嗣職者君脩文辭益蔚名声煥発篠山有儒學
關士濟
丹後則宮津水上士遜最可傳者子遜名謙自幼好
讀書能詩能書其人篤恭李世無倫今既八十餘歳

詩史　卷之五　十

余恐子遜操行終泯沒。近爲著傳略。又有三上宗純
爲士遜詩友亦七十余云
自丹後以西。但因伯雲石隱六州。藝文未有所考。雲
州。桃井源藏著世説考。引證精當可嘉。近覧其絶句
數首詩或非長技
山陰山陽二道。到長門而盡。長門南北西三面濱海。
縣次公以来。以文學聞。次公已前録。服子遷所撰周
南墓碑中。列叙門人曰。若山子濯田望之。津士雅。倉
彦平。滕子萼田子恭。仲子路。魯子泉。林義卿。瀧彌八。
縣魯彦秦貞父。彬彬輩出。義卿夙講學京師。彌八令

詩史　卷之五　十一

在東都。声名烜爀。士雅子萼。前卷已論及。子濯姓山
根。名清。号華陽。子遷集中。褒称特至。蘐園録稿。載其
詩。如寉臺春望七律。殊雋爽矣。其男泰德。客歲遊京
師。因武南山見余。頗能論詩。自運亦可觀。尓時謀刻
乃翁集。望之彦平子恭子路子泉魯彦貞夫。未詳其
人。又左汾真晁世美。二人見儒林姓名録。又扶桑千
家詩載山田原欽詩
從長門逾海。抵豊前州。土伯曄石麟洲。前録豊後。莊
子謙亦前録豊後。而筑前而筑後。扶桑千家詩。収録
二州人士。殊多。竹田春菴。黒田一貫。紫田凬山。寉原

君玉。荻野隆亮。林恒德。林重一。並前州人。伊藤愼菴。
伊福勝之。村井定菴。松下雪堂。並後州人。若夫貝原
氏之於前州。安藤氏之於後州。亦已前録。又前州神
屋亭。著帰鞍吟草。其詩雖多蕪累。而議論昂昂。定非
碌碌士矣
長崎。隷肥前州。往有林道榮。劉宣義。僧玄光。僧獨立。
僧道本。僧玄海等。有詩見諸選。道本清人。随縁到此
所著有薰鳴草。扶桑名勝詩集。載南部昌明長崎八
景詩。余不詳其人。或是草壽兄弟。近時高君秉。詞鋒
頗鋭。嘗東遊京師。締交諸文士。西帰後。作七言律八

詩史　卷之五　十二

首。併書寄余。余心許和答而未果。亡何君秉沒焉。君
秉本姓渡邉。名彜。号暘谷
肥後。近時有藝文之称。秋玉山名声煥發。詩才可嘉。
又藪震菴。墨君徽。水屛山。水愽泉。四人見儒林姓名
録。余未詳其人
薩摩州及隅日二州無考。對馬學事。前卷論及
自海西九州。沿南海而東。歴長門周防。到安藝。藝之
都會曰廣島。大藩也。其文學。二屈氏及松原一清。並
已前録。又味允明見姓名録。其人名虎。号立軒。所著
有問槎録云。近時竹原邑。有頼惟寛。有才子称。今住

浪華本庄邑。有平賀中南在京師講說本庄邑北有
佛通寺奇巖環寺地極幽邃。往有僧褱海。好詩偈。已
寂有遺稿二巻。閲之疵謬殊。多蓋雖有資才。師承不
正致此鹵莽可惜

三原雖在備後。入藝侯封内。山海環抱。殊覺形勝頗
有好詩者。芥彥章。往遊其地。尋余遊嚴島。彥章貽書
三原諸子。爲余西道主。人宇士龍。安子桓。川則之。敬
侍最至。三子好詩士。龍最錚錚矣。三原東有尾道。一
名珠浦。地當海陸之衝。人烟稠密。多素封家。而文雅
無聞。近有松本達夫者。子桓姻婭也。請賀島記於余。

其人少時受學東涯。文辭則余不知焉

備中文藝。余未考之。近物社邑人。藤野如水。遊京師。
數過余家。爲人短小黒瘦。口訥訥焉。見之如無才者。
會晤再三。漸測其所蘊。殊爲該博。其詩雖乏華藻。意
義自全。特怪西帰後。寥乎無音問

備前往時熊澤了芥。爲政其國。擧世所知。余嘗閲松
原一清出思稿。其牛牕泊舟詩。有漁家兒女亦知字。
笑將孝經教老翁句。一時教化可想。至今泮宮之設。
尚有典刑云。若夫三宅氏。已前録。昆玉集。載近藤士
業詩殊多。士業名篤。備前學職云。又湯之祥。井子叔。

二人。並以文學仕其國。之祥名元禎。子叔名通熈。備
前北有美作州。文雅無聞。東則爲播磨

播州藩府。西近備前者。曰赤穗。赤松良平。以詩雄視
其鄕赤穗東北有龍野。和田宗允。爲其儒學。文辭無
聞。儒林姓名録。以川口子深。爲姬路侯文學。名光遠。
所著有斯文源流云。姬路東有麑川邑。邑有清田君
履名綏。号藍卿。余族也。既有學殖。又有文辭。恬不近
名。人以長者称。若夫赤石。梁蛻岩。以詩賦雄乎海內。
前巻既詳論焉。赤石隔海近對淡州云

淡州航海達阿州。阿州學職有數人。柴野彥助有文

辭。去年余弟祇役東都。屢相往来云。由岐浦。有井河
玄益。謹篤之士。詩文亦如其人。余弟詳録於孔雀樓
筆記。平島有島津琴王。時有詩筒寄余。阿州而讃州。
扶桑千家詩。載岡部拙齋詩。近時高松侯文學。岡仲
錫有文辭。玉壺詩稿。載其詩云。瀰瀰春波夕照微。白
蘋風起鳥双飛。曾攀楊柳江橋上。楊柳掛絲人未帰。
婉順可誦。丸龜亦讃之都會。僧羽山。往遊其地。藩太
夫某聞之。要羽山於途。邀遊山莊。尓後至今詩筒無
斷。其風雅可称。羽山余方外友。屢称其事。余老善忘。
不記其太夫名氏。讃州而豫州。松山侯文學前田子。

續詩。見諸選。子績名時棟。所著有二酉洞吟譜云。豫州而土州。大高季明。前錄土州。隔海東對紀州云紀藩称多學職。若夫活所南海玄輔。已見前卷。永田善齋。名道慶。羅山門人。著膾餘雜錄。其詩見千家詩荒川敬元。名秀。東涯門人。八居題咏有和作。又附錄他作三首。頗巧整矣。陰山淳夫。名元質。強記無倫。至今為藝苑話柄。著作非所長也。又山君彝。名鳴。根伯脩名遜志。並徂徠門人。在紀藩而著七經孟子考文者。詩並見護園錄稿。又有木村源進。名之漸。東涯門人。享保中。蘭嵎應聘紀藩。辟勧源進。源進復而無子。

今嗣職者任甫。名景尹。受業蘭嵎。本姓岩橋氏。因藩府命為源進嗣。遂冒姓木村。

伊勢。宗廟所在。山田宇治之間。大小祠官。無慮數百。奉職多暇。往往馳伎藝途。而以文辭称者。無幾。八居題咏附錄。度會清在。福島末茂。二人詩。又有臼田陽山者。在山田講説詩文。無所觧焉。丁亥之歳。祠官荒木田興正。遊學京師。屢過余家。戊子之秋。余父子遊勢州。留山田凡三十日。館于興正家。興正以乃翁遺稿示余。翁名正富。字君忠。其詩間有可傳。今錄其一。答能列菊南山云。孤鴻傳信落滄洲。玉露金風兩地。秋北海清樽分手後。南天明月使人愁。當今山田能詩者數人。度會雅樂為魁楚云。津城勢州大藩。闔閭之富。淳于山田。文學與田士亨。嘗受業東涯。世称三角先生。又有石川某。亦其文學云。近時山田東仙。片岡頑伯。二人来京師。攻黄岐術。兼學詩於余。頗有才思。不懈有成。恐以刀圭故廢耳。又有大冢公黍。字稷卿。称正藏。秉志堅固。将以有成。而遽乎夭折。頃日得一詩於筐底。覧之惨然。因為附錄。聞鶯云。翠柳参差弄晩晴。為聞黄鳥不堪情。一身已作他郷客。辜負春風喚友声。津城支封有久居。熙朝文苑多載其土

人士平玄龍。押正胤。佐柳意服彦進。西正意平一與等。余不知其人。所覩一篇一章。難別殿最。其名亦勢之一都會。崑玉集載平義憲。水應春二人詩。又有南川文伯。以詩著称。嘗来京師。因僧金龍見余。又南宮喬卿。往下帷来名後還津城。余自山田還路出津城留止數日。邂逅喬卿。喬卿邀余父子讌其家樓。喬卿今在東都。又石大乙。滕文二。受業喬卿者。文二從喬卿在東都。大乙。豋来京師。講説為業。

志摩也。伊賀也。二國。文雅無考。大和則南都松元規詩。見熙朝文苑。當今今井邑有足高文碩者。其人奇。

其詩亦可傳。受業余弟者。河内則有生駒山人者。詩
集行世。和泉則唐金興隆詩。見八居題詠
攝之顕者。若水。春叟。守静等既已前録。今追考諸書
菅子旭。阮東郭。以下。脱漏不尠。異日重考補遺。今不
復喋喋。若夫當今下帷授徒。鳥山片山之輩。名声顕
著。無俟余言。亦復亡論耳。余男悰秉。在時。論詩不可
一世之人。其所唱和。唯攝之葛子琴。子琴實工詩者。
閒子琴社中。雁行子琴者有數人
京師藝文。第三巻詳之。今追考之遺逸殊多。亦俟異
日重考。若夫當今藉甚之声。無俟余之揄揚。亡論耳。

湮晦無聞。而其實好詩善詩者。亦復不尠。如松尾祠
官田雨龍。為好詩者。如端文仲。為善詩者。文仲東都
人。失意去郷。西遊窮困益甚。前日播磨堀生口占文
仲秋日遊巨椋湖詩三首。記得一首。欲得新詩漫獨
遊。斜陽半晌又為留。菰蒲經雨沁初冷。雁鶩畏人禾
未收。山色猶明危塔外。水烟徐起去帆頭。終宵乗月
知何處。萬頃汪汪風露秋

日本詩史巻之五終

日本詩史䟦

詩史就矣。使予及姪孔均挍焉。予會奉藩職於關東。
孔均勤焉。未畢。孔均没矣。予適歸。乃始從事云。論詩
選詩。倶非容易。期主張者。率入頗僻。主調停者。或流
軟弱。加之勢威所嚇。得失所眩。愛憎是非。自誣誣人
楚王弟與方城外尹。證驗非必真。鶩延項鼈縮頭。冷
熱非必實。魏蛺蝶非無史才。史以織稱。胡釘鉸豈有
詩學。詩藉妖顕。政理道術。皆有斯諸弊。近日詩家莫
甚焉。必如斯書所論。而後可謂公且正矣。若夫命名
之義。讀者自當得之云

明和辛卯之春　　弟清絢拜撰

明和八辛卯歳六月

平安書林

堀河通蛸薬師下ル町　西村市郎右衛門

二條通間之町西ヘ入町　林伊兵衛

堀河通佛光寺下ル町　吉村吉左衛門

勢州津　大森傳右衛門

五山堂詩話序

話桑麻者農夫樂事也話利市者商賈樂事也話詩賦者詩人樂事也話也者非論非議非辨非彈也平常說話也有是話而人聞之喜之快之笑之記之忘之一任旁人所取是話者之心也有是話而人聞之惡之忌之厭之嗛之咈之只觸旁人所懷非話者之心也農商之話皆此心也況於温厚詩人之心乎

嘗開口說話之時暫有是話及開口說完之後曾無是話話之為話如是而已今話而筆之此果何心哉農商不識文字故其話止於口頭終於一場僅及對面數人詩人則識文字故把口頭之話化作筆端之話把一場之話化作千萬場之話把對面數人化作不對面千萬人唯恐聞之喜之快之笑之記之忘之者之不多是詩人之心而詩人之神通力

也詩人之心既如是詩話之作豈尚且也哉

吾友池無絃作五山堂詩話質受而讀之既無可惡可忌可厭可嗛可咈之話又有可喜可快可笑可記之筆雖無論議辨彈之圭角自具春夏秋冬之氣象不欲以自己才識壓倒他人才藝又不以他人才藝漫滅自己才識温温乎聞其說話凜凜乎見其才識自云此客歲之業也今刻梓以傳之世今兹之業

且待來年傳之來年之業且待其又來年傳之年年如是且待積年之久而成一部若干卷詩話唯予為我序之質因謂此一卷是開宗之首撰竊以讀易之法讀之此一卷其乾坤二卦歟自今以往年年續成變者年年變而不變者竟存焉將見其一索而得震巽再索而得坎離三索而得艮兌三男三女交互相配六十四卦無之不變而吾知乾坤二體

確然隤然未嘗失其本領吾又以觀水之法讀之此一卷其黄河發足之崑崙歟混混不已千里一曲或右或左其高在龍門懸瀉千仭其播為九河其同為逆河皆可料想而吾知平準格物之性未嘗失其本領吾又以候花信之法讀之此一卷其梅花初綻之時歟嗣後陸續風信不差其高杏桃梨李海棠木蘭其低水仙蘭菜棠棣牡丹白如縞素紅如

臙脂小如碁子大如盃盎百般精神百般姿態皆可料想而吾知向陽背陰之性未嘗失其本領吾讀五山堂詩話至此境不亦一樂事乎作者得讀者至如此不亦一樂事乎話之筆之者在吾友池無絃讀之序之者在其友葛休文不亦一樂事乎今刻而傳之千千萬萬之人其為樂事竟無窮盡矣

文化四年二月十五日

五山堂詩話巻一

娯庵居士著

古今題鍾馗詩率皆長句近體絶少惟明蔣主孝云虎口虯髯眞可怪如何不解縛人妖偷花竊笛渾閒事恐看三郎萬里橋嘗見備後詩人菅禮卿題圖云于腮睥目突其冠相見腥風送筆端別有夔魖君識否沈香亭北倚闌干意趣極與蔣相似結全用李句殊覺警拔只第二落

筆頗粗疑其不類後逢禮卿詰偶及之乃云此原七古一時截書以應人需耳余自喜見之不誤

人動輒近體截句而重長句累韻不知雄作大篇只須學力滿腔書卷矢口發露譬如富貴家供張有餘然後數十百客不難措辦求詩妙處全不在此絃外有音味外有味會到此境二十八字即摩尼寶珠何必造八萬四千塔方始為

至哉故作詩者不可貴博以唬嚇看詩者不可眩多以誇排也唐人句云藥靈丸不大棋妙子無多眞上乘之言

詩弟子高暹持後赤壁圖索題余倣坡公歸去来集字體題二律云良夜如何得復登赤壁舟細鱗魚巳有斗酒婦相謀月影巉巖起水聲斷岸幽江山無幾日識我昔遊不四顧舟中寂横江一鶴孤放流將半夜就睡亦須臾夢有来過

者笑言遊樂乎玄裳我知予開戸起相呼

山本北山先生昌言排擊世之僞唐詩雲霧一掃蕩滌殆盡都鄙才子翕然知嚮宋詩其功偉矣余謂先生曰僞唐詩巳靨矣更有僞宋詩可謂又生一秦也何如先生莞然蓋今日之詩虜山所謂邪氣結轄大承氣下之輸寫大利元氣受傷則別症生之時也誰居瘳之者必當有任

乙丑余再歸江戸河寛齋先生見贈云寥落江湖舊社盟相逢重作不平鳴世人久被法華轉後輩誰教俗骨清薄倖杜郎年未老衰殘白傳目幾盲張軍今巳屬君手肯許成他豎子名余雖不敢當私心竊向之

余名節不撿嘗在伊勢題一酒樓云百壺醍醐碧於油月逗樓心興尚遒粉黛有縁通一笑襟懷無地貯此愁紅紋珠唱偏宜夜風檻露簾平浸秋薄倖自知如小杜直將此際倣揚州滕架

堂遂鐫揚州小杜印見貽先生詩中仍用此語也後海蠖齋爲余盡言自此斷然不復以小杜自期印亦捐而不用

蠖齋琛字君玉余受知最深二十年殆如一日雖不任爲之裘牧而竊推爲吾黨獻子蠖齋當路無閒猶且以詩畫自娯數年諸作殆滿紙囊囊腹彭亨然就中抜數十首使余加墨因得窺其䀲立秋云大火西流雲改容向来炎氣欲無

蹤西風能有拔山力忽地吹崩千萬峰夜泛云
舟過柳港入蘆坪兩岸鳴蟲和月明北岸如悲
南岸樂細聽南北一家聲村夜云榾柮爐頭煖
夜煙團欒酌酒話豐年今秋有閏輸租早不似
去秋猶在田
粲堂名博與余交好其詩務要出色或嫌其過
尖巧然亦有極佳者蓼花云沙村水驛自成叢
滿目秋容處處同半老垂來猶未老小紅簇得

乍妥紅香牽宿鷺眠鷗外影動冷煙斜日中蘆
絮應嫌顏色少嬌妝輸汝一家風又秋夜云蕉
敗月窓秋有影蟲寒草砌夜無音村莊云旨蓄
一秋留橘子遠謀滿塢種松苗皆可傳也
清程羽文作詩本事因詩摘出事典大窪詩佛
作續詩本事輯至二百餘條可謂博矣偶閱島
田達音集云昔在昌齡成帝號不言詩上玉屏
風自注玄宗立王昌齡為詩帝此典二家所未

載蓋以補逸按唐才子傳王昌齡稱詩家天子
與此小異
詩佛長於七律短於七絶余長於七絶短於七
律雖是世人所口其實詩佛七絶未必短而余
何肯有其長今摘詩聖堂集中尤者駢出二體
以示不容軒輊律則病起云病起茅齋坐晚晴
竹梢微動見風行試擡筆處不如意新換衣時
聊愜情酒作沈痾餘後患詩思往事隔前生猶

知神氣未全復欲整架書無力擎詠愁云鬢邊
抽出數莖苗牢似長城來似潮三日苦吟無句
穩半宵殘夢覺魂消簾垂深院伴幽獨雨滴空
階送寂寥爭得望僊臺上酒心中萬斛一時澆
漁蓑云誰采嫩蕊衣襟製短篷相伴釣滄浪蘆
邊露重蒹葭濕蘋末風生獨速涼當酒又愁明
日雨眠花猶帶昨宵香可憐渭上封侯日初把
渠儂博冕裳絶則春夜云殘雪不消如待伴細

衾冷透睡醒初夜深知是寒威重滴月簷聲聽漸疎春寒云寒食自今無幾日梅花零落杏花開春寒釀雪力不足却向黄昏作雨來晩歩云園底扶筇歩晩霞春風輕軟弄巾紗蜘蛛何事太早計密網先緘欲發花偶作云世間無限事紛紛耳冷如今百厭聞自笑懶慵蘇學士總將家政付朝雲嘗與寛齋先生言詩佛能於淡處著力是其所以樹一幟也

今年丙寅余三十八歳頭雖未見二毛鬚已生白爲詩佛所揶揄故贈余有七載江湖漫遊客相逢今日白鬚生之句偶閲劍南集云紹興壬午予年三十八與査元章王嘉叟同出端拱殿門二君指予問曰子亦有白髮耶相與太息事極相類因戯示云休嗤今日白鬚生老陸當初發已驚八十五齡君試算乘來猶得九年贏以放翁八十五而卒也詩佛看詩大笑

谷麓谷名本脩年垂八十作詩靡靡不絶可謂當今小放翁也唯放翁初年詩太精細晩年稍流頽唐麓谷初年首首疎率至晩年後間有簡揀者此與放翁異今録其似者雜詠云百事相忘意久休雖無可樂又無憂小圃梨栗今皆熟孫稚能爲採拾謀初夏云我已雖衰猶及麥年還有閏未近梅晩秋云水冷已難隨釣伴夜長不厭對棋讎

劍南詩動説窮薄多傷心語然其中有可笑者處處乞漿俱得酒杖頭何恨一錢無大似乞兒詩

余貧不能貯書偶有購得早已羽化去篋中留集五部一白香山一李義山一王半山一曾茶山一元遺山外此無有因以五山名堂有句云家徒四壁立書僅五山存

客途淒酸一經説破異時讀之不堪情景余昔

發遠州云行李蕭然早上程客途寂極若為情
數村行盡天猶夜梟語松梢三五聲岐蹭道中
云光樹雲埋天未晨竹輿搖夢認嶙峋耳邊乍
聽扛夫語昨夜前村很食人此中消息非常旅
況者恐不及知
寛齋先生浴塔澤温泉絶句云迅湍危石響如
雷徹夜孤燈夢未催可怪東窓紅已抹不聽鴉
子報晨來自注山中鴉皆無聲余嘗以九月宿

山中曉窓夢回忽聽啞啞因有作云夢清山驛
起來遲屢被寒鴉報曉知怪得渠儂古尚在一
生只信半江詩半江先生別號也
先生上尾道中云泥塗夜瞑雨悠悠斗折林間
聽水流怪底月光偏布地蕎花爛熳野田秋近
讀李松圃曉行云朦朧曙色噪啼鴉風撼疎林
一徑斜滿地白雲吹不起野田蕎麥亂開花兩
詩不謀相同工力亦敵皆以誠齋雪白一川蕎

麥花為藍本
蜀成王宮詞云君王翌日宴長春霖雨迷漫濘
土塵特令滿宮來壓止一時懸挂掃晴人王次
回上元竹枝云風雨元宵意倍傷畵檐低拜掃
晴娘若教掃得天邊雨為掃離人泪兩行二詩
見列朝詩按帝京景物畧云凡雨久以白紙作
婦人首剪紅緑紙衣之以苕帚苗縛小帚令携
之竿懸檐際曰掃晴娘此方女兒亦自有此事

故柏如亭吉原詞用掃晴娘亦紀其實也
余嘗作續吉原詞稿已散失偶有人錄乃追抄
之詩云孔尾交金緗帙堆銅缾滿插牡丹開多
情倚柱尋思久忽報儂郎入院來憶昔垂髫始
見收月明花落不知愁如今專得蘭房寵羞被
人推居上頭歡喜心中許暗盟今生何必要來
生彩燈新獻慈雲座照出青樓第一名錦字裁
成漏已闌起看爐火小星殘無端阿妹和衣睡

為覆輕衾護夜寒十年不識巫山村却筭歸期欲斷魂今曉孃來苦相囑細心莫負主家恩兩懲風僝易損春兩行玉筯獨愴神重樓一夜偎梯絕可恐蕭郎是路人

人生聚散亦復難常二十年間江湖社一離一合吟席殆無暖日乙巳余歸江戶如亭見贈云萍水心初出官途四靈復聚舊江湖蓋以余嘗水心也後寬齋先生祇役越中如亭去赴信中

余亦出關獨詩佛留在江戶如亭寄詩云結社都門相唱者半江翁北五山西竹埋深雪無生意只有梅花照舊溪如亭一號瘦竹詩佛一號瘦梅故也余再歸則如亭猶在信中每一聚首未嘗無車公之歎也

信中詩學如亭實開壇坫所得人才不下數人而以木百年高聖誕二子為翹楚高則余未及識木名壽近日出都始相遇于詩佛席間風貌偉然詩筆最高佳句云心冷句中因說水脚勞夢裡爲登山一生好事皆兒戲數卷吟詩半酒媒尋常鶯囀朝曦外一半花開夜雨中別後故人頻入夢春來燕子已歸家五言如秋日云雲氣生危石風聲聚急瀧山中云樹冷新秋雨峰高太古雲皆趣其社號晩晴吟社晩晴者如亭信中讀書堂名也

如亭晩晴堂集詩極精細美不勝收僅錄其吉

光片羽者七古如蕎麥歌云荏城人世極樂國口腹何求不可得時新魚菜尚奢靡燕席爭供如奉敕昇平士女不知愁食前方丈擬公侯信山蕎麥無物敵相魚駿茄遜百籌七律如新瀉云八千八水歸新瀉七十四橋成六街海口波平容湊船沙頭路軟受遊鞋花顏柳態令人豔魚膾蟹螯開酒懷莫道三年留一笑此間何恨骨長埋七絕如春晝云風微日暖懶遊緣初覺

午園晴景奇花影重重無寸地多於昨夜月明
時夏日雜題云雲峰半日不曾移檐外無風柳
線垂閣住晩涼天更熱一邊斜照在疎籬斜陽
光裡響輕雷潑墨油雲竟不開地上松鈎陰忽
失急風和雨一時來廢園云草合幽蹊絶往還
空看花石作屛顔千金費盡人何在亦是人間
萬歳山訪金生云遠訪山家偶獨來枯藤穿破
曉雲堆怪來童子相迎早定是燈花昨夜開皆

絶壓之作也其他警句云蝸涎現篆朝暾壁蛛
網留珠夜雨墻燕子花生猶斂袂蒲公英老始
擎毬嬾是猫哉長愛睡拙於僧矣慣居貧有風
有雪夜還夜無柳無梅春豈春雲於老樹多邊
宿人向清溪淺處行又得意詩從失意來七字
亦妙

余東歸後伊勢人有訛傳余死者至差書相問
因口號二絶云拋却浮名好是閑只消盃酒洗
愁顔人間今尚爾遊戲未許端明歸道山歷盡
畏途心鑠磨對人不説奈窮何往逢陰吏猶知
早三百瓮齏祿料多

人或謂余曰陸秀夫當祥興亂離之日負幼主
播越海濱猶日書大學章句以勸講近迂而愚
矣方今明七子之徒棄甲崩角餘喘無幾而老
生宿儒猶有抱濟南詩選絶句解以教子弟者
得無非詩中陸秀夫乎余曰然唯秀夫雖迂猶

知奉正統七子非僞僭乎吾恐諸老先生不能
爲陸秀夫而爲莽大夫也其人大稱善

世之稱唐明者取材有限規摸已定譬如棟梁
栭楣畢備然後營宮室雖拙工結構原自不難
至宋元則不然譬如造凌雲之臺架空搆虚出
人意表精巧自非輸般安能得措手宜矣僞唐
詩之多而眞宋詩之少也

均之僞也唯作僞唐詩者刻鵠類鶩其言雖笨

猶且不失君子體統宋詩失眞則畫虎類狗其言庸俗淺陋與誹歌諺謠又何擇焉竟使耳食者謂宋元諸詩率皆如此而併薄之也乃嘐然自稱宋詩妄不亦甚乎其病坐不才無識而已故學宋詩必須權衡唯有才識可以揣度不然則鄙俚公行幾亾大雅不如作僞唐詩之爲猶愈也

六如禪師詩名籠罩一世人以鉢盂中陸務觀

稱之余誦其詩景仰非一日或傳師爲人矜情作態見便可憎余不欲覯面恐回慕悅之心也庚申入京皆川淇園先生勸余往見時師避疾在一條里宅因一造之門下以病見辭至今以不見爲幸矣

余十年以前作詩開口便落姚麗絕不能作硬語嘗有畫簾半捲讀西廂之句爲人所誦岡伯和譏爲女郎詩爾後欲矯其弊枕藉韓蘇方且

有年始得脫窠臼余之有今日實因伯和之激也伯和喜余竹枝自爲謄寫且摘疵累一二以見寄亦可謂知音矣今歸九原每一懷之悽然淚下

余深川竹枝實出一時遊戲初無意傳之奈流播已遠駟不可追近日輕薄子弟傚顰余作動曰某竹枝某竹枝猥褻鄙陋無所不至何其顚也亦自悔爲之商鞅矣

獨愛島梅外西國竹枝云酒樓高下艇西東無數涼棚架水中清景最宜無月夜無樓無艇不燈籠千丈照波煙火紅宛如佛力現神通寶鈴八萬放光彩塔影一時湧水中茶店燈光五六點酒樓簾影二三人納涼舟盡漁舟在潮落月昏看跳鱗

余在伊勢時忽有投刺者曰江戶詩人某余竊意海内雖廣作者屈指不過數人是何等人而

為此衝撞既而相見乃舊識辻崧字山松者也
彼此驟然山松近就宋詩鈔中特拔誠齋校付
之梓其所作亦稍似誠齋夜歸云村前夜雨漆
烏煤跳踔纔能取路回怪底傘檐聲乍斷不知
身入樹間來風趣如此真不愧詩人之目矣
伊勢中野素堂近始邂逅於江戶戴石屛所謂
一片雲間不相識三千里外却逢君者見示其
近作聞蟲云幾種草蟲鳴素秋滿庭明月夜方

脩露華一滴應須足底事啾啾訴不休秋風云
一夕秋風凉頓生掃空殘暑稱人情如何吹到
清霜夜作許無邊蕭瑟聲皆合作也素堂名正
與
江湖晚進才子極多其尤者吾錄二人焉一松
則武字乃侯秋海棠云翠羅衣袖淡紅唇自試
嬌妝八月春石竹後芳何得比木蓮雖豔恐非
倫煙中腸斷秋寒夕露下頭垂雨冷晨幽姿生

怕西風暴墻陰相倚護貞身一宮澤邦達字上
侯銚子二絶云滿江明月滿江風漁唱商歌西
復東別有遊人趁凉去絃聲近在畫船中危樓
當面曉曦紅宿酒醒時坐受風知否海天奇絶
處征帆影落蘸金中
上侯余未識面其在總中書懷云只追風月欲
狂顚自笑詩傭又酒傭不用相逢問名姓江湖
社裡小無絃河米菴偶出此詩見示讀之笑倒

乃寄與云錦城歌吹在何邊夜雨聞知已七年
今日風情休見擬江湖非復舊無絃
米菴書名傾動一時索字者雜然麕至殆無虛
日猶能撥忙作詩詩日清警駸駸欲度驊騮前
矣誦其病中二律云病窓亂悶一孤燈振樹狂
風勢似崩電矢射檐光礮礰雷車輾屋響輷輘
痛侵頭腦神將死羸到形骸氣不騰過後只聞
疎滴落清凉夜色五更澄病臥柴荊半月過逢

晴自覺體微和鷺盟久礙綠花盡蛙市比開知
水多強欲書詩髀生鬼悶來縛袂睡成魔蒲鶴
叓粽未須進明日端陽當奈何其遊崎嶴所得
詩曰西征小豪未脱草
寛齋先生壬戌歳重赴越中時患臂痛乞暇浴
南山有南山紀遊一巻其中窮婦歎七古悲詞
痛語令讀者動色叙云路過小羽村九月十二
日神通岸崩數百歩壊農民家有婦人泣訴者

其言凄惋不忍聴因紀其實詩云神通川頭岸
崩邉嚮及平地陷良田圻勢横入民人宅屋傾
壁壊殆欲顛門有農婦抱子哭自陳夫壻本薄
福山田羸餘菜與蔬不滿父子六箇腹前年水
旱田荒蕪歳終猶有未輸租計盡假貸買牛犢
鬻鹽遠度飛山途飛山石路二百里大如踏刃
小如齒不但人疲牛亦勞官租未輸牛先死官
租假貸負一身怨訴號天無處陳其與投淵穽

自賣為奴離家已幾春妾為孤獨守空室兒子
在背女遶膝晝為人傭夜辟纑光陰空度一日
日何計天變又歸我一夜覯此顚覆禍兒號女
泣纒妾身嗟是何因又何果吾婿平生不作惡
妾亦艱苦助耕穫身死何厭奈女兒語畢雙涙
如綵絡一行聴者皆傷愁為作喩辭慰沈憂悠
悠蒼天不為爾明明皇天爾勿尤天高人語不
易響中有冥吏不忠儻所恃皇天好生生豈無

雨露濕枯壌未幾詩達其君詰問官吏遽周恤
之爾後封内無告之民及孝子力田皆得聞以
賜錢物實由先生之力也詩裨風教蓋乃如此
世之以詩為弄具者讀之能無警乎
周伯弜三體詩擷唐詩之英極為粋然比之濟
南詩選更覺萬萬唯坊本訛雜坐之被廢江湖
社校本現在他日將梓行世伯弜宋嘉定進士
有端平集十二巻李龏又選而序之曰端平詩

萬宋詩存亦已收之儼然為一名家而俅翁與子和書云周伯弜一無名男子何其寃也人言俅翁假鬼面以嚇人信哉余近梓端平詩雋以行世將洗其寃且醒世之嚇死者

孟遲閨情詩蘼蕪亦是王孫草莫送春香入客衣六如云蘼蕪本有當歸之名今為王孫眼中草亦為有不歸之義所以不願其香入衣是解莫為禁止也余則以為莫猶豈無莫將孤月對

猿愁同法謂蘼蕪亦是王孫草中一種豈無香入郎衣乎宜或替我說知當歸之意耳是憑仗之詞然後癡情益見果依師說則當歸義極為無味唯續詩話作在師寂後則說出他臆亦未可知

錢琡江行花蘂宮詞幸而傳者也羅虬比紅兒胡曾詠史不幸而傳者也近人詩集不幸而傳者亦多矣

島歸德作秋興八首服子遷與書規之載在集中其所論與宋林貞識鄭少谷曰時非天寶官非拾遺徒托于悲哀激越之音可謂無病而呻者暗相脗合可知此老亦有見解

老杜謚文貞見張伯雨跋語人多不知故表出之

詩燼曰古人詩用地名皆其大且顯者今考之地志歷歷可知此方地名多不雅馴近世作家

漫以意變易其字如使君灘承華渡當時猶難的知其所何況百年之後令人疑且惑不啻禹貢九河哉余披誠齋有句云里名只道新名好不道新名誤後人

余詩見屢變少時例趨時好奉崇李王小變為謝茂秦亦皆棄去既學温李冬郎年垂三十始窺韓蘇門戸頗有所悟一切謝纖弱者後又獲誠齋集深喜其超脱然方皐相馬不必相似今

日所主在吸諸家之精英而出之未知後來意見果能幾變也董玄宰跋自書云以不自立家故數數遷業如此得在此失亦在此與余詩正相同

袁子才不喜黃山谷而喜楊誠齋與余天性若有暗合然不特余也喜黃者絶少喜楊者常多蓋黃詩奧峭耳苦艱澁楊詩尖新易入心脾故也人但知學黃者墮魔障而不知學楊者亦墮

魔障矣不善學之禍楊恐過于黃余常戒子弟莫輕讀誠齋集者為此故也孟子曰有伊尹之志則可人多不會此意

竹風秋九夏溪月晝三更自是倒語雖類奇巧字法乃爾六如倣之云歌吹暖熱冬三伏雪月清妍晝二更一倒一順余所未解

隨園詩話曰毛西河詆東坡春江水暖鴨先知云春江水暖定該鴨知鵝不知耶此言則太鶻突矣然詩話又曰東坡凍合玉樓寒起粟光搖銀海眩生花銀海玉樓不過言雪色之白注蘇者必以為道家肩目之稱則當下雪時專飛道士家不到別人家耶鶻突更出西河之上矣按侯鯖録載坡詩云云王荊公曰道家以兩肩為玉樓眼為銀海坡曰惟荊公知之則坡公實用此典子才亦何不深考

郭暉遠寄家信誤封白紙妻荅曰碧紗窓下啓

緘封尺紙從頭徹尾空應是僊郎懷別恨憶人全在不言中此吳仁叔妻詩江西太守將代古樹有客題云遙知此去棟梁才無復清陰護緑苔只恐月明秋夜冷誤他千歲鶴歸來此維琳禪師詩而子才皆以為今話可謂食三日祭肉矣

董九如君名蹟風流一時為畫名所掩余始相見特蒙推挹無幾余西遊君亦捐館舍至今感

其言寛齋先生甞贈君以四絶句云閒中山嶽寫天眞紙筆春園坐晩煙一種清香茶鼎熟梅花落處汲幽泉高懐不逐世間塵閙煖爐沈自寫眞一葉扁舟一甕酒蘆花洲裡一漁人老來興味總空濛寄在水煙山靄中翠鳥紅花如錦筆附他年少弄春風一卷輞川圖始成三春謝客亦幽情傳家好做兒孫寶不比他人遺滿籯皆紀其實也可作君小傳讀

牧澹齋君諱成傑余辱知遇有年矣君自辛酉出尹駿府有有脚陽春之譽今歳丙寅超遷京職余獻詩云白社君收丁卯集青雲我笑甲辰雌以余與君同庚也君於書尤道所建三保碑出其手迹詩則甞以余備顧問

竹所君諱成文澹齋君同族詩情蘊藉在公之暇屢開文讌與其社者如谷麓谷滕粲堂源波響野醉石山蕉窓諸人倶為一時之選近因粲堂致意乃余相見殆如平生驩讀其夏日雜咏三十首清脆可喜今録一首云家在小橋深巷東柴門常閉鎖幽叢池頭曉過新荷雨檐角晝生蹤竹風蝶認瓶花來筆上蜂窺研水入窓中無端睡起逢茶熟書課重妝半日功

波響名廣年松前公族尤工畫詩則學于六如殊有淵源題畫云山抱清溪溪抱村桑麻雞犬小桃源滃雲界斷人間路不許徵租來叩門閒

鵑云纖月磨鎌夜四更亂雲堆裡影微明杜鵑彷彿驚眠過認得新聲第二聲醉石名寧恒寸最高春盡云雨送殘紅委砌苔樹頭樹底緑成堆園丁已厭拳來蕨稱子能收豆様梅園中云籬角薔薇香一叢枝頭花褪雨前紅夏初題目如斯耳翠樹成瀾日午風蕉窓名寛舟行云蘆荻抽鍼蒲立錐一齊寸緑退潮時水郷聞説鯉魚美要訪漁郎訂釣期咏燕云社雨初晴春已

中鳥衣輕颺一簾風海棠庭院花狼藉滿口新泥半是紅

博求壽詩此弊今猶不已庸人俗子以是為孝不知累糞堆瓦原自不堪侑爵縱令有佳作不過祝嘏浮辭耳余一切却之然亦有為不恭者因生一策預作題畫祝詞貴賤耆艾皆可應用不得止則倩人作畫自題以貽庶可免責矣近有一老衲來需已壽余不覺絶倒夫四大色身

視為寄寓固無相壽之理何況自圖其壽乎昧者為事愚乃至是

壽詩猶可恕也又有慕哭詩者夫七情中哀重於喜東坡云不言歌則不哭兩者有間可以見已今取其重者求之行路人不通之甚豈欲使人人為劉豫州乎其家少年死其友相會作哭詩其父泣曰賤息短命不料今日為諸君嘲具此言沈痛可以醒世

毛聖民直道夙以鐵筆著近選今人詩為集人誑其越俎余閲所選正變具録雖小乏鑒裁一讀亦足以觀各州之風尚矣有古人採歌謠於民間之遺意因名曰採風集蓋選詩者門戸須寛捃摭須博若使宮角不相容則公道廢矣余作詩話猶自愧局狹自非沆瀣如聖民安能得司此選聖民作詩世多不知其寄内一絶云幽竹留叢在故山三秋無主護柴關愁風苦雨知

多少慚愧清陰待我還殊為清婉

菅伯美清成詩慕白太傅作寧黙止十五年頗著風績禱雨孝婦諸作古藻淋漓其事其詩俱足千古惜篇太長不能備録又極有風情者如林下春芳不暫駐一叢紅藥獨情多紅芳未褪無香减早已今朝摧一枝諸句一往情深語令人想出白家故事擬古云挑花衫子杏花裙送歡歸來襖猶温曉風翼鬢亂如雲亂如雲猶可

東枕上淚不可掬
松濤女史名瑢璿字玉聲爲吾友土井德人之
妻性嫺雅好吟咏德人爲寫數首見寄僅錄二
首折菊云小園折取最繁枝揷得瓶中看也宜
凝蝶定知無著處飛來依舊繞東籬冬景云一
徑蕭條霜後天老鴉護綠小橋邊寒流水淺二
三尺雙鴨尚依枯荻眠
余嘗題紅葉仕女圖云掌書玉殿是前身香骨

雲衣不惹塵流水依然紅葉在外家知已恐無
人夢有人謂曰知已二字不賦若作鸞匹則佳
余大悅遂改用之然亦未見其確後閲流紅記
韓嫁佑後有詩云今日却成鸞鳳匹方知紅葉
是良媒的有此來處豈寔寔中有來通者乎余
奇以屢語人
燕用雲兇六如云蓋雲棟雲梁之類蕉中以爲
當是燕巢如肩輿稱兜子按王謝抵鳥衣國婦

王命取雙飛雲軒至乃烏氈兜子事見摭遺原
非僻典二師失之目睫
五言對仗極有佳者天機一到固不待椎鑿而
定僅僅十字精神百出若通全首却欠渾成如
寬齋先生雲低山失半林盡水看全粲堂夜市
橋頭月歸漁柳底燈詩佛松聲一枕雨竹影滿
窓雲晩色先侵柳夕陽猶在花諸句是也頃讀
中島濳夫湖中詩云浦雲遙斂雨岸葦忽生波

佛刹分林出市樓臨水多島嶼千帆雨漁人一
笛風皆可稱警句又田家云鳥銜遺穗去人跡
逸牛來用詩書語成對殊覺老練惜亦復全首
不相稱

文化丁卯二月發兌

書林
大坂　泉本八兵衛
江戸　西村源六
江戸　鶴屋金助

五山堂詩話巻二

娯庵居士著

白香山以詩為説話楊誠齋以詩為諧謔二公才力故當不減少陵只欲新變代雄故別出此機杼以取勝耳後人輕詆二公者固不知二公之心其摸倣二公者亦未免懵懵也鄙語曰咬人屎橛不是好狗今之為白為楊者率皆此類

日長睡起無情思閒看兒童捉柳花浩然齋雅

談載誠齋自語人曰工夫只在一捉字上按白詩云誰能更學孩童戲尋逐春風捉柳花誠齋所本蓋此雅談所説却似可疑

竹所牧君屢分詩題以課同社一時咏十梅蠖齋未開梅云香玉枝頭未坼時蓬蒿叢裡自仙姿多情杜牧吾相似等候湖州十歳期詩佛梅實云葉間的皪滿枝垂無復當時氷雪姿一段酸心誰會得多情小杜重來時同用一典而調

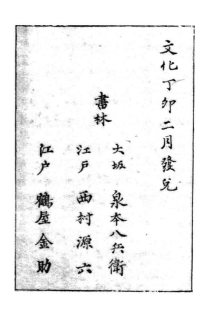

度各有宜此詩境之所以為妙也
丙寅災後詩佛重搆一樓題一聯云翠柳青天
發揮西嶺千秋雪清風明月占斷南樓一夜凉
上用杜句下用黄句眞妙對也
詩雖嫌陳腐亦無妄自捏造字面之理韓文杜
詩無一字没來歷古人鄭重乃如此後生妄以
已意種種製作所謂愚而好自用者偶有人問
来處亦自知其非乃詭曰出某集吾誰欺欺天

乎且所謂新變者一換意思極令斬新之謂其
勝人處不必在用生字也猶之善治庖人其料
不過尋常魚肉一經調劑便作珍羞殊品今之
詩流烹蛇享客者多矣
詩用生字者六如之癖也其人淹博該通雖不
無鑿據然亦古人所無古人以意勝不以字勝
六如則挾字鬪勝僅可以悦中人而不可以牢
籠上智也蓋渠一生讀詩如閲燈市覓奇物故
其所著詩話只算一部骨董簿殊失詩話之體
也
東坡與魯直書云凡人文字當務使平和至足
之餘溢為怪奇蓋出於不得已也余謂詩亦然
作者能知怪奇出於不得已則始可與言已
元范德機詩纖語翻人齣自苦好山不敢問何
州今歳丁卯余遊與中方悟此語之妙與雖僻
壌山水秀麗花木極多余不欲錯過擬把筆紀

遊一路上問山詰水奈舁夫渡丁所荅言語訛
雜多致不通懊惱三四日投筆不復留意但衆
花之發無復節信葛因是有句云梅桃杏梨無
次第二十四番一時風信然余行適値三月末
人家籬落桃李繽紛令人應接不暇口號云高
低路向亂山東身落荒陬蠻語中只有不言桃
李妙吹薫盡日馬頭風松島平泉諸作另載在
集中

余於仙臺得三詩人焉一松井輔字長民號梅屋一奥田美字厚卿號橘園一入江清字庶卿號櫟菴屢會飲其家皆以詩屬余評定梅屋春寒云寶鴨無烟香篆冷閑門坐睡不省春軟寒釀雨從渠惡留住梅花也可人首夏云綠陰匝地影團欒裩絮裌衣還未安嗤殺山妻太早計麥時不道有茲寒紙鳶云日暮江頭簾幙寂霄間乍作步虛聲橘園晒書云飽受驕陽亂曝時

就中隻卷最相知無端憶得垂髫日風雪懷經叩塾師雪意云寒逼肌膚覺粟生滿園雪意不如清凍雲黯澹低三尺墜葉無風憂有聲櫟菴秋日雜題云風搖簷馬伴蟲鳴攪得愁人夢數驚不辨無情還有意都來耳底作秋聲春曉云枕上新晴也罵殺殘夢耶夏日云登麥香搖忽過雨早秧綠軟不禁風欺有遠藤庸字伯謹者春深云春深疎雨淡烟中新賣桃花小市東最是清明好時節青錢換得數枝紅

詩窮而後工亦即孟子所謂先苦其心志者我輩平生得力於窮一字不少世間紈袴子作詩廣購諸集無有不備曾不半年束之高閣通習皆然近日脫此窠者特島梅外一人始終不變詩亦益工然島初作都不甚佳一旦落魄客遊奥中歸都之後方始不凡益信古人之言果不我欺也

梅外著作甚富其歲暮縱筆七古灑灑千言語涉譏刺故不抄錄最工七絕春日云雨餘輕暖凭欄坐處處柳梢新綠回只恨梅花風數尺樓高不送落蕊來夜景云星照中流燦有光暗潮未退蘸前塘漁舟去遠櫓痕定又現垂楊影一行村居秋霖云濁流汩汩漲溪隈雲容黃昏猶未開人散時自蘆花裡知是罾船趁雨來夢後云輕寒脈脈襲春衣紙帳雪清梅一園夢中得

句忩還好免被人間説是非詠燈云簾間分影過三更相伴書窓夜雨情半生文字無人見只有孤燈照得明

如亭以去冬歸自信中留都數月將復西赴京畿時余亦有遊奥之行見別云東西両路欲分時共訂後来相會期若較風霜多少苦輸贏自在一囊詩余歸都後聞如亭在伊勢寄示云風雪空添幾白鬚奚嚢争得闘贏輸帰来詩本全

然盡君肯分多貧我無

如亭題木母寺云隔水香羅雑沓過醒人来哭酔人歌黄昏一片蘼蕪雨偏傍王孫墓上多絶類晩唐名家

國府碧宇秋水詩才高邁絶近誠齋不幸早世如傑永年則我輩當避路放他出一頭地也其遺稿詩佛梅外已為刊刻矣茲再録其逸者令無遺珠之憾歳暮云光陰何倏忽恰似箭離弦

臘剰両三日齢過十八年親衰堪灑涙弟長欲駢肩可歎居新換又遭窮鬼遷冬暁云重衾猶怯冷寒意暁逾加窓破半無紙燈残纔有花門前人賣炭厨下婢煎茶日出方初起宛如脱殻蝸午熱云一掬微風無處尋不堪暑困臥槐陰蟬聲却是殊人意赤日炎天得意吟驟雨云掩盡残陽不漏紅濃雲如墨刷青空蟬聲不與雨為地黙在庭槐一霎中残暑云残熱甚於二伏

時更無涼意與人宜匕雲却似爆秋色遮断西風不許吹秋夜云竹簟紗幮涼有餘芭蕉先報雨来初一燈分付両般事妻製秋衣兒讀書佳句云露冷蛩聲咽月清梧影癯炯横迷渡口燈細認漁家明時先命酒亥日早開爐人或斥秋水詩為怪為奚余謂此其人胸中書太少於宋元諸集不夢見之故逢此種詩遽相駭耳認駱駞謂馬腫背寡見之人往往如此

津輕書生工藤元龍名猶八遠來入昌平學性孤介自比禰衡詩有明七子氣魄寛齋先生時爲員長憐其鶻而有才獨善遇之後激變生事其儕怒拘下之獄時先生辭職在矢倉聞事出不意爲致書有司訴其寃狀遂得免生有出獄口占贈先生一律云縲紲銜寃亦一奇有人濟我義何涯海濶吞舟初漏網林深枯木再生枝仍舊乾坤須獨往依然山嶽爲誰歎無那男兒

睽夙志瓦全今日愧君知後居駒籠落拓以死嗚呼此寛政已酉事也至今二十年人亦罕知者追錄以存奇士

人有都鄙之分詩亦有都鄙之分聞見已審琢磨已精然後下筆綽有餘裕自然不與時背者謂之都詩管天蠡海矜矜自大剿竊敷衍死守舊套者謂之鄙詩人鄙而詩都可以登於都也人都而詩鄙不可以齒於都也然尚爲當局自効者一種有傍觀袖手妄詆訶人者亦太可憎袁子才荅王夢樓書引山海經曰山膏如豚厥性好罵直是人禽之辨然則如此等輩宜屏諸四裔不與同中國者

沈香亭畔千株石散與人家作假山張芸叟句也誰憐磊磊河中石曾上君王萬歲山范石湖句也二作極相類皆有黍離之遺意

木芸亭名雄飛作黠鼠詩尤爲尖新詞曰群鼠

何太惡來穿北墉中稀米將耗盡猖獗本無窮衆猫怒鬚起逐捕互競雄鼠輩忽竄跡未聞策奇功寄言老猫子重責在汝躬平生纏與肉恩養非不豐此時不竭力爭報主人翁余時在南部封寄此詩定某年某月某日也

明妃詩多出於假托當時衛霍兵猶在未必君王棄妾身嘆邊備之衰也人生不用如花貌只把黃金買畫師刺苞苴之盛也早知身被丹青

誤但嫁尋常百姓家喩躁進之悔也
余十五六時題范蠡圖云歸去五湖烟水春扁舟獨伴像花人破呉第一功掩世不省亞臣是後身自覺唐突不出示人後讀東坡詩云誰將射御教呉兒長笑申公為夏姬却遣姑蘇有麋鹿更憐夫子得西施議論更進一層為之爽然自失
又嘗題訪戴圖云水浸玻璃峰削銀扁舟凍殺

苦吟身原来縁愛剡中好興在溪山不在人偶讀元人詩云月照梅花雪點春小舟危坐醉中身一時為愛溪山去本是無心見故人立意用韻皆相脗合所謂閉門造車出門同轍者
識刺之詩以諷托不露為妙余最愛明虞克用題趙松雪画云王孫今代玉堂仙自畫苕溪似輞川如此青山紅樹底可無十畝種瓜田何言之優游而有味也

眼前所經之景一時不及拾收偶然被人説出不堪歡喜余在南部山中望見炭烟誤認雲生後讀原清字公淵者山村一絶云燒炭深林三兩處淡烟和月遶溪隈半生不解山中事只道輕雲出岫来眞實况也
又山中嘗逢霧偶讀米菴絶句情景最眞實獲我心詩云行行山色漸迷離白霧如衝又似馳收取曉星残月去忽成混沌未分時細細露衣濕如雨濛濛遮面重於烟同行咫尺看還失只

認人聲知後先戲畫溪山撲地冥只聞流水響冷冷無端乍被輕風撥現出前峰半角青旋旋將收有也無山還渺淡樹糢糊眞成罨畫將誰比好箇虎兒清曉圖心知濃霧作牢晴恰是行人似解酲比到津頭天更碧前山早已掛銅鉦
寛齋先生主持風雅愛才如命其在門墻者如原長卿田德郎勝善長皆少年能詩德郎詩情

最佳余亦深喜後起有人長卿曉意云無復人
来消受涼獨乗清曉歩池塘星河半落風纔定
占斷荷花自在香善長苦熱云午熱如焚汗似
漿北窓困睡到斜陽雷聲雨濊両三點不送人
間一掬涼德郎春曉云曉光漠漠暗窓紗料峭
輕寒一段加殘夢無端被鶯喚半庭殘月在梅
花晩春云無數清愁付枕邊春痕况又到啼鵑
下簾不忍看花落睡過風風雨雨天先生嘗有

詩云白首耽吟詠纔知脱舊習後輩多作者皆
言太三十
上侯田園雜興云門巡跡稀苔色加午拋陰窓
野人家嬾雞寂寞犬貪睡無復行商来賣茶原
生夏日雜題云午熱熇熇坐甑如纔休揮扇汗
流珠微風莫把鳴蟬罪縱不渠餐本自無兩詩
翻案極佳原名静勝號迪齋學詩於余者
僧蕅益之注佛典正文之間嵌填襯字令意義

煥發徂徠解明絶句蕉中注唐詩選皆襲此法
余謂此法孟子已有之其釋蒸民之詩曰故有
物必有則民之秉彛也故好是懿德即是先聲
詩文二途固相背馳偏勝獨得罕有兼者柳子
厚論之詳矣韓詩排奡柳詩雋逸亦俱在古詩
上論之已歐公孱弱荊公險幽迥不及其文唯
能両得而足相衡者在宋獨蘇東坡在明獨王
弇州耳其他則両者不無軒輊此方諸賢亦復

如此著述比與無并之難自古而然
自来詩文有大家名家之別余謂如今月大家
多是粗才名家間有精才蓋大家専事展張不
屑績密務在網羅一時故成名太遠名家則不
然嘔心鏤骨揉磨太細只要自慊而不喜強聒
人故名不浪傳昔人云顯處視月牖中窺日此
雖論學之語可以喩大家名家之別也
余論作文獨心折於因是至詩則趣向小異因

是専宗唐詩大要本金聖歎法而間有出入者一日酒間論詩壹壹生風余始尚不應既而相廹曰果肯肯否余徐答曰第侯五里霧霽矣大笑而止因是題牧牛圖云哥哥南畝戴星歸姐姐燃燈不下機爺娘護道兒無賴養得孤牛如許肥頗有古樂府遺音

唐人如杜韓諸公皆精熟文選東坡不喜昭明然其文字亦有從此出者此方昔賢亦極崇重

此書著聞集載勸學院學生會飲相議曰今日須不論齒爵以才品為序有藤原隆頼者直進居上首諸人紛争隆頼曰文選三十卷四聲切韻坐中更有暗誦者否雖類迂濶其精難得近日諸人多不熟文選亦何謬也

祇南海一夜百首為人作倆今時白面書生纔知綴詩乃曰我能一夜作幾首此最可醜夫南海才敏不過一時借此以逞神通耳猶之武人試射也伎倆已熟然後一日千箭一夜萬箭皆無不可伎倆未熟而妄貪多弓反肘戰醜態百出一無上垜要之貴精損神不徒無益若在聰明才子則敲銅刻燭何為不可然才子嫌隨人後必不屑為此等事也

南海戲作一文畧云有客遊冥府見有大獄數鬼拿一人至青衿烏帽似一秀才王問何囚丞對曰某縣學生某平生好剽竊他人詩句修文

郎發其事送臺法究王怒曰窮措大眞鉋賊何處鼎鑊能堪烹汝乃操觚作判其詞太長如詞中所云全章負去夜半有力斷句剽竊月攘一雞潜踰曹劉之垣擅鑿李杜之壘驪上吟客即是梁上君子社中騷人不異月中仙娥綠楊遂成綠林紅桃變作紅巾諸句其言雖涉諧謔其諷世亦深矣

竹枝之盛昉自余三十首南海先已有江南雜

咏序云做竹枝體但覺味趣脫今傳其三云十三女兒不解愁夜隨女伴拜女牛針線乞得如許巧裁人嫁衣秋又秋孟婆貫月萬丈長蛋戶占風何渺茫賈舶漁艇爭入浦市南商旅夜舂糧自是江南橘柚鄉耕漁同利滿山霜千筐萬筐年年綠笑殺蟠桃千歲香末一首却似是橘枝詞

滕芝山先生宮詞一百首雖已經刊世不甚傳識者惜焉今撿其詩吐屬典雅幾不在元宮詞下特録數首再以問世詞云夜來積雪深盈尺重疊殿前玉作峰海日初紅瑞烟麗外頭時望小芙蓉諸方花樹貢來新內苑韶光分外春斗候皇家遊一賞朝朝灑埽著緋人羽林騎士競飛蹄紅綠兩行裝得齊鵲白連錢疾如電絕塵一去不聞嘶輕羅一樣舞衣裳少府均頒內教坊準備傳宣不時喚薰籠常爇水沈香錦衣親衛奏嚴更獨倚闌干按玉笙深夜霜風飄律呂人間聽得鳳凰鳴殘臘官中排法筵佛名唱遍萬三千內人簾下催宜賜如雪新綿被衲肩先生名世鈞字守中余幼時學字師也

狄貫人物以滕漆谷菊簡張竹石巖為最二人種種相反而交道殊厚滕性溫藉張性磊落滕以書張以畫滕有茶癖張有酒癖至詩則滕迥出張之上滕詩極富姑録數首冬初偶作云風霜猶未緊日色麗清晨睡與蒲團穩曦於火閣親衰蠅點窓紙殘菓落苔茵短晷雖如走晴暄自小春秋熟云秋熟村塲新築泥家家打稻日將西老饞別有流涎處蕎麥花開雪一畦溪行云行弄潺湲不道賒蒼苔白石一溪斜松篁缺處柴門出杵臼敲幽製紙家六言云幽砌千竿綠竹明窓一卷黄庭客來談與茶熟雨過眠同酒醒盆池水淺魚冷香碗灰深火溫終日

不聞車馬半生似住山村俱不減作者張詩不抄存僅記新秋一首云秋淺桂花猶未香碧梧葉落夜初長滿庭風露吟懷爽占得閒窓一味涼張亡勝以詩哭云同社結交三十年溘然何計向黃泉知音隔世人琴失遺墨留神姓字傳酒癖知君多作祟詩癡愧我尚成顛恍然一夢身如覺又被昨遊來現前

竹石以癸亥出都畫名大起明年歸鄉未幾没

矣其在都日最受知于詩佛詩佛贈七古云竹石道人酒中仙醉後揮毫妙到神人人相見唯驚愕知者纔是兩三人世人所見以形似道人所貴在神理世間無復九方皐誰識青驄與綠耳千里來遊關東州憐君與世風馬牛磊磊落落性所賦風流之師俗人讐莫愁海內無知者我唯知君君知我二人相知已有餘相得人間醉因果醉鄉有地萬頃寬亦無禮法亦無官畫日陶陶有何碍不比世間行路難世間豈無能畫士誰居相忘醉鄉裡醉鄉之裡可相忘瀟灑誰如竹石子嗚呼詩中所言二人相知者亦已陰陽界判余甲子歲尚寓伊勢竹石歸途見訪客居自此一別遂成永訣今日每與詩佛酒間語及彼此愴然嚬盃無懽

庭瀨森岡松蔭名璋字伯珪即蠖齋之昆也風調和雅真不愧為士衡矣余不相見殆十年餘

頃讀詩冊如重接眉宇早發松井田云出驛滂沱歇亂雲多在山溪喧松檜外路滑薜蘿間囊濕奚肩重輿寒客夢慳曉雞時一叫早已近前關梅雨偶作云梅實離離黃熟時無朝無夕雨如絲蒲團坐底醒還睡書帙牀頭掩又披鋤圃空過栽竹日鑿池恰及種魚期酒朋棋敵絕來往銷遣閒愁惟是詩二子長為足菴次為柯亭兄弟俱耽吟咏又善書畫一門清雅如此真美

事也蠖齋無子以柯亭繼後
足菴名玠字介玉夜坐云惱人春色好夜坐興
逾添單柳烟侵院描花月上簾書聊臨禊帖詩
偶倣香奩不睡耽清課輕寒又底嫌春晚道中
云籃輿兀兀不成眠最是黯然欲暮天野寺鐘
聲遙出樹溪橋人影薄籠煙客程已落飛花後
離恨偏添芳草前春晚如秋淒更甚又投荒驛
聽啼鵑春夜云淡月輕煙夜色奇梅邊覓句立

多時隔籬小犬休驚吠不是吾儂偷一枝
柯亭名珊字貢父暮春云遊絲白日靜簾櫳暖
氣醺人婀娜風燕影飛田新樹外鶯聲啼老落
花中詩情似水吟還淡睡思如雲夢乍空節物
何時不堪惜獨於春晚恨怱怱睡起云喚夢春
鳩谷谷啼幾重花影掩幽栖起来還訝黃昏早
猶是門前日未西漁家竹枝云家家隔柳住囬
塘輕縠波紋映夕陽女自垂綸郎盪槳相見笑

指兩鴛鴦
戊午四月蠖齋借其家小梅別墅招邀同社一
時遊者為寬齋先生父子梅外及余等數人各
有題詩先生云林池碧浸暮天澄影暗欄干有
客凭攏岸小舟知底事黃昏欲點氷心燈蠖齋
云林莊相伴惜春暉雨後無花綠四圍蛺蝶有
情勾引我香風籬外遇薔薇余云綠壓林園斷
送紅階頭一種簇芳叢紫雲朶朶香鋪地粉蝶

低飛三寸風皆實况也梅外詩偶不省記追憶
爾時光景宛然在目闔今歸他姓同社者雖曰
無恙未必無俯仰之歎也
井敬義伯直書宗董文敏自號董堂人但知書
法妍妙而不知詩才故自清警中秋無月云幾
日祈晴賞月期無如風雨許来癡腹藁今宵不
中用文是詩人失意時苦吟云佳句耽来抵死
尋凉窓不睡意沈沈庭蟲聲調苦於我風露多

邉徼夜吟、暮秋云炊煙縷縷両三家晩樹風寒噪宿鴉寂寞園墻枯蔓底枯樓自把老紅誇

糸井翼字君鳳號榕齋詩有元人風味惜春云昨日雨天今日風無情春色去怱怱閉門元是非因病只怕人来蹈落紅卯花云緑陰深處白成叢占得春梢夏首風一夜前村月如水野人家在渺茫中病中書懐云不識此生何惡縁十年半被病魔纏秋風一夜睡難穩夢斷雲山煙

水邉

朝川鼎字五鼎號善菴其人窮經而詩非本色然亦有佳者村居書喜云數間茆屋占林丘地僻山村心自幽三口嘗同猿鶴住一經誰為子孫謀麥秋已有終身飽蠶熟都無卒歳憂消受清平閒冨貴生涯此外復何求尤為淡雅

竹菴姓福田名務廉余昔日僦居極近屢蒙庇蔭其人平生做作不喜追隊每曰那箇使不得這箇亦不是始作詩今遁而歸國歆特折服于平春海翁近又受易于善菴余翻閲舊簏得夢後一首云擔竹蕭蕭風也生殘燈欲滅乍微明五更夢覺曹騰坐時聞杜鵑和雨聲冷峭却可喜

桐生佐羽芳字蘭卿號淡齋家道甚豊而性好吟咏余再四相逢未知其詩頃詩佛見投其一冊因擷讀之亦能得宋元風趣者春日云閒中

情味淡生涯午睡醒来到日斜春社清明落梅後東風一半屬梨花夜泛云潮於淡月上時生舟向碧蘆深處行戞戞睡禽驚起去是鷗是鷺不分明村夜云連枷聲裡夜方長秋老村村打稻忙月満平田冷如水寒光結作五更霜晩秋足尾山中云羊腸細路幾横斜松上女蘿紅似花一綫炊煙隔溪起知於山背有人家熊谷道中云急喚村醪澆客愁酒家樓上雨初收青山

無數長不老怪底芙蓉獨白頭
秋艇字荷隱有香匳體詩一卷夜泛云探借清
秋月滿空扁舟占盡芰荷風芳心一點君知否
欲伴鴛鴦一夢中別後云別後鸞衾睡未成子
規忽得妾心驚歸舟下水今何處啼到郎邊第
幾聲
宋詩紀事載楊后宮詞云凉秋結束鬪清新宣
入毬場尚未明一朶紅雲黃蓋底千官下馬起

居身庚眞相通古詩儘有唐宋諸家近體出韻
者多置之首句此詩獨在第二句係所罕見余
謂明字作晨本自妥貼不知何苦乃如此
少陵云李杜齊名眞忝竊李杜之並稱至今炳
如日月誠齋云誰把尤楊語同日不教李杜獨
齊名揚詩今孤行而尤則殘缺無傳詩人有幸
不幸如此豈非天乎
偶閱書肆見古今二鳴編一本係安永丙申年

刻合集惟忠萬菴二僧詩者忠與義堂絶海同
時詠鷗云世上風波險於海莫隨鵷鷺到朝班
與宋人絶句寄語沙邊鷗鷺群也須從此斷知
聞諸公有意除鉤黨甲乙推排恐到君用意相
近萬詩世有江陵集全蹈襲明七子此編所載
絶不相類如五言云細雨抽蘭葉微風綻杏花
茶鼎鳴還息竹窓晴忽陰古廟馴狐出寒枝怪
梟啼七言云村煙籠樹市聲遠野水拍堤山影

寒巖鱄月明松鼠出墻陰風度木犀香松影布
雲知月上蕈紋凝水覺凉生雁雲蛩雨秋將老
白髮青燈意未平枕上有時排句律燈前無事
撿醫方功名强醉猩猩酒祿位爭營燕燕窠皆
有放翁風味蓋萬晩年歸依宋詩自云深慙[illegible]
見之謬此與王弇州臨終猶手握蘇子瞻集一
般見解亦幾乎朝聞夕死之意矣世尚有宿儒
皓首迷而不復者不已駭乎

近今關東詩僧天華名最著余想見其詩鴻冩
頃托因是索讀其集華辭以不存稿因思比来
緇流自刋其詩以求售者亦多而華獨悠然付
之鏡花水月其高致可尚因是為余僅誦其咏
棋一聯云西楚重瞳猶有敗湘東一目竟無成
且云是其得意句余曰已探此驪珠矣縱有他
作亦不必須按錢虞山棋詩有重瞳尚有烏江
敗莫笑湘東一目人之句方知聰明才思自然

有此暗合世或目以惠崇謬矣
又有玄暉者暉住持山王成就院初受業於源
琴臺而詩特為出藍雨晴至園中云村園十日
雨和風春盡陰陰漠漠中筍挺短長綳脱錦梅
肥濃淡臉潮紅鶯聲燕語新晴景蝶意蜂情嫩
綠叢詩思今朝尤快活小吟閒立竹籬東晚晴
即事云雨過水聲喧小塘虹銷雲鋪淺斜陽苦
心尋句真多事兀坐看蓮占晩凉暉毎月為詩
會余一趨之名流滿坐都不及省記只記田秀
實字世華者年甫十五六自云為日比東湖門
人誦其江村秋晩一絶云蕭疎残柳襯餘霞七
八漁家雜酒家淺水繋船人去盡一雙白鷺立
蘆花
余毎逢閨秀詩必抄存以廣流傳東湖有女弟
子林氏文鳳者年未及笄頗善吟咏平生讀書
有儒素風又學書法於東洲老人殊為秀媚春

晩云野杏山桃亂晩風一年春事太忽忽癡心
却愛蜘蛛巧更吐纖絲繊墜紅其最可喜者有
人持扇索題清揚次也西湖竹枝者文鳳以詩
拒之曰扇頭求字愧君知欲寫還嫌多艶詞瓜
李由来人所慎嬾書次也竹枝詩真清操女子
也
列朝詩載海陵生集滄溟語戲作漫興一律有
一先生詩尚株守滄溟余亦傚海陵生所為賦

示云揺落高秋色交遊好更論江湖仍睥睨風雨自乾坤白雪文章在青雲意氣存君才元矍鑠萬里動中原其人拜謝只道高調高調不復辨其為戯也

元寶以後作者極多余流覧諸集特拾收世所吐棄絶句若干首以示羊棗之嗜其作者姓名槩不録出令讀者猜是何人之作其詩云昨日公門償債歸菜花滿眼杏花稀陽坡曝背軟莎

穩不信人間有錦衣古墓無人識姓名玉魚何處鎖佳城只餘一片看碑路春草年年避不生不向江邊泛羽觴雨中閉戸日偏長松煤磨出桃花露臨得蘭亭字幾行亭在荷花深處頭滿襟詩思爽於秋沙禽畢竟苦何熱浴向波心不暫休深宮輕襲紫羅裙睡後浴前春未分自是君王貪晝寢緑鬟終日不為雲緑壓紗窓冷透衣黄鸝無語雨霏微濕紅也解留春住粘著枝

頭未肯飛荳花籬落早凉生柿葉園林積雨晴衮衮人從塵裡老沈沈詩向静中成金粟花開月滿枝風来特地弄香吹夜深人静欄干上獨有涪翁鼻孔知竹浦暮寒鵁鶄飛炊煙一綫隔林微龍王祠上大星見浣婦獨穿蘆荻歸高樹亂蝉過雨餘歸雲獨鳥夕陽初山齋六月不知暑脩竹陰濃學草書凉意冝人秋乍回晩雲分雨帶軽雷珊珊灑向池庭上傾出明珠數斛来

歳月何殊下坂丸一年只有一宵残癡獃於我全無用賣與池人亦不安應是子規啼不眠聲聲聽到五更天如今縦斷妻腸盡莫破良人歸夢圓景入朱明積雨餘熟梅三五落階除緑陰更喜薫風轉開遍南窓晒架書河影微微残月斜林梢隨處起栖鴉夢回馬背天初白村店雞鳴隔杏花東菑遺餉坐来陰梅子如彈秧似針雙鷺聯拳窺水淺孤牛浮鼻怯溪深豆隴承風

稠葉亂茄畦經雨晩花開講帷人散南堂静坐
見秋蜂度竹来雁數喚夢曉過樓屏背残缸照
未收露滿中庭人獨立墻陰綻出白牽牛烏合
原頭黄鳥飛荒山春老草初肥穆公一去秦良
盡無限丘墳知者稀御香欲襲翠雲裘長捲衣
裳侍殿頭隨例朝朝傳粉黛十年諳盡漢宮秋
徹夜船窓足雨聲一燈遙認是州城依稀半記
還家夢夢覺時聞柵鎖鳴鐵檠紙帳坐更闌雪
意將成時地寒聞得窓前蔌蔌聲喚童急問竹
平安秋水菱花前殿開昭陽歌舞夜闌回深宮
浴罷纔看月阿監已過重闈来

五山堂詩話三編 来春嗣刻

文化戊辰八月發兌

書林 大坂 泉本八兵衛
江戸 西村源六
江戸 鶴屋金助

孜孜斎詩話(原文)

原文翻字凡例

一　東北大学狩野文庫蔵『孜孜斎詩話』を底本とする。表紙に「西島蘭渓先生自筆」の印、および「王考蘭渓府君所著子孫永保」の書き入れ、巻頭に「王考蘭渓先生／所著子孫永保／西島醇敬識」の印の見られる未定稿。

一　底本の行間および欄外には墨筆・青筆・朱筆の蘭渓自筆とみられる書き入れがあるが、その色の区別は示さず、傍線を施したうえで、本文の該当の箇所に挿入する。但し欄外書き入れのうち長めのものは【　】で囲んで示し、二行割注とすべきものは〔　〕で示した。

一　底本において見せ消ちされている箇所は（　）で囲んで示した。

一　底本には本文の一部分を「　」で囲んで、見せ消ちとしたり、割注とすることを示す。見せ消ちか割注かの判別は難しいが、天理図書館蔵『孜孜斎詩話』、また後年に改編された『弊帚詩話』の本文をも参考にして、そのいずれかを一一に判断した。

一　誤字、誤記と判断される文字は、書き下し本文において訂正することとし、ここではもとのままに掲げて、右横に＊の印を施した。

一　一箇所見られる脱字の場所は※の印を挿入して記した。

一　底本に文字の転倒を示す符号がある場合、もとのままの文字の右横に●の印を施した。

一　書き下し本文との対照を容易にするため、段章ごとに通し番号を付した。

一　『弊帚詩話』において削除された断章については、文末に〈削〉と記した。

一　底本の一部分には訓点が施してあるが、すべて省略した。

一　底本には句読が施してあるが、必ずしもそれに従わずに句読を付した。

孜孜斎詩話上

東都　西島長孫元齢　著

〔一〕丈山先生、名凹、姓石川、丈山其字也、初名重之、称嘉右衛門、三河泉荘人、年四歳、能走六七里、父信定奇之曰、此児必名天下、後従
神祖征伐、丈山固有文雅之志、窃従学于清見寺僧説心、大坂之役、会病、其母貽書戒之、責以立勲、丈山強病、起特至玉造、獲佐佐某、〔東還基業佐佐十左衛門〕曰、如是足以報母也、城陥、吏以為重之為行人、妄為先登、請逐之、遂為僧居妙心寺、林羅山（先生）見諸惺窩先生、先生為説聖人立道之原、於是蓄髪還俗、然終身無復妻（子）、人称為似元魯山、後為家貧母老、出仕紀侯、久之母死、亡帰叡山、匿一乗寺村、自号曰四明山人、或曰大拙、以詩賦自娯、咏蟬小河之和什、終身不入京師、
天子（朝）特徴不至、請狩野探幽斎、画唐土詩人三十六員、掲諸壁上、蓋倣本邦所謂三十六歌仙者也、因名其堂、曰詩仙、卒年九十、実寛文十二年也、丈山出処、詳見井太室儒林伝、三橋翁詩仙堂志、今節録于此、丈山幼長鞍馬間、嘲風吟月之念、往来于心、至従大坂之役、猶尚不廃吟哦、鳩巣文集有横槊遺物記、乃丈山（平生）所帯墨斗也、在其干戈戦争之中、苟有所得、片言隻語又従記之、（不豈大丈夫邪、）横槊之名、良不誣矣、

天正以還、文教否塞（掃地）、詩道堕地、特（有）武田信玄有詩賦之名、其餘一二武将（如明智斎藤二将）或有篇什、要不足録（難弁真仮）、所以丈山為翹楚也、謂　昭代詩運（丈山）先生闢之、夫孰謂不信焉、然其詩往往不免和人習気、亦時運之所使也、絶句勝八句、五言勝七言、今摘其佳者、五言、窓間残月影、風際遠鐘声、水減灘声穏、秋深月色寒、高樹秋容早、密林霜気遅、孤燈淡残夜、群鳥聒空林、曾弄兎（烏）園冊、寧希麟閣図、遠山如有雨、高樹似無枝、早行　断雲嶺分影、返照水生光、渓空鶯韻緩、山尽馬蹄前、春雨連三月、風花空一年、半壁残燈影、孤床落葉声、炙背臥爐火、撑肱読道書、帰鴉天有路、遊蝶面無風、七言、謝家子弟双蘭砌、杜叟乾坤一草堂、呉江秋尽水空去、天姥霜遅葉初翻、登高雄　去年尋薬台渓道、昨日寄梅江左風、絶句、漫成云、杖屨相従両侍童、酒瓢茗盌対残紅、狂吟随意過村落、草色無辺楊柳風、小園口占云、冬愛似春微暖時、不知何処有梅披、閑園雨過少紅葉、秀色纔残一両枝、阻雨宿牧方云、浩浩洪河流自東、朝宗西海接長空、水村山郭知多少、春色濛朧煙雨中、題豊国神廟壁云、零落東山古廟廊、蒼苔蔓艸上頽垣、英霊飛散無巫祝、秋月春風作主張、皆隠者之語也、又有戯諧解人頤者、戯題団扇云、団団素質別移天、随手生涼更颯然、昔日謫仙何不買、清風明月両三銭、欲赴雄徳山前見牡丹到淀城阻雨云、聞説南山多牡丹、吟興出郭惜春残、花魂自似羞妖艶、為雨為雲不許看、寓意云、胸統乾坤似葆真、風花為友道為隣、読書看尽数千載、自是神仙不死人、予祖丈山先生特為己甚、（愛

慕之情、不可以已〕故不厭其煩、備挙于此云、

〔二〕世有四家絶句、藤惺窩石川丈山釈元政釈元次、為之四家、蓋元政為其冠、丈山次焉、元政名日政、彦藩仕族、薙髪為日徒、実為法華律之鼻祖云、居深草里、時人以為活仏、称不可思議、又号霞谷山人妙子、艸山集十五巻行于世、父先歿、独事母、篤孝天至、詩中及母事者、凡五十餘篇、閑居詩序云、余得幽居霞谷之側、而色養父母有年、父喪而母尚存焉、奉事于今十年矣、母之居距我蘭若数十弓、竹籬茆舎、恬然而安焉、頃患微恙、余侍湯薬已度旬矣、亦可見至誠之一端也、当時有明人陳元贇投化、遊京摂之間、元政与之定交、互相為師友、【元政身延紀行名古屋ニテ元贇ニ逢コトノセタリ】有元元唱和集二巻、然陳固出其下、元政送元贇詩、君能言和語、郷音舌尚在、久狎十知九、傍人猶未解、因是観之、則知交接之久、陳頗解和語、足展彼是之思 元政詩宗袁宏道、対燈詩云、臥読袁中郎、欣然摩短髪、又送元贇老人詩序云、余嘗暇日与元贇老人、共閲近代文士、雷何思鍾伯敬徐文長等集、特愛袁中郎之霊心巧発、不藉古人、自為詩為文焉云云、其宗宏道、実陳老発之、其詩命意深穏、格調頗秀、予嘗論云、国初之詩、如石徵士松都講野子苞、非無佳句、其弊在格調殊卑之与不免和習、独元政或無(乏)此二弊、所以為勝、七言律、如秋日遊清閑寺、秋遊平等院、尤為匀調、若夫警句、残燈人不見、深壁影相従、艸深迷熟路、樹密失帰程、歳月枯藤老、風霜苦竹深、能因墓 落葉鳴階前、夜清人未寝、林間有影鳥争宿、村路無人牛自帰、閑中日月不知歳、定裡乾坤別有春、予特愛山居詩云、細雨密雲盈碧虚、静看林樹日扶疎、箇中唯有無窮意、坐対青山不読書、良有道之言、

〔三〕順庵先生幼時得見僧天海、天海奇其為人、欲為弟子、先生不可、年甫十三、作太平賦、入
天覧云、後仕賀府、既為東都学職、国初已来、詩宗宋元、至先生断然唱唐詩、英傑之士、四方来帰焉、如白石滄浪芳洲霞沼南海蜺巌、皆出於其門、予嘗聞之、先生墳墓在郭西青山里、碑面只刻題靖恭先生之墓、無一字之碑志(碑文)(記識)、豈若盧承慶李夷簡(南郭翁)遺言不志其墓之類乎、未可知也、然有一疑団、当時木門英傑雲集、如白石滄浪又各有集、而先生著作単行于世者、未嘗見焉、為門人者、無所逃(免)(不無)其責、予恐後人不得見先生之所作、今就扶桑名賢詩集、摘其佳句、五言、霜散豊山暁、花飛長楽春、鳥啼山色近、花落水声高、一心存北闕、三世護南朝楠公、七言、晩煙村落平林暗、夕日川原遠水明、鄴台人去荊榛合、驪岫雲還陵谷遷、豊国廟 故園残夢藩城月、秋日高楼暮笛風、皆宛然唐人也、宜乎附翼攀鱗、有白石滄浪之諸士、

〔四〕山崎闇斎嘗在浴室、令一門生洗其背、門生曰、某日者思梅花詩、願先生誦古人所作渉梅者、以示焉、闇斎因誦詩五十許、其強記如此、而其詩理路勃窣、殆不可読、好自吐性霊、登愛宕山詩云、願毀宮房黥地蔵、且駆杉檜劓天狗、遊朝熊云、人言天狗住朝熊、飛石雷奔耳亦聾、借問今辰曷無事、我儂不是狄梁公、題石仏云、南山惟峋嶁、石仏立途右、我亦程門人、放光可斬首、所謂有韻之文也、然庸軒詩稍可諷誦、

〔五〕貝原損軒先生、〔詩史云、益軒之姪損軒、名好古、是大誤、益軒又号損軒〕著述富贍、固不煩予言、其有大疑録、実為古学之蒿*矢矣、所謂豪傑之士也、若夫篇什亦自可見、（岐岨山中云、満目煙雨自氤氳、梅蕊杏花湿不分、連日東風吹積雪、半随流水半為雲、）思郷云、開到番花第幾員、故園見月幾回円、晩風吹断帰家夢、一段客懐属杜鵑、先生固不置意于文墨者（以詩賦為意）、猶能如是、宋広平賦梅花之比也、〔按扶桑千家詩載岐岨山中詩云云、是全王百穀之語、意者先生偶書（之）、誤収録者也〕

〔六〕富春山人作鳥碩夫伝**略云、洛陰伏江隠士鳥輔寛、字碩夫、号鳴春者、雖非抗顔為人師、其詩極精錬、為四方嚮慕、且見其詩、感不与世之耳剽目掇輩同其調也、加旃家屢空不為録*仕、挙白弾琴、高吟自得、放浪於得喪之外、一子輔門、与其母安枯澹、門庭瀟灑、依稀謝無逸蘇養直也、輔寛行年六十一歳没於家、輔門与其徒相謀編遺稿、名曰芝軒吟稿、輔門不墜箕裘、孜孜教授者若干年、一病不起、年僅四十餘而没、於戯閔以西風雅、推鳥氏父子為巨擘、況卓然有高尚之操者、石大拙後其誰也、予按碩夫姓鳥山、称佐大夫、詩史云、名輔賢、誤矣、其詩宗尚晩唐、清新有味、節操与其手相謀、実一時之碩匠也、韓客某著日観要攻*、以碩夫詩為日東第一、以白石為軟弱、謂（是）以碩夫詩格調合己（調）、故致此言、碩夫之於白石、固不同堂之論、（然）要無害為作家而已、田園秋興云、雨餘田水遶籬斜、引満小池堪漚麻、昨夜西風月明裡、嫩黄吹綻木綿花、人影云、進退未曾離此身、由来同調似相親、除真畢竟誰為仮、認取分明仮是真、閨怨聞鵑云、応是子規啼不眠、声声聴到五更天、如今縦断妾腸尽、莫破良人帰夢円、移居云、欲寄萍蹤賃一軒、前臨市巷後田園、殷懃多謝東家竹、分得清陰便到門、（其餘五七言八句、佳語山積、今此所録特（実）（其一耳）桂林一枝崑山片玉耳、）

〔七〕碩夫有張良詩云、当時豈啻為韓計、畢竟暴秦天下仇、可謂入留侯之胸臆者也、

〔八〕又紅梅云、一種孤山別様春、横斜纔認旧精神、由来皎潔無容処、学得酔粧還可人、是祖坡老酒暈無端上玉肌、転化入妙、殆無痕跡、非老文墨者、不至于此、天龍義堂紅梅云、誤被春風吹夢去、長安市上酒家眠、歩驟頗異、以碩夫詩比之、又（已）落第二流矣、

〔九〕順庵徂来*二先生勃興、海内詩風一変、為唐為明、独有堀南湖江兼通富春叟、自張旃幟、不肯北面受其縛、為其徒者以為詩家之正統、不為其徒者、以（謂）為僭偽之国、要未得公論、夫三子者以己之所好、不阿彼之所為、与耳食雷同之徒、固有逕庭、可謂有特操矣、南湖名正脩、字身之、与従弟景山同仕藝侯、実杏庵先生堀正意之後也、如閑計孤藤杖、老身一紙衣、曲渚舟横草、深山鐘度花、野梅過雪吐、山鳥畏人飛、亦（自）有奇態、而日本名家詩選於二堀不録一詩、不無遺恨云、

〔一〇〕江兼通詩宗晩唐、或入宋調、南郭諸子目為晩唐、江君錫独謂肖陸放翁、兼通詩才出富春之上、居南湖之下、才情洋洋、風度蕭散、杜甫酔帰図云、浣華渓上酔如泥、右倚吟笻左小奚、歩歩玉頽帰去晩、艸堂隔在野橋西、秋思云、秋満深宮燈影寒、蛩声攪

睡到更闌、珊瑚枕上無窮恨、分付桐糸向月弾、長信秋詞云、団扇抛来風正秋、鬢雲慵整玉搔頭、独憐金井梧桐葉、載得人愁出御溝、観此数詩、為肖放翁未知言也、

〔一一〕富春山人、即峡中紀行、称田省吾者是也、姓田中、字日休、巻跡于摂之池田、与江子徹（兼通）僧百拙為詩友、著樵漁餘適八巻、奇詭自放、間多浅切之語、然亦肺腑中流出者也、如鳥飛揺樹影、牛過激渓声、風起乍鳴竹、雪残方認梅、万巻曾非沽誉設、一竿実為釣魚謀、心托龍泉猶慷慨、身扶鳩杖自婆娑、杏村春日催花雨、松寺秋宵落葉風、坐釣鷺辺風和日、行歌犢外雪消時、柳垂新帯風煙態、梅痩曾経霜雪姿、又可伝矣、

〔一二〕余暇日評本邦詩家、以白石蛻巌南海南郭南山（南部思聡）鳩巣東涯為称首、白石典雅富麗、刻琢精妙、亦人中之麟鳳、藝苑之正朔、如三神山在海水縹渺之中、丹楼玉閣、参差交影、可見不可至也、蛻巌豪壮奇偉、変化百出、奇正互用、殆不可端睨、温藉少譲、縦横有餘、本邦詩人、渉古未有之、如李晋王兵発太原、旌旗蔽日、戈戟刺天、而部下自多胡人、南海概(間)有明初(中唐)語、濃艶秀抜、如趙皇后舞蹈于掌上、楊太真出浴于華清、秀色可餐、而少老蒼之態、南郭紀律厳正、而有頌容、如輪扁作輪、手得心応、又如周公負扆朝諸侯、威厳可畏、温和可愛、南山意思円熟、如林処士泛舟西湖、優游自得、不知世間又有富貴、鳩巣体裁頗大、如曹参当国、寧失質野、能負大任、東涯平淡率易、如昭烈皇帝遇諸葛丞相、余一日在友人斎頭、閲紹述集、不覚日晷、戯謂其人云、余坐了春風中半日、〈削〉

〔一三〕有女子而渉詩賦者、京師古春(浪華)阿留、東都桃仙、如立花氏井上氏、諸選已録、今不具挙、桃仙年十三、自書所業、付于剛工、名曰桃仙詩稿、漁父云、破笠短簑一釣船、生涯只自任風煙、篷窓午夜夢回後、空対蘆花月明前、(樵夫云、日携斧斤入碧層、斫柯伐木縛枯藤、売薪帰去家山路、山妻開月、)詣祖墓云、推根報徳是人倫、皮骨誰分太*父身、他日陪君文若意、昔年撫我祖劉仁、抱恩罔極子還子、遺愛豈忘親亦親、到此凄然風木恨、荒墳空見緑苔新、古春阿留(詩)共見扶桑千家詩、於戯彤管之煒、一胡至於此、以今日比之、不啻寥寥、風俗陵遅、真可概哉、

〔一四〕有農估而工篇什者、大井守静、唐金興隆、益田助（雀楼）、入江兼通（若水）、端隆、如雀楼若水已録、守静出詩史、興隆泉南人、有陶猗之名、堂曰垂裕、択垂裕堂八景、歴請天下名匠碩儒之題詠、白石鳩巣諸先生集中、称垂裕堂八景者是也、端隆東都人、徙居京師、夙有詩名、

〔一五〕村上友佺、京師医官、与坦庵（伊藤宗恕）仁斎友善、其詩清新渾成、有古作者之風、余比諸南山東涯、実為勍敵、五言、渓声寛酒渇、秋色役吟魂、竹風吹不休、老境又逢秋、処世無長策、搔頭有乱糸、七言、何処青山埃吾骨、誰家白酒解人愁、一炷香煙微雨後、満簾花影夕陽前、絶句閨情云、井梧霜重草虫悲、正是孤床不睡時、山月映窓燈映戸、良人今夜在天涯、暮雨送人云、歌罷陽関涙湿衣、橋辺楊柳緑依依、離*恨偏似風前絮、故向征人馬上飛、余特愛誦其

冬夜憶亡友詩云、四更雨息月昇廊、薄薄衣衾夢不長、永夜孤燈双眼涙、老年多病満頭霜、新知那似旧知好、生別仍添死別傷、炉底灰寒残酔尽、此宵誰是鉄肝腸、凄愴有味、

〔一六〕仁斎詩才与友佺雁行、為学術所蔽、（人）往往人不称其詩、亦一厄也、五月雨云、梅雨街頭水漫流、開門風気似深秋、南隣北舎人行絶、自抜版橋為小舟、北野即事云、北野祠前千樹梅、残葩寂莫晩風開、月明未上林塘上、空逐暗香過野台、題梅花図云、雪深湖上独家村、招得梅花枝上魂、駅使近来音信絶、一尊看到月黄昏、

〔一七〕渡辺宗臨字道生、号正庵、父益西、家日向延岡、応有馬侯直純之聘、正庵幼而好学、成童遊京師、兼通儒医、時属干戈戦争之餘、文教掃地、況郷処僻遠、人不知文学、正庵日講藝授徒、門徒数百人、至侯子康（直）純、以正庵為嗣君侍読、後嗣君寵昵嬖臣、正庵与其傅諫之、故以禁錮、居二年、得帰郷、猶不得往他邦接士人、正庵不復仕宦、鬻薬為業、元禄己卯歳卒、嘗有（其）詩云、活計田三畝、羲皇千古心、十年何所得、松竹四隣深、又曰、半畝邸園半畝池、更無塵事到茅茨、山間明月清風外、一二病夫来請医、瀟洒可愛、具見紹述文集、

〔一八〕詩史云、閲雀楼詩、殊無佳者、要縁諸名士不朽耳、予云、雀楼好詩而乏推叩*、所以多拙累也、試挙其一、夏日江村云、鸕鷀争浴弄斜暉、竹裏人家*竹四囲、片雨送雲山色浄、回風颭岸□煙微、孤舟渡口漁翁去、独樹渓辺浣女帰、林月未昇江路黒、白蘋紅蓼繞柴扉、第八句犯第二句、渓辺江路又相干犯、然不無佳句、摘録于左、五言、草浅風吹水、林疎月到庭、水緑氷依岸、山明日映霞、霽雪生山気、流澌弄水光、七言、竹打敗窓霜気冷、香飄深壁水沈寒、細竹林中新迸筍、斜枝葉底暗蔵梅、楼前風雨中秋色、笛裏関山独夜心、翻経竹気漸侵榻、洗鉢荷香欲触衣、林端夕日開樵径、竹外寒煙繞釣磯、雀楼親炙于白石先生尤有年矣、筆墨逕蹊、先生実開之、如此数句、誰謂不佳、豈有縁人不朽田伯隣乎、

〔一九〕又云、桐葉編巻末附載竹渓詩数十首、跋亦竹渓作、而無序、以朝紳和歌一首代之、竹渓余未詳其人、以先師遺稿為翫弄具、為售己名奇貨、軽薄亦甚、余読之而実鄙竹渓之為人、後得桐葉編徴君錫之言、巻首実有和歌一首及竹渓小文、然巻末所附竹渓詩者、乃書估栂井秀信之所為、題曰竹渓遺稿、蓋竹渓嘗選録桐葉編、剞劂未成而没、秀信因附其師之集後、以謀不朽、亦自美意、竹渓固無毫与焉、君錫尤之、真冤矣哉、

〔二〇〕望富嶽詩、諸家所難、前後作者、共不得真面目、或曰白扇倒懸、或曰四時覆絮帽、皆児童之言也、至秋玉山、一洗旧套、為雄壮之語、其詩云、帝掬崑崙雪、置之扶桑東、突兀五千仞、芙蓉挿碧空、起承壮則壮、然似崑崙特大、若当咏崑崙、以富嶽為崑崙一片之雪則可、落句挿字摸写入妙、要無害為傑作、近時柴学士亦有此作云、誰将東海水、洗出玉芙蓉、蟠地三州尽、払天八葉重、煙霞蒸大麓、日月照中峰、独立元無競、終為衆嶽宗、一時伝播、在人耳目、亦自秀抜、妙法院法親王尭恕有詩云、士峰天色冷、屹

立暁霞紅、飛出青霄外、倒沈蒼海中、浮雲来往変、積雪古今同、圧尽衆山頂、独能鎮日東、真為傑作、起語少劣、頷聯千古絶唱、豪而不粗、質而不俚、言得如此、恐無復人有措手処、猗蘭侯望嶽云、雲霞連大海、日月宿中峰、暗合栗山頷聯

〔二一一〕蜺巌先生富嶽詩、襲黄牛峡古語、於翁之技倆、固不足言、

〔二一二〕詠新嫁娘詩、往往見于諸家集中、徠翁云、小姑是阿姐、大姑是阿娘、但愁未嫁日、不慣喚吾郎、熊耳云、三日媵婢去、書字報阿爺、只言舅姑好、不言郎如何、仲英云、夙先夫婿起、斂鬢暗含羞、未慣新婦事、都就阿姆謀、北海云、随姑厨下立、承命試調羹、未熟家僮面、時時誤喚名、徠翁含蓄、所以為冠、熊耳婉曲次之、仲英北海亦自陳套、斤両相当、又次之、二子固為工脂粉之語、而不及(其)二翁、所謂尺有所短也、

〔二一三〕秋玉山鸚鵡杯云、綺席飛杯酔、争伝鸚鵡名、何須更作賦、狂自勝禰生、高子式又有此作云、有杯呼鸚鵡、飛時春酒流、仮我能言語、欲吐万古愁、玉山尤工五絶、而比諸子式、実為天淵、(不可同堂論也、)然亦一日短長、不終身優劣(身)、玉山五絶可伝者、不啻子式之不及矣、

〔二一四〕鵜孟一寧士為性好才、服仲英羈旅、不能自存、孟一衣食之、後遂為服翁義子、安文仲亦得孟一之顧眄、能成其業、孟一有桃花園集、

〔二一五〕与孟一並時者、有安文仲萓習之萓道伯諸人、大抵詩才相敵、千詩如一詩、読之只恐臥矣、其名不朽、殆天幸矣、

〔二一六〕南宮喬卿劉文翼紀世馨三子、同時雄視一方、亦魯衛之政也、六如上人初学詩于文翼、文翼有龍門集、

〔二一七〕藤文二名家詩選、載文翼楚宮詞云、為有細腰宮女妬、瑶姫夢裏不曾来、是沿襲高太史楚宮詞、細腰無限空相妬、不覚瑶姫夢裡逢、而意義浅露、所謂屋下架屋也、不足採録、

〔二一八〕又載江君錫送磻渓上人還郷云、遥知故国青蓮色、不改清香待汝帰、結句全襲唐人不改清陰待我帰之語、文二収之、真選録之難也、君錫自有好詩、題太真窃笛図云、金鞍斉立五王馬、苑外打毬楊柳遮、内殿無人鸚鵡静、倚欄潜奏落梅花、落葉云、玉殿西風冷碧羅、琳池秋水晩来波、美人休奏哀蟬曲、落葉紛紛白露多、漢武帝憶李夫人云、漢宮明月照流黄、錦帳偏懐傾国粧、玉露凋傷連理樹、金罏髣髴返魂香、秋風有恨横汾水、良夜無心宴柏梁、万里瑶池猶寄信、松楸咫尺断人腸、錬辞整秀、大是佳処、細玩其詩、似学謝山人者也、

〔二一九〕緇流之詩、以法霖百拙万庵大潮為巨擘、元政月潭無隠若霖文川凍適次焉、如万庵大潮諸公、詩名箕斗、亦不煩言、月潭名道澄、有龍巌巌居二集、語語性霊、不拘拘軌紀、亦道人之詩耳、今摘其穏当者数首、秋夜宿即覚山房云、偶来尋逸士、就宿古梅峰、犬吠風鳴竹、鳥驚雨打松、燈花開又落、茶味淡還濃、夜久清譚罷、臥聴草下虫、登月輪山云、渓行数里聴流泉、又踏嶮巇上碧巓、万簇雲霞紅映日、千章杉檜翠参天、残僧有屋庭堆葉、古像無龕炉断煙、藤相遺蹤荒寂甚、夜深誰対月輪円、雪中作云、四野寒凝雲色

彤、須臾瓊屑満長空、庭前笑対梅妝臉、崖畔憐看竹曲躬、帰鳥迷棲（詩）*上下、猟人失径磵西東、灞橋騒興非吾事、独憶鼇山晏坐翁、文川学詩于梁蜆巌、著文川集、凍滴受業于龍草廬、頗有才思、著豹隠集行于世、

〔三〇〕小倉尚斎、名貞、字実操、与県周南、共為長藩儒学、著唐詩趣行于世、然諸選不録一詩、予嘗得其秋郊七律一篇云、孤村接野草離披、脩竹断橋懸酒旗、風散乾紅楓満径、雨添寒碧水侵陂、高田人帯残陽穫、隘巷家交疎靄炊、解印知帰是何者、古来唯有老陶辞、剪裁頗工、乃（大）是宋人佳語、以当時徠学大行、詩風一変、童子恥為宋元語、故其名湮晦、可嘆矣耳、

〔三一〕金華山人倜儻使気、人称為狂生、嘗有言曰、圏発去声、句読一寸五分、其所作亦有此意、

〔三二〕物門諸彦乗月賦詩、金華沈思久之、蹶然拍髀曰、吾得之、人問曰、所得何也、曰、只得明月二字、

〔三三〕猗蘭侯不能詩、如暁天来急雨、暑去早涼新、仲秋空月色、夜雨草堂中、百杯百杯又*百杯、黄鳥一声酒百杯、可見其一、（然其）春日村居云、青雲何所楽、高枕是生涯、心静看弥静、疎花日夕佳、瀟散有味、〈削〉

〔三四〕築*波山人師事南郭先生、夙専詩名、才華亦自為諸子之冠、如談舌渋如駃、酔顔笑似猿、殆不堪胡盧（絶倒）、予愛其咏野史詩、中有妓王、落句云、日晩嵯峨人不見、孤燈片月照幽棲、趣味雋永、不恥其師、〈削〉

〔三五〕予夙聞浪華葛子琴工詩、後得野史咏一巻誦之、愈服其才思工妙、源義朝云、文公骿脅便逢害、智伯頭顱孰乞憐、紫式部云、澄心風月秋三五、写思鶯花帖六十、十、平用 安倍宗任云、獄中春発梅花色、幕下風高大樹枝、用事穏帖、亦人所難、

〔三六〕野史咏中有岡元鳳咏楠正行、音調清暢、気格雅健、圧倒諸子、実為傑作、其詩云、南朝興廃向誰論、芳野雲深護至尊、臣節寧忘王紐解、将門復見父風存、連枝棣萼伝遺愛、一樹梗楠守古根、不負精忠能報主、残陽淪没鶺鴒原、

孜孜斎詩話下

〔三七〕伊東涯仲春偶書、午睡醒来困、又逢問字人、又平明、問字人未到、隠几読毛詩、二句写出書生之態、妙不可言、非居其境者、胡能(夫孰)得解此意、

〔三八〕東涯好用半日閑字、予所手抄東涯詩集二巻、其中凡用三四十、徂*来又好用何物字、如何物芙*容落日寒、何物梅前吹断笛、何物白雲晨自媚、何物袈裟来映好、可厭甚矣、

〔三九〕藍田東亀年心賦云、上国有聖人、徳踰乎往号、沢溢乎八荒、嘗製儷語曰、日月燈、江海油、風雷鼓版、天地大一番戯場、臣窃観之、至矣、高矣、不可以尚、儻生其世、幸容余狂、此指聖人、即清康熙主也、康熙之語、更有尭舜旦湯武末之言、備前湯子祥嘗有言(論之)云、無聖人侮鬼神、実胡人哉、不可謂過当論也、藍田之言、雖一時激切之所使然、其言大害于事矣、蜺巌翁*和*歌*古*史通序、譏以和歌為侏儷以詩為鳳音者、況生吾土、受昭代之沢、以筆耕、以心織、四体不勤、五穀不分、而称臣于異邦主、且謂為聖人、可謂不天日出処之天、而天日没処之天者矣、先時物徂*来勉欲為高華語而(欲)撓和習、崇尊唐土之甚、愛其人及屋烏、作孔像賛、至称日本国夷人物茂卿、終不免識者之譏、藍田亦徠門之徒、一味崇信徠学、至老不易、故有此等之蔽也、予不佞不敢指擿前人、聊以寓鑑戒之意云、

〔四〇〕著作之富、以服子遷伊東涯室滄浪可為第一、高子式次焉、近時蕉中師又有集五十巻、江君錫(評)日本詩選評云、屈南湖平生所作殆且(近)万首、可謂盛矣、若夫万首詩、日課一首、積三十年而始得焉、如南湖者、求諸異邦、夫梅都官陸放翁之流亜也、

〔四一〕室滄浪前後文集三十巻、従東都赴賀府途中所作四十三首、其勤苦可見、大抵人在久役、罷倦廃事、不能一日得一詩、況彼道途不出十日而得四十三首乎、予嘗聞之松窓先生、平沢弟侯足跡殆遍天下、所到投宿、必先取一日所見所聞、筆(之)而蔵巾笥、後遂成編、前輩用意有如此者、

〔四二〕物徂徠意在輓回旧弊、強為高華峻抜之語、然集中間有不類平生所作者、次韻芳担子侯冬暁之什云、園林簌簌不知冬、夜宴弾残風入松、竹火籠灰侍児睡、忽聴城上五更鐘、櫳月瓦霜寒弄冬、西園仙籟満杉松、五更夢断何情況、一様花時長楽(安)鐘、又田家即事、田家女子厭蚕桑、多学東都新様粧、恰是年年官債重、売身好与*治遊郎、是戯言中又諷時事者也、江上田家、門巷随江曲、田家籬落稀、岸低洗耕具、雨霽曝漁衣、小犢負薪飲、扁舟刈麦帰、児童沙上戯、鷗狎不高飛、可謂田家写照、如関山月雲夢歌古城(居)秋望閑居、可為合作、又多大拙大俗者、諸子紛紛与雨来、還憐熊府熊生聘、巧似宗元在柳州、餞野撝謙祇役三河、*獲送朝鮮聘使云、日本三河侯伯国、朝鮮八道支那隣、寄別野撝謙、海駅元通池鯉鮒、別来尺素数相聞、藤豫侯見枉草堂云、白馬銀鞍金錯刀、使君騶従塞江皋、如是数句、将(応)為乃公沈諸江中蔵其拙而已、

予常愛其踰界河詩云、土人争看伝車間、*麾尾遥麾落日閑、自古峡陽応罕見、風流使者問名山、塞上曲贈湖中二子二絶、皆予所愛、

〔四三〕石徴士之後、隠者而渉詩賦者、予得三人、曰平岩仙桂、※鳥山碩夫、曰沢村琴所、碩夫前録、仙桂初為母執質于加賀侯、後倣徴士之嘉遁、移病帰東山泉涌旧業、以詩賦終焉、徴士遺言、以六六山堂附与仙桂、仙桂固不近名声、臨易簀火其詩草、爾後加府大沢猶興輯録遺篇名嚢桐集、往往有佳句、紅葉一渓水、青苔半径霜、渓中薫細菊、塘外倒枯蓮、梅分疎影一簾月、松送清音孤洞風、高原静睡耕牛晩、細雨斜飛乳燕天、

〔四四〕琴所、名維顕、字伯揚、為彦根世臣、以病退居城南松寺村、築松雨亭、絶意于仕途、左琴右書、赤貧如洗、晏然不屑、遂能終其操、有琴所稿刪二巻、詩体類其為人、温雅清新、尤為可愛、即事云、幽斎読書罷、静嘯岸烏紗、遥見前村暮、帰牛渡稲花、【滋賀懐古云、湖水悠悠王気空、禁城陳跡浦雲中、山花不解前朝恨、依旧飛香輦路風、悼亡云、琴屋無人漏滴遅、空牀臥誦断腸詞、海棠枝上三更月、却似昔年双照時、】秋夜弾琴云、酔把蕉琴独自弾、古松風定夜方闌、朱絃一曲千秋涙、回首西山落月寒、江君錫収其病中作、入之詩選、実肺腑中之語也、伯揚事跡具於釈慧明行状、野公台墓誌銘、因不贅言、

〔四五〕晩学而知于世者、江君錫僧無隠、夙成而不隕厥問者、祗*南海梁蛻巌南国華、無隠三十而始学詩、且有道徳(義)云、南海夙成在口碑久矣、蛻巌年十二披髪而為儒者、国華年甫十三従父来于東都、賦登東天台五言古風二百句、膾炙人口、真奇才也、大地昌言夙有神童之称、年十三有寿白石先生七言律詩、土孝平亦十四有寿白石律詩、共見熙朝文苑附詩、土詩云、絳帳迎春淑景融、瑞煙籠日暁光紅、摳衣已立三年雪、負笈新承二月風、晋代賜書皇甫謐、漢家議礼叔孫通、群賢斉献南山寿、正使大名伝不窮、昌言詩云、武昌柳色映春台、坐上迎賓清興催、日暖金桃臨径発、風微青鳥近筵来、樽前長対千秋嶺、花下頻傾万寿杯、独歩詩名人不及、高歌一曲見豪才、以昌言比土氏、固非其敵、而文苑不著姓字履歴、不知土氏果為何人、深為遺恨、後閲停雲集云、土肥元成、字允仲、其姓平、号霞洲、東武人、允仲生而聡悟、及其能言、授書即成誦、六歳賦詩、常山義公観以為奇、文廟潜邸之日、召対講以論語中庸等書、論辨甚明、且大書其所賦詩、筆勢遒勁、于時年十一、元禄癸未秋八月也、乃命為侍読、由是観之、孝平為允仲之通称亦未可知也、嗚呼寸松雖嫩已有凌雲之気、宜其有盛名于世矣、昌言賀府人、室師礼之甥云、

〔四六〕【柚木大玄*北海詩鈔叙、先生本姓伊藤氏、龍洲先生之次子、以其舅氏在播之赤石、先生少時数遊其地、頗習武藝、而赤石文学梁蛻巌一見奇之、論先生曰、伊藤氏西京儒宗、以子之才、何莫由其道也、先生大然其言、還京、潜心典籍、属精鉛槧、昼夜無倦、四年学成、与令兄君夏先生令弟君錦先生、声誉並高、世称之伊藤氏三珠樹、長孫嘗聞北海二十而始読書、亦可謂晩学、故採録太玄序補入于此】

〔四七〕世知菅麟嶼十二為博士、而不知土肥允仲十一為侍読、蓋

麟嶼英妙之資、加以物徂徠之揄揚、其徒之為曹丘生者不尠矣、因之声名煥赫于一時、如其学術、予未有考、若夫著作固不能当允仲国華之一臂力、閑散餘録載五言絶句四首、亦平平耳、〔日本名家詩選有麟嶼五絶一首、不甚佳矣〕

〔四八〕熙朝文苑選次不倫、且所其著録作者名氏、或名或字或号或称某氏之類、雑錯無義例、中称雍丘者即土肥允仲也、夢沢氏之鹵莽一何至于此、〈削〉

〔四九〕文苑巻末附載夢沢氏詩若干、雁宕宅集云、主人高臥意如何、興満尋常酒若河、贈養甫云、憐子敝貂処処穿、酔来用尽阮家銭、寄入江若水道人云、高臥若君堪養痾、無心問世上如何、自運已如此、其所揀択、亦可知而已、〈削〉

〔五〇〕千村諸成、字伯就、夢沢長子、詩史云、字力之、蓋其初字也、詩史、摘崑玉集所載、以為天授才敏、大逾乃翁、予更就自適園集中、摘其佳句、実乃翁之所不及也、五言云、涼夜風篁影、秋城月柝声、七言云、推窓影落疎桐月、煮茗声寒万竹風、疎松影動微風夕、細草煙浮宿雨餘、張三影之後、又有之子、〔張即張子野〕

〔五一〕伯就悼林生云、且憶茂陵秋雨後、文君壚上一燈孤、自注云、林生酒家、結句因云、予云、壚、酒区也、相如令文君当壚于臨邛者、特招王孫憐之一策而已、豈於臥茂陵之時、尚使諸当壚乎、可謂牽強、〈削〉

〔五二〕平戸白石栄、字子春、著桃花洞遺稿二巻、子春来于江都、執謁江子実*、頗善文辞、其学主経済、於経義亦有見解、実一奇士也、与亀井道哉為友、酬道哉云、白頭吟就人何処、四壁依然司馬楼、楼字為韻所牽、故致此孟浪、要之詩似非所長、況其七言律、亦僅僅三四首、真筦中一斑、不足尽全豹耳、所著亦有老子後伝云、然人無知焉、不知遐陬絶境之士、終身苦学、而不免与草木同朽者、殆鮮矣、噫、

〔五三〕子春絶句、間有可伝者、和贈屈皐如種菊作云、東籬春雨後、種菊主人家、我本転蓬客、何期九月花、薄香詞云、不欲生男児、生女愛如璧、男長纔打魚、女長多留客、柳崛詞〔地在東肥河下〕云、朝看長河水、昏看長河水、河水朝昏緑、郎懐定何似、靄然有古意、

〔五四〕服子遷初称入江幸八、江子実*亦称入江幸八、

〔五五〕称玉山者、二人、一肥後秋儀、字子羽、著玉山集前後篇、一薩藩之人、著梅菊各百咏者、出東涯文集、

〔五六〕昨非稿者、東涯也、昨非集者、僧梅荘詩鈔也、松秀雲赤松勲、二子之集、共名敝帚集、

〔五七〕江忠囿号南溟、山根泰徳亦号南溟、共有集三巻、泰徳字有隣、子濯次子、有病革詩云、病骨従来厭世氛、幽明一路忽将分、自今欲借仙禽翼、遠撃蓬瀛万里雲、亦自匀調、足為話柄耳、赤穂赤松鴻易簀詩云、一謫人間八十年、今朝数尽再帰天、夜来試向雲端望、猶有光芒映斗辺、此老豪気至死不除、人所難也、予独愛石仲車〔名有、号雀山、鎮西人〕易簀詩云、玉皇使者自風流、四十七年花月遊、今日朝天餘一恨、主恩海嶽未曾酬、風雅之意、忠厚之志、隠然形見於言外、比之前二作、固有径庭、

〔五八〕横尾文介号紫洋、有臨刑詩、（題曰黄道符、）云、誰憐五十一春秋、埋去煙嵐深処丘、不遂青雲平日志、空餘身後有呉鉤、又有過田代駅作云、西帰何面目、千里檻車中、忽過田代駅、懐君啼涙紅、駅有故人、故末句及之（云）、文介佐賀侯臣、有犯其国禁、因被刑云、初来東都、居城南赤羽、以舌耕為業、頗有従学之士、痛矣哉、不得其死然、〈削〉

〔五九〕細合半斎、名離、字麗王、号斗南、蕉中禅師懐麗王詩云、憶昨周旋鶏貴客、称君北斗以南人、自注麗王号斗南、朝鮮成士執、嘗向余称合生北斗以南一人、麗王声価、高於一時、然其所作殊無可誦者、予蔵京遊別志一巻、無一詩佳者、唯（只）小草初篁所載、回文律詩三首、稍足償声価、

〔六〇〕*祇南海一日百首、実無一句雷同者、唯銀箭莫相催、糾箭無相催二句、相干而已、可見胸中所蘊、不啻一百首、

〔六一〕南海再作一日百首、時原玄輔場白玉二人択題、白玉号金山、諸選不載白玉詩、事跡遂不可考、要之与木門諸才髦、周旋于藝苑、亦不碌碌者、

〔六二〕長篇室滄浪為第一、有贈韓人二百二十韻、 本邦権輿以来、所未曾有也、其餘長律、如五十韻百韻、往往見其集中、南国華亦年十九、有除夜贈白石先生一百韻、或云柳川三省嘗以二百韻律詩贈韓人、未知然否、

〔六三〕詩史云、或問余曰、子極称白石、詩至白石、蔑以加乎、曰、非也、如天受誠蔑以加矣、若夫揣摩鍛錬、尚有可論、要之天受之富、吐言成章、往往不遑思繹、是以疵瑕亦復不鮮、亡友島櫟斎嘗語予云、白石先生、天才超凡、然猶不厭改竄、某得見其詩艸一巻、再四塗抹、終無初作、（古人有言曰、賦十詩不若改一詩、此言信哉、）君錫伝聞之誤、

〔六四〕又云、白石送人之長安絶句云、紅亭緑酒画橋西、柳色青青送馬蹄、君到長安花自老、春山一路杜鵑啼、四句中二句全用唐詩、夫剽窃詩律所戒、而錬丹成金、猶可言、以鉛刀代鏌鋣、将之何謂、草色青青送馬蹄、本臨岐妙語、草色送馬蹄、言春草承馬蹄、以柳代草、蹄字無着落、殊為減価云云、予曰、馬蹄猶謂馬行、言無到処不春色也、是深春景致、為第三句張本者、不可謂無着落矣、若夫采蓮曲云、紅粉青娥照素舸、南風吹起采蓮歌、下句実明人警抜、往往在人耳目、代断以起、似覚劣弱、然亦千百中一而已、白璧蝿矢、固応無損其価、

〔六五〕偸詩有三、偸其語者、為之下、白石老少年行云、君不見東家阿媪年七十、夜来向市買燕脂、南海老矣行云、東隣妖媪尚効顰、夜買燕脂佩鶏舌、白石送春云、帰意蘼蕪緑、離情芍薬紅、北海春江花月歌云、離情寂莫蘼蕪緑、愁心生憎芍薬紅、二子詩名所人知、猶且如此、況其他乎、

〔六六〕蜺巌賦得春帆細雨来云、東風十里煙波黒、楚竹湘山不可知、清君錦雪夜泊舟云、中宵聊試推篷望、楚竹湘山不可知、是亦生呑郭正一也、

〔六七〕室師礼春日思親云、憶昨辞家行役時、春来秋去欲帰遅、

朝朝陟圯*児悲母、暮暮倚閭母泣児、豈謂彩衣為素服、忽将死別変生離、泰山如礪河如帯、此恨綿綿無尽期、全首剽窃許魯斎思親詩者、(而)於名家尤為可恥矣、許氏七月望日思親云、将謂百年供色養、豈期一日変生離、泰山為礪終磨尽、此恨綿綿未易衰、又九日思親云、児望母時児哭母、母尋児処母啼児、夫沿襲古人有之、雖老杜大蘇、猶不能免焉、或有述者却過作者、在為之如何耳、若夫王元之暗合杜語、地位已逼、不足深怪、師礼此作、歩歩摸写、形迹露出、亦不可謂暗合、況結語全是白傅之語、未知師礼意志如何、

〔六八〕趙師秀*有句云、麦天晨気潤、槐夏午陰清、室師礼賦得首夏猶清和云、麦畦晨気潤、竹径野涼微、已為可咲、輓近田叔明田家夏興云、麦秋晨雨潤、槐夏午風涼、不堪絶倒、真鈍賊也、

〔六九〕物徂来*暮雨送人云、陌頭楊柳垂、相送雨昏時、寂寂去人遠、濛濛匹馬遅、江声鐘易湿、浦色草応滋、寧問明朝後、吾心已乱糸、韋蘇州賦得暮雨送李冑云、楚江微雨裡、建業暮鐘時、漠漠帆来重、冥冥鳥去遅、海門深不見、浦樹遠含滋、相送情無限、沾襟比散糸、二篇意語何其相似、

〔七〇〕松霞沼青楼曲云、歌罷不語還不咲、千恨万恨在翠娥、南海評云、結句千古絶唱、君謂千恨万恨在翠娥、瑜謂千恨万恨在両句、予云、霞沼結語、全用武元衡万恨在蛾眉、纔増二字、以為七言耳、南海遽以為千古絶唱、何矣、

〔七一〕霞沼寄南海長篇落句、出門長咲海天碧、亦用黄太史出門一咲大江横、

〔七二〕詩有意興相得、語意全同者、非亦剽窃、南郭艸堂春興云、自忘双鬢短、復対百花新、赤松滄洲春日偶題云、遂忘双鬢白、更対百花紅、是也、

〔七三〕往年予在秩山、乗月散歩、樹声索索、犬吠寥寥、忽得一聯云、犬吠孤村月、人行深樹風、自以為得、後読松浦集云、犬吠孤村月、燈明両岸楼、遂欲改前句、思意未属、又読嚢桐集云、犬吠孤村月、雁過高漢雲、予因以為意境之同、冥契暗合、置而不改、

〔七四〕安藤子立語予云、下総州生実者、我侯国初已来国之、有重俊院、実先侯重俊公所創造也、閣上望士峰、頗為佳境、有一丐僧、来請宿、住持某(僧)悪其形状、不肯許、一沙弥閔之、窃宿於閣上、詰旦辞去、題(以)小詩于壁上有言(贈沙弥)云、海嶠山寺海嶠隈、落日三竿鳥不回、看取芙蓉千仞雪、恩光一夜自崔嵬、不知其所之、〈削〉

〔七五〕邵氏聞見録、大学博士姜愚、字子発、京師人、学康節、登進士第、月分半俸、奉康節云、朱舜水投化、初居崎港、坎壈尤甚、食不支夕、安東省庵、柳川人、食禄二百石、聞舜水之義、分其禄半、為柴米之資、二事相似、故附載于此、

〔七六〕田鶴楼師事白石、白石歿後、自矢不復執謁于他人、与陳后山賦妾薄命、不見他師、亦甚相類、如省庵鶴楼、可謂勇於義者也、省庵詩見扶桑名賢詩集、感春云、往事悠悠心不平、春来春去両傷情、醸愁嫩柳*着煙重、流恨飛花逐水軽、梁上尋巣忙燕子、池辺添雨噪蛙声、悚慵無意尋鉛槧、多少風光欠品評、省庵有子、名

守直、字元簡、有詩才、見名賢詩集及千家詩等、雪云、騁光透簾幌、助月映書車、早行云、野渡星初落、断橋露未乾、奉悼好青公孺人落句云、自是湘江碧波濶、不知何処弄琴絃、池端晩眺絶句、杖藜行尽叡山辺、処処煙雲欲暮天、遊客試窮千里眼、快風吹断満池蓮、省庵有子如此、実積善之餘慶也、

〔七七〕秋玉山有春宵観秘戯図歌行、雖一時之戯語、逐句用事、穏貼自在、莫見其安排鬪湊之迹、天下奇才也、為言之醜、不附于此、

〔七八〕紀平洲観平氏西敗図歌行、十八才作云、俊爽奇抜、近世不見其比、

〔七九〕日本名家詩選所載士昌英品川楼詩、尤浅劣不足収録、

〔八〇〕秋玉山少時嘗在国学、豪放不羈、日在酒楼妓館、不復|(亦)事文墨、書籍衣具、并為烏有、当夏無蚊幬、只有衣籠、因穿一辺、帖之紗縠、常臥其中、有隣舎生、読班史、玉山在中聞之、隣舎生知其臥于衣籠中、一日戯之曰、久不聞子読書声、不知夜来読何書、答曰、読班史耳、其人云、已読班史、読某伝乎、玉山遂誦某伝五六紙、即隣舎生昨夜所読也、其強識概如此、

〔八一〕服仲英、本姓中西、閑散餘録云西村、蓋誤矣、名元雄、号白賁、南郭義子也、其詩平淡婉雅、有銭劉之佳致、東都固雖人文淵藪、若而人亦不可多得矣、羽林郎騎射歌、江君錫収之日本詩選、縦使乃父代之、恐不可加、五言律頗為多合作、君錫不収之詩選中、殆為欠事、天仮之年、関東文柄孰能執之、予嘗云、仲英諸作、不勤修飾、而猶天性艶華、自然発形、譬之毛嬙、西子不施脂粉、光彩自射人、今摘其佳句、五言、郊行値雨、回看蹈青処、煙暗野橋西、感春、断鴻迷暮雨、芳草遍天涯、春日墨水泛舟、水色侵楊柳、晴光映酒壺、南浦春汎、汀煙蒸細草、岸樹雑垂楊、家君新営西荘、雑菜荒秋圃、孤村冷午煙、十日松国鸞客舎集、美酒盈樽興、黄花昨日秋、奉和金井侯秋後登山県城楼之作、山城催短景、雨雪入残秋、送金井侯、前途風雪暗、古駅暁煙微、七言、酔美人、玉柱謾移朱瑟調、金釵猶護緑雲斜、寄江允清、塞北雲陰仍雨雪、江東風色已芳非、墨梅、且懸夜月朦朧月*、不辨春風南北枝、七言絶句、送人帰隠湖南、一片征帆碧水間、湖天何処向郷関、到時応識紅顔老、暮景秋寒石鏡山、奉寄懐日出侯、紫海秋光望欲迷、月明千里夜凄凄、趨陪誰共扁舟興、苦憶風流謝鎮西、〈削〉

〔八二〕南国華祗*伯玉、共髫年善書画、可謂一社二妙、郡山柳大夫、嘗問後素于伯玉云、予観伯玉書贈白石先生歌行一篇、筆勢雅|捷(整)、謝康楽不得専美於古矣、

〔八三〕周南集曰、丁未秋従物先生、泛舟墨水、群賢皆会、詩酒従容、時余将帰養、乃有一為参与商、此遊夢中過句、明年先生易|簀、数語遂為永訣之讖云云、|終為(可謂)徠翁之詩讖云|(也)、

〔八四〕周南資性謹実、物門之徒、希有其比、以故遺沢不斬、多士之選、天下共推萩府、久矣、其詩雖無跌宕之気、風流温雅、亦可見為君子之人、如弔滕舜*政喪偶、及呈朝鮮李東郭七律、尤為可伝、馬関弔古云、上皇非不憫孫帝、平氏自為天下讐、可謂具一隻

眼矣、

〔八五〕蜺巌先生称呼辨正序略云、大抵文儒之癖、尚雅斥俗、甚者面目眉髪倭、而其心腸、乃斉魯焉、燕趙焉、沾沾自喜、其勢不得不削複為単也、忠信愿愨、以道学自任、如中村惕斎、亦不免削村為中、況於餘子乎、詩用地名、鋳俗于雅、陳国称宛丘、燕京称長安、雖異方亦然、此方謂武蔵為武昌、播磨為播陽、筥根為函関、若是類、斧鑿無痕、仮用入歌詩可也、目黒称驪山、染井称蘇迷、芝門称司馬門、天満称天馬、則小大不倫、名実倶亡、可謂児戯已、夫改複姓之与革地名、二者亦唯翰墨社是用、殆不与俗士大夫相関、則宜若無咎也、其実蔑祖先、紊輿志、罪莫大焉、予按、貝原益軒先生亦嘗著称呼辨、実為先鞭、二先生之言、痛砭時弊、有恵于後学、不可勝言矣、然当時徠学大行、勢焔万丈、雖二先生救時之心切、亦不能行、清田君錦之於蜺巌先生、不啻親炙、又従仰其咳唾、猶且削田為清、将時勢使之乎、甚則改易其姓、曰劉、曰孔、曰諸葛、曰司馬、不諱之尤、不容先王之誅者也、輓近稍有複姓如小笠原大久保、不肯削之為大為原者、嗚呼二先生之言、雖当世不行、至今為烈、二先生而有霊、亦可少吐気云、

〔八六〕唐徐彦伯、龍門為虯戸、金谷為銑渓、謂之渋体、当今鶴岡為隺陵、筥根為函山、品川為級河、亦渋体之遺意也、自古学者、以文為戯、有此弊矣、

〔八七〕平維章云、徂来翁*隅田川為墨水、依万葉集作墨多川、脩為墨水、可謂風雅不失其実、予云、東涯博多称覇家台、【異(奇)則異、然有援拠、〔中叔丹海東諸国記、博多一称覇家台〕】猶是可也、如某侯目黒原称驪黒原、殆為可咲、

〔八八〕江村君錫云、服伯和送人之加賀詩、用賀蘭州字、夫賀府三都之亜、而為本邦第一大藩、人文不亦他邦之比、而借用辺地名、其誤甚矣、君錫兄弟学問厳精、不知者以為深刻、其実有覚蒙士之意、亦藝苑之老婆心哉、然以賀府比賀蘭、不特伯和、室滄浪秋興云、嵯峨白雪賀蘭山、鳥道開天咫尺間、是在賀府作、

〔八九〕孔雀楼筆記云、服子遷(作)小督詞、(句中)有御史中丞臣仲国語、御史中丞、執法之官、又有御史台不置大夫以中丞為長官之時、若其使異朝人見此詩、大怪笑曰、天子自勅執法貴臣、匹馬夜行、捜索逋亡之妾、仲国時為弾正大弼、職掌執法、而相当御史中丞、服子欲務雅其言、不意致是謬誤乎、(況)当時弾正大弼散官而非見職、天子私命捜索逋亡之妾、亦不足怪也、直言弾正大弼、縦使異朝人見、彼固不諳本邦官職、不為意必矣、白石南郭諸先生集、清估携帰(亦)鬻於其国、不可無遠慮也(云)、此説一出、万犬吠声、相率和之、咏其本邦事蹟者、直言小督局仏御前、不失事実是可也、其言鄙俚、将之何謂、先賢単称小督、或脩為仏妓、用諸詩辞、孰憚難知、亦索異于人耳、日者読皇都名勝集、有猪飼*元博舟岡詩云、摘菜公卿設春宴、若示諸異邦人、則必謂身已居重任、苟以摘菜蔬為遊戯、何其鄙也、所謂実用而害於詩者、醫子在顙則醜、是也、抑好用本邦典故、宜無如咏国歌矣、如白石容奇之詩、一時機警、為可称賛、

〔九〇〕筆記又云、予伯氏蔵蜺巌先生自書月詩、有細竹馴尨*臥、喬林羈鳥驚之句、後蜺巌集板行、改喬林作喬柯、意義共勝、可見七十老翁、潜心藝文、不苟一字、〈削〉

〔九一〕筆記又云、梁蜺巌屈景山二先生、誉望高于世、不待予言、二先生自有絶万人之徳、無沢非、無遂己、無妬*才排勝己之人、無阿富貴、雖後生末輩之詩文、潜心読之、必両三過、此等固雖儒者分上之事、能行之者甚少矣、惟此二条、固不足尽二先生、亦可見其徳量、〈削〉

西島長孫草

余幼学詩、好読邦人詩、因有所論著、裒輯作編、名曰孜孜斎詩話、実在弱冠左右也、乙酉橘春居従母喪、時陰雨連日、不堪愁寂、偶翻敗篋而獲此編、披閲一過、撫巻嘆曰、少作古人戒之、張耒四忌已有此戒、少年進取妄議先達、良可愧矣、猶且不棄者、亦吾家之敝帚爾、

長孫識

付録

弊帚詩話附録・跋文

一、原文は『日本詩話叢書』第四巻（池田四郎次郎編、文会堂書店、大正九年刊）所収『弊帚詩話附録』を底本として翻字した。
一、底本の誤りと判断される文字も右傍に＊印を施してもとのままに翻字し、読み下し文において訂正した。底本の句読は断りなく改めることがある。

（原文）

芳洲先生口授云、余三十一歳、舟泊勝本浦、夜坐得一聯曰、山近雲生戸、林疎月満楼、五十歳左右、寄江若水詩、有一聯曰、断鴻明月峨山暁、孤鶩長天滕閣秋、七十五歳写真自讃曰、論文敢向大家覓、錬句全従小説来、懵＊懂一世、得此三聯、嚮在東藩、作詩出示荻生茂卿、輒蹙眉而嘆曰、醜醜、可謂知己、

石原鼎庵者、長崎人也、客居東藩、有詩名、詣素堂、有一聯云、晩潮通小竇、夜雨覊高枝、霞沼撃節嘆賞曰、今世只有此一聯、毎論詩、必挙以示人、曩日君所言＊、明月高涼夜、此一句可与石原相敵、霞沼不可起、無以此句相聞、可恨已、

余在朝鮮、与韓客数人、会飲於艸梁項、呉引儀・金泰敬・李明叟在焉、一館生、袖南山環翠園十律来示韓客、衆共囲観之、読到雁帰梅発一聯、為之靖＊然改＊客曰、日本亦有此一聯耶、明叟便起在東厢上、往来数遍、朗吟不已、引儀曰、明叟来、卿知此詩意乎、明叟曰、音調高、所以朗吟也、引儀笑曰、還卿実録話、此非卿所能知也、泰敬曰、此一聯、妙則妙矣、惟暗字似乎婦人語、引儀曰、卿欲何字代之、泰敬曰、却字如何、引儀曰、若用却字、非詩也、泰敬閉目半晌、曰、我誤矣、（以上三則、共係芳洲口授）

朝鮮李徳懋清脾録云、余嘗遊平壌、舎＊球門呉生家、有蘭亭集、日本詩人也、其明妃曲曰、西出長安不見春、羅衣掩苒払胡塵、行看一片燕支月、独照蛾眉馬上人云云、

又云、木孔恭、字世粛、日本大坂賈人也、家住浪花江上、売酒致富、日招佳客、賦詩酌酒、購書三万巻、一歳賓客之費、数千金、自筑県至江戸、数千餘里、無賢不肖、皆称世粛、又附商舶得中国士子詩数篇、以掲其壁、築蒹葭堂於浪華江、葵花荻葉、蒼然而靡、瑟然而鳴、檣篷煙雨、極望無際、与竺常・浄王・合離・福尚脩・

葛張・罡(按岡誤)元鳳・片猷之徒、作雅集於堂上、歳甲申成龍淵大中之入日本也、請世粛作雅集図、世粛手写横絹、為一軸、諸君皆記詩于軸尾、書与画皆蕭間逸品、竺常作序、常、浮屠也、深暁典故、又沈篤、浄王、常徒也、清楚可愛、合離亦奇才、軸後列書、越後片孝秩、平安那波孝敬、平安合離王、浪華福承明、浪華罡(原注、案、応与罡字通)公翼、浪華葛子琴、淡海僧太真、伊勢僧薬樹(原注、案、或是竺常之号歟)、主人浪華木世粛、今只存葛張詩、曰、千秋会友有文章、花圃薬欄旧草堂、壚酒応同司馬売、架書不譲鄴侯蔵、微雲淡処鷗千点、疎雨来時雁数行、湖海溯游人幾在、蒹葭隔浦欹帆檣、観此二節、則韓人之神伏於本邦、可謂至矣、如高蘭亭・葛子琴、易易耳、若使一見当今諸英髦、又応歎息絶倒、只憾文雅風流無木世粛耳、

清脾録又曰、柳恵風巾衍外集、載蜻蛉国詩選(原注、日本地形似蜻蛉、故自称蜻蛉国)、其詩、高者摸擬三唐、下者翺翔王李、一洗侏㒧之音、有足多者(原注、柳序止此)、余又抄載若干首、岡田宜生、字挺之、号新川、玄川将回本国、賦詩寓別、云、花袍縷帯擁驂騑、国士如君世所稀、入界時窺紅日出、望郷惟見白雲飛、客舟経臘遥衝雪、駅館逢春始換衣、此去江城看不遠、東風正好踏芳菲、富野義允、字仲達、晩過興津、漁家塩井傍青山、風定波平望亦閑、清見寺前田子浦、両三舟趁暮鐘還、艸安世、号大麓、懐玄川先生、春暮天涯思万重、鳥啼花謝寂孤峰、愁心一夜寄明月、高照関門澹墨松(原注、案、自注赤馬関有澹墨松)、徳宇、字見龍、奉送玄川元公帰国云、玉節重来問虎渓、鼇頭煙樹欲烏栖、春風不肯留騒客、無限潮音送馬蹄、那波師曾、字孝卿、号魯堂、早行云、渓頭布穀暁呼晴、蘋葉蘆花緑復生、更有層巒雲隠見、尋詩人在画中行、岡田維周、字仲壬、号大壑、宜生之弟(自注、案、維周時年十四)、奉送玄川先生帰朝鮮云、奉使来修好、江山万里餘、易催嘶馬感、難得換鵞書、祖帳桃花落、帰程柳葉舒、白雲随処在、凝望意何如、雖不足視於観光之使、受賞於異邦、不可不録、

孔雀楼筆記云、予伯氏(江村君錫)、蔵蜺巌先生自書月詩、有細竹馴尨臥、喬林羈鳥驚之句、後蜺巌集板行、改喬林作喬柯、意義共勝、可見七十老翁潜心藝文、不苟一字、

又云、梁蜺巌・屈景山二先生、誉望高于世、不待予言、二先生自有絶万人之徳、無沢非、無遂己、無*妬排勝己之人、無阿富貴、雖後生末輩之詩文、潜心読之、必両三過、此等固雖儒者分上之事、能行之者甚少矣、惟此二条、固不足尽二先生、亦可見其徳量、

徂徠先生以英邁之資、敖睨一世、其詩有拙、有俗、蓋泰山不譲土壌也、至得意之作、南郭諸子、不能闖藩籬、前巻已収許多篇、今復抄録数詩、小仏嶺云、鬱翠北来連函関、一条峻嶺限東寰、下時更問嶺西路、九十六盤還自艱、塞上曲云、風吹貂帽雪毶毶、胡馬千群大漠南、喇叭斉声中夜起、将軍営裡宴方酣、次韻大潮上人春日見寄、少年意気賦三都、回首春雲渺太虚、何似啜茶脩竹裏、聴君朗誦竺乾書、春宮怨云、鸞鏡朝朝泣粉華、怪来六院忽喧嘩、笑他十歳新天子、解道阿嬌美似花、可謂絶唱、

山県孝孺、以学徳称、為物門翹楚、其詩亦高古閑澹、南郭以下、金華以上、曩抄其詩、今又録出、呈朝鮮洪鏡湖云、烈士平生意気高、方臨危険見英豪、海濤八月如山岳、伝命東来擁節旄、正徳元年祗役赤馬関、感秋風之起、愀然作弔古八首云、詔旨空伝西土兵、羽林将校悉諸平、鸞輿玉輦無消息、滄海茫茫風雨声、擬早発白帝城云、白帝城頭暁霧開、江陵帰客片帆回、曲頭欲問黄牛峡、已見章華古郢台、宛然唐賢之作、

被褐、長門人、工棊及詩、年六七十、寓于幽筠堂(雪江先生堂名)、歯豁頭禿、孜孜著書以為楽、著有老子妄言、其佗諸書、余垂髫時見之、送別云、離歌一何短、別恨一何長、不是離歌短、偏因別恨長、後去客南総、不知所終、山根泰徳(長門人)、南溟集、有贈被褐道人詩云、栖遅雖已老、著述見維新、煎茶養素裡、賞菊談玄前、皆記実録也、

伊藤宗恕士峰、高入青冥雲始収、諸峰羅列不能儔、孤根豈止蟠三国、気圧扶桑六十州、人或以為豪語、余云、不是豪語、麗語而已、若夫豪語、室鳩巣云、徐福尋仙海上浮、滄波何処問瀛洲、紫煙遥認富山雪、蟻附東西六十州、

木靖恭驢馬行云、服重致遠力常足、契象応更智自精、又云、常山相公最楽善、求利世用久経営、適従鶏林致此種、由是観之、応水府義公之召舶来者歟、人見友元亦有此作、説応更之事、然則鶏吹角雁打更之類、可謂有異能矣、

秋玉山題新羅三郎吹笙足柄山図云、漢室将軍賦遠征、虬鬚颯爽夜吹笙、鉄衣忽見秋風起、月白関山草木鳴、近日京師人、奥野小山、亦有此詩云、千里関心奥地兵、棄官赴援*鶺鴒情、身猶不惜況笙曲、吹尽鳳音和月清、二詩看官以為如何、

赤穂文学赤松鴻奇士也、感懐云、多病玉門客、折腰見児曹、矯首望堂上、痒極不得搔、又云、老大誠可悲、四十又加五、猶餘寸心在、恥与噲等伍、七言、吾公在国、毎至歳杪班賜侍臣寒衣、今年恩賜不及臣鴻、戯賦一絶、歳暮寒光徹老身、旧袍弊尽不裁新、請看恩遇還無薄、自似梁園雪裡人、可以見其為人也、著有静思亭集、

源栲亭、学識優博、其唱宋詩於京師、蓋為嚆矢、皇都名勝詩集中載其菟道采茶歌、頗有石湖・放翁之風味、大抵安永天明詩人、腹中無墨、最乏詩資、以故篇篇塵腐、読之唯恐臥而已、六如有見於此、貯詩資為丘山、竟鳴于世、由是一変、至今日無復以唐詩為藍本、嗚呼亦甚矣、今以栲亭詩附于此、千畝緑雲万戸侯、一春栽得十春収、誰識田家新月令、秧針初出是茶秋、

右附録十数則、是不係少作、近日所漫著也、今為一巻附于此、

跋

余幼学詩、好読近人詩、遂有所論著、裒輯作編、名曰弊帚詩話、実在廿歳左右也、己酉春初、宿疾頓発、両脚擁腫、舟而行、輿而歩、厭其不便于事、謝客在家、偶探敗篋獲此編、少年進取、妄議先達、似無忌憚、猶且不棄者、亦吾家之弊帚爾、嘉永己酉夏五、

西島長孫識、

（読み下し文）

芳洲先生口授に云く、余三十一歳、舟勝本浦に泊す。夜坐一聯を得たり。曰く、「山近《クシテ》雲生《ジ》レ戸《ニ》、林疎《ニシテ》月満《ツ》レ楼《ニ》」。五十歳左右、江若水に寄する詩に一聯有り。曰く、「断鴻明月峨山暁《ノ》、孤鶩長天滕閣秋《ノ》」。七十五歳真を写す自讃に曰く、「論《ズルハ》レ文《ヲ》敢《テ》向《テ》二大家《ニ》一覓《もとメ》、錬《ルハ》レ句《ヲ》全《ク》従《リ》二小説一来《ル》」。一世に憧憧してこの三聯を得たるのみ。嚮《さき》に東藩に在りて、詩を作りて、出して荻生茂卿に示す。輒《すなは》ち眉を蹙《しか》めて嘆じて曰く、「醜醜」と。知己と謂ふべし。

石原鼎庵なるものは、長崎の人なり。東藩に客居して詩名有り。素堂に詣《いた》り、一聯有り。云く、「晩潮通《ジ》二小竇《ニ》一、夜雨霽《はル》二高枝《ニ》一」。霞沼節を撃ちて嘆賞して曰く、「今世ただこの一聯有るのみ」と。詩を論ずる毎に、必ず挙げて以て人に示す。「曩日吾言ふ所、『明月涼夜に高し』、この一句、石原と相ひ敵すべし」と。霞沼起すべからずんば、この句を以て相ひ聞こゆること無し。恨むべきのみ。

余朝鮮に在りて、韓客数人と艸梁項に会飲す。呉引儀・金泰敬・李明叟在り。一館生、南山の環翠園十律を袖にし来りて韓客に示す。衆共に囲みてこれを観る。読んで「雁帰梅発」の一聯に到りて、これが為に竦然として容を改めて曰く、「日本にも亦たこの一聯有るか」と。明叟便ち起ちて東廂の上に在り。往来すること数遍。朗吟して已まず。引儀曰く、「明叟来れ。卿この詩の意を知るか」。明叟曰く、「音調高し。朗吟する所以なり」。引儀笑ひて曰く、「還卿実録話、これ卿の能く知る所に非ず」。泰敬曰く、「この一聯、妙なることは則ち妙なり。ただ暗の字、婦人の語に似たり」。引儀曰く、「卿何れの字をもつてこれに代へんと欲する」。泰敬曰く、「却の字如何」。引儀曰く、「若し却の字を用ふれば、詩に非ざるなり」。泰敬目を閉づること半晌《はんしやう》。曰く、「我誤てり」と。（以上の三則、共に『芳洲口授』に係《かか》る）

朝鮮の李徳懋の清脾録に云く、余嘗て平壌に遊び、毬門呉生の家に舎す。『蘭亭集』有り。日本の詩人なり。その明妃の曲に曰く、「西《ノカタ》出《ツレバ》二長安《ヲ》一不レ見レ春《ヲ》、羅衣掩苒《シテ》払《フ》二胡塵《ヲ》一、行看《キル》一片燕支《ノ》月、独《リ》照《ス》二蛾眉馬上人《ノ》一」云云。

又云く、木孔恭、字は世粛。日本大坂の賈人なり。家浪花江上に住す。酒を売りて富を致す。日に佳客を招き、詩を賦し酒を酌み、書三万巻を購《あがな》ふ。一歳賓客の費は数千金。筑県より江戸に至る数千餘里、賢不肖と無く、皆世粛を称す。又商船に附し中国士子の詩数篇を得て、以てその壁に掲ぐ。蒹葭堂を浪華江に築く。菼花荻葉《たんくわてきえふ》、蒼然として靡《なび》き、瑟然として鳴る。檣篷《しやうほう》煙雨、望を極めて際無し。竺常・浄王・合離・福尚脩・葛張・罡（按ずるに岡の誤か）元鳳・片猷の徒と、雅集を堂上に作す。歳甲申、成龍淵大中の日本に入るや、世粛に請ひて雅集の図を作らしむ。世粛手づから横絹に写し、一軸を為す。諸君皆詩を軸尾に記し、書と画と皆蕭間逸品。竺常序を作る。常は浮屠《ふと》なり。深く典故に暁《さと》る。又沈篤なり。浄王は常の徒なり。清楚愛すべし。合離も亦た奇才。

軸後に列書す。越後の片孝秩、平安の那波孝敬、平安の合離王、浪華の福承明、浪華の罡(原注、案ずるに応に罡字と通ずるなるべし)公翼、浪華の葛子琴、淡海の僧太真、伊勢の僧薬樹(原注、案ずるに或いはこれ竺常の号か)、主人浪華の木世粛。今ただ葛張の詩を存するのみ。曰く、「千秋会《スルニ》レ友《ヲ》有《リ》二文章一、花圃薬欄旧草堂、壚酒応《ニ》レ同《ジカル》司馬《ノ》売、架書不レ譲《ラ》鄴侯《ノ》蔵、微雲淡《キ》処鷗千点、疎雨来《ル》時雁数《シ》行、湖海溯《リ》游《ブ》人 幾《いくばくか》在《ル》、蒹葭隔《テテ》レ浦《ヲ》欹《そばだツ》二帆檣一」。この二節を観るときは、則ち韓人の本邦に神伏せること至れりと謂ふべし。高蘭亭・葛子琴の如きは易易たるのみ。若し当今の諸英髦を一見せしめば、又応に歎息絶倒すべし。ただ憾《うら》むらくは、文雅風流に木世粛無きのみ。

清脾録に又曰く、柳恵風『巾衍外集』に蜻蛉国詩選(原注、日本の地形、蜻蛉に似たり。故に自ら蜻蛉国と称す)を載す。その詩、高きものは三唐を摸擬し、下《ひく》きものは王李に翺翔《かうしやう》す。侏㒧《しゆり》の音を一洗して、多とするに足るもの有り(原注、柳序ここに止まる)。余又若干首を抄載す。岡田宜生、字は挺之。新川と号す。「玄川将に本国に回《かへ》らんとするに、詩を賦して別れを寓す」に云く、「花袍縷帯擁《ス》二驂騑《ヲ》一、国士如《キハ》レ君《ノ》世《ニ》所レ稀《ナル》、入《ル》レ界《ニ》時窺《ヒ》二紅日《ノ》出《ヅルヲ》一、望《ンデ》レ郷《ヲ》惟見《ル》二白雲《ノ》飛《ブヲ》一、客舟経《テ》レ臘《ヲ》遥《カニ》衝《キ》レ雪《ヲ》、駅館逢《ヒテ》レ春《ニ》始《メテ》換《フ》レ衣《ヲ》、此《ヨリ》去《ルモ》江城看《ルニ》不レ遠《カラ》、東風正《ニ》好《シ》踏《ムニ》二芳菲《ヲ》一」。富野義允、字は仲達。「晩《く》れに興津を過ぐ」に、「漁家《ノ》塩井傍《そフ》二青山《ニ》一、風定《マリ》波平《カニシテ》望《モ》亦《タ》閑《ナリ》」。清見寺の前田子浦、「両三舟趁《おヒテ》二暮鐘《ヲ》一還《ル》」。艸安世、大麓と号す。「玄川先生を懐ふ」に、「春暮天涯思《ヒ》万重、鳥啼《キ》花謝《シテ》寂《タリ》二孤峰一、愁心一夜寄《ス》二明月《ニ》一、高《ク》照《ス》関門澹墨《ノ》松(原注、案ずるに、自注に赤馬関に澹墨松有りと)」。徳宇、字は見龍。「玄川元公の国に帰るを送り奉る」に云く、「玉節重《ネ》来《リテ》問《フ》二虎渓《ヲ》一、鼇頭《ノ》煙樹欲《ス》二烏栖《マント》一、春風不三肯《ヘテ》留《メ》二騒客《ヲ》一、無限《ノ》潮音送《ル》二馬蹄《ヲ》一」。那波師曾、字は孝卿。魯堂と号す。「早行」に云く、「渓頭《ノ》布穀暁呼《ビ》レ晴《ニ》、蘋葉蘆花緑復《タ》生《ズ》、更《ニ》有《リ》二層巒《ノ》雲《ニ》隠見《スル》一、尋《ネテ》レ詩《ヲ》人《ハ》在《リテ》二画中《ニ》一行《ク》」。岡田維周、字は仲壬。大壑と号す。宜生の弟なり(自注、案ずるに維周、時に年十四)。「玄川先生の朝鮮に帰るを送り奉る」に云く、「奉《ジテ》レ使《ヲ》来《リテ》修《ム》レ好《よしみヲ》、江山万里《ノ》餘、易《シ》レ催《シ》嘶馬《ノ》感、難《シ》レ得換鵞《ノ》書、祖帳桃花落《チ》、帰程柳葉舒《ブ》、白雲随処《ニ》在《リ》、凝望意何如」。観光の使に視《しめ》すに足らずと雖も、賞を異邦に受く。録せざるべからず。

孔雀楼筆記に云く、「予が伯氏(江村君錫)、蜺巌先生の自書せる「月」の詩を蔵す。「細竹馴尨臥《シ》、喬林羈鳥驚《ク》」の句有り。後『蜺巌集』板行せらるるに、「喬林」を改めて「喬柯」に作る。意義共に勝《まさ》れり。見るべし、七十の老翁の心を藝文に潜《ひそ》め、一字を苟《いやし》くもせざることを」と。

又云く、「梁蜺巌・屈景山二先生、誉望の世に高きこと、予が言を待たず。二先生自ら万人に絶する徳有り。非を沢《うるほ》すこと無く、己れを遂ぐること無く、己れに勝る人を妬排《とはい》すること無く、富貴に阿《おもね》ること無く、後生末輩の詩文と雖も、心を潜《ひそ》めてこれを読むこと必ず両三過。これ等、固《もと》より儒者分上の事と雖も、能くこれを行ふもの甚だ少なし」と。ただこの二条、固より二先生を尽くすに足らざるも、亦たその徳量を見るべし。

徂徠先生、英邁の資を以て一世を敖睨《がうげい》す。その詩拙有り、俗有り。蓋し泰山は土壌を譲らざるなり。得意の作に至りては、南郭諸子も、藩籬を闚《うかが》ふこと能はず。前巻已《すで》に許多《あまた》の篇を収む。今復た数詩を抄録す。「小仏嶺」に云く、「鬱翠北来連函関、一条峻嶺限東寰、下時更問嶺西路、九十六盤還《また》自艱」。「塞上曲」に云く、「風吹貂帽雪毿毿、胡馬千群大漠南、喇叭《らつぱ》斉《ひとシクシテ》声中夜起、将軍営裡宴方酣」。「大潮上人の春日寄せらるるに次韻す」に「少年意気賦三都、回首春雲渺太虚、何《いづれソ》似啜茶脩竹裏、聴君朗誦竺乾書」。「春宮怨」に云く、「鸞鏡朝朝泣粉華、怪来六院忽喧嘩、笑他十歳新天子、解道阿嬌美似《よりも》花」。絶唱と謂ふべし。

山県孝孺、学徳を以て称せらる。物門の翹楚《げうそ》為り。その詩も亦た高古閑澹。南郭以下、金華以上なり。曩《さき》にその詩を抄す。今又録出す。「朝鮮洪鏡湖に呈す」に云く、「烈士平生意気高、方《まさニ》臨危険見《あらハス》英豪、海濤八月如山岳、伝命東来擁節旄」。正徳元年、赤馬関に祗役《しえき》し、秋風の起るに感じ、愀然として弔古の八首を作りて云く、「詔旨空伝西土兵、羽林将校悉《ことごとく》諸平、鸞輿玉輦無消息、滄海茫茫風雨声」。「早《つと》に白帝城を発するに擬す」に云く、「白帝城頭暁霧開、江陵帰客片帆回、曲頭欲問黄牛峡、已見章華古郢台」。宛然として唐賢の作なり。

被褐は長門の人。棊及び詩に工なり。年六七十にして幽篁堂(雪江先生の堂名)に寓す。歯は豁《あば》らにして頭は禿《は》げ、孜孜《しし》として書を著はして以て楽しみと為す。著に『老子妄言』、その佗《た》の諸書有り。余垂髫《すいてう》の時これを見る。「送別」に云く、「離歌一何短、別恨一何長、不是離歌短、偏《ひとへニ》因別恨長」。後去りて南総に客たり。終はる所を知らず。山根泰徳(長門の人)の『南溟集』に、「被褐道人に贈る詩」有りて云く、「栖遅雖已老、著述見維新、煎茶養素裡、賞菊談玄前」。皆実録を記すなり。

伊藤宗恕の「士峰」に、「高入青冥雲始収、諸峰羅列不能儔《ともがらナルコト》、孤根豈止《あにただニ》三国蟠《わだかまルノミナランヤ》、気圧《はおス》扶桑六十州」。人或いは以て豪語と為す。余云く、これ豪語ならず。麗語なるのみ。若し夫れ豪語は、室鳩巣云く、「徐福尋仙海上浮、滄波何処問瀛洲、紫煙遥認富山雪、蟻附東西六十州」。

木靖恭の「驢馬行」に云く、「服《ひキ》重致遠力常足、契《かなヒ》象応更智自精」。又云く、「常山相公最楽善、求利世用久経営、適《たまたま》従鶏林致此種」。これに由りてこれを観れば、水府義公の召しに応じて舶来するものか。人見友元も亦たこの作有り。応更の事を説く。然るときは則ち、鶏の角を吹き、雁の更を打つの類、異能有りと謂ふべし。

秋玉山、「新羅三郎の笙を足柄山に吹くの図に題す」に云く、「漢室将軍賦遠征、虬鬚颯爽夜吹笙、鉄衣忽見秋風起、月白関山草木鳴」。近日、京師の人奥野小山、亦たこの詩有り。云く、

「千里関《ス》レ心《ニ》奥地《ノ》兵、棄《テテ》レ官《ヲ》赴《キ》援《フ》鶺鴒《ノ》情、身《ハ》猶《ホ》不レ惜《マ》況《ンヤ》笙曲《ヲヤ》、吹《キ》二尽《シテ》鳳音《ヲ》一和《ス》二月《ノ》清《キニ》一」。二詩看官以て如何《いかん》と為す。

赤穂の文学赤松鴻は奇士なり。「感懐」に云く、「多病玉門《ノ》客、折腰《シテ》見《ル》二児曹《ヲ》一、矯《あゲテ》レ首《ヲ》望《ム》二堂上《ヲ》一、痒《リテ》極不レ得レ掻《クコトヲ》」。又云く、「老大誠《ニ》可《シ》レ悲《シム》、四十又加《フ》レ五、猶《ホ》餘《シテ》二寸心《ヲ》一在《リ》、恥《ヅラクハ》与二噲等一伍《スルコトヲ》」、七言「吾公国《くに》に在るとき、歳杪に至る毎に侍臣に寒衣を班賜す。今年恩賜臣鴻に及ばず。戯れに一絶を賦す」に、「歳暮寒光徹《ス》二老身《ニ》一、旧袍弊尽《シテ》不レ裁《セ》レ新《タナルヲ》、請《フ》看《ヨ》恩遇還《ツテ》無《シ》レ薄《キコト》、自《ラ》似《タリ》梁園雪裡《ノ》人」。以てその人と為《な》りを見るべし。著に『静思亭集』有り。

源栲亭、学識優博。その宋詩を京師に唱ふるは、蓋し嚆矢《かうし》為り。『皇都名勝詩集』中にその「菟道《うぢ》采茶歌」を載す。頗る石湖・放翁の風味有り。大抵安永天明の詩人、腹中墨無く、最も詩資に乏し。故を以て篇篇塵腐、これを読むにただ臥せんことを恐るるのみ。六如ここに見有り。詩資を貯へて丘山を為し、竟《つひ》に世に鳴る。これ由《よ》り一変、今日に至りては復た唐詩を以て藍本《らんぽん》と為すもの無し。嗚呼亦た甚だしいかな。今栲亭の詩を以てここに附す。「千畝《ノ》緑雲万戸《ノ》侯、一春栽《エテ》得《ム》十春収、誰《カ》識《ラン》田家《ノ》新月令、秧針初《メテ》出《ヅルハ》是《レ》茶秋」。

右附録十数則、これ少作に係らず。近日漫りに著はす所なり。今一巻と為してここに附す。

跋

余幼くして詩を学び、好んで近人の詩を読む。遂に論著する所有り、裒輯《ほうしふ》して編を作す。名づけて弊帚詩話《へいさうしわ》と曰ふ。実に廿歳左右に在るなり。己酉の春初、宿疾頓《とみ》に発《おこ》り、両脚擁腫す。舟にして行き、輿《こし》にして歩み、その事に便ならざるを厭《いと》ふ。客を謝して家に在り、偶《たまたま》敗簏を探りてこの編を獲たり。少年進取、妄《みだ》りに先達を議す。忌憚《きたん》無きに似たり。猶ほ且つ棄てざるものは、亦た吾が家の弊帚なるのみ。嘉永己酉夏五、西島長孫識す。

解説

詩話大概

揖斐　高

本巻には江戸時代に著述された詩話とその類縁の著作の計六編を、成立順に収めた。

漢詩文が生きた文学としてはもとより、古典的教養としても敬遠されがちな現代にあっては、おそらく詩話という言葉は耳慣れないものであろう。そもそも詩話とは何か。もともと自然発生的なジャンル名として、その名のもとには多様な作品が包括されており、厳密な定義はほとんど不可能といってよいが、あえて広く定義すれば、漢詩文についての批評的な随筆・雑記の類をいう、といったところだろうか。本巻に収める『日本詩史』のような漢詩の歴史を整理概観しようとした詩史、また『漁村文話』のような漢文の作法や文体の特徴について述べる文話も、広義の詩話に含められる。

もとより詩話は中国で生まれ、日本でも著述されるようになったものである。詩話について一貫して研究してこられた船津富彦氏は、その労作『中国詩話の研究』(昭和五十二年刊)のなかで、詩話の本質についての早い時期の見解として、宋の許顗《きよがい》の『許彦周詩話』の自序に「詩話とは句法を辯じ、古今に備へ、盛徳を紀し、異事を録し、訛誤を正すなり」とあるのを挙げている。登場したばかりの詩話はまずこのような記事を内容とし、その後時代の好尚とともに少しずつ内容を広げたり変えたりしながら、書き継がれてきたと言えるであろう。

日本でも中国からの影響を受けて、とくに江戸時代には多くの詩話が作られた。当然のことながら中国の詩話の模倣に始まるが、その内容については「問題の提起が散発的で発展性が少ない。……入門書的性格のものが多い」（船津富彦「詩話」『中国文化叢書9　日本漢学』）など、日本的な詩話の特徴が指摘されてもいる。このような日本的な特徴をも含めて、富士川英郎氏は江戸時代に盛行した詩話を四つの内容に分類した（『儒者の随筆』）。これは江戸時代の詩話の内容を概観するのに便利な分類になっているので、掲げておこう。

1　作詩の方法を説いて初心者のための入門・啓蒙を旨とするもの、たとえば三浦梅園の『詩轍』など。

2　難解な詩語や珍奇な事物についての考証・解説を旨とするもの、たとえば六如上人の『葛原詩話』など。

3　自己の詩論や詩的立場を積極的に主張するのを旨とするもの、たとえば山本北山の『作詩志彀』など。

4　古今の詩や詩人について紹介・論評するのを旨とするもの、たとえば菊池五山の『五山堂詩話』など。

それでは詩話というものは、いつ頃から登場したのであろうか。中国において、詩文についての批評的な議論は古くは『論語』にも見られ、単独の批評的な著作としては梁の鍾嶸《しょうこう》の『詩品《しひん》』や唐の皎然《きょうねん》の『詩式』などが早い時期のものとされているが、詩話と名付けられた最初の著作は宋の欧陽脩（一〇〇七―一〇七二）の『六一《りくいつ》詩話』である。詩話の起源に『論語』や『詩品』などを当てる説も清代にはままあったようだが、今日通説としては『六一詩話』が詩話の起源とされている。

日本では平安初期に空海（七七四―八三五）によって詩文の作法を説いた『文鏡秘府論』が編纂されたが、『六一詩話』よりはるか以前のものではあり、通常詩話とは呼ばない。日本における詩話の名をもつ最初の著作は、五山の禅僧虎関師《こかんし》錬《れん》(一二七八—一三四六)の『済北詩話《さいほくしわ》』である。『六一詩話』が作られてよりほぼ二百年後に当る。江村北海は『日本詩史』において、日本の詩文は二百年遅れて中国の詩文の流行に追随するという文学史的な見通しを述べたが、その通りの関係になっている。

『六一詩話』以後、中国では宋・金・元・明・清と続く歴代に多くの詩話が著述・出版された。しかし、日本では『済北詩話』以後しばらく途絶え、江戸時代になって復活、その後明治にかけて数多くの詩話が著述・出版されるという様相を示している。その間に作られた中国および日本の詩話にはどのようなものがあるか、その多彩な書目と内容上の分類については、前掲『中国詩話の研究』のなかに一覧表がある。参照して頂きたい。

右のように中国と日本との間では、詩話流行の状況に若干の違いが認められるが、おそらくそれは詩話の流行には一定の社会的・文化的な背景が必要だったということと関連している。船津氏も『中国詩話の研究』において指摘されたように、詩文の大衆化と印刷出版術の進歩普及という背景である。中国で詩話が成立し隆盛になった宋代は、たとえば南宋末期に江湖派と呼ばれる民間の詩人たちが活躍したように、詩文の大衆化がみられた時代であったし、宋版の名で知られるように印刷出版術が発展した時代であった。一方の日本では、『済北詩話』の作られた鎌倉末期・室町初期には詩文の大衆化と印刷出版術の発展は十分ではなく、本格的にそれがもたらされたのは江戸時代、とりわけ後期になってからであった。

このように時代が降るにつれて詩話は隆盛になっていったが、詩に関心をいだく人々の中には、詩話の隆盛は詩の衰退をもたらすとして、詩話に対して否定的な立場をとる人が少なからずいた。明の李東陽は「詩話作《おこ》りて詩亡ぶ」と言い、同じく明の楊慎も「詩は言なり。詩話出でて詩と言と離れたり」と言ったという。「大道廃れて仁義有り」

(『老子』)という言葉もあるように、むしろ因果の関係は逆で、創作の衰退がかえって批評の隆盛を招いたというべきであろうか。日本でも詩話の隆盛を批判する人々がいた。その代表的な人物が昌平黌の教官を勤めた古賀侗庵である。侗庵は『非詩話』十巻(文化十一年成立)を著して、詩話否定論を展開した。しかし、この書は「詩話の詩話」とでもいうべき内容をもっており、詩話の本質を論じたものとして、皮肉にも従来の詩話にはない組織性と理論性を備えた本格的な詩話になっているのである。

さて、本巻に収めた諸編に代表されるような江戸時代の詩話は、現代の我々にとってどのような意味をもつであろうか。大雑把な言い方になるが、まずひとつは、江戸時代の人々が詩に何を期待し、詩はどうあるべきだと考えていたかという問題が、これらには様々な切口で含まれているということがあるだろう。多くは決して総合的でも理論的でもないが、詩話は具体的な問題を通して、江戸時代の文学論や批評を考える上での多面的な端緒と豊かな材料を提供してくれている。もうひとつは、江戸時代の漢詩の流行とは何だったのか、そして漢詩が生きた詩として如何に当時の人々をひきつけていたか、そうした漢詩をめぐる当時の人々の有様が、詩話には具体的に生き生きと表わされているということである。そこには随筆・読物として捨て難い面白さがひそんでいる。

＊

最後に詩話のテキストについて、個別のものは除いて、叢書などの形で集成されたもののみ、その代表的なものを掲げることにする。中国の詩話は『歴代詩話』『歴代詩話続編』『清詩話』『宋詩話輯佚』などに集成されており、その他に歴代の主だった百種の詩話の記事を詩人別やテーマ別に分類排列した『百種詩話類編』などがある。こうした中国の詩話の代表的なものは、江戸時代に日本でも和刻本として出版されており、それらの内のいくつかは『和刻本漢籍随筆集』二十巻のなかに影印として収められている。また中国の代表的な詩話は明治期になっても、訓点と簡略な頭注を施した形で近藤元粋評訂『蛍雪軒叢書』十巻（明治二十五—二十九年）として出版されている。日本の詩話は、江戸時代のものを中心に『文鏡秘府論』『済北詩話』それに李氏朝鮮の徐居正『東人詩話』をも含めて池田四郎次郎編『日本詩話叢書』十巻（大正九—十一年）に六十六種が集成されており、関儀一郎編『日本儒林叢書』十三冊（昭和二—十二年）にも何種かが収められている。ただ、江戸時代の詩話の注釈は従来あまり試みられておらず、わずかに先の日本古典文学大系の『近世文学論集』において、祇園南海『詩学逢原』、山本北山『作詩志彀』、広瀬淡窓『淡窓詩話』に詳注が付けられたにとどまっている。

読詩要領解説

清水　茂

一

孔子の教えを奉ずる儒家にとって、四書・五経は、ともに経典であるが、わが国の儒者伊藤仁斎(名は維楨、一六二七―一七〇五)は、四書のうち、本来『礼記』のうちにあった『大学』・『中庸』を除く『論語』・『孟子』と「六経」とでは、性質を区別した。

その著『語孟字義』(日本思想大系33所収、以下引用と頁は、この本による)の「総論四経」の第二条に、

> 六経を読むと論孟を読むと、その法おのずから別なり。論語・孟子は、義理を説く者なり。詩・書・易・春秋は、義理を説かずして、義理おのずから有る者なり。義理を説く者は、学んでこれを知るべし。義理おのずから有る者は、すべからく思うてこれを得べし。……六経はなお直ちに天地万物の態を描画して、繊悉遺さざるがごとし。語孟はなお天地万物の理を指点して、これを人に示すがごとし。(九七頁)

という。この立場に立って、仁斎は、儒学を解く書、『童子問』(日本古典文学大系97、又は岩波文庫。以下の引用は岩波文

庫本による)にしても『語孟字義』にしても、『論語』・『孟子』によって理論を説いている。
とはいっても、儒家としては、五経に言及しないわけにはいかない。『童子問』巻の下、第五章(一八二頁)で、「各経の大意を問う」という問題提出をしていて、そのとき、韓愈が「原道」で、『詩』・『書』・『易』・『春秋』だけを列挙し、『礼記』を数えないことを卓見として、『礼記』を除く四経を議論の対象とする。『語孟字義』巻の下でも、「詩」・「書」・「易」・「春秋」・「総論四経」の項目を立てて、「礼」にはふれなかった。その中でも、第一には「詩」をいつもあげている。

二

仁斎のあとを嗣いだ長男東涯(名は長胤、一六七〇—一七三六)は、父、仁斎を祖述するとともに、補完することに心がけた。そして、父の著書を普及するために、漢文の著書をわかり易く和文で説くこともあった。『語孟字義』に対する『訓幼字義』(日本倫理彙編第五巻(東京、一九〇三)に収める)はその例である。しかし、『訓幼字義』の項目は、ときどき順序にくいちがいはあるものの、ほぼ『語孟字義』によっておりながら、上述の「詩」以下の部分を欠き、東涯は「訓幼字義序」の中で、

若《も》し夫《そ》れ五経の大義は、則ち当《まさ》に別に著はすべし。故に概して及ばず。

といっている。その別著の計画が、『五経要領』であった。「要領」の「要」は「腰」と同じ、「領」は「頸」の意で、人体の重要部分というところから、重点という意味で使用される。したがって、『訓幼字義』にいう「五経の大義」というに等しい。その『五経要領』は、現在、天理大学附属図書館古義堂文庫に自筆本が存する。ただし、『五経要

領』といっても、「読詩」の部分だけしかのこっておらず、ほかの経書については、けっきょくでき上がらなかったのであろう。この『五経要領』読詩は、いま、『紹述先生遺稿』巻之四となり、天理図書館編『古義堂文庫目録』(天理、一九五六)に、

全四十一丁、和文ニテ認メシ詩経入門トモ云フベキモノナリ、末ニ東所「戊午八月再読詔」トアリ

と記されている(九二頁)。のちに東涯の三男東所(名は善韶、一七三〇—一八〇四)が東涯の未定稿を整理して『紹述雑鈔』にまとめたとき、これを、その第二とし、『読詩要領』と題して収めた。上記『古義堂文庫目録』には、

読詩要領、「辛酉七月廿五日校読了壬戌七月九日詔対了」

とある(九三頁)。

このたび、東涯自筆本『五経要領』読詩と東所編定『読詩要領』を対校して見ると、自筆本では、文章の補訂が頻繁になされており、それを東所編定本は、最終案と思われるのにもとづいて浄書されていることが分かった。いま、自筆本の巻頭の書影をかかげたから、それと本書本文とした東所編定本とを比較すれば、編定の意味がわかるであろう。東涯自筆本は、このように加筆が頻繁になされ、ところによってはどのように訂正されているか判断に苦しむところもある。その意味で、東涯の原稿の整理をほかにも多く行なった東所の判定が正しいと考えられるので、東所編定本を底本にした。しかし、編定本は、自筆本の表記をそのままに襲わず、漢字を仮名に改めたり、仮名を漢字に変えたりしているところがある。たとえば、「見へ(ママ)ず」を「みへず」、「たまふ」を「玉ふ」としたりしている。そのときは、読み易い表記に随い、時に自筆本によることにした。又、自筆本は、長文の引用文は、しばしば、最初の一、二句だけを書きぬいたり、甚だしいときは、引用書名だけを記してあとを空欄にしている箇所がある。東所編定本は、

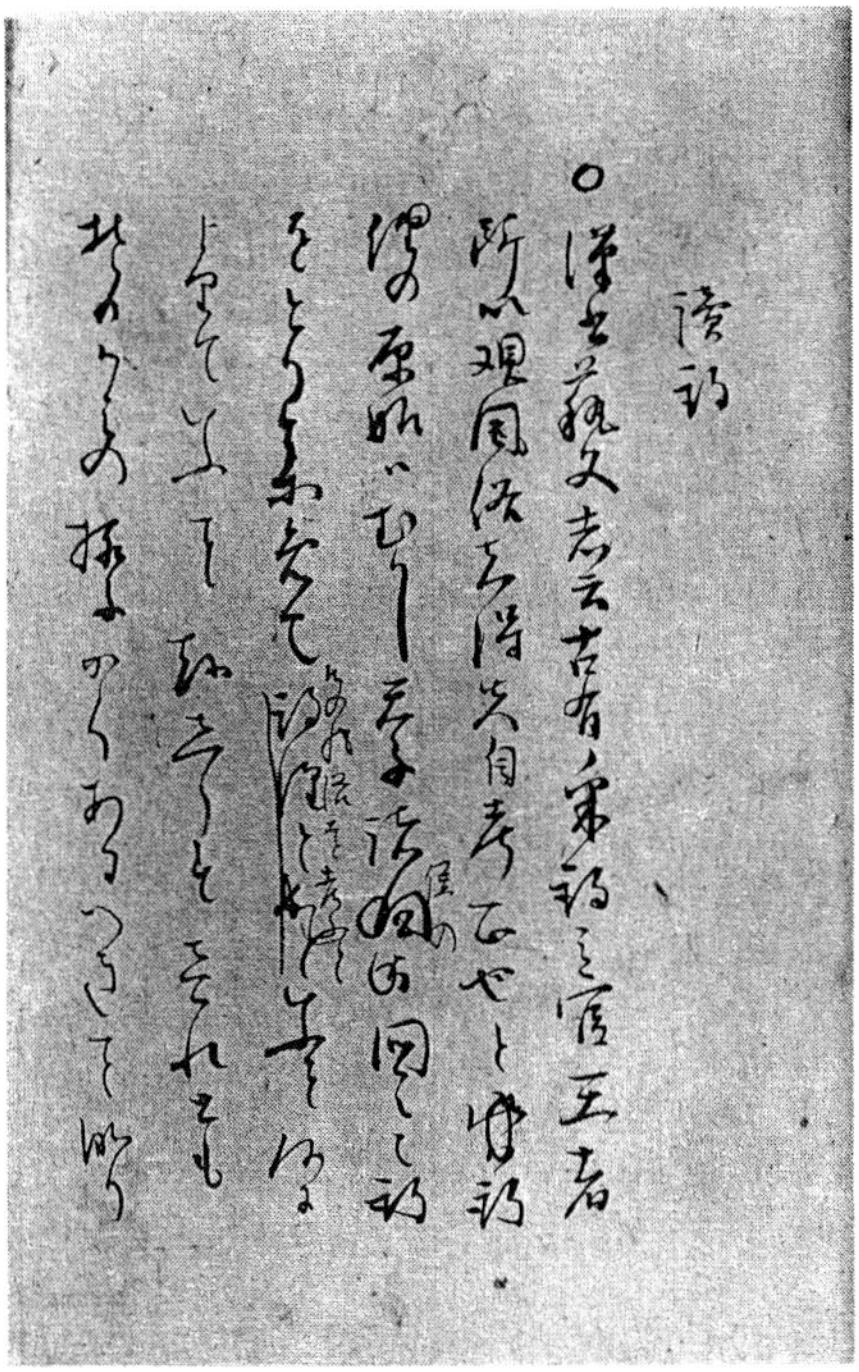

ある程度、本文の浄書者とは別の人の手によって、引用するつもりであった箇所を補ってはいるが、東涯の意図が不明であったりして、補いきれないところもある。この書は、写本としてしか伝わっていなかったのを、帝国図書館所蔵『紹述雑鈔』本によって、『日本儒林叢書』解説部第一（東京、一九二九）の中ではじめて翻刻されたときに、更に補ってはいるものの、なお、空欄でのこされているところもある。本書では、そのようなところも、補えるだけは補うとともに、補った理由などを脚注で説明することにした。

三

仁斎は、「詩は以て情性を道う」（『童子問』巻の下、第五章、一八二頁）が、『詩経』の本質をいうものとした。東涯も、本書で、「詩をいふものは、人の心におもふことをありやうに言あらはしたるもの也」といい、「詩と云ものは、面々の志をのべ、人情をつくしたる書」といっている。これは、朱子学などで説く「勧善懲悪」に反対するものである。本書では、更に「『詩経』は……たゞ風俗・人情をあらはして、是非・善悪のおしへを示すの書にあらず」ともいっている。だから、『詩経』は、『論語』・『孟子』のような教訓の書でなくて、「諷誦・吟詠して、人情・物態を考へ、温厚和平の趣を得べき」書であり、「詩をよむときは、人情に通ずるゆへに、万事柔和にして麁暴なる事はなし」というように、「温柔敦厚は、詩の教なり」という『礼記・経解』の考えを受けて、人を温厚にするものとした。仁斎の「慈愛の心、渾淪通徹、内より外に及び、至らずという所無く、達せずという所無うして、一毫残忍刻薄の心無き、正に之を仁と謂う」(『童子問』巻の上、第四三章、七〇頁)という主張と相応ずるものであろう。

そして、仁斎は、作者の意図よりも、読者の読み方を重視した。『語孟学義』巻の下「詩」に、

詩の用、もと作者の本意に在らずして、読む者の感ずるところいかんというに在り。(八六頁)

といい、『童子問』巻の下、第五章に、

古書に詩を引く者、多く章を断って義を取る。(一八三頁)

というように、作者の意図は別として、引用者がそれぞれ自分の考えで適当な場面に引用することが大切であるとした。仁斎のこの考えを受け継いで、本書でも「断章取義」について、くわしく述べている。そのために、東涯は、詩を生かして、「断章取義」を強調する丘濬『大学衍義補』、鍾惺「詩論」、田汝成『詩序』を引用する。これらの文は、東涯自筆本では、ただ、題目だけしか挙げないのであるが、東涯が別に編集した『鼎鍥経学文衡』巻中にみな収められている。東涯は、完成しなかった『五経要領』の基礎作業に、必要な論文の抜き書きとしてこの『経学文衡』三巻を編集出版(平安、享保十九年(一七三四)刊)したようにも思われる。

さて、この読み手の解釈を重視する仁斎は、いわゆる「詩の六義」、即ち「風・賦・比・興・雅・頌」についても、通説に反対する。すなわち「風・雅・頌」を、『詩経』のジャンル「国風」「大・小雅」「周・魯・商の三頌」と解し、

「賦・比・興」を、「直叙」「明喩」「暗喩」の表現法とする解釈に反対し、六義すべてを詩の読み手の取り方とする。『語孟字義』巻の下「詩」に、

詩の六義亦当に作者の意に在らずして、読む者の用うるところいかんというに在り。けだし風・賦は是れ一類、比・興は是れ一類、雅・頌は是れ一類。風・賦は尋常の用うるところに在り。比・興は時に臨んで意を寓するに在り。雅・頌は音声に取る。(八七頁)

とある。本書も、これを祖述して、

風は世上のはやり歌なり。……賦といふは、詩をうたふことなり。……比は、ものにたくらぶることなり。興は、詩をよみて、げにもとこゝろにおもしろく、感情のもよほすことなり。……雅とは、朝廷の雅楽にほどこす事、頌とは宗廟に奏するの楽。

と説いている。説の当否は別として、なぜ、「風・雅・頌・賦・比・興」でなくて、「風・賦・比・興・雅・頌」と叙列されるかについての説明とはなり得る。

なお、詩の効用が、読み手の転用いかんにあるという説から、和歌でも、『古今集』の

逢坂の嵐のかぜは寒けれど行ゑしらねば侘びつゝぞぬる

を奉公人の苦労をいい、『万葉集』(『新古今集』にも)の

よしのなる夏箕の川のかは淀にかもぞなくなる山陰にして

が、人の上たる人、あまり吟味すぎれば、下にたちがたし、という教訓にする三条西実隆『令女教訓』の説を引いている。詩への考え方が、和歌にも適用できるというのは、仁斎の考えでもあった。その「和歌四種高妙の序」(日本思

想大系33、一七九頁)に、

詩　和歌と、源を一にして派殊《こと》に、情同じゅうして用異なり。故に和歌の説をもって、これを詩に施せば、可ならざるところ靡《な》し。詩の評をもって、これを和歌に推すも亦然り。

といっている。

四

この書の考えの多くは、父、仁斎から出ているけれども、父の説になかったこともないわけではない。たとえば、はじめに『詩経』研究史を述べているのは、東涯『古今学変』(日本思想大系33)の哲学史研究と通ずるとともに、仁斎のふれていないことであった。

又、「鄭声」は、音楽であって、詩の内容ではないという指摘は、『制度通』(岩波文庫に収める)に見られるような広い見方に立ってものごとを見ようとする東涯の態度の現われであろう。

詩の価値は、「人の心におもふことをありやうに言あらはしたる」ところにあると認めた考え方は、すべての文学を「勧善懲悪」と結びつけがちであった当時の儒家にあって、文学そのものの価値をそれ自体にあるとしたすぐれた意見であると思われる。

五

本書の著者、伊藤東涯の伝記などについては、『日本思想大系33　伊藤仁斎　伊藤東涯』(岩波書店、一九七一)を見られたい。

本書の校注にあたって、底本東所編定本及び校対に使用した東涯自筆本の閲覧利用を許可され、又、東涯の引用している稀覯書、たとえば、『新刊未軒林先生類纂古今名家史綱疑辯』などの調査に便宜をはかっていただいた天理大学附属図書館にまずお礼をいいたい。

又、三条西実隆の『令女教訓』については、東京大学史料編纂所所蔵『三条西殿息女へふみ』の書影入手をはからって下さった岩波書店編集部、この本に落丁(?)乱丁があるため、更に神宮文庫所蔵『三条(西)殿教訓』の調査を依頼し、すぐに必要箇所を臨模して送って下さった神宮皇学館大学粕谷興紀氏に深く謝する。

日本詩史解説

大谷雅夫

一　書　名

『日本詩史』の著者江村北海は、別の著書、漢学入門書の『授業編』の序説冒頭に次のように言う。「オヨソ書ヲ見ルニ、三ツノ心得アリ、一ツニハ其ノ書ノ題号ヲアキラム、二ツニハ其ノ書ヲ作レル人ヲ弁フ、三ツニハ其ノ書ノ主意ヲ求ム」。以上のように述べ、最初に自ら授・業・編という一字一字を解義するのだが、それに倣ってここでも先ずは「日本詩史」なる書名の意味を考えることより始めたい。

「日本詩史」の書名には当面ふた通りの解釈が可能なように思われる。「日本の詩」の「史」と取るか、または「日本」の「詩史」と解するかである。後者は、『日本詠物詩』(伊藤君嶺編、安永六年刊)が、中国で編まれた各種の「詠物詩」に対して、日本編纂のそれであることを標榜するのと同様に考えるのである。「日本」あるいは「本朝」「扶桑」を冠する書名にその類例は多く、また実際に「詩史」の名をもつ書物が中国に存する。「蔡寛夫、詩史二巻」(『宋史』芸文志・集部)、「顧正誼、詩史十五巻」(『明史』芸文志・別集部)など。しかし、『四庫全書総目提要』(史部、史評類存目)によれば、全書にその目録を存せられる二つの『詩史』のうち、清の唐汝詢の『詩史』十五巻は「是の書、列朝の紀伝を以て編みて韻語と為し、各《おのおの》これが註を為し、以て記誦に便ならしむる蒙求《もうぎゅう》の類に過ぎ」ざるものであり、また清の葛震の『詩史』十二巻も、歴代帝王の事績を「四言の韻語」により要約する書である。おそらくは「詩史」の書名は歴史を題材とする韻文を内容とすることを示す。杜甫の詩が詩による時事の記録として「詩史」と称せられた(唐書)ことを意識し、その典拠の意味に拘束されるのである。ところが、北海の『日本詩史』は「韻語」でもなく、また近江朝から当代までの日本人の詩を集めて評論するという内容もそれらに異なる。書名は「日本」の「詩史」の意味ではありえない。北海が『日本詩史』に続いて出版した『日本詩選』(安永三年刊)の自序には「曰く詩、曰く選、果して何を謂ふや。選ぶ所、我が日本の詩のみ。選とは猶ほ刪のごときなり」と、その書名が「日本の詩」を「選」べるものであることを述べる。常識的な結論ながら、「日本詩史」もまた「日本の詩」の「史」、すなわち今日の私たちに親しい国文学史、中国文学史、また西洋哲学史などと同様の語と理解されるのである。

さて、国文学史、中国文学史などは今日では耳慣れ、むしろ陳腐に属する語であろうが、『日本詩史』の刊行当初、その書名は恐らくは斬新な響きをもっていたことだろう。『日本詩史』刊行のすぐ後の明和九年に出版された『大増書籍目録』に登録される数多くの書名のうち、「史」の字を以て結ばれるものは、正史のひとつの『五代史』の他には当の『日本詩史』しか見あたらない。そこに漏れる『本朝遯史《ほんちょうとんし》』や『日本古今人物史』『日本逸史』という例は別に思い浮かべられるものの、江戸時代の読者には「何何史」という書名、ことに「日本の詩の史」という文学史の書名は珍しかったはずである。

史学の発達した中国では、各王朝の歴史を記す正史のほかに、さまざまな事物についての歴史の叙述がなされた。

例えば北宋の米芾《べいふつ》の『硯史』は晋から宋にかけての硯の相違を述べ、『書史』は晋より五代までの前人の書蹟を評論する。ほかに宋代から明代にかけて、孝史、諫史、姓史、医史、印史、花史、蘭史、牡丹史などという書物が作られ、明の田芸蘅の『詩女史』は古代から明代に至るまでの女性の詩を採録するものという（四庫全書総目提要）。「日本詩史」という書名は、まさにそのような中国の雑史書の流れを承けて、「日本の詩」の古今の歴史を叙述する「史」として名づけられたのである。『日本詩史』の文学史上の意義は、日本古典文学史上における初めての文学史作品というその点にこそ、まず第一に存することであろう。

二　作　者

「二ッニハ其ノ書ヲ作レル人ヲ弁フ」（『授業編』序説）と言う江村北海は、書名「授業編」の解説に続いて自らの閲歴を記すが、ここでもそれに倣い、作者北海についてごく簡単に、それも『日本詩史』成立までに限って紹介することとしたい。『授業編』の略伝を主たる材料とし、高橋昌彦「江村北海の前半生」（都留文科大学国文学論考二六号）の詳伝を参照する。

江村北海、名は綬、字は君錫、通称は伝左衛門。北海はその号。正徳三年（一七一三）、福井藩儒者の伊藤龍洲の次男として出生。五歳の年からは母親の里方の播磨明石の叔父の家に預けられて育った。そこでは四書などの素読を授かった外は、武芸、技芸また漁猟に遊び、儒者の子らしい教育を受けることはなかった。ところが十八歳のある日、俳諧の席上で明石藩儒者の梁田蛻巌に「足下ハ実ニ錦繡ノ心腸アリ」と賞賛され、詩文の世界で才能を発揮することを勧められる。蛻巌のその激励は、祖父坦菴、父龍洲と続く伊藤家の家業たる儒学に北海を導くものであった。発憤した北海は、その年京都に戻り、儒学の修業にはいる。十八歳にして読書を始めるというのは当時の学者として非常な晩学というべきである（『孜孜斎詩話』二五九頁参照）。そして四年間の猛勉強を経て、享保十九年（一七三四）、折から急死した父の友人の江村毅庵の家督を継いで丹後宮津藩、青山家の儒者となる。江戸に祗役して世子の教育に携わったこともあった。しかし、その儒者としての生活も久しからずして自ら放棄される。三十歳にして藩の京都留守役に転じ、「国用銭穀」の用に当てられたのである。自伝に言うように、養子となって江村の姓を冒したことが（他姓の養子を禁じる儒の教えに背いて）人の師たることに忸怩たる気持ちを懐かせたのか。あるいは他に事情があったか。ともあれ、学業、詩文を廃棄したまま、「俗吏」として京大坂を忙しく往来する生活が宝暦十三年（一七六三）五十一歳の致仕まで続けられたのである。

さて、北海が『日本詩史』の執筆を始めるのは致仕後の明和三年（一七六六）秋である。「浪人ノ後ハ、イトマ多ク、元来好メル事トテ、再筆硯ヲシタシム」生活に入ったが、もはや儒者として経義を説くことはなかった。詩社賜杖堂《しちょうどう》を結び、詩人の名声の揚がるままに詩によって生活し、その著述の殆どは詩文に関わるものとなった。翌明和四年の六月、『北海先生詩鈔』初編刊行。そして五年には『日本詩史』の原稿を完成。その刊行は、伊勢旅行、北陸旅行を挟み、明和七年には校訂に協力した次男愚亭を亡くすこともあり、遅れて明和八年六月に実現した。時に北海は五十九歳であった。

主な著述は、『虫諫《むしのいさめ》』、『北海先生詩鈔』初編・二編・三編、『北海先生文鈔』、『日本詩選』正編・続編、『七才子詩集訳説』、『授業編』、『楽府類解』。

江村北海、天明八年（一七八八）二月二日没、七十六歳。

三　内容および『詩藪』の影響

『日本詩史』五巻。各巻に集められ評論される詩の作者の範囲を、凡例第三項を参考にして概観してみる。まず巻一は白鳳時代から慶長末にいたるまでの堂上貴族。巻二は同じ時代の武人、医者、隠者、僧侶、女性。巻三は元和以後の主として京都の、巻四は江戸の、巻五は各州の、多くは在野の学者、詩人。近江朝より当世にいたる日本の詩人の殆どを網羅し、「中古は即ち中古を以てし、近時は即ち近時を以てし、京師は即ち京師を以てし、東都は即ち東都を以て」(凡例第十項)して、それぞれの詩をそれぞれの時代の、土地の詩として理解し、評価する。史筆は努めて古今の詩人それぞれの詩に就いて揮われ、特定の文学理論に偏った裁断を下すことはない。穏当至極の文学史と評価されて然るべきである。

そのなかで、作者北海が珍しく力を込めて展開する史論が巻四に見られる。荻生徂徠を論じる、おそらく『日本詩史』のなかでも最も人に知られる一文である。中国の明代に興った古文辞派の理論、詩は必ず盛唐の詩を、文章は必ず秦漢以前をめざして作るべきだと言う詩文の復古論が荻生徂徠に影響を与え、徂徠の学派とともに、明代の擬古の詩風が日本の文壇を席巻したことについて、それを「気運」の必然だったと説くものである。「気運」とは、詩体詩風を変遷させる時の勢いであり、詩は時代の「気運」に従って変遷する。また中国で衰えた「気運」が遅れて日本に興ることがある。つまり中国の詩風が日本に伝わるのだが、それには毎に約二百年の年月を要する。例えば六朝末の詩風が『懐風藻』『凌雲集』に、初唐詩が嵯峨天皇の時代の詩に、また宋元詩が五山詩に影響を与えるのは、それぞれが約二百年遅れてのことである。とすれば、明の嘉靖期の復古運動が日本に伝わるのはこれも二百年のちの日本の元禄の頃の筈であり、荻生徂徠はまさにその「気運」の必然に従って古文辞を唱えたのだと言う。北海の発明であり、得意の議論であった。

思うに、『日本詩史』執筆の主たる抱負のひとつは、荻生徂徠につながる蘐園派詩人が詩壇を席巻した結果、詩才ないのに虎の威を借りて高名になるもののある一方、あたら秀才を有ちながら埋もれてしまうもののある詩壇の評価の偏りを正すところに有った。「気運」の必然を説くこの機械論は、近世の文壇における徂徠の意味をより小さく評価しようとする著者の意図と無関係ではないだろう。しかし、今その問題は置く。ここではその論のキーワードの「気運」という語に注目したい。わずか二丁余りの文章に「気運」の語は十一も用いられ、そのほか巻二の五山文学の説、巻三の柳川滄洲の説にも見えて、『日本詩史』の史観を示す最も重要な語と考えられるのである。

中国では「気運」の語ははやく元代の詩論のなかに用いられた。楊維《ようい》楨《てい》(一二九六—一三七〇)の「王希賜文集(再)序」(東維子集、巻六)に元代の文章の三変を論じ、三変して後「文は全盛と為り、気運を以て言へば全盛の時なり」と述べ、また元末明初の文豪王褘《おうい》(生没年未詳)の「練伯上詩序」(王忠文集、巻五)にも「古今詩道の変、一に非ざるなり。気運に升降有りて文章これとともに盛衰を為す」と論じる。ここに言う気運の升降は、文章の盛衰そのものではなく、それを結果としてもたらす世運の興廃を意味するように見える。皇甫《こうほ》汸《ほう》(一四九八—一五八三)の「盛明百家序」(明文海、巻二六二)に「声音の道、既に政に通じて、文章の興ること又気運に関《かか》る。政に窪隆《わりゅう》有り気に醇駁《じゅんばく》有りて、詩これに係《かか》はれり」の例にそれは明かであろう。

ところで、明の胡応麟(一五五一—一六〇二)の『詩藪』にも「気運」の語がしばしば用いられる。なかに次の例が見える。

大暦《たいれき》よりして後、学者時《じ》趨《すう》に溺れ、反正《はんせい》を知るなし。宋・元の諸子も亦た復古に志有りて能はざること、その説二有り。一は則ち気運未だ開けざるなり。一は則ち鑑戒《かんかい》未だ備はらざるなり。（中略）国初因りて仍《な》ほ元の習。李・何一たび振ひて、この道中興《ちゅうこう》す。蓋し人事を以てすれば則ち鑑戒大いに備《そな》はり、天道を以てすれば則ち気運方《まさ》に隆んなり。（外編・巻五）

大暦年間以降の中晩唐の作者、また宋元の詩人達が盛唐の詩風にたち帰ることが出来なかったことについて、二つの原因を挙げる。一つは気運が未だ開けなかったこと、一つはそれを教えるものがなかったことである。やがて、明は最初こそ元の遺習を継ぐものの、李夢陽・何景明らが復古を唱えてからは詩道は中興した。人については然るべき指導者が現れ、天の運命としては気運大いに備わる時となったのである。その「気運」は、むろん明王朝の興隆と無関係に用いられる語ではない。しかし、ここではそれは時の政治状況に直接関わるよりも、むしろより抽象的な時の勢い、すなわち「四言変じて五言ならざる能はず、古風変じて近体ならざる能はざるは、勢なり、時なり」（内編・巻二）と言うような「時」と「勢」に近い語意となってはいまいか。それは天道に属して、人為の領域を超える力である。個々の詩人の努力によっては動かすことの出来ない、むしろ個々の詩人の詩作を大きく支配する時代の力である。胡応麟はその「気運」の語を用いて、詩文の歴史的変遷の相をこと細かく描こうとする。

盛唐の句「海日生《ジ》二残夜《ニ》一、江春入《ル》二旧年《ニ》一」の如き、中唐の句「風《ハ》兼《ともニ》二残雪一起《トリ》、河《ハ》帯《ビテ》二断氷《ヲ》一流《ル》」の如き、晩唐の句「鶏声茅店《ノ》月、人跡板橋《ノ》霜」の如き、皆景物を形容して、妙千古に絶す。しかして盛・中・晩の界限斬然《ざんぜん》たり。故に知る、文章は気運に関り、人力に非ざることを。（内編・巻四）

胡応麟は嘉靖期の古文辞派の指導者の一人王世貞《おうせいてい》（一五二六―一五九〇）の詩社に参加した文人であり、『詩藪』は王世貞の『芸苑巵言《げいえんしげん》』を「律令」と奉じてその説を敷衍するに過ぎぬ（銭謙益《せんけんえき》『列朝詩集』）と後世謗られることの多い著述ではある。

しかし、『芸苑卮言』に「気運」の語は見えず、「気運」により詩文の歴史的変遷の必然を論じ、その具体相を詳述するのは『詩藪』の特色であった。それはむしろ、古文辞派の復古の主張を批判する性霊派の文人袁宏道《えんこうどう》(一五六九―一六一〇)の論、すなわち唐から宋への詩風の変遷は「殆ど是れ気運の然らしむ」るものであり、「古へ何ぞ必ずしも高からん、今何ぞ必ずしも卑からん」(「丘長孺」)と論じる反復古の議論に通じるものなのである。

『日本詩史』の徂徠論は、おそらくは『詩藪』の「気運」の語による歴史記述に触発されたものであった。そもそも、『詩藪』は宋代以来つぎつぎと書かれた詩話の中で初めて詩の歴史を体系的に記述する。内編は詩体ごとにその歴史的変遷を述べ、外編は周漢から宋元までの詩と詩人を論じる。詩による時事の記録を「詩史」と言い、特に杜甫の詩を「詩史」と称したこと(五九七頁参照)の拘束さえなければ、同時代の『印史』『奕史』『詩女史』などと同様に「詩史」と名付けられて然るべき作品であった。享保三年(一七一八)に和刻出版され、北海の友人の芥川丹丘がその唐詩の評論を「的白精確、以て加ふる無し」(丹丘詩話)と論じ、『授業編』にも書名を挙げられる『詩藪』は、確実に北海の著述に大きな影響を与えた。文学史としての体裁、史観、そしてここには指摘しない細かな表現のいちいちについて、『日本詩史』が『詩藪』に負うものは大きいのである。

『詩藪』、その内編と外編は明の万暦七年(一五七九)の刊行。『日本詩史』は明和八年(一七七一)刊。これも二百年にして「気運」が至ったと言えようか。

四　資料と加筆の問題

近江朝に始まり明和年間に至る約千百年の間の、日本の詩史に関わる資料は厖大な量に上るだろう。しかし、江村北海は資料の博捜を宗とする学者では必ずしもなく、『日本詩史』の著述に当たって参照された書物はそれほど多くはない。主なものを列記したい。まず白鳳時代から慶長末にいたるまでの堂上貴族の詩をあげる巻一については、林鵞峰の『本朝一人一首』(寛文五年刊)が殆ど唯一の材料である。凡例第四項に「今初巻に録する所は林学士の撰する所の一人一首を以て標準と為し、略《ほぼ》瑜《ゆ》瑕《か》を陳《の》べて以て巻を成すものなり。これを要するに省筆減簡、然らざること能はず」と言う「標準」の意味は必ずしも明かではないが、実態は、『日本詩史』が取り上げる詩句は詩人の代表作として北海自身により選ばれたものではなく、その大抵は『本朝一人一首』が各詩人に一首ずつ挙げる詩より孫引きされるのである。省筆ではなく、これは省力と言うべきである。巻二も多くは『一首』。五山僧の詩については、絶海の『蕉堅稿』、義堂の『空華集』のほかは五山僧の絶句を集めた総集『花上集《かじょうしゅう》』『横川和尚一人一首《おうせんおしょういちにんいっしゅ》』から引かれる。江戸時代の詩人を論じる巻三以降はさすがに取材の範囲は広くなるが、『搏桑千家詩《ふそうせんかし》』『搏桑名賢詩集《ふそうめいけんししゅう》』『煕朝文苑《きちょうぶんえん》』、新井白石の周辺の詩人は『停雲集《ていうんしゅう》』、荻生徂徠の門流は『蘐園録稿《けんえんろくこう》』、尾張の詩については『玉壺詩稿《ぎょくこしこう》』『崑玉集《こんぎょくしゅう》』、とそれぞれ詩文の総集が主な資料である。

さて、詩句の引用に際して著者が参照したと思われる資料は、いちいち本文脚注に指摘したが、それは北海がしばしば詩句に手を入れ、改作して引用することを示すためでもある。脚注にはその異同をも記した。

詩文への加筆は、時に総集の編者によって為されることがあった。例えば明の陳子龍等撰の『明詩選《みんしせん》』は、その凡例に「済南《せいなん》の明詩選、詩文の原本に於て、或いは一二字を易へ、或いは数語を删去《さんきょ》して、頗《すこぶ》る作者に功有り」と述べ、その先例に倣うことを表明する。わが国では『歴朝詩纂《れきちょうしさん》』もその態度をとる。しかし、「済南の明詩選」すなわち李攀龍の『古今詩删《ここんしさん》』の明詩の部の詩のいくつかを試みに各詩人の別集に就いて対照するに、確かに一字二字の異同は珍しくないものの、全体の詩意に関わる改変は見られない。ところが、北海はあたかも自作の推敲に苦吟する詩人のように、あるいは門人の作品を添削する宗匠のように、先人の詩句に自在な筆を加えるのである。

『日本詩史』における加筆の例の二三を挙げてみる。

まず巻二（八二頁）の井上通女の天龍河の作、「天龍河上天龍遊《ブ》、龍去《リ》河留《リテ》二水流《ル》、二水中分《シテ》為《ル》二大小《ト》一、少《ハ》斯《コレ》厲《シ》掲大《ハ》斯《レ》舟」を例にとる。『帰家日記』には「遊」は「去」、「為」は「成」に作る。江戸から丸亀への帰郷の道中、天龍川を渡って「鳳凰台に題せし詩を思ひ出て」詠まれた詩である。天龍川は二流に分かれ、大きな流れは舟で、小さな流れは徒歩で渡った。そこから、通女は李白の「二水中分白鷺洲《ス》」（「登二金陵鳳凰台一」『唐詩選』）の表現を想起して「二水中分《シテ》成《ル》二大小《ト》一」の句を得、さらにはその詩の起聯「鳳凰台上鳳凰遊《ブ》、鳳去《リ》台空《シク》江自《ラ》流《ル》」をも「天龍河上天龍去《リ》、龍去《リ》河留《リテ》二水流《ル》」と転化したのである。ところが『詩史』は『帰家日記』の「天龍去」の本文を「天龍遊」に改めた。なによりも初句「天龍去」と承句「龍去」の「去」字の無意味な反復を避け、李白詩の模擬を徹底し、初句にも韻字「遊」を用いるのである。妥当な添削と言うべきであろう。

巻一（六八頁）に坂上今雄の詩が引かれる。『文華秀麗集』入集の詩であるが、『本朝一人一首』所載の本文を書き下して示し、『詩史』と対照する。

（一首）　秋朝雁を聴きて渤海入朝の高判官に寄す

大海途渉り難し、孤舟未だ廻らすことを得ず、関隴の雁の、春去りて復た秋来たるに如かず、

（詩史）　渤海使を送る

大海元渉り難し、孤舟未だ廻らし易からず、如かず関塞の雁の、春去りて復た秋来たるに、

詩句に異同があり、訓読法が異なるが、最も重要な相違の見られるのは詩題である。『一首』の「秋の朝雁の声を聴いて、渤海よりの入朝使高判官に寄せる」という題を、『詩史』は「渤海使を送る」と改める。「寄」とは寄贈、「送」は送別。その違いは北海にはむろん承知のことであったに相違ない。贈答の詩を送別の詩に転じたのは、過失ではなく、恐らく意識してのことであった。

渤海の使者は季節風の関係で秋から冬にかけて来朝し、夏に帰国する。雁の声を聴く早秋に渤海使に贈った詩とは、なんらかの事情で夏に帰国できずに留まった使者の旅愁を慰めるものである。もともとの『文華秀麗集』には簡単な部立てがあるが、この詩が「餞別」ではなく「贈答」の部に見えるのも当然のことである。ところが、北海はそれを送別の詩に改める。「秋朝」の語を省いたのも、西風の秋に渤海の使者が帰国する道理のないことを配慮してであり、またむしろ渤海使を春の雁に比するためでもある。「春に去る雁も秋になれば再び日本を訪れる。しかし、貴方は今ひとたび去れば、再び大海原を舟を返して戻ることは難しいのだ」と、再会の望み少ない離別をうたう詩として改作したのである。論理は透徹し、印象は深い。原作には遠いが、改作としていささかの成功をおさめたと言えようか。

巻二(七四頁)に室町時代の医師坂士仏の詩が引かれる。「『勢州紀行』有り。国字を以てこれを録す。その中に詩有り」として紹介される詩である。曰く、

渡口無《ク》レ舟憩《フ》ニ樹陰《ニ》一、漁村煙暗《クシテ》日沈沈、寒潮帰《リテ》去前程遠《シ》、又有《リ》ニ松濤驚《カス》ニ客心《ヲ》一

士仏については『一首』巻七に記事があるが、北海は珍しくそこに引かれる詩(伊勢浦即事)に異なるものを特に引用するのである。「勢州紀行」即ち元禄三年刊の『伊勢太神宮参詣記』のその部分を見てみよう。

松風いとさむき三渡の浜にもつきぬ。はるかなる入海にむかひゐて。旅行の人のやすらふにことゝへば。とをき道をめぐらじとて。汐のひるまをまち侍るなりとこたへしかば。ときうつる程かしこに休み侍りて。心にうかむことを口にまかせて申すてぬ。

渡口無船憩樹陰、漁村煙暗望沈沈、

寒潮帰去途程近、又有松濤驚客心、

四箇所に見られる文字の異同のうち、重要なのは転句の末字の「遠」と「近」、すなわち『参詣記』に「途程近」とあるのを『詩史』が「前程遠」に改めるものである。『参詣記』の「途程近」の意味は明かである。『夫木和歌抄』所引の「鴨長明伊勢記」に「みわたりと云ふ所あり、塩干ぬれば、こなたのさきよりかなたのすさきへ」わたると述べられて以来の歌枕にあって、潮が引けば陸地があらわれて近道になると言うのである。「冷たい潮が引いていったらまっすぐに渡って近道をしようと思うのに、激しく吹く松風がまるで押し寄せる潮声のように響いて旅愁を驚かすことだ」と、転結句の意味に曖昧な点は無い。

それを北海は「寒潮帰去前程遠」と改める。おそらく北海の念頭には次の李白の詩があったに違いない。『唐詩選』に入る詩である。

見《ル》三京兆韋参軍量《ノ》二移《セラルルヲ》東陽《ニ》一

潮水還《リテ》帰《リ》レ海《ニ》、流人却《ツテ》到《ル》レ呉《ニ》、相《ヒ》逢《ヒテ》問《ヘバ》二愁苦《ヲ》一、涙《ハ》尽《ク》日南《ノ》珠

日南に左遷されていた京兆韋参軍が「量移」(罪を軽減されて任地を移すこと)せられて「東陽」に到ったのに贈る詩である。承句の解釈は注釈者によって分かれるが、起句の「潮水還りて海に帰る」が旅人の帰郷になぞらえられていることに異論はないだろう。詩の世界においては、引潮は旅人に帰郷を連想させるものと描かれるのである。中唐の銭起の「去《リテ》レ家《ヲ》旅帆遠《ク》、廻《セバ》レ首《ヲ》暮潮還《ル》」(舟中寄二李起居一)もその例であり、あるいは羅鄴の「自覚《ラル》無《キコト》レ家似《タリ》二潮水《ニ》一、不レ知《ラ》二帰処《ヲ》一去《リテ》還来《タル》」(出二都門一)はそれをひと捻り捻った詩句と考えられる。北海はそのような詩の表現の型に即し、あたかも銭起の対句を一句にまとめるようにして「寒潮帰り去て前程遠し」の句を作ったのである。『伊勢太神宮参詣記』中のもとの詩が旅の事実に基づきつつ歌枕を漢詩の世界に翻入するといういかにも中世の倭詩らしいものであったのを、「近」を「遠」にただ一字改めることによって、一気に唐詩的表現に転化したのである。それは添削改作をこえてまさに創造である。「潮は海に帰ってゆくが旅の行く手は遠く帰郷の日は来ない。そのうえ松籟までが波の音に聞こえて旅愁を驚かすことだ」。結句は楚辞の「悲《シミ》二霜雪之倶下《ニルヲ》一兮、聴《ク》二潮水之相撃《ヒツヲ》一」(悲回風)を思い起こさせるかも知れない。「優柔平暢、頗る誦詠するに足る」という批評は自画自賛に聞こえはしないか。

『日本詩史』は今日謂うところの文学史には必ずしも当たらない。極端に言えば、かくあらまほしきと著者に仮構された日本詩史なのである。従来のように文学史として利用することは慎重になされるべきであろう。むしろ読者には、原資料と引用の詩句との差異から著者の詩の理想を読み取り、そこにほの見える詩心を味わい楽しむことが求められるのではないだろうか。

五　書誌

『日本詩史』は明和八年(一七七一)に刊行されたが、ほどなく「天明京都の火災」に罹って版木が焼失したと伝えられる(大田南畝『石楠堂随筆』)。御所を焼いた天明八年(一七八八)の大火とすれば、刷られて頒布された期間は二十年にも足りない。しかし、そのわずかの間に、版には少なくとも二度にわたって手が加えられた。諸本等しく明和八年版と刊記に記すが、内容は次の三種類に分かれるのである。

(甲) 序文が二つ。武川幸順と柚木太玄の二人の序文を有するもの。
――底本(佐野正巳氏蔵本)、国会図書館、都立中央図書館、神宮文庫、刈谷市立図書館等蔵本。

(乙) 序文が一つ。柚木序のみで武川序を欠き、本文は(甲)に等しいもの。
――内閣文庫、京都大学図書館清家文庫、早稲田大学図書館等蔵本。

(丙) (乙)と同じく序文は柚木序のみ。本文は(甲)(乙)に異なるもの。
――陽明文庫、慶応大学斯道文庫、都立中央図書館日比谷諸家文庫等蔵本。

(甲)種の諸本が最も多いが、そのうち神宮文庫蔵本の巻末には次の書き入れが見られる。「日本詩史一部奉納/豊宮崎御文庫/維歳明和壬辰歳夏六月/皇大神宮権禰宜従四位下荒木田神主興正」。著者江村北海に詩を学び、『日本詩史』巻五(一五〇頁)にも名のあげられる荒木田興正が、刊行からまる一年の壬辰明和九年六月に伊勢神宮に奉納したものである。『日本詩史』刊行の当初はおそらくは武川幸順序が巻頭を飾っていたのである。

その武川序が削除されて(乙)種の諸本が刷られたと考えられる。頼春水の蔵書目録『頼家蔵書目録』に次の注目すべき記事が見られる。「日本詩史　一　京師武川幸順序忌諱ニフレ後ニハ其序ハ不載因テ写取附ス」(国文学研究資料館報第三〇号、宮崎修多氏の教示に深謝す)。刊行の当初あった武川幸順序が何らかの「忌諱」に触れて削除されたと言うのである。武川序は削られたが本文は無修正。それが(乙)種の諸本である。

(丙)種は(乙)種に遅れ、更に本文に手が加えられたものである。次に(甲)(乙)との異同を示す。(丙)種諸本には埋木の跡も歴然と、字数を合わせた修訂の施されたことが確認できる。

○凡例、三丁表、『歴朝詩纂』について

(甲)(乙)但其中録次京師近時作者大為憒憒其薫蕕雑陳亡論耳……此以伯氏一人為二人餘可準知

(丙)　但其中録次京師近時作者不無遺憾亦唯隔遠難物色耳……此以伯氏一人為二人之類是也

○巻三、七丁表、朱舜水について

(甲)(乙)年八十餘而終私謚曰文恭……其言曰陳杭州販夫朱南京漆工並非知学者余未知其孰是也若詩則元贇為勝

(丙)　年八十餘而終賜謚曰文恭……其言固不足拠而諸家所伝二人遺事亦有異同未知其孰是也若詩則元贇為多

○巻四、八丁裏、三宅用晦について

(甲)(乙)常藩聘置其史局

(丙)　一時人称為儒宗

○巻五、六丁裏、『歴朝詩纂』について

(甲)(乙)京摂作者殊有可笑所謂鸞鳳伏竄鴟梟翺翔不啻也……胡以異此

(丙)　四方作者捜羅無遺而就其中論之詳于東而略于西……得一逸万

さて、武川幸順の序文がいかなる「忌諱」に触れたのか、事情は明かではない。しかし、それは確かに忌憚ない文章ではある。武川は『日本詩史』の巻三以降に京都の貴族の詩作が取りあげられないことに著者北海の深意を見る。

それは中古の詩壇が堂上の貴族のものであったのに対し、近世は朝廷の政治の権が全く失われた結果として堂上の文学がすっかり衰え、官爵ない学者や僧侶らにのみ詩名があるということである。今や堂上貴族は連歌師の下風に甘んじ、無気力にも古今集の秘密の伝授などに耽るばかり、と武川は慨嘆し、貴紳の反省と奮起を促す。その慷慨は、『日本詩史』の序文に相応しいとは必ずしも言えず、中庸穏健な著者を当惑させる内容であったかも知れない。しかも文章は気運、世運に関《かか》るというさきの文学論の常識の上に立てば、堂上の文学の再興を願うことは引いては朝廷の政治的復権への期待の表明ともなりうる。宝暦・明和の事件で京都の尊皇論者を処罰したばかりの当局者を刺激しかねぬ内容と言わねばならない。「武川幸順序忌諱ニフレ」という春水の証言は信じられてよいと思う。

武川幸順、字建徳。南山と号す。堀景山に漢学を学び、小児科の名医として知られ、『日本詩史』序文を撰した当時は東宮(後に後桃園天皇)の侍医であり、法眼に叙せられた都の名士であった。そして十年の後、武川は今度は本居宣長に関わって文学史の片隅に再びその名を顕わす。堀景山門下の後輩であり、また医術を授けた門人でもあった宣長の古道論『馭戎概言《ぎよじゆうがいげん》』を摂政九条尚実の内覧に供すべく尽力するのである。安永九年(一七八〇)、五十六歳の死の直前にまでその努力は及んだ。「幸順譫語《うはごと》にも馭戎概言之事を申出し、日夜此事のみ申付候」(畑柳敬書簡)。『日本詩史』序文の慷慨は、最期まで衰えなかったらしい。

底本には佐野正巳氏蔵本を使用した。虫損を見ることの多い『日本詩史』諸版本の中で例外的に保存状態のよいものである。佐野氏のご好意に厚く感謝申し上げる。なお、佐野氏蔵本は既に『詞華集日本漢詩』〈汲古書院〉第二巻に影印紹介されており、氏による詳細な解題が備わる。あわせて参照をお願いしたい。

五山堂詩話解説

揖斐　高

一　著者略伝

頼山陽は「論詩絶句」(『山陽遺稿』巻二)のなかで、菊池五山のことを「吟を学び争ひて願ふ五山の知ることを。寸管権衡す海内の詩」と評した。五山の寸管(筆)が文化・文政期の海内の詩を権衡(批評)した表舞台こそ『五山堂詩話』(以下『詩話』と略称する)全十五巻であった。『詩話』巻八が出版され、その出版記念会が日本橋百川楼で催されたとき、大田南畝は「詩話の歳に一編を成すを以て、戯れに諸《こ》れを一九生が海駅小説の幾篇を嗣出するに比す」と題して賀詩を寄せた(『南畝集』)。折から毎年一編ずつ刊行され、江湖の戯作読者の人気を博していた十返舎一九の『道中膝栗毛』に比して、その前途を祝ったのである。『詩話』の著者として、すなわち漢詩の批評家として、菊池五山の名前は広く知れわたった。文政十二年三月の江戸大火で詩稿が焼失したこともあって、五山の伝記には不明な部分も少なくないが、今関天彭「菊池五山」(『書苑』二巻八号、のち『雅友』四十一号)や、牧野藻洲「菊池五山伝」(『寧静斎文存』巻二)などに拠りながら、まずその生涯をなぞることから始めよう。

菊池五山は明和六年(一七六九)讃岐に生まれた。菊池家の代々については五山自身『詩話』巻十に略述するが、父は高松藩儒菊池室山。兄が一人いた。養子とも異母兄ともいうが、室山の後、菊池家を嗣いだ守拙である。菊池家は代々林家に学んだ儒者の家で、曾祖父半隠以来高松藩に仕えた。五山は、名を桐孫、字を無絃、通称を左大夫。娯庵・五山・五山堂などと号した。五山の号の由来について、『詩話』巻一〔一四〕は、白香山・李義山・王半山・曾茶山・元遺山という五人の詩人の名前にちなむというが、牧野藻洲は讃岐の五剣山によるという異伝を紹介している。いつから五山と号し始めたかは定かでないが、前者の説は『詩話』の記事ともども出来すぎの感があり、五山自ら号の由来を伝説化しようとしたのかもしれない。

十歳の時、藩儒であった父に詩を学んだようだが、故郷高松での五山の師は『詩話』巻二〔九四〕にいうように後藤芝山であった。やや長じて五山は京に遊学し、讃岐出身の儒者で、京に住んで塾を開いていた柴野栗山に入門した。時に寛政の改革の始まろうとする際で、栗山は幕府に招かれて江戸に赴くことになり、五山も師栗山に従って江戸に移った。栗山の江戸赴任は天明八年(一七八八)であるから、五山二十歳の年である。しかし、これにも異伝があり、五山は京で放蕩のあまり栗山に破門されて出奔し、師とは別に江戸に赴いたというが、真偽のほどは分らない。

江戸では市河寛斎の開いた江湖詩社に参加した。その時期は五山自身「寛斎先生遺稿序」に記すところによれば、市河寛斎が昌平黌啓事役を辞した天明七年十月以後間もなく、おそらく天明八年二十歳頃のことではないかと推定される。江湖詩社は清新性霊の詩を鼓吹して、江戸詩壇の新潮流を形成するに至るが、五山は柏木如亭や大窪詩仏や小島梅外などとその中核的な新進詩人として活躍するようになるのである。

しかし、まだ無名の一青年に過ぎなかった五山の生活がどのようなものであったかなど、五山二十代の寛政年間の江戸での行跡は、実はよくわからない。牧野藻洲の伝には昌平黌においてひそかに柴野栗山の代講を勤めていたとするが、これはあまり信憑性がない。寛政年間に五山の詩名を高めたのは『続吉原詞』や『水東竹枝詞(深川竹枝)』という狭斜の巷を詠んだ竹枝の作であった。後年五山がこの種の作を恥じたことは、『詩話』巻一〔一八〕〔一九〕によっても分るが、こうした作の背後には「曾て深川の娼楼に游び、沈湎連日、返るに及びて嚢に一銭も無し。窘窮甚だし」(牧野藻洲「菊池五山伝」)という生活があった。これが江戸における五山の青春の一面だったことだけは間違いない。

寛政十一年(一七九九)三十一歳の五山は、「自造の罪」(『寛斎先生余稿』「与柏永日」)によって江戸を去り、東海道を流落して京都・大坂を経、ついには四日市に逼塞することになった。「自造の罪」とは自ら招いた罪をいうのであろうが、具体的に何を指すかは分らない。四日市では伊達箟亭や高尾果亭など豪家の世話になりながら詩社を開いた。しかし、『詩話』巻一〔六〕に自ら述べているように、相変わらず遊蕩に耽り才子を気取るという生活を続けていた。

長かった四日市での生活を清算し、五山が再び江戸へ赴いたのは、文化二年(一八〇五)の秋、三十七歳のことである。江戸への復帰の事情は分らないが、さすがに遊蕩の才子を気取る生活を厭わしく思うようになっていたらしい。江戸に再帰した五山は、詩人としての新しい生き方を模索した。そうした模索の中から生まれたのが、詩の時評誌とでもいうべき『五山堂詩話』の発刊であった。かつて五山は師の寛斎と清の袁枚の『随園詩話』を対読したことがあった。その時、五山は袁枚との資質の類似を寛斎から指摘されたという(『随園詩鈔』五山序)。この「知己の言」が、『随園詩話』を手本にして『五山堂詩話』を構想することを五山に思い付かせたのである。

『五山堂詩話』巻一は五山三十九歳の文化四年(一八〇七)に出版された。当初から年々の続刊を期してはいたが、はたして思惑通りにゆくかどうか、不安な出発であった。しかし、折から日本の漢詩界は大衆化の時代を迎えようとしており、『詩話』のジャーナリスティックな編集ぶりは読者の歓迎を受けた。文化十三年に巻十が出版されるまで、年刊ペースの刊行が続くのである。巻を重ねるにつれて、五山の批評家としての名声と権威は確立していった。神田お玉が池に詩聖堂を開いて清新性霊派の流行詩人となった盟友大窪詩仏とともに、文化年間の後半には、五山は江戸詩壇の牛耳を執るに至った。

しかし、五山と詩仏の前には思わぬ蹟きが待ちかまえていた。ジャーナリズムに演出が伴うことは今日でもしばしば経験することだが、文化・文政期の江戸詩壇に成立したジャーナリズムもまた演出と無縁ではなかった。文化十二年の冬から翌十三年の秋にかけて江戸の文人界には、いわゆる書画番付騒動なるものが起こった。その騒動の経過については拙稿「化政期詩壇と批評家—『五山堂詩話』論—」(『文学』昭和五十年七月)に譲って繰り返さないが、江戸の学者文人たちを相撲番付風に位付けした「都下名流品題」という一枚刷りが市中に出回り、甲論乙駁の大騒動になったのである。真相は必ずしも明らかでないが、衆目の見るところ、番付作成の黒幕は、番付で東西の大関に位付けされた詩仏と五山ということになった。おそらくそれは真相に近い推測であったろう。詩仏や五山たちによるジャーナリスティックな自己宣伝のための演出がもたらした騒動だったのである。

五山にとって、これはスキャンダルになった。批評家にとって、自己の拠り所とする批評的な立場による偏向は免れえないにしても、金銭や名声など世俗的な欲望にひかれて公平性や客観性を見失うことは、少なくとも読者の前では避けねばならないことであった。この騒動によって五山は批評家としての権威を自ら傷つけてしまったのである。後の書誌解説で述べるように、巻十が文化十三年にやや異常な形で出版されたのは、この騒動の余波であっただろうし、一年の空白を置いて文政元年(一八一八)に『五山堂詩話補遺』(以下『補遺』と略称)として再出発したことも、その影響であろう。さらにいえば、『補遺』が年刊を維持できなかったというのも、他に五山の健康上の問題などもあったようだが、もっとも大きな原因はこの騒動によって五山の批評家としての威信に翳りが生じたからであろう。

以後、晩年六十四歳の天保三年(一八三二)にかけて『補遺』五巻はとびとびに刊行されるが、「此人の家も、としごろのやうには人かよはで、たえまがちにさびしうなりし」(片岡寛光『今はむかし』)という噂も囁かれたように、五山の大衆的な人気とひと頃の勢いは失せていった。しかし、詩壇での地位をまったく失ったというわけではなく、また具体的事情は明らかではないが、五十七歳の文政八年には高松藩に出仕することにもなり、生活の安定を得ることはできていたのである。

文政十二年三月、江戸に大火が起こった。これに罹災した五山は「六十年間枉《ま》げて神を費やす。我が詩一炬に灰塵と作《な》る」(『補遺』巻四)と詠んだように、詩稿をすべて焼失してしまった。この時五山は「余も也《ま》た衰老して此の荼毒《とどく》に逢ひ、心事総て灰す」(同)と嘆いたが、晩年の五山にとっては大きな精神的痛手となった災難だった。五山は人の詩を紹介批評するだけでなく、みずからも大量の詩を詠んだ。しかし、そのうちの多くはこのために滅んでしまい、『和歌題絶句』(天保十年序刊)というやや特殊な小詩集が出版されたほかは、生涯五山の別集が出版されることはなかった。あとは『詩話』『補遺』に自ら収録した作以外には、『今四家絶句』(文化十二年刊)、『文政十七家絶句』(文政十二年刊)、『天保三十六家絶句』(天保九年刊)など総集類にややまとまった数の詩が収められるのみになったのである。

嘉永二年(一八四九)六月二十七日、五山は、江戸で没し、下谷広徳寺に葬られた。享年八十一。妻は勢以(号を湘玉)といい、五山に先立つ天保六年に五十歳で没している。五山の跡は嫡子新三郎(号を秋峰)が嗣いだという。ちなみに小説家であり、文芸春秋社の社主として近代の文壇ジャーナリズムを作った菊池寛は、菊池家の本系を嗣いだ五山の兄守拙の末裔であった。

二 『五山堂詩話』の概要

『五山堂詩話』十巻と『五山堂詩話補遺』五巻の刊年および巻毎の収録詩数を一覧表にすると次頁のようになる。ただし、詩数は日本人のもののみで、中国人のものは除き、摘句も一首として数えた。刊年については後の書誌解説を見ていただきたいが、必ずしも奥付の年によらず、実際の刊行年を示した。( )は推定年であることを示す。

十五巻が足掛け二十六年の間に出版され、総計二一四〇首の日本人の詩(そのほとんどは同時代の作)が紹介批評されたことになる。巻毎の収録詩人数は掲げなかったが、詩人数の総計は日本の詩人だけで六〇七名になる。五山が手本とした『随園詩話』『随園詩話補遺』二十六巻は四十年ほどにわたって出版されたものであったが、一七〇〇人以上、約四八〇〇首を収めるという(松村昂「『随園詩話』の世界」『中国文学報』一九六八年四月)。日本と中国との間の漢詩人口や伝統の差を考えれば、『五山堂詩話』の示す数はけっして小さなものではない。

こうした全体的な数の中で、『詩話』にもっとも多くの詩を収めるのは著者五山本人で、通計一二八首。これが群を抜いて多いが、以下、柏木如亭の三十二首、大窪詩仏の二十七首、市河寛斎の二十六首と続く。いずれも江湖詩社の詩人である。仲間内の詩が多く収められるのは自然の成行きであろうが、それだけでそうなったのではない。本書の刊行は江湖詩社による江戸詩壇革新の流れに随伴するものであったため、必然的にかれらの主張した清新性霊の詩を詩壇向けに宣伝広報するという役割をも負っていたからである。

それでは『詩話』に登場する詩人たちの階層的な広がりはどうであろうか。上記の江湖詩社の詩人をはじめとして、

巻数	刊行年	収録詩数
一	文化 四	一〇〇
二	五	一二九
三	六	一二九
四	七	一〇六
五	八	一一三
六	九	一二五
七	十	一四三
八	十一	一五六
九	十二	一八八
十	(十三)	一五七
補遺一	文政 元	一二四
二	(五)	一四六
三	九	一六一
四	天保 (二)	一七一
五	(三)	二〇二

頼山陽、館柳湾、梁川星巌など専門的・職業的な詩人の作が多く採られているのは当然であろうが、そのほかにも幅広い階層の人々の詩が収められている。上は中納言日野資愛という公家、また長門豊浦藩主毛利蘭斎・伊勢長島藩主増山雪斎・丸亀藩主京極琴峰などの大名とその一族。以下、幕臣、藩士、儒者、書家、画家、篆刻家、医者、神官、僧侶などのいわゆる知識階級。地方都市の商人や在郷の農民たちの数も少なくない。女性も十五人が詩人として登場し、総計三十七首の詩が紹介批評されている。

なかでも『詩話』に見られる次の二人の詩人の例などは、化政期の大衆化した詩壇の底辺の広がりを示すものとして注目に値する。一人は巻七に登場する小田瀑山である。孤児であった瀑山は故郷伊勢から江戸へ出て、商家に奉公した。文芸によって身を立てようと志して瀑山は読書に励んでいたが、二十八歳の若さで病死してしまった。友人がその筐中に秘められていた遺稿を五山に寄せて、『詩話』への採録を依頼したというのである。もう一人は巻八に登場する空花道人である。空花道人は幼時に失明し按摩を業としていたが、父親の切った紙で字を覚え、大窪詩仏の『詩聖堂詩集』をテキストにして詩を学んで、作詩を楽しみにしていた。ある時、たまたま詩仏の肩を揉む機会があり、それ以後詩仏のもとに出入りして、いよいよ作詩に専心するようになったという。

このような漢詩をめぐる大衆化状況こそ、『詩話』の年刊を可能にした物理的条件であった。五山は大衆化した漢詩あるいは漢詩人についてのさまざまな情報を収集・整理・批評し、時には潤色・演出して不特定多数の読者に提供しようとした。しかも著者五山は『詩話』を営利の出版物として刊行し、生活の糧にした。すなわち『詩話』の年刊とは、化政期の漢詩壇において商業ジャーナリズムが、完全な形で成立したことを意味する画期的な出来事だったのである。なお以上の点については前掲拙稿「化政期詩壇と批評家―『五山堂詩話』論―」において、より詳細な分析を試みた。ご参照願いたい。

三　五山におけるジャーナリズムと批評

『詩話』は名のある詩人の作だけでなく、無名の人々より寄せられた詩稿の中から詩を選び添削を加えて掲載するものであったから、入集料として相応の金銭が動くことになった。まして、五山はこれで生活し、しかも年刊を維持しようとしたのであるから、入集料の徴収は大きな問題であった。同時代の詩人たちの総集の出版にあたって編者が入集料を徴収した例は、江村北海の『日本詩選』(安永三年・八年刊)や稲毛屋山の『采風集』(文化五年刊)出版の際にもあったようで、「詩は志をいふ」べきものとした伝統的な詩観に拠る儒者・詩人たちの批判の的になったが、五山はこれを隠すことなく当然のこととして実行したのである。

先にふれた書画番付騒動の後には、騒動に取材した怪文書とでもいうべき戯作がいくつか出版された。そのひとつである『妙々奇談』の次のような文章も、その間の事情を非難したものであった。

菊乳左太夫(菊池五山)、何がな工夫して金儲せんとおもひ、随園詩話よりの思ひ付にて、町方に居て己に従ふ庸医、田舎在所にて詩語砕金・宋詩語にて模擬する、富家の子弟の詩を集とし、其人々の身上により、百疋・二百疋或は千疋、刻料雑費の資としてせしめんとの了簡なりしが、名もなきものの詩を集る事ゆへ、世の賞翫も覚束なし。おもひ依て歿故せし人の詩を集中に入れたり。是は資料の徳はなけれど、無レ拠《よんどころなく》心ならずせし事なり。

こうした『詩話』をめぐる商業ジャーナリズムの具体的な数字はどうなっていたのであろうか。五山側の資料によって少しばかり整理しておきたい。略伝で述べたように、五山は江戸に再帰して『詩話』を発刊する前、しばらくの間四日市に居を定め、詩社を開いて詩を教授していた。そのために、江戸再帰後も四日市の詩人とは懇意な関係が続き、『詩話』にも四日市の詩人の作が多く紹介されている。五山が文化・文政年間に四日市の知人に宛てた手紙を集成して翻刻した『菊池五山書簡集』(昭和五十六年刊)という資料集がある。この中には『詩話』の出版事情を知るうえで役立つ具体的な事実が書き留められている。

文化五年と推定される十月二十三日付の伊達箑亭宛の手紙に「詩話、昨今年とも詩ヲ加入之人、入銀二方位ッヽ、差出し、都合いたし、刻料為済候事也」とあり、また文化七年と推定される六月二十九日付の同人宛の手紙にも「令息御作、詩話加入ニ付、為御入銀金二百疋御恵投被成下奉拝謝候。……此度成本一本呈上仕候」とある。後者は伊達箑亭の十三歳の息子柯亭の詩一首を『詩話』巻四に採録したことに関する話題である。銀二方は南鐐二朱銀二枚の意であろう。金にして四分の一両に当る。二百疋は銭二千文、当時の銭相場では三分の一から四分の一両の間である。大まかに金一両を現在の十万円とすると、詩一首の入集料は二万五千円から三万円程度になる。けっして低い金額ではない。その見返りとして、掲載の巻が出来上がると、五山から一冊送られるということだったようである。

それでは『詩話』一冊の値段と、初印時の出版部数はどの程度であったか。右の箑亭宛の十月二十三日付の手紙に、『詩話』巻二の出版を告げて十二冊分の売り捌きを依頼し、その代金について「壱本弐匁五分ッヽ、通計二百疋分也」と記している。先ほどの要領で換算すれば、一冊三千円程度になるだろう。また、『詩話』巻二の出版を告げる文化五年の十月二十六日付の伊達太右衛門(箕亭)宛の手紙には、「詩話は前書之通宜奉頼上候。漸十五日迄に三百本請取、分配仕候。猶、中々書肆之売本ハ于今出来不申候」という記事がある。初印時に著者の手元に三百部(この中には五山が詩の入集者へ送る分も含まれている)、これ以外に書肆が店頭で売る部数を刷ることになっていたようである。後の書誌解説の表を見て頂きたいが、巻二の奥付に出ている書肆は三軒である。それぞれ百部を請け負ったとして三百部。あるいはこの数はもう少し多いかもしれない。著者分と合わせて六百部以上、千部程度というのが『詩話』初印本の部数であろうか。

先にも紹介した箕亭宛の十月二十三日付の手紙に、「拙宅当月十五日、右詩話之落綫会御座候。六十四五人も会申候」と、『詩話』巻二の出版記念会のことを報告している。同様の記事は六月二十九日付の箕亭宛の手紙にも「右詩話発会、一昨廿七日、於日本橋百川楼相催申候。暑熱中ゆへ人の出少ナク御座候。乍去大抵百二三十人斗も会集仕候」とある。これは巻四の出版記念会である。おそらくこうした会は、毎巻の出版ごとに催されたであろう。初めは自宅で行われた会も、『詩話』が軌道にのると、日本橋の一流料亭百川楼で開かれるようになった。もちろん宣伝のためであるが、書画会としてこの会自体が五山に利益をもたらす催しになっていたのである。

このような金銭のからむ商業ジャーナリズムは、往々にしてあらぬ演出を生みだし、スキャンダルを招きがちである。それが書画番付騒動という形で菊池五山の身の上にも起こったことは、すでに略伝において述べた。たしかに五山は化政期のジャーナリズムの中で潔癖ではなかった。しかし、そうでありながらも、五山は『詩話』においては批評家としての原則と節操を見失うことはなかった。『詩話』において五山はいかにして批評家たりえているだろうか。

批評には批評の基準があり、目的がある。はたして五山は何を『詩話』における批評の基準とし、目的にしたのであろうか。『詩話』の年刊を可能にした漢詩の大衆化という時代状況は、かつての古文辞格調派による盛唐詩尊重から、清新性霊派による宋詩尊重へという詩風の変遷流行に随伴して生まれたものであった。その宋詩尊重の詩風を鼓吹したのが、上方では六如や菅茶山であり、江戸では山本北山や江湖詩社の詩人たちであった。天明ころより主張され始めたこの詩風は、『詩話』が発刊された文化の初めころに、ようやく詩壇の主流になりつつあった。その時点にあって五山は二つの批評的な戦略目標を設定した。ひとつは残存する格調派の詩、すなわち「偽唐詩」の殲滅である。そして、もうひとつは宋詩風の流行によってもたらされた詩の卑俗平板化、すなわち「偽宋詩」への警鐘を鳴らすことであった。いわば外の敵としての「偽唐詩」、そして内の敵としての「偽宋詩」、この二つを批評的な戦略目標にすることで、五山は批評の有効性を広く確保しようとしたのである。たとえば巻一の〔四〕〔二五〕〔二六〕などに見られるように、この姿勢は批評家としての立場を鮮明にし、読者に訴えかける必要性が強くあった巻一において、もっとも顕著に現れている。ここにまず批評家五山の状況判断の的確さ、目配りの良さを見出すことができよう。

批評家の役割には、新しい才能の発掘ということがある。無名の新人の作をどう評価したかは、批評家の力量を測るうえでもっともよい試金石になる。『詩話』は、後年詩壇の大家になる二人の詩人の無名時代の詩を紹介し、その才能の素晴らしさを賞賛した。その一人は巻三に紹介される中島棕隠であるが、この年三十一歳で流浪の生活をしていた棕隠の詩を採録した五山は、「才有ること此の如くにして、何れの所に流落するかを知らず、亦た惜しむべきなり」と評して、その才能を愛惜した。もう一人は巻五に登場する頼山陽である。山陽は菅茶山の廉塾を出奔し、京都で詩人として活路を切り開こうと奮闘していた時期であったが、その山陽の詩を紹介した五山は、「此の如き才人、我まさに黄金を鋳て之に事《つか》へんとするなり」という、『詩話』全巻中でも最大級の賛辞を呈した。この二人は文政・天保期の詩壇を代表する詩人に成長する。五山の批評眼は、その雌伏の時代の才能を後年の大成を見通したがごとくに発見したのである。

『詩話』には実力のある著名な詩人の作と、ようやく絶句が作れるようになった程度の無名の詩人の作とが、不自然さをあまり感じさせることなく混在している。『詩話』が商業ジャーナリズムとして幅広い読者を獲得するためには、読者との距離は近くなければならなかった。そのためには駆け出しの詩人の未熟な作も収録する必要があった。しかし一方で、『詩話』は読物としても読むに堪えるものでなければならない。そのためには収録詩は一定のレベルを維持する必要があった。こうした矛盾する二つの要請をこなすために、五山は収録詩に関して、かなり大幅な添削を加えている。著名な詩人の作についてもその痕跡が見られるが、無名の詩人の作については、おそらく原形をとどめないほど改変された場合さえあるのではないかと推測される。『詩話』の表面には現れない、こうした添削推敲の手際にも五山の詩人・批評家としての力が発揮されていることを見失ってはならないであろう。

『詩話』の文章には、巻一に序文を寄せた葛西因是の手が入っているとも言われる。確かに『詩話』のめりはりのある漢文、とくに初期の巻には、文章家として名高かった因是の手が入っていることがあるかもしれない。しかし、読者の興味をつなぐよう趣向の凝らされた『詩話』の文章の基本は、やはりジャーナリスト五山のものであろう。その具体例を示して解説する紙数の余裕がなくなってしまったが、本文についていただければ、納得されるものと思う。

四　書　誌

『五山堂詩話』は正編十巻と補遺五巻の合計十五巻からなっている。所見本いずれも浅葱色表紙で、書型は中本(版によって若干の大小はあるが、縦約一八センチメートル、横約一二センチメートル)である。それぞれの巻は当初単巻本として出版されたものと思われるが、巻数がまとまった時点で二巻一冊の合冊本としても出版された。単巻本の伝存は少なく、現存版本の多くは合冊本(補遺巻五のみは一巻)である。長期にわたる出版ではあり、比較的よく売れたこともあって、単巻本にも合冊本にも先印・後印の別があり、それに刊行途中における版元の交替も絡んで、書誌的にはかなり複雑な様相を呈しているが、本文内容に改変は認められない。当時の版本にはしばしば見られることだが、本来別の巻のものであった奥付や見返しを無神経に流用している場合などもあるため、書誌的な問題でなお不明瞭な点があるが、現時点での整理をひとまず試みておきたい。解りやすくするため、以下便宜的に正編十巻と補遺五巻とを切り離して要点を整理することにする。

まず正編についてであるが、次の一覧表は正編十巻の単巻本のうち、初印本と推定される版の書誌的な概要を記載したものである。各巻の奥付刊記より刊行の日付と版元書肆名を、『割印帳』(『享保以後江戸出版書目』)より割印の日付と版元の記載を抜きだし、さらに備考としてその他の参考事項を付載した。巻数の下の〈〉の中は、その巻の所蔵者(所見のもののみ)を表わす。狩=東北大学附属図書館狩野文庫、中=中野三敏氏、東=東京大学総合図書館、早=早稲田大学図書館である。

巻	奥付刊記 日付	奥付刊記 書肆名	割印帳	備考
一〈中・狩〉	文化丁卯二月発兌（四年）	書林 大坂 泉本八兵衛 江戸 西村源六 彫工 同 宮田六左衛門	文化四年卯六月二十五日割印 板元売出 西村源六	表紙見返しに「池無絃先生述／五山堂詩話／文刻堂梓行」 図版①②（六二八頁参照） →注1
二〈狩〉	文化戊辰八月発兌（五年）	書林 大坂 泉本八兵衛 江戸 西村源六 同 山城屋佐兵衛 彫工 同 宮田六左衛門	文化五年辰九月二十五日割印 板元売出 山城屋佐兵衛	奥付の右辺に「五山堂詩話三編 来春嗣刻」の予告がある →注2 十月十五日、自宅で二編出版記念会を催す （『菊池五山書簡集』伊達篷亭宛五山書簡）
三〈狩〉	文化己巳八月発兌（六年）	書林 大坂 泉本八兵衛 江戸 山城屋佐兵衛 同 西村源六		奥付の右辺に「五山堂詩話四編 来春嗣刻」の予告がある →注3
四〈東・中・狩〉	文化庚午六月発兌（七年）	書林 京 植村藤右衛門 大坂 泉本八兵衛 江戸 鶴屋金助 仝 西村源六	文化七年午九月二十五日割印 板元売出 鶴屋金助	奥付の右辺に「五山堂詩話五編 来春嗣刻」の予告がある 六月二十七日、四編出版記念会が日本橋百川楼で開かれた（『菊池五山書簡集』伊達篷亭宛五山書簡）
五〈早・中〉	文化辛未六月発兌（八年）	書林 京 植村藤右衛門 大坂 泉本八兵衛 江戸 鶴屋金助 仝 西村源六	文化八年五月二十二日不時 板元売出 鶴屋金助	奥付の右辺に「五山堂詩話六編 来春嗣刻」の予告がある →注4

六〈早・中〉	文化壬申十一月発兌（九年）	書林 京 植村藤右衛門 大坂 塩屋長兵衛 江戸 鶴屋金助	文化九年申十二月二十三日割印 板元売出 鶴屋金助	奥付の右辺に「五山堂詩話七編　来春嗣刻」の予告がある
七〈早・中〉	文化癸酉十一月発兌（十年）	書林 京 植村藤右衛門 大坂 塩屋長兵衛 江戸 鶴屋金助	文化十一年戌正月廿日不時 板元売出 鶴屋金助	奥付の右辺に「五山堂詩話八編　来春嗣刻」の予告がある
八〈中〉	文化甲戌九月発兌（十一年）	書林 京 植村藤右衛門 大坂 塩屋長兵衛 江戸 鶴屋金助	文化十一年戌八月九日不時 板元売出 鶴屋金助	奥付の右辺に「五山堂詩話九編　来春嗣刻」の予告がある 八・九月頃、八編出版の記念会が百川楼で行われた（『南畝集』）
九〈中〉	文化十三年丙子正月	書林 京 植村藤右衛門 大坂 塩屋長兵衛 江戸 鶴屋金助		奥付の右辺に「五山堂詩話十編　出来」とある 文化十二年十月八日、九編を高田与清のもとにもたらし、十三日の百川楼での記念書画会出席を乞う（『擁書楼日記』）
十〈早・中・狩〉				裏表紙見返し中央に「五山堂詩話補遺　嗣出」の予告のみがある

注1　奥付刊記の最終行「彫工　同　宮田六左衛門」を削って「江戸　鶴屋金助」と埋め木した単巻後印本(中野三敏氏蔵・早稲田大学図書館蔵)がある。→図版③

注2　奥付刊記の終の二行「同　山城屋佐兵衛」「彫工　同　宮田六左衛門」を削って「江戸　鶴屋金助」と埋め木した単巻後印本(中野三敏氏蔵・早稲田大学図書館蔵)がある。

注3　奥付刊記の末に「江戸　鶴屋金助」の一行を彫り加えた単巻後印本(中野三敏氏蔵・早稲田大学図書館蔵)がある。

注4　東北大学附属図書館狩野文庫に「五山先生批　西湖竹枝　全二冊　近日発行／五山堂詩話六編　嗣出／辛未春三月」という奥付を持つ単巻本がある。一覧表に掲げた版より三ヵ月早い日付になっており、あるいはこちらが初印本かとも思われるが、なお疑いを存する。注記して後考を待つ。

右の一覧表と注を通覧してまず気づくのは、巻一から巻三までの三巻分に、奥付に手を加えた単巻後印本があるということである。しかも、そのいずれもが書肆名に鶴屋金助を付け加えるという改変になっている。巻四以降、鶴屋金助は版元として新たに登場する書肆である。ということは、巻一から巻三までの三巻分の単巻後印本の刊行は、鶴屋金助が版元になった文化七年か、その後あまり隔たらぬ時期のことではなかったかと推測される。

巻十については、奥付刊記を備えたものが管見に入らなかった。奥付刊記を備えた版は当初から存在しなかったとは断言できないが、裏表紙見返しに「五山堂詩話補遺　嗣出」という予告のみを刷った単巻本しか見られないというのは、先に述べたように、この巻十の出版時期が書画番付騒動と重なっていることと不可分の関係にあるだろう。巻十は書画番付騒動の影響をうけて、巻九までとは違うやや変則的な出版だったのではないかと思われる。

さて正編十巻は、ある時期以後二巻一冊で計五冊の合冊本としても刊行された。いずれにしろ単巻本の版木を用い

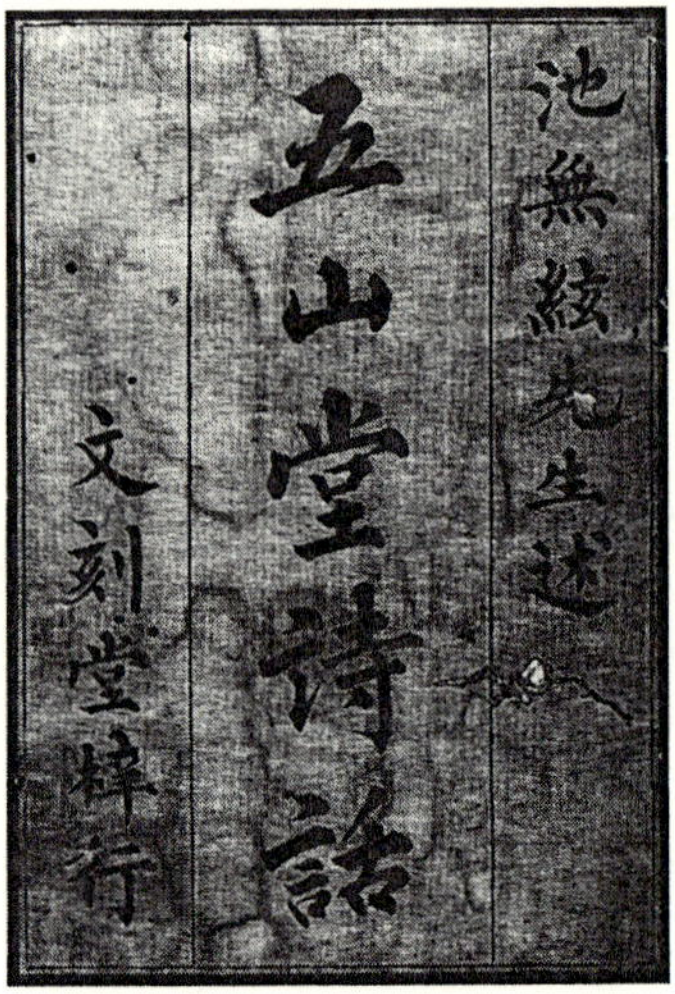
池無絃先生述
五山堂詩話
文刻堂梓行

図版①

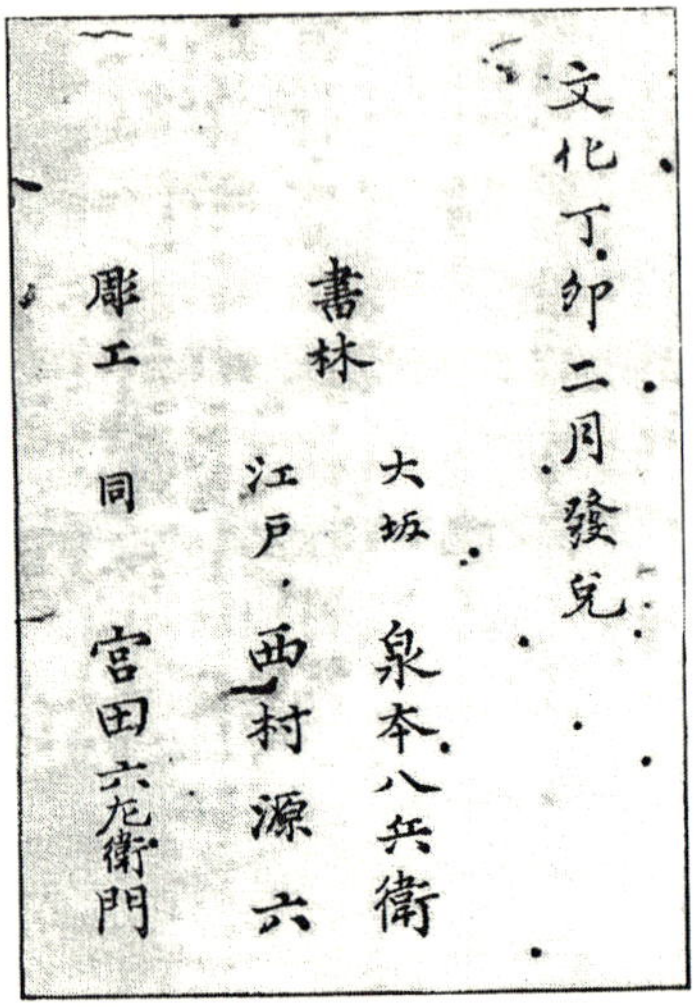
文化丁卯二月發兌
書林 大坂 泉本八兵衛
江戸 西村源六
彫工 同 宮田六左衛門

図版②

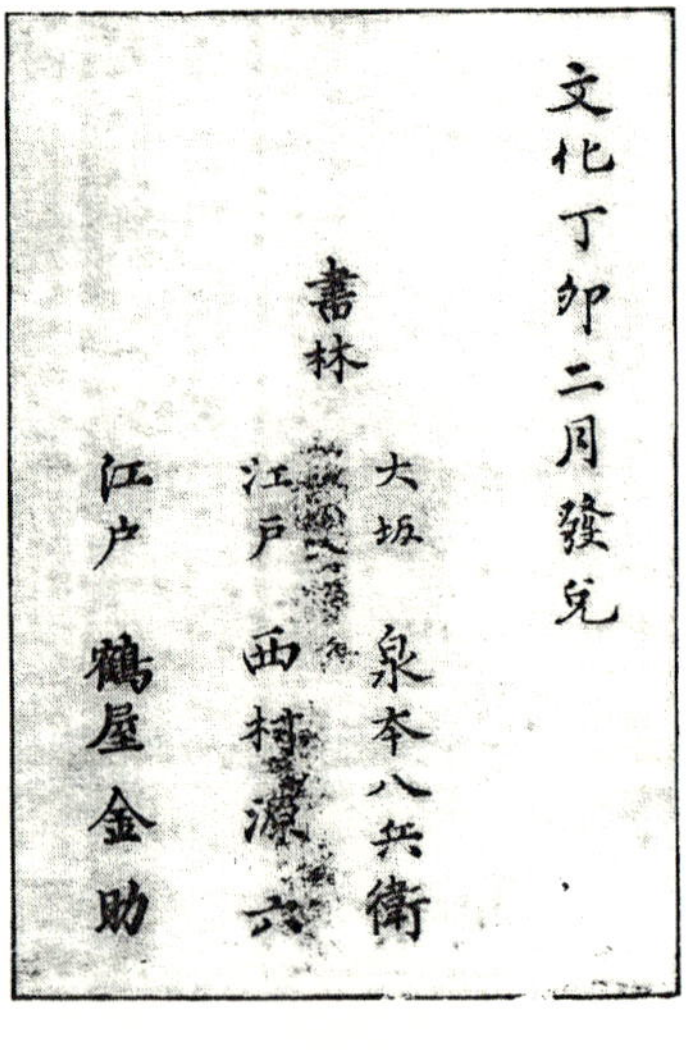
文化丁卯二月發兌
書林 大坂 泉本八兵衛
江戸 西村源六
江戸 鶴屋金助

図版③

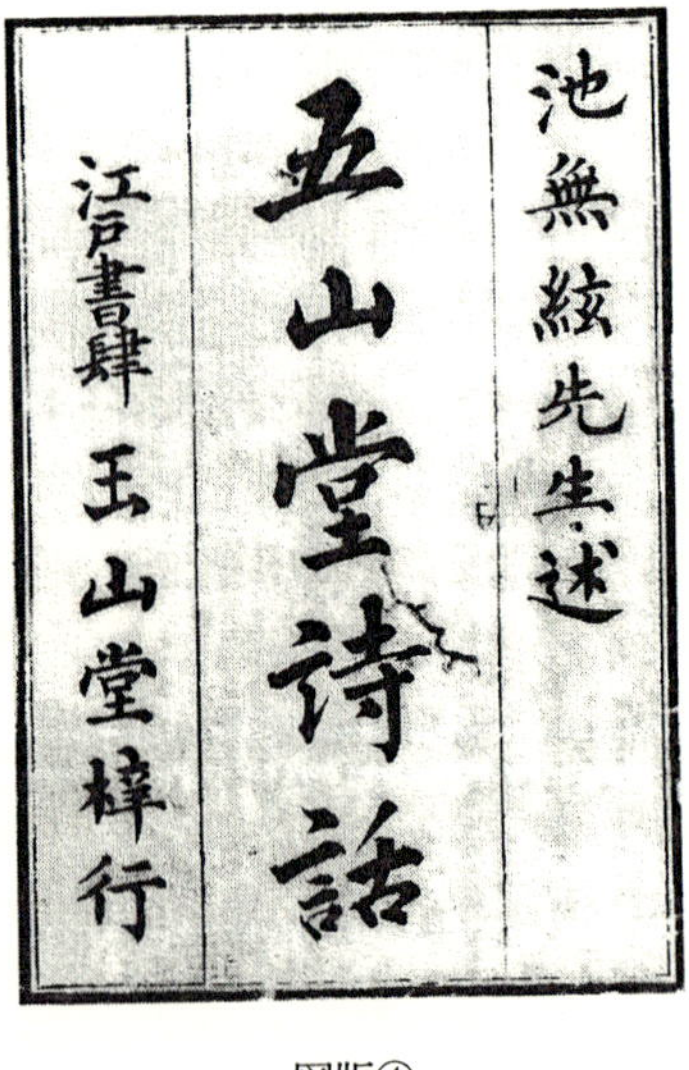
池無絃先生述
五山堂詩話
江戸書肆 玉山堂梓行

図版④

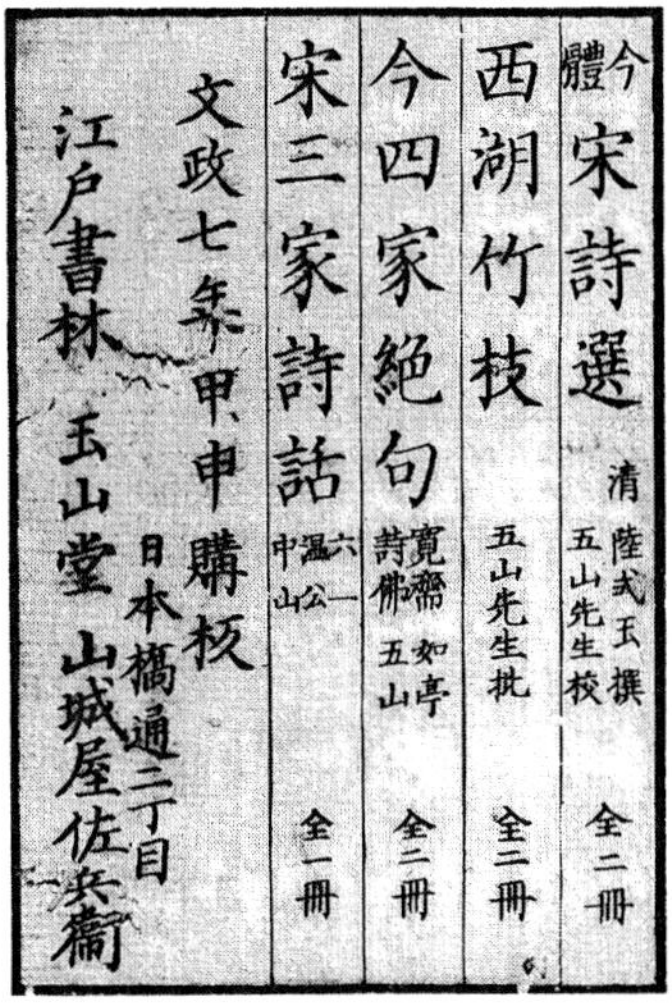
今體宋詩選　清 陸式玉撰　五山先生校　全二冊
西湖竹枝　五山先生批　全二冊
今四家絶句　寛齋 如亭 詩佛 五山　全二冊
宋三家詩話　六一 温公 中山　全一冊
文政七季甲申購板
江戸書林　玉山堂　日本橋通二丁目　山城屋佐兵衛

図版⑤

池無絃先生述
五山堂詩話補遺
天保壬辰新鐫

図版⑥

池無絃先生述
五山堂詩話補遺
文政壬午新鐫

図版⑦

た後印本であるから、適宜刊行されたのであろうが、初めて合冊本が刊行されたのは、文政元年かと推定される。文政元年は『五山堂詩話補遺』巻一が出版された年である。おそらく補遺の出版開始に合わせて、既刊の正編を合冊本として重印したのであろう。表紙見返しに「池無絃先生述／五山堂詩話全部十巻／雙鶴堂梓」、奥付刊記に「文政元戊寅初陽」の日付があり、書林名に植村藤右衛門・塩屋長兵衛・鶴屋金助の三書肆が並ぶ版である。ちなみにこの版の影印は『詞歌集日本漢詩』第二巻に収められている。

雙鶴堂は鶴屋金助の堂号であるから、巻四が出版された文化七年以後版元となった鶴屋が、文政元年にも依然版元として合冊本を刊行したことになるが、この鶴屋金助も文政七年には『五山堂詩話』の版木を手放した。その版木を引き継いだのが山城屋佐兵衛である。その時、改めて山城屋佐兵衛によって合冊本が刊行された。それが図版④⑤のような表紙見返しと奥付刊記をもつ版である。

次に補遺の巻の出版の事情について。『五山堂詩話補遺』は正編よりもさらに伝存する単巻本の数が少なく、遺憾ながら各巻の単巻本初印時の全貌を明らかにしえない。わずかに初印あるいはそれに近い時期の版としてここに示すことができるのは、以下に述べる国立公文書館内閣文庫蔵の補遺巻一・巻二・巻三のみである。この補遺巻一には、先に紹介した文政元年刊の正編合冊本と同じ奥付刊記（『詞歌集日本漢詩』第二巻に影印所収）が付されている。これは先に文政元年刊の正編合冊本のものとして紹介したわけだが、本来は補遺巻一の奥付刊記であったのを正編合冊本に流用したのかもしれないし、あるいは補遺巻一と正編合冊本は文政元年の同時刊行と推定されるから、共用の奥付刊記だったのかもしれない。補遺巻二には次頁に示すような奥付刊記が付されている。これはこの巻の単巻本初印時の奥付刊記であろう。補遺巻三には奥付刊記は欠けているが、「池無絃先生述／五山堂詩話補遺三編／文政丙戌新鐫」という初印時の表紙見返しが付いている。

この他にも管見に入った補遺の巻の単巻本は何冊かあるが、いずれも奥付・見返しを欠くか、他の巻のそれを流用したもので、初印時の状態を考える上での参考にはならなかった。

以上のような事情で、奥付や見返しから刊年の分るのは、補遺の巻一が文政元年、補遺の巻三が文政丙戌(九年)という二巻分にとどまっている。現時点では残りの巻二、巻四、巻五の刊年についても書誌的な手がかりがなく、その巻の本文の記事内容から推定するほかない。煩雑になるので推定の根拠を一々挙げることはしないが、補遺の巻二は文政五年、巻四は天保二年、巻五は天保三年にそれぞれ刊行されたのではないかと思う。

五山堂詩話補遺 三編		近刻
書林	京堀川通仏光寺下町	植村藤右衛門
	大坂心斎橋筋伝馬町	塩屋長兵衛
	江戸人形町通乗物町	鶴屋金助
	仝 馬喰町二丁目	西村与八

さて『五山堂詩話補遺』五巻の合冊本であるが、先にも述べたように補遺巻五は合冊本でも単巻のままだから計三冊ということになる。この三冊の形で合冊本が刊行されたのは、おそらく補遺巻五の刊行と同時の天保三年ではなかったかと推測される。それは図版⑥の見返しを持つ版がいくつか伝存するからである。版元は文政七年に鶴屋金助から版木を受け継いだ山城屋佐兵衛(玉山堂)であろう。ほかに「文政壬午(五年)」とある図版⑦の見返しを持つ版もあるが、これは本来補遺巻二の単巻本の見返しで、真中の行の下部にあるやや不自然な空白から推測して、もともと「五山堂詩話補遺二編」と刻してあったものから、末の「二編」の部分を削りとって合冊本の見返しに流用したのではないかと思われる。本文の内容から見て、天保三年より前に補遺巻五が出版されるはずはないからである。さらにまた、

合冊本の最後すなわち補遺巻五に文政七年の奥付（図版⑤）を付する版もあるが、これも同じ理由で正編の合冊本の奥付を流用したものと考えてよい。補遺の合冊本三冊は、もちろんそれだけでも刊行・販売されたのであろうが、正編の合冊本五冊と合わせて全八冊として後々まで長く刊行・販売されていった。現在もっとも数多く残っているのは、正編十巻・補遺五巻の合冊本八冊を一括した形の版である。

天保九年九月七日、梁川星巌が金森匏庵に宛てた手紙に、「五山堂詩話も五山病気に而、彼是延引に及申候処、今年は脱稿上木可致候」（『梁川星巌全集』第五巻）という。五山は補遺巻五を刊行したのちも続刊を期して準備を進めていた。しかし、結局『五山堂詩話補遺』巻六が刊行される日は来なかったのである。

なお『五山堂詩話』の翻刻は、正編の巻一―六のみ『日本詩話叢書』第九・十巻に収められており、未だ完全なものはない。また影印については正編十巻・補遺五巻が、後印の合冊本を底本として『詩華集日本漢詩』第二巻に収められている。

＊

このたび正編の巻一・巻二を翻刻・校注するにあたって底本としたのは、巻一については中野三敏氏蔵の単巻初印本、巻二については同じく中野氏蔵の単巻後印本である。巻末に収めた影印は、巻一の単巻初印本には虫損があるため、巻一・巻二ともに中野氏蔵の単巻後印本によった。中野氏には御蒐集の諸版全てを提供して頂いた。中野氏の御厚意がなければ、一通りの書誌的な整理さえも不可能であった。厚く御礼申し上げる。また閲覧を許可された諸機関、校注に際して御示教いただいた影山輝國、米浜泰英の両氏、さらに昭和六十二年度成城大学大学院での演習で、巻一の前半部をともに読んだ大学院生の諸氏には注釈上での刺激を受けた、ともども御礼申し上げる。

孜孜斎詩話解説

大谷雅夫

『孜孜《しし》斎詩話《さいしわ》』の作者は己を語るに寡黙な人であった。決して少なくはないその著述も、訓詁の精緻と考証の博証に本領を発揮するものであり、自らの思想や生活に触れる文字には乏しい。ここでは、「蘭渓西島翁墓碑銘」(河田迪斎撰)ほかの資料と自己の生活へのわずかな言及に拠り、断片的ながらにその伝を記して『孜孜斎詩話』成立の周辺に及びたい。

西島蘭渓、名長孫、字元齢、通称良佐。蘭渓、孜孜斎、坤斎はその号。本姓は下条氏。訓詁校勘の方面の著述に『読孟叢鈔』『孔子家語考』『弟子職箋注』、随筆に『坤斎日抄』『慎夏漫筆』『清暑間談』『秋堂間語』、詩集に『坤斎詩存』『湖梅庵田園雑興』など。その斎号のひとつにふさわしく、孜孜として学問に勤めたその成果はまことに豊かに遺される。安永九年(一七八〇)十二月二十八日江戸に生まれ、生涯を市井の学者として過ごし、嘉永五年(一八五二)十二月十五日、芝西久保の家塾に没す。七十三歳。私に勤憲先生と諡号す。

その幼少の頃から、蘭渓は文事に親しむ環境には恵まれたらしい。「余幼くして書を雪江先生に学ぶ」(慎夏漫筆・一)、「余垂髫《すいてう》の時、戯れに鉄筆を学ぶ」(坤斎日抄・上)。また、城南芝西久保の町儒者西島柳谷に入門し、やがて才徳を認められ、妻子を有たなかった師に子として養われて西島の姓を冒すこととなる。

大学頭林家の門人録『升堂記』(東京都立図書館蔵)に次の記事が見える。

(寛政九丁巳)同日(閏七月五日)升堂　処士　西ノ久保吹出町／西島安次郎／紹介大郷金蔵

後年刊行された『江戸当時　諸家人名録』(文化十二年版)に、「学者　柳谷　名準　字処平　西久保葺手町　西島準造／学者　蘭渓　名長孫　字元齢　柳谷子　同居　西島良佐」とある記事を参照するに、『升堂記』の「西ノ久保吹出町」は『人名録』の「西久保葺手町」に他ならず、おそらくは「安次郎」は蘭渓年少時の通称、のちに「良佐」と改めたものと考えられる。寛政九年(一七九七)、蘭渓は十八歳にして林述斎に入門したのである。なお、「西ノ久保吹出町」は芝の愛宕山下、三方を諸藩の藩邸に囲まれ、東は大刹天徳寺に面する繁華の町であった。「硯北唫声苦しみ、墻東市語譁《かまびす》し」(「丙子歳晩」坤斎詩存・上)とは後の詠吟である。

蘭渓は幼くして詩を学んだ。初めは、当時の大抵の初学者がそうであったように、荻生徂徠門下(蘐《けん》園派)の影響をうけて明の嘉靖・万暦の頃の古文辞派七子の詩を模範と仰いだ。「余髫年詩を学ぶ。時に蘐社の餘燼未だ冷めず。日に嘉万七子を以て粉本と為す。已に長じて風塵・万里・陽春・白雪の厭《いと》ふべきことを知り、一に四唐を以て標的と為し、遂に二宋金元、下《しも》清朝の諸家に逮《およ》ぶ」(慎夏・二)。後には千篇一律の明詩風を厭い、初盛に限らず中唐晩唐の詩を、更に北宋南宋、金、元、清の詩を読むに至ったという。のみならず、蘭渓は夙くから日本の詩人達の作品にも親しんだ。「余幼くして好んで邦人の詩を読み、特に(元政)上人の高風を欽《うやま》ふ」(慎夏・二)。深草の元政上人の詩の清雅高韻を慕う若者は、すでに明詩の高華の風、肩肘張った豪気を脱していたに違いない。

『孜孜斎詩話』は蘭渓二十歳前後の作品。のちの識語にも若書きを悔いるが、ここは『慎夏漫筆』巻二の次の記事を読み下して紹介しておきたい。

本邦の詩話、皆川淇園の『淇園《きえん》詩話』、芥川彦章の『丹丘《たんきゆう》詩話』、六如上人の『葛原《かつげん》詩話』の如き、往往にして学者を裨益《ひえき》す。然れども已に見解無く、又佳話無し。ただ江村北海の『日本詩史』、頗る見る所有り。惜しむらくはその書僅僅三巻。しかして上《かみ》大友大津よりして、下《しも》近世に迄《およ》ぶ。尽さざる所以なり。余、弱年『孜孜斎詩話』を作る。石丈山に始まり、紀平洲諸賢に終る。黄口舌を鼓《こ》す。固《もと》より佳話の伝ふべきもの無し。今日これを閲《み》れば、慙汗《ざんかん》背を洽《うるほ》す。ただ覆醤《ふしよう》の具と為すのみ。

日本人の詩を評論することでは『日本詩史』に次ぎ、近世の詩人を専ら取りあげるについては前例を見ない詩話ではあるが、青年の客気にまかせての議論のあることを蘭渓は恥とする。しかし、「黄口舌を鼓す」云々とはあまりに自らに厳しい、過ぎた卑下と言わざるを得ない。思うに、己を抑えて無私であろうとする志尚が、訓詁の精緻と考証の博証に蘭渓を導いたのであり、その意味で、慚愧はいかにも蘭渓らしい慚愧ではある。しかし、時に辛辣に見えるその評論の、にもかかわらず公正にして私心なきことは大方の読者の認めるところではないだろうか。蘭渓の父、西島柳谷も、『孜孜斎詩話』に結局は付せられなかった序、おそらくは過褒の辞を含むとして巻頭に置くことを遠慮された序文に次のように言う。

孜孜斎詩話序

銓衡《せんかう》(さおばかり――注)誠に懸けて軽重を物に失へば、乃ちその過ちはこれを懸《か》くる人に在り。若《も》し夫《そ》れ軽重を失ひて自ら以て過ちと為さざるは、壅蔽《ようへい》愚昧《ぐまい》の人なり。銓衡終に虚器と為りて、これを懸くること詐欺《さぎ》の毀《そし》りを免れざるなり。詩を評することも亦た然り。明徹の眼光、平直の心情、軽重を隻語《せきご》に計り、曲直を片辞に質《ただ》し、その人を憎みてその才を蔽《おほ》はず、その人を愛してその拙を文《かざ》らず、公然として規矩準縄を先賢有識の人に取るときは、則ち必ず詐欺の毀りを免れ、自ら過つの尤《とが》め有ること莫《な》きなり。

男長孫詩を作り詩を読むことを好む。その中奇語累句有れば、相ひ共に採録してこれを畜《たくは》へ、殆んど且《まさ》に十数巻ならんとす。余窃《ひそ》かにこれを見るに、本邦の詩半ばに居《を》れり。朱書旁引、抑揚明辨、亦た以て発するに足る。近《ちか》者《ごろ》長孫一小冊子を出し、正を余に請ふ。余これを閲るに、嘗て窃かに見る所のものなり。抜萃抄録、題するに攷攷斎詩話を以てす。

余哂《わら》ひて曰く、「爾《なんぢ》評する所ただ本邦の詩に止まり、手を華人に下さず。何ぞそれ私《わたくし》なるや」と。長孫曰く、「私ならず。華人の評話殆んど尽くせり。小子何ぞこれに贅《ぜい》せん。本邦は然らず。方今聖治日に升り、作者彬彬として、有唐《いうたう》と抗衡《かうかう》す。しかるに先人終に措《お》いて論ぜず。以為《おも》へらく音調歌曲に協《かな》はず、と。抑《そもそも》何ぞ固陋なるや。中華の字を用ひ、中華の韻を押し、中華の律に因り、しかして后に錬磨して詩を為る。何ぞこれを歌曲に協はずと言はんや。況んや亦た詩性情を言ふときは、則ち本邦の詩は猶ほ中華の詩のごとし。若し性情をして異ならしむるときは、則ち五教仁義何に因りてかこれを横目の民（人類——注）に施さんや。小子にこの挙有るは、職《もと》より是れにこれ由る」と。余曰く、「爾、再三校讐《かうしう》、一語私曲の言無きときは、縦《たと》ひ具眼の人銓衡してこれを計るも、敢へて憂へざる所なり」と。是に序を為る。

序文の後半に紹介される蘭渓の議論も興味深い。中国の文字を用い、韻を踏み、声律に従って、しかも人情に東西の差異ないからには、「則ち本邦の詩は猶ほ中華の詩のごとし」。詩と人情の普遍性を信じる蘭渓は、とかく軽視されがちな本邦の詩も、中華の詩と同列に論じられるべきだと言うのである。

普遍性と言えば、蘭渓は後年の随筆においても本邦と中華に共通する事柄をこと細かく指摘する。火事を出した家をわが国では「火元」と言うが、中国では「火主」と称するとか、「よだれかけ（涎懸）」は中国でも「涎衣」と言う（坤斎日抄）とか、博引傍証を尽くす考証の文章が数多く見られる。本邦と中華とにわたる普遍をすべて微細に至るまで証明せんとする意気込みさえ感じるものである。儒者にとって、人の性情の普遍性の信じられるべきことは言うまでもない。しかし、些事にまでわたるこのような普遍の追究は、あるいは、すでに儒の教えの普遍性の素直に信じにくい時代であることを暗に語るのかも知れない。ともあれ、『孜孜斎詩話』の作者は、詩と人情の普遍への確信があってこそ、日本近世の詩と詩人という特殊の世界に遊ぶことができたのである。

蘭渓は父柳谷の文集の序文（柳谷集序）に言う、家翁の文業に勤めたることは、あたかも良農の朝夕に身を労し、土を耕すこと深く、耨《くさぎ》ること怠らず、終に嘉穀を得るものに似る、と。子よく父風を紹ぐ。『孜孜斎詩話』を初めとする蘭渓自身の多くの著述もまた、そのような孜孜たる勤勉のもたらした、誇るべき嘉穀のひとつであった。

蘭渓は師林述斎の子檉宇の文詩の会には必ず参加して、「毎《つね》に杯酌を与ふれば輒《すなは》ち酔ひ、談笑諧謔、人をして哄然頤《おとがひ》を解《と》かしむるに至る。その脱灑《だつしや》なること大率《おほむね》この類なり」（墓碑銘）と言う。これは中年以降のことであったが、そう言えば、『孜孜斎詩話』においても程よい諧謔の読者の笑いを誘うところ一二に留まらぬことに気がつく。二十歳前後という作者の若さに驚くのは、一つには、そのような筆致の余裕に因るのかも知れない。

悠然たる勤勉。蘭渓生涯の学業をそう評することが出来るとすれば、それは『孜孜斎詩話』においてすでに顕著な特色であった。

夜航余話解説

揖斐　高

一　著者略伝

著者津阪東陽には、『東陽先生詩文集』二十巻(「東陽先生文集」十巻、「東陽先生詩鈔」十巻)という詩文稿があった。現在そのうちの十九巻十四冊(「東陽先生詩鈔」巻二を欠く)の写本が国立国会図書館に所蔵されている。目録の掲げるところによれば、文三四三編、詩三千首が収められているが、その中の一編に晩年六十八歳の文政七年に書かれた東陽の自伝とも言うべき長文の「寿壙誌銘」がある。東陽伝の基本文献ともいうべきこの「寿壙誌銘」を柱に、東陽の末裔である津坂治男氏の『津坂東陽伝』(昭和六十三年刊)を参照させて頂きながら、まず著者の略伝を紹介しておきたい。以下、引用は「寿壙誌銘」の読み下しである。

東陽は宝暦七年(一七五七)十二月二十六日、伊勢国三重郡平尾村(現在の四日市市平尾町)に生まれた。父房勝(号は節翁)は尾張国海部郡加稲の津坂氏の出で医術を学び、平尾村の山田家に婿入りして庄屋を勤め、のちに郷士として遇された。東陽はその四男として生まれた。三人の兄はすでに夭折しており、姉一人と後に生まれる弟一人という兄弟であった。山田家は弟が継ぎ、東陽は父の姓である津阪に復したのである。末裔の津坂治男氏がそうであるように、本来は津坂姓であったようだが、東陽は津坂と津阪を混用し、むしろ津阪の方を多用した。『夜航余話』にも「津阪東陽」と記してあり、本稿では津阪に統一する。東陽は号であるが、名は孝綽《もとひろ》、字は君裕、通称は常之進。晩年には匏庵・癡叟なども号し、その書斎を稽古精舎と称した。

八歳で父に従って『孝経』『論語』を学び、十歳で歌詩を作り、十五歳で文を属《つづ》ったという。父の意向によったのであろう、十五歳の年、尾張に赴き医師村瀬氏のもとで医術修業に入ったが、三年にして廃し、帰郷した。東陽の志望が医よりも儒にあったためである。ほどなく父の許しを得て京都へ遊学し、本格的に儒学を学ぶことになった。師に入門して修学するというのが通常の遊学の形態であったが、東陽は「経業を専攻するも、学ぶに常師なく、昼読夜抄、或は曙に達するに至る」というように自学自習を旨として勉学に励み、かたわら京阪の詩人・文人諸家と広く詩文の交わりを結んだ。

古学を学び、ようやく一家を成すに至った東陽は、京都で私塾を開いて門生への教授を始め、梶井宮にも侍読として招かれ、公家のもとにも出入りをして、賓師として遇されるようになった。はじめ西陣に、ついで銅駝坊に住まいを定め、二十七歳の天明三年(一七八三)には妻由美(日紫喜氏)を娶った。しかし天明八年正月の京都大火に罹災して、住まいはもちろん書物や著述のほとんどを失い、東陽の京都での生活基盤は大きく崩れてしまったのである。

一時は江戸へ出て生活を立て直そうとした東陽であったが、津藩加判奉行岡本景淵に館師として招かれて帰郷し、遂に十五人扶持で儒者として藩に召し抱えられることになった。寛政元年(一七八九)三十三歳のことである。以後、東陽の藩儒としての後半生が始まることになる。

東陽に命じられたのは、本城のある津ではなく、支城のある伊賀上野での勤務であった。父母の住む郷里からも隔たり、城中城下に好学の雰囲気の乏しい伊賀上野の地は、東陽にとって快適ではなかったが、「窮愁に因つて書を著し並びに旧業を理むること、率ね皆な緒に就く。略ぼ平生の志を償ふは亦た不幸の幸なり」というように、学問を深めるためにはかえって好都合な環境であった。しかし、憂鬱を紛らわそうと詩に耽けることもあり、そのために周囲から詩人と目されるようになることを厭って、数年の間、作詩を廃したこともあったという。

伊賀上野に遷って十九年、五十一歳の文化四年(一八〇七)、ようやく東陽に津への召還の命が下された。東陽に与えられたのは「侍問直学士」という職であったが、藩主の子弟の学問のお相手を兼ね、藩士の教化にも携わることになった。藩では前年に十代藩主藤堂高兌が襲封して、藩政改革の気運が盛り上がっており、東陽の召還もその気運の中で実現したことであった。もとより東陽が儒を学んできたのは、経世を任とする士大夫たらんと志したからであった。東陽にとっては待ちに待った好機が到来したのである。

以後、東陽は藩政改革のために、あるいは藩校創設に向けて、熱心に意見書を具申した。その忌憚のない意見と妥協しない姿勢は、時に反対者の讒言にあい、不遇をかこつこともあったが、長期的に見れば藩政へ影響力を及ぼすものになった。六十二歳の文政二年(一八一九)には念願の藩校有造館の設立が決まり、東陽は侍講を兼ねて督学に任ぜられ、二百石を賜った。さらに文政五年には学政における功を賞されて禄を四百石に増され、「亜執法大夫」に進められた。その間、五十八歳の文化十一年(一八一四)には藩主に従駕して江戸に赴き、市河寛斎・亀田鵬斎・柏木如亭・大窪詩仏・菊池五山など江戸の詩人たちとの交遊も実現した。

東陽は多忙な生活の中でも業余には精力的に読書と著述と作詩にいそしみ、多くの編著書を残した。その書名の一一をここに掲げることはしないが、詩文関係の刊行された(没後の刊を含む)書物だけでも、『夜航詩話』『夜航余話』の他に『唐詩百絶』一巻一冊(寛政年間刊)、『絶句類選』二十一巻十冊(文政十一年刊)、『古詩大観』二巻二冊(文政十三年刊)、『杜律集解』三巻三冊(天保六年刊)がある。

文政八年(一八二五)八月二十三日、東陽は津城下南堀端の屋敷で没した。享年六十九。東陽には一男三女があったが、男の達(号は拙脩)が跡を継いだ。この『夜航余話』も達の手によって、東陽の没後十一年の天保七年(一八三六)に『夜航詩話』とともに出版されたのである。

二　成立事情

東陽は天明八年の大火で書留類もほとんどを失ったはずだが、「唯だ読書を以て事と為し、未だ嘗て一日も巻を廃して観ざることなし。寝に就くと雖も、猶ほ一編を枕側に置く。幸に眼精未だ衰へず、灯下に巾箱本を看るも、靉靆鏡を用ふること無く、一書を覧る毎に必ず首より尾に訖る。……且つ読むに随ひて輒ち抄し、積みて数百冊を成す」(「寿壙誌銘」)という精力的な読書ぶりで、晩年には汗牛充棟ともいうべき多量の随筆雑記が手許に貯えられた。

それぞれの自序がいうように、『夜航詩話』は『稽古余筆』という随筆雑記に拠り、『夜航余話』は巻上が『蒼瓚録』、巻下が『反古抄』という随筆雑記に拠っている。『稽古余筆』は「或は物に触れ感興する所有れば、窃かに愚管を発して以て其の義を論じ、或は学生の叩問を承け、札を以て来たり詢ふに及べば、其の知る所を挙げて以て責を塞ぐ者、輒ち筆に随ひて之を雑記す。年を累ねて獲る所、積みて甲乙十集と為す」(『東陽先生文集』巻二「稽古余筆序」)といい、『蒼瓚録』は「蒼瓚録八巻は余が平生の雑記にして、固より詹詹の瑣言、以て醤を覆ふべきのみ。児達繕写して一言を題せんことを請ふ。因つて命名の義を述べて、之を家塾に蔵す」(『東陽先生文集』巻七「蒼瓚録序」)というもの(注)だが、『反古抄』についてはよく分らない。なお、このほかに東陽には『詩海珍珠船』という詩話もあり、『衲被録』という随筆雑記をもとに編まれたというが(『東陽先生文集』巻一「詩海珍珠船序」)、現在は伝わらない。いずれにしろ東陽の詩話は、晩年において、その汗牛充棟の随筆雑記の中から詩文にかかわるものを抄記し、一書として編まれたものであった。

「寿壙誌銘」によれば、文化十二年(一八一五)江戸詰めの任が果てて帰藩する途中、東陽は藩に無断で鎌倉に立ち寄ってしまった。これが藩の横目付の知るところとなり、東陽は減俸のうえ留守散騎に貶されるという処分を受けた。その処分後の「閑を消し、老を慰め」(『夜航詩話』序)ようとして成ったのが『夜航詩話』であるという。これが『夜航詩話』の成立事情と成立時期である。『夜航余話』はさらにその後、「病餘ノ閑ヲナグサメ」(『夜航余話』序)るために編まれたものというが、成立時期については五十八歳文化十二年以後ということだけで、具体的には確定できない。

(注)日本芸林叢書第一巻には東陽著の『蒼瓚録』二巻が収められているが、「蒼瓚録序」に記す巻数よりも少なく、『夜航余話』の記事ともあまり重なるものがない。芸林叢書本『蒼瓚録』も原『蒼瓚録』の抄録かと思われる。

三　特　色

以上のように本書『夜航余話』は書き下ろしではない。したがって多くの詩話がそうであるように、主題の統一性や構成上の組織性といったものはないが、和漢の詩歌についての博識、豊富な話題、穏健な批評、平易自在な記述がともども相俟って、日本詩話叢書の編者池田四郎次郎が「華あり実あり、読むものに実益と興味との二つを与へた好著で、徳川氏三百年は言ふまでもなく、明清に於いても恐らくは此の書に匹敵する好著はない」(「徳川時代に於ける作詩書解題(三)」)と絶賛したほど、詩話として高く評価されている。

『夜航余話』の大きな特色として次の三点を指摘しておきたい。まず第一点は『夜航余話』を通して見られる東陽の詩観、第二点は『夜航余話』に反映する東陽の在京時代の詩的環境、そして第三点は主に巻下に見える、詩情や表現面における漢詩と和歌・俳諧との比較という問題である。

まず第一の点について、池田四郎次郎が絶賛したように、たしかに『夜航余話』は優れた詩話であるが、ただ時に幾分の堅苦しさを感じないわけではない。たとえば〔八〕の「詩賦ノ事ナルニ、塾法過厳ニ似タレドモ、礼ヲ正スコト師道ノ任ナレバ、是亦不屑ノ教ニゾアリケル」や、〔一〇八〕の「世の人の惑を解て、士道の義を正すは、師儒の務になん」という類の主張が少なからずある。これらには、儒を学ぶものはあくまで経世に関与する士大夫たらんとすべきであって、詩は余技に過ぎないという東陽の基本的な姿勢が現れている。本書が家塾の門弟の教育に資するために編まれたものである以上、教育者として主張しておかねばならないことだったのであろう。

東陽は少年の時に、父から「風雅は固より欠くべからず。但だ耽りて軽薄に陥ること毋《なか》れ」(「寿壙誌銘」)と諭されたという。その教えどおり、東陽は詩を風雅の嗜みとして捉えていた。素材・表現・情趣において雅と俗を弁別し、詩は俗を排除して詠むべきものと考えた。そうした詩によって「性霊を陶冶し、才気を発舒し、吟玩自ら楽しむ」(『東陽先生文集』巻八「初学詩訣六則」)こと、それが東陽にとっての詩の意義であり目的であった。こうした風雅論的詩観はかつて祇園南海が主張したものであり、東陽も南海の詩論については、〔一八〕において南海の『詩学逢原』を「本邦詩話ノ第一ナルベシ」と称揚して強く賛意を表明している。

このような詩観の東陽にとって、当時流行していた男女の艶情を詠む香奩体や竹枝体の詩は受け入れ難いものであった。それらは「人がらをそこなへること甚し。かうやうの詩はつくらずともあらなん」(〔一〇四〕)、「詩道を汚す罪人にぞありける」(〔一一四〕)と否定され、恋の歌を詠まなかったという荷田春満の歌論が「有りがたき卓見」(〔一一五〕)と称揚されるのである。

第二の点については、精力的な読書によって蓄積された知識が、本書の豊かな内容を支えているのはもちろんだが、本書の基本的な部分には、やはり著者の青春期であった在京時代の詩的環境と体験が関わっているということである。ほぼ二十歳代を覆う十年余にわたる在京時代を、東陽はつぎのように回想している。「予、京師に遊学してより、謬りて諸老先生の推奨する所となる。猥りに才子の称を窃み、筴を挟み觚を操りて、群彦の間に周旋し、未だ嘗てその後に瞠若たらず」(『東陽先生文集』巻八「記夢」)。東陽は独学自習で儒学を修めるかたわら、広く詩文の交わりを求めたが、周囲からは才子としての扱いをうけたというのである。そうした京都での東陽の積極的な詩文の交遊の痕跡が、『夜航余話』には所々に現れている。

京都では公家との関わりがあったことは略伝でも述べたが、鷹司・広幡・唐橋・船橋・千種・中御門・姉小路などの諸公のもとに出入りし、かれらの邸で催される詩会や歌会に出席していたことが『東陽先生詩文集』から知られる。生涯用いることになった東陽という号も、そもそも京都で書斎の号として唐橋公から賜ったものであった(「寿壙誌銘」)。本書の具体的な記事においても、〔二一五〕の「其座ニ中御門公ヰマセリ。アナタノ家ハ松木殿トモ称スレバ、千載公ト号スベシト申ケレバ、一座大ニ笑タマヘリ」という話は公家との交遊の場での東陽自らの思い出話であるし、〔六五〕の烏丸光広が道中の里謡から歌の心を悟ったという逸話などは、おそらく公家たちから直接聞いたのであろう。

東陽は儒学においては師を持たなかったことを公言しているが、詩については教えを受けた人物がいなかったわけではない。儒学を本領とし、意識的に詩を業余の楽しみに過ぎないとした東陽は、詩における師というものを認めたくなかったようだが、『東陽先生詩鈔』巻四に「江北海先生の河内に遊ぶを送る」と題する七律があることからも、江村北海が一時期東陽の詩の先生であったことは間違いない。本書の〔八〕に、詩文の添削を請う時の礼儀について、「余、京師ニ在テ学タルハ、毎ニ此ノ如ク式ヲ慎ケリ」というのなどは、北海へ添削・示教を請うた際のことを言っているのではないかと思われる。因みにこの〔八〕—〔一一〕の論と同一趣旨のものは、北海の弟で東陽との交遊もあった清田儋叟の『藝苑譜』にも見えていて、東陽の京都での作詩の勉強が、どういう圏内で行なわれていたかを物語っている。そして、なによりも『夜航余話』の内容には、江村北海の問題意識を継承したと思われるものがある。その最たるものは〔二三〕—〔三一〕と〔七八〕—〔七九〕に展開される、詩における和漢の地名をめぐっての論で、この議論の原型ともいうべきものは北海の『授業編』(天明三年刊)に見えており、東陽の論はそれを展開させたものと言ってよい。また〔一〇二〕に記されている、服部南郭の「小督詞」を北海が『日本詩選』に採録しなかった理由なども、東陽が北海に親近した際に聞いた直話であろう。

もう一人、東陽の京都での交遊のなかで、本書に材料を提供する形になっているのは、天台宗の詩僧六如である。東陽と六如との間に面識のあったことは、『東陽先生詩鈔』巻六に収める五絶「六如菴詩鈔刻成りて貽らる」、七絶「中元の夜、無著庵に月を賞す二首」「六如上人に贈る」などによって分るが、東陽は六如の『葛原詩話』(前編天明七年刊、後編文化元年刊)の誤りを正した『葛原詩話糾謬』を著し、その一部をこの『夜航余話』の〔四五〕に載せている。この項においては「学殖非薄ニシテ頗ル粗賤」と六如を批判してはいるが、〔四七〕では『葛原詩話』の説を支持し、〔一六〕などにも『葛原詩話』を意識した論が見られる。

京都と大阪は淀川の船運によって結ばれていたこともあって、詩人たちの交流は密接であった。東陽は大阪に住んだことはなかったが、大阪の詩人とくに当時の京阪詩壇の新潮流であった混沌社の詩人たちとの交遊があり、『東陽先生詩鈔』には葛子琴(巻六「浪華の葛子琴に寄す」)や木村兼葭堂(巻六「秋夜、浪華の木世粛を懐ふ」)の名が見える。〔九五〕の混沌社の鳥山崧岳と葛子琴の家の女中の話などは、おそらく本書が初見の珍しい逸話で、これも子琴の直話だったのではないかと推測される。

本書はその成り立ちからして組織性をもたない気ままな書物であるが、以上見てきたように、さまざまな形で著者の在京時代の詩的環境と体験が反映しており、それが本書の隠された骨格とでもいうものを形成しているのである。さて第三点の漢詩と和歌・俳諧との比較論が巻下に多く見られるということであるが、これもやはり東陽の生い立ちや修学環境と無縁ではない。東陽が和歌や物語にも強い興味をいだき、かなりの教養を持っていた様子は本文からも窺えるが、それらはやはり京都修学時代の公家との交遊によって得たものではなかったかと思われる。

俳諧についての関心には、郷里の伊勢がもともと俳諧の盛んな地であり、藩儒として十九年を過ごした伊賀上野が芭蕉の故郷であったということも少なからず作用している。『東陽先生文集』巻一には「校刻芭蕉翁俳諧集序」という文章が収められており、そのなかで「芭蕉翁の俳諧、多くは典故に本づき、或は歌詞を翻案す。円活自在にして、風味最も雋永たり。然して妙用融化し、渾然として迹無し」と芭蕉の俳諧を称賛し、「余、童生たりし時、嘗て指を斯の技に染む」と自ら俳諧を嗜んだ経験があることも述べている。

もちろん、東陽の和歌・俳諧への関心はこうした偶然的な環境が然らしめただけではない。当時において、漢詩と和歌と俳諧を比較して詩情の共通性を認めようとする和漢同情論は時代の趨勢として一般化しつつあった。たとえば已に京都の歌人小沢蘆庵は『布留の中道』(寛政十二年刊)において、古今・万国の人情は一般であるという「同情の説」を唱え、同じく京都に住んだ俳諧師蕪村も「春泥句集序」(安永六年)において「況《いはんや》詩と俳諧と何の遠しとする事あらんや」と述べていた。漢詩と和歌と俳諧は形式は違っていても、同じ〈詩〉であるという認識が徐々に形成されつつあった。そうした認識への漢詩の側からの接近の姿を、江戸時代の詩話の中で、この『夜航余話』はもっとも顕著な形で示しているのである。

東陽はかつて加賀の千代女の発句「朝顔に釣瓶とられてもらひ水」を漢訳した六如の七言絶句「牽牛花」(『六如庵詩鈔』初編)を読んだことがあった。六如の漢訳が意に満たなかった東陽は、みずから「一夜秋風爽気回《ル》、梧桐露《ハ》滴《ル》井欄《ノ》隅、牽牛上《リテ》レ綆《ヲ》花方《ニ》発《ク》、故《ラニ》向《ヒテ》二隣家《ニ》一乞《ヒ》レ水《ヲ》来《ル》」(『東陽先生詩鈔』巻八)と漢訳し直している。これもまたこうした和漢同情の認識によるささやかな試みであった。

四　底　本

著者略伝のところで述べたように、『夜航余話』二巻二冊は『夜航詩話』六巻六冊と一緒に、東陽の没後十一年にあたる天保七年(一八三六)に男の達によって出版された。『夜航余話』は『夜航詩話』と同じ装丁で一括して出版されたものではあるが、それぞれ独立した見返しと序文と奥付を備えているので、別の書物として扱ってよいであろう。

底本にした校注者蔵本は、半紙本をやや小ぶりにした縦長本(縦約二二センチメートル、横約一四センチメートル)

で、表紙は薄茶色、いわゆる清朝仕立である。題簽は表紙左肩に「夜航餘話　上(下)」。上冊、序文一丁、巻上本文三十五丁。下冊、巻下本文四十三丁。上冊表紙見返しに「天保丙申新鐫／東陽先生著／夜航餘話／津藩有造館蔵版」。下冊裏表紙見返しに「取次所／江戸　岡田屋嘉七・須原屋伊八　京都　勝村治右エ門・風月荘左エ門・菱屋治兵エ　大坂　秋田屋太右エ門・河内屋茂兵エ・河内屋喜兵エ　尾州　永楽屋東四郎・美濃屋伊六　紀州　綛田屋平右エ門　津　雲出屋伊十郎・山形屋伝右エ門　製本師／本屋佐兵エ」という奥付を付す。初印本かどうかは分らないが、かなり初印に近い刷りであろうと思われる。表紙見返しから明らかなように、東陽が創設に尽力した津藩の藩校有造館の蔵版本として上梓され、奥付に並ぶ書肆によって売り捌かれたものである。

伝存版本は少なくないが、多くは明治以降の後印本で、表紙見返しの「津藩有造館蔵版」の部分を「三重県蔵版」と改刻し、奥付に「製本発売所／伊勢国津　木村光綱」とあるものが多い。なお、続々日本儒林叢書第二巻、日本詩話叢書第三巻に活字翻刻がある。

漁村文話解説

清水　茂

一

中国の詩文の批評に、「詩話」「文話」というスタイルがある。そのはじめは、北宋の欧陽修（一〇〇七—一〇七二）の『詩話』、あるいは、欧陽修の号、六一居士を冠して『六一詩話』と称されるが、その書のはじめに、欧陽修自身が序して、

　居士、汝陰に退居して、集めて以て閑話に資するなり。

といっている。つまり、隠居してから、よもやま話のたねに集めた、というのである。そして、その「詩話」は、宣言のとおり、詩に関する逸話集といったものである。「詩話」・「文話」は、こうした最初の著者の傾向を受けついで、思いつくままに、うわさ話や印象批評を書きつけたものが多い。やや系統だったのは、南宋の厳羽『滄浪詩話』と『滄浪詩話』なども含めて編集した南宋の魏慶之『詩人玉屑』であろうけれども、完全に全体の構成を考えた書物とはいいがたく、随筆的要素が含まれている。「文話」は、中国では少ないが、日本の本書と同時代に刊行された斎藤拙堂（名は正謙、一七九七—一八六五）『拙堂文話』（文政十三年（一八三〇）及び天保六年（一八三五）自序）には、随筆的要素が少なくない。

この『漁村文話』は、多くの「詩話」・「文話」と異なり、作文についての必要事項を順序を追って説いている点で、非常に珍しい概論書といえる。

この書が論ずるのは、漢文であって、日本語の文章ではない。しかし、江戸時代では、ある主張を持つ文を書くときは、漢文が普通であった。伊藤仁斎は、「詩は之を作る固《まこと》に可なり。作らざるも亦害無し」といって、詩に対しては、作っても作らなくても差支えないが、「文の若《ごと》きは必ず作らずんばあるべからず。言に非ざれば以て志を述ぶること無し。文に非ざれば以て道を伝うること無し。学んで文無きは、猶口有って言うこと能わざるがごとし」と文を作るのは、志を述べるための必須のものであるとした。そして、ここにいう文とは漢文であって、上文につづいて、「然れども文の律に入る亦難し。司馬遷・董仲舒・劉向・班固を以て正とす。韓（愈）・柳（宗元）・欧（陽修）・曾（鞏）・二蘇（軾・轍）が文、皆法の在る所、熟読せずんばあるべからず。方正学（孝孺）・王遵巌（慎中）・帰震川（有光）等、皆近世の大家、正しゅうして法有り。必ず之を読むべし」といい、模範に挙げているのは、すべて中国の古文作家である。

主張を持った文が漢文で書かれるのがふつうであったことは、国学者荷田春満が国学の学校の創設を建議した「創学校啓」が、漢文（駢文）で書かれたことからもうかがわれる。当時は、和文で議論をするためのスタイルがなかったようにも思われ、本居宣長の『直毘霊』のような道を説く文章でも、論理でおしつめて行くより、感情に訴える方がさきになっているのでなかろうか。

そうしたことが、議論の文章として和文が書かれるときも、漢文訓読体を主にしてその中にすこしやまとことばを混える形が取られるようになる。この『漁村文話』の文体がそうである。豊富な漢文の引用は原文のままであるけれども、和文の部分でも、出典をあげて、もと漢文であることを示すところはもちろんそれを訓読したのをすこしやわらげたものであるし、そうした出典のない分でも、発想は漢文のそれである。そして、この『漁村文話』のような文体が、明治時代にひきつがれ、西洋の学術を翻訳し、又、自らの主張を論文として書くのに使用されたように思う。

このように現在の論文は、漢文訓読から発展した要素を持っているので、江戸時代の漢文の作り方を書いた本書は、現在、論文を書く人の心得としても十分になり得ると思われる。

二

本書の正編は、特に作文の心得としての性格が強い。

まず第一は「声響」で、最初のことばは、「文ハ古人ノ語気ヲ学ブナリ」である。文が、ただ論理の積みかさねだけでなく、「語気」をも得て、人に影響を与える。一見、「声響」に拘らぬように見える古文でも、「実ハ文章ノ声響ヲ貴ブハ、古文ト雖モ亦同一轍ナリ」なのである。わたくしは、むかし、ある中国人の先生について、現代中国語の文章を直していただいたことがある。そのとき、直されたあとで、文法上はもとのままでもよいが、直した方が「好聴」だからといわれた。「声響」は、現代中国語でも生きている。現代日本語でも、やはり、「声響」が必要なのだと思う。

つぎに「命意」であって、「文ヲ作ラントセバ、先ヅ一篇ノ大意ヲ立ツベシ」とある。当然のようであるが、時には、現在の文章でも、何を主張しているのか分らぬものが少なくない。

第三は、「一体ノ布置スベテノ配リ付ケ」である「体段」、そのつぎは、その下位の「段落」。「段落」は、人の「骨格」に比せられる。

それから「達意」。ただし、これは、筋がすっきり通っていることを意味している。

つぎに「詞藻」、語彙である。ここまでは、文である以上、いずれも必要欠くべからざるものであって、何も漢文の古文に限らない。

このあとは、作文の修練の問題に移る。「三多 三上」、「鍛錬」、「改潤法」は、すぐれた文章を書くための訓練とそれを行なった古人の逸話、又、どのように修正するかを説き、ここでは、特色ある訓練法が述べられている。

つぎの「病格」と「十弊三失」は、欠点ある文章の説明である。この価値判断は、やはり、漢文だけに限定されないであろう。

これ以下は、やや漢文だけの問題、たとえば、「左伝紀事」、「史伝紀事」、「錯綜 倒装」などのように漢文表現を中心にした項目が多いが、読みようによっては、文章一般の問題に応用できるであろう。

三

続編は、中国文学史に関する専門的知識が与えられる。

「漢以後文体源流」、「唐古文源流」、「宋古文源流」の三章は、中国の散文史、特に古文の歴史であるが、まだ、文学史認識のないときに書かれたのにかかわらず、史的発展について、よくゆきとどいた目くばりをしており、現在でも、基礎知識としてその上に立って議論が進められるべきである。

つづいて、同じ古文のスタイルでも、差があることを、「韓柳文区別」、「唐宋古文区別」で説明する。漢文について、十分の感受力がないと、できないこまかな文体の問題にふみこんでいる。

更に、「韓文来歴」、「古文本有り」の章を設けて、作品の継承関係を個別に論じて、史的研究の材料を提供する。そして、「円通」の項目で、韓愈・柳宗元など、文体に差があるが、その一人に拘泥することなく、過去のすぐれた作者をいろいろととり入れるようにいう。

「争臣論　范増論」以後は、やや、全体の構成からはずれてはいるが、しかし、それなりに必要事項が述べられているといえよう。

以上のように、各項目はおおむね順序を立てて、漢文製作に必要な注意を述べ、これを読めば、古文についての必要な基礎知識を知り得るようになっている。

四

著者海保《かいほ》漁村《ぎょそん》は、名は元備、字は純卿または郷老、通称は章之助、漁村また伝経廬と号する。寛政一〇年(一七九八)、上総に生まれ、大田錦城の教えを受け、安政四年(一八五七)、幕府の医学館直舎儒学教授になった。慶応二年(一八六六)没。伝記は、海保元起「漁村海保府君年譜」(『儒林雑纂』(東京、一九三八)所収)にくわしく、文集『伝経廬文鈔』不分巻が『崇文叢書』(東京、一九二八)に収められている。

『漁村文話』を実践するがごとく、格調の高い漢文を書き、渋江抽斎の墓碣銘、小島成斎の墓表はその手に成る。その主なる学問は、中国の経書の研究、経学であるが、刊行された著作は少なく、写本のままで伝わっている。

漁村は、きわめて博学であって、この漁村文話の引用書の中でも、容易に見られない書物がある。たとえば、「声響」に引く明の郝敬『藝圃傖談』とか、「錯綜 倒装」に引く宋の陳造『江湖長翁文集』などは、国立公文書館内閣文庫に昌平坂学問所旧蔵書が伝わるのを知るぐらいである。又、清朝考証学者の著作も引用され、焦循『雕菰楼集』、段玉裁『経韻楼集』などの名が見える。『説文解字注』で知られる段玉裁がなくなったのは、嘉慶二〇年(一八一五)であるから、漁村数え年十八歳のときのことであり、中国の著作が当時の交通関係からいって、いかに早く日本に渡来し、研究者に読まれていたかを示すものであろう。又、それを受容していた海保漁村の研究者としての眼光にも驚かされる。

更に、漁村の読書の精密さは、わずかの文字の異同にも目をくばっていることからでも知られる。中国の歴史の中でも、南北朝の北朝の歴史は、あまり読まれるものではないのに、漁村は本書でしばしば引用しているだけでなく、そのテキストの異文に注意している。「史伝紀事」のところに、『北斉書・帝紀』を引いて、

夜久、季式還。槊血満袖。

とあるのに、自注として「今本、「槊」字ナシ。コレハ、『史通』引ク所ニ依ルナリ」と書き加えているが、唐の劉知幾『史通』からすぐにテキストの異同を引けるのは、よほど、『北斉書』と『史通』に通じていなければできないことである。

又、続編「古文誤字」で、『文章軌範』に載せる李文叔(格非)の「洛陽名園記の後に書す」の「而趙魏之走集」の「而」を、『東都事略・李格非伝』に、「面」に作るのによって訂正すべきであるとするのもそれである。これらは、読書力と博学とを兼ね備えていないとできないことである。そして、訂正に当って必ずその証拠を示すのも、清朝考証学の方法であって、段玉裁らの学問をよく自分のものにしていたといえよう。

海保漁村には、ほかに古文については、『文章軌範補注』があって、いま、『漢文大系』第十八巻(東京、一九一四)に収められているが、まことにゆきとどいた注で、そこでもその読書力と博学を知ることができる。

五

『漁村文話』は、嘉永五年壬子五月森蔚の序、嘉永五年壬子長夏(ふつうは六月をいう。ただし、ただ夏という意味にも使用する)湯川愷の目録後記、嘉永五年壬子夏五月梨本宥の跋があり、跋は続編末に附せられるので、正続同時刊行であったと思われる。ただし、実際の刊行が嘉永五年(一八五二)であったかどうか、くわしく調査したことはない。

架蔵の本には、封面に、

嘉永五年刊
漁邨文話并続
伝経廬蔵板

奥附に、

海保章之助蔵板
嘉永六年癸丑二月
下谷池之端仲町通
御数寄屋町
江戸書林　岡村屋庄助

とある。伝経廬にしても、海保章之助にしても、漁村のことであるから、板木は漁村の所有で、書店に貸して出版していたのであろう。序跋の刊年の嘉永五年の翌年二月に出された本が、案外、市場に出た最初のものかも知れない。その後、明治十一年(一八七八)、東京書林万青堂刊本があるが、嘉永本をそのまま覆刻したように見える。

この嘉永五年刊本は、一九七七年、京都、朋友書店が影印(覆印)本を出し、先師吉川幸次郎教授の解説が附されている。解説は、この書の価値と海保漁村の学問がみごとに説かれており、このわたくしの解題は、なるべく先師の解説とは重ならぬようにしたので、不十分な点は、それによって補っていただきたい。

海保漁村の博引旁証に対する注釈のために、京都大学図書館のほか、国立公文書館内閣文庫の図書を利用させていただいた。いろいろ便宜をはかっていただいた両図書館に厚くお礼を申し上げる。

新日本古典文学大系 65
日本詩史 五山堂詩話

1991 年 8 月30日 第 1 刷発行
2013 年 6 月 5 日 第 4 刷発行
2024 年 9 月10日 オンデマンド版発行

校注者 清《し》水《みず》 茂《しげる》 揖《い》斐《び》 高《たかし》 大谷雅《おおたにまさ》夫《お》

発行者 坂本政謙

発行所 株式会社 岩波書店
〒 101-8002 東京都千代田区一ツ橋 2-5-5
電話案内 03-5210-4000
https://www.iwanami.co.jp/

印刷／製本・法令印刷

ISBN 978-4-00-731472-8 Printed in Japan